Marilyn French

Tochter ihrer Mutter

Roman

Deutsch von Cornelia Holfelder-von der Tann
und Gesine Strempel

Rowohlt

Die Originalausgabe erschien 1987 unter dem Titel
«Her Mother's Daughter» bei Summit Books/
Simon & Schuster, Inc., New York
Umschlaggestaltung Lo Breier
Foto der Autorin: Jerry Bauer

1.–42. Tausend August 1988 bis Januar 1989
43.–48. Tausend April 1989

Satz Sabon (Linotron 202)
Gesamtherstellung Clausen & Bosse, Leck
ISBN 3 498 02046 3

Marilyn French · Tochter ihrer Mutter

Für meine Mutter
Isabelle
1904–1986

2

1

7

6

3

4

5

1. Teil

Die harten Jahre

I. Kapitel

1 MEINE MUTTER IST alt geworden, obwohl sie immer behauptet hat, sie werde jung sterben. Während meiner ganzen Kindheit erklärte sie mir immer wieder warnend – drohend? –, daß sie wegen ihres schwachen Herzens dieses Jammertal frühzeitig verlassen werde; mein robuster, bäurischer Vater hingegen werde ewig leben, die Erinnerung an die von ihr mit soviel Mühe zubereiteten Mahlzeiten in Schweinefleisch und Bohnen aus der Dose ertränken und es sich dabei nicht minder schmecken lassen. Als ich mit fünfzehn eines Nachmittags heimlich in den Schubladen ihrer Kommode stöberte – wohl in der Hoffnung, irgendeinen Hinweis darauf zu finden, was ich ihr bedeutete –, stieß ich auf einen versiegelten Umschlag mit der Aufschrift «nach meinem Tode zu öffnen». Ich riß ihn zornig auf, förderte ein Blatt Schreibpapier daraus zutage und erfuhr, daß ihr Limoges-Service für acht Personen (das nicht mehr ganz vollständig war), ihre fünf kristallenen Wassergläser (eines war kaputtgegangen) sowie ihr Tafelsilber, ebenfalls für acht Personen, zu gleichen Teilen an meine Schwester und mich übergehen sollten. Noch immer wütend, zündete ich das Blatt an, und als es in Flammen aufging, warf ich es in meiner Panik ins Klo. Weil das Papier weiterbrannte, warf ich hastig den Klodeckel zu, ohne zu bedenken, daß er aus Plastik und folglich leicht entflammbar war. Als die Klobrille zu brennen anfing, rief ich die Feuerwehr. Die Nachbarinnen ließen sich wochenlang kopfschüttelnd und vorwurfsvoll darüber aus, zu was es führen kann, wenn junge Mädchen in Mutters Abwesenheit Zigaretten stibitzen. Meine Mutter

dagegen wurde nicht böse, sie bot mir sogar an, mich zu ihr in den Garten zu setzen und mit ihr zu rauchen. Ein Testament hat sie nicht wieder verfaßt. Ich habe es überprüft.

Ihr schwaches Herz hat sich nicht merklich lebensverkürzend ausgewirkt. Sie ist alt geworden – und dabei lediglich geschrumpft. Oder vielleicht ist mein Körper im Lauf der Jahre aufgegangen, so daß wir beide nebeneinander im Spiegel der Umkleidekabine des Brautmodengeschäfts, wo wir Kleider für die Hochzeit meiner Tochter anprobierten, wie Exemplare zweier verschiedener Spezies von Lebewesen wirkten. Ich kann mich an Zeiten erinnern, in denen wir uns ähnlich sahen und Leute uns sofort als Mutter und Tochter identifizierten. Inzwischen ist sie, trotz ihrer wulstigen Körpermitte, winzig und zerbrechlich. Ihre Knochen und selbst ihr Schädel sind zarter als der eines Kindes, das Fleisch an ihren Armen ist zusammengeschnurrt, und die Haut ihres kleinen Gesichts ist so faltig, daß die Augen fast nicht mehr zu sehen sind. Ich dagegen bin groß, breitschultrig und dick (ohne daß ich recht weiß, wann es dazu gekommen ist), und mein Gesicht glänzt wie ein praller Mond. Man könnte uns nicht einmal mehr für zwei Ausführungen ein und desselben Erzeugnisses halten, die eine für den leichten Hausgebrauch, die andere für den vollen industriellen Einsatz bestimmt – wir wirken wie Angehörige zweier verschiedener Gattungen von Geschöpfen, ein feistes Rhinozeros und eine faltige Antilope. Wer weiß, daß wir Mutter und Tochter sind, muß annehmen, ich hätte ihr kraft eines mysteriösen Voodoo-Zaubers alle Säfte aus dem Leib gesogen und mich davon ernährt. Wie bei bestimmten Mücken. Diese Mückenmütter legen keine Eier, sondern produzieren in ihrem Körperinneren Junge, ohne Zutun von Kirche oder Staat und ohne jede auch nur beiläufige männliche Mithilfe. Das Mückenbaby wächst im Leib der Mutter heran, nicht in einem Uterus, sondern im Körpergewebe, bis es sie schließlich ganz ausfüllt, und dabei frißt es sie von innen her auf. Wenn die Jungmücke geburtsreif ist, bricht sie aus ihrem Muttergefängnis aus. Von dieser bleibt nur eine Chitinhülle zurück. Diese Mücken kennen keinen Streit zwischen Mutter und Tochter. Die Mütter opfern sich zwar für ihre Jungen gänzlich auf, aber diese brauchen es sich nicht ein einziges Mal vorhalten zu lassen. Außerdem beginnen die auf diese Weise hervorgebrachten Jungen schon zwei Tage später, sich nach demselben Verfahren fortzupflanzen. Ihnen bleibt kaum Zeit, sich über ihr Leben zu beklagen.

Früher hatten die Frauen dafür auch keine Zeit, und meine Mutter hat wenig für Geschlechtsgenossinnen übrig, die sich über ihr Leben beschweren, wohl weil sie sich selbst ein bißchen wie so eine Mükkenmutter empfindet. Und doch wandte sie, als sie dort in der Umkleidekabine unglücklich aus dem Spiegel schaute, weil die Kleider, die sie anprobierte, so schlecht paßten und sie doch für Ardens Hochzeit schön sein wollte, ärgerlich den Kopf ab. Ich sah von oben auf diesen kleinen Kopf und spürte den Wunsch, ihn zu streicheln, sie wie ein Kind zu trösten, indem ich sie berührte, lieb zu ihr war. Aber meine Mutter ist kein Mensch, der getröstet werden will. Sie hält den Nacken steif und den Kopf hoch. Sie schaute wieder in den Spiegel, ohne zu sehen, daß ihr zerfurchtes Gesicht frei von Altersflecken und ihr feines, weiches Haar noch immer blond war, schnitt der Person im Spiegel eine Grimasse und fragte mich, ob sie wirklich so aussähe.

In der Glanzzeit ihres Lebens – ihrer zweiten, aber der einzigen, die ich mitbekam –, nämlich der Zeit, als meine Schwester und ich erwachsen und verheiratet waren und sie über ein gewisses Maß an Geld und Muße verfügte, ließ sie sich das Haar zu einer weichen Kurzhaarfrisur, einem sogenannten Krauskopf, schneiden. In einem teuren Geschäft kaufte sie sich wunderschöne Kleider. Ich erinnere mich noch genau an diese Stücke: Sie besaß ein rotes Wollstoffkostüm mit einem Leopardenfellkragen auf der kurzen Jacke, außerdem ein schwarzes Wollkostüm mit hohem, nerzbesetztem Aufstellkragen, ein marineblaues Kleid aus Wollstoff, dessen Rock so angeschnitten war, daß er beim Gehen um ihre Beine schwang, und eine kurze weiche Strickjacke, zweireihig, mit Goldknöpfen. Sie fuhr einen alten Cadillac und verkündete den Verkäuferinnen in den feinen Geschäften laut und stolz ihre Adresse. In diese Geschäfte führte sie ihre eleganten Kleider aus, um den Mund ein steifes Lächeln und die Augenbrauen permanent emporgezogen. Diese Läden waren der einzige Ort, an dem sie das Gefühl haben konnte, am gesellschaftlichen Leben teilzunehmen. Ab und zu gingen mein Vater und sie zum Essen aus, aber sie pflegte in jenen Jahren dem Mißfallen, das jede Art von Restaurantküche bei ihr weckte, so laut Ausdruck zu verleihen, daß es meinem Vater peinlich war und er sich gegen solche Unternehmungen sträubte. Einmal in der Woche spielten sie mit meiner Tante und meinem Onkel Bridge, aber für solche Anlässe war ein formelles Kostüm ein bißchen zu warm. Sie schien in jener Zeit relativ zufrieden.

Dann jedoch, mit dem Alter, veränderte sich ihr Körper. Sie wurde kleiner, die Haut an ihren Armen und Beinen schrumpelte, und um die Körpermitte ging ihre Figur immer weiter auseinander. Ihre Taillenweite lag schließlich vier Konfektionsgrößen über dem, was sie sonst brauchte. Es war unmöglich, schicke Sachen in diesen exotischen Maßen zu finden, und so verlegte sie sich auf Hosenanzüge aus Stretchstoff mit elastischem Bund und Wickelröcke. Als mein Vater und sie einmal im Winter in Palm Beach waren, wollten sie ein Geschäft an der Worth Avenue betreten, aber der Besitzer trat ihnen in den Weg und fragte sie barsch, was sie suchten. «Eine Golfjacke», improvisierte meine Mutter ärgerlich. Er verwies sie mit einer unwirschen Kopfbewegung nach links. «Versuchen Sie es dort unten. Wir führen keine.» Sie hat diesen Vorfall nie verwunden. «Er hat uns nicht mal reingelassen, Anastasia! Woher wollte er wissen, daß wir nichts kaufen würden? Woran mag das gelegen haben? Daß wir alt sind? Daß meine Sachen billig aussehen?» Sie erzählte diese Geschichte wieder und wieder und endete jedesmal mit den gleichen Fragen. Offenbar wußte sie nicht mehr, daß sie mir diese schon öfters gestellt hatte. Ich vermochte ihr nie eine befriedigende Antwort zu geben.

Die Sache quälte sie so sehr, daß sie noch zehn Jahre später davon redete, und ich ahnte allmählich, daß dieses Erlebnis zu einem immer wiederkehrenden Alptraum geworden war. Als würde man im wirklichen Leben auf einem Klo sitzen und plötzlich merken, daß einem ein ganzer Saal voller Menschen zuschaut, oder als ginge einem tatsächlich auf einmal das Haar büschelweise aus oder was immer einen an Schreckensträumen plagt. Der Ladeninhaber hatte sie herablassend behandelt. Ich begriff, sie hatte ihr ganzes Leben so eingerichtet, daß sie niemals Verachtung ausgesetzt wäre. Innerhalb ihrer Familie würde es gewiß niemandem einfallen, ihr mit Geringschätzung zu begegnen. Ihr Mann verhält sich ihr gegenüber, als wäre sie seine Königin, und manchmal nennt er sie, wenn er von ihr spricht, «My Lady». Meine Schwester und ich hofieren sie auch wie das Mitglied eines Herrscherhauses, und unsere Kinder ebenso. Wir halten sie bei Laune, machen viel Aufhebens um sie, bedienen sie. Beim Sprechen achten wir darauf, daß wir ihr das Gesicht zuwenden und deutlich artikulieren, damit sie uns von den Lippen ablesen kann, was wir sagen. Wenn wir für sie kochen, meiden wir Öl, Zwiebeln, Knoblauch, die meisten Gewürze. Jemand hilft ihr immer ins oder aus dem Auto, die Treppen hinauf und hinunter und sogar über Türschwellen, weil sie schwach und arthritisch ist und an durch eine Erkrankung des Innenohrs bedingten Schwindelanfällen leidet. Als der Mann meiner Tochter sie kennenlernte, fand er, sie sei eine «Grande Dame». Ich war erstaunt. So hatte ich meine Mutter noch nie gesehen.

Nicht im mindesten. Wir behandelten sie nicht deshalb so achtungsvoll, weil wir sie fürchteten, so als hätte sie die Macht, uns Güter, Amt und Würden zu nehmen oder uns umgekehrt damit zu überhäufen, wenn wir ihre Gunst errangen. Wir taten es, weil... wir es immer getan hatten. Weil Daddy es so machte. Weil sie es offenbar brauchte. Es schien wenig genug, was wir ihr geben konnten, indem wir sie in den Mittelpunkt stellten und ihr unseren Respekt erwiesen. Denn irgendwo war uns klar, daß sie mehr zu leiden gehabt hatte als alle anderen, mehr als irgend jemand von uns, und daß wir in irgendeiner Weise an diesem Leid Schuld trugen. Als Kind konnte ich nie begreifen, wieso es meine Schuld sein sollte, daß Jesus hatte sterben müssen, und inwiefern er für mich gestorben war. Diese ganze Angelegenheit empörte mich eher: Ich hatte seinen Tod gewiß nicht gewollt, und ich konnte nicht einsehen, wieso ich irgend etwas davon haben sollte. Ich habe allerdings immer verstanden, daß meine Mutter in gewisser Weise für mich gestorben war, daß sie so eine Art Mückenmutter war, der es durch enorme Opfer gelungen war, uns – meine Schwester und mich – davor zu bewahren, unsererseits solche Mückenmütter zu werden. Denn wir sind anders: Uns blieben auch nach der Geburt unserer Kinder noch Vitalität, Lebensfreude und Kraft. Daher legten wir ihr unsere Vitalität und Kraft zu Füßen und bemühten uns, sie zu erfreuen. Das war allerdings gar nicht so leicht, und je älter sie wurde, desto schwieriger wurde es. Sie betrachtete unser Gewirbel, unsere Anstrengungen, dienstfertig und gefällig zu sein, wie eine gelangweilte, altersmüde Aristokratin, die genau weiß, daß ihre Dienerinnen gut dafür bezahlt werden, ihr gefällig zu sein. In ihrem Blick lag eine kühle Distanz und manchmal auch ein Anflug von Verachtung in ihrem Lächeln oder ein spöttischer Unterton in ihrer Stimme. Wenn unsere Besucher miterlebten, wie mein Vater ihr Tee und Schultertücher antrug, wie ich ihr Scotch und Anteilnahme offerierte, wie meine Schwester in leicht hysterischem Ton eine neue Anekdote aus ihrem Familienleben zum besten gab, um sie zum

Lachen zu bringen, erkannten sie darin ein Grundmuster des in unserer Familie üblichen Verhaltens und bemühten sich nach Kräften, sich einzufügen. Ich pflegte meine Mutter zu beobachten, während sie die anderen beobachtete, und ich wußte, was sie dachte: Nichts, gar nichts von dem, was ihr da veranstaltet, kann mich für mein verlorenes Leben entschädigen. Ich hörte es, ich sah es, ich verstand. Denn ich allein kannte ihr Herz.

2 Ich rede über meine Mutter in der Vergangenheit, als ob sie tot wäre, aber sie ist nicht tot. Ihr Gang ist wacklig wie der eines Kleinkinds, und ihr Atem hört sich an wie Taubengurren; sie ist fast blind und, selbst wenn sie ihr Hörgerät trägt, nahezu taub, und sie hat Angst davor, über die Straße zu gehen oder die Treppen hinaufzusteigen, weil ihr dauernd schwindlig wird, aber ihr Verstand ist wach, sie sieht großartig aus, und alle machen ihr dafür Komplimente. Ihr Lächeln ist wie eine Messerschneide, aber das sieht niemand: Sie ist eine alte Dame, und alle alten Damen sind reizend.

Wenn wir allein sind, mokiert sie sich darüber, dabei verzieht sie das Gesicht: «Oh, was für eine reizende alte Dame! Das denken die doch von mir!» Dann verstummt sie, um an ihrem Scotch zu nippen und die Flüssigkeit lange im Mund zu behalten, ehe sie sie hinunterschluckt. Als sie noch rauchte, pflegte sie sich gleich noch einen verbotenen Genuß zu gönnen. «Ich *fühle* mich nicht alt», protestierte sie dann. Sie straffte sich in ihrem Sessel, als wäre die Kraft in ihre Glieder zurückgekehrt, und verkündete: «Ich fühle mich wie achtzehn. Wie zwölf!» Neun, dachte ich dann. Du fühlst dich wie neun.

Meine Mutter fühlt sich wie neun Jahre alt; ich komme mir älter vor als sie. Sie hat nicht bemerkt, daß ich älter geworden bin. Sie scheint von mir zu erwarten, daß ich immer noch aussehe wie mit dreißig, schlank und ohne Falten und graue Haare. Sie mustert meine füllig gewordene Figur kritisch und fragt erstaunt, warum mein Haar so stumpf ist. Es ist ihr nicht bewußt, daß ich mittlerweile genauso viele Brillen besitze wie sie und daß mein Gehör auch nicht mehr das ist, was es einmal war. «Du hast immer ausgezeichnete Ohren gehabt, Anastasia», sagt sie, wenn ich dieses

Thema anspreche. Bessere als sie, meint sie damit. Und anständige Beine. Das waren ihre beiden Wünsche für ihre erste Tochter, die Beschwörungen, die ihre negative Mitgift aufheben sollten – schlechte Ohren und dicke Beine. Ich weiß nicht, ob sie davon ausging, daß sie mir auch etwas Positives mitzugeben hatte. Wohl eher nicht. Sie sagte einmal, ihr einziges Talent sei das Tanzen. Sie war eine ausgesprochene Könnerin auf der Tanzfläche. Ich nie.

Manchmal glaube ich, ich werde vor ihr sterben. Ich will nicht, daß es so kommt. Es könnte ihr weh tun. Mir selbst würde es nicht soviel ausmachen. Ich habe schon jetzt länger gelebt, als ich hätte erwarten dürfen, wäre ich vor hundert oder zweihundert Jahren zur Welt gekommen. Ich bin fast fünfzig, ein Alter, das damals nicht viele Frauen erreichten. Und dabei lebe ich ungesund. Ich rauche zuviel, trinke zuviel und reise oft mit dem Flugzeug. Ich bleibe häufig bis spät in die Nacht auf und ringe mühsam um Schlaf, sobald draußen die ersten Morgengeräusche zu hören sind: das Zuschlagen von Autotüren, Motoren, die in der kalten Winterstille mehrere Anläufe nehmen müssen, um anzuspringen, das Rattern und Mahlen der Müllwagen, die gottverdammten Vögel. Ich liebe es, die Nacht durchzumachen, durch die Straßen fremder Städte zu ziehen, rechts und links bei neuen Freunden untergehakt, die mit mir lustig sind, singen, lachen und (zumindest in bestimmten Städten wie etwa Zürich) darüber witzeln, daß man uns gleich verhaften wird, während wir von einem über die Polizeistunde hinaus geöffneten Club zum nächsten ziehen. Schließlich landen wir alle (nachdem wir uns im wohlanständigen Zürich zuvor am Nachtportier vorbeigeschlichen haben) in meinem Hotelzimmer. Dort findet sich immer noch eine Flasche, und zu viert oder fünft hocken wir auf den Betten und rauchen, trinken, lachen, singen, bis die Dämmerung dem hellen Morgen gewichen ist. Dann schwören wir uns Liebe und Kameradschaft, meine neuen Freunde und ich, und am nächsten Tag weiß ich es noch, während sie sich an nichts erinnern. Aber wenn ich sie dann nach zwei oder drei Jahren wiedertreffe, wissen sie noch genau, wer ich bin, während mir ihre Namen entfallen sind und ich oft sogar ihre Gesichter nicht mehr unterbringen kann. Die Nacht, die wir zusammen verbracht haben, hat sich für mich unter die übrigen rauschenden Nächte meines Lebens eingereiht. Jede für sich steht mir klar und deutlich in meinem Erinnerungskatalog der ekstatischen Momente vor Augen, aber ich sehe keine Gesichter.

Weil ich ja immer wieder nach Hause zurück muß. Wer weiß, wozu diese Gesichter geworden wären, wenn ich geblieben wäre? Ich halte mich im großen und ganzen nicht an Gesichtern fest. Mir geht es um Stimmungen. Ich habe kein Interesse, die Gesichter, die konstante Größen in meinem Leben sind, durch andere oder durch Neuauflagen zu ersetzen. Meine Kinder mit all ihren nie enden wollenden Problemen. Meine Eltern mit ihren. Das einzig Bleibende ist diese Verbindung über das Blut, sind diese Menschen, die man nicht verändern, nicht austauschen, nicht ersetzen kann. Nicht daß ich sie verändern wollte oder daß ich an meinem Leben irgend etwas auszusetzen hätte. Ganz im Gegenteil. Mein Leben ist genauso, wie ich es mir wünsche, wie ich es mir immer gewünscht habe. Ich bin unabhängig und habe – endlich – genug Geld, um mir nicht mehr jeden Tag den Kopf zerbrechen zu müssen, wie ich über die Runden kommen soll. Ich habe einen Beruf, der mir Spaß macht, und bin darin sogar einigermaßen erfolgreich. Ich habe die Möglichkeit, in der ganzen Welt herumzureisen, was ich schon immer wollte, seit ich klein war. Ich habe alles, was man sich nur wünschen kann.

Letztes Mal, als ich wie immer nach Long Island hinausfuhr, um meine Eltern dort draußen am See zu besuchen, saßen sie zusammen auf der verglasten Veranda auf einer schmiedeeisernen Sitzbank. Sie schauten aufs Wasser und auf die Vögel hinaus und hatten je einen Arm zwischen sich auf den Rückenpolstern liegen. Da sah ich auf einmal, wie die Hand meiner Mutter sich sachte und unauffällig öffnete und um das Handgelenk meines Vaters legte. Sie suchte ihn. Sie berührte ihn. Mir stiegen die Tränen in die Augen, und ich dachte – wie einem eben manchmal die merkwürdigsten Gedanken durch den Kopf schießen –, ach, hättest du das doch nur schon vor Jahren getan! Dann wäre alles anders gewesen!

Später empfand ich ihre Geste dann als Zumutung, als wolle sie ihm Handschellen anlegen, ihn an sich ketten, diesen Mann, von dem sie so abhängig war. Und ich wunderte mich auch über meine Tränen: ich weine nie. Nie. Zumindest war es bis dahin so. Seit diesem Vorfall breche ich wegen allem und jedem in Tränen aus – wenn ich in den Fernsehnachrichten Bilder von halbverhungerten Kindern sehe, wenn ich in der Zeitung von vermißten Kindern und glücklich wiedervereinten Familien lese oder von jungen Vätern, die in Ausübung ihrer Pflicht ums Leben kamen: als Feuerwehrleute, Polizisten oder Soldaten. Ein Fernsehspiel, in dem es um eine alte Großmutter ging, die man in ein Pflegeheim eingesperrt hatte, verwandelte mich in ein schniefendes, zerfließendes Etwas, das stapelweise Papiertaschentücher aus dem schließlich in Reichweite deponierten Päckchen grabbeln mußte.

Bei meiner Arbeit lasse ich mich durch diese sonderbare Gemütsverfassung natürlich nicht behindern. Ich stehe oft schon früh am Morgen auf und ziehe mit meiner Kamera los, um Fotos zu machen, und nachts bin ich oft in der Dunkelkammer, bis es draußen schon wieder hell wird. Ich bereite mich sorgfältig auf meine Reisen vor und lese alle neueren einschlägigen Veröffentlichungen, damit ich möglichst schon eine Vorstellung habe, wie ich an mein Thema herangehen will. In der Regel suche ich mir Aspekte aus, für die sich bislang noch niemand interessiert hat. Ich verfolge nicht gern bereits von anderen entwickelte Ansätze weiter, setze ungern eine Fußnote unter ein bereits geschriebenes Kapitel. Das hat nichts mit Geltungssucht zu tun, auch wenn ich diese Schwäche haben mag. Der Grund dafür liegt eher darin, daß die schon vorhandenen Ansätze meines Erachtens zumeist akzeptierte sind, und wenn man etwas verändern will, muß man sich etwas suchen, was ungewöhnlich ist – sei es vom Inhalt oder von der Herangehensweise her. Diese Haltung hat mir in meinem Leben schon beträchtliche Schwierigkeiten eingetragen. Es ist immer leichter – egal, auf welchem Gebiet man arbeitet –, sich an das anzuhängen, was andere bereits gemacht haben, und seinen eigenen kleinen Mückenschiß hinzuzufügen. Ich pfeife auf das Vorhandene und frage nach dem, was noch nicht da war. Diese Einstellung kann dazu führen, daß man arm bleibt.

Ich hatte dabei allerdings noch nie das Gefühl, ich hätte eine Wahl. Ich konnte es noch nie dabei bewenden lassen, die Dinge so zu sehen, wie sie sich auf den ersten Blick präsentieren. Wirklich gesehen habe ich nie die gottverdammten Steine, sondern immer nur das, was darunter war. Und der Grund dafür ist meine Mutter, soviel weiß ich, auch wenn ich nicht genau sagen kann, warum und wieso. Wie viele Stunden habe ich sie gelöchert: «Erzähl mir, wie es war, als du klein warst, Mommy. Wie war deine Mommy? Wie war dein Daddy?» Ich habe nie aufgehört, sie danach zu fragen, auch nicht mit fünfzig. Als läge unter den Steinbrocken ihrer Geschichten etwas verborgen und vergraben, das ich entdecken würde, wenn ich nur hartnäckig genug danach forschte, und das alles verändern würde.

Das was verändern würde?

Wie gesagt, mein Leben gefällt mir. Es könnte gar nicht besser sein. Na ja, könnte es wohl doch, wenn wir in einer anderen Welt lebten. Es wäre sicherlich angenehm, jemanden zu haben, den ich lieben könnte und der mich auch liebte. Aber darüber bin ich hinweg, über die Liebe, diesen ganzen romantischen Kram. Bedürftigkeit und Machtkampf, das ist es doch und sonst nichts, und ich brauche nichts. Ehrlich nicht. Ich meine, ich habe keine Bedürfnisse, die ich nicht allein befriedigen könnte. Ich kenne keine einzige erfolgreiche Frau, in deren Leben Liebe vorkommt. Männer können das schaffen, aber Frauen nicht. Schon wegen der ungleichen zahlenmäßigen Verteilung und weil Männer sich durch unabhängige Frauen bedroht fühlen. Sie finden immer eine, die ihr Ego aufbaut. Ich, wir, die unabhängigen Frauen, wir finden keinen Mann, der nicht darauf angewiesen ist, daß wir permanent sein Selbstwertgefühl stärken. Genug. Ich habe genug davon.

Ich habe weiß Gott genügend Männer gekannt, genügend Liebhaber, Freunde und Bekannte gehabt, um zu wissen, wovon ich rede. Ich habe sogar einen Sohn, einen Lumpenhund von Sohn. Sie denken jetzt sicher, so dürfte ich nicht über mein eigenes Kind reden. Sagen Sie das meiner Mutter, sie ist schuld, weil sie mich dazu erzogen hat, ehrlich zu sein. Er ist ein Dünnbrettbohrer, da gibt es nichts. Ich habe ihn nicht dazu erzogen, aber ich kann es ihm auch nicht vorwerfen, daß er einer ist. Im Gegensatz zu mir sieht er die Oberfläche der Dinge, er sieht sie und begreift, wie die Machtverhältnisse liegen, weil man dafür nur genau hinzugucken braucht. Warum auch nicht, werden Sie sagen. Der Charakter verfestigt sich langsam, wie Gelatine. Seine Gelatine ist noch nicht ganz fest, sie kann immer noch in eine andere Form umgegossen werden, aber im Augenblick bin ich nicht stolz auf ihn, auch wenn er die Träume seiner Mutter realisiert und Medizin studiert. Ich komme mir vor wie meine eigene Mutter, wenn nette, freundliche Damen sich lächelnd erkundigen, was mein Sohn macht, und mich mit einem Lobesschwall überschütten: «Nein, wie wunderbar! Da sind Sie sicher mächtig stolz!» Dann möchte ich ihnen am liebsten die Lippen abbeißen, damit sie künftig aussehen wie das, was sie in meinen Augen sind: Haifische. Und um die Wahrheit zu sagen: Meine Töchter sind auch nicht besser. Es schien alles bestens, bis sie erwachsen wurden. Jetzt scheint alles falsch.

Die Folge davon ist – wenn ich nicht gerade wegen irgendwelcher mutterlosen Kinder, kinderlosen Mütter oder toten Väter in Tränen zerfließe –, daß ich im Haus herumfauche und alle mit dem nassen Lappen erschlagen könnte. Ich finde anscheinend überhaupt nur noch so etwas wie innere Ruhe, wenn ich auf Reisen bin, und heutzutage bekomme ich solche Aufträge nicht mehr regelmäßig. Nicht einmal mit Mitgefühl kann ich rechnen. Als ich das letzte Mal bei meiner Mutter war und wir so zusammensaßen und redeten, war mir ganz elend, und ich erzählte ihr von einer handfesten Auseinandersetzung zwischen Arden und mir. Arden war schon seit einiger Zeit unausstehlich geworden, sie lümmelte nur noch qualmend im Haus herum und funkelte mich wütend an, hackte so laut es ging auf dem Klavier herum, quer durch alle verfügbaren Noten, ohne sich je die Mühe zu machen, die falschen Stellen zu wiederholen, bis ein Stück richtig klappte, und war nicht bereit, einen Handschlag zu tun, noch nicht einmal in ihrem eigenen Zimmer. Bei uns sieht es zwar nie ordentlich aus, nicht mal dann, wenn frisch geputzt ist, aber wenn Arden da ist, kommt man sich vor wie auf einem Busbahnhof. Eines Abends öffnete sie dann zu allem Überfluß die Tür zu meiner Dunkelkammer, obgleich das rote Lämpchen anzeigte, daß ich drinnen arbeitete und kein Licht hereinfallen durfte – ein Signal, das sie seit frühester Kindheit kennt. Sie wollte die Wagenschlüssel, und ich hatte aus irgendeinem Grund meine Handtasche mit hineingenommen. Ich schrie trotzdem los. Sie hatte mir ein Dutzend unersetzliche Negative ruiniert. Ich tobte wie eine Wilde, brüllte, kreischte, raufte mir die Haare. Sie zuckte nur mit den Achseln. «Ich brauche die Autoschlüssel. Ich kann nicht stundenlang warten, bis du wieder rauskommst.» Sie war mürrisch und gereizt, und mir war, als ob alles Blut aus meinem Körper in meinen Kopf gestiegen wäre. Ich verpaßte ihr eine Ohrfeige.

Das war eine Ausnahmereaktion, weil ich nie etwas von körperlicher Züchtigung gehalten habe, aber sie nahm es als Kriegserklärung. Sie knallte mir eine zurück, ich ihr auch, wir gingen aufeinander los, mit Armverdrehen, Boxen, Schlagen. Mir blieb bald nur noch Kneifen und Zwacken, weil meine Tochter zwar kleiner und zierlicher ist als ich, aber Karate gelernt hat und besser Luft kriegt, sie hat fünfundzwanzig Jahre weniger geraucht als ich. Sie hatte mich in die Zange genommen: Ich konnte mich nicht mehr bewegen, sie schob mich rückwärts, auf die Armlehne eines Polstersessels.

«Ich könnte dich umbringen!» zischte sie.

«Nur zu!» schrie ich. «Dann bin ich wenigstens davon erlöst, mit dir unter einem Dach leben zu müssen!»

Sie ließ von mir ab, schnappte meine Tasche, nahm sich die Autoschlüssel und rauschte hinaus, wobei sie die Wohnungstür hinter sich zuknallte.

Diese Geschichte erzählte ich meinen Eltern, und als ich damit fertig war, fing meine Mutter an zu weinen. Ich war verblüfft.

«Warum weinst du denn?»

Mein Vater sah mich an, als wäre ich total begriffsstutzig. «Du tust ihr leid, Ana. Natürlich muß sie da weinen.»

Quatsch, dachte ich. Sie hatte in ihrem ganzen Leben noch nie meinetwegen eine Träne vergossen. Ich sah ihr in die Augen und fragte sie noch einmal streng: «Warum weinst du?»

Sie schluchzte jetzt laut. «Ach, wenn ich doch nur mit *meiner* Mutter so hätte reden können! So habe ich nie mit ihr gesprochen, ihr nie erzählt, wie mir zumute war, nie gewußt, was in ihr vorging, und jetzt ist es zu spät!»

Das erschütterte mich nun wirklich. All die Jahre, in denen ich ihren Geschichten gelauscht hatte, gab es immer diese beiden Figuren, meine Mutter und ihre Mutter, zwei pulsierende, bebende Gestalten in einer Landschaft aus Beton, die litten und litten, jede für sich und doch miteinander verbunden, wie zwei verwundete Tiere, die durch einen endlosen Wald aus leblosen, von ihrem Schmerz unberührten Baumstümpfen zogen. Wie jene Frau, die ich einmal in Hempstead auf der Straße sah, flankiert von einem Mann und einer Frau, die sie an den Armen gefaßt hielten. Sie war noch ziemlich jung – Anfang Dreißig und hübsch, ein bißchen rundlich –, aber da war etwas in ihrem Gesicht, was mein Herz mitleidig erbeben ließ... Niemandem sonst schien etwas an ihr aufzufallen. Die Leute gingen an ihr vorbei, neben ihr her, ohne sie eines weiteren Blickes zu würdigen. Noch am gleichen Abend entdeckte ich ihr Foto in der Zeitung: Sie hatte als einzige das Feuer überlebt, bei dem ihr Mann und ihre vier Kinder umgekommen waren.

Das war mein Bild von den beiden, Mommy und Großmutter. Und nie hatte ich den leisesten Verdacht gehabt, daß da zwischen ihnen noch etwas anderes sein könnte als die gemeinsame Erfahrung des Leidens. Ich war natürlich blind gewesen, denn es mußte noch mehr geben. Ich habe mein Leben lang alle geschönten Bilder von mir gewiesen, schon in der Schule die zuckersüßen Kinderbücher, die man mir gab, wütend zugeknallt, im Kino Fratzen geschnitten, die verharmlosenden Erklärungen der Leute zornig in Frage gestellt. Ich war ein unangenehmes Kind und bin vielleicht auch eine unangenehme Erwachsene, weil ich von jeher alles ablehne, was glatt und einfach ist und dazu dient, eine Wirklichkeit zuzudecken, zurechtzuputzen und zu verniedlichen, von der ich weiß, daß sie hart und schrecklich ist. Ich habe schon als Kind die Freundinnen meiner Mutter beleidigt, indem ich empört verkündete: «Das glaube ich nicht!» oder eine spöttische Grimasse zog, wenn sie mir mit überschwenglicher Stimme einreden wollten, daß die Menschen gut sind und die Welt freundlich ist – oder umgekehrt.

Und doch hatte ich es all die Jahre einfach für bare Münze genommen, daß das Verhältnis meiner Mutter zu ihrer Mutter nur in allumfassender, niemals wankender Liebe und Verehrung bestanden hatte. Das war schließlich auch alles, was ich je darüber zu hören oder davon zu sehen bekommen hatte. Meine Mutter sagte, ihre Mutter sei eine Heilige, und genauso erlebte ich sie auch. Wenn Großmama uns besuchte, saß sie still und traurig in der äußersten Sofaecke. Sie streckte mir die ausgebreiteten Arme entgegen, und ich setzte mich neben sie. Sie nahm meine Hände in ihre – die so weich waren, daß man meinen konnte, die Falten hätten das Hautgewebe verändert –, lächelte mich liebevoll an und sagte: «Meine Anastasia, meine kleine Anastasia.» Meine Mutter und sie redeten in der Küche Polnisch miteinander, und meine Großmutter lachte und nickte mit dem Kopf. Nie lag auch nur der leiseste Anflug von Ärger in ihrer Stimme oder ihrer Miene. Ich kann sie mir gar nicht wütend vorstellen. Sie weinte einfach nur, wenn sie ihren Enkel, meinen Cousin, ins Bett zu bringen versuchte und er mit den Füßen nach ihr trat. Sie erhob niemals die Stimme. Einmal, als sie bei uns zu Besuch war, gingen meine Mutter und sie zu Fuß die ganzen dreieinhalb Kilometer zu dem deutschen Metzger, um Koteletts fürs Abendessen zu kaufen. Die Metzgersfrau sagte etwas auf Deutsch zu ihrem Mann. Als sie wieder draußen waren, kicherte meine Großmutter vergnügt: Sie freute sich, daß sie die Sprache der Metzgersleute verstanden hatte, ohne daß diese es wußten. Die Frau hatte gesagt: «Schau nur, was für ein gütiges Gesicht diese Frau hat!» Sie meinte meine Großmutter.

Wenn meine Mutter zu vorgerückter Stunde auf sie zu sprechen kam, verschwammen ihre Stimme und ihre Augen: «Meine Mutter war eine Heilige.» Dann kam mit noch belegterer Stimme: «Arme Momma.» Und anschließend begann sie mit irgendeinem der verschiedenen Kapitel: der Grausamkeit des Mannes, der Unterwürfigkeit der Frau, der Brutalität, der die Kinder ausgesetzt waren, und manchmal auch der Armut oder der Unwissenheit. All dies setzte meiner Mutter zu, aber wenn es um die Unwissenheit ging, kam eine Schärfe in ihre Stimme, eine Bitterkeit, die manchmal sogar beinahe gegen ihre Mutter auszuufern drohte. Sooft ich dann jedoch nachsetzte, meinte sie nur achselzuckend: «Was sollte sie denn machen? Sie hatte doch keinerlei Wissen.» Wenn sie von den anderen Aspekten sprach, redete sie wie ein Kind, mit einer hohen, dünnen Stimme und in einfachen Sätzen. Und zwischendurch kam immer wieder das gleiche Achselzucken, das gleiche Seufzen: «Ich war ja so ein dummes Kind. Ich wußte ja nichts.»

Das ist eine Seite meiner Mutter, von der außer mir niemand weiß. Ich kenne die Neunjährige, die sie einmal war und in gewisser Weise immer noch ist. Mein Vater hat für diese Art von Kummer kein Ohr; Probleme interessieren ihn nur dann, wenn sie mechanisch lösbar sind wie kaputte Uhren oder verklemmte Fenster. Solche Probleme liebt er, und er kann bei ihrer Lösung sehr findig sein. Meine Schwester rührt ebenfalls ungerne an alte Wunden. Sie reißt sich lieber am Riemen, packt etwas Neues an – das ist für sie das einzige Mittel, mit alten Niederlagen fertig zu werden. Ich bin darin eigentlich genau wie sie – oder war es jedenfalls oder dachte zumindest, daß ich es wäre. Aber was habe ich denn all diese Jahre hindurch gemacht, wenn ich mit Mutter bei schummriger Beleuchtung zusammensaß und der Uhrzeiger still und leise auf die Vier zurückte und die Luft immer rauchiger wurde? (Als er noch arbeitete, mußte mein Vater früh aufstehen und daher spätestens um eins zu Bett gehen, er war längst seufzend und brummelnd nach oben verschwunden. Etwa um zwei pflegte er dann geräuschvoll wieder aufzustehen und sich ein großes Handtuch aus dem Bad zu holen, um es in die Ritze zwischen seiner Schlafzimmertür und dem Fußboden zu stopfen, damit der Zigarettenmief nicht in seinen Schlaf dringen konnte – sein kleiner Protest gegen unser Tun.) Meine Mutter und ich einigten uns dann schließlich auf einen letzten Drink, und ich holte ihn uns. Manchmal (aber das liegt schon lange zurück) bestand sie allerdings darauf, selbst aufzustehen und die Drinks zu machen. Aber auch dann ging ich ihr immer in die Küche nach, um mein Glas selbst wieder in die von ihr so genannte Veranda zu bringen, wo wir zu sitzen pflegten. Was habe ich denn gemacht, wenn ich mir immer wieder die gleichen Geschichten anhörte, ihr immer wieder die gleichen Fragen stellte, besessen irgend etwas verfolgte, ohne genau zu wissen, was? Gelauscht, versucht, in sie hineinzuschlüpfen, sie zu werden, meine Großmutter zu werden, mich selbst abzulegen, als könnte ich ein für allemal in meiner Mutter aufgehen und ihr auf diese Weise die Kraft und die Hoffnung geben, die sie braucht. Ihr die Säfte zurückgeben, die ich aus ihr herausgesogen habe, nun meinerseits eine Mückenmutter zu werden, meine eigene Mutter bemuttern.

Sie hat davon niemals irgendeinem anderen Menschen als mir erzählt. Nicht einmal ihrer Schwester, von der sie sagt: «Sie weiß ja nichts darüber, sie war ja nicht dabei, sie hat ja nicht gesehen, was ich gesehen habe, sie erinnert sich an nichts. Sie denkt, Poppa war ein wunderbarer Mensch, und will gar nichts anderes hören.» Nein, diese Seite meiner Mutter kenne nur ich, aber es ist der eigentliche und innerste Teil ihrer Person, ihr Wesenskern. Deshalb kann ich andere Leute immer nur verwundert anschauen, wenn sie über sie sprechen. Ich weiß gar nicht, wovon sie reden.

3

UND DIE LEUTE haben manches über sie zu sagen. Sie ist schwierig. Sie ist taub oder fast taub und darüber verärgert: Sie reagiert gereizt, wenn Leute leise sprechen. Sie verzieht das Gesicht und wendet ungehalten den Kopf zur Seite. Leute, die nicht wissen, warum sie das tut, denken dann oft, das Gespräch langweile sie oder sie sei unhöflich. Es ist immer ein Risiko, ihr etwas zu schenken. Sie empfindet Geschenke – wie im übrigen auch andere Gesten, die darauf abzielen, ihr eine Freude zu machen, als Herausforderung, der sie sich allemal gewachsen zeigen wird: Sie macht dem Geber auf die eine oder andere Weise klar, daß es ihm nicht gelungen ist, sie zu erfreuen.

Am schlimmsten verhält sie sich in Restaurants, vor allem dann, wenn eine von uns, meine Schwester oder ich, sie ausgeführt hat. Das Lokal ist ihr grundsätzlich zu laut, wenn sie ihr Hörgerät eingeschaltet hat, kann sie keine Geräusche mehr ausfiltern, und das Gekratze der Gabeln auf den Tellern oder das Stühlerücken klingen über ihren Verstärker ebenso aufdringlich wie menschliche Stimmen. In der Regel ist es ihr auch zu kalt, und außerdem schmeckt ihr das Essen nie. Meine Schwester strapaziert alljährlich ihre Finanzen, um an Mutters Geburtstag mit ihr auszugehen, und ist dann – jedesmal wieder – ganz aus dem Häuschen über die Meeresfrüchte, die Champignonsuppe und die Kalbsmedaillons. «Schmeckt das nicht phantastisch?» spornt sie Mutter an. «Ist das nicht köstlich?» Mutters Lippen verziehen sich zu einem steifen Lächeln. «Sehr gut», lügt sie nur zu offensichtlich.

Später spuckt sie mir dann förmlich ihr Mißfallen ins Gesicht: Die Muscheln waren nichts als margarinegetränkte Brotbrösel, die Suppe nur Mehl und Wasser, das Kalbfleisch tiefgefroren. Später faucht meine Schwester ihre Kinder an – warum das Haus so ein Saustall ist, wieso sie niemals ihre Schuhe wegstellen, ihre Sodadosen wegwerfen, ihre Aschenbecher ausleeren können. Die Kinder sehen sich an und fragen sie, wie denn das Essen war. «Toll, wirklich ganz phantastisch!» Schließlich weist ihr Mann sie darauf hin, daß sie auf der Innenseite ihrer Backe herumkaut. «Deine Mutter ist dir auf die Nerven gegangen», wagt er einen Interpretationsversuch, indem er ihr liebevoll die Hand auf den Rücken legt. Joy schnappt wutentbrannt: «Nicht im geringsten! Das Essen war ganz phantastisch! Wenn es ihr nicht geschmeckt hat, ist das ihr Problem, das kratzt mich überhaupt nicht! Mir ist das völlig egal! Absolut schnurzpiepegal!»

Manchmal ist meine Mutter jammerig, manchmal schmollt sie. Wenn mein Vater nicht ständig an ihrer Seite ist, um ihr zu helfen, wird sie wütend. Aber wenn er die Hand behutsam unter ihren Ellbogen schiebt und sie über eine Türschwelle geleiten will, kann es sein, daß sie den Arm wegzieht und ihn anzischt: «Ich komme schon zurecht, Ed!», als versuche er, sie in die Rolle der Hilflosen zu drängen. Wenn er ihr vor den Mahlzeiten an ihren Platz geholfen hat und ihr einen Kuß gibt, dreht sie ihm die Wange hin. Oft sitzt sie allein, beschäftigungslos und schweigend auf ihrer Veranda, einem breiten, verglasten Raum mit Blick auf den See. Aber sie weint nicht mehr, und sie schließt sich auch nicht mehr unter Berufung auf Kopfschmerzen tagelang in ihrem Zimmer ein, wie sie es oft tat, als ich ein Teenager war.

Viele Jahre lang gewährte sie mir das Gefühl, ein wenig Macht zu besitzen, was mich unauflöslich an sie band. Wenn ich sie besuchte, lebte sie auf. Sie redete, lachte und vergaß manchmal sogar ihr Leid. Die gleiche Macht räumte sie auch meiner Schwester ein, aber die empfand die Aufgabe, Mutter aufzumuntern, zu amüsieren, zum Lachen zu bringen, als harte Arbeit, während es mir zu jener Zeit Vergnügen bereitete. Ich fühlte mich stark und froh, wenn wir zusammen lachten. Inzwischen lacht sie nicht mehr.

Sie ist sehr einsam, aber sie unternimmt keinen Versuch, Freundschaften zu knüpfen, und wenn ihr jemand den Vorschlag macht, wehrt sie barsch ab: «Mir ist nicht danach!» Zu Zeiten, in denen es ihr relativ gut geht, sitzt sie einfach nur in ihrem Schaukelstuhl, schaut auf den See hinaus und sagt: «Mein Leben ist mir auch so aufregend genug.» Dann berichtet sie mir vom jüngsten Skandal, der letzten Bluttat – denn zwischen den Kardinälen, dem großen Blauhäher, den Rotkehlchen, Enten, Gänsen, Schwänen, Kaninchen, Backenhörnchen, Opossums, Eichhörnchen, der Nachbarskatze und den winzigen roten Schnapperfischen, die das Wasser, den Wald und die Rasenfläche hinter dem Haus meiner Eltern bevölkern, spielt sich ein scheinbar eigens für sie inszeniertes ständiges Drama ab. Die Handlung strotzt nur so von Mord und Totschlag, von Mutterliebe, Angst und Schrecken. Entenväter – sie ist sicher, daß es Väter sind – quaken wütend Entenmütter an, die verzweifelt versuchen, ihre Babies aus dem Maschendraht des Nachbarzauns zu befreien. Männliche Gänse – sie ist sich sicher, daß es Gänseriche sind, weil sie größer und aggressiver sind als die anderen Gänse – verscheuchen die Weibchen und drängeln sich vor, um das ganze Brot, das sie und mein Vater ihnen hinwerfen, allein zu verschlingen. Sie hat nicht genügend Kraft im Arm, um die leichten Brotbrocken bis dorthin zu werfen, wo die kleineren Gänse hoffnungsvoll herumpaddeln, und dann macht sie empört auf dem Absatz kehrt und weigert sich weiterzufüttern. Tag um Tag spinnt sich das Drama fort, über immer neue Kämpfe und Konstellationen. Ein Vogelpaar hat den Brutkasten bezogen und sich darin ein Nest gebaut, aber es hat den Kasten so mit Zweigen vollgestopft, daß es selbst nicht mehr hineinkommt. Mein Vater mußte mit der Leiter hinaufsteigen und einen Teil des Nistmaterials herausklauben, wobei ihm meine Mutter Anweisungen gab. «Diese Vögel waren aber auch wirklich zu dämlich», verkündete meine Mutter voller Verachtung. Die Eier lagen ganz unten im Nistkasten, unter dem Nest, und waren allesamt kalt. Sie urteilte achselzuckend: «Die ganze Vogelfamilie war zu blöde; sie verdienten es nicht zu leben.»

Sie beobachtet die Seifenoper der Natur, das immer gleiche Spiel von Tod und Fortbestehen. Es scheint sie zu erquicken, und hin und wieder hebt sie das Fernglas vor die Augen, um genauer sehen zu können. Aber sie hält es nicht lange oben, es ist zu schwer.

Mein aus Europa stammender Freund Bertram, der wie ein Schnellfeuergewehr redet und stolz auf seine unidealistische, unsentimentale Weltsicht ist, lacht über seine Mutter. «Ich habe mir nie etwas von ihr gefallen lassen», brüstet er sich, «sie ist unmöglich.» «Mir war schon sehr früh klar», verkündet er mit einem Hauch von Akzent, «daß sie mich mehr liebte als ich sie. Ich konnte weggehen und sie verlassen, das konnte sie nicht.» Er ging auch weg – viele Male. Er ging auf Privatschulen, aufs College und auf die Universität, alles mit der Billigung seiner schrecklichen Mutter und seines netten Vaters, der Arzt war. Er wurde Geologe und vögelte sich durch die ganze Welt. Er spricht nie darüber, aber ich weiß, daß er zwischen seinen Reisen jedesmal zu Muttern zurückkehrt. Geheiratet hat er erst mir vierzig – und auch nur, um seiner Mutter einen Enkelsohn zu schenken, ein Vorhaben, das er zügig realisierte. Nachdem seine Frau *ihn* verlassen hat, lebt er jetzt wieder, wie vor seiner Ehe, in seiner kleinen New Yorker Wohnung am Riverside Drive, nur zehn Häuserblocks von seiner Mutter und ihrem Mercedes entfernt. Er und sein Sohn besuchen die Großmutter mehrmals die Woche, das Verhältnis könnte kaum enger sein. Und stolz ist er auch auf sie: Seit ihr Mann tot ist, hat sie schon zwei Affären gehabt. Ihr Haar ist immer noch schwarz, obgleich sie mittlerweile achtzig ist.

Unmöglich, unmöglich! Ein ewiger Refrain. Henri Laforgue hört mich über meine Mutter reden und ruft: «Gott bewahre mich vor meiner Mutter!» Alle am Tisch lachen. Wir sitzen in einem bezaubernden Pariser Restaurant mit dunkler Holztäfelung und den schmalen, hohen Fenstern eines dreihundert Jahre alten Hauses. Auf den Tischen stehen große Blumenschalen und exzellentes Essen: Das Lokal ist noch kein Touristentip. Henri ist groß und kräftig; sein rundes Gesicht und sein Kinn thronen glatt und gepflegt über dem makellosen Kragen seines maßgeschneiderten Hemds. Er ist, wie immer, von Frauen umringt – seiner Frau Adèle, ihren Kolleginnen Marthe und Martine und mir. Alle sind vernarrt in ihn: sie lachen, wenn er lacht, halten den Blick auf ihn geheftet und versorgen ihn beflissen mit allem, ohne daß er ein Wort zu sagen braucht. Seine Frau leitet eine eigene, sehr erfolgreiche Firma, eine Public-Relations-Agentur, in Frankreich etwas Ungewöhnliches, aber sie kümmert sich außerdem um ihr Ausstellungsstück von Haus, ihre drei Kinder und Henri. Er ist die ganze Woche unterwegs und verkauft Industriechemikalien, und am Wochenende will er ausspannen. Adèle hält ihm alles vom Leib und schafft es dabei auch noch, immer gepflegt zu sein. «Bewahrt mich vor meiner Mutter!» ruft er noch einmal lachend, und die anderen lachen mit.

Wovor soll man ihn bewahren? Natürlich braucht er keine Mutter. Ihn umschwirren ja die ganze Zeit Frauen, die ihn bedienen. Vielleicht ist seine Mutter genau wie er, nur daß sie als Frau nicht den gleichen Service genießt. Ich frage, was denn so schrecklich an ihr ist, aber niemand will es mir sagen. Sie lachen nur noch lauter. Ich drücke meinen Unmut an mich wie ein Stofftier. Ich bin selbst Mutter: Was ist denn nur an diesen Müttern, von denen man andauernd hört, so «unmöglich»?

Aber selbst wenn sie es mir sagten, würde ich es wahrscheinlich nicht verstehen. Sie würden irgendein Wort benutzen, das mir nichts sagt. Sie würden sich über ihre *Affenliebe* oder ihre *Überfürsorglichkeit* beschweren. Oder vielleicht sagen, sie sei *kalt*. Jemand hat das einmal über meine Freundin Lee gesagt. Ich wußte, das war etwas Negatives, ein abwertendes Urteil: *kalt*. Aber ich wußte auch, daß Lee eine Einfühlungsgabe und eine Wahrnehmungsfähigkeit besaß, wie sie diejenige, die sie da kritisierte, nie würde aufbieten können. Falls diese Frau – eine derbe, aber emotionale und extrovertierte Person namens Aline – damit meinte, daß meine Freundin nicht überschwenglich war und Zeit brauchte, um Freundschaften zu schließen, dann galt dasselbe auch für mich. War ich auch kalt? Wollte Aline in Wahrheit etwas Negatives über mich sagen? Oder sollte es heißen, daß sie sich meiner Freundin gegenüber unterlegen fühlte? Was meinte sie? Was hatte es mit dieser Kälte auf sich?

Mit derartigen Äußerungen hatte ich immer schon Probleme. Als zum erstenmal jemand über mich sagte, ich sei «sensibel», wußte ich zwar, daß das eine Entschuldigung für irgendwelche Reaktionen von mir sein sollte, aber mir war nicht recht klar, inwiefern.

Was war damit gemeint? Daß ich eine feine Wahrnehmung für Nuancen besaß? Oder daß ich leicht verletzbar war? Ein Psychoanalytiker aus meinem Bekanntenkreis erklärte mir einmal, daß meine Gefühle tiefer seien als bei anderen Leuten, worauf ich ihn fragte, mit welcher Art von Instrument er denn so etwas messe. Ich hege nämlich den Verdacht, daß die Menschen allesamt finstere Abgründe in sich haben, die sie nur fast nie zum Vorschein kommen lassen. Wer weiß denn schon, was in Menschen vorgeht, wenn sie allein in einem dämmrigen Zimmer sind und es draußen gerade hell wird, in der grauesten Zeit des Tages. Ich war tief getroffen, als mir einmal ein Mann sagte, ich sei «ganz anders». Ich muß zu meiner Schande gestehen, daß ich nachfragte: «Ganz anders als was?»

Vor ein paar Jahren fuhr ich nach Polen, allein, ohne Reisegruppe und ohne dort Leute zu kennen. Es war eine niederschmetternde Erfahrung, nicht zuletzt, weil ich nicht in der Lage war, irgend etwas Geschriebenes zu entziffern, und auch höchstens fünfzehn Wörter verstehen konnte. Die Leute waren hilfsbereit, aber ich kam mir vor wie ein kleines Kind. Man nahm mich bei der Hand, führte mich herum und wollte mich nicht allein auf die Straße lassen – es schien ihnen zu gefährlich, wenn jemand nicht einmal die einfachsten Sachen lesen oder sagen kann. Dabei handelte es sich allerdings um eine fremde Sprache. Ich habe das gleiche Problem mit meiner eigenen.

Ich erinnere mich noch genau an eines der ersten Male, als ich bei einem ganz normalen Wort diese Verwirrung empfand. Ich war etwa acht und zottelte auf dem Heimweg von der Schule die endlosen Häuserblocks entlang, allein wie immer, in meinen hohen braunen Schnürschuhen und den weißen Wadenstrümpfen, die dauernd rutschten und in den Schuhen verschwanden. Ich hatte dazu noch einen seltsamen Gang, weil ich über den großen Zeh schlurfte, so daß ich manchmal über meine eigenen Füße stolperte. Ich pflegte mir, während ich jeden Morgen und jeden Nachmittag diesen mir so lang und mühsam erscheinenden Weg entlangging, Geschichten auszudenken, die davon handelten, wie meine Familie für immer aus aller Not gerettet wurde, durch eine unvermutete Erbschaft, eine märchenhafte Patin oder dadurch, daß mein Vater eine bessere Arbeit fand. Ich malte mir aus, wo wir dann wohnen und wie ich dann sein würde.

Ein paar ziemlich garstige Mädchen aus meiner Klasse kamen

hinter mir die Straße entlanggerannt, und ich machte mich erschreckt ganz klein. Ich dachte, sie hätten es auf mich abgesehen. Sie waren wesentlich größer und kräftiger als ich, sie hatten mir zwei Jahre voraus. Als sie näher kamen, versuchte ich, meine Angst zu verbergen, einerseits aus Stolz, andererseits aber auch, weil mir intuitiv klar war, daß Angst provozierend wirkt. Ich machte den Nacken steif, schob das Kinn vor und setzte eine hoheitsvolle Miene auf. Sie spielten aber nur, irgendein – wie mir schien – rauhes Spiel, und rannten lachend an mir vorbei. Aber dann drehte eine von ihnen sich um, zeigte mit dem Finger auf mich und rief, keuchend vor Lachen: «Guckt euch die Dabrowska an! Ist die eingebildet!» Und die anderen wandten sich auch um und johlten: «Eingebildete Kuh! Eingebildete Kuh!»

Ich schritt würdevoll weiter und verzog keine Miene. Sie tobten davon, die Straße weiter und dann über das unbebaute Grundstück, wo sie lachend über alte rostige Benzinfässer, Sprungfederrahmen und anderen Müll sprangen. Mein Herz krampfte sich zusammen und wollte mir die Tränen in die Augen treiben, aber ich beherrschte mich. Ich betrat unser Haus wie immer durch die Hintertür. Meine Mutter bearbeitete gerade den Küchenfußboden mit einem Utensil, das mir besonders zuwider war, einem Mop mit langen spaghettiartigen Fransen, die bei jedem Schub unkontrollierbar durch die Gegend flitschten. Ich erzählte meiner Mutter nichts von der Sache mit den Mädchen. Ich weiß nicht warum. Obgleich ich ihr vieles anvertraute, was andere Kinder ihren Müttern verschwiegen hätten, war ich vorsichtig. Es gab vieles, was ich für mich behielt. Es wäre mir peinlich gewesen, ihr das mit den Mädchen zu erzählen, ich wollte, daß sie dachte, ich käme in meinem außerhäuslichen Leben bestens zurecht. Ich wartete auf der Schwelle, bis sie die letzten Wischer mit dem gräßlichen Mop getan hatte. «Wenn du die Schuhe ausziehst, Anastasia, kannst du dich an den Tisch setzen. Dann gebe ich dir Milch und Kekse», sagte sie freundlich. Ich legte meine Bücher auf dem Tisch ab, der gleich bei der Hintertür stand, zog die verhaßten Schuhe aus und tat, wie mir geheißen. Sie stellte mir ein Glas Milch und ein paar Schokoladenplätzchen hin und ließ sich dann mit einem Seufzer auf den Stuhl mir gegenüber fallen. Sie zündete sich eine Zigarette an und schlug die Beine übereinander: Sie war auf Strümpfen.

«Wie war es heute in der Schule?»

«Gut. Ich habe hundert Punkte im Diktat und neunundneunzig in der Rechenarbeit. Ich kann nichts dafür, daß es nur neunundneunzig sind. Die Lehrerin hat bei der einen Aufgabe gedacht, meine Sieben sollte eine Eins sein. Ich habe ihr gesagt, daß es keine ist, aber sie hat gemeint, es ist egal.»

Sie lächelte. «Das ist ja schön, Anastasia.»

«Und in der Pause haben wir Ringelreihen gespielt, und ich bin dreimal in den Kreis gekommen.» Das war glatt gelogen. Ich kam fast nie in den Kreis, wenn wir Ringelreihen spielten, und ich wußte, es lag an meinen häßlichen hohen Schuhen. Aber ich wußte auch, daß diese Schuhe meine Eltern eine Menge Geld gekostet hatten, das eigentlich gar nicht da war, und daß sie auf andere Dinge verzichtet hatten, um sie mir zu kaufen, damit meine Füße gerade wurden oder was immer mit ihnen passieren sollte. Es war eine Lüge, wie ich sie häufig äußerte, weil es sie glücklich zu machen schien. Sie strahlte: «Oh, wie schön, Anastasia! Du bist ja richtig beliebt!» Wenn sie lächelte, glaubte ich beinahe selbst, daß es so gewesen war, daß sie mich gewählt hatten, daß die anderen Kinder mich mochten.

Dann schwiegen wir beide. Ich aß meine Kekse auf und fegte die Krümel mit der Hand zu einem kleinen Häufchen zusammen. Mutter stand auf, holte einen Spüllappen und wischte sie weg.

«Kann ich jetzt auf den Fußboden treten?»

«Ja.» Sie drückte ihre Zigarette aus und seufzte wieder: «Ich bin so müde.» Ich sah sie mitfühlend an. Sie war immer müde. Ich wußte, daß sie es sehr schwer hatte.

«Mommy?» Ich drehte mich um, um meine Bücher an mich zu nehmen. «Was heißt eigentlich *eingebildet*?»

Sie stand am Spülbecken und ließ heißes Wasser über die Mopfransen laufen. «Das heißt, daß jemand sich für besonders gut hält. Für besser als die anderen.»

Ich verharrte reglos. «Ach so.»

Sie drehte den Kopf ein wenig. «Warum?»

«Ach, ein paar von den Mädchen haben das heute gesagt – über Rhoda Moore. In der Pause.» Ich hatte den Namen des einzigen Mädchens in der Klasse genannt, das ich beneidete, eines großen, hübschen Mädchens mit langen blonden Haaren und großen blauen Augen. «Sie finden, sie ist eingebildet.»

«Und stimmt das?»

«Ich weiß nicht», sagte ich stockend. «Sie ist unsere Klassenschönheit.»

«Dann denkt sie wahrscheinlich, sie ist hübscher als die anderen», erklärte Mutter.

Ich verließ die Küche, damit sie mein glühendes Gesicht nicht sah, die Pein, die es mir bereitete, der armen Rhoda Moore unrecht zu tun und meine Mutter zu belügen und, was das Schlimmste von allem war, mein wahres Ich verstecken zu müssen. Denn im gleichen Augenblick, als sie es aussprach, wußte ich, daß es zutraf. Ich war eingebildet, ich dachte wirklich, ich sei besser als die anderen. Ich lief nach oben in mein Zimmer und warf mich auf mein Bett. In meinem Kopf pochte es, als hätte ich Fieber. Ich fühlte mich mutterseelenallein und durch und durch schlecht. Ich wünschte, ich hätte verschwinden können, einfach auf der Stelle sterben, davonwehen wie ein welkes braunes Blatt.

Ich *war* eingebildet, ich hielt mich für besser als die anderen. Aber ich *war* besser als die anderen. Ich war sauber und ordentlich, und die meisten anderen waren das nicht; ich war in der Schule besser als alle Kinder, in allen Fächern. Sie wußten nichts, sprachen fehlerhaft, hatten schlechte Manieren und waren laut. Sie kamen mir vor wie eine andere Gattung Menschen, ja sogar wie eine andere Art von Lebewesen. Es war doch einfach eine Tatsache, eine ganz objektive Tatsache: Ich war besser, und die Lehrerinnen und sogar der Direktor erkannten das auch an. Warum sonst hätten sie mich gleich mehrmals eine Klasse überspringen lassen? Warum blieb denn der Schulleiter, wenn er zu uns in die Klasse kam, jedesmal hinter meinem Platz stehen, um mir über die Schulter zu gucken? Warum schickten mich die Lehrerinnen denn so oft, wenn ich eine Zeichnung oder ein Gedicht gemacht hatte, damit zu ihm? Sie fanden es gut, daß ich besser als die anderen war. Und meine Mutter doch auch. Aber besser zu sein war eingebildet, und eingebildet sein, das war schlecht. Ich lag da und litt unter einem Zwiespalt, der mir im Lauf der Jahre wohlvertraut werden sollte. So zu sein, wie ich war, war gut, und manche Leute mochten mich dafür, aber andere konnten mich deshalb nicht leiden. Es gefiel mir nicht, daß die anderen Kinder sich von mir fernhielten, aber ich wollte auch nicht aufhören, besser zu sein. Etwas zu tun – meinen Fähigkeiten entsprechend –, und es gut zu machen, war praktisch meine einzige Freude.

Ich weiß nicht, mit welchen Worten ich darüber nachdachte. Ich erinnere mich nur, daß es weitere Kreise zog, bis hin zu Fragen und Problemen, die so kompliziert waren und so verwoben mit wieder anderen Problemen, daß ich mich wie erschlagen fühlte. Ich sah keine andere Lösung, als gar nicht mehr zu sein, mich aufzulösen, kurzum: zu sterben. Ich dachte, wenn ich nur lange genug wie tot liegenblieb, würde mein Körper vielleicht tatsächlich allmählich absterben. Aber ich schaffte es nie. Mein Körper war immer wieder stärker. Ein Arm schlief mir ein, ein Bein verlangte mit aller Macht, bewegt zu werden, und durchdrang mit seiner Forderung das gnädige Vergessen, in dem mein Denken sich gerade zu verlieren im Begriff war. Ich setzte mich also dumpf und traurig wieder auf und kehrte ins Leben zurück, von dem ich damals schon wußte, daß es ein auswegloses Dilemma war. Es gab keinen Weg, man selbst zu sein und gut zu sein und geliebt zu werden. Wofür man sich auch entschied, man opferte das andere. Das war zu hart für mich.

Natürlich machte ich trotzdem weiter, wie man es eben tut. Zeitweise gelang es mir sogar, diese frühe Erkenntnis wieder zu vergessen. Was mir dagegen blieb, war die Skepsis gegenüber Worten. Deshalb konnte ich, wenn eine Frau meinte, meine Mutter sei so stark, oder wenn andere Leute sagten: «Ihre Mutter ist wirklich reizend», nur lächelnd nicken. Wenn man bei solchen Aussagen nachfragt, gucken einen die Leute an, als hätten sie plötzlich gemerkt, daß man etwas zurückgeblieben ist. Vor vielen Jahren pflegte ich mich noch zurückzuziehen und über solche Behauptungen nachzugrübeln. *Ist* sie stark? Was heißt das? Woran merkt man das? *Ist* sie reizend?

Ich nahm solche Urteile ernst und ging davon aus, daß sie reiflicher Überlegung entstammten. Ich hatte noch nicht begriffen, daß Leute die Angewohnheit haben, durch die Gegend zu laufen und nach rechts und links Urteile von sich zu geben, ohne sich wirklich etwas dabei zu denken. Ich war ein sehr ernstes Kind und glaubte, Erwachsensein bedeute, über Wissen und Erkenntnisse zu verfügen, von denen ich ausgeschlossen war. Erwachsensein war für mich eine begnadete Form der Existenz: Leute, die in einem hellerleuchteten Zimmer saßen, lachten, redeten und mit den Köpfen nickten, während ich draußen vor der Tür im Dunkeln stand und nicht verstehen konnte, warum sie sich so angeregt über das Wetter oder den Verkehr unterhielten. An ihrer Lebhaftigkeit und Lustigkeit konnte ich ablesen, daß hinter ihren banalen Worten eine Welt geheimer Bedeutungen steckte, daß Sprache ein Code war, den nur die Eingeweihten kannten – die Erwachsenen. O ja, mit der Zeit lernte ich natürlich die Augenblicke des Schweigens und die Pausen zu deuten, lernte ich, wofür die Auslassungen im Gespräch standen – für Sex oder Schande, Geldschwierigkeiten oder Skandalgeschichten. Aber mit den Wörtern habe ich immer noch Probleme. Das einzige Wort, das ich ganz eindeutig und ohne jede Unsicherheit auf meine Mutter anwenden könnte, ist eins, das ich noch nie jemanden habe gebrauchen hören: Im Grunde ihres Herzens, in ihrem innersten Kern ist meine Mutter wütend.

4 UND DOCH WAR sie genau wie ich, drückte sie sich draußen im Dunkeln herum, schüchtern und mit dem Gefühl des Ausgeschlossenseins, dem Gefühl, drinnen bei den Erwachsenen nicht erwünscht zu sein, dem Gefühl, nichts von der Welt zu wissen. Sie trug auch solche hohen Schuhe, sogar noch höhere als ich, nur daß sie damals modern waren. Sie hatte die gleichen langen Spaghettilocken, die sie mir später verpaßte. Sie hieß mich dazu auf dem Schemel Platz nehmen, während sie die Brennschere über der Gasflamme erhitzte, der gleichen Flamme, über der sie auch Hühner absengte, was ganz ähnlich roch wie das angekokelte Zeitungspapier, wenn sie die Lockenschere abrieb, ehe sie sich damit an mein schlaff herunterhängendes Haar machte. Sie teilte mit dem Kamm eine Strähne ab, wickelte sie mit dem übelriechenden Brenneisen auf und ließ sie dann wieder los, um sich weiter rings um meinen Kopf vorzuarbeiten, bis sie mich «fertig» hatte. Genau wie das Huhn, wenn sich alle seine Federchen unter der Berührung der Flamme zu kleinen Kringelchen gerollt hatten und es in die Pfanne wandern konnte.

«Hat deine Mommy dir auch so die Haare gelockt?»

«O nein, Anastasia.» Sie antwortete mir mit ihrer, wie ich sie nannte, «bösen» Stimme, einer Mischung aus Mattigkeit und Ärger. Aber dann setzte sie klagend hinzu: «Meine Mutter hat mir nie die Haare gemacht.»

Aber man sah es doch, auf dem Foto, beharrte ich: Mommy mit sieben, genauso alt wie ich, mit genau den gleichen Spaghettilokken. Und ich lief nach oben, das Bild holen, um es ihr zu zeigen. Ihre Schultern fielen vornüber, sie verzog das Gesicht. Sie war ärgerlich. «Ach, ich weiß nicht, Anastasia, vielleicht hat das Mädchen sie mir gemacht.»

«Ich kann mich nicht mehr erinnern, Anastasia!» Sie ist sichtlich gereizt, während sie das verkrumpelte Zeitungspapier zusammenrollt und in den Mülleimer stopft, die Brennschere zum Abkühlen auf den Gasherd legt und sich neuen Kaffee aus der stumpfen Aluminiumkanne eingießt. Sie läßt sich auf einen Stuhl am Küchentisch fallen und zündet sich eine Zigarette an. Ich gehe, das Foto fest umklammernd, aus der Küche, laufe in das vordere Zimmer, das wir die «Veranda» nennen, und hocke mich auf den Boden. Hohe schwarze Schnürstiefel. Sie reichen fast bis zu ihrem Rocksaum. Und die scheuen Augen, das schüchterne Lächeln, der Ausdruck von Nicht-ganz-Dasein auf ihrem Gesicht. Das ist meine Mommy. Mit auf dem Bild ist ihr Bruder, Eddie, neun Jahre alt. Er ist ganz präsent, gelassen, dunkel, sein Gesicht rund und reif. Ich erkenne ihn, meinen geliebten Onkel Eddie. Er trägt einen weißen Anzug mit Knickerbockern und ein Hemd mit rundem Kragen. Ich habe so einen weißen Anzug wie den auf dem Foto zum erstenmal gesehen, als Louis Ferraro gestorben war. Er hatte eine Blinddarmentzündung gehabt, und unsere Lehrerin wollte, daß wir alle zu ihm nach Hause gingen, um ihm die letzte Ehre zu erweisen, wie sie sagte. Er lag in einem Kasten, in einem weißen Anzug, inmitten von lauter Blumen. Er war so dick und sonnenbraun wie immer, aber er war tot. Seine Mutter, seine Großmutter und seine sämtlichen Tanten saßen in schwarzen Kleidern, die ihre massigen Körper ganz verhüllten, um den Sarg herum und weinten. Sie sahen kaum auf und reagierten nicht einmal richtig auf das, was die Lehrerin sagte. Das verstand ich nicht: er war doch schließlich nur ein Kind. Wenn ich tot gewesen wäre und in einem Kasten gelegen hätte und die Lehrerin wäre zu uns nach Hause gekommen, dann wäre meine Mutter ganz bestimmt nett und höflich zu ihr gewesen. Ich dachte, daß sie nur Theater spielten. So viel konnte ihnen jemand, der nur ein Kind war, gar nicht bedeuten.

Als ich meine Mutter nach dem weißen Anzug fragte, sagte sie, es sei ein Kommunionsanzug gewesen. Ich wollte gern wissen, ob Eddies Anzug auch ein Kommunionsanzug war, und ich hätte gern Mommy danach gefragt, aber ich wußte, es war besser, wenn ich es mir verkniff. Ich saß auf dem Fußboden der Veranda, die Knie zusammen, die Fußgelenke auswärts geknickt, und wog ab. Es war eine Entscheidung, wie ich sie häufig zu treffen hatte, aber die Folgen waren nicht genau abzuschätzen. Ich wollte unbedingt wissen, ob Eddies Anzug auch ein Kommunionsanzug war. Schließlich beschloß ich, es zu riskieren. Ich sprang auf und ging zurück in die Küche. Mommy saß noch immer am Küchentisch und rauchte. Sie starrte aus dem Fenster, schien aber auf nichts Bestimmtes zu sehen. Als ich hereinkam, rührte sie sich nicht.

«Mommy?» fragte ich tastend von der Tür aus. «Ist Eddies Anzug ein Kommunionsanzug?»

Sie sah mich an.

Ich hielt ihr das Foto entgegen. «Er ist weiß, genau wie der von Louis Ferraro.»

Sie beugte sich vor und streckte die Hand aus. «Laß sehen.» Sie musterte das Bild. «Hm, schon möglich. Aber seine Erstkommunion müßte gewesen sein, als er sieben war – das da, auf dem Bild, ist meine, das bin ich in meinem Kommunionskleid. Mit neun muß ihm sein Kommunionsanzug eigentlich zu klein gewesen sein. Aber vielleicht hat Momma ihn auch herausgelassen, das konnte sie sehr gut. Oder vielleicht war es auch ein neuer Anzug.» Die Mattigkeit kehrte in ihre Stimme zurück. «Ich weiß nicht mehr.» Sie gab mir das Bild wieder.

Ich stand wie angewurzelt da. «Kommunionskleider gibt es auch?» Die nächste Frage wog schwer, und ich zögerte. «Was bedeutet Kommunion?» Bisher hatte ich Glück gehabt, und ich wußte aus Erfahrung, daß ich das Glück immer überstrapazierte. So auch diesmal.

Sie fuhr mich erschöpft an: «Geh spielen, Anastasia! Hör auf, mich zu belästigen!»

Ich verschwand.

Ich ging nach oben und legte mich auf mein Bett. Immer wenn meine Mutter so mit mir sprach, fühlte ich mich in einen schwarzen Strudel gestoßen, fühlte ich mich schlecht, fühlte ich mich genauso, wie sie sagte, daß ich war, wenn sie sich über mich ärgerte – selbstsüchtig und eigensinnig. Ich fühlte mich wie eine pulsierende Warze und wollte mich am liebsten in Luft auflösen. Ich wollte tot sein, und ich fragte mich, ob sie wohl weinen würde, ob es ihr wohl leid täte, wenn ich sterben würde. Manchmal dachte ich, sie würde traurig sein, und dann dachte ich wieder, es würde sie überhaupt nicht kümmern. Und doch: im geheimen wußte ich, daß sie mich gern hatte und daß ich begreifen würde, wenn ich sie nur begreifen könnte. Und deshalb mußte ich über sie nachdenken, über dieses kleine Mädchen, das genauso alt war wie ich, und darüber, wie es wohl war, sie zu sein, und über alles, was sie mir von ihrem Leben erzählt hatte. Und sobald ich das nächste Mal das Gefühl hätte, daß sie guter Laune sei, würde ich sie noch mehr fragen. Ich setzte mich auf und lehnte mich gegen mein Kopfkissen. Ich spürte, wie mein Gesicht einen ganz bestimmten Ausdruck annahm. Er stellt sich bei mir auch heute noch ein, nur daß ich inzwischen das Wort kenne, um ihn zu benennen: Entsagung. Ich saß da, mit dem Gefühl innerer Ruhe, dem Gefühl, eine Aufgabe zu haben, einen Anlaß, eine Herangehensweise – auch wenn ich die Worte dafür noch nicht kannte. Ich würde in meine Mutter hineinschlüpfen und so den Quell ihrer Liebe finden.

II. Kapitel

1 Im Juli 1907 lebten sie in der Grand Street in Brooklyn, Williamsburgh, einem alten Viertel. Die Straßen waren kopfsteingepflastert und von kleinen Läden gesäumt, über denen zwei Stockwerke mit winzigen Wohnungen lagen. Auf der Straße war immer etwas los: Straßenbahnen rumpelten vorbei und Pferdewagen, die von riesigen Gäulen mit mächtigen Hinterbacken gezogen wurden. Hin und wieder kam ein Paar durch, das seinen zweirädrigen Karren in Richtung «Jewtown», wie alle hier sagten, vor sich her schob, wo es seine Waren verkaufen wollte. Ab und an hielt ein Leiterwagen, der Kutscher stieg ab, sagte etwas zu den Pferden, wuchtete ein schweres Faß von der Ladefläche und rollte es in ein Geschäft. Vieles wurde in Fässern geliefert – Mehl, Butter, Melasse, Nägel, Bier. Männer trugen überschwappende Bierkannen von der Kneipe nach Hause. Kinder rannten durch den Verkehr, schossen pfeilschnell in Hauseingänge und wieder hinaus. Und alle Ereignisse wurden von den kritischen Kommentaren der Frauen begleitet, die aus den Fenstern hingen, Arme auf die Fensterbretter gestützt. Alles, was auf der Straße passierte, erregte ihr Interesse, sie hatten zu allem und jedem eine Meinung. Sie unterhielten sich mit den Leuten unten auf der Straße, riefen den Kindern etwas zu, manchmal drehten sie den Kopf zur Seite, um miteinander zu reden, von Fenster zu Fenster, nachdem eine verschwunden war, um mit einem unförmigen Federkissen zurückzukehren, auf das sie ihre Arme betten konnte.

Es war eine lebhafte, rauhe und laute Straße, ein Ort, an den sich manche Menschen sogar gern zurückerinnern würden, aber nicht das dreieinhalbjährige Mädchen, das an einem Fenster im zweiten Stock steht. Sie hat sich im Zimmer hinter einem Spitzenvorhang versteckt, sie steht unbeweglich da, wie tot, so still, so zart und zerbrechlich, daß sie eine Porzellanpuppe sein könnte, die dort hingestellt wurde. Sie ist klein für ihre drei Jahre. Sie weiß, daß sie kränklich ist, aber sie weiß nicht, was das Wort bedeutet. Ein Wort wie ein zweiter Name: Isabella ist kränklich.

Die Straße wirkt auf sie bedrohlich, obwohl sie oft am Fenster steht und hinaussieht. Eine laute, gefährliche Straße. Menschen rempeln sich gegenseitig an, manchmal schubsen sie sich. Die Männer haben starke Arme, und einige haben die Ärmel hochgekrempelt, so daß ihre dunklen Haare zu sehen sind. Die Frauen haben laute Stimmen und kreischen vor Lachen. Die Straßenbahnen rollen vorbei, riesig und beängstigend. Einmal hatte Eddie sie mitgenommen, um ihr Bonbons zu kaufen, da war eine Straßenbahn direkt auf sie zugefahren, und sie hatte es gar nicht gemerkt. Eddie hatte sie schnell zurückgerissen und sie angeschrien, sie solle aufpassen, wo sie ginge. Dann nahm er sie in die Arme und kaufte ihr zwei Lutscher, aber sie weinte immer noch. Sie hatte die Straßenbahn nicht gesehen.

Sie kann wirklich nicht gut sehen. Die Hornhaut des linken Auges ist narbig, seit sie die Masern hatte, aber das weiß noch niemand. Sie sieht genug, um vor der Straße auf der Hut zu sein und zu wissen, daß sie sie haßt und fürchtet. Manchmal, wenn die Strahlen der Sonne alles vor ihren Augen vergolden, spielt sie, daß sie in einer anderen Straße ist, in einer, die sie vor langer Zeit gesehen hat.

Momma und Poppa hatten mir ihr, Eddie und dem Baby Mommas Schwester Mamie besucht, die weit weg wohnte – man mußte mit zwei Straßenbahnen fahren und weit laufen. Momma war dick, und sie trug Wally, deshalb erlaubte Poppa Bella, auf seinem Schoß zu sitzen. Fasziniert starrte sie durch die Straßenbahnfenster auf Straßen, in denen es überhaupt keine Geschäfte gab, nur Reihenhäuser, rotbraune Häuser mit Freitreppen, einer Veranda und mit Bäumen, die ihren Schatten auf ruhige Gehsteige warfen. Für die Kinder des Viertels gab es einen Spielplatz, auf dem jedoch kein Kind spielte. Aber auf einer Treppe erspähte Bella ein kleines Mädchen mit langen blonden Locken und einem rosa Kleidchen, adrett und hübsch saß es da, von Kopf bis Fuß gesprenkelt von den tanzenden Schatten der erblühenden Knospen eines Baumes. Und Bellas

Herz krampfte sich so heftig zusammen, daß sie beinahe laut aufgeschrien hätte. Sie wünschte, sie wäre dieses kleine Mädchen und würde in dieser stillen Straße leben. Ihre Sehnsucht glich einem Band, das länger und länger wurde, je weiter die Bahn die Straße hinunterfuhr.

Wenn Bella am Fenster steht und hinausblickt, sieht sie nicht immer die Straße, die unter ihr liegt. Ab und an ist sie in einer anderen Straße, sitzt auf einer Steintreppe unter den Zweigen eines Baumes und trägt ein rosa Kleid. Stundenlang ist sie weit weg und völlig abwesend. Sie nimmt vieles in ihrer Umgebung nicht wahr. Aber ein paar Sachen weiß sie.

Sie weiß, daß sie eine Momma und einen Poppa hat, die immer weg sind. Wenn Bella aus ihrem zerwühlten Bett steigt, leise und barfuß in das Eßzimmer tappt, auf das Sofa klettert und sich in eine Ecke kuschelt, steht Momma bereits in der Küche und kocht Haferbrei. Sie kann Momma in der Küche sehen, die sie sich mit Nachbarn teilen. Sie drückt sich ein rundes, duftendes jüdisches Roggenbrot an die Brust und schneidet Scheiben davon ab. Sie schneidet drei Scheiben für Poppa ab und je eine für sich selbst und die Kinder. Sie bestreicht sie dick mit sahniger weißer Butter und legt sie auf einen Teller. Sie trägt den Teller in das Eßzimmer und stellt ihn auf den Tisch, aber sie hat es eilig, sie hat es immer eilig, und sie sieht Bella nicht, die sich in die Sofaecke drückt. Bella springt auf, rennt zum Tisch und schnappt sich ihr Butterbrot, dann rennt sie zum Sofa zurück, kuschelt sich in die dicken Kissen und ißt. Eddie stürmt geräuschvoll ins Zimmer, er spielt Eisenbahn, er grapscht sich sein Brot und springt neben Bella auf das Sofa. Dann kommt Wally, er krabbelt noch. Er erreicht den Tisch und wimmert. Er kommt nicht an den Teller heran. Er kann sich noch nicht aufrichten. Eddie steht auf und gibt Wally sein Brot. Dann hebt er ihn hoch und setzt ihn auf die Couch. Eddie ist stark. Wally versucht, sich das ganze Brot auf einmal in den Mund zu stopfen, und verschmiert sich die Butter über das ganze Gesicht.

Eddie nimmt ihm das Brot weg, und Wally fängt an zu greinen. «Abbeißen, du Dummerjan, du mußt abbeißen. So.» Eddie hält ihm das Brot an den Mund, und Wally greift danach und beißt ab. «So ist's richtig», sagt Eddie. Er ist mit seinem Brot fertig, er sitzt in der Mitte des Sofas und baumelt mit den Beinen. Bella sieht ihn nicht, sie nimmt nichts von alldem wahr. Sie hat ihr Butterbrot aufgegessen und beobachtet, wie Momma Poppas Rühreier schlägt. Sie wünscht sich, das Essen wäre für sie. Momma stellt Poppas Teller genau in dem Moment auf den Tisch, als Poppa ins Eßzimmer kommt. Er ist in Hemd und Kragen und Krawatte, aber noch ohne Weste. Er setzt sich an das Kopfende des Tisches, zieht seine große Stoffserviette aus dem Serviettenring und steckt sie sich in den Gürtel. Er wartet mit dem Essen, bis Momma mit der Kaffeekanne kommt und ihm eine dampfende Tasse duftenden starken Kaffee eingießt. In seiner Gegenwart sind ihre Schultern leicht hochgezogen, aber sie lächelt ihm zu. Momma ist klein, flink und freundlich. Immer wenn Poppa etwas sagt, nickt, lächelt oder lacht sie. Poppa ißt seine Eier und seine drei Butterbrote. Momma hat ihr Brot in der Küche im Stehen gegessen.

Momma geht morgens als erste, sie rennt die drei Straßen bis zur Schneiderei, die sie aufschließt. Wenn Poppa dann kommt, ist alles vorbereitet. Sie holt ihren Mantel und sagt den Kindern, daß sie brav sein sollen. Wenn Poppa aufgegessen hat, geht er ins Schlafzimmer zurück. Dann räumt das Dienstmädchen den Tisch ab und knallt für die Kinder Schüsseln mit Haferbrei auf den Tisch. Bella rutscht vom Sofa und rennt auf den Flur. Dort drückt sie sich an die Wand und beobachtet Poppa, der vor dem mahagonigerahmten Drehspiegel seine goldene Uhr mit der Kette an seiner schönen gestreiften weißen Satinweste befestigt. Er bürstet die Schultern seines dunklen Jacketts mit einer edlen weichen Bürste, die einen Griff aus Schildpatt hat. Bella kennt die Bezeichnungen für diese Dinge nicht, aber sie erkennt ihre Schönheit. Dann zwirbelt Poppa die Enden seines Schnurrbarts, setzt sich den Hut auf und richtet ihn eine Idee schräg über der Augenbraue aus. Er strafft sich und mustert sich im Spiegel. Er sieht sehr gut aus. Sobald er verschwunden ist, trippelt Bella schnell ins Eßzimmer zurück und klettert auf einen Stuhl am Tisch.

Ihr Haferbrei ist inzwischen klumpig geworden. Sie ißt um die Klumpen herum, übergießt sie mit Sahne, bis sie eine Suppe hat – Sahnesuppe mit Klumpen –, und das Dienstmädchen kommt herein, sieht Bella, schlägt ihr auf die Hand und schimpft mit ihr. «Dumme Bella!» Sie rutscht von ihrem Stuhl und rennt weg. Sie geht in das vordere Zimmer, das selten benutzt wird und für die Kinder verboten ist. Sie weiß das, aber sie weiß auch, daß das Dienstmädchen sie, wenn sie sich hinter die Spitzengardine stellt und ganz still steht, bis zum Mittag nicht suchen wird, dann wird Momma nach Hause gerannt kommen und für Poppa Mittagessen kochen. Bella kann Momma schon sehen, wenn sie noch einen Häuserblock weit weg ist, und kann sich noch aus dem Zimmer schleichen, ins Kinderzimmer gehen und sich ihr Kleid und die Schuhe überziehen. Das Dienstmädchen muß sie ihr zuknöpfen und wird sie schlagen, weil sie sich erst so spät angezogen hat, aber sie hat sich inzwischen an die Schläge gewöhnt.

Momma war dick und blieb zu Hause, und eines Nachts schrie sie, und dann wurde sie dünn, aber sie blieb weiter zu Hause. Bella wollte auf ihren Schoß, aber die Frauen scheuchten sie weg. Es gab eine Beerdigung. Sie weinten. Eine Beerdigung war ein Fest, auf dem die Frauen weinten. Dann ging Mommy wieder weg, wieder in die Schneiderei.

Bella bemerkt ihre Brüder kaum. Sie weiß nicht, was Wally treibt. Im Haus gibt es weder Spielzeug noch Bücher, es gibt weder Papier noch Stifte, Malkreide oder Tuschkästen. Im Kinderzimmer steht ein großes Bett, in dem die Kinder schlafen, und ein Schrank für ihre Kleider. Wenn sie ins Kinderzimmer geht, um sich anzuziehen, liegt Wally manchmal auf dem Fußboden und hat den Daumen im Mund. Er ist ein Baby. Eddie ist hinuntergegangen. Er geht jeden Tag nach draußen und spielt mit seinen Freunden Ball. Sie werfen den Ball an die Backsteinmauer des Papierwarenladens an der Ecke, bis der Besitzer sie fortjagt. Jeden Tag jagt er sie fort, und die Jungen belegen ihn im Wegrennen mit Schimpfnamen. Dann rennt er rein und holt sich einen Besen, den er wie einen Knüppel schwingt, wenn er hinter ihnen hersetzt. Aber sie sind klein und schnell und springen hinter Wagen und in Hauseingänge. Die Jungen schreien: «Oller alter Meini, hat Pickel auf dem Heini» und kichern erregt. Mr. Meineke wird rot im Gesicht, und die roten Äderchen auf seiner Nase sehen aus, als ob sie gleich platzen.

Bella begreift nicht, daß Eddie diese schreckliche Bestrafung – denn als solche begreift sie die laute und gewalttätige Szene – für einen derart dummen Zeitvertreib riskiert. Eddie lacht darüber nur, er sagt, daß er vor dem alten Meineke keine Angst hat. Aber Bella glaubt ihm nicht ganz, auch wenn Eddie groß ist. Eddie ist fünf. Er hat Geburtstag gehabt, und Poppa hat eine Rede gehalten. Als sie am Eßtisch gesessen haben, hat er Eddie auf seinen Schoß genommen und sein Glas erhoben, und die anderen am Tisch haben ebenfalls ihre Gläser erhoben. Er hat über seinen fünfjährigen Sohn gesprochen und laut gerufen: «Nasdrowje!» Alle anderen haben das auch gerufen, und dann haben sie getrunken. Und Momma hat Bella, die aufbleiben durfte und schweigend auf dem Sofa saß, einen Lutscher geschenkt.

Bella hört ein durchdringendes Quietschen und weiß, daß das Dienstmädchen die Wäsche in den beiden tiefen Zubern in der Küche gewaschen hat und sie auf die Wäscheleine hängt, die vom Küchenfenster nach draußen zu einem Pfosten am Ende des Hofes läuft. Die Rolle des Flaschenzugs ist verrostet und quietscht bei jedem Zug. Bella geht in die Küche und sieht schweigend zu. Sie späht aus dem Küchenfenster in den Hof hinunter, der mit Abfall vom Reiskuchenladen des Chinesen übersät ist und die Gemüsebeete einrahmt, die die schweigsame Frau des Chinesen angelegt hat. Sie jätet sie, bewegt sich langsam, bückt sich über die Pflanzen; sie blickt niemals hoch. Nachts konnte Bella riechen, wie Gemüse in übelriechendem Öl brutzelte, demselben Öl, in dem der Chinese seine Reiskuchen backte. Wenn sie nach draußen ging, stand Bella auf der Straße und beobachtete ihn, wie er im Fenster seines Ladens seine Reiskuchen backte. Trotz des Öls rochen sie köstlich, und er machte sie genauso wie Momma die Pancakes, die sie sonntags zubereitete, wenn die Schneiderei geschlossen war. Bella starrte neidisch auf die Leute, die Schlange standen, um sich einen Reiskuchen zu kaufen. Aber sie hätte sich nie getraut, um einen zu bitten, weil Poppa jedesmal, wenn er den Reiskuchenmann sah, lauthals lachend dröhnte: «Oh, dieser Chinese! Eßt bloß nie seine Reiskuchen! Wißt ihr, woraus er sie macht? Er macht sie aus Rattenschwänzen und kleingehackten Mäusen und Spinnen.»

Er sprach natürlich polnisch, damit der Chinese nicht verstehen konnte, was er sagte. Jeder in Bellas Welt sprach Polnisch, aber sie merkte, daß die Jungen, wenn sie Mr. Meineke etwas hinterherriefen, eine andere Sprache benutzten. Sie beherrschte diese Sprache nicht, verstand aber, was sie dem Ladenbesitzer hinterherriefen. Bella war es peinlich, wenn ihr Vater den Chinesen beleidigte, und sie war froh und dankbar, daß der Reiskuchenbäcker es nicht verstand. Wenn er kochte, beobachtete sie manchmal sein Gesicht, und sie empfand etwas Sonderbares, als ob sie einander ähnelten, als ob sie etwas miteinander verband. Nie sah er jemanden direkt an, und sein Gesichtsausdruck war immer gleich. Er blickte auf seine Reiskuchen hinunter, auf das Geld, das er wechselte. Seine Augen glänzten nicht. Seine Frau trat nie in Erscheinung. Hätte Bella sie nicht in dem Garten gesehen, hätte sie nicht gewußt, daß es diese Frau überhaupt gab.

Bella aß nie einen Reiskuchen. Das ist eines der beiden Dinge, von denen sie heute noch genau weiß, sie sich gewünscht zu haben. Sie ist Mitte Siebzig, sitzt mit mir auf der dunklen Veranda und raucht. Reiskuchen und Weißbrot. Als sie das Weißbrot entdeckte, war sie vier und im Krankenhaus.

Sie erinnert sich dunkel, daß sie krank ist und halb im Delirium liegt, Leute beugen sich über ihr Bett. Einmal wachte sie auf und hörte, wie ihre Mutter einer Nachbarin zuflüsterte: «Der Junge von nebenan hatte das gleiche, und er ist gestorben.» Sie fragte sich, ob sterben anders war als leben. Sie erinnert sich auch, daß sie hörte, wie jemand weit weg schrie, und bald darauf wurde sie irgendwohin gebracht.

Als sie erwachsen war, erzählte Momma ihr, was geschehen war. Poppa hielt nichts davon, gutes Geld für Ärzte oder Versicherungen auszugeben, und er erlaubte Momma nicht, einen Arzt für sie zu holen. Aber Mamie kam und sah Bella und schrie Poppa an, daß er Bellas Leben aufs Spiel setzte, und deshalb erlaubte er Momma, den Arzt zu rufen, der sie ins Krankenhaus einwies. Sie hatte eine Hirnhautentzündung, von der sie auf einem Ohr taub wurde. (Poppa hatte auf Mamie gehört, aber er befahl Momma, daß Mamie nie wieder sein Haus betreten dürfe. Was sie aber tat! Bella wußte, daß sie das tat. Sie war nicht so dumm, wie Momma dachte.)

Eines Tages wachte sie in einem fremden Bett mit hohen Seitengittern auf. Eine Frau in einem weißen Kleid stellte ein Tablett mit Frühstück vor sie hin. Es gab ein Glas Orangensaft, ein Ei und etwas, das sie noch nie vorher gesehen hatte – Weißbrot mit gesalzener Butter. Isabella nahm das Brot und probierte es: das Wasser lief ihr im Mund zusammen, und sie mußte sich zusammenreißen, um nicht alles schnell hinunterzuschlingen. Langsam und genüßlich biß sie kleine Happen davon ab.

Das kleine Mädchen im Bett neben ihr stocherte in ihrem Essen herum. Es spielte mit dem Ei und hatte das Brot zur Seite geschoben. Plötzlich schoß Bellas Hand hinüber und schnappte sich das Brot des kleinen Mädchens. Sie stopfte sich die ganze Scheibe in den Mund, und sofort ertönte ein durchdringender Schrei. Leute kamen ins Zimmer gerannt, alle möglichen Leute, manche in weißen Kleidern, manche in blau-weißen, andere im Anzug mit einer weißen Jacke darüber und merkwürdigen Dingen, die an ihnen herunterbaumelten, die aussahen, als ob sie einem schreckliche Dinge zufügen könnten, wenn man ungezogen war. Isabellas Herz klopfte so heftig, daß sie dachte, ihr würde das Ohr platzen, und sie lehnte sich steif gegen ihr Kissen, ihr Gesicht war aschfahl.

Das kleine Mädchen weinte inzwischen nur noch und zeigte mit dem Finger auf Isabella. Eine Frau in einem weißen Kleid und einem komischen Hut sagte leise etwas zu ihr, und das Schluchzen des kleinen Mädchens verebbte. Alle verließen den Raum, und nach einiger Zeit kam eine Frau in Blau und Weiß mit einem Teller und einem neuen Butterbrot ins Zimmer und gab es dem kleinen Mädchen. Isabella starrte geradeaus. Sie hätte zu gerne gewußt, wie das kleine Mädchen es angestellt hatte, noch ein Stück Brot zu bekommen, denn sie selber wollte auch noch eins.

2 Die Szene mit dem Weißbrot war Bellas erstes bewußtes Angsterlebnis. Nicht lange danach folgte ein weiteres. Sie hatte eine Freundin namens Olga, ein kleines Mädchen ihres Alters, das am anderen Ende der Straße, hinter dem Gemüsemarkt wohnte. Sie wollte sich gerade unten mit ihrer Freundin treffen, als sie sah, daß das Dienstmädchen auf dem Holzofen Chrusciki buk. Sie rannte hinunter und spielte mit Olga Seilspringen, aber nach einer Weile fielen ihr die Chrusciki ein. Sie rannte wieder die Treppe hinauf, und als das Dienstmädchen aufs Klo ging, schnappte sie sich zwei Kekse, rannte hinunter und teilte sie sich mit Olga. Beide Mädchen waren zutiefst glücklich. Doch Bella spürte ein Prickeln am Hinterkopf, drehte sich um und sah nach oben. Dort, am Fenster des vorderen Zimmers, stand das Dienstmädchen, starrte sie finster an und drohte ihr mit dem Finger. An diesem Tag spielte sie so lange wie möglich draußen. Am liebsten wäre sie überhaupt nicht nach Hause gegangen. Das Seilspringen machte ihr auch keinen Spaß mehr. Sie fror, sie hatte eine Gänsehaut und einen dicken Kopf. Aber ob der Diebstahl der Chrusciki Folgen gehabt hat, daran kann sie sich nicht mehr erinnern.

Essen, Essen. Das meiste, an das sie sich erinnert, hat mit Essen zu tun: Momma macht Doughnuts. Sie legt sie zum Trocknen auf dickes braunes Papier, das sie überall in der Küche und im Eßzimmer ausgebreitet hat, und Babka und Pilzsuppe aus getrockneten braunen kleinen Flocken. Es gab Kartoffelpuffer mit Apfelmus und ab und an – sonntags – Schweinebraten mit einer knusprigen Kruste. Isabella machte sich nichts aus dem Braten, sie wollte nur die Kruste, die so köstlich schmeckte. Und Hühnersuppe mit kleinen weichen Nudeln aus Mehl und Eiern, die Momma geduldig von der Spitze eines Teelöffels ins Wasser gleiten ließ. Essen. Bella liebte Essen.

Olgas Familie zog weg, und Bella velor ihre Freundin und schwieg wieder. Momma wurde wieder sehr dick und blieb an manchen Tagen zu Hause, und wenn sie zu Hause war, bekam sie Besuch. Momma hatte viele Freundinnen, alle mochten Momma, das merkte Bella an der Art, wie sie Momma anlächelten und sie ansahen, und Momma erwiderte ihr Lächeln und nickte ebenfalls. Momma deckte den Tisch und bot Babka an, Mandelkekse und Tee. Die Damen setzten sich an den Tisch, behielten die Hüte auf und redeten. Manchmal hörte Bella zu. Tagsüber, wenn Poppa nicht da war, scheuchte Momma sie nicht weg. Schweigend kuschelte sie sich in das Sofa. Manchmal schlief sie ein.

Einmal hörte sie ein lautes Schluchzen und hob den Kopf. Momma hatte Tränen in den Augen und umarmte Mamie. Sie flüsterten miteinander, und Momma sah schnell zu ihr hin, zu Bella, dann wandte sie sich wieder Mamie zu und sagte: «Ach, sie wird ihm schon nichts sagen, und wenn – sie ist dumm, er würde ihr nicht glauben.» Und Mamie rauschte ins Zimmer und zog eine andere Frau hinter sich her. Mamie und die andere Frau hatten wunderschöne Hüte auf, mit breiten Krempen und Blumen. Sie setzten sich an den Tisch. Momma bediente sie beflissen, wie sie es bei Poppa tat, nur daß sie die Schultern nicht hochzog und lachte und redete. Manchmal wischte sie sich eine Träne von der Wange, und Mamie streckte ihre hübsche Hand aus und berührte Mommas Bauch. Die Frauen lachten, und Mamie streichelte Mommas Wange. Und als Momma alles auf den Tisch gestellt hatte, setzte sie sich, und die Damen tranken Tee und aßen Kuchen. Momma hielt Bella ein Stück hin, und Bella rannte zum Tisch, holte es sich und kehrte dann wieder zu ihrem Platz auf dem Sofa zurück. Der Kuchen hatte sie wachgemacht, und sie hörte zu.

Mamie bat Momma um einen Gefallen. Sie wollte, daß Momma für ihre Freundin einen Brief schrieb. Mamie konnte nicht Englisch schreiben; ihre Freundin konnte überhaupt nicht schreiben. Einen Brief an die Einwanderungsbehörde. Momma holte sich ein Blatt Papier und einen Federhalter, setzte sich an den Tisch und schrieb, was in dem Brief stehen sollte. Bella döste ein. Als Momma mit dem Brief fertig war, setzten die Frauen ihre Unterhaltung fort. Mamies Freundin – Pani Sliwowska – hatte eine reiche Schwester, deren Mann wohlhabenden Frauen Pelzmäntel verkaufte. Diese Schwester lebte in einer Villa (Bella überlegte, ob das Haus des kleinen Mädchens so genannt wurde) mit zehn Zimmern und drei Toiletten. Kannst du dir das vorstellen? Und sie hatte eine Tochter, die Anastasia hieß, die in bestickter Bettwäsche schlief und für jeden Tag eine frische Garnitur Unterwäsche besaß. Kannst du dir das vorstellen? Ah-nah-stah-siah. Bella hörte diesen Namen wieder und wieder. Der Name des kleinen Mädchens. Es war Anastasia, die sie auf der Treppe des stillen vornehmen Hauses gesehen hatte. Bella überlegte, ob sie auch jeden Tag ein anderes Kleid anzog. Vielleicht hatte sie für jeden Tag eine bestimmte Farbe: Rosa, Blau, Weiß, Gelb, Grün. Welche Farben gab es noch? Schwarz. Nein. Rot. Sonntags zog sie sich ein rotes Kleid an. Bella hatte noch nie ein rotes Kleid gesehen.

Anastasia. Anastasia kannte nur schöne Dinge. Sie wußte, wie die Blätter aussehen, wenn es regnet, und sie kannte die Farben des Himmels. Im Sommer fuhr sie mit ihren Eltern dorthin, wo sie den Sonnenuntergang sehen konnte. Bella wußte, daß es einen Sonnenuntergang gab, weil Momma und Poppa mit den Kindern einmal zu Onkel August gefahren waren, nach Rockaway. An das Haus von Onkel Gus konnte sie sich nicht mehr erinnern, auch nicht an Tante Sophie, an gar nichts, außer daß sie am Strand gestanden und die Sonne über dem Wasser beobachtet hatte. Die Sonne war groß und rot und leuchtete knapp über dem Meer. Bella stand und staunte mit offenem Mund. Sie mußten die Straßenbahn erreichen, und Poppa schimpfte mit Momma, weil Bella nicht vom Strand wegzubekommen war. Momma, die niemals schimpfte, wurde fast heftig, aber sie wollte nicht, sie konnte einfach nicht weggehen. Schließlich wurde sie hochgehoben und weggetragen. Und sie weinte, weil sie es nicht gesehen hatte und es nun niemals sehen würde. «Noch eine Minute, Momma, bitte!» hatte sie gefleht, aber Momma hielt sie fest. Momma hatte Falten auf der Stirn, als sie mit ihr zu Poppa rannte, der mit den Jungen wartete. Und selbst jetzt hätte sie am liebsten geweint, wenn sie sich daran erinnerte, weil sie es nie wissen würde: Was geschah, wenn die Sonne im Meer versank? Ob das Meer kochte? Ob es sich rot färbte wie die Sonne? Ob die Sonne im Meer zu einem großen Klumpen erstarrte? Ob die Sonne im Meer erlosch wie eine Kerze im Wasser?

Während sie darüber nachdachte, schlief sie wieder ein, ihr Kopf ruhte an der Lehne des Sofas. Anastasia sah die Sonne im Sommer jeden Tag untergehen, sie wußte, was geschah. Und eines Tages würde sie, Bella, es auch wissen. Eines Tages würde sie es sehen. Ihr Arm fiel schlaff über die Lehne, sie versank in einen Anastasia-Schlaf. Sie spürte, wie Tante Mamie sie auf die Schläfe küßte, und roch ihr Parfüm. Dann schlief sie fest ein.

Manchmal nahm Momma Bella mit in Poppas Geschäft. Bella ging gern dorthin, auch wenn sie sehr leise sein mußte und nicht im Weg stehen durfte. Poppas Geschäft war groß und hell, mit riesigen Kristalleuchtern, die von der hohen Decke hingen. Die Fußböden waren gebohnert und aus goldfarbenem Holz, und jeder in dem Geschäft war ebenso schön gekleidet wie Poppa. Momma natürlich nicht, aber sie blieb hinten. Momma erzählte ihr, daß Poppas Geschäft sehr vornehm sei und der Bürgermeister von New York City zu Poppa käme, um sich von ihm einen Anzug machen zu lassen. Viele Menschen aus aller Welt kamen in Poppas Geschäft, sagte Momma, und Poppa konnte mit ihnen reden, weil er sieben Sprachen sprach. Bella müsse hier sehr leise sein. Und das war sie. Sie blieb hinten, spähte nur manchmal durch die Brokatvorhänge, die den vorderen Teil vom hinteren trennten. Meistens hockte sie sich mit Fetzen aus Seide, Futter- oder Hemdenstoff, die Momma ihr gab, in eine Ecke und versuchte, sich daraus einen kleinen Beutel zu nähen, der genauso sein sollte wie der, den sie einmal gesehen hatte, aber sie erinnerte sich nicht mehr, wo. Sie machte sieben Stück, aber sie taugten nichts, weil sie sich nicht mit einem Band zuziehen ließen. Sie wußte nicht, wie sie das anstellen sollte.

Eines Tages hatte sie den achten Beutel fertig, und er ging wieder nicht zu, genau wie die anderen. Sie saß da, starrte ihn unverwandt an und dachte darüber nach, wie man ihn schließen könnte. Und plötzlich kam sie darauf – sie hatte einen Geistesblitz –, die beiden Bänder mußten entgegengesetzt gezogen werden. Schnell griff sie nach einem neuen Fetzen Seide, rot, mit Satinstreifen, wie Poppas Weste, und nähte sich sorgfältig einen neuen Beutel. Sie nähte die Bänder ein, das eine wurde in die eine Richtung gezogen, und das andere lief entgegengesetzt. Dann säumte sie den oberen Rand des Beutels mit winzigen, ordentlichen Stichen und ließ zwei kleine Öffnungen für die Bänder frei. Sie brauchte den ganzen Nachmittag dafür, und sie mußte sich sehr konzentrieren und sich beeilen. Sie wollte heute noch damit fertig werden, weil sie nicht wußte, wann Momma sie wieder mitnehmen würde. Und sie schaffte es, und es funktionierte. Er schloß und öffnete sich wie eine richtige Tasche!

Aber die Freude an ihrem Erfolg war nur kurz. Sie zeigte Momma die Tasche, aber Momma sah kaum hin. Und als Momma sie wieder ins Geschäft mitnahm, hatte sie nichts mehr zu tun. Sie wollte keinen Beutel zum Zuziehen mehr nähen, weil ihr einer reichte. Außerdem besaß sie sowieso nichts, was sie hätte hineinstecken können.

Inzwischen durften die Kinder mit Momma und Poppa zusammen am Tisch sitzen und essen, nur Eugenia noch nicht, Euga, das Baby, das gerade gekommen war. Aber irgend etwas stimmte nicht. Momma warf nicht mehr ihren Kopf zurück und lachte nicht mehr über alles, was Poppa sagte. Wenn er etwas sagte, sah sie weg, und er redete jetzt immer sehr laut, und manchmal, wenn er viele Gläser Wein getrunken hatte, sprach er auch merkwürdig. Momma murmelte dann etwas wie «die» und «sie». Poppa stand auf und brüllte, riß sich die Serviette vom Gürtel und stürmte vom Tisch. Bella bekam vor Angst den Mund nicht mehr zu. Sie erstarrte auf ihrem Stuhl, hörte nichts und sah nichts.

Eines Abends kam Poppa zu spät zum Essen. Momma war im Geschäft gewesen, aber früh nach Hause gekommen. Sie rannte nicht mehr, ihr Körper bewegte sich, als ob er müde wäre. Sie deckte den runden Tisch und zündete die mit Fransen verzierte Gaslampe an, die über dem Tisch hing. Sie stellte zwei Hühnchen auf den Tisch, die sie gebraten hatte, und gelbe Rüben, mit Dill bestreut, Kartoffelbrei und Rahmspinat. Alles wurde kalt, und Momma war wütend. Sie lief zwischen der Küche und dem Eßzimmer hin und her, und als das Dienstmädchen etwas sagte, wies sie es scharf zurecht. Dann hörten sie seine Schritte auf der Treppe, es klang seltsam schleppend. Er riß die Wohnungstür auf, kam langsam herein, rutschte aus und fluchte. Momma hielt sich ängstlich den Mund zu und stand sehr aufrecht am Tisch. Poppa kam in das Eßzimmer und zog eine Grimasse und machte eine abfällige Bemerkung in ihre Richtung. Sein Blick schweifte durch das Zimmer und blieb dann am Tisch hängen. «Du weißt, daß ich Rahmspinat hasse», brüllte er und ging langsam zum Tisch. Er nahm die Schüssel mit dem Spinat und warf sie an die Wand. Dann drehte er sich um, verließ langsam das Zimmer und polterte den Flur entlang, zur Tür hinaus und die Treppen hinunter. Sie hörten, wie er stolperte und fluchte, dann weiter hinunterstieg. Momma befahl den Kindern, sitzen zu bleiben. Sie ging in die Küche, um einen Wischlappen zu holen, kam dann zurück, kniete sich hin und wischte den Spinat auf. Bella lief vor Enttäuschung das Wasser im Mund zusammen. Sie liebte Rahmspinat. Sie lenkte ihre Gedanken auf die Gerichte, die sie essen würden, sobald Momma fertig war. Jedes der Gerichte auf dem Tisch machte ihr den Mund wäßrig: die knusprig braunen Hühnchen, der weiche köstliche Kartoffelbrei, die mit Dill bestreuten gelben Rüben mit ihrem scharfen Nachgeschmack. Sie versuchte, nicht zu Momma hinzusehen, aber es gelang ihr nicht. Momma wischte auf allen vieren, mit hängenden Schultern, den schleimigen Brei auf. Das Dienstmädchen reichte ihr, mit weit aufgerissenen Augen, frische Wischtücher und nahm ihr die eklig schleimigen, grünlichen ab. Momma seufzte tief auf. Langsam bückte sie sich, um die Porzellanscherben aufzuheben. Wortlos sammelte das Dienstmädchen die Stückchen ein, die im Zimmer verstreut lagen. Als sie fertig waren, setzte Momma sich an den Tisch und zerteilte die Hühnchen. Sie befahl den Kindern zu essen. Bella schlang das Essen hinunter. Sie war so hungrig, daß sie nicht satt wurde. Sie versuchte, den köstlichen Geschmack zu genießen, aber irgendwie schmeckte es ihr nicht. Vielleicht war es zu kalt. Sie stopfte sich den Mund voll und wurde den Anblick ihrer Mutter nicht los, die auf allen vieren und mit krummem Rücken die Schweinerei wegwischte.

3 Als Bella fünfeinhalb Jahre alt war, schickte Momma sie zur Schule. Sie hatte ein neues Kleid an und steife neue Stiefel, und sie trug eine Brille. Momma ermahnte sie ständig, daß sie sie nicht verlieren oder zerbrechen dürfe. Momma gab ihr Anweisungen und

einen Kuß, aber nur flüchtig, weil sie mit ihren Gedanken bei Euga war, die eine Erkältung hatte. Momma trug sie auf dem Arm, spielte mit ihr, sprach mit ihr, damit sie nicht mehr schrie, aber sie schrie weiter.

Bella paßte sehr auf, als sie die Straßen entlangging, alle paar Sekunden griff sie sich an die Brille, um sich zu vergewissern, daß sie sie noch aufhatte. Sie fand das Gebäude und ging ins Büro, wie Momma es ihr aufgetragen hatte. Dort schaute eine grauhaarige Frau hoch und sprach sie an. Bella stand einfach nur da. Sie verstand nicht, was die Frau zu ihr sagte. Es hörte sich an wie «o», aber für Bella ergab das keinen Sinn. Schließlich machte die Frau eine Handbewegung in Bellas Richtung, als wolle sie, daß sie ginge, und wendete sich wieder ihrer Arbeit zu. Als Bella sich nicht rührte, kam die Frau hinter ihrem Schreibtisch hervor, nahm Bella am Arm und schubste sie zur Tür hinaus.

Bella setzte sich auf den Rinnstein und weinte. Sie hatte Angst, nach Hause zu gehen. Sicher würde das Dienstmädchen sie auslachen oder sie sogar bestrafen. Sie konnte auch nicht in Poppas Geschäft gehen, weil sie dort nur hindurfte, wenn Momma sie mitnahm. Sie blieb auf dem Rinnstein sitzen, hob erst einen Fuß hoch, dann den anderen, weil ihr die Füße in den steifen Stiefeln weh taten. Sie beobachtete die Straßenbahnen und die riesigen Pferdewagen, die ab und zu vorbeifuhren, und den Eismann mit seinem Wagen. Sie hatte Hunger. Sie blieb sitzen, bis die Türen der Schule aufgingen und die Kinder herausplatzten wie Erbsen aus einer Knallpistole. Lachend, schreiend und schubsend rannten sie in alle Richtungen. Sie stand auf, drehte sich um und musterte sie. Wieso waren sie etwas Besseres? Warum durften die anderen in die Schule gehen und sie nicht? Wieder war sie den Tränen nahe, aber sie wollte nicht vor ihnen weinen. Sie wartete, bis die meisten Kinder verschwunden waren, und machte sich dann auf den Heimweg.

Ihr Körper war stocksteif vor Angst. Was würden Momma und Poppa von ihr denken, wenn sie herausbekamen, daß die Schule sie nicht haben wollte? Eine Schule, die jedes andere Kind nahm, sogar die aus ihrem Haus, denn sie hatte Jan Szcepanski gesehen und Myron Goldstein, die auf ihrem Heimweg an ihr vorbeigerannt waren. Und was wäre, wenn sie es nicht merkten? Was sollte sie dann machen? Müßte sie dann jeden Tag herkommen und sich auf den Rinnstein setzen? Und wenn es regnete oder schneite?

Steif und verkrampft kam sie zu Hause an, aber nur das Dienstmädchen war da, die nichts zu ihr sagte. Und als Momma früh kam, um das Baby zu stillen, hatte sie keine Zeit, und dann mußte sie sich um das Abendessen kümmern. Bella ging ihr aus dem Weg, setzte sich hinter dem Bett auf den Fußboden und starrte auf die Maserung der Holzdielen. Bella erschauerte, als Poppa kam, aber er sagte auch nichts, nicht einmal, als sie sich alle an den Eßtisch setzten. Vielleicht würden sie es nie merken.

Aber dann war es Eddie, der es nach dem Essen zur Sprache brachte – oh, Eddie! Sie machte ein flehentliches Gesicht, doch er ließ sich nicht beirren. Er fragte sie, wie ihre Lehrerin hieß und ob sie in dem häßlichen Klassenzimmer war, in dem es so heiß wurde und wo die Deckenfarbe in großen Fetzen abblätterte und einem auf den Kopf segelte, und dann lachten die anderen Kinder und zeigten mit dem Finger auf einen.

Bella schwieg, aber Eddie ließ nicht locker. Schließlich zeigte er mit dem Finger auf sie und fragte lachend: «Hast du deine Zunge verschluckt? Ich wette, du warst überhaupt nicht in der Schule, du Angsthase! Ich wette, du hast dich nicht hingetraut!»

«Habe ich doch! Habe ich doch!» wehrte sie sich. Auf ihrem Gesicht erschienen heiße rote Flecken.

«Und wie heißt deine Lehrerin?»

Bella brach in Tränen aus.

Inzwischen waren Momma und Poppa aufmerksam geworden und hörten zu, als Bella schluchzend und schniefend erzählte, wie sie aus der Schule geworfen wurde, ehe sie überhaupt richtig drin war. Sie würde morgen wieder hingehen, wurde beschlossen, und Momma würde mitkommen.

Am nächsten Tag zog sie ihr neues Kleid an, das zerknittert und schmutzig war, weil sie damit im Rinnstein gesessen hatte, und die steifen neuen Stiefel und die neue Brille und ging zusammen mit Momma wieder in das Büro der schrecklichen Frau. Und Momma sprach zu der Frau mit den gleichen fremden Worten, die diese benutzte. Die Frau verzog ihr Gesicht, als sie Bella ansah, und musterte Momma, als ob sie dreckig wäre, obwohl Momma ihren schwarzen Hut mit dem Schleier trug, den Bella liebte. Die Frau schob Momma ein Blatt Papier hin, und Momma schrieb darauf. Dann ging die Frau mit Bella auf den Flur und einen langen Korridor mit vielen Türen hinunter, öffnete eine der Türen und sagte irgend etwas Unverständliches zu Bella und ging mit ihr hinein. Sie flüsterte mit einer Dame, die vor vielen anderen Kindern stand, die so groß wie Bella waren und an kleinen Pulten saßen.

Bellas Herz hüpfte. Würde man ihr erlauben, sich an eines dieser kleinen Pulte zu setzen und mit einem Federhalter auf ein Blatt Papier zu schreiben, wie die anderen Kinder es taten? Bella hatte noch nie einen Federhalter in der Hand gehalten. Die schreckliche Frau ging hinaus, und die Dame – sie mußte die Lehrerin sein, Bella wollte wissen, wie sie hieß, falls Eddie sie fragte! – sagte etwas zu ihr. Bella rührte sich nicht. Da kam die Dame zu Bella, nahm sie bei der Hand und führte sie zu einem kleinen Pult. Bella glitt auf ihren Platz und lächelte die Dame verwirrt, dankbar und glücklich an. Und die Dame redete freundlich mit ihr, mit Bella, vor all den anderen Kindern. Bella hörte auf zu lächeln, ihre Stirn umwölkte sich ängstlich. Würde das immer so sein? Die Lehrerin redete nun nicht mehr mit ihr; sie seufzte und ließ die Schultern hängen und ging nach vorn zu einem großen Pult, kam dann zu Bella zurück und legte ein Blatt Papier und einen Federhalter auf Bellas Tisch. Bella begriff, daß von ihr erwartet wurde, Federhalter und Papier selber mitzubringen, sie schämte sich. Sie wußte, daß die anderen Kinder dachten, sie wäre so arm, daß sie sich keinen Federhalter und kein Papier leisten könne. Die Lehrerin klappte den Deckel des Tintenfasses hoch und zeigte Bella, wie man den Federhalter eintauchte und wie man den Federhalter in der Hand hielt, um damit zu schreiben. Aber als Bella es versuchte, machte sie einen großen Tintenklecks. Die Lehrerin seufzte wieder, marschierte zu ihrem Tisch und knallte ihr ein Löschblatt hin. Dann stellte sie sich wieder vor die Klasse und sagte etwas. Bella hörte ihren eigenen Namen – Isabella Brez. Mehr verstand sie nicht.

Ihr Herz krampfte sich zusammen. In ihrem Kopf hallten die Worte «dumm, sie ist dumm». Sie wußte, daß sie sie alle dafür hielten – die Lehrerin und die schreckliche Frau und die anderen Kinder. Und sie war dumm. Deshalb konnte sie nicht verstehen, was sie sagten. Die anderen verstanden alles. Sogar Alicia aus dem Nebenhaus, die in der ersten Reihe saß und hinter vorgehaltener Hand kicherte und zu Bella hinübersah. Aber sie würde nicht weinen. Sie würde versuchen, ihre Dummheit zu verbergen, damit niemand sie auslachen konnte. Sie übte, mit dem Federhalter zu schreiben.

Sie beobachtete die anderen Kinder, die den Anweisungen der

Lehrerin folgten, und machte alles nach. Schon im Kindergarten hatte diese bunte Mischung von Kindern aus den verschiedensten Ländern einige Wörter gelernt, aber Bella schrieb Wörter von der Tafel ab, die für sie keinerlei Bedeutung hatten: JUNGE MÄDCHEN HUND KATZE. Später begriff sie den Sinn der Wörter, konnte sie aber nicht zu einem Satz zusammenfügen.

Als sie an jenem Tag nach Hause kam, setzte sie sich ruhig hin und wartete, bis Momma kam. Dann sagte Bella ihr, daß sie einen Federhalter, ein Heft und ein Löschblatt brauche. Momma sagte, sie hätte kein Geld. Bella bekam einen Wutanfall. Momma war darüber dermaßen erstaunt, daß sie die Wohnung verließ, in das Geschäft zurückging und von Poppa einen Nickel holte und zurückkam und ihn Bella gab. Verwirrt und stolz – sie konnte es kaum glauben, daß sie das erreicht hatte – ging Bella zum Papierwarengeschäft an der Ecke, den Nickel fest in der Hand, erstand die notwendigen Dinge für ihre Bildung und ging würdevoll wieder nach Hause.

Sie war keine gute Schülerin, aber sie kam irgendwie durch. Sie wurde durch die Tatsache behindert, daß sie nicht alles hören konnte, was gesagt wurde, und nicht wußte, daß sie nicht alles hörte. Aber sie bewunderte – aus tiefstem Herzen – die Kinder, die 100 oder 85 Punkte für eine Klassenarbeit bekamen. Sie fiel in ihre üblichen Verhaltensweisen zurück, war schweigsam, gehorsam, gefügig und irgendwie geistesabwesend (dumm, sie ist dumm). Sie wurde versetzt. Von der ersten Klasse in die zweite, von der zweiten in die dritte. Aber dann wurde alles anders.

Meine kluge Mutter stieß den Rauch ihrer Zigarette aus. «Oh, ich war so dumm. Ich war so dumm, daß ich in der dritten Klasse sitzenblieb.»

4

DIE MUTTER MEINER Mutter hieß Frances Bzychkowska. Sie war die Tochter eines Ladenbesitzers in Zmegrud, einem winzigen Dorf in den Karpaten. Ihre Freundin Dafna Pasek, eine entfernte Kusine – in ihrem Dorf waren alle auf irgendeine Weise miteinander verwandt –, sollte die Mutter meines Vaters werden. Frances war kein Bauernkind. Für Bella war es wichtig, zu wissen, daß ihre Eltern beide keine Bauern gewesen waren. Frances, die eine christliche Schule besucht hatte, konnte Latein lesen und schreiben, sie konnte Deutsch, die Sprache der Eindringlinge, die einzige offiziell erlaubte Amtssprache. Und zu Hause lernte sie Polnisch lesen und schreiben.

Warum ist sie ausgewandert?

Für ein junges, dreizehn Jahre altes Mädchen, das noch nicht einmal bis Krakau gekommen war, muß es eine schreckliche Reise gewesen sein – ganz allein, zuerst nach Bremen, wo sie die Fahrkarte für die Überfahrt von dem Geld kaufte, das Tante Sophie ihr aus Amerika geschickt hatte. Sie reiste im Zwischendeck eines Auswandererschiffes, ganz unten eingeschlossen, zusammen mit Hunderten von anderen Menschen, mit Kranken, mit weinenden Babies, ohne Rückzugsmöglichkeit. Und dann die Schrecken von Ellis Island, wo sie von selbstzufriedenen grauen Männern, die sich wichtig über ihre Federhalter, ihre Bücher, ihre Stempelkissen beugten, wie ein niederes Wesen behandelt wurde. Vielleicht hat Tante Sophie sie abgeholt. Ich schreibe, daß Tante Sophie sie abholte, weil ich es nicht ertragen könnte, wenn es anders gewesen wäre.

Sie wohnte also bei Tante Sophie und schlief auf einer Liege neben dem Holzofen in der Küche. Nach kurzer Zeit fand sie eine Stelle als Dienstmädchen in einer jüdischen Familie. Sie wurde mißhandelt, war überarbeitet und wurde schlecht bezahlt. Sie entwikkelte eine Abneigung gegen Juden. Die hatte sie aber vielleicht auch schon mitgebracht. Allerdings hat sie dieses Gefühl nie hochkommen lassen. Sie sparte ihren Lohn und schickte ihn nach Polen, damit sich ihre beiden jüngeren Schwestern eine Fahrkarte kaufen konnten. Warum wollten sie kommen?

Inzwischen müssen sie doch alle gewußt haben, wie es hier war. Erst Sophie, dann Frances. Die harten Bedingungen, die fremde Umgebung, die Arbeit, die an Sklaverei grenzte, die schreckliche Armut – Familien, die zu zwölft in zwei Zimmern hausten. Daraus kann man nur schließen, daß es in der Heimat noch schlimmer gewesen sein mußte. Ihr Land war geteilt. Die polnische Kultur verboten. Waren sie hierhergekommen, um ungehindert polnisch sprechen zu können? Meine Mutter sagt, sie kamen, um zu arbeiten. Frances arbeitete hart. Sie arbeitete sich hoch und landete in einer kleinen Fabrik an der Nähmaschine. Sie lernte Englisch, konnte es lesen und sogar schreiben. Sie lernte, sich im Irrgarten von Brooklyn zurechtzufinden und mit der amerikanischen Bürokratie fertig zu werden. Das ist eine Zeit, in der ich sie mir gern vorstelle, wo es mich nicht belastet. Sie war schmächtig, schlank, spritzig, sie überwand die Hindernisse, sie setzte ihren Charme ein. Vielleicht hatte sie eine Vorahnung von Polens Zukunft, eine zutreffende, denn sie überlebte, die Zurückgebliebenen nicht.

Ich wollte Klarheit über ... irgend etwas. Deshalb fuhr ich 1975 nach Polen. Ich verfügte nur über wenig Geld, weil ich keinen Auftrag hatte, ich hoffte, mir würden einige Bilder gelingen, die ich später verkaufen könnte. Polen stand damals selten in den Schlagzeilen. Ich ging davon aus, nicht viel Geld zu benötigen, weil Polen ein armes Land ist. Mit drei Dollar pro Tag wollte ich auskommen, wie in Griechenland. Aber ich hatte meine Rechnung ohne die sozialistische Regierung gemacht, die den Wechselkurs festsetzt und genau überprüft, ob man sein Geld legal eingetauscht hat. Der offizielle Kurs betrug fünfzehn Zloty für einen Dollar, auf dem Schwarzmarkt bekam man neunzig Zloty. Meine Reise nach Polen war die teuerste Reise, die ich je gemacht habe, obwohl ich noch nicht einmal in Hotels übernachtete. Als ich zurückkam, war ich völlig pleite und ausgelaugt.

Ich konnte auch nicht verstehen, daß es keine kleinen Hotels oder Pensionen für jemanden wie mich gab, daß man Hotelreservierungen für den gesamten Aufenthalt nachweisen muß und Ankunft und Abfahrt, entsprechend der Daten, die man auf den Visaanträgen eingetragen hat, genau einhalten muß. Und Hotelzimmer wurden ein Jahr im voraus gebucht, weil sie so knapp waren. Ein charmanter kleiner Sandwichverkäufer, der sich mit mir im Zug von Paris nach Warschau unterhielt, schlug sich verblüfft auf die Wange, als ich ihm erzählte, daß ich vorhatte, mit meinem Rucksack und den Kameras im Land herumzureisen, und davon ausging, überall ein Bett, freundliche Aufnahme und ein Essen zu finden. Er war Franzose, aber seine Eltern arbeiteten an der französischen Botschaft in Warschau, deshalb sprach er Polnisch, außerdem auch Englisch. Er brachte die nächsten Stunden damit zu, etwas für mich zu tun. Innerhalb einer Stunde wußte jeder im Zug über mich Bescheid, und alle kamen in mein Abteil, um sich mit mir zu unterhalten. Viele kamen mit ihren Kindern, die in der Schule Englisch lernten, das sie jetzt, dachten sie, anwenden konnten. Die Leute boten mir Obst an, das sie in Paris auf Vorrat eingekauft hatten, weil sie der Entbehrung entgegenfuhren, was ich aber zu dem Zeitpunkt noch nicht wußte – und ich nahm eine Apfelsine. Der Sandwichverkäufer schenkte mir am Ende der Zugfahrt seine restlichen Vorräte und eine kleine Flasche Wein. Denn ich hatte nicht damit gerechnet, daß es in einem Zug, der vierundzwanzig Stunden unterwegs war, nichts zu essen geben würde. Er hatte auch jemanden aufgetrieben, der sich erbot, mich zu sich nach Hause zu nehmen, eine pensionierte Richterin, die Anna Kosakievitch hieß, etwas älter war als ich und über meine Lage genauso schockiert war wie alle anderen.

Anna sprach weder Englisch noch Französisch, etwas Russisch und bemerkenswert gut Deutsch. Die Ironie der Okkupation. Der Zug kam nur langsam voran und fuhr eine Stunde oder länger rückwärts. Ich mußte unwillkürlich an die vielen polnischen Witze denken, über die ich mich früher immer geärgert hatte. Im Zug gab es kein Wasser, so daß die Toiletten nach sechsundzwanzig Stunden Fahrt von Getränkebüchsen, Abfällen von Früchten, Hühnerknochen und Scheiße, ein Großteil davon stammte von mir, verstopft waren – ich war immer noch krank, weil ich in der Normandie Muscheln gegessen hatte. Trotz alledem war die Stimmung im Zug laut und fröhlich, bis wir über die Grenze nach Ostdeutschland fuhren, wo sich Schweigen und Grenzwächter mit kleinlichen Gesichtszügen und riesigen Hunden breitmachten. Ein Seufzen der Erleichterung oder der Trauer oder beides, ich wußte es nicht, ging durch den Zug, als wir über die Grenze nach Polen fuhren. Dann absolute Stille. Eine Frau, die mir gegenübersaß – das Abteil war im Laufe der Stunden voll geworden –, beugte sich vor und deutete auf das Buch, das ich las, und auf meinen Koffer. Es dauerte ein paar Minuten, bis ich sie verstand. Ich las Shulamith Firestone, *Frauenbefreiung und sexuelle Revolution*, und sie hatte ein Wort des Titels verstanden. Sie machte eine Handbewegung, die mir sagen sollte, daß das Thema in Polen verboten war. Ich versteckte das Buch zwischen anderen Büchern und griff, innerlich lachend, nach Henry Millers *Wendekreis des Krebses*. Ich hatte keinerlei Probleme bei der Einreise, außer mit dem Mann, der das Geld umtauschte. Er kam mit einem schwarzen Koffer und weigerte sich, mir Zlotys zu verkaufen, weil auf meinem Visum stand, daß ich drei oder vier Wochen in Polen bleiben wollte. Das sei, sagte er, zu vage und deshalb nicht gestattet. Ich widersprach und sagte, daß ich das Visum unter diesen Bedingungen beantragt und erhalten hätte. Er klappte Mund und Koffer wieder zu. Ich schrie ihn an. Die Leute um mich herum fuhren erschrocken zusammen und legten begütigend ihre Hände auf meinen Arm. Ich schrie weiter: Ich hätte für die Zlotys bereits gezahlt, sagte ich, ich wollte sie haben. Ich hätte kein polnisches Geld, ich könnte noch nicht einmal das Taxi vom Bahnhof bezahlen. Er schulde mir die Zlotys, weil er meine Dollars bereits hatte. Ich spürte das Zittern der Körper derer, die neben mir saßen, aber ich hatte den Mann richtig eingeschätzt. Er gab mir das Geld.

Wie sich herausstellen sollte, brauchte ich es gar nicht. Anna wurde von all ihren Freundinnen vom Bahnhof abgeholt – Keren, Marie, Krystyna – und von Stanislaw, Maries Mann, der mit dem Auto gekommen war, und sie nahmen mich mit und brachten mich zu ihr. Stanislaw brüllte und hatte Einwände, aber die Frauen beachteten ihn gar nicht. Sie fuhren mit mir zu Annas hübsch eingerichteter Zwei-Zimmer-Wohnung. Ich war schwarz vom Dreck der Reise. Sie zogen mich aus und ließen das Badewasser ein. Sie nahmen meine Kleider, steckten sie in eine kleine handbetriebene Waschmaschine und hingen sie ordentlich zum Trocknen auf. Stanislaw brüllte immer noch herum, aber als ich wieder sauber und angezogen war, öffnete ich eine Literflasche Scotch und stellte sie auf den Tisch. Sein Gebrüll wurde zu einem liebenswerten Brummen, und die Frauen, er und ich saßen vereint an Annas Tisch und tranken – ich konnte mich mit niemandem problemlos in irgendeiner Sprache verständigen.

Ich blieb zwei Wochen bei Anna. Ich sah ihre vielen Narben und erfuhr von ihren Operationen. Wir verständigten uns in einer Mischung aus Zeichensprache und einem französisch-polnischen Wörterbuch. Sie zeigte mir Warschau, und sie und ihre Freundinnen erzählten mir ihre Tragödien – und sie hatten echte Tragödien erlebt. Dann fuhr ich mit dem Zug nach Krakau. Sie waren sehr besorgt um mich. Sie hatten ihre Beziehungen spielen lassen und es geschafft, in Krakau ein Hotel für mich zu finden, aber nur für zwei Nächte. Und was dann? Sie bestanden darauf, daß ich ihnen schrieb, aber wie? Ich sagte, ich würde schreiben: «Je suis bien», und sie könnten die Worte im französisch-polnischen Wörterbuch nachschlagen. Aber im Zug lernte ich sofort einen neuen Freund kennen, einen schönen, eleganten jungen Mann, der Adam hieß und der mich mit zu seinen Eltern nahm. Es traf sich günstig, daß seine Eltern verreist waren. Adam und seine Freunde machten sich daran, das Zmegrud meiner Großmütter zu finden. Es gibt viele Zmegruds in Polen, aber ich wußte, daß meins in der Nähe von Krakau lag.

Nach ein paar Tagen hatten sie eine Karte aufgetrieben, auf der es verzeichnet war. Wir stellten uns einen Tag lang an, um Karten für den Zug zum nächstgelegenen Ort beim Dorf Zmegrud zu kaufen, und standen einen weiteren Tag lang vor der Bank Schlange, damit ich Geld tauschen konnte. Dann fuhren wir frühmorgens, sechs Uhr, mit der Straßenbahn und wieder einer Straßenbahn und dem Zug. Unser Ziel lag keine 160 Kilometer von Krakau entfernt, aber wir brauchten fast vier Stunden, um dorthin zu kommen. Wir mußten die ganze Fahrt über stehen. Am Bahnhof tranken wir einen Kaffee in einem dreckigen kleinen Schuppen, wo es kaum etwas zu essen gab – genau wie in den anderen Geschäften in Polen auch –, und schlenderten durch den Ort. Es gab eine Reihe fast leerer Geschäfte und eine Kirche. Wir versuchten, den Priester zu finden, aber die Kirche war abgeschlossen, und im Pfarrhaus rührte sich nichts. Adam erkundigte sich nach der Straße nach Zmegrud, und wir machten uns auf den Weg.

Es war ein schöner Augusttag, um uns herum erstreckte sich das helle Land, flach und grün, wir sahen einige wenige Häuser und keinen Menschen. Wir gingen gemächlich eine breite ungepflasterte Straße entlang und unterhielten uns in der gestelzten Sprache, in der Menschen miteinander reden, wenn der eine von beiden die Sprache nur aus Lehrbüchern und der Schule kennt. Adam konnte Englisch, aber ich wußte nie genau, wieviel er von meinen Worten verstand. Trotzdem plapperte ich die meiste Zeit, weil ich froh war, endlich wieder mit jemandem reden zu können, nachdem ich so lange fast verstummt gewesen war. Wir waren ein Liebespaar – ich hatte ihn ermutigt – und glücklich.

Aus einem von einem hohen Weizenfeld verdeckten Feldweg tauchte plötzlich ein Mann auf. Ich war alt genug, um zu sehen, daß er sehr jung war, vielleicht erst Anfang Zwanzig. Aber ich blieb unwillkürlich stehen, als ich ihn sah, und er erschrak, riß den Mund auf und starrte mich an. Er war sehr braun und zerknittert wie ein frisch gewaschenes Laken. Er hatte kaum noch Zähne. Seine Augen waren blaßblau und leer. Und er starrte mich an, als sähe er eine fremdartige Erscheinung, so wie wir vielleicht einen baumlangen

Sikh in knapper roter Jacke, weißer Schärpe, Krummsäbel und Turban in Manhattan anstarren würden. Ich war fünfundvierzig und sah so gut aus wie nie zuvor. Ich war sogar schlank. Ich hatte einen hellblauen Safarianzug an, den ich oft bei anstrengenden Reisen trug, einen billigen Strohhut mit modischer Krempe, meine Sonnenbrille, und trug meine schwere Kameratasche über der Schulter. Er machte ein Gesicht, als wäre ich eine Göttin, die ihm einen Besuch abstattet.

Und ich dachte, so sieht also ein Bauer aus. Oder jedenfalls das, was meine Großmutter unter einem Bauern verstand. Ein niederes Wesen. Wahrscheinlich war der Mann intelligent genug – kannte sich mit Pflanzen, dem Wetter, dem Paarungsverhalten von Tieren aus, von denen ich nichts verstand. Aber sein erstauntes Gesicht verriet nichts von alledem. Ich konnte mir nicht einmal vorstellen, daß er sprechen konnte. Er war ein Wesen, das mit dem blauen Himmel, dem Wind, den Weizenfeldern, dem von einem wackligen Holzzaun begrenzten Hof mit dem Dunghaufen verwachsen war. Er war eins mit der Natur und unwissend, unwissend. Er schokkierte mich. Ich war schockiert, daß ich niederes Wesen gedacht hatte. Das hatten sie also gemeint, die Alten, wenn sie über Bauern redeten.

Der Augenblick ging vorüber. Er ging über die Straße, und wir liefen weiter. Wir sahen uns nicht um. Wir kamen nach Zmegrud, schritten die beiden Straßen entlang, betrachteten die wenigen Häuser und ein Geschäft, das geschlossen war, und die Kirche, ebenfalls abgeschlossen. Adam fragte sich durch und stieß dabei auf einen Mann, der behauptete, daß Dafna Pasek eine Kusine der Mutter seiner Mutter gewesen war. Er nahm uns mit zu sich nach Hause, wo wir von seiner Frau und seinen Söhnen wie königliche Besucher empfangen wurden. Sie gaben uns ein Mittagessen, das ich kaum hinunterbekam, weil die Eltern in der Küche blieben und ich wußte, daß Adam und ich ihre Portionen aßen. Die Söhne – sie hatten vier – waren im Sozialismus aufgewachsen und hatten alle einen Beruf. Nur drei von ihnen waren da, der vierte war Beamter beim Vatikan in Rom. Das Prunkstück ihres Zimmers war ein Geschenk von diesem Sohn, ein kleines Modell des Vatikans, das leuchtete, wenn man den Stecker anschloß. Adam erzählte ihnen meine Geschichte.

Wir erfuhren, daß wir uns eigentlich nicht in Zmegrud befanden.

Das alte Zmegrud lag noch einige Kilometer entfernt, aber es führte kein Weg dorthin, und wir bräuchten es auch nicht aufzusuchen, sagten sie, weil es dort nichts zu sehen gäbe. Zmegrud sei ein jüdisches Dorf gewesen. Ich weiß nicht, ob es schon jüdisch gewesen war, als meine Großmutter dort gelebt hatte, oder ein gemischtes Dorf, oder ob es erst Jahrzehnte nach ihrer Auswanderung zu einem jüdischen Dorf geworden war. Jedenfalls war es ein jüdisches Dorf, als die Nazis kamen. Die Nazis holten alle Juden aus ihren Häusern und trieben sie in ein Tal hoch oben in den Bergen. Die Nazis stellten sich hinter den zweihundert oder mehr Menschen auf – Kinder, Frauen, Männer – und zwangen sie, eine Grube auszuheben. Dann erschossen sie alle, und die Opfer fielen in die Grube. Es wird erzählt, daß einige nicht tot waren, als Nazisoldaten der unteren Ränge die Grube mit Erde auffüllten und Kalk darüberschütteten – Kalk beschleunigt die Verwesung. Aber niemand weiß etwas Genaues.

Aber alle wissen und erinnern sich noch immer daran, daß sich ein paar Tage später eine Explosion ereignete. Der Kalk, sagten sie, zuviel Kalk, oder es gärte zu stark. Die Explosion sprengte das Massengrab und schleuderte abgerissene Körperteile kilometerweit durch die Gegend. Kinder, die in den Bergen herumliefen, fanden eine Hand oder ein Stück von einem Bein. Ein Kind entdeckte einen halben Kopf mit einem Ohr. Teile von menschlichen Körpern lagen wie Abfall verstreut in den Bergen und den Dörfern herum. Die alten Leute waren wieder in das Wohnzimmer gekommen, in dem wir aßen, um uns diese Geschichte zu erzählen. Sie sprachen mit leiser, gepreßter Stimme, wie Menschen sprechen, die das Unaussprechliche aussprechen.

Ich sagte nicht viel, weil ich wußte, daß der Antisemitismus in Polen weiterlebte. Aber das Entsetzen in den Gesichtern der alten Leute wird nicht deshalb weniger, weil diese Hände und Füße die Hände und Füße von Juden gewesen sind. Die alten Leute sind wahrscheinlich nicht viel älter als ich, obwohl sie das nicht glauben würden. Sie waren Kinder, als die Nazis kamen. Aber ihre Eltern hatten möglicherweise nichts gegen den Plan der Nazis, das Problem, das die Existenz der Juden für Christen darstellte, endgültig zu lösen. Doch ein Fuß, der kilometerweit durch die Luft geschleudert wird und dann vor deiner Haustür landet, mit einem fehlenden Zeh und einer von dem heftigen Aufprall eingedrückten Ferse –

nun, das könnte ein Witz sein, wenn man nicht an die Menschen denken müßte, die die Wirklichkeit schufen, die diesen Witz hervorbrachte. Die Atemlosigkeit, die bleichen, angespannten Gesichter, das Flüstern waren Ausdruck der Erinnerung, daß Menschen das getan hatten, Menschen. Dein eigenes Geschlecht. Das Menschengeschlecht.

Die Nazis töteten ein Drittel der polnischen Bevölkerung und 99 Prozent des Viehs. Sie brannten Warschau bis auf die Grundmauern nieder und zerstörten weitere Städte, ehe sie abzogen. Stehengeblieben ist das Gefängnis, mitten in Warschau, wo sie die Menschen gefangenhielten und verhörten. Es steht noch so da, wie es war, die Polen haben einen Sinn für Denkmäler. Das jüdische Getto ist mit einer Rasenfläche und Beton überzogen worden und ist nun ein Park, in dem Eltern ihre Kinder im Kinderwagen spazierenfahren und Kinder spielen. Es sind keine jüdischen Kinder.

5

DIE EINWOHNER VON Zmegrud wurden im Herbst 1943 vernichtet. Im selben Jahr, im Mai, starb meine Großmutter. Deswegen kann man eigentlich kaum davon sprechen, daß sie überlebt hat. Die anderen waren lange vorher gestorben: Dafna Pasek 1937, ihr Mann, der Vater meines Vaters, Stefan Dabrowski, 1939, in dem Jahr, als Hitler begann, sein ehrgeiziges Projekt in die Tat umzusetzen, die Überlegenheit des Dritten Reiches für eintausend Jahre sicherzustellen. Michael Brez beabsichtigte, 1914 nach Polen zurückzukehren, um sich dort als Gentleman – in seinem wahren Beruf gewissermaßen – niederzulassen. Unglücklicherweise starb er ein Jahr vorher. Oder vielleicht war das in Wirklichkeit kein Unglück, wenn man bedenkt, was 1914 geschah.

Die einzige Fotografie, die Frances als junge Frau zeigt, ist ihr Hochzeitsbild. Sie hat ein rundes, ruhiges Gesicht, ich sehe ihr etwas ähnlich, nur daß die Ruhe im Laufe der Generationen verlorengegangen ist. Sie ist schmal und zart und schön gekleidet, aber neben ihrem größeren, dünneren, arroganten jungen Mann wirkt sie steif. Er hat etwas Wildes an sich, was mich an mich selbst erinnert. Und er trank und lachte und amüsierte sich gern, auch darin bin ich ihm ähnlich.

Aber die nächste Fotografie ist ein Schock. Das Paar ist älter geworden: Man sieht sie mit drei Kindern, es muß also um 1907 aufgenommen worden sein, vielleicht kurz nachdem Frances ihr viertes Kind verloren hatte, das tot geboren wurde. Wally sieht aus, als ob er fast zwei wäre. Und dieser arrogante Mann hatte sich zu einem echten Tyrannen entwickelt. Kinn und Mund wirken energisch und voll, und seine Augen funkeln wütend, weil sie gezwungen sind, tagtäglich seiner in unerträglichem Maß unwürdige Dinge zu erblicken. Und Frances! Wieso ist mir das vorher noch nie aufgefallen? Sie ist etwas dicker und etwas älter, aber sie kann höchstens sechsundzwanzig sein. Ich entdecke eine Seite meiner Großmutter, die mir vorher nie aufgefallen ist und auf die ich nie gekommen wäre. Ich kann Sorgenfalten auf ihrer Stirn ausmachen, und ihr Mund wirkt verkniffen. Sie sieht wütend aus, sie ist starr vor Wut.

Doch ich glaube, daß es Schlimmeres als Wut gibt, denn auf den nächsten Fotos, die ich von ihr habe, sieht sie alt aus, abgearbeitet und abgekämpft. Sie ist erst vierzig und fünfzig Jahre alt, aber ihr Körper ist unförmig geworden, ihr Haar grau und schütter und hinten im Nacken zu einem straffen Knoten zusammengesteckt. Sie trägt ein billiges Hauskleid aus Baumwolle und lächelt, aber ihr Gesicht wirkt wie tot. Ihre Lebensgeister sind erloschen.

Meine Mutter ist anders. In den Bildern, die sie als Kind zeigen, überwiegt der Eindruck von Angst und Niedergeschlagenheit. Ihr Gesicht im Alter drückt Enttäuschung aus und Wut, aber es wirkt nicht niedergeschlagen, und in den Jahren, die dazwischen liegen – da ist sie der junge Flapper, der sich vor der Kamera in Positur wirft, einen hübsch beschuhten Fuß kokett auf das Trittbrett des ersten Autos meines Vaters, eines Olds V-8, gestellt, oder mit offenem Haar, Arm in Arm mit Miss Polen von 1927, in einem Badeanzug.

Vielleicht ist es ja erblich bedingt, daß ich mich heute so fühle, wie ich mich fühle. Meine Großmutter war eine verfluchte Heilige, und ich entwickle mich auch zu einer. Entsagung ist kein Schicksal, das ich bewundere. Aber es ist unvermeidlich. Wenn es nichts gibt, was deine Qual erleichtert, hörst du auf, etwas zu begehren. Für meine Mutter und meine Großmutter hörten die Wünsche im selben Moment auf: Am 26. Mai 1913. An diesem Tag wurde meine Großmutter Witwe, und für sie und meine Mutter begann ein vorübergehender Aufenthalt in der Hölle. Meine Mutter sagt: «Mein Vater starb, als ich neun Jahre alt war», als ob sie mir das nicht schon hundertmal vorher erzählte hätte. Sie gibt diesem Satz eine tragische Bedeutung – wie jemand, der sagt, ein geliebter Mensch habe im Sommer 1945 in Hiroshima gelebt –, als ob sie damit sagen will, das war das Ende der Welt. Es war das Ende ihrer Welt.

III. Kapitel

1 ALS DIE KINDER und ich in Pani Nowaks Haus in der Powell Avenue einzogen, kam meine Mutter, um uns beim Einräumen zu helfen. Sie wickelte in Zeitungspapier eingepacktes Geschirr aus, wusch und trocknete es ab und stapelte es auf der Anrichte, bis ich die Fächer, in die es kommen sollte, mit Papier ausgelegt hatte. Sie hängte Kleider in Schränke, sie wischte mein bißchen Porzellannippes feucht ab, während Arden und ich unsere Toilettenartikel auspackten und in das Medizinschränkchen zu quetschen versuchten. Arden entdeckte einen Gegenstand, der an einem Haken neben der Badezimmertür hing.

«Was ist das, Mommy?»

Ich sah hinüber. Es war ein Lederriemen, nicht ganz fünf Zentimeter breit und gut dreißig Zentimeter lang. «Ich weiß nicht. Wahrscheinlich ein Rasierriemen. Das haben bestimmt die Vormieter dagelassen. Wir werfen es am besten weg.»

«Nein, nicht! Es ist so schön!» hauchte Arden. Es war das Prägemuster, das sie entzückte. Die ganze Oberfläche war verziert.

Ich sagte abwesend: «Hm» und vergaß das Ding.

Stunden später kam meine Mutter aus dem Bad durch den Flur (ich hörte schon an ihrem Schritt, daß sie ungehalten war) in die Küche, wo ich auf der Anrichte saß und vor dem Geschirrschrank Verrenkungen vollführte, um das verdammte Schrankpapier endlich dazu zu kriegen, in das Fach zu passen.

«Anastasia!» rief sie. Ich drehte mich um und sah, daß sie ganz weiß im Gesicht war. «Was ist das für ein Ding da im Badezimmer?»

Ich sah sie mit großen Augen an. Dann begriff ich. «Ein Rasierriemen, glaube ich, Mum.»

«Was hat der hier zu suchen?»

Ich sagte achselzuckend: «Er hing da. Ein Überbleibsel. Arden will ihn behalten. Sie findet ihn schön.»

Sie starrte mich ungläubig und wütend an, sagte jedoch nichts. Ich sah im Geiste schon vor mir, wie sie sich weigerte, das Bad zu benutzen, und erwog einen Moment lang, das Ding wegzuwerfen. Aber Arden gefiel es, und Arden ging vor. Bei allem Verständnis.

Michael Brez' Geschäfte liefen gut, und im Herbst 1910, kurz nachdem Isabella in die erste Klasse gekommen war, zog er mit seiner Familie um, ein paar Häuserblocks weiter in die Nostrand Avenue in Brooklyn. Die neue Wohnung lag auch an der Bahn, aber das Wohnzimmer war ein bißchen größer, und sie hatten jetzt eine Küche ganz für sich allein. Im Wohnzimmer standen ein paar neue Möbel, mit Schnitzereien und Perlmutteinlegearbeiten verziert. Wenn das Mädchen nicht aufpaßte, pflegte Bella sich auf Zehenspitzen in das Zimmer zu schleichen und mit den Fingern die Muster aus dem verschieden getönten, glatten, kühlen Perlmutt nachzufahren. Vor dem Fenster hingen neue Spitzengardinen, aber Bella stand kaum je hinter ihrem schützenden Schleier. Sie war jetzt ein großes Mädchen, sie ging zur Schule.

Sie ging jeden Tag hin und ahmte pflichtschuldig alles nach, was die anderen Kinder machten, aber sobald sie die Schule verließ, versuchte sie, diese aus ihren Gedanken zu verbannen. Hausaufgaben machte sie nie, sie wußte gar nicht, daß es so etwas gab. Sie wußte nur, daß sie dumm war und daß die Lehrerin und die Kinder es wußten. Und manchmal hatte sie das Gefühl, daß sie sich über sie lustig machten. Sie wußten allerdings nicht, *wie* dumm sie war, da es ihr immer gelang, den anderen alles abzuschauen. Sie wußten nicht, daß sie überhaupt nicht verstand, was sie sich da abguckte. Sie wünschte sich sehnlichst eine Freundin, und jedesmal, wenn Momma ihr einen Penny gab, kaufte sie davon Süßigkeiten, die sie mit zur Schule nahm, um mal diesem, mal jenem Mädchen davon abzugeben, damit es mit ihr sprach. Das funktionierte auch, aber nur solange, bis die Süßigkeiten aufgegessen waren. Die Mädchen mochten sie nicht, weil sie dumm war.

Sie konnte überhaupt nichts. Noch nicht einmal schreien. Sooft eines der Kinder zu Hause weinte, stachelte Poppa alle lachend und spöttisch an: «Lauter! Lauter! Schrei doch lauter! Und ihr anderen, was ist mit euch? Wer am lautesten schreit, kriegt einen Nickel.» Und dann fingen alle Kinder an zu schreien und zu kreischen. Bella gewann nur ein einziges Mal. Es gab nur eins, was sie konnte, als erste auf dem Sofa zu sein und es sich in ihrer Ecke gemütlich zu machen. Es war nicht genug Platz für alle vier Kinder auf dem Sofa, und wer zu spät kam, mußte auf dem Boden sitzen. Meist traf es Eddie, aber ihm machte es nichts aus, und außerdem war er ohnehin kaum zu Hause. Eddie und Wally gingen jeden Tag nach der Schule zum Spielen nach draußen. Eddie zog zum Sportplatz, während Wally gegen die Hauswand des Schreibwarengeschäfts an der Ecke Ball spielte. Bella war froh, daß sie umgezogen waren, weil dieser Schreibwarenladen Pani Kowalski gehörte, die einen Sohn von vier Jahren hatte, genau in Wallys Alter, und die beiden Jungen an ihrer Hauswand spielen ließ. Manchmal fand Bella ein anderes kleines Mädchen zum Seilspringen, aber an den meisten Tagen ging sie einfach nur nach Hause. Das Hausmädchen fauchte sie immer an, wenn sie in der Küche herumlungerte, so daß Bella in ihr Zimmer ging und auf dem Fußboden sitzend aus dem Fenster auf die rußigen Backsteinmauern, die Feuerleitern und Wäscheleinen gegenüber starrte. Sie dachte dann an Anastasia und malte sich aus, wo sie gerade war und was sie machte. Sie fragte sich, was Anastasia wohl zu Weihnachten bekommen würde, weil Momma sagte, es sei nicht mehr lange bis dahin. Bella liebte Weihnachten. Dann waren immer viele Menschen im Haus, und mitten im Wohnzimmer wurde ein Baum aufgestellt, mit kleinen flackernden Kerzen darauf. Momma zündete die Gaslampen an, und alle saßen im Wohnzimmer und betrachteten den Baum. Vergangene Weihnachten hatte Bella ein Geschenk bekommen, nein, drei Geschenke: ein blaues Kleid, das Momma genäht hatte, mit einer wunderhübschen dunkelblauen Satinschärpe, dazu passende Haarschleifen und eine neue Garnitur Unterwäsche. Sie fragte sich, was sie wohl diese Weihnachten bekommen würde.

Es war schön, wenn Gäste da waren. Dann lächelte Momma die ganze Zeit, sie lachte laut und redete und reichte Platten herum, mit hartgekochten Eiern und Chrusciki und in Scheiben geschnittenem Kielbasa mit roter Bete und Meerrettich, und alle lächelten Momma zu und versicherten ihr, wie freundlich sie sei, was für eine gute Köchin, und Poppa war glücklich. Er lachte und redete, Poppa redete immer die ganze Zeit. Er sagte Sachen, die Bella nicht verstand, über Präsident Taft und Theodore Roosevelt und Boss Murphy, der in Tammany Hall wohnte. Bella versuchte, sich auszumalen, was das für ein Haus sein mochte, das so genannt wurde – gab es denn Häuser, die wie Hallen aussahen? Und Poppa belehrte seine unwissenden Freunde ausführlich über die Right Brothers und eine Sache, die Radio hieß. Bella wunderte sich flüchtig, woher Poppa soviel wußte. Momma wußte nichts von diesen Dingen. Bella betrachtete ihren Vater voller Ehrfurcht.

Manchmal saßen die Erwachsenen am großen runden Tisch unter der fransenbehangenen Gaslampe und spielten bis spät in die Nacht Karten, Pinokel, und dabei tranken und redeten und lachten sie. Und manchmal schlug Poppa, wenn er anfing von den Sachen zu reden, über die er so gut Bescheid wußte, so heftig mit der Faust auf den Tisch, daß die Gläser erzitterten. Dann zitterte auch Bella, weil es sie an etwas erinnerte, was sie vergessen hatte, aber sie wußte, daß die anderen davon wußten, weil sie alle nickten und sagten: «Ja, Michal, da hast du gewiß recht. So ist es.» Genau wie Momma früher. Momma sagte das jetzt nicht mehr. Poppa war ein großer Mann, aber Bella dachte nicht gern an ihn.

Momma sagte kaum etwas, aber sie hatte nichts dagegen, daß die Kinder im Zimmer waren. Zwischendurch hob sie immer wieder die kleine Euga auf ihren Schoß, nannte sie *«moja kochanie»* und küßte sie. Und wenn Bella aufs Sofa schlüpfte und Poppa es nicht merkte, dann tat Momma, als würde sie auch nichts sehen. Und wenn sie herumging und den Gästen zu essen anbot, steckte sie Bella manchmal ein Chrusciki oder ein Stück Strudel zu, heimlich, damit Poppa nichts merkte. Wenn Poppa nicht da war und Momma backte und kochte, murmelte sie manchmal vor sich hin, daß sie alle Bauern waren, seine Freunde.

Auch wenn kein Besuch kam, backte und kochte Momma ständig bis spät in die Nacht. Wenn sie keine Gäste hatten, kam Poppa nicht nach Hause. Momma sagte, er sei beim Bowling, wo man Kugeln wirft, und Bella dachte daran, wie er die Schüssel geworfen hatte. Sie schob die Bilder beiseite, die sich ihr aufdrängten. Sie verstand nicht, warum Poppa so etwas machte. Aber sie wußte ja, daß sie dumm war. Wenn Poppa nicht nach Hause kam, saß Bella in der Küche und sah zu, wie Momma große Fleischstücke im Ofen briet oder in einem riesigen Topf mit Suppe rührte. Es roch so gut, daß sie gern davon gekostet hätte, aber Momma sagte immer, sie müsse bis morgen warten. Manchmal kam es vor, daß Bella nachts aufwachte und es bis in ihr Zimmer köstlich nach Babka oder Kuchen duftete, dann sprang sie aus dem Bett, schlich durch den Flur, um sich zu vergewissern, daß Poppa nicht da war, und lief in die Küche. Momma gab ihr ein Chrusciki, sobald das Blech abgekühlt war, oder ließ sie die Schüssel auslecken, wenn sie eine Zitronenbaisertorte gebacken hatte.

Aber manchmal weckten sie, nachdem sie wieder eingeschlafen war, laute Geräusche – Poltern auf der Treppe, Schläge gegen eine Tür oder lautes Türenknallen. Dann hörte sie Schimpfen und Fluchen, und manchmal redeten Momma und Poppa ganz laut oder schrien sogar. Nachdem es über Monate so gegangen war, konnte Bella allmählich deuten, was sich abspielte, und sie wußte jetzt, das Leiserwerden der Geräusche hieß, daß Momma die Küchentür zugemacht hatte. Doch auch dann war noch ein gedämpftes Gemurmel vernehmbar, konnte sie noch immer, auch wenn sie es nicht wahrhaben wollte, den Zorn heraushören. Es machte ihr schreckliche Angst, und sie lag starr in ihrem Bett und wartete. Sie wußte nicht, worauf sie wartete.

Eines Nachts passierte es wieder. Die Geräusche, das Fluchen, das Brüllen, und dann ein leiser Aufschrei. Danach ein lauterer, dann ein ganz lauter und dann Schluchzen. Ihr stockte das Herz. Sie wollte aufspringen und zu Momma laufen, um ihr zu helfen, ihr zu sagen, daß sie nicht weinen sollte, sie zu trösten, damit sie aufhörte. Aber sie fürchtete sich zu sehr, sie blieb einfach liegen, am ganzen Körper starr, die Augen weit aufgerissen, ohne zu blinzeln. Und wie sie so dalag, schoß etwas Heißes, Flüssiges dahin, wo ihr Herz war, und sie wollte aufspringen und schreien oder vielleicht besser sterben, weil dieser flüssige Strom ihr sagte, daß sie klein und schwach und kränklich und dumm war und nichts gegen das tun konnte, was da draußen geschah, auch wenn sie aufstand. Nichts. Sie war hilflos, und sie haßte, haßte, haßte Momma dafür, daß sie ihr das antat, sie so demütigte, sie zwang, einzusehen, daß sie ein Nichts war.

Schließlich ging die Küchentür auf. Momma weinte jetzt leise, und Bella hörte Poppas schwere, unsichere Schritte den Flur entlang und an ihrem Zimmer vorbeipoltern. Sie machte sich noch steifer und kniff ganz fest die Augen zu, aber er öffnete ihre Zimmertür nicht. Sie hörte ihn in sein Zimmer gehen. Nach einer langen Zeit hörte sie, wie Momma langsam vorbeiging, so als wäre sie müde. Bella hob den Kopf, um zu Euga hinüberzusehen, aber die Kleine schlief tief und fest. Am nächsten Tag vermied es Bella sorgsam, ihrer Mutter ins Gesicht zu sehen.

Von da ab passierte nachts noch etwas anderes, etwas Schlimmeres, so schlimm, daß sie gar nicht darüber nachdenken konnte. Die Geräusche waren schrecklich, sie lag zitternd und starr zugleich in ihrem Bett. Sie versuchte dann, sich das Kopfkissen aufs rechte Ohr zu pressen, um nichts mehr zu hören, aber der Lärm drang trotzdem zu ihr durch. Sie sah jedesmal nach Euga, aber die schlief. Bella fragte sich, wie Euga bei dem Krach einfach weiterschlafen konnte. Aber so war es nur ab und zu. Allerdings wußte sie nie, wenn Poppa abends weg war, was diese Nacht dran sein würde: der Krach, der Krach und das Weinen oder das andere.

Eines Nachts, als Poppa weg war und Bella schon geschlafen hatte, wurde sie davon wach, daß Mommas leichte Schritte den Flur entlang und an ihrem Zimmer vorbeihuschten. Sie stand auf und öffnete die Tür, erst einen Spalt breit, dann weiter. Momma war im Zimmer der Jungen und hieß sie, mit einem gedämpften Schreien, das fast ein Weinen war, aufstehen, rasch aufstehen. Bella blickte zur Küche. Das Licht brannte, aber es war nichts von dort zu hören. Sie trat auf den Flur hinaus, und im gleichen Moment kam Wally mit zerzausten Haaren und halb geschlossenen Augen aus dem Zimmer. Hinter ihm stand Eddie mit weit aufgerissenen Augen und alarmiertem Blick, und Momma schob sie beide vorwärts. Sie packte Wally am Arm und zog ihn zu dem gemeinsamen Kleiderschrank der beiden, den sie öffnete. Sie zerrten den weißen Wäschesack auf, der auf dem Schrankboden lag, halbvoll mit drekkiger Wäsche, und bedeutete Wally durch ein Nicken, er solle hineinsteigen. Sie half ihm dabei, weil er kaum die Augen aufbekam. Danach zog sie die Kordel am oberen Ende des Sacks zusammen und schob ihn rasch in den Schrank unter das unterste Zwischenbrett, dann schaute sie mit flackerndem Blick um sich, und Bella wich zurück, denn sie dachte, sie würde mit ihr schimpfen, weil sie da herumstand. Aber Momma sah sie gar nicht. Sie schob Eddie in das Zimmer der Mädchen und zeigte in die eine Ecke, wo Bellas und Eugas Kleider auf einem Haufen auf dem Boden lagen. Er lief rasch in die Ecke, kauerte sich zusammen und zog die Kleider über sich.

Momma breitete sie so aus, daß sie ihn ganz zudeckten. Bella konnte hören, wie sie laut und schnell atmete. Dann entdeckte Momma sie. Sie zischte: «Los, geh wieder ins Bett», stürzte hinaus und schloß die Tür. Schon bevor Eddie versteckt worden war, hatte Bella die polternden Schritte auf der Treppe gehört. Poppa war an der Tür, noch ehe Momma wieder in die Küche gelangt sein konnte, aber vielleicht hatte sie es ja noch geschafft, bevor er die Tür offen hatte.

Daraufhin begann der übliche Lärm, das Brüllen und Fluchen. Dann kam er durch den Flur gestürmt, und Bella atmete ein wenig auf, weil sie dachte, diese Nacht sei vielleicht eine, in der er nur einfach schlafen ging. Aber nein: Sie hörte ihn im Badezimmer, und es war nicht *das* (nachts vergaß er die Badezimmertür zuzumachen, was tagsüber nie vorkam), es war das andere, er ging es holen, und dann stieß er krachend die Tür zum Jungenzimmer auf, und gleich darauf brüllte er: «Wo sind sie? Was hast du mit ihnen gemacht?» Und er ging trampelnd zur Küche zurück und fing an, Momma anzubrüllen, und die Küchentür war offen, und Bella konnte hören, wie Momma sagte: «Geh schlafen, Michal, du bist müde, du hast zuviel getrunken.» Poppa brüllte: «Ich werde es ihnen zeigen, den Bälgern! Wo sind sie? Was hast du mit ihnen gemacht?» Es klatschte, als er damit gegen den Türrahmen schlug, und Momma weinte, sagte aber wieder: «Geh zu Bett, Michal.» Wieder klatschte es, und danach war Stille. Schließlich torkelte er durch den Flur zurück und übergab sich im Badezimmer. Darauf folgte der lange Strahl, *das*, bei offener Tür, und dann schwankte er zum Schlafzimmer.

Es war still. Bella entspannte sich ein wenig und horchte weiter. Sie hörte Mommas leise Schritte in der Küche und das Klappern von Töpfen, während sie Sachen wegräumte. Sie wartete, bis Momma an ihrer Tür vorbeigegangen war, mit langsamen, schweren Schritten im Vergleich zu sonst, auf dem Weg zum Schlafzimmer. Nachdem sich lange nichts mehr gerührt hatte, bewegte sich der Kleiderhaufen in der Ecke, und Eddie kroch geräuschlos darunter hervor. Er stand auf, schlich zur Tür und öffnete sie. Draußen war alles dunkel. Bella beobachtete ihn, und nachdem er ihre Tür wieder zugemacht hatte, stand sie auf, huschte lautlos durchs Zimmer und öffnete sie wieder einen Spalt breit. Eddie war beim Wandschrank, umklammerte den Wäschesack mit den Armen und zerrte ihn aus dem mit allem möglichen Kram vollgestopften untersten Fach hervor. Er lockerte die Kordel und flüsterte etwas in den Sack. Wally stieg langsam heraus, Eddie zog den Sack wieder zu und stopfte ihn in den Schrank zurück. Er legte die Hand auf Wallys schmale Schulter und führte ihn in ihr Zimmer zurück. Sie hörte, wie die Tür ganz leise geschlossen wurde. Sie blieb stehen. Eine lange Zeit, so kam es ihr vor, blieb sie an der Tür stehen. Dann schlich sie durch den Flur zum Bad. Sie versuchte, im Dunkeln zu sehen. Das einzige bißchen Helligkeit fiel durch ein Oberlicht über der Badewanne, und dieses Fensterchen ging direkt auf ein anderes Haus hinaus, so daß nur wenig Licht eindrang. Trotzdem erkannte sie Poppas Rasierriemen auf dem Badezimmerfußboden.

2 WAS SOLL ICH von diesem Michael Brez halten? Sooft sie von ihm sprach, sooft sie mir von ihrer Kindheit erzählte («Und wie war deine Mommy? Und dein Daddy?»), schilderte sie ihren Vater als ein Ungeheuer, eine schreckliche, unbegreifliche Verkörperung von Gewalt und Brutalität. Und doch schlich sich jedesmal zugleich noch etwas anderes hinein, und ich speicherte diese anderen Dinge, hortete sie, sammelte sie, damit sie eines Tages ein Bild ergäben. Dieses andere waren seine Fähigkeit, sieben Sprachen zu sprechen, und sein Auftreten als großer, wichtiger, erfolgreicher Mann. Ihre Stimme klang stolz, wenn sie von seinem feinen Geschäft erzählte. Sie sagte immer «Momma» und «mein Vater». Ihre Darstellung war immer schwarzweiß – nein, nicht ganz: «Momma» war stets eine Heilige, das unschuldige Opfer, und «mein Vater» war stets grausam und brutal, aber es gab Untertöne, etwas Rotes, Stolzes, Feuriges wie der Ring um die Sonne, der diese manchmal zu begrenzen scheint und manchmal hinter ihrem Glanz zurücktritt. Ich mußte erst erwachsen werden, um es vom Verstand her zu begreifen, wenngleich es sich meinem Gefühl schon längst tief eingeprägt hatte: Er war bewundernswert, weil er intelligent, erfolgreich und mächtig war, er repräsentierte das bewundernswürdige Böse, während die arme «Momma» die Tugend war, die nicht belohnt wird. Gefühlsmäßig erkannte ich das alles.

Ich mußte erst erwachsen werden, um überhaupt den Versuch zu machen, ihn mir als Menschen vorzustellen und nicht als die Inkarnation des Bösen. Ich hatte nie ein Bild von ihm gesehen, bis ich mich, selbst schon verheiratet, über eine vergilbte Schachtel voller noch vergilbterer Fotos beugte. Und da war er, zusammen mit ihr.

Man weiß nicht einmal, wie er wirklich hieß. Er kam in die Vereinigten Staaten mit einem ungarischen Paß auf den Namen Michael Sczyunz, der weder polnisch noch ungarisch klingt. Es steht aber außer Frage, daß er geborener Pole war. Vermutlich fand er im geteilten Polen keine Arbeit und wanderte wie Tausende seiner Landsleute nach Österreich-Ungarn aus, dem zu der Zeit ein Drittel Polens gehörte. Aber ging er allein dorthin? Was war mit seinen Eltern? Schrieb er ihnen? Wo lebten sie? Und wann ging er? Er lernte das Schneiderhandwerk: Wer weiß, unter welchen Umständen er das als Fremder tat. Vielleicht gab es damals viele Polen in Ungarn, die bereit waren, sich für unterdurchschnittliche Löhne auspressen zu lassen. Laut Paß war sein Geburtsjahr 1875, und bereits im Jahr 1900 kam er nach Amerika: Er war also noch sehr jung, als er nach Ungarn ging und all das lernte, was er später konnte. Sieben Sprachen: Polnisch, Deutsch, Russisch, Madjarisch, Litauisch, Jiddisch und Englisch – erlernte er sie in Polen und Ungarn? Bekannt ist nur, daß er, als er nach Deutschland ging, die Sprache wie ein Einheimischer beherrschte, und als er nach Amerika kam, legte er sich einen deutsch klingenden Namen zu: Brez.

Er heiratete Frances 1901. Ihr erstes Kind, Edmund, kam 1902 zur Welt. Als das nächste Kind, Isabella, 1904 geboren wurde, besaß er bereits das vornehme Geschäft, seinen Stab von Angestellten, den schwalbenschwänzigen Gehrock und die gestreiften Hosen. Wie hatte er das geschafft, dieser neunundzwanzigjährige Immigrant?

Auf dem Hochzeitsfoto wirkt sein Gesicht feingeschnitten und sensibel, geradezu edel. Er sieht gut aus und hat etwas Starkes, eine gewisse wilde Entschlossenheit im Blick, bei der ich an die polnischen Kavalleriesoldaten denken muß, die zu Pferd gegen Hitlers Panzer anritten. Ein verrückter Stolz, ein Selbstideal von so gebieterischer Macht, daß es Männer – und ganze Völker – zu selbstmörderischen Bravourakten treibt. Und trotzdem mag ich sein Gesicht. Die Leidenschaftlichkeit, die in seinem Blick liegt, trage ich irgendwo im Grunde meiner Seele in mir, zusammen mit meiner eigenen, verborgen, aber brennend. Er hat etwas von der Ausstrahlung, die auch von meiner Mutter auf frühen Fotos ausgeht – etwas Unirdisches, Romantisches, Ätherisches. Doch während ihr Gesicht abwesend wirkt, entrückt durch eine Sehnsucht, die selbst nicht sichtbar ist – die Augen sind ausdruckslos, die Miene ist nichtssagend –, scheint bei ihm dieses romantische Moment im Dienste irgendeines Strebens, eines Ideals zu stehen. Sein Gesicht ist gegenwärtig und voller Leben.

Doch schon auf dem nächsten Bild ist dieses Ideal zerplatzt, und übrig bleibt nur eine ziellose Glut. Das Foto wurde in seinem Geschäft aufgenommen und zeigt ihn im Kreis seiner Verkäufer, die fast so elegant herausgeputzt sind wie er. Aber seine Kleidung paßt inzwischen nicht mehr zu ihm. Er ist eine Klischeefigur, ein zorniger Mann, feist und brutal, ein stiernackiger Sheriff, ein Sergeant der Armee, irgendeiner Armee, ein Rohling, ein Schinder. Er strahlt Selbstgefälligkeit aus, Selbstgerechtigkeit, das Bewußtsein, einer Institution anzugehören, deren Macht gewaltig genug ist, allen Handlungen ihrer Mitglieder, und seien sie noch so verachtenswert, Legitimität zu verleihen. Meine Großmutter ist nicht mit auf dem Foto, obgleich sie, solange mein Großvater lebte, hart in diesem Geschäft gearbeitet hat. Genau wie die Frau des chinesischen Reiskuchenbäckers war sie in den hinteren Raum verbannt, hinter den Vorhang, der die Legitimen von den Illegitimen trennt, die Nutznießer von den Ausgenutzten.

Die Aufnahme entstand vermutlich um die Zeit, als meine Mutter geboren wurde, da die nächste, auf der die drei älteren Kinder zu sehen sind, nicht später als 1907 gemacht worden sein kann, er darauf aber bereits weit dicker ist und sein Gesicht sich noch stärker verändert hat. Es ist jetzt endgültig das Gesicht eines Tyrannen, eines Schinders, und in den Augen, die daraus hervorstarren, liegt etwas Getriebenes, obgleich das Kinn über den fleischigen Hals auf den massigen Körper quillt. Er ist die Verkörperung des *Paterfamilias*, nur daß ihm der Bart fehlt. Er hat etwas Wahnsinniges.

Aber er hatte doch erreicht, was er erreichen wollte: Er besaß ein gutgehendes Geschäft, seine Frau war ihm eine Sklavin, zu Hause wie bei der Arbeit, und sie verrichtete ihren Sklavendienst zufriedenstellend. Er hatte drei völlig verschüchterte Kinder und einen Kreis von Freunden, die sich seinen Ansichten in allem beugten. War das nicht, was er wollte? Glaubte er, als er auszog, sich alle diese Dinge zu verschaffen, sie würden ihn unverletzlich machen, unangreifbar, der Konfrontation mit der Schattenseite des Lebens entheben?

Daß er sich mit anderen Frauen einließ, ist – mir zumindest – verständlich. Meine Großmutter hatten die Geburten ihrer Kinder wahrscheinlich ziemlich verschlissen: Nach Edmund und Isabella kam Wallace 1906, dann folgten 1907 eine Totgeburt und schließlich 1908 Eugenia. Doch selbst wenn sie Verhütungsmöglichkeiten gehabt hätten und meine Großmutter sich ohne Widerstreben auf die körperliche Liebe eingelassen hätte, erscheint es doch irgendwo eine Sünde, den Säften der Natur, wenn sie so heftig fließen, nicht freien Lauf zu lassen. Es erscheint eine Vergeudung von Jugend und Kraft und ein künstliches Zurückdämmen von etwas, das ungehindert strömen sollte. Aber warum mußte er Frances verletzen, warum sich so verhalten, daß sie mitbekommen mußte, was er machte, und sie dabei gleichzeitig schändlich ausnutzen? War ihm ihre Unterwürfigkeit nicht genug? Oder trieb ihn nicht bewundérungswürdig ungestüme Geschlechtslust, sondern das Bedürfnis, sich zu beweisen, daß... irgend etwas. Es laufen ja scharenweise solche Männer herum, und so ganz unbekannt ist mir dieses Verhalten selbst auch nicht.

Und warum trank er? Natürlich, ich weiß, Wein, Weib und Gesang, auch das ist mir nicht ganz fremd. Ich weiß noch, wie ich mit acht einen Straußwalzer mit diesem Titel auf dem Klavier spielte und mir bei der schwungvollen Melodie die Welt vorstellen konnte, die sich darin spiegelte. Ich wollte auch zu dieser Welt gehören, aber der Name des Stücks sagte mir ja, daß sie nur Männern offenstand. Dann sah ich eines Tages die Verfilmung einer Operette namens *Die lustige Witwe*, in der es um eine wundervolle Frau mit einer hochaufgetürmten weißen Perücke ging, die ein schulterfreies, rauschendes schwarzes Spitzenkleid trug und sich eine schwarze Maske vor die Augen hielt, während sie sich in ihrer strahlenden Pracht mit wirbelndem Reifrock in einem Saal voller Männer im Kreise drehte. Von da an wollte ich wie sie sein, aber ich wußte nicht, wie ich es anfangen sollte.

Mit der Zeit fand ich natürlich Zugang zu dieser Welt – jedenfalls zu einer Welt, in der getrunken und gesungen wurde und man mit Leuten zusammen war. Ich bin froh, daß ich sie kennengelernt habe, und ich bereue nichts. Aber ein Abend, an dem man trinkt und singt, ist immer der Auftakt zu mehreren Tagen Abstinenz, wenn man etwas schaffen will. Und die Arbeit hat ebenso ihre Freuden zu bieten wie das Feiern, so daß man versucht, die Balance zu halten. Nicht so Michael. Warum? Was wollte er noch vom Leben, was er zu der Zeit nicht hätte erreichen können, vorausgesetzt, er wäre sich über seine Wünsche im klaren gewesen. Spätestens 1907 war er zum Tyrannen geworden. Meine Mutter pflegte zu sagen: «Mein Vater saß immer am Kopfende des Tisches.» Es dauerte Jahre, bis ich begriff, daß runde Tische gar kein Kopfende haben und daß oben eben dort war, wo er saß. Vielleicht verabscheute er sich ja selbst als Tyrannen, ohne zu wissen, was er lieber gewesen wäre. Vielleicht fühlte er sich in seiner erhabenen Position isoliert, einsam, sah er keine Möglichkeit, eine Brücke aus seiner Einsamkeit heraus zu schlagen. Ich weiß es nicht. Ich werde es nie wissen.

Dabei ist die Frage, wer dieser Michael war, für mich keine akademische, denn von all meinen Vorfahren ist er derjenige, dem ich mich am nächsten, am ähnlichsten fühle: Michael, der Stolze, Verrückte. Kann es sein, daß das, was ihn trieb, auch mich treibt?

3 Bella war acht, als ihre Eltern sich änderten. Sie hatten nicht mehr so oft Gäste, auch wenn Michael immer noch in den meisten Nächten lange wegblieb, und irgendwie lastete eine drückende Beklommenheit über allem, eine brütende Stille, die Mommas Stirn zusammenpreßte und Poppas Mund hart und gespannt machte. Sie waren wieder umgezogen, in die Myrtle Avenue, in eine Wohnung mit kleineren Zimmern. Die Geschäfte gingen schlecht – das Land erlebte eine Wirtschaftskrise –, und überall wurde gestreikt, vor allem in der Textilindustrie. Außerdem waren bei einem Feuer viele Frauen ums Leben gekommen, bei Triangle, hörte Bella, unsicher, was das Wort bedeuten mochte. Sowenig sie von dem wenigen verstand, das vor den Kindern geredet wurde, wußte Bella doch, daß das Geschäft schlecht ging. Sie hatte keine Ahnung, was das hieß, aber es beruhigte sie, daß es für das Verhalten ihrer Eltern einen Grund gab, einen Grund, der nichts mit ihr oder den anderen Kindern zu tun hatte und auch nicht mit den Eltern selbst.

Wegen der unruhigen Nächte war Bella tagsüber oft erschöpft, und es kam häufig vor, daß sie nach der Schule aufs Bett fiel und schlief. Aber zugleich bekam damals ihre ganze Art etwas Steifes und Verkrampftes: Sie hielt die Hände immer fest zu Fäusten geballt, und wenn sie diese aus irgendeinem Grund öffnete, waren die Finger und ein Teil der Handfläche weiß. Außerdem fuhr sie bei jedem plötzlichen Geräusch zusammen. Beide Angewohnheiten sollte sie nie mehr ablegen.

Wenn Poppa auch nach wie vor abends lange wegblieb, war Momma doch jetzt, da sie nicht mehr so oft Gäste hatten, seltener mit Backen und Kochen beschäftigt. Sie pflegte aber trotzdem spät abends noch in der Küche zu sitzen und durchs Fenster Ausschau nach der sich nähernden Gestalt auf dem Bürgersteig zu halten, um herauszufinden, ob es eine Nacht war, in der sie die Jungen verstekken mußte. Solche Nächte waren aber inzwischen selten. Auch Momma schlug er jetzt nicht mehr so oft. Deshalb saß Bella manchmal mit ihrer Mutter in der Küche bei heruntergedrehtem Gaslicht, das den Raum in einen weichen, schwachen Schein tauchte. Doch sobald draußen die schwankende oder torkelnde Gestalt auftauchte, stand Bella auf, um ins Bett zu gehen und dort eine ganze Zeit lang starr zu liegen, bis das Poltern und Schimpfen aufhörte. Sie konnte die früheren Erlebnisse nicht vergessen, obgleich es jetzt anscheinend nicht mehr vorkam. Für sie war es ein Bestandteil der Nacht.

Momma war völlig verstummt. Zu Bella sprach sie nur noch, wenn sie ihr Besorgungen auftrug. Sie schien nicht einmal mehr böse auf Poppa zu sein, und Bella hörte sie nie mehr über «seine Weiber» reden oder wie früher zu ihm sagen: «Ich nehme an, du warst mit *ihr* zusammen.» Poppa war jetzt mit Männern unterwegs, das wußte Bella, weil ihn häufig einer von ihnen auf seinem Nachhauseweg bis vor die Tür begleitete, genauso im Zickzack torkelnd wie Poppa – oft war es Pan Swinka, der drei Häuser weiter wohnte, und in anderen Nächten Father Stefan, der Gemeindepriester, dessen Kirche drei Häuserblocks entfernt lag.

Kurz nach Weihnachten, wenige Wochen vor ihrem neunten Geburtstag, saß Bella wie üblich mit ihrer Mutter in der schwachgolden erleuchteten Küche, den Blick aus dem Fenster gerichtet. Mutter und Tochter sprachen an diesen Abenden kein Wort miteinander, nur manchmal seufzte die Mutter leise. Die Küche duftete immer noch nach den Hefeküchlein, die die Mutter kurz zuvor gebacken hatte und die jetzt unter einem sauberen weißen Geschirrhandtuch zum Abkühlen auf dem Küchenbord standen. Der Duft ließ Bella das Wasser im Mund zusammenlaufen, und sie hätte Momma am liebsten gefragt, ob sie ein Stück haben könnte. Aber sie verkniff es sich. Sie wußte, wenn Momma ihr etwas hätte geben wollen, dann hätte sie es getan. Der Dämon, der sie dazu getrieben hatte, so abscheulich zu sein und einem anderen Kind sein Stück Brot wegzunehmen, war längst aus ihr gewichen: Bella bat jetzt nie mehr um etwas.

In einiger Entfernung erkannte sie zwei betrunkene Gestalten, die Arm in Arm den Gehsteig entlangtaumelten. Das Kopfsteinpflaster glänzte unter der Gaslaterne, wurde dann schwarz und bei der nächsten Laterne wieder glänzend. Momma sah die Männer auch, das wußte Bella, weil ihr Körper sich anspannte, während sie am Gang der beiden den Grad ihrer Betrunkenheit abzulesen versuchte. War Poppa sehr betrunken, dann war er nicht mehr in der Lage, Momma und die Jungen zu schlagen (Warum schlägt er mich nicht?): Er bedrohte sie, das war alles. Heute nacht war er völlig betrunken. Bella stand auf, um ins Bett zu gehen, und war schon beinahe an der Küchentür, als sie hörte, wie Momma leise nach Luft schnappte, fast als müsse sie um Atem ringen. Sie lief zurück und sah, Mommas starrem Blick folgend, aus dem Fenster. Unten vor dem Haus, genau unter einer Gaslaterne, erbrach sich Poppa. Father Stefan stand neben ihm, hielt sich den fetten Bauch und lachte. Poppa hörte nicht auf zu spucken. Bella starrte hinunter. Sie sah Momma an, auf ihrem Gesicht lag Entsetzen. Dann rannte Bella in ihr Zimmer, sprang mit einem Satz in ihr Bett und bedeckte die Augen mit den Händen, als könne sie auf diese Weise das Bild wieder auslöschen.

Poppa erbrach sich auf der Straße! Entwürdigte sich, erniedrigte sich! Ihr stolzer, hochfahrender Vater tat etwas so Beschämendes! Und obendrein genau bei der Laterne! Und der Priester lachte auch noch! So grausam Michael auch war, wollte Bella doch, daß er ein stolzer, feiner, bedeutender Mann blieb. Dann schien ihr die Art, wie er seine Familie behandelte, irgendwie gerechtfertigt oder zumindest erlaubt. Wenn er besser war als sie, durfte er sich so benehmen. Aber jetzt stand er auf der Straße und übergab sich in aller Öffentlichkeit! Bella wußte, daß Momma zutiefst schockiert war und sich schämte, und als sie Mommas Schritte im Flur hörte, setzte sie sich kerzengerade im Bett auf. Momma ging zu Bett, ehe Poppa wieder in der Wohnung war! Das hatte sie noch nie getan. Bella fragte sich ängstlich, ob sie wohl die Gaslampe ausgedreht hatte und ob es jetzt dunkel in der Wohnung war, ob Poppa wohl hinfallen und wütend werden und sie alle verprügeln würde. Sie blieb aufrecht sitzen und horchte, ob sie seine Schritte hören konnte.

Euga schlief friedlich neben ihr, als die unsicheren Schritte die nächtliche Stille durchbrachen. Kein Trampeln, diesmal nur ein undeutliches schlurrendes Geräusch. Poppa war lange an der Tür. Vielleicht konnte er seinen Schlüssel nicht finden, vielleicht hatte er ihn fallen lassen. Endlich – Bella schien eine Stunde vergangen zu sein – hörte sie die Tür quietschen und ein schlurfendes Stolpern beim Eingang. Die Tür flog krachend zu. Dann war alles still. Bella wartete und wartete, aber es war nichts mehr zu hören. Was war mit Poppa? Sie wäre am liebsten aufgestanden, um nachzusehen, aber ihre Angst war zu groß. Wenn er nun wütend war? Sie wartete. Und sie wartete noch immer, als sie einschlief, noch in ihren Träumen wartete sie.

Als sie am nächsten Tag aufstand, machte Momma ein grimmiges Gesicht, und von Poppa war nichts zu sehen. Die Schlafzimmertür war geschlossen. Bella wagte nicht, Momma zu fragen, wo Poppa war und ob er in der Nacht ins Bett gegangen war – aber sie sah seinen Kragen und seine Krawatte, seine Weste und seine Jacke auf dem Sofa im Eßzimmer liegen. Momma sagte nichts. Als Bella, auf dem Weg zur Schule, auf die Straße hinaustrat, versuchte sie hinzusehen, ohne den Kopf zu drehen. Da war es: Eine große Lache von etwas eklig Gelbgrünem. Den Kopf starr geradeaus gereckt, lief sie zur Schule.

Geburtstage innerhalb der Familie wurden nicht groß gefeiert, aber Momma pflegte gewöhnlich einen besonderen Kuchen zu bakken oder ein paar Süßigkeiten zu besorgen. Dieses Jahr vergaß sie Bellas Geburtstag im Januar, Bella vergaß ihn auch, so daß es nicht weiter schlimm war. Es ging alles so weiter, nur daß Momma kraftloser wirkte und Poppa friedlicher, aber dabei zugleich zorniger war. Und Bella fühlte sich auch noch kraftloser. Sie konnte anscheinend in der Schule nichts mehr richtig machen, und alle ihre Arbeiten waren ungenügend. Sie sagte Momma nichts davon, aber jeden Morgen, wenn sie in die Schule ging, bekam sie Magenschmerzen.

Eines Nachts kam Poppa in sehr schlechter Verfassung nach Hause, Bella hörte, wie Momma ihn förmlich ins Bett schleppte.

Am nächsten Morgen war er dann aber auf, angezogen und bereit, zur üblichen Zeit aus dem Haus zu gehen. Momma hatte einen leichten Mantel übergezogen, denn es war Mai, und die Bäume auf dem Schulhof waren voller kleiner grüner Knubbel. Sie war schon fast an der Tür, als Poppa aus seinem Schlafzimmer kam und seltsam im Gesicht aussah – ganz weiß – und den Mund offen hatte, als ob er weinen wollte (ausgeschlossen!), und er streckte die eine Hand nach Momma aus und beugte sich dann vornüber und erbrach sich mit einem lauten Würgen, einfach auf den Fußboden. Momma schrie auf und lief zu ihm hin; die Kinder blieben stehen, wo sie waren, reglos, mit großen Augen. Auf dem Fußboden rings um Poppa herum war eine Lache von Blut, an den Wänden, auf seinem schönen Jackett und seiner Weste – oh!

Momma fing an zu schreien. Sie schrie einfach nur laut los. Sie schrie Bella an: «Lauf, hol den Arzt!» Und sie schrie Eddie an: «Los, hilf mir, ihn auf die Couch zu legen!» Aber die Kinder waren wie gelähmt. Momma schrie sie in einem fort an, wie eine Irre, sie kreischte schrill, und Eddie ging schließlich zu ihr hin und packte Poppas anderen Arm. Poppa war ganz schlaff, sein Kopf baumelte vornüber, und er atmete schwer durch den Mund. Momma schrie immer noch in Bellas Richtung. Bella blieb stehen, wo sie war.

Immer ich, dachte sie. Immer, wenn etwas zu tun ist, ruft sie mich. Warum kann keins von den anderen Kindern gehen? Warum schreit sie so? Sie trat widerstrebend einen Schritt vorwärts. Sie hatte ihren Kakao und ihr Roggenbrot noch nicht angerührt.

«Ich weiß doch nicht, wo der Doktor wohnt!» rief sie.

Momma richtete sich auf und seufzte, als ob Bella ein bißchen schwachsinnig wäre. «Die Straße entlang, zwei Ecken weiter, bis zum Fleischerladen, dann nach links, bis zur Mitte zwischen der ersten und der zweiten Ecke, Doktor Dlugosz, sag ihm, er soll sofort kommen, sofort, hörst du, es ist ein Notfall!»

Bella ging los, führte ihren Auftrag aus und lief wieder nach Hause zurück. Inzwischen waren ein paar Nachbarinnen da, sie hatten die Arme um Momma gelegt und schauten auf Poppa herunter, der jetzt zu schlafen schien. Bella ging zu ihrem Platz am Tisch, setzte sich hin und trank von ihrem Kakao, aber er war kalt. Sie aß ihr Roggenbrot, die anderen Kinder saßen auch am Tisch, mucksmäuschenstill. Das Mädchen hatte die Teller und Tassen abgeräumt, aber sie saßen trotzdem immer noch da, offenbar ging niemand zur Schule. Bella war das ganz recht, und nachdem sie ihr Brot aufgegessen hatte, blieb sie ebenfalls sitzen.

Der Arzt kam, und alle Kinder glitten, wie auf ein Zeichen, von ihren Stühlen. Sie gingen hinaus, Bella wußte nicht wohin. Sie verließ ebenfalls den Raum, drückte sich, nachdem sie sich zuvor umgesehen hatte, ins Wohnzimmer, schlich sich auf Zehenspitzen ans Fenster und schlüpfte hinter die Gardine. Dort blieb sie lange Zeit stehen. Sie sah kaum die Menschen, die unten auf der Straße vorübergingen, die Handkarren, die Pferdekarren und Kutschen. Sie hatte lange blonde Locken und blaue Augen und stand in einem schönen Haus und sah aufs Meer hinaus, wartete auf den Sonnenuntergang. Sie hatte ein schönes rosa Kleid an und rosa Schleifen im Haar, und hinter ihr war eine wohlige Stille, die Ruhe von Ordnung und Frieden.

Stunden später kehrte sie wieder ins Eßzimmer zurück. Vier oder fünf Frauen saßen mit Momma am Tisch vor Gläsern mit Tee. Vater war weg. Euga saß auf Mutters Schoß und wimmerte.

«Still jetzt!» schrie Momma. Dann sagte sie barsch zu Bella: «Nimm sie, so nimm sie doch!» Bella starrte Momma an: Noch nie hatte Momma so geredet. Mommas Gesicht bekam wieder den wilden Ausdruck, sie schrie Bella an: «Nimm sie und geh nach draußen. Verschwinde! Paß auf sie auf!»

Sie stellte Euga grob auf den Boden, und Euga fing an zu weinen. Momma legte den Kopf in die Hände und fing ebenfalls an zu weinen. Die Frauen stellten sich um sie, streichelten ihr den Rücken, sprachen ihr tröstend zu. Arme Pani Brez, es wird schon wieder gut. Bella nahm Euga an der Hand und stieß die Wohnungstür auf. Euga wollte ihre Hand nicht loslassen, nicht einmal auf der Treppe. Als sie unten auf dem Gehweg ankamen, merkte Bella, daß es noch recht kühl war, und sie hatten keine Mäntel an. Aber sie wagte nicht, noch einmal nach oben zu gehen. Wohin sie gehen sollte, wußte sie nicht. Im Schreibwarengeschäft gab es Süßigkeiten, aber Bella hatte kein Geld. Drei Häuserblocks weiter war der Spielplatz, aber Bella hatte Angst vor den großen Jungen, die dort immer spielten. Schräg über die Straße gab es eine Varietébude. Bella war noch nie dringewesen – es kostete fünf Cent Eintritt. Aber draußen hingen Fotos, auf denen die Leute abgebildet waren, die man drinnen sehen konnte. Es waren komische Leute – auf manchen Bildern waren sie seltsam angezogen, und die Frauen hatten manchmal fast gar keine Kleider an, aber sie waren sehr schön. Sie würde mit Euga dorthin gehen und die Bilder angucken.

Sie nahm Euga noch fester bei der Hand und trat auf die Straße. Der Krach war wie ein Schlag. Rings um sie herum war plötzlich ein ohrenbetäubender Lärm – Kreischen und Schreien, Euga weinte, und von allen Seiten brüllten Leute Bella an. Sie sah um sich, aber alles war verschwommen, und ihr war ganz schwindelig. Nach ein paar Minuten nahmen die Dinge wieder Gestalt an, und sie starrte kreischend auf den Straßenbahnwagen, der direkt neben ihnen stand. Nur ein paar Zentimeter und er hätte Euga erfaßt, die noch immer Bellas Hand festhielt und schluchzte.

Die Uniform des Straßenbahnschaffners war goldbetreßt, und in seinem Mund blitzte ein Goldzahn. Bella sank in sich zusammen: Was würde er mit ihr machen? Er fuchtelte mit dem Arm in der Luft und brüllte. Was sagte er? «Dummes Kind! Dir ist wohl nicht zu helfen! Kannst du nicht aufpassen, wo du hingehst? Du willst wohl dein Schwesterchen umbringen, hä?» Die Leute ringsherum murmelten und tuschelten: Bellas Gesicht brannte. Sie konnte den Tadel in ihren Stimmen hören. Sie war ein schlechtes, schlimmes Kind. Sie ruckte an Eugas Arm und zog sie von der Straße weg und schleifte sie fast hinter sich her, während sie den Gehweg entlanglief, an ihrem Haus vorbei, weg von all den Menschen. Sie warf einen Blick zurück und sah, wie die Elektrische weiterfuhr; die Menschenmenge war kleiner geworden, auch wenn immer noch einige Leute redend und gestikulierend herumstanden. Sie fragte sich, ob sie wohl Momma davon erzählen würden. Was würde Momma sagen? Eine schreckliche Angst packte Bella beim Gedanken an diese neue Momma.

Sie ließ Euga sich auf die Gehwegkante setzen und setzte sich beklommen neben sie. Sie sagten beide nichts. Würde Momma jetzt wie Poppa werden und Poppa wie Momma? grübelte Bella. Würden die Leute Momma alles erzählen? Bella dachte, sie würde es nicht aushalten können, wenn Momma es erfuhr und mit ihr schimpfte. Sie würde sterben, wenn das passierte. Momma hat gesagt, ich soll auf sie aufpassen, und ich hätte sie beinah umgebracht, sagte sie sich wieder und wieder, bis ihr Herz zu seinem normalen Rhythmus zurückfand.

4 Zwei Tage darauf, am 26. Mai 1913, starb Michael Brez im Krankenhaus an Harnvergiftung, ohne daß er seinen Traum, nach Polen zurückzukehren, hatte realisieren können. Er hinterließ eine Firma, die kurz vor dem Bankrott stand, und hatte keine Lebensversicherung abgeschlossen. Von so etwas hatte er nichts gehalten: Er pflegte seinen kriecherisch zustimmenden Freunden bei Tisch zu verkünden, er dächte nicht daran, eine reiche Witwe zu hinterlassen, die sein mühsam verdientes Geld einem anderen Mann in den Rachen werfen würde.

In der Woche nach seinem Tod verkaufte Frances, um das Geld für seine Beerdigung zusammenzubringen, alles, was sie nur irgend losschlagen konnte. Das Geschäft, das ohnehin schon in der Krise gesteckt hatte, löste sich einfach in nichts auf. Die Ladentische, die Leuchter, die Ballen von Serge und Köper, feinem Baumwollstoff und Hemdenseide, die Binder, alles wechselte den Besitzer, zu jedwedem Preis, der sich dafür erzielen ließ. Sie verkaufte sogar das Mobiliar der Wohnung – alles, was sich verflüssigen ließ. Sie behielt nur das alte Sofa, den runden Tisch und die Stühle, eine Nähmaschine aus dem Geschäft und ihr Ehebett.

An Bella zog die Zeit vorbei wie ein Nebel, sie sah nichts, hörte nichts, erinnerte nichts. Nur einige wenige Bilder sind ihr im Gedächtnis geblieben:

Sie lehnt am Küchenfenster in der fast leeren Wohnung und schaut auf den Gehweg hinunter, wo Momma steht und mit dem Gebrauchtmöbelhändler redet. Auf einem Pferdekarren türmen sich holzgeschnitzte, perlmutteingelegte und mit karminrotem Brokatstoff bezogene Stühle, eine Anrichte aus Mahagoni, ein Perserteppich, ein schnitzereiverziertes Brokatsofa, zwei Matratzen und mehrere Kisten mit Geschirr, silbernem Tafelgerät, Platten und Ziergegenständen. Momma streitet sich jetzt mit dem Gebrauchtmöbelhändler. Er hat in letzter Minute versucht, die Polakenwitwe um einen Dollar zu betrügen. Momma zieht den kürzeren und schaut sich verzweifelt um. Die Nachbarn kommen dazu, und Frances erklärt ihnen mit rührend hilfloser Stimme die Situation. Sie scharen sich mit zornigen Zurufen in einem engen Kreis um den Händler, und die Männer recken die Fäuste. Der Händler sieht sie verächtlich an, zieht einen Dollar aus seinem zusammengerollten

Geldscheinbündel und wirft ihn Momma hin. Die Leute murren noch immer und beschimpfen ihn, und er steigt auf seinen Wagen und gibt dem Pferd die Zügel. Er fährt langsam davon, aber die Leute bleiben noch stehen und tätscheln der armen Pani Brez lächelnd den Rücken.

Sie sitzt mit Momma in einem Amtszimmer eines großen Gebäudes, wo, weiß sie nicht. Sie sind in einem kleinen Raum, der zu einem großen Gewirr von Räumen gehört, wo lange Holzbänke stehen, auf denen Leute mit mutlos gesenkten Köpfen sitzen. Es erinnert Bella an das Sekretariat in der Schule, wo sie vom Schulbesuch ausgeschlossen wurde, noch ehe sie damit angefangen hatte, aber diesmal ist Momma anders. Sie trägt noch immer den schwarzen Hut und den gleichen schwarzen Mantel, aber beides sieht inzwischen alt und schäbig aus. Momma sitzt zusammengesunken auf ihrem Stuhl. Die Frau hinter dem Schreibtisch sieht aus wie die Frau in der Schule: Sie hat graue Haare und eine Brille und die gleiche Art von Mund. Mommas Mund ist verzerrt, und sie ringt die Hände. Die Frau spricht sehr langsam, sehr deutlich und sehr laut, als ob Momma schwerhörig wäre. Sie spricht so laut und deutlich, daß selbst Bella sie versteht.

«Sie können doch niemals genug verdienen, um für sie aufzukommen», sagt die Frau.

Momma ist den Tränen nahe. «Ich kann nähen. Ich hab mein ganzes Leben genäht.» Momma spricht Englisch. «Seit ich neun Jahre alt war, nähe ich. Ich habe im Geschäft meines Mannes gearbeitet, Jacken und Hosen gemacht. Sogar der Bürgermeister von New York City kam ins Geschäft meines Mannes.»

Die Frau lächelt ein dünnes Lächeln. «Das ist ja schön und gut Mrs. Brez, aber der Verdienst einer Näherin reicht nicht aus, um vier Kinder zu versorgen. Wir werden sie in unsere Obhut nehmen müssen.»

Momma bricht in Tränen aus. «Nein! Nein! Meine Kinder, meine Kleinen! Sie können das nicht machen. Nein!»

Die Frau macht einen spitzen Mund und schaut über Mommas Kopf hinweg. Sie wartet. Als Momma nichts mehr sagt und ihr Schluchzen ein bißchen nachgelassen hat, sagt die Frau: «Es ist doch nur zum Besten der Kinder und auch in Ihrem Interesse. Das müssen Sie doch einsehen. Wovon wollen Sie sie ernähren, ihre

Kleidung bezahlen? Wer soll auf die Kleine aufpassen, wenn Sie bei der Arbeit sind und die größeren Kinder in der Schule? Im Waisenhaus werden sie gut genährt und gekleidet, und sie lernen einen Beruf. Auf lange Sicht ist es doch für alle das beste.»

Momma schluchzt heftiger und schlägt lautlos mit den Fäusten auf den Tisch, immer wieder. «Nein! Nein!» wiederholt sie unter Tränen.

Die Frau verzerrt jetzt wieder die Lippen, den Blick auf Momma gerichtet. Sie schaut auf ihre Hände hinunter. Momma weint, als wolle sie nie wieder aufhören. «Nein. Nein», sagt sie immer wieder mit einer dünnen, leisen Stimme, die tief aus ihrer Kehle kommt. Die Frau räuspert sich.

«Nun, möglicherweise ... ich glaube, es müßte zu machen sein ... daß wir Ihnen vielleicht eins lassen können.»

Momma hört auf zu weinen. Bella ist es peinlich, daß Rotz aus Mommas Nase auf ihre Oberlippe herunterläuft. Momma wühlt in ihrer Handtasche nach einem Taschentuch, wischt den Rotz weg und putzt sich die Nase. Sie hebt matt den Kopf, ihre Schultern sind noch immer vornübergeneigt. «Ich behalte Isabella», sagt sie.

Die Lehrerin verteilt die Zeugnisse. Bella versucht, nicht an ihres zu denken. Sie starrt in die Gegend, ohne etwas zu sehen. Die Lehrerin kommt zu ihr und gibt ihr das Zeugnis. Bella schaut es nicht an. Sie schiebt es rasch in ihre Schreibkladde. Die Klasse wird entlassen, und die Kinder stürmen davon, ausgelassen und fröhlich wie immer am letzten Schultag. Isabella Brez steht langsam von ihrem Platz auf und trödelt hinter ihnen her. Sie will nicht angesprochen, nicht gefragt werden. Sie will es selbst nicht wissen.

Langsam geht sie nach Hause, aber ehe sie dort ankommt, setzt sie sich auf den Bordstein und schaut sich um. Niemand beobachtet sie. Das Leben auf der Straße geht seinen Gang wie immer. Sie greift in ihre Schreibkladde und zieht das Zeugnis zögernd hervor. Zuerst sieht sie auf die Zensuren. Sie hat überall ungenügend. Ganz unten, dort wo es heißt – WIRD VERSETZT IN – / MUSS – WIEDERHOLEN, steht, daß sie sitzengeblieben ist. *Isabella* MUSS *die dritte Klasse* WIEDERHOLEN, liest sie. Ihr stockt das Herz. Sie haben es gemerkt.

Sie steht auf und schleppt sich mit hängendem Kopf nach Hause. Momma wird dasitzen, am Tisch vor einer Tasse Kaffee, die Hände vors Gesicht schlagen und weinen. Dummes Kind. Dumm. Dumm. Zu nichts nütze. Alle haben es schon die ganze Zeit gewußt. Es ist schrecklich, dumm zu sein und es selbst zu wissen. Sie steigt langsam die Treppe hinauf und drückt die Tür auf. Momma sitzt allein am Tisch. Sie weint. Bella betritt leise die Wohnung und geht in ihr Zimmer. Sie sagt Momma nicht, daß sie sitzengeblieben ist. Und Momma wird auch nicht danach fragen.

Der Mann und die Frau kommen in die fast leere Wohnung. Sie sind angezogen wie die Leute auf den Bildern vor der Varietébude: Der Mann trägt eine Melone und einen blauen Anzug, und die Frau hat einen breitkrempigen Hut auf mit Blumen darauf, über dem langen ockerfarbenen Rock trägt sie eine braune Wolljacke. Ihre Stiefel sind schwarz. Sie sprechen genauso mit Momma wie die Frau in dem Amtszimmer – ganz deutlich und laut. Edmund, inzwischen zehn, Wallace, sechs, und Eugenia, vier Jahre alt, sitzen in ihren besten Sachen steif auf der Sofakante. Neben ihnen auf dem Fußboden stehen drei mit Bindfaden verschnürte Kartons, die ihre Kleider enthalten. Auf dem Schoß halten sie jeder einen Beutel – Essen, das Momma ihnen eingepackt hat. Der Mann und die Frau sehen die Kinder nicht an und sind ungehalten, weil Momma in einem fort weint. Die Kinder starren die Fremden aus weißen Gesichtern an. Schließlich sagt der Mann in barschem Ton etwas zu Momma, und Momma schaut zu ihm auf. Bella schnappt nach Luft. Noch nie hat sie einen solchen Blick in Mommas Augen gesehen. Die Frau hilft den Kindern hastig hoch und schiebt sie mit der Hand an ihrem Rücken aus der Tür. Der Mann nimmt rasch die Kartons auf und folgt ihnen. Aber die Frau geht nicht mit. Der Mann läuft hinter den Kindern die Treppe hinunter. Die Frau tritt auf Momma zu, die immer noch den gleichen Blick hat.

«Mrs. Brez... es ist doch nicht für immer. Sobald Sie Ihre Verhältnisse geordnet haben, genug verdienen... bekommen Sie sie ja wieder zurück.» Sie dreht sich rasch um und geht, während Momma mit einem lauten Geräusch Luft holt, den Kopf wieder in den Händen birgt und heult, als sei ihre Kehle eine Höhle, als käme heulender Wind aus ihrem Bauch, sie heult wie ein Sturm, der nie wieder aufhören wird.

Bella geht langsam zum Küchenfenster und schaut zu der Kutsche hinunter. Sie kann ihre Geschwister nicht sehen, nur den

Mann, der die Kartons auf dem Sitz neben dem Kutscher verstaut. Die Frau kommt heraus, steigt rasch in die Kutsche und verschwindet darin. Dann steigt der Mann ein. Ein seltsames Geräusch kommt aus Bellas Kehle, und Momma springt auf, kommt in die Küche gelaufen und starrt hinunter zu der Kutsche, gerade als sie sich in Bewegung setzt. Und sie schreit: «Mörder! Mörder! Bestien! Lumpenpack!» Sie schreit auf polnisch und benutzt Wörter, die sie noch nie benutzt hat (*Huje,* schreit sie und *Niech ich szlag weźmie!*), die Art Wörter, die Poppa immer gesagt hat, wenn er spät nachts nach Hause kam. Bella schreckt vor dieser Frau in sich zusammen. Sie geht langsam in ihr Zimmer. Es ist, bis auf das Häufchen ihrer Kleider auf dem Fußboden, leer.

5 SONST KANN SIE sich an nichts erinnern. Es muß viel los gewesen sein, Frances muß alle Hände voll zu tun gehabt haben, aber Bella war, wo immer sie diese Zeit zugebracht haben mag, abwesend. Frances fand Arbeit in einer Fabrik, zehn Stunden am Tag, sechs Tage die Woche, für fünf Dollar Wochenlohn. Sie fand eine neue Wohnung – an der Manhattan Avenue, einer Straße, die ähnlich war wie die, wo sie vorher gewohnt hatten, aber schäbiger. Die Miete betrug sechs Dollar pro Monat. Die Wohnung war nur ein paar Ecken von ihrer alten entfernt; das Haus hatte unten Geschäfte und darüber ein oder zwei Stockwerke mit Wohnungen. Diesmal sollten sie aber nicht über einem Geschäft wohnen, ja nicht einmal nach vorne hinaus zur Straße, sondern im dunklen Hinterhof. Der geschäftstüchtige Besitzer des Vorderhauses hatte dahinter noch ein Hofgebäude bauen lassen. Das Parterre bestand aus einem Raum, in dem ein alter russischer Einwanderer ganz allein wohnte, bis er eines Nachts, anderthalb Jahre, nachdem Momma und Bella eingezogen waren, das Gas andrehte, ohne es anzuzünden, und im Schlaf starb. Momma und Bella lebten im ersten Stock, in zwei Räumen, und darüber gab es noch eine Familie in einer weiteren Zwei-Zimmer-Wohnung – Mutter, Vater, zwei Kinder und zwei erst kürzlich aus Rußland angekommene Kost- und Schlafgänger. Diese Männer hatten lange strähnige Bärte und sprachen weder Polnisch noch Englisch. Sie machten Bella angst.

Um zum Haus zu gelangen, mußte man durch eine Tür im Vorderhaus neben dem Geschäft einer Putzmacherin gehen, dann an der Treppe vorbei, die nach oben zu den Wohnungen führte, durch einen langen Flur und hinten wieder hinaus. Dort kam zuerst ein kleines Stück Hof und dann das Hinterhaus. Die Toilette war allerdings im Vorderhaus, und alle drei Familien mußten, um sie zu benutzen, durch die Hintertür bis in die Mitte des dunklen Hausgangs gehen. Die Putzmacherin verschloß nachts ihr Geschäft, aber die beiden Flurtüren blieben immer offen.

Mr. Ettinger, der Hausbesitzer, war zwar skeptisch gegenüber einer Witwe mit Kind als Mieterin, aber er hatte Mitleid mit Momma, genau wie seine Frau, die einen Karton mit abgelegten Kleidern ihrer Töchter herüberschickte, für Bella.

Momma saß vor dem Karton, verweint und kopfschüttelnd. Bella begriff: Von all ihren vielen Freunden und Verwandten hatte nur Pani Dabrowski sie nach Poppas Tod noch besucht. Die vielen Leute, die bei ihnen ein und aus gegangen und bewirtet worden waren, die beiden Schwestern, denen Momma das Geld für die Überfahrt geschickt hatte, alle ließen sie jetzt im Stich. Und Pani Dabrowski, dachte Bella, kam auch nur, weil sie alt und einsam war, ein wenig Unterhaltung und ein Glas Tee wollte. Über Bellas Herz legte sich eine Härte, die für immer bleiben sollte: Polen, dachte sie, waren oberflächliche Menschen, die ihr Fähnchen nach dem Wind hängten und nur darauf guckten, wo es etwas zu holen gab. Die einzigen Leute, die Momma halfen, waren die Ettingers, Fremde und obendrein Juden. Das vergaß Bella nie.

Mit der Zeit wuchs in ihr allerdings auch eine gewisse Verbitterung, was die Ettingers anbelangte. Seit Mrs. Ettinger herausgefunden hatte, daß Momma nähen konnte, kam sie dauernd mit einem Stück Stoff an und wollte, daß Momma daraus ein Kleid für ihre Tochter Yetta schneiderte. Sie bezahlte nie, brachte nur jedesmal soviel Tuch mit, daß Momma auch für Bella noch ein Kleid machen konnte. Nach einem Jahr besaß Bella dreizehn Kleider – beinahe die gleiche Menge, mit der sie Anastasia ausgestattet hatte. Aber sie wußte, es gab Dinge, die sie dringender brauchte als Kleider. Und außerdem hatte sie das Gefühl, daß Momma ihr die Kleider nur deshalb nähte, damit Mrs. Ettinger sah, daß sie es getan hatte.

Die Wohnung war dunkel, nur während einiger Stunden am

Nachmittag fiel ein wenig Licht hinein. In der Küche gab es einen mit Holz zu heizenden Herd, eine Spüle, zwei tiefe Waschbecken und ein paar Borde an der einen Wand. Momma stellte den runden Tisch mit der fransengesäumten Brokatdecke in die Mitte und darauf eine Kerosinlampe. An der Wand hinter dem Herd war eine Gaslampe. Momma stellte im anderen Zimmer das Doppelbett und eine alte Truhe auf. Auch in diesem Raum gab es eine Gaslampe an der Wand. An jeweils eine Küchenwand kamen die alte Tretnähmaschine und das alte Sofa.

Momma ging jeden Morgen sehr früh aus dem Haus; irgendwie wußte sie immer, wie spät es war, und um sieben brach sie auf, um zu Fuß die gut fünf Kilometer bis zur Fabrik zu gehen und pünktlich um acht dort zu sein. Sie arbeitete von acht bis eins, hatte dann eine halbe Stunde Mittagspause, in der sie das Schwarzbrot mit Butter aß, das sie sich in ein Geschirrtuch gewickelt mitnahm, und arbeitete danach bis halb sieben weiter. Da sie abends meist noch auf dem Heimweg etwas zum Abendessen einkaufte, kam sie oft erst nach acht nach Hause.

Bella war den ganzen Tag allein.

«Ich erinnere mich, daß ich da war, aber nicht, daß ich irgend etwas gedacht oder gefühlt hätte», sagt meine Mutter und schlägt das eine Vorderteil ihres samtenen Morgenrocks über die Knie. «Ich war wie abgestorben.»

Abgestorben und einsam trottete sie hinaus auf die Straße, wo tagsüber immer ein reges Treiben herrschte, das allerdings hauptsächlich aus zu Fuß vorübergehenden Männern und zielstrebig ausschreitenden größeren Jungen bestand. Einige wenige Frauen mit Babuschkas, Kopftüchern und langen Röcken standen vor dem Gemüsestand herum und betasteten Tomaten. Von oben hörte sie Yetta Ettinger auf dem Klavier spielen. Sie ging wieder in den dunklen Hausflur zurück und blieb dort lauschend stehen. Was sie hörte, waren nur Tonleitern und linkisch gespielte Fingerübungen. Aber ihr klang es wunderschön.

Sie beschloß, daß Anastasia von jetzt an auch Klavier spielen würde, auch wunderschön, sogar noch besser als Yetta Ettinger. Damit hatte sie für Wochen eine Beschäftigung. Sie stattete Anastasia mit einer kompletten Lebensgeschichte aus, wobei sie ganz von Anfang an begann. Sie malte sich aus, wie das Zimmer aussah, wo Anastasia nach ihrer Geburt ins Bettchen gelegt wurde (was davor war, ließ sie aus, weil ihr Bild davon zu verschwommen war), und wie ihre Momma und ihr Poppa mit ihr umgingen. Sie merkte sich immer ganz genau, wo sie am Abend aufgehört hatte, damit sie am nächsten Tag dort weitermachen konnte. Die ersten Wochen, die sie und Momma in der Manhattan Avenue wohnten, brachte Bella hauptsächlich in der dunklen Wohnung damit zu, am Küchentisch zu sitzen und Anastasias Lebensgeschichte fortzuspinnen. Sie bemühte sich, langsam zu machen, weil sie wußte, daß der Sommer lang war, aber binnen kurzem ging Anastasia bereits zur Schule.

Wenn Anastasia von der Schule nach Hause kam, ging sie in ein großes Zimmer mit einem glänzenden Parkettboden und einem wunderschönen Teppich darauf und einem Flügel, so wie der in dem Laden an der Nostrand Avenue, und spielte. Sie hatte lange schmale Finger, aus denen die Musik ganz von selbst herausströmte. Wenn sie genug hatte, ging Anastasia hinauf in ihr Zimmer, das ganz in Rosa-Weiß gehalten war, genau wie das Mädchenzimmer bei Herpers Möbelhaus, mit einem hübschen kleinen Toilettentischchen darin. Bella konnte sich nicht recht vorstellen, was auf dem Toilettentischchen stand, und ließ deshalb diese Stelle vorerst einmal frei. Außerdem gab es in dem Zimmer einen flauschigen weißen Teppich, den Anastasia nie schmutzig machte, und einen kleinen karminroten Pantoffelschemel, so wie der bei Schneiders Einrichtungshaus drei Häuserblocks weiter. Ihre Bettwäsche war mit ihren Initialen bestickt, und sie besaß einen richtigen eingebauten Kleiderschrank mit 14 Kleidern darin und zwei Paar Stiefeletten, einem für alltags und einem guten.

Wenn Bella zwischendurch nach draußen auf die Straße ging, bewegte sie sich genau wie Anastasia, indem sie zierlich über die Pferdeäpfel hinwegstieg und hocherhobenen Hauptes die Schaufenster musterte. Manchmal fragte Bella Anastasia, wie ihr irgend etwas von den Sachen in den Fenstern gefiel, und Anastasia rümpfte dann ihre kleine Nase und sagte, sie fände, es sähe billig aus. Dann gefiel es Bella auch nicht mehr, und sie ging weiter.

Dunkelheit legte sich über das kleine Haus, ohne daß Bella es merkte, und wenn dann die Tür aufging, sagte Momma mit schroffer Stimme: «Du Dummchen, was sitzt du denn im Dunkeln!» Dann sprang Bella auf, um das Gaslicht anzudrehen, obgleich sie kaum heranreichte. Sie zündete, während Momma ihre Taschen abstellte, auch noch die Kerosinlampe an und starrte die graugesichtige Frau an. Momma sagte nie etwas. Sie ging zum Herd und machte darin mit Holz ein Feuer; dann maß sie Kaffee in die Filterkanne ab und stellte einen Kessel mit Wasser auf den heißen Teil der Herdplatte. Darauf sank sie auf ihren Stuhl und barg das Gesicht in den Händen. Sobald der Kessel dampfte, raffte sie sich auf, um Wasser auf den Kaffee zu gießen, dann setzte sie sich wieder. Nach einem Weilchen stand sie auf, goß sich Kaffee in eine Tasse und setzte sich wieder hin, die Hände um die Tasse gelegt, als wären sie kalt – dabei war es Juli und eine Bruthitze.

Momma schlürfte dann ihren Kaffee, aber schon nach wenigen Minuten holte sie würgend Luft, und Schluchzer drangen aus ihrem Mund, genau wie an dem Tag, als der seltsame Mann und die seltsame Frau gekommen waren. So als sei ihre Kehle eine Höhle, in der tobende Winde gefangen waren. Sie sagte schlimme Sachen, schreckliche Sachen, und Bella stand wie erstarrt da. Manchmal zog sie sich zum Sofa zurück, dem alten Sofa aus dem Eßzimmer, das Momma in die Küche gestellt hatte. Dagegen lehnte sie sich dann mit den Beinen.

«*Psia krew! Huje!* Teufel! Verdammte Teufel! Was haben sie mir angetan, warum, warum, frage ich? Sie haben mir meine Kinder weggenommen, wer zum Teufel sind sie, daß sie so etwas wagen! *Niech ich szlag weźmie!* Meine Kinder, meine Kleinen, meine armen kleinen Waisenkinder! *Moje biedne sieroty, moi drodzy!* Zur Hölle, zur Hölle noch mal, warum mußte ich das erleben?»

Sie schluchzte und schrie, fluchte und gebrauchte Wörter, die Poppa immer benutzt hatte, die aber noch nie zuvor aus Mommas Mund gekommen waren.

Bella näherte sich ihr vorsichtig. Sie berührte sie am Ärmel. «Momma, ich bin doch hier», sagte sie mit dünner Stimme.

Aber Frances zog ihren Arm brüsk nach oben weg, so daß die kleinen Finger von ihm abglitten. Sie weinte und schrie immer weiter.

«Bitte, wein doch nicht, Momma», flehte Bella.

Frances reagierte nicht: Sie war untröstlich. Sie hieb mit der Faust auf den Tisch ein, lautlos, und schlug sich dann selbst auf die Brust, so fest, daß Bella es bummern hörte. Bella wich langsam zurück, ganz langsam, bis ihre Beine das Sofa berührten. Ihr knurrte der Magen. Sie hatte Hunger.

Momma hatte jetzt die Hände auf den Bauch gelegt und gab klagende Laute von sich, während sie den Oberkörper vor und zurück wiegte. Dann brach sie wieder in Tränen aus und ohrfeigte sich selbst, zerkratzte sich mit den Fingernägeln das Gesicht, raufte sich die Haare aus.

Bella sah zu und hörte alles, aber Momma beachtete sie überhaupt nicht. Bella wünschte sich, Momma würde *sie* schlagen, *sie* anschreien, aber Momma tat so, als wäre sie gar nicht da. Sie fragte sich, warum Momma sie dabehalten hatte, warum sie sie nicht mit den anderen ins Waisenhaus gegeben hatte. Nachdem es eine Woche lang jeden Abend so gegangen war, drängte sich Bella unaufhaltsam ein Gedanke auf: Im Waisenhaus wäre ich besser dran.

Wenn das Schluchzen ein wenig nachließ und sich wie Wind anhörte, der durch die Fensterritzen pfeift, legte Momma den Kopf auf den Tisch. Dann ging Bella wieder zu ihr hin. Sie nahm ihre Tasse.

«Möchtest du ein bißchen heißen Kaffee, Momma?»

Momma antwortete – oder auch nicht. Bella goß ihr neuen Kaffee ein und schob ihn vorsichtig vor sie hin, und Momma setzte sich ein bißchen auf und nahm, das Kinn immer noch dicht über dem Tisch, die Tasse und führte sie an ihre Lippen.

«Soll ich zum Laden gehen, Momma?»

Frances sah sie an, mit wildem Blick.

«Etwas zum Essen holen, Momma.»

Dann richtete sich Frances noch weiter auf, wobei sie gleichzeitig in sich zusammensackte. Sie griff nach ihrem Geldbeutel und nahm ein paar Münzen heraus. Sie trug Bella auf, ein wenig Hackfleisch zu holen oder etwas Bologneser Wurst. Dann ging sie ins Schlafzimmer, um ihr Kleid aus und ein älteres anzuziehen und sich eine Schürze umzubinden, ehe sie sich daranmachte, ein paar Kartoffeln zu schälen. Wenn Bella zurückkam, kochten die Kartoffeln, und Momma war dabei, Karotten zu schaben oder einen Kohlkopf zu halbieren. Sie aßen erst sehr spät, und Bellas Magen rumorte während der gesamten Mahlzeit. Bella half Momma beim Abräumen.

«Ich wasche das Geschirr morgen ab», sagte sie dann, und Momma nickte. Sie gingen hinaus zur Toilette und dann ins Schlafzimmer. Wenn Bella ausgezogen und im Bett war, drehte Momma das Gaslicht aus, um sich im Dunkeln auszukleiden und sich dann neben Bella in das große Doppelbett mit der klumpigen Matratze zu legen. Erschöpft, wie sie war, schlief Momma sofort ein, wobei sie laut und rasselnd atmete, wegen der Tränen in ihrer Kehle. Sie war nie zärtlich zu dem Kind an ihrer Seite. Sie sagte ihm noch nicht einmal gute Nacht.

IV. Kapitel

1 DAS ELEND HAT die merkwürdige Eigenschaft, auch noch in den letzten Winkel zu kriechen. Zahnschmerzen können so schlimm sein, daß du am liebsten sterben möchtest, und wenn du leidest, hast du keinen Nerv für jemanden, der dir erzählt, daß es Schlimmeres gibt – etwa im Konzentrationslager zu sein und zusehen zu müssen, wie deine Familie stirbt, oder in einer Gefängniszelle, wo du von einem dieser Spezialisten, die von den Regierungen heutzutage so geschätzt werden, gefoltert wirst. Ich habe schon vor Magenschmerzen sterben wollen und habe erlebt, daß meine Mutter solche Migräne hatte, daß sie am liebsten tot gewesen wäre. Es ist schwer, Schmerz zu messen, ebenso schwer ist es, Glück zu messen.

Ich glaube, der einzige Maßstab, den wir dafür haben, ist die Dauer. Denn es stimmt, daß Zahnschmerzen, Migräne und Magenschmerzen in dem Moment, da sie vorbei sind, auch vergessen sind. Schmerzen, die mit Angst verbunden sind, ein Herzanfall zum Beispiel, bleiben länger im Gedächtnis haften, und die Angst vergeht vielleicht nie wieder vollständig. Und es gibt Schmerzen, die niemals aufhören, die dir dein Leben lang brutal das Herz abschnüren, sobald du dich an sie erinnerst.

Die Analytiker glauben, daß wir die Phasen unseres tiefsten Schmerzes wieder durchleben müssen und endlich Trost finden können, wenn uns ein verständnisvoller Therapeut dabei zur Seite steht. Vielleicht. Priester können auch Trost spenden; Religiosität ist, wie die Therapie, eine Frage des Glaubens. Aber diejenigen, die am meisten leiden, haben häufig keinen Glauben, weil der Schmerz den Glauben zerstört. Und die Hoffnung.

Meine Großmutter hat sich von diesem schweren Schicksalsschlag nie wieder ganz erholt. Und meine Mutter auch nicht, obwohl ihr Leid ein völlig anderes war. Und meine Schwester und ich haben fast unser ganzes Leben versucht, den Folgen jener Geschehnisse auszuweichen oder zu entfliehen. Manchmal lese ich Romane, geschrieben von Frauen meines Alters, die in einer angenehmen, einigermaßen liebevollen Umgebung aufgewachsen sind und trotzdem eine schauerliche Kindheit hatten, sich in eine Norm gepreßt fühlten, nicht beachtet wurden oder sich unverstanden vorkamen. Und inzwischen weiß ich, daß Liebe die grausamste Form der Unterdrükkung sein kann. Trotzdem finde ich das Selbstmitleid dieser Autorinnen lächerlich. Ich mockiere mich darüber wie meine Mutter, für die es unbegreiflich ist, daß ein Mensch, der genug Geld hat, um sorgenfrei leben zu können, von Depressionen heimgesucht wird oder womöglich sogar unglücklich ist. Sie müßte es eigentlich besser wissen, aber sie verachtet solche Menschen. Und ich auch. Ich habe die Einstellung meiner Mutter übernommen: Niemand hat mehr gelitten als sie. Da ist etwas dran. Ich jedenfalls nehme ihr das ab.

Es heißt, Leid habe auch damit zu tun, wie man auf etwas reagiert. Es soll Leute geben, die Schreckliches in ihrem Leben durchgemacht haben und trotzdem voller Lebensmut sind. Bewundernswert, ja, aber eins möchte ich wissen: Worauf ist diese Fähigkeit zurückzuführen? Auf eine bestimmte Atmosphäre in ihrer Kindheit, eine genetische Veranlagung, das Geschenk der Liebe, das sie früh genug im Leben erhielten, so daß es in ihrer Seele seine Spuren hinterlassen konnte? Sind wir dafür verantwortlich zu machen, wenn wir diese Gaben nicht erhalten haben? Kann man uns dafür die Schuld geben, können wir uns selber dafür die Schuld geben?

Ich kann mich erinnern, daß ich in meiner Kindheit auf meinem Bett in einer Ecke hockte und mein Körper ein einziger brennender Schmerz war, weil ich mich nicht geliebt fühlte. Dabei wurde ich irgendwie bestimmt geliebt – die Liebe gehört auch zu den elementaren Dingen, die sich nicht messen lassen, noch so ein Wert, der in unserem Zeitalter, das nur dem Meßbaren traut, mißachtet und beiseite geschoben wird. Ich fühlte mich ungeliebt. Wieviel ungeliebter muß Bella sich da erst gefühlt haben? Und wie tief müssen die Auswirkungen dieser Lieblosigkeit bei ihr gegangen sein?

Und wie soll ich Frances verstehen, die ich als sanft und liebevoll in Erinnerung habe, als uneingeschränkt zärtlich und fürsorglich? Ich denke manchmal, ich sollte es mir nicht anmaßen, über meine Mutter zu urteilen, aber ich habe dies lange getan. Meine Mutter hatte gar nicht die Möglichkeit, über ihre Mutter zu urteilen. Wie auch – angesichts der Umstände? Jedenfalls war Frances zu Bella nicht zärtlich, nicht einmal freundlich, sondern streng und kritisch. Warum? Hat sie in Bella ihr zweites Ich gesehen? Erwartete sie, daß Bella ebenso erwachsen, zuverlässig und findig war wie sie selbst? Frances war früh erwachsen geworden – spätestens mit dreizehn. Vielleicht hat sie sich gewundert, daß Bella anders war. Aber Frances hatte eine liebevolle Mutter, die ihr Aufmerksamkeit schenkte, lachen konnte – diese Erfahrungen hat sie nicht an ihre Tochter weitergegeben, sondern für ihre Enkelin aufgespart, für mich, Anastasia. Sie muß Bella geliebt haben – warum hätte sie sonst ausgerechnet sie behalten? Vielleicht hat sie sie am meisten geliebt, hat sie vielleicht so geliebt wie sich selbst, vielleicht war sie deshalb so unerbittlich mit ihr, weil sie gegen sich selbst auch so war. Ich weiß, daß sie sie geliebt hat. Ich habe sie beide zusammen erlebt. Aber Bella hat es nie gewußt.

Vielleicht überwog für Frances auch einfach die Kostenseite: Wie sollte dieses ängstliche, weinerliche Kind jemals so gut sein können, um Frances' großes Leid aufzuwiegen? Denn in jenen schrecklichen Jahren war Bella, ihr Überleben, das einzige, wofür Frances überhaupt lebte. Und wenn das die Gefühle von Frances gewesen sein sollten, dann hat sie sie vererbt, weil meine Mutter uns in den schrecklichen Jahren unserer Kindheit dieselben Gefühle entgegenbrachte.

Trotzdem konnte ich Frances verstehen. Eines Abends – mein zweiter Ehemann hatte mich verlassen, und ich hatte ein paar Gläser zuviel getrunken, lag auf dem Bett und weinte – kam Franny in mein Zimmer. Zaghaft kam sie an mein Bett, und ich versuchte, das Schluchzen zu unterdrücken. Ich richtete mich etwas auf und putzte mir die Nase, und sie setzte sich auf die Bettkante und legte ihre Hand auf meinen Rücken. Sie war noch klein, sie war sechs. Sie fragte, warum ich weinte. Dann kamen auch die anderen Kinder herein und setzten sich zu mir aufs Bett. Sie waren ratlos, und ich konnte ihnen auch nicht alles erklären. So sagte ich nur, ich weinte vor Wut darüber, daß ich mein Leben verpfuscht hätte, weil ich

Toni geheiratet hätte, und nun wieder ohne Geld in der Klemme saß.

Und Franny, die gar nicht begriff, worum es ging, rieb mit ihrer kleinen Hand meine Hand, streichelte sie zart, als könnte sie damit meinen Kummer besänftigen. Ardens Augen leuchteten. Ich kannte diesen Blick: Sie versuchte, mir auf diese Weise etwas von ihrer Energie, ihrer Kraft abzugeben und mich aufzurichten. Ich kannte diesen Blick, weil ich ihn selber sehr oft benutzt habe – bei meiner eigenen Mutter. Sie sagte: «Aber Mom, wenn du Toni nicht geheiratet hättest, dann hättest du Franny nicht.»

Ich schwieg. Was sollte ich dazu sagen? Etwa: Genau, das ist das Problem? Ich nuschelte irgend etwas.

Billy saß am weitesten von mir entfernt, am Fußende des Bettes, und hielt den Blick gesenkt. Er brummte mit seiner neuen tiefen Stimme unverständlich vor sich hin, und ich bat ihn, den Satz zu wiederholen.

«Ich habe dich gefragt, ob du über Dad auch so denkst. Über unseren Vater. Bradley.»

Ich war immerhin so wütend, daß ich ehrlich sein wollte. «Um die Wahrheit zu sagen, ja.»

«Aber wenn du ihn nicht geheiratet hättest, dann gäbe es uns doch nicht», brummte er, hob den Kopf und sah mich an.

Ich richtete mich auf und bekam vor Wut einen roten Kopf. «Na und?» schrie ich. «Wenn ich euch nicht hätte, weil ich jemanden ganz anderen geheiratet hätte, dann hätte ich eben andere Kinder! Die ich ebenso lieben würde!»

Sie wurden blaß. Sie starrten mich an. Sie konnten es nicht fassen, daß ich so etwas sagen konnte, daß ich mir überhaupt vorstellen konnte, irgendwelche imaginären Kinder genauso zu lieben wie sie, daß sie nicht aufgrund ihrer persönlichen, einmaligen, wunderbaren Eigenschaften geliebt wurden. Ich lehnte mich zurück, sie taten mir leid. «Ich hätte euch doch nicht gekannt, versteht ihr, was ich meine?»

Sie verstanden. Sie nickten ernst. Sie benahmen sich wie die Engel, sie stürmten nicht beleidigt und wütend in ihre Zimmer, sondern fragten, ob ich einen Tee haben und Musik hören wollte, bereitwillig nickte ich zu beidem. Sie legten eine Platte auf, eine von meinen, keine von ihren – ein Quartett, was meine Stimmung nicht besserte. Aber ich versuchte, so strahlend wie nur irgend möglich zu lächeln. Denn sie bewiesen mir schließlich, daß ich im Irrtum war. Ich mußte mich irren.

Mutterliebe. Angeblich kommt darin so etwas wie Gleichgültigkeit, Eigennutz oder Einschränkungen nicht vor. Und je mehr du deine Kinder liebst, um so schockierter werden sie sein, wenn sie auch nur eine winzige Spur von Zweifel oder Ablehnung entdecken. Wir sind unersättlich nach dieser Liebe, wir erwarten, daß sie vollkommen ist, wir können nicht verzeihen, daß auch die Mutterliebe nur menschlich ist. Na, dachte ich, das ist wenigstens ein Fehler, der mir nicht passieren kann. Ich habe seit langem akzeptiert, daß die Gefühle meiner Mutter mir gegenüber ihre Grenzen haben. Ich war erwachsen.

An Väter werden diese Ansprüche nicht gestellt. Sie dürfen sich fast alles erlauben, und bei ihnen sind die Kinder schon für das kleinste bißchen Liebe dankbar. Trotzdem werden Väter im Vergleich zu Müttern viel weniger wichtig genommen. Aber sie können Kinder ganz genauso verletzen. Bella zum Beispiel.

Wenn Bella geglaubt hat, daß ihre Mutter sie nicht liebt, was hat sie dann bloß empfunden, wenn sie an ihren Vater dachte? Vielleicht ist es für seine Kinder auch ein Glück gewesen, daß er so jung starb, bevor er ihnen noch mehr Schaden zufügen konnte. Am meisten haben Bella und Wally unter ihm gelitten, Eddie ließ ihn nicht an sich herankommen, und Euga war noch zu klein, um etwas zu merken. Überdies waren es Bella und Wally, die ihm ähnlich sahen – das schmale Gesicht, die nervöse Gestik. Michael Brez würde für Bella immer das Urbild des Mannes verkörpern: grausam und anspruchsvoll, unberechenbar und gänzlich selbstsüchtig, aber auch geistreich, bezaubernd, beliebt, charmant, fähig, viel Geld zu verdienen und die Familie zu versorgen, so wie eine Mutter das nicht konnte und überhaupt keine Frau. Männer mochten gefährlich sein, treulos und sogar gewalttätig, aber sie waren unbedingt notwendig. Ich kann mich erinnern, daß meine Mutter jede Nacht Alpträume hatte, weil ich mich mit zwei Kindern – Franny war damals noch nicht geboren – scheiden ließ und von der Hand in den Mund lebte, was ich fast mein ganzes Leben lang getan habe. Sie erzählte mir, sie hätte geträumt, daß ich und die Kinder in einem VW-Bus wohnen würden. Das machte ihr angst, und sie bedrängte mich, wieder zu heiraten. Obwohl sie die Männer, mit denen ich befreundet war, nicht besonders schätzte. Für sie war es wichtig, daß einer einen guten Beruf hatte und ein Mann war. Du angelst dir einen, du hältst ihn fest und paßt auf, daß er nicht über die Stränge schlägt. Das war für meine Mutter die einzige Lösung.

Ein Mann kann einer Frau nichts außer wirtschaftlicher Sicherheit bieten. Von einem Mann kannst du weder Freundschaft noch Verständnis, noch Zuneigung erwarten. Sexuelles Vergnügen – nun, das verflüchtigt sich schnell. Du hast dein Auskommen, deine Kinder sind ehelich, und du mußt aufpassen, daß dein Mann nicht anfängt, mit der Faust auf den Tisch zu hauen. Wenn er das macht und du es zuläßt, dann bist du erledigt, dann bist du bis an dein Lebensende seiner tyrannischen Willkür ausgeliefert, und deine Kinder auch. Aber ohne Mann geht es nicht.

Das hat mir meine Mutter schon sehr früh beigebracht – ich war etwa neun Jahre alt.

2

Meine Mutter hat mich nicht nur über Männer aufgeklärt, als ich neun Jahre alt war, sondern auch über die Natur der Frauen – wobei sie allerdings vieles beschönigend ausgelassen hat. Ich war bereits über vierzig und sie fast siebzig, als ich von den Tränen meiner Großmutter erfuhr und davon, wie sie meine Mutter behandelt hat. Wir saßen, wie immer, in dem kleinen Erker, den sie Veranda nannte, rauchten, tranken, die Straße vor dem Haus lag bereits im Dunkeln, nur die Laternen leuchteten, und mein Vater hatte das Handtuch schon unter seine Türritze gestopft. Und sie begann wieder mit ihrer Litanei, die ich schon so oft gehört hatte.

«Mein Vater starb, als ich neun Jahre alt war. Ich habe schon mit neun gekocht, ich mußte bis nach Jewtown laufen – wovor ich große Angst hatte...» Noch ist sie gefaßt, ihre Stimme noch nicht tränenerstickt, ihr Tonfall immer noch der einer Erwachsenen. Wie immer höre ich nur zu, bin jedoch selber sehr niedergeschlagen, was ich ihr aber nicht sagen kann. Deshalb bin ich gereizt. Zum erstenmal begreife ich, daß es in unserem Verhältnis nur Raum für eine Geschichte gibt, für eine Wahrheit – ihre. Ich darf nur die Anastasia sein, die ich sein soll. Deshalb fordere ich sie ein bißchen heraus.

«Aber warum hast du das alles gemacht? Ich meine, wieso bist du überhaupt auf die Idee gekommen, und wie hast du es dann geschafft? Woher hattest du das Geld für den Markt, und woher wußtest du, wie man kocht?»

Und da hat sie mir von den Tränen erzählt, und während sie darüber spricht, weint sie selber, sie schluchzt herzzerreißend, preßt sich die Faust gegen die Stirn. «Das hat mich innerlich zerrissen, einfach zerrissen, ich wünschte, sie hätte mich geschlagen!»

Bella saß zu Hause und träumte von Anastasia. Es wurde dunkel, Momma kam nach Hause und fuhr sie barsch an. Bella sprang auf, schaltete das Licht an, rannte zu Momma und schlang die Arme um ihre Hüften und sagte: «Hallo, Momma, ich habe auf dich gewartet.»

Und Frances strich ihr freundlich, aber innerlich tot, über den Scheitel und ging zum Herd.

Doch Bella war schneller. «Setz dich hin, Momma, ich mach dir deinen Kaffee, du mußt müde sein.»

Frances seufzte und sank auf den Stuhl. Aber Bella hatte nicht über Mommas Müdigkeit nachgedacht, sie hatte überhaupt keine Vorstellung davon, wie ihrer Mutter zumute sein mochte. Sie war neun, und ihre Mutter war für sie wie eine Monarchin oder wie der Nordpol. Was immer sie tat oder sagte, machte Bellas Welt zu dem, was sie war, einer Welt, die sie weder zu erklären noch zu verstehen suchte. Jedoch hatte sie überlegt, daß ihre Mutter, wenn sie abends nach Hause kam, vielleicht weniger unglücklich sein würde, wenn die Lampen brannten und ihr Kaffee fertig war. Und daß es ihr, Bella, dann vielleicht auch ein wenig bessergehen würde.

Sie schichtete das Holz im Ofen auf und zündete die dünneren Scheite an. Sie ließ Wasser in den Kessel laufen und stellte ihn auf den Herd. Sie schüttete ein Maß Kaffee, so wie sie es bei Momma gesehen hatte, in die alte Blechkanne.

Während sie darauf wartete, daß das Wasser kochte, fragte sie schüchtern: «Soll ich einkaufen gehen, Momma?» Sie versuchte, nicht im mindesten vorwurfsvoll zu klingen. Sie wollte nicht, daß Momma wußte, daß es das erste war, worauf Bella achtete, wenn Momma zur Tür hereinkam. Daß sie sofort schaute, ob Momma ein kleines Päckchen vom Fleischer in der Hand trug, und daß Bellas Herz jedesmal sank, wenn sie keins dabeihatte.

Frances nickte und reichte ihr das Portemonnaie. «Hol ein wenig Bologneser Wurst, ich bin heute zu müde, um noch zu kochen.»

Ehe Bella ging, goß sie ihrer Mutter den Kaffee ein, dann nahm sie ihren Mantel und ging los. Draußen war es kalt und dunkel. Sie hat ihrer Mutter nie erzählt, daß sie Angst hatte, abends einkaufen zu gehen, auch wenn es nicht weit war. Tagsüber wäre es ihr viel leichter gefallen. Langsam – so wie eine Welle sich allmählich aufbaut – reifte in ihr ein Entschluß. Zum erstenmal nahm sie sich bewußt etwas vor, um in ihrem Leben etwas zu verändern. Und vielleicht...

Beim Essen – Schwarzbrot mit Bologneser Wurst und Gurken, die Momma am Abend vorher eingelegt hatte – rückte Bella mit ihrer Idee heraus. «Momma, warum gibst du mir nicht Geld, dann kann ich einkaufen gehen, und wir müssen abends nicht mehr so spät essen.»

Ihre Mutter nickte erschöpft. Sie sagte nichts. Bella wußte, daß sie wieder anfangen würde zu weinen, sobald sie mit dem Essen fertig sein würden. Nach dem Essen sprang Bella sofort auf.

«Ich wasche ab, ruh dich aus», drängte sie.

Aber Momma hörte sie kaum. Sie beugte sich vor, stützte die Ellenbogen auf den Tisch, und die Tränen liefen ihr die Wangen hinunter. «Oh, meine Babies, meine kleinen Waisen», schluchzte sie, mit leiser, schwacher Stimme.

Bella wusch ab und setzte sich auf das Sofa. Sie wäre gern in das andere Zimmer gegangen, vielleicht sogar ins Bett, aber sie konnte nicht. Sie erinnerte ihre Mutter nicht mehr daran, daß sie da war, versuchte auch nicht mehr, sie zu berühren, aber sie konnte ihre weinende Momma nicht allein lassen. Sie wußte, daß irgendwann die Erschöpfung über den Kummer siegen würde. Momma würde aufstehen und ausdruckslos sagen: «Zu Bett, Bella», und dann würden sie zusammen zu dem Doppelbett gehen, in dem sie schliefen, ohne sich je zu berühren.

An diesem Abend aber unterbrach Bella ihre Mutter. «Gibst du mir das Geld?»

Frances öffnete ihr Portemonnaie und gab Bella fünfzehn Cent. «Kauf in Jewtown ein», sagte sie mit brüchiger Stimme. «Dort ist es billiger. Kauf ein Pfund Hackfleisch und Gemüse.»

Bella riß die Augen auf und nahm das Geld. Sie kam sich vor, als würde ihr ein heiliger Schatz anvertraut. Sie durfte ihn nicht verlieren! Das durfte sie noch nicht einmal denken!

Am nächsten Morgen wachte Bella benommen auf, wie immer,

wenn die Sonne schon hoch stand und es im Zimmer heiß und stikkig war. Aber dann stand sie plötzlich voller Energie auf: Heute hatte sie etwas Wichtiges zu erledigen. Sie zog sich an, rannte nach draußen auf die Toilette, kam zurück und machte sich einen Kaffee. Sie war jetzt erwachsen, also konnte sie auch wie die Erwachsenen Kaffee trinken. Sie saß am Tisch und dachte darüber nach, wie sie das Essen, das sie kochen wollte, zubereiten sollte. Dann nahm sie das Geld, das Momma ihr dagelassen hatte, von der Anrichte und ging los.

Die Straße war voller spielender Kinder, über die die vorbeifahrenden Kutscher lauthals fluchten. In der engen Straße gab es keine Straßenbahnschienen, und die Leute liefen kreuz und quer über das Pflaster. Weiter unten sah sie ein paar Mädchen, die Seil hüpften: Yetta Ettinger mit ihren Freundinnen. Sie ging einen Moment etwas langsamer und fragte sich, ob sie das auch noch könnte. Dann riß sie sich zusammen: Ich bin jetzt ein großes Mädchen. Seilspringen ist etwas für Kinder.

Sie ging schnell, bis sie in Jewtown war, dann wurde sie langsamer. Plötzlich hatte sie Angst. So viele Menschen. Soviel Krach. Und niemand sprach Polnisch. Die Straßen waren voll mit zweirädrigen Karren und Frauen, die mit ihren langen Armen den Kundinnen, die an ihrer Ware herummäkelten und woanders kauften, Kohlköpfe und Rüben hinterherwarfen. Lautstark priesen die Händler ihre frischen Waren an. Bella konnte ihre Worte nicht übersetzen. Es war schlimmer als in der Schule, da hatte sie wenigstens ein paar Worte verstehen können.

Sie sah viele Männer in dunklen Anzügen und Hüten, Männer mit Bärten, Männer mit komischen hohen Hüten, Frauen in langen, weiten Röcken und Kopftüchern, Jungen mit langen Locken, fabrikneue Kleidungsstücke, die mit Wäscheklammern an Leinen vor den Ständen befestigt waren, von denen noch mehr Kleider herunterhingen. Und dieser Lärm! Bella hielt ihr Geld ganz fest in der Hand und ging auf die Straße. Sie paßte sehr auf, bahnte sich ihren Weg durch die Wagen. Sie biß die Zähne zusammen. Sie blickte nur hoch, wenn es nicht anders ging. Plötzlich blieb sie wieder stehen. Auf der Türschwelle eines schäbigen Hauses saß ein Mädchen, das etwa so alt war wie sie, mit einem riesigen Baby auf dem Schoß. Das Baby war vielleicht zwei und wirkte im Sitzen fast so groß wie das Mädchen. Neben ihnen stand ein großer Abfalleimer mit verdorbenem Gemüse und faulen Früchten. Er stank abscheulich und war von Fliegen umschwirrt. Das Mädchen sah Bella an, Bella sah das Mädchen an. Es hatte große Augen, die traurig wirkten, in denen Bella aber auch etwas anderes erkannte... Härte. Bella lief ein Schauer über den Rücken, sie ging weiter und schüttelte den Kopf, um den Anblick wieder loszuwerden. Sie fand den Stand, zu dem Momma immer ging, und kaufte Fleisch. An einem anderen Stand kaufte sie für zwei Cent Mohrrüben. Sie hatte noch sechs Cent, sie ging einen Gang entlang, der zu einem Bäcker führte. Dort stand sie sehr lange, bis sie sich entschied, zwei Sachen zu kaufen, die wie Chrusciki aussahen, aber anders schmeckten. Sie bekam vier Penny zurück, die sie fest in der Hand hielt. Momma würde sich freuen. Sie drehte sich um und blickte noch einmal zurück, um sich alles anzusehen, aber in dem Moment wurde ihr schwindelig, sie hatte ein Gefühl, als müßte sie gleich umfallen. Sie lehnte sich gegen etwas – die Stange eines Karrens – und versuchte, sich wieder zu fangen. Bloß hier nicht umfallen! Die vielen Menschen würden über sie hinwegtrampeln, sie würde überfahren werden, so wie die Straßenbahn Euga fast überfahren hätte. Sie glaubte, es nicht mehr bis nach Hause zu schaffen. Aber sie mußte es schaffen.

Sie dachte an Anastasia. Angenommen, Anastasia würde etwas Schlimmes zustoßen, angenommen, Anastasia würde beim Einkaufen ihre Momma verlieren und sich nun in diesem Irrgarten zurechtfinden müssen? Was würde Anastasia tun?

Bella richtete sich auf und hob das Kinn. Wie eine Prinzessin unter gewöhnlichem Volk bahnte sie sich ihren Weg durch die Menschenmassen, die Waren, den Lärm, die Gerüche, ohne auch nur Notiz davon zu nehmen. Frauen riefen aus offenen Fenstern, Männer schwatzten unter den Markisen der Läden, lasen mitten auf der Straße Zeitungen mit komisch aussehenden Buchstaben, aber sie beachtete sie nicht. Mit hocherhobenem Kopf, zusammengepreßten Lippen und so königlicher Miene, wie es nur eben ging, floh sie aus Jewtown in ihr weniger lautes und überfülltes Viertel. Als sie wieder zu Hause war, sank sie (genau wie Momma) auf einen Stuhl. Es dauerte eine Weile, bis sie das Gefühl hatte, sich wieder bewegen zu können.

Als es im Hof dunkel zu werden begann, regte Bella sich. Sie erhob sich und zündete die Gaslampe an, dann ging sie zum Herd und schichtete Holz für das Feuer auf. Sie schabte die Mohrrüben, so wie sie es bei Momma gesehen hatte. Sie schälte eine Zwiebel. Das war unangenehm, es dauerte lange, ihre Augen tränten. Dann holte sie das Schmalz aus dem Schrank, erhitzte es in der gußeisernen Pfanne und hackte die Zwiebel, gab sie in die Pfanne und stellte die Pfanne auf das Feuer, das noch klein war, so wie sie es bei Momma gesehen hatte. Dann schnitt sie die Mohrrüben in kleine Scheiben und gab sie mit etwas Zucker, Butter und etwas Wasser in einen kleineren Topf. Sie stellte den Topf auf den Herd, neben die warme Herdplatte. Als die Zwiebeln glasig glänzten, nahm sie die Pfanne und versuchte, die Zwiebeln in eine Schüssel zu schütten, aber die Pfanne war so schwer, daß sie sie nicht hoch genug anheben konnte. Sie stellte die Pfanne auf den Fußboden und versuchte es noch einmal, wobei sie den Stiel mit einem zusammengelegten Handtuch festhielt. Diesmal klappte es, aber ein paar Zwiebelstückchen blieben am Pfannenboden kleben.

Seufzend strich sie sich das Haar aus dem erhitzten Gesicht. Warum hatte Momma diese Schwierigkeiten nicht? In einer Schublade suchte sie nach einem Kochlöffel, ging dann wieder zu der Pfanne, die auf dem Fußboden stand, und versuchte, sie mit der einen Hand anzuheben und mit der anderen zu kratzen. Sie schaffte es nicht. Die Pfanne war zu schwer. Also stellte sie diese wieder ab, kratzte mit dem Löffel mühsam Stückchen für Stückchen vom Pfannenboden ab und gab sie in die Schüssel. Sie stellte die Pfanne wieder auf den Herd – aber nicht auf die Flamme – und die Schüssel auf den Küchentisch. Dann öffnete sie das orangefarbene Päckcken und gab das Fleisch zu den Zwiebeln in die Schüssel.

Sie seufzte. Sie war schon müde. Sie versuchte, sich zu konzentrieren. Ja. Sie ging an den Schrank, wo Momma die trockenen Brotreste aufbewahrte, wenn sie welche hatten. In einer gelben Schüssel fand sie ein halbes Brötchen. Sie ging damit zum Ausguß und schnitt die Kruste weg, dann zerkrümelte sie das Brötchen über der Schüssel, indem sie es zwischen den Handflächen rieb, so wie sie es bei Momma gesehen hatte, und goß etwas Milch dazu. Die Mischung war sehr flüssig, vielleicht hatte sie zuviel Milch genommen. Sie reichte kaum an das zweite Brett im Schrank, wo Momma die kleineren Schüsseln aufbewahrte. Sie schaffte es gerade, mit der einen Hand einen Stapel zu erreichen, den sie vorsichtig zu sich heranzog, bis er schräg stand, dann griff sie mit der anderen Hand eine der Schüsseln. Sie seufzte wieder, aber in ihren Seufzern schwang eine gewisse Zufriedenheit.

Sie trug die kleine Schüssel zum Küchentisch, kniete sich auf einen Stuhl und goß etwas von der Milch aus der einen Schüssel in die andere. Sie wollte nichts verschwenden. Sie konnte die Milch das nächste Mal verwenden. In der Speisekammer fand sie ein Ei, das sie zum Fleisch gab. Außerdem Salz, Pfeffer, Paprika. Dann knetete sie die Mischung vorsichtig mit den Händen durch, so wie Momma es machte. Als sie fertig war, betrachtete sie prüfend ihr Werk. Es sah nicht genauso aus wie bei Momma. Bei ihr waren große weiße Klumpen des trockenen Brötchens zu sehen. Sie knetete weiter und gab schließlich auf. Dann formte sie aus der Mischung vier große Klöße und wusch sich die Hände. Aber das Fett ließ sich mit kaltem Wasser nicht abwaschen. Sie wischte sich die Hände am Handtuch ab, ließ Wasser in den Kessel laufen und stellte ihn auf die Herdplatte. Das Feuer war jetzt sehr heiß.

Dann deckte sie den Tisch und versuchte, ihn so zu decken, wie Momma es früher gemacht hatte. Aber sie hatten keine Servietten und Serviettenringe mehr, auch keine weiße Damasttischdecke. Hinten im Schrank fand sie zwei alte Servietten und legte sie auf die zerschlissene gemusterte Decke, die auf dem Tisch lag, und verteilte Teller und Besteck. Sie hatten nur noch altes Zeug, aber in der schummrigen Beleuchtung fiel es nicht auf.

Als es vollends dunkel war, stellte sie die Mohrrüben auf den nicht ganz so heißen Teil des Herdes und schälte ein paar Kartoffeln. Das Wasser kochte, aber jetzt brauchte sie es nicht mehr, ihre Hände waren nicht mehr fettig. Sie wusch die Kartoffeln, legte sie in einen Topf, bedeckte sie mit Wasser, fügte Salz hinzu und stellte ihn auf den heißen Teil der Herdplatte. Sie schwitzte inzwischen, nicht nur im Gesicht, sondern auch ein bißchen unter den Armen. Sie überlegte, wie sie die Kartoffeln zubereiten sollte. Sie liebte Kartoffelbrei, aber sie wußte nicht genau, wie man ihn machte. Sie würde sie einfach nur kochen. Sie sah in der Vorratskiste nach und entdeckte eine Stange Lauch. Sie versuchte, ihn zu schälen. Als sie damit fertig war, war von dem Lauch kaum noch etwas übrig. Sie suchte das Abgeschälte wieder zusammen und schnitt es klein, holte sich ein kleines Pfännchen und ein winziges Stück Butter von dem

Teller in der Speisekammer, gab es in das Pfännchen, welches sie auf den warmen Teil des Herdes stellte.

Die Mohrrüben köchelten, die Kartoffeln brodelten, die Butter schmolz. Es duftete köstlich. Ihr lief das Wasser im Mund zusammen. Sie wunderte sich, daß sie kochen konnte. Sie war nervös, aber irgendwie wußte sie, daß sie es konnte. Sie piekte mit einer Gabel in die Kartoffeln, so wie Momma, und als sie weich waren, schob sie den Topf von der heißen Stelle der Herdplatte, stellte die große Pfanne darauf und gab einen Teelöffel Schmalz in die Pfanne. Dann versuchte sie, die Kartoffeln abzugießen. Aber der Topf war so schwer und so heiß, sie mußte ihn mit beiden Händen festhalten und über den Ausguß neigen, und – Bella blieb das Herz stehen. Die Kartoffeln fielen mitsamt dem Wasser heraus und landeten zerkrümelt im Ausguß. Sie stand ganz still, den Tränen nahe. Dann faßte sie sich, nahm ein Handtuch und sammelte die Kartoffeln bis auf das letzte Krümelchen wieder ein, legte sie in den Topf zurück und stellte ihn auf den warmen Teil der Herdplatte. Sie gab den geschnittenen Lauch in die geschmolzene Butter, nahm vorsichtig die Fleischklöße und legte sie in die große Pfanne. Sofort zischte und spritzte es. Wieder klopfte ihr Herz. Was hatte sie jetzt falsch gemacht? Sie schob die Pfanne etwas aus der heißen Flamme, aber es spritzte immer noch. Ihr Kleid hatte Fettflecken. Momma würde böse auf sie sein. Sie stand da wie gelähmt, als sie hörte, daß Momma nach Hause kam, sie hörte sie durch die Tür des Geschäfts gehen und konnte die Umrisse ihrer Gestalt im Schein der Treppenbeleuchtung erkennen. Schnell schüttete Bella die Mohrrüben in eine Schüssel, für die Kartoffeln fand sie eine größere Schüssel, aber als sie die Kartoffeln hineinschütten wollte, hatte sie wieder die gleichen Schwierigkeiten wie vorhin, nur daß dieser Topf nicht ganz so schwer war, so daß sie mit der einen Hand hineinlangen und die Kartoffeln herausnehmen konnte. Sie verbrannte sich die Finger, aber sie achtete nicht darauf. Sie goß den Lauch in der zerlassenen Butter über die Kartoffeln und hatte gerade die Kartoffeln und das Gemüse auf dem Tisch, als Momma die Tür öffnete.

«Hallo, Momma», sagte sie schüchtern.

Momma sah zum Tisch. Sie sah zum Herd, wo die Fleischklöße braun wurden. Sie sog den Duft ein. Sie sah Bella an. Und Momma lächelte.

3 Momma lächelte. Ihr Lächeln wirkte schwach, müde und traurig, aber auch irgendwie dankbar – und es sah aus, als ob ihre Augen aufleuchteten. Aber das lag vielleicht nur an dem Licht, das sich in ihnen spiegelte. Momma stellte ihre Sachen auf einem Stuhl ab, ging energischer als sonst zum Tisch und setzte sich weniger schwerfällig hin als sonst.

«Das Essen ist fertig, Momma, deswegen mache ich dir deinen Kaffee erst später. Ist dir das recht?»

Momma nickte, Bella brachte die Buletten, und sie aßen. Bella merkte, daß die Semmelbröselklumpen sich nicht aufgelöst hatten und es nicht ganz genauso schmeckte wie bei Momma, aber sie hatte Hunger und aß mit Genuß. Die Mohrrüben am Topfboden waren leicht angebrannt, und der verbrannte Geschmack hatte sich auf die restlichen Mohrrüben übertragen, aber Momma schien das nicht zu bemerken. Sie aß wie ausgehungert, sah Bella an und sagte: «Gut.»

Bella richtete sich stolz auf. Ihr Gesicht leuchtete. Von nun an kochte Bella jeden Werktag.

Meine Mutter hat immer für die Familie gekocht. Ich kann mich nicht erinnern, daß sie einmal nicht gekocht hätte. Sie kochte selbst dann, wenn sie krank war und den Tag mit einem feuchten Tuch auf der Stirn in ihrem abgedunkelten Zimmer verbracht hatte. Auch als ich zwölf war und sie arbeiten ging und den ganzen Tag auf hohen Hacken stehen mußte, kochte sie, wenn sie abends nach Hause kam. Sie sagte nie, daß ich kochen sollte, aber sie erlaubte mir, ihr zu helfen. Ich sah ihr zu, so wie sie ihrer Mutter zugesehen hatte, und ich lernte kochen, ohne es zu merken. Sie ließ mich Bohnen abziehen und Erbsen palen und Kartoffeln schälen. Stets achtete sie darauf, daß ich das kleinste bißchen Schale und jedes noch so kleine Auge entfernte.

Für meine Mutter war es der Höhepunkt des Tages, wenn sie das fertige Essen servierte. Sie brachte das nicht mit Worten oder Gesten zum Ausdruck, aber wir spürten es. Sie war dann regelmäßig erhitzt und müde, ihr Gesicht schimmerte rosig, sie war ein bißchen gereizt nach der vielen Arbeit, aber sie stellte die Schüsseln und Platten mit dem Essen auf den Tisch, wie der Priester die Hostie in deinen Mund legt – als ob sie etwas Geweihtes auf den Tisch brächte. Das war ihr Geschenk an uns, ihre Liebesgabe. Der Tisch war immer hübsch gedeckt, auch wenn die Servietten aus Papier waren und wir das einfache Besteck und Geschirr benutzten. Das Essen in den Schüsseln sah immer appetitlich aus, sie richtete es an, schüttete es nicht einfach hinein.

Meine Mutter besorgte auch den Einkauf. Sie zog sich dazu ein frisches Hauskleid an und ein altes Paar Schuhe mit hohen Absätzen, legte Lippenstift und Puder auf und ging jeden Sonnabendnachmittag auf den Markt. Oft nahm sie mich mit. Sie brauchte mich. Ich mußte ihr helfen, die Einkaufstaschen nach Hause zu tragen. Sie hielt sich immer lange beim Fleischer auf, betrachtete prüfend das Fleisch, das er ihr anbot, und wies die Stücke zurück, die ihr nicht gefielen. Jahrelang empfand ich ihre Kenntnisse, wenn es um Fleisch und Gemüse ging, als selbstverständlich, aber als ich dann selber Mutter war, merkte ich, daß ich, obwohl ich sie jahrelang beobachtet hatte, nichts gelernt hatte und ein gutes Stück Fleisch nicht von einem schlechten unterscheiden konnte.

Aber sie konnte nur eine bestimmte Menge tragen, und das Paket mit Oxydol und die riesige Flasche Clorox waren unhandlich und schwer, die Kartoffeln auch. Deshalb mußte sie meistens mehrmals in der Woche einkaufen, aber dann schickte sie mich. Ein paar Ecken weiter gab es einen Italiener, er verkaufte Obst und Gemüse, und eine Wand seines Geschäfts war voller Vitrinen aus Glas, sie sahen aus wie kleine Bücherregale. In jedem Fach war eine andere Sorte Pasta – ein Wort, das ich damals noch nicht kannte. Ich war fasziniert. Bei uns gab es immer nur diese langen dünnen Nudeln, die Spaghetti hießen und zu denen meine kleine Schwester Seggideggi sagte, und die kurzen runden Makkaroni. Ich hatte ein paar Münzen in der Hand und strikte Aufträge: ein Bund Karotten, ein Pfund grüne Bohnen, weiße Bohnen oder Spinat. Es war nie viel. Und freitags hatten wir nichts mehr zu essen, das Geld war alle, weil mein Vater immer freitags seinen Lohn erhielt. Wenn meine Mutter überhaupt noch etwas Geld übrig hatte, dann gab sie mir fünfzehn Cent und schickte mich zu dem Fleischer um die Ecke nach einem halben Pfund Gehacktem. Hatte sie keinen Penny mehr, herrschte eine seltsam gespannte Stimmung im Haus. Sie schälte einen großen Topf Kartoffeln, setzte sie in kaltem Wasser auf und putzte irgendein Gemüse, das sie gerade im Haus hatte, und wenn dann mein Vater mit dem Geld kam, schickte sie mich nach Lammkoteletts –

mein Lieblingsessen. Es gab stets vier kleine Lendenstücke, für jeden eins. Ich hätte am liebsten immer noch eins gegessen.

Als ich an einem Freitag zum Fleischer rannte, verlor ich einen Nickel von den fünfzehn Cent. Ich weiß nicht, wie das passieren konnte, in meiner Manteltasche muß ein Loch gewesen sein. Als ich beim Fleischer bezahlen wollte, erbleichte ich. Er kannte uns und mochte meine Mutter. Das Fleisch wollte er mir auch so geben, wir könnten später bezahlen, aber ich traute mich nicht, Schulden zu machen, und sagte, ich müsse erst meine Mutter fragen. Ich rannte nach Hause, mein Herz klopfte heftig, ich hatte Angst vor ihr. Aber warum? Sie hat uns Kinder nie geschlagen, sie hat noch nicht einmal mit uns geschimpft. Trotzdem hatte ich große Angst davor, es ihr sagen zu müssen. Ich stürzte durch die Hintertür in die Küche und platzte mit meiner Geschichte heraus.

Mommy sah mich nur an. Sie sagte kein Wort. Ich stammelte, daß Mr. Schinkle einverstanden sei, wenn wir später zahlten und daß ich, wenn sie es wollte, zurückgehen würde. Und ich sagte immer wieder: «Es tut mir leid.» Aber sie stand unbeweglich da, und als sie sich schließlich rührte, sagte sie mit leiser, ruhiger Stimme: «Schon gut, Anastasia. Ich habe noch eine Büchse Bohnen, die wir essen können.»

Ich starrte sie an.

«Es ist schon gut, Anastasia. Ich weiß, daß du es nicht mit Absicht verloren hast», sagte sie, wandte sich wortlos, aber mit hartem Gesicht ab und machte die Bohnen warm. Schweigend saß ich da und wand mich vor Qual. Meine Mutter war so gut, so gut, es war allein meine Schuld, daß wir heute abend etwas so Fürchterliches essen mußten.

Das Essen war fürchterlich. Für mich war jedes Essen ohne Fleisch reizlos, selbst wenn es Fisch gab. Aber Mommy hat nie ein Wort über die Sache verloren, Daddy auch nicht. Und meine Schwester war natürlich noch zu klein, um sich Gedanken darüber zu machen, was sie aß, Hauptsache, es schmeckte. Und uns Kindern schmeckte alles. Wir aßen sogar das, was wir nicht so gern mochten, wie Steckrüben, die andere Leute Schwedenrüben nannten. Wir hatten Hunger. Mommy hat Daddy nie erzählt, daß ich einen Nickel verloren hatte. Er wäre wütend auf mich geworden, und in sein Gesicht wäre jener Ausdruck gekommen, der besagte, daß er mich am liebsten verhauen hätte, sich aber nicht traute. Aber die

Schuld- und Schamgefühle habe ich bis weit ins Erwachsenenalter mit mir herumgetragen. Obwohl bei uns nie darüber gesprochen wurde, daß wir arm waren – und uns ging es im Vergleich zu unseren Nachbarn noch gut, bei uns stand nie nur eine riesige Schüssel mit Kartoffeln auf dem Tisch wie bei anderen Leuten –, wurde unser Leben davon bestimmt. Was die Armut so beängstigend macht, ist das Gefühl, auf Messers Schneide zu balancieren, bedroht zu sein von Hunger und Obdachlosigkeit. Darüber mußten wir weder reden noch wurde uns damit gedroht. Diese Angst gleicht der verdreckten Luft, die in die Häuser nahe den Fabriken dringt. Man nimmt sie nicht bewußt wahr, sie ist so selbstverständlich wie das Wetter.

Jahre später, ich war dreizehn und hatte endlich ein paar Freundinnen, pflegten meine Eltern am Samstagabend auszugehen – zu meinem großen Vergnügen. Denn jahrelang waren sie nie weggegangen, aber die Zeiten hatten sich geändert. Es war Krieg, mein Vater hatte eine neue Anstellung und verdiente vierzig Dollar die Woche, doppelt soviel wie früher. Samstags abends ging Daddy also nach draußen, zog den großen Zaun zwischen unserem und dem Nachbargarten beiseite und fuhr den alten langen Packard, Baujahr 1925, rückwärts in die Einfahrt der Dentels. Wir hatten keine Einfahrt, und Mr. Dentel hatte Daddy erlaubt, ihre zu benutzen. Da sie kein Auto besaßen und wir mit unserem nur selten fuhren (und selber auch nicht immer eins hatten), waren sie mit dieser Regelung einverstanden. Er parkte den Wagen in der Einfahrt, kam dann wieder durch die Hintertür ins Haus und half Mommy in den Mantel. Dann verließen die beiden zusammen durch die Vordertür das Haus, wobei sie mich jedesmal ermahnten, hinter ihnen abzuschließen. Sie schritten die Stufen hinunter, Daddy hielt Mommy die Wagentür auf, und dann fuhren sie ins Kino oder zu Tante Jean auf ein Kartenspiel.

An diesen Abenden kamen meine Freundinnen vorbei. Ich ging nie zu ihnen, weil ihre Eltern ihnen nicht erlaubten, Besuch zu bekommen. Aber meine Mutter war glücklich, daß ich Freundinnen hatte. Meist hörten wir Radio, Sendungen wie Martin Block, «Make Believe Ballroom» und andere Musiksendungen. Wir tanzten, knabberten Brezeln, tranken Cola, kicherten, unterhielten uns über Frisuren, Jungen, Filmstars. Wir waren in einen Discjockey verliebt, einen mit einer jungen Stimme, und ergaben uns den absurdesten Hirngespinsten. Eines Abends schlug ich vor, ihn anzurufen und mit ihm zu reden. Die Mädchen waren begeistert und erschrocken zugleich: Was werden deine Eltern dazu sagen! Ich versicherte ihnen mit selbstzufriedener Überlegenheit, daß meine Eltern (sie wurden von ihren Eltern regelmäßig verprügelt) nichts dagegen hätten. Also riefen wir ihn an.

Es war aufregend. Der Discjockey fühlte sich durch uns beflügelt, wir telefonierten lange mit ihm, und am nächsten Sonnabend riefen wir ihn wieder an.

Eines Nachmittags dann – ich war aus der Schule gekommen, hatte etwas gegessen und war gerade mit Klavierüben fertig – kam Mommy zu mir und sagte, sie müsse mit mir reden. Sie fragte, ob ich in Manhattan angerufen hätte. Ich hatte die Anrufe schon wieder vergessen – so wie man verbotene Spiele, die man im Dunkeln gespielt hat, vergißt. Dann fiel es mir wieder ein, und ich erzählte ihr, was geschehen war.

Sie sagte: «Anastasia. Wir haben heute eine Telefonrechnung über zwanzig Dollar erhalten. Du weißt, daß das die Hälfte von Daddys Wochenlohn ist.»

Ich wurde blaß. Das wußte ich. Aber ich hatte keine Ahnung, daß telefonieren so teuer war. Ich hatte überhaupt nicht an irgendwelche Kosten gedacht. Lange hatten wir kein Telefon gehabt, erst seit einem Jahr besaßen wir es, und ich dachte, die Anschaffung sei das teure daran, nicht die Benutzung.

Ich murmelte eine Entschuldigung, aber ich bin sicher, es war mein Gesichtsausdruck, der meine Gefühle verriet. Mommy sagte: «Wir werden lange brauchen, bis wir diese Rechnung abbezahlt haben. Du wirst so etwas nie wieder tun, nicht wahr?»

Ich schwor, daß es nie mehr vorkommen würde. Als die Mädchen am Sonnabend wieder Tommy, oder wie immer er hieß, anrufen wollten, sagte ich, das ginge auf gar keinen Fall, unsere Telefonrechnung habe zwanzig Dollar betragen, und meine Mutter hätte verboten, daß wir ihn noch einmal anriefen.

Sie wurden ebenfalls bleich. «Zwanzig Dollar! War sie sehr wütend?»

«Nein», sagte ich bedrückt. Sie war nicht wütend gewesen.

«Haben sie dich verhauen?»

«Nein!»

Sie fragten mich immer wieder dasselbe, und so oft ich auch verneinte, sie haben es mir nicht geglaubt.

Und ich habe es auch nie vergessen – weder, wie verständnisvoll meine Mutter war, noch meine Schuldgefühle und ebensowenig die Zweifel meiner Freundinnen, die mir alles über ihr Zuhause verrieten, wie ich dachte.

Ich konnte mir also in etwa vorstellen, was in Bella in den Jahren nach dem Tod ihres Vaters vorgegangen sein mußte, als die Folgen der Armut sich wie Dunkelheit auf die kleine Wohnung senkten. Sie ging weiter in Jewtown einkaufen, das für sie nie an Schrecken verlor, obwohl ihr dort niemals etwas Unangenehmes widerfahren ist. Und sie erweiterte ihren Speisezettel. Sie fing mit einfachen Sachen an – Eier und Tomatensauce mit Hackfleisch, Buletten, Kielbasa mit Kartoffeln, Lauch in Butter gedünstet, Rote Bete. Sie kaufte für zehn Cent Fleisch und für zwei Cent Suppengrün. Mit der Zeit wuchs ihr Mut, sie faßte sich ein Herz und fragte Momma, welche Stücke vom Lamm sich für Eintopf eigneten. Sie war sicher, daß sie sich daran erinnern würde, wie Eintopf gekocht wird. Oder sie fragte, woran sie erkennen konnte, daß das Hühnchen gar ist und aus der Brühe genommen und in den Ofen geschoben werden muß, damit es braun wird – so wie Momma es früher immer gemacht hatte.

Sie machte viele Fehler. Einige Tage nach ihrem ersten Erfolg machte sie wieder Buletten, und sparsam, wie sie war, wollte sie die restliche Milch verbrauchen, die sie in der kleinen Schüssel aufbewahrt hatte. Aber als sie diese der Brötchen-Fleischmasse zugefügt hatte, bemerkte sie einen seltsamen Geruch. Sie steckte die Nase in die Schüssel. Es roch sauer. Die Milch war sauer geworden! Was sollte sie machen? Sie hatte sie schon zur Hälfte verrührt. Sie fuhr fort, als ob die Milch noch frisch sei, und Momma merkte nichts, aber Bella hatte an dem Abend Schwierigkeiten mit dem Essen. Es schmeckte komisch. Sie wußte, wie pingelig Momma früher mit dem Essen gewesen war, und staunte, daß sie es nicht ausspuckte, so wie früher, wenn das Dienstmädchen etwas falsch gemacht hatte.

Sie verbrühte sich, manchmal brannte ihr das Essen an, ihre Saucen und der Kartoffelbrei waren oft klumpig. Aber inzwischen traute sie sich, Momma Fragen zu stellen, und an den Wochenenden half sie Momma und lernte dazu. Sie spielten sich aufeinander ein.

Frances arbeitete für fünf Dollar die Woche an einer Nähmaschine, aber sie nähte so schnell und sorgfältig, daß der Chef ihr anbot, feine Handarbeiten zu übernehmen. Momma setzte ihr charmantes Lächeln auf und erzählte ihm, daß sie früher in der Herrenschneiderei ihres Mannes gearbeitet hatte. Daraufhin durfte sie die feineren Näharbeiten übernehmen, ihr Gehalt stieg auf sechs Dollar die Woche. Außerdem brauchte sie sonnabends nur noch halbtags zu arbeiten und kam schon um halb zwei nach Hause. Dann aßen sie und Bella Schwarzbrot mit Butter, und anschließend machte sich Momma daran, die Wäsche zu waschen. Für sie war es ein Fortschritt – weil sie jetzt sonntags nur noch auf den Markt gehen mußte und vielleicht sogar Zeit fand, etwas Besonderes für die nächste Woche vorzukochen.

Als erstes erhitzte sie Wasser auf dem Herd, Kessel für Kessel, und schüttete es in einen der tiefen Zuber, in die sie die Weißwäsche gelegt hatte. Wenn sie genug Wasser hatte, rubbelte sie die Wäsche mit einer harten braunen Seife auf dem Waschbrett, während Bella inzwischen den anderen Zuber mit kaltem Wasser füllte. War Momma mit einem Teil fertig, dann ließ sie es in das Spülwasser fallen, und Bella spülte es mit beiden Händen aus, indem sie es immer wieder hochhob und eintauchte, bis sie die Seife völlig ausgewaschen hatte. Nun wrang Bella das Teil aus und legte es in eine Emailleschüssel. Wenn Momma mit der Bettwäsche und der Unterwäsche durch war, setzte Bella wieder den Kessel auf, unterdessen wrang Momma die Wäsche noch einmal aus, weil Bellas Hände dafür noch nicht kräftig genug waren. Anschließend gingen sie zusammen nach draußen auf den Hof, wo die Wäscheleinen gespannt waren. Bella half Momma beim Aufhängen der Wäsche, sie zogen die großen Laken straff, damit sie schneller trockneten.

Momma ließ für Bella die kleineren Stücke liegen, obwohl sie die Leine nur mit Mühe erreichen konnte, ging selbst wieder hinein und goß das heiße Wasser über die Buntwäsche und fing von vorn an. Bella ging ebenfalls ins Haus zurück und wiederholte mit Momma die ganze Prozedur. Wenn Momma mit der zweiten Ladung Wäsche fertig war, einschließlich Spülen und Wringen, ließ sie die Wäsche in der Emailleschüssel liegen, bis der erste Schwung trocken war. In der Zwischenzeit ruhte sie sich ein wenig aus, trank einen Kaffee, und wenn die Bettwäsche trocken war, half Bella ihr, sie abzunehmen und zusammenzulegen. Während Momma mit Laken und Kissenbezügen ins Haus ging, prüfte Bella die Unterwäsche. Meistens war sie noch feucht, so daß sie nur ein paar Stücke der Buntwäsche aufhängen konnte. Inzwischen hatte Momma bereits das Bügelbrett aufgestellt und ein altes Tischtuch über den Fußboden gebreitet, damit die Laken beim Bügeln nicht schmutzig wurden. Bella setzte sich und sah Momma zu. Manchmal erlaubte Momma ihr, einfache Sachen zu bügeln, zum Beispiel die Kopfkissenbezüge, während sie sich hinsetzte und Kaffee trank. Alle halbe Stunde rannte eine von ihnen nach draußen, um zu fühlen, ob die Wäsche trocken war, kam mit den trockenen Teilen zurück und hängte die restliche Wäsche auf. Sie hatten nicht viel zum Anziehen, so daß sie in wenigen Stunden mit der Wäsche fertig waren. Dann bügelte Momma weiter. Sie bügelte alles, die Unterwäsche und sogar die Baumwollstrümpfe.

Sonntags gingen sie zusammen nach Jewtown, Momma kaufte die Zutaten für eine Brühe oder einen Eintopf und Lebensmittel auf Vorrat: Brot, Butter, Schinken, Eier, Mehl, Zucker und Kaffee. Gemeinsam schleppten sie die schweren Taschen nach Hause, und Bella paßte immer genau auf und half Momma sogar, wenn sie – manchmal – einen Kuchen buk.

Jeden Abend nähte Momma nach dem Essen. Manchmal klappte sie die Nähmaschine auf, aber meistens saß sie am Tisch und nähte im Schein der Kerosinlampe mit der Hand. Manchmal gab sie Bella Reste, und dann nähte Bella auch. Sie nähte Servietten, aber Momma meinte, sie wären zu klein, man könne sie nicht benutzen. Und wenn Momma am Tisch saß und nähte, schlug sie urplötzlich die Hände vors Gesicht und fing an zu schluchzen, und Bella fuhr zusammen. Sie schluchzte dann untröstlich vor sich hin, weinte lange, und Bella starrte sie an und lauschte erschrocken der verzweifelten Wut ihrer Mutter.

An einem Donnerstag im Juli kam Momma sehr spät nach Hause, und Bella fürchtete schon um ihre geschmorten Paprikaschoten mit Speck. Aber als Momma kam, war sie beladen mit Einkaufstaschen. Sie lächelte, und ihre Augen leuchteten. Am Sonntag, sagte sie, dürften sie die Kinder im Waisenhaus besuchen. Und sie aß schnell, weil sie noch einen Kuchen backen wollte, und am nächsten Abend backte sie noch einen. Und am Sonnabend, nach dem Waschen, ging sie mit Bella zu dem christlichen Fleischer und kaufte zwei fette Hühnchen und Weißbrot, Zwiebeln und Sellerie, Gurken und Dill, Kartoffeln, Butter, Öl und saure Sahne. Sie hatte es so eilig, daß sie losgingen, ehe die Bettwäsche trocken war und die zweite Ladung aufgehängt werden konnte. Momma rannte fast nach Hause und schnaufte, weil die Einkaufstasche so schwer war.

Bella mußte die Wäsche allein von der Leine nehmen, und Momma sengte derweil die Hühnchen ab. Es war nicht einfach, die großen Laken abzunehmen und zusammenzufalten, ohne sie dabei über den dreckigen Boden des Hofes zu schleifen. Bella war den Tränen nahe. Momma war aufgeregt, weil sie die anderen Kinder besuchen durfte, aber sie, Bella, mußte die ganze Arbeit allein machen. Als sie die zusammengelegte Wäsche im Wäschekorb hatte, ging sie durch den langen Hausflur auf die Straße. Etwas weiter weg spielten Margie Kowalski und die Hunrathmädchen mitten auf der Straße, auf der es ruhig war, weil Sabbat war. Sie hüpften Seil, sangen ein Lied und lachten. Sie schienen sie nicht zu bemerken, also ging sie dichter an sie heran und löste sich von der Hauswand. Keines der jüdischen Mädchen spielte auf der Straße, weil Sabbat war. Aber sie spielten sowieso nicht mit den polnischen Mädchen. Bella wußte nicht, warum nicht. Die kleinen jüdischen Kinder sprachen nur Jiddisch und die kleinen polnischen nur Polnisch. Aber die meisten Kinder konnten Englisch, so daß sie zusammen spielen konnten. Die Hunrathmädchen waren Deutsche, Margie war Polin, deshalb sprachen sie Englisch miteinander. Aber Bella konnte immer noch nicht gut Englisch sprechen. Sie ging ein wenig näher heran, und Gertrude Hunrath, die größer als Bella war und sogar noch spilleriger, entdeckte sie. Sie hielt das Seil an und rief: «Hey, Bella, willst du mitspielen?»

Bellas Herz hüpfte vor Freude, und sie rannte zu ihnen hin und nahm Gertrude das eine Ende des Seils aus der Hand und stimmte in ihren Singsang ein – nach Gehör, weil sie die Worte nicht verstand, jedenfalls ergab das, was sie hörte, keinen Sinn. Nach einer Weile trat Margie auf das Seil und nahm ihr Ende, und Bella hüpfte. Sie war unbeholfen und machte mehrere Fehler, aber sie ließen sie weiterspringen, sie sagten, sie solle es weiter probieren. Bellas Herz raste, ihr Gesicht schimmerte rosig, ihr Haar flog. Es war wundervoll.

Plötzlich stand Momma mit ihrem grauen Gesicht in der Haustür. «Bella, Bella!» Ihre Stimme klang streng und schrill. «Hör sofort auf! Deine Schuhe gehen kaputt!» Bella erbleichte und sah auf ihre alten Schuhe hinunter, begriff, daß sie kein Geld für ein neues Paar hatten, und trennte sich widerstrebend von den Mädchen.

Schüchtern drehte sie sich noch einmal um und sagte (auf Englisch!): «Ich muß jetzt gehen», und die Mädchen sahen ihr schweigend und voller Verständnis hinterher. Schließlich war ihr Leben auch nicht sehr anders.

Mürrisch half Bella Momma beim Schälen der Sellerie und der Zwiebeln, dünstete sie in Butter und zerkrümelte das weiße Brot. Sie hätte am liebsten eine oder zwei Scheiben für sich erbettelt, Weißbrot war immer noch eine Versuchung für sie. Aber irgend etwas hielt sie davon ab, und sie sah zu, wie alles für die Füllung in die Schüssel kam und Momma die Hühnchen mit der Füllung stopfte und sie in den Ofen schob. Dann mußte sie die heißen Kartoffeln pellen, während Momma die Gurken abschälte und in Scheiben schnitt. Die Kartoffeln ließen sich leichter pellen, wenn sie noch heiß waren, aber sie verbrannte sich die Finger, und sie glitten ihr immer wieder aus der Hand. Das war ihr egal, obwohl Momma jedesmal hochblickte, wenn ihr wieder eine in den Topf gefallen war. Momma salzte die Gurken, legte einen Teller über die Schüssel und stellte sie auf die Anrichte. Dann nahm sie Bella die Kartoffeln aus der Hand und pellte sie schnell ab, die Hitze schien ihr nichts auszumachen, und schnitt sie über einer sauberen Schüssel in Scheiben und gab die feingeraspelte Sellerie dazu. Dann goß sie heißen Essig und Öl darüber und Salz und Pfeffer und vermischte alles sorgfältig. Bella blickte sehnsüchtig auf den Salat, aber Momma bot ihr nichts an. Dann spülte Momma die Gurken unter klarem Wasser ab, drückte sie aus und übergoß sie dann mit Essig, Zucker und Wasser und stellte sie wieder beiseite. Morgen früh würde sie die Gurken in saure Sahne einlegen und mit Dill bestreuen.

Als sie fertig war, seufzte Momma, wischte sich die Hände an der Schürze ab und goß sich eine heiße Tasse Kaffee ein. Bella wußte, daß Momma noch bügeln mußte, seit sechs Uhr auf war, zu Fuß zur Arbeit und zurückgegangen war und vormittags fünf Stunden genäht hatte. Sie schämte sich, daß sie so mürrisch gewesen war. Schüchtern sah sie Momma an: «Bist du müde, Momma?» «Nein, nein», sagte Momma, dann sah sie Bella an und lächelte. «Heute abend nähe ich dein neues Kleid fertig, Bella.»

Für *die anderen*, dachte Bella, dann fand sie sich undankbar und schämte sich noch mehr. Sie ging nach draußen und holte die zweite Ladung Wäsche herein, die jetzt trocken war. Derweil stellte Momma das Bügelbrett auf. Bella fiel ein, daß sie für sich nichts gekocht hatten. Entsetzt rannte sie ins Haus.

«Momma, wir haben vergessen, für uns einzukaufen!»

Ihre Mutter sah müde von dem Laken auf, das sie gerade bügelte. «Oh, Bella, das macht nichts. Wir können Eier essen. Und es sind noch ein paar Pellkartoffeln übrig. Brate sie mit Schmalz.»

Am nächsten Morgen weckte Momma sie früh auf, und sie zogen ihre Sonntagskleider an. Momma setzte ihren alten schwarzen Strohhut auf. Sie schlug das Essen in Handtücher ein, stellte es in einen flachen Korb mit zwei Henkeln zum Tragen und legte Teller, Messer, Gabeln und Servietten dazu. Bella schlich zum Korb, zählte und war erleichtert: Es waren jeweils fünf. Dann nahmen sie den Korb, jede packte einen Henkel, und gingen zur Straßenbahn. Sie fuhren mit der Straßenbahn bis zur Endstation, dann stiegen sie in die nächste um. Plötzlich waren sie mitten in der Stadt und standen vor einem riesigen braunen Gebäude, das Bella Angst einjagte. Sie sah Männer mit Strohhüten, obwohl es ein heißer Augustsonntag war. Eine Frau mit einem riesigen Blumenhut mit breiter Krempe lachte einen Mann mit Strohhut an, und hinter den beiden stand eine kleine Polska, die eine riesige, schwere Tasche schleppte. Die Frau drehte sich um. «Beeil dich, Marija!» rief sie ungeduldig, und das Mädchen lief so schnell es konnte und zog mit vor Anstrengung rotem Gesicht die schwere Tasche hinter sich her.

Momma und Bella gingen in das Gebäude. Die Decke war hoch. In einer riesigen Halle standen Holzbänke. Innen war es kühler. Sie gingen zu einer Wand, wo ein Mann hinter einem Gitter stand. Momma sagte etwas zu ihm und gab ihm Geld, und der Mann gab ihr zwei Stückchen Pappe. Dann drehte Momma sich um und rannte, und Bella rannte ihr hinterher und mußte jetzt den schweren Korb allein schleppen, bis Momma es merkte, stehenblieb und ihren Griff nahm. Sie eilten eine dunkle Treppe hinunter und kamen zu einem höhlenartigen dunklen Ort mit Schienen, die ein Stück tiefer lagen als der Boden, auf dem sie standen. Momma sagte, sie müßten auf den Zug warten.

Den Zug! Bella gab sich große Mühe, aber sie konnte sich nicht vorstellen, was das wohl sein mochte, und als das Ding schnaubend auf sie zukam, hielt sie die Luft an und drängte sich an Momma. Fast hätte sie den Korb umgeworfen, und Momma schrie: «Bella!»

Sie konnte über Bellas Dummheit nur den Kopf schütteln. Aber der riesige Scheinwerfer vorne und das donnernde Getöse, das auf sie zukam, machten Bella angst und erinnerten sie an die Straßenbahn, von der Euga fast getötet worden wäre. Sie setzten sich hinein und fuhren sehr lange. Momma fächelte sich mit ihrem Taschentuch Luft zu und atmete in kleinen, schnellen Stößen. Die Stadt wich endlos langen grünen Feldern. Momma sagte, es seien Kartoffelfelder.

Bella merkte, daß sie das Schild lesen konnte, als sie ausstiegen. Farmingdale, stand auf dem Schild. Sie wußte nicht, was dale hieß, aber sie begriff, daß hier Farmer arbeiteten. Sie sah ein kleines weißes Haus neben den Schienen, aus dem Leute kamen, die mit dem Zug fahren wollten, aber dahinter erstreckte sich meilenweit absolut nichts, nur Felder. Bella sah Momma an. Sie erwartete, sie in Tränen ausbrechen zu sehen, aber Momma schien zu wissen, wohin sie wollte. Sie ging los, und Bella folgte ihr und hängte sich ein bißchen an den Korb. Lange gingen sie eine Straße entlang, die auf beiden Seiten von Feldern gesäumt war. Dann verließen sie die Straße und durchquerten die Felder. Die Sonne stand jetzt genau über ihren Köpfen. Es war sehr heiß. Weit hinten am Horizont erspähte Bella einen winzigen Punkt. Das mußte es sein. Er war noch meilenweit entfernt. Bella fragte sich, wie Momma bloß den Weg fand, aber dann dachte sie, daß Momma sowieso immer wußte, wo etwas war und wie sie dahin kommen konnte.

Langsam wurden die Umrisse des Hauses deutlich: hoch, unheimlich, dunkelroter Backstein, rußig. Die schmalen Fenster waren vergittert. An den Seiten befanden sich rostige schwarze Feuerleitern. Bella erschauerte. Es sah aus wie ein Gefängnis. Um zum Haupteingang zu kommen, mußten sie um das Gebäude herumlaufen, weil es von einem hohen schwarzen Zaun aus Eisenstäben umgeben war. Vor dem Tor mußten sie stehenbleiben, und Momma sprach mit einem Polizisten, der in einem kleinen Wachhäuschen saß. Aber als sie endlich drinnen waren, sahen sie die anderen auch schon! Eddie, Wally und Euga! Die Kinder schrien, Momma schrie und ließ den Griff des Korbes los und rannte, und die Kinder rannten auf sie zu, und dann waren sie alle zusammen, alle vier, hielten sich fest umschlungen. Momma schluchzte, und Wally weinte leise, und Euga starrte mit weit aufgerissenen Augen, und Momma nahm sie auf den Arm und sagte immer wieder: «*Moi drodzy, moje biedme sieroty,* meine Lieblinge! Meine armen kleinen Waisen!» Sie wischte sich die Tränen aus den Augen und drückte ein Kind nach dem anderen an sich und sagte: «*Moja najdrozsza, moja najdrozsza!* Mein Liebling! Mein Herz! *Kochanie!*»

Bella war beim Korb geblieben, der vor ihr auf der Erde stand. Momma hatte sie völlig vergessen. Sie zählte nicht. Dann sah Eddie sie, er kam zu ihr, lächelte und sagte: «Hast du etwas zu essen mitgebracht?» Und sie war schockiert, es war das erste Mal, daß er Englisch mit ihr sprach. Sie nickte, und er bückte sich, nahm den Korb an den Griffen hoch und trug ihn zum Haus. Wally drehte sich ebenfalls um und folgte dem Essen, und Momma folgte den beiden, mit Euga auf dem Arm. An der Haustür wandte Momma den Kopf. Bella stand immer noch am Tor. «Komm, Bella!» rief Momma fröhlich, und Bella rannte zu ihnen.

Sie wurden in die Aula geschickt, einen großen dunklen Saal mit Stühlen, die am Boden festgeschraubt waren, und einer Bühne an der Stirnseite. Sie waren allein. Sie setzten sich auf die Stühle in der hintersten Reihe. Auf der einen Seite neben Momma saß Euga, auf der anderen stand der Korb, und Momma packte das Essen aus, aber sie konnte es nirgendwo ausbreiten. Eddie stand auf und trug den Korb zu einem breiten Gang und setzte sich neben den Korb auf den Fußboden. Die anderen folgten ihm, bis auf Momma, die sich nicht auf die Erde setzte und auch nicht erlaubte, daß Bella sich setzte. «Du machst dein Kleid schmutzig.» Momma hockte sich hin und stellte vor jedes der drei Kinder einen Teller, den für Bella stellte sie auf einen Stuhl. Anschließend zerteilte sie die Hühnchen, holte mit einem Löffel die Füllung heraus und nahm die Handtücher von dem Kartoffelsalat und den Gurken. Dann durften die Kinder sich selber auftun. Momma und Bella saßen auf harten Stühlen, jede mit ihrem Teller auf dem Schoß. Gierig schlangen die Kinder das Essen hinunter, stopften sich mit beiden Händen den Mund voll. Momma sagte nichts. Momma aß kaum etwas, sie sah ihnen zu, und manchmal befühlte sie einen Arm oder ein Bein und rief: «Oh, du bist so dünn, so dünn!» und fing an zu weinen. Die Kinder ließen sich davon nicht stören. Sie stopften sich voll. Sie aßen die beiden Hühnchen, die Füllung, den Kartoffelsalat und fast alle Gurken. Dann wickelte Momma den Kuchen aus, und sie staunten mit großen Augen. Aber sie schafften jeder nur noch ein Stück Kuchen, deshalb schlug Momma den Rest in ein Handtuch ein und gab es Eddie.

«Das hebst du auf und gibst Wally und Euga davon ab.» Eddie versuchte ihr zu erklären, daß er Euga nie sah, daß sie in der Mädchenabteilung war, zu der Jungen keinen Zutritt hatten. Aber Eddie fiel es schwer, die richtigen Worte zu finden, er fing an, sein Polnisch zu vergessen, obwohl Frances das, vielleicht absichtlich, nicht zu bemerken schien. Bella mußte ihm helfen. Also nahm Momma noch ein Handtuch und schnitt ein großes Stück von dem Kuchen ab und gab es Euga. Noch leuchteten Mommas Augen, und als sie Euga den Kuchen gegeben hatte, bückte sie sich, nahm Euga hoch und wiegte sie und sagte immer wieder: *«Moja droga, moja biedna sierota.»*

Dann wurde die Tür aufgestoßen, und eine grauhaarige Frau mit einem riesigen Schlüsselbund kam herein. Sie nickte den Kindern zu, die sie mit ausdruckslosem Gesicht ansahen. Eddie sagte zu Momma: «Wir müssen jetzt gehen, Momma.»

«NEIN, NEIN, NEIN!»schrie Momma auf und fing wieder genauso heftig an zu schluchzen wie an dem Tag, an dem man ihr die Kinder weggenommen hatte. Die Frau machte einen Schritt auf sie zu, ihr Mund war ein schmaler Strich, und Eddie warf ihr einen Blick zu und stand auf. Er wischte sich Mund und Hände an der Serviette ab und zog Wally am Arm hoch. Eddie bückte sich, um Momma einen Kuß zu geben. Momma umarmte ihn und drückte ihn fest an sich und erdrückte dabei fast Euga, die sie auf dem Schoß hatte. Weinend rief sie seinen Namen, rief die Namen ihrer Lieblinge, ihrer armen kleinen Waisen. Wally kam zu ihr und legte seinen Kopf in ihren Schoß, und sie heulte noch lauter. Die Frau trat näher und sagte: «Bitte, Mrs. Brez», aber Momma hörte sie nicht einmal. Die Frau nickte Eddie zu. Er folgte ihr und zog Wally hinter sich her. Wallys Mund war mit Fett und Kuchenkrümeln verschmiert, aber Momma sah es nicht. Schließlich kam die Frau wieder und nahm Euga aus Mommas Armen, und Momma hielt noch lange die leeren Arme ausgestreckt, während sie vor Wut und Kummer lauthals weinte. Euga weinte jetzt auch, sie sah über die Schulter der Frau und hielt das in ein Handtuch eingewickelte Stück Kuchen fest umklammert. Als sie alle hinter der Flügeltür verschwunden waren, ließ Momma die Arme sinken und den Kopf hängen und weinte so heftig, daß ihr ganzer Körper bebte.

Endlich hatte sie sich wieder soweit beruhigt, daß sie nur noch vor sich hin schniefte und wieder die alte Momma war, die sich müde bückte und die Teller abwischte, die Gabeln und die unbenutzten Messer und alles wieder in den Korb stopfte. Sie wischte sich die Hände an einer sauberen Serviette ab, wieder und wieder. Sie schniefte immer noch vor sich hin, als sie durch die Felder zurückgingen. Die Sonne stand jetzt tief, aber es war noch heiß, das Gras raschelte um ihre Knöchel. Bella bemerkte winzige Farbtupfer zwischen dem Grün und blieb stehen, um sie sich näher anzusehen. Es waren winzige wildwachsende Blumen. Sie pflückte sie. Momma drehte sich um. «Beeil dich, wir werden noch den Zug versäumen», rief sie. Bella rannte, blieb aber immer wieder stehen, um eine schöne gelbe oder blaue oder weiße Blume zu pflücken. Momma konnte den Korb jetzt allein tragen. Als sie zum Bahnhof kamen, rannte Bella zu Momma, lachte und hielt ihr den Strauß hin.

«Sieh mal, Momma, sind sie nicht schön? Sie sind für dich!»

«Was soll ich denn mit einem Büschel Unkraut!» rief Momma entrüstet, riß Bella den Strauß aus der Hand und warf ihn auf die Schienen, wo der Zug über ihn hinwegrollen würde.

Von nun an fuhren sie alle zwei Wochen zum Waisenhaus. Im Herbst war es kühler, der Himmel war wunderbar blau und die Wolken weiß wie Watte. An einem Sonntag sah Bella vom Zug aus eine Reihe von Bäumen mit verfärbten Blättern – rot, golden, orange –, sie hielt die Luft an, so schön waren sie. Sonst war die Reise immer gleich.

4

ALS DIE SCHULE wieder anfing, erinnerte Momma Bella am Abend vorher daran, daß sie am nächsten Morgen rechtzeitig aufstehen müsse. Bella sah sie bestürzt an, kam aber nicht auf die Idee, sie zu fragen, um wieviel Uhr sie aufstehen müsse oder wie sie wissen sollte, wie spät es war. Momma schien immer zu wissen, wie spät es war, was sich Bella nicht erklären konnte. Sie konnte nicht ahnen, daß Frances auf dem Land aufgewachsen war und die Zeit am Stand der Sonne ablas, und Frances hatte keine Ahnung, daß Bella das nicht konnte.

Als Bella am nächsten Morgen aufwachte – nachdem sie einen Sommer lang aufgestanden war, wenn das Zimmer schon vor Hitze flimmerte –, war es bereits ziemlich warm. Sie sprang hoch. Momma war lange weg. Sie kam vielleicht schon zu spät zur Schule. Schnell zog sie sich an, sie hatte es so eilig, daß sie noch nicht einmal daran dachte, wie schrecklich es war, daß sie die dritte Klasse wiederholen mußte. Sie war schon im letzten Schuljahr größer als die meisten anderen Kinder gewesen, weil sie im Januar Geburtstag hatte und viele der Kinder aus ihrer Klasse sechs Monate später als sie geboren worden waren, und außerdem war sie ein großes Kind. Groß und dünn. In der neuen Klasse würde sie wie ein Riese zwischen den kleineren Kindern aussehen. Vor Scham fing sie an zu schwitzen, und sie ergriff Tafel und Federhalter und rannte los, ohne den Kaffee zu trinken, den Momma auf die Seite des Herdes gestellt hatte.

Sie wußte nicht, wie weit es von ihrer neuen Wohnung bis zur Schule war, deshalb rannte sie den ganzen Weg. Aber als sie ankam, war der Schulhof leer und die Schule abgeschlossen. Sie lehnte sich an den Zaun und wartete. Sie wartete lange, ihr Herz klopfte heftig. Vielleicht hatte Momma sich geirrt, vielleicht fing die Schule erst morgen an. Die Leute würden sie anstarren und denken, wie dumm sie sei, einen Tag zu früh zur Schule zu gehen. Sie starrte stur auf den Schulhof und nicht auf die Straße, damit sie nicht die Leute zu sehen brauchte, die vorübergehen und sie ansehen würden, als ob sie ein Idiot wäre.

Sie wartete Stunden – so schien es ihr –, bis die ersten Kinder kamen und anfingen, auf dem Schulhof zu spielen. Schließlich klingelte es, die Lehrerinnen kamen, und die Kinder mußten sich in Reihen aufstellen, um in ihre Klasse zu gehen. Bella zwang sich, nach der Reihe des dritten Schuljahres zu suchen. Als sie diese gefunden hatte, blieb ihr das Herz stehen, denn es war genauso, wie sie befürchtet hatte, sie war die größte der Klasse. Sie konnte sich nicht einmal mehr in der Menge verstecken. Sie ragte heraus wie ein spindeldürrer Baum in einem kahlen Hof.

Als sie im Klassenzimmer waren, rief die Lehrerin sie der Reihe nach auf und wies ihnen ihre Plätze je nach Größe zu. Bella setzte sie in die letzte Reihe, wo diese nichts hören würde. Aber Bella traute sich nicht, etwas zu sagen. Dann rief sie alle noch einmal auf, und als sie Isabella Brez aufrief, machte sie eine Pause. Sie sah Bella an und sagte scharf: «Bella, es wird von dir erwartet, daß du dir die Haare kämmst, ehe du in die Schule kommst.» Bella wurde feuerrot, und die Kinder drehten sich zu ihr um und kicherten. Für den Rest des Tages hörte sie nichts mehr von dem, was die Lehrerin sagte.

Als die Schule aus war, trödelte Bella, sah in die Schaufenster der Geschäfte ihres neuen Viertels, aber nicht zu lange. Sie hatte das Gefühl, daß alle Leute sie anstarrten und bemerkten, wie spindeldürr und dumm sie war, und sie auch erkannten, daß sie keine Freundin hatte. Sie würde nach Hause gehen, die Bücher ablegen und das Einkaufsgeld nehmen, das Momma ihr dagelassen hatte. Manchmal kam sie an Mädchen vorbei, die Ball spielten oder Seil hüpften, und sie spürte einen kleinen sehnsüchtigen Stich im Herzen, aber sie riß sich zusammen. «Ich bin ein großes Mädchen», sagte sie sich.

Andererseits mußte sie noch zwei Stunden totschlagen, ehe es Zeit zum Kochen war – sie würde sich an den runden Tisch setzen, Kaffee trinken und den Traum weiterträumen, den sie sich in der Schule ausgedacht hatte.

Bella-Anastasia hatte einen Wecker, der sie morgens aufweckte, einen mit einer Glocke, die um acht Uhr klingelte. Nein. Nein. Anastasias-Bellas Momma weckte sie jeden Morgen und sagte liebevoll: «Es ist Zeit, aufzustehen, Anastasia, mein Liebling», und wenn sie hinunterkam, hatte Momma Kakao mit Schlagsahne gekocht und Weißbrot geröstet. Ja. Und Anastasias Poppa war auch da und trug eine gestreifte Weste mit einer dicken goldenen Uhrkette. Er aß seine Eier und trank seinen Kaffee, aber er sah immer hoch, wenn Anastasia ins Zimmer kam, lächelte und sagte: «Guten Morgen.» Und dann fragte er, ob sie gut geschlafen und etwas Schönes geträumt habe. Und Anastasia-Bella sagte ja, weil sie nur angenehme Träume hatte.

Und Poppa gab ihr einen Kuß auf die Stirn, ehe er zur Arbeit ging, und danach hob Momma sie auf ihren hohen Stuhl und bürstete zärtlich ihr langes blondes Haar, das ihr, genau wie bei Bella, bis zur Taille ging. Aber Anastasias Haar war von Natur aus lockig, und ihre Momma bürstete es in die richtige Form und band ihr eine Schleife ins Haar, die farblich genau auf ihr Kleid abgestimmt war, so wie bei Margie Jasinski. Und dann gab Momma ihr einen Abschiedskuß und paßte auf, daß sie ihre Brottasche nicht vergaß. Anastasia bekam Weißbrot mit Butter und harte Bonbons für die

Pause. Auf dem Schulweg drehten sich die Leute nach ihr um und sagten: «Was für ein hübsches kleines Mädchen.» Und Bella lächelte vor Freude in sich hinein, ließ sich aber niemals anmerken, daß sie es gehört hatte. Auf dem Schulhof spielten die Mädchen ihres Alters Seilhüpfen, und wenn sie kam, drehten sich alle zu ihr um, lächelten und riefen: «Bella ist da!» Sie warteten, daß sie mitspielte, und sie rannte zu ihnen, legte ihre Bücher ab und hüpfte. Sie brauchte nie das Seilende zu halten, so beliebt war sie. Sie sprang also gleich in die Mitte und machte nie einen Fehler, sie sprang und sprang, ihr Haar flog, und wenn sie eine Weile gesprungen war, hörte sie auf und nahm freiwillig das Seil, das war doch nur fair. Es war fair, auch den anderen eine Chance zu geben, weil Bella nie einen Fehler machte.

Meine Mutter hat mir immer die Haare gekämmt. Als Schulkind mußte ich mich jeden Morgen nach dem Frühstück auf die kleine Trittleiter setzen, die in der gleichen Farbe gestrichen war wie der Küchentisch und die Stühle, aber nicht mit Folie beklebt. Sie bürstete mein langes, dickes, verfilztes Haar mit einer Haarbürste aus Schweineborsten, die sie vom Bürstenbinder gekauft hatte, eine sehr gute Bürste, wie sie mir immer wieder versicherte. Wobei ihre Stimme einen ehrfürchtigen, manchmal geradezu einschüchternden Tonfall annahm, so daß ich dachte, die Bürste sei besonders wertvoll, und sie dreißig Jahre lang behielt. Als ich mir schließlich doch eine neue kaufen mußte, war ich verblüfft, als ich merkte, daß Haarbürsten überhaupt nicht teuer waren.

Sie stand hinter mir, erst bürstete und dann kämmte sie mein Haar, und ich schrie oft auf: «Aua!» Meine Tränen flossen, und ich schwor mir, daß ich, wenn ich erwachsen sein würde und ein kleines Mädchen hätte, ihr niemals so weh tun würde, wenn ich ihr die Haare kämmte. Meine Mutter tat mir jeden Morgen weh, und meine Kopfhaut wurde so widerstandsfähig, daß ich mir ein einzelnes Haar ausziehen kann – die schmerzvollste Art, Haare auszureißen –, ohne etwas zu spüren. Sie bürstete es kräftig, und dann kämmte sie es durch, ohne abzusetzen, und wenn sie fertig war, hatte ich rotverweinte Augen. Sie flocht mir zwei dicke Zöpfe und band sie mit farblich passenden Schleifen zu – wenn ich nicht eine verloren hatte. Wenn ich keine Schleife mehr hatte, nahm sie einfach Gummibänder.

Zu besonderen Anlässen, wenn wir zu Besuch gingen, lockte sie meine Haare mit der Brennschere und legte sie in Korkenzieherlokken. Das haßte ich noch mehr als bürsten, vor allem weil es so ekelhaft nach versengten Haaren stank. Ich schwor mir, daß ich meinen Kindern so etwas nie antun würde. Ich würde von meinen Kindern auch nie verlangen, kalten Lebertran zu trinken, so wie sie meine Schwester und mich gezwungen hat, jeden Morgen einen Teelöffel voll herunterzuschlucken, ehe wir unseren Orangensaft trinken durften. Es schmeckte widerlich, aber Mommy sagte, wir müßten ihn nehmen, um gesund zu bleiben. Den Orangensaft haßte ich auch, er war kalt und enthielt kleine Apfelsinenstückchen – Mommy preßte ihn jeden Morgen frisch aus –, und mein Mund brannte. Und der Haferbrei mit Sahne war fast so abscheulich wie der kalte Lebertran. Manchmal kochte Mommy Grießbrei, der etwas besser schmeckte. Meistens ließ ich mein Glas Milch stehen oder trank nur soviel, wie Mommy verlangte. Schließlich trank ich nur noch Milch, wenn sie etwas Kaffee hineingoß. Manchmal kochte sie mir ein Ei, aber damals waren die Eier frisch und befruchtet und schmeckten deshalb etwas streng. Heute liebe ich diesen Geschmack, aber damals mochte mein empfindlicher Kindergaumen ihn nicht. Alles in allem haßte ich den Morgen. Es gab nichts, was mich erfreuen konnte. Ich stand nicht gern früh auf und hatte morgens keinen Hunger, das ist heute noch so.

Jeden Abend, wenn sie mich endlich soweit hatte, daß ich zu Bett ging, gab meine Mutter mir einen Gutenachtkuß und schickte mich zu Daddy, der mir auch einen Kuß gab, und dann sagte Mommy jedesmal: «Träume süß», und ich wünschte ihr dasselbe. Ich ging nach oben und las im trüben Schein meiner Nachttischlampe, bis ich hörte, daß Mommy und Daddy sich anschickten, zu Bett zu gehen. Dann knipste ich das Licht aus, glitt unter die Decke und schloß die Augen und stellte mich schlafend. Aber Mommy kam immer noch einmal zu mir, um nachzusehen, ob ich auch zugedeckt war, und wenn ich wach war, gab sie mir noch einen Gutenachtkuß.

Als ich selber Kinder hatte, erinnerte ich mich an meine Vorsätze. Ich war sehr vorsichtig, wenn ich meiner kleinen Tochter Zöpfe flocht. Manchmal ziepte ich sie aus Versehen, und dann schrie sie auf, ihre Augen tränten, und sie starrte mich wütend an, als ob ich dieses Verbrechen vorsätzlich verübt hätte. Ich entschuldigte mich bei ihr, aber innerlich mußte ich lächeln und daran denken, wie doch jeder Kummer alles andere überschattet. Und ich habe nie eine Brennschere benutzt, aber ich habe sie gezwungen, eine Zahnspange zu tragen.

Ich gab meinen Kindern jeden Abend einen Gutenachtkuß und wünschte ihnen angenehme Träume. Sie wünschten mir das gleiche und gingen in ihre Zimmer. Ehe ich zu Bett ging, sah ich noch einmal zu ihnen hinein, sie schliefen tief und fest, Ardens Augen standen immer einen Spaltbreit offen, so daß ich nie sicher war, ob sie wirklich schlief, und Billy hatte, bis er zehn Jahre alt war, immer den Daumen im Mund. Sie sahen rosig aus und rochen sauber nach dem abendlichen Bad, sie schwitzten leicht und waren schlafwarm. Bei ihrem Anblick weitete sich mein Herz, und oft kniete ich mich neben ihre Betten, legte meine Arme um sie und küßte ihre Wangen und blieb so eine Weile. Sie wachten nie auf und wußten nicht, daß ich das machte. Und gemessen daran, wie sie sich jetzt mir gegenüber verhalten, scheinen sie meine Liebe nie gespürt zu haben.

Manchmal, wenn ich neben ihnen kniete, bereute ich von Herzen, daß ich mit ihnen geschimpft hatte oder wütend auf sie gewesen war. Nicht daß sie es nicht verdient hätten, aber im großen und ganzen waren es wunderbare Kinder, und wenn ich auf sie wütend war, hatte es meistens damit zu tun, daß es mir selber schlecht ging. Ich nahm mir vor, mich nicht mehr gehenzulassen, was ich dann eine Zeitlang auch durchhielt...

Ich muß hinzufügen, daß keines meiner Kinder, auch Franny nicht, mir jemals die kleinen Grausamkeiten, die ich ihnen antat, vorgehalten hat. Es hat bestimmt einige gegeben, die mir selber gar nicht bewußt waren und an die ich mich deshalb auch nicht erinnern kann. Wenn man sich schon damit abfinden muß, daß die Kinder einem nicht die Liebe danken, dann muß man doch auch darüber erleichtert sein, daß sie die haßerfüllten Momente, oder wie man sie nennen will, ebenfalls vergessen. Ich kann mich an eine Situation erinnern, da muß Arden ungefähr dreizehn Jahre alt gewesen sein. Sie kam spät aus der Schule, nachmittags um fünf, und war richtig aufgeregt. Wir hatten Besuch, und ich kochte. Toni half mir und putzte Gemüse. Arden strahlte und schrie fast: «Oh, Mommy, ich habe ein wunderschönes Buch entdeckt, es ist wie ein Gedicht, es ist einfach schön. Kennst du es?» Und sie hielt mir *Der Prophet* von Kahlil Gilbran unter die Nase.

Ich zog eine Grimasse. «Sentimentales Dummchen. Das lag bei uns zu Hause auf dem Dachboden, es gehörte meiner Mutter, es war ihr Lieblingsbuch. Als ich so alt war wie du, fand ich es auch wunderbar. Aber es ist Schrott», klärte ich sie auf.

Enttäuscht murmelte sie: «Also, mir gefällt es», und ging aus der Küche.

Toni sah mich an. «Das war ziemlich gemein von dir. Sie war von dem Buch beeindruckt. Warum hast du das gemacht?»

Ich ließ die Hände ruhen. Warum hatte ich das getan? Um meinen hohen literarischen Anforderungen Genüge zu tun, ohne Rücksicht auf Verluste? Wie lächerlich. «Ich weiß es nicht. Du hast recht», sagte ich und wunderte mich über mich selbst. Aber es war nun einmal passiert und war nicht wiedergutzumachen. Allerdings habe ich ihr nie wieder einen solchen Dämpfer aufgesetzt, wenn sie sich über etwas freute. Wenigstens hoffe ich das...

Ich kann mich an einen Sonntag im Januar erinnern. Ich war acht Jahre alt, es war ein grauer Wintertag, kalt, windig und ohne Schnee. Die Stimmung war noch grauer, weil Mommy nicht mit uns redete. Sie hörte öfter mal auf, mit uns zu reden, und ich wußte nie, warum, aber heute empfand ich es aus irgendeinem Grund bedrückender als sonst. Sie sprach noch nicht einmal mit Joy, die in der Frühe gleich nach draußen gegangen war, um mit einem kleinen Mädchen aus der Nachbarschaft zu spielen. Wenn ich aus dem Küchenfenster schaute, konnte ich sie im Hof herumtoben sehen, sie waren warm angezogen und versuchten, aus den Resten des Schnees, der vorige Woche gefallen war, einen Schneemann zu bauen. Die Spannung im Haus wuchs, und ich verbrachte die meiste Zeit in dem vorderen Zimmer, das Mommy als Veranda bezeichnete, saß auf der Erde und malte. Mein Vater arbeitete im Keller. Ich habe nie begriffen, was er da unten eigentlich machte. Aber er kam nach oben, weil er etwas holen wollte. Ich hörte, wie er meine Mutter mit freundlicher Stimme etwas fragte. Sie gab ihm eine knappe Antwort. Ich stand auf, und als mein Vater im Wohnzimmer war, ging ich zu ihm und fragte flüsternd: «Was hat Mommy denn heute? Sie ist so böse?»

Zu meiner Überraschung wiegelte mein Vater nicht ab, sondern flüsterte zurück: «Sie ist verletzt, weil wir ihren Geburtstag vergessen haben.»

«Wann ist denn ihr Geburtstag?»

«Heute.»

Ich war entsetzt. Ich ging wieder auf die Veranda und blieb einfach stehen. Das Herz tat mir weh. Wie schrecklich, ihren Geburtstag zu vergessen. Aber eigentlich hatte ich ihn nicht vergessen. Ich wußte gar nicht, wann sie Geburtstag hatte. Weder meine Mutter noch mein Vater feierten ihre Geburtstage. Unsere wurden übrigens auch nicht gefeiert, jedenfalls kann ich mich nicht daran erinnern. Aber wir bekamen an unseren Geburtstagen Geschenke. Ich hatte kein Geschenk für Mommy. Und sonntags waren die Geschäfte geschlossen, außerdem hatte ich sowieso kein Geld.

Ich begab mich in mein Zimmer, das ich mir mit Joy teilen mußte, und ging prüfend meine Habseligkeiten durch: ein Zeichenblock, ein paar Spiele, meine kleine Bibliothek, die aus etwa acht Büchern bestand. Es war nichts dabei, was Mommy gefallen würde. Aber ich besaß auch ein paar Schätze. Mommy würde sicher Verständnis dafür haben, daß ich ihr nichts kaufen konnte, aber vielleicht würde sie sich freuen, wenn überhaupt jemand an ihren Geburtstag dachte und ihr etwas Hübsches schenkte.

Ich brauchte Stunden, um eine alte Schuhschachtel mit Stoffresten zu bekleben, Reste der Überzüge, die Mommy für die Verandastühle genäht hatte. In die Schachtel legte ich meine wenigen Schätze: einen schönen Tannenzapfen, den ich im Herbst gefunden hatte, das Foto einer schönen Frau, das ich aus einer Zeitschrift ausgeschnitten hatte, eine Kette aus matten Perlen, ein Geschenk von meinem Onkel Eddie, das er selbst gemacht und mir vor einem Jahr geschickt hatte. Die Schachtel sah schrecklich leer aus, deshalb nahm ich die Haarschleifen, zu denen die zweite fehlte, und legte sie zwischen meine Schätze. Schließlich schloß ich die Schachtel, band eine Schleife darum und rannte mit klopfendem Herzen zu meiner Mutter, um ihr mein Geschenk zu überreichen.

Sie saß am Küchentisch, rauchte und trank einen Kaffee. Sie hatte einen Braten im Ofen, und die Küche duftete köstlich. Ich rannte zu ihr hin.

«Herzlichen Glückwunsch zum Geburtstag, Mommy!»

Überrascht drehte sie sich um und nahm die Schachtel entgegen. Langsam knüpfte sie die Schleife auf und hob den Deckel. Sie sah in die Schachtel. Dann funkelte sie mich wütend an. «Was soll ich mit diesem Schrott?» schrie sie mich an und gab mir die Schachtel zurück.

5 EUGA SCHEINT ES im Waisenhaus nicht gutgegangen zu sein. Sie war erst viereinhalb Jahre alt, noch zu klein, um von der Mutter getrennt zu werden, und ich glaube, daß sie im Waisenhaus auf so kleine Mädchen nicht eingerichtet waren. Jedenfalls wurde Frances von der Heimleitung benachrichtigt, daß Eugenia mit fünf Jahren, wenn sie alt genug sei, um in den Kindergarten zu gehen, entlassen werde. Die Jungen mußten bleiben. Das war eine seltsame Entscheidung, aber ich habe die vielen Fotos von obdachlosen Jungen gesehen, die auf der Straße schliefen. Jacob Riis hat sie in jenen Jahren und etwas früher aufgenommen. Es gab immer noch Tausende obdachloser Kinder in der Stadt.

Frances war überglücklich. Euga wurde im August fünf, sie würde dann im nächsten Februar – 1914 – eingeschult werden können. Die Behörde ließ sie im Januar nach Hause zurückkehren. An dem Abend, als sie Euga aus dem Waisenhaus holten, weinte Momma nicht, nur einmal, als sie sich von ihren Söhnen verabschiedete, die sie bis zum Zaun begleiten durften und ihnen nun traurig durch die Gitterstäbe nachsahen. Sie lächelte unter Tränen, wischte sich die Augen und trug Euga fast den ganzen langen Weg bis zum Bahnhof. Bella trug den leeren Korb.

An diesem Abend aßen sie Stachelbeermarmelade, nicht nur Schwarzbrot und Butter. Momma nahm Euga auf den Schoß und wiegte sie. Immer wieder sagte sie fast singend: «Mein Baby, mein Baby, meine Süße, *moja droga* Genya.»

Bella hockte auf ihrem Stuhl am Tisch und beobachtete Momma, die mit Euga auf dem Sofa saß, es wiegte, auf die Stirn küßte und an sich drückte. Sie fragte sich, ob Momma sie mehr lieben würde, wenn sie im Waisenhaus gewesen wäre, aber sie verscheuchte diesen Gedanken sofort. Sie saß einfach da und beobachtete.

Aber am nächsten Tag sagte Momma, daß sie den ganzen Tag auf Euga aufpassen sollte, weil Momma arbeiten gehen mußte. Deshalb ging Bella eine Zeitlang nicht in die Schule. Sie nahm Euga überallhin mit, und Euga hielt Bellas Hand fest umklammert und drängte sich schutzsuchend an sie, Bella war gerührt. Euga war still und gehorchte aufs Wort, sie weinte nie.

Eines Tages sagte Momma, daß Bella mit Euga zum Impfen gehen müßte. Sie mußte geimpft werden, weil sie eingeschult werden sollte. Bella wurde blaß.

«Wie denn?» fragte sie mit zitternder Stimme.

«Du mußt mit zwei Straßenbahnen bis zum Gesundheitsamt fahren», sagte Momma ungeduldig. (Woher wußte sie das? War sie mit mir dort? Ich kann mich nicht daran erinnern.)

Bella starrte sie wortlos an, und Momma wurde noch ungeduldiger. Bella war jetzt zehn Jahre alt, ein großes Mädchen. Sie erklärte Bella den Weg noch einmal und sagte, Bella solle jemanden fragen, wenn sie nicht weiterwußte.

Ängstlich machte sich Bella am nächsten Morgen auf den Weg. Euga hielt ihre Hand so fest umklammert, daß sie feucht und glitschig wurde. Aber Euga ließ nicht los. Deshalb tauschten sie öfters die Seiten, damit sie die andere Hand festhalten konnte. Sie fuhren mit der Straßenbahn bis zur Endstation und nahmen dann die zweite Straßenbahn. Es war derselbe Weg wie zum Waisenhaus, nur daß sie nicht mit dem Zug fahren mußten. Bella irrte einige Zeit zwischen den großen dunkelroten Gebäuden herum, bis sie schließlich ein Schild sah (das sie lesen konnte!), auf dem Gesundheitsamt stand. Die beiden Kinder stiegen die Treppe hoch und folgten den Schildern auf dem Flur. Sie kamen in ein riesiges Zimmer, das Bella an das erinnerte, wo die Dame zu Momma gesagt hatte, daß sie ein Kind behalten dürfe. Sie fing an zu zittern, und Euga zitterte mit ihr. Euga war ein liebes Kind. Bedrückt sagte Bella einer Dame, warum sie gekommen waren. Die Dame nahm ein großes weißes Blatt Papier, das liniert war, und einen Federhalter.

«Wie heißt das Kind?»

«Euga.»

«Wie?»

«Euga. Euga Brez.»

«OLGA? Sprich lauter, Kind.»

Bella schüttelte den Kopf. «Nein, Euga. Euga», sagte sie deutlich.

Die Frau seufzte. «Wie buchstabierst du das?»

«Das weiß ich nicht.» Plötzlich hatte sie eine Eingebung: «Eugenia!» sagte sie und sprach den Namen so aus, wie Momma ihn sagte: Eu-ge-nia.

Die Frau verzog das Gesicht. «Ich werde Olga hinschreiben», sagte sie.

Bella protestierte, aber die Frau hörte nicht auf sie. «Adresse? Geburtsdatum?»

Euga hieß drei Jahre lang Olga. Als sie in die dritte Klasse kam, ging Momma selber zur Schule und regelte die Angelegenheit. Aber Bella empfand es als eine persönliche Niederlage. Sie hatte wieder versagt. Diese Geschichte erzählt mir meine Mutter zusammen mit der, in der Euga durch ihre Schuld beinahe umgekommen wäre, die mit der Straßenbahn. Sie hat schlechte Laune, sie ist noch niedergeschlagener als sonst.

«Sie ist also drei Jahre lang Olga gerufen worden?» lache ich.

Sie lächelt noch nicht einmal. Sie beißt sich auf die Lippen und ist in ihren Erinnerungen versunken. Dieser Vorfall ist ein weiteres schwarzes Kapitel in ihrem Buch der Wut, das sie für die Götter schreibt, an die sie nicht glaubt.

V. Kapitel

1 Vor ein paar Jahren war ich in Indien, wegen einer Fotoreportage über arme indische Frauen. Das Land lieferte mir eindrucksvolle Motive – die goldhäutigen Frauen in ihren leuchtenden Saris, rot, blau, gelb, vor dem siennafarbenen Sand, den blaßgrünen, krüppeligen Bäumen, dem Himmel, der sich in makellosem Blau meilenweit erstreckte. Ich knipste Frauen, wie sie mit fünf glänzenden Messinggefäßen voll Wasser auf dem Kopf barfuß eine unbefestigte Straße entlanggingen, Frauen an der Dorfpumpe, wie sie sich graziös hinabbeugten, um ihre Matkas zu füllen, Frauen, so dünn und braun, daß sie aussahen wie aus Ebenholz geschnitzt, aber mit breiten Schmuckketten aus schwerem Silber um die Fesseln; Frauen, die abwesend dasaßen, ihre Kinder in den Armen, die großen dunklen Augen voller Traurigkeit und Zorn, ganz anders als die liebenden Madonnen auf all den vielen Plakaten mit ihren aufgeweckten, lächelnden Sprößlingen. Die Frauen und Kinder, denen ich begegnete, sahen alle hungrig und müde aus.

Natürlich sprach ich mit diesen Frauen, während oder ehe ich sie fotografierte; ich bemühe mich immer, irgendeine Form von Beziehung zu den Menschen herzustellen, ehe ich Fotos von ihnen mache – so erscheint es mir weniger eine Vergewaltigung, sondern eher eine Begegnung zu sein. Ich hatte immer Dolmetscherinnen dabei, und die Frauen hockten gewöhnlich mit der Dolmetscherin und mir auf dem nackten Fußboden irgendeines Hauses, und ich fragte sie, wie sie lebten. Das Leben der armen indischen Frauen ist unsäglich hart: sie tragen die gesamte Verantwortung und haben keinerlei

Macht. Es gehört zu ihren unumstößlichen Pflichten, das Wasser, das Viehfutter und das Brennmaterial für den gesamten Haushalt heranzuschaffen und ein Kind nach dem anderen zu gebären, sobald sie mit vierzehn, fünfzehn oder sechzehn verheiratet worden sind, und die Kinder großzuziehen, die gesamte Nahrung zuzubereiten, was sehr zeitaufwendig ist, *und* sämtliche Tiere zu versorgen sowie acht Stunden am Tag auf dem Feld zu arbeiten. Sie stehen früh auf und gehen spät schlafen, und den ganzen Tag über arbeiten sie. Oft wird ihnen alles Geld, was sie verdienen, von ihren Ehemännern abgenommen, und sie haben keinerlei Mitspracherecht bei der Entscheidung, wofür es ausgegeben wird.

Sooft ich sie fragte, wie sie über ihr Leben dachten, antworteten sie mit einem Achselzucken: Es gäbe ja keine Alternative, meinten sie. Das Leben einer Frau sei eben so. Sie waren davon überzeugt, in früheren Leben schon immer Frauen gewesen zu sein und auch bei künftigen Wiedergeburten als Frauen zur Welt zu kommen und immer mit dem gleichen Mann verheiratet gewesen zu sein. Ich hatte von Anfang an von allen Danteschen Höllenqualen diejenige als die schlimmste empfunden, die dem Dichter selbst als die leichteste erschienen war – ein ewiges Sich-Drehen im Immergleichen. So waren mir diese Äußerungen unerträglich. Die Amerikanerin in mir beharrte auf dem Bedürfnis nach Veränderung, und ich fragte sie nach Möglichkeiten, ihre Kinder in die Schule zu schicken, die Zukunft anders zu gestalten, Alphabetisierungskurse zu besuchen – etwas, *irgend etwas* zu tun, um ihre Lebensbedingungen zu verbessern. Sie lächelten mich lieblich an und nickten mit den Köpfen. «Ach, darüber machen wir uns keine Gedanken, über die Zukunft und über Veränderungen», meinte eine, und die anderen murmelten zustimmend und setzten hinzu: «Es ist besser, nicht darüber nachzudenken.»

Und obgleich mein Leben sich von ihrem so kraß unterscheidet, wie sich Frauenleben nur unterscheiden können, verstehe ich doch voll und ganz, was sie meinen. Es gibt Zeiten, in denen es lebenswichtig ist, *nicht* über die eigene Situation nachzudenken und schon gar nicht darüber, wie sie sich verändern ließe. Zeiten, in denen eine Veränderung zum Besseren nicht möglich erscheint und jede Enttäuschung genau der Tropfen wäre, der das Faß zum Überlaufen brächte, der Schlag, der einen wanken, zu Boden gehen und nie wieder aufstehen lassen würde. Wenn du ein schweres Reisigbündel kilometerweit durch die Gluthitze schleppen mußt und genau weißt, in drei Tagen mußt du es wieder tun, und wenn dir am gleichen Tag noch bevorsteht, Wasser heranzuschaffen, auch zu Fuß und über viele Kilometer... dann ist es besser, nicht nachzudenken.

Bella verbrachte Jahre ihres Lebens damit, nicht nachzudenken. (Genau wie ich.)

Als sie in die vierte Klasse kam, konnte sie Englisch lesen und schreiben, und wenn sie auch immer noch die Größte in ihrer Klasse war, war sie doch nicht mehr die Älteste. Auch andere Kinder blieben sitzen – und allmählich fing sie an zu glauben, daß sie vielleicht doch nicht so abgrundtief dumm war. Ab und zu, beim Vorlesen, wurde sie von der Lehrerin gelobt, und manchmal stand unter ihren Aufsätzen eine anerkennende Bemerkung. Einmal gab ihr die Lehrerin eine gute Rolle bei der Schulaufführung, und im darauffolgenden Halbjahr bekam sie die Hauptrolle.

Ein Gedanke begann sich in ihr zu entfalten – eine zarte Ahnung, daß sie ein Mensch war wie andere auch, daß sie vielleicht doch etwas wert war. Sie fing an, in der Schule Freundschaften zu schließen, nicht mit den kecken, wohlgekleideten Mädchen, die immer passende Haarschleifen trugen, die beliebt waren und ständig mit ihresgleichen kicherten und flüsterten, sondern mit den Stillen, deren Unterhemdärmel manchmal unter den Puffärmeln ihrer Kleider hervorguckten, deren Haar nicht jeden Tag zu langen Locken onduliert wurde und manchmal sogar ungekämmt aussah. Sie mußte noch immer an den meisten Nachmittagen einkaufen gehen und jeden Abend kochen, und außerdem sollte sie jetzt Euga überallhin mitnehmen. Aber Euga war lieb und niedlich, und die anderen Mädchen mochten sie gern, und sie machte nie Schwierigkeiten. Bella erzählte Momma nichts von den Nachmittagen, an denen sie und Euga um die Ecke mit Margie Jasinski und ihren Freundinnen Seilspringen gingen. Manchmal, wenn Bella zwei Cent besaß, liefen sie und Euga die Straße herunter bis zur zweiten Ecke, wo der Mann mit dem zweirädrigen Karren heiße Süßkartoffeln verkaufte, und wenn Bella sich am Sonnabendnachmittag allein davonmachen konnte und zwei Cent besaß, flitzte sie zur Bäckerei und kaufte sich einen Napfkuchen.

Seitdem Euga wieder zu Hause war, ging es Momma ein bißchen besser. An den Abenden war sie fröhlich, und nach dem Essen, ehe sie mit dem Nähen anfing, pflegte sie Euga auf den Schoß zu nehmen und in den Armen zu wiegen und dabei mit singender Stimme zu sagen: «*Moja droga, moja biedna sierota.* Mein Liebling, mein armes Waisenkind», immer wieder. Jeden Abend brachte sie Euga in das große Bett und deckte sie gut zu. Bella sah zu, wie Momma Euga umarmte, und dachte, ja, ich bin jetzt ein großes Mädchen, ich bin praktisch Eugas Mutter. Dann fiel ihr das Mädchen ein, das sie in Jewtown gesehen hatte, mit dem riesigen Baby auf dem Schoß, und sie versuchte, nicht an ihre Augen zu denken, sie aus ihrer Erinnerung zu löschen.

Aber wenn Momma dann aus dem Zimmer kam und Bella entdeckte, wie sie fast unsichtbar und ganz still in der Sofaecke saß, sagte sie schroff zu ihr: «Was in aller Welt ist denn in dich gefahren? Was zum Teufel machst du da?» Und nachdem sie zu nähen angefangen hatte, schrie sie manchmal plötzlich laut auf, als hätte sie ein jäher Schmerz durchzuckt, um sich schluchzend wieder über ihre Arbeit zu beugen. Dann fing sie an, sich die Haare auszuraufen, zu schimpfen und zu fluchen, zu weinen und sich selbst zu ohrfeigen. Sie weinte mit unterdrückten Schluchzern, damit Euga nicht wach wurde, und die Näharbeit lag unbeachtet auf ihrem Schoß.

Frances weinte bis zum Herbst 1916, als ihre Söhne endlich wieder nach Hause durften. Aber sie weinte nie vor Euga, so daß außer Bella keines der Kinder jemals von den Abgründen an Zorn und Heftigkeit erfuhr, die ihre Mutter in ihrem Herzen barg.

Vor Euga verlor Momma die Beherrschung nur dann, wenn die beiden Mädchen versehentlich zu Hause ins Englische verfielen. Euga hatte im Waisenhaus ihr Polnisch verlernt, und wenn sie es sich daheim auch rasch wieder aneignete, war ihr Englisch inzwischen doch selbstverständlicher, und die Schwestern sprachen es in der Schule und draußen auf der Straße. Aber Momma, die in einem Land aufgewachsen war, wo die Deutschen den Leuten verboten hatten, Polnisch zu sprechen, sogar zu Hause unter sich, wurde fuchsteufelswild, wenn sie Englisch redeten. Sie erklärte es ihnen nicht, die Mädchen wußten nur, daß sie zu Hause Polnisch zu sprechen hatten und es Momma unglücklich machte, wenn sie es nicht taten. Sie waren brave Mädchen, und sie versuchten, es ihr recht zu machen.

Eines Tages, im Frühjahr 1916, als Bella in der sechsten Klasse war, hatte die Lehrerin etwas anzukündigen. Sie sagte, wenn die

Kinder einen Beruf erlernen und nach Beendigung der Schule eine gute Arbeit finden wollten, sollten sie sich zum Herbst für die Schule 162 anmelden.

«Und ich war so dumm», sagt meine Mutter und nippt an ihrem Wasser, das sie neben dem Scotch trinkt, damit es ihr am nächsten Tag nicht schlecht geht. «Ich lief nach Hause und erzählte es Momma, und sie schleppte mich natürlich auf der Stelle hin, um mich anzumelden. Oh. Das waren die schlimmsten Jahre meines Lebens.»

Ich verkneife mir die Bemerkung, daß die schlimmsten Jahre ihres Lebens immer diejenigen sind, von denen sie gerade erzählt. Ich schrecke vor der kritischen Distanz zurück und wünsche sie mir doch gleichzeitig. Wenn es mir gelänge, das Bild vom Leben meiner Mutter geradezurücken, wäre ich vielleicht meine Bürde los. Aber wenn ich das versuche, werde ich sie verletzen, werde ich in gewisser Weise herabsetzen, was sie erlitten hat. Mein Magen krampft sich zusammen, ich schweige.

So wechselte Bella also im Herbst 1916 zur Schule 162 in Ridgewood. Sie wohnte weit weg, so daß sie morgens früh aufstehen mußte. Sie lief dann rasch zum Bäcker, um sich Brötchen für das Frühstück zu holen, und marschierte anschließend durch den windigen Herbstmorgen zur Straßenbahnhaltestelle. Sie mußte einmal umsteigen, um nach Ridgewood zu gelangen, zu dem finsteren, rußgeschwärzten Backsteinbau, dessen Fenster vergittert waren, wie die vom Waisenhaus. Dort unterrichtete man sie von 8.30 Uhr bis 11.45 Uhr in Geschichte, Geographie, Englisch und Arithmetik. Aber die Lehrerinnen waren nicht so gut wie die in der alten Schule, und sie hörte auch schlechter, und der Stoff war zu leicht für sie. Eines Tages traf sie ein Mädchen aus ihrer alten Schule auf dem Gehweg, und sie unterhielten sich ein wenig. Das Mädchen erzählte aufgeregt, es hätte Schwierigkeiten mit der Bruchrechnung. Bella merkte, daß es angeben wollte, auch wenn es sich als dumm hinstellte, es kam sich sehr erwachsen vor, weil es Bruchrechnung lernte. In Bellas Schule hatten die Kinder keine Bruchrechnung.

Nach der Mittagspause, von 12.30 Uhr bis 3.00 Uhr nachmittags, sollten die Kinder ein Handwerk erlernen. Bella war für die Herstellung von Pappschachteln eingetragen, aber die Lehrerin erschien so gut wie nie. Nicht anders war es, wie Bella herausfand, auch bei den Lehrerinnen für Nähen, Putzmacherei und Verkauf.

Die Lehrerinnen für die berufskundlichen Fächer tauchten kaum je auf, und die Kinder saßen den ganzen Nachmittag in den öden, kalten Räumen, bis die Glocke sie erlöste. Vier Mädchen aus Bellas Schule waren gleichzeitig mit ihr an die Schule 162 gewechselt – binnen weniger Monate waren sie alle wieder abgegangen. Nur Bella war noch da. Sie blieb zwei Jahre lang.

In der zweiten Hälfte des achten Schuljahres kam die Nählehrerin regelmäßiger zum Unterricht, und alle Mädchen mußten sich selbst Kleider für die Abschlußfeier nähen. Bella fertigte sich ein wunderschönes Matrosenkleid, weiß mit Rüschen, und Momma kaufte ihr ein breites weißes Stück Band für eine dazu passende Haarschleife. Am Tag der Abschlußfeier hielt eine Lehrerin Bella auf dem Flur an.

«Oh, Isabelle, wie hübsch du aussiehst!»

Bella, der nie eingefallen wäre, daß sie in irgendeiner Weise attraktiv aussehen könnte, die sich vielmehr hoffnungslos grau und unscheinbar fühlte, bemühte sich zu lächeln. Ein paar Mädchen, die gerade vorbeigingen, hörten die Bemerkung und scharten sich um sie.

«Oh, was sieht Bella hübsch aus! Was wirst du jetzt machen, Bella?»

Sie reckte hoheitsvoll den Kopf. «Ich gehe auf die höhere Schule», verkündete sie munter.

«Oh! Hast du es gut! Auf welche denn?»

Bella nannte die angesehenste höhere Schule, die sie kannte, und die Mädchen waren beeindruckt.

Aber Bella empfand sich nur als noch grauer und unscheinbarer. In ihrer Brust wühlte es, und ihr Herz selbst fühlte sich an, als ob etwas darauf herumhämmerte. Sie wußte, daß sie ein vergrößertes Herz hatte, und sie dachte, sie würde vielleicht bald sterben. Es kümmerte sie nicht. Mehr als irgend etwas anderes auf der Welt wünschte sie sich, auf die höhere Schule gehen zu dürfen, aber nur ganz wenige von den Kindern kamen dorthin und so gut wie kein Mädchen. Die jüdischen Jungen durften hin und eine Handvoll jüdischer Mädchen. Bella dachte an Yetta Ettinger und ihr Klavierspiel, und sie fragte sich, warum Juden besser zu ihren Kindern waren als Christen.

Am Tag nach der Abschlußfeier im Juni 1918 ging Momma mit Bella, die jetzt 14 war, nach Greenwich Village in die oberste Etage eines dreigeschossigen schmutzigen alten Gebäudes. Dort bekam Bella Arbeit, zehn Stunden am Tag, fünf Tage die Woche und sonnabends die halbe Zeit, für 12 Dollar Wochenlohn. Alle Tage, von morgens bis abends, klebte Bella Schachteln.

Momma ging es in diesen Jahren zunehmend besser. Eddie hatte im Oktober Geburtstag, und 1916 sollte er, sobald er 14 wäre, zusammen mit Wally aus dem Waisenhaus entlassen werden. Eddie war jetzt alt genug, um Arbeitspapiere zu erhalten und mit für den Unterhalt der Familie zu sorgen. Den ganzen Herbst hindurch entfaltete Momma, während Bella unglücklich die Zeit in ihrer Schule absaß, eine emsige Geschäftigkeit. Sie fand eine neue Wohnung in der Lorimer Street in Williamsburgh für neun Dollar Monatsmiete – Momma verdiente jetzt neun Dollar die Woche. Die Wohnung lag über einem Süßwarenladen, aber es gab in diesem Häuserblock nur zwei Geschäfte – eins an jeder Ecke; dazwischen standen Reihenhäuser mit hohen Treppenvorbauten. Da ihre Wohnung im Eckhaus lag, hatte sie nach drei Seiten Fenster, so daß es darin hell und luftig war, eine Erlösung nach dem finsteren kleinen Loch, in dem sie die letzten drei Jahre gelebt hatten. Außerdem gab es jetzt zwei Schlafzimmer und elektrisches Licht! Momma erstand zwei Betten für das Jungenzimmer, die drei weiblichen Familienmitglieder schliefen noch immer zusammen in dem alten Doppelbett.

Und dann kamen die Jungen nach Hause. Es gab Freudentränen, Umarmungen und einen großen Festschmaus, aber Bella erinnert sich an nichts von alledem. Ihre Brüder waren Fremde für sie und auch ein bißchen erschreckend. Sie waren gute Jungen, aber sie erschienen ihr laut, chaotisch und heftig, und sie schüchterten sie ein. Eddie war sehr reif für seine 14 Jahre, er sah aus wie ein Erwachsener und benahm sich auch so. Er und Euga sahen Momma ähnlich, Bella und Wally eher Poppa. Eddie und Euga waren breiter und stämmiger gebaut und hatten Mommas warme Augen. Ihr Haar und ihre Augen waren allerdings braun, darin hatten sie nichts von Momma. Aber Mommas blondes Haar war inzwischen fast ganz grau, ihre blauen Augen wäßrig, fast farblos. Eddie trug sein kurzes Haar ordentlich vom Scheitel seitwärts gekämmt, und er war ernst und gesetzt. Er hatte im Waisenhaus eine Ausbildung bekommen und fand sofort Arbeit in einer Druckerei für neun Dollar die Woche. Er war besonnen und höflich und zu allen in der Familie sehr freundlich, aber er schien oft in Gedanken weit weg. Sobald es ging, meldete er sich für Abendschulkurse an, und es dauerte nicht lange, da fing er an, Sachen mitzubringen – er erstand eine Mandoline, ein Banjo und ein riesengroßes Briefmarkenalbum. Bella verstand nicht, wieso ihr Bruder an diesen Dingen Freude hatte. Aber sonnabends nachmittags, wenn Eddie schon früher mit der Arbeit fertig war und seinen Lohn bekommen hatte und die Kinder erwartungsvoll nach ihm Ausschau hielten, geschah es oft, daß er beladen mit sechs Sahnetörtchen über die Brooklyn Bridge spaziert kam – er brachte für jeden von ihnen eins und drei für sich selbst!

Wally hatte im Waisenhaus ebenfalls Mandoline und Banjo spielen gelernt. Nachdem Eddie die Instrumente gekauft hatte, spielten die beiden Jungen gemeinsam, und alle sangen mit. Das war am Anfang sehr lustig. Die Jungen kannten viele Lieder, aber manchmal versangen sie sich mit dem Text, was dazu führte, daß sie fürchterlich zu kichern anfingen. Wally lachte überhaupt viel. Er war ein Spaßmacher, und er spielte gern. Wenn er Karten in die Finger bekam, zeigte er seinen Schwestern Kartentricks. Sie hatten viele Dinge im Waisenhaus gelernt. Aber Wally war auch – Bella wußte nicht, wie sie es ausdrücken sollte. Später, als Erwachsene, bezeichnete sie ihn als schwach. Wally war seiner Mutter drei Monate vor seinem siebten Geburtstag weggenommen worden und mit zehn zurückgekehrt. Er war dünn und nervös, wie Bella, wie ihr Vater, blaß, mit blondem Haar und blauen Augen. Sein Haar wuchs wild in alle Richtungen, wie eine wuchernde Pflanze, und fiel ihm in die Augen, und seine Augen blickten irgendwie leer. (Das sollte sein Leben lang so bleiben.) Er lachte, und sein Lachen steigerte sich fast bis ins Hysterische, um dann plötzlich in einen Weinkrampf umzukippen. Er hatte eine lebhafte und aufgeregte Gestik und war stets in Bewegung. Er bekam häufig Anfälle von Jähzorn, Bella fand, wegen nichts und wieder nichts. Er wurde in die Volksschule geschickt, kam dort aber nicht gut zurecht, so daß er während der nächsten Jahre dreimal sitzenblieb und schließlich an seinem vierzehnten Geburtstag abging, um zu arbeiten. Er zeigte sich auch in der Schule sehr labil: Einmal sprang er, als sein Lehrer eine seiner Arbeiten bemängelte, auf die Fensterbank des im dritten Stockwerk gelegenen Klassenzimmers mit der Drohung, er werde hinausspringen. Außerdem nahm er sich, nachdem er aus dem Waisenhaus zurückgekehrt war, jeden Abend heimlich ein Brötchen oder ein Stück

Kuchen aus der Speisekammer mit ins Bett. Wenn Momma und Bella sonnabends seine Bettwäsche wechselten, fanden sie zerkrümeltes, schimmliges Brot unter seinem Kopfkissen. Diese Gewohnheit behielt er mehrere Jahre lang bei.

Momma weinte jetzt kaum noch. Sie regte sich allerdings jedesmal auf, wenn sie die Jungen Englisch sprechen hörte, und diese sprachen natürlich Englisch: Während ihres Heimaufenthaltes hatten die beiden ihr Polnisch völlig verlernt. Momma fing dann an zu jammern, zu schimpfen und zu weinen, aber sie nahmen es von der lustigen Seite, sie waren anders als Bella und Euga. Sie lachten und küßten sie oder machten eine scherzhafte Bemerkung, tätschelten ihre Schulter und gingen mit ihren Freunden weg. Momma wurde dann ganz hysterisch und saß am Tisch, den Kopf in die Arme gebettet und weinte, wie sie vorher immer geweint hatte. Und Bella ging zu ihr hin, berührte sie leicht am Ärmel und sagte: «Momma, ich spreche weiter Polnisch.» Was sie auch tat, aber es schien Momma nichts zu bedeuten. Für Bella war und blieb Momma untröstlich. Nach ein paar Monaten kapitulierte Momma, die Kinder sprachen jetzt unter sich Englisch. Aber Bella und Euga sprachen mit Momma weiter Polnisch.

Als die Jungen wieder da waren, wurde Bella plötzlich bewußt, daß sie das Dienstmädchen im Haus war. Sie war allein: Die Jungen hatten ihre Freunde, Euga hatte Momma. Aber es war Bella, mit der Momma schimpfte, wenn etwas nicht so war, wie es sein sollte. Bella war diejenige, die Essen kochte und einkaufen ging, und Bella mußte springen, wenn es etwas zu erledigen gab. «Bella, mach dies, Bella, mach das», sagt meine Mutter mit einer hohen, scharfen Stimme und einem Akzent, wenn sie daran zurückdenkt. Den anderen gegenüber war Momma freundlich, nachsichtig, ja sogar liebevoll. Zu Leuten, die nicht zur Familie gehörten, war sie überaus höflich. Sie behandelte die Menschen, als seien sie ihr besonders wichtig, und jeder mochte sie. Sie hatte ein gewinnendes Lächeln und eine charmante Art und wurde von Bekannten, die sie auf der Straße trafen, immer herzlich begrüßt. Nur Bella gegenüber war sie anders.

Mit den Jungen kam wieder Leben in ihr Haus. Außer dem Banjo, der Mandoline und der Briefmarkensammlung brachten sie Neuigkeiten aus einer unbekannten Welt mit nach Hause – von den anderen jungen Burschen, die sie bei der Arbeit oder in der Schule kennenlernten. Sie schlossen rasch Freundschaften, und es war ein ständiges Kommen und Gehen in ihrer Wohnung. Sie brachten ihren Schwestern Kartenspiele bei, und abends spielten sie oft alle Pinokel oder Bridge, während Momma im Schein der elektrischen Lampe nähte – nicht völlig zufrieden, weil sie ja Englisch sprachen, aber ohne zu weinen. Eines Abends brachte Eddie einen Plattenspieler mit nach Hause und dazu einige Schallplatten von einem Sänger namens Caruso, die er ihnen vorspielte. Bella hörte die Musik nicht sonderlich gut, aber Euga war zutiefst beeindruckt.

Als Bella anfing, arbeiten zu gehen, wurde noch einmal alles anders. Momma kümmerte sich wieder um das Kochen. Sie kochte manchmal abends nach dem Essen große Vorratsportionen wie Suppe oder Eintopf, die für die beiden nächsten Abende reichten. Und sie kochte sonntags und backte gleich Kuchen und Gebäck für die ganze Woche zum Nachtisch. Außerdem erledigte Momma jetzt die ganze Wäsche allein und auch alles, was an Putzerei anfiel. Bella war von einem Teil ihrer Dienstmädchenpflichten entbunden. Sie gab Momma ihren Lohn und bekam von ihr täglich 50 Cent für Fahrgeld und Mittagessen. Da sie sich ihr Mittagessen gewöhnlich von zu Hause mitnahm, konnte sie einen Teil des Geldes sparen und sich ab und zu etwas davon kaufen. Allerdings erstand sie nie mehr als ein paar Haarnadeln. Abends gingen sie und Momma oft zusammen ins Kino. Die Jungen waren gewöhnlich unterwegs – allein, was den Mädchen nicht im Traum eingefallen wäre. Euga lag schon zeitig im Bett. Momma und Bella gingen dann über die Straße ins Kino und waren um neun oder halb zehn wieder zu Hause. Es kostete nur 10 Cent, und Momma bezahlte immer beide Karten. Am nächsten Morgen mußte sie dann aber wieder früh aufstehen und mit Momma zur Straßenbahnhaltestelle laufen, um nach Lower-Manhattan hineinzufahren, und die drei schmuddeligen Treppen zu der düsteren, überfüllten Gewerbeetage hinaufsteigen, wo sie zehn Stunden lang hübsche Stoffstücke auf Karton leimte.

2 Meine Mutter war bildungsbesessen, was uns anbelangte. Sie ging kurz vor meinem zwölften Geburtstag wieder arbeiten und stand, während sie Mittelschichtsfrauen modische Hüte verkaufte, den ganzen Tag mit ihren schmerzenden Füßen in hochhackigen Schuhen da. Und das alles, um Geld auf die Seite legen zu können, damit es reichte, um mich aufs College zu schicken. Sie arbeitete die ganzen Jahre, die Joy und ich in der Ausbildung waren: Wir sollten alles das haben, was sie nicht gehabt hatte. Zu Zeiten, in denen mein Vater 20 Dollar in der Woche verdiente, erübrigte sie einen davon für Klavierstunden für mich und später noch einen zweiten für Joy. Sie knapste jährlich 50 Cent und noch einmal 10 Cent für zwei Programmzeitschriften ab, damit ich mir klassische Musiksendungen im Radio heraussuchen konnte. Zu Weihnachten respektierte sie meine Wünsche, indem sie mir keine Puppen, sondern immer nur Bücher schenkte. Leider enttäuschten wir sie, Joy und ich: Wir machten damals beide keinen Collegeabschluß; aber ihre Enkelkinder sind nach ihrem Willen geraten. Sie könnte sich, wie die sprichwörtliche jüdische Mutter, selbstzufrieden in ihrem Sessel zurücklehnen, ihren Bauch herausstrecken und von ihrem Enkelsohn, dem Arzt, und ihrer Enkeltochter, der Psychologin, erzählen. Aber es kam alles zu spät, und ihr Interesse ist minimal und distanziert, wie bei jemandem, der billigend dazu nickt, wenn ihm eine Freundin erzählt, wohin es Leute, die er vor hundert Jahren einmal gekannt hat, im Leben gebracht haben. Wie jemand, der sich befriedigt darüber zeigt, daß die Welt funktioniert, wie sie sollte, und dabei doch weiß, daß es in Wahrheit nicht so ist, nicht so ist, nicht so ist.

Nach etwa einem Jahr faßte Bella den Mut, Momma zu sagen, daß sie ihre Arbeit haßte, auch wenn sie es wesentlich milder ausdrückte. Daraufhin nahm Momma sie mit in die Fabrik, in der sie beschäftigt war, und Bella fing an, an der Nähmaschine zu arbeiten. Das war zunächst ein wenig besser. Sie verdiente mehr Geld, und sie lernte etwas. Sie wurde bald befördert, an die Merrow, eine Maschine, die Säume und Knopflöcher näht, eine ziemlich angesehene Arbeit in der Fabrik. Und sie genoß sogar noch mehr Ansehen, weil sie die Merrow wieder in Ordnung bringen konnte, wenn etwas nicht stimmte. Aber nach einer Weile gab es für sie nichts mehr zu lernen.

«Weißt du, sie dachten, es sei etwas ganz Tolles, aber in Wirklichkeit war überhaupt nichts dabei. Ein einfaches Ausschlußverfahren», erläutert meine Mutter. «Wenn etwas mit den Stichen nicht stimmte, war entweder der Treibriemen lose oder verschlissen oder eine der Schrauben mußte nachgestellt werden. Jeder Trottel hätte das reparieren können.»

Noch im gleichen Herbst besuchte sie wie Eddie die Abendschule. Da ihre Mutter Deutsch konnte und ihr Vater es auch gesprochen hatte, belegte sie Kurse in Deutsch und daneben englische Literatur. Die Kurse fanden in einem riesigen, hohen Raum statt und wurden von Söhnen und Töchtern von Einwanderern belegt – müde über die Tische gekrümmt, in weiten schäbigen Mänteln, kritzelten sie ernst in ihre Hefte. Das entsprach nicht Bellas Vorstellung von Bildung. Sie schaute sich immer die Anzeigen in den Illustrierten an. Was der Harvard-Mann trägt: dazu ein gutaussehender, glattrasierter, amerikanisch wirkender junger Mann mit sauberem Hemd und Krawatte und einem schicken Jackett. Sie gab sich dennoch alle Mühe. Aber sie hörte die Lehrer nicht richtig, und obgleich sie mit gläubigem Eifer ihre Hausaufgaben machte und die Bücher las, fühlte sie sich doch ganz ähnlich wie damals, als sie in die Schule gekommen war. Als ob das, was sie hörte (wenn sie überhaupt etwas hörte), eine fremde Sprache wäre. Sie las *Krieg und Frieden, Die Brüder Karamasow, Jahrmarkt der Eitelkeiten* und *Zuleika Dobson*. Aber sie hatte nicht das Gefühl, daß sie wirklich verstand, was sie las, auch wenn sie wußte, was die Wörter bedeuteten. In den Prüfungsarbeiten schnitt sie nicht gut ab, und nach einem Jahr gab sie die Abendschule auf, um sich statt dessen bei der Woods-Handelsschule anzumelden. Was sollte sie auch mit Deutsch und englischer Literatur anfangen? Das Beste, was sie sich erhoffen konnte, war eine Anstellung als Sekretärin. Aber obgleich sie mit großem Fleiß Maschineschreiben und Stenografie übte, hatte sie doch auch hier das gleiche Problem: sie hörte nicht gut genug.

Der Tagesablauf war auch immer noch der gleiche. Sie stand etwa um halb sieben auf – die Brötchen holte jetzt Euga –, frühstückte, zog sich an und ging zur Straßenbahn. Es war stets kühl um diese Tageszeit, außer im Hochsommer, und das Licht war blaß und milchig, die Luft dünn. Bella fühlte sich jedesmal ganz schrecklich, als gehörte sie einer geknechteten Bevölkerungsgruppe an, die früher als die Herrenkaste aufstand und hinaus zur Arbeit ging, während andere sich noch faul rekelten und gemütlich vor einer duftenden Tasse Kaffee saßen. Momma und sie nahmen zusammen die Straßenbahn und stiegen gemeinsam die vier Treppen zu der Fabriketage hinauf, wo sie von den anderen Frauen begrüßt wurden (Momma immer sehr viel herzlicher als Bella) und sich an ihre Maschinen setzten.

Den ganzen Morgen ruhte der Blick des Vorarbeiters drohend auf den Frauen: Sie konnten nicht eine Minute pausieren und sich strecken, ohne daß er es merkte und schimpfte; es war verboten, mit der Nachbarin zu reden. Um Punkt zwölf blies er in eine Trillerpfeife, und sie durften eine Pause machen und sich bewegen. Ihre Körper waren in der Haltung erstarrt, die sie bei der Arbeit einnahmen, und sie mußten sich ab und zu daran erinnern, daß es noch andere Bewegungsmöglichkeiten gab. Deshalb war es das beste, sich zu strecken, die Finger zu bewegen und die Schultern hochzuziehen und wieder fallen zu lassen und dabei den anderen Mädchen zuzulächeln, die das gleiche taten, ehe sie aufstanden und hinaus in den Hausflur und die Treppe hinuntergingen. Dort stellten sie sich vor der einen stinkenden Toilette an, um dann wieder ein Stockwerk höher zu steigen, das Pausenbrot aus der Manteltasche zu ziehen und sich mit den anderen auf die Stufen zu setzen und zu essen, wobei das ganze Treppenhaus durchdringend nach Salami roch. Die meisten waren massige, müde Frauen, die auf polnisch, jiddisch oder italienisch miteinander schwatzten, während sie ihre Brote aßen und das Wasser tranken, das sie in gesprungenen alten Tassen vom Wasserhahn über dem Ausguß geholt hatten. Momma saß unter ihnen, nickend und lächelnd, immer im Mittelpunkt einer ganzen Gruppe, und Bella starrte ins Leere. Manchmal unterhielt sie sich mit ein paar von den jüngeren Arbeiterinnen – die ihr aber älter vorkamen als sie selbst –, und diese erzählten von Wochenendausflügen in den Lunapark. Da gab es Schlösser und Ballsäle, Gebäude mit Türmchen und Minaretten darauf, Elefanten und Männer mit Turbanen, und Vernon und Irene Castle tanzten dort. Bellas Phantasie schwelgte in diesen Beschreibungen. Sie stellte sich alles ganz genau vor und wünschte sich sehnsüchtig, während sie dort auf der Treppe saß, auch einmal nach Coney Island zu fahren.

Dann ertönte die Klingel, und die Frauen standen ohne Eifer auf; ihre Körper waren müde und unwillig, aber in nervöser Hast, weil

Zuspätkommen Tadel oder Lohnabzug bedeuten konnte. Jede setzte sich wieder an ihre Maschine. Den ganzen Nachmittag beobachtete sie der Vorarbeiter wieder sehr genau, damit sie nicht miteinander redeten, die Arbeit unterbrachen, sich streckten oder lachten. Sobald er etwas dergleichen bemerkte, fing er an zu brüllen, und es kam oft vor, daß eine Frau fristlos entlassen wurde. Manchmal kam eine Frau mit dem Finger unter die Nadel und schrie. Dann eilte der Vorarbeiter hin, um sie zu befreien, und wenn die Verletzung schlimm war, wurde sie nach Hause geschickt. In diesem Fall kam sie nie wieder. Sie wurde durch eine neue Arbeiterin ersetzt. Die meisten der Frauen hatten zu Hause viele Mäuler zu stopfen, und sie trugen, wenn sie zur Arbeit gingen, schäbige Kittelschürzen und alte abgetragene Mäntel – wie Momma. Sie hatten das angegraute Haar stramm zu einem Knoten zurückgesteckt – wie Momma, und sie zogen den Kopf ein, wenn der Vorarbeiter mit ihnen sprach, lächelten und sagten: «Ja, Mister. Nein, Mister.» Kam der Vorarbeiter in Bellas Nähe, fing ihr Herz an, ganz schnell zu schlagen, und sie beugte sich tiefer über die Maschine. Aber er sagte immer: «Gut, Bella.» Sie hoffte, er würde sie nie anschreien, weil sie nicht wußte, was sie dann machen würde. Wenn eine Frau entlassen wurde, geschah es manchmal, daß sie in Tränen ausbrach und den Vorarbeiter anflehte, ihr noch eine Chance zu geben. Sie versuchte ihm zu erklären, daß sie nur um Hilfe gebeten hatte, weil mit dem Stoff etwas nicht stimmte oder die Maschine nicht gleichmäßig nähte, aber der Vorarbeiter hörte gar nicht hin. «Keine Ausreden», sagte er barsch, «holen Sie sich Ihren Lohn ab und gehen Sie.» Und die Frau ging, gebeugt und schluchzend. Es war jedesmal schrecklich.

Abends blies der Vorarbeiter um sieben Uhr in seine Trillerpfeife. Die Frauen standen da, die bleichen Gesichter gezeichnet von der Anspannung, die es bedeutete, all die vielen Stunden nicht aufzusehen und keinen Moment innezuhalten, von der stickigen Luft, dem schlechten Licht, den Rückenschmerzen. Dann holten sie alle ihre Mäntel und Taschen, um hinunter zur Toilette zu trotten, still, gedämpft durch die Erschöpfung. Wieder stellten sie sich vor der Tür zu dem übelriechenden Klosett an, ehe sie hinaus in den dunklen Winterabend gingen, um an der Haltestelle oder in der U-Bahn noch einmal Schlange zu stehen. Bella kam sich vor wie ein Stück Vieh inmitten einer Herde, wenn sie sich die Teppe hinunterschleppte, eins unter vielen beliebig ersetzbaren Nutztieren, die für die da oben nur als Stückzahl existierten.

Euga arbeitete mittlerweile ebenfalls, allerdings wurde sie von niemandem mehr Euga genannt, sondern alle sagten jetzt Eugenia zu ihr. Sie war in einer Fabrik, die Hüte für bekannte Modehäuser an der Fifth Avenue herstellte. Sie machte ihre Arbeit sehr gut. Jeden Morgen gingen nun die beiden Schwestern zusammen zur Haltestelle, um nach Manhattan hineinzufahren, und jeden Abend fuhren sie gemeinsam wieder nach Hause. Sie redeten aber nie über ernste Dinge oder Probleme miteinander; sie sprachen nicht ein einziges Mal über ihre Familie. Sie plauderten über Mode und Filmstars und klatschten über gemeinsame Bekannte.

Zwei Abende in der Woche ging Bella zur Handelsschule. So schwer sie sich dort auch tat und so dumm sie sich dabei vorkam, war sie doch entschlossen, Diktate aufnehmen und Maschineschreiben zu lernen, weil sie wußte, daß sie es schaffen mußte, um aus der Fabrik herauszukommen. Für Bella bestand zwischen der Arbeit in der Fabrik und der in einem Büro ein gewaltiger Unterschied. Die jungen Frauen, die sie auf der Straße sah, ließen sich leicht in zwei Kategorien aufteilen: da gab es diejenigen, die so waren wie sie, ungeschminkt, mit langen Haaren und langen Röcken und gewöhnlich schäbig gekleidet – was auf Bella nicht zutraf. Die anderen trugen Bubiköpfe, kürzere Röcke und Lippenstift und sahen schick und modern aus. Sie wußte, daß die Leute über die eine und über die andere Gruppe ganz verschieden dachten. Sie kannte den Begriff Klasse nicht und auch nicht die Aufteilung der Gesellschaft in eine untere, mittlere und obere Klasse, aber sie verstand, was sie sah.

In der Handelsschule lernte sie Sue Corry kennen. Sue arbeitete auch in einer Fabrik, in der Abteilung für Strickwaren, und wollte dort heraus und vorankommen. Sie war genauso groß wie Bella und ebenfalls blond, aber sie hatte eine schicke Bubikopffrisur und trug hellen Lippenstift. Bella war fasziniert von ihr; sie wußte, sie würde sie nie zu sich nach Hause einladen können – Momma wäre schokkiert über ihr Äußeres –, aber sie brachte ja sowieso nie jemanden nach Hause. Sue war 18, ein Jahr älter als Bella, hatte Sommersprossen im Gesicht und ein breites offenes Lächeln. Bella verstand zwar nicht, wieso Sue sie leiden konnte, aber sie zog das Glück, eine Freundin gefunden zu haben, nicht weiter in Zweifel. Sue war es, die Bella fragte, ob sie Lust hätte, einen Einkaufsbummel zu machen.

Einen Einkaufsbummel? Was war das? Bella wollte ihre Unwissenheit nicht eingestehen und fragte deshalb nicht nach. Sue sagte, sie ginge so gern am Sonnabendnachmittag bummeln, und manchmal würde sie sich dann einen Luxus gönnen und Essen gehen. In einem Restaurant? Bella hauchte Zustimmung, ganz benommen von den glanzvollen Bildern in ihrem Kopf, und sie trafen sich am nächsten Sonnabend nach der Arbeit. Sie gingen zuerst um den Union Square, schauten in die Schaufenster von S. Klein und May und kleineren Geschäften. Sie gingen nirgendwo hinein, bis sie zu Woolworth kamen, und dort schlug Sue dann vor, zu Mittag zu essen.

Sie setzten sich an die Theke, und ein Mädchen reichte ihnen zwei fettige Speisekarten. Bella studierte ihre mit gespannter Aufmerksamkeit: Sie kannte nur ganz wenige der aufgeführten Gerichte, aber sie tarnte ihre Unwissenheit, indem sie so tat, als wähle sie aus. Kurz nachdem Sue verkündet hatte, sie wolle Speck, grünen Salat und Tomaten auf Weißbrottoast mit Kaffee, sagte Bella: «Das hört sich gut an. Ich denke, ich nehme das gleiche.» Das Mädchen brachte schon kurz darauf die Sandwiches und den Kaffee und stellte alles direkt vor sie hin. Bella schaute sich um, weil sie das Gefühl hatte, die Leute müßten sie beobachten und denken, was für smarte junge Frauen sie doch waren. Sie fühlte sich weitherzig und großmütig und voller Mitleid mit den armen Frauen, die in ihren schwarzen Mänteln, gebeugt unter der Last ihrer schweren Einkaufstaschen, dahinschlurften. Sie war eine moderne junge Frau, die in ein Restaurant essen ging! Sue und sie unterhielten sich über alles mögliche. Sue war ja so interessant! Sie hatte sogar einen Freund. Und sie wußte genau Bescheid über die neueste Kleider- und Frisurenmode und darüber, was die Filmstars in ihrem Privatleben für Menschen waren. Bella fragte sich, woher sie das wohl alles wußte. Aber sie fragte Sue nicht danach. Sie hörte nur zu und lächelte mit großen Augen.

Nach dem Essen, für das sie jede 25 Cent bezahlen mußten, bemerkte Bella, wie Sue ein paar Pennies auf der Theke liegenließ, und sie tat es ihr nach. Das Mädchen hinter der Theke kam zu ihnen hin, steckte die Münzen ein und lächelte sie beide an. Bella fühlte sich als große Dame. Das arme Mädchen, es schuftete für ein paar

Pennies! Dann spazierten Sue und sie durch das Kaufhaus, wobei sie hier und da an einem Verkaufstisch stehenblieben. Bella zog es zu einem großen Geviert aus Warenständern, in dessen Mitte ein Klavier stand, an dem ein Mann populäre Schlager spielte. Auf den Ständern zu allen vier Seiten waren stapelweise Notenblätter ausgelegt. Bella blieb eine ganze Weile stehen und hörte zu, das Herz voller Sehnsucht. Ach, wenn sie doch nur Klavier spielen könnte! Der junge Mann spielte wundervoll, dachte sie, und er glitt einfach fließend von einem Stück ins nächste hinüber. Nach einer ganzen Zeit kaufte Sue schließlich für 15 Cent die Noten zu «My Buddy». Bella spürte, daß Sue weiter wollte, und riß sich mühsam von dem Verkaufsstand los. Sie war froh, weil sie die Musik auch noch von den anderen Verkaufstischen hören konnte. Aber sie war auch nervös. Sie hatte das Gefühl, daß sie etwas kaufen müßte, verfügte aber nur über wenig Geld und hatte keine Vorstellung davon, was sie haben wollte. Schließlich fand sie ein Briefchen Haarnadeln für 7 Cent, das sie erwarb.

Auf dem Heimweg schwirrte ihr der Kopf. Sie ging allein nach Hause, weil Sue nahebei in der Bronx wohnte. Sie fühlte sich, als hätte man ihr Drähte in den Kopf, in die Arme und Beine eingepflanzt, die Impulse durch ihren Körper jagten. Alles war aufregend und interessant und wundervoll, ihr eröffnete sich eine neue Welt. Aber sie würde den Schritt in diese Welt nie allein gewagt haben: Sie brauchte dafür eine Freundin.

Die Ausflüge am Samstagnachmittag wurden zu einer festen Gewohnheit; die Freundinnen zogen mindestens zweimal im Monat gemeinsam los. Mit der Zeit wurden sie mutiger, und sie trauten sich in einige der Kleidergeschäfte, wo sie mit leicht hochmütiger Miene das Angebot musterten, als ob sie sich alles leisten könnten und sie lediglich nichts völlig befriedigte. Und tatsächlich sah Bella kaum je etwas, das sie gern gehabt hätte. Momma schneiderte all ihre Kleider, die viel hübscher waren als das, was es in den Geschäften gab. Sie besaß Kombinationen aus zueinander passendem Kleid und Mantel in Marineblau und Beige, außerdem zwei Faltenröcke und einen engen Rock mit einer Kellerfalte und Knöpfen darüber.

Sie bummelten stadteinwärts, entlang der Fifth oder der Madison Avenue, und schauten sich die Schaufenster der wirklich teuren Geschäfte an. Sie fanden zwar nie den Mut, dort hinein zu gehen, aber sie bestaunten mit Ohs und Ahs die exquisiten handbestickten

Satinmorgenmäntel, die Bettjacken und Schlüpfer, die Kaschmirpullover und die perlenbesetzten Kleider, die über dem Knie aufhörten. Manchmal schlenderten sie aber auch nur einfach durch die Gegend. Sie kamen an großen Hotels vorbei, dem McAlpin und dem Waldorf. Sue hatte eine Freundin, die schon einmal ins Waldorf zum Tee ausgeführt worden war, und sie hatte erzählt, daß es traumhaft war, mit richtigen Palmen, mitten im Raum! Bella fragte sich: Tee im Waldorf! Wie muß das wohl sein? Aber Sue meinte, selbst wenn sie genug Geld hätten, könnten sie trotzdem nicht hinein, weil ein Mann einen dorthin ausführen mußte. Bella konnte so vieles von Sue lernen. Sie gingen oft Arm in Arm und schmiegten sich aneinander, auch wenn Bella dabei ein wenig unbehaglich war und sie immer ein wenig abrückte. Aber Sue war sehr herzlich, und sie legte sogar ihre Hand auf Bellas Arm, wenn sie mit ihr sprach.

Bei einem dieser sonnabendlichen Stadtbummel schlug Sue vor, bei Schrafft zu essen. Schrafft! Mit den goldenen Lettern vorn an der Scheibe und den Markisen – welche Eleganz – und richtige Tische und Stühle! Bella, voller Wagemut und zu allem bereit, umklammerte ihre Handtasche fester und erklärte sich einverstanden. Sie setzten sich an einen Tisch und bestellten Geflügelsalat auf Toast und Kaffee. Es war gar nicht so teuer, es kostete nur 35 Cent. Bella merkte, daß Woolworth gar nicht so großartig war – nur eine Imbißbar. Schrafft war ein richtiges Restaurant, und jetzt war sie wirklich eine junge Dame von Welt.

Als sie wieder mal zusammen beim Kaffee saßen, fing Sue an, über Religion zu reden. Sie sagte, ihre Mutter sei sehr fromm und gehe jeden Tag zur Kirche. Sie selbst sei zwar gläubig, aber das finde sie doch übertrieben. Was Bella dazu meinte.

Bella wußte es nicht.

«Du bist doch katholisch, oder?»

«Ja, ich denke schon.»

«Du denkst schon! Hast du nicht den Leib des Herrn empfangen?»

«Den Leib des Herrn?»

«Die heilige Kommunion! Du mußt sie doch empfangen haben!»

In Bellas Kopf tauchte eine vage Erinnerung auf an ein weißes Kleid, an weiße Seidenstrümpfe und einen Blumenstrauß, damals in ihrem alten Leben, ehe Poppa... «Natürlich. Und mein Vater war eng mit unserem Priester befreundet...», setzte sie an.

Das gefiel Sue. Sie beugte sich vor, übers ganze Gesicht strahlend. «Ich *wußte,* daß du katholisch bist. Ich habe es meiner Mutter schon gesagt. Sie mag nicht, daß ich mich mit Leuten abgebe, die nicht katholisch sind.»

Bella sah sie einfach nur an.

«Und du bist doch sicher auch gefirmt», fuhr Sue fort.

Bella schüttelte den Kopf.

«Aber Bella, du bist doch 17! Du müßtest mit 12 oder 13 zur Firmung gegangen sein!»

Bella saß mit offenem Mund da. «Mein Vater ist gestorben», sagte sie schließlich.

Das war eine Begründung, die Sue verstehen konnte. «Ach so. Natürlich. Aber du mußt die Firmung erhalten.» Dann sprach Sue lange mit leiser und eindringlicher Stimme über die heiligen Sakramente, die Gesetze der Kirche und das Seelenheil. Wenn man nicht zu den geretteten Seelen gehörte, erklärte sie, mußte man, wenn man starb, mit den Sündern und Nicht-Katholiken zur Hölle fahren und im ewigen Feuer schmoren.

Bella war entsetzt. Wie konnte es sein, daß Sue, die doch erst 18 war, alle diese Dinge wußte und Momma mit ihren 40 Jahren nicht? Warum mußte sie alles, was sie im Leben lernte, von ihren Freundinnen erfahren? Warum kümmerte sich Momma nicht darum, was mit ihrer Seele geschah? Wollte Momma, daß sie in die Hölle kam? Ach, was hatte sie nur für ein Zuhause! Einen Ort zum Schlafen, Essen und Kartenspielen. Mehr nicht. Sie hatte noch nie irgend etwas zu Hause gelernt, nicht das geringste. Ohne ihre Freundinnen hätte sie ewig in ihrer Unwissenheit und Dummheit dahinleben können. Bella hörte kaum zu, während Sue ihr die Qualen der Hölle schilderte: Sie dachte, daß sie besser wußte, wie die Hölle aussah, und daß sie bereits mehrere Jahre dort verbracht hatte. Wenn sie gefirmt worden und, wie Sue sagte, der Gnade Gottes teilhaftig geworden wäre, dann wäre ihr das alles vielleicht erspart geblieben.

Bella drückte Sues Hand und versprach, zum Katechismusunterricht zu gehen. Sue strahlte vor Freude über die Früchte ihrer Missionstätigkeit, die Erhebung ihrer Freundschaft auf eine neue Ebene, wo das Licht Gottes um sie leuchtete. Sie erklärte Bella, sie wolle sie mit einem Priester bekannt machen, der seine Gemeinde in der Gegend hatte, wo sie beide arbeiteten – sie schaute manchmal am Beichttag in seiner Kirche vorbei, sagte sie. Er würde Bella unterweisen. Und bald darauf ging Bella jeden Dienstagabend ins Pfarrhaus, um sich von Pater Ambrose die Katechismusfragen abhören zu lassen, die sie die Woche über zu lernen aufgehabt hatte. Bella lernte brav, aber es waren alles nur Worte für sie. Sie kam sich wieder dumm vor: sie verstand einfach nicht, was es mit dem Heiligen Geist auf sich hatte, was Gnade war oder Sünde. Wie konnte ein Baby schon mit einer sündenbefleckten Seele zur Welt kommen?

Trotzdem ging sie im Frühjahr 1922, nachdem sie achtzehn geworden war, im weißen Kleid zur Kirche, wo sie sich hinter fünfzig zwölfjährigen Kindern anstellte (wieder als die Größte weit und breit, dachte sie grimmig, um dann aber doch Sue dankbar zu sein, daß ihre Seele überhaupt errettet worden war). Sie spürte, wie der Bischof ihr die Hand auf den Kopf legte, und sie gab sich Mühe, zu fühlen, wie der Heilige Geist über sie kam. Und als sie nichts fühlte, schob sie es darauf, daß sie einfach zu dumm war, um mitzubekommen, was ihr geschah.

Sue kam mit ihrem Freund zu Bellas Firmung, und hinterher führte er sie beide in ein Hotel aus, wo er ihnen ein festliches Frühstück spendierte – mit Eiern, Speck, Orangensaft und Sekt! Bella hatte noch nie Sekt getrunken, und sie entschied, daß Gefirmtsein und Sekttrinken eindeutig hieß, daß sie jetzt wirklich und wahrhaftig erwachsen war.

Andy, Sues Freund, mochte Bella, die in seiner Anwesenheit schüchtern war und die meiste Zeit einfach nur lächelte. Und Sue liebte Bella, als deren Seelenretterin sie sich fühlte. Die beiden luden sie für einen Sonnabend ein, mit ihnen in den Cotton-Club zu gehen, den berühmten Nachtclub in Harlem. Aufgeregt erklärte Bella Momma, daß sie ein neues Kleid brauchte, ein ganz besonders schickes. Bella suchte den Stoff aus, melonenfarbenen Chiffon, und Momma machte ihr ein Kleid mit schmalen Trägern und geradem Oberteil und einem Rock aus vielen verschieden langen, übereinander drapierten Lagen Stoff. Und Bella verwandte ihre letzten Ersparnisse darauf, sich ein paar seidene Schuhe mit hohen Absätzen und Riemchen zu kaufen und sie sich passend zum Kleid färben zu lassen. Als zusätzliche Überraschung schneiderte

Momma ihr einen seidenen Mantel, nur wenige Nuancen dunkler als das Kleid. Und so ging Bella in den Cotton-Club.

«Ach, ich war ja so ein dummes Ding», sagt meine Mutter abscheuerfüllt. «Ich wußte nicht, wo ich war. Ich muß immer geträumt haben. Da hatte ich all diese Gelegenheiten – sie nahmen mich viele Male mit in den Cotton-Club, ich konnte die ganzen großen Musiker hören, Duke Ellington und Count Basie und... ach, alles, was Rang und Namen hatte. Und ich wußte nicht einmal, was ich da hörte, ich bekam es überhaupt nicht mit!»

Ich will gerade eine Ellington-Platte auflegen. Ich höre immer ganz laut Musik, wenn ich putze, und es ist wieder einmal Zeit für das halbjährliche Großreinemachen. Schuhe und Unterwäsche von den Kindern liegen überall im Wohnzimmer verstreut, und auf allen erdenklichen Ablageflächen stapeln sich irgendwelche Papiere von mir. Es gibt keinen Platz mehr zum Sitzen, weder hier drinnen noch in der Küche, und es läßt sich nicht länger leugnen, daß ich etwas unternehmen muß. Da höre ich die unsicheren Schritte draußen auf dem Gehweg. Ich spähe aus dem Vorderfenster, und da ist sie, mühsam auf ihren hohen Absätzen den Gehweg entlangstaksend. Gerettet, kein Hausputz! Ich sammle hastig ein paar Stapel von irgendwelchen Sachen ein und deponiere sie auf anderen Stapeln, damit es ein bißchen Platz zum Sitzen gibt, gehe in die Küche und setze Teewasser auf. Sie braucht lange, um die Treppe bis zu meiner Wohnung hinaufzusteigen. Ich bin schon ganz zapplig und muß gegen den Impuls ankämpfen, hinauszulaufen und ihr zu helfen. Endlich ist sie oben, außer Atem, ärgerlich, ganz rosa im Gesicht. «Diese Treppen!» Sie kommt herein und macht es sich bequem. Ganz im Gegensatz zu meiner Ex-Schwiegermutter stört sie sich nicht an meiner chaotischen Haushaltsführung. Sie beschwert sich aber über die Musik. Ich stelle die Platte ab, stecke sie weg und bemerke dabei: «Ich dachte, du magst Duke Ellington», und prompt legt sie los mit der Geschichte vom Cotton-Club, die ich schon Dutzende von Malen gehört habe. Sie läuft auf das gleiche hinaus wie immer: Ihr damaliger musikalischer Unverstand ist eine der vielen Quellen von Trauer über ihr Leben; Trauer ist alles, was davon geblieben ist. Zum erstenmal frage ich mich warum.

Im Frühjahr 1923 schloß Bella ihren Handelsschulkursus ab. Sie befand, daß sie es mit einem Zeugnis in der Tasche, das ihr eine erfolgreich abgeschlossene zweijährige Ausbildung bescheinigte, nunmehr wagen konnte, sich nach einer Arbeit in einem Büro umzutun. Allerdings war ihr dabei ziemlich ängstlich zumute. Ihre bisherigen Arbeitsstellen hatte Momma ihr besorgt, indem sie Bella den Vorarbeitern vorgestellt hatte, die mit Momma zufrieden waren und kopfnickend gemeint hatten: «Aha. Ihre Tochter also, Mrs. Brez, dann ist sie ja sicher ein fleißiges Mädchen», und Bella hatte gelächelt und eine Andeutung von Knicks gemacht. Der Gedanke, sich ganz allein in eine Welt zu trauen, die sie noch nie betreten hatte, machte ihr schreckliche Angst, und sie schob es immer weiter hinaus. Der Sommer kam spät in jenem Jahr, es war bis in den Juni hinein unwirtlich kalt. Sue hatte Andy geheiratet. Sie hatten eine hübsche Wohnung in der Bronx, mit einem Wohnzimmer und einer nagelneuen Schlafzimmereinrichtung. Bella hatte sie einmal besucht und ihnen einen bestickten Tischläufer und Servietten mitgebracht, und Andy hatte eine Flasche Sekt aufgefahren. Seither hatte sie Sue nicht mehr gesehen, denn diese hatte die Handelsschule aufgegeben und war jetzt schwanger.

Die Wochenenden waren öde und die Abende ebenfalls, seit sie nicht mehr zur Schule ging. Die Jungen schienen auch nichts Rechtes mit sich anzufangen zu wissen. Alle in der Familie arbeiteten, und alle kamen bei der Arbeit gut zurecht, außer Wally, dem es schwerfiel, sich auf einem Arbeitsplatz zu halten – er lernte Elektriker –, und alle gaben den größten Teil ihres Lohnes an Momma ab. Bella bekam nach wie vor nur 50 Cent Taschengeld am Tag, genau wie Eugenia; die Jungen dagegen bekamen mehr, das wußte sie. Eddie hatte darauf bestanden, daß Mama ein Bankkonto eröffnete und Geld hinbrachte. Jede Woche prüfte er den Kontostand, um ihn den anderen befriedigt zu verkünden. Sie hatten inzwischen 118,42 Dollar auf dem Konto.

Eines Abends kam Eddie spät nach Hause, und er brachte einen Fotoapparat mit. Es war ein kleiner, rechteckiger Kasten. Wenn man ihn öffnete, kam eine Art Nase heraus, mit Ziehharmonikafalten auf allen vier Seiten. Am folgenden Sonntag wollte Eddie unbedingt, daß sie alle ihre besten Kleider anzogen, um sich von ihm fotografieren zu lassen. Bella trug ihr schwarzes Satinkleid mit den weißen, rosengemusterten Aufschlägen, Eugenia ein blaues Chiffonkleid mit Plisseefalten, Wally Knickerbocker und eine Golfmütze (obgleich er noch nie einen Golfplatz auch nur gesehen hatte) und Eddie seinen neuen, langen, dunkelbraunen Wintermantel mit dem Pelzkragen. Sogar Momma zog ihr bestes Kleid an. Er scheuchte sie alle hinauf aufs Dach ihres Hauses, stellte sie vor dem Schornstein auf und machte eine ganze Serie von Aufnahmen. Dann stellte er sich zu ihnen, nachdem er seinen Freund Oscar Ball, der gerade zu Besuch war, gebeten hatte, sie alle zusammen zu fotografieren. Natürlich konnten sie die Bilder nicht sofort sehen, und sie warteten alle gespannt und aufgeregt darauf, daß sie das Wunder endlich zu Gesicht bekämen. Es dauerte zwei Wochen, bis die Aufnahmen von dort, wo Eddie sie hingeschickt hatte, wieder zurückkamen und er sie stolz der Familie vorlegen konnte. Und tatsächlich, da waren sie alle: vier junge Leute und eine Mutter, allesamt weit älter aussehend, als sie waren, auf dem geteerten Dach vor der dunklen Backsteinmauer des Kamins, und hinter ihnen, so weit das Auge reichte, Dächer und Mauern von Mietshäusern. Eddie lachte und hörte gar nicht wieder auf. Bella verstand nicht, warum er lachte. Dann schrieb er mit Bleistift über das Bild: GROSS IN SCHALE, ABER WOFÜR?

Bella war unruhig. Es wollte noch immer nicht Sommer werden. Im Sommer konnten sie wenigstens alle vier mit ihren Freunden nach Rockaway fahren und den ganzen Tag am Strand zubringen. Sie wußte, daß es höchste Zeit war, den Schritt zu tun, den sie sich vorgenommen hatte, aber sie war wie gelähmt. Eines Samstags, als sie Sue wieder einmal vermißte, kam ihr der Gedanke, die Kirche aufzusuchen. Vielleicht würde Gottes Gnade ihr ja Kraft geben. Sie war seit ihrer Firmung nicht mehr in der Kirche gewesen.

Sie betrat das Gotteshaus schüchtern, weil sie sich an diesem Ort fremd fühlte. Die Kirche war zu dieser Zeit, samstags nachmittags um fünf Uhr, fast leer. Nur einige wenige Menschen saßen in der Nähe der Beichtstühle zu beiden Seiten des Kirchenschiffs in den Bänken und warteten, daß sie an die Reihe kämen. Ein paar standen vor den Beichtstühlen an. Bella ging ganz nach vorn, dorthin, wo die Kerzen flackerten, und schaute hinauf zu der Statue der Heiligen Jungfrau und der großen mageren Gestalt des Christus am Kreuz gleich beim Altar. Sie kniete sich in eine der vorderen Bänke und beugte den Kopf. Aber dann wußte sie nicht mehr weiter. Während sie so dasaß, bemerkte sie, wie sich vor ihr etwas bewegte. Ein paar

Bankreihen weiter zum Altar hin kniete eine Frau mit gesenktem Kopf. Sie war so klein und so tief vornübergebeugt, daß Bella sie noch gar nicht wahrgenommen hatte. Als sie ihr Gebet beendet hatte, richtete sich die Frau ein wenig auf, und Bella stockte das Herz. Momma. Es war Momma. Die Frau stand auf, zwängte sich aus der Bankreihe heraus und drehte sich dann um, um den Gang entlang zu gehen. Ihr Gesicht war verquollen und naß, und sie hielt beim Gehen den Kopf gesenkt. Es war nicht Momma. Aber die Frau sah genauso aus wie sie – die gleiche Erschöpfung in Haltung und Gang, die gleiche Gebrochenheit im Gesicht. Bella war ganz verstört. Wenn es nun Momma gewesen wäre?

Sie hätte es nicht ertragen, wenn ihre Mutter die Knie vor eben den Mächten gebeugt hätte, die ihr junges Leben unwiderruflich zerstört und verdorben hatten. Es hätte sie empört, wenn ihre Mutter in die Kirche gegangen wäre, um zu beten und um Vergebung zu bitten. Vergebung wofür? Welche Sünde hatte Momma je begangen? Natürlich, sie war oft böse auf Bella, aber doch nur deshalb, weil sie, Bella, so dumm war. Bilder stiegen in ihr auf: Momma, wie sie tränenerstickt im Dienstzimmer der Frau saß, die ihr die Kinder wegnehmen wollte; Momma, wie sie unter der Lampe nähte und ihr Kopf auf den Tisch fiel, während ein Schmerzensschrei aus ihr hervorbrach. Und jene Nacht, als sie heimlich aufgestanden war und durch die Ritze bei der Küchentür gelinst hatte und Poppa gesehen hatte, wie er gerade den Rasierriemen von hoch oben auf Wallys kleines Hinterteil hatte sausen lassen. Und Wally, erst fünf, noch ein Kleinkind, wie er schrie, während Eddie in einer Ecke vor sich hinschluchzte. Und ganz im Hintergrund sie selbst, eine Statue, eine zu Stein erstarrte Gestalt, die allem zusah. Was hatte Gott, wenn es ihn gab, ihrer Familie je an Barmherzigkeit, Gerechtigkeit oder Güte widerfahren lassen?

Sie hob den Kopf und schaute sich um. Die Menschen hatten sich verlaufen. Vor dem einen Beichtstuhl standen noch ein paar Leute an, aber beim anderen war niemand mehr. Während sie gerade dorthin sah, öffnete sich die Tür auf der Priesterseite, und der Priester trat gähnend und rot im Gesicht heraus. Sein enormer Bauch wölbte die Soutane, und er schritt langsam den Gang zum Altar hinab. Als er näherkam, bemerkte Bella, daß er die gleichen feinen roten Äderchen auf der Nase und auf den Backen hatte, wie Father Stefan sie gehabt hatte. Sie sah das Bild vor sich, wie der Priester gelacht hatte, als Poppa sich auf der Straße hatte übergeben müssen.

Sie erhob sich ein wenig schwankend. Wie konnten diese Männer, die doch auch nur Männer wie Poppa waren, wissen, was gut war und was böse? Hatte Poppa gewußt, was gut war? Wußte es überhaupt ein Mann? Irgendeiner von diesen Männern, die kleine Kinder schlugen, selbst Momma, die doch eine Heilige war. Sie schob das Kinn vor und verließ die Kirche. Ein paar Minuten lang fühlte Bella zum erstenmal in ihrem Leben Wut in sich. Es ging rasch vorbei, sobald sie die düstere dumpfige Kirche hinter sich gelassen hatte und wieder auf der Straße unter Menschen war. Aber es veränderte sie irgendwie. An jenem Nachmittag faßte sie den Entschluß, das zu tun, was sie sich schon so lange wünschte.

Sie wartete bis zum nächsten Sonnabend. Der Sommer war endlich gekommen, und die Luft über der Stadt war warm und feucht. Die Männer trugen ihre Jacketts über dem Arm, und die Frauen fächelten sich in der Straßenbahn mit ihren Taschentüchern Luft zu. Sie hatte sich den Salon schon vor langem ausgesucht, als sie mit Sue herumgebummelt war und überall in die Schaufenster geschaut und die Angestellten bei der Arbeit geobachtet hatte. Sie hatte darauf geachtet, wie die Frauen aussahen, wenn sie fertig waren, und sich schließlich für den Salon Alicia entschieden. Er lag nur ein paar Häuserblocks von ihrer Arbeitsstelle entfernt, und sie hatte Eugenia gesagt, sie wolle sich nach Feierabend noch mit einer Freundin treffen. Sie blieb einen kleinen Moment vor der Tür stehen, gab sich dann einen Ruck und marschierte geradewegs hinein.

«Ich möchte einen Bubikopf», sagte sie.

Bellas Haar war noch nie geschnitten worden. Wenn es offen herabhing, konnte sie sich daraufsetzen. Es war hellblond und wellig, und Bella mußte es jeden Morgen lange bürsten und anschließend kämmen, um die Knötchen zu lösen. Dann faßte sie es am Hinterkopf mit einer Spange zusammen, auf der sie eine große Schleife befestigt hatte. Aber sie fand, es war eine Kleinmädchen-Frisur. Und sie war jetzt erwachsen. Manchmal steckte sie es mit Haarnadeln zu einem großen Knoten auf, aber es dauerte nicht lange, bis sich die Nadeln lockerten und herausfielen und die Frisur sich auflöste. Und wenn sie ganz viele Nadeln nahm, dann tat es ihr im Lauf des Tages weh. Außerdem hatten all die Frauen in den Zeitschriften und Filmen kurze, glatte Bubikopffrisuren und glitzernde Stirnbänder und schwarz umrandete Augen. Das war *chic:* Bella fühlte eine Woge von Stolz in sich aufwallen, weil sie dieses Wort kannte und sogar wußte, wie es richtig ausgesprochen wurde.

Ihr Haar rieselte rings um sie herum in langen Strähnen zu Boden, und es versetzte ihr einen Stich. Da lag es nun, und sie sah es an, als wäre es ein Teil ihres Körpers, den man ihr soeben amputiert hatte. Aber als Alicia ihr Werk vollendet hatte, saß Bella entzückt vor dem Spiegel. Das war nicht Bella, das war ein ganz neuer Mensch, der sie da ansah, eine moderne und schicke Person. Die kleine Polska, das unwissende Einwanderermädchen, das in der Fabrik arbeitete, war spurlos verschwunden. Sie stand ganz benommen auf und bezahlte Alicia mit dem über Monate zusammengesparten Geld. Dann ging sie, noch immer benommen, ziellos durch die Straßen und in einer Anwandlung von Tollkühnheit in einen kleinen Hutladen, wo sie mit ihrem restlichen Geld einen glockenförmigen schwarzen Strohhut mit einer kleinen Schleife an der Seite erstand.

Als sie zu Hause ankam, waren alle da, und Momma stellte gerade die Schüsseln mit Essen auf den Abendbrotstisch. Sie trat ins Zimmer, Wally sah von seiner Zeitung auf und gab einen ausgedehnten Pfiff von sich. Daraufhin drehte sich auch Eddie, der am Tisch saß und mit seiner Briefmarkensammlung beschäftig war, zu ihr um. «Hui!» sagte er, und Eugenia, die mit einer Schüssel Kartoffelbrei hinter Momma stand, starrte nur mit ängstlicher Miene auf Bella. Momma schrie gellend: «AAAAh! Was hast du getan!»

Bella lächelte unsicher. Momma schrie wieder los. Dann fiel sie auf polnisch über Bella her. «Du bist nicht mehr meine Tochter. Meine Tochter läßt sich nicht die Haare abschneiden. Kein anständiges Mädchen tut so etwas. Es ist ein Skandal, eine Sünde, eine Schande. Schämst du dich nicht, wie kannst du es wagen, so mein Haus zu betreten. Eine Schlampe von der Straße, die läuft so rum, aber nicht meine Tochter...» Momma schimpfte noch eine ganze Zeit so weiter. Dann knallte sie die Platte mit Schmorbraten, die sie in Händen hielt, auf den Tisch, um wieder in der Küche zu verschwinden. Eugenia lächelte Bella flüchtig zu, setzte die Kartoffelbreischüssel sachte auf dem Tisch ab und folgte Momma in die Küche. Bella konnte Momma draußen schreien und schimpfen hören. Wally stand auf und kam zu Bella: «Du siehst klasse aus, Kleines», sagte er in seinem großspurigen Lebemannsjargon, aber sie wußte, er meinte es gut, und lächelte ihn dankbar an. Eddie betrachtete sie immer noch. «Momma wird schon darüber hinwegkommen, Bella», sagte er freundlich.

Aber Momma kam an dem Abend nicht wieder an den Tisch zurück, und die Geschwister aßen bedrückt ohne sie. Nach dem Essen räumten sie den Tisch ab, und die Mädchen spülten das Geschirr, und dann spielten sie alle am Tisch Pinokel. Aber Momma kam immer noch nicht aus ihrem Zimmer. Ab und zu ging Eugenia hinüber ins Schlafzimmer, das sich die drei Frauen teilten, um nach Momma zu sehen. Wenn sie wiederkam, sagte sie jedesmal nur: «Alles in Ordnung.»

Vor Anspannung fingen sie an, zu albern und zu kichern, und es dauerte nicht lange, und sie lachten richtig und hatten großen Spaß. Und mittendrin sah Bella die Geschwister an und sagte: «Und noch etwas. Ich bin jetzt nicht mehr Bella. Wenn jemand Bella zu mir sagt, werde ich einfach nicht mehr reagieren. Ich heiße ab heute Belle!»

3 Momma sprach zwei Wochen nicht mit Belle, und als sie wieder anfing, klang sie verletzt. Frances hatte die Schlacht gewonnen, aber den Krieg verloren. Sie hatte die Familie trotz allem zusammengehalten, die Kinder wieder unter ihrem Dach vereint, nur um sie jetzt an Amerika zu verlieren. Verwirrt, verletzt und hilflos ergab sie sich jetzt immer mehr der Verwandlung in die alte Frau, als die ich sie als Kind erlebte – sie war erst 47, als ich geboren wurde, jünger als ich jetzt bin, und 62, als sie starb. Nicht sehr alt, nach unseren Maßstäben. Aber sie war mit 45 bereits alt und gebeugt.

Mit ihrem Bubikopf und ihrem neuen Namen gerüstet, begab sich Belle auf Arbeitssuche und fand eine Anstellung beim Verlagshaus Crowell in der Registratur. Sie mußte sich mit weniger Geld zufriedengeben – für Frances ein zusätzlicher Anlaß zur Empörung, auch wenn diese den Kampf weitgehend aufgegeben hatte –, aber sie durfte in einem prächtigen Gebäude mit einer Eingangshalle aus Marmor und mit Aufzügen arbeiten. Den ganzen Tag saß sie in einem großen Raum mit vielen Schreibtischen, wo es hell war und wesentlich weniger laut als in der Fabrik, weil man nur das Klappern der Schreibmaschinen hörte und nicht mehr das ständige Rattern von Nähmaschinen. Gerade wegen ihrer Schwerhörigkeit litt Belle enorm unter Lärm, weil sie dann buchstäblich nichts mehr heraushören konnte. Sie sah sich um und fand sich umgeben von lauter modernen Frauen, wie sie eine war, und seufzte befriedigt. Sie gehörte jetzt zur Mittelschicht. Sie war gerettet.

In jener Zeit ging sie jeden Mittag mit den anderen Mädchen aus dem Büro in den Rexall-Drugstore essen. Inzwischen wußte sie, ob sie Geflügelsalat wollte oder lieber Toast mit Käse und Tomaten. Sie brütete nicht mehr ewig über der Speisekarte, sondern bestellte gleichzeitig mit allen anderen und schwatzte munter drauflos, über das Büro und über Kleider und Filmstars, genau wie alle anderen auch. Und nach dem Kaffee zog Lillian Gutman, die keckste von ihnen, die immer freche Sachen über ihre Vorgesetzten sagte und die anderen zum Lachen brachte, ihre Zigaretten hervor, von denen sie allen anbot. Belle nahm eine und rauchte sie bis auf einen kurzen Stummel, wobei sie sich mit glänzenden Augen umsah, ob die Leute die smarten jungen Frauen bemerkten, die essen gingen und lachten und rauchten. Ein paar Monate lang fühlte sie sich großartig: Sie war jetzt eins von den Mädchen, die sie damals in der Volksschule immer beneidet hatte, munter und fröhlich, weltgewandt und gut angezogen. Sie wußte, worauf es ankam, wenn man dazugehören wollte.

Die Arbeit selbst war allerdings schrecklich öde. Es war sogar noch schlimmer als in der Fabrik, denn beim Ablegen durfte man nicht träumen, weil man sonst einen Fehler machte, während man eine Nähmaschine bedienen konnte, ohne dabei zu denken. Zudem verdiente sie weniger, gab aber mehr aus, denn für das Essen jeden Mittag ging ihr ganzes Taschengeld drauf. Sie hatte kein Geld, um sich Schuhe zu kaufen oder sonst irgend etwas, kein Geld, um sonntags auszugehen. Sie mußte Momma ständig um Geld bitten, und auch wenn sie ihr immer welches gab, mußte Belle doch dazu einen Blick in Kauf nehmen, in dem grimmige Verachtung lag. Sie konnte dann hören, was Momma nicht aussprach: «Da hast du es. Habe ich es dir nicht gesagt?»

Sie erzählte deshalb Momma nichts, als ihr Gehalt nach sechs Monaten um eineinhalb Dollar erhöht wurde. Den ganzen Heimweg über quälte sie sich mit der Entscheidung. Einerseits hätte sie gern ein bißchen damit geprahlt, um Momma zu zeigen, wie gut sie in der fremden Welt vorankam, ihr zu beweisen, daß sie immer noch ein fleißiges Mädchen war. Aber sie konnte es nicht ertragen, wie Momma sie immer ansah. Sie sagte sich, daß die Jungen viel mehr von ihrem Lohn behalten durften als sie und Eugenia. Und außerdem brauchte sie jetzt Geld für Zigaretten. Sie kauften inzwischen reihum welche und boten sie dann an – weil es nicht fair war, wenn sie immer die von Lillian rauchten. Also mußte Belle auch welche mitbringen. So argumentierte sie mit sich – und sie gewann. Die anderthalb Dollar wanderten jede Woche heimlich in ein besonderes Fach ihres Geldbeutels.

Und schon bald kam auch Eugenia mit einem Bubikopf heim. Momma weinte und schrie wieder, aber mit Euga war sie nie so streng wie mit Bella, und der schlimmste Schock legte sich bald wieder. Dann, kurz darauf, erklärte Euga, sie wolle jetzt auch modern sein und in Zukunft Jean genannt werden. Die Jungen machten bei alledem freudig mit: Es gefiel ihnen, moderne, smarte Schwestern zu haben. Nur Momma nannte ihre Töchter stur weiterhin Bella und Genya. Aber nachdem die beiden Schwestern sie eine Weile bearbeitet und ihr Bilder von modernen jungen Frauen in Modezeitschriften gezeigt hatten, hörte sie nicht nur ganz auf zu protestieren, sie schneiderte ihnen sogar Kleider mit kurzen Rökken.

«Ihr Mädels seid richtige Flapper!» krähte Wally.

An einem Sonntag, kurz vor Ostern 1924, bekam die Familie überraschend Besuch. Man kündigte sich damals nicht telefonisch an, weil die wenigsten Leute ein Telefon besaßen, und man schrieb auch nicht. Man setzte sich einfach in die Straßenbahn oder den Zug, stieg ein paarmal um und fiel bei den Verwandten ein. Das war einer der Gründe, warum das sonntägliche Mittagessen immer so üppig ausfiel: man wußte nie, ob nicht plötzlich noch jemand kommen würde.

Der Besuch bestand aus Mommas Schwester Mamie, die erst wenige Jahre zuvor geheiratet hatte, ihrem Neugeborenen und ihrer älteren Tochter sowie ihrem Mann, einem *Künstler*! Bella war noch nie einem Künstler begegnet und betrachtete nun ehrfürchtig diesen großen, dünnen, gutaussehenden Mann mit dem wohlgeformten Schnurrbart, der sich in ihrer Wohnung bewegte, als gehöre ihm das ganze Haus, und, genau wie Poppa, so redete, als verstünde nur er allein etwas von den Dingen, über die er sprach. Er war ein richtiger Künstler: Im Metropolitan-Museum, so flüsterte Mamie Momma zu, standen Skulpturen von ihm.

Mamies Mann hieß Jan Sokolowski und hatte ein bißchen Ähnlichkeit mit Poppa. Er trank gern Wein und hatte eine Flasche mitgebracht, und er liebte Gesellschaft und Gespräche. Er mochte Belle, die sich so geschmeichelt vorkam, daß ihr Gesicht sich die ganze Zeit glühend anfühlte, während er da war. Er behandelte sie wie einen erwachsenen Menschen – er fragte sie nach ihrer Arbeit, was sie zu tun hatte und wie es ihr gefiel. Belle antwortete ihm schüchtern. Sie war stolz darauf, wo sie arbeitete, und dankbar, daß sie nicht sagen mußte, in der Fabrik, aber sie war nicht stolz auf die Arbeit, die sie machen mußte.

«Und es gefällt dir dort, Isabelle, hm?» fragte er auf polnisch. Die ganze Familie sprach polnisch.

Bella wurde rot und starrte ihn an. «Es ist nicht schlecht. Ich wünschte mir nur ... ich würde gern ... ich glaube, ich wäre glücklicher, wenn ich etwas mehr Künstlerisches tun könnte.»

Eine von Sokolowskis expressiven Brauen wölbte sich in die Höhe. «Warum kommst du nicht zu mir ins Atelier und arbeitest dort? Es ist ein Atelier für Innendekoration, und es gibt dort jede Menge Künstler.» Und er lachte laut und anhaltend.

Ein weißer Glanz breitete sich in Bellas Kopf aus. «Innendekoration!» hauchte sie, wobei ihr die Geschäfte vor Augen standen, die sie in der Madison Avenue gesehen hatte. «Was würde ich da machen?»

«Du würdest schöpferisch arbeiten, Lampenschirme herstellen. Das ist ein prima Handwerk, aber nur für jemanden, der künstlerisch begabt ist.»

Am folgenden Montag kündigte Belle, und zwei Wochen später fing sie bei Ostrowsky an. Das Geschäft lag in Midtown Manhattan, nicht weit von der Madison Avenue entfernt. Es hatte eine Glasfront, hinter der lauter schöne Dinge ausgestellt waren – Möbel und Lampen, Kissen und Tagesdecken, kleine Kästchen und jede Menge Bilder. Auf dem Boden lag ein dicker Teppich, und alles im Fenster sah teuer aus. Aber Sokolowski führte Belle durch einen zweiten Eingang hinein, durch den man direkt nach hinten kam. Hier befand sich ein riesiger Raum, der in zwei Teile aufgegliedert war. Auf der einen Seite standen fünf oder sechs Männer vor Staffeleien und malten. Ihre Bilder sahen alle ziemlich ähnlich aus, aber Belle erschienen sie wundervoll. Es waren Landschaften und Stillleben und manchmal auch schöne rosafarbene Frauen mit Sonnenschirmen und von Kindern umgeben. Hier arbeitete Sokolowski.

Sokolowski machte eine schwungvolle Armbewegung: «Eine Malfabrik!» sagte er, um wieder in ein anhaltendes, lautes Lachen auszubrechen. Belle sah keinen Grund, weshalb es nicht für Gemälde ebensogut eine Fabrik geben sollte wie für alles andere auch, und sie verstand nicht, worüber er lachte. Aber sie lächelte. Sie hatte keine Angst vor Sokolowski, den sie immer Pan Sokolowski nannte, obgleich er ein angeheirateter Onkel von ihr war oder ein Vetter oder so etwas – sie wußte es nicht genau. Sie sah zu ihm auf, wie sie zu ihrem Vater aufgesehen hatte, aber sie war sich sicher, daß er niemals seine Kinder oder seine Frau schlug und sie bestimmt auch nie schlagen würde. Noch immer voller Heiterkeit, führte Jan Belle um die Stellwand herum in den zweiten Raum, wo an zwei langen Tischen junge Mädchen auf hohen Hockern saßen und Lampenschirme machten. Belle betrachtete die fertigen Produkte: Schirme aus heller naturfarbener Seide, aus ringsherum gefälteltem weißem Organdy, aus Rohseide mit Bordüren aus winzigen rosa Röschen: sie waren wunderschön! Wie gern würde sie auch solche Schirme herstellen, und außerdem, wie sich das anhörte, wenn man sagen konnte, man arbeite bei einem Geschäft für Innendekoration!

Belle lernte die Kunst des Lampenschirmemachens rasch. Zuerst mußte sie die Metallstreben des Rahmens mit einem weichen Unterpolster überziehen und dieses mit ganz kleinen, gleichmäßigen Stichen fest annähen. Dann kam der Stoffüberzug. Wenn er aus Seide war, mußte er so um den Rahmen gelegt werden, daß er nirgends knitterte oder Fältchen warf; dann wurde von innen ein Futterstoff dagegen gesetzt und beide Lagen so miteinander vernäht, daß man die Stiche nicht sah. Das war eine sehr feine Arbeit, die viel Geduld und Geschick im Umgang mit Nadel und Faden erforderte. Als letztes kam die Verzierung, entweder ein Mäandermuster, Rosetten oder eine schlichte Goldborte: Sie mußte mit den allerwinzigsten Stichen angenäht werden, weil sie fest und dauerhaft, aber unsichtbar fixiert sein sollte. Die Organdyschirme wurden gefältelt, und man brauchte lange, kräftige Fingernägel, um die Fältchen zu kniffen und zu befestigen. Der Organdy wurde dann an der Wattierung festgenäht und anschließend genau wie die Seidenschirme abgefüttert und verziert. Manchmal benutzten sie auch Leinen.

Belle fand die Arbeit angenehm, und sie fühlte sich nicht unterdrückt, wenn sie zusammen mit den anderen Mädchen in dem großen Raum saß. Mr. Ostrowsky war kein Tyrann: Sie durften sich bei der Arbeit unterhalten, nur nicht zu ausgiebig. Und außerdem erkannte Belle mit großer Freude in einem der Mädchen am Tisch ihre alte Freundin Gertrude Hunrath, die immer noch genauso aussah wie früher und eine Augenbraue belustigt emporgezogen hatte, als sie sie bemerkte.

«Du hast dich verändert, Bella», sagte Gertrude.

«Ich habe mir die Haare abschneiden lassen», gab Belle verlegen zu. «Und bitte nenn mich Belle.»

Gertrude lachte. Sie hatte ein sehr langgestrecktes Gesicht, die dazu passende Nase, einen breiten Mund und war lang und schlaksig. Sie entsprach körperlich so wenig dem gängigen weiblichen Schönheitsideal, wie man es sich nur vorstellen konnte, und sie kümmerte sich nicht um Mode. Aber aus irgendeinem Grund schien Gertrude immer fröhlich, genau wie schon vor Jahren, als sie noch Nachbarskinder gewesen waren. Sie lebte zusammen mit ihrer Schwester, die ihr ähnlich sah, und ihrer kleinen, dicken, runden Mutter. Der Vater hatte sich schon vor vielen Jahren abgesetzt. Die drei lachten ständig miteinander. «Aha, du bist jetzt modern!» rief Gertrude aus, amüsiert, aber ohne jede Ironie.

Gertrude und Belle machten sich sofort daran, ihre Freundschaft zu erneuern, und schon bald zogen sie am Sonnabendnachmittag gemeinsam zu Einkaufsexpeditionen los. Sonntags fuhren sie manchmal nach Manhattan, um ins Metropolitan Museum zu gehen. Belle fand eigentlich keinen Unterschied zwischen den Bildern, die dort hingen – ausgenommen die ganz alten, die ihr nicht gefielen –, und denen, die in der Malfabrik hergestellt wurden. Sie mochte am liebsten Bilder, auf denen etwas Schönes war – Blumensträuße, Landschaften und vor allen Dingen Frauen. Sie blieb lange bei den Renoirs und Sargents stehen und verfolgte genau die Formen der Körper und der Kleider der darauf abgebildeten Frauen. Aber sie behandelte auch die Bilder mit ehrfürchtigem Respekt, die ihr nicht gefielen – die sie, wie sie sagte «nicht verstand». Sie verstand nicht, wie jemand immer wieder Schalen mit Obst malen konnte, und sie verabscheute Kreuzigungsszenen. Sie las, was auf den Schildchen an der Wand stand, und so wußte sie bald, wer die Impressionisten waren und daß sie ihr am besten gefielen.

Ihr bißchen Wissen machte sie allerdings nicht selbstbewußter: es konfrontierte sie nur mit einem weiteren riesigen Bereich ihrer Ignoranz. Das wurde ihr deshalb bewußt, weil Sokolowski sie jetzt häufiger bat, mit ihm in Galerien und zu Vernissagen zu gehen. Mamie hatte immer kleine Kinder am Hals, und er ging nicht gern allein. Sie war vorzeigbar, das war der Grund, dachte sie, weshalb er sie fragte. Aber sie empfand es als große Ehre und ging hinter ihm her, wenn er bei Vernissagen in Galerien an der 57. Straße oder auf Partys in irgendwessen Atelier Champagner trank – wobei er ihr stets zuerst ein Glas besorgte – und Freunde begrüßte. Sie war bei solchen Anlässen von ehrfurchtsvoller Scheu erfüllt. Sie stand meist einfach nur da und betrachtete das Gewimmel um sie herum, das in ihren Augen aus lauter berühmten Leuten bestand, und gab sich Mühe, gelassen zu wirken. Alle schienen sich untereinander zu kennen und hatten sich so viel zu sagen. Zuerst fühlte sie sich durch ihre Unwissenheit isoliert wie durch einen schwarzen Schleier: sie war zu verschüchtert, um überhaupt etwas zu sagen. Aber schon bald wurde ihr klar, daß gar nichts anderes von ihr erwartet wurde als schüchternes, lächelndes Schweigen, gepaart mit gutem Aussehen. Sie fühlte sich sicher in Begleitung ihres großen, gutaussehenden Verwandten, und er behandelte sie stets mit Anstand und Höflichkeit. Und wenn sie sich bei solchen Festlichkeiten langweilte, schob sie dieses Gefühl rasch beiseite: sie wußte, welche Ehre es war, mit so bedeutenden Persönlichkeiten zusammensein zu dürfen.

Eines Abends, als sie auf einer Party im Atelier eines Freundes von Sokolowski herumstanden und Rotwein tranken, bemerkte Belle eine schöne junge Frau, die offensichtlich genauso still und verloren war wie sie. Die Frau schien so allein, daß Belle ihre eigene Schüchternheit überwand und sie ansprach. Sie lächelte Belle strahlend an, und die Worte kamen hastig aus ihrem Mund gepurzelt. Sie sei ganz neu hier. Sie kenne niemanden, außer ihrem Bruder, dem da drüben, der mit den anderen Männern bei der Staffelei stand und über ein Bild redete. Sie heiße Adele Kosciuszko und komme gerade aus einem Kloster. Adele hatte große blasse Augen von einer Farbe, die zwischen Blau und Violett lag, und langes blondes Haar, das genauso gewellt war wie Belles früher auch. Sie betrachtete neidisch

Belles Frisur und sagte, sie wolle sich auch so gern die Haare abschneiden lassen, aber ihre Mutter lasse es nicht zu. Belle kicherte und schilderte, was sich am Tag ihres Friseurbesuchs bei ihr zu Hause abgespielt hatte. Sie staunte selbst, als sie sich so reden hörte – es klang fast so, als mache sie sich über Momma lustig –, und sie hielt rasch inne, aber Adele lachte auch. Belle wußte, daß etwas Verbindendes zwischen ihnen war. Adele betrachtete sehnsüchtig die vielen Menschen und fragte ab und zu, wer diese oder jene Person sei. Belle nannte die paar Namen, die sie kannte, und Adele sah sie an, als sei sie eine weltbewanderte Frau, die sich in dieser Umgebung ganz ungezwungen bewegte. Sie sagte, sie wolle so gern arbeiten, wisse aber nicht was. Belle fragte sie, ob sie nähen könne, und als sie bejahte, meine Belle, ob sie nicht mit ihr zusammenarbeiten wolle, Lampenschirme machen, in einem Atelier für Innendekoration. Adele stammelte überwältigt: «Oh, ja, gerne!»

Belle wußte, daß Mr. Ostrowsky viel von ihr hielt. Er sagte oft, sie sei seine beste Kraft – ihre Schirme waren am saubersten und ordentlichsten gemacht, und sie war außerdem auch die schnellste. In den sechs Monaten, die sie jetzt bei ihm arbeitete, hatte er ihren Lohn schon zweimal erhöht. Sie wußte, daß sie ihn dazu bewegen konnte, Adele einzustellen, und es klappte auch tatsächlich. Jetzt hatte sie zwei Freundinnen bei der Arbeit, und sie fühlte sich als Mittelpunkt einer Gruppe. Es war ein großartiges Leben. Gertrude fragte sie und Adele, ob sie nicht mit tanzen gehen wollten, und so trafen sie sich alle drei ein- oder zweimal die Woche, um ins Tanzlokal zu gehen. Sie bezahlten jede 10 Cent Eintritt und verbrachten dann den ganzen Abend damit, mit fremden Herren anmutig über das Parkett zu schweben. Belle genoß diese Abende. Tanzen war etwas, wovon sie das Gefühl hatte, daß sie es wirklich gut konnte. Und im Frühjahr meldeten sich Adele und Belle zum Stepunterricht an, den sie fortan einmal die Woche besuchten.

Belle dachte, daß sie nun endlich das Leben führte, das sie sich immer gewünscht hatte, und ihr Triumphgefühl erreichte seinen Höhepunkt, als Adele zwei Jahre später bei einer Schönheitskonkurrenz zur Miss Polen gekürt wurde. Sie trug bei der Wahl ihr Haar offen – es reichte ihr bis weit unter die Taille – und einen jener skandalösen neuen Badeanzüge, einen gestrickten Einteiler mit breiten Trägern über den Schultern, eine sehr gewagte Aufmachung. Und sie gewann. Es gab Beifall und Ingwerbier, und sie legten ihr eine Schärpe um. Ihr Bild war in der Zeitung. Belle zeigte es ihren Brüdern und Jean: «Das ist meine Freundin!» verkündete sie.

Wenn Belle ein bißchen zu früh zur Arbeit kam, dann stand sie oft noch eine Weile im Eingang zum Ausstellungsraum und schaute hinein. Der Raum war hell und weitläufig und mit einem wunderschönen chinesischen Teppich ausgelegt, beige mit einem Muster in verschiedenen Blautönen. An den Wänden hingen in schweren Goldrahmen die Bilder, die Sokolowski und die anderen Männer in der «Gemäldefabrik» gemalt hatten. Und davor standen, ebenfalls kunstvoll arrangiert, verschiedene Möbelstücke. Belle hatte inzwischen gelernt, Stilunterschiede zu erkennen, und einige Stilrichtungen konnte sie sogar benennen – Chippendale und Louis-quatorze, Sheraton und, was ihr am besten gefiel, Queen Anne. Es gab den einen oder anderen Stuhl, dazu vielleicht ein Sofa, ein Büfett und ein paar kleine Tischchen mit Schubladen. Und auf dem Büfett, den Tischchen, dem Regency-Sekretär standen Lampen. Und manche davon trugen Schirme, die sie gefertigt hatte. Außerdem gab es kleine Kästchen, Porzellanminiaturen und bestickte Deckchen. Und in einer Ecke des Ladens lagen, graziös auf einer brokatbezogenen Chaiselongue ausgebreitet, stickereiverzierte Bettwäschestücke aus Seide und Leinen, Handtücher und sogar ein paar Nachthemden und Bettjacken. Jedesmal, wenn sie so dastand und guckte, studierte Belle ein paar von den Gegenständen besonders eingehend, als könne sie sich diese durch konzentriertes Betrachten einverleiben, sie per Osmose in sich aufnehmen. Nach Monaten fand sie schließlich den Mut, den Ladenraum zu betreten – ganz vorsichtig, als könne ihr Eindringen einen solchen Wirbel hervorrufen, daß alles zu Bruch ginge. Sie hörte zu, wie die Angestellten und Mrs. Ostrowsky, die den Laden führte, miteinander redeten, und lernte nach und nach ihre Sprache – Regency, Louis-quatorze (wovon sie sich nicht vorstellen konnte, wie man dieses Wort wohl schrieb, es sich aber dennoch nach Gehör einprägte).

Mrs. Ostrowsky bestand darauf, daß man sie Madame nannte: Sie war gebürtige Russin, hatte aber Rußland verlassen und war nach Frankreich gegangen, während der Revolution, was immer das bedeuten mochte. Belle wußte nur, daß Madame häufig ihre Ausführungen mit den Worten einleitete: «Vor der Revolution, in Petersburg...» Die hochgewachsene Madame hatte ein hartes Gesicht und eine derbe Haut, die sie dick puderte. Ihr Haar war blond und vom Gesicht weg streng nach hinten zu einem Knoten gebunden. Eigentlich keinem richtigen Knoten. Er war ganz anders als der von Momma, ihre Frisur, erkannte Belle, hatte Stil. Lydia, die auch Lampenschirme nähte, sagte, man nenne so etwas einen französischen Dutt. Madame hatte eine füllige, schlummerrollenförmige Figur, die über die ganze Länge ihres Rumpfes fest in etwas gepreßt war, das wohl, so dachte Bella, ein Korsett sein mußte. Sie trug stets ein schlichtes schwarzes Kleid aus Seidenkrepp und schwarze Wildlederpumps (außer im Sommer, da waren die Pumps aus Lackleder und das Kleid aus dünnerer Seide) und dazu eine Diamantnadel, Diamantohrringe und viele Ringe an den Fingern. Madame hatte eine böse Zunge, und Belle fürchtete sie, aber sie respektierte sie auch: Madame wußte so viel, hatte so viel Geschmack und war in der Lage, ein so elegantes Geschäft zu führen. Belle hungerte danach, zu lernen und eines Tages so viel zu wissen wie Madame.

An Belles zweiundzwanzigstem Geburtstag, im Jahr 1926, als sie bereits eineinhalb Jahre bei Ostrowsky gearbeitet hatte, stand sie wieder einmal in der Tür, um die Stücke im Ausstellungsraum in sich aufzusaugen, als Mr. Ostrowsky kam und sich neben sie stellte.

«Schön, was, Belle?» sagte er lächelnd zu ihr.

«Oh, ja», hauchte sie, und ohne sich etwas dabei zu denken, setzte sie hinzu: «Es muß herrlich sein, hier zu arbeiten.»

Mr. Ostrowsky schrak zusammen. Er wußte nicht, daß sie nur laut vor sich hin geträumt hatte und überhaupt nicht beabsichtigte, ein Ansinnen an ihn zu richten. «Sie möchten Einrichtungsberaterin werden, ähem?» Seine gewaltige Stirn legte sich in Falten. «Ich werde mit meiner Frau reden.» Er ging schweren Schritts davon. Alle wußten, daß er schreckliche Angst vor Madame hatte.

Den ganzen Tag über fühlte sich Belles Magen an wie ein Stein. Sie hatte es wirklich Mr. Ostrowsky gegenüber nicht so gemeint, und sie befürchtete, er könnte denken, sie sei unzufrieden mit der Arbeit an den Lampenschirmen, und das war sie nicht, bestimmt nicht. Auch wenn es nicht mehr so viel Spaß machte wie am Anfang. Es war mittlerweile Routine, zu leicht, und sie konnte nicht richtig kreativ sein – sie mußte sich an vorgegebene Muster halten. Aber würde sie es können, die Arbeit im Salon, wie Madame den Laden nannte? Sie mußte daran denken, wie Paul, der beschlagenste unter den Verkäufern, immer sagte: «Bezaubernd, nicht wahr? Alles achtzehntes Jahrhundert. Madame hat sie in einem Schloß im Loiretal aufgestöbert, wo eine ganze Sammlung solcher Döschen gehortet wurde...» Oder: «Ganz recht, Madame, exzellente Arbeit. Beachten Sie die Feinheit der Intarsien und die Maserung! Prachtvoll! Solche Arbeit findet man heute nicht mehr, Madame.» Würde sie je so reden können?

Sie wartete den ganzen Tag, und es geschah nichts. Nur daß einer der Maler einen Jähzornsanfall bekam und Mr. Ostrowsky anschrie, er solle doch seine Kitschbilder nehmen und – irgend etwas damit machen, was Belle nicht verstand. Und in Madames Büro klingelte den ganzen Tag über das Telefon. Belle entschwebte schließlich in irgendwelche Tagträume und fuhr daher erschreckt zusammen, als Madames wütende Stimme tönte: «Nichtsnutziges Polakengör!» und sie Mr. Ostrowskys ruhiges Brummeln hörte. Belle schlotterte, ihre Finger zitterten, und sie verpfuschte den Lampenschirmrand, an dem sie gerade arbeitete, und mußte ein Stück wieder auftrennen. Das war schlimm, weil alles, was zweimal genäht wurde, unsauber aussah und die Schirme makellos sein mußten. Sie beugte den Kopf ganz dicht über den Schirm und nähte mit ganz winzig kleinen Stichen, um den Fehler zu korrigieren. Sie hatte recht. Belle verstand sie. Warum sollte Madame sie haben wollen, die dumme kleine Polska, die von nichts etwas verstand? Sie war eine Törin gewesen, und sie biß sich fest auf die Zunge, um sich dafür zu bestrafen, daß sie überhaupt etwas gesagt hatte. Sie machte den Schirm fertig und hielt ihn ein Stück von sich weg, um ihn prüfend zu mustern. Er war nicht ganz so gut wie ihre sonstigen Schirme, aber sie würden ihn durchgehen lassen. Sie hob einen Schnipsel Seide auf und wischte sich damit über die Wange, die ganz naß war. Sie hatte keine Verabredung zum Tanzen für den Abend, nichts, worauf sie sich hätte freuen können. Vielleicht hatte Momma ja Lust, ins Kino zu gehen.

Sie war gerade dabei, ihren Platz am Tisch aufzuräumen, um dann zu gehen, als Mr. Ostrowsky aus dem Büro kam. Sein Gesicht war dunkelrosa und schweißnaß, und er tat ihr leid, und sie versuchte, ein Lächeln aufzusetzen.

«Du willst also Einrichtungsberaterin werden, Belle, hm? Nun gut, nächsten Montag fängst du an. Meine Frau ist einverstanden.»

Am Montag morgen kam sie zu ihrer üblichen Zeit – um 8 Uhr – ins Geschäft, obgleich der Salon immer erst ab 10 Uhr offen war. Sie hatte sich für ihr altes schwarzes Satinkleid entschieden. Es war immer noch in gutem Zustand, weil sie es in den sechs Jahren, die sie es jetzt besaß, kaum getragen hatte, und sie wollte, so gut sie irgend konnte, Madame nacheifern. Außerdem hatte sie sich – ganz leicht – die Augenbrauen nachgezogen und das Gesicht gepudert, nachdem sie sich am Sonnabend in einer Anwandlung von Abenteuerlust und Wagemut bei Woolworth Augenbrauenstift und Puder gekauft hatte. Sie hatte sich allerdings erst im Geschäft geschminkt, damit Momma es nicht mitbekam. Dazu hatte sie noch einen hellrosa Lippenstift erworben, mit dem sie sich jetzt ganz zart über die Lippen fuhr. Sie preßte die Lippen zusammen: der Lippenstift war kaum zu sehen. Dann stellte sie sich an der Tür zum Salon auf, um darauf zu warten, daß Madame erschien. Ihre Freundinnen saßen schon an ihren Lampenschirmen, lächelten ihr immer wieder über die Schulter zu und steckten die Köpfe zusammen, um miteinander zu flüstern. Sie hatten ihr alle gesagt, daß sie sehr schön aussah, und wie sie so zu ihnen hinübersah, tat es ihr leid, daß sie sie verließ. Sie hatte sie so gern.

Madame kam erst um kurz vor neun und nahm keinerlei Notiz von Belle, die inzwischen im Salon stand und den Blick auf ein paar spitzenbesetzte Satinkissen geheftet hielt, die Madame vor kurzem erworben hatte. Madame kam hereinmarschiert und sagte mit einem wütenden Blick zu Arthur: «Warum ist diese Sitzbank nicht umgestellt worden! Ich habe Ihnen am Sonnabend aufgetragen, die Sachen umzugruppieren!»

Arthur fuhr zusammen. «Jawohl, Madame, ich war mir nur nicht sicher, ob Sie den Spiegel an dieser Wand haben möchten oder da drüben...» setzte er entschuldigend an.

«An der dort natürlich. Nein, nein», sagte sie gereizt, als Arthur eine niedrige, schnitzereiverzierte Sitzbank zur einen Seite hin verrückte. «Nicht so!» Sie zeigte mit dem Finger: «Ich will die Chaiselongue hier haben und das Tischchen dort mit der Bank neben der Chaiselongue.»

Belle sah sofort, auf welchen Effekt Madame hinauswollte, und tat ein paar schüchterne Schritte vorwärts. «Ich könnte vielleicht helfen», bot sie an, wobei sie bereits Hand an die Chaiselongue legte.

Madame sah sie einen kurzen Moment fragend an. «Ach ja, Isabelle, nicht wahr?» Dann wandte sie sich wieder Arthur zu. «NEIN, Dummkopf! Dahin!» Während Arthur das schwere Möbel umstellte, verrückte Madame jedes Stück ein ganz klein wenig, und sofort hatte das Arrangement ein gewisses Etwas, das vorher gefehlt hatte. Ich wußte, wie, dachte Belle, und ihr wurde warm ums Herz. Vielleicht kann ich es ja doch. Dann warf Madame einen Paisley-Schal locker über die Lehne der Chaiselongue. Der Effekt war großartig. Madame wandte sich um und setzte sich in Richtung Büro in Bewegung, sah sich dann aber noch einmal um. «Kommen Sie mit, Isabelle.»

Belle folgte Madame in ihr Büro, das sie noch nie zuvor betreten hatte. Es enthielt einen Louis-quinze-Schreibtisch mit passendem Stuhl und häßliche Aktenschränke aus Metall an sämtlichen Wänden. Auf dem Schreibtisch häuften sich Papiere und Stoffproben. Madame ging durch das Büro hindurch ins Lager und winkte Belle, ihr zu folgen. «Diese Pakete müssen heute vormittag ausgeliefert werden, und wenn Sie damit fertig sind, gehen Sie zu Acme, den Stoff abholen, den ich per Eilbestellung habe fertigmachen lassen. Und nehmen Sie die Straßenbahn oder die U-Bahn, kein Taxi, hören Sie? Ich zahle keine Taxifahrten! Nun machen Sie schon!»

Belle starrte sie an. Es dauerte ein paar Minuten, bis sie begriff, welche Aufgabe ihr zugedacht war. Dann nahm sie gehorsam die Pakete entgegen. Sie studierte die Adressen, fand heraus, wo Acme war, und machte sich auf den Weg, nachdem sie die Kartons in einer Einkaufstasche verstaut hatte. Und während sie zu Fuß die vielen Häuserblocks bis zur ersten Adresse hinter sich brachte, fühlte sie, wie etwas in ihr gleichzeitig lachte und weinte: eine Botengängerin! Das war sie jetzt! Einrichtungsberaterin, ha!

Zu Hause waren in dieser Zeit aufregende Dinge im Gang. Ausgegangen war alles, wie üblich, von Eddie. Sie hatten jetzt über 500 Dollar auf der Bank, und er meinte, das reichte, um ein Haus zu kaufen. Sie hätten lange genug in Wohnungen über irgendwelchen Läden gelebt, in Löchern. Sie würden ein richtiges Haus mit einem Garten haben, Momma würde zu Hause bleiben und ein geruhsameres Leben führen können. Und sie würden eine richtige Momma haben, die für sie kochte und wusch und saubermachte, und sie würden auch Freunde zu sich nach Hause einladen können.

Nur Momma war nicht sonderlich begeistert von diesem Plan, aber sie fügte sich, wie sie sich mittlerweile in alles fügte, was ihre Kinder taten. So fuhren die Geschwister sonntags mit der Straßenbahn hinaus nach Queens, um sich dort Häuser anzusehen, und schließlich kauften sie eins in der Manse Street in Forest Hills. Es hatte ein Wohnzimmer, ein Eßzimmer, eine Küche mit einer Speisekammer und einer Tür zu einer kleinen Terrasse und einen hübschen Garten nach hinten hinaus und eine Garage. Im Obergeschoß gab es drei Schlafzimmer und ein Bad.

Zu Anfang des Sommers zogen sie dort ein, und Momma schien zufrieden, daß sie zum erstenmal, seit sie aus Polen weggegangen war, wieder einen Garten hatte. Wenn ihr die Arbeit fehlte oder sie den Kontakt zu ihren polnischen Freundinnen vermißte, so sagte sie nichts. Und wenn es ihr nicht gefiel, die Dienstmagd ihrer Kinder zu sein, so sagte sie auch davon nichts. Sie fiel nur in ein Loch von Traurigkeit und achtete nicht mehr auf ihr Äußeres. Momma hatte sich nie herausgeputzt, aber jetzt ließ sie ihr Haar in unordentlichen Strähnen herumhängen, wenn es sich aus ihrem Knoten löste; sie trug tagelang das gleiche Hauskleid, ohne es zu waschen, und stets eine häßliche, langärmelige braune Wolljacke mit einem großen Loch am Ellbogen. Sie ging zu Fuß viele Häuserblocks weit zu den Geschäften, wo niemand Polnisch sprach; sie kochte gewaltige Mahlzeiten für ihre große Familie; sie wusch und stärkte und bügelte und flickte. Gelegentlich putzte sie. Ansonsten saß sie in der Küche und trank Kaffee.

Belle besaß eigene Ersparnisse. Sie leistete unverzüglich eine Anzahlung auf ein altes, hohes Klavier und meldete sich für Klavierstunden an. Sie konnte jetzt ihre Freundinnen mit nach Hause bringen, auch wenn sie sich ein wenig schämte, wegen Momma mit ihrem Loch im Jackenärmel, ihren fehlenden Zähnen und ihrem... Nun, sie roch ein wenig. Trotzdem war es die beste Zeit in Belles Leben, und sie befand sich ständig in einem Taumel freudiger Erregung. Alle vier Kinder hatten Freunde und Freundinnen, und an den Wochenenden war das Haus voller Gäste. Stanley Berger konnte Klavier spielen, und die Jungen holten Mandoline und Banjo hervor. Wenn Belle jetzt zu Woolworth ging, kaufte sie immer ein neues Heft mit Noten, die neuesten Schlager. Momma backte riesige Bleche mit Chrusciki für alle oder Kaffeeküchlein, und sie tranken Kaffee und rauchten Zigaretten. Belle rauchte sogar vor Momma.

Momma bestand darauf, daß die Mädchen das große helle Schlafzimmer nach vorne hinaus nahmen, und das alte Doppelbett kam in diesen Raum. Sie kauften für Momma ein gebrauchtes, aber gut erhaltenes Bettgestell samt Matratze, und Momma schlief jetzt allein in dem schmalen, dunklen mittleren Zimmer. Die beiden Betten der Jungen standen im hinteren Schlafzimmer, das einigermaßen geräumig war und auch hell, wenn auch nicht so viel Sonne hereinfiel wie in das vordere. In ihrem Haus gab es richtige Wandschränke, einen Gasherd und im Eßzimmer einen eingebauten Schrank mit Glastüren für Geschirr. Zuerst wirkte das Haus noch ziemlich kahl, aber Eddie brachte jede Woche etwas Neues mit – einen Teppich, den er bei einer Versteigerung erworben hatte (wie hatte er das angefangen? fragte sich Belle erstaunt. Woher *wußte* er, daß es so etwas gab?), eine Lampe, ein Teeservice.

Ihr neues, glückliches Leben gab Belle das Selbstvertrauen, bei Ostrowskys zu kündigen und sich eine andere Arbeit zu suchen. Sie fand eine Stelle bei einem Architekten, aber es gab dort nicht sonderlich viel zu tun. Ihr Chef und sie waren die ganze Firma. Belle erledigte die Schreibarbeiten und nahm die Telefonanrufe entgegen, aber der Architekt selbst schien nicht sehr beschäftigt zu sein, und jedesmal, wenn er an ihr vorüberging, legte er ihr die Hand auf die Schulter oder auf den Arm. Sie entzog sich ihm ein Stückchen und sah ihn an, aber er wandte das Gesicht ab. Nach drei Monaten entließ er sie.

Sie versuchte es daraufhin in der Wall Street und fand eine Arbeit, die darin bestand, Geheimbotschaften zu entschlüsseln, die eine Bank der anderen schickte. Diese Arbeit war recht gut bezahlt und auch ganz angesehen, aber schrecklich langweilig, weil Belle die Botschaften, auch nachdem sie diese entschlüsselt hatte, immer noch nicht verstehen konnte. Sie dachte sehnsüchtig an die schönen Dinge bei Ostrowskys zurück und voller Bitterkeit daran, wie Madame sie behandelt hatte, und wie sie so über alles nachdachte, wurde ihr klar, was sie machen wollte. Im Herbst 1926 schrieb Belle sich beim Pratt Institute ein, um Kunst zu studieren.

4 Wenn ich als kleines Mädchen meiner Mutter Fragen über ihr Leben stellte, waren es immer diese Jahre in der Manse Street, von denen sie am ausgiebigsten erzählte: Die Zeit, als sie viele Freundinnen hatte und das Haus stets voller Leben war. Sie sprach liebevoll von ihren Freundinnen, die alle ohne Ausnahme schön, intelligent und begabt waren. Gertrude nahm in diesen Erzählungen immer eine Art Sonderstellung ein – sie war die treue alte Freundin, aber Adele, die Miss Polen von 1927, war das schönste Mädchen von ganz Brooklyn. Mala Megerian, die sie auf der Kunstakademie kennenlernte, eröffnete ihr den Eintritt in eine exotische und erlesene Welt. Mala, eine wunderschöne Syrerin, entstammte einer wohlhabenden Familie. Sie lebte in einem Haus, das mit kostbaren Antiquitäten und Kunstwerken aus dem Nahen Osten bestückt war und wo, wie Belle bei ihren Besuchen feststellte, «jeder einen Doktor hatte». «Jeder?» fragte ich, da für mich unter «jeder» auch die Frauen fielen. «Jeder», versicherte sie. Sie waren nicht nur Mediziner, obgleich es auch davon ein paar gab, sondern wirklich gebildete Männer, mit einem Dr. phil. «Ach, so! Die Männer!» entschlüpfte es mir. Sie bemerkte es nicht.

Ich habe diese alten Freundinnen sogar selbst erlebt, wenn sie meine Mutter ab und zu besuchten, als ich klein war. Sie waren tatsächlich die erlesenen Geschöpfe, als die meine Mutter sie mir beschrieben hatte. Selbst Gertrude, die noch immer das gleiche Pferdegesicht, das gleiche hausbackene Äußere und zur damaligen Zeit einen Anflug von Oberlippenbart hatte und immer noch mit ihrer Schwester und ihrer Mutter in einer überladen eingerichteten Wohnung in Brooklyn wohnte, war in ihren Vierzigern genauso lebendig und lustig wie früher.

Als ich einmal behauptet hatte, ich sei krank, und ich deshalb nicht zur Schule zu gehen brauchte, stöberte ich in ihrer Frisierkommode herum. Dort stieß ich auf ein wunderbares Arsenal von Döschen und Töpfchen mit Schminke. Erst da gestand sie mir, daß sie einst Mitglied einer Theatergruppe gewesen war. Ich liebte diese Sachen – fettige dunkelviolette, graue und grüne Lidschatten, rosa und knallrotes Rouge in kleinen Töpfchen, eingetrocknete Wimperntusche und dicke schwarze Augenbrauenstifte – und vergnügte mich gelegentlich damit, wenn mir langweilig war. Ich übermalte mein Gesicht, gab mir ein neues und wünschte mir dabei, ich könnte es noch gründlicher verändern. Dann zeigte sie mir die Fotos von ihrer Theatergruppe, einer Clique von bohemienhaft aufgemachten jungen Leuten, die in einem prächtigen Zimmer mit Perlenvorhängen und paisleygemusterten Couchüberwürfen posierten, manche mit einer Zigarette in der Hand, die Köpfe so emporgereckt, daß die feine Kinn- und Nackenlinie recht ins Bild gerückt wurde. Ich erkannte meine Mutter kaum, so jung und bezaubernd sah sie darauf aus. Ich war tief beeindruckt, aber meine Mutter spielte es merkwürdigerweise völlig herunter. «Es war im Grunde nichts Tolles. Ich war keine Schauspielerin, das konnte ich gar nicht. Die anderen waren alle Schauspieler, aber ich nicht. Ich habe den Kontakt zu ihnen verloren, nachdem ich verheiratet war.»

Es fiel sehr schwer, die Mutter, die ich kannte, mit ihren drei Baumwollschürzen und ihrem einen guten Kleid aus bedruckter Kunstseide, die Mutter, die ich immer nur am Herd, am Waschbrett, beim Wäscheaufhängen sah, mit der glanzvollen Person auf dem Foto zu verbinden. Dann kramte ich eines Tages in dem riesigen alten Koffer, der in dem Wandschrank untergebracht war, den ich mir mit meiner Schwester teilte – dem einzigen, der groß genug war, um das Monstrum darin zu verstauen. Darin fand ich eine Geige («Ach ja, ich wollte unbedingt Geige spielen lernen. Ich nahm Stunden. Ich hatte ja auch Klavierstunden. Aber ich hatte kein Talent dazu. Es waren alles nur Träume»), ihre Skizzenmappe aus ihrer Akademiezeit, einen Stapel kleiner Postkarten und ein paar Fotoalben. Ich war fasziniert, weil die Fotos sämtlich nackte Frauen zeigten, die unter Bäumen und zwischen Blumen posierten, und auf den Postkarten lauter Gemälde waren. Es waren mehrere hundert, alles Impressionisten, wie ich jedoch erst später erkannte, bis auf ein paar Turners. Ich pflegte mich stundenlang in diese Fotos und Postkarten zu vertiefen und pinnte ein paar von den Karten an die Wände meines Zimmers. Am besten gefielen mir Corot und Turner, und ich studierte ihre Bilder eingehend. Es war schwer, etwas darauf zu erkennen, weil die Reproduktionen nur etwa fünf auf siebeneinhalb Zentimeter maßen, aber sie gehörten MIR, wie ich beharrlich verfocht, seit ich sie aufgestöbert hatte. Die Skizzen studierte ich ebenfalls; es waren Aktstudien, und ich fand sie großartig. Aber auch davon wollte meine Mutter nichts wissen.

«Die sind nichts. Ich sollte sie wegwerfen. Ich war dafür nicht begabt.»

Ich umklammerte die Blätter. «Nicht wegwerfen!» rief ich.

Sie hat sie nicht weggeworfen, und vierzig Jahre später, als meine Eltern im Begriff sind, aus ihrem Haus in ein anderes draußen am See umzuziehen, findet sie sie auf dem Dachboden. Joy und ich und unsere Kinder bestehen lautstark darauf, daß sie uns die Skizzen zeigt. Widerstrebend, aber auch ein wenig stolz, holt sie sie herunter. Ich prüfe sie genau. Sie *sind* gut. Ich habe mich damals nicht getäuscht. Anatomisch sind sie nicht perfekt, sie hätte noch mehr Übung gebraucht, aber sie haben etwas – etwas fast schon Magisches, als wären die Körper nicht aus Fleisch und Blut, sondern aus Licht, Geist. Ich sage es ihr.

Sie meint achselzuckend: «Weißt du, ich war drei Jahre auf der Kunstakademie, und kein einziger Lehrer hat mir je gesagt, ich sei gut.»

«Du warst ein Mädchen», meldet sich Arden zu Wort. «Kunstlehrer loben Mädchen nie, immer nur Jungen.»

Meine Mutter schaut sie groß an. «Ist das wahr?» fragt sie mich.

Ich versichere ihr feierlich, daß es so ist, obwohl ich in Wirklichkeit nicht die leiseste Ahnung habe. Aber Ardens beste Freundin ist eine Malerin, die einen leidvollen Weg durch viele Kunstakademien hinter sich hat, und Arden fängt an, von Irena zu erzählen. Die Aufmerksamkeit meiner Mutter schweift ab. Das kommt alles zu spät für sie. Sie wendet sich Arden und Billy zu. «Mein Diplom von der Akademie erhielt ich, kurz bevor eure Mutter geboren wurde. Ich ging mit meinem schwangeren Bauch nach vorn auf die Bühne. Ich war sicher, daß sie einmal Künstlerin werden würde», schließt sie mit Bedauern.

«Aber das ist sie doch!» sagt Billy energisch.

Meine Mutter zuckt mit den Achseln. «Ach, Fotografie...»

Aber wenn Mommy nicht von ihren wunderbaren Freundinnen und ihrem von Vergnügungen prallen Leben erzählte, dann sprach sie über die andere Seite. Sie begann mit den Worten: «Mein Vater starb, als ich neun war.» Ich konnte diese beiden Seiten nie miteinander vereinbaren, aber ich erkannte die Lücke, die dazwischen klaffte, auch erst später, als Heranwachsende. Bis dahin hatte sich ein Teil dieser Lücke schon gefüllt mit den Auskünften: «Ich ging nur bis zur sechsten Klasse in die Schule.» «Ich fing an, in der Fabrik zu arbeiten, als ich vierzehn war.» Und: «Man schickte mich von der Schule wieder nach Hause, weil ich kein Englisch konnte.» Außerdem gab es da eine ganz besonders grausame Geschichte, die mir Abend für Abend im Kopf herumging, wobei ich schwor, meine Mutter zu rächen, wenn ich erst erwachsen wäre. Sie handelte davon, wie meiner Mutter in der fünften Klasse aufgetragen worden war, ein paar Kartenskizzen aus ihrem Erdkundebuch in ihr Heft zu übertragen. Unsicher, wie sie war, versuchte sie es mehrmals, wobei sie es peinlich genau nahm, und schließlich brachte sie Karten zustande, von denen sie meinte, sie würden einigermaßen bestehen. Sie gab sie am nächsten Tag ab, und die Lehrerin rief sofort: «Das hast du abgepaust!» und zerriß sie in kleine Fetzen. Meine Mutter schaffte es in ihrer Schüchternheit nicht, zu protestieren, und es brach ihr einfach nur das Herz. Ich stellte es mir Szene um Szene genau vor: Ich würde diese Lehrerin aufspüren, und wenn ich sie gefunden hätte, in ihr Klassenzimmer marschieren, ihr eine Ohrfeige verpassen und sagen: «Für das, was Sie meiner Mutter angetan haben!» Oder ich würde sie vor ihrer ganzen Klasse demütigen. Diese Geschichte verfolgte mich mehr als zehn Jahre lang, und ich war schon fast erwachsen, als ich endlich die Hoffnung fahren ließ, das Ungeheuer jemals zu bestrafen.

Meinen Kindern habe ich nie von den Kartenskizzen erzählt: bis sie zur Welt kamen, war die Geschichte für mich nach und nach verblaßt. Aber als mein erster Fotoband erschien, machte ihn irgendein Rezensent in einer Fachzeitschrift kurzerhand und in ganz besonders gemeiner Weise herunter. Arden war damals etwa 14, und wir kamen nicht gut miteinander aus. Dennoch schrieb sie, ohne daß ich es wußte, einen Brief an die Chefredaktion, in dem sie sich über die Blindheit und Dummheit des Kritikers und seine unnötig boshaften Spitzen beschwerte. Ich bekam ihren Brief nie zu Gesicht und würde wohl nie davon erfahren haben, hätte er ihr nicht geantwortet und eigentlich sehr freundlich erklärt, daß niemand ihrer Mutter Böses wolle, die Kulturkritik aber nun einmal so funktioniere. Sie war damit nicht zufrieden, schmiß den Brief wütend auf den Boden und brach in Tränen aus. Ich nahm sie fest in die Arme und versuchte, sie zu trösten. Ich konnte es nicht, genausowenig, wie ich meine Mutter trösten konnte. Kinder begreifen nicht, daß es nicht in ihrer Macht steht, die Vergangenheit wieder heil zu machen, das konnte nur mein Vater: er reparierte die kaputten alten Uhren und Halskettenschließen, die zusammengebrochenen Möbelstücke. Mit Herzen kannte er sich allerdings nicht aus.

Eine der Fragen, die ich meiner Mutter mit vier, fünf, sechs Jahren stellte, war die, wie sie denn Daddy kennengelernt hatte und wie sie dazu gekommen waren, zu heiraten. Hinter diesen Fragen steckte mehr als nur ein Interesse an romantischem Liebeskitsch, womit ja in unserer Welt schon kleinste Kinder gefüttert werden. Meine Eltern schienen rein gar nichts gemeinsam zu haben, keine Freuden miteinander zu teilen, und meine Mutter hielt meinem Vater und seinem allabendlichen zärtlichen Kuß kühl die Wange entgegen. Es war selbst für ein kleines Kind offensichtlich, daß mein Vater meine Mutter vergötterte, sie ihn aber lediglich duldete. Was also hatte sie veranlaßt, ihn zu heiraten?

Mommy reagierte auf solche Fragen extrem ausweichend. Manchmal sagte sie, sie wüßte nicht mehr, wie sie sich kennengelernt hätten, das mit der Heirat wäre eben so gekommen – eine sehr unbefriedigende Antwort. Dann wieder erklärte sie, sie hätten sich schon als Kinder gekannt und das mit der Ehe hätte sich so ergeben. Wenn ich nachfragte, wie denn, meinte sie, sie seien durch die Stadt spaziert und hätten sich, wenn sie an einem Möbelgeschäft vorüberkamen, darüber unterhalten, welche Möbel sie sich kaufen würden, wenn sie verheiratet wären. In Anbetracht des wenig erlesenen Sammelsuriums von Möbeln, das wir besaßen, überzeugte mich auch diese Geschichte nicht. Wieder andere Male behauptete sie, sie hätten beide gemeinsame Freunde gehabt und seien deshalb automatisch viel zusammen aus gewesen. Dann pflegte ich zu fragen, wie Daddy denn damals so war, und schon wurde sie wieder ausweichend: Er sei höflich gewesen, meinte sie, er hätte ein Auto gehabt.

Als ich erwachsen war und die Fotos aus ihrer Jugend mit erfahrenerem Blick studieren konnte, bildete ich mir meine eigene Theorie darüber, warum sie geheiratet hatten. Weil von meinem Vater auf diesen Bildern etwas ausging, was ihn von den anderen Männern unterschied: von Wally und Eddie, Stanley Berger, Oscar Ball und all den anderen Freunden der Familie. Er sah nett aus, aber nicht im landläufigen Sinne gut. Er trug eine Brille und hatte volles, dunkles Haar. Das Besondere an ihm war die Art und Weise, wie er seinen Körper bewohnte. Die anderen Männer steckten in ihren Körpern wie in geborgten Kleidern. Der eine ließ alles hängen, der nächste reckte den Hals, als wolle er sich von allem, was darunter lag, distanzieren. Wally sah immer aus, als würde er jeden Moment aus seinem Körper davonfliegen, und mein Onkel Eddie wirkte kräftig, aber so, als sei er sich seiner Körperlichkeit nicht bewußt. Die Frauen in ihren Kleidern oder Badeanzügen schienen nur das, was sie trugen, vorzuführen, Mannequins vor der Kamera. Der Körper meines Vaters dagegen war lebendig, war er, seine Person. Mein Vater hatte, wenn man ihn in Badekleidung sah, eine gute, wohlgestaltete Figur, aber selbst wenn er im Mantel neben seinem prächtigen Auto stand, sah er aus wie jemand, von dem man sich richtig schön fest in die Arme nehmen lassen kann. Ich ließ nie zu, daß mir das Wort dafür in den Sinn kam, aber ich fand, er war *sexy.*

Als Kind hatte ich davon nichts bemerkt, weil er uns überhaupt nie in die Arme nahm. Und erst als ich schon in mittleren Jahren und meine Mutter alt war, nannte sie es endlich beim Namen.

«Was war es eigentlich, was dich zu Daddy hingezogen hat?» fragte ich sie wohl zum tausendsten Mal.

«Hm... Sex vermutlich», gestand sie zögernd.

Niemand weiß mehr, wann und warum Stefan Dabrowski oder Dafna Pasek nach Amerika kamen. Stefan wurde 1873, Dafna 1885 geboren, aber ihre Geburtstage sind ebenso unbekannt wie ihr Hochzeitsdatum. Stefan war Schuhmacher, Dafna Näherin. Sie bekamen fünf Kinder, die altersmäßig in zwei Gruppen zerfielen: Edward, geboren 1906, Krystyna, geboren 1908, und Daniel, geboren 1912, und meine Tanten Marie und Eva, Jahrgang 1921 und 1925, die meine älteren Schwestern hätten sein können. Mein Vater erinnert sich kaum an seine Eltern. Er sieht sich noch in seinem Hochstuhl am Eßtisch sitzen und mit einem Hering in die Richtung seines Vaters fuchteln und rufen: «Du hast Angst vor dem Fisch! Du hast Angst vor dem Fisch!» Und er weiß noch, daß sein Vater sehr streng war und ihn immer mit einem Riemen schlug. Er ist allerdings fest davon überzeugt, daß er solche Züchtigungen verdient hatte.

«Ja», sagt meine Mutter, indem sie das Gesicht verzieht. «Du wirst bestimmt etwas Schreckliches angestellt haben.»

«Bestimmt», sagt mein Vater milde, «ich habe wahrscheinlich irgendeine Unordnung angerichtet oder so etwas.»

«Schrecklich», sagt meine Mutter. Ich bin mir nicht sicher, ob mein Vater den Sarkasmus heraushört.

Meine Mutter erinnert sich allerdings noch an Stefan. Er war ein

Miesepeter, sagt sie. Zu Hause steckte er die meiste Zeit im Keller, und wenn er nach oben zum Essen kam, erstarb der muntere Lärm der Kinder am Tisch. Ständig murrte und grollte er und hatte an allem etwas auszusetzen.

Das hilft der Erinnerung meines Vaters auf die Sprünge. «Ja, immer wenn es bei uns Lammkoteletts gab, hat er sie angeschaut und gesagt: ‹Was sind denn das für Dinger mit Schwänzen dran?› Er verabscheute Fleisch mit Knochen. Er mochte am liebsten große Mengen Kartoffeln, Schmorbraten und solche Sachen. Meine Mutter ließ sein Gemecker einfach über sich ergehen. Sie war allerdings auch keine besonders gute Köchin.»

«Deine Mutter hat es gehaßt, zu kochen. Den ganzen Tag verbrachte sie bei ihrer Schwester. Josephine war eine wunderbare Köchin. Deine Mutter ist dann rasch nach Hause geflitzt mit dem Kinderwagen, in dem immer irgendeins von den Kindern saß, und einer großen Schüssel Borschtsch im Arm.»

«Meine Mutter war immer fröhlich», erinnert er sich.

«Sie war sehr gesellig und fröhlich – genau wie Joy», sagt meine Mutter mit einem leisen Anflug von Verachtung in der Stimme. «Sie war gern unter Menschen. Sie ging jeden Tag zu Josephine, und beide spazierten dann immer in den jüdischen Teil von Williamsburgh hinüber – Josephine wohnte damals ganz in der Nähe von dort, erinnerst du dich? Und da blieben sie dann den ganzen Tag, um zu schwatzen und zu lachen – sie sprachen ja beide Jiddisch – und ein paar Kleinigkeiten einzukaufen. Josephine war eine ganz wundervolle Köchin. Sie kochte Kutteln – das Rezept wollte sie nie herausrücken, aber es war das Köstlichste, was ich je gegessen habe. Kielbasa konnte sie auch. Deine Mutter war dafür genial mit Nadel und Faden. Sie konnte alles selbst nähen, ohne Schnittmuster.

Meine Mutter wendet sich mir zu. «Als ich nach deiner Geburt im Krankenhaus lag, wollte sie mich besuchen, aber sie hatte kein Geld für ein Geschenk. Sie kramte ihre ganzen Kisten mit Stoffabfällen durch und fand schließlich ein paar alte Bänder – alle in verschiedenen Farben und Breiten. Und daraus hat sie mir eine Bettjacke gemacht – ein wundervolles Stück! Ich habe nie irgendwo etwas Ähnliches gesehen.»

Mein Vater strengt sein Gedächtnis an. Ich frage mich, ob es ihn manchmal wundert, daß er so wenig erinnert. «Ich weiß noch, wie ich mein erstes Geld verdient habe», erklärt er freudig. «Das war an einem jüdischen Feiertag, und ein alter Jude winkte mich auf der Straße zu sich heran. Ich ging hin, und er bat mich, die Gaslampe anzudrehen. Ich habe es natürlich getan. Und dann hat er gesagt: ‹Da ist ein Penny für dich.› Er rührte ihn nicht an. Der Penny lag schon auf dem Tisch, er muß ihn schon am Vortag hingelegt haben. Ich habe ihn genommen. Das war der erste Penny, den ich verdient habe.»

Er kann sich zwar nicht daran erinnern, aber er muß wohl Probleme in der Schule gehabt haben, da er die High School erst mit 19 abschloß. Wenn ich ihn frage, ob es nicht sein kann, daß er Schwierigkeiten hatte, weil er kein Englisch konnte, als er in die Schule kam, meint er achselzuckend, das sei schon möglich. Er weiß es nicht mehr. Er besaß auch nie Spielzeug oder Bücher oder Papier und Bleistift.

«Das war aber nicht weiter schlimm, weil ich mir mein Spielzeug selbst gemacht habe!»

Mir wird plötzlich bewußt, daß mein Vater – so wie für meine Mutter immer nur die leidvolle Seite einer Erfahrung existiert – ausschließlich von Triumphen und Erfolgen redet.

Er baute als erstes einen Roller, von der gleichen Art, wie ihn die Jungen in meiner Kindheit auch herstellten – eine hochkant gestellte Obstkiste wurde auf ein Brett genagelt, und dann wurden Räder ebenfalls mit Nägeln an dem Brett befestigt. Irgendwie ließ sich dann das Vehikel steuern. «Ja, so einen. Ich baute ihn mir mit 13. Und dann baute ich einen Rennroller!» Er lacht. «Ich montierte vorn statt der Kiste eine Lenkstange – weniger Luftwiderstand, mehr Tempo. Und alle Kinder aus unserem Häuserblock machten es mir nach. Daraufhin brachte ich noch einen Seitenwagen an!»

Ich habe meinen Vater kaum je in so freudiger Stimmung erlebt.

«Ja, und dann baute ich ein Modellflugzeug. Das war schon etwa 1920 oder 21, wißt ihr, da war so etwas noch nicht üblich. Wir hatten damals Eierstiegen aus Holz, nicht aus Sperrholz, das gab es noch nicht, aber aus ganz dünnem Holz. Ich zersägte es in zwanzig Zentimeter lange Streifen, hobelte alle diese Streifen glatt und baute daraus den Rumpf und die Tragflächen. Ich baute sogar den Propeller selbst und spannte ihn mit langen Gummibändern. Die Flügelspannweite betrug fast einen Meter. Alle kamen und schauten es sich an, rieben sich das Kinn und konnten sich gar nicht vorstellen, wie ich das gemacht hatte.» Er lacht wieder, wird dann ernst. «Aber es flog nicht gut – gerade einmal quer über die Wiese. Ich hätte die Gummibänder fester spannen müssen, damit es besser fliegen würde, aber dann wäre das ganze Ding zusammengekracht.»

Er versinkt immer mehr in sich selbst, und ich weiß, er überlegt, was er sonst hätte machen können, wie er es hätte schaffen können, ein Flugzeug zu bauen, das geflogen wäre.

Meine Mutter zerrt ihn wieder hervor. «Und ein Radio hast du auch gebaut», hilft sie ihm nach.

«Oh, ja! Einen Kristalldetektorempfänger.» Er erklärt in allen Einzelheiten, wie das ging, und merkt offenbar überhaupt nicht, daß ich gar nicht verstehe, was er da erzählt, von Leitungsdrähten, Stromkreisen, Kristalldetektoren. «Ja, und dann mußte ich eine Antenne aufstellen, und damit es mit der Entfernung stimmte, mußte sie auf das zweite Geschoß des Hauses gegenüber. Ich ging also zu den Leuten und fragte sie, ob ich die Antenne anbringen könnte, und sie hatten eine Heidenangst. Sie hatten noch nie etwas von einem Radio gehört und glaubten, die Antenne würde den Blitz anziehen und ihr Haus könnte abbrennen. Ich weiß nicht mehr, wie ich es angestellt habe, sie zu überzeugen, aber ich habe es geschafft, und als ich die Antenne aufstellte, kamen alle Männer aus der ganzen Nachbarschaft an, um mich zu fragen, was ich da machte. Und als ich es ihnen sagte, schauten sie sich ratlos an. ‹Radio?› fragten sie. Aber nach drei Monaten waren auf allen Häusern in der ganzen Nachbarschaft Antennen! Und als ich zum erstenmal etwas hörte, rief ich meinen Vater, der gleich kam und die Kopfhörer aufsetzte. Es war KDKA in Pittsburgh! Stellt euch vor! So weit weg! Und mein Vater sagte: ‹Pittsburgh!›»

Ich muß auch lächeln vor Freude über seine Freude. «Und was hast du gehört? Was hat KDKA denn gesendet?»

«Ach, das weiß ich nicht mehr. Musik vielleicht. Irgendwelche Musik. Gerede. Keine Ahnung. Weißt du, darauf kam es auch gar nicht an. Wichtig war, daß es überhaupt ankam.»

Ich denke darüber nach, und mir fällt ein, wie er sich die erste Stereoanlage baute. Er lauschte konzentriert, aber ich merkte bald, daß er die Musik überhaupt nicht *hörte:* Er hörte nur den Klang – jede Verzerrung, jedes Kratzen, jede Unvollkommenheit gellte ihm in den Ohren, während ich nur auf die Musik achtete und Verzerrungen im Kopf entzerrte oder einfach überhörte. Ob derartiges wohl schon in unsere Gene eingebaut ist?

«Und DANN», kommt mein Vater nun auf sein Meisterstück, «kaufte ich mir ein Auto!» Er weiß nicht mehr, wie er sich das Geld dafür beschaffte. Es war ein alter Wagen, der wohl etwa um die hundert Dollar kostete, ein Olds V-8, ein großes Gefährt. «Und ich verstand nichts, absolut nichts von Autos. Am ersten Tag, nachdem ich es gekauft hatte, holte ich es irgendwo in der Nähe der Prospect Street ab und fuhr damit die Bedford Avenue entlang. Plötzlich wurde mir klar, daß ich gar nicht wußte, wie ich damit wenden sollte, und vor lauter Angst fuhr ich einfach immer geradeaus, die ganze Strecke bis zur Sheepshead Bay!» Er lacht, wir lachen alle. «Aber dann war ich am Wasser, und ich mußte wohl oder übel umkehren! Und am nächsten Sonntag habe ich mit der ganzen Familie ein Ausfahrt zum Ashbury Park gemacht, und ich mußte tanken, und der Mechaniker sagte: ‹Soll ich auch gleich nach dem Öl sehen?› Und ich fragte nur: ‹Öl?› Ich wußte überhaupt nicht, daß es so etwas wie Motoröl gab!»

Aber das Auto machte merkwürdige Geräusche und qualmte, und er dachte sich, daß da etwas nicht stimmen konnte. Er nahm also, obgleich er nichts von Autos verstand, den Motor auseinander, ersetzte, bearbeitete und reinigte verschiedene Einzelteile und setzte alles wieder zusammen. Das geschah in einer Garage gleich um die Ecke von seinem Elternhaus, in der Quincy Street in Bedford Stuyvesant, einer feinen Wohngegend damals. Die Stammkunden dieser Garage sahen ihn bei der Arbeit und fragten ihn, was er da mache, und als er drei Monate später sein Auto wieder zusammengebaut hatte und es tadellos lief, trugen sie ihm an, sich doch auch um ihre Autos zu kümmern. Und so hatte er plötzlich ein eigenes Geschäft.

«Das war nach der Columbia Universität», sagt meine Mutter kühl.

«Hmm.» Er hat wieder den Faden verloren.

«Du warst Collegestudent, als ich dich kennenlernte», setzt sie hinzu, und etwas schwingt in ihrer Stimme, und ich weiß, was es ist.

Dafna Pasek stammte aus demselben Dorf wie Frances; in späteren Jahren kannten sich die beiden Frauen, wie Angehörige derselben ethnischen Gemeinschaft sich untereinander kennen, auch wenn sie nur selten zusammentreffen. Stefans Mutter, Pani Dabrowski, kam erst viele Jahre später in die Staaten und verkehrte bei Frances, sie war der einzige Mensch, der sie nach Michaels Tod und der Verarmung der Familie noch besuchte.

«Sie war die Pest. Sie kam nur, weil sie einsam war und selbst nicht viele Leute kannte. Sie kam dann ins Haus und herrschte Momma an: ‹Bring mir Tee!› Dafna und Stefan bezahlten ihr die Überfahrt, und sie sollte eigentlich bei ihnen wohnen und im Haushalt helfen, aber sie hatten fünf Kinder, und Josephine hatte keins, so daß sie bald zu Josephine zog. Daraufhin war Stefan so ärgerlich, daß er seiner Familie verbot, Josephine jemals wieder zu besuchen. Sie taten es aber trotzdem – jeden Tag», erzählt meine Mutter mit klagender Stimme.

Und einmal spielten Belle und Ed zusammen im Vorgarten von Josephines Haus an der Ten Eyck Street. Obgleich sie zu der Zeit erst etwa sechs und vier waren, erinnern sie sich beide daran. Sie begegneten sich wieder, als die Familie Brez sich in der Manse Street etabliert hatte. Jean lernte inzwischen Tennis und traf ein Mädchen, das im Forest Hills Tennis Club spielte und Krystyna Dabrowski kannte. Die Freundinnen planten eine Tennisparty – jede sollte ein paar Freunde mitbringen. Krystyna kam in einem prachtvollen Wagen, den ihr Bruder Ed lenkte, und Jean erschien mit Belle. Was auch immer sich bei meiner Mutter abgespielt haben mag, für meinen Vater, das weiß ich, war es Liebe auf den ersten Blick.

Was sah er? Da steht sie, mit ihrem Bubikopf, ihrer Flapper-Aufmachung, ihren koketten Posen, die ihre Freundinnen und sie sich aus den Zeitschriften abgeschaut haben. Sie ist nicht im üblichen Sinne hübsch – ihre Augen sind zu klein und liegen zu tief (genau wie meine), ihr Gesicht ist zu lang und zu schmal, um dem gängigen Weiblichkeitsideal zu entsprechen. Aber in ihren Zügen und ihrer Ausstrahlung liegt etwas Feines, und ihr Gesicht hat etwas, das ich nur Charakter nennen kann und das sie von ihren Freundinnen unterscheidet. Sie sprach bestimmt nicht über ihre Kindheit – die im übrigen seiner gleicht, auch wenn seine Familie nie so tief in die Armut geriet. Sie wohnte in einem hübschen Haus in Forest Hills und arbeitete in der Wall Street; sie war Mitglied einer Theatergruppe und erhielt Klavier- und Geigenunterricht. Sie sprach gutes Englisch. Sie benahm sich wie eine junge Dame. Abends ging sie zur Kunstakademie. Und sie war eine großartige Tänzerin. Wie perfekt und kultiviert muß sie auf diesen jungen Burschen aus Brooklyn gewirkt haben! Aber vielleicht zog ihn ja auch etwas ganz anderes an, was er wahrscheinlich selbst gar nicht in Worte fassen konnte und bis heute nicht in Worte fassen kann, das Zerbrechliche und Zaghafte, das der Zartheit ihrer Gesichtszüge entsprach, das Angespannte und Ängstliche, das seiner Stärke bedurfte.

Und sie sah einen nett aussehenden jungen Mann mit einem prächtigen Wagen, einen Studenten! Er war nicht wie ihre Brüder, er hatte die High School besucht und war jetzt an der Columbia-Universität. Er konnte Tennis spielen, lief bei Wettkämpfen und hatte sich selbst ein Radio gebaut! «Er war ein Mann», versucht meine alte Mutter zu erklären, «er machte Sachen, wie sie Männer machen, aber es gab noch mehr für ihn im Leben, noch ein paar Sachen darüber hinaus, und er hatte eine gewisse Bildung.» Und außerdem war da diese körperliche Anziehung. Und die Tatsache, daß sie keine Angst vor ihm hatte. Sie wußte von Anfang an, daß er alles akzeptieren würde, was sie tat. Belle hatte vor den meisten Männern schreckliche Angst.

«Er war höflich und respektvoll seinen Eltern gegenüber. Sie wohnten damals in einem schönen Haus aus braunem Sandstein. Und er war immer höflich zu mir, zu Momma und zu meiner Schwester. Er war nur ein bißchen still.»

Ein Liebhaber von mir, der auf der Straße groß geworden war und sich in seiner Kindheit und Jugend unter harten Bedingungen durchgeschlagen hatte, ein wunderschöner junger Bursche, den die Kultur ereilte, als er gerade an der Schwelle zum Mannsein stand, erklärte mir einmal, ich hätte ihn bekehrt. «Dort, wo ich aufgewachsen bin», sagte er, «hieß es immer, Männer seien entweder Kämpfer oder Liebhaber. Und weil ich das mit der Liebe nie so recht hinbrachte, wurde ich ein Kämpfer. Aber jetzt bin ich ein Liebhaber.» Und das war er auch. Und mein Vater ebenfalls – Zeit seines Lebens. Gewalt ist für ihn etwas ungeheuer Erschreckendes und Abstoßendes und Darstellungen nackter Sexualität ebenso. So wie seine Familie aus eigener Kraft in den Mittelstand aufstieg, erzog er sich selbst zum Gentleman. Aus meiner jetzigen Sicht ist mir klar, daß meine Mutter eine gute Wahl getroffen hat. Aber während ich heranwuchs, stellte es sich mir nicht so dar.

5 Nachdem er erst einmal Englisch gelernt hatte, kam Ed in der Schule gut zurecht. Wenn auch das Lesen nicht gerade seine Stärke war, glänzte er doch in Mathematik. Dank seiner guten Abgangszensuren in Mathematik und Naturwissenschaften wurde er für ein Ingenieurstudium an der Columbia-Universität angenommen. Aber Ed hatte ein Problem, von dem er nicht wußte, daß es eine Art Behinderung war, und das er sich vermutlich als Dummheit ankreidete. Da er sich grundsätzlich an nichts Unangenehmes erinnert, weiß er davon natürlich ebenfalls nichts mehr. Daher erkannte er auch nicht, daß seine Tochter Joy die gleichen Schwierigkeiten hatte, und sie wuchs wie er in der Überzeugung heran, sie sei dumm, obgleich genügend dagegen sprach: Ihr Sohn Jonathan hat dieses Problem ebenfalls, und bei ihm wurde es schließlich als Legasthenie diagnostiziert. Ihnen allen fällt es schwer zu lesen – die Buchstaben tanzen vor ihren Augen, und manche davon erscheinen umgekehrt oder verdreht.

So schaffte Ed nur ein Jahr an der Columbia-Universität. Er kam nicht mit, trotz der hervorragenden Intelligenz, die ihm seine Familie und viele seiner Lehrer bescheinigten und die er sich manchmal sogar selbst zugestand. Er hatte schon seit einigen Jahren abends oft in der Garage gleich um die Ecke von seinem Elternhaus gearbeitet und kleinc mechanische Reparaturen durchgeführt. Nachdem er dann jedoch seinen Olds auseinandergenommen und wieder zusammengebaut hatte und die Autobesitzer bei ihm Schlange standen, war der Eigentümer der Garage nur zu gern dazu bereit, ihm Platz in seiner Werkstatt zu überlassen, wenn er dafür die Wartung der 44 dort untergestellten Wagen übernahm. Es waren große Autos, im Besitz wohlhabender Männer in gehobenen Positionen und einer Frau (die Ed verblüffte: sie war unverheiratet und hübsch und hatte keine offiziell bekannte Einkommensquelle, aber ein großes Chrysler-Cabriolet). Ed übernahm also die Mechanikerarbeiten an diesen Autos und verstand sich sogar so gut darauf, Karosserien mit dem Gummihammer auszubeulen, daß alle dachten, er hätte den zerbeulten Kotflügel oder die eingedrückte Tür ersetzt. Er selbst kaufte sich ein neues Auto, ein jadegrünes Hupmobile-Cabriolet mit schwarzem Verdeck.

Mit diesem Auto kam er Belle zu ihren Verabredungen abholen. Er hupte nie draußen auf der Straße, wie manche von den anderen jungen Burschen, die bei ihnen verkehrten. Er parkte sein Auto, stieg aus, kam zur Tür, bot Belle fürsorglich den Arm, damit sie nicht auf den Stufen stolperte, half ihr in den Wagen und schloß die Tür fest, aber geräuschlos. Sie gingen drei Jahre lang miteinander aus, und Ed blieb immer höflich und voller Achtung.

Sie muß wohl erleichtert gewesen sein, daß sie nun endlich auch so war wie die anderen jungen Mädchen. Alle ihre Freundinnen hatten Verehrer oder waren verheiratet, bis auf Gertrude, die auch nie heiraten sollte, und Adele und Mala, die ernsthafte berufliche Karrieren verfolgten. Junge Mädchen sprachen dauernd über junge Männer, das wußte sie. Aber die wenigen Verabredungen, die sie bis dahin gehabt hatte, waren gräßliche Abende gewesen. Es gab etwas an Männern, das sie zurückweichen ließ, sie abschreckte: Sie spürte etwas Heftiges, Gewaltsames in ihnen, eine Aggressivität, die ihre lockere kameradschaftliche Art nicht ganz zu überspielen vermochte. Selbst bei ihren Brüdern...

Und wenn sie gelegentlich nachts ihren Körper erforscht und durchaus auch Lust dabei empfunden hatte, wußte sie doch, das war etwas Dunkles und Unanständiges, und man mußte es verbergen. Ed versuchte nie, irgend etwas Unanständiges zu tun, obgleich er kräftig und athletisch war. Und sein nettes, offenes, sinnliches Gesicht war voller Wärme, und wenn er sie ansah, lag in seinen Augen eine Glut. Sie muß etwas für ihn empfunden haben, etwas Romantisches, Dahinschmelzendes, denn diese unsentimentalste aller Frauen schickte ihm im Februar 1929 eine Valentinskarte mit einem jungen Mädchen in Rüschenkleid und langen Spitzenhosen, das vor einer Staffelei sitzt und malt. Ich weiß es, weil er die Karte noch immer besitzt.

Sie wußte, daß Pani Dabrowski sie nicht mochte. Für Dafna war sie ein Flapper, ein weltkluges Weib, das ihren Sohn verderben würde – obgleich Belle sorgsam darauf achtete, nie in ihrer Gegenwart zu rauchen. Mr. Dabrowski dagegen hatte immer ein besonders nettes Lächeln für sie übrig. Aber im Grunde war das alles nicht weiter von Belang, weil die Ehe für Belle ein Schreckgespenst war und sie nie viel mit Eds Familie zu tun hatte. Ed kam oft in die Manse Street, und dann saß er da und sah Belle zu, wenn sie einen neu gelernten Schlager auf dem Klavier spielte, oder er stand mit den anderen um das Klavier herum und sang mit. Er lächelte sie immer an und war sanft.

Und wann und wie fing es dann an, daß er zu drängen begann und seinen warmen Körper eng an ihren drückte? Und wollte sie es auch, lechzte ihr junger Körper nach dieser Art von Liebe? War es das, was die Valentinskarte sagen sollte?

«Nur ein einziges Mal, Anastasia, mehr war nie gewesen, nur dieses eine Mal. Und dazu noch in der Diele! Dabei hat noch nicht mal eine Penetration stattgefunden. Ich dachte, es könnte gar nichts passieren.»

Ich kann mir diese Szene einfach nicht vorstellen. In welcher Diele? Ich erinnere mich an das Haus in der Manse Street, und die Diele dort war nicht nur zum Wohnzimmer hin offen, wo unweigerlich Wally mit der Zeitung gesessen hätte, sondern auch zum dahinter liegenden Eßzimmer, wo ganz gewiß Eddie am Tisch mit seiner mittlerweile umfangreichen Briefmarkensammlung beschäftigt gewesen wäre. Sie waren eine Familie von Nachtmenschen. Und wenn die beiden tatsächlich nicht da waren, warum dann im Stehen, warum nicht auf dem Sofa? In einer Diele stehend, ohne Penetration und mit dem Ergebnis, daß ihr etwas Kaltes, Klebriges das Bein herunterrinnt? Kann es sein, daß meine Mutter mich anlügt?

Warum nicht? Sie schuldet mir nicht die Wahrheit über dieses Ereignis. Ich denke es mir immer im Auto, auf der luxuriösen Lederrückband des prächtigen Wagens, der bald verschwinden sollte. Ein Autorücksitz – der Ort, dem so viele von uns ihre Entstehung verdanken. Ich stelle es mir am liebsten leidenschaftlich vor.

Aber wo und wie es auch passiert sein mag, da stand sie nun im März 1929, mit ihrem Wall Street Job, ihrer Bildermappe von der Akademie und ihrer ausgebliebenen Periode. Das einzige, woran sie sich aus der unmittelbar darauffolgenden Zeit erinnert, ist ihr schwangerer Auftritt bei der Abschlußfeier, um ihr Diplom in Empfang zu nehmen. Und wie sie weint. Weint und weint und nicht mehr aufhören kann.

Schließlich erzählte sie es ihnen, ihrer Mutter und ihren Geschwistern. Mama sagte nichts. Die anderen auch nicht. Sie sahen sie nur an. Jean schüttelte den Kopf und jammerte: «Oh, Belle!» Eddie machte irgendeinen Witz über Ed Dabrowski. Nur Wally schien zu begreifen, was es für sie bedeutete. Er nahm sie kurz darauf zur Seite und sagte, er könne eine Abtreibung für sie arrangieren, wenn sie es wolle. Sie weinte an seiner Schulter.

Sie wollte die Abtreibung. Es war so eine Schande. Gott strafte sie für das eine Mal, das eine einzige Mal! Sie würde so entsetzlich gedemütigt vor ihren Freundinnen dastehen. Aber sie ahnte, ohne darüber Bescheid zu wissen, was eine Abtreibung bedeuten würde – eine finstere Straße, viele Treppen, ein verkommenes Zimmer, Schmutz, Entwürdigung, Sünde und Scham, und außerdem war es illegal. Und teuer. Und in ihr wuchs ein lebendiges Wesen.

Sie saß allein in ihrem verdunkelten Zimmer und weinte. Ihr Leben erschien ihr als der pure Hohn: ihre ganzen Bemühungen, ihr Ringen darum, einen Platz zu finden, wo sie atmen konnte, wo sie nach außen das sein konnte, als was sie sich innerlich fühlte, und nun saß sie für immer in der Falle, es gab kein Entrinnen mehr. Genau das war immer schon ihre Bestimmung gewesen. Wie hatte sie sich etwas anderes einbilden können? Das einzige, was sie wirklich werden wollte, war Malerin, aber sie hatte kein Talent, ihre Lehrer lobten sie nie. Was blieb ihr da noch? Sie war eine Frau, und alle Frauen endeten so. Sie war die ganzen Jahre ein Wurm gewesen, der sich wand und ringelte, aber doch schon fest am Haken saß, aufgespießt auf Befehl der Natur, dumm und unwissend, nicht nur, was die Welt überhaupt anging, sondern auch, was diesen Umstand betraf.

Als sie sich bis zur Erschöpfung ausgeweint hatte, ihre Nase wund vom vielen Schneuzen war und ihre Augen rote Ränder hatten, fing sie an, darüber nachzudenken, was sie machen sollte. Sie wußte, daß Ed Angst hatte, aber die Entscheidung ihr überließ. Er war nur 23 und baute sich gerade erst ein Leben auf. Er konnte sich kaum vorstellen, wie er eine Familie ernähren sollte. Aber wenn sie abtreiben wollte, würde er das Geld auftreiben, sie begleiten und ihr die Hand halten. Und wenn nicht, würde er sie heiraten, froh und dankbar sein, wenn auch nicht für das Kind, so doch dafür, daß er sie hatte.

Anfang Juni 1929 fuhren Ed und sie nach Washington. Sie fanden eine kleine Kirche und erklärten dem Priester, daß sie heiraten wollten. Er meinte, sie müßten zuerst die Beichte ablegen. Belle kniete sich, ganz dumpf im Kopf, in den Beichtstuhl. Sie konnte sich nicht mehr erinnern, wie das Gebet lautete, das sie sprechen mußte und das anfing: «Vergib mir, Vater...» Sie wußte nicht einmal mehr, wann sie zum letztenmal zur Beichte gegangen war. Sie fing an zu weinen und sagte dem Priester, daß sie schwanger sei. Er verdonnerte sie barsch zu einer umfangreichen Buße und ließ den

Schieber herunterknallen. Dann stürmte er aus dem Beichtstuhl heraus, packte Ed am Arm und beschimpfte ihn mit den übelsten Worten. Grimmig und vor Wut kochend traute er sie.

Ach Ed, armer Ed. Da stand er nun, der sanfte junge Bursche, der diese Frau so liebte, der sie im Überschwang seiner Liebe und seines Verlangens hatte haben wollen, der ihr nichts Böses hatte antun wollen. Er hörte die Beschimpfungen auf sich niedergehen, duckte sich weg und nahm doch gleichzeitig alles an. Er wußte, der Priester hatte recht. Er war ein Mann, und Männer waren alle gleich, ja, er hatte sie gedrängt, er hatte sich nicht genügend Gedanken um die Folgen gemacht. Er dachte das Wort *schlecht* nicht, aber so fühlte er sich. Er wußte, der Pater hatte recht: Väter hatten immer recht, so hart sie einem auch erscheinen mochten; Jungen mußten den Vätern gehorchen. Das ganze war ihm zu kompliziert; und er hörte auf, darüber nachzudenken. Aber beide, Belle und Ed, betraten nie wieder freiwillig eine Kirche, und von seinem Katholizismus blieb Ed einzig das Unbehagen, am Freitag Fleisch zu essen.

Sie traten aus der Kirche in den trüben grauen Tag hinaus und spazierten noch ein wenig in Washington herum, um dann wieder nach New York zurückzufahren. Ed brachte Belle nach Hause, gab ihr einen Kuß und fuhr zu seiner Familie. Beide erzählten zu Hause niemandem, daß sie geheiratet hatten, obgleich Belles Mutter und Geschwister es zweifellos wußten. Später sollten sie dann allen erzählen, daß sie schon seit einem Jahr heimlich verheiratet waren. Diese Lüge erlaubte es ihnen, den Kopf aufrecht zu tragen, obgleich sie wußten, daß ihnen niemand glauben würde. Sie gab allen eine Version an die Hand, die sie akzeptieren konnten und von der sie so tun konnten, als wäre sie wahr.

Aber die Schande schlug Belle auf den Magen, und sooft sie allein war, weinte sie. Sie arbeiteten beide weiter und legten jeden Penny auf die hohe Kante. Sie gingen zusammen aus wie ein verlobtes Paar, und Ed kaufte Belle einen Verlobungsring mit einem echten Diamanten darin. Sie besichtigten Wohnungen und mieteten schließlich im September eine hübsche Drei-Zimmer-Wohnung in Kew Gardens, nicht zu weit von der U-Bahn, nahe dem Haus von Belles Familie. Sie sahen sich nach Möbeln um, und Ed war tief beeindruckt von Belles Sachverstand und von dem Queen Anne-Sofa mit passendem Sessel, das sie auswählte. Sie kauften außerdem noch einen Tudorsessel mit hoher Rückenlehne und seltsamen

Armstützen, wobei sie nur eine Anzahlung leisteten und den Rest in Raten abstotterten. Sie erwarben eine unlackierte Schlafzimmereinrichtung und strichen sie selbst weiß an, und Ed schmückte die Vorderseiten der Kommoden und das Kopfteil der Bettstatt mit wunderschönen Blumenabziehbildern, die Belle ausgesucht hatte.

Sie schafften die Möbel in die Wohnung und begannen im Oktober ihr Leben als Ehepaar. Es war hart, weil Ed auch seinem Vater noch Geld ablieferte, um die Familie zu unterstützen, und Belle jetzt nicht mehr arbeitete. Deshalb begann Ed, zusätzlich nachts in einer Apotheke zu arbeiten. Sie hatten Sorgen, aber sie hatten auch Pläne. Und dann kam der große Zusammenbruch. Die Zeitungen überschrien einander in großen schwarzen Lettern, und reiche Männer sprangen von Firmengebäuden. Die Autos von Eds Kundschaft waren plötzlich einfach verschwunden, und die Garagenrechnungen blieben unbezahlt.

Er kann das bis heute nicht begreifen. «Sie waren alle reich, versteht ihr?» Fast 60 Jahre später sitzt er noch immer da und kratzt sich den Kopf mit dem unverändert dichten, weißen Haar. «Das waren alles Doktoren, Börsenmakler. Und keiner davon hat mich bezahlt, nicht einer!» Das will ihm einfach nicht in den Kopf. Sie waren ehrbare Menschen, und ehrbare Menschen bezahlen ihre Rechnungen, vor allem dann, wenn sie Geld haben und ihre Gläubiger nicht. Diese Naivität meines Vaters, die er sich über all diese Jahre bewahrt hat, erscheint mir so liebenswert, und ich strecke die Hand aus und berühre seine.

Über Nacht verlor er sein Geschäft. Sie konnten die Novembermiete für die Wohnung nicht bezahlen, und Belle schämte sich so sehr wie noch nie in ihrem Leben. Sie zog wieder zurück zu Mama, und Ed zog zu seiner Familie. Nachts im Dunkeln luden er und sein Bruder heimlich die Möbel auf einen gemieteten Lastwagen und fuhren sie davon. Und Ende November – in diesem Monat, der in meiner Vorstellung immer trostlos ist, mit den kahlen Ästen, die sich verloren zu einem weiten, grauen, leeren Himmel emporrecken –, kam ich zur Welt.

1

6

5

2. Teil

2

Die Zeit in den Gärten

3

VI. Kapitel

1 MEINE MUTTER WEINTE. Das muß meine erste Erinnerung sein. Sie lag allein in einem kleinen kalten Raum, wir beide waren noch nicht getrennt, sie schrie und niemand kam, und sie weinte. Einmal ging die Tür auf, Licht fiel durch den Spalt, aber es war eine Krankenschwester, die grob fragte, warum sie solchen Lärm mache, es sei bei ihr noch nicht soweit. Sie schrie weiter, der Schmerz war furchtbar. Sie weinte, und aus ihrem Schmerz schlüpfte ich hervor, Anastasia, ihre Strafe, die Mückentochter.

Sie weinte weiter, nachdem ich geboren war, und der Arzt gab ihr Luminal. Gierig schluckte sie es, Tag für Tag. Aber sie weinte trotzdem, und ihr Weinen war wie ein Aufschrei gegen ihr Leben, wie Regen an der Fensterscheibe, der alles andere verdunkelt, verwischt, verzerrt.

Ed holte sie aus dem Krankenhaus ab, aber sie durften das Baby nicht mitnehmen, weil sie die Krankenhausrechnung noch nicht bezahlt hatten. Sie erinnert sich nicht mehr, welchen Trick, welche List sie anwandten, aber Ed holte auch das Baby ab. Sie brachten es zu den Dabrowskis, wo sie wohnen würden: Das Haus war geräumiger als das in der Manse Street. Dafna steckte sie in einen Alkoven neben der Küche, wo eine Liege stand und daneben eine Kiste für das Baby. Ed schlief in seinem alten Zimmer, bei Daniel. Belle weinte. Am dritten Tag, als Dafna Josephine besuchte, stand sie auf und zog erst sich an, dann das Baby, ging an die Ecke mit den Telefonzellen und rief ein Taxi. Sie ging, ohne eine Nachricht zu hinterlassen. Sie fuhr zu Momma. Momma und Jean schliefen jetzt in dem großen Bett im vorderen Zimmer, und Belle ließ nicht zu, daß Momma den Platz räumte. Sie nahm das kleine dunkle Mittelzimmer und gab Momma das Baby. Sie schlief, und wenn sie aufwachte, weinte sie.

Frances streckte ihre Arme gierig nach dem Baby aus. Sie umarmte Anastasia, ihr erstes Baby, das Baby, nach dem sie sich immer gesehnt hatte, das Baby, das sie nicht hatte haben können, als ihre eigenen Kinder kamen. Sie schloß Anastasia in ihre Arme, sang ihr vor, sprach mit ihr und fütterte sie pausenlos. Sie ließ sie auf ihren Knien hüpfen, erzählte ihr, sie sei ihre kleine Hammerwerferin, *moja kochanie,* und sie, Frances, sei ihre *Babcia,* ihre Großmutter. Frances war wieder glücklich.

Belle weinte. Sie war erst fünfundzwanzig, und ihr Leben war zu Ende. Ihr Leben war vorbei. Ed hatte keinen Job, sie hatten kein Geld, sie war nicht länger der sorgenfreie junge Flapper, der sich für nichts interessierte, außer für Mode und Verabredungen, Klavierstunden und Geigenunterricht, die Kunstschule und den schikken Freundeskreis. Das war vorbei, für immer vorbei. Es würde nie mehr so sein, dabei hatte sie gar nicht viel davon gehabt. Alles war vorbei, und sie hatte nichts, außer diesem Wesen, diesem lauten Etwas, das von ihrem eigenen Körper genährt werden wollte, obwohl sie selber kaum etwas hatte. Sie stillte wenige Wochen, dann gab sie es auf. Ihre Milch war dünn, floß unregelmäßig, enthielt Luminal. Das Baby schrie und ballte die kleinen Fäuste, es war hoffnungslos. Belle versagte auch hier, so wie sie bei allem versagt hatte. Wally ging los und kaufte Babyflaschen.

Ein einziges Mal mußte sie lachen, Thanksgiving, beim Essen. Momma hatte ein Hühnchen gebraten – die Zeiten waren für alle hart. Wally hatte auch seinen Job verloren, und Eddie und Jean mußten sich Lohnkürzungen gefallen lassen. Wally sah zu Anastasia hin, die in ihrem Korb auf einem Stuhl lag, und sagte, man hätte sie braten und aufessen sollen, an ihr sei mehr dran als an dem Hühnchen. Daraufhin lachten sie, bis sie sich mit dem Taschentuch die Tränen abwischen mußten, und Wally fand sich sehr komisch. Und als Anastasia älter war, erzählte er ihr seinen Witz oft und gern.

Dann stand eines Abends Ed vor der Tür, und Wally ließ ihn ins Haus. Alle sahen ihn gespannt an, niemand wußte genau, was vorgefallen war. Niemand hatte irgendwelche Fragen gestellt. Er war steif und angespannt, genau wie sie. Er fragte nach Belle. Sie lag in ihrem Bett und weinte. Er ging nach oben.

Er setzte sich neben sie auf das Bett. Er nahm ihre Hand und beugte sich herunter, um sie zu küssen, aber sie drehte hastig den Kopf weg. Tränen schossen ihm in die Augen und schnürten ihm die Kehle zu, aber er blieb neben ihr sitzen. Er räusperte sich. Er versuchte, ihr über die Stirn zu streichen, aber wieder drehte sie schnell und unversöhnlich den Kopf zur Seite.

«Ich habe Arbeit gefunden, Belle», flüsterte er.

Sie sah ihn an. Ihr Kopf lag ruhig. Sie wartete.

«Ich werde beim Entstörungsdienst der Brooklyn Edison-Telefongesellschaft arbeiten. Für 20 Dollar die Woche.» Er war stolz auf sich. Es war keine Kleinigkeit, unmittelbar nach der Wirtschaftskrise einen Job zu finden; er hatte ihn nur bekommen, weil er ein Jahr College vorweisen konnte. Das wußte sie. Sie preßte die Lippen zusammen. Sie wußte, daß das tatsächlich ein Schritt voran war und daß er sich wirklich sehr um diesen Job bemüht haben mußte, aber sie ärgerte sich, daß er sich so leicht zufriedengab. Was glaubte er, was sie mit 20 Dollar die Woche anfangen könnten?

«Davon können wir nicht leben», sagte sie.

Er senkte den Kopf. Er wagte weder, sie zu bitten, mit ihm zurück zu seinen Eltern zu kommen, noch sie zu fragen, ob er zu ihr kommen dürfe. Sie sah ihn an. Sie verstand ihn, auch ohne Worte.

«Wir können hier in diesem Zimmer wohnen», sagte sie schließlich.

Und er beugte sich zu ihr hinunter und küßte ihre Stirn, und sie ließ ihn gewähren. Er blieb bei ihr sitzen und streichelte lange ihre Hand. Sie schwiegen. Dann sagte er, er müsse gehen und käme morgen abend wieder. Am nächsten Abend kam er mit einem Koffer von der Straßenbahnhaltestelle. Das Auto hatte er verkauft und mit dem Erlös die Krankenhausrechnung bezahlt. Er zog in das kleine dunkle Zimmer, wo sie für die nächsten dreieinhalb Jahre hausen sollten.

Belle zwang sich, jeden Morgen aufzustehen. Anastasia schlief lange und weckte ihre Mutter morgens nie. Belle stand auf, zog sich ihren Morgenrock und die Hausschuhe an, ging nach unten und trank Kaffee, während Momma das Frühstücksgeschirr der anderen abwusch. Ed Dabrowski stand zuerst auf, um sechs, er kochte sich seinen Brei und das Ei selber und röstete seinen Toast, aber

Momma machte immer noch das Frühstück – Kaffee und Toast – für ihre Kinder, für Eddie und Jean, die um Viertel vor acht zur Arbeit gingen, und für Wally, der jeden Morgen um acht das Haus verließ, als ob er zur Arbeit müßte. Nach mehreren Tassen Kaffee – die letzte trank sie immer mit Momma, die sich zu ihr setzte – und zwei Zigaretten, ging Belle nach oben und nahm das schlafende Baby auf, das oft nicht geweckt werden wollte und schlechtgelaunt und schläfrig war.

Belle machte Anastasias Flasche warm und kochte den Babybrei. Dann schloß Frances sämtliche Türen, die zur Küche führten, zündete die Gasflammen des Ofens an, drehte sie auf die höchste Stufe und stellte eine Emaillewanne in das Abwaschbecken und ließ warmes Seifenwasser ein. Wenn es im Raum so warm war, daß die meisten Menschen vor Hitze in Ohnmacht gefallen wären, zog Belle Anastasia aus, nahm ihr die vollen Windeln ab und setzte sie in die Wanne. Momma stand mit einem riesigen, schützend hochgehaltenen Handtuch daneben. Belle duschte Anastasia unter dem langen Schwenkarm der Spüle ab, und dann nahm Momma sie, wickelte sie ein und trocknete sie ab. Belle zog ihr frische Sachen an und legte sie in die Kissen des Babykörbchens, das auf dem Küchenfußboden stand. Dann erst – keine der beiden Frauen merkte, daß sie vor Hitze taumelten – drehten sie die Gasflammen des Herdes aus. Sie warteten noch eine Weile, ehe sie die Küchentüren wieder öffneten, damit das Baby sich nicht erkältete.

Belle leerte die Windeln in der Toilette neben der Küche, trug sie in den Keller und weichte sie in einem tiefen Zuber ein, in dem bereits die Windeln des Vortages lagen. Dann ging sie wieder nach oben und wusch sich die Hände. Sie toastete sich ein Brot, bestrich es mit Marmelade und begann zu essen, während Momma – die Anastasia *niemals* in ihrem Körbchen ließ – das Baby auf den Knien hatte und mit ihm redete, «*moja kochanie*», sagte sie, «meine Süße, meine kleine Hammerwerferin, Babcias Töchterchen.» (Haben diese Worte, die wieder einer anderen galten, Belles Herz durchbohrt?) Belle ging in den Keller und schrubbte die schmutzigen Windeln auf dem Waschbrett, spülte sie, wrang sie aus und trug sie in einer Schüssel nach oben. Sie zog sich ihren Mantel über Nachthemd und Morgenrock und ging hinaus auf die winzige hintere Veranda. Dort hängte sie die Windeln auf der Wäscheleine auf, die bei jeder Bewegung des verrosteten Flaschenzuges quietschte.

Dann räumten die beiden Frauen auf, machten die Betten, zogen sich an. Gegen elf gingen sie aus dem Haus. Belle trug ein Kleid, lange Strümpfe, Stöckelschuhe, hatte Puder und Lippenstift aufgelegt. Momma zog immer dasselbe alte Hauskleid aus Baumwolle an, den braunen Pullover mit dem Loch im Ärmel, ihren schäbigen, uralten schwarzen Mantel und einen Strohhut mit einer verblichenen braunen Rose. Anastasia wurde in mehrere Decken aus Flanell und Wolle eingehüllt und in den Kinderwagen gelegt, einen vornehmen englischen Kinderwagen, die Geschwister hatten zusammengelegt, um ihn zu kaufen. Momma war immer sehr fröhlich, wenn sie losgingen, egal, wie das Wetter war. Das war der Höhepunkt ihres Tages. Sie gingen zum Boulevard und kauften in Mommas Lieblingsgeschäften ein. Momma kannte alle Geschäftsinhaber – den deutschen Fleischer, den deutschen Bäcker, den italienischen Gemüsehändler, den schottischen Lebensmittelhändler. Sie lächelte, unterhielt sich mit ihnen, und sie lachten und scherzten mit ihr. Ihre Augen leuchteten auf, und manchmal küßten sie ihr sogar die Hand. Was Belle ihre Momma mit neuen Augen sehen ließ. Momma war jetzt immerhin achtundvierzig Jahre alt, in Belles Augen also in einem fortgeschrittenen Alter, und seit sie nicht mehr arbeiten ging, hatte sie fünfzehn Pfund zugenommen – 60 Kilo waren viel für ihren zarten Knochenbau. Ihr schönes Haar war immer noch lang und immer noch zu einem unmodernen Knoten zusammengesteckt, das Blond war mausgrau nachgedunkelt. Sie hatte ein freundliches Gesicht und ein liebes Lächeln, aber die Qual hatte Hunderte von winzigen feinen Fältchen in ihr Gesicht gegraben. Sie ging langsam – ihre Beine waren von der jahrelangen schweren Arbeit geschwollen und etwas krumm, weil sie jahrelang gebeugt an der Nähmaschine gesessen hatte, ihre Kleider waren abgetragen und unförmig. Sie sah wie eine abgearbeitete Bäuerin aus. Trotzdem diese Männer – sollte es möglich sein, daß ihre Mutter daran dachte – unmöglich! Aber die Art, wie diese Männer sich verhielten und wie Momma sich verhielt, mit fast fünfzig! Selbst der hagere und schroffe Inhaber des Papierwarenladens, in den Belle jeden zweiten Tag ging, um sich ein Päckchen Luckies zu kaufen, lächelte, zeigte seine gelben Zähne und sagte zu Momma: «Liebe Mrs. Brez.»

Die Frauen kauften nur für den täglichen Bedarf ein. Sie hatten zwar eine Eisbox zu Hause, aber mit dem Kinderwagen konnten sie nicht soviel auf einmal schleppen, außerdem liebte Momma diese täglichen Ausflüge. Und sie genoß sie erst recht mit Bella (sie rief Belle nie mit ihrem neuen Namen) und Anastasia. Belle fühlte sich ruhiger, wenn sie mit Momma draußen war, und wenn sie wieder nach Hause gingen, freuten sie sich auf ihren Lunch. Zum Lunch machte Belle für sich und Momma ein Rührei oder ein mit Käse überbackenes Sandwich. Momma briet etwas Schinken, bis er dunkel und knusprig war, zerkrümelte ihn dann in kleine Häppchen und legte sie Anastasia auf die Zunge. Und Belle aß langsam, aber mit Genuß und empfand das als die schönste Zeit des Tages, dachte: Großmutter, Mutter und Baby, drei Generationen, so wie es sein soll. Anschließend wusch Momma ab, und Belle wechselte Anastasias Windeln, gab ihr die Flasche und legte sie in das Körbchen, weil sie schlafen sollte. Und Belle blickte auf die Küchenuhr, die an der Wand über dem Herd hing, sah, daß es erst zwei Uhr war, und das Herz wurde ihr schwer. Anastasia würde etwa zwei Stunden lang schlafen, Momma würde in ihr Zimmer gehen und nähen. Sie nähte für Anastasia eine Frühlingsgarnitur, einen Mantel und eine Schute aus rosa Seide. Belle hatte den Mantelkragen und die Seiten der Schute mit kleinen Blümchen in einem helleren Rosa bestickt. Die Garnitur erfüllte Belle mit Stolz, sie dachte an Ostrowskys Geschäft: Keines der reichen Kinder war besser angezogen gewesen. Aber sie war mit ihrer Arbeit an der Garnitur fertig. Sie nahm sich ein Buch und ging in ihr Zimmer, legte sich aufs Bett und fing an zu lesen. Doch es dauerte nicht lange, bis sie wieder weinte.

Sie wußte selber nicht, warum sie soviel weinte. Sie versuchte, nachzudenken, ihren Tränen mit Vernunft beizukommen. Aber in ihrem Hinterkopf spürte sie nichts außer einem wirbelnden Strom, der so heiß war wie ihre Tränen und schmerzempfindlich wie rohes Fleisch. Und dieser heiße, scharlachrote Strom verschlang alles in seiner Nähe, türmte sich hoch auf wie eine Welle und ertränkte jeden Gedanken. Er wirbelte alles in ihrem Kopf durcheinander, so daß sie keinen klaren Gedanken fassen konnte und nicht mehr wußte, was richtig und was falsch war. War es falsch, daß sie sich so elend fühlte? Müßte sie glücklich sein? War sie neurotisch, wie Poppa, wie Wally? Wieso war Ed glücklich? War es falsch, daß er glücklich war, daß er mit so wenig zufrieden sein konnte?

Sie dachte: Ich bin eine neurotische Heulsuse. Eigentlich müßte ich glücklich sein. Schließlich habe ich ein gesundes Baby und wohne in einem schönen Haus, wir könnten genausogut in dem dunklen Loch wohnen, wo wir früher gehaust haben! Ich habe genug zu essen und muß nicht jeden Tag in irgendeiner Klitsche arbeiten. Ed betet mich an. Er hat einen Job. Wally hat keinen. Ed steht nicht an irgendeiner Straßenecke und verkauft Äpfel. Sie dachte: Mein Tag ist schön. Nur Momma, das Baby und ich. Es ist friedlich, und wenn ich auch kein prächtiges Haus mit Diener habe wie die reichen Damen, habe ich doch genauso schöne Kleider wie sie, und Anastasia auch. Ich esse gut, vielleicht sogar besser als sie, weil reiche Damen zum Abendessen ein winziges Lammkotelett, grüne Erbsen und Waldorfsalat oder ähnliches essen. Jedenfalls haben das die Dienstmädchen Momma erzählt, als sie alle noch in ihrem alten Viertel wohnten, wo Momma viele Freundinnen hatte.

Aber sobald sie mit ihren Gedanken so weit gekommen war, wurden sie von einer fürchterlichen, lodernden Wut verschlungen: Warum verdiente Ed nicht so gut wie ihr Bruder Eddie oder wie Eric Terschelling, Jeans Freund, der sie jeden Samstag zum Essen ausführte und abends eine Handelsschule besuchte, um sich weiterzubilden? Das Feuer loderte höher, verwandelte sich in eine riesige Welle aus Kummer und warf sie um. Sie brach in lautes Schluchzen aus. Sie hatte das Gefühl, als stünde sie an ihrem eigenen Sarg, sie sah sich an, ihr Gesicht war hübsch zurechtgemacht, Puder, Lippenstift, Augenbrauenstift, und zu jenem friedlichen Lächeln erstarrt, das sie immer aufzusetzen versuchte. Da lag sie, in ihrem guten blauen Seidenkleid, mit einer Blume auf der Brust, und in ihr tönte die Gewißheit, daß ihr Leben vorbei war, vorbei. Für sie war alles aus.

Hatte sie nicht gesehen, wie ihre eigene Mutter sich in kurzer Zeit alt und grau gegrämt hatte? Und jetzt war sie selber Mutter, nicht länger eine Person, sondern nur noch jemand, von dem erwartet wurde, sich um das eigene Kind zu kümmern, jemand, dem kein anderes Leben mehr zustand, keine anderen Freuden. Ihre Vergangenheit schien ihr wie eine sinnlose Auflehnung gegen diese Einschränkungen: der Klavier- und Geigenunterricht, ihre Träume, Innenarchitektin zu werden, die Jahre auf der Kunstschule. In Wahrheit besaß sie keinerlei Fähigkeiten, sie konnte nichts, außer vielleicht tanzen, aber wozu sollte das gut sein? In den drei Jahren auf der Kunstschule hatte sie nichts gelernt. Madame Ostrowsky wußte, was sie tat, als sie Belle als Botengängerin arbeiten ließ. Sie hatte noch nicht einmal die Rollen in den Stücken ihrer kleinen

Theatergruppe überzeugend gespielt. Sie hatte kein Talent, keinen Verstand, sie war zu nichts zu gebrauchen, ihre Sehnsüchte waren nichts als dumme Träume, lächerlich, infantil, wie Eintagsfliegen, die keine Daseinsberechtigung hatten. Es lag jetzt an ihr, mit diesen Träumen aufzuräumen, erwachsen zu werden, zu akzeptieren, was es hieß, eine erwachsene Frau zu sein...

Aber dieser letzte Gedanke wurde nur selten zu Ende gedacht, weil sie von neuerlichem Schluchzen überwältigt wurde, das nur langsam abklang und sie geschwächt und erschöpft zurückließ. Dann schlief sie ein.

Momma ließ sie schlafen, solange sie wollte. Sie kam in das kleine dunkle Zimmer, hob leise den Korb mit dem Baby hoch und trug ihn die Treppe hinunter. Dann fing sie mit den Vorbereitungen für das Abendessen an, wobei sie ununterbrochen mit dem Baby redete und es mit Kuchen, knusprigen Pastetenstückchen oder Chruscikis fütterte. Zufrieden putzte sie das Gemüse, briet Fleisch, backte Brot oder Pasteten. Sie war glücklich, für ihre Kinder das Abendessen zu kochen, und für ihre kleine Enkeltochter. Wenn Belle hinunterkam, frisch gepudert und angemalt, das Haar in Marcelwellen gelegt und nur die Augen glanzlos vom Luminalschlaf, lächelte Momma, nickte ihr zu und sagte: «Nimm dir eine Tasse Kaffee, Bella, und gieß mir auch eine ein.» Sie setzte sich zu ihrer Tochter und plauderte mit ihr über das Baby, das wundervolle Baby, dieses zauberhafte neue Menschenkind in ihrem Leben.

Belle blickte stumpf auf das Kind in dem Körbchen auf dem Fußboden und dachte daran, wie es aus ihr herausgekommen war. Sie würde nie wieder die sein, die sie gewesen war – ihre Hüften waren sogar noch breiter als früher; auf ihrem glatten weißen Bauch und dem Po hatte sie Dehnungsstreifen, und ihre Füße, die sie immer schon verlegen gemacht hatten, waren noch größer geworden, Schuhgröße achteinhalb. Ein Zahn war ihr ausgefallen. Und alles war die Folge eines einzigen Augenblicks, eines dunklen Moments, einer Sünde, wie der Priester gesagt hatte. Selbst wenn von verheirateten Menschen dies erwartet wurde, aber von unverheirateten nicht.

Momma hatte Anastasia inzwischen auf den Schoß genommen. Sie ließ sie hüpfen, nannte sie «meine kleine Hammerwerferin!», drückte sie an sich und schrie »*moja kochanie!*» – und diese Worte bohrten sich in Belles Bewußtsein. Sie blickte auf und sah ihre Mutter und das Baby weit weg, wie Fremde hinter einem Fenster, wenn man frierend durch den kalten Abend geht und Mutter und Kind drinnen in der Wärme sieht. Das Licht fällt auf ihr Haar, und man bleibt einen Moment stehen und ist sich der eisigen Fensterscheibe bewußt, die einen von dieser Szene trennt...

Dann wurde dieser Gedanke vom Alltag verdrängt. Wally kam als erster nach Hause, niedergeschlagen von einem weiteren erfolglosen Tag oder manchmal schulbewußt, weil er, statt einen Job zu suchen, in den Schachclub in Manhattan gegangen war, ein verräuchertes, stickiges Loft, in dem alte Russen Pfeife rauchten und wo er stundenlang spielte, oft gewann und darüber seine Lage vergaß. Einmal besiegte er in diesem Club den Schachweltmeister, aber das war kein offizielles Spiel, und es half nur, sein Ansehen bei seiner Familie aufzupolieren. Er hatte das Gefühl, alle sähen auf ihn herab, und er kam immer mit wiegenden Schritten und derben Reden zur Tür herein, als kenne er die Welt und sie wären alle ahnungslos. Aber das alles vergaß er, wenn er Anastasia sah. Lächelnd streckte er die Arme nach ihr aus, hob sie hoch und warf sie in die Luft, ging mit ihr ins Wohnzimmer und ließ sie auf seinen Knien reiten, während die Frauen das Essen zubereiteten.

Die Abende kamen Belle lang vor. Ed, ihr Ed, erschien selten zum Abendessen. Er ging zu seinen Eltern, wo er aß und dann in den Keller ging, den er zu einer Wohnung umbaute. Die Zeiten waren auch für die Dabrowskis schwer: Die Leute kauften keine maßgefertigten Schuhe mehr, und Stefan arbeitete nur ein paar Tage in der Woche. Daniel und Krystyna hatten Arbeit, aber Maria und Eva gingen noch zur Schule, und Dafna war oft krank. Deshalb baute Ed den Keller in dem schönen alten Backsteinhaus in der Quincy Street zu einer Wohnung aus; die Miete sollte das Einkommen aufbessern.

Die anderen kamen jedoch zum Essen, und danach machten Jean und Belle manchmal einen Spaziergang mit Anastasia, die im Kinderwagen lag. Sie sprachen nie über irgendwelche Probleme. An manchen Abenden spielten sie zu viert Pinokel oder Bridge oder hörten Radio. Momma saß lächelnd dabei, trank Kaffee und nähte. Oft spielten sie bis Mitternacht Karten. Bis dahin war auch Ed zu Hause, und Belle bot ihm ein Stück Kuchen oder Pastete und Tee an, und er nickte. Sie aßen alle noch eine Kleinigkeit zusammen mit ihm und gingen zufrieden zu Bett.

Aber an manchen Abenden waren sie erschöpft oder niedergeschlagen; ohne Erklärungen, ohne Gespräche ging der eine oder andere von ihnen frühzeitig zu Bett, und oft, wenn die anderen noch aufblieben, ging Belle allein hinauf. Manchmal war das Haus, wenn Ed nach Hause kam, schon dunkel, und nur die kleine Lampe im Flur brannte für ihn. Seufzend trat er seine Schuhe auf der Matte ab und hängte seine Jacke auf. Jung, arm und Vater eines Babies zu sein ist ein hartes Los. Und Ed hatte allen Grund, traurig zu sein. Aber er war gar nicht so unglücklich, wie er hätte sein können. Er besaß, besitzt, die Gabe, zufrieden zu sein – vielleicht ist das sogar eine Begabung, die er von seiner Mutter geerbt und an Joy weitervererbt hat. Er lebt immer nur dem Augenblick, er denkt nicht an die Zukunft, er hat die Vergangenheit ausgelöscht. Er betete Belle an, und nun lag sie jede Nacht neben ihm im Bett. Er hatte gut und genügend zu essen. Und jeden Tag hatte er bei der Arbeit Gelegenheit, seinen Verstand zu gebrauchen. Die Stellung, die er angenommen hatte, demütigte ihn nicht, im Gegenteil: er war stolz, daß er eine Arbeit hatte, der er gewachsen war. Und das Beste war, daß seine Vorgesetzten seine besonderen Leistungen anerkannten.

«Ja, die anderen bekommen alle zwei Cent in der Stunde – außer Charlie Gundhauser, der auf drei Cent kommt, aber ich erhalte zehn Cent! Mr. Schumacher sagt, meine Leistung liegt um 25 Prozent höher als die aller anderen. Er klopfte mir sogar auf die Schulter!» erzählte Ed stolz, wenn er mit Belle abends allein im Schlafzimmer war.

Und jetzt war auch sein Vater, dieser furchteinflößende, jähzornige Mann, der ihn in seiner Kindheit unterdrückte (was er jedoch vergessen hat), zufrieden mit ihm, klopfte ihm auf die Schulter und lobte ihn. Er war beeindruckt von seinem Sohn, der Tischler, Klempner und Elektriker in einem war und alle Arbeiten geschickt, sauber und solide ausführte. Lächelnd nickte er seinem Sohn zu, mit einer Spur Ehrfurcht. Er fragte Ed nach seiner Meinung und fügte sich im Zweifel. Ed strahlte.

Und dann kam er nach Hause zu Belle. Neben ihr zu liegen, auch wenn sie schon schlief, war für ihn, als läge er neben einem Filmstar, einer Berühmtheit. Ihre weiße Haut leuchtete im Dunkeln, und sie drehte sich anmutig im Bett um, so wie eine Blume sich bei einem leichten Windhauch bewegt. Irgendwie war sie ihm entrückt, es gab Dinge, die er bei ihr nie ergründen konnte, aber sie brauchte ihn, das wußte er, sie gehörte zu ihm, sie stützte sich auf seinen starken Arm, sie lehnte sich an ihn. Wohin sie auch ging, sein Blick folgte ihr. Was sie auch vorschlug, er stimmte ihr zu. Er war wie dazu geschaffen, ihre Wünsche zu erfüllen, er war die Achse, sie war das Getriebe.

Aber er wußte nicht, was er machen sollte, wenn sie weinte. Er saß auf einem Stuhl neben dem Bett, sah sie an, hörte sie, unfähig, sie zu trösten. Er ballte die Hände zu Fäusten, bis die Knöchel weiß wurden. Er schluckte mehrmals leise. Sie konnte ihm anscheinend nicht sagen, was los war. Staunend sah er sie an: Sie war so zart, so empfindsam. Und wenn ihr Schluchzen verebbte, erbot er sich eifrig, ihr eine Tasse Tee zu holen, und manchmal willigte sie ein, und er eilte die Treppe hinunter und kam mit zwei Tassen mit heißem Tee zurück, die auf den Untertassen klirrten. Sie setzte sich auf, lehnte sich erschöpft gegen das Kissen und starrte ins Leere. Er war dankbar, wenn sie schließlich in Schlaf sank. Er war gewillt, für immer neben ihr sitzen zu bleiben, sie zu beschützen wie der Ritter die Prinzessin. Es störte ihn nicht, daß ihre Augen verquollen waren, ihr Atem schwer ging und sie den Kopf abgewandt hatte, wenn er nur bei ihr sein durfte.

Er zog sich im Dunkel aus und legte sich vorsichtig, um sie nicht zu sehr zu stören, neben sie ins Bett. Weil er um sechs Uhr morgens aufstand und den ganzen Tag auf den Beinen war, schlief er, körperlich erschöpft, sofort fest ein. Und frühmorgens, Belle schlief noch, stand er tatkräftig auf. Er wollte aufstehen, es zog ihn hinaus. Die frische Luft tat ihm gut, es tat ihm gut, unter freiem Himmel zu sein, seinen Körper zu spüren. Er ging schnell, spürte seinen Körper und war froh. Er vergaß Belle keine Minute, aber er war zehn Stunden unterwegs und unabhängig und arbeitete, und er war glücklich.

Belle lag im Bett und tat, als schliefe sie, spürte seinen warmen Körper neben sich, merkte, daß er seinen Arm um ihre Taille schlang und sie sanft auf die Wange küßte, ehe er in einen tiefen, ruhigen Schlaf versank, wie ein Tier, eine sorglose Kreatur. Sie dachte an die Akte, die sie an der Kunstakademie gezeichnet hatte. Sie hatte dadurch ein Gespür für den menschlichen Körper entwickelt, eine Ahnung, sie war sich nicht sicher, wie sie das ausdrücken sollte, als ob der Körper ein eigenes Leben hatte, mehr war als der Körper, den man zum Sitzen und Stehen braucht, der genährt und entleert werden mußte… als könne der Körper ebensoviel ausdrücken wie das Gesicht… jener unheimliche Mann, den sie zeichnete, mit seinem bösen Gesicht und einem Körper, der hungrig war und sprungbereit… ach, sie war zu dumm, um darüber richtig nachzudenken. Aber es gab jenen Körper, und neben ihr lag dieser Körper, und ihr eigener Körper hatte sie in diese furchtbare und beschämende Situation gebracht; denn auch wenn die Leute noch so freundlich zu ihr waren, sie wußten es alle, und sie spürte es. Die Demütigung ließ ihren Körper und ihre Seele brennen, sie war gezeichnet, verglühte, wollte sich am liebsten auflösen. Und er hatte ihr das angetan. Er hielt sie umschlungen, er war warm, schmiegte sich an sie, er liebte sie, ja, das wußte sie, und es war ihr nicht unangenehm, wenn er sich an sie schmiegte, es war sogar ein wenig schön, etwas in ihrem Körper reagierte auf ihn. Aber er hatte sie dazu gedrängt, mit Versprechungen, Betteln, Zärtlichkeit, und dann hatte er ihr das angetan. Einmal geschehen, konnte es sich nicht mehr ungeschehen machen lassen. Ihr Körper schwoll an, ihr Körper, nicht seiner, warum nicht seiner? Wo blieb die Gerechtigkeit? Er hatte es gewollt, er hatte sie gedrängt, er glühte vor Leidenschaft, und sie, mäßig erregt, hatte es ihm nur erlaubt. Doch sie war es, die die Schande zu tragen hatte, die Strafe. Angeekelt entzog sie sich ihm so heftig, daß er sich bewegte. Ihr Herz blieb für einen Moment stehen, sie wollte ihn nicht aufwecken, sie wollte ihn nicht bei sich haben, fordernd, heiß, einnehmend. Sie lag stocksteif da und atmete kaum. Aber wenn sie sich langsam wieder entspannte, spürte sie die Wärme seines Körpers an ihrer Seite und drehte sich sachte zu ihm um. Sein dichtes Haar lag auf dem Kissen, sein schöner, stämmiger, in sich ruhender Körper hob und senkte sich sanft mit jedem Atemzug. Sie wollte ihn berühren, einfach nur die Fingerspitzen auf seinen Rücken legen und seine Wärme spüren. Ihre Zehen und Finger waren eiskalt. Sie rückte etwas näher an ihn heran, einen Moment lang sehnte sie sich nach seiner Umarmung, seiner Brust an ihrer, seinem Körper…

Dann dachte sie an seine unentwegte Fröhlichkeit und daran, mit wie wenig er sich zufriedengab. Sie dachte an seinen selbstgefälligen Stolz, wenn sein Vater ihn lobte, dieser Tyrann, dieser Mann, den sie in späteren Jahren einen Hitler nannte. Er nickte ständig und machte sich klein, genau wie Momma, unterwürfig, unterwürfig. Wie er ihr jedesmal haarklein erzählte, wenn Mr. Schuhmacher ihn lobte. Würden sie von dem, was er verdiente, leben können?

War er ein Mann, der Achtung verdiente? Eine heiße Flüssigkeit vernebelte ihren Kopf, die Flüssigkeit war anders als die in ihrem Körper, aber genauso heiß, voller Verachtung. Er war ein Versager. Sie wandte sich von ihm ab, und es dauerte lange, bis sie einschlief.

2 DA ICH BELLES Geschichte kannte, verstand ich ihr Entsetzen, als ich, wie sie, ohne den Segen der Kirche schwanger war. Sie empfand meinen Zustand nicht als Sünde, nicht als Verstoß gegen Kirche und Staat, sie führte weder Gott noch die Gesellschaft an, um mir meine Schuld bewußtzumachen. Sie fiel in sich zusammen, als ob das, was ich getan hatte, ihr Ende sei. Sie hatte ihr ganzes Leben als erwachsene Frau damit zugebracht, mich und Joy so zu erziehen, daß wir es einmal besser haben sollten, mehr Auswahlmöglichkeiten, ein anderes Leben. Und jetzt wiederholte ich ihren Fehler. Für sie war es, als sei das weibliche Geschlecht verflucht, als gäbe es für eine Frau kein Entkommen von ihrer Biologie. In ihrer Verzweiflung ließ sie mich fallen. Ich war nicht länger die Tochter, für die sie alles getan hatte, was in ihrer Macht stand. Ich hatte alle ihre Hoffnungen zunichte gemacht, die Hoffnungen, die sie all die trostlosen Jahre lang aufrecht gehalten hatten, und damit hatte ich auch jeden Anspruch auf sie verloren.

Sie sagte mir nichts dergleichen. Aber nach dem ersten Schreck, als ich ihr meine unwillkommene Neuigkeit erzählte, einer durchweinten Nacht, einer Vertiefung der Falten um den Mund, die sich dort bereits eingegraben hatten, blieb sie in sich gekehrt und abweisend. Sie arbeitete wie immer: Kochen, Einkaufen, Putzen, Waschen. Aber ich wußte, ich hatte ihr das Herz gebrochen. Nach Ardens Geburt half sie mir wie eine pflichtbewußte Mutter. Einmal wöchentlich holte sie mich mit dem Auto ab, nahm mich mit zu sich nach Hause und fuhr mich wieder zurück. Sie sah mir zu, wie ich meine Wäsche in ihre Waschmaschine stopfte, und nahm Arden auf den Arm, wenn ich draußen die Wäsche auf die Leine hängte. Manchmal redete sie mit dem Baby, lächelte es sogar an, aber selten. Sie übertrug ihre Hoffnungen auch nicht auf Joy: Sie erwartete wenig von Joy, die immer Schwierigkeiten in der Schule hatte, die nie so altklug war wie ich. Sie sank einfach in sich zusammen.

Jetzt weiß ich, daß sich das Schweigen meiner Mutter aus ihrer Wut nährte. Damals hätte ich dies entschieden abgestritten, ich bestritt es Brad gegenüber und hielt ihm den Unterschied vor zwischen meiner Familie, die uns akzeptierte, und seiner, die uns ablehnte. Und auch wenn Brad spürte, daß der Unterschied, den ich da hervorkehrte, so eindeutig gar nicht war, konnte er nicht genau sagen, was daran nicht stimmte. Wir stritten uns. Dann sagte er, daß meine Familie uns akzeptierte, weil sie froh sei, mich los zu sein, darüber könne man ja auch nur froh sein, während seine Familie ihn festhalten wollte, weil er so nett sei und ich nur auf ihm herumhacken würde. Er lachte, umarmte und küßte mich und sagte, was ich doch für ein Glück hätte, daß es ihn gab, den einzigen Menschen auf der Welt, der mich anbetete. Damals konnten wir nicht ernsthaft miteinander streiten. Unsere Auseinandersetzungen endeten immer damit, daß wir anfingen, zu schmusen, was unausweichlich zu eben dem führte, was uns überhaupt erst in diese Situation gebracht hatte.

Ich leugnete die Reaktion meiner Mutter, nicht weil ich verletzt war, auch nicht, weil ich unbedingt gesellschaftlich anerkannt sein wollte und zuallererst von ihr. Nein. Ich leugnete sie, weil ich mir ihre Gefühle nicht eingestehen konnte, weil mich das umgebracht hätte. Ich belog niemanden außer mir selbst. Meine enge Verbindung zu meiner Mutter und ihrem Leben hatte sich damals schon umgekehrt. Ich weiß nicht, wann genau das geschehen ist. Aber wann immer ich als Achtzehnjährige an ihr Leben dachte, an ihren Kummer, verspürte ich eine heftige Aufwallung von Ekel, so daß sich mir der Magen umdrehte. Ich war wie eine Schwimmerin, die die Zähne zusammenbeißt und den Kopf hoch und steif über Wasser hält, damit ihr Gesicht bloß keinen Tropfen Wasser abbekommt: Niemals, nein, niemals würde ich leben wie sie! Ich würde mich nicht auf die Tränen der Dinge konzentrieren, die *lacrimae rerum,* von denen meine Lateinlehrerin schwärmte, wobei sie ihren Vergil fest an ihren großen, eingeschnürten Busen drückte. Ich würde glücklich sein!

Mein leidenschaftlicher Hunger nach Sex hatte mit fünfzehn eingesetzt, und ich hatte schon genügend herumprobiert, so daß meiner Mutter der Gedanke kam, ich könnte möglicherweise so etwas wie körperliches Verlangen verspüren. Eines Nachmittags, Joyce war bei den Pfadfindern und mein Vater arbeitete, rief sie mich. Sie erklärte mir, daß bei Mädchen sexuelle Wünsche zwar erst mit achtzehn erwachten, frühestens, daß ein Mädchen aber immer aufpassen müsse, weil die Jungen verantwortungslos seien, und wenn ich nicht aufpaßte, würde ich enden wie sie. Sie brauchte nicht deutlicher zu werden: Ihr bekümmertes, bitteres Gesicht und ihr Tonfall sprachen Bände, und unser schweigsames, angespanntes Familienleben tat ein übriges. Aber ich war damals schon so aufsässig, daß ihre Warnung mich nur anspornte. Ich hatte mir fest vorgenommen, das Gegenteil von ihr zu sein und in allem anders zu empfinden. Ich war sehr jung und überzeugt, daß ich selber bestimmen konnte, wie ich sein wollte, was ich fühlte, vor allem als Künstlerin, was ich zu werden beschlossen hatte. Ich zog mich auffallend an wie eine Zigeunerin: Ich sah mich als die große Rebellin gegen die Gesellschaft – aber meine Rebellion richtete sich eigentlich gegen meine Mutter. Ich schmierte mir einen knallroten Lippenstift ins Gesicht und schwarzen Augenbrauenstift und kämmte mein blondes Haar nach hinten, um älter auszusehen. Ich rauchte mit den Jungen auf dem Parkplatz der High School, was mir den Tadel einer Lehrerin eintrug, die in ihrer Mittagspause am Fenster stand und auf den Schulhof starrte. Viele Lehrerinnen beäugten mich mit Mißtrauen – aber weil ich gute Noten hatte, gehörte ich ihrer Meinung nach zu den «guten», nicht zu den «billigen» Mädchen. Ich grinste, zufrieden, ihren Kategorien zu trotzen, schrieb weiterhin Einsen, auch wenn ich meine Erfahrungen bei meinen samstäglichen Verabredungen vorn im Auto machte.

Im College dann «knutschte», wie wir damals dazu sagten, ich nicht nur, aber ich war vorsichtig. Die Warnungen meiner Mutter hatten wenigstens etwas gefruchtet. Ich paßte auf, daß die Jungen ein Kondom benutzten – die einzige Form der Verhütung, die uns damals zugänglich war. Typisch, die Jungen konnten verhüten, die Mädchen nicht. Ein Mädchen konnte erst dann an ein Diaphragma kommen, wenn sie verheiratet war, und natürlich gab es damals die Pille noch nicht. Das größte Risiko, das ich einging, war ein fehlerhafter Gummi und ein angeschlagener Ruf. Aber mein Ruf war mir egal, bildete ich mir ein. Ich war eine Künstlerin, eine Bohemienne, ich wollte leben. Ich vertrat meine sexuellen Prinzipien beredt, was viele Jungen verschreckte, die ihre Erfahrungen lieber mit einem diskreteren Mädchen gemacht hätten. Jedoch konnten sie nicht zugeben, daß sie bei mir keinen Erfolg hatten, weil ich inzwischen einen beachtlichen Ruf genoß, so beachtlich, daß ihre Kategorien auf den Kopf gestellt wurden – ich war die Piratin der Liebe und die Jungen meine Beute. Darüber mußte ich herzlich lachen. Ich fand es toll.

Aber das alles gehörte der Vergangenheit an, als ich Brad kennenlernte. Er war sehr groß, sehr dünn, mit den ungelenken Bewegungen eines Menschen, der sich noch nicht an seinen neuen erwachsenen Körper gewöhnt hat. Es war seine Unbeholfenheit, die mich betörte. Vielleicht bliebe ich näher an der Wahrheit, wenn ich sagte, daß ich mich bei ihm sicher fühlte. (Ich versuche, die Wahrheit zu sagen. Wenn man mit fünfzig nicht die Wahrheit sagen kann, wann dann?) Damals wußte ich, auch wenn ich es seitdem beiseite gedrängt habe, daß Männer mir angst machten. Nicht Jungen, jedenfalls nicht alle Jungen, aber eine bestimmte Sorte von Männern. Ich weiß nicht, wie ich zu dieser Furcht gekommen bin, sie fühlte sich an wie angeboren. Ich bin in der High School zum Beispiel immer von Lehrerinnen unterrichtet worden, und ich hatte eine Vizedirektorin, sie waren sämtlich freundlich zu mir und mochten mich. Aber sie alle wurden verkrampft, sobald ein kleiner drahtiger Mann namens Mr. Fox (ich hatte Alpträume mit Füchsen) am Klassenzimmer vorbeiging oder, Gott behüte, gar hineinkam. Der Direktor war ein Mann, und alle Frauen hatten Angst vor ihm, sogar Mrs. McKinley, unsere stellvertretende Direktorin. Aber wenn Mr. Fox sich lange genug aus der Wolke löste, in die gehüllt er gewöhnlich einherschritt, und jemanden wahrnahm, lächelte er und strich einem über den Kopf. Warum hatte ich also Angst vor ihm?

Auch in der Sonntagsschule waren die Nonnen alle Frauen, eine Tatsache, die ich lange nicht verstand. Aber sie waren anders als die Lehrerinnen in der Schule, sie waren streng, schroff, hatten dünne Lippen. Aber Schwester John the Baptist mochte mich, das wußte ich, auch wenn sie mich etwas einschüchterte. Aber auch sie, die Nonne mit dem männlichen Namen, sank in die Knie, als Father Burke die Tür aufmachte und den Raum betrat. Ich war entsetzt. Ich wollte aufspringen, sie hochzerren und ihr sagen, daß sie nie, niemals, vor irgend jemanden auf die Knie fallen dürfe. Ich kniete nicht gern, nicht einmal vor Gott, der in dem Altar sein sollte, auch eine Sache, mit der ich Schwierigkeiten hatte. Aber daß Schwester John the Baptist vor Father Burke auf die Knie fiel! Vor einem abscheulichen kleinen Mann, der manchmal den Gottesdienst unterbrach und in seinem breiten irischen Akzent verkündete, daß er die Kirche im Winter nicht heizen würde, wenn die Gemeinde nicht mehr in die Kollekte spendete! Der in einem Cadillac durch die Gegend fuhr, obwohl die meisten Männer der Gemeinde arbeitslos waren! Mit einer ähnlichen Botschaft kam er in die Klasse, er drohte, daß niemand von uns zur ersten Kommunion gehen könne, wenn sonntags nicht mehr Geld zusammenkäme.

Und meine eigene Mutter. Wenn Dr. MacVeaney zu uns kam, weil wir krank waren, war sie dermaßen untertänig, daß ich sie nicht mehr wiedererkannte. Ihre Unterwürfigkeit entstellte sie, machte sie zu einem anderen Menschen. Eines Tages flanierten meine Schwester, meine Mutter und ich auf dem Boulevard. Wir trugen nagelneue Schürzen aus geblümtem Chintz, die meine Mutter genäht hatte, da packte meine Mutter uns plötzlich bei den Händen und rannte mitten durch den Verkehr auf die andere Straßenseite. Ich drehte mich um und sah einen großen unangenehmen Mann mit dickem Bauch und rotem Gesicht, der den Bürgersteig entlangtorkelte, und ich wußte, daß meine Mutter Angst hatte und ihm nicht begegnen wollte.

Seit meinem elften Lebensjahr hatte ich schreckliche Alpträume, in denen ich von Männern gejagt wurde. Ich schämte mich, weil ich nichts anhatte oder weil ich keine Unterhosen trug. Die Männer kreisten mich ein und grapschten nach mir. Ich versuchte zu fliegen, schaffte es, aber es gelang mir nicht, hoch genug zu fliegen, und einer ergriff meinen Fuß oder meinen Knöchel, und Entsetzen packte mich. Ich wachte auf, zitterte und war klatschnaß.

Wenn ich also frech war und mit den Jungen rauchte und mir ihre obszönen Witze (zu denen Jungen in dem Alter neigen) anhörte, machte ich das trotz meiner Angst. Ich versuchte nicht, diese Angst zu verstehen oder zu überwinden, sondern tat so, als spürte ich sie nicht, als könnte ich mich von ihr befreien, wenn ich sie (wie ich dachte) bekämpfte. Und ich lernte, so zu tun, als hätte ich keine Angst, aber die Angst hat mich nie verlassen.

Als ich aufs College kam, war der Campus voll mit heimgekehrten Soldaten, die älter, ausgeglichener und selbstbewußter waren als die Jungen meines Alters. Und – oh – wie sie mir gefielen! Sie waren adrett, muskulös, und wo immer sie waren, verbreiteten sie irgendwie Ruhe um sich. Sie sahen sich um, als machten sie im Geist klick, klick und registrierten alles, als verständen sie jedes Geheimnis. Heute weiß ich, daß ich dachte, sie hätten die Machtverhältnisse begriffen, und da ich glaubte, daß ich davon überhaupt nichts verstünde, fühlte ich mich ihnen gegenüber schrecklich unterlegen. Ich fand natürlich nicht alle attraktiv, nur die selbstbewußtesten, die immer von ein paar Freunden umringt waren, die mir wie Gefolgsleute eines Königs oder Fürsten vorkamen, die von ihm abhängig waren und von ihm beherrscht wurden. Und ich dachte, wenn ich mit so einem Mann zusammen wäre, dann wäre ich wie diese Männer, nur daß ich eben eine Hofdame wäre, eine Dienerin des Herrschers.

Viele dieser Typen wollten etwas von mir, und ich war hingerissen, oh, manche waren so schön. Aber ich blieb schnippisch und war auf der Hut. Ich begehrte sie, doch ich wollte ihnen nicht ausgeliefert sein, und ich spürte, daß ich es war – weil ich zu jung war, um ihnen gewachsen zu sein, und daß ich, wenn ich mich einmal mit ihnen einließe, rettungslos verloren wäre. Sie verhielten sich, als wüßten sie ganz genau, was Frauen wollten und wie sie es ihnen geben könnten. Ich ging mit einigen ein paarmal aus. An einen kann ich mich noch erinnern, Teddy Massa, den ich in der Debating Society kennenlernte und der leuchtende goldbraune Augen hatte. Mein Herz schlug schneller, als er sich mit mir verabreden wollte. Er führte mich richtiggehend aus, das heißt zum Essen – was sich die jüngeren Studenten nicht leisten konnten –, und ich fühlte mich wie eine erwachsene Dame behandelt. Aber später dann, als wir in seinem Auto schmusten, bestand er darauf, weiter zu gehen. Nachdem ich genauso stur dabei blieb, nicht weiter gehen zu wollen, sah er mich lüstern an und sagte: «Junge Dame, dich kriege ich schon noch.» Das sagte er jedesmal, wenn wir zusammen ausgingen, etwa fünf- oder sechsmal, bis ich sagte, daß ich mich nicht mehr mit ihm treffen wolle. Denn immer, wenn er das sagte, zog sich mir der Magen zusammen, und ich merkte, daß ich mich zusammenreißen mußte, um ihm nicht die Augen auszukratzen. Ich haßte den Ton, in dem er das sagte, als ob ich eine Sache wäre, die er haben wollte, oder ein junger Hund, der dressiert wird. Er hat mich nie gekriegt und die anderen erfahrenen, anspruchsvollen Typen auch nicht. Aber ich war hin- und hergerissen. Einerseits hatte ich das Gefühl, einen Sieg errungen zu haben, sie hatten mich nicht unterworfen, bezwungen, «gezähmt», aber andererseits kam ich mir auch klein vor. Ich wußte, daß ich zu feige war, um mich auf sie einzulassen, und daß ich mich mit etwas Ungefährlicherem zufriedengeben mußte.

Aber dabei hatte ich viel Spaß. Ich liebte die ungeschickten, schüchternen, niedlichen Jungen, die nicht vorgaben, alles über Sex zu wissen, die genauso herumfummelten und kicherten wie ich und die, wenn es klappte, ebenso stolz waren wie ich. Brad war einer dieser Jungen, aber er war außergewöhnlich, weil er überhaupt nicht in die Welt paßte. Er war weder ein guter Schüler, noch gut in Sport, obwohl er mit den anderen Jungen gern ein bißchen Basketball spielte – oder auch mit mir, wenn kein anderer da war. Aber er war ein brillanter Saxophonspieler und sehr beliebt. Weil er sich irgendwie abgesetzt hatte. Er versuchte nicht, mit den anderen zu konkurrieren, er lehnte das einfach ab. Er verwandelte ernsthafte Diskussionen in eine Farce und konnte jedem Streit eine komische Wende geben. Er konnte sich in sich zurückziehen – ich sah, wie er um sich herum nichts mehr wahrnahm und wußte, daß er im Geist komplizierte Tonfolgen hörte. Wir diskutierten spät abends mit ein paar Freunden über Mahler, als er plötzlich ein Lied schmetterte, uns mit einer wunderschönen Kopfstimme «Voi che sapete» darbot. Er unterbrach eine politische Diskussion an dem runden Tisch in der Mensa, indem er Harry Truman imitierte, wie dieser einen Kritiker tadelt, der Margaret Trumans Gesang kritisiert hatte – und dann bot er eine Kostprobe davon, wie Margarets Gesang seiner Meinung nach klang. Für mich wurde alles anders, als ich Brad in meinem zweiten Collegejahr kennenlernte. Ich betrat, wie ich dachte, seine Welt, aber er sagte, sie hätte nicht existiert, ehe er mich kennenlernte. Wo immer wir abends auch waren, er wurde unruhig und suchte oder bestellte jemanden, der ein Auto hatte und uns abholte und zu einem der kleinen Gasthäuser fuhr, mit denen Long Island damals übersät war, um Jazz zu hören. Manchmal spielte er selbst mit, oder wir hörten zu, kifften hinter der Bühne mit den Gruppen und kamen uns wie die abgebrühten, welterfahrenen Künstler vor. Wir blieben die ganze Nacht weg, kamen im Morgengrauen mit noch ein paar anderen Typen zu mir nach Hause und brieten Eier mit Schinken, kochten Kaffee und spielten Karten, bis uns die Augen zufielen. Natürlich schwänzten wir den Unterricht, verschliefen den Tag und gingen abends wieder weg, in einen anderen Club. Ich war hingerissen von diesem Leben, das sich in höheren Sphären abspielte, wo du nur machst, was du machen willst, und die Wochen mit Gelächter, Musik und Umarmungen vergingen, oh, wie ich ihn umarmte, diesen bezaubernden Körper.

Ein Körper, der groß und dünn war, aber mit breiten Schultern und weiter Brust, was mich immer angezogen hat, und langen schlanken Händen und Füßen. Brad hatte graue Augen, die manchmal blau, manchmal grün und immer leicht verhangen waren, außer wenn er Musik machte oder Liebe: dann wurden sie dunkelgrau, klar und leuchtend. Zuerst hatten wir Schwierigkeiten, einen Ort zu finden, wo wir zusammensein konnten. Er hatte kein Auto, und ich hatte natürlich auch keins. Ich fühlte mich nicht wohl bei dem Gedanken, so lange zu warten, bis meine Mutter zu Bett ging – sie ging spät nach oben –, und uns dann auf den Fußboden im Wohnzimmer zu legen (das Sofa war zu kurz). Aber eines Tages, als ich ein Detail der Kulisse für *Wie es euch gefällt* fertigmalen wollte, entdeckte ich, daß sich die Tür des Aufenthaltsraumes für die Schauspieler von innen abschließen ließ und daß sich dort bis drei Uhr nachmittags selten jemand aufhielt. Meine Augen strahlten wie elektrisiert, als ich losrannte, um Brad zu suchen und ihm die Neuigkeit zu erzählen. Seine strahlten genauso. Wir eilten hin, kicherten wie verrückt, stießen die Tür auf und lehnten uns mit dem Rücken gegen die Tür und drehten den Schlüssel um und glitten uns in die Arme, als sei das unser natürlicher Zustand und Trennung eine Strafe.

Ich bin immer noch überzeugt, daß es so war.

Nach einer Weile, als wir ertragen konnten, uns voneinander zu lösen, suchten wir nach einem Platz, wo wir uns hinlegen konnten. Der Aufenthaltsraum diente gleichzeitig als Abstellraum für die Kulissen und war vollgestellt mit Tischen und Stühlen, Sofas, Lampen, einzelnen Schuhen, alten Teppichen, einem schäbigen Pelzmantel, den wir in der letzten Produktion gebraucht hatten, billigem Porzellan und unechtem Silber, das von weitem betrachtet echt wirkte – all die Utensilien des wirklichen Lebens, die Parodie des Inventars eines typisch amerikanischen Heims. Wir fanden ein Sofa, auf dem staubige Schleier lagen – weiß der Himmel, aus welchem Stück sie stammen mochten –, und niesten, als wir sie hochhoben und auf einen gepolsterten Sessel türmten, dessen Innereien an den Seiten herausquollen. Wir warfen den restlichen Müll vom Sofa auf den Fußboden und staubten es ab, so gut es eben ging. Dann standen wir einfach da und sahen uns an. Damals konnten wir uns nicht lange in die Augen sehen, ohne uns in die Arme zu fallen, und als wir uns in den Armen lagen, glitten unsere Körper genauso automatisch auf das Sofa.

Oh, wie ich ihn geliebt habe. Er schwitzte und duftete wie Tau, und seine starken Arme umschlangen mich, und ich umschlang ihn. Sein Herz schlug noch schneller als meins, wir zogen uns bis zur Taille aus und lagen Brust an Brust. Brad fing an, im Rhythmus unserer Herzschläge zu summen und zu schnalzen, eine komplizierte Folge von Synkopen, und ich fiel ein und lachte und liebkoste ihn, Gott, war er süß.

Von nun an nahmen wir den Aufenthaltsraum fast täglich in Besitz, auch am Wochenende. Wir versuchten aufzupassen. Brad hatte Kondome dabei. Aber natürlich hatten wir kein Kondom bei unserem ersten wonnevollen Zusammensein dort benutzt. Das genügte. Das sollte ich aber erst sechs Wochen später wissen. Trotzdem war ich nie fähig, unser Tun zu bereuen, diese Vollkommenheit, die Unersättlichkeit unserer Leidenschaft. Es war wie die Wahrheit, etwas, an das ich vorher nicht geglaubt hatte. Damals wußte ich noch nicht, daß die Zeit selbst die ekstatischsten Erfahrungen auslöschen kann, und ich hätte es auch nicht geglaubt. Und er auch nicht. Ich kam mir nicht mehr feige vor, klein oder ängstlich. Ich strahlte vor Stolz und Freude.

Selbst die Entdeckung, daß ich schwanger war, drang nicht wirklich bis in die wundervolle Welt, in der wir lebten. Träge redeten wir über eine Abtreibung, aber keiner von uns wollte das Baby wirklich wegmachen lassen. Nicht weil wir uns ein Baby gewünscht hatten – wir waren selber noch Babies und wußten nicht, was wir mit noch einem anfangen sollten –, sondern weil wir beide den Gedanken nicht ertragen konnten, daß etwas so Schönes so elend enden sollte, in einer dreckigen dunklen Gasse, bei einem verstohlenen Besuch, durch womöglich unsaubere Instrumente. Wir redeten darüber und verschoben die Entscheidung auf später. Wir lebten wie vorher. Wenn Brad sich nicht auf einen Gig am Abend vorbereiten mußte, schwänzten wir oft die Schule und streiften durch Manhattan. Wir suchten uns jedesmal einen bestimmten Bezirk aus, den wir dann systematisch erforschten. Wir kauften uns Karten für die Oper, Mozart, und saßen in der alten Met hoch oben im Rang, mit Operngläsern. Sonntags gingen wir manchmal zu Nicks im Village, wo nachmittags die Jazzmusiker saßen. Wir tranken Coke. Sie spielten, wir hörten zu, ich drängelte Brad, zu ihnen zu gehen, sie zu fragen, ob er mit ihnen spielen dürfte, aber die großen Namen schüchterten ihn zu sehr ein. Er erkannte jeden auf den ersten Blick. Ein wüst aussehender Haufen, Brads Helden, fertig, ausgelaugt, müde. Das hätte mir eine Warnung sein sollen, war es aber nicht. Denn wenn sie ihre Instrumente aufnahmen und spielten, war ihre Musik so schön und ergreifend, und das schien alles, was sie durchmachen mußten, aufzuwiegen. Samstags abends ließ ich mich von jemandem mitnehmen und war dort, wo Brad gerade spielte, nuckelte an einem Whiskey mit Soda und hörte zu, im Kreis seiner Freunde, seiner und meiner.

Wir lebten weiter in unserer Seifenblase, aber schließlich arbeitete wenigstens mein Verstand. Brad haßte die Schule und ging nur hin, weil sein Vater auf einem Abschluß bestand. Er wollte nur Jazzmusiker werden. Ich hatte die Schule satt, sogar den Kunstunterricht: Der Lehrer war streng und erwartete, daß die Studenten malten wie er. Das wollte ich nicht, und er putzte mich herunter. Dafür ging ich nicht mehr hin. Der einzige Kurs, der mir fehlen würde, wenn ich abging, war der von William Hull, weil er ein Dichter war und wie ein Dichter redete und dachte. Die Hälfte meiner Zeit saß ich mit Freunden in der Mensa, und die andere Hälfte malte ich die Bühnenkulissen. Ich las viel – jedenfalls las ich viel, ehe ich Brad kennenlernte –, aber meine Lektüre betraf nur selten Neuere Europäische Geschichte, Biologie 2 oder Französische Alltagssprache. Schon vor dem College hatte ich fast alle großen Romane der englischen Literatur des neunzehnten Jahrhunderts gelesen und war jetzt bei der Literatur des zwanzigsten Jahrhunderts. Auch die Amerikanistik langweilte mich. Wir sollten eine Geschichte von Hawthorne lesen, aber ich kannte alles von Hawthorne, und ich hockte dumpf und gelangweilt da und hörte mir an, wie der Professor lang und breit den Symbolismus in «Das Muttermal» erklärte. Ich war eine arrogante Göre, ich dachte immer, daß ich klüger sei als meine Lehrer, und sie setzten dem nichts entgegen, weil sie sich so verhielten, als dächten sie das auch. Wenn ich jetzt zurückblicke, denke ich, daß ich nicht klüger als sie gewesen bin, aber daß ich auf eine andere Weise klug war. Für mich zählte nur das Wissen, das aus Leidenschaft erwuchs, und nichts sonst.

Warum sollten wir nicht beide von der Schule abgehen und Künstler werden? Ich malte mir ein bestimmtes Leben aus: Ich sah uns verheiratet in einem gemieteten Zimmer im Village, bei einer gütigen Wirtin (Mutter?), die jederzeit bereit war, auf das Baby aufzupassen, und die sich, wenn sie schon mal dabei war, auch um uns kümmerte. Brad würde in irgendeinem Club Musik machen, und ich würde jeden Abend hingehen und zuhören und Skizzen à la Reginald Marsh von den Abgründen New Yorks anfertigen. Anschließend würden wir gemeinsam noch Essen gehen und Arm in Arm nach Hause kommen, in ein Zimmer, wo wir in einem richtigen Bett und ganz legal zusammensein und uns lieben konnten. Manchmal tauchte das Baby in meinen Tagträumen auf, wenn wir in einen Bus stiegen, beladen mit vielen Taschen und dem Baby, um nach Podunk zu fahren, wo Brad einen Gig hatte und ich neue Motive für meine Bilder entdecken würde. Wir würden bestimmt immer sehr glücklich sein. Warum nicht? Brad und ich, wir brauchten damals nicht viel, um glücklich zu sein.

Aber es kam alles ganz anders.

Brads Eltern waren entsetzt. Er war erst einundzwanzig und hatte noch ein Jahr College vor sich, ehe er fertig war. Zunächst bewarfen sie mich mit Dreck. Sie kannten meinen Ruf nicht, sie hätten das bei jedem Mädchen gemacht. Brad kannte zwar meinen Ruf, wußte aber, daß es sein Baby war, und bestand diese Phase ausgezeichnet – mit heroischen Aktionen wie das Abendessen zu verweigern oder aus dem Haus zu stürmen und ein paar Tage zu verschwinden (er igelte sich im Collegeapartment seines Freundes Tim Derry ein), zu guter Letzt der Weigerung, überhaupt noch mit seiner Mutter zu reden. Schließlich sahen sie sich gezwungen, zur Kenntnis zu nehmen, daß meine Schwangerschaft möglicherweise das Werk ihres lieben Sohnes sein könnte. Dann verlangten sie, daß ich abtreiben solle, und erboten sich, dafür zu zahlen. Unter diesem Druck kam mein edler Mitstreiter ins Wanken, aber ich blieb eisern. Schließlich willigten sie in die Heirat ein, ihr größtes Problem zu diesem Zeitpunkt war, wie ich im Hochzeitskleid aussehen würde.

Wir lösten das Problem, indem wir an einem Sonnabend nachmittag auf einem kleinen Standesamt in Manhattan heirateten, mit Tim Derry und meiner Freundin Erma Greenspan als Trauzeugen. Anschließend zogen wir uns aus einem Automaten einen Kaffee und Kuchen und waren begeistert über unsere Kühnheit. Jahrelang waren Brads Eltern nicht in der Lage, mir in die Augen zu sehen, und sie haben nie das Gefühl überwinden können, daß ihr unschuldiger, guter Junge von einer berechnenden, skrupellosen Frau hereingelegt wurde. Dieser Vorwurf an mich war oft geschickt verpackt, aber immer vorhanden. In den ersten Jahren ließ sich Brad davon nicht beeinflussen.

Folgen hatte allerdings die Tatsache, daß sie unserer Heirat nur unter der Bedingung zugestimmt hatten, daß Brad weiter zum College ging, daß er an den Wochenenden im Maklerbüro seines Vaters arbeitete und daß er nach Abschluß der Schule in das Geschäft seines Vaters einstieg. Als Gegenleistung zahlte Brads Vater ihm fünfzig Dollar die Woche, wovon wir ohne fremde Hilfe leben konnten.

Es nützte nichts, daß ich ihn davon abzubringen versuchte. Ich protestierte, ich beschwor die Bilder, die ich in meinen Tagträumen erfunden hatte, schlug einen anderen Weg für uns vor. Er schüttelte nur den Kopf. «Du hast keine Ahnung, Liebling, wie schwer das wäre. Du hast keine Ahnung von der Musikwelt. Dort ist kein Platz für ein Baby. Noch nicht einmal für eine Ehefrau.» Sein Vater erinnerte ihn ununterbrochen daran, daß in unserer Gesellschaft ein Mann für seine Taten verantwortlich ist, eine Verantwortung, die auch bedeutet, in angemessener Form für Frau und Kind zu sorgen, was nur möglich ist, wenn der Mann einen anständigen, krisenfesten (keins von beiden trifft auf Grundstücksmakler zu!) Beruf hat, daß ein Kind in geordneten Verhältnissen aufwachsen muß und so weiter. Der Druck ließ nie nach, sie wollten, daß Brad so lebte wie sie, und Brad konnte ihnen einfach nichts entgegensetzen.

Das Herz wurde mir schwer, denn ich liebte ihn doch gerade wegen seiner Nachgiebigkeit, liebte seine Sanftheit, seine Treue zu seinen Eltern, seine Aufrichtigkeit, seinen Mangel an Aggressivität. Wenn er abends von der Arbeit bei seinem Vater zu mir kam, ließ er Schultern und Kopf hängen. Er wirkte kleiner, älter, dünner. Er sagte: «Aber sie haben recht, Schatz, das weißt du genau. Kannst du dir vorstellen, daß ein Kind in der achten Straße spielt?»

«Das soll vorkommen», entgegnete ich, nahm ihn aber gleich darauf in den Arm und versuchte, ihn zu trösten.

«Aber du bist nicht dort aufgewachsen und ich auch nicht. Wir wissen nicht, wie man in dieser Welt überlebt.»

Eines Abends wirkte er noch entschlossener als sonst, und ich fing an zu weinen. So wollte ich nicht leben, so nicht. Was sollte ich denn machen, während er Grundstücke verkaufte? Mich um das

Baby kümmern und die Wohnung putzen? Das war doch kein Leben! Ich wollte nicht mit einem Makler verheiratet sein, schluchzte ich, ich wollte meinen verträumten, fröhlichen, gedankenlosen Jungen, dem das Unterhemd unter dem alten, ausgefransten Hemd hervorsah, von dem er sich nicht trennen konnte, dessen Augen nach zehnminütiger ernsthafter Diskussion zu tanzen anfingen, der mich packte und mit mir quer durch das Zimmer eine Polka tanzte, deren Melodie er (fast) zugleich sang und pfiff.

Brad hörte mir mit Tränen in den Augen zu, erschüttert von dem einmaligen Anblick, mich weinen zu sehen, und als ich mich etwas beruhigt hatte, drückte er meinen Kopf an seine Brust und strich mir über den Kopf. Ich wußte genau, daß er mir noch nie über den Kopf gestrichen hatte. Und dann sagte er mit der ernsten Stimme, die ich später so gut kennen sollte:

«Schatz, wir müssen erwachsen werden. Wir müssen uns wie reife Menschen benehmen. Diese Träume sind kindische Phantasien. Wir müssen sie vergessen. Wenn du ein Kind bist, redest du wie ein Kind und siehst die Dinge wie ein Kind und denkst wie ein Kind, aber wenn du ein Mann geworden bist, dann mußt du die kindischen Träume hinter dir lassen.»

Abrupt hob ich den Kopf von seiner Brust. Das war nicht Brad, der so sprach, er hatte nie etwas mit der Bibel zu schaffen gehabt. Das war Brad, wie er unvollkommen seinen Vater imitierte, der irgendein Würdenträger der episkopalischen Gemeinde war, der sie angehörten. Selbst sein Tonfall entsprach dem seines Vaters. Ich hatte ihn verloren. Ich hatte Brad verloren.

«Aber ich bin kein Mann!» heulte ich. «Und ich will kindisch sein! Wenn man nur so leben kann wie sie, dann will ich nicht leben.»

Ich stürzte nach oben und ließ einen verwirrten Brad in dem kleinen vorderen Zimmer zurück, das meine Mutter Veranda nannte. Aber er hatte Angst, ich glaube, er dachte, ich wollte mich umbringen, sei vielleicht schon dabei. Die Seifenblase war geplatzt. Ich sah mich wie meine Mutter leben, wie alle um uns herum, und ich fand es unerträglich: rein ins Auto, raus aus dem Auto, rein in das Haus, die Wäsche, Kochen, Abendessen, Fernsehen, Schlafen. Sonnabends, am frühen Vormittag, Einkaufen fahren. Sonntags Abendessen mit den Eltern. NEIN.

Brad schlich auf Zehenspitzen nach oben. Obwohl alle wußten, daß ich schwanger war, schien es immer noch verboten zu sein, daß er mein Zimmer betrat. Aber er kam zu mir. Ich lag auf dem Bett, die Hände über die Augen gelegt, ich weinte nicht, ich überließ mich einfach meinem Kummer. Er streichelte mich sanft, so wie immer, sank vor meinem Bett auf die Knie und flüsterte: «So schlimm kann es doch nicht werden, Stahs, wenn wir zusammen sind, wenn wir einander haben? Wir werden immer zusammen sein können, wir und...» Er streichelte meinen noch flachen Bauch. Und natürlich drehte ich mich zu ihm und umarmte ihn und weinte und streichelte ihn und fügte mich, ich, die Starrköpfige, die Verweigerin, die wilde, stolze Rebellin, ergab mich in mein Schicksal.

3 Wir fanden ein Zimmer mit Küche und Bad im ersten Stock eines Hauses in Lynbrook. Wir sahen es uns mit meiner Mutter an, die uns hinfuhr – Brad hatte immer noch kein Auto –, und wir nahmen es, weil es billig war, obwohl wir, um in unsere Wohnung zu kommen, erst durch das Wohnzimmer der Vermieter mußten. Nachdem wir es gemietet hatten, weigerte meine Mutter sich, uns zu besuchen, weil es ihr unangenehm war, durch die Wohnung der Charles' zu müssen, wenn sie zu uns wollte. Ich sah sie verblüfft an.

«Warum hast du es mich mieten lassen, wenn du dort nie hinkommen willst?» fragte ich sie wütend.

Sie sah mich an, als verstünde sie mich nicht. «Was spielt das für eine Rolle?» Sie war erstaunt.

Es verschlug mir die Sprache. In unserer Familie wurde nie über Liebe gesprochen, nie umarmten wir uns, nur mein Vater gab meiner Mutter jeden Abend einen kleinen Kuß auf die Wange, die meine Mutter ihm hinhielt. Aber ich dachte, daß wir sie fühlten: Ich jedenfalls fühlte sie außerordentlich stark. Ich hatte Abend für Abend bei meiner Mutter gesessen, sie hatte mir von ihrem Leben erzählt, ihr Schicksal erfüllte mich mit Wut und Schmerz, Nacht für Nacht lag ich in meinem Bett und wollte mich an allen, die sie gekränkt hatten, rächen, nahm mir vor, ihr meine strahlenden Erfolge zu Füßen zu legen, vor allem wollte ich ihr einen Nerzmantel schenken, wenn ich mein erstes Bild verkauft hätte... Und sie hatte keine Ahnung, sie wußte es nicht. Wie war es nur möglich, daß sie das nicht spürte!

Diese Erkenntnis sank in den Keller hinab, wo ich noch so vieles andere hortete. Weil ich die Wahrheit nicht wissen wollte: Wenn sie meine tiefen Gefühle ihr gegenüber nicht spürte, konnte es nur daran liegen, daß sie mich nicht liebte. Ich sträubte mich gegen diese Einsicht und war mir ihrer doch bewußt, so wie es uns manchmal erscheint, als stünden wir auf beiden Seiten einer Tür, wie wir manchmal etwas tun und zugleich vor uns selbst verbergen, daß wir es tun, ein merkwürdiges, magisches Verhalten von uns Menschen, für die Symbole zuweilen bedeutsamer sind als die Wirklichkeit. Ich sah sie an, ihre Augen waren farblos und müde, ihr Haar frisiert und blond, ihre Kleider modisch, ihre Lackschuhe paßten zu ihrer Tasche, und ich wäre am liebsten aufgesprungen und hätte das Restaurant verlassen, in dem wir saßen und Roastbeef auf Weißbrot aßen und einen Kaffee tranken, und mich in Luft aufgelöst. Damals wollte ich oft einfach verschwinden. Vielleicht hätte ich es getan, wenn ich gewußt hätte wohin.

Denn unter meinem wilden Auftreten, meinem strahlenden, blühenden Äußeren war ich zutiefst verwirrt. Ich behauptete, über meine Schwangerschaft glücklich zu sein und darüber, daß ich Brad heiraten würde, ich versicherte allen, daß Brad und ich ein phantastisches Leben führen würden, monatelang blieb ich dabei, daß wir nach New York ziehen und versuchen würden, uns als Künstler durchzuschlagen. Aber meine Fröhlichkeit und mein Lachen dienten nur als Lärmkulisse, die eine andere Stimme übertönen sollte – vielleicht genauso wie das Weinen meiner Mutter, als sie mit mir schwanger war. Wir übertönen diese Stimme, weil sie keine Sprache hat, um ihre Gewißheit auszudrücken.

Heute ist es leicht zu sagen, was ich damals noch nicht einmal zu denken wagte. Ich war weder töricht noch unrealistisch oder weltfremd, obwohl ich mich so verhielt. Ich ließ alles, was mich an die Wirklichkeit erinnerte, genauso an mir abprallen, wie ich den Unterricht schwänzte, Lehrerinnen vor den Kopf stieß, den Rat meines Kunstlehrers ignorierte – weil ich mich vor dem Schicksal fürchtete, das mir drohte: unsichtbar, aber unaufhaltsam. Ich wollte mich nicht einengen lassen, und gleichzeitig fühlte ich, daß ich mich unvermeidlich in mein Schicksal fügen würde, in mein Schicksal als Frau.

Es ist nicht möglich, während der wirtschaftlichen Depression aufzuwachsen, zudem noch mit einer depressiven Mutter, und nicht zu wissen, wie schutzlos Menschen sind ohne Geld, ohne Wohnung, ohne anständige Kleidung und Essen – besonders, wenn sie ein Baby haben. Aber ich ertrug es nicht, den Tatsachen ins Gesicht zu sehen. Ich wußte, ich war eine Künstlerin. Das wußte ich, seit ich ein kleines Mädchen war, und ebenso, daß ich auf dem College nichts gelernt hatte und nichts lernen würde. Für mich gab es nirgendwo auf der Welt einen Job, der mir Spaß machen würde; sogar die männlichen Künstler fühlten, daß das Tor zur Zukunft auf eine Betonwand hinausführte – aber eine Frau hatte überhaupt keine Chance. Wie viele der bedeutenden Maler waren Frauen? Keine – lautet die Antwort. Die einzige weibliche Malerin, von der ich je gehört hatte, war Mary Cassat, über sie schrieb niemand, sie war nicht anerkannt. Außerdem malte sie immer nur Frauen und Kinder, nichts Wichtiges also. Na ja, es stimmt, daß Degas viele Ballettmädchen gemalt hat, und Cezanne hat oft Früchte gemalt, Toulouse-Lautrec Tänzerinnen, Renoir hauptsächlich Frauen und Kinder... aber die Art, wie sie malte, machte sie wohl unbedeutend...

Vor allem war ich verzweifelt, weil ich mir meine Zukunft nicht vorstellen konnte. Was sollte ich nur machen, was sollte aus mir werden? Vielleicht könnten wir beide, wenn Brad den Mut zum Risiko aufbringen würde, in die große, schmutzige, gefährliche Welt hinausgehen und versuchen, von dem zu leben, was Brad als Saxophonist verdiente, und ich würde malen. Ich konnte mir nicht vorstellen, mit meinen Bildern Geld zu verdienen, aber mir fiel sonst keine Beschäftigung für mich ein, die mich hätte befriedigen können. Hätte ich an eins von beiden wirklich geglaubt, so hätte ich darauf bestanden, daß wir in die Stadt ziehen und es versuchen sollten, und wenn ich darauf bestanden hätte, dann wäre Brad mir wahrscheinlich gefolgt.

Aber ich war zu ängstlich, um auch nur den ernsthaften Versuch zu machen, meine Vorstellungen zu verwirklichen. Und ich ergab mich, wurde passiv, legte die Entscheidung in Gottes Hände, als ob ich an Gott glaubte. Zu leben wie meine Eltern, Brads Eltern, die Leute, die ich kannte, war für mich, als ginge ich sehenden Auges in die Hölle. Aber ich wurde dorthin geschleust: Es gab keinen anderen Weg. Ich fügte mich dem Schicksal, das immer über mir geschwebt hat (wenn ich meiner Mutter bei der verdammten Wäsche zusah, hatte ich da nicht gewußt, daß ich das später auch machen würde?). Ich fügte mich ins Unvermeidliche, genau wie meine Mutter.

Und damit eröffnete sich mir eine mögliche Zukunft. Wenn Brad einer geregelten Arbeit nachging, konnte ich vielleicht malen: Wenn er seine Kunst opferte, könnte ich meine verfolgen. Das hört sich egoistisch an, wie es hier steht. Vielleicht war es egoistisch, auch wenn die Idee aus der Verzweiflung geboren wurde. Denn aus irgendeinem Grund schien Brad seine Kunst bereitwillig zu opfern. Vielleicht fühlte er sich der Kunst weniger verpflichtet als ich. Vielleicht – aber das erkannte ich damals nicht – stand er unter dem schrecklichen Druck, sich als Mann, wie unsere Gesellschaft ihn sieht, zu verhalten: Geld zu verdienen, einen Status zu erringen, oder, sentimental ausgedrückt, für seine Familie zu sorgen, für mich und das Ungeborene in mir.

Diese unklaren Gefühle und Gedanken trübten mein Bewußtsein in den neun Monaten meiner Schwangerschaft. Ich konnte sie nicht in Worte fassen. Ich wagte es nicht. Denn damit hätte ich gegen alles rebelliert – dagegen, wie die Welt eingeteilt war, gegen die Art, wie alle, die ich kannte, dachten und fühlten, gegen mein eigenes Geschlecht, gegen meinen eigenen Körper. Das konnte ich nicht riskieren, ich traute mich nicht, ihren Zorn, ihren Haß herauszufordern. Also zog ich mich feige zurück und begrub meine Pläne. Ich sagte nichts, aber ich vermutete, daß zumindest meine Mutter wußte, was ich fühlte. Und vielleicht hat sie es gewußt. Aber sie verhielt sich so, wie sie sich immer verhalten hatte, wenn sie unglücklich war – sie zog sich in ihr Schweigen zurück und bewegte sich wie eine Marionette. Sie war höflich, sogar freundlich, aber sie behandelte mich wie eine Bekannte, nicht wie eine Tochter.

Und zum erstenmal mischte sich in meine Gefühle für meine Mutter etwas Hartes und Kaltes. Sie hatte mich fallenlassen, und deshalb ließ ich sie auch fallen. Ich redete mir ein, daß ich schön dumm wäre, mir den Kopf darüber zu zerbrechen, was sie von mir hielt, was sie fühlte: Sie war nicht mehr der Angelpunkt meines Mitgefühls, sie war nicht mehr der Antrieb für meinen Ehrgeiz, der Grund meiner Existenz und mein Lebensinhalt.

Natürlich wird etwas nicht dadurch wahr, daß man es sich einredet. Ich war zutiefst getroffen, als sie zuließ, daß ich eine Wohnung mietete, die sie nicht betreten wollte. Aber Brad und ich hatten den Mietvertrag bereits unterschrieben, eine Kaution bezahlt und die Wohnung mit geschenkten Möbeln von den Dachböden der Verwandtschaft eingerichtet. Wenn wir nun nicht einzogen, würden wir eine Jahresmiete verlieren, was wir uns nicht leisten konnten. Ich machte meine Witze und gab vor, glücklich zu sein; ich wollte, daß wir unseren Spaß hatten. Ich gab mir größte Mühe mit der Wohnung.

Die Wohnung war ziemlich dunkel, aber ich stellte in der Ecke des kleinen Zimmers eine Staffelei auf, über der ich mehrere starke Lampen installierte, und einen kleinen wackligen Tisch für die Farben. Tatsächlich malte ich nur selten. Ich gab Brad die Schuld an der Vernachlässigung «meiner Kunst», weil er nicht in einem Zimmer schlafen wollte, das nach Terpentin roch. In Wahrheit war ich schon seit längerem mit meinen Bildern nicht sehr zufrieden. Ich wußte, daß ich einen ausgeprägten Sinn für Form und Farbe hatte, aber ich beherrschte das Handwerk zuwenig, um meine Vorstellungen umzusetzen. Wahrscheinlich verstand ich zuwenig von Technik, damals neigte ich dazu, solcherlei Fähigkeiten zu unterschätzen. Meine Kunstlehrer hatten mich immer schnell gelobt, für alles, und keiner von ihnen verstand viel von Technik. Als Schulmädchen hatte ich einen schnellen Ruhm errungen, aber in mir nagte die Furcht, daß er unverdient war. Im Anschluß an eine wütende Auseinandersetzung mit Brad packte ich meine Malutensilien zusammen, aber ich wußte, und vielleicht hat er es auch gewußt, daß ich nicht auf ihn wütend war. Ich streifte ziellos durch die Stadt, und einem Impuls folgend, ging ich in Jimmy Minettas Fotoladen und fragte nach einem Job und bekam einen. Damals wurden nicht alle Filme zum Entwickeln in ein Fotolabor geschickt. Ich sollte die Aufträge annehmen und Fotos entwickeln. Fotografie hatte mich schon immer interessiert, redete ich mir ein. Außerdem hatte ich nichts zu tun, es waren Ferien, und ich würde nach den Ferien sowieso nicht mehr zur Schule gehen, es war Sommer, und Brad arbeitete sechs Tage in der Woche im Büro seines Vaters. Ich war im vierten, fünften, sechsten Monat, sollte ich warten, warten, warten, was die Zukunft mir bringen würde? Ich ließ die Staffelei stehen, wo sie stand, mit einem alten Bild von mir, aber nach Ardens Geburt räumte ich sie ebenfalls weg, um Platz für die Wiege zu schaffen.

Unser Bett – ein Schlafsofa, das wir abends herrichteten –, unser uns zustehendes, legitimes, legalisiertes Bett war nie mehr so wonnevoll wie das durchgesessene staubige Sofa im Aufenthaltsraum.

Ich weiß nicht, woran es lag. Wir umarmten uns nicht mehr so hungrig wie früher, und wir paßten auch nicht mehr so natürlich und vollkommen zusammen wie früher. Wir wußten nicht, ob etwas zwischen uns war und ein Schatten über uns lag, oder ob wir uns in den Monaten, seit wir zuletzt auf dem Sofa im Aufenthaltsraum zusammengewesen waren, verändert hatten, oder ob wir unsere Empfindungen falsch erinnerten, strahlender, als sie in Wirklichkeit gewesen waren. Damals liebten wir uns noch, daran lag es nicht. Ich fühlte, daß wir uns zu Persönlichkeiten verändert hatten, die nicht mehr die geheimsten Sehnsüchte des anderen befriedigten. Wir waren nicht mehr voneinander bezaubert. Ein paar Monate später, nachdem ich Dutzende von Malen keinen Orgasmus mehr hatte und Brad ein halbes Dutzend mal keine Erektion, redeten wir nicht mehr darüber.

«Es war der Reiz des Verbotenen», erklärte er. «Jetzt ist es legal und langweilig. Das mußte so kommen. Wir mußten erwachsen werden. Außerdem ist es nicht einfach, mit dir zu schlafen, mit dem Baby da drin. Ich habe immer Angst, daß ich ihm weh tue.»

Ich war mit dieser Erklärung einverstanden, und wir ließen Sex für zwei Monate bleiben. Aber ich sah Brads Gesicht, wenn er abends von der Arbeit nach Hause kam – es war Sommer, und er mußte jetzt jeden Tag in der Woche bei seinem Vater arbeiten. Er sah müde und grau aus, und ich entdeckte Züge um seinen Mund, die ich vorher nie gesehen hatte. Ich machte Witze und irgendwelchen Unsinn, aber er sah mich mit einem neuen, überlegenen Gesichtsausdruck an und sagte, ich solle nicht albern sein. Sogar seine Stimme klang jetzt anders: lauter, irgendwie hohl, und er erzählte nicht, sondern dozierte. Er wurde ein Abklatsch seines Vaters, und wenn ich ihn kritisierte, sagte er – natürlich –, daß ein Mann eben tun muß, was er tun muß, daß ich unreif sei, oh, immer und immer wieder dieselbe Litanei, als könne er, wenn er bei mir die Talente heruntermachte, die wir beide hatten, sie in sich selbst auslöschen.

Ich verhielt mich wie eine Geistesgestörte in jenem Sommer, ich war entschlossen, weiterhin zuversichtlich, fröhlich und glücklich zu sein, obwohl ich keinen Grund dazu hatte. Ich schloß mich mehr an Jimmy Minetta an, der meilenweit den besten Fotoladen hatte und Fotojournalisten für Zeitschriften und Zeitungen anzog, die an der South Shore wohnten. Sie trafen sich im Hinterzimmer des Ladens, wo Jimmy eine Flasche Bourbon stehen hatte und Kaffee und

Plastiktassen. Sie sprachen über Blenden und Belichtungszeiten und diskutierten über die technischen Neuerungen der Kameras, die gerade angeboten wurden, und ich hörte zu, kochte Kaffee, ich war Mädchen für alles und wurde als Kumpel akzeptiert. Sexuelle Anzüglichkeiten gab es nicht – wie auch, bei meinem dicken Bauch. Aber wenn Jimmy vorn im Laden zu tun hatte, fingen die Typen an, über ihre Beziehungen zu den Frauen, mit denen sie gerade zusammen waren, zu lamentieren und wollten von mir wissen, warum sie so ... und nun wäre einzusetzen: wütend, verbittert, gemein, hilflos, weinerlich, untreu waren. Woher sollte ich das wissen? Ich konnte nicht mehr tun, als ein paar tröstende Worte murmeln. Aber ich mochte die Typen, und sie taten mir leid, mit ihrem unglücklichen Liebesleben, und immer wenn ich eine neue Geschichte von Ellen, Doris oder Betty hörte, schwor ich mir, mit zusammengebissenen Zähnen, daß ich Brad so etwas nie antun würde. In den folgenden Monaten schwor ich mir, so vieles niemals zu machen, daß mir fast keine Verhaltensmöglichkeiten mehr übrigblieben.

Was Brad kaum bemerkte. Er ging so völlig darin auf, seine neue Rolle als Erwachsener zu lernen und gleichzeitig zu verstecken, wie schlecht es ihm dabei ging, daß er mich nicht mehr wahrnahm. Seine Augen waren immer dunkelgrau. Er hatte es nicht leicht. Der Handel mit Grundstücken und Häusern verlangt einen bestimmten Persönlichkeitstypus – die Bereitschaft, Leute als Kunden zu sehen, als Geld mit Beinen, das man in die eigene Tasche stecken will, die Angewohnheit, alles an den Leuten, ihre Kleidung, Schuhe, Autos, Häuser, Einrichtung in Dollar zu taxieren. Wenn Brad zehn Dollar in der Tasche hatte und einen Drink für vier Dollar bestellte, bezahlte er mit der Zehndollarnote und ließ sich den Rest nicht mehr herausgeben. Er hatte überhaupt keinen Sinn für Geld, und um diese Sichtweise zu lernen, mußte er einen anderen Teil von sich abtöten. Ich beobachtete ihn dabei. Und damals schon, jung wie ich war, unerfahren und dumm, wußte ich, was dabei herauskommen würde, und ich wußte noch mehr, ich wußte, daß ich ihn eines Tages verlassen müßte. Wenn ich daran dachte, zog sich mir das Herz zusammen, wie ein Mund, der unverdünnten Essig trinkt. Ich verbannte diesen Gedanken, stopfte ihn in meinen Keller, wie ich es nannte, den Ort, wo ich alles aufbewahrte, was zerbrochen und gefährlich war, alles Unbrauchbare, Unangenehme, unter einer Schicht aus Staub und Schmutz.

Damals war ich wirklich verrückt. Denn ich versuchte, gut zu sein, ich tat oder ließ alles, was Frauen machen oder lassen sollten. Ich machte Brad zu meinem Mittelpunkt, ich kreiste nur um ihn. Ich dachte nicht an mich oder an meine «Karriere» oder meine Kunst – was ich sowieso nicht ertragen hätte. Ich kümmerte mich ausschließlich um Brad und seine Bedürfnisse, seine Vorlieben und Abneigungen, und versuchte, so gut es ging, damit zu leben. Mein früherer Stolz, ein ungezogenes Mädchen zu sein, war weg – bis auf eine Ausnahme.

Während Brad sich bemühte, wie sein Vater zu werden, gab seine Mutter Adeline sich Mühe, mich zu ihrem Ebenbild zu machen. Adeline schaute regelmäßig herein. Am Vormittag brachte sie ihren Haushalt in Ordnung, abends kochte sie für Brad senior, aber am Nachmittag ging sie aus. Ich arbeitete nachmittags und blieb bis sieben im Geschäft. Ungefähr um diese Zeit kam Brad nach Hause, ich warf dann irgend etwas in die Pfanne – meistens Hamburger oder Hot dogs. Ich kochte nie, höchstens Eier. Adeline hatte Brad einen Schlüssel für unsere Wohnung abgebettelt, und sie hatte keinerlei Hemmungen, durch das Wohnzimmer der Charles'zu gehen, und alle paar Wochen kam sie vorbei, um einer ihrer Freundinnen unser «entzückendes kleines Nest» zu zeigen.

Für gewöhnlich machten Brad und ich es uns morgens gemütlich. Wir schliefen bis neun oder zehn Uhr, tranken dann geruhsam Kaffee und lasen die Zeitung. Dann fuhr Brad mit dem Auto, das sein Vater ihm geliehen hatte, ins Büro, und ich räumte das Bettzeug vom Sofa, wusch die Kaffeebecher und die Kaffeekanne ab, zog mich an und machte mich auf den Weg zu Jimmys Laden. Aber als mir Adeline von ihren unangemeldeten Besuchen erzählte, fing ich an, alles stehen- und liegenzulassen. Als Adeline wieder einmal dagewesen war und unser ungemachtes Bett und die unabgewaschenen Becher in der Spüle vorgefunden hatte, beschwerte sie sich entsetzt bei mir.

«Anastasia, ich wollte am Mittwoch Mrs. Whitney euer bezauberndes kleines Nest zeigen, aber meine Liebe! Das Bett war nicht gemacht, und in der Spüle stand der Abwasch! Warst du krank?» fragte sie scheinheilig beim sonntäglichen Abendessen. Beide Brads – Junior und Senior – sahen mich an.

«Mittwoch? Krank?» dachte ich laut. «Nein, ich kann mich nicht erinnern, daß ich krank gewesen wäre», antwortete ich unschuldig.

Brad junior verkniff sich das Lachen: Noch stand er auf meiner Seite. Aber die Alten reagierten mit einem unangenehmen Schweigen, und es dauerte eine Weile, bis die Unterhaltung wieder in Gang kam.

Aber auch davon ließ Adeline sich nicht abschrecken. Sie fuhr fort, ihren Freundinnen unsere Wohnung zu zeigen, und da ich annahm, daß ich es ihr vermiest hatte, räumte ich morgens wieder auf. Aber Adeline erzählte mir jetzt nicht mehr, wenn sie dagewesen war. Ich kam ihr eines Abends auf die Schliche, als ich mit Brad zu seinen Eltern fuhr, um den Staubsauger zurückzubringen, den ich mir einmal monatlich borgte, um den Fußboden zu saugen. Sie hatten gerade Besuch, Adelines Freundin Mrs. Andretti. Sie war eine warmherzige kleine Frau mit leuchtend roten Haaren, sie umarmte mich liebevoll, drückte mich an sich und sagte begeistert: «Eure Wohnung ist ganz bezaubernd! Adeline hat sie mir vorige Woche gezeigt, Anastasia, du hast geradezu ein Wunder vollbracht!»

Ich schaute Adeline nicht an. Ich lächelte schwach. Ich konnte mir nicht vorstellen, von welchem Wunder sie sprach: Was ließ sich schon zaubern aus einem Schlafsofa, einem Schrank, einem Nachttisch, einer Lampe, einem wackligen Küchentisch und Stühlen, alles in einem Zimmer?

«Die Staffelei ist so hübsch!» sagte Mrs. Andretti. «Und das Bild! Du malst wirklich gut, Anastasia!»

Ich versuchte, Haltung zu bewahren, aber ich sann auf Rache.

Von nun an räumte ich morgens nicht mehr auf – abends auch nicht. Ich wusch ab, wenn keine saubere Tasse mehr übrig war. Wenn Brad mir in späteren Jahren vorwarf, ich sei eine schlechte Hausfrau, sagte ich nur, dafür könne er sich bei seiner Mutter bedanken. Und wenn wir miteinander geschlafen hatten – als wir das noch taten –, ließ ich die fleckigen Laken sichtbar auf dem Bett liegen. Und ich habe noch etwas gemacht. Ehe ich in den Fotoladen ging, streute ich jeden Morgen etwas Talkumpuder auf den Fußboden an der Tür. Und wenn ich abends nach Hause kam, achtete ich darauf, nicht hineinzutreten, und prüfte, ob er noch da lag. Dann wischte ich ihn feucht auf, ehe Brad nach Hause kam. Eines Abends war der Talkumpuder weg. Adeline hatte ihn bemerkt, ihn meiner schlampigen Haushaltsführung zugeordnet und ihn selber aufgewischt. An dem Tag war das Bettzeug in all seiner Pracht ausgebreitet gewesen. Ich streute weiterhin Talkumpuder auf den Fußboden, aber Adeline kam nie wieder, sie verlor auch kein Wort mehr über meinen Haushalt. Trotzdem streute ich den Puder vor die Tür, bis das Baby geboren wurde. Danach war es nicht mehr nötig: Ich war immer zu Hause.

Die Lust, Adelines Pläne zu durchkreuzen, versüßte mir den Tag. Es gefiel mir, ein ungezogenes Mädchen zu sein, es machte mir Spaß, mich mit hinterlistigen Methoden gegen SIE – wer immer das sein mochte – zu wehren. Aber eigentlich war das alles auch ein bißchen traurig, ein Zeichen meiner armseligen Geistesverfassung, daß ich meine größte Befriedigung in jenen Monaten daraus zog, Adeline zu beschämen. Im September ging Brad wieder aufs College. Vormittags und nachmittags besuchte er Veranstaltungen, am späten Nachmittag und an den Wochenenden arbeitete er bei seinem Vater im Büro. Abends lernte er. Seine Zensuren wurden besser, und seine Eltern taten auf einmal so, als ob die Ehe genau das war, was ihrem Jungen gefehlt hatte. Aber Brad und ich sprachen kaum noch miteinander. Dabei liebten wir uns immer noch. Doch das, was mit uns passiert war, schien uns beide stumm gemacht zu haben. Wenn ich nicht bei Minetta war, las ich. Ich las alle Bände von Proust, das Gesamtwerk von Henry James, alles von Faulkner. Die Zeit verging wie in einem Nebel, ich wußte nie, welchen Tag wir gerade hatten, und dachte an gar nichts. Ich schwebte in der Luft und wartete auf den November, diesen trüben Monat, in dem auch mein Baby zur Welt kommen sollte.

Ich hatte niemanden, mit dem ich reden konnte. Mit Jimmy oder den Typen in seinem Laden konnte ich nicht über persönliche Dinge sprechen, meine Freundinnen gingen aufs College, sie hatten keine Zeit und andere Interessen. Auch mit meiner Mutter konnte ich nicht reden. Wir gingen jeden zweiten Sonntag zu meinen Eltern zum Abendessen und unterhielten uns höflich, über das Wetter, das Essen, ihren kommenden oder vergangenen Urlaub. Wir sprachen über Joy, die Cheerleader war, Joys Freundinnen, Joys neuen Pullover, und ich schwieg wütend und neidisch. Dann setzten wir uns in das Verandazimmer vor den Fernseher und sahen Sid Caesar und Imogene Coca. Ich fühlte mich wie tot.

Selbst nach Ardens Geburt konnte ich mit meiner Mutter nicht über meine Gefühle sprechen. Ich hätte mich überwinden sollen – schließlich hatte sie mir erzählt, was sie bei meiner Geburt empfand. Aber ich wußte, daß sie mich, wenn ich es ihr erzählte, mit einem Blick ansehen würde, in dem stand: Habe ich es dir nicht gesagt, habe ich dich nicht gewarnt? Aber du, dickköpfig und stur, wie du bist, hast nicht auf mich gehört, und jetzt mußt du das Beste aus deinem täglichen Elend machen, so wie ich damals und auch heute noch. Ich konnte mich bei ihr nicht über Brad beklagen, weil sie ihn noch nie hatte leiden können – er sei zu unseriös, zu unzuverlässig –, wie konnte ich mich nun bei ihr darüber beschweren, daß er seriös und zuverlässig wurde und mir das nicht gefiel? Wie konnte ich mich bei ihr darüber ausweinen, wie ärmlich, wie beengt wir wohnten, und daß ich zu Hause schweigend und traurig neben ihm herlebte?

Wie konnte ich ihr erzählen, daß ich mir jeden Morgen diesen graugesichtigen Typen in Anzug und Krawatte ansehen mußte, einen gealterten Jungen, der kaum noch lachte und der sein Saxophon inzwischen ordentlich verpackt oben auf dem Schrank verstaut hatte, zusammen mit dem anderen Kinderkram? Und daß er jeden Morgen mich und meinen dicken Bauch angucken mußte? Wovor hatte sie mich denn noch vor kurzem gewarnt?

Ardens Geburt erschreckte mich. Wir hatten uns schon lange für diesen Namen entschieden, wir lagen im Bett und unterhielten uns darüber, flochten unsere Finger ineinander und lösten sie wieder, lachten ein wenig, ein Abglanz unseres früheren Entzückens aneinander, es waren die schönsten Stunden, die wir in jenem Sommer und Herbst miteinander verbrachten. Weil wir im Frühling *Wie es euch gefällt* aufgeführt hatten, ich die Kulissen gemalt und Brad den Jacques gespielt hatte, und vor allem, weil wir in einem verzauberten Zimmer gewesen waren, entschlossen wir uns, unser Baby Arden zu nenen, egal, ob es ein Mädchen oder ein Junge würde. Brads Eltern waren entsetzt bei dem Gedanken, daß wir einen Jungen so nennen wollten, aber in diesem Fall hat mein Brad zu mir gehalten. Und Arden wurde ja ein Mädchen.

In den Monaten meiner Schwangerschaft hatte ich einen wichtigen Punkt immer aus meinen Überlegungen verbannt: Ich dachte nie an die Geburt selbst, und als es geschah, war ich entsetzt, ich war zutiefst entsetzt über mich, über die unglaubliche Erniedrigung, die ich empfand, als dieses Objekt aus meiner Vagina kam, während meine Beine hoch in der Luft auf Bügeln hingen und um mich herum die vielen Schwestern, Ärzte und Helferinnen fuhrwerkten. Oh, ich hatte mir vorgenommen, nicht wie meine Mutter zu sein, und ich weinte nicht. Ich sagte keinen Ton, und eine Schwester strich mir sogar über den Kopf und sagte, ich sei ein braves Mädchen, und ich war doppelt beschämt, weil ich mich, schmerzgekrümmt, über das bißchen Anerkennung freute. Und dann war sie da, Arden, und ich löste mich auf. Ich fühlte mich wie ein Tier, das vollzieht, was die Natur allen weiblichen Tieren auferlegt hat, ich fühlte mich in eine höhere Ordnung eingefügt, die viel umfassender war als alles, was ich je begreifen könnte. Ich war hilflos, sträubte mich gegen mein Schicksal und mußte mich ihm trotzdem beugen.

Ich versuchte, nichts von alledem zu zeigen, und glaube, daß mir das gelang. Aber als ich hinterher mit den Schwestern Witze riß und mit meinen Freundinnen über die ulkigen Geschenke lachte, die sie mir ins Krankenhaus brachten – einen Beutel mit Murmeln, Bananen, eine kleine Schiefertafel und Malkreide zum Malen («Genau richtig für mein momentanes Tempo!» lachte ich) –, hörte ich, wie mein Tonfall plötzlich dem von Brad ähnelte, dieses hohle Echo, ein Geräusch wie der Klang einer dünnen blechernen Saite in einer riesigen Höhle. Ich betrachtete das Baby in meinen Armen und fragte mich, was ich damit anfangen sollte, ich sah hoch und scherzte: «Ich habe nie mit Puppen gespielt, was muß ich machen, damit sie MAMMA sagt? Kann sie ganz von allein Pipi machen? Ein Wunder!» Ich verglich ihr Gesicht mit dem verschiedenster Tiere und machte mich über mich selbst und das Baby lustig, und meine Freundinnen amüsierten sich. Später sagte Erma, ich sei die erste junge Mutter, die sie kannte, die nicht zu einer Langweilerin wurde. Aber während ich meine Witze riß, fühlte ich mich innerlich wund, genauso hohl wie meine Stimme, wie eine Skulptur von Henry Moore, die nur aus Gliedmaßen besteht und einem Loch in der Mitte. Ich wußte, daß ich mich versündigte, aber ich wußte nicht, wogegen.

Ich glaube, ich wollte selber bemuttert werden, aber da ich nie bemuttert worden bin, wußte ich nicht, wie ich darum bitten sollte oder was genau ich haben wollte. Wenn ich es gewußt hätte, dann wäre mit Brad vielleicht alles anders gekommen...

Als die Schwester einmal die Naht an meinem Damm reinigte und mich anlachte und meinte, daß ich «dort unten hübsch sei», war ich so froh darüber, daß ich sie am liebsten gebeten hätte, zu mir zu kommen, mich in ihren Arm zu nehmen und zu erlauben, daß ich meinen Kopf an ihren vollen, BH-gepanzerten Busen drückte, was ich natürlich nicht tat. Ich lag da und fragte mich, ob es «da unten» Unterschiede gab und wann eine Möse «hübsch» war und eine andere nicht. Ich habe sogar Brad gefragt, aber er wußte es auch nicht, weil er, außer mit mir, keine Erfahrungen mit Frauen hatte.

Nach fünf Tagen schickten sie mich nach Hause. Ich verließ den Rollstuhl, den sie bis vor die Eingangstür des Krankenhauses geschoben hatten, und sie reichten mir das in Decken gewickelte Bündel, und da stand ich nun. Brad hielt mich am Arm, als wir zum Auto gingen. Ich setzte mich auf den Beifahrersitz und sah das Bündel nicht an. Brad ließ den Motor an, und wir fuhren los. Ich saß steif und leblos da und versuchte, nicht zu denken, bloß nicht zu denken: und was nun?

In den ersten Wochen behandelte ich das Baby wie ein kostbares, zerbrechliches Gut – ich hielt es vorsichtig, wenn ich es fütterte, die Windeln wechselte, es badete. Es weinte oft, meistens nachts, und es trank nie die ganze Flasche und wachte zwei Stunden später auf und schrie, weil es Hunger hatte, dachte ich, und ich mußte die Flasche wieder aufwärmen, und dann trank es ein Gramm und schlief wieder ein. Ich hatte mich geweigert zu stillen: Die Demütigung im Krankenhaus war schon mehr als genug gewesen, noch mehr «Tier»-Verhalten war unerträglich. Ich schlief wenig, sah nie in den Spiegel und war ständig benommen.

Aber nach einem Monat hatte ich mich etwas an das Baby gewöhnt, und es schien ein bißchen weniger zu weinen, ich schlief mehr und entwickelte Routine. Adeline fing an, mich ein- bis zweimal in der Woche nachmittags mit einer ihrer Freundinnen zu besuchen, immer wenn ich mich gerade mit dem Baby hingelegt hatte, und schließlich bat ich sie, damit aufzuhören. Ich glaube, das war der Tropfen, der das Faß zum Überlaufen brachte, seitdem behandelte sie mich nur noch mit kühler Höflichkeit. Aber mein Leben wurde etwas angenehmer. Einmal in der Woche, am Donnerstag, kam meine Mutter. Sie kam mit dem Auto, ich rannte mit Arden und der Plastiktasche, die vollgestopft war mit frischen Windeln, Flaschen mit Milch und Orangensaft und einem Sauger und einem Nuckel und einer zusätzlichen Decke hinunter. Das alles reichte ich ihr, rannte wieder nach oben und holte die große weiße Tasche mit der Wäsche, den Babysitz für das Auto, einen Anzug von Brad, der zur Reinigung mußte. Nachdem ich die Sachen hinten im Auto verstaut hatte, eilte ich noch einmal nach oben und holte Ardens kleines Klappbettchen, eine Tasche mit leeren Pfandflaschen und mein Portemonnaie. Es war wie in der heiligen Messe, jeden Donnerstag wiederholten wir das gleiche Ritual.

Dann fuhr Mom mich zur Reinigung und zum Supermarkt, wo ich die Flaschen abgab und Vorräte einkaufte, die schwer zu tragen waren, Gläser mit Babynahrung, Gemüsekonserven (bei deren Anblick Mutter ihren Mund verzog), Papiertücher, Toilettenpapier, Sechserpackungen Bier und Coke für Brad. Ich trank nur noch Kaffee und Tee, literweise, jeden Tag.

Anschließend fuhr sie mit mir zu sich nach Hause. Ich fütterte Arden, legte sie in ihr Klappbettchen und wusch die Wäsche in Mutters Waschmaschine und hängte sie auf ihren Wäscheständer im Hof, der wie ein Regenschirm aussah. Wir setzten uns in die Küche und sahen auf den Hof hinaus, wo die Wäsche flatterte, wir sahen das Baby an, das zu unseren Füßen schlief, tranken Kaffee, aßen ein überbackenes Käsesandwich und redeten. Sie fragte, wie es Brad gehe, ob er schon ein Haus verkauft habe, und ich fragte sie nach Joy und verbarg meinen Neid auf ihr Leben als beliebte High-School-Queen. Schließlich sprachen wir über sie, über Mutter, genau wie immer, über ihren Kummer, ihr Unglück und ihre Ängste – sie hatte eine Krise nach der anderen, weil sie dauernd Angst hatte, an irgendeiner Art von Krebs erkrankt zu sein, bis es mir gelang, sie zum Lachen zu bringen. Dann holten wir das Brett und spielten eine Stunde lang mit Leidenschaft Halma, bis Arden wach wurde und wir mit dem Kinderkram aufhören mußten. Wir wickelten sie, fütterten sie und gaben ihr die Flasche. Nun trugen wir wieder alles ins Auto zurück, die ordentlich zusammengelegte Wäsche in der schweren weißen Tasche, das zusammengeklappte Bettchen. Arden, deren Kopf vor Müdigkeit wegsackte, hing in ihrem Babysitz, und Mutter fuhr mich zurück nach Lynbrook. Ich rannte wieder die Treppe hinauf und hinunter, und dann gab ich ihr einen Abschiedskuß. Sie fuhr weg, und ich stieg ein letztes Mal die Treppe hoch, Arden fest an meinen Körper gedrückt, und fühlte mich zutiefst einsam und verlassen.

4 Belle veränderte sich, als Anastasia größer wurde. Das laute Bündel, das gefüttert, gewickelt und gebadet werden wollte, entwickelte sich zu einem Wesen mit einer eigenen Persönlichkeit. Es blickte sich interessiert um, lächelte, schmollte und schrie, aber sein Schreien klang menschlicher, als ob es einen Grund zum Weinen hätte, nicht mehr wie die Äußerung eines Tiers. Fand Belle. Mit ihren drei, vier Monaten war Anastasia ein kleiner Mensch, in gewisser Weise selbständig, mit einem eigenen ausgeprägten Willen, den sie hemmungslos durchsetzte. Belle überlegte, ob sie wieder arbeiten sollte.

Aber sie beschloß, Anastasia nicht das anzutun, was ihr angetan worden war. Ihr Kind sollte nicht in einem leeren Haus heranwachsen, mit einem schimpfenden und schlagenden Dienstmädchen, das nie lachte. Oh, diese schrecklich öde Wohnung, in der es weder Bücher noch Zeichenpapier oder Malstifte gab, keine Musik, keine Spielsachen, nichts: Nein. Sie preßte entschlossen die Lippen zu einer feinen Linie zusammen, setzte ein Lächeln auf und beschloß, bei ihrem Kind zu bleiben und es selber großzuziehen.

Sie wußte, daß Momma begeistert wäre, wenn sie ihr Anastasia überließ, und daß sie für sie sorgen würde, wie für keines ihrer eigenen Kinder. Aber bei dem Gedanken fiel in ihrem Herzen mit dumpfem Knall eine Tür zu wie eine Metalltür in einem Grabgewölbe. Etwas Heißes, Glühendes, Wütendes, Unerbittliches stieg in ihr hoch: Momma und ihr Baby: Nein. Sie dachte an das Baby, das sich täglich veränderte. Anastasia lernte sehr schnell. Belle würde sie unterstützen, lehren, ihr Kultur beibringen, jeden Penny zusammenkratzen, sie sollte eine schönere Kindheit haben als Belle.

Anastasia war so erwachsen. Sie betrachtete die Leute in ihrer Nähe, als ob sie verstünde, was sie sagten und fühlten. Sie war fünf Monate alt und konnte bereits sitzen. Abends plazierten Eddie und Wally sie mitten im Wohnzimmer auf die Erde und unterhielten sich mit ihr, neckten sie, machten ihre Späße mit ihr, und sie starrte sie wütend an, bis sie plötzlich zu einer Seite hin umfiel und alle vor Lachen brüllten. Denn sie war schon so dick, Momma fütterte sie ständig, daß sie nicht mehr ohne Hilfe sitzen konnte. Jean vergötterte sie, Momma vergötterte sie, aber Belle wußte, daß ihr Baby leidenschaftlich war, wild und wachsam, und es war eigen. Belle war beeindruckt. Sie selbst war so unentschlossen, schüchtern und furchtsam als Kind gewesen, daß sie von dem Selbstbewußtsein dieses winzigen Kindes beeindruckt war. Es sah alle unerschrocken an, als ob es sie beurteilte. Es lächelte selten. Es ließ sich nicht gern streicheln oder liebkosen und entwand sich zappelnd den Armen, die es umfingen. Anastasia betrachtete die Erwachsenen, die um sie herumsprangen und versuchten, ihr zu gefallen, als ob es Affen im Zoo wären und sie eine gelassene Zuschauerin. In diesem Zusammenhang erzählte Belle oft die Geschichte von den beiden ärmlich gekleideten Damen mittleren Alters, die, als Belle Anastasia im Kinderwagen spazieren fuhr, stehenblieben und Anastasia ansahen und sie unter dem Kinn kraulten, woraufhin Anastasia sie wütend anstarrte, als ob sie derart kindische Gesten verabscheute. Belle wußte, daß Anastasia sie nicht mochte, weil sie so schäbig ausgesehen hatten, wie sie ihrer Schwester und ihren Brüdern erklärte, die Anastasia wie ein Weltwunder anstarrten. Sie war ihre Freizeitbeschäftigung, ihr Spielzeug, allen gefiel ihre hochmütige Art, ihre Eigenwilligkeit.

Nur Ed dachte anders über Anastasia, aber er war nur selten zu Hause. Er mochte sie nicht, weil sie schrie, gefüttert, gewickelt und gebadet werden mußte. Er konnte es nicht leiden, wie Belle sich um sie kümmerte. Er wollte seine Liebste auf einem goldverzierten Thron aus Ebenholz, vor dem er kniete und ihr Schokolade anbot, während sie ihre Hand auf seinen Kopf legte. Ed war tief verletzt, wenn Belle sich ihm heftig entzog und sagte, das Baby bräuchte... irgend etwas brauchte es immer. Doch am Ostersonntag zogen Belle und Ed ihren Sontagsstaat an, und Belle zog Anastasia den neuen rosa Mantel aus Seide an und setzte ihr die Seidenschute auf. Ed holte seine Kamera, und sie setzten sich auf die oberste Treppenstufe des Hauses in der Manse Street und knipsten Fotos von sich mit dem Baby, ein dickes, mißmutiges Gesicht, eingerahmt von einer niedlichen Garnitur. Jeans Freund, der manchmal am Sonntagabend zu Besuch kam, beschwerte sich, daß Anastasia verwöhnt und launisch sei, oder ärgerte sich stillschweigend über sie.

Inzwischen schlief Belle nachmittags nicht mehr als eine oder zwei Stunden und wachte auf, wenn Anastasia munter wurde, wikkelte sie und trug sie nach unten und gab ihr die Flasche. Momma stopfte ihr stets Pastete oder Chrusciki in den Mund. Belle trug das Baby in das vordere Zimmer, das sie Veranda nannten. Es war ein kleines Zimmer, so lang wie die alte Couch, die an der Längsseite stand, und rundherum verglast. Eine Glastür trennte die Veranda vom Wohnzimmer, und unter dem vorderen Fenster war eine Sitzbank. Belle setzte sich auf die Sitzbank und legte Anastasia neben sich auf ein Kissen. Sie sah sie an und sprach mit ihr. Sie erzählte ihr, daß sie, Belle, ihre Mommy war und daß Grandma (nach der Anastasia mit den Augen zu suchen schien) in der Küche sei und leckere Sachen zum Abendessen für Anastasia kochte. Sie erzählte Anastasia, was für ein schönes Leben sie erwartete: Sie würde rosa Kleidchen tragen und in einem schönen Haus wohnen und unter Bäumen sitzen. Sie würde wunderbar Klavierspielen lernen, gut zeichnen können und eine ausgezeichnete Schülerin werden. Das Baby hörte ihr aufmerksam zu, verfolgte die Mundbewegungen seiner Mutter unablässig mit den Augen. Belle hatte das Gefühl, daß Anastasia sie verstand.

Anastasia war sechs Monate alt, als Belle mit ihrer Erziehung begann. Sie nahm sie auf den Schoß, setzte sich mit ihr ans Klavier und schlug das Bilderbuch mit den Kinderreimen auf, das Wally gekauft hatte, und spielte und sang die Lieder. Anastasia saß mucksmäuschenstill. Ihre Augen folgten den Noten auf dem Papier als ob sie diese lesen könnte. Manchmal bewegte sie sich auf Belles Schoß und grunzte, dann hörte Belle auf zu spielen und gab ihr das Buch. Anastasia blätterte darin, bis sie «Die Eule und die Katze» fand, gab dann das Buch ihrer Mutter zurück, die das Lied spielte.

Im Frühling zog auf der anderen Straßenseite eine neue Familie ein. Das junge Paar hatte zwei Töchter und ein Baby, das genauso alt war wie Anastasia. Die Ehefrau, Elvira, war groß und üppig. Sie war im gleichen Alter wie Belle, hatte aber mit sechzehn geheiratet, und eine Tochter war neun, die andere sechs Jahre alt. Das Baby hieß Terry. Belle und Elvira freundeten sich an, und jeden Nachmittag unternahmen die beiden Frauen lange Spaziergänge. Jede schob ihren Kinderwagen, und sie redeten, redeten, redeten. Elvira fand, daß Belle sich sehr gut kleidete, und bewunderte sie dafür, und Belle bewunderte die Art, wie Elvira sich zurechtmachte. Wie junge Mädchen schlugen sie sich gegenseitig neue Frisuren vor. Sie erzählten einander ihre Lebensgeschichten. Elvira hatte, wie Belle, mit vierzehn Jahren in einer kleinen Textilfabrik angefangen. Ihr hatte es gefallen, und sie plante, irgendwann ihren Mann zu verlassen und wieder selber in dieser Korsagenfabrik ihren Unterhalt zu verdienen. Anders als Belle hatte Elvira eine wunderschöne, unbeschwerte Kindheit genossen. Sie hatte ihren Vater angebetet und war immer nach Jungen verrückt gewesen. «Oh, ich habe die Männer immer geliebt!» erklärte sie mit ihrer fröhlichen, dröhnenden Stimme und lachte ihr tiefes Lachen.

Sie war mit Rollo verheiratet, einem leidenschaftlichen, hitzigen Mann, der ein paar Jahre älter war als sie, einem Elektriker. Aber sobald sie schwanger war, hatte er sie ständig allein gelassen und Wutanfälle bekommen, wenn sie wegging, selbst wenn sie nur ihre Familie besuchte. Deshalb verließ sie ihn. Sie gab das Baby zu ihrer Schwester und ging wieder arbeiten. Rollo kam ihr hinterher, tobte, flehte. Ihr gefiel, wenn auch nicht seine Eifersucht, so doch seine Leidenschaft, und sie einigten sich. Sie kam unter der Bedingung zu ihm zurück, daß sie sich mit anderen Männern verabreden dürfe. Aber wenige Monate nach ihrer Versöhnung war sie wieder schwanger.

«Was soll ich mit dieser Vereinbarung, wenn ich schwanger bin?» klagte Elvira. «Dann haben sie dich da, wo sie dich haben wollen.»

Sobald ihre zweite Tochter laufen konnte, ging Elvira wieder weg, zu Bridget, die selber drei Kinder hatte, aber immer bereit war, auch die von ihrer Schwester zu nehmen. Wieder kam Rollo hinter ihr her.

«Er will mich, wenn er mich nicht hat. Aber wenn ich bei ihm bin, ist er nie da. Er will nur, daß ich da bin, zu Hause.»

Diesmal weigerte sie sich, zu Rollo zurückzukehren, und er drehte ziemlich durch. Er setzte sich vorn auf Bridgets Veranda und weinte. Schließlich preßte Elvira ihm vor Bridget und ihrem Mann Chick als Zeugen das Einverständnis ab, daß sie nur zu ihm zurückkehren würde, wenn beide ihr eigenes Leben leben dürften, ohne daß Fragen gestellt würden.

«Er war einverstanden, aber er hielt sein Wort nicht», vertraute Elvira Belle an. «Er wollte immer wissen, wo ich gewesen war und ob ich einen Freund hatte. Aber das war mir egal, solange ich weggehen konnte. Ich halte es nicht aus, zu Hause eingesperrt zu sein. Und dann» – sie zeigte auf den Kinderwagen – «rate mal! Oh, ich habe geweint und geweint, als ich merkte, daß ich wieder schwanger war. Und Rollo wollte es haben, obwohl wir schon damals kaum auskamen.»

Inzwischen hatte Bridget sechs eigene Kinder, und Elviras Töchter gingen zur Schule. «Ich kann nicht einfach packen und gehen. Ich weiß nicht, wohin mit Terry. Ich halte es nicht aus, Isabelle, wirklich nicht.» Die Hausarbeit machte ihr nichts aus: Trotz ihrer Pfunde war sie voller Energie, ihr Haus war untadelig sauber, und sie war eine ausgezeichnete Köchin. Sie fand es unerträglich, zu Hause festzusitzen. Aber sie hatte Pläne. Eines Tages...

Belle fand Elvira ein Wunder, weil sie sagte, was immer ihr gerade in den Kopf kam. Belle hatte noch nie jemanden wie sie gekannt. Und Elviras Ehrlichkeit erlaubte Belle, ebenfalls ehrlich zu sein – so ehrlich, wie sie sein konnte. Elvira wußte genau, was in ihrem Leben nicht stimmte: zu viele Einschränkungen, zuwenig Sex. Alles andere war in Ordnung. Sie liebte ihre Töchter und vergötterte Terry. Aber sie wollte raus, sie wollte ihren Spaß. Sie hatte ein volles, herzliches Lachen, und sie lachte oft. «Oh, ich hatte immer viel Spaß!» schloß sie die Geschichte eines ihrer Liebesabenteuer und wischte sich die Lachtränen von der Wange. Belle lachte mit, leiser, zurückhaltender, dezenter. Sie war fast glücklich, wenn sie mit Elvira zusammen war. Sie hätte zwar nicht mit ihr tauschen wollen, aber an der Seite ihrer Freundin fühlte sie sich erwachsener, erfahrener.

Die beiden jungen Frauen gingen in Forest Hills Garden spazieren, wo die schönen Häuser standen. Belle stellte sich vor, daß sie dort in einer der Villen mit einem Mann wohnte, der so war wie die, von denen Elvira erzählte – dunkel, geheimnisvoll, sinnlich. Nur ein Tagtraum. Sie brachte ihren geheimnisvollen Traummann nie mit ihrem eigenen dunklen, sinnlichen Mann in Verbindung; sie wollte es gar nicht verwirklichen, sie wollte davon träumen. Sie malte sich auch eine andere Belle aus, wenn sie mit Elvira zusammen war – eine erfahrene, freie, unabhängige Belle. In Elviras Anwesenheit vollführte ihre Phantasie fröhliche Sprünge, und sie merkte, wie es ihr besser ging. Sie weinte nur noch selten. Ende November, Anastasia hatte gerade ihren ersten Geburtstag gefeiert, schoben die beiden Frauen ihre Kinderwagen durch die kleinen Parks ihrer Gegend, da sah Belle eine zartrosa Rose blühen, im kalten Winter.

Wie ich mich an dieses Bild der Rose geklammert habe, diesen einen hellen Fleck in der tristen Jahreszeit, in der ich geboren bin! Meine Mutter hat mir oft davon erzählt, immer wieder gleich beeindruckt und erstaunt, als ob sie es mir zum erstenmal erzählte. Diese Erinnerung tröstete mich: Jeden Herbst, wenn mein Geburtstag näher rückte und die Blätter von den Bäumen fielen und die Äste und auch die Luft grau wurden und die Erde sich zu Asche zu wandeln schien, erinnerte ich mich daran, daß Rosen manchmal auch im November blühen. Ich fühlte mich nicht verantwortlich für diese traurige, tote Jahreszeit, aber dennoch empfand ich, daß meine Ankunft Trauer, Kummer, graue dunkle Tage gebracht hatte und meine Geburt alljährlich durch diese Jahreszeit symbolisiert wurde.

Ist es möglich, daß sich Menschen an die Jahreszeit ihrer Geburt erinnern können, die Tränen der Mutter, ihre Trauer, die sie die meiste Zeit versteckte, wenn sie wach war? Auch meine Tochter Franny kommt sich wie ein Eindringling vor, wie ein aufdringliches Monster, das einen Wall von Schutzmaßnahmen durchbrochen hatte – und ihr Gefühl entspricht genau dem, was ich empfunden habe, aber vor ihrer Geburt. Wie konnte sie das wissen? Gelangen Emotionen direkt in den Blutkreislauf der Kinder, wie die Nahrung, die sie in der Gebärmutter aufnehmen?

Meine Freundin Barbara Greenberg sagt, ich müsse das anders sehen. Ich solle die Tatsache berücksichtigen, daß ein Kind, welches im November geboren wird, im Mai sitzen kann und das knospende Grün zu dessen ersten Eindrücken zählt. Ein Kind, das im Mai geboren wird, kann dagegen sitzen und sich umschauen, wenn die Natur stirbt. Aber ich bin nicht traurig über meine Wahrnehmung, sondern über ihre, die der Leute, zu denen ich gekommen bin und denen meine Ankunft Kummer bereitet hat. *Sie kamen in der Kälte, in dieser schaurigen Jahreszeit, der schlimmsten Zeit des Jahres, um eine Reise zu unternehmen, eine besonders lange Reise. Die Wege sind unwegsam, die Wetter schneiden, die Tage kurz, die Sonne hat sich abgewendet, es herrscht die Totenstarre des Winters.* Ja, das war im Dezember und eine ganz andere Geburt, aber als ich Lancelot Andrewes las, kam mir das bekannt vor, als ob meine Mutter und mein Vater es wegen mir besonders schwer hatten.

Ich kann mich an das unfreundliche Baby, das ich war, nicht erinnern, obwohl mir das verdrossene Kind noch gegenwärtig ist. Ich kann mich an das Gefühl erinnern, nicht gewollt, nicht geliebt zu sein und an das ewige Gefühl der Unsicherheit. Als Kind hatte ich nur den Wunsch, kein Kind zu sein, sondern erwachsen, damit ich nicht mehr von denen abhängig war, die mich nicht wollten. Ich wollte frei sein und weggehen. Ich glaube, meine Mutter wäre sehr erstaunt, wenn sie das wüßte. Sie gab sich solche Mühe, mir all das zu geben, was sie in ihrer eigenen Kindheit entbehren mußte. Aber sie weiß nicht, was ihr eigentlich fehlte, daß es nicht der Mangel an Aufmerksamkeit war oder Erziehung, sondern der Schoß, dieses «*moja kochanie*», die liebevolle Umarmung. Das hat sie nie gekannt, wie hätte sie es mir also geben können? Eine neugeborene Ratte, die der Mutter unmittelbar nach der Geburt weggenommen wird, ehe die Mutter Zeit hat, sie sauberzulecken, wird ihrerseits ihr Junges nach der Geburt nicht sauberlecken, und so weiter, eine Generation nach der anderen. Bis zum Tag des jüngsten Gerichts, ein Verhängnis, solange es nicht durchbrochen wird. Die Wahrheit ist: Nicht die Sünden der Väter gehen bis ins dritte Glied, sondern die Leiden der Mütter. Aber als ich jung war, glaubte ich, diese Kette allein durch die Kraft meines Willens durchbrechen zu können.

Die Zeit verging. Belle war zuversichtlicher, seit sie Elvira kannte, und Anastasia wurde täglich größer. Sie konnte zwar immer noch nicht sprechen, aber mit elf Monaten fing sie an zu laufen, und mit zwölf Monaten war sie sauber (ein großer Tag für meine Mutter). Sie war sehr dick, mit Grübchen in den runden Armen und Beinen, und ein Dickkopf. Sie schlug gern auf den Tisch und summte dazu, als trommelte sie den Rhythmus zu einer Melodie, die nur sie hören konnte, und sie liebte Grandma und Schinken. Im Spätsommer, im frühen Herbst, war sie dann so kräftig, daß Wally sie, wenn er früh von seiner Arbeitssuche nach Hause zurückkehrte, auf die Schulter nahm und mit ihr zum Eisladen an der Hauptstraße ging. Er schimpfte nie, wenn mal ein Tropfen Eiskreme aus der Tüte, die sie in der Hand hielt, auf seinen Kopf fiel.

Kurz nach Anastasias erstem Geburtstag wollten Belle und Jean eine Bridgeparty geben. Belle und Frances brachten einen ganzen Tag damit zu, dick belegte Brote und mit Käse und Obst gefülltes Gebäck für die Feier zuzubereiten, Belle mit Lockennadeln im Haar. Sie flehte Momma an, den Pullover anzuziehen, den sie ihr zu Weihnachten gekauft hatte und schon jetzt schenkte, und Frances willigte zögernd und leicht erstaunt ein. Belle war aufgeregt. Noch nie hatte sie ein Fest derart vorbereitet. Zweifellos spürte Anastasia ihre Aufregung und wollte dabeisein, denn sie lag, obwohl sie früh schlafen gelegt wurde, damit ihre Mutter sich ankleiden und frisieren konnte, in ihrem Kinderbett – aus dem Korb war sie herausgewachsen –, summte und trommelte mit den Fäusten und folgte ihrer

Mutter aufmerksam mit den Augen. Belle beugte sich über sie, gab ihr einen Kuß und sagte, sie solle jetzt schlafen, und ging hinunter, um die Gäste zu begrüßen.

Von unten drang lauter werdendes Stimmengewirr und Gelächter herauf. In Anastasia wuchs die Wut darüber, daß sie nicht dabeisein durfte. Sie stieg aus ihrem Bett und schaffte es bis zur Treppe, wo sie verwirrt stehenblieb. Sie konnte noch keine Stufen klettern. Sie stand da und brüllte: «Ich will nach unten!» Unten wurde es plötzlich unheimlich still, und dann erschien ihre Mutter, mit weißem Gesicht. «Bist du das, Anastasia?» Aber sie kam nicht nach oben. Sie drehte sich zu ihren Gästen um. «Sie hat noch nie ein Wort gesagt, und plötzlich spricht sie einen ganzen Satz!» Die Frauen waren entzückt, was für ein kluges Kind, was für ein erstaunliches Ereignis, aber Belle kam immer noch nicht nach oben, um Anastasia zu holen. Das Kind stampfte mit den nackten Füßen auf. «Jetzt! Ich will nach unten!» Da kam Belle hoch und trug sie hinunter, wo viel Aufhebens um sie gemacht wurde. Belle setzte sie neben Grandma auf das Sofa und gab ihr etwas Hühnchensalat und Brot, und sie sah den Frauen beim Bridgespielen zu. So bekam man also seinen Willen! Man sprach!

Dieses Ereignis bestärkte Belle in der Überzeugung, daß sie ein Genie geboren hatte. Entschlossen widmete sie sich der Aufgabe, Anastasia zu erziehen. Täglich las sie ihr vor und setzte sich mit ihr ans Klavier. Sie fing sogar an, ihre eigenen Lieblingslieder zu spielen, die sie einstudiert hatte, als sie Klavierunterricht hatte: «Remember», «Always» und «My Buddy». Anastasia sang mit und stolperte nur über ein paar Worte. Im Alter von zwei Jahren kannte sie alle Kinderlieder auswendig und wußte, welches Lied auf welcher Seite stand. Mit drei Jahren, schon seit längerer Zeit mit dem Umgang mit Stift und Malkreide vertraut, zeichnete sie eine tadellose Banane. Belle war tief beeindruckt und hob das Bild auf. Noch Jahre später sagte sie zu Anastasia, sie hätte immer gewußt, daß aus ihr eine Malerin werden würde, weil sie im zarten Alter von drei Jahren eine vollkommene Banane gemalt hatte.

Wally fand endlich eine Anstellung und kam selten nach Hause, abends war er im Schachclub oder, vermutlich, mit einer Frau zusammen. Eddie ging abends meistens zu Becks, ihren früheren Nachbarn in Brooklyn, und besuchte Martha. Martha war klein, zierlich und hübsch mit ihren großen Augen, aber Belle und Jean mochten sie nicht. Sie sagten nichts. Als Ed mit dem Ausbau der Wohnung bei seinen Eltern fertig war, suchte er sich sofort einen neuen Nebenjob und arbeitete abends in einer Apotheke. Deshalb konnte Belle es sich leisten, für ihn und für sich etwas Neues zum Anziehen zu kaufen und ein paar Dollar auf ein Sparkonto bei der Bank einzuzahlen.

Eines Sonntags kam Wally, der seit Freitag morgen nicht mehr zu Hause gewesen war, mit einer großen Blondine nach Hause und teilte allen mit, daß er geheiratet hätte. Er und Jill wollten zu Hause wohnen, sagte er, sie sei berühmt, Revuetänzerin bei Billy Rose, eine langbeinige Schönheit. Da wären sie nun. Eddie packte seine Sachen, zog in die kleine Veranda und schlief auf der alten Couch. Jill verbrachte den Vormittag im Bett und erwartete, daß Momma ihr das Frühstück ans Bett brachte, was Momma auch tat. Niemand sagte etwas. Jill stand gegen zwei Uhr mittags auf, mit Lockenwicklern im Haar, trug einen roten Morgenrock aus Seide über ihrem Nachthemd und setzte sich auf die Veranda und feilte sich mißmutig die Nägel. Um vier Uhr zog sie sich sehr hohe Stöckelschuhe an und einen engen Rock, steckte sich die Haare hoch und ging zur Arbeit. Sie kam gegen drei Uhr morgens mit Wally nach Hause. Nach ungefähr drei Monaten kam sie eines Nachts nicht mit ihm nach Hause zurück und ward nie wieder gesehen. Niemand fragte Wally, was passiert sei, oder sprach von seiner Scheidung, man nahm einfach an, daß er sich hatte scheiden lassen. Der ganze Vorfall war so skandalös, daß kein Wort darüber geäußert wurde. Eddy schlief wieder oben in seinem Bett, und kurze Zeit später verlor Wally seinen Job und meldete sich widerwillig zu einem Camp an, einem Sozialhilfeprojekt für arbeitslose junge Männer. Er war ein ganzes Jahr lang weg, und eines Sonntags im Sommer fuhren Belle, Ed und Anastasia in die Adirondack-Berge, um ihn zu besuchen. Wally schien zwar erfreut zu sein, sie zu sehen, aber er kümmerte sich kaum um sie, und Anastasia beachtete er überhaupt nicht. Er unterbrach seine Arbeit, die Ärmel seines Hemdes waren hochgekrempelt, seine Kluft roch nach frisch geschlagenem Holz, und blieb für zehn Minuten neben ihrem Mietwagen stehen. Dann ging er wieder an die Arbeit, und sie fuhren nach Queens zurück. Anastasia war erst dreieinhalb Jahre alt, doch sie fand das merkwürdig. Aber sie hatte sowieso den Eindruck, daß die meisten Erwachsenen merkwürdig waren. Im Haus war es jetzt sehr still, weil beide Söhne abends nicht nach Hause kamen, und auch Eric Terschelling kam nicht mehr, er war in einem Lungensanatorium. Er hatte die Handelsschule aufgeben müssen, weil er überarbeitet war, und seine Ersparnisse wurden von den Krankenhausrechnungen aufgezehrt. Jean, Belle und Momma verbrachten die Abende im Eßzimmer an dem runden Tisch, hörten Radio, nähten, stickten oder strickten. Um elf stand Belle auf, bereitete Tee und Toast und war gerade fertig, wenn Ed von der Nachtarbeit nach Hause kam. Die vier tranken schweigend ihren Tee, sie sprachen selten einen zusammenhängenden Satz.

Dann überstürzten sich plötzlich die Ereignisse. Wally kehrte aus dem Camp zurück, braungebrannt und muskulöser als früher, er wirkte fast robust und gesund. Er fand einen Job und zog in sein altes Zimmer. Eddie verlobte sich mit Martha, sie wollten im Oktober heiraten. Eric wurde geheilt aus dem Sanatorium entlassen und arbeitete jetzt ganztags für die Versicherungsgesellschaft. Jean und er verlobten sich, sie wollten heiraten, sobald Eric seine Ersparnisse wieder aufgestockt hätte. Die Ereignisse rauschten an Belle hinter einem Schleier aus Luminal und Gleichgültigkeit vorbei. Sie ließ nichts an sich heran, ihr war alles egal, nur Elvira nicht und Anastasias Erziehung. Eines Abends im August hämmerte Elvira an die Haustür. Sie hatte ein blaues Auge und blaue Flecken an den Armen.

«Rollo ist durchgedreht», erklärte sie. «Er ist mir gestern gefolgt und hat gesehen, daß ich mich mit Al getroffen habe und in sein Auto gestiegen bin. Als ich gestern nacht nach Hause gekommen bin, hat er mir das verpaßt.» Sie zeigte ihre blauen Flecken und war zufrieden, als sie Belles vor Entsetzen totenbleiches Gesicht sah.

«Komm rein, ich mach dir einen Kaffee», drängte Belle.

«Nein, Isabelle, ich bin nur gekommen, um mich zu verabschieden. Diesmal verlasse ich ihn endgültig. Ich werde zunächst bei Bridget wohnen, bis ich etwas gefunden habe. Aber ich werde dich anrufen.»

Mit maskenhaft starrem Gesicht schüttelte Belle ihrer Freundin die Hand und sah zu, wie sie die Straße überquerte und in Bridgets überquellendes Auto stieg. Dann ging sie nach oben in ihr Zimmer, schloß die Tür hinter sich und setzte sich auf ihr Bett. Sie erschrak über den schmerzlichen Ton, der sich ihrer Kehle entrang. Als sie erst einmal angefangen hatte zu weinen, konnte sie nicht mehr aufhören.

Sie weinte für den Rest des Tages und bis in die Nacht. Sie ging nicht hinunter und kümmerte sich nicht um Anastasia. Der einzige Lichtblick in meinem Leben, dachte sie ununterbrochen. Meine einzige Freude – hat mich verlassen!

Mehrmals kam Anastasia ins Zimmer geschlichen, ging zu ihrer Mutter, bettelte, sie solle hinunterkommen und mit ihr spielen. Belle beachtete sie entweder überhaupt nicht oder sagte scharf, Anastasia solle weggehen. Nach dem drittenmal stürmte Anastasia aus dem Zimmer. Sie beschloß, allein Klavier zu spielen, da ihre Mutter sich weigerte. Es konnte doch sein, daß sie bereits spielen konnte, weil sie ihre Finger immer mit auf die Tasten legte, wenn Belle spielte. Sie kletterte auf den Hocker, reichte aber nicht an die Tasten. Sie glitt wieder hinunter und drehte den Sitz, um ihn höher zu stellen. Sie drehte und drehte, sie war begeistert und lachte, als sich plötzlich der Sitz von der Schraube löste, durch das Zimmer flog und mit einem lauten Knall landete. Frances kam aus der Küche gerannt, umarmte sie, tröstete sie, schraubte den Sitz wieder fest. Aber Anastasia wollte nicht umarmt werden.

«Warum weint Mommy?» fragte sie Grandma.

«Sie weint nicht, nein, Mommy ist müde, sie ruht sich aus», versicherte Frances.

Anastasia starrte sie an. Warum log Grandma? Warum wurden Kinder immer von Erwachsenen angelogen?

«Ich will rauf», sagte sie, und Großmutter hob sie auf den Stuhl. Sie legte ihre Hände auf die Tasten und brachte auch Geräusche zustande, aber es klang überhaupt nicht so wie bei Mommy. Vielleicht weil sie nicht in das Buch hineingesehen hatte. Sie streckte die Hand aus und schlug das Kinderliederbuch auf. Sie erkannte die einzelnen Lieder und blätterte bis zu ihrem Lieblingslied «Die Eule und die Katze». Sie wußte nicht, warum es ihr gefiel: Es ergab keinerlei Sinn. Viele Reime in dem Buch waren purer Unsinn, aber diese ganz besonders. Und wenn sie versuchte, Mommy zu einer Erklärung zu bewegen, weigerte Mommy sich. Anastasia war sicher, daß ihre kluge Mommy, die singen und Klavier spielen konnte und Anastasia die Zahlen und die Uhr beigebracht hatte, die Bedeutung des Liedes kannte, sie ihr aber nicht sagen wollte.

Anastasia studierte die Noten auf dem Blatt und legte die Hände auf die Tasten. Es klang trotzdem nicht nach «Die Eule und die Katze». Heiße Wut stieg in ihr hoch: sie war so enttäuscht, daß sie am liebsten geschrien hätte. Aber sie rutschte vom Hocker und ging schwerfällig auf die Veranda und kletterte auf die Klappcouch, wo ihr Malbuch und die Malkreide lagen. Schnell schlug sie das Buch auf, weil sie nicht weinen wollte, blätterte die Seiten durch und suchte ein schönes Bild, aber in dem Buch gab es keine schönen Bilder, sie waren alle häßlich und plump, einfach nur blöd. Sie haßte sie. Sie haßte auch ihre Malkreide: rot, gelb, orange, grün, blau, schwarz, weiß, lila: grelle, häßliche Farben. Sie hatte einen Malkasten mit vielen Farbschattierungen gesehen, einen großen Kasten. Aber Mommy sagte, das sei zu teuer. Ihre Stifte seien für kleine Mädchen. Anastasia haßte es, klein zu sein. Sie bekritzelte wütend eine Seite, dann die nächste. Sie merkte, wie ihr die Tränen hochstiegen.

Die Erwachsenen behandelten Kinder, als ob sie dumm wären, und Anastasia war nicht dumm: Sie wußte, daß sie verstehen würde, wenn die Erwachsenen ihr die Dinge einfach nur erklärten. Aber sie behandelten Kinder, als ob man ihnen etwas verheimlichen müßte. Sie verständigten sich in einer Geheimsprache, oder sie flüsterten oder logen. Anastasia saß auf dem Sofa und hatte die Fäuste geballt. Frances, die mit einem Stapel gebügelter Wäsche nach oben gehen wollte, sah das Kind, legte die Wäsche auf einen Stuhl und kam zu ihr und setzte sich neben sie. Sie streichelte Anastasias Hand und redete liebevoll auf sie ein. Sie streckte die Arme aus. Aber Anastasia wollte nicht. Ihre Babcia war genau wie die anderen: sie belog Anastasia. Frances sagte: «Meine Süße, *moja kochanie*», aber Anastasia wollte nicht getröstet werden.

Sie wollte nicht getröstet werden, und sie war untröstlich, dachte Ed, der neben der schluchzenden Belle auf dem Bett saß, die ihm den Rücken zukehrte. Ihr ging es schlecht, seit... Er nahm seine Brille ab und schlug die Hände vors Gesicht. Er mußte schlucken. Plötzlich hob er den Kopf und sah erschrocken, daß seine Hände naß waren. Er zog ein sauberes Taschentuch aus der Hosentasche und putzte sorgfältig seine Brille, wischte sich das Gesicht ab und setzte die Brille wieder auf. Belles Schluchzen ließ langsam nach. Er blieb neben ihr sitzen, vornübergebeugt, die Hände zwischen den Knien und wartete.

Belle unternahm einen schwachen Versuch, sich aufzusetzen, und Ed sprang schnell auf, um ihr zu helfen. Er zog sie hoch und stopfte ihr die Kissen hinter den Rücken.

«Zigarette», sagte sie leise.

Er blickte sich suchend nach den Luckies um, zog dann eine heraus und steckte sie ihr zwischen die Lippen, gab ihr Feuer. Sie inhalierte den Rauch tief, ihr Körper bebte noch von unterdrückten Schluchzern.

«Bist du beim Arzt gewesen?»

Sie nickte.

«Was hat er gesagt?»

«Daß er nichts mehr für mich tun kann!» sagte sie in einer tragischen Aufwallung, als gäbe sie ihren Tod bekannt.

Ed raufte sich das dichte Haar. Er sah den weißen Schuppen nach, die kurz durch die Luft wirbelten und auf den Fußboden fielen.

«Kann er dir nicht eine höhere Dosis Luminal verschreiben?» fragte er schließlich vorsichtig.

«Nein!» schrie sie ihn wütend an, als ob sein Versuch, eine Lösung zu finden, alles nur noch schlimmer machte. «Mehr darf er mir nicht geben», sagte sie mit tränenerstickter, vorwurfsvoller Stimme. «Morphium könnte mir noch helfen. Aber er sagte, davon würde ich süchtig werden.»

Er rührte sich nicht. Unmöglich zu sagen, ob er ihr überhaupt zugehört oder sie verstanden hatte. Er wartete.

«Möchtest du eine Tasse Tee, Belle?» fragte er besorgt.

Sie lächelte ein wenig. «Das wäre sehr freundlich, Eddy.»

Schwerfällig erhob er sich und ging aus dem Zimmer. Belle warf einen Blick auf das Kinderbett: Es war leer. Anastasia war wahrscheinlich bei Momma. Morphium. Sie stellte sich einen Rausch in allen Farben des Regenbogens vor, Schlaf, Ruhe, das Ende der Qual. Sie fand es verlockend, aber – eine Süchtige zu werden! Wenn sie soweit ginge, um alles auszulöschen, könnte sie sich genausogut umbringen.

Sie hörte Eds schwere, müde Schritte auf den Holzstufen. Er arbeitete täglich bei zwei verschiedenen Arbeitsstellen und kam jede Nacht müde zu ihr nach Hause. Er reichte ihr die Teetasse samt Untertasse, und sie lächelte: «Danke, Eddy.»

Er sagte ergeben: «Klar, Belle.» Er hätte ihr gern übers Haar gestreichelt, nur ein bißchen, aber er wagte es nicht.

«Du solltest dich hinlegen, Eddy, du bist müde.»

«Ja», seufzte er. Er stand auf und fing an, sich auszuziehen, und während er sich auszog, stand sie auf und zog ihren Morgenmantel an. Zum erstenmal klang seine Stimme gereizt: «Was machst du denn jetzt?»

«Ich muß mich um Anastasia kümmern.»

»Der geht es gut, sie ist bei deiner Mutter!»

«Ich seh nur schnell nach, ob alles in Ordnung ist. Und ich muß ins Bad. Ich komme gleich zurück.»

Er seufzte unwillig, legte sich mißmutig hin und war Sekunden später eingeschlafen, als ob ein starker Strudel ihn in die Tiefe gerissen hätte.

Im Haus war es dunkel. Alle schliefen. Belle brachte ihre Teetasse in die Küche, ging dann durch die dunklen Zimmer in die kleine Veranda und setzte sich auf die Bank am Fenster. Sie zündete sich eine Zigarette an.

Eddy war ein guter Mann, das wußte sie. Aber er war irgendwie nicht genug...

Sie rauchte.

Außerdem dachte er nur an Sex. Es war ihm sogar egal, was er zu essen bekam, Hauptsache, er war satt. Er redete nicht. Er mochte Anastasia nicht, er beachtete sie gar nicht. Aber wenigstens war er nicht so wie Poppa.

Sex. Sie haßte Sex!

Blieb nur noch das Morphium. Jetzt, wo Elvira weg war, gab es nichts Schönes mehr in ihrem Leben. Nur noch die tägliche Langeweile. Aber anderen Frauen schien das nichts auszumachen. Was war bloß los mit ihr, warum war sie so unzufrieden? Sie war eine Last, auch für sich selbst, nutzlos, wertlos, dumm wie eh und je. Ein Nichts, ein Niemand, und sie hatte sich so bemüht, jemand zu werden. Das war vorbei. Alle ihre Träume.

Ihre Augen füllten sich wieder mit Tränen, und der Schmerz in ihrem Herzen kroch ihr in die Glieder. Sie fragte sich, wie es möglich war, daß ein Mensch soviel weinen konnte, wie es physisch möglich war, so viele Tränen zu haben.

Sie wollte lieber sterben als süchtig werden. Welche Möglichkeiten gab es noch? Nur dieser unerträgliche, unablässige Schmerz. Vielleicht sollte sie von vorn anfangen: wieder schwanger werden, noch ein Baby bekommen, das sie diesmal bejahen und willkommen heißen würde, ihr Leben bejahen. Vielleicht würde ihr das helfen.

Die Tränen liefen ihr die Wangen hinunter, sie schluchzte wieder.

Sie war überrascht und sah wie von außen gespannt zu, wie sie sich selbst auflöste. Sie vergegenwärtigte sich noch einmal die wenigen Pluspunkte, die sie in ihrem neunundzwanzigjährigen Leben gesammelt hatte: Die Lehrerin hatte gesagt, sie sei hübsch. Adele hatte ihr künstlerische Hände bescheinigt. Der Architekt hatte gesagt, sie hätte Stil. Elvira hatte ihre Kleider gelobt. Aber eine immer wiederkehrende Stimme sagte: dumm, zu nichts zu gebrauchen, du darfst nicht in die Schule, du kannst kein Englisch, du kannst so nicht zur Schule kommen, geh nach Hause und sage deiner Mutter, sie soll dir die Haare kämmen, meine hellen Locken, mein Haar, mein Haar, meine Mutter hat mir nie das Haar frisiert.

Ed stand neben ihr.

Entschuldigend sah sie ihn an. «Ich kann nichts dafür, Eddy», schluchzte sie. «Ich kann nichts dafür.»

«Komm ins Bett, Belle», sagte er freundlich und müde.

Sie gestattete ihm, ihr die Treppen hoch zu helfen. Sie putzte sich die Nase und steckte das Taschentuch in die Tasche des Morgenrocks. Sie hob den Kopf.

«Ich werde kein Morphium nehmen. Ich werde noch ein Baby bekommen. Es ist nicht gut für Anastasia, als Einzelkind aufzuwachsen.»

«Klar Belle», sagte er. «Was du willst.»

Wenigstens eins ihrer Kinder war ein Wunschkind. Meine Kinder eigentlich nicht, keines. Die ersten beiden waren Unfälle. Ich fing gerade an, mit dem Gedanken zu spielen, Arden wäre mit ihren neun Monaten alt genug, um in ihrem Ställchen in dem überfüllten Hinterzimmer in Minettas Laden zu sitzen, so daß ich ihm an ein paar Wochentagen nachmittags zur Hand gehen könnte. Da entdeckte ich, daß ich wieder schwanger war. Brad benutzte weiterhin Kondome, weil ich mich mit dem Diaphragma, das ich nach Ardens Geburt bekam, nicht wohl fühlte, und Gott ist mein Zeuge, daß wir sehr selten miteinander schliefen, aber trotzdem ist es passiert. Brad hatte meine erste Schwangerschaft uneingeschränkt bejaht, schließlich wußte er, wie gierig wir einander damals umarmt hatten. Doch diesmal fühlte er sich ausgetrickst, und er hatte den Verdacht, daß ich ihm entweder eins auswischen wollte oder das Baby gar nicht von ihm war. Diese Lieblosigkeit zeigte, was in dem knappen Jahr unserer Ehe aus uns geworden war.

Brad verkaufte fast nie ein Stück Grund und Boden, und wenn die Agentur nicht seinem Vater gehört hätte, dann hätte man ihn schon längst gefeuert. «Ist doch klar», sagte ich, wenn er deprimiert und mit grauem Gesicht nach Hause kam. «Du bist nicht dazu geschaffen, Kaufmann zu sein, sondern Musiker.»

Er starrte einfach aus dem Fenster. «Hör auf damit, Stahs, ja?» Er rührte ununterbrochen mit einem Kaffeelöffel den Zucker um, den er seit neuestem in seinen Kaffee tat.

Ich wußte, daß er sich wie ein Versager vorkam und es meine Pflicht als anständige Ehefrau war, ihn zu unterstützen, ihm Mut zuzusprechen. Aber wie kannst du jemanden, den du liebst, ermutigen, etwas zu machen, das ihn krank macht und überhaupt ganz falsch für ihn ist? Ich konnte mich nicht überwinden, ihn zu trösten und ihm zu versichern, daß er bald, wenn er seinem Vater weiter nacheiferte, die Kunst des Verkaufens lernen würde. Deshalb wiederholte ich weiter das kindische Geschwätz von der Musik und der Malerei, unseren alten Träumen, und daß wir es immer noch machen könnten, daß wir nur den Telefonhörer abzuheben bräuchten, daß die Typen ihn noch nicht vergessen hätten, daß wir es, wenn er ein paar Gigs bekäme und ich einen Halbtagsjob, schon schaffen würden. Er saß am Tisch unseres einzigen Zimmers und tat so, als ob ich gar nicht da sei, bis er schließlich aufsprang und wegging – wohin? Er konnte nirgendwo hin. Nach einiger Zeit ging ich hinunter und schaute bei den Charles' durch das Wohnzimmerfenster und sah ihn auf den Stufen ihrer Veranda sitzen, den Kopf in die Hände gestützt. Mir brach fast das Herz. Am Anfang ging ich dann zu ihm, setzte mich neben ihn und legte meinen Arm um ihn. Ich saß einfach da und sagte nichts. Nach einiger Zeit standen wir auf und gingen wieder nach oben, wo Arden schrie – sie war es nicht gewöhnt, allein in ihrem Ställchen zu sitzen. Eines Tages aber schüttelte er meinen Arm ab und rückte ein paar Zentimeter von mir weg – es hätten genausogut Meter sein können. Danach ging ich ihm nicht mehr hinterher.

Und dann verkaufte er ein riesiges Objekt, ein Anwesen mit Tennisplatz, Swimmingpool und Solarium, und verdiente daran soviel Geld, daß wir ein Jahr davon hätten leben können. Das war die Wende, denn der Verkauf stärkte sein Selbstvertrauen, er strahlte und schüttelte Hände und sagte seinen Namen mit der gleichen jovialen Unverbindlichkeit wie sein Vater. Der Erfolg machte ihn erfolgreich. Und pünktlich, kurz vor der Geburt unseres zweiten Kindes, verkündete er munter, daß wir aus diesem Loch ausziehen würden. Ich, die ich unsere Wohnung nie sehr gemocht hatte, verteidigte sie vehement, als er anfing, sie als Loch zu bezeichnen – sie sei gemütlich und hübsch, und wir... ich konnte mich nicht dazu bringen zu sagen, daß wir dort glücklich gewesen waren, aber immerhin war sie unsere erste gemeinsame Wohnung. Wir fanden eine Wohnung mit zwei Schlafzimmern in East Rockaway. Die Miete konnten wir uns nunmehr leisten, 60 Dollar im Monat, glaube ich. Es fällt mir schwer, mich an solche Details zu entsinnen, aber meine Mutter kann sich an jeden Dollar erinnern, den sie in den ersten Jahren ihrer Ehe für Miete, Elektrizität, Kohlen und Nahrungsmittel ausgegeben hat. Wir durchstöberten wieder die Dachböden nach Möbeln und zogen einen Monat vor Billys Geburt um. Ich saß jetzt wirklich in der Falle, denn das nächste Geschäft war meilenweit entfernt, und ohne Auto konnte ich nirgendwo hin. Natürlich brauchte Brad jeden Tag das Auto, das sein Vater schließlich ihm geschenkt hatte, er konnte es von der Steuer absetzen. Brad fuhr täglich ins Büro, obwohl er sich einen Tag in der Woche hätte freinehmen können. Und abends studierte er an einem College in der Nähe Jura, weil er, wie er sagte, ein Großindustrieller werden wollte. Ein Großindustrieller! Mein verspielter Geliebter? Nun, das war er nicht mehr. Ehe wir wegzogen, schleppte ich mich mit Arden im Kinderwagen und einem Bauch, um den herum ich kaum noch an den Griff kam, zu Jimmy Minetta, um mich von ihm zu verabschieden. Als wir uns umarmten und Jimmy mir alles Gute wünschte – er dachte, Kinder machen Frauen glücklich –, brach ich plötzlich in Tränen aus. Ich schluchzte und brachte den armen Jimmy völlig aus der Fassung. Er setzte mich auf einen Stuhl und holte die staubige Flasche Bourbon aus dem Schrank, in dem er die Entwicklerflüssigkeit aufbewahrte, und schenkte mir ein Glas ein. Ich konnte nichts trinken, und ich konnte ihm auch nicht erklären, warum ich weinte, ich, der muntere Clown, der gute Kumpel. Schließlich stieß ich unter Schluchzen hervor, daß er mir fehlen würde, der Laden, die Typen. Jimmy gab sich damit zufrieden, aber er sah mich besorgt an. Und er sagte, daß ich immer bei ihm arbeiten könnte, sobald die Kinder auf eigenen Füßen stünden – ich glaube, er hat es auch so gemeint.

Aber ich wußte, daß ich niemals zurückkommen würde. Ich

wußte nicht genau, wie es weitergehen würde, aber immerhin wußte ich, daß ein Kind eine Sache ist und zwei Kinder eine ganz andere. Vor mir lagen graue Jahre, mit Bergen von Wäsche und schmutzigem Geschirr, weinenden und sich zankenden Kindern, Stunden im Supermarkt, den Einkaufswagen vollgeladen mit Riesenpackungen Waschpulver, eisenbahnwagenlangen Laiben des klebrigen Weißbrots, das Brad und die Kinder liebten, und Milch, literweise. Ich verstand plötzlich, wie Brad vor ein paar Jahren zumute gewesen sein mußte, als sich die Eisentür langsam hinter ihm zu schließen begann und sein Leben in die trostlosen, bekannten und vorherbestimmten Bahnen gelenkt wurde. Und mein Herz krampfte sich vor Mitleid zusammen, mit ihm, mit mir. Ich empfand uns immer noch als zwei Kinder – wir waren erst zwanzig und einundzwanzig Jahre alt –, gefangen in einer kosmischen Verschwörung. Der Gedanke an Flucht war nur eine Selbsttäuschung.

Ich schluchzte den ganzen Weg nach Hause, aber danach habe ich nie wieder geweint, jedenfalls erst wieder Jahre später, als ich eigentlich wenig Grund zum Weinen hatte. Woher sollte ich damals wissen, daß ungeweinte Tränen aufgestaut werden? Ich ging nach Hause, zwei Tage später zogen wir weg, und einen Monat später wurde Billy geboren. Dann wurde er wahr, der Alptraum, den ich vorhergesehen hatte, die trostlose Folge von Tagen. Ich versank so tief, daß ich nicht einmal mehr an Flucht dachte. Ich vergaß, daß ich jemals etwas anderes gewesen war als eine Mutter, eine Köchin, eine Flaschenspülerin, daß ein anderes Leben auch nur denkbar war.

Für Belle bedeutete ein zweites Kind die Möglichkeit, dem Kreislauf von Tränen und Luminal zu entfliehen. Sie schwor sich, das Medikament abzusetzen, sobald sie wußte, daß sie schwanger war – aber vielleicht lag es an dem Luminal, daß sie nicht schwanger wurde, und so schluckte sie es weiter. Was sich in jenen turbulenten Jahren 1932 und 1933 in ihrer unmittelbaren Umgebung ereignete, nahm sie deshalb nur sehr entfernt wahr, als gedämpften Wirbel, der andere Leute betraf. Eddie heiratete Martha – Belle kann sich an die Hochzeit nicht erinnern –, und das Paar zog in das Haus an der Manse Street ein. Momma bestand darauf, ihnen ihr helles großes Zimmer zu geben. Jean mußte sich mit Wally ein Zimmer teilen, was ihr peinlich war, und Momma schlief unten auf dem durchgesessenen Sofa, das schon so viel gesehen hatte. Diese neueste Wendung bemerkte Belle und ärgerte sich darüber. Sie nahm ihre ganzen Ersparnisse und kaufte für Momma eine neue Klappcouch. Eddy und Martha beachteten es kaum. Martha behandelte Momma, wie Jill vor ihr, als Dienstmädchen, eine Rolle, die Momma immer bereitwillig spielte. Aber in Belle wuchs die Bitterkeit, und sie starrte Martha mit wütendem Haß an. Die Wut tat ihr gut, sie durchströmte ihren Körper, schenkte ihr Energie, und sie hörte auf, das Luminal zu schlucken. Ein paar Monate später war sie schwanger, und ihre größte Sorge war, wie sie zu viert in dem kleinen Zimmer, in dem sie wohnten, zurechtkommen würden.

Ihre Sorgen sollten sich als unnötig herausstellen. Jean und Eric heirateten im Frühjahr 1933. Eric war es schnell gelungen, ausreichend Geld zu sparen, und sie zogen in eine schöne Wohnung, die sie mit neuen Möbeln einrichteten. Belle kann sich weder an die Hochzeit noch an diese Wohnung erinnern, aber Anastasia erinnert sich an eine Chaiselongue, ein Möbelstück, das sie noch nie gesehen hatte und das in Jeans Schlafzimmer stand. Es war mit lila Satin bezogen, mit einem passenden Satinkissen an der Kopflehne, vor dem eine weiße Angorakatze thronte. Anastasia fand das Möbel wunderschön, sie verstand nur nicht, was die Katze dort zu suchen hatte. Belle dachte sich einen neuen Plan aus: Sie wollte Wally bitten, in das dunkle Mittelzimmer zu ziehen, und selbst mit Ed in seinem Zimmer wohnen, in dem zwei Betten standen und noch Platz für eine Kommode war. Sie wußte, daß Wally einwilligen würde. Aber im Juni sagte Eddie Brez, daß seine Druckerei nach Massachusetts verlegt würde und er, der inzwischen zum Geschäftsführer aufgestiegen war, mitziehen müsse. Sie saßen beim Abendessen, und seine Nachricht ließ sie verstummen: Niemand sagte etwas, aber alle wußten, daß es Eddie war, der das Haus unterhielt. Das Geld, das Wally und Ed Dabrowski verdienten, würde niemals ausreichen. Nachdem Eric die Neuigkeit erfahren hatte, wurde er zum Retter. Er würde die Zahlungen für die Hypotheken übernehmen, das Haus – und Momma. Aber Wally, Belle, Ed und Anastasia müßten ausziehen. Wieder sagte niemand ein Wort. Sie waren so bestürzt, daß sie sich noch nicht einmal anzusehen wagten, sie saßen in dem vertrauten Wohnzimmer mit seinen abgewetzten Möbeln, ihrem Haus, für das sie alle gearbeitet hatten, dem sichtbaren Beweis ihres Entkommens aus dem Elend.

Kurze Zeit später zog Wally mit zwei Koffern, in denen er seine weltliche Habe verstaut hatte, in eine Pension in Trenton, wo er damals arbeitete. In den folgenden Jahren sollte er von einer Pension in die nächste ziehen, wo immer er in einer der neuen Fabriken, die in der Bronx oder in Newark gebaut wurden, die Kabel verlegte. Er wanderte mit seiner Arbeit mit und besaß keine eigene Wohnung. Belle und Ed fanden eine kleine Wohnung in Jamaica, nahe der Jamaica Avenue mit der lauten Hochbahn, den Straßenbahnen und den vielen kleinen Läden, aber in einer Seitenstraße, schräg gegenüber lag ein Park. Sie holten die wenigen Möbelstücke hervor, die sie besaßen und im Keller und auf dem Boden untergestellt hatten, und zogen im August um, wenige Monate vor der Geburt ihres zweiten Kindes.

5

SCHWEIGEN. NIEMAND SPRACH. Selbst die Schritte, mit denen Belle wie ein Zombie durch die kleinen Zimmer ging, waren unhörbar. Anastasia saß mit gespreizten Beinen auf der Erde vor einem Malbuch, mit verschreckten Augen, bleichem Gesicht, ihre Pummeligkeit war auf einmal verschwunden. Sie wurde immer dünner und blasser. Sie lauschte dem Schweigen. Grandma war weg, Eddie war weg, Wally war weg, Jean war weg, alle waren weg, bis auf Mommy, und Mommy schwieg.

Mommy schien nichts zu haben, sie weinte nicht, sie schrie nicht, sie war nur weit weg. Wäre Anastasia nicht so mißmutig und trotzig gewesen, so stur und dickköpfig, dann wären sie bestimmt nicht alle weg und hätten sie nicht hier an diesem stillen Ort allein zurückgelassen, dachte sie. In den ersten Monaten nach dem Umzug lag sie schlaflos im Bett und wünschte sich, daß alles wieder so wie früher sein sollte, daß sie, Anastasia, noch eine Chance bekäme, zu zeigen, wie sehr sie alle liebte. Aber wie heftig sie es sich auch wünschte, nichts geschah, und nach dem ersten Schock versank sie in tiefe Teilnahmslosigkeit.

Außerdem war es dunkel. Das Wohnzimmer, die Küche und das winzige Bad lagen zum Hof hin, und weil sie im ersten Stock wohnten, hatte Mommy Gardinen und Vorhänge vor die Fenster gehängt, damit die Leute von draußen nicht hineinsehen konnten.

Nur das vordere Zimmer ging auf die Straße und den Park hinaus und war morgens sonnendurchflutet. Aber es war so vollgestellt mit Mommys und Daddys großem Bett, zwei Kommoden, Mommys Frisiertisch und Anastasias Kinderbett, daß sie sich dort nirgendwo hinsetzen konnte. Es gab keine freie Stelle auf dem Fußboden, wo sie hätte malen können, keinen Stuhl, auf dem sie bequem sitzen konnte. Sie blieb im Wohnzimmer und beschäftigte sich mit Ausmalen und Zeichnen. Sie besaß einen ganzen Stapel komischer Zeichenblöcke, die Onkel Eddie ihr geschenkt hatte, ehe er und Martha weggingen, lange weiße Blöcke aus dickem Papier mit scharfen Ecken, an denen sie sich oftmals schnitt, wenn sie ein Blatt abriß. Daddy verwahrte die Blöcke und gab ihr einen, wenn sie einen brauchte. Aber ihr gefielen ihre Zeichnungen nicht besonders. Sie waren nicht schön, es wurden immer nur große, grobe und häßliche Bilder, auch wenn sie etwas Feines, Zartes, Leichtes und Harmonisches malen wollte. Deshalb hörte sie bald wieder auf zu malen und legte sich auf den neuen Teppich, den Mommy gekauft hatte. Er war rot und hatte ein komisches Muster, das nichts zu bedeuten schien. Mommy war sehr stolz darauf, wie Anastasia wußte, aber sie selbst fand den Teppich häßlich. Trotzdem faszinierte sie der Teppich, auf dem sie stundenlang lag. Mit der Zungenspitze zwischen den Lippen malte sie die komischen Schnörkel und Formen nach, die fast wie Bäume und Blumen aussahen, aber nicht ganz, und sie fragte sich, warum die Leute, die das Muster gemacht hatten, keine Bäume und Blumen gemalt hatten, die auch wirklich wie Bäume und Blumen aussahen.

Das einzige, was ihr in der neuen Wohnung gefiel, waren die verglasten Flügeltüren zwischen dem Wohnzimmer und dem Schlafzimmer. Sie liebte sie, weil sie das Tageslicht durchließen – auch wenn Mommy die Türen schloß, da Joy im Schlafzimmer schlief – und weil sie schön waren. Sie liebte sie immer noch, als die Erinnerung an ihre früheren Mitbewohner in der Manse Street schon längst verblaßt war. Und als sie eines Morgens aufstand und in die Küche ging, sah sie, daß die Stühle und der Tisch, die aus rohem Holz gewesen waren, jetzt eine schöne Farbe hatten.

«Wie heißt die Farbe, Mommy?»

«Aquamarin», sagte Belle.

«Aquamarin», atmete Anastasia leise. Eine schöne Farbe, ein schönes Wort. Sie summte es den ganzen Tag unhörbar vor sich hin und durchbrach damit die Stille.

Das Wohnzimmer war fast leer, bis auf das große, braune, häßliche Klavier aus der Manse Street, eine Couch, zwei Stühle, zwei Stehlampen und der gräßliche Teppich. Und über der Couch hing, in einem großen goldenen Rahmen, ein Bild von einer Frau mit einem Baby im Arm und einer anderen Frau, die hinter ihr stand, und beide schauten auf das Kind. Aber das Gesicht des Babies konnte man nicht sehen, nur die Decke, in die es eingewickelt war. Das Gemälde hatte eine bräunliche Patina, genau wie – das wußte Anastasia – alte Bilder, aber es war nicht alt, es sollte alt wirken. Mommy liebte das Bild und sprach immer bewundernd von seinem Maler, von ihrem Cousin Sokolowski, dem Künstler. Anastasia sah das Gemälde stundenlang an, mit der Zungenspitze zwischen den Lippen verfolgte sie genau die Gesichtszüge der Mutter, die schattenhaften Umrisse der Möbel hinter ihr und die Konturen des Fensters des Raumes, in dem die Frau stand, aber sie konnte nichts Schönes daran entdecken. Anastasia schloß daraus, daß sie nicht wußte, was schön war.

Jeden Morgen nach dem Aufwachen kletterte sie aus ihrem Gitterbett und ging in die Küche, in der Mommy saß, Kaffee trank und Zigaretten rauchte, und Mommy sagte: «Guten Morgen, Anastasia.» Mommy stand auf und fing an, ihr den Haferbrei zum Frühstück zu kochen. Aber Anastasia verabscheute Haferbrei, das machte sie nicht glücklich. Sie ging in das Wohnzimmer und malte auf der Erde sitzend, während Mommy die Wohnung aufräumte und saubermachte. Dann zog Mommy sich um, legte Puder und Lippenstift auf und steckte Anastasia in ein frischgebügeltes Baumwollkleid mit gesmokter Passe, Spangenschuhe, weiße Socken, ihren Sonntagsmantel und Hut und nahm sie an die Hand, wenn sie über die Straße zum Park gingen. Später gab es dann Joy, und Mommy nahm nicht mehr ihre Hand, sondern sagte ihr, sie solle sich an der Stange des Kinderwagens festhalten. Anastasia mochte das nicht und sagte stolz, sie brauche sich nicht festzuhalten, sie sei schon ein großes Mädchen.

Anastasia haßte den Park. Mommy saß auf einer Bank und wirkte sehr elegant mit ihrem hübschen Mantel und dem kleinen Hut, an dem eine Feder war, die nach vorn zeigte. Damen kamen mit ihren Kindern, und drei oder vier setzten sich zusammen auf eine Bank, Mrs. Wallis, Mrs. Goldthorpe, Mrs. Thacker (die alt war und keine Kinder hatte). Sie unterhielten sich und schickten die Kinder spielen. Aber Anastasia wußte nicht, wie man spielt, und sie beobachtete Lilly Wallis und Eleanor Goldthorpe, die alberne Dinge machten. Sie ging allein weg, legte sich ins Gras und flocht Ketten aus Kleeblumen, die sie sich wie Armbänder über die Handgelenke streifte, aber sie rissen immer. Sie sah sich in dem großen leeren Park um, betrachtete die Bäume, die Rasenfläche, die Wege, und der Park gähnte sie abweisend und leer an. Sie sah Menschen, hörte die Stimmen der Kinder wie Tierstimmen und beobachtete die Spaziergänger. Alles wirkte müde, steif und alt oder jung, albern und laut; und Anastasia begriff nicht, was sie hier sollte.

Aber danach kam die Tageszeit, die Anastasia liebte. Sie und Mommy – später dann auch Joy im Kinderwagen – gingen in die Jamaica Avenue zum Markt. Erst gingen sie zum Fleischer, wo es immer nach mit Sägemehl vermischtem Blut roch und viele verschiedenfarbene Fleischstücke lagen – rosa, fast weiß, tief rot – und Schinken und Leberwürste, die Anastasia gern aß. Manchmal kaufte Mommy eine. Dann gingen sie zum Gemüsehändler, wo es sogar noch interessanter war, hübsche, kleine Hügel aus schönen Sachen, die pupurrot, rot, hellgrün, orange und gelb leuchteten. Es gab Tomaten und kleine grüne Kürbisse, knackig glänzende grüne Schoten und Limabohnen und wunderbare, wie Satin schimmernde Auberginen, Äpfel und Zitronen. Sie wußte, daß sie nichts anfassen durfte, aber es war sehr schwer, die Hände unten zu lassen. Sie wollte darüberstreichen, wollte wissen, wie sie sich anfühlten, aber Mommy sagte, das dürfe sie erst zu Hause. Mommy kaufte die meisten dieser Sachen nicht, sie kaufte immer Erbsen, grüne Bohnen, Mohrrüben oder Kohl – Anastasia verabscheute Kohl –, deshalb konnte sie die anderen Waren nie anfassen. Aber sie durfte sie anschauen und riechen, und das war wenigstens etwas.

Dann betraten sie ihr Lieblingsgeschäft, Moes Butter- und Eierladen. Die Eier lagen in einem großen Henkelkorb, und wenn Mommy welche kaufte, nahm Moe sie vorsichtig aus dem Korb und legte eins nach dem anderen in einen grauen Pappkarton. Anastasia liebte den Anblick der Eier und auch den der Butter, die in riesigen Holzfässern neben den Eiern stand. Wenn jemand Butter haben wollte, nahm Moe ein großes Messer und stach es in die Butter – entweder in die blaßgelbe oder die dunklere – und schnitt ein Stück heraus, wutsch, einfach so. Er trug die Butter auf dem Messer zur Waage, auf die er mit der andern Hand ein Stück dickes

Pergamentpapier gelegt hatte. Er fragte stets, darf es etwas weniger sein, Misses, oder darf es etwas mehr sein? Aber die meisten Stücke wogen genau ein halbes Pfund, genausoviel, wie die Damen kaufen wollten. Anastasia bewunderte Moe.

Der Laden roch köstlich nach Butter, Pumpernickel und knusprigen Brötchen. Aber das Schönste an seinem Laden, fast überhaupt das Schönste auf der ganzen Welt, war der herrliche dunkelorange Fisch, der immer auf einem Marmorblock auf Moes Tresen lag. Manchmal kaufte eine Dame etwas davon – Anastasia wußte nicht, wie er hieß –, und dann nahm Moe ein spezielles Messer, das sehr lang und dünn war und schnitt schnell, aber vorsichtig hauchdünne Scheiben von dem Fisch ab und legte sie sanft auf das schwere weiße Papier. Anastasia preßte sich an die Glasscheibe, um alles genau zu sehen. Einmal bat sie Mommy, etwas davon zu kaufen, und Mommy warf ihr einen wütenden Blick zu. Draußen flüsterte sie dann, daß es viel zu teuer sei, und Anastasia bat sie nie wieder darum. Aber sie überlegte oft, wie er wohl schmecken mochte, weil er so orange leuchtete. Ob er wohl auch orange schmeckte?

Manchmal gingen sie danach auch noch zu einem weiteren Lieblingsgeschäft von Anastasia, zur Bäckerei Fiedler. Die Bäckerei war sehr schön, quer über dem großen Schaufenster prangte der Name groß in goldenen altmodischen Lettern, und drinnen standen in den unterschiedlich hohen Regalen Tabletts und silberne Platten mit Papierdeckchen und darauf...! Es gab alles, Linzer Torte, Marmorkuchen, Plunderstücke mit dem roten Geleeklecks in der Mitte, große Stücke Cremetorte mit einem hellen oder dunklen Schokoladenüberzug, manche obendrein mit rosa oder grünem Zuckerguß verziert. Mommy kaufte nie Cremetorte, sie kaufte lange Stollen, aber die schmeckten langweilig. Stollen waren nur mit Zucker und Nüssen bestreut. Mommy kaufte auch Streuselkuchen oder Butterkuchen vom Blech. Der schmeckte Anastasia schon besser, und sie dachte an Wally, der sie immer fragte, ob sie ein Stück Streuselkuchen haben wollte, ihr ein Stück abschnitt und dann den restlichen Kuchen auf seinen Teller lud und sie anlachte. Sie lachte dann auch, weil sie wußte, daß er einen Witz machte. Wally aß nie den ganzen Kuchen allein auf. Ganz selten fragte Mommy Anastasia, was sie gern haben wollte, und dann geriet sie in Panik, trat von einem Fuß auf den anderen und konnte sich nicht entscheiden. Sie wußte, daß sie auf die Cremeschnitten gar nicht erst zu zeigen brauchte, die würde Mommy ihr sowieso nicht kaufen. Aber ein Plunderstück? Oder ein Stück Linzer Torte? Oder ein Stück Marmorkuchen? Oder Rosinennapfkuchen? Oder Brownies? Oh, was für eine Qual, und schließlich sagte sie irgend etwas (weil sie wußte, Mommy wartete ungeduldig, daß sie sich entschied). Mommy kaufte es ihr, und dann vergaß sie die anderen Sorten, ging glücklich nach Hause und freute sich auf ihren Kuchen nach dem Essen.

Wenn dieser Teil des Tages vorbei war, ließ Anastasia wieder die Flügel hängen. Schweigend gingen sie nach Hause, und Mommy nahm den Hut ab, zog den Mantel aus, hängte beides auf und band sich die Schürze um. Sie sagte zu Anastasia, sie solle ins Wohnzimmer gehen und spielen, die Küche sei zu eng, und sie würde nur im Weg sein. Anastasia setzte sich auf die Erde und malte oder zeichnete und konnte hören, wie eine Gabel auf Metall schabte, das Kratzen eines Löffels in einem Topf. Die Gerüche aus der Küche machten ihr den Mund wäßrig. Aber alles war so still. Sie blickte von ihrem Papier hoch und fühlte die Dunkelheit des Zimmers, die Stille der Wohnung, in der sich nur der Duft ausbreitete. Sie stellte sich eine andere, verheißungsvolle, aufregende Umgebung vor, ein warmes, erleuchtetes Haus, ein gutes Abendessen, Gespräche und Gelächter, eine Großmutter, die sie auf ihren Schoß nahm, und einen Onkel, der sie in seine Arme zog. Aber das hatte sie schon vergessen, die Wärme einer körperlichen Berührung oder die liebevolle Stimme, die «*moja kochanie*» sagte, Menschen, die um sie herum saßen und redeten und lachten; sie lagen so tief in ihrem Innersten begraben, daß sie nie wieder einen Zugang zu ihnen fand, und mit ihnen begraben lag die Hoffnung, mit vielen Menschen zusammenzuleben, nicht allein, einsam, schweigend, verlassen. Sie hatte das Gefühl, als lebe sie allein in einem großen leeren Raum, den nur sie selbst füllen konnte, wenn er nicht leer bleiben sollte. Sie mußte es versuchen. Sie legte sich mit dem Rücken auf den verhaßten Teppich, der staubig roch und piekste, und träumte.

Dann hörte sie, wie die Wohnungstür geöffnet wurde, Daddy in den Flur trat und an der Garderobe stehenblieb, um seinen Mantel aufzuhängen und seinen Hut auf das Regal zu legen. Er ging in die Küche, und sie hörte sein sanftes: «Hallo, Belle», aber Momma sagte nichts. Momma drehte das Radio an und rief Anastasia, das Essen sei fertig. Anastasia stand auf, ging in die Küche und sagte: «Hallo, Daddy», und küßte ihn auf die Wange, so wie er Mommy küßte. Sie setzte sich auf ihren Stuhl am aquamarinblauen Tisch und fing an, mit der Zungenspitze zwischen den Lippen die Formen der Aufkleber nachzuziehen, die Daddy auf die Ränder geklebt hatte. Mommy nannte sie Dekos, pfirsichfarbene Rosen und kleine rosa Knospen. Und egal, wie gut das Essen gerochen hatte, wenn sie am Tisch saß, hatte Anastasia keinen Hunger und stocherte darin herum und fragte, ob sie aufstehen dürfe. Sie ging zurück ins Wohnzimmer, legte sich auf den schrecklichen Teppich und träumte weiter, bis Mommy sie rief und fragte, ob sie ihren Nachtisch nicht wolle. Und wenn sie vormittags bei Fiedlers gewesen waren und ein Plunderstück sie erwartete, dann setzte sie sich wieder hin und aß. Aber wenn das Plunderstück von gestern übriggeblieben war, dann wollte sie es nicht, es schmeckte nicht.

Sie lag auf der Erde und hörte, wie im Radio die Abendnachrichten mit H. V. Kaltenborn liefen, der eine komische hohe Stimme hatte und immer so redete, als sei mit dem heutigen Abend das Ende der Welt gekommen. Dann fingen die anderen Sendungen an, die Mommy und Daddy hörten, sie lauschte dem Radio, dem Geklapper von ihren Messern und Gabeln auf den Tellern. Manchmal fragte Mommy Daddy während des Abendessens, wie sein Tag gewesen wäre und er antwortete vielleicht: «Sehr schön», oder er erzählte ihr, was der Chef zu ihm gesagt hatte. Dann schwiegen sie wieder, und sie konnte das Geräusch der Stühle hören, die auf dem Linoleum quietschten, und wie die Teller in die Spüle geräumt wurden und das Radio, und Daddy drehte das Wasser auf, spülte das Geschirr, und Mommy stellte die Teller, die sie abtrocknete, in den Schrank. Anschließend knipsten sie in der Küche das Licht aus, und sie kamen in das Wohnzimmer. Daddy setzte sich auf den ungemütlichen Stuhl mit der hohen Lehne und den Armstützen aus Holz und schlug die Zeitung auf. Mommy setzte sich in eine Ecke der Couch. Sie hatten das Licht angeknipst, und das Zimmer lag nicht mehr im Dunkeln, aber es war sehr still. Daddy las, und Mommy reparierte ihre langen Strümpfe mit einer komischen Nadel, die einen kleinen Haken hatte. Etwas später sagte Mommy, es sei Schlafenszeit. Anastasia ging ins Schlafzimmer und zog sich aus, ohne Licht anzumachen, es drang genug Licht durch die Glastür, und stieg in ihr Kinderbett. Sie streckte sich aus und lauschte weiter.

Manchmal hatte Daddy das Radio mit ins Wohnzimmer genommen. Sie saßen und hörten Radio. Manchmal saßen sie auch stundenlang nur da, ohne ein Wort zu sagen, und Anastasia schlief ein und wußte, daß sie der Duft nach Tee und Toast, den ihre Eltern für sich gemacht hatten, wieder aufwecken würde. Sie wußte, daß es dann elf Uhr war und ihre Eltern noch etwas aßen, ehe sie zu Bett gingen. Aber sie schlief immer wieder ein, ehe sie tatsächlich ins Schlafzimmer kamen, sich auszogen und sich in das Doppelbett legten. Davon hörte und sah sie nie etwas.

VII. Kapitel

1 Belle bewegte sich wie ein Mensch, der sehr krank gewesen ist und eben erst wieder anfängt, ohne fremde Hilfe zu gehen – als müßte jede Geste genau geplant und mit Bedacht ausgeführt werden. In ihrer Jugend hatte sie eine sehr lebhafte Gestik gehabt, aber jetzt waren all ihre Bewegungen langsam. Nur beim Kochen gingen ihre Hände flink zu Werk. Und manchmal, wenn sie über irgendeine Arbeit gebeugt stand, hob sie plötzlich verwirrt den Kopf, als wüßte sie nicht mehr recht, wo sie war. Sie betrachtete ihre Hand: sie hielt ein feuchtes weißes Männerhemd. Was war das, und wo war sie? Ihr Blick fiel auf eine große Porzellanschüssel auf dem Teerpappendach eines Mietshauses, wanderte dann aufwärts, zu der Szenerie rings um sie herum – einem Himmel mit schmutzigen Wolkentupfern, Mietwohnungen, einem Hochbahngleis. Sie drehte sich langsam ein Stück herum, als hätte sie Arthritis in den Gliedern. In der einen Hand hielt sie dieses nasse Hemd, in der anderen eine Wäscheklammer. Nun gut, was man damit zu tun hatte, wußte sie, sie tat es und gab vorerst das Bemühen auf, die Situation rings um sie herum zu enträtseln. Es würde ihr schon wieder einfallen. Sie bückte sich: noch ein weißes Hemd und dann ein paar winzige Stücke Unterwäsche von einem Kind. Von Anastasia. Ja.

Sie erinnerte sich an Anastasia und sogar an Ed, dem das weiße Hemd da gehörte. Aber manchmal wußte sie überhaupt nicht mehr, wie sie von dort, wo sie gewesen war, hierhergekommen war, wie ihr altes Leben, die vielen Jahre, die es gedauert hatte, sie auf *diesem* Dach bei *dieser* Wäscheleine hatten ankommen lassen. Zerstoben.

Alles, was gewesen war, war weg. Zerstoben. Das war doch ein richtiges Wort, oder? Wie hatte sie nur so ein elegantes Wort gelernt, wo sie doch so dumm war? Ein feines Wort: zerstoben, zerstoben. Sie glaubte sogar zu wissen, wie man es schrieb: z-e-r-s-t-o-b-e-n. Brooklyn und die Dächer dort, gar nicht so verschieden von diesem hier, aber doch anders; Momma, Poppa, Euga, Eddie, Wally; die Schule, wo die Lehrerin eine fremde Sprache sprach und sie immer dumm war; die Straßen, die fliegenden Händler, die Handkarren und Pferdewagen, die Fabriken und Maschinen, schwirrrrrr. Den ganzen Tag.

Sie hatten sich fotografieren lassen, auf dem Dach des Hauses an der... welche Straße war das gewesen? Die Lorimer Street vielleicht. So viele Straßen, so viele Wohnungen an den Bahngeleisen, eine schlimmer als die andere, und die allerschlimmste war jenes gräßliche Loch, hinter dem anderen Haus, immer finster, man mußte nach draußen und in das andere Haus gehen, um zur Toilette zu kommen, und Momma weinte... zerstoben. Und doch war jetzt alles gar nicht so anders...

Nein, dieses Ding, das sie jetzt in der Hand hatte, war ein winzig kleines Lätzchen. Von einem Baby. Anastasia war viereinhalb. Ihr gehörte es nicht. Es war von Joy! Ja, dem neuen Baby, das immer lachte und gluckste und die Ärmchen nach seiner Mommy ausstreckte. Sie wollte nicht, daß sie Momma zu ihr sagten, wie sie es früher getan hatte. Amerikaner sagten das nicht. Sie war jetzt Amerikanerin. Überall lebten hier Amerikanerinnen, wo sie jetzt lebte, in Jamaica. Sie trugen adrette Hüte, hochhackige Schuhe und dunkle Wollmäntel und sprachen sehr korrekt, ohne den geringsten Akzent. Und das einzige, woran sie merken konnten, daß sie, Belle, anders war als diese Frauen, war ihr Name, Dabrowski. Das war ein ausländischer Name, polnisch. Sie hatten alle anständige amerikanische Namen, Wallis, Goldthorpe, Thacker, Jones. Goldthorpe konnte auch jüdisch sein, aber Mrs. Goldthorpe sah nicht jüdisch aus, und Eleanor, ihre kleine Tochter, auch nicht. Belle hielt sie für eine Amerikanerin. Juden waren wie Polen, Fremde, sie aßen schwarzes Brot mit süßer Butter, sprachen mit Akzent und trugen braune Strickjacken mit großen Löchern in den Ärmeln.

Diese Windeln hier, die waren auch von Joy. Wann hatte sie die gewaschen? Sie mußte sie gewaschen haben, sie waren sauber. Sie konnte sich nicht erinnern. Joy. Freude. Sie fragte sich, wie sich

Freude wohl anfühlen mochte. Sie glaubte zu wissen, was das Wort bedeutete, obwohl sie auch wußte, daß sie so etwas noch nie empfunden hatte: Freude. Aber wie konnte man ein Wort verstehen, das ein Gefühl bezeichnete, wenn man das Gefühl nie empfunden hatte? Vielleicht hatte sie es ja doch erlebt. Vielleicht an dem Tag, an dem sie heimlich die Chrusciki genommen und ihrer kleinen Freundin eins davon gegeben hatte, vielleicht hatte sie da Freude gespürt. Wie hatte es doch noch geheißen, das kleine Mädchen? Zerstoben. Nein, das war nicht das richtige Wort.

Joy empfand Freude: Sie war ein Baby, das viel lächelte, anders als Anastasia. Aber Anastasia war ein Genie, ein Genie, das aus ihr hervorgegangen war, der dummen Bella, die es noch nicht einmal fertigbrachte, sich die Haare zu kämmen, die nicht verstand, was die Lehrerin sagte, die beinahe ihre kleine Schwester umgebracht hätte, als sie mit ihr über die Straße gegangen war. Wie war so etwas möglich, ein Wesen wie Anastasia, das einen ansah, als ob es alles wüßte, was man selbst wußte, sogar noch mehr, und das doch erst ein Kind war? Aber Anastasia war auch grausam. «Du hast mich nicht lieb», hatte sie erst vor ein paar Tagen zu Belle gesagt. Dabei hatte Belle doch alles für Anastasia geopfert. Ihr ganzes Leben, ihren ganzen Ehrgeiz, ihre Träume, ihre Hoffnungen hatte sie aufgegeben, um dieses Kind zu bekommen. Belle war nicht in der Lage gewesen, irgendein Wort von sich zu geben, als Anastasia das gesagt hatte. Sie hatte sich abgewandt, damit Anastasia den Kloß in ihrer Kehle nicht sehen konnte. Liebe? Das würde Anastasia nie verstehen.

Joy würde so etwas nicht zu ihrer Mutter sagen, da war Belle sich sicher. Joy würde immer so bleiben, wie sie jetzt war, lächelnd und zufrieden, mit runden rosigen Bäckchen und vor Fröhlichkeit blitzenden Augen. Alle hatten Joy gern, all die amerikanischen Damen liebten sie. Belle war ein Glückspilz. Sie hatte zwei Töchter bekommen, genau wie sie es sich ausgesucht hätte. Sie hatte nie einen Sohn haben wollen. Und nun waren sie da, so verschieden und doch beide aus ihr hervorgegangen. Das war doch Glück. Ja, es war alles schon etwas besser.

Sie bückte sich nach den letzten Wäschestücken. Jetzt fiel es ihr wieder ein. Sie hatte sie in dem tiefen Becken in ihrer Wohnung gewaschen, auf dem Waschbrett geschrubbt, gespült, gestärkt, was gestärkt werden mußte, die weißen Sachen gebleicht und alles gut ausgewrungen. Es war mühsam, mit den Händen zu wringen. Es schmerzte. Aber sie wrang trotzdem immer alles gut aus und schüttelte es noch einmal, ehe sie es an die Wäscheleine hier auf dem Dach klammerte. Sie hatte es ordentlich gemacht. Sie gab sich immer Mühe, alles gut zu machen. Sie wollte eine ordentliche Frau sein, nicht den ganzen Tag herumliegen und heulen, immer nur heulen, wie Momma. Und heute nachmittag würde sie ihren Hut aufsetzen, ihren Mantel anziehen, Strümpfe und hochhackige Schuhe und die Mädchen in den Park ausführen, ihre Töchter. Sie würde die anderen Frauen begrüßen und vielleicht sogar ein Weilchen mit ihnen auf einer Bank sitzen und plaudern. Das war es, was anständige Frauen taten.

Die Füße taten ihr weh. Sie waren wieder größer geworden, während sie mit Joy schwanger gewesen war, und sie hatte sich nur ein neues Paar Schuhe der größeren Größe leisten können, und das ließ sie für gut, damit wollte sie keine Wäsche waschen. Im Moment trug sie ihre alten guten Schuhe, aus schwarzem Wildleder mit einer Schleife darauf, aber sie waren zu klein und quetschten ihr die Zehen zusammen. Ihre anderen Schuhe waren mittlerweile alle viel zu klein und mußten weggegeben werden. Es war wirklich ungerecht, daß sie so große Füße hatte. Sie war nicht groß. Schuhgröße 8 war schon schlimm gewesen, aber dann, bei Anastasia, war daraus 8 ½ geworden, und jetzt brauchte sie 9! So große Füße und Hände, und dann auch noch dicke Beine. Tränen füllten ihre Kehle, und sie hielt inne und stand ganz still und gerade und atmete tief.

Sie... mußte... mußte? Sie mußte etwas. Was? Sich beeilen. Ja, sich beeilen. Denn unten... Sie mußte wieder nach unten. Ja, weil die Kinder allein waren. Allein, unten. Anastasia war schon groß, sie war vernünftig genug, um nicht mit Streichhölzern zu spielen oder auf irgendwas zu klettern, aber trotzdem... sie war jetzt auf dem Grund der Emailleschüssel angelangt und sah, daß noch ein Rest Wasser darin stand. Wenn sie die Schüssel so mit nach unten nahm, würde sie Wasser verschütten. Aber was würde passieren, wenn sie sie hier auskippte, auf dem Dach? Würde das Wasser in irgend jemandes Wohnung durchsickern? Und wenn hier eine Pfütze war, würde sie dafür gerügt werden? Der Hausverwalter würde vielleicht mit ihr schimpfen, das wäre furchtbar.

Sie nahm die Schüssel auf, die groß genug war, um ein Baby darin zu baden (und die oft genug diesem Zweck gedient hatte), und ein

Teil des Wassers ergoß sich über den Rand auf ihre alten guten Wildlederschuhe. Sie trug die Schüssel vorsichtig bis vor die Tür zum Treppenhaus. Dann sah sie sich um. Auf dem Dach standen viele Wäschepfähle, zwischen denen Leinen gespannt waren, und zwei andere Frauen hatten ebenfalls Wäsche aufgehängt. Sie blickte sich nach allen Seiten um, schlich sich vorsichtig zu einer Leine mit fremder Wäsche und goß das Wasser genau darunter auf das Dach.

Sie hatte an ihre Füße und Beine gedacht, und das hatte sie aufgeregt. Sie wußte, daß sie sich wieder beruhigen mußte. Sie versuchte, nicht zu zählen, während sie die Treppenstufen hinunterstieg bis zu ihrer Etage, zu ihrer Wohnung, I A, Dabrowski. Vom Zählen mußte sie immer weinen. Denken Sie an positive Dinge, hatte der Arzt gesagt. Wenn Sie das Gefühl haben, Sie fangen gleich an zu weinen, müssen Sie an die angenehmen Dinge im Leben denken. Nun, es war angenehm, daß das Wetter so schön war und sie die Wäsche draußen aufhängen konnte. Sonst mußte sie sie immer in der Wohnung aufhängen und sich den ganzen Tag darunter durchducken, und die ganze Wohnung roch dumpfig und nach Waschmittel. Die Wäsche tropfte immer, und sie mußte Zeitungen darunter ausbreiten. Das war schrecklich. Es war angenehm, daß das Wetter schön war.

Ja, und wenn das Wetter schlecht war, war es auch so beschwerlich, nachmittags mit den Kindern an die Luft zu gehen. Sie hätte es ja bei schlechtem Wetter gelassen, wenn ihr nur etwas anderes eingefallen wäre, was sie mit ihnen machen könnte. So mußte sie Joy unter eine ganze Reihe kleiner Wolldecken und den ledernen Wetterschutz des Kinderwagens packen, einen Regenschirm aufspannen und Anastasia dazu bewegen, darunter zu bleiben. Sie gingen nach draußen, egal, wie das Wetter war. Aber es war mühsam, den Schirm zu halten und gleichzeitig den Kinderwagen zu schieben. Anastasia schob zwar liebend gern den Wagen, aber sie schaffte es nicht über die Bordsteinkanten... Auch deshalb war es angenehm, daß das Wetter schön war.

Was war noch angenehm? Joy war ein braves Baby, sie schrie kaum. Und Anastasia war ebenfalls brav, sie machte Belle jetzt auch nicht mehr wahnsinnig, indem sie die ganze Zeit Fragen stellte. Und sie, Belle, hatte einen hübschen Hut, einen schönen Mantel und gute neue schwarze Wildlederschuhe, und wenn sie in den Park ging, sah sie genauso hübsch und adrett aus wie all die anderen

Damen. Niemand konnte ihr ansehen, daß sie arm war, ärmer als sie, ärmer als irgend jemand, den sie kannte. Nein, es gelang ihr, das zu verbergen. Das war auch angenehm.

Sie war jetzt bei ihrer Wohnung angelangt und schloß die Tür auf. Sie ging durch den kurzen dunklen Flur in die Küche, stellte die Schüssel auf das Ablaufbrett der Spüle und wischte sie mit einem Geschirrhandtuch trocken. Sie zog die alte Wildlederjacke aus, die sie zum Wäscheaufhängen übergezogen hatte, und schüttelte ein paarmal den Kopf, weil ihr Haar sich feucht anfühlte. Dann sah sie nach den Kindern. Anastasia lag auf dem Wohnzimmerfußboden, wie sie es häufig tat. Sie sagte: «Hallo, Mommy» und setzte sich auf.

«Hallo, Anastasia», sagte Belle, schon auf dem Weg ins Schlafzimmer, um nach Joy zu sehen. Joy in ihrem kleinen Gitterbettchen schlief noch. Belle ging wieder hinaus und stumm an Anastasia vorbei in die Küche. Sie war müde. Sie machte die Gasflamme unter der alten Aluminiumkaffeekanne an. Es war noch ein Rest Kaffee vom Frühstück übrig. Sie würde sich eine Tasse genehmigen, eine Zigarette rauchen und sich ein bißchen ausruhen. Sie setzte sich und seufzte. Das war auch etwas Angenehmes.

Die stillen Monate in Jamaica wurden durch ein paar Ereignisse unterbrochen, die aufregend genug waren, um den Vorhang aus Eis zu durchdringen, der sich in Anastasias Gefühl rings um sie herabgesenkt hatte. Manchmal, vormittags, wenn Mommy Wäsche wusch, putzte oder mit Joy beschäftigt war, lief Anastasia, nachdem sie ihren Hut aufgesetzt und ihren Mantel angezogen hatte, mit einem Ball nach draußen, um im Hof damit zu spielen. Ab und zu wagte sie sich dann hinaus auf den Gehweg, um von dort aus zum Park auf der anderen Straßenseite hinüberzuschauen. Der Park war groß und grün und von einem Zaun aus langen eisernen Speeren umgeben. Anastasia fand, daß er aussah wie der Zaun eines Schlosses, obwohl sie noch nie ein Schloß gesehen hatte und sich selbst wunderte, woher sie das wußte. Wahrscheinlich hatte sie ein Bild gesehen, dachte sie. In der Mitte des Parks stand ein Musikpavillon aus weißem Holzgitterwerk mit einem spitzen Dach, und manchmal saßen Musiker darin und spielten Blasmusik, die sich von der anderen Musik unterschied.

Eines Tages war im Park etwas Besonderes los, und Anastasia

ließ das Ballspielen sein und ging bis an den Rand des Gehwegs, soweit sie sich traute. Blasmusik ertönte, und der Park war voll von Leuten, von denen manche Fähnchen hielten. Sie wollte ins Haus laufen und Mommy fragen, warum all die vielen Menschen im Park waren, aber sie wußte, Mommy würde müde sein. Sie blieb also, wo sie war, und versuchte, es selbst herauszufinden. Sie trat von einem Fuß auf den anderen, weil ihre Schuhe zu klein waren und drückten. Sie hatte zwar von Mommy zu Ostern ein Paar neue bekommen, aber die waren für sonntags. Sie versuchte, sich auf die Zehenspitzen zu stellen, um weiter in den Park hineinschauen zu können, aber dabei taten ihr die Füße nur noch mehr weh.

Dann kam ein ganz dicker Mann mit einer roten Knollennase durch das breite Parktor. Er wollte über die Straße gehen. Am Bordstein parkten überall Autos, und gerade als der dicke Mann auf die Straße trat, setzte eins davon zurück und quetschte ihn gegen das Auto dahinter. Anastasia schrie «Oh!» und schlug sich die Hände vor die Augen. Da war Blut in ihren Augen, Blut auf ihren Händen, Blut. Sie stürzte hinein ins Haus zu Mommy.

«Mommy, Mommy! Komm schnell gucken! Ein dicker Mann ist zwischen zwei Autos zusammengequetscht worden, und jetzt ist er ganz dünn. Alles ist voll Blut, Mommy», schrie sie. Sie zerrte an der Hand ihrer Mutter. Aber Mommy war müde. Sie saß am Tisch und fütterte Joy mit Brei.

«Ich kann jetzt nicht kommen, Anastasia», sagte sie mit ihrer müden Stimme.

Anastasia zerrte und zappelte. «Bitte, Mommy, bitte komm mit! Da ist überall Blut!» (Würde das Fett des dicken Mannes auch in einem Klumpen aus ihm herauskommen wie bei Lammkoteletts?) «Mommy, ein Mann ist zerquetscht worden!»

«Ich habe zu tun, Anastasia», sagte Mommy. «Ich komme später.»

Aber Anastasia wußte, daß der Mann später nicht mehr da sein würde. Sie murrte ein bißchen und blieb vorwurfsvoll stehen, aber Mommy fütterte Joy weiter. Anastasia wußte, wenn sie weinte oder schrie, würde Mommy mit ihrer todmüden Stimme zu ihr sprechen, die sehr böse klang. Sie lungerte in der Küche herum. Sie wollte wieder nach draußen gehen und zuschauen, aber an Mommys Hand, nicht allein. Doch Mommy kam nicht mit. Sie traute sich zaghaft wieder hinaus und ganz langsam bis an die Gehwegkante.

Eine große Menschenmenge umstand jetzt die Stelle. Sie konnte den Mann nicht mehr sehen. Sie konnte nicht über die Köpfe der Menschen schauen. Sie konnte das Blut nicht sehen. Vielleicht war es ja gar nicht wirklich passiert. Sie trottete wieder ins Haus zurück, ging ins Wohnzimmer und kauerte auf dem Fußboden. Sie legte sich auf den Rücken, damit sie nicht den scheußlichen staubigen Geruch des Teppichs in die Nase bekam. Sie starrte an die Decke. Und wenn der Mann nun um Hilfe geschrien hatte, als das Auto auf ihn zugekommen war? Er war tot. Er mußte tot sein, und er würde nie erfahren, daß Leute gekommen waren und versucht hatten, ihm zu helfen. Er hatte vielleicht geschrien und geglaubt, daß niemand kam, um ihm zu helfen.

Anastasia wußte, wie sich das anfühlte. Sie erinnerte sich noch gut daran, wie sie eines Nachts aufgewacht war und Mommy und Daddy nicht da waren. Sie konnte auch Joys Wiege nicht sehen. Die ganze Wohnung war dunkel, bis auf das Licht im vorderen Flur. Sie rief, aber niemand antwortete. Bei dem Gedanken, daß sie allein war, überkam sie schreckliche Angst. Sie war wie gelähmt, hatte zuviel Angst, um aus ihrem Gitterbett zu steigen, ins Nachbarzimmer zu gehen und zu schauen, ob sie dort waren. Sie hatte sogar zuviel Angst, um auch nur aus dem Bett zu steigen und quer durchs Zimmer zu gehen, um nachzuschauen, ob Joys Wiege drüben auf der anderen Seite von Mommys und Daddys Bett stand.

Sie wußte, wo sie waren. Sie waren nach oben zu Mrs. Thacker gegangen, um Bridge zu spielen. Mrs. Thacker war eine pensionierte Lehrerin, und Mommy hatte großen Respekt vor ihr, das merkte Anastasia daran, wie sie mit ihr und über sie sprach, voller Hochachtung. Mrs. Thacker war eine gebildete Frau mit weißen Haaren, die eigentlich bläulich waren, und sehr nett, aber sie mochte Anastasia nicht, sie bevorzugte Joy. Joy lächelte immer, und Anastasia machte dauernd ein finsteres Gesicht, und deshalb mochte Mrs. Thacker sie nicht. Aber Anastasia konnte kein anderes Gesicht machen, weil... sie wußte nicht warum. Mrs. Thacker lächelte jedesmal, streckte die Arme nach Joy aus und nahm sie Mommy ab. Dann sagte sie «ei-ei» und «du-du» und die ganzen anderen albernen Sachen, die die Leute immer zu Babys sagten. Davon wurde Anastasias Gesicht nur noch finsterer. Dabei wußte sie selbst nicht recht, warum sie nicht wollte, daß jemand solche Sachen zu ihr sagte.

Mrs. Thacker hatte einen Freund, einen Herrn, der Mr. Howells hieß, und Mommy und Daddy spielten manchmal Bridge mit den beiden. Dort waren sie jetzt. Sie waren ohne sie hinaufgegangen und hatten sie allein gelassen, aber Joy hatten sie in ihrer Wiege mit nach oben genommen. So war es.

Bei diesem Gedanken mußte Anastasia weinen. Sie rief laut nach Mommy, immer wieder, schrie, so laut sie konnte, brüllte. Aber niemand kam. Mrs. Thacker wohnte oben im Haus, genau über ihrer Wohnung, aber im dritten Stock, und Anastasia war sich sicher, daß sie die anderen dort oben reden und lachen hörte. Bestimmt gab es etwas Gutes zu essen. Sie konnte hören, wie ihre Gabeln die Reste des Nachtischs von den Porzellantellern kratzten. Sie konnte den Kaffee riechen. Sie hörte die Eiswürfel in den Gläsern klimpern. Sie schrie und schrie. Sie ruckelte an ihrem Bettchen, damit es so dicht wie möglich ans Fenster rollte, preßte den Kopf nach hinten gegen die Gitterstäbe und schrie. Obgleich sie sonst mit Leichtigkeit aus dem Bett steigen konnte – sie war schließlich schon viereinhalb –, fand sie in dieser Nacht einfach nicht den Mut, zu tun, wovon sie wußte, daß sie es konnte: aufzustehen, aus der Wohnung zu gehen, die Treppen zum dritten Stock hinaufzusteigen, an die Tür zu klopfen und darauf zu bestehen, daß sie sie hineinließen.

Sie wußte, daß sie es konnte, und schaffte es doch nicht. Sie wurde immer wütender, auf sich selbst, auf die anderen, und sie schrie unablässig, zehn Minuten oder länger, bis ihr Hals ganz wund war. Niemand kam. Niemand hörte sie. Mommy liebte Joy mehr als Anastasia, weil Joy lächelte, gluckste und kitzlig war und Anastasia ein finsteres Gesicht machte. Anastasia spürte, daß die Leute sie nicht mochten, wenn sie immer so ein Gesicht zog. Aber sie konnte es nicht ändern, wollte es nicht ändern. Ihr finsteres Gesicht abzustellen und zu lächeln wie Joy, das würde etwas Schlimmes bedeuten, eine Art inneres Zusammenbrechen und Umfallen. Sie schrie weiter, bis sie schließlich vor Erschöpfung einschlief. Sie hörte aber, wie Mommy und Daddy nach Hause kamen. Sie hatte auf einmal keine Angst mehr, sich aufzusetzen. Sie konnte sie im Wohnzimmer reden hören und sehen, wie die Lichter wieder angingen. Als Mommy die verglaste Tür zum Schlafzimmer öffnete, rief Anastasia vorwurfsvoll:

«Ihr seid einfach ohne mich weggegangen!»

«Ach, Anastasia», sagte ihre Mutter mit ihrer müden Stimme.

«Wir sind doch nur kurze Zeit fortgewesen. Du bist jetzt schon ein großes Mädchen und alt genug, um ein Weilchen allein zu bleiben.»

Anastasia legte sich wieder hin und grübelte darüber nach. Sie war ein großes Mädchen, schon so gut wie erwachsen. Sie konnte Mommy nicht sagen, daß sie Angst hatte, daß sie nicht allein bleiben wollte, daß sie auch Nachtisch haben wollte, daß sie gekränkt war, weil sie Joy mitnahmen und sie daließen. Sie wußte nicht, wie sie irgend etwas von alledem ausdrücken sollte, und wenn sie es versuchte, würde Mommy denken, sie wäre noch ein Baby. Und Babies waren für Mommy nichts, was sie achtete, das wußte Anastasia. Sie hörte es daran, wie Mommy immer sagte: «Ach, Joy ist doch noch ein Baby», wenn Anastasia sich über Joy beklagte. Ein Baby zu sein war verachtenswert. Ein großes Mädchen zu sein war gut und beeindruckend.

Aber trotzdem wollte Anastasia nicht einfach so allein gelassen werden, und sie wußte nicht, wie sie dieses Problem lösen sollte. Einem großen Mädchen machte es nichts aus, allein zu sein. Sie hätte es ja *gekonnt*: aus dem Bett steigen und nach oben gehen. Große Mädchen konnten dergleichen. Aber sie hatte zu große Angst gehabt. Warum bloß? Sie war ein Angsthase, ein Baby. Sie schloß die Augen, die mageren Arme steif neben ihrem Körper, und fiel in einen finsteren Schlaf voller Schreckensbilder.

Als Anastasia fast fünf war, erklärte ihr Mommy, Dr. MacVeaney habe gesagt, ihr müßten die Mandeln herausgenommen werden. Zu diesem Zweck käme sie ins Krankenhaus, ins Maria Immaculata, die große Klinik oben auf der Anhöhe hinter dem Park. Es sei nicht weit weg, sagte Mommy, und sie würde sie begleiten.

Anastasia sagte nein.

Mommy erklärte, daß Mandeln bei kleinen Kindern im Hals wüchsen und entfernt werden müßten, ehe die Kinder groß waren. Waren Mommy auch die Mandeln herausgenommen worden? Oh ja, aber erst als Mommy schon ein großes Mädchen gewesen war, viel älter als Anastasia, und dann tat es schrecklich weh. Mommy war tagelang krank und schwach gewesen. Wenn sie es bei Anastasia jetzt machten, solange sie noch klein war, würde es nicht schlimm sein.

Anastasia sagte, wenn auch mit weniger Nachdruck, nein.

Aber Mommy bestand darauf, denn der Arzt hatte gesagt, es

müßte sein. Und sie würde es im Krankenhaus gut haben. Dort gab es viele freundliche Frauen, die ganz weiß gekleidet waren und Krankenschwestern hießen und den ganzen Tag nichts anderes taten, als sich um kleine Mädchen wie Anastasia zu kümmern. Und hinterher, wenn die Mandeln draußen waren, würde Anastasia Eis zu essen bekommen.

«Könnte ich dann Pfirsicheis haben?» Pfirsich war ihr Lieblingseis, aber das gab es nur selten, weil abgepacktes Eis nur in Vanille und Schokolade hergestellt wurde. Wenn man Pfirsich haben wollte, mußte man das teure Eis beim Eismann kaufen, der es mit einer silbernen Kelle aus einem großen Behälter nahm und die Portion in einen Pappbecher füllte. Es roch köstlich, und zu Hause verteilten sie es in Schälchen. Anastasia hatte nur wenige Male Pfirsicheis gegessen.

Mommy versprach ihr das Pfirsicheis, aber Anastasia war immer noch nicht überzeugt.

«Werde ich dann in einem großen Bett schlafen?» Sie empfand es als demütigend, daß sie mit fast fünf Jahren noch immer im Gitterbettchen schlafen mußte. Ein zusätzliches Bett paßte nicht mehr ins Schlafzimmer, sagte Mommy. Sie mußte im Gitterbett schlafen, bis sie in ein größeres Haus umziehen würden, aber eines Tages würde sie ein richtiges Bett bekommen, das hatte Mommy ihr versprochen.

Mommy sagte: «Ja, du bekommst ein großes Bett.»

So erklärte sich Anastasia damit einverstanden, ins Krankenhaus zu gehen. Sie packten einen kleinen Handkoffer für sie, und Daddy brachte sie zu Fuß die Anhöhe hinauf zum Maria Immaculata, während Mommy bei Joy blieb. Anastasia fand sich auf einem komischen harten Bett wieder, das Räder hatte. Es war kalt im Zimmer, und sie rollten sie in ein anderes Zimmer, das noch kälter war, ganz weiß und mit großen Lampen an der Decke. Anastasia mochte es überhaupt nicht. Sie hoben sie von dem Bett auf Rädern auf ein anderes Bett, das genauso war, nur ohne Räder. Plötzlich war Dr. MacVeaney da, der sich über sie beugte, lächelte und ihren Namen sagte. Frauen in weißen Kleidern waren ebenfalls da, aber sie konnten kleine Mädchen gar nicht leiden, das merkte Anastasia gleich. Mommy hatte sich geirrt. Aber wie konnte Mommy sich irren? Sie wußte doch alles. Sie mußte gelogen haben. Die Frauen wollten etwas auf ihr Gesicht legen, und sie warf den Kopf hin und her, um es zu verhindern. Dr. MacVeaney sagte ihnen, sie sollten aufhören. Dafür hatte sie Dr. MacVeaney sehr gern, und sie dachte, sie wollte ihn bitten, ihre Hand- und Fußgelenke loszuschnallen, damit sie sich wieder bewegen konnte. Aber er sagte: «Anastasia, ich möchte, daß du jetzt bis hundert zählst.»

«Nein!»

«Nun komm schon. Weil ich es bin.»

«Nein!»

«Oho!» lächelte er. «Ich wette, du kannst es nicht!»

«Wohl! Ich kann es wohl!»

«Tja, du wirst es mir wohl beweisen müssen!»

Anastasia mußte ganz gegen ihren Willen doch anfangen zu zählen, dabei hatte er gelogen! Er wollte gar nicht wissen, ob sie bis hundert zählen konnte oder nicht, denn noch ehe sie weiter als bis zehn hatte kommen können, hatte die Schwester ihr schon die Maske über Nase und Mund gestülpt, und sie konnte nicht mehr weiterzählen, weil sie nicht mehr denken konnte. Sie fragte sich, warum er sie wohl herausgefordert hatte, wenn er gar nicht wirklich wissen wollte, ob sie bis hundert zählen konnte oder nicht.

Als sie wieder aufwachte, saßen Mommy und Daddy auf Stühlen neben ihr, und sie lag IN EINEM GITTERBETT! Sie fühlte sich zu schlecht, um den Kopf zu heben. Neben ihrem Gesicht war eine nierenförmige Metallschale voller Blut, und ihr Hals tat weh. Sie fühlte sich scheußlich, aber sie hob trotzdem den Kopf und schrie, schrie, so laut sie mit ihrem wunden Hals konnte: «Ihr habt mir versprochen, sie würden mir ein richtiges Bett geben!»

Obgleich sie laut schrie, wurde Mommy nicht böse, sie lächelte nur und sagte, sie würden Anastasia am nächsten Tag in ein großes Bett umlegen. Aber Anastasia glaubte ihr nicht, oder höchstens halb, und ihr Kopf fiel auf die Matratze zurück. Hätte ihr der Hals nicht so schrecklich weh getan, hätte sie angefangen zu heulen. Ihr war zum Heulen: sie haßte es, klein zu sein. Warum behandelten die Leute Kinder immer so unfair? Sie wollte erwachsen sein, aber sie war hilflos, krank, der Hals tat ihr weh, und Mommy lachte über sie.

Sie betteten sie nicht um, aber noch ehe sie protestieren konnte, durfte sie wieder nach Hause. Sie lag auf dem Sofa im Wohnzimmer, und Mommy brachte ihr ein Schälchen mit Eiscreme, Pfirsicheis, und Anastasias Herz hüpfte vor Freude. Oh, das zumindest war die

Wahrheit gewesen. Sie setzte sich auf, als Mommy ihr das Schälchen gab, und führte selig ein Löffelchen Eis zu ihrem Mund. Aber ihr Hals schrie unter der kalten Berührung auf, es tat so weh, daß sie von dem köstlichen Geschmack überhaupt nichts merkte. Sie probierte es noch einmal und stellte dann das Schälchen neben sich auf den Fußboden.

«Ich esse es später», sagte sie zu Mommy. «Mein Hals tut weh.»

Mommy nahm das Schälchen und stellte es oben aufs Klavier. Anastasia könne es ja nachher essen. Anastasia glitt auf das Sofa zurück und schlief ein. Sie wußte, sie würde das Eis nie essen. Als sie sich wieder besser fühlte, hatte Daddy es schon aufgegessen. Er mußte es tun, weil es sonst geschmolzen wäre, sagte Mommy. Anastasia könnte später ein neues Eis haben. Pfirsich. Aber sie bekam nie welches, erst viel später, als sie die Mandeloperation schon fast vergessen hatte. Und all das wußte sie bereits, als sie sich wieder hinlegte und einschlief; sie dachte, daß es immer so war und sie es immer schon gewußt hatte: Erwachsene belogen Kinder, man konnte ihnen nicht trauen, die ganze Zeit schwindelten sie. Sie haßte es, und sie haßte sie, und sie haßte es, klein zu sein, ein Kind zu sein, jemand, den man anlügen konnte. Sie würde es ihnen nie verzeihen, keinem, der sie hinterging, würde sie verzeihen. Und wenn sie erst erwachsen wäre und Kinder hätte, würde sie diese niemals, niemals, niemals belügen, nicht ein einziges Mal.

Eine psychologische Theorie, die erst veröffentlicht wurde, als Anastasia schon lange erwachsen war, behauptete, Vertrauen müsse sich früh im Leben entwickeln oder es käme nie mehr zustande. Als Anastasia das las, waren Probleme wie Mandeloperationen oder Gitterbetten für sie längst vergessen, und selbst ihre eigenen Kinder waren über derlei Dinge hinaus. Sie befand, als sie sich mit Erikson befaßte, daß sämtliche Voraussetzungen für ein reiches und erfülltes Erwachsenenleben bei ihr gegeben waren. Zwar hatte es, dessen erinnerte sie sich durchaus, Momente des Mißtrauens gegeben, aber doch ebenso viele, ja sogar weit mehr, des Vertrauens. War nicht jeden Nachmittag, wenn sie aus der Schule nach Hause kam, ihre Mutter da gewesen? (Bis auf ein einziges schreckliches Mal, während eines Hurrikans, und da war sie unterwegs gewesen, um nach Anastasia zu suchen.) Gab es nicht immer etwas zu essen zu Hause und eine warme Wohnung, und hatte Daddy nicht immer alles wieder heil gemacht, was kaputtgegangen war? Sie wußte, sie hatte ihre Eltern zeitweise gehaßt, aber das war nichts als pubertäre Auflehnung gewesen. Sie waren gute Menschen und hatten ihr alles gegeben, was sie zu geben hatten. Es war nicht ihre Schuld, wenn sie nicht mehr hatten geben können, oder? Und außerdem hatten alle Kinder an ihren Eltern etwas auszusetzen.

Es war Ostersonntag, im Jahr 1964, und Anastasia hatte in ihrer kleinen Wohnung ein großes Essen für ihre Eltern, ihre Kinder, Toni, Pani Nowak und ein paar Freunde und Freundinnen veranstaltet. Sie hatten in der Küche essen müssen, aber zum Glück hatten Toni, Arden und Billy beim Kochen geholfen, und ihre Freunde fanden das Essen großartig. Mutter äußerte sich fast nie lobend über eine Mahlzeit. Nach dem Essen hatten sie dann angefangen, ein paar Spiele zu machen.

Dafür war Ellie zuständig. Er kannte alle Spiele, die es gab, und sogar ein paar, von denen sonst noch nie jemand gehört hatte. Er hatte es tatsächlich geschafft, Lee, Drew, Courtney, Toni, Arden, Billy und Ardens Freund Kai und sogar die kleine Franny total zu fesseln. Dad beteiligte sich nie an Spielen, er saß immer nur dabei und hörte zu. Er schaltete sich lediglich dann ein, wenn ein Schiedsrichter gebraucht wurde oder die Zeit gestoppt werden mußte. Mom wollte zwar gern mitspielen, hörte aber fast nichts und winkte deshalb ab, den Mund fest zusammengekniffen, aber mit einem hochmütigen und erhabenen Blick. Als Anastasia in der Küche wieder so etwas wie Ordnung geschaffen und sich die Hände abgetrocknet hatte, kam sie mit einem neuen Drink ins Wohnzimmer. Mom gähnte schon, und Dad musterte sie, um herauszufinden, ob sie wohl bereit war zu gehen. Aber sie sah ihn nicht an, und vorläufig saß sie auch noch.

Ellie erzählte gerade von Vertrauensspielen, die sie in seinen Psychodramaseminaren spielten – man läßt sich rückwärts fallen und hofft, daß einen jemand auffängt, oder springt einfach jemandem in die Arme. Drew stand in ihrer ganzen stattlichen Länge von knapp einem Meter fünfundvierzig mit zusammengebissenen Zähnen bereit, um Courtney aufzufangen, dessen schlaksige Einsfünfundachtzig sich langsam gefährlich hintenüber neigten. Alles schrie schon auf, obgleich es noch gar nicht soweit war. Als Courtney schließlich den kritischen Winkel erreicht hatte, gelang es Drew, sich gegen seinen Rücken zu stemmen und ihn in der Schwebe zu halten, die Schulter gegen seine Wirbelsäule gepreßt, den Arm um seinen Magen. Alles klatschte, außer Mom und Dad, die dem Ganzen zusahen, wie Kindermädchen wohl zuschauen mögen, wenn die ihrer Aufsicht anbefohlenen Kleinen im Matsch spielen, die Augen starr vor Staunen darüber, was Menschen so alles einfällt.

Dann gähnte Mom wieder, und Dad stand sofort auf. «Möchtest du gehen, Belle?» fragte er eifrig, und sie nickte, ohne ihn anzusehen. Er ging ins Schlafzimmer, um ihren Mantel und ihren Hut zu holen. Niemand von den anderen nahm Notiz davon, sie spielten immer noch das Vertrauensspiel. Jetzt war Arden dran, sich gegen Billy fallen zu lassen, aber sie brachte es nicht über sich, und die Freunde pfiffen und drängten sie und lachten. Nur Anastasia sah, wie ihre Mutter ein besorgtes Gesicht zog und etwas zu Ed sagte, der daraufhin aus dem Zimmer ging. Sie folgte ihm. «Mutters Brille», sagte er.

«Welche?»

«Die Lesebrille – du wolltest vorher, daß sie sich ein paar Fotos ansehen sollte», sagte er mit einem leisen, vorwurfsvollen Unterton.

Sie fanden die Brille, und er brachte sie Belle wie eine Weihgabe, reichte sie ihr mit einer Verbeugung, in der Erwartung, der Hoffnung, sie würde ihn loben und ihm danken. Was nicht passierte. Sie steckte die Brille in ihre Tasche und stand auf, damit er ihr in den Mantel helfen konnte.

Köpfe fuhren hoch. «Sie wollen schon gehen?»

«Es wird doch gerade erst lustig.»

«Ach, gehen Sie doch noch nicht», bettelte Ellie.

Belle lächelte spitz, murmelte etwas von «alten Leutchen», die ihren Schlaf brauchten, und wackelte in Richtung Tür.

Arden saß im Schneidersitz auf dem Fußboden. «Du hast überhaupt noch nicht das Spiel gespielt, Grandpa», flötete sie sanft.

«Ach, das ist was für euch junge Leutchen», nahm er Belles Ausdrucksweise auf. Er bemühte sich, ein herzhaftes Lachen hervorzubringen.

«Er kann es doch jetzt spielen», rief Anastasia, legte den Arm um seinen Hals und sprang hoch, unter Mitnahme ihrer ganzen Körperlänge von knapp Einssiebzig und ihrer einhundertunddreißig Pfund. «Fang mich auf!» rief sie.

Und er versuchte es – er streckte die Arme aus, einen unter ihre Taille und einen unter ihre Knie, dann kam er ins Schwanken, und sie purzelten beide übereinander. Ringsum brach wildes, hysterisches Gelächter los, alle lachten, bis auf Belle, die in ihrem großen Schrekken immerhin ein wenig lächelte. Ed lachte, befreite sich aber rasch und eilte an Belles Seite, als sei sie es, die hingefallen war und Hilfe brauchte. Er legte ihr den Arm um die Taille.

«Alles in Ordnung, Belle?»

Anastasia lachte viel zu heftig, um aufstehen zu können, und Toni kam zu ihr und packte ihre Hand. Tränen liefen ihr über die Wangen, als sie, zu Ellie gewandt, sagte: «Hast du gesehen? Die Geschichte meines Lebens!» Niemand sonst hörte sie. Sie lachten alle zu laut.

Als der Vermieter der Wohnung in Jamaica ihnen eine Mieterhöhung ankündigte, durchdrang eine neue Erkenntnis die kalte Mauer aus Ordnung, die Belle rings um sich errichtet hatte. Sie merkte, daß sie dieses Wissen schon lange in sich getragen und es nur nicht wahrgenommen hatte. Es war die Einsicht, daß es jedesmal bei ihr lag, für sie alle zu denken und zu planen. Ed hatte sich einfach in ihre Hände gegeben und würde tun, was immer sie beschloß. Und sie wußte, daß er wußte, daß sie nie etwas Törichtes oder Übertriebenes verlangen würde, daß er darauf vertrauen konnte, daß sie auf dem Boden der Tatsachen blieb, nicht mehr ausgab, als er verdiente, und nie etwas von ihm fordern würde, was ihm wirklich gegen den Strich ging. Aber sein Vertrauen freute sie nicht. Sie empfand nur Mitleid mit sich selbst – sie war so allein! – und Empörung über Eds Abhängigkeit.

Sie begann, die Zeitungsanzeigen nach Mietofferten für Häuser durchzugehen. Das Angebot war damals groß, und man brauchte oft gar nicht die Zeitungen zu studieren – jeder kannte jemanden, der ein Haus zu vermieten hatte. Aber die Dabrowskis konnten nur sehr wenig Miete zahlen, und Belle war klar, daß sie zwei Schlafzimmer brauchten, sie konnten nicht weiterhin zu viert in einem Raum schlafen, auch wenn Ed sich nie beklagen oder gar auf einen Umzug dringen würde. Aber Anastasia wurde jetzt langsam groß, und es war für Belle eine demütigende Vorstellung, sie könnte irgendwann nachts aufwachen, wenn... Und außerdem würde Joy auch bald ihrem Kinderbettchen entwachsen sein. Sie hätten ohnehin umziehen müssen, auch ohne die Mieterhöhung.

Eines Sonnabends im August brachten sie die Kinder mit der Straßenbahn in die Manse Street, um sie Mommas Obhut zu überlassen. Wally war gerade zu Besuch, und er hatte ein Auto dabei, das sie sich ausborgten. Ed fuhr zu all den Adressen aus den Anzeigen, die Belle aus der Zeitung ausgeschnitten hatte. Sie fanden schließlich ein Haus in South Ozone Park. Es war ein kleines Häuschen in einer ähnlichen Gegend wie Forest Hills, nur viel ärmlicher – kleine Einfamilienhäuser, darunter einige wenige mit Garagen. Vor den Häusern standen Bäume, und nach hinten hinaus lagen Gärten. Der Garten des zur Vermietung angebotenen Hauses war von Pappeln gesäumt, das Gras wucherte wild; das Haus selbst hatte fünf Räume – drei unten, zwei Schlafzimmer oben, dazu ein Bad. Die Räume im Erdgeschoß waren als Wohnzimmer, Eßzimmer und Küche vorgesehen, aber sie hatten keine Eßzimmermöbel und konnten daher das vordere Zimmer zur Veranda erklären und das mittlere zum Wohnzimmer. Belle war es schrecklich wichtig, eine Veranda zu haben. Und das vordere Zimmer war licht und luftig mit fünf Fenstern, so hell, wie eine Veranda zu sein hatte.

Die Miete sollte 35 Dollar im Monat betragen, für Heizmaterial würden sie noch extra zahlen müssen. Die alte Wohnung hatte zwar ebenfalls 35 Dollar im Monat gekostet, aber die Heizung war inbegriffen gewesen. Nach der Mieterhöhung würde sie natürlich 40 Dollar kosten – aber Belle war sich nicht sicher, ob 5 Dollar im Monat oder 60 Dollar im Jahr für Kohlen reichten. Dennoch, dachte sie, hatten sie keine andere Wahl. Vielleicht würde Ed ja noch einmal eine Gehaltserhöhung bekommen. Er verdiente derzeit 33 Dollar die Woche; noch ein paar Dollar dazu, und sie würden wohl über die Runden kommen. Außerdem wollte sie dieses Haus. Es gefiel ihr sehr. Es war klein, und die Umgebung war ärmlich, aber es hatte etwas, das sie entzückte – die Bäume davor, die Eingangstreppe, die Art und Weise, wie die Leute an diesem Augustabend draußen auf den Stufen saßen. Das kleine Rasenstück vor dem Haus war mit einer Ligusterhecke eingefaßt, und in der Mitte wuchs ein großer Hortensienbusch.

Sie zogen am ersten September um. Anastasia sollte im gleichen Monat in die Schule kommen, und Joy war fast zwei. Marthas Bruder, Henry Beck, stellte seinen Lastwagen zur Verfügung und transportierte zusammen mit Ed die Möbel. Belle fühlte sich beinahe glücklich. Die Wohnung war klein, vollgestopft und dunkel gewesen, das Haus war hell und größer – ihr kärgliches Mobiliar reichte nicht aus, um es zu füllen. Und sie hatten jetzt einen Garten! Ihr Leben lang hatte Belle so sein wollen wie die besseren Damen, die nachmittags in ihren Gärten saßen, und jetzt würde sie das auch können.

Natürlich mußte der Garten zuerst in Ordnung gebracht werden. Er war verwildert; das Gras stand taillenhoch und war dick wie Schilf. An den Garten schloß sich weites unbebautes Gelände an; hinter ihrem rückwärtigen Zaun lag ein freies Stück, wo Jungen Baseball spielten. Nachdem die Möbel an Ort und Stelle waren und Henry Beck ein paar Bier spendiert bekommen hatte – wobei Ed zur Gesellschaft eins mit ihm trank – und wieder gegangen war, trat die kleine Familie hinaus auf die winzige Hinterterrasse, von der man hinaus auf den Garten sah. Es fehlte nicht viel, und Belle und Ed hätten beide gestrahlt. Belle sagte, sie wolle Beete anlegen; Ed lachte vergnügt und meinte, er merke schon, es käme eine Menge auf ihn zu. Joy, im Spielhöschen, ließ Belles Hand los, als sie das hohe Gras wie ein Weizenfeld vor sich sah. Sie tapste die drei Stufen zu dem betonierten Stück gleich hinter dem Haus hinunter, durch die Öffnung in der niedrigen Hecke und hinein in die wuchernde Wiese. Sie schrie vor Entzücken laut auf und verschwand im hohen Schilfgras. Das einzige, woran die drei noch verfolgen konnten, wie Joy das Terrain erforschte, war das Geraschel der Halme. Mommy und Daddy fingen an zu lachen. Sie lachten und lachten, während das Gras rings um die unsichtbare Joy herum wackelte. Anastasia starrte sie an, weidete ihre Ohren an diesem Geräusch: Lachen! Dann lachte sie auch. Sie standen alle drei beisammen, sahen zu, wie die hohen Grashalme sich bewegten und lachten. Zum erstenmal nahm Anastasia Joy bewußt wahr, Joy, ihre niedliche kleine Schwester mit den prallen Ärmchen und Beinchen und dem Haar, das so blond war, daß es fast weiß wirkte, den riesigen blauen Augen, die einen anbettelten, in sie hineinzuschauen, zu lächeln, das kleine Wesen in die Arme zu nehmen. Anastasia *sah* sie, unsichtbar wie sie war, und ihr Herz quoll über vor Liebe zu diesem kleinen Geschöpf, das es schaffte, sie alle miteinander zum Lachen zu bringen.

2 DAS LEBEN IM neuen Haus ließ sich schwierig an, da sie nun Möbel brauchten. Im Kinderzimmer standen nur die beiden Gitterbettchen, und der vordere Raum im Erdgeschoß war ganz leer. Von Eds 33 Dollar pro Woche mußte Belle 10 Dollar für die Miete und die Stromrechnung beiseite legen; Ed brauchte 3 Dollar die Woche für Fahrgeld, seine Zeitung und seinen Kaffee zum Pausenbrot, das Belle ihm jeden Abend richtete. Weitere 4 Dollar die Woche sparte sie für die Kohlenrechnungen und die Versicherungen – eine Lebensversicherung in Höhe von 2500 Dollar, die Ed abgeschlossen hatte, und zwei Ausbildungssparverträge für das spätere Studium der Kinder. Sie zahlte monatlich 2 Dollar ein, und mit achtzehn würden die Mädchen je 1000 Dollar erhalten – ein riesiger Betrag, dachte Belle, der für vier Jahre reichen würde. Ihr blieben also noch 16 Dollar die Woche für Essen, Kleidung und sonstiges – Arztrechnungen (bitte, lieber Himmel, laß sie gesund bleiben!) und anzuschaffende Möbel.

Ed ließ nicht zu, daß sie etwas kaufte, was von minderwertiger Qualität war, und sie hatte einen anspruchsvollen Geschmack. Daher verwandten sie viel Zeit und Mühe darauf, die Einrichtungsgeschäfte abzuklappern, ehe sie schließlich zwei Möbelgarnituren in massivem Ahornholz fanden: eine Ahorncouch und zwei Sessel mit abnehmbaren Polstern für die «Veranda» zum Preis von 50 Dollar und eine Schlafzimmergarnitur in Ahorn – bestehend aus zwei Bettgestellen nebst Matratzen und Sprungfederrahmen, zwei Kommodenschränkchen und einem Spiegel – für 75 Dollar. Man verlangte von ihnen für jede Garnitur einen Dollar Anzahlung und einen Dollar Abzahlung pro Woche, was 2 Dollar die Woche weniger für Essen bedeutete. Aber solange sie gesund blieben, würden sie hinkommen. Belle kaufte Reste in der Stoffabteilung von Montgomery Ward und nähte daraus Vorhänge für die Küche, das Bad und die Hintertür. Sie wartete, bis es bei Montgomery Ward herabgesetzte leichte Gardinenstoffe gab, und kaufte schlichte weiße Spanngardinen für alle übrigen Fenster und die Glasscheiben in der Vordertür. Das war eine gewaltige Ausgabe – 10 Dollar auf einen Schlag, aber sie hatte zehn Wochen darauf gespart. Vor lauter Sparen und Geldsorgen bekam ihre Stirn Falten. Sie versuchte, jede Woche eine Eindollarnote unter ihre Schreibtischschublade zu schieben, wo sie auf Eds Vorschlag hin ihre Ersparnisse versteckten.

Ed machte sich ebenfalls an die Arbeit. Als erstes jätete er im Garten das Unkraut, um dann Rasen anzusäen und für Belle nach ihren Angaben Beete anzulegen. Sie holte sich Ableger von Momma und pflanzte immergrüne Büsche als Begrenzung rings um den Garten. Ed holte sein Werkzeug aus dem Haus in der Quincy Street und begann als nächstes, den Keller aufzuräumen und einzurichten.

Anastasia kam in die Schule. Belle flocht ihr das Haar zu Zöpfen, putzte sie für den ersten Schultag heraus und ging dann mit ihr, Joy im Sportwagen vor sich herschiebend, zu dem dunklen Backsteingebäude mit den zementierten Hofanlagen und dem hohen Drahtzaun darum. Grundschule 45, Queens. Das Schulhaus war alt, man hatte es einst für die Kinder der armen Leute errichtet, und es sah auch danach aus. Für Anastasia war es jedoch eine schöne neue Welt.

So schüchtern und einzelgängerisch Anastasia bisher gewesen war, stellte sie doch voller Überraschung fest, daß sie sich glücklich und voller Selbstvertrauen fühlte hier in dieser neuen Welt mit den vielen Menschen, lärmend und schwatzend und mit faszinierenden Sachen wie Büchern, Papier und Tafeln. Sie machte sich strahlend ans Werk und verschlang das Lesebuch, das die Lehrerin gerade als Arbeitsgrundlage für das Schuljahr verteilt hatte. Sie meldete sich und ging nach vorn, um mit der Lehrerin zu reden.

«Kann ich noch ein Buch haben?»

Die Lehrerin sah sie irritiert an. «Hast du kein Buch bekommen?»

«Doch, aber ich habe es schon aus.»

Die Lehrerin musterte sie einen Moment. Dann ging sie mit ihr zur Längswand des Klassenzimmers, wo sich unter den großen Fenstern ein Bücherbord befand. Auf dem Bord standen etwa 20 Bücher. «Anastasia, hiervon kannst du dir so viele nehmen, wie du möchtest. Du mußt aber darauf achten, daß du sie zurückbringst. Dann kannst du dir neue holen.»

Anastasias Augen leuchteten auf. Bücher! Zu Hause gab es nur zwei Bücher, und die konnte sie beide schon seit langem lesen – ihr Liederbuch und die Geschichten von Robert Louis Stevenson, die sie letzte Weihnachten geschenkt bekommen hatte. Sie liebte diese Bücher, aber sie hatte sie schon so oft gelesen, daß sie ihr ein bißchen langweilig geworden waren. Sonst gab es nur noch die Witzseiten aus der Zeitung. Die las Dad jeden Sonntagmorgen vor: Mommy forderte ihn immer dazu auf. Aber an einem Sonntag, nachdem sie in das neue Haus gezogen waren, wollte Dad ihr die Comics nicht vorlesen. Er sagte einfach nein. Er hatte zu tun. Er sagte, später. Sie wartete bis später, aber er sagte immer noch nein. Anastasia war den Tränen nahe, aber voller Wut, und sie griff sich die Zeitung und dachte, ich werd's ihm zeigen, ich werde sie selbst lesen! Sie hatte Tiny Tim vor sich, und sie merkte plötzlich, sie *konnte* es ohne ihn lesen. Aber es gab immer nur ganz wenige Comics am Abend in der *Daily News*, wenn Daddy sie mit nach Hause brachte, und die Bücher auf Mommys Schreibtisch waren zu schwierig für sie. Jetzt hatte sie viele, viele Bücher zu lesen. Sie nahm am ersten Nachmittag sechs Stück mit nach Hause und brachte sie am nächten Morgen wieder in die Schule zurück. Schon nach der ersten Woche hatte sie sich durch das kleine Bord durchgelesen. Sie richtete sich wieder mit der Langeweile ein, bis die Lehrerin sie – nur sie – mit in die kleine Bibliothek am Ende des Flurs nahm. Von da an hatte sie immer Bücher.

Die Kinder waren lustig, und die Pausen waren schön. Alle spielten und tanzten Ringelreihen, und Anastasia wußte, daß die Jungen sie alle gern mochten, und sie mochte sie auch gern. Und nach ein paar Wochen begannen vier oder fünf von ihnen, sie nachmittags nach Hause zu bringen, und manchmal ging sie, nachdem sie ihre Milch getrunken und ihre Kekse gegessen hatte, wieder hinaus, um mit ihnen zu spielen. An anderen Tagen blieb sie im Haus. Es kam ganz darauf an, wozu sie Lust hatte. Manchmal wollte sie lieber drinnen bleiben und malen. Mommy zog sie immer auf wegen der Jungen, als ob sie, Anastasia, ihnen schöne Augen gemacht hätte oder so etwas, damit sie sie nach Hause brachten, als sei sie irgendwie... Sie kannte das richtige Wort nicht, aber so, als hätte sie Grund, sich zu schämen oder so etwas. Trotzdem ging sie jeden Morgen gern zur Schule. Wenn sie am Schulhof angelangt war und hineinstürmte, dann waren schon ganz viele Kinder aus ihrer Klasse da, die ihr entgegenschauten und riefen: «Da kommt Anastasia.» Ihr ging das Herz auf, und sie spürte, daß sie von einem Ohr zum anderen strahlte. Sie war mit einem Satz mitten unter ihnen und fing an, mit ihnen zu spielen. Sie war immer die Anführerin, aber das schien den anderen nichts auszumachen.

Auch Belle fühlte sich hier zufriedener. Sie führte einen neuen geregelten Tagesablauf ein, genauso friedlich und ruhig wie ihr Leben in der alten Wohnung. Das erfüllte sie mit einigem Stolz, weil sie selbst nie ein geordnetes Heim erlebt hatte. Sie wußte nicht einmal, wie ein harmonisches Familienleben auszusehen hatte; sie mußte es sich, mit einiger Anregung durch das Radio, selbst ausdenken. Die Familien, die sie gekannt hatte, waren alle zerrissen gewesen, zerrissen durch Väter, die tobten, und Mütter, die weinten; von all ihren Kindheits- und Jugendfreundinnen war nur Gertrude Hunrath nach der Schule oder nach der Arbeit gern nach Hause gegangen, und Gertrude hatte nur eine Mutter und eine Schwester gehabt.

Belle war fest entschlossen, für sie alle eine andere Art von Heim zu schaffen. Sie sah den Blick in Eds Augen, wenn er manchmal Joy oder Anastasia ansah, besonders wenn sie Krach machten oder mitten im Zimmer auf dem Fußboden saßen. Sie wußte, was in ihm vorging, und sie hatte sich geschworen, daß er nicht so werden würde wie ihr eigener Vater. Eines Abends, als er von der Arbeit kam, saß Anastasia auf dem Bänkchen vor dem Klavier und intonierte mit einem Finger «Twinkle, Twinkle». Er stürmte mit drohend erhobener Hand ins Zimmer und brüllte sie an, sie solle aufhören. Belle rief ihn zu sich in die Küche und schloß die Tür. Sie erklärte es ihm ein für allemal: Sie ließ es nicht zu, daß er die Stimme oder die Hand gegen die Kinder erhob. Es waren brave Kinder, und sie hatten das Recht zu reden, Klavier zu spielen oder auf dem Fußboden zu sitzen. Und wenn er sie schlug, würde sie ihn verlassen. Sie sagte es einfach so geradeheraus. Und er schaute weg, als ob er sich schämte oder verlegen wäre, aber er brüllte nie wieder herum und erhob auch nie wieder die Hand gegen eins der Kinder. Sie sah, wie sich sein Gesicht verfinsterte, wenn er zu ihnen hinschaute, und sie hörte ihn gedämpft herumgrollen, wohl in der Annahme, sie könne ihn mit ihrem tauben Ohr nicht hören. Aber sie hörte es. Sie nahm es achselzuckend hin. So lange er sie in Frieden läßt. Was kann man von einem Mann schon erwarten? Männer hassen Kinder, so sind sie nun einmal. Ed war nur ein normaler Mann. Aber sie würde es nicht zulassen, daß er sich benahm wie ihr Vater.

Ihr großer Wunsch war derzeit eine Waschmaschine. Es gab inzwischen ganz gute, mit einem Einsatz in der Mitte, der die Kleider rubbelte, und einem Wringer, durch den man die Sachen nur durchließ – was soviel leichter war, als sie von Hand auszuwringen. Aber sie konnte sich keine leisten. Vielleicht nächstes Jahr, wenn die Verandamöbel abbezahlt waren. Einstweilen schrubbte sie die Wäsche jeden Montag in dem tiefen Zuber neben der Spüle auf dem Waschbrett und mit einem klobigen Stück gelber Seife. Dann schüttete sie den ganzen Zuberinhalt in die Spüle, ließ das Wasser ab und frisches kaltes Wasser ein, um die Sachen zu spülen. Jeden Sonntagabend spannte Ed im Garten eine lange Wäscheleine zwischen den Bäumen, damit sie bei gutem Wetter bereit war. Bei schlechtem Wetter spannte er Leinen im Keller, aber der war zu klein, um darin die ganze Wäsche auf einmal aufzuhängen.

Als erstes wusch sie Eds Hemden, dann die Bettlaken und Kopfkissenbezüge, die weißen Badehandtücher und die Küchenhandtücher. Manchmal war auch ein weißes Tischtuch in der Wäsche. Nachdem sie diese Sachen gewaschen, gespült und ausgewrungen hatte, erhitzte sie Wäschestärke in einem Topf auf dem Gasherd. Während diese dick wurde, ließ sie heißes Wasser in das flache Bekken der Spüle laufen. Sie nahm den Bläuewürfel aus der Packung und tauchte ihn in einem Netz ins Wasser. Wenn das Wasser blau genug war und die Stärke dick genug, goß sie die Stärke ebenfalls in die Spüle. Sie gab die weißen Sachen hinein und ließ sie darin liegen, während sie den tiefen Zuber mit heißem Wasser und Seife füllte, in den nun die bunten Sachen, die Unterwäsche und das bedruckte Tischtuch zum Einweichen kamen. Anschließend wrang sie die weißen Sachen aus, so fest sie konnte, was sehr anstrengend für die Hände war. Sie trug sie in der Emailleschüssel nach draußen und klammerte sie an die Leine. Sie liebte den sauberen Geruch, der von ihnen ausging, und das Geräusch, wenn die Bettlaken im Wind flatterten. Danach ging sie wieder in die Küche zurück, schrubbte die bunten Sachen, spülte sie und verdünnte die Stärke für Anastasias Bluse, Eds Unterhosen, Joys Kleid und ihr Hauskleid. Jeder von ihnen hatte dreimal Kleidung zum Wechseln: Ed trug seine weißen Hemden zwei Tage. Die seltenen Male, wenn sie Jean und Eric übers Wochenende besuchten, mußte er ein Hemd drei Tage lang tragen, weil er nur drei besaß und für Montag morgen ein sauberes brauchte. Zu Hause trug er alte, geflickte Hemden. Belle besaß drei baumwollene Hauskleider und ein gutes Kleid. Die Zeit der schönen Kleider war vorbei – sie paßten ihr nicht mehr, seit sie die Kinder bekommen hatte, und außerdem waren sie längst unmodern.

Einen Teil hatte sie weggegeben, andere lagen in dem großen Schrankkoffer, den sie im Wandschrank der Kinder aufbewahrte.

Nachdem die bunten Sachen gestärkt waren, kamen sie ebenfalls auf die Leine. Danach war es Zeit, das Mittagessen für Anastasia und Joy zuzubereiten. Sie machte gewöhnlich eine große Campbell-Suppe auf und gab ihnen dazu ein Brot mit Bologneser Wurst, mit Erdnußbutter und Gelee oder in der Pfanne in Butter gebratenem Velveta-Käse. Sie selbst aß Toast und trank Tee, aber die Mädchen bekamen immer jedes ein großes Glas Milch. Anastasia verabscheute Milch, weshalb Belle Hersheys Schokoladensirup aus der Dose hineingab.

Es war eine Freude, Joy vom Spielen hereinzurufen und ihr das Gesichtchen und die Hände zu waschen. Joys Mund stand nie still. Natürlich war es albernes Zeug, was sie daherplapperte, sie war ja noch ein Baby, aber Belle mußte doch darüber lächeln. Mit Anastasia war es anders: Wenn sie nach Hause kam, war sie oft verdrossen und wortkarg. Sie war so ernst, so erwachsen. Sie redete nie albernes Zeug. Aber Joy vergötterte ihre große Schwester, schaute sie an, als sei sie ein Wesen aus einer höheren Welt, und Belle sah, wie Anastasia oft sehr von oben herab mit Joy umsprang. Manchmal machte Belle Anastasia deshalb Vorhaltungen:

«Joy ist deine kleine Schwester, und sie vergöttert dich, sie läuft dir hinterher wie ein Hündchen. Sie schaut zu dir auf, du darfst sie nicht so behandeln.»

«Ich hasse sie!» brauste Anastasia auf. «Sie hat mir mein Buch ganz vermalt, das neue, das ich zu Weihnachten bekommen habe. Sie hat es total verschmiert!»

«Sie ist doch noch ein Baby, Anastasia, und du bist ein großes Mädchen. Du mußt über solche Sachen hinwegsehen. Sie kann doch nichts dafür. Sie ist eben noch ein Baby.»

Aber Anastasia schmollte, machte ein finsteres Gesicht und sagte nichts. Belle wußte, daß Anastasia ein Mensch mit besonderen Eigenschaften war und in einer Welt für sich lebte, und sie ließ sie. Joy dagegen, mit ihrer niedlichen und lustigen Art, schien von Natur aus vergnügt zu sein, genau wie Dafna Dabrowski. Für Belle war Joy eine Dabrowski und Anastasia eine Brez, intelligent und schwierig wie Michael. Joy brauchte offensichtlich, genau wie Ed, sehr wenig, um glücklich und zufrieden zu sein, im Grunde nichts. Diese Menschen, die Dabrowskis, hatten einfach keine Ansprüche.

Nachdem Anastasia wieder zur Schule gegangen war und sie Joy für ihr Mittagsschläfchen nach oben in ihr neues großes Bett gebracht hatte, machte Belle die Wäsche zu Ende. Als letztes kamen noch die dunklen Sachen – Eds Socken, ein dunkler Rock von Anastasia und ein dunkles bedrucktes Hauskleid von ihr selbst. Die Wäscheleine war jetzt voll, so daß sie erst warten mußte, bis etwas trocken war, ehe sie diese Sachen auch noch aufhängen konnte. Aber sie war erleichtert, wenn das Waschen, Spülen, Wringen und Stärken geschafft war. Dann konnte sie das tiefe Waschbecken mit Bon Ami schrubben und das metallene Ablaufbord für das Geschirr wieder darüberlegen. Sie seufzte und setzte sich erst einmal mit einer Zigarette hin, ehe sie die nächste Runde in Angriff nahm. Sie schaute auf den Garten hinaus und dachte voller Stolz, daß er gepflegt und hübsch aussah – es war der hübscheste Garten der Nachbarschaft. Sie hegte große Träume, was den Garten anging – vielleicht konnte Ed ja ein paar Gartenstühle bauen, und dann könnte sie im nächsten Sommer draußen sitzen. In ihrem eigenen Garten sitzen wie eine feine Dame! An der Luft, in der Sonne, zwischen den duftenden Blumen! Und vielleicht konnte er ja irgendwann einen Tisch mit Sitzbänkchen für die Kinder bauen, dort könnten sie im Sommer sitzen und spielen oder mittags einen kleinen Imbiß draußen zu sich nehmen, mit frischer Limonade mit Pfefferminze. Sie hatte schon Pfefferminze gepflanzt, die sie von Momma bekommen hatte. Sie würden eine richtige Kindheit haben, anders als sie. Die Vorstellung, wie die Kinder an einem Sommernachmittag draußen unter den Bäumen saßen und Limonade tranken und spielten – vielleicht ein Puzzle legten, sie könnte ja Anastasia eins zum Geburtstag schenken –, bewegte ihr Herz, ließ es fast schmerzen, wie eine längst vergessene Wunde, die sie plötzlich aus Versehen berührt hatte.

Sie fing an, die trockenen Sachen ins Haus zu bringen – die Laken und Kopfkissenbezüge, Eds Hemden und Unterhosen. Sie klappte das Bügelbrett aus dem Schränkchen, wo es normalerweise unsichtbar verstaut war, und holte den hohen Hocker und das Bügeleisen. Heute würde sie nur ein Hemd für Ed bügeln, damit er morgen ein sauberes hatte. Sie war müde, sie griff ein Hemd heraus, sprengte es ein und rollte es säuberlich zusammen. Dann ging sie daran, die restliche Wäsche auf die Leine zu hängen, den Stärketopf ins Ablaufbecken zu stellen, kaltes Wasser hineinzulassen, Hemd und Spüle mit einem feuchten Tuch abzuwischen. Sie seufzte. Sie war sehr müde, und sie mußte noch Abendessen kochen. Vielleicht würde sie Würstchen und Bohnen machen: das mochten alle gern, und es bereitete nicht viel Arbeit. Sie würde ein paar Kartoffeln schälen und kochen, sie mit zerlassener Butter übergießen. Sie konnte ja Anastasia zum Fleischer schicken, Würstchen holen. Sie hatte gerade das Hemd so gut wie fertig gebügelt, als Anastasia aus der Schule kam. Wenige Minuten später wachte Joy aus ihrem Mittagsschlaf auf. Anastasia schien wegen irgend etwas fröhlich, aber Belle war zu müde, um ihr richtig zuzuhören. Der Rücken tat ihr weh, als sie sich bückte, um Joy die Schuhe und Strümpfe anzuziehen, und sie sagte gar nichts, weil sie die Kleine nicht anschreien wollte. Sie erhob nie die Stimme ihren Kindern gegenüber: sie hatte es nie getan, und sie würde es nie tun. Sie würden ein anderes Leben haben als sie selbst.

3 OH JA, ICH erinnere mich noch gut an diese Jahre, das Eintauchen in die Welt der Babies, die Isolation und das Eingesperrtsein. Nach Billys Geburt – Wilton Bradley Carpenter junior – war fast alles zu mühsam. Arden war erst eineinhalb Jahre alt und konnte noch nicht weit oder lange laufen. Ich hatte einen Sitz, der sich auf dem großen Kinderwagen befestigen ließ, so daß ich Billy hineinlegen und Arden draufsetzen konnte, aber dadurch wurde der Wagen sehr schwer, und es blieb kaum noch Platz für Sachen. Da ich nicht den Kinderwagen schieben und gleichzeitig einen Einkaufswagen ziehen konnte, war es mir so gut wie unmöglich, einkaufen zu gehen. Ich klagte Brad mein Leid und fragte ihn, ob ich nicht einen Nachmittag die Woche das Auto haben könnte, aber er meinte, ein gerüttelt Maß an Selbstgerechtigkeit in der Stimme, ich hätte ja gar keinen Führerschein, sei eine entsetzliche Autofahrerin, und außerdem brauchte er den Wagen. Meine Mutter könnte mir ja helfen.

Ehe die Kinder geboren wurden, waren wir selbst zwei verliebte Kinder gewesen; sogar noch, als ich schwanger wurde, hatten wir uns gemeinsam und gleichermaßen dafür verantwortlich gefühlt. Aber von dem Zeitpunkt an, als Arden auf der Welt war, waren die Kinder meine Kinder – voll und ganz meine Sache. Brad wollte nichts davon hören, daß mir irgend etwas zuviel war, es war ganz allein mein Problem. Er hatte seine eigenen Probleme, und obgleich er das nie aussprach, fühlte ich es doch: Ich war auf mich allein gestellt. Seine Verantwortlichkeit mir gegenüber erschöpfte sich darin, daß er mir 35 Dollar die Woche gab, damit ich unsere Rechnungen davon bezahlte.

Ich stellte diese Haltung nie in Frage, ich nahm sie einfach hin. Auch die 35 Dollar stellte ich nicht in Frage. Ich wußte, er hatte mit dem einen Abschluß eine Menge Geld verdient, aber seither hatte er kein größeres Geschäft mehr gemacht, und ich ging davon aus, daß er das Geld zur Bank gebracht hatte, damit wir in mageren Zeiten darauf zurückgreifen könnten. Es war eine unangenehme Überraschung für mich, als ich später feststellen mußte, daß er mit dem Geld ein unbebautes Grundstück in der Nähe der Merrick Road erstanden hatte. Tatsächlich war es nicht zuletzt dieses Grundstück, das ihn Jahre später zu einem reichen Mann machte, aber einstweilen waren wir oft ziemlich in Bedrängnis. Brad tat in jenen Anfangsjahren, dem Rat seines Vaters folgend, eine ganze Reihe von Dingen, die ihm später ein Vermögen einbringen sollten, aber als seine erste Frau hatte ich nie etwas von den Früchten dieser frühen Entbehrungen. Ich nehme an, es entspricht einfach meiner Persönlichkeit, daß ich es nie geschafft habe, irgend jemandes zweite Frau zu sein – ich mußte alles auf die mühsame Art machen. Ich war sogar zu unbedarft, meine Töchter zu lehren, nur zweite Frauen zu werden und auf keinen Fall erste. Deshalb lebt Arden jetzt in einem Bauernhaus, das noch nicht einmal eine Toilette hat. Ich sage ihr immer, es ist schon schlimm genug, die Fehler der eigenen Mutter zu wiederholen, aber ganz unverzeihlich, noch dahinter zurückzufallen. Sie lacht nur. Sie weiß, was Geld anbelangt, werde ich nie konsequent sein können.

Ich war es auch damals nicht. Das kam vielleicht daher, daß ich gesehen hatte, wie finanzielle Sorgen und Enttäuschungen harte Furchen in das Gesicht meiner Mutter gegraben hatten, wie über all die vielen Jahre Penny um Penny zusammengekratzt wurde, um eine Waschmaschine zu kaufen oder den Arzt zu bezahlen. Zum Teil war es ein ganz reales Problem – sie hatte manchmal kaum genug Geld für unser Essen. Wenn Joy, was oft genug der Fall war, krank wurde oder der Winter besonders streng war und wir mehr Kohlen brauchten als normalerweise oder wenn sich eine größere

Anschaffung oder ein warmer Mantel für meinen Vater ganz und gar nicht mehr umgehen ließ, dann pflegte sie die Lippen noch fester zusammenzupressen und Eintopf aus Nacken- und Bruststücken vom Lamm (der meiner Meinung nach ohnehin am besten schmeckt) zu kochen und Wackelpeter zum Nachtisch oder auch einfach nur Suppe, Wurstbrote und Pfirsichkompott aus der Dose. Wir waren nie so arm, daß wir *nichts* zu essen hatten. Wir hatten kein Telefon, kein Auto, keine richtig warme Winterkleidung, keinerlei Luxus. Aber die Sorge meiner Mutter war nicht das schlichte Überleben; es ging um etwas anderes, und darüber wurde ich mir erst klar, als ich ihr Testament in Flammen aufgehen sah.

Worüber sie darin verfügt hatte, waren sämtlich teure Dinge – Geschirr, Gläser, silberne Platten –, diese Gegenstände besaßen Leute, die der Mittelschicht angehörten. Wir gehörten nicht der Mittelschicht an, aber wir hatten sie trotzdem. Es waren Hochzeitsgeschenke. Sie besaß außerdem noch eine versilberte Kaffeekanne mit einem dazugehörigen Tablett; sie hatte sich beides vor ihrer Heirat selbst gekauft und sich vorgenommen, das Set durch ein Sahnekännchen und eine Zuckerdose zu vervollständigen, was sie aber nie geschafft hat. Jean hatte ein komplettes Set dieser Art auf ihrem Eßzimmerbüfett stehen, und als ich heranwuchs, sah ich ähnliche auch bei anderen Leuten: Kaffeekannen mit Sahnegießern und Zuckerdosen, ein Symbol für Status und Wohlstand. Die Dinger waren durchweg scheußlich und obendrein eine Plage, weil sie regelmäßig geputzt werden mußten. Unser Set war erst recht albern, weil es nur aus einer Kaffeekanne und einem Tablett bestand und Mutter es nie irgendwo aufstellen konnte – es sah einfach nackt aus. Damals hatten wir sowieso kein Eßzimmerbüfett; wir hatten noch nicht einmal ein Eßzimmer. Das gute Geschirr, die Kristallgläser, das Silberbesteck für acht Personen ruhten in ihren Verpackungen und wurden höchstens zwei- oder dreimal im Jahr hervorgeholt, vielleicht auch nur einmal – um die Weihnachtszeit, wenn Besuch kam.

Aber genau darauf richtete sich die Sorge meiner Mutter, und dies lag ihrer Bitterkeit zugrunde: sie wollte unbedingt zur Mittelschicht zählen. Deshalb wurde das spitzengesäumte Tischtuch zutage gefördert, wenn eine Nachbarin zum Kaffee kam; deshalb bekamen wir Klavierstunden; deshalb gab sie sich soviel Mühe, unseren Geschmack zu bilden. Was mir immer als ein Kampf ums Überleben erschienen war, das war in Wirklichkeit erbittertes Statusstreben. Die Sorge um so etwas wie Status lag völlig außerhalb des Horizonts meines Vaters, jenseits, oder besser, völlig fernab seiner Ambitionen. Wahrscheinlich hatte er so gut wie keinen Sinn für gehobene Lebensformen, außer was Manieren anbelangte: er war bestrebt, sich immer wie ein Gentleman zu benehmen, und tat es auch stets. Aber er war glücklich und zufrieden mit Würstchen und Bohnen, mit Arbeiten, Essen und Schlafen, weil er nicht die Vorstellung hatte, daß es jenseits dieser Art zu leben eine andere, beglückende Welt gab, eine Welt, in der das Leben von Grund auf anders war. Die Wut meiner Mutter auf meinen Vater, die in den Jahren meiner Kindheit immer größer und größer wurde, erwuchs genau aus diesem Unterschied zwischen ihnen. Sie wollte *mehr*, weil sie dachte, dann würde alles anders. Er wollte nur ein Auto.

Als Kind habe ich unter dem Fehlen typischer Attribute der Mittelschicht gelitten, aber seltsamerweise bedeuteten diese mir als junge Frau rein gar nichts. Status? Pfeif drauf! Ich war eine Bohemienne, eine Künstlerin, was scherten mich die Werte der Mittelschicht. Und Geld – ich weigerte mich, mir darum Gedanken zu machen, solange wir etwas zu essen und ein Dach über dem Kopf und ein Bett zum Schlafen hatten. Und in einer fatalen Umkehrung der Lage empfand Brad mir gegenüber die gleiche Verachtung, die meine Mutter für meinen Vater empfunden hatte, weil mir Silbersets und Eßzimmerbüfetts und sogar Eßzimmer selbst völlig egal waren.

Wenn ich mich in jener Zeit, als die Kinder klein waren, unglücklich fühlte, dann nicht deshalb, weil wir wenig Geld hatten, sondern weil ich mein Leben haßte. Ich haßte es, obgleich ich einen Wäschetrockner in der Küche stehen hatte und obgleich wir, wenn schon nicht ich selbst, ein Auto besaßen und manchmal am Samstagabend ausgingen. Ich haßte meinen Tagesablauf, Tag um Tag um Tag. Ich saß allein vor meiner Tasse Kaffee, kam mir sehr erwachsen vor (was sonst taten Mütter?) und beschloß, daß ich meine Situation ändern mußte. Aber ich wußte nicht wie: von dem Geld, das Brad mir gab, blieb nie ein Cent übrig. Alle meine Schlüpfer waren zerrissen, und ich war ständig dabei, sie zu flicken und neue Gummis einzuziehen, aber ich konnte mir noch nicht einmal neue Unterhosen leisten. (Das war nicht weiter schlimm, schließlich wußte ich, daß mir Brads Mutter drei neue zu Weihnachten schenken würde,

Marke Lollipop – rosa, blau und gelb. Sie schenkte uns beiden immer Unterwäsche und Brad außerdem einen neuen Anzug: alle Jahre wieder.)

Ich besuchte die Leihbücherei. Nachdem ich die Romane, die mich lockten, und die wenigen vorhandenen Kunstbücher durchhatte, bemerkte ich, daß mich Fotobände und Bücher über Fotografie interessierten. Es gab damals nicht viele davon in der Bücherei, aber ich studierte alles, was vorhanden war. Ich besaß schon seit meinem neunten Geburtstag eine Kamera und hatte häufig fotografiert. Das erste Fotobuch nahm ich nur zufällig in die Hand, aber die Unterschiede zwischen den einzelnen Fotografen faszinierten mich. Nachdem ich die einschlägigen Bücher in der Bibliothek immer wieder durchgegangen war, knappste ich ab und zu 75 Cent ab, um mir eine Fotozeitschrift zu kaufen. Ich entdeckte Man Ray, Cecil Beaton und George Rodger; Cartier-Bresson, Eliot Porter und Walker Evans. Und dann, gütiger Himmel! Ich kannte Margaret Bourke-White, aber jetzt entdeckte ich Imogen Cunningham, Berenice Abbott und Eve Arnold! FRAUEN! Ganze Scharen, nicht nur eine Cécile Chaminade, wie ich sie in der Musik gefunden hatte. Dieser Umstand hatte mich mit elf Jahren so entmutigt, daß ich (in weiser Voraussicht) die Ambition aufgab, Komponistin zu werden. Ich freundete mich mit der Bibliothekarin unserer kleinen Bücherei an und erzählte ihr, ich schriebe an einem Buch über Fotografen, so daß sie mir Bücher über Fotografie aus ganz Nassau County und sogar aus größeren Bibliotheken im Bundesstaat New York beschaffte.

Das Ganze war aber auch frustrierend, weil ich damals keine Fotos *machte*: ich konnte mir keine Filme leisten. Einmal erzählte ich Brad eines Abends ganz beiläufig, daß ich so gern Fotos von den Kindern machen würde – sie seien so niedlich, und dieses Alter ginge so schnell vorbei, alles was mir an Argumenten einfiel. Eigentlich erhoffte ich mir dabei nur ein paar Dollar extra für Filme. Aber er sprang auf diesen Gedanken an. Er hatte mit den Kindern wenig zu schaffen und kein großes Interesse an ihnen, aber die Vorstellung, Fotos von Ihnen zu besitzen, gefiel ihm. Ein paar Abende darauf brachte er mir eine neue Kamera mit («Du hast doch nur diese lächerliche Box, damit kannst du ja keine anständigen Aufnahmen machen»), eine große Kodak, die mir fast die Tränen in die Augen trieb, weil ich, wenn ich mir selbst einen Apparat hätte aussuchen dürfen, eine gebrauchte Rollei genommen hätte, die kaum teurer gewesen wäre. Aber ich war weit davon entfernt zu nörgeln, ich nahm, was ich kriegen konnte, egal wie. Außerdem hatte er mir drei Filme gekauft: Farbfilme. Ich wußte natürlich, daß die echten Künstler mit der Kamera nur Schwarzweißfilme benutzten, aber ich beklagte mich nicht. Ich wunderte mich, wovon er das alles bezahlen konnte. Ein ganz neuer Gedanke drängte sich in mein Bewußtsein: Brad hatte mehr Geld als ich. Wir teilten nicht, er gab mir Haushaltsgeld.

Unsere Beziehung hatte sich mittlerweile schon so weit verschlechtert, daß ich es nicht wagte, diese neue Erkenntnis anzusprechen. Wir sahen uns kaum noch. Brad arbeitete jeden Tag, obwohl er es nicht unbedingt mußte. Er erklärte mir, er versuche, «dem Alten einen Teil der Last abzunehmen». Aber ich wußte, daß es ihm in Wirklichkeit darum ging, dem Alten etwas zu beweisen. An Tagen, an denen wenig los war, erledigte er bergeweise Schreibkram für die Firma. Sein Vater brauchte jetzt nur noch am Wochenende und einen oder zwei Tage die Woche anwesend zu sein. Die übrige Zeit spielte er Golf, «um Kontakte zu knüpfen», wie er behauptete.

Brad war einfach nicht gern zu Hause. Zu Hause, das bedeutete eine Vier-Zimmer-Wohnung, zwei schreiende kleine Kinder und mich, die ich, in meinen alten Jeans und einem abgelegten Hemd von ihm, bemüht war, mir ein Spiel auszudenken, das die Kleinen bis zur Schlafenszeit beschäftigen würde. Abends saßen wir dann schweigend da und lasen – er in seiner Zeitung, ich in meinem Fotobuch oder in einem Roman, zumindest solange, bis Fernsehapparate billig genug geworden waren, daß er eines Abends triumphierend mit einem Dreißig-Zentimeter-Gerät nach Hause kam und sich in die Brust warf, als hätte er es für mich gekauft. Ich haßte das Ding, konnte ihm aber nicht mehr entgehen, es sei denn, ich ging früh ins Bett, um zu lesen. Währenddessen schaute er sich die Rollschuhmeisterschaften, Milton Berle oder Ringerwettkämpfe oder irgend einen anderen Schwachsinn an, um nur ja nicht zu mir ins Bett kommen zu müssen. Ich konnte es ihm nicht verübeln. Ich hätte auch keine Lust gehabt, mit mir ins Bett zu gehen. Wenn man kein Selbstwertgefühl hat, spürt man auch kein sexuelles Verlangen, und man kann sich nicht vorstellen, daß irgend jemand anders einen begehren könnte. Was je an Sexualität an mir gewesen war, hatte sich verflüchtigt, und ich glaubte, endlich verstehen zu können, wieso Hamlet so entrüstet darüber war, daß seine Mutter noch immer vögeln wollte, obgleich sie schon 35 oder 40 war. Hier war ich, noch nicht mal 22 und schon jenseits aller Begierde. Bei Brad war auch nicht mehr viel übrig, so daß wir selten bumsten. Mir fiel auf, daß er vor allem dann scharf war, wenn wir im Kino gewesen und einen Film gesehen hatten, in dem fast nackte Frauen vorkamen oder brutale Gewalt. Dann pflegte er hartnäckig auf Sex zu bestehen und sich mit geschlossenen Augen über mich herzumachen, als könnte er es nicht ertragen, mich anzuschauen. Und dann stieß er in mich hinein, als sei Sex eine Form von Selbstbehauptungstraining und als wolle er unter Beweis stellen, daß er darin gut genug war, um ein fähiger Geschäftsmann zu sein.

Wie auch immer, ich gab mich entzückt über die Kamera und die Filme, und schon am nächsten Tag fing ich an, Aufnahmen von den Kindern zu machen. Dergleichen ist aber gar nicht einfach. So bezaubernde Dinge kleine Kinder auch tun, so beharrlich weigern sie sich, irgend etwas davon zu vollführen, sobald eine Kamera auf sie gerichtet ist. Bei meinem ersten Versuch hatte ich allerdings gleich einen ganz unerwarteten Erfolg.

Ich fütterte gerade Billy, der etwa ein halbes Jahr alt war und schon mehr schlecht als recht in einem mit Kissen ausgepolsterten Hochstuhl sitzen konnte. Arden schwirrte zornig um uns herum, und ich wußte, sie war eifersüchtig. Deshalb sprach ich mit ihr und versuchte, sie zärtlich zu berühren, wenn sie an mir vorbeikam. Aber sie entzog sich blitzartig meiner Hand. Auf dem Tischchen des Hochstuhls lag ein Spielzeug – ein Saugnapf mit einer Rassel daran. Wenn man das Ding anschubste, rasselte es, ohne herunterzufallen. Es sollte Müttern ersparen, sich vierundvierzigmal am Tag zu bükken. Arden ging urplötzlich zum Hochstuhl hin, schaute zu Billy und stieß die Rassel an. Billy grinste entzückt, und Arden machte es gleich noch einmal. Obgleich ihr Gesichtsausdruck überhaupt nicht liebevoll war, dachte ich, war sie doch lieb zu Billy, fast schon gegen ihren Willen, und ich war gerührt. Es war das erste Mal, daß sie ihm überhaupt in irgendeiner Weise ihre Aufmerksamkeit schenkte, außer daß sie jedesmal ein Fläschchen verlangte, wenn er eins bekam, obgleich sie der Flasche schon vor seiner Geburt entwöhnt worden war.

Voll freudiger Erregung stand ich auf. Es war November und ein grauer Tag. Billy war mitten in seiner Mittagsmahlzeit, aber ich hob ihn aus seinem Sitz, um ihn auf den Fußboden zu setzen und den Hochstuhl hinaus auf die kleine hölzerne Veranda hinter unserer Wohnung zu bringen. Sie war zwar überdacht, aber heller als die Küche. Ich packte beide Kinder in ihre Schneeanzüge, zog mir selbst Mantel und Mütze an, nahm die Kamera und ein paar Kekse und ging mit den beiden hinaus auf die Veranda.

Das Licht war bleich und milchig. Ich wählte eine große Blende und hielt die Kamera vors Auge.

«Schubs mal Billys Spielzeug an, mein Herzchen», drängte ich Arden. Sie funkelte mich wütend an. «Mach noch mal, was du eben gemacht hast, Schätzchen. Dann kriegt jeder von euch einen Keks.» «Keks» sollte Billys erstes Wort sein. Ardens erstes Wort war «nein» gewesen. Und «nein» war auch jetzt ihre Antwort. Sie war fast zwei, hatte den Kopf voller blonder Locken und große blaue Augen voller Wut. Weshalb, fragte ich mich. Immer wenn meine Mutter sich über mich geärgert hatte, verkündete sie: «Ich hoffe nur, wenn du einmal eine Tochter hast, daß sie dann genauso ist wie du, störrisch und eigensinnig und unmöglich.» Ich dachte, der Fluch meiner Mutter mußte sich erfüllt haben, weil Arden schon immer all das gewesen war.

Ich setzte mich auf einen alten Korbstuhl mit einer kaputten Armlehne und stellte mich auf eine längere Wartezeit ein. Währenddessen spielte ich mit ihnen, ließ ich für Billy die Rassel ertönen, zeigte ich Arden ein Vögelchen draußen auf einem kahlen Ast, fragte ich sie, ob sie Lust hätte, backe, backe Kuchen zu spielen oder sonst etwas. Aber sie beäugte mich nur mißtrauisch, wie Eva die Schlange betrachtet haben mußte, und Billy sabberte selbstvergessen vor sich hin. Ich hielt es zehn oder fünfzehn Minuten lang aus. Die Füße wurden mir allmählich kalt. Dann redete ich ihr noch einmal zu.

«Nun komm, Schätzchen, zeig mir, daß du mit der Rassel spielen kannst.» Als ich das sagte, mußte ich an Dr. MacVeaney denken, und ich haßte mich selbst. Aber Arden war schlauer als ich damals. Sie stürzte zum Hintereingang, riß die Doppeltür auf, drehte sich zu mir um, und während sie die Zähne zu einer breiten Grimasse entblößte, fing sie laut und ausdauernd an zu kreischen.

Ich schoß ein großartiges Foto, wenn auch nicht dasjenige, das ich im Sinn gehabt hatte.

Allerdings war es kein Bild, das anderen Müttern gefallen würde.

Um solche Bilder zu machen, mußte ich warten, bis der Sommer kam, ich mit den Kindern nach draußen gehen und mich im Park mit ständig schußbereiter Kamera ins Gras legen konnte. Aufnahmen zu stellen klappte nicht. Aber schließlich hatte ich eine Sammlung von Schnappschüssen beieinander, die jede Mutter in meiner Nachbarschaft mit Neid erfüllen mußte.

Ich knipste Arden mit einem Schmetterling. Ich hatte sie fein angezogen, mit einem gesmokten Kleidchen, das meine Mutter für sie genäht hatte. Normalerweise zog ich ihr nie solche Sachen an, weil ich Waschen haßte und Bügeln noch mehr, aber ich besann mich auf mein großes Verhaben und setzte Prioritäten. Ich war an dem Tag mit den Kindern bei meiner Mutter. Sie hatte einen hübschen Garten mit drei großen Blumenbeeten und viel Rasen und den alten Holzstühlen, die mein Vater vor Jahren gebaut hatte und die immer noch so stabil waren wie damals. Er strich sie jedes Jahr wieder an, so daß sie wie neu aussahen. Meine Mutter und ich saßen draußen und tranken Eistee, und die Kinder liefen im Garten umher. Ich hielt ab und zu die Kamera vors Auge und ließ sie dann wieder sinken, damit sie die Befangenheit verloren, und da geschah es. Ein Schmetterling landete auf einer Zinnie. Arden stand genau daneben: die kleinen Ärmchen steif wie Flügel zur Seite gestreckt und den ganzen Körper begierig dem Schmetterling entgegengebeugt, das Gesicht voller Ehrfurcht, Staunen und Sehnen, und ich knipste sie, erwischte sie genau im richtigen Moment.

Ein andermal war Billy gerade, wie so häufig, auf seinem Hinterteil gelandet, und er schaute völlig verblüfft drein, und ich fing diesen Augenblick ein. Und dann, ganz plötzlich, lief Arden zu ihm und streckte ihm die Hand hin, um ihm aufzuhelfen und sagte: «Nicht weinen, Billy», obgleich er gar nicht weinte, aber mir kamen fast die Tränen, und ich bannte auch das auf den Film. Eine Geste echter Geschwisterliebe! Ich wußte, jede Mutter in der Nachbarschaft würde nach so einem Bild lechzen.

Als ich genügend Bilder beisammen hatte, fing ich an, sie herumzuzeigen. Ich kannte die meisten jungen Frauen in der Nachbarschaft – wir begegneten uns immer, wenn wir mit unseren Kinderwagen straßauf, straßab unterwegs waren. Und manchmal trank ich mit der einen oder anderen von ihnen Kaffee. Wir waren alle arm, wir brauchten uns voreinander nicht zu schämen. Trotzdem gab es soziale Unterschiede – der eine Ehemann studierte Jura, der andere leistete seine Assistenzzeit im Krankenhaus ab: wir wußten, wer aufstrebte und wer nicht – zumindest glaubten wir das, die Realität wirft ja oft die Klischeevorstellungen über den Haufen. Jedes Quentchen Bildung zählte: Die Frauen, die ein Jahr auf dem College gewesen waren, fühlten sich denen überlegen, die nur die High School abgeschlossen hatten, und die unter uns, die vorher Grundschullehrerin gewesen war, neigte dazu, uns zu behandeln, als seien wir allesamt in der zweiten Klasse.

Ich kümmerte mich natürlich überhaupt nicht um solche snobistischen Abgrenzungen. Ich «stand darüber». Mein Lebensstil war nur eine Tarnung, und ich wußte, eines Tages würde ich meine Staffelei wieder hervorholen, mir ein paar frische Farben besorgen und wieder loslegen. In der Zwischenzeit amüsierte ich mich mit der Fotografie.

Genau wie ich erwartet hatte, beneideten sie mich alle um meine himmlischen Fotos, und alle hätten von ihren Kindern auch gern solche Bilder gehabt. Keine von ihnen hatte Geld übrig, und so blieb es eine Zeitlang bei Neid und Bewunderung am Kaffeetisch. Aber eines Tages entfuhr es dann Milly Cooper, der gutherzigsten und offensten von allen Frauen aus unserer Straße, in ihrem Nova Scotia-Akzent: «Ich wünschte, Sie würden *meine* Kinder auch einmal knipsen!»

Das war mein Stichwort. Ich schwieg einen Moment, dachte nach und bot dann zögernd an: «Nun ja, das könnte ich wohl...»

«Oh, Stahs, würden Sie das tun? Ich wäre Ihnen ja so dankbar!»

Ich tat, als machte ich mir zum erstenmal Gedanken darüber. «Wenn Sie die Kosten für den Film und das Entwickeln...»

«Aber natürlich!»

«Wir bräuchten zwei Filme, damit in jedem Fall ein paar gute Bilder...»

«Ach. Aber natürlich. In Ordnung. Ganz wie Sie meinen.»

«Und für den Zeitaufwand würde ich einfach noch einmal den Preis für zwei Filme berechnen. Ist das ein Angebot?»

Sie war Feuer und Flamme und wollte sofort zu dem Laden gehen, wo es Billigfilme gab. Das mußte ich abbiegen, aber es gelang mir, den Schlag zu dämpfen, indem ich ihr erklärte, mein Honorar würde sich am Preis für Schwarzweißfilme bemessen, die billiger waren als Farbfilme. Ich weiß nicht mehr, was das Ganze kostete, wohl so etwa 10 Dollar, wesentlich weniger als ein professioneller

Fotograf verlangt hätte. Nach Milly schlugen dann auch bald die anderen, ganz wie erwartet, zu den gleichen Bedingungen zu. Ich hatte Arbeit für Monate im voraus, weil die Frauen in der Nachbarschaft natürlich alle Freundinnen, Schwestern, Schwägerinnen und Cousinen hatten, die woanders wohnten, es ebenfalls weitererzählten und so fort.

Ich hatte damals nicht die leiseste Ahnung, daß mein «Hobby» der Beginn einer beruflichen Laufbahn sein sollte. Ich tat es für ein Nadelgeld – Filmgeld, besser gesagt. Es kostete mich enorm viel Zeit. Wir – die betreffende Frau, ihre Kinder und ich mit meinen Kindern – trafen uns in der jeweiligen Wohnung oder im Park. Ich fotografierte lieber draußen, aber in ein paar Monaten würde es mit dem schönen Wetter vorbei sein. Ich knipste kleine Kinder nicht gern mit dem Blitzlicht, und richtige Studiolampen konnte ich mir nicht leisten. Deshalb fotografierte ich fast täglich, und manchmal sogar zweimal am Tag. Ich versuchte, so viele Filme wie möglich für den Winter zu horten, um dann, so dachte ich, für mich selbst weiterzuarbeiten.

Wir saßen – weil ich den Müttern erklärte, daß dies das einzig mögliche Verfahren sei – mit Kaffee oder einer Thermoskanne voll kalter Limonade und Decken und Spielsachen ausgerüstet da und warteten. Ich verknipste zwei Sechsunddreißigerfilme im Laufe des Nachmittags, und da ich sehr geduldig war, kamen immer mindestens vierundzwanzig köstliche Bilder dabei heraus. Es waren Schnappschüsse von Babys, denen gerade die Augen zufielen, die beim Aufwachen ihre Mütter erblickten, die sich die Augen rieben oder auch weinten – allesamt so niedlich wie nur möglich, das Richtige, um jedes Mutterherz dahinschmelzen zu lassen.

Innerlich rümpfte ich ein bißchen die Nase über meine Tätigkeit, so als wäre sie – unwürdig. Ich war eben männlich erzogen. Damit meine ich, ich hatte gelernt, das zu achten, was die Philosophen, Schriftsteller und Historiker, die ich gelesen hatte, ihrerseits achteten. Ich war als junges Mädchen die Ernsthaftigkeit in Person gewesen, und ich wußte, daß dieser ganze Frauen-Kinder-und-Hausarbeits-Kram oberflächlich und geistlos, ja verachtenswert war. Ich kannte keinen Philosophen, der Frauen ernst nahm. Wie Frauen über das Leben im allgemeinen oder über ihr eigenes im besonderen dachten, schien niemanden zu interessieren.

Aber hier war ich nun Tag für Tag mit all diesen Frauen zusammen, und ich konnte nicht umhin, ihr unausgesprochenes Leiden, ihre Ängste, ihre Not zu bemerken. Nichts in unserem Umfeld deutete damals darauf hin, daß Frauen solche Gefühle haben könnten oder daß sie überhaupt irgend etwas beschäftigte, was über ihre Kinder, ihren Mann, ihren Haushalt und ihre Nachbarinnen hinausging. Und die Frauen, die ich kannte, hätten es als ungehörig empfunden, sich über derartiges auch nur zu äußern. Dennoch sikkerten diese Gefühle durch, entwichen sie wie Dampf, drangen sie trotz aller Vorsicht nach außen, und was ich nicht hören konnte, das sah ich.

Denn oft genug erwischte ich, wenn ich die Kamera auf eine Szene richtete, die einen reizenden Schnappschuß von Johnny beim Essen eines Plätzchens verhieß, statt dessen Klein-Johnny, wie er Mommy eins aufs Auge gab, und die Wut, die in dem Moment ihr Gesicht verdüsterte. Oder Mommy legte gerade Babylein auf einer hübschen rosa Decke in Positur, die sie extra für diesen Anlaß gewaschen und getrocknet hatte, und Babylein, nackt wie es war, beschloß, sich zu erleichtern: das Bild zeigte dann Babyleins rotes angestrengtes Gesicht, einen senffarbenen Fleck auf der Decke und Mommys Frustration. Was ich schließlich in Händen hatte, war eine vollständige Dokumentation des emotionalen Beziehungsgeflechts zwischen Müttern und kleinen Kindern, des ganzen Ärgers und der Verzweiflung und der Frustration und des Überdrusses ebenso wie des Entzückens und der Zärtlichkeit. Auf einem Foto erscheint immer alles in übersteigerter Form: ein einzelner Moment, aus dem Fluß der zum Ausdruck kommenden Gefühle herausgelöst und eingefroren, wirkt immer intensiver und bedeutsamer, als er es in Wirklichkeit ist. Wenn Baby ankommt und seine Händchen an Mommys frischer, eigens für das Fotounternehmen gewaschener weißer Bluse abwischt und dabei schmierige Schokoladenspuren von seinem Keks zurückläßt und sie dann die Schweinerei sieht, wird ihr Gesicht Bestürzung, Zorn, Amüsiertheit und Verzeihen spiegeln, und zwar alles innerhalb einer einzigen Minute. Ich mit meiner Kamera werde aber nur ein oder zwei Momente dieses Mienenspiels einfangen – etwa den Zorn und vielleicht noch die traurigen letzten Ausläufer des Verzeihens.

Ich zeigte den Frauen die «negativen» Fotos nie. Solche Bilder wurden nicht gewünscht. Trotzdem behielt ich sie. Ich weiß nicht warum. Ich konnte nichts damit anfangen. Wer wollte schon Aufnahmen von zornigen Müttern? Und außerdem waren die Fotos in Farbe. Wer hätte damals gedacht, daß genau diese Art Bilder schließlich meine Karriere begründen würden? Wenn ich heutzutage einen Auftrag bekomme, geht es dabei immer um irgendwelche Fotoserien über Frauen und Kinder – obgleich ich meine professionelle Arbeit als Action-Fotografin begonnen und gute Sachen gerade an Kriegsschauplätzen gemacht habe. Heute habe ich bei meinen Reisen oft mit den jeweiligen Unicef-Vertretungen zu tun, sei es wegen Kontakten oder wegen anderer Formen der Unterstützung, und sooft ich ein Unicef-Hauptquartier betrete, sehe ich sie überall hängen: riesige Vergrößerungen von indischen, tunesischen oder malayischen Frauen, die ihre Babys zärtlich im Arm halten und liebevoll betrachten. Dann kann ich nur den Kopf schütteln, weil man kaum je erlebt, daß eine arme Mutter ihr Kind so behandelt. Man sieht immer nur körperlich verschlissene junge Mütter, selbst schon halbe Leichname, mit Babys, die so reglos auf ihrem Schoß liegen, daß man denken könnte, sie seien tot; man sieht Frauen mit leeren Augen auf ihre Kinder blicken, die in Lumpen herumlaufen und am ganzen Körper mit Schwären bedeckt sind und genauso mager sind wie ihre Mütter. Menschen, die immer nur hungrig, erschöpft und ohne Hoffnung sind, haben einen Blick, der nicht auf diese Welt gerichtet ist, und keine Kraft für Gesten der Liebe. Die Liebe ist vorhanden: die Frauen geben den Kindern in selbstloser Weise, was immer sie an Eßbarem haben. Aber sie drückt sich nicht in liebevollen Gebärden aus.

Heute denke ich – und ahnungsweise muß ich wohl auch damals, 1951, schon so empfunden haben –, daß die Beziehung zwischen Müttern und ihren Kindern vielleicht das Fundamentalste und Wichtigste überhaupt auf dieser Welt ist. Wenn dieses Thema von der Philosophie bislang ausgeklammert wurde, so spricht das nur gegen die Philosophie. Im Jahr 1951 beschäftigten sich Heerscharen von Psychologen mit dem Mutter-Kind-Verhältnis, aber vor allem mit dem Ziel, die Mütter für alles verantwortlich zu machen, was bei Kindern fehlgeschlagen war. Mir war damals – und ist bis heute – niemand bekannt, der ernsthaft untersucht hätte, was es für eine Frau heißt, ein Kind zu bekommen und sich der Aufgabe zu widmen, es großzuziehen, oder der erforschen würde, was denn nun das Wesen dieser so tiefen Bindung zwischen Kind und Mutter ist. Wenn Leute über Bindungen schreiben, dann um anderen zu erklären, sie sollen sie sprengen. In primitiven Gesellschaften ist es jedoch oft so, daß die Mütter ihre Kinder sanft und liebevoll aufziehen und die Töchter bei den Müttern bleiben und selbst Kinder bekommen und es kaum Konflikte gibt. Keiner wirft diesen Töchtern vor, sie hätten es nicht geschafft, sich zu lösen und reife Menschen zu werden. In unserer Welt wird von uns gefordert, daß wir uns von allen Bindungen befreien und unabhängig werden.

Ich will mich hier nicht selbst beweihräuchern. Ich dachte damals, als ich diese Aufnahmen machte, nicht in hochfliegenden theoretischen Kategorien. Ich dachte mir überhaupt nichts. Ich machte die Fotos, weil ich nicht anders konnte. Ich fragte mich oft selbst, wenn ich den Stapel all dieser Bilder von Wut und tränenfeuchter Frustration in meiner Schreibtischschublade immer größer werden sah, ob ich vielleicht versuchte, mich selbst über Wasser zu halten. Weil *ich* natürlich nie Wut auf meine Kinder fühlte. Bei mir entwich kein Dampf über die Stimme, sickerte nichts durch die Augen nach draußen. Genau wie meine Mutter wurde ich niemals laut. Aber vielleicht gab es ja doch unter dieser «penetranten Fröhlichkeit», die Brad, wie er mir später erklärte, wahnsinnig machte, andere negative Gefühle, die ich vor mir selbst verbarg. Vielleicht war das Fotografieren anderer Frauen, bei denen Gefühle zum Ausdruck kamen, die sie eigentlich nicht haben sollten, für mich eine Form, mit etwas umzugehen, wovon ich nicht wahrhaben wollte, daß ich es fühlte.

Jedenfalls war ich ganz davon besessen, dieser Arbeit nachzugehen, und ich wurde immer besser darin. Weil ich nach einer Weile schließlich gelernt hatte, unter welchen Bedingungen kleine Kinder sich entspannen – wann ein Baby ganz einfach zu müde war und erst einmal ein kleines Schläfchen brauchte. Mir brachten diese Nachmittage nicht nur die paar Dollar, die ich dabei verdiente, sondern vor allem viel Spaß. Natürlich war mir klar, daß beim Kaffeeklatsch zu sitzen Zeitverschwendung war, eine törichte Beschäftigung, und daß unsere Gespräche sich ganz überwiegend um triviale Dinge drehten. Aber gerade diese Trivialitäten erschienen mir mit der Zeit sehr wichtig, da jede Kleinigkeit, die uns beschäftigte, in Wirklichkeit auf einen weit umfassenderen Zusammenhang hindeutete. Die meiste Zeit erzählten wir Anekdoten, machten wir komische Geschichten aus unserem Leben. Was wir am meisten genossen, waren Geschichten über Schwiegermütter, die in alles ihre

Nase steckten (wobei mein Beitrag über das spermabefleckte Bettlaken keinerlei Lachen hervorrief, sondern nur betretenes Schweigen). Ich hörte von überlaufenden Waschmaschinen, gewaltig quellendem Reis, der schließlich das ganze Ausgußbecken verstopfte, Dampftopfexplosionen, vollgelaufenen Kellern. Es ging dabei immer um Phänomene, die über ihre Grenzen hinweg ausuferten, wie Schwiegermütter (damals), wie Kinder, wie Haushaltsgeräte, wie wir selbst, deren Körper über sich hinausgewuchert waren, um diese Engel-Teufel hervorzubringen, die uns tyrannisierten und unser Leben bestimmten.

Nach diesen Nachmittagen kam ich beschwingter denn je zuvor nach Hause. Ich hatte bald genug Geld verdient, um mir die nötige Ausrüstung anzuschaffen, damit ich selbst entwickeln und Abzüge machen konnte. Nach einem solchen Treffen war es stets mein einziger Gedanke, den Film zu entwickeln, um sehen zu können, was ich eingefangen hatte. Ich pflegte dann die Kinder unter Schieben, Scherzen und Lachen nach Hause zu manövrieren, in die Badewanne und an ihr Abendbrot (das, wie ich beschämt gestehen muß, die Hälfte der Zeit aus heißen Würstchen bestand). Für Brad und mich schob ich eilig ein paar Tiefkühlpackungen in den Ofen. Was ich in der Zeit eigentlich tat, war Denken, Denken, Denken. Ich würde die eine Aufnahme vergrößern, von der anderen nur einen Ausschnitt nehmen. Ich war im Geist fast nur damit beschäftigt, über die Abzüge nachzudenken, die ich in der betreffenden Woche bereits gemacht hatte, und darauf zu warten, daß endlich alle ins Bett gingen, damit ich mich ins Bad einschließen und meine Dunkelkammerausrüstung aufbauen konnte.

Manchmal gab es Ärger. Eines Abends fing Billy an zu weinen, als ich gerade mitten in einer heiklen Arbeitsphase war und unmöglich die Badezimmertür aufmachen konnte. Es war spät, schon nach Mitternacht, und ich wußte, Billy würde Brad aufwecken, aber ich dachte, zum Teufel, soll er doch auch einmal aufstehen. Brad war gar nicht entzückt, als er merkte, daß ich nicht auf Billys Schreien reagierte, und kurz darauf hämmerte er gegen die Badezimmertür.

«Mach auf! Billy hat gespuckt!» brüllte er ärgerlich.

«Ich kann jetzt nicht aufmachen, Brad», rief ich entschuldigend. «Kannst du ihn nicht saubermachen? Geh an die Spüle.»

«SCHEISSE!» war seine Antwort. Ich hörte ihn barfuß den Flur entlangtappen.

Es dauerte noch fünfzehn Minuten, ehe ich die Tür aufmachen und nach dem Rechten sehen konnte. Ich linste in unser Schlafzimmer: Brad lag im Bett und schnarchte. Ich schaute ins Kinderzimmer. Billy lag mitten in seinem Bettchen auf einer sauberen Stelle des Kotzlakens. Brad hatte ihm das Gesicht abgewischt – und damit hatte es sich. Ich nahm ihn hoch, er greinte und wollte auf den Arm genommen und getröstet werden. Ich brachte ihn in die Küche – über der Badewanne hingen Abzüge – und setzte ihn auf die Kante der Spüle, nachdem ich das Abendessensgeschirr, das ich nach dem Abwaschen zum Trocknen hatte stehen lassen, zur Seite geschoben hatte, und zog ihn aus. Sein kleiner Schlafanzug stank und war verkrustet von Erbrochenem, seine Haare waren verklebt. Ich sprach sanft auf ihn ein und wusch ihn mit warmem Wasser und Seife ab, und er schmiegte sich beruhigt an mich.

Nachdem ich ihn gesäubert hatte, trug ich ihn zurück in sein Zimmer. Um einen sauberen Schlafanzug und ein sauberes Bettlaken zu finden, mußte ich das Licht anmachen, obwohl ich wußte, daß Arden davon wach werden und ich in dieser Nacht wenig Schlaf finden würde. Ich bezog Billys Bettchen neu, während ich weiter mit ihm sprach, und versuchte herauszufinden, ob sein Bauch noch immer in Aufruhr war oder ob es ihm wieder besser ging – ein schwieriges Unterfangen, weil er noch nicht sprechen konnte. Es schien ihm aber wieder gut zu gehen, und ich legte ihn in sein frisches Bett, nahm das verschmutzte Bettzeug an mich und deckte ihn mit einer Jacke von mir zu, weil ich keine weitere Decke mehr hatte. Mittlerweile saß Arden senkrecht im Bett und fragte mich, was los sei, warum Daddy gebrüllt hatte und warum Mommy im Badezimmer eingesperrt gewesen war. Sie wollte partout nicht wieder einschlafen. Ich ließ sie also aufstehen, löschte das Licht, damit Billy schlafen konnte, und nahm sie mit mir in die Küche, wo ich ihr Kekse und Milch gab, während ich darauf wartete, daß meine Abzüge trockneten. Wir diskutierten über das Fotografieren und was es für Daddy bedeutete. Arden klärte mich darüber auf, daß Daddy es nicht mochte, daß ich fotografierte. Ich weiß nicht, wie sie das spitzbekommen hatte, denn ich hatte davon nichts mitgekriegt. Aber wie sich herausstellte, hatte sie recht.

Ich hatte gedacht, Brad fände es gut, daß ich dieses von ihm so genannte «Hobby» betrieb. Er hatte ein paar vergrößerte und gerahmte Aufnahmen von mir in seinem Büro aufgehängt – das Bild von Arden mit dem Schmetterling und das, auf dem sie Billy die Hand hinstreckt, um ihm aufzuhelfen, und noch ein anderes, eine Nahaufnahme von Arden, auf der die Sonne durch ihr Haar strahlt. An Fotos von Billy schien er kein Interesse zu haben. Er beschwerte sich darüber, wie ich den Haushalt führte und was ich auf den Tisch brachte, aber das hatte er auch schon getan, ehe ich mit dem Fotografieren begonnen hatte. Deshalb war ich in keiner Weise auf die Explosion gefaßt, zu der es am nächsten Tag kam.

Ich löste sie selbst aus, beim Frühstück, der einzigen Mahlzeit, für die ich eigenhändig kochte. Er aß Eier, gebratene Wurst und Muffins mit Weichkäse, und ich trank Kaffee. Die Kinder hatten schon gefrühstückt und spielten, noch im Schlafanzug, im Wohnzimmer. Ich schloß die Küchentür. Ich sagte leise, damit die Kinder es nicht hören konnten: «Brad, was du da heute nacht gemacht hast, war wirklich das letzte – einfach den Kleinen im verkotzten Schlafanzug auf einem verkotzten Bettlaken liegen zu lassen!»

Er pfefferte die Gabel hin. «Was *ich* gemacht habe, war das letzte! Und du, was hast du gemacht? Was ist das für eine Mutter, die nicht hingeht, wenn ihr Kind nachts schreit? Die nicht mal aus dem verdammten Bad herauskommt, obgleich es ihm schlecht geht? Du und deine gottverdammte Fotografiererei! Was glaubst du eigentlich, wer du bist? Du bist eine idiotische Hausfrau, die sich ein bißchen Taschengeld verdient, indem sie idiotische Fotos von idiotischen Babys und ihren idiotischen Müttern macht! Und *das* ist dir wichtiger als dein eigenes Kind! Was bist du überhaupt für eine Mutter! Ich will es dir sagen! Gar keine Mutter! Du bist immer noch ein verwöhntes Gör, das sich weigert, erwachsen zu werden und seiner Verantwortung nachzukommen! Das seinen Kindern praktisch jeden Abend heiße Würstchen vorsetzt! Und wenn mir noch einmal dieser Tiefkühlfraß unter die Augen kommt, dann kotze ich! Ich wünsche, daß diese ganze Fotoausrüstung, dieses ganze verdammte Dunkelkammerzeug, deine Kamera und überhaupt alles aus diesem Haus verschwunden ist, wenn ich heute abend nach Hause komme! Ich will es nicht mehr sehen. Ich will nicht mehr gegen irgendwelche Wäscheleinen voller Abzüge rennen, ich will das Wort ‹fotografieren› nie wieder hören! Habe ich mich klar ausgedrückt?»

Mein Gesicht fühlte sich an, als herrschten 45 Grad, und mein Herz klopfte hektisch. Wenn er sich diesen letzten kategorischen Befehl verkniffen hätte, wäre ich in Bedrängnis geraten. Ich hätte nicht gewußt, was ich darauf sagen sollte. Ich wußte, es war meine Aufgabe, das Haus sauberzuhalten und anständige Mahlzeiten auf den Tisch zu bringen. Ich konnte es einfach nicht ertragen, das alles zu tun, aber ich hatte ein schlechtes Gewissen deswegen. Mit seiner Anweisung, daß ich meine Fotoausrüstung verschwinden lassen sollte, hatte er dagegen die Grenzen des Berechtigten oder zumindest zu Rechtfertigenden überschritten, und zwar ins Diktatorische. Ich erhob mich.

«Wie kannst du es wagen!» wisperte ich, und ich sah, wie mein Flüsterton ihm durch Mark und Bein drang. «Wie zum Teufel kannst du es wagen, so mit mir zu reden? Was glaubst du denn, wer *du* bist? Wenn du dein ganzes idiotisches Leben mit einem idiotischen Job wie dem Immobilienhandel vergeuden und dich dabei vierundzwanzig Stunden am Tag total in Zahlen und Dollar versenken willst, dann kannst du das meinetwegen tun. Aber bilde dir ja nicht auch nur eine Minute lang ein, du könntest mir diktieren, wie mein Leben auszusehen hat!»

Mittlerweile war er ebenfalls aufgestanden. «Was ich glaube, wer ich bin? Der Brötchenverdiener dieser Familie! Ich verdiene das Geld, das dein idiotisches Hobby finanziert, und ich habe das Recht, dir zu befehlen, damit aufzuhören!»

«Du verdienst vielleicht das Geld, aber ich mache alles andere», konterte ich unerschrocken. «Ich wasche und bügle deine verdammten Hemden, genau wie meine verdammte Mutter. Ich schrubbe die Fußböden und koche das Essen und ziehe *deine* Kinder groß...»

Ich wußte in dem Moment, in dem es mir entschlüpft war, daß ich einen taktischen Fehler gemacht hatte.

«*Meine* Kinder! Das wagst du zu sagen! Wer zum Teufel hat sie denn beim Klapperstorch geordert? Das möchte ich wirklich wissen. Ich bestimmt nicht. Du hast mein Leben ruiniert, mich in die Ehe und in diesen Beruf gezwungen, und ob es dir paßt oder nicht, Lady, du mußt die Suppe auslöffeln, die du dir eingebrockt hast! *Ich* muß es schließlich auch!»

Er brüllte jetzt, und ich war nur dankbar, daß die Kinder noch nicht verstehen konnten, daß er seine Vaterschaft leugnete. Wenn sie ihn schon hörten, was sie zwangsläufig mußten. Er knallte die Küchentür zu, stürmte den Flur entlang, nahm seinen Mantel und verließ wiederum türknallend die Wohnung.

Ich sank auf meinen Stuhl zurück. Meine Hände waren so zittrig, daß ich sie beide brauchte, um meinen Becher mit Kaffee zum Mund zu führen, und selbst so kleckerte ich noch Kaffee auf mein Bein. Er war heiß, und ich schrie auf, weil es so gemein brannte, weil alles so schrecklich weh tat. Und die Kinder hörten mich schreien und kamen angelaufen, um nachzuschauen, was los war. Ich erklärte ihnen, daß ich meinen Kaffee verschüttet hatte, aber Arden sah mich mit einem plötzlich weisen kleinen Gesichtchen an, als wäre sie fünfzig und nicht zweieinhalb, und korrigierte mich: Ich hatte Schimpfe bekommen, sagte sie, weil Daddy es nicht mochte, wie ich die Suppe löffelte.

Ich hatte für den gleichen Tag einen Fototermin verabredet, aber ich rief an und sagte mit der Ausrede ab, daß ich die Grippe hätte. So wie meine Stimme nach dem ganzen Geschrei klang, war diese Lüge sehr glaubhaft. Wir machten einen Termin für die folgende Woche aus. Danach brach ich total zusammen. Ich konnte mich nicht rühren. Ich ließ die Kinder im Wohnzimmer spielen; sie merkten, daß sie freie Bahn hatten und tobten, noch immer in ihren Schlafanzügen, überdreht kreischend und lachend durch den engen Flur zu den Schlafzimmern und wieder zurück.

Ich saß am Küchentisch, trank Kaffee und rauchte. Ich versuchte nachzudenken, es fiel mir schwer, weil ich mich so mühsam beherrschen mußte, um nicht zu weinen. Ich wollte nicht, daß die Kinder mich weinen sahen. Ich wollte nicht weinen. Ich wollte nicht so verletzlich sein, daß ich weinen mußte. Ich war es aber. Plötzlich brachen meine früheren Gefühle für den früheren Brad über mich herein wie eine riesige Welle, die einen, während man in der knietiefen Brandung steht, von hinten überrascht und umwirft. Ich erinnerte mich, ich erinnerte mich genau an alles. Und ich wollte mich nicht erinnern. Ich wollte nicht das, was früher einmal zwischen uns gewesen war, gegen das aufwiegen, was jetzt zwischen uns war. Und vor allem wollte ich nicht darüber *nachdenken*, was aus unser beider Leben geworden war.

Das Allerwichtigste war, nicht über das nachzudenken, was wir beide eben gesagt hatten. Denn ich konnte mir nicht vorstellen, wie wir, nachdem wir einander so beschimpft hatten, noch weiter zusammenleben könnten. Und ich wußte nicht, wie ich es schaffen sollte, mich von ihm zu trennen. Ich wollte es: ich wollte am liebsten unsere Sachen zusammenpacken, mit den Kindern aus der Wohnung marschieren und nie wieder zurückkehren. Aber wie sollte das gehen? Ich hatte – wie meine Überprüfung ergab – 11 Dollar und 38 Cent in meiner Brieftasche, und auf unserem Girokonto befanden sich 145,68 Dollar. (Brad besaß daneben noch ein Geschäftskonto – was ich damals aber nicht wußte.) Selbst wenn ich das ganze Geld abhob, würde ich damit nicht weit kommen. Und womit sollte ich ausziehen? Mit dem Kinderwagen? Ich hatte kein Auto.

Alles was ich hatte, war eine Mutter.

Ich rief sie an und bemühte mich, meine Stimme unbeschwert klingen zu lassen. Mom war erfreut: seit ich fotografierte, hatte sie mich nicht mehr oft zu Gesicht bekommen. Ja, sie würde gern vorbeikommen und mich und die Kinder für den Tag zu sich holen. Eine großartige Idee.

Nachdem ich eingehängt hatte, sprang ich auf, um uns fertigzumachen, und als sie kam, war ich soweit. Ich sagte ihr zunächst nichts davon, was passiert war. Wir fuhren zu ihr nach Hause und aßen zu Mittag, und die Kinder hielten ihr Mittagsschläfchen, und wir spielten Halma und schwatzten über belanglose Dinge. Anschließend machten wir uns einen Drink, die Kinder wachten auf, und ich brachte sie zum Spielen in den Garten. Und dann erklärte ich ihr mit zittriger Stimme, daß Brad und ich nicht mehr miteinander auskämen, daß er unverzeihliche Dinge gesagt und angedeutet hätte, die Kinder seien nicht von ihm. Ich könnte mir nicht vorstellen, wie ich weiter mit ihm zusammenleben sollte.

Wir saßen auf der Veranda, beide rauchend und Scotch mit Wasser trinkend.

Nachdem ich ihr erzählt hatte, wie es zwischen Brad und mir stand, schwieg sie zuerst ein Weilchen. Schließlich sagte sie: «Ich habe ihn nie für einen zuverlässigen Menschen gehalten.»

«Davon hast du nie etwas gesagt.»

Sie meinte achselzuckend: «Wenn du dir etwas in den Kopf gesetzt hast, Anastasia ... und außerdem, was blieb dir schon anderes übrig, als ihn zu heiraten?»

Dazu sagte ich nichts, weil meine Gedanken zu dem anderen Brad zurückwanderten.

«Was willst du jetzt tun?» fragte sie.

«Ich dachte, ich könnte wieder zu Jim Minetta gehen ... er würde mir bestimmt eine eigene Ecke in seinem Geschäft einräumen, da bin ich mir sicher. Ich könnte dann halbtags für ihn arbeiten und in der übrigen Zeit weiter Kinderfotos machen, wie jetzt auch. Nur würde ich dann ein bißchen mehr berechnen.»

«Wieviel könntest du auf die Weise schon verdienen?» Ihr Ton war pessimistisch. «Doch niemals genug, daß es für dich und die Kinder reichen würde.»

«Schon möglich.» Ich ließ meine Stimme zögernd verklingen und wartete.

Sie hörte, was ich nicht aussprach. «Ich nehme an, du würdest gern wieder hierherziehen.»

Ich fühlte mich nicht ermutigt. Es klang zu ablehnend.

Sie nippte an ihrem Scotch. «Aber weißt du, ich habe meine Kinder großgezogen und damit meine Pflicht getan. Ich bin müde.»

Ich fühlte mich brutal abgewiesen, spürte förmlich den kalten Luftzug, während mir die Tür vor der Nase zugeknallt wurde; aber ich fühlte auch, wie berechtigt ihre Haltung war. Sie hatte es einmal hinter sich gebracht, und einmal ist genug.

«Weißt du, es wäre ja nur für ein, zwei Jahre, bis ich auf die Füße gekommen bin», sagte ich, so leichthin wie möglich, weil ich nicht wollte, daß es klang, als flehte ich sie an.

«Aber vor allem geht es nicht wegen Dad», fuhr sie fort, als hätte ich nichts gesagt. «Ich kann unmöglich von Dad verlangen, daß er das auf sich nimmt. Du weißt doch, wie er zu Kindern steht, wie er zu euch war. Ich kann nicht von ihm verlangen, daß er noch einmal mit kleinen Kindern unter einem Dach lebt.»

Und damit war die Sache entschieden. Ich wußte, meinem Vater würde es nicht recht sein, wieder kleine Kinder im Haus zu haben: Ihr Lärm und ihre Unordnung schienen für ihn etwas Beängstigendes zu sein, er war immer brummelig und fühlte sich sichtlich unwohl, wenn meine Kinder in der Nähe waren. Er war nervös und angespannt, als könnten sie jede Sekunde zerstörerische Gewalt gegenüber den Möbeln, Teppichen, Wänden und Fensterscheiben entfesseln. Aber ich wußte auch, daß mein Vater in alles einwilligen würde, worum meine Mutter ihn bat – wenn sie mich hätte aufnehmen wollen und auf ihn eingewirkt hätte, dann hätte er es widerstandslos akzeptiert. Zugleich war mir aber auch klar, daß mein Einzug bei ihnen für Mutter bedeutet hätte, jeden Tag einen Teil ihrer Zeit mit Babysitten zuzubringen. Ich konnte die Kinder nicht zur Arbeit mitnehmen. Mutters neugewonnene Freiheit und Muße wäre dahin gewesen. Ich konnte es ihr nicht verübeln, daß sie das nicht wollte. Ich konnte das Ganze von ihrem Standpunkt aus sehen, und wie immer hinderte dies mich daran, es von meiner Warte aus zu betrachten. Ich konnte deshalb überhaupt nicht reagieren. Ich saß einfach nur wie betäubt da. Schließlich gelang es mir, meine Stimme so weit zu kontrollieren, daß sie nicht piepsig klingen würde:

«Macht es dir etwas aus, wenn wir über Nacht bleiben?»

«Natürlich nicht. Hast du Schlafanzüge für die Kinder dabei?»

Ich hatte. Ich hatte genügend Sachen mitgebracht, um eine Woche bleiben zu können, aber davon sagte ich ihr nichts.

Ich brauchte die Kleider nicht. Wir aßen zusammen zu Abend, ich brachte die Kinder oben in meinem alten Zimmer ins Bett, und wir saßen gerade auf der Veranda, meine Eltern und ich, beim Fernsehen, als ziemlich spät, so etwa gegen zehn, Brad auftauchte. Was weiter kein Wunder war. Er wußte ja, daß ich nirgends anders sein konnte. Er saß mit uns da, bis die Elf-Uhr-Nachrichten vorbei waren und meine Eltern sich höflich, fast schon feierlich, entschuldigten.

Als die Geräusche sich öffnender und schließender Türen verstummt waren und das Badezimmerlicht endgültig erloschen, begann Brad, mit ganz leiser Stimme mit mir zu sprechen. Es erinnerte mich daran, wie es vor Jahren gewesen war, bevor wir verheiratet waren.

«Hast du vor, hierzubleiben?»

Mir kam der Gedanke, daß er vielleicht gar nicht realisierte, wie verzweifelt ich war. «Ja.»

«Hör mal, es tut mir leid, daß ich heute morgen so herrisch war. Ich habe mich einfach geärgert.»

«Tatsächlich?» Ich blieb ganz kalt. Es überraschte mich selbst, die Kälte in meiner Stimme zu hören. Ich hatte gar nicht gewußt, daß ich so eisig klingen konnte. «Ich habe darüber nachgedacht, wie es an dem Nachmittag war, als Billy Arden mit dem Zimmermannshobel auf den Kopf gehauen hat, sie eine Platzwunde bis auf den Schädel hatte und ich sie zum Arzt bringen mußte. Ich hatte kein Auto und habe bei dir im Büro angerufen, und du warst gerade weg, um Leuten ein Haus zu zeigen. Betrachtest du das als Versagen in deiner Eigenschaft als Vater?»

«Stahs, da konnte ich doch nichts dafür. Ich habe gar nichts davon gewußt. Ich habe gearbeitet!»

«Und ich habe gestern abend gearbeitet. Dir mag das vielleicht nichtig erscheinen, aber mir ist es wichtig. Und was gestern abend passiert war, war bei weitem nicht so schlimm. Und du warst doch da und hättest dich darum kümmern können, und du Unmensch läßt das Baby einfach in seiner Kotze liegen!»

Er kaute auf der Innenseite seiner Unterlippe herum. Er hatte ein Bier vor sich stehen, hielt jetzt die Flasche hoch und ließ die Hälfte des Inhalts seinen Rachen hinunterlaufen. Ich kapierte nie, wie er das machte, und ich verabscheute es. Es erschien mir obszön, vor allem in diesem Augenblick. Ich war kalt und verärgert und selbst gegen Bemerkungen über meine Kocherei – oder besser Nicht-Kocherei – gewappnet. Aber es kamen keine.

«Die Wohnung erschien mir so leer, als ich heute abend nach Hause kam.»

«Und wann war das? Um halb zehn? Du hast lange genug gebraucht, um zu merken, daß wir weg waren.»

«Nein.» Beschämter Gesichtsausdruck. «Ich war mit Len Watkins zum Essen aus, um über ein Geschäft zu reden.»

Ich schnitt eine spöttische Grimasse. Ich kannte ihn zu gut. «Verstehe. Und natürlich, ohne mich vorher anzurufen, damit ich mir ordentlich Sorgen mache. Stimmt's?»

Keine Antwort.

«Woher hast du überhaupt das Geld, um essen zu gehen? Wir können uns das nie leisten.»

Er wand sich in seinem Sessel und zündete sich eine Zigarette an.

Ich beschloß, meinen Vorteil zu nutzen. «Es mag ja sein, daß dir die Art und Weise, wie wir leben, nicht paßt. Aber ich bin auch nicht gerade begeistert davon. Ich hocke da, meilenweit weg von jeglichen Läden, ohne Auto und mit zwei kleinen Kindern. Ich habe kaum genug Geld zur Verfügung, um über die Woche zu kommen, obwohl du aus diesem Immobiliengeschäft damals ein paar hunderttausend Dollar herausgeschlagen hast...»

«Nein, das stimmt nicht, das habe ich nicht. Die Firma hat das meiste davon kassiert.»

«Wieviel hast du denn bekommen?» Ich ließ jetzt nicht mehr locker. Ich war nie in ihn gedrungen, was Geld anging, ich hatte immer gewollt, daß er sich frei fühlen sollte, als starker Mann und großer Macher.

«Sechzig.»

«Sechzig Dollar?»

Er verzog das Gesicht über meine Dummheit.

«Sechzigtausend, Stahs», berichtigte er mich in ungeduldigem Ton. Er war hin- und hergerissen, das sah ich. Auf der einen Seite wollte er mir nicht sagen, wieviel er verdient hatte, weil ich dann womöglich etwas davon abhaben wollte; auf der anderen Seite wollte er mir gern imponieren.

«Sechzigtausend Dollar!»

Er rieb sich mit der Hand über Gesicht und Mund. «Schau, ich verstehe dich ja. Aber ich habe das meiste dafür verwendet, ein Grundstück in der Nähe der Merrick Road zu kaufen. Dad sagt, es ist eine todsichere Sache, und mein Geld wird sich in ein paar Jahren verdreifacht oder vervierfacht haben.»

«Wie schön», sagte ich tonlos.

Wir saßen schweigend da. Er stand auf, um sich noch ein Bier zu holen, und fragte mich, ob ich auch noch etwas zu trinken haben wollte. Ich wollte zwar, aber ich wollte nicht, daß er es mir holte. Ich wartete, bis er wieder zurückkam und sich hingesetzt hatte, dann stand ich auf und versorgte mich selbst. Ich kam mir dumm und kindisch vor, aber ich konnte nicht anders. Ihn mir etwas zu trinken holen zu lassen, hätte irgendwie ein Nachgeben bedeutet; ich hätte angenommen, daß er etwas für mich tat, und er sollte nicht denken, daß ich noch irgend etwas von ihm wollte.

«Stahs, komm zurück», drängte er schließlich.

«Wohin denn? Zu einem Mann, der nie zu Hause ist, der nichts mit seinen eigenen Kindern zu tun haben will, der sogar andeutet, daß es gar nicht seine...»

«Tut mir leid. Wirklich. Ich war einfach außer mir, ich habe es nicht so gemeint. Ich liebe dich.»

«Ich für mein Teil liebe dich nicht mehr sonderlich.» Ich sagte es, um ihn zu treffen, aber ich merkte mit Erstaunen, daß es tatsächlich stimmte.

«Stahs, ich will es ja in Zukunft besser machen. Ich kaufe dir ein Auto, und ich gebe dir auch mehr Geld. Wir werden zusammen essen gehen. Ich verspreche es dir.»

«Du liebst mich nicht.» Ich hörte mit Entsetzen, wie meine Stimme belegt klang, so wie man spricht, wenn einem die Tränen kommen. Ich wollte nicht das kleinste bißchen Gefühl offenbaren. «Du haßt mich, weil ich nicht kochen kann.»

«Ach, Stahs.» Er hörte mein undeutliches Näseln und wußte, daß er es geschafft hatte. Verdammt noch mal. Er breitete die Arme aus, und als ich mich nicht rührte, kam er zu mir, setzte sich neben mich auf den Boden und legte die Arme um mich. «Ich habe keine Köchin geheiratet, sondern ein mageres, langbeiniges, verrücktes Huhn, eine Künstlerin, eine Bohemienne, eine exzentrische Fotografin.»

Inzwischen heulte ich ungehemmt. «Du hast keine Fotografin geheiratet. Damals war ich Malerin, und ich wäre es immer noch, wenn...»

Ich bestand nicht darauf, diesen Satz zu Ende zu bringen, da es doch nur Lüge war, was ich zwischen den Zähnen hervorbrachte. Er küßte mich, und ich fand mich dabei wieder, wie ich mich auf seinen Kuß einließ.

Und so ging die Sache aus. Ich blieb über Nacht dort, weil ich die Kinder nicht wecken wollte, aber Brad kam früh am nächsten Morgen, um uns abzuholen. Ich ging zu ihm zurück, oder besser, er kaufte mich zurück: darauf lief es in Wahrheit hinaus. Wir sprachen nicht darüber, wie es in uns aussah, was wir gegeneinander hatten, wie wir unser Leben empfanden. Er bot mir mehr Haushaltsgeld, ein Auto und ein Essen außer Haus alle zwei Wochen, und er lieferte alles wie versprochen, bis auf das Auto. Das zog sich hin. Ich bekam zehn Dollar mehr. Als Gegenleistung kramte ich das Kochbuch heraus, das meine Mutter mir zur Hochzeit geschenkt hatte. Ich bemühte mich, richtige Mahlzeiten herzustellen. Das Abendessen wurde zu einer heiklen Angelegenheit, da alle skeptisch zu Tisch kamen, um erst einmal zu prüfen, was für eine Monstrosität ich an diesem Abend zustande gebracht hatte. Die Kinder erklärten oft genug, sie wünschten, es gäbe wieder heiße Würstchen und Hamburger. Der Limabohnenauflauf war unglaublich trocken, und Brad mußte uns Pizza holen. Das Huhn auf orientalische Art schwamm in Ananassaft. Arden schlug vor, wir sollten es besser nicht essen, sondern trinken. Schließlich gestand mir die ganze Familie zu, mich einer Beschäftigung zu enthalten, für die ich so offensichtlich kein Talent hatte. Zu diesem Zeitpunkt war ich jedoch wild entschlossen, meine Bemühungen fortzusetzen.

In unserer Ehe änderte sich sonst nichts. Ich entwickelte weiterhin nachts meine Filme, und als es schließlich wieder passierte, daß Billy aufwachte und Brad gegen die Badezimmertür hämmerte, rief ich ihm zu, er solle Billy in den Ausguß der Küche pinkeln lassen.

Die Antwort war Schweigen, und ich konnte durch die geschlossene Tür das schockierte Entsetzen spüren, das darin schwang. Aber irgendwie machte Billy sein Pipi, und als ich später nach ihm sah, schlief er tief und fest in seinem trockenen Bettchen.

Ich machte meine Fotos wie bisher, nur daß ich ein bißchen mehr für sie verlangte. So konnte ich mir weiteres Dunkelkammerzubehör, eine gebrauchte Rollei und ein Teleobjektiv kaufen. Mein nächstes Ziel war eine Leica für Nah-Porträts. Das Fotografieren absorbierte mich völlig, und wenn ich auch nie so etwas sagte wie: «Ich bin Fotografin», stand doch für mich fest, daß ich es war.

Im Zuge dieses Streits und seiner scheinbaren Beilegung passierte aber etwas Schlimmes mit mir. Ich merkte es, aber ich empfand es damals nicht als negativ. Ich hielt es für normal und ein Zeichen von Reife; ich dachte, ich machte jetzt endlich Schluß mit dem Kinderkram und würde ein Mann, will sagen, eine Frau, ein erwachsener Mensch eben. Es betraf die Art und Weise, wie ich die Liebe sah und die Beziehung zwischen Ehemann und Ehefrau. Ich merkte, daß ich bei unserer Auseinandersetzung im Grunde ein Machtspiel gespielt hatte, eine Stärke zur Schau getragen hatte, die ich gar nicht besaß, materielle Zugeständnisse als Zeichen des Sieges akzeptiert hatte. In mir verhärtete sich etwas. Ich fing an, Brad so zu sehen, wie er sich selbst sah, als unseren Ernährer, oder, um es krasser auszudrükken, als unseren Geldautomaten, unser notwendiges Übel. Erst jetzt – und das ist mehr als fünfundzwanzig Jahre später – begreife ich wirklich, was in jener Nacht geschah. Ich verlor meine Jungfräulichkeit.

4 Montags war Waschtag, ob Sonne oder Regen. Wenn es regnete, hängte Belle die Wäsche im Keller auf, wobei sie dem Himmel dankte, daß sie den Keller hatte und sie keine Wäsche mehr in der Wohnung trocknen mußte. Im Keller war das Wäscheaufhängen mühsamer als im Garten, weil es hier unten nur drei Wäscheleinen gab und weil es, außer in der Nähe des Heizungsofens, feucht war, die Sachen langsamer trockneten und sie dauernd treppauf, treppab laufen mußte. Aber wenigstens hing die Wäsche nicht in den Wohnräumen. (Sie war kein fanatischer Waschteufel wie manche anderen Frauen – Adeline Carpenter zum Beispiel, die ihre Wä-

sche unbedingt vor neun Uhr morgens auf der Leine haben mußte. Für Adeline waren Frauen, die ihre Wäsche um diese Zeit noch nicht hängen hatten, Schlampen. Sie betrachtete sie mit jener Mischung aus Abscheu und Verachtung, wie sie die meisten Menschen nur Prostituierten entgegenbringen. Sie waren liederliche Frauenzimmer. Und das gleiche galt auch für Frauen, die das Essen in der Küche auftrugen. «Irische Zigeunerwirtschaft», pflegte Brads Vater zu verkünden, wenn er durch sein Eßzimmerfenster die Nachbarn drüben zur Abendessenszeit um den Küchentisch sitzen sah. Adeline machte einfach nur: «Ts, ts», aber in Wahrheit war ihr Urteil über solche Menschen noch weit abfälliger als seines.

Dienstags bügelte Belle. Auch dabei hatte sie ihr System. Zuerst sprengte sie die ganzen gestärkten Sachen ein, um sie dann eng zusammenzurollen und in ein feuchtes Bettuch einzuwickeln. Sie fand sich in puncto Bügeln sehr modern und freisinnig. Anders als ihre Mutter bügelte sie weder Socken noch die Unterhosen der Mädchen noch die Unterhemden, obwohl sie einmal kurz mit dem warmen Eisen über ihre eigenen kunstseidenen Schlüpfer und ihren Büstenhalter fuhr. Eds Unterhosen stärkte *und* bügelte sie allerdings.

Als erstes kamen die Sachen dran, für die das Eisen nur warm sein mußte: ihre Unterwäsche und ihr Nachthemd. Wenn das Eisen allmählich heiß wurde, bügelte sie Eds Unterhosen und Schlafanzüge, dann die Blusen, Kleider und Taschentücher, die Küchenhandtücher, die Bettwäsche, schließlich Eds weiße Hemden und die Tischtücher. Es dauerte viele Stunden, weil sie sehr sorgfältig bügelte, jedes Stück von beiden Seiten, bis es ganz glatt war. Das Ergebnis war prachtvoll, und die Teile säuberlich aufgestapelt auf dem Küchentisch liegen zu sehen, erfreute ihr Herz.

Der Mittwoch war relativ frei. Sie flickte ein bißchen oder legte sich, wenn sie Kleider für die Kinder schneiderte, die Näharbeiten hauptsächlich auf diesen Tag. Am Donnerstag und dann noch einmal am Sonnabend ging sie einkaufen. Das waren für sie die Glanzpunkte der Woche. Sie zog sich anständige Sachen an, nicht ihre guten Kleider, aber ein ordentliches, adrettes Hauskleid, hochhakkige Schuhe und einen alten Mantel, aber keinen Hut. Sie puderte sich das Gesicht, zog ihre Augenbrauen nach und legte Lippenstift auf. Dann legte sie zu Fuß die drei langen Häuserblocks bis zum Sutphin Boulevard zurück und dort wieder vier lange zugige Blocks bis zum A & P, sechs zu Big Ben.

Diese Einkaufsexpeditionen waren stets sorgsam geplant. Belle studierte jedesmal vorher die Sonderangebotsprospekte, die mittwochs von den Supermärkten kamen, und wußte es schon im voraus, welche Artikel sie in welchem Laden zu Sonderpreisen kaufen konnte. Der zweite Punkt, der bedacht werden wollte, war das Gewicht der Einkäufe. Sie versuchte, die schweren Sachen zuletzt zu besorgen, damit sie diese nicht so weit tragen mußte. Und da sie alles die ganze lange Strecke nach Hause schleppen mußte, konnte sie nie mehr als drei oder höchstens vier Tüten voll einkaufen. Der dritte Gesichtspunkt waren der Bedarf und ihre finanzielle Lage. Sie nahm es auf sich, die zwei Blocks weiter bis zu Big Ben zu gehen, um Limabohnen zu kaufen, weil das Pfund dort zwei Cent billiger war als bei A & P. Die ganze Sache wollte mit minutiöser Sorgfalt gehandhabt werden.

Donnerstags war oft nichts mehr zu essen im Haus, aber sie mußte besonders achtsam sein, weil ihr wöchentliches Geld zur Neige ging. Ed bekam freitags seinen Lohn, so kaufte sie donnerstags nur für den Abend und für den Freitag etwas zu essen ein. Dinge wie Toilettenpapier, Seife, Papierservietten, Küchenpapier (das sparsam verwendet wurde) und Grundnahrungsmittel kaufte sie dann am Sonnabend, ebenso wie Fleisch fürs Wochenende, von dem sie hoffte, daß es bis Mittwoch reichen würde. In schlechten Wochen, wenn unerwartete Ausgaben anfielen (Joy krank war und sie den Arzt bezahlen mußte, es extrem kalt wurde und die Kohlen ausgingen), hatten sie am Donnerstag nur noch ein paar Cent übrig, so daß sie Anastasia zum nächsten Fleischer schickte, damit sie für 15 Cent Hackfleisch oder Bologneser Wurst holte.

Obgleich sie immer mit einer gewissen Furcht darauf achten mußte, wieviel sie ausgab, genoß sie das Einkaufen. Es befriedigte sie, ihren kleinen Etat, so gut es ging, zu strecken und dabei die köstlichen Mahlzeiten zu zaubern, die sie auf den Tisch brachte. Das größte Problem war das Abendessen am Freitag, weil das Geld bis dahin endgültig alle war. Aber da ja Freitag war, war es nur recht und billig, wenn es kein Fleisch gab, und das erleichterte die Sache. Sonst gab es jeden zweiten Abend Fleisch. Es war oft nicht viel, und Belle achtete gewissenhaft darauf, daß es zu gleichen Teilen unter die vier Esser aufgeteilt wurde: in ihrem Haus war es nicht so, daß Daddy den Löwenanteil bekam, während die Kinder hungrig zusehen mußten, wie sie es in anderen Familien gesehen hatte. Nein.

Jeder bekam ein Fleischküchlein, ein Lamm- oder ein Schweinekotelett. Nur wenn es Braten gab, konnte jeder haben, soviel er wollte. Aber Ed war so egoistisch, daß er versuchte, den Kindern eine zweite Portion Fleisch zu verweigern. «Eßt Gemüse!» blaffte er sie an. Und sie mußte immer erst sagen: «Ach, Ed, nun gib ihnen noch eine Scheibe.» Und dann schnitt er widerstrebend eine Scheibe ab, so dünn, daß man fast hindurchschauen konnte. Sie mußte ihm dabei auf die Finger sehen und oft genug sagen: «Gib ihr ein anständiges Stück, Ed.» Das hatte zur Folge, daß er beleidigt war und sich selbst kein Fleisch mehr nachnahm, sondern sich die ganzen Reste Gemüse und Kartoffeln aus den Schüsseln auf den Teller häufte. Dann mußte sie sagen: «Oh, Ed, warum nimmst du nicht noch ein bißchen Fleisch?» Er nahm sich noch eine Scheibe, nicht ohne sie zuerst in liebevollem Ton zu fragen: «Und wie steht es mit dir, Belle? Ein bißchen Kruste?» Wenn sie bejahte, häufte er ihren Teller voll.

Freitags putzte Belle gründlich. Die schweren Arbeiten ließ sie liegen. Die wurden nur zweimal im Jahr gemacht, und dann halfen Ed und die Kinder mit. Jeden Frühling und jeden Herbst nahm sie alle Gardinen ab, um sie von Hand zu waschen und auf großen hölzernen Gardinenspannern zu trocknen, die das ganze Wohnzimmer und die Veranda füllten. Alles Geschirr wurde aus den Schränken geholt und gespült und wieder in die gesäuberten Fächer zurückgestellt. Sämtliche Bücher wurden aus den Borden genommen und abgestaubt, und die Borde selbst wurden mit einem feuchten Tuch abgewischt. Sie und Ed schleppten gemeinsam die Teppiche nach draußen und hängten sie über die Wäscheleine. Ed bearbeitete sie dann mit dem Teppichklopfer. Sie und Ed putzten gemeinsam sämtliche Fenster innen und außen mit Wasser, dem Salmiakgeist zugesetzt war, und polierten sie mit Zeitungspapier, das sie einige Wochen lang für diesen Zweck gesammelt hatten.

Was sie dagegen jeden Freitag tat, war ein altes Wischtuch um den trockenen Mop zu binden und die Holzpaneele unterhalb der Zimmerdecken und die Wände abzustauben; danach moppte sie ohne das Tuch die Holzböden. Sie saugte und wischte anschließend Staub. Es war sehr wichtig, als letztes abzustauben, weil man es sonst gerade noch einmal machen konnte. Das Bad wurde von oben bis unten gereinigt – die Kacheln abgewaschen, die Armaturen mit Bon Ami oder Old Dutch gesäubert und die Toilettenschüssel innen mit einer harten Bürste gescheuert. Als letztes kam die Küche. Die Küchenanrichte wurde feucht abgewischt und die Glastüren der Geschirrfächer abgewaschen. In der Küche mußte das häufig geschehen, wegen des Fetts. Sie scheuerte die Ober- und die Vorderseite des Herds und wischte den Küchenfußboden mit dem nassen Mop auf. Danach war sie fertig – außer daß sie den Mop wieder säubern mußte –, und sie pflegte sich erst einmal eine Tasse Kaffee und eine Zigarette zu gönnen und sich einen zweiten Küchenstuhl heranzurücken, um die Füße hochzulegen.

Zwischen diese festen Haushaltspflichten waren diverse weitere Arbeiten eingestreut. Sie backte dann und wann einen Kuchen oder einen Apfelstrudel und bereitete an den meisten Tagen schon vormittags einen Nachtisch für den Abend zu. Außerdem konnte Joy sich noch nicht allein anziehen. Beide Mädchen mußten gebadet werden, und manchmal nahm sie Joy mit zum Einkaufen, wenn Anastasia nicht da war, um auf sie aufzupassen. Abends reparierte sie die Laufmaschen in ihren Nylonstrümpfen mit einer Spezialnadel, oder sie wendete die Kragen von Eds alten Hemden, und jedes der Mädchen bekam von ihr alljährlich einen Spielanzug für den Sommer und ein Kleid zu Ostern genäht.

Sie kannte auch ein paar Leute. Der italienische Gemüsehändler kam einmal die Woche mit seinem Wagen vorbei, und gewöhnlich kaufte sie ihm etwas ab, wobei sie ein wenig über das Wetter plauderten. Der Eismann, ebenfalls ein Italiener, kam im Sommer alle paar Tage und im Winter einmal die Woche, oft in Begleitung seines kleinen Sohns, der ihm half, den großen Eisblock mit einer Art Riesenzange hereinzutragen. Der Eismann sprach kaum Englisch, aber er war sehr nett, lächelte und nickte die ganze Zeit. Der kleine Junge war so schüchtern, daß er Belle kaum ansah. Er mußte schwer arbeiten für einen Fünfjährigen, und sie hatte Mitleid mit ihm. Er erinnerte sie...

Und manchmal kam auch der Scherenschleifer, aber sie gab ihm nie etwas zu schleifen. Ed sorgte dafür, daß ihre Messer und Scheren immer scharf waren. Es war eine unnötige Ausgabe, und unnötige Ausgaben kamen für sie nicht in Frage. Belle kaufte nie Limonadengetränke, Knabberzeug oder Süßigkeiten. Und Dosenkonserven kamen ihr nur in Krisenzeiten ins Haus; sie aßen fast nie etwas aus der Dose, außer Pfirsiche, wenn es keine frischen gab, und Schwarzbrot, das Belle zu Würstchen und Bohnen besonders liebte.

Außerdem hatte sie schon nach kurzer Zeit die meisten ihrer Nachbarn kennengelernt. Es waren nette Leute, auch wenn Belle den Kontakt nie zu eng werden ließ. Da war zum einen Mrs. Carle. Sie wohnte nebenan, und ihrem Mann gehörte das Haus, das Belle und Ed gemietet hatten. Er war groß, hager und sehr düster, und Minnie hatte Belle schon gestanden, daß er sie schlug. Es war wirklich schrecklich, zumal Minnie, die sich immer stark schminkte und sich das Haar blond färbte und (wie sie sagte) einst beim Ballett gewesen war, kaum einen Meter fünfzig maß und einen Buckel hatte. Minnie ging jeden Morgen zu irgendwelchen wohlhabenden Leuten in Richmond Hill putzen, und immer wenn sie zum Kaffee zu Belle herüberkam, erzählte sie ihr von dieser reichen Familie. Belle lernte so eine Menge darüber, wie reiche Leute lebten. Diese reichen Leute hatten einen Sohn auf dem College und machten sich ständig Sorgen um ihn. Er war so labil.

Die MacClintocks wohnten über die Straße. Mrs. MacClintock arbeitete als Telefonistin, und sie erzählte Belle, daß sie immer ihr Portemonnaie verstecken müsse, weil ihr Mann sonst ihr ganzes Geld nähme und verwette. Belle dachte bei sich, daß Mr. MacClintock, den man kaum je bei Tag sah, dazu auch noch trank, aber davon erwähnte Mrs. MacClintock nie etwas. Ihre Tochter Dorothy, ein hübsches, tüchtiges und vernünftiges Mädchen, das eben auf die High School gekommen war, hob Mrs. MacClintock in den Himmel. Sie hielt sie für hochintelligent. Belle dachte, daß Dorothy mit ihren dreizehn Jahren nicht so gescheit war wie Anastasia mit sechs, aber natürlich sagte sie nichts dergleichen. Minnie Carle arbeitete immer nur bis zwei, drei, so daß sie oft zum Kaffee herüberkam, wobei sie immer am Seiteneingang klingelte und dann über die Kellertreppe herauf in die Küche kam. Mrs. MacClintock arbeitete länger und kam nur, wenn sie einen freien Tag hatte, was nicht oft der Fall war. Wenn sie einmal ein bißchen Zeit hatte, mußte sie sich um ihren Haushalt kümmern, die Wäsche machen und einkaufen gehen.

Sie kannte noch mehr Leute. Nachmittags, wenn sie mit ihrer Arbeit fertig war, pflegte Belle nach oben zu gehen, sich zu waschen, ein frisches Hauskleid anzuziehen, sich zurechtzumachen und zu frisieren und sich dann, wenn schönes Wetter war, hinaus auf den Treppenvorbau zu setzen. Dann kamen immer Leute vorbei, die ein bißchen stehenblieben und mit ihr plauderten: Mrs. Murphy, die

Organistin von St. Mary, wohnte ein Stück weiter die Straße hinauf und mußte immer an Belles Haus vorbei, wenn sie zur Kirche ging. Mrs. Callahan hatte einen Ehemann, wie Belle bald herausfand, der ein Dieb war und drogensüchtig. Mrs. Callahan war sehr mager, sah verhärmt aus und hatte oft blaue Flecken im Gesicht und auf den Armen, aber sie vertraute sich Belle nie an. Dann waren da noch die Schinkels und die beiden Familien Costello, die direkt nebeneinander wohnten und sehr ordentliche ruhige Menschen waren und sich ganz für sich hielten. Über die Straße gab es noch zwei deutsche Familien; Mr. Bock hatte einen Fleischerladen in Jamaica, und Mrs. MacClintock erzählte Belle, daß er seine jugendliche Tochter immer an ihrem Bett festkette, wenn er abends wegging – was er jeden Abend tat. Seiner Gesichtsfarbe entnahm Belle, daß er ebenfalls ganz ordentlich trank. Seine Tochter sah man nie, und niemand wußte, ob sie zur Schule ging. Es war schon sonderbar, daß man in einer so überschaubaren Nachbarschaft, wo jeder seine Nase in alles steckte, so viele Leute nie zu Gesicht bekam. Die DiNapolis wohnten im Eckhaus direkt gegenüber von Mr. DiNapolis Eltern. Die alte Mrs. DiNapoli sah man manchmal in ihrem direkt an den Gehweg grenzenden Garten sitzen, bei ihrem Feigenbaum und ihren auf altmodische Weise an Spalieren gezogenen Sträuchern, in einem schwarzen Kleid, eine massige Gestalt auf einem Liegestuhl. Aber die junge Mrs. DiNapoli zeigte sich überhaupt nie draußen, und wäre nicht alle paar Jahre ein neues Kind aufgetaucht, hätte Belle wohl bezweifelt, daß es sie überhaupt gab.

Belle wußte nicht, warum sie sich diesen Menschen überlegen fühlte, sie wußte nur, daß es so war. Sie kannte den Begriff kulturelle Klassenunterschiede nicht, und sie würde nie gesagt oder auch nur gedacht haben, daß niemand von diesen Leuten jemals von Mozart gehört oder Bücher gelesen hatte oder zur Kunstakademie gegangen war. Aber das war der Unterschied, den sie spürte. Sie fand hier in South Ozone Park keine Elvira, und den Frauen, die zum Kaffee zu ihr kamen, vertraute sie ihre eigenen Probleme niemals an. Sie hörte zu, sie klatschte nichts weiter, sie erzählte nichts, was nicht stimmte, und sie behandelte sie mit höflicher Achtung. Sie mochten sie, das merkte sie. Sie war ganz zufrieden. Fast schon glücklich.

Anastasia durfte das zweite Halbjahr der ersten Klasse überspringen und dann noch einmal ein Halbjahr und noch eins, und bald war sie sehr unglücklich. Sie langweilte sich in der Schule, genau wie vorher, egal, wieviel sie sie überspringen ließen. Sie hatte den ganzen Stoff der Klasse in der ersten Woche gelernt und saß danach nur noch träumend da. Die Lehrerinnen stellten sie dazu an, ganz hinten im Klassenzimmer langsamen Schülern Nachhilfeunterricht zu geben, oder forderten sie auf, ein Stück für die Schulaufführung zu schreiben. Hin und wieder schickten sie Anastasia in das kleine Zimmerchen, das die Schulbücherei darstellte, um dort die Bestände zu katalogisieren, oder zum Direktor, wenn irgendwelche Botengänge zu erledigen waren. Aber sie langweilte sich trotzdem. Außerdem war sie inzwischen auch nicht mehr beliebt. Zwei Jahre jünger als ihre Klassenkameraden, körperlich winzig im Vergleich zu ihnen und außerdem für diese rauhe Umgebung zu sanft erzogen, konnte sie sich schwer behaupten. Sie verkroch sich immer mehr in eine Traumwelt. Sie litt oft unter Magenschmerzen, und Mommy ließ sie dann gewöhnlich zu Hause bleiben. Hier konnte sie lesen und zeichnen und mit ihren Anziehpuppen spielen, sich die Seifenopern im Radio anhören und sich, wenn auch nicht glücklich, so doch weniger unglücklich als in der Schule fühlen. Sie hatte keine Freundinnen, und ihre Schüchternheit ging so weit, daß sie es kaum fertigbrachte, mit einem anderen Kind zu reden. Sie fühlte sich inmitten dieser schreienden und tobenden Kindermeute bedroht und legte sich, um sich zu schützen, eine überhebliche und geringschätzige Art zu. Wenn sie Mommy fragte, warum die anderen Kinder sie nicht leiden konnten, dann sagte Mommy immer, sie seien neidisch. Anastasia hatte zwar den Verdacht, daß das nicht stimmte, aber sie fertigte ihre Bedenken mit einem schroffen Achselzucken ab und sagte sich, daß ihr sowieso nichts an ihnen lag und sie alle dumm waren.

Vor den Kindern aus der Nachbarschaft, von denen die meisten beträchtlich älter oder jünger als sie waren, hatte sie genausoviel Angst. Sie wunderte sich selbst darüber, da Joy mit ihren drei und dann vier Jahren gleich morgens nach draußen lief und den ganzen Tag vergnügt mit den anderen Kindern spielte. Sie begriff selbst nicht, warum sie Angst vor den gleichen Kindern hatte, mit denen die kleine Joy so gut spielen konnte, aber es war so. Sie erklärte es sich damit, daß sie eben dumm waren und Joy noch ein Baby und sie deshalb zusammen spielen konnten. Denn Mommy hatte ihr ja oft genug gesagt, daß Joy noch ein Baby war, daß sie nicht so gescheit war wie Anastasia und Anastasia ihrer kleinen Schwester gegenüber nachsichtig sein mußte wie eine Erwachsene. Meistens war das nicht weiter schwer, weil Joy so lieb war und immer mit einem rührend vertrauensvollen Lächeln zu Anastasia aufsah. Aber manchmal, wenn Joy irgend etwas kaputtmachte oder durcheinanderbrachte, was Anastasia gehörte, war es unmöglich, und Anastasia platzte der Kragen: «Ich hasse sie!» Dann sprach Mommy nicht mehr mit ihr.

Das Schönste vom ganzen Tag war immer das Abendessen. Mommy kochte so leckeres Essen. Einmal hatte Anastasia Joy bei den Costellos abholen müssen, weil sie zum Spielen bei Dolores, ihrer besten Freundin, gewesen war. Als sie dort in die Küche gekommen war, hatten sie gerade gegessen und vor jedem stand ein großer Teller Kartoffeln. Einfach nur Kartoffeln, weiter nichts! Ein anderes Mal, als sie Joy geholt hatte, hatte es Kohl gegeben. Aber Mommy hatte zu Joy gesagt, daß es sich nicht gehörte, dazubleiben, wenn die Costellos aßen, und daß sie dann nach Hause kommen sollte. Deshalb hatte Anastasia nicht mehr erfahren, ob es bei ihnen auch noch andere Sachen zum Abendessen gab.

Bei ihnen zu Hause gab es jeden Abend etwas anderes. Mommy machte Fleischklößchen; sie vermengte dazu Hackfleisch (das Anastasia so gern roh aß, was aber ungesund war, so daß sie sich nur heimlich einen Happen stibitzte, wenn Mommy nicht hinsah) mit Brot und Milch und Zwiebeln, die in ausgelassenem fettem Speck gebraten wurden, bis sie gelb waren, und die Fleischklößchen waren köstlich. Dazu gab es Kartoffelbrei und Erbsen oder Erbsen und Karotten oder grüne Bohnen. Manchmal gab es auch Lammkoteletts, aber dann hätte sie immer gern zwei gehabt, was nicht ging, weil für niemanden zwei da waren und selbst Mommy und Daddy nur je ein kleines Lammkotelett bekamen. Und manchmal gab es Schweinekoteletts, die ein bißchen größer waren als Lammkoteletts und fast genauso gut. Am allerliebsten mochte Anastasia das Fett, das Mommy vor dem Braten von den Schweinekoteletts abtrennte. Sie schnitt es in kleine Stücke, ließ es in der Pfanne aus und nahm dann die Stückchen wieder heraus, wenn sie die Koteletts in die Pfanne gab. Und Anastasia durfte ein paar von den kleinen Fettstückchen essen, wenn sie zum Abtrocknen auf einem Stück Küchenpapier lagen. Ab und zu gab es Würstchen und Bohnen und Schwarzbrot, aber Anastasia mochte das Schwarzbrot nicht. Sie aß es, weil sie Hunger hatte. Und Mommy kochte auch Spaghetti mit Tomatensoße, und das schmeckte auch gut.

Sonntags gab es immer ein richtig üppiges Essen! Schmorbraten mit Soße, gebratenes Huhn, Schweinebraten mit einer knusprigen braunen Kruste und Apfelsoße dazu, Lammbraten oder in Teig gebackenen Virginiaschinken. Aber auch wenn sie etwas nicht mochte, wie zum Beispiel Schinken, aß sie es trotzdem, weil sie Hunger hatte. Es gab ein paar Gemüsesorten, die ihr nicht schmeckten, etwa Rüben, Rosenkohl und Kohl. Selbst mit Butter darauf schmeckte Kohl nicht gut. Aber Mommy sagte immer, iß ein kleines bißchen, dann kannst du Nachtisch haben. Und Anastasia aß ein paar Gabeln voll, weil sie Nachtisch über alles liebte.

Wenn Mommy kein Geld hatte, merkte Anastasia das an dem Essen, das auf den Tisch kam. Aber sie fand es nicht weiter schlimm, weil ihr die Sachen genausogut schmeckten wie die aus üppigeren Zeiten. Mommy kochte dann Eintopf aus Lammfleisch und Karotten, Zwiebeln und Kartoffeln, der ganz köstlich schmeckte. Und manchmal gab es einfach nur Dosensuppe und Wurstbrote, aber das aß Anastasia gern. Mommy machte gratinierte Kartoffeln und Backkartoffeln und gekochte Kartoffeln mit gehackten Schalotten und Butter darauf, aber am liebsten aß Anastasia Kartoffelbrei. Spinat brannte ihr immer auf der Zunge, aber Mommy sagte, er sei gut für sie. Und Blumenkohl mochte sie auch nicht, aber wenn Mommy Sahnesoße und Paprika darauf tat, schmeckte er ganz gut. Manchmal streute sie aber auch kleine gebräunte Brotbrösel darauf. Die tat sie auch auf Spargel.

Nur wenn sie freitags aus ihrem Zimmer kam, wo sie gelesen hatte, hinunterging und ihr der Essensgeruch in die Nase stieg, überfiel sie oft große Enttäuschung. Freitags gab es kein Fleisch, und Anastasia liebte Fleisch. Aber es war nicht weiter schlimm, wenn es dafür Maccaroni mit Käse und Spinat gab oder frittierte Auberginen mit Tomaten und überbackenen Kartoffeln oder Rahmspinat mit pochierten Eiern und Bratkartoffeln mit Zwiebeln darin. Aber manchmal gab es Gemüse, das sie nicht mochte, und manchmal gab es Fisch. Mommy briet dann eine Makrele im Backofen, und sobald sie das roch, war Anastasia zum Heulen zumute.

Es war schlimm von ihr, sie wußte, es war schlimm und babyhaft, aber sie freute sich immer so aufs Essen, und wenn es dann etwas gab, was sie wirklich verabscheute, dann konnte sie nicht dagegen an, daß sie am liebsten geweint hätte. Aber sie ließ ihre Tränen nie hochkommen. Sie haßte den Geruch dieser Sorte Fisch und den Geschmack erst recht. Er war trocken und schmeckte genauso abscheulich wie Leber, die es auch manchmal zum Abendessen gab. Aber sie weinte nicht, sie spielte nur mit ihrem Essen herum. Mommy sagte dann, iß ein kleines bißchen, Anastasia, dann kannst du Nachtisch haben, und Anastasia nahm ein paar Happen, und Daddy aß den Rest auf.

Freitags machte Mommy gewöhnlich einen besonders guten Nachtisch, Schokoladen- oder Vanillepudding aus dem Päckchen mit Schlagsahne darauf oder Wackelpudding mit Schlagsahne und Kompott. Mommy machte auch selbstgekochten Pudding, aber der schmeckte Anastasia nicht so gut wie der Pudding aus dem Päckchen. Mommy machte zum Beispiel Brotpudding, und den haßte Anastasia, aber sie tat ganz viel von der steifen Creme mit Zitronengeschmack darauf, und dann schmeckte es gut. Sie machte Reispudding mit Rosinen und Tapioca. Daddy liebte Mommys Puddings. Sonntags backte sie manchmal Kuchen zum Nachtisch, und Zitronenbaisertorte war für Anastasia das Allerschönste auf der Welt, außer Lammkoteletts und Eistorte. Wenn Mommy Eistorte machte, durfte Anastasia immer die Schlagsahneschüssel auslekken. Und manchmal machte Mommy Crêpes, kleine französische Pfannkuchen. Sie füllte die eine Hälfte davon mit Marmelade und die andere Hälfte mit Quark, den sie mit Zucker und Zimt verrührt hatte. Anastasia konnte sich nie recht entscheiden, welche Sorte sie lieber mochte. Und im Sommer machte Mommy oft Schichtkuchen aus Mürbeteig mit Erdbeer- oder Bananenfüllung, was Anastasia beides liebte, obgleich sie Bananen eigentlich nicht mochte. Im Herbst gab es dann Bratäpfel mit Sahne. Die schmeckten nicht, und Anastasia aß ihren oft nicht auf, worüber Daddy immer froh war, weil er dann zwei bekam. Aber so traurig es sie auch machte, wenn es ein Dessert gab, das sie nicht mochte, war ihr deshalb doch nie zum Weinen, so wie bei Fisch und Leber. Manchmal gab es zum Dessert auch nur Pfirsichkompott aus der Dose, aber das machte nichts, Anastasia mochte Dosenpfirsiche, Dosenbiren allerdings schon weniger. Und *manchmal* – sie wußte nicht warum, aber *manchmal* gab es eine richtige große klebrige Schokoladenschichttorte vom Bäcker. Dann lief Anastasia schon das Wasser im Mund zusammen, wenn sie sie nur ansah. Sie bekam ganz große Augen, und sie hätte so gern von dem Zuckerguß genascht, aber Mommy sagte, sie solle warten, also wartete sie.

Wenn das Abendessen auch das Beste vom ganzen Tag war, die *Tischzeit* war nicht schön. Obwohl Anastasia sich freute, wenn sie die Lammkoteletts oder den Braten im Ofen roch, überkam sie doch immer eine gewisse Spannung, wenn sie sich dem Eßtisch näherte. Sie aßen in der Küche, weil sie kein Eßzimmer hatten, aber Mommy deckte den Tisch hübsch mit dem Silberbesteck, so wie es sich gehörte, und den Servietten auf der richtigen Seite, Salz, Pfeffer und Butter am Rand und den Schüsseln mit dem dampfend heißen Essen in der Mitte. Jeder bediente sich selbst, außer wenn es Braten gab und Daddy ihn aufschnitt. Mommy wurde um die Essenszeit herum stets komisch, merkwürdig, fast ärgerlich. Sie stellte das Essen genau um 5.15 Uhr auf den Tisch, wenn Daddy zum Hintereingang hereinkam. Bis dahin hatte sie die Kinder schon gerufen: «Das Essen ist fertig! Wascht euch die Hände!» Wenn Anastasia sich ihre Hände anschaute, waren sie manchmal nicht dreckig, und sie wusch sie sich nicht. Kam sie dann in die Küche, fragte Mommy jedesmal mit ihrer Vor-dem-Essen-Ärger-Stimme: «Hast du dir die Hände gewaschen?» Anastasia antwortete: «Ja», auch wenn es gelogen war. Es konnte passieren, daß Mommy sie zu sich zog, um sich ihre Hände zeigen zu lassen. Sie drehte Anastasias Hände mit *ihren* Händen hin und her, und einmal waren sie tatsächlich drekkig. Anastasia sah es, noch vor Mommy es bemerkte, ein Finger war ganz schwarz vom Bleistift. Und Mommy sagte: «Anastasia, deine Hände sind schmutzig! Du kannst sie gar nicht gewaschen haben! Geh und wasch sie!»

Anastasia trat zur Spüle, wo sie nur mühsam bis an den Wasserhahn reichte, aber Mommy bestand darauf, daß sie nach oben ins Bad ging.

Ihre Stimme klang wirklich böse, und Anastasia lief schnell noch einmal hinauf ins Badezimmer, aber sie murmelte vor sich hin: «Warum muß ich denn unbedingt nach oben.» Sie fand, daß Mommy gemein und einfach ohne jeden Grund schrecklich kleinlich war (sie kannte das Wort launisch nicht) und mit ihr böse wurde, nur weil sie auf irgend etwas anderes böse war. Und doch hatte sie bei aller Wut einen Kloß in der Kehle und hätte am liebsten geheult, weil Mommy so mit ihr sprach. Sie verstand das selbst nicht. Sie hörte ja, wie andere Mütter mit ihren Kindern sprachen und schrien und brüllten und sie beschimpften und ganz schrecklich zu ihnen waren, und die anderen Kinder weinten nicht. Sie drehten sich manchmal um und murmelten irgend etwas Ungezogenes wie: «Ja-a, du alte Zimtzicke» (ein Ausdruck, den sie nicht verstand, von dem sie aber wußte, daß es ein Schimpfwort war). Und viele Kinder sprachen auch in beleidigender Weise von ihren Eltern, indem sie sie «meine Alten» nannten. Nie hätte Anastasia so von ihren Eltern gesprochen, aber die anderen Kinder weinten nicht. Warum war nur Anastasia immer zum Heulen zumute? Sie verstand es nicht. Beim kleinsten Bißchen kamen ihr die Tränen. Sie war ein Baby. Sie wußte es und gab sich alle Mühe, es nicht zu sein, aber sie war es doch. Sie ging wieder nach unten, mit rosig geschrubbten Händen und finsterer Miene. Aber Mommy schaute ihre Hände gar nicht an. Sie sprach mit ihrer Vor-dem-Essen-Ärger-Stimme zu Joy, und dann kam Daddy herein.

Sie sagten immer: «Hallo Daddy», wenn er nach Hause kam, und manchmal antwortete er dann mit freundlicher Stimme: «Hallo, Anastasia, hallo, Joy.» Aber manchmal war seine Stimme auch nicht freundlich. Zu Mommy war er immer nett. Er kam herein und sagte: «Hallo, Belle», in einem ganz besonderen Ton, als ob er sie sehr lieb hätte. Er hängte seinen Hut an die Kellertür, wo er Haken angebracht hatte. Als nächstes zog er seinen Mantel aus und hängte ihn auf einen Bügel an einen anderen Haken. Wie ein Tänzer ging er zu Mommy hin, als glitte er ganz leicht über den Fußboden, breitete die Arme aus und beugte den Kopf nach vorn, um ihr einen Kuß zu geben. Mommy drehte rasch ihr Gesicht, so daß sie ihm die Wange hinhielt. Er küßte sie auf die Wange und versuchte manchmal, sie dabei zu umarmen. Anastasia wandte sich jedesmal ab, weil sie nicht zusehen konnte. Weil er doch Mommy in die Arme nehmen wollte und sie ihn nicht ließ. Und dann tat er ihr schrecklich leid, sie wußte, was es für ein schlimmes Gefühl sein mußte, wenn man jemandem einen Kuß geben wollte und derjenige nicht wollte.

Mommy sagte: «Das Essen ist fertig.» Daddy fragte sie nie, ob er seine Hände gewaschen hatte, aber Daddys Hände waren auch immer sauber. Und dann durften sie sich setzen. Mommy reichte die Schüsseln herum und half Joy, sich etwas aufzutun, weil Joy ja noch ein Baby war. Mommy schnitt immer das Fleisch für Joy klein.

Daddy hatte früher Anastasia das Fleisch geschnitten, aber jetzt war sie ein großes Mädchen und konnte es selber. Jeder bekam von allem etwas. Während sie aßen, war es ganz still. Manchmal sagte Daddy etwas über seinen Boss, oder Mommy sagte: «Anastasia hat heute eine fehlerlose Rechenarbeit zurückbekommen», und Daddy schaute sie an und sagte: «Fein, Anastasia.» Aber das war alles.

Ganz selten kam es vor, daß etwas in Daddy kochte und er Dampf abließ. Einmal erzählte er eine Geschichte von Niggern, die die ganzen Treppen in einem Haus herausgerissen hatten, um sie in ihrem Ofen zu verheizen. Er war ganz außer sich darüber. Anastasia fragte: «Was sind Nigger?» Mommy funkelte Daddy böse an und sagte, das sei ein schlimmes Wort, das man nicht gebrauchen dürfe. Anastasia meinte: «Aber Daddy hat es doch gesagt», und Mommy sagte, Erwachsene dürften es benutzen, aber Kinder nicht. Es bedeute nichts weiter als Menschen mit brauner Haut. Anastasia war entsetzt bei der Vorstellung, daß Leute Treppen herausrissen, um Feuer zu machen, und sie fragte sich, warum Menschen mit brauner Haut so etwas taten. Sie kam zu dem Schluß, daß ihnen kalt gewesen sein mußte, und wenn es so war, dann hatten sie ja vielleicht sogar recht gehabt, aber Daddy schien es ganz furchtbar schlimm zu finden. Meistens sagte er jedoch nichts, und Mommy sagte auch nichts. Anastasia konnte Daddy kauen hören. Er kaute ganz sorgfältig, jeden Bissen vierzigmal, wie sie es in West Point machten. Er sagte, sie sollten es auch so machen. Anastasia und Joy, Mommy brauchte es nicht zu machen. Aber Anastasia preßte die Kiefer aufeinander und weigerte sich. Und Joy auch. Anastasia haßte es, wie Daddy kaute, es machte sie wütend, rasend. Sie hätte am liebsten geschrien und mit der Faust auf den Tisch gehauen. Aber das ließ sie natürlich bleiben.

Und wenn es Braten gab, wollte Daddy ihnen nie ein zweites Mal auflegen. Auf Mommys Aufforderung schnitt er ihnen ein winziges Scheibchen ab und warf es fast auf die Teller. Sie spürte genau, wie er sie haßte. Und dann wollte sie nur noch ins Bett gehen, weil sie sehr müde war. Ihr Essen war aufgegessen, das Beste vom ganzen Tag vorbei, und sie haßte sie. Sie haßte Mommy, die sich von Daddy abwandte, wenn er sie küssen wollte, und Daddy, der sie haßte und Joy auch. Bei alledem wußte sie, daß Daddy froh und glücklich sein würde, wenn Mommy sich nur von ihm umarmen ließe, und daß

Mommy froh und glücklich sein würde, wenn Daddy mehr Geld verdienen würde. Aber vor allem spürte sie genau, daß die Liebe, die ihre Mutter für sie empfand, da drinnen steckte, in dem Essen, das Mommy ihr gab. Es war, auch wenn sie das Essen liebte, trotzdem nicht genug.

5 ACH, ES IST einfach unmöglich, Urteile zu fällen. Man tut es natürlich. Wir alle laufen ständig durch die Gegend und sagen, das ist gut, das ist schlecht, und glauben es wohl auch tatsächlich. Aber es ist der reinste Unsinn. Selbst die Psychoanalytiker, von denen man eigentlich annehmen sollte, daß sie über solchen Dingen stehen, beharren darauf, daß man urteilt. Meine Freundin Clara will, daß ich zum Analytiker gehe. Sie nahm sich eines tränenfeuchten Abends meiner an und verwies mich auf den, wie sie meinte, einzigen Weg, der mir blieb. Sie sagte, ich sei depressiv. Das überraschte mich denn doch! Schwester Lustig, depressiv? Zugegeben, ich hatte den ganzen Abend bei ihr in der Wohnung gesessen und geheult. Ich verstand den Hinweis. Sie hatte keine Lust, sich *das* noch länger anzuhören: Wer wollte ihr das übelnehmen? Und wer weiß, vielleicht hat sie sogar recht. Aber ich will nicht zum Psychoanalytiker gehen und dazu gedrängt werden, Urteile zu fällen, denn wenn man an einem bestimmten Ort steht und diesen Ort Ich nennt und andere danach beurteilt, was sie einem Gutes oder Schlechtes antun oder nicht antun, dann wird man es nie schaffen, etwas anderes zu sein als borniert, subjektiv und *klein*. Jawohl, *klein*. Man wird nie einen Gesamteindruck erreichen, weil man nicht über den Blickwinkel der persönlichen trivialen Erfahrungen hinauskommt. Ich habe viele Jahre meines Lebens auf das Bemühen verwandt, über das Persönliche und Triviale hinauszukommen und zum Universellen vorzustoßen.

Wenn ich so hier stehe und den langen Korridor meiner Erinnerung entlangblicke, zurück zu jener Küche aus der Zeit der Depression, dem alten vierbeinigen Gasherd mit dem kleinen, scharfkantigen Blechsims darum, an dem ich mir unweigerlich den Kopf anschlug, wenn ich Mommy einen Gute-Nacht-Kuß geben wollte, der alten Spüle, ebenfalls mit Beinen und dem Emaille-Ablaufbord über dem tiefen Becken, dem Küchenschrank mit den Glastüren, hinter denen unser ganzes Geschirr stand, und den beiden tiefen Schubladen, die Platten, Besteck und andere Utensilien enthielten, dem zweitürigen Topfschrank darunter und der Tür zur Speisekammer, wo die Eistruhe stand; wenn ich den hölzernen Tisch vor mir sehe und die Stühle, blaugrün gestrichen und mit Blumenabziehbildern verziert, und die vier Menschen auf diesen Stühlen: sie, gepudert, mit Lippenstift und kurzer Wellenfrisur, in einem frischen Hauskleid, ein bißchen verkniffen um den Mund, ein bißchen suchend um die Augen; er in seinem weißen Hemd, das er sorgsam behandelte, damit er es ein zweites Mal anziehen konnte, mit seinem muskulösen Körper und seinem vollen schwarzen Haar, dem unschuldigen Jungengesicht, das kaum je lächelte; sie, die Kinder, dünn und spillerig, das eine nur Beine, das andere eine wuschelige Krause von blondem Haar, beide unruhig und angespannt, während sie ausgeschimpft werden, weil sie die Ellbogen auf den Tisch gestützt haben: wenn ich sie so schweigend dort sitzen sehe, möchte ich am liebsten nur weinen, um ihrer aller willen. Weinen, weinen, weinen. Ich könnte mich totweinen, und es wäre doch immer noch nicht genug, um all mein Leid, um ihr Leid herauszuweinen. Denn die Dinge gerecht zu betrachten, bringt nur Trauer.

Wenn man sie alle zusammen dort sitzen sieht, wem soll man dann die Schuld geben? Ihr, mit ihren verschwommenen Träumen, ihren künstlerischen Ambitionen, ihrer Energie und Hoffnung und ihrem blinden Streben über so viele Jahre, ungerichtet, von nichts und niemandem unterstützt, reduziert auf das gewellte Haar und das gepuderte Gesicht, den ordentlich gedeckten Tisch mit dem guten Essen darauf. Auf diese kleine Szenerie, das saubere, gebügelte Tischtuch, die grünen Bohnen, an denen sie zwei Cent das Pfund eingespart hat, dieses mürrische, blasse Mädchen, in seinen abgetragenen Fürzuhausekleidern, dieses rundgesichtige Baby, in dessen sehnsüchtiger Miene schon so etwas wie Hoffnungslosigkeit liegt. Ihr ganzes Universum ist darauf zusammengeschrumpft, diesen Menschen in diesem Haus diese Mahlzeit aufzutischen. Nur zu, gib ihr doch die Schuld. Weil sie so kalt ist, weil sie sogar unfähig ist, ihre eigenen, leiblichen Kinder in die Arme zu nehmen: ein eiskalter Drachen. Immer los, gebt ihr die Schuld, wenn ihr es wagt, ihr Wichser! Gebt sie ihr, deren Kindheit sich in einer Leere abspielte, die das Auge eines tobenden Sturms war. Ihr, die sie nie auf den

Schoß genommen, nie bemuttert wurde, nicht ein einziges Mal in ein paar warme, starke Arme geschlossen, wo sie sich hätte geborgen fühlen können.

Vielleicht wollt ihr ja lieber ihm die Schuld geben, dem schweigenden Mann mit dem ausdruckslosen Gesicht, der seine Kinder haßte. Er war kein schrecklicher Vater; er erhob nie die Hand gegen sie, nicht einmal die Stimme. Er lief nur ständig mit einer verhalten grollenden Wut herum, die wie ein dräuendes Unwetter war, vor dem sie sich erschreckt verkrochen, so daß sie sogar vergaßen, daß sie sich seine Nähe sehnsüchtig wünschten. Gebt die Schuld doch ihm, diesem Mistkerl. Ihm, einem einfachen Mann, dem alle Gefühle von einem Tyrannen aus dem Leib geprügelt worden waren, der Liebe und Nähe wollte und dem alles andere egal war, der seine Kinder haßte, weil er glaubte, daß die Göttin, die er anbetete, ihnen die liebevolle Zuwendung gab, die sie ihm verweigerte. Der es liebte, seinen Körper und seinen Verstand in jeder Weise zu gebrauchen, die ihm offenstand, der hochentwickelte Sinne besaß und sein ganzes Leben lang offen dafür war, zu reisen und neue Dinge zu entdecken, der eine ans Wundersame grenzende Gabe hatte, glücklich zu sein, den der Lauf der Jahre aber reduzierte und reduzierte und reduzierte zu einem rigiden, ängstlichen Automatenmenschen. Paß auf, wo du hintrittst, die Welt ist voller Bananenschalen, und niemand wird für deine Krankenhausrechnung aufkommen. Während du flachliegst und dich nicht rühren kannst, verlierst du deine Arbeit und dein Haus, und damit verlierst du natürlich auch deine Frau...

Vielleicht sollten wir auch den Kindern die Schuld geben, die schon genauso beschränkt und festgelegt sind wie ihre Eltern – das eine ein verdrossenes, zu keinem Verzeihen bereites wütendes, schüchternes Wunderkind, und das andere ein liebes, zu liebes, lächelndes Dingelchen, über die Maßen abhängig, abhängig, abhängig.

Die Desillusionierung der Menschen, der Verlust von Träumen, gehört gewiß zu den meistvertretenen Gegenständen im Vitrinenschrank der Literatur. Aber es ist wichtig, sich noch einmal vor Augen zu halten, wie sich dieser Schrumpfungsprozeß anfühlt. Wissen Sie es? Können Sie es sich vorstellen? Können Sie sich noch an den Tag erinnern, als Ihnen die Füße zum erstenmal eingebunden wurden? Als Sie noch ganz klein waren? Und daran, wie Sie danach nur noch stolpernde, kleine Schrittchen machen konnten und jeder davon stechende Schmerzen das ganze Bein hinaufschießen ließ? Und daran, wie an manchen Tagen die zurückgebogenen Knochen so heftig aufschrien, daß es Ihrem Mund entfuhr, und wie andere sich umdrehten und Sie verächtlich ansahen, noch ein mißgelauntes weibliches Wesen, genau wie die anderen. Aber so ergeht es uns allen, ob Frau oder Mann. An manchen Tagen empfinden wir die verkrüppelten Bandagen als unerträglich, bei feuchtem Wetter, wenn die Knochen einen Wachstumsschub durchmachen, wenn irgend etwas die Erinnerung an unverstümmelte Füße wachruft...

Ich bemühe mich, gefühl-los zu sein. Ich bemühe mich zu denken. Aber mein Gefühl, die Hoffnungslosigkeit überwältigen mich. Ganz egal, was man tut und wie sehr man sich bemüht: es geschieht immer wieder das gleiche, wieder und wieder und wieder und wieder. Es gibt kein Entkommen.

VIII. Kapitel

1 Die Jahre der Depression vergingen langsam und still, die Kinder wuchsen heran. Manchmal hatte Belle Angst: Joy war häufig krank, und sie konnte die meisten Krankheiten nur mit Aspirin behandeln. Sie gab ihr selbstgekochte Hühnerbrühe, heißen Tee mit Zucker und Zitrone, Götterspeise, weichgekochte Eier und Orangensaft. Anastasia bekam auch die üblichen Kinderkrankheiten, rappelte sich aber schnell wieder auf. Nicht so Joy, die tagelang mit fiebrig glänzenden Augen und glühenden Wangen im Bett lag.

Zu ihrer Sorge um Joy kam die Sorge wegen der Arztrechnung. Belle ermahnte Anastasia, auf Joy aufzupassen, und ging an die Ecke, wo neben der Tankstelle eine öffentliche Telefonzelle stand. Von dort rief sie den freundlichen Dr. MacVeaney an, der mit dem Auto von dem weit entfernten Forest Hill bis nach South Ozone Park kam und für den Hausbesuch einen Dollar berechnete, den Belle manchmal nicht hatte. Trotzdem nickte er ihr zu, lächelte verständnisvoll und sagte: «In Ordnung, Mrs. Dabrowski. Beim nächsten Mal.» Aber manchmal konnte sie das Geld auch dann nicht bezahlen. Er setzte sie nie unter Druck, stellte nie eine Rechnung aus. Sie notierte sich die Schulden und zahlte alles, auch wenn es manchmal ein halbes Jahr dauerte.

Mit vier Jahren hatte Joy eine schreckliche Mittelohrentzündung, die Belle an ihre eigene Hirnhautentzündung erinnerte und sie um Joys Gehör bangen ließ. Dr. MacVeaney mußte das Trommelfell ohne Betäubung mit einer Lanzette öffnen; Belle sah ihm dabei zu, Anastasia, die auch krank war, sah vom Nebenbett aus zu.

Das Kind gab keinen Laut von sich, und als es vorbei war, streichelte er ihr Gesicht, und sie lächelte ihren Peiniger strahlend an, der sie lobte, sie sei ein tapferes, braves Mädchen. Anastasia sah den Ausdruck um die Augen ihrer Mutter und wußte, daß Joy sehr krank war, aber Mommy nahm Joy nicht in die Arme. Sie ging mit dem Arzt nach unten. Später kam sie mit einem Teller mit Himbeerwackelpudding hinauf, aber Joy schlief.

Von den Krankheiten abgesehen, gab es wenige Unterbrechungen ihrer täglichen Routine. Belle weckte Anastasia, wenn sie zur Schule mußte, und wenn diese sich angezogen hatte und in die Küche kam, stand für sie immer ein Glas frisch ausgepreßter Orangensaft da, manchmal eine halbe Grapefruit, im Winter heißer Haferbrei oder Grießbrei mit Sahne, im Sommer Cornflakes mit Milch und Banane. Anastasia haßte diese Kost. Hin und wieder kochte Belle ihr ein weiches Ei, was ihr aber auch nicht schmeckte. Sie aß gern Pancakes, Waffeln, getoastetes Weißbrot, aber so etwas aßen sie nur an den Wochenenden. Doch sie mußte ihr Frühstück aufessen, das war ein Gesetz. Und ein ganzes Glas Milch trinken, was sie am allermeisten verabscheute. Oft gelang es ihr, Belle dazu zu bewegen, etwas heißen Kaffee in ihre Milch zu gießen, und dann bekam sie sie hinunter. Das Schlimmste aber kam erst nach dem Frühstück, denn dann mußte sie den Lebertran einnehmen. Jeden Morgen zwang Mommy sie und Joy, einen großen Eßlöffel davon hinunterzuschlucken. Sie wußte, Mommy meinte es gut, aber es schmeckte ekelhaft. Und dann saß sie auf ihrem hohen Kinderstuhl, und Mommy kämmte ihr Haar. Die Tränen liefen ihr die Wangen hinunter, weil es so ziepte, und Mommy flocht es in zwei lange ordentliche Zöpfe, band sie mit einem Gummiband zu und darüber farblich passende Schleifen. So machte sich Anastasia auf ihren langen Schulweg. Sie haßte es, morgens aufstehen zu müssen.

Es gab auch kleine Freuden. Als es zum erstenmal Frühling in dem neuen Haus wurde, beobachtete Anastasia, wie ihre Mutter Samen aus Tütchen in die Blumenbeete legte, die den Garten einrahmten. Sie fragte, ob sie ein eigenes Beet haben dürfte. Belle überließ ihr ein langes Beet, einen knappen Meter breit, direkt hinter der Hecke, die zwischen dem Garten und dem gepflasterten Hof hinter dem Haus wuchs. Über ihrem Beet hingen die Zweige eines Pfirsichbaums, der im Nachbargarten stand, und Anastasia verteilte sorgfältig ihre Handvoll Samenkörner – Ringelblumen, Zinnien,

Schmuckkörbchen, Kornblumen –, wässerte sie und beobachtete, wie sie wuchsen. Im Sommer bildeten sich kleine grüne Kugeln an den Zweigen des Baumes. Anastasia pflückte eine und biß hinein: sie war sauer und hart. Aber die Kugeln wurden größer und veränderten ihre Farbe. Sie betrachtete sie und fragte Belle, ob die Pfirsiche schon reif seien, und Belle sagte immer nein. Dann, es war bereits Herbst und sie mußte wieder zur Schule, waren sie reif, groß, goldgelb, rot, samtig und schwer, die Äste bogen sich unter dem Gewicht der Früchte. Anastasia hatte das Gefühl, als gehöre der Pfirsichbaum ihr, und in der Schule schrieb sie ein Gedicht über ihn, das die Lehrerin im *Baisley Inkpot* veröffentlichte, der Zeitschrift ihrer Schule.

Mrs. Carle, die tatsächliche Eigentümerin des Pfirsichbaums, kam mit großen Taschen voller Pfirsiche an die Gartentür und gab sie Belle, die Marmelade daraus machte und sie in große Gläser mit Gummiverschlüssen füllte, die sie in den Vorratskeller stellte. Anastasia aß die Pfirsiche gern und auch die Marmelade, aber beides war nicht annähernd so schön, wie die Zweige anzuschauen, mit ihren dichten Blättern, die sich unter der Last der gelbroten Früchte bogen. Auch ihr Gedicht vermochte nicht auszudrücken, was sie für den Baum empfand. Das gelang ihr erst Jahre später, als sie einen Feigenbaum auf einer unwirtlichen Ebene in Mazedonien fotografierte und dabei etwas von der wundersamen Schönheit reifender Früchte einzufangen vermochte.

Als Anastasias Blumen blühten, pflückte sie die schönsten ab, nur die Blütenköpfe, und ging damit in die Küche und fragte ihre Mutter, ob sie ein Geleeglas haben dürfe. Sie benutzten sie als Trinkgläser, aber Anastasia wußte, daß sie entbehrlich waren.

«Ich werde die Blüten in ein wenig Zuckerwasser einlegen und Parfüm herstellen», verkündete sie.

«So macht man kein Parfüm, Anastasia», sagte Belle unbeteiligt, wobei sie kurz von den Äpfeln hochsah, die sie gerade für einen Kuchen schälte.

Anastasia versteifte sich: «Und *wie wird* es hergestellt?»

«Ich weiß es nicht. So jedenfalls nicht.»

«Wenn du es nicht weißt, woher weißt du dann, daß es so nicht geht?»

Belle ließ das Schälmesser sinken. Sie seufzte. «Anastasia, wenn du groß bist und eine Tochter hast, wünsche ich dir, daß sie genauso ist wie du, störrisch und eigensinnig und unmöglich!»

Hochnäsig verließ Anastasia die Küche und setzte ihr Experiment fort. Sie schob die Blüten-Zucker-Wasser-Lösung unter die hintere Veranda, wo es dunkel und feucht war. Sie wollte nach vier Tagen wieder nachsehen. Aber sie vergaß es und holte das Glas erst eine Woche später wieder heraus, steckte ihre Nase hinein und atmete tief ein. Der Gestank war so ekelerregend, daß sie sich fast übergeben hätte. Sie schüttete die Flüssigkeit weg und trug das Glas ins Haus. Ihre Mutter putzte Mohrrüben für eine Gemüsesuppe.

«Ich wollte dir nur sagen, daß du mit dem Parfüm recht hattest», verkündete Anastasia und ging aus der Küche.

Belle schüttelte den Kopf und verzog das Gesicht. Es war ihr unbegreiflich, daß sie die Mutter dieser stolzen, dickköpfigen Tochter sein sollte. Erst sechs Jahre alt, und schon dermaßen eigenwillig. Vor einer Woche hatte Belle eine Zitronenbaisertorte gebacken, hatte gerade den weißen Eischnee auf den Teig gestrichen und den Kuchen in den Backofen gestellt, als Anastasia in die Küche kam. Sie sah den Schneebesen in der Schüssel liegen, in der noch etwas Schaum klebte.

«Oh, Mommy, kann ich die Schüssel auslecken?»

«Nein, Anastasia.»

«Warum nicht!» Schon war sie wütend, aus nichtigem Anlaß!

«Das ist keine Schlagsahne. Es würde dir nicht schmecken.»

Ihre Augen! Sie sieht mir prüfend ins Gesicht, als ob sie dort die Antwort finden könnte. Sie tut so, als ob ich sie anlüge. Was ist bloß mit diesem Kind los? Ich wäre nie auf die Idee gekommen, meine Mutter in Frage zu stellen. Ich gehorchte ihr aufs Wort. Aber Anastasia! Sie widersetzt sich, sie gibt nicht auf, sie sagt, es sei doch Sahne, wenn nicht, was ist es dann? Um es ihr zu beweisen, sage ich schließlich seufzend: «Gut, Anastasia, bitte sehr.»

Und sie strahlt mich an, als ob sie einen Kampf gewonnen hätte. Was geht nur in ihrem Kopf vor? Ihr Gesichtsausdruck, als sie das geschlagene Eiweiß auf der Zunge hatte! Ha! Das war die Strafe.

Womit habe ich dieses Kind verdient?

Belles endlose Hausarbeit verlangte ihr kaum geistige Konzentration ab, sie mußte lediglich darüber nachdenken, wie sie alles schaffte. Wenn sie bügelte, Kartoffeln schälte oder saubermachte, brauchte sie ihren Kopf nur wenig anzustrengen. Sie hörte Radio. Ed hatte einen Lautsprecher vom Wohnzimmerradio in die Küche gelegt. Er hatte sogar einen Schalter an der Wand installiert, so daß sie es von der Küche aus bedienen konnte. Sie hörte Arthur Godfrey – sie fand ihn toll – und Mary Margret McBride, ihre Lieblingssprecherin, manchmal irgendwelche Serien, Seifenopern. Aber die fand sie dumm, und sie stellte sie ab und hing ihren Tagträumen nach.

Sie überlegte, wie es wäre, wenn Ed einen anderen Job fände und mehr Geld verdiente. Den anderen Männern, die sie kannte, ging es besser. Jeans Mann, Eric, war jetzt Abteilungsleiter in seiner Versicherungsgesellschaft und verdiente soviel Geld, daß er sogar Freunde unterstützen konnte. Jean arbeitete natürlich auch noch, weil Momma bei ihr wohnte, die ihr im Haushalt half und sich um die Kinder kümmerte. Sie machte jetzt hochmodische Hüte für Lily Daché, und hin und wieder machte sie einen für sich selbst, einen kleinen hübschen Hut. Und wenn sie zusammen Bridge spielten, flüsterte Jean Belle manchmal ins Ohr, daß Eric wieder eine Gehaltserhöhung bekommen hatte, aber Belle konnte auch ohne diese Information sehen, daß es ihnen gutging. Sie hatten lauter neue Möbel, und Jean war hübsch angezogen, sie hatten ein Telefon und kauften sich alle paar Jahre ein neues Auto. Ihre Kinder brauchten nie Schuhe zu tragen, die schon zu klein geworden waren. Weihnachten bekamen Jeans und Erics Kinder so viele Geschenke, daß es bei ihnen aussah wie in einem Kaufhaus.

Und ihrem Bruder Eddie ging es auch gut. Er und Martha kamen zu Weihnachten in einem schönen Auto von Boston herunter. Eddie und Eric saßen zusammen und unterhielten sich über Autos, Ed saß schweigend daneben und hörte zu. Manchmal fragte Eric Ed nach seiner Meinung über ein bestimmtes Modell, aber Ed konnte nicht viel dazu sagen, weil er von neuen Autos keine Ahnung hatte. Sie wußte, daß Ed liebend gern wieder ein Auto gehabt hätte. Sie beschloß, daß er von der nächsten Gehaltserhöhung als erstes ein Auto bekommen würde, kein neues, aber einen Gebrauchtwagen. Nach der Waschmaschine.

Sogar Wally verdiente viel Geld, wenn er Arbeit hatte. Weiß der Himmel, was er damit machte, er hatte kaum Ausgaben. Er wohnte in Pensionen, die in der Nähe seines jeweiligen Arbeitsplatzes lagen, und wenn die Kabelarbeiten an einem Gebäude beendet waren, vermittelte ihm die Gewerkschaft einen neuen Job. Häufig kam er zu Jean oder Belle zu Besuch, schlief dann auf der Couch im Wohnzimmer und las den ganzen Tag lang die *Daily News*. Wally hatte etwas Trauriges an sich, fand Belle, etwas Heimatloses, Sehnsüchtiges.

Aber sie wollte sich damit nicht auseinandersetzen. Warum ließ er sich nicht irgendwo nieder? Er hatte Geld genug, nicht wahr? Aber er war gut zu ihr: Wenn er zu Besuch kam, gab er ihr immer ein paar Dollar für das Essen, und er ging immer zum Bäcker und kaufte Streuselkuchen und Brötchen. Und er liebte Anastasia.

Oh, Ed war fleißig. Aber es ging nur millimeterweise voran. Seine jährliche Gehaltserhöhung betrug zwei oder drei Dollar, was nicht reichte, um die steigenden Ausgaben für die heranwachsenden Kinder zu decken. Aber jedesmal, wenn Belle das Thema anschnitt, ob er nicht einen neuen Job finden könnte, bekam er einen Schluckauf. Sie wußte, daß er sich glücklich schätzte, überhaupt eine Anstellung zu haben. In der Nachbarschaft hatten nur wenige Männer Arbeit. Mr. Carle war Verwalter in einem Apartmenthaus, und dann gab es noch den deutschen Fleischer, Mr. Schinkel, Mr. Leifels und Mr. Costello, die ebenfalls Arbeit hatten. Alle anderen waren, soweit sie wußte, arbeitslos.

Und sie kam über die Runden. Sie klopfte mit dem Knöchel auf den Tisch, dachte, klopfe auf Holz und wünsch dir, daß Joy nicht wieder krank wird, und dann ging sie ihre Pläne noch einmal durch. Sobald die Verandamöbel abbezahlt sein würden, in drei Monaten, würden sie sich eine Waschmaschine anschaffen. Als nächstes ein Auto für Ed. Am meisten sparte sie für die Kinder. Sie sollten eine abgerundete Erziehung bekommen, damit sie eine Chance hatten herauszufinden, was sie mit ihrem Leben anfangen wollten. Sie sollten nicht wie sie werden. Sie wollte ihnen die Chance geben, etwas zu lernen.

Sie hatte schon mit dem Ausbildungsprogramm begonnen, war aber bis jetzt nicht sehr erfolgreich. Sie hatte Anastasia zum Ballettunterricht geschickt, als sie noch in Jamaica wohnten. Anastasia war begeistert und auch ziemlich gut und tanzte stolz Krakowiak und Steptanz und konnte einen Purzelbaum schlagen. Aber dann veranstaltete die Ballettschule einen Abend, wo die Schülerinnen der ersten Klasse auftreten sollten. Dafür brauchte Anastasia ein neues Paar Stepschuhe – die alten waren zu klein geworden – und ein Kostüm. Belle hatte weder Geld für die Schuhe noch für den Stoff, deshalb meldete sie Anastasia ab. Anastasia konnte nicht verstehen, warum sie nicht mehr hingehen durfte, und war sehr unglücklich. Belle wollte das nicht noch einmal erleben.

Anastasia spielte damals sehr viel Klavier. Sie kletterte auf den

Hocker und klimperte alle Lieder, die sie kannte. Belle wollte, daß sie Klavierunterricht bekam. Anastasia wollte das auch. Die Frage war nur, wie sie das Geld dafür von ihrem Haushaltsgeld abzwakken könnte. Würde es ihr gelingen, einen Dollar die Woche zu sparen, wenn sie billigeren Nachtisch zubereitete? Und wie sollte sie eine Lehrerin finden?

Anastasias erster Klavierlehrer war Mr. Califano, der ein paar Straßen weiter wohnte und ein Schild im Fenster hatte. Er war dick und bekam eine Glatze, und Anastasia haßte ihn. Sie haßte ihn, weil er sie häßliche Musik spielen ließ: Nur Sachen von Verdi, *Il Trovatore* oder *La Traviata*. Mit der linken Hand mußte sie dauernd ump-pa-pa spielen, was eintönig klang. Sie beschwerte sich und sagte, daß ihr diese Stücke nicht gefielen, aber er sagte, es sei großartige Musik.

Das glaubte sie ihm nicht, aber sie war nur ein Kind und konnte sich nicht durchsetzen. Außerdem schlug er ihr auf die Finger, wenn sie einen Fehler machte. Da Anastasia nie geschlagen wurde, konnte sie nicht damit umgehen. Sie war beleidigt. Aber es machte ihr Spaß, Klavier zu spielen.

Eines Nachmittags sagte Mommy: «Wasch dir die Hände und übe Klavier, Anastasia, heute nachmittag kommt Mr. Califano.» Anastasia schnitt eine Grimasse.

Mommy erstarrte. «Was ist los. Du brauchst nicht zum Klavierunterricht zu gehen, wenn du nicht willst. Das habe ich dir doch gesagt. Es liegt ganz bei dir.»

«Ich weiß», sagte Anastasia leise. Sie sah ihre Mutter an. «Aber ich kann Mr. Califano nicht leiden.»

Aber Mommy wurde nicht ärgerlich. Sie fragte: «Warum nicht?» Anastasia sagte es ihr.

«Er schlägt dir auf die Hände?» wiederholte sie. Dann sagte sie: «Du brauchst heute nicht zu spielen, Anastasia.»

Als Mr. Califano kam, versteckte Anastasia sich in der Küche. Sie hörte nicht, was ihre Mutter zu ihm sagte oder was er antwortete. Er kam nie wieder, und Mommy besorgte ihr einen neuen Lehrer. Anastasia war es peinlich, daß sie Mr. Califano angeschwärzt hatte. Er war nicht gemein zu ihr gewesen, er war es nur gewöhnt, Kinder zu schlagen. Ihr neuer Lehrer hieß Angelo la Matta, und er sagte, sie dürfe ihn Angie nennen. Er war wie sein Name, wie ein Engel, und ein viel besserer Lehrer als Mr. Califano. Mommy sagte, er hätte

Juillard absolviert. Er war jung, hatte ein schönes Gesicht und ließ Anastasia wunderschöne Musik spielen, Mozart, Beethoven und Bach, nicht den großen Bach, sondern den Sohn, Christian. Und zu Weihnachten schenkte er Anastasia ein Jahresabonnement der Fachzeitschrift *Etüde*, in der nur über Musik geschrieben wurde. Sie war so groß wie eine Zeitung, wie die *Daily News*, die Daddy jeden Abend nach Hause brachte, aber sie war gebunden und auf dickerem Papier gedruckt. Sie kam jeden Monat einmal, und dann machte Anastasia es sich auf dem Fußboden bequem, Knie nach innen, Beine nach außen, und studierte sie eingehend. Die Lektüre brachte sie oft ins Grübeln, doch sie las unbeirrt weiter. Besonders unverständlich war der Name einer regelmäßigen Kolumne: «Hemidemisemitriller». Vergeblich schlug sie im Lexikon nach und kam schließlich zu dem Schluß, daß es sich um ein erfundenes Wort handeln mußte, das kleine Notizen bedeuten sollte. Aber sie verstand trotzdem nicht, warum eine Kolumne so genannt wurde.

Joy ging in den Kindergarten. Als sie in die Schule kam, war sie fast pausenlos krank, weil sie, wie viele Kinder, jede ansteckende Krankheit mit nach Hause brachte. Sie bekam Masern, Windpokken und Ziegenpeter, und es dauerte nicht lange, bis sich Anastasia ansteckte und auch krank wurde. Nur Ziegenpeter bekam sie nicht. Belle verbrachte viele Tage mit der Pflege zweier kranker Kinder, sorgte sich um sie und um die Arztrechnungen. Joy fehlte fast das ganze Schuljahr – fünf Monate – und hätte eigentlich sitzenbleiben müssen. Aber ihre Lehrerin, Mrs. Hoffmann, eine junge Frau mit dunklen Locken, liebte Joy. Sie sagte Belle, daß sie befördert würde und im nächsten Schuljahr die zweite Klasse übernähme und Joy nicht verlieren wolle, also wurde Joy versetzt. Außerdem, fügte sie hinzu, ein Kind, das so alt war wie Joy und schon häkeln konnte, sei klug genug, um in die zweite Klasse zu kommen, auch wenn es den Stoff der ersten Klasse versäumt hätte.

Während Joy sich von ihren Krankheiten erholte, hatte sich Belle zu ihr gesetzt, mit ihr gehäkelt und es ihr geduldig beigebracht. Sie war stolz, daß Joy nach einem solchen Jahr in die zweite Klasse kam. Aber Joy sollte es später bereuen. Ihr fehlten die wichtigsten Grundlagen der ersten Klasse, ein Mangel, der sie während ihrer gesamten Schulzeit beeinträchtigen sollte.

Eines Abends, beide Kinder lagen wieder einmal krank im Bett, kamen Daddy und Mommy nach oben. Daddy schien sehr stolz auf sich zu sein. Er hatte eine große Kiste mit Büchern dabei. Jemand aus seiner Firma hatte erfahren, daß er eine Tochter hatte, die gern las, und ihm die Bücher vom Dachboden eines verstorbenen Verwandten geschenkt. Darunter viele Kinderbücher. Anastasia griff gierig nach der Kiste. Die Bücher sahen nicht so schön aus wie ihre eigenen, aber ihre eigenen hatte sie schon mehrmals gelesen. Ihr schönstes Buch war das Geschichtenbuch von Robert Louis Stevenson, mit vielen bunten Bildern: ein kleines Mädchen, das auf einer Schaukel saß und auf einen bunten Teppich aus Wiesen und Feldern blickte; ein kleiner Junge, der auf seinen eigenen Schatten starrte; und Kinder, die in der Mondsichel wie in einem Boot saßen. Sehr schön war auch *Pinocchio*, nur daß zuwenig Bilder drin waren, und ihre ersten richtigen Bücher: *Grimms Märchen* und *Andersens Märchen*. Sie besaß *Schneewittchen und die sieben Zwerge*, ein Bilderbuch, das ihr Mommys Freundin Adele mitgebracht hatte, als sie vor einem Jahr nachmittags bei Mommy zu Besuch war und Joy und Anastasia krank im Bett lagen. Aber ihr gefiel das Märchen nicht, es war Unsinn. Und die Bilder gefielen ihr auch nicht besonders.

Die Kiste enthielt Schätze: *Hurlbuts Biblische Geschichte, Griechische Göttersagen* (für Kinder), *Nordische Sagen* (für Kinder), Charles und Mary Lambs *Shakespeares Erzählungen*; *Der kleine Lord* und *Der geheime Garten*. Einen Monat lang versank sie in die unbekannten Welten, und sie las die Bücher immer wieder. Oft verstand sie nicht, was sie las, und mußte im Bett lange darüber nachdenken. Mit den Büchern, die sie aus der Schule mitbrachte, hatte sie solche Probleme nicht. Es waren Lehrbücher – Geographie, Geschichte oder Rechtschreibung – oder Bücher mit Geschichten, aus denen Kinder lernen sollten, brav, gehorsam, höflich im Umgang mit Älteren, ehrlich, sauber oder anständig zu sein. Diese Geschichten waren meistens dumm und albern. Anastasia fand sie banal. Sie wußte, daß Kinder sich nicht so benahmen, wie es in diesen Büchern stand. Und sie kannte kein Kind, das eine Gouvernante hatte oder in einer Villa lebte. Und die Daddies in diesen Büchern waren immer so liebevoll und wunderbar, auch wenn sie nicht viel zu Hause waren. Jedenfalls hatten sie keine Ähnlichkeit mit den Vätern ihrer näheren Umgebung. Sie wußte, daß der deutsche Fleischer von gegenüber seine Tochter schlug und sie abends an ihr Bett kettete, wenn er wegging, und wenn sie bei den DiNapolis an der Ecke vorbeiging, hörte sie oft, wie die Kinder verprügelt wurden. Sogar Onkel Eric schlug Errie mit einem Gürtel, genau wie der Vater von Lily Wallis, der es sogar einmal getan hatte, als sie gerade bei Lily zu Besuch gewesen war. Väter, die nicht Hand an ihre Kinder legten, wie ihr Vater, schienen kein großes Interesse an ihnen zu haben und waren ständig brummig und nörgelig. In den Büchern, die sie las, stand nichts von schlechten oder gewalttätigen Vätern, in den Märchen übrigens auch nicht, obwohl es dort Riesen und Menschenfresser gab und schwache Väter, wie den von Aschenputtel. Die Mütter waren durchweg grausame Stiefmütter. Nicht wie die liebevollen Mütter, die sie kannte, Mütter, die ihre Kinder beschützten und nährten.

Märchen, Sagen und die Geschichten von Shakespeare waren nicht so einfach und durchschaubar wie die Schulbücher. Sie beschäftigten sie, ließen sie nachts nicht schlafen. Sie begriff nicht, wer die Schneekönigin war oder warum sie den kleinen Jungen fangen wollte, warum Daphne glücklich war, in einen Lorbeerbaum verwandelt zu werden, warum König Lear Cordelia gegenüber so blind war. Sie merkte, daß die Geschichten für Kinder geändert, Teile ausgelassen worden waren. Mit den Büchern war es wie mit den Erwachsenen: sie ließen immer irgend etwas aus, etwas Wichtiges, das dem Ganzen erst Sinn gab. Die Geschichten belogen Kinder, genau wie die Erwachsenen. Wenn sie erwachsen war, so beschloß sie, würde sie die ausgelassenen Stellen finden und die Geschichten noch einmal lesen.

Dann gab es noch die Geschichten von Mommy, wahre Geschichten. Es waren sehr traurige Geschichten, weil Mommy ein sehr trauriges Leben gehabt hatte. Auch ihre Lieblingsbücher hatten etwas von dieser Traurigkeit. *Der kleine Lord* und *Der geheime Garten* handelten von Kindern, die genauso traurig waren wie sie, Anastasia. Sie fragte sich, ob ihr eigenes Leben auch noch, so wie in den Büchern, eine glückliche Wendung nehmen würde, aber sie konnte sich nicht recht vorstellen, wie. Manchmal lag sie abends wach in ihrem Bett, blickte aus dem Fenster und betrachtete die Wolken und den Mond. Plötzlich befand sie sich in einem Märchenreich und stellte sich vor, daß eine Fee zu ihr käme und sie drei Wünsche frei hätte.

Sie dachte lange über die drei Wünsche nach, kam aber immer

wieder auf dieselben. Eigentlich war es nur einer: Daddy sollte mehr Geld verdienen. Wenn Daddy mehr Geld verdiente, wäre Mommy glücklicher und würde Daddy lieben. Und wenn Mommy Daddy liebte, dann würden beide ihre Kinder lieben, Anastasia und Joy, und sie wären dann auch glücklich. Davon war Anastasia fest überzeugt. Deshalb sagte sie der Fee großmütig, daß sie nur einen Wunsch brauchte, die beiden anderen könne sie einem anderen Kind schenken. Manchmal dachte sie auch, daß sie lieber nichts riskieren und alle drei Wünsche nehmen sollte: einen für Daddy, der mehr Geld verdienen sollte, einen für Mommy, die Daddy lieben sollte, und einen für Mommy und Daddy, die Anastasia und Joy lieben sollten. Sie fragte sich, ob ihre Träume, wenn sie wirklich fest daran glaubte und es sich ganz fest wünschte, nicht auch ohne die Hilfe einer guten Fee Wirklichkeit werden könnten. Aber sie konnte nie soviel Vertrauen aufbringen, daß sie es wirklich hätte herausfinden können. Sie gab auf und summte in ihrem Bett ein Weihnachtslied, das damals in den Jahren der Depression beliebt war: «Liebes Christkind, ich wünsche mir / zum Weihnachtsfest nur eins von dir / daß Daddy lacht und Mommy mich küßt / und unser Leben glücklich ist.»

Belle arbeitete, versorgte die Kinder und machte Pläne. Es dauerte länger, als sie gehofft hatte, bis sie die Waschmaschine kaufen konnten – die vielen Arztrechnungen und der kalte Winter, in dem sie mehr Kohlen brauchten, als sie gedacht hatte –, aber schließlich bekam sie eine. Ed suchte sie mit ihr aus. Sie entschieden sich für eine stabile runde Maytag, die auf vier Beinen stand und einen grünen Metallmantel hatte. Als sie geliefert wurde, stand Belle allein in der Küche, sah sie an und faltete immer wieder die Hände. Ihr ging ein Vers aus einem Psalm nicht aus dem Sinn: Du schenkst mir voll ein.

Das Waschen war jetzt viel einfacher. Sie suchte montags morgens die schmutzige Wäsche zusammen und sortierte sie in drei Haufen, und dann zog sie die Waschmaschine, die sehr schwer war, aber auf Rollen stand, aus ihrer Ecke zu einer Stelle neben dem Ausguß. Sie nahm einen dicken schwarzen Schlauch aus der Waschmaschine und befestigte ihn am Wasserhahn über dem Ausguß, das andere Ende ließ sie in der Maschine. Sie legte die weiße Wäsche in die Trommel und stellte das heiße Wasser an, das in die Maschine floß. Sie fügte Oxydol hinzu und Clorox, wenn das Wasser hoch stand. Sie entfernte den Schlauch, schloß den Deckel und stellte den Motor an. Während die Maschine wusch, rührte sie die Stärke an. Danach konnte sie sich hinsetzen, eine Tasse Kaffee trinken und eine Zigarette rauchen.

Wenn die Wäsche fertig gewaschen war, zog sie einen anderen Schlauch aus dem unteren Teil der Maschine und hängte ihn in das tiefe Becken der Spüle. Sie ließ das schmutzige Wasser ablaufen. Als nächstes schloß sie den ersten Schlauch wieder an und ließ frisches Wasser zum Spülen einlaufen. Sie hatte das Bleichmittel vorbereitet und gab es in das Spülwasser. Wenn die Wäsche gespült war, ließ sie das Wasser wieder ablaufen. Dann holte sie die nasse Wäsche aus der Maschine und drehte sie durch den Wringer. Das war heikel. Manchmal half Anastasia ihr bei der Wäsche, und Belle mahnte jedesmal: Komm mit deinen Fingern nicht zu nah an die Wringmaschine. Diese bestand aus zwei Gummiwalzen und einem Hebel, der sie zusammenpreßte. Die Wäsche wurde zwischen die beiden Walzen geschoben, dann wurde der Motor angestellt, die Walzen drehten sich und preßten das Wasser aus dem Gewebe. Jedes Wäschestück mußte sorgfältig einzeln durchgeschoben werden.

Wenn die Wäsche ausgewrungen war, legte Belle die Stücke, die gestärkt werden mußten, in den flachen Teil des Ausgusses und gab warmes Wasser und Stärke dazu. Sie wiederholte die gesamte Prozedur mit der Buntwäsche. Während die Maschine wusch, ging sie mit der Wäsche, die sie nicht gestärkt hatte, nach draußen und hängte sie auf die Leine – Unterhemden und Unterhosen der Mädchen und weiße Socken. Sie ließ das Wasser ablaufen und das Spülwasser einlaufen, dieses wieder ablaufen, wrang die Buntwäsche aus. Die Wäsche, die gestärkt werden mußte, legte sie zu den anderen Teilen in die Stärke. Nun begann sie mit dem Waschen der dunklen Sachen. Aber sie kam selten so weit, ohne die Arbeit zu unterbrechen, weil sie für Joy und Anastasia das Mittagessen machen mußte, die von der Schule über Mittag nach Hause geschickt wurden, außer an Regentagen, an denen die Kinder Brote mitbringen durften und in der Schule Tütenmilch bekamen.

Sie öffnete eine Dosensuppe, machte ihnen ein Sandwich, Rührei mit Toast, ein gegrilltes Käsesandwich oder Thunfischsalat. Während sie aßen, setzte sie sich zu ihnen, trank Tee, aß einen Toast und rauchte. Sie hörte ihnen zu, war aber mit ihren Gedanken weit weg.

Sie malte sich aus, was sie alles für sie tun wollte. Sie hatte so viele Pläne. Wenn sie wieder weg waren, machte sie die dunkle Wäsche fertig. Die gestärkten Wäschestücke drehte sie durch die Wringmaschine. Endlich hatte sie die Wäsche auf der Leine. Wenn sie das geschafft hatte, ließ sie sich auf einen Stuhl fallen und seufzte. Sie war noch nicht fertig: Die Waschmaschine mußte ausgewischt, die Spülbecken gescheuert, der Stärketopf gesäubert werden: Aber das Schlimmste war geschafft. Dem Himmel sei Dank für die Waschmaschine.

Als Belle merkte, wie sehr Anastasia Musik liebte, beschloß sie, mit ihr in die Oper zu gehen. Belle war noch nie in der Oper gewesen, ebensowenig wie Ed. Sie schlug in der Zeitung nach und sah, wie teuer die Karten waren, und rechnete aus, wieviel es kostete, nach Manhattan zu fahren. Sie fing an, darauf zu sparen. Sie würden an Anastasias Geburtstag, im November, zu viert in die Oper gehen, im Mai fing sie an, Geld dafür auf die Seite zu legen.

Außerdem wurde ihr bewußt, daß ihre Kinder keinerlei religiöse Unterweisung erhielten. Eines Tages, im September, kurz vor Anastasias neuntem Geburtstag, sprach sie mit dieser darüber.

Mommy bügelte, als ich nach Hause kam, und sagte in förmlichem Ton: «Setz dich, Anastasia, ich habe etwas mit dir zu besprechen.»

Ich merkte ihrer Stimme an, daß sie nicht wütend war, sondern sich ernsthaft mit mir unterhalten wollte. Ich fühlte mich geehrt und setzte mich sehr korrekt hin, aufrecht, nicht lässig.

«Ich bin kein religiöser Mensch. Damit will ich sagen, daß ich nicht an Gott glaube. Ein Mensch, der nicht an Gott glaubt, wird Atheist genannt. Viele Menschen aber sind gläubig. Und ich habe darüber nachgedacht, ob du nicht etwas über Gott erfahren möchtest.»

Etwas über Gott erfahren! Über nichts anderes dachte ich Abend für Abend nach, wenn ich in meinem Bett am Fenster lag und die Sterne und den Mond betrachtete und überlegte, wie schlecht die Welt beschaffen war und ob es wohl jemanden gab, der alles wieder gut machen könnte!

«Oh, gern!» flüsterte ich.

«Gut. Es gibt viele verschiedene Religionen. Die Menschen haben die unterschiedlichsten Ansichten über Gott. Diese unterschiedlichen Ansichten bezeichnet man als Religionen. Dein Vater und ich sind im katholischen Glauben erzogen worden. Deshalb habe ich mir überlegt, ob es für dich nicht das beste wäre, wenn du den katholischen Religionsunterricht besuchen würdest. Was hältst du davon?»

Mein Herz hüpfte vor Freude.

Mein Verlangen nach Erkenntnis war so groß, daß ich selbst dann noch verzaubert war, als ich wochenlang den Katechismus gelernt hatte, was ich als sinnlos empfand, weil er Verklärung statt Wissen predigte und vorgab, daß etwas wahr wurde, wenn es ausgesprochen wurde. Meine Hingabe war leidenschaftlich: Ich glaubte nichts von dem, was ich auswendig lernen mußte, und lernte es trotzdem auswendig; aber ich glaubte an einen gerechten Gott und daran, daß ich, wenn ich mich genug bemühte, diese Gerechtigkeit entdecken würde. Allerdings wußte ich bereits, daß ich weder die Gerechtigkeit noch Gott auf dem Weg finden würde, den die Nonnen wiesen. Auch wenn ich die Gebote lernte, die läßlichen Sünden und die Todsünden und die Sakramente, selbst wenn ich sie halbherzig als Teil des Weges auf meiner Suche akzeptierte, wußte ich, daß die Gebote zu dumm waren, um die Gebote Gottes zu sein. Und ich war wild entschlossen, den Ort zu finden, wo Wahrheit und Gerechtigkeit wohnten. Das – Wahrheit und Gerechtigkeit – war für mich Gott. Gott war nicht Liebe. Ich wußte ja gar nicht, was das Wort *Liebe* bedeutete. Ich wußte, daß meine Mutter und mein Vater mich liebten, aber ich hatte das Gefühl, daß sie es nicht taten. Ich wußte, daß ich sie liebte, aber ich haßte sie auch, ich mißtraute ihnen und sah ihre Fehler. Kein Kind in meinem Alter dachte, daß Eltern Fehler machten. Auch wenn ich wenig Kontakt zu Kindern in meinem Alter hatte, soviel wußte ich doch. Die Eltern waren vielleicht grausam oder gewalttätig, aber sie hatten immer RECHT. Ich glaube nicht, daß meine Eltern immer im Recht waren, aber ich dachte, *ich* sei es.

Trotzdem wollte ich wissen, was ich da lernte, soweit es überhaupt zu verstehen war. Vieles von dem, was ich lernte, war eine absichtliche Mystifizierung. Aber manches wollte ich einfach durchschauen. Zum Beispiel das Ave Maria. Am Abend vor dem Kommunionsunterricht, am Dienstag, mußte ich meiner Mutter die Katechismuslektionen aufsagen. Ich übte mit ihr auch jeden Donnerstag, weil am Freitag in der Schule abgefragt und zensiert wurde

– ich gab ihr mein Schulbuch, und sie fragte mich ab, und ich antwortete ihr wie aus der Pistole geschossen. Am Abend dieses Tages mußte ich Gebete auswendig aufsagen, und danach fragte ich: «Mommy, kennst du das Ave Maria?»

Sie nickte.

Ich sagte die erste Strophe auf: «Heilige Maria, Mutter Gottes, du bist gebenedeit unter den Weibern und gesegnet ist Jesus, die Frucht deines Leibes.» Ich sprach in dem Rhythmus, in dem wir es gelernt hatten. «Was heißt das? ‹Jesus, Frucht deines Leibes›, was heißt Leib?»

«Ach, Anastasia, ich weiß es nicht», sagte sie.

«Mommy!» protestierte ich.

«Schlag im Lexikon nach», sagte sie, wie immer, wenn ich sie nach der Bedeutung eines Wortes fragte. «Unter Leibesfrucht.»

«Das habe ich gemacht. Da steht Embryo. Ich weiß nicht, was Embryo heißt. Also habe ich unter Embryo nachgesehen. Da steht Leibesfrucht.»

Meine Mutter schien leise zu lächeln. Sie zuckte die Achseln. «Frag die Schwester.»

Als wir das nächste Mal das Ave Maria im Religionsunterricht aufsagten, am Mittwochnachmittag (wir durften eine halbe Stunde früher aus der Schule), meldete ich mich. Schwester John the Baptist hob die Augenbrauen hoch, und als wir das Gebet beendet hatten, sagte sie: «Ja, Anastasia?»

Ich wußte, daß sie mich gern hatte. Weil ich immer meine Katechismuslektion gelernt hatte und die anderen Mädchen nicht. In der katholischen Schule wurden Mädchen und Jungen getrennt unterrichtet, aber die anderen Kinder waren viel jünger als ich. Es war üblich, mit sieben Jahren zur ersten Kommunion zu gehen, nach einem Jahr Kommunionsunterricht, sie waren also ungefähr sechs Jahre alt. Ich war fast neun. Ich merkte, daß ich älter war als die anderen, fühlte mich ihnen jedoch nicht überlegen. Aber ich hatte auch nichts mit ihnen gemeinsam.

«Was heißt das, Jesus, Frucht deines Leibes? Was ist eine Leibesfrucht?»

Schwester John stand stocksteif und still. Sie sah uns ausdruckslos und ruhig an. «Entschuldigt mich, Kinder», sagte sie und ging unvermittelt aus dem Klassenzimmer.

Die Mädchen rutschten auf ihren Plätzen hin und her, und ein paar flüsterten miteinander, aber das war auch alles. Wir gingen auf staatliche Schulen und waren dort viel ungezogener als hier. Vielleicht weil wir – wie in dem alten Witz – eingeschüchtert waren von dem Mann, der angenagelt am Kreuz vorn an der Wand hing. Schließlich kam die Schwester zurück, als wäre nichts geschehen. Sie beantwortete meine Frage nicht. Aber jetzt war ich fest entschlossen, mir eine Antwort zu holen.

Ich ging nach Hause und erzählte meiner Mutter, was sich zugetragen hatte. Wieder hatte ich das merkwürdige Gefühl, daß sie lächelte, aber sie sagte nur: «Ich weiß es wirklich nicht, Anastasia. Vielleicht solltest du die Schwester *nach* der Stunde fragen.»

Gesagt, getan. Ich hielt die Schwester fest, als die anderen bereits gegangen waren, und sprach sie im Flur an. Ich erklärte ihr, daß ich meiner Mutter die Frage gestellt hätte und daß sie gesagt hätte, ich solle die Schwester fragen. Was ich ja auch getan hätte, aber sie hätte vergessen, mir zu antworten. Ob sie mir jetzt bitte antworten würde.

Sie sah mich nachdenklich, freundlich an. «Kommst du aus einer religiösen Famile, Anastasia?»

Ich sah sie an. «Ich weiß nicht, Schwester.»

«Habt ihr Heiligenbilder zu Hause? Weihwasser?»

«Nein, Schwester.»

Sie klopfte mir auf die Schulter. «Ich werde dir etwas mitbringen», sagte sie, als verhieße sie einer Hungernden Speise. Und in der nächsten Stunde bat sie mich, etwas länger zu bleiben, und schenkte mir einen Schuhkarton voller Heiligenbildchen, ein Weihwasserschälchen und ein wunderschönes goldenes Filigrankreuz mit einem Jesus aus Ebenholz (zumindest sah es wie Gold und Ebenholz aus). Ich war sehr erstaunt und nahm die Schachtel an. Ich verstand nicht, was das mit meiner Frage zu tun hatte.

Ich trug die Schachtel ehrfürchtig nach Hause, packte sie vorsichtig aus und nahm jedes Bildchen in die Hand und betrachtete es. Die Heiligenbildchen, Reproduktionen italienischer Meisterwerke, waren sehr schön in meinen Augen, bis auf die von einem Maler namens Murillo, die voller niedlicher kleiner Jungen waren, die mich an die Kinder in Bilderbüchern erinnerten. Ich heftete meine Lieblingsbilder an die Wand neben meinem Bett und packte den Rest wieder in die Schachtel. Ich nahm das Kreuz mit nach oben, schlug einen Haken in die Wand über meinem Bett und hängte es dort auf, neben den Fotografien von Margaret Bourke White und Wendell Willkie, die ich mir aus der Zeitung ausgeschnitten hatte. Das waren damals meine beiden Traumhelden. Willkie war mein Präsidentschaftskandidat für das folgende Jahr. Ich wußte nicht, was ich mit dem Weihwassergefäß machen sollte. Ich nahm es mit nach unten und fragte Mommy, ob sie es an die Wand hängen wollte, aber sie verzog das Gesicht. Daraufhin nahm ich es wieder mit nach oben und legte es zu den Bildern in die Schachtel, die ich ordentlich ganz unten auf das wacklige Bücherregal stellte, das mein Vater für Joy und mich gebaut hatte.

Die Sache beschäftigte mich noch lange. Es war das erste und vielleicht auch einzige Mal in meinem Leben, daß ich für eine Frage belohnt worden war. Aber es fiel mir schwer, die Belohnung gegen die Antwort aufzuwiegen, die ich immer noch haben wollte. Das Wort Leibesfrucht bezog sich offenkundig auf etwas «Schmutziges» – warum sonst wollte mir niemand sagen, was es bedeutete? Aber wenn es ein unanständiges Wort war, warum kam es dann in einem Gebet vor? Und warum sagten Leute, die einem den Gebrauch von solchen Wörtern verboten, dieses Gebet auf und lehrten es Kindern?

Die vielen unbeantworteten Fragen erfüllten mich mit Verzweiflung, mit Wut. Abends lag ich zornig in meinem Bett, hätte am liebsten geschrien und irgend etwas zerschmettert. WARUM sagten die Erwachsenen den Kindern nicht die Wahrheit? WARUM diese Geheimnisse, diese Lügen, diese Ausflüchte? Was war so schlimm im Leben, daß Kinder es nicht wissen durften? Wußten Kinder nicht auch von schrecklichen Dingen, ohne daß sie ihnen erzählt wurden? Was zum Beispiel war mit den Kindern, die von ihren Eltern geschlagen wurden? Oder mit mir, wenn meine Mutter ihr Gesicht von mir abwandte? Schloß dieses Wissen nicht alles Schreckliche ein? Das Wissen, daß man allein war, ungeliebt, hilflos, unfähig, das eigene Leben zu bestimmen – was hätte schlimmer sein können?

Aber ich hatte meine Lektion gelernt. Ich stellte im Religionsunterricht nie wieder eine Frage. Wenn ich etwas ungerecht fand oder etwas bezweifelte, schob ich es einfach nur beiseite. Zum Beispiel weigerte ich mich zu glauben, daß meine schwer arbeitenden, geplagten Eltern in die Hölle kommen würden, weil sie am Ostersonntag nicht zur Messe gingen. Andererseits gab ich mir alle Mühe, sie an diesem Ostersonntag zum Mitkommen zu bewegen, und ich hatte Erfolg. Es machte aber wohl keinen großen Unterschied: Sie gingen nie wieder zur Messe. Und die Kirche hat mich mehr beeinflußt, als ich heute zugeben möchte. Zum Beispiel werde ich nie meine erste Kommunion vergessen. Es waren nicht das neue weiße Kleid und der Schleier, nicht die neuen weißen Lackschuhe, die langen weißen Strümpfe und das Sträußchen, das ich trug, auch nicht die Geschenke, die ich bekam. Nein: es war die Oblate auf meiner Zunge und der Glaube, daß es der Leib und das Blut Jesu sei. Mein ganzer Körper kam mir erleuchtet vor – ich wußte, ich trug etwas Heiliges in mir. Wer von den Kindern, wenn nicht ich, verstand, daß Liebe Speise war. Ich glaubte, daß ich Jesus in mir trug und erfüllt war von seiner Liebe, die Heiligkeit bedeutete. Zugleich jedoch wußte ich nicht genau, was Heiligkeit war. Ich wußte, sie hatte nichts mit Bravsein zu tun, so wie es von uns Kindern erwartet wurde. Ich glaube, ich hatte das Gefühl, es sei eine Art Macht. Bedeutete das also, daß Liebe Macht war?

2 Ich habe mir oft überlegt, wie sie wohl jede Woche den Dollar für meine Klavierstunde zusammengekratzt hat. Wenn mein Vater nur fünfunddreißig Dollar verdiente, wie konnte sie dann ein Fünfunddreißigstel dafür ausgeben? Ich selber habe nie dergleichen für meine Kinder getan. Arztrechnungen, ja. Aber Klavierstunden?

Was hat sie uns – haben sie uns beide – für Opfer gebracht. Er, indem er mit allem einverstanden war, was sie beschloß. Er beklagte sich nie, machte nie Schwierigkeiten. Er sagte nie: Muß denn das Kind unbedingt Klavierstunden haben, wir könnten sonst hin und wieder ins Kino gehen. Was sie nie taten. Sie gingen nie irgendwohin, und sie kauften sich nie etwas Neues.

Doch obwohl alles, was sie taten, zu unserem, ihrer Kinder Wohl geschah, wandten sie selbst sich zugleich von uns ab, zogen sich in ihre eigenen dunklen Winkel zurück. Klagen war undankbar, und Joy klagte nie. Sie spielte immer draußen, spielte mit anderen Kindern, fand überall und an allem Spaß. Mutter hielt es ihr vor:

«Joy, wie kannst du nur mit dieser Concetta spielen. Ständig läuft ihre Nase, und sie weiß noch nicht einmal, was ein Taschentuch ist. Was für ein abscheuliches kleines Ding.»

Joy war verletzt und trug die Wunde mit in ihr Erwachsenenleben. Mit Fünfzig lamentierte sie: «Immer hat sie meine Freundinnen kritisiert! Einmal hatte ich eine kleine Freundin, Concetta. Ich mochte sie gern, und Mutter wollte mir austreiben, mit ihr zu spielen, weil Concetta eine Rotznase hatte.»

Die Wunde, nehme ich an, rührte daher, daß Mutter Joy eine andere Einstellung vermitteln wollte, eine Sichtweise, die Joy sich nicht zu eigen machen wollte. Rotznasen waren unschicklich. Aber wo blieb da die Liebe? Auch Mutter beklagte sich mir gegenüber.

«Joy hat keinerlei Ansprüche. Es ist ihr ganz egal, mit wem sie spielt. Sie spielt sogar mit dieser Concetta, die ein schmutziges Kind ist und deren Nase ständig läuft.» Sie schüttelte den Kopf und verzog das Gesicht. Ich sah, daß Joy in Mutters Achtung gesunken war, weil sie sich auf eine so armselige Spielgefährtin einließ. Ich versicherte ihr glühend, daß ich so etwas nie tun würde: *Ich* sei *ihre* Tochter.

Sie ging mit uns allen in die Oper. Sie entschied sich für *Carmen*, das sei eine gute Einführung (Woher wußte sie das?). Wir fuhren an einem Novemberabend in die Stadt und saßen zusammen in einer Loge. Vorher ging Belle mit Anastasia nach Jamaica in eine große Bibliothek und lieh mit ihr das Libretto aus, damit sie verstand, worum es ging (Woher wußte sie von einem Libretto?). Anastasia nahm es mit in die Oper, aber sie brauchte es nicht, weil sie es auswendig gelernt hatte.

Was für ein Schauspiel! Tief unten und ganz weit weg auf der kleinen Bühne die Darsteller, die Bühnenbilder, das Orchester. Kostüme, Farben, sich hoch emporschwingende Stimmen, wunderbare Lieder, die einem Kind in Erinnerung bleiben! Es war das größte Ereignis in Anastasias jungem Leben, und noch Jahre danach stand es ihr deutlich vor Augen. Sie fühlte sich in ihrer Absicht bestärkt, Komponistin zu werden, vielleicht konnte sie eines Tages auch so wunderbare Musik komponieren wie Bizet!

Wally brachte ihnen bei einem seiner Besuche ein Geschenk mit – einen kleinen Radio-Plattenspieler, den man auf den Tisch stellen konnte. Da ein Tisch fehlte, stellten sie ihn in der Veranda auf den Fußboden. Anastasia lag der Länge nach davor und hörte sich immer wieder die drei Platten an, die auch noch Teil des Geschenkes waren: Gounods *Faust*, Bizets *Carmen* und das erste Klavierkonzert von Tschaikowsky. Wally hatte Belle gefragt, welche Platten er kaufen solle, und sie hatte diese Wahl getroffen (Wie kam sie darauf?). Anastasia hatte sich den Text und die Musik der Opern eingeprägt, ebenso die Musik des Konzerts. Aber inzwischen hörte sie nur noch Tschaikowsky. Das hatte nicht nur mit einer musikalischen Vorliebe zu tun, sondern eher damit, daß sie die Rolle der Frauen in den großen Opern verwirrte und verunsicherte. Anfangs versuchte sie herauszufinden, ob sie sich wünschte, eine dieser Frauen zu sein. Sie wäre lieber Carmen als Micaela gewesen, aber sie wollte nicht sterben. Und warum durfte Carmen nicht lieben, wen sie wollte, ohne dafür umgebracht zu werden? Die Rolle der Frau in Gounods *Faust* reizte sie überhaupt nicht. Besser also, sich an die Musik ohne Personen, ohne Texte zu halten.

Anastasia lag ständig auf dem Fußboden in der Veranda und hörte Musik, wenn sie nicht selber komponierte. Angie hatte ein Hauskonzert veranstaltet, und alle seine Schüler hatten vorgespielt. Anastasia gab eine selbstkomponierte Sonate, und Angie war mächtig stolz auf sie. Er hatte eine Aufnahme davon gemacht und schenkte sie ihr. Anastasia wollte nur schnell erwachsen werden, Symphonien komponieren und haufenweise Geld verdienen. Und wenn sie Geld hatte, würde sie Mommy einen Pelzmantel kaufen. Sie wußte nicht, was ein Pelzmantel war, aber alle Damen sprachen davon. Und wenn die Rede von einer war, die einen besaß, sagte sogar Mommy: «Oooh!» Daddies Schwestern hatten bei ihrem Besuch von einer Bekannten erzählt, die sich einen Pelzmantel gekauft hatte, und alle Frauen hatten sie beneidet. Es gab verschiedene Arten von Pelzmänteln, auf Nerz getrimmten Bisam, Eichhörnchen und Persianerlamm. Anastasia kam zu dem Schluß, daß Persianerlamm am vornehmsten klang.

Manchmal hatten sie ein Auto. Das war immer gut, denn dann fuhr Daddy Mommy am Samstag zum Supermarkt, und sie brauchte die schweren braunen Tüten mit Lebensmitteln nicht allein nach Hause zu tragen. Es fiel Mommy schwer, die Einkäufe zu schleppen. Als Anastasia sie einmal zu A&P und Big Ben begleitete, kauften sie eine Menge Dosen, Kartoffeln und Zwiebeln, und es waren mehr Tüten, als sie tragen konnte. Sie gingen den langen Boulevard entlang, aber an der 123rd Avenue konnte Mommy nicht mehr. Sie blieb stehen und sah Anastasia an. Ihre Stimme klang, als würde sie gleich weinen, und auch ihr Gesicht sah danach aus. Sie sagte: «Anastasia, ich kann nicht mehr.» Sie stellte eine der Tüten mitten auf den Bürgersteig und sagte zu Anastasia, sie solle dort bleiben und darauf aufpassen. Dann ging sie mit einer schweren Tüte und einer leichten, die sie Anastasia abnahm, nach Hause. Später kam sie zurück und holte die andere Tüte, und sie gingen zusammen heim. Das gleiche passierte Mommy einmal, als sie allein war. Als sie hinterher Anastasia davon erzählte, hätte sie wieder beinahe geweint. Sie hatte ein Paket zurücklassen müssen, unter einer Hecke, war dann nach Hause geeilt und zurückgekehrt, in panischer Angst, das Paket könnte verschwunden sein. Aber es war noch da.

(Als Belle achtzig war, erinnerte sie sich noch lebhaft an ihren Schrecken und ihre Angst um die Lebensmittel.)

Wenn sie ein Auto hatten, fuhren sie manchmal zu Tante Kris und Onkel Joe. Anastasia mochte Tante Kris sehr gern, aber bei ihr zu Hause mußte man besonders vorsichtig sein, durfte man die Tapeten und das Treppengeländer nicht anfassen, nicht einmal, wenn man die Treppe herunterkam. An einigen Sonntagen fuhren sie zu Tante Jean und Onkel Eric zum Abendessen, dort konnten sie mit Ingrid und Errie spielen. Sie rannten durch das Haus, spielten Fangen, brüllten, kreischten und lachten, bis Onkel Eric oder Mommy sagte, nun sei es genug. Dann gab es ein üppiges Abendessen, genau wie Mommys Abendessen. Tante Jean, das sagten alle, war eine wunderbare Köchin, genau wie Mommy.

Ihr erstes Auto war lang, flach und braun. Zu ihrem Haus gehörte keine Einfahrt, aber die Nachbarn, die Dentels, hatten eine Einfahrt und kein Auto. Also fragte Daddy Mr. Dentel, ob er seine Einfahrt benutzen dürfe. Und dann sägte Daddy den hinteren Zaun auseinander. Anastasia war wie gebannt. Er sägte einen Abschnitt des Holzzaunes heraus, befestigte Angeln an der einen Seite, einen Haken und eine Öse an der anderen. Dann fuhr er das Auto die Einfahrt der Dentels hinauf, stieg aus, öffnete den Zaun zu Belles Garten hin und fuhr das Auto hinter das Haus! Daddy war ein kluger Mann.

Und wenn sie im Sommer ein Auto hatten, überredete Mommy ihn einmal oder zweimal, mit ihnen nach Jones Beach zu fahren. Mommy brachte das Thema am Freitag zur Sprache, denn wenn sie wirklich fahren wollten, mußte sie am Samstag vorkochen. Für Anastasia bedeutete es stets eine schreckliche Anspannung, denn sie hatte Angst, es würde am Sonntag regnen und sie würden gar nicht fahren. Manchmal kam es so, und dann aßen sie ihr Sonntagsessen in der Küche, wie immer, aber aus dem Thermostopf. Aber wenn die Sonne schien, dann fuhren sie.

Mommy kaufte ihnen allen Badeanzüge und sich selbst einen Strandmantel. Anastasia hatte von einem solchen Kleidungsstück noch nie gehört, und sie hatte Mommy noch nie in etwas Neuem gesehen, deshalb starrte sie Mommy verwundert an, als diese sich ihren Strandmantel anzog. Er war lang, bis zu den Knöcheln, und er hatte vorn eine doppelte Knopfreihe. Der Stoff war vielfarbig gestreift und gerippt. Anastasia betastete die Rippen und fuhr mit der Hand über den Strandmantel: Sie fand ihn sehr schön.

Daddy fing am frühen Morgen an, das Auto vollzupacken. Erst verstaute er Mommys Strandstuhl, eine Decke und den Sonnenschirm: alte Sachen, die Mommy und Daddy schon jahrelang besaßen. Dann kamen die Handtücher, Thermosflaschen, Eimer, Schaufeln und der Gummiring für die Kinder an die Reihe, zum Schluß stellte er den Thermostopf ins Auto, der so schwer war, daß sogar Daddy ihn nicht tragen konnte; er bewegte ihn, indem er ihn rollte und ankippte. Mommy legte die Teller, Servietten, Messer und Gabeln in einen Koffer. Das meiste paßte in den Kofferraum, aber der Thermostopf wurde auf den Boden vor dem Rücksitz gestellt. Während der ganzen Fahrt sagte Mommy immer wieder: «Paßt bloß mit dem Topf auf, Kinder, verbrennt euch nicht.» Und Anastasia stieß mehrmals aus Versehen leicht mit den Beinen an den Topf und verbrannte sich.

Das Ausladen machte immer großen Spaß. Auch die Kinder mußten etwas nehmen, weil Daddy den Thermostopf, den Strandstuhl, die Thermosflaschen und den Sonnenschirm schleppte und Mommy die Decke und den Koffer. Die Kinder nahmen Eimer, Schaufel, Gummiring und die Handtücher. Es war ein weiter Weg, durch einen Tunnel, in dem man schreien konnte und die Stimmen hallten: Daddy erlaubte ihnen nie, zu schreien, aber die größeren Kinder schrien. Hinter dem Tunnel standen auf beiden Seiten des Weges Blumenbeete, die so schön rochen, daß Anastasia dachte, die Elysischen Felder, von denen sie in ihrem griechischen Sagenbuch gelesen hatte, müßten so duften. Es waren Petunien und Portulaks: Mommy hatte ihr die Namen gesagt, die sie nie mehr vergaß und jedesmal unhörbar wiederholte, wenn sie daran vorbeigingen.

Sie gingen immer an die Zach Bay. Anastasia wollte dorthin, wo die Brandung war, aber Mommy sagte, das sei zu gefährlich. Deshalb gingen sie zu dieser Bucht, und Anastasia war auch so glücklich. Sie rannte ins Wasser, noch bevor Daddy den Sonnenschirm aufgespannt, Mommy den Strandstuhl aufgestellt und die Decke ausgebreitet hatte. Joy blieb bei Mommy, bis Mommy sie bei der Hand nahm und mit ihr zum Wasser ging. Anastasia wollte die ganze Zeit im Wasser bleiben. Sie setzte sich in den Gummireifen, und anfangs blieben Daddy und Mommy bei ihr. Daddy lehrte sie schwimmen. Aber bald konnte sie ohne den Ring schwimmen, und es machte ihr Spaß, auf und nieder zu hüpfen, sich die Nase zuzuhalten und unterzutauchen, sich treiben zu lassen und zu planschen. Mommy mußte sie immer aus dem Wasser holen, wenn ihre Lippen blau wurden und ihre Finger faltig; dann saß sie mürrisch und verdrossen am Strand, bis ihre Finger wieder glatt waren und sie Mommy fragen konnte, ob sie wieder ins Wasser dürfe. Wenn es noch nicht zu spät war – Mommy wollte, daß sie trocken waren, bevor sie wieder ins Auto stiegen –, erlaubte Mommy es ihr.

Zum Essen jedoch mußte sie herauskommen. Mommy hatte das Essen am Vortag zubereitet. Sie legte einen Braten auf den Boden des Thermosbehälters, ein runder Topf, ungefähr 60 Zentimeter hoch und 45 Zentimeter breit, mit starken Innenwänden, die mit elektrischen Heizspiralen versehen waren. Daddy schloß den Thermostopf an eine Steckdose in der Küche an, Mommy gab den Braten hinein und schloß den Topf mit dem schweren Deckel. Er kochte die ganze Nacht. Dann, früh am Morgen, füllte Mommy Gemüse und Kartoffeln in zwei halbmondförmige Töpfe, an denen Haken waren, mit denen sie über dem Braten an den Rand gehängt wurden. Ganz oben war Platz für Brötchen oder Brot, den sie aber nie ausnutzten.

Bevor sie aufbrachen, zog Daddy den Stecker heraus, aber die Speisen in dem Topf blieben bis zur Essenszeit heiß. Mommy verteilte Teller, Messer, Gabeln und Servietten auf der Decke, Daddy zerlegte den Braten auf einem Teller, den er auf den Thermostopf stellte, und Mommy teilte Gemüse aus. Dann goß sie Kaffee aus der mitgebrachten großen Thermoskanne ein und Milch aus der kleineren. Es war ein richtiges Sonntagsessen, fast wie zu Hause. Mommy hatte auch Tomaten mitgebracht, die sie auf einem Teller in Scheiben schnitt, oder Apfelsauce, wenn es Schweinebraten gab. Aber zum Nachtisch aßen sie nichts Besonderes am Strand – nur Kekse.

Anastasia war es gleich. Das Essen war sowieso immer sandig, und sie wollte nur im Wasser sein.

Sie fürchtete sich vor dem Heimweg. Alle wirkten mürrisch, wenn sie den langen Weg mit den ganzen Sachen zurückgingen. Anastasia schleppte sich müde den Fußweg entlang. Sogar die Blumen rochen nicht mehr so gut. Schließlich sagte Daddy: «Warte du hier, Belle, ich hole das Auto.» Sie ließen sich auf eine Bank in der heißen Sonne fallen und warteten, bis Daddy endlich das Auto aus der Parklücke herausmanövriert hatte und angefahren kam zu der Stelle, wo sie saßen – mit dem Thermostopf, dem Sonnenschirm, dem Strandstuhl, den beiden Thermoskannen, dem Koffer, der Decke, den Handtüchern, dem Gummireifen, den Eimern, den Schaufeln und den sandigen Badekappen. Alles war voller Sand, und Anastasia tat der Hintern weh vom Sitzen im Sand. Sie spürte haufenweise Sand in ihrem Badeanzug, und sie hätte gern hineingefaßt und ihn herausgeholt. Aber das ging nicht, weil es sich nicht gehörte, so etwas vor anderen Leuten zu tun.

Irgendwann mußten wir unser Auto aber immer wieder verkaufen. Ed machte gute Miene zum bösen Spiel und beklagte sich nie. Wenn ich ihm sagte, ich schuldete Dr. MacVeaney dreißig Dollar oder ich hätte nicht genug Geld für die nächste Kohlenlieferung, wenn man uns Gas und Strom abstellte, weil wir die Rechnung nicht bezahlt hatten – zum Glück wußte Ed, wie man beides wieder anstellte, wir hätten sonst oft gefroren und gehungert in jenen Jahren –, dann sagte er nur: «Ich sollte wohl das Auto verkaufen.» Und er tat es. An Käufern mangelte es nie. Alle, mit denen Ed zusammenarbeitete, wußten, wie gut seine Autos waren. Wenn er eines kaufte, nahm er es jedesmal völlig auseinander und setzte die Teile wieder zusammen, nachdem er sie gesäubert und geschmirgelt hatte, so daß es wunderbar lief. Ed ist ein Autonarr. Deshalb übernahmen seine Kollegen nur zu gerne seine Autos. Er verkaufte sie für den Preis, den er dafür bezahlt hatte. Es fiel ihm nie ein, mehr zu fordern. Auch ich kam nie auf die Idee.

Aber ich fand es schön, ein Auto zu haben, es machte das Leben leichter. Außerdem gab es allerlei, was ich den Mädchen zeigen wollte. So bat ich Ed, mit uns nach Brooklyn zu fahren und an die Lower East Side von Manhattan. Ich zeigte den Mädchen die Gegend, in der ich einst gelebt hatte. Damals schon waren die Häuser abgerissen worden, so schrecklich waren sie, solche Slums. Ich zeigte ihnen, wie die Straßen dort aussahen, schmutzig, voller Menschen, erschreckend, und ich erinnerte sie daran, wie gut sie es hatten, in einem hübschen kleinen Haus zu wohnen, ihren eigenen Garten zu haben. Dann fuhren wir zur Lower East Side, wo es noch schlimmer war. Die Mädchen wurden ganz stumm, vor allem Anastasia. Ich hörte sie förmlich nachdenken. Überall sah man Leute, Wäsche hing von den Feuertreppen herab, es war laut und drekkig... Mein Gott, ich mag gar nicht daran denken.

Wenn niemand krank gewesen war und ich es mir leisten konnte, fuhren wir am Freitagabend, nachdem Ed seinen Lohn bekommen hatte, nach Jamaica und gingen ins Kino. Wir sahen uns Filme an, die den Kindern Spaß machten. Nelson Eddy und Jeanette MacDonald oder Deanna Durbin. Wir hatten alle unseren Spaß. Aber dann zerriß es mir das Herz, wenn Anastasia nach dem Kino die anderen Leute zu Jahns gehen und Eiscreme kaufen sah, und wir konnten es uns nicht leisten, und sie sagte kein Wort, starrte nur hin, und mir brach es das Herz.

Was für ein seltsames Kind, das ich da geboren habe. Wie sie sich immer ihre eigenen Höhlen baut. Im Sommer holt sie die alten Bettlaken und Tücher heraus, die ich in der großen Truhe in der Abseite ihres Zimmers aufbewahre – man weiß nie, wozu man sie noch brauchen kann –, schleppt sie in den Garten und baut sich ein Zelt. Sie hängt das eine Ende der Laken über das Verandageländer und das andere über die Hecke, so daß es beinahe wie ein Zelt aussieht. Darunter stellt sie meinen Strandstuhl auf und holt den Klavierhokker – er ist sehr schwer – als Tisch dazu. Sie setzt sich auf den Strandstuhl und liest, einen Haufen Bücher und Limonade auf dem Klavierhocker neben sich. Sie sagt, sie sei eine persische Prinzessin. Ich weiß nicht recht, was in ihr vorgeht. Aber es macht mir Spaß, ihr ein Glas Limonade oder Eistee zurechtzumachen. Ich schabe Eisstückchen von dem Block im Eisschrank, und ich schicke sie, ein paar Pfefferminzblätter aus dem Garten zu holen. Ich presse Zitronen aus und mache einen großen Krug voll Tee oder Limonade. Ich trinke beides selber gern.

Ich liebe den Sommer. Ich sitze draußen auf den Stufen, pale Erbsen oder ziehe Bohnen ab. Manchmal hilft mir Anastasia. Es ist so friedlich dort, ganz still, die Luft so sanft und immer noch hell, obwohl es Zeit zum Abendessen ist. Joy spielt draußen, und ich weiß, es geht ihr gut – sie ist ein glückliches Kind, ganz anders als Anastasia. Heute nachmittag ist sie bei den Callahans, ich sehe sie dort drüben im Garten. Mr. Callahan liebt sie. Angeblich ist er drogenabhängig. Aber er ist wirklich reizend zu Joy. Er hat ihr einen Cowboyanzug geschenkt, lederne Beinschützer, Hemd, Hut, alles. Seine eigenen Kinder besitzen nichts dergleichen. Er liebt Joy.

Ich finde es schön, mit Mommy draußen zu sitzen, wenn sie Erbsen palt oder Bohnen abzieht. Wir sitzen in der Nachmittagsstille zusammen, und ich spüre, daß Mommy mich gern mag, daß sie es gern hat, wenn wir zusammensitzen und arbeiten. Es macht mir nichts aus, die Erbsen zu palen oder die Bohnen abzuziehen, denn ich spüre, daß Mommy geradezu glücklich ist. Einmal, nach dem Abendessen, es war sehr heiß und wir saßen alle zusammen auf den Stufen hier draußen, war es, als wären wir eine glückliche Famile. Mr. Dentel rief aus seinem Garten herüber, er und seine Frau saßen auf den Stufen, er mache gerade Eiscreme und ob wir etwas davon haben wollten. Er hat eine Maschine, die man dreht und die Eiscreme macht. Es schmeckt besser als das Eis, das man im Laden kaufen kann. Daddy fragte Mommy, und Mommy sagte, das fände sie wunderbar. Daddy ging hinüber zu ihnen und häufte etwas davon auf Teller für uns. Es war Pfirsicheis, und es schmeckte köstlich. Wir saßen draußen, bis es dunkel wurde und die Glühwürmchen leuchteten, die Grillen zirpten und die Vögel verstummten.

Manchmal, wenn im Sommer der Eis-Wagen herumfährt, bekomme ich zehn Cent und kaufe zwei Orangeneis mit Vanille für Joy und mich. Aber das Eis schmeckt nicht so gut wie das von Mr. Dentel. Ich wünschte, wir hätten auch eine Eismaschine. Ich mag den Sommer lieber als den Winter, aber im Winter baue ich manchmal einen Iglu. Joy hilft mir dabei, wenn sie nicht krank ist. Wir häufen Schnee im Kreis auf, immer mehr, richtige Wände aus Schnee. Das runde Dach ist das Schwierigste. Dabei bricht der Schnee oft ein, alles fällt zusammen, und man muß von vorn anfangen. Joy lacht jedesmal, wenn das passiert. Ich weiß nicht, was daran komisch ist. Joy langweilt sich leicht und rennt weg, aber ich versuche es weiter, bis es schließlich gelingt. Dann mache ich gern eine Feuerstelle in dem Iglu. Ich würde gern in dem Iglu sitzen und im Feuerschein lesen. Einmal habe ich es versucht. Mommy hat mir alte Zeitungen und Holzspäne aus dem Keller gegeben, dann noch

Streichhölzer, und Joy war so aufgeregt, daß sie alle ihre Freundinnen rief. Alle wollten in den Iglu kriechen, aber er war zu klein, so mußten die meisten draußen bleiben. Ich habe Feuer gemacht, Joy und ich saßen direkt davor. Aber es war sehr kalt, trotz des Feuers. Und mein Hintern war eiskalt. Es war zu kalt zum Lesen. Ich möchte wissen, wie die Eskimos das machen. Vielleicht sitzen sie auf Fellen. Vielleicht auf Häuten von Walen? Oder auf Seehundfellen. Aber vielleicht lesen die Eskimos auch keine Bücher.

Ich mag die Kälte nicht. Im Winter muß ich zur Schule gehen. Ich hasse die Schule. Schule ist langweilig, und die anderen Kinder mögen mich nicht. Mommy hat gesagt, sie wären neidisch, weil ich so klug bin, aber das glaube ich nicht. Ich nehme an, es liegt daran, daß ich soviel jünger bin als sie. Sie finden mich eingebildet. Wahrscheinlich bin ich es, aber ich kann nichts dagegen tun. An manchen Tagen kann ich es nicht ertragen, zur Schule zu gehen, dann sage ich zu Mommy, ich hätte Bauchschmerzen. Sie läßt mich den ganzen Tag im Bett bleiben. Ich brauche mich nicht einmal anzuziehen. Ich gehe nach unten, hole mir das kleine Radio und ziehe mir den Sessel aus Mommys und Daddys Schlafzimmer neben mein Bett. Darauf stelle ich das Radio und höre «Our Gal Sunday», «Backstage Wife» und Mrs. Goldberg. Wenn ich neue habe, schneide ich Anziehpuppen aus, oder ich male mir welche. Ich habe jede Menge schöner Zeichenblöcke, die Onkel Eddie jede Weihnachten von Boston mitbringt. Nur leider ist das Papier so dick, daß die Puppenkleider, die ich darauf male, von den Anziehpuppen fallen, egal, wie lang ich die Aufhänger ausschneide. Ich wünschte, ich hätte einen schönen Tuschkasten oder diese Farbstifte, die man anfeuchten und mit denen man die Farben ganz gleichmäßig auftragen kann.

Die Anziehpuppen, die ich im Kaufhaus kaufe, finde ich sehr schön. Ich habe eine Rita Hayworth- und eine Ginger Rogers-Puppe und Puppen, die niemandem ähnlich sehen, sondern einfach nur hübsche Ladies sind. Aber sie besitzen alle schöne Kleider, Kostüme mit Pelzkragen, Faltenröcke und Abendkleider. Joy sagt immer Abendkleiders, egal, wie oft ich sie korrigiere. Sie sagt auch «Nachthemdis» und «Seggideggi» für Spaghetti. Sie ist lustig. Sie kann nicht «Türklinke» sagen. Sie sagt «Kürtlinke». Sie ist niedlich. Wenn wir krank sind, spielen wir Kaufhaus. Sie sitzt in ihrem Bett und ich in meinem. Ich hole meine Anziehpuppen, um die wir uns jedesmal streiten, aber ich gewinne immer, schließlich sind es meine

Anziehpuppen. Sie bekommt also die Hüte, die Taschentücher und die Schuhe und ich die Kleider, Kostüme, Mäntel und Abendkleider. Wir teilen uns die Puppen, und dann gehen die Puppen einkaufen. Wir sind die Verkäuferinnen, die ihnen beim Einkauf ihrer erlesenen Garderobe helfen. Ihre Garderobe ist natürlich nicht ganz so schön, weil den Puppen nur die Kleider richtig passen, die zum Set gehören, aber wir spielen, daß ihnen alles paßt. Wenn Joy ein Kleid besonders gut gefällt, kauft sie es, auch wenn es ihrer Puppe nicht paßt. Wir spielen mit Monopolygeld. Nach einer Weile wird uns das Spiel langweilig.

Abends will Joy immer, daß wir Radio spielen, aber das ist kein richtiges Spiel, weil ich alles allein machen muß. Ich sage ihr, daß mir das zu anstrengend ist, und sie verspricht, auch etwas zu machen, was sie aber dann doch nicht tut. Sie singt immer nur die Erkennungsmelodie, die das Programm einleitet. Aber selbst die kann sie nicht ohne mich, weil sie sie nicht auswendig weiß. Also singen wir beide die Erkennungsmelodie, und dann bin ich die Ansagerin. Manchmal besteht mein Programm aus Liedern, dann wieder erzähle ich eine Geschichte. Aber ich muß alle Rollen übernehmen, jedes Lied selber singen, und das strengt meine Stimme an. Deswegen sage ich oft, daß ich nicht Radio spielen möchte. Manchmal übe ich mit ihr, zweistimmig zu singen. Sie singt die Melodie, und ich übernehme die zweite Stimme. Aber ich kenne nur ein paar Lieder: «Joy to the World», «Now is the Hour» und «America the Beautiful». Die zweite Stimme zu «America the Beautiful» ist schwer, aber ich liebe dieses Lied. Es ist schön, anders als «Oh, say can you see», wo es ausschließlich um Krieg geht. Wenn wir «Joy to the World» singen, muß Joy immer kichern, weil sie denkt, daß sie gemeint ist. Sie begreift es noch nicht richtig, sie ist erst fünf. Ich bin an meinem letzten Geburtstag neun geworden, und nächsten Monat, im Mai, gehe ich zur ersten Kommunion. Was aber nicht heißt, daß ich nun erwachsen bin, denn die Mädchen im Religionsunterricht sind alle noch klein.

Zu den Dingen, die ich noch gern tue, gehört das Schaukeln auf meiner Schaukel. Daddy hat sie aufgestellt, sie ist sehr stabil und sicher. Das hat Mommy gesagt. Sie ist aus dem Haus gekommen und hat zugesehen, wie er sie aufgestellt hat. Ich kann mit der Schaukel sehr hoch schaukeln. Beim Schaukeln sage ich das Gedicht von Robert Louis Stevenson auf: «Die Schaukel», und spiele, daß ich ganz weit bis zum Horizont sehen kann, über einen Teppich aus kleinen quadratischen Farmen hinweg, wie auf dem Bild. Aber in Wirklichkeit sehe ich nur einen öden Platz mit einem staubigen Viereck in der Mitte, wo die Jungen Baseball spielen. Dahinter liegt eine High School, deren Namen ich nicht kenne. Manchmal, wenn ich schaukle, sehe ich die DiNapoli-Jungen auf ihrem Garagendach, wo sie einen Taubenschlag haben, mit ihren Tauben spielen. Sie lassen sie fliegen, und ich versuche, so hoch zu fliegen wie sie. Natürlich nur in meiner Phantasie. Ich wünschte, ich könnte fliegen. Im Traum kann ich fliegen, aber das ist nicht lustig, weil ich versuche, vor den Leuten zu fliehen, die hinter mir her sind. Ich komme nie hoch genug, um ihnen zu entwischen. Das sind Alpträume, aus denen ich zitternd erwache. Manchmal renne ich zu Mommy, aber sie kann es nicht leiden, wenn ich sie aufwecke. Sie ist müde. Sie ist oft müde, weil sie ein schweres Leben hat. Deshalb hat sie immer schlechte Laune.

Eines Nachmittags war Mommy besonders schlecht gelaunt. Anastasia aß ihre Kekse, trank die Milch und ging dann sofort nach oben, um sich umzuziehen. Sie legte sich auf ihr Bett und las ein neues Buch aus der Schulbücherei. Sie war ganz in dem Buch versunken, als Mommy nach ihr rief. Unwillig hob Anastasia den Kopf, sie war ganz benommen. Sie las so viel und so schnell, daß ihr manchmal richtig ein wenig schlecht war, wenn sie das Buch weglegte. Und zur Zeit wollte sie nichts als lesen. Sie ging immer zum Abendessen hinunter und stand, sobald es ging, wieder vom Tisch auf, rannte wieder hoch und las weiter. Sie hätte gern beim Essen gelesen, aber das erlaubte Mommy nicht. «Was?» rief sie von oben hinunter.

«Frag nicht immer *was*, Anastasia, und komm jetzt runter.»

Langsam ging sie nach unten. «Was ist?» fragte sie noch einmal, und ihre Mutter verzog das Gesicht.

«Ich möchte, daß du zur Bushaltestelle läufst und Daddy abholst. Sage ihm bitte, er soll dir einen Vierteldollar geben. Dann läufst du schnell zum Kaufmann und kaufst ein Päckchen Mueller-Spaghetti, Nummer acht, und anschließend gehst du zum Fleischer nebenan und kaufst für 15 Cent Hackfleisch.»

Spaghetti und Fleischklößchen: Hmmm. Anastasia lief das Wasser im Mund zusammen. Aber sie wollte nicht einkaufen gehen. Sie wollte lesen.

«Warum wartest du nicht, bis er nach Hause kommt, und ich gehe dann einkaufen?» wandte sie ein.

«Weil Daddy es schön findet, wenn das Essen fertig ist, wenn er kommt.»

«Das ist es doch jetzt sowieso nicht», bemerkte Anastasia zutreffend, und Belle zog die Augenbrauen hoch und wandte sich ab. Anastasia wußte, daß sie, Anastasia, recht hatte, obwohl ihre Mutter ein wütendes Gesicht machte. Sie wußte aber auch, daß ihre Mutter, wenn sie sich noch weiter sträubte, ihre Jacke anziehen und Daddy selber abholen und selber einkaufen gehen würde und dann, wenn sie wieder zu Hause war, eingeschnappt Essen kochen und mit Anastasia die nächsten Tage kein Wort mehr sprechen würde. Also holte sie unwillig ihre Jacke und ging los.

Es war ein wundervoller kühler Frühlingsabend, und sie war den ganzen Nachmittag drinnen gewesen und hatte gelesen. Sie atmete tief die frische Luft ein und war entzückt über die winzigen grünen Knubbel an den nackten Zweigen. Wie gestickt, dachte sie, winzige, grüne, knubblige Stiche auf braunem Grund. Und in einigen Vorgärten erspähte sie grüne Triebe, die aus der Erde kamen.

Sie trottete die drei Häuserzeilen entlang, die sie haßte. Sie wußte nicht, warum sie sie haßte. Sie haßte es, zu Fuß zu gehen. Sie wäre lieber Rollschuh gelaufen oder Seil gesprungen. Sie erreichte die 123rd Avenue, Ecke Sutphin Boulevard, aber der Bus war nicht da. Beklommen stand sie vor *O'Malley's Bar & Grill: Saloon* – sie dachte über die Worte nach. Was hieß das? Bar, Grill, Saloon? Sie hatte auch schon einmal hineingelinst und wußte, daß es dort eklig stank. Außen waren kleine Schwingtüren, auf dem Fußboden lagen Sägespäne, und drinnen roch es säuerlich. Oft kamen schäbig wirkende Männer heraus, die große Kannen mit überschäumendem Bier trugen.

Schließlich kam der Bus um die Ecke, und die Leute stiegen aus, aber Daddy war nicht dabei. Ungeduldig hüpfte sie von einem Bein auf das andere. Einige Zeit später kam wieder ein Bus, und Daddy stieg aus. Sie freute sich, ihn zu sehen. Seine Erscheinung gefiel ihr. Sauber und gut aussehend, anders als die übrigen Männer. Und als Daddy sie sah, lächelte er! Er freute sich, sie zu sehen!

Sie wartete auf ihn, bis er die Straße überquert hatte, dann rannte sie zu ihm hin und erzählte, was sie einkaufen sollte. Er lächelte wieder und gab ihr einen Vierteldollar. Aber anstatt gleich zum

Kaufmann zu rennen, wie Mommy gesagt hatte, begleitete sie ihn, hüpfte, redete, sah zu ihm hoch, in sein Gesicht. Er schien froh zu sein, daß sie gekommen war!

Sie ging zwei Häuserblocks mit ihm mit, dann bog sie nach links ab und rannte den Hügel hinauf zum Rockaway Boulevard, wo die Geschäfte lagen. Sie beschloß, ihn von nun an jeden Abend abzuholen. Es war Frühling, dann kam der Sommer, die Tage waren lang, wenn sein Bus um zehn Minuten nach fünf kam, war es hell, und die Luft war warm. Sie sah auf die Uhr und ging um fünf Minuten nach fünf los. Sie mußte nie länger als zwei Busse warten. Dann gingen sie zusammen nach Hause zurück, manchmal gingen sie Hand in Hand. Er schien immer froh zu sein, wenn sie da war, das machte sie glücklich.

Im Sommer saß Mommy oft vor dem Haus auf der Treppe und wartete darauf, daß sie nach Hause kamen. Sie lächelte und stand auf – sie würde Daddy nie erlauben, ihr auf der Straße einen Kuß zu geben – und ging ins Haus, um das Essen auf den Tisch zu stellen. Daddy schien nicht mehr so mürrisch zu sein. Eines Tages ging sie zu dem Auto, das er gerade reparierte, und bat ihn, ihr den Motor zu erklären, und er erklärte ihn ihr. Doch sie verstand die Worte nicht, die er benutzte: Sie wußte nicht, was ein *Generator* war, oder ein *Verteiler*, eine *Batterie*. Aber sie tat so, als ob sie alles verstünde, damit er nicht ungeduldig wurde.

Es waren jetzt Ferien, und Anastasia fühlte sich wohl. Eines Tages, Joy spielte irgendwo, und sie wollte gerade ihr persisches Zelt errichten, setzte Mommy sich an den Küchentisch, zündete sich eine Zigarette an und bat sie, sich hinzusetzen. Sie setzte sich und spürte, daß ihre Mutter ihr etwas Wichtiges sagen wollte.

«Du bist nun schon ein großes Mädchen, Anastasia», sagte Mommy.

Anastasia fühlte sich geschmeichelt.

«Du hattest deine erste Kommunion, du hast die fünfte Klasse beendet und kommst jetzt in die sechste. Ich bin in der Schule nie über die sechste Klasse hinausgekommen. Du hast Glück.»

«Warum, Mommy?»

«Ich mußte arbeiten gehen», Mommys Stimme klang belegt und traurig, als ob sie gleich weinen würde. Anastasia sah ihre Mutter bedrückt an. «Mein Vater starb, als ich neun Jahre alt war – so alt, wie du jetzt bist.»

Und dann fing sie an, sich ernsthaft mit Anastasia zu unterhalten. Im Laufe der Zeit hatte Anastasia ihr oft Fragen über ihre Mutter und ihren Vater gestellt, wollte wissen, wie sie Daddy kennengelernt hatte und warum sie ihn geheiratet hatte (das beschäftigte sie besonders), und Belle hatte ihr Bruchstücke erzählt. Über Daddy sagte sie nur Gutes: daß er ein Tennisspieler gewesen war, daß er so versiert gewesen war, daß er im Forest Hill Club gespielt hatte, daß er ein Star auf der Aschenbahn gewesen war, daß er aufs College gegangen war, aber keinen Abschluß hatte, weil seine Mutter krank wurde und er für sie sorgen mußte. Aber daß er sehr klug war, schon als kleiner Junge hatte er ein Radio gebaut, und daß er viel von Autos verstand. Und daß er gute Manieren gehabt hatte: Er war zur Haustür gekommen und hatte geklingelt, nicht gehupt, wie die anderen jungen Männer. Aber Anastasia konnte immer noch nicht verstehen, warum sie geheiratet hatten und wie die Hochzeit gewesen war. Sie verstand nicht, warum Mommy es ihr nicht erzählen wollte.

Aber an diesem Nachmittag erzählte Mommy ihr andere Geschichten. Monatelang erzählte sie dem Kind nachmittags ihre Geschichten. Sie erzählte ihr, wie sie zum Markt gehen mußte, wenn die anderen Kinder draußen spielten, und wie sie ganz weit laufen mußte, bis zu einer schrecklichen Gegend, die paar Münzen fest in der Faust. Dort kaufte sie ein, ging zurück und kochte auf einem Herd, der mit Holz geheizt wurde, für sich und ihre Mutter das Essen. Jeden Abend. Sie war erst neun Jahre alt. Anastasia hörte zu, ihr tat das Herz weh. Und wie arm sie gewesen waren und daß ihnen niemand geholfen hatte, nur eine fremde jüdische Familie. Die Mitglieder ihrer eigenen Familie hatten sich nicht um sie gekümmert. Mommy hatte kein Englisch gekonnt und wurde deswegen von der Schule nach Hause geschickt. Später war sie noch einmal nach Hause geschickt worden, weil ihr Haar nicht gekämmt war.

«Meine Mutter hat mir nie das Haar gekämmt», klagte Belle.

Und Belle erzählte ihr, wie sie auf die kleine Jean aufgepaßt hatte und wie sie sich danach gesehnt hatte, mehr lernen zu dürfen, was aber nicht ging, weil sie zu arm waren, und wie glücklich Anastasia sich schätzen könnte. Belle konnte auch in späteren Jahren nicht mehr lernen, weil sie auf einem Auge blind war, seit sie die Masern gehabt hatte, und auf einem Ohr taub, seit sie eine Gehirnhautentzündung gehabt hatte. Deshalb konnte sie nicht verstehen, was die

Lehrerin sagte, und nicht lesen, was an der Tafel stand. Wie sehr hatte sie sich gewünscht, Klavier spielen zu können. Deshalb war es ihr so wichtig, daß Anastasia Klavierunterricht bekam. Und Joy sollte auch welchen bekommen, in ein paar Jahren, wenn sie alt genug wäre. Sie selbst hatte nichts, absolut gar nichts über Religion gewußt und war erst mit achtzehn zur Firmung gegangen, als sie schon ausgewachsen gewesen war. Sie war sich unter den Zwölfjährigen sehr dumm vorgekommen. Sie hatte ein trauriges Leben gehabt.

Ihr Leben war immer noch schwer, weil sie so sparsam sein mußte und sich Sorgen machte, weil Daddy nicht genug verdiente, um die Familie versorgen zu können. Er war nicht ehrgeizig, ihm fehlte der Antrieb, er plante nie im voraus, er überließ es ihr, für die Kinder zu sorgen, die Pläne zu machen und zu hoffen. Alles kam von ihr. Daddy war alles egal, wenn er nur sein Essen hatte, seine Nachtruhe und... An seinen Kindern lag ihm nichts.

«Aber er liebt dich», warf Anastasia ein.

Belle schnaubte. «Er liebt niemanden. Sieh doch bloß, wie er seine Familie behandelt. Seit er mich geheiratet hat, denkt er nicht mehr an sie, er ruft sie nicht an, er schaut nicht vorbei. Seit wir verheiratet sind, hätte er sie nicht ein einziges Mal mehr besucht, wenn ich nicht immer sagen würde: ‹Ed, wir sollten deine Mutter besuchen gehen: Jetzt, wo seine Mutter tot ist, bin ich es, die ihn daran erinnert, daß wir seinen Vater besuchen gehen. Ich gebe immer den Anstoß, dabei mögen sie mich noch nicht einmal.»

«Warum mögen sie dich nicht?» fragte das Kind beklommen.

«Ach, ich weiß nicht. Vielleicht, weil ich keine gute Katholikin bin. Oder weil ich rauche.»

«Früher haben wir Tante Kris besucht. Warum gehen wir da nicht mehr hin?»

«Ich weiß es nicht, Anastasia.» Belle wurde ungeduldig. «Sie war wegen irgend etwas wütend auf Daddy, ich weiß nicht, was es war. Sie hat es mir nicht gesagt. Und du siehst ja, daß er nicht daran interessiert ist, sich mit ihr zu versöhnen. Spricht er je von ihr und Joe? Nie. Es ist ihm egal. So würde es uns auch ergehen. Wenn wir tot wären, wäre er innerhalb eines Monats wieder verheiratet. Und wenn er eine heiraten würde, bei der er nur Würstchen und Bohnen bekäme, wäre ihm das auch recht, er würde den Unterschied noch nicht einmal bemerken.»

Belle würde bald sterben. Sie hatte ein schwaches Herz, immer schon, und sie wußte, daß sie nicht lange leben würde. Es machte sie wütend, wenn sie hörte, wie die Nachbarinnen Daddy lobten. «Sie sagen alle dasselbe – oh, wie liebevoll Mr. Dabrowski ist, wie glücklich Sie sein müssen!» Sie machte sich über ihren Tonfall lustig, ahmte ihn nach, so daß es dumm und piepsig klang. «‹So nett, so höflich. Was für ein Glück Sie haben!› Sie wissen nicht, wie er in Wirklichkeit ist, daß er mürrisch ist, finster und ohne jeden Ehrgeiz. Sie haben ja keine Ahnung. Sie sagen nicht, daß er sich glücklich schätzen kann, daß er mich hat.»

«Sag du es ihnen doch», meinte Anastasia, die Ungerechtigkeit haßte.

«Nein, das würde ich nie tun. Sie klatschen alle. Sie erzählen alles weiter. Deshalb sage ich es ja dir, Anastasia. Ich muß mit jemandem reden, und mit diesen Frauen kann ich es nicht. Aber du darfst es nie jemandem erzählen, was ich dir erzähle. Das ist vertraulich. Ich erzähle es dir, weil du schon groß bist.»

Das Vertrauen, das ihre Mutter in sie setzte, bewegte Anastasia zutiefst und bohrte sich in ihr Herz. Nachts lag sie in ihrem Bett und stellte sich das Leben ihrer Mutter vor, versuchte, es noch einmal ablaufen zu lassen. Aber diesmal war sie dabei, um ihrer Mutter das Leid und die Ungerechtigkeiten zu ersparen, die sie hatte erdulden müssen. Wäre sie doch bloß dabeigewesen! Sie hätte ihrer Mutter geholfen, dann wäre sie glücklicher gewesen. Und wenn sie an ihren Vater dachte, verhärtete sich ihr Herz. Er hatte Mommy unglücklich gemacht, er liebte sie nicht, er liebte nur sich selbst.

Im Verlauf der Monate wuchs sich Anastasias neue Beziehung zu ihrer Mutter zu einer Besessenheit aus. Sie hatte schnell begriffen, daß sie selbst diese vertraulichen Unterhaltungen nicht in Gang setzen konnte. Sie ging in die Küche und wartete. Sie bot sich an, zeigte sich bereit. Aber wenn Mommy keine Lust hatte, mit ihr zu reden, wurde sie ärgerlich. Wenn Anastasia sie etwas fragte, seufzte sie und sagte: «Geh spielen, Anastasia, ich bin müde.»

Es war Daddys Schuld, daß Mommy immer so unglücklich, müde und schlecht gelaunt war. Anastasias Magen krampfte sich jedesmal zusammen, wenn sie nach Hause ging. In der Schule war sie schon unglücklich, sie war froh, wenn die Schule aus war, aber wenn sie von weitem ihr Haus sah, wurde ihr schlecht. Manchmal, wenn sie durch die Hintertür ins Haus kam, lächelte Mommy und freute sich, daß sie da war. Manchmal aber auch nicht. Am Waschtag hatte sie grundsätzlich schlechte Laune, und für Anastasia war der Geruch nach Wäsche, Waschpulver und Bleiche immer gleichbedeutend mit angespannter Stimmung, Öde, Leere, Einsamkeit. Sie dachte, sie hätte etwas angestellt, und fragte ihre Mutter, was denn los sei, aber Belle sagte immer: «Nichts.» Und wenn sie darauf beharrte und fragte, warum ihre Mutter wütend auf sie sei, wurde Belle sauer: «Nimm dich doch nicht so wichtig!»

Das war alles Daddys Schuld. Sie achtete darauf, nicht mehr auf Mommy wütend zu werden, wenn Mommy schlechte Laune hatte, denn jetzt wußte sie, daß Mommy auf Daddy wütend war. Mommy tat ihr leid, weil sie so ein trauriges Leben gehabt hatte und es immer noch schwer hatte. Sie holte Daddy nie mehr vom Bus ab, wenn er von der Arbeit kam. Statt dessen blieb sie bei Mommy in der Küche oder setzte sich zu ihr auf die Stufen. Sie begriff, daß es nicht richtig gegenüber Mommy war, wenn sie Daddy abholte, daß es einem Verrat gleichkam. Anastasia schloß sich enger an ihre Mutter an und begann, ihren Vater mit kritischen Augen zu betrachten.

3 Sobald er es sich leisten konnte, faßte Brad den Entschluß, mit uns in ein Haus zu ziehen. Nicht irgendein Haus – es mußte schon etwas Großes, um nicht zu sagen Pompöses sein. Er träumte von einem Haus mit weißen Säulen und einer Terrasse an einer Allee in Rockville Centre. Wichtig an dem Haus war nicht der Komfort, sondern der Erfolg, den es signalisierte. Es gelang mir, uns ein besonders repräsentatives Haus mit dem Hinweis zu ersparen, daß es für die Kinder viel zu gefährlich sei – es hatte keinen Garten, nur eine Rasenfläche und stand direkt an einer Kreuzung zweier stark befahrener Straßen. Aber Brad suchte weiter, und als Makler saß er direkt an der Quelle. Schließlich fand er eins, von dem er annahm, daß es mir gefallen würde: ein großes altes Haus in viktorianischem Stil, mit einem Balkon über die gesamte vordere Front und längs einer Seite, einem großen Garten mit alten Bäumen, in einer Spitzenlage von Rockville Centre, der Stadt, in der meine Eltern wohnten, dem teuersten Ort an der ganzen South Shore von Long Island in Nassau County. Es gab dort nur eine Gegend, die noch teurer

war, Garden City. Mir war klar, daß Brad sich für später auch schon dort umsah.

Ich muß zugeben, daß mir das Haus gefiel. Es war klein und leicht heruntergekommen, aber es sah aus wie ein Haus, in dem eine Familie glücklich sein konnte. Der Garten war riesengroß, voller alter Bäume, und ich stellte mir eine Schaukel für die Kinder vor und ein kleines Planschbecken. In unserer Vier-Zimmer-Wohnung waren sie zuwenig an die frische Luft gekommen, das konnten sie jetzt nachholen. Außerdem waren sie genau im richtigen Alter dafür, vier und fünf. Und es gab genug Platz, daß ich mir im Keller eine Dunkelkammer einrichten konnte.

Aber der Umzug in das Haus machte Brad nicht glücklich. Es bedrückte ihn, daß das Haus so teuer gewesen war und viele Zimmer leer standen, weil wir uns keine Möbel leisten konnten. Adeline trieb eine scheußliche, gebrauchte Eßzimmereinrichtung für uns auf, für fünfundzwanzig Dollar. Brad gab ihr das Geld, aber die Möbel waren so häßlich, daß er sie nicht im Haus stehen haben wollte. Sie standen im Keller, wo sie darauf warteten, daß er Zeit hätte, sie anzumalen, bis das Haus, Jahre später, wieder verkauft wurde. Als ich merkte, daß Brad es nie schaffen würde, für die Kinder eine Schaukel aufzustellen, bat ich meinen Vater darum. Das Planschbecken kaufte ich vom Haushaltsgeld. Ich hatte jetzt selber genug Geld, um mir die Dunkelkammer einzurichten, und ich leistete mir sogar einen Archivschrank aus Metall für meine Fotos – eine Anschaffung, die mir zum erstenmal das Gefühl gab, professionell zu arbeiten.

Natürlich mußte ich in der neuen Gegend von vorn anfangen. Das war hier schwieriger, weil nicht viele Leute Kinder hatten. Die wenigen mit Kindern hatten genug Geld, um sich einen richtigen Fotografen kommen zu lassen. Das ist ein Phänomen, auf das ich oft gestoßen bin – wenn die Männer es zu etwas bringen, geht es den Frauen schlechter. Ich hatte noch Kontakte zu Leuten, die mich aus meiner alten Umgebung kannten, und bekam deshalb noch ein paar Aufträge, aber mit der Zeit wurden es weniger, bis ich nur noch ein- oder zweimal in der Woche Termine hatte.

Zu den Bedingungen, die ich stellte, ehe ich in ein Haus mit drei Badezimmern zog (die ich alle würde putzen müssen), das weitab von Einkaufsmöglichkeiten oder öffentlichen Verkehrsmitteln lag, war ein Auto. Brad kaufte mir grummelnd einen kleinen gebrauchten Rambler, der nicht über 60 Meilen die Stunde fuhr. Brad zeigte keinerlei Verständnis für meine Einwände. «Du machst doch sowieso nie sauber, also kann es dir egal sein, wie groß das Haus ist», sagte er. Die zweite Bedingung war ein Klavier. Ich war ausgehungert nach Musik, und ich wollte, daß die Kinder Klavier spielen lernten. Brad zeigte sich aufgeschlossen, und ich fand ein altes Klavier mit einem einigermaßen anständigen Klang. Ich durfte es nur nicht ins Wohnzimmer stellen, er fand, es sei eine Beleidigung fürs Auge.

Wir zogen im Frühling um, gerade als die Knospen aufsprangen, und ich war viel mit den Kindern draußen und spielte die meiste Zeit des Tages mit ihnen. Zunächst war ich glücklich. Ich fühlte mich irgendwie verjüngt. Wir spielten Fangen und Verstecken zusammen mit den wenigen anderen Kindern aus der Nachbarschaft, oder eine Freundin aus unserer früheren Gegend kam mit ihren Kindern.

Ich fotografierte sie immerzu – unter den Bäumen, im Garten: wunderschöne Bilder, strahlende Idyllen aus Sommer, Kindheit und flachsblonden Engelchen. Und jeden Abend badete ich sie in der schönen großen Badewanne in dem Bad im Obergeschoß (Brad und ich hatten unser eigenes Badezimmer! Was für ein Luxus!) und spielte Eisessen mit ihnen, so wie meine Mutter es immer mit uns gespielt hat: Ich schlug eine riesige Menge Seifenschaum, nahm ihn in die Hand und bot den Kindern einen Happen von meiner Eiscreme an. Sie kicherten genauso, wie Joy und ich früher gekichert haben, und ich fragte mich nebenbei, wie meine Mutter auf das Spiel gekommen war. Denn mit Sicherheit hat mit ihr niemand dieses Spiel gespielt.

Als es Herbst wurde, lud ich die Kinder und meine Kameras ins Auto und fuhr mit ihnen zu exotischen Orten, um Aufnahmen zu machen – Rückseiten von Filmtheatern (herrliche rote Feuerleitern, die sich von den nackten grauen Wänden abhoben), Eisenbahngeleise (alte Eisenbahnwaggons, die auf Abstellgleisen vor sich hin rosteten, parallel laufende Schienenstränge im schiefen Winkel aufgenommen, das Rad eines stehenden Zuges in Nahaufnahme, eine stillgelegte alte Eisenbahnstation), Baumstämme in einem Sägewerk, Kistenstapel hinter einem Supermarkt. Jetzt mache ich Kunst, dachte ich.

Seltsamerweise war Brad von diesen Bemühungen oft beeindruckt. Er hatte meine Fotografiererei immer mit Geringschätzung betrachtet, als ein Hobby, das zu teuer war; er fand einige der Bilder, die ich von Arden gemacht hatte, ganz schön, aber er war der Ansicht, daß jeder sie hätte knipsen können. Doch ohne mein Wissen nahm er eines meiner Bilder, ein Autowrack, das verlassen am Southern State Parkway stand (Jahre bevor solche Bilder geläufig waren), und schickte es an die Lokalzeitung, den *Long Island Herald.* Und sie druckten es! Sie schickten mir einen Scheck über 50 Dollar und wollten mehr von meinen Arbeiten sehen.

Darüber war ich natürlich sehr glücklich, aber noch mehr bewegte mich, was Brad getan hatte. An dem Abend, als die Zeitung angerufen hatte, um zu fragen, ob sie es veröffentlichen dürften, begrüßte ich ihn an der Tür mit einem frohen Lächeln und einer Umarmung. Ich war zärtlich, ich bedrängte ihn richtiggehend. Seine Tat hatte meine alten Gefühle für ihn erneuert, ich sah uns (für einen Moment) als Freunde, als Kumpel, als *Einheit*, nicht als Widersacher, die einen Machtkampf austragen müssen. Ich überschlug mich vor Freude, ich gab die 50 Dollar auf 40 verschiedene Arten aus. Ich hatte einen echten falschen Hasen mit Kartoffelbrei zubereitet. (Die Kinder lagen immer schon im Bett, wenn Brad abends nach Hause kam. Was gut so war, denn er war immer ungeduldig mit ihnen. Wie meine Mutter zuckte ich nur die Achseln und schob es auf die männliche Natur.)

Er wies meine Liebe nicht zurück, aber ich spürte eine gewisse Gleichgültigkeit. Er ließ mich mehr oder weniger gewähren beim Abendessen und im Bett. Nachdem wir uns geliebt hatten (ich enttäuscht, was inzwischen die Regel bei uns war), saßen wir im Bett und rauchten, und ich sagte: «Brad, was ist los? Du bist so – ich weiß nicht – so weit weg.»

Da drehte er sich zu mir und sah mich mit einem Gesichtsausdruck an, den ich nie vergessen werde. Er war angespannt, seine Zähne waren etwas entblößt, und in seinen Augen glühte der blanke Haß. Dieser Gesichtsausdruck hätte mich immer schockiert, aber unmittelbar nach dem wir zusammen geschlafen hatten, löste er in mir ein rasendes Herzklopfen aus, so als ob mir jemand mit einem Ruder auf die Brust gedroschen hätte.

«Mir ist klargeworden, daß ich nur dann Liebe von dir bekomme, wenn du in deinem Beruf Erfolg hast!»

«Warum hast du dann zugelassen, daß ich mit dir schlafe!» schrie ich auf und sprang, nackt wie ich war, aus dem Bett. «Wenn es das ist, was du empfindest, warum hast du dann das Bild eingeschickt? Warum bleibst du bei mir? Warum? Was ist los? Das ist das Ende, Brad, so geht es nicht weiter! Du hast mich verletzt, ich komme mir vergewaltigt vor! Du schläfst mit mir, obwohl du mich haßt! Grauenhaft!»

Ich zog mir ein altes Hemd von ihm über, das ich als Bademantel benutzte, und stürmte aus dem Zimmer nach unten und dachte, wie praktisch es doch war, ein Erdgeschoß zu haben, in das man gehen kann, wenn man sich streitet. Unten war es dunkel und still, genau der richtige Ort für ein Drama: Es ist nicht zu fassen, wie dumm ich war, daß ich, obwohl er mir das Herz gebrochen hatte, daran dachte, wie ich auf Dritte wirken würde, um wieviel wirkungsvoller mein Verhalten war, weil ich nach unten in das dunkle Wohnzimmer gehen konnte und nicht auf eine kleine Vier-Zimmer-Wohnung beschränkt war.

Aber der Effekt war völlig egal, weil Brad nicht nach unten kam. Ich saß im Dunkeln und rauchte (genau wie meine Mutter) und starrte aus dem Fenster. Er schaltete einfach das Licht aus und schlief ein. Irgendwann wurde mir klar, daß er nicht kommen würde, und ich mußte nachdenken. Er hatte mich gekränkt, ich war verletzt und wütend; jetzt mußte ich mir eingestehen, daß es wirklich ernst war, was sich da zwischen uns abspielte, mehr als nur ein momentaner Ausdruck von Wut. Brad haßte mich.

Der Ton, in dem er «Beruf» gesagt hatte, war voll tiefer Verachtung gewesen. Und ich begriff nicht, warum er mir geholfen hatte, wenn er meine Aktivitäten derart verabscheute. Oder warum er sich davon bedroht fühlte, wenn er sie so verachtenswert fand. Ich fand das sehr merkwürdig, aber ich konnte noch nicht einmal eingehend darüber nachdenken, weil ich von Gefühlen überwältigt wurde. Und meine Gefühle trieften vor Selbstmitleid.

In meiner Brust tobte es, als ob sich meine inneren Organe selbständig gemacht und ihren angestammten Platz verlassen hätten, als wollten sie hochsteigen und mich ersticken. Ich war bereit zu sterben, aber sie stiegen immer höher, höher, höher und erstickten mich nicht. Ich konnte noch nicht einmal weinen, um den Druck herauszulassen. Warum? Warum? Was hatte ich Schlechtes getan, daß er mich haßte?

Aber ich wußte es. Ich mußte es unterdrücken, daran durfte ich nicht denken, es war zu schrecklich. Ich wußte, warum er mich haßte, und ich wußte, daß er recht hatte. Ich war völlig fertig. Ich wußte, daß ich etwas unternehmen mußte, aber ich war zu müde...

Ich ging zu Bett. Ich schlief neben ihm, steif, erlaubte meinem Körper nicht, seinen zu berühren. Zum ersten Mal. Ich machte das noch in vielen weiteren Nächten, ich blieb lange auf, rauchte, dachte nach, schmiedete Pläne, ging dann traurig nach oben wie eine alte Frau, gebeugt von uraltem Leid, und legte meinen steinalten, gefühllosen Körper neben seinen auf das durchgelegene Bett. Es war schwer, auf dieser alten Matratze zu liegen, ohne seinen Körper zu berühren, weil sie in der Mitte eine Kuhle hatte und ich ständig in seine Richtung rollte. Deshalb schlief ich monatelang schlecht, lag völlig verkrampft an der äußersten Bettkante, so weit weg von ihm wie möglich.

Gewöhnlich wachte ich gegen sechs Uhr morgens mit den Kindern auf, versorgte sie mit etwas Milch und Cornflakes und legte mich bis neun wieder hin, wenn Brad aufstand. Ich machte ihm sein Frühstück, setzte mich zu ihm und trank Kaffee, bis er losging. Dann begann ich mein Tagwerk. Am Morgen nach unserem Streit – obwohl man es kaum als Streit bezeichnen konnte, weil er nichts sagte, nachdem ich ihn angeschrien hatte – stand ich nicht mit ihm auf. Ich blieb im Bett liegen, bis er weg war. Als er abends wie gewöhnlich gegen neun Uhr nach Hause kam, arbeitete ich in der Dunkelkammer. Ich hatte ihm einen Teller, über den ich einen Topfdeckel gestülpt hatte, in den Backofen gestellt. Mit trocken gewordenem Hühnchen, Gemüse und Reis. Wahrscheinlich hat er es gegessen, weil der Teller morgens in der Spüle stand, aber ich habe nicht im Mülleimer nachgesehen. Als ich in der Dunkelkammer fertig war, setzte ich mich bis etwa zwei Uhr morgens ins Wohnzimmer, rauchte, dachte nach, schmiedete Pläne und ging dann schlafen.

In diesem Stil lebten wir wochenlang: Er blieb keinen einzigen Tag zu Hause, und ich wartete nie mit dem Abendessen auf ihn. Er schrieb mir Zettel: Grauer Anzug zur Reinigung. Braune Schuhe besohlen lassen. Rasiercreme. Club Soda. Lauter solche kleinen liebevollen Mitteilungen. Ich tat, wie mir befohlen. Dafür bekam ich schließlich Unterkunft und Verpflegung, oder etwa nicht?

Aber in der Zwischenzeit kämpfte ich mit mir selbst. Weil ich wußte, daß ich nicht ehrlich war und ihn demoralisierte. Aber ich wußte keinen anderen Ausweg.

Brad haßte mich, weil ich ihn nicht mehr achtete. Und das stimmte, das konnte ich nicht leugnen. Nicht weil er nicht Saxophonist, sondern Grundstücksmakler geworden war. Vielleicht hatte es ja damit angefangen, aber konnte er nicht Grundstücksmakler sein und trotzdem ein Mensch bleiben, war das unmöglich? Selbst wenn er mit der pompösen Stimme seines Vater sprach, auf jovial und herzlich machte und sich wie ein «erfolgreicher» Mann gab, der die richtige Clubkarte besitzt und dessen Auftreten signalisiert: «Ich bin einer von euch, Jungs, und ich bin es gewöhnt, auch so behandelt zu werden», hätte er doch ein liebevoller Mensch bleiben können, der hin und wieder seine Kinder streichelt, oder etwa nicht? War das zuviel verlangt? Wenn Geld und Ansehen das Ziel sind, verliert man vielleicht den Bezug zu allem anderen.

Ich saß im Wohnzimmer und sah den Kindern beim Spielen zu. Sie vertrugen sich inzwischen gut. Arden dachte sich Spiele aus, und Billy machte mit. Sie lebten in den Tag hinein, zwei kleine selbstbewußte Menschen, die mit ihren dünnen niedlichen Stimmchen diskutierten, wie sie einen Kaufmannsladen aufbauen wollten – sie spielten gerade Spielsachen verkaufen. Ich konnte Anklänge an Brad und mich in ihren Bemerkungen wiederfinden, und ich sah die liebliche Kurve ihrer Wangen, das zarte weiche Haar, das ihre Gesichter einrahmte, ihre kleinen dicken Beine mit den Grübchen, und hätte sie am liebsten umarmt und geweint, hätte sie am liebsten an mich gedrückt und losgeheult, weil ich wußte, daß sie genau das nicht bekommen würden, was ich auch nicht gehabt habe.

Ich durfte nicht mit Brad leben, wenn ich ihn nicht achten konnte. Das war schlecht für ihn und schlecht für mich. Es war genau das, was meine Mutter getan hatte, als sie bei meinem Vater blieb. Das hat uns alle demoralisiert. Ich erinnere mich an meine Gefühle, wenn ich meine Eltern zusammen sah. Aber die Wahrheit war noch viel schlimmer. Nicht nur, daß ich ihn nicht achtete, ich mochte ihn auch nicht mehr. Ich wollte nicht die gleiche häusliche Atmosphäre schaffen wie die, in der ich aufgewachsen bin. Ich mußte weg: Das war klar. Aber wie?

Es war im Jahre 1954. Damals trennten sich Paare nicht so schnell. Wie konnte ich es rechtfertigen, wenn ich ihn verließ? «Ich kann ihn nicht leiden?» Hah! Und wovon sollte ich leben? Da ich mir vor kurzem die Dunkelkammer eingerichtet hatte, befanden sich nur noch insgesamt 69 Dollar und 80 Cent in meiner Spardose, wenn ich den Scheck über 50 Dollar vom *Herald* dazurechnete, den ich noch nicht bekommen hatte. Der Bildredakteur hatte gesagt, daß er mehr von meinen Arbeiten sehen wollte, aber ich war klug genug, sie nicht mit meinen Fotos zu überschwemmen. Selbst wenn sie pro Woche ein Foto von mir nähmen – was unwahrscheinlich war –, könnte ich davon nicht leben. Vielleicht könnte ich bei Jimmy Minetta arbeiten oder einen Job finden. Aber wer würde auf die Kinder aufpassen?

Nach wochenlangem Grübeln, langen Nächten und Tagen mit Kopfschmerzen entschloß ich mich zu handeln. Ich würde Brad die Situation schildern – ihm meine wahren Gefühle offenbaren und ihn bitten, einer Trennung zuzustimmen und einen Teil der Versorgung der Kinder zu übernehmen. Das war ein schockierender Vorschlag, aber ich war fest entschlossen. Ich kannte niemanden, der geschieden war, außer Onkel Wally, und über seine Scheidung wurde nie gesprochen. Als meine Mutter es mir verriet, flüsterte sie dabei, obwohl wir allein im Zimmer saßen.

Während ich mir all dies zurechtlegte, ging Brad seinen eigenen Weg. Und genau der Abend, an dem ich beschlossen hatte, ihm beim Abendessen alles zu erzählen, war der Abend, an dem ihm der Abschluß über ein Mammutobjekt gelang, das schon seit Jahren zum Verkauf stand – das Baugelände für eine Einkaufspassage in Garden City, an dem die Agentur mehrere hunderttausend Dollar Provision verdienen würde. Ich wartete, saß ernst, verbittert und traurig in der Küche, sah zu, wie der Braten trocken wurde, weil Brad später kam, und als er kam, war er rot angelaufen und beschwipst und grinste froh.

«Hey, Sweetie!» Er umarmte mich, als hätten wir uns nie gestritten. Er verspeiste das verbrutzelte Fleisch, ohne zu murren, und trank zum Essen Wodka-Tonic. Er drängte mich, auch etwas zu trinken. «Das ist ein Abschluß-Fest!» triumphierte er immer wieder und merkte nicht, daß ich mich schüttelte. Er sprach über das Geschäft beziehungsweise seine Voraussicht, seine Hartnäckigkeit, seine herausragenden Fähigkeiten, seine Unermüdlichkeit, Gerissenheit, Männlichkeit, Durchsetzungskraft, Klugheit, sein absolut überragendes Können schlechthin. Nach dem Essen wurde er zärtlich, aber ich sagte, er solle schon mal nach oben gehen, ich käme gleich nach, wenn ich mit der Küche fertig sei. Ich wußte, daß er einschlafen würde, sobald er flach lag.

Später ging ich hinauf, nur um mich zu vergewissern, daß er nicht womöglich an seinem Erbrochenen erstickte, er sich die Schuhe ausgezogen und die Füße zugedeckt hatte. Er hatte. Ich ging wieder hinunter, setzte mich in das dunkle Wohnzimmer und rauchte. Ich dachte darüber nach, daß ich mich geirrt hatte, daß Brad sich noch viel weiter von mir entfernt hatte, als ich gedacht hatte. Er glaubte, daß ich mit ihm zufrieden war, wenn er selbst mit sich zufrieden war; wenn *er* Erfolg hatte, rechnete er auf meine Zuneigung, wenn er nicht vorankam, dann glaubte er an meine Kritik ihm gegenüber, so wie er sich vor sich selbst schämte. Mit anderen Worten, er sah *mich* überhaupt nicht mehr, sondern nur sich, gespiegelt in den Gesichtern der anderen.

Und er hatte mich, als ich vor drei Wochen zärtlich sein wollte, so mies behandelt, weil er zu dem Zeitpunkt befürchtete, daß dieser Abschluß nicht zustande kommen würde – das hatte ich aus seiner langen Rede vorhin herausgefiltert. Weil es ihm schlecht ging, konnte er die liebevollen Gefühle, die ich ihm entgegenbrachte, nicht annehmen. In seinen Augen gab es nur einen einzigen Grund für mich, mit ihm zu schlafen: wenn ich etwas von ihm haben wollte. Sein gesamtes Weltbild funktionierte inzwischen nach dem Muster von Belohnung und Strafe, Bestechung und Bestechlichkeit, und er war nicht mehr in der Lage, andere Beweggründe für menschliches Verhalten anzuerkennen. Deswegen behandelte er auch die Kinder so schrecklich. Wenn sie lebhaft waren, Krach machten und ihn nervten, empfand er das als gezielte Störung und dachte, daß sie absichtlich laut wären und versuchten, ihn zu ärgern. Er begriff nicht, daß der Krach ein zufälliges Nebenprodukt ihrer kindlichen Ausgelassenheit war. Er schimpfte mit ihnen, weil er dachte, daß sie ihn absichtlich nicht in Frieden ließen.

Unser Zusammenleben normalisierte sich wieder. Wir frühstückten zusammen und aßen gemeinsam zu Abend, und er blieb montags und dienstags wieder wie früher zu Hause. An seinen freien Tagen wollte er jetzt immer Möbel, Teppiche und Lampen kaufen, was die Kinder haßten und ich auch. Aber er meinte, er könne nicht ohne mich losgehen. Ich weiß nicht warum, weil wir uns überhaupt in keinem Punkt einigen konnten. Ich kann neue Möbel nicht leiden: Ich finde sie häßlich. Ich liebe alte Sachen, handgearbeitete, zierliche Stücke. Aber er liebte riesige, schwere, von Maschinen hergestellte «perfekte» Möbel. Er kaufte eine massige Garnitur für das Eßzimmer und noch eine für das Wohnzimmer. Schließlich ging ich einfach nicht mehr mit. Er fand eine «Innenarchitektin» – die Freundin einer Freundin eines Freundes –, die ihn begleitete und ihn bei seinen Einkäufen beriet. Sie und er hatten den gleichen Geschmack, und unser hübsches altes Haus verwandelte sich in eine Möbelausstellung.

Wahrscheinlich hätte ich mehr kämpfen sollen, ich hätte versuchen sollen, meinen eigenen Geschmack stärker durchzusetzen. Aber das hätte einen blutigen Kampf gekostet, und er wäre nie zufrieden gewesen, und außerdem war es, wie er sagte, «sein» Geld. Ich ließ die «Inneneinrichtung» über mich ergehen, nahm nur halb wahr, was vor sich ging, als ob ich wüßte, daß ich nicht mehr lange da sein würde.

Ich versuchte ein paar Tage nach dem Abend, als Brad betrunken gewesen war, mit ihm über eine Trennung zu reden, aber er wollte davon nichts wissen. «Honey, natürlich hasse ich dich nicht, ich liebe dich. Schau, ich hatte an dem Abend schlechte Laune, das mußt du auch mal ertragen können, hin und wieder jedenfalls.»

Er blieb stur. «Nein, auf keinen Fall. Ich will keine Trennung! Nein! Unter keinen Umständen!»

Damals galt im Bundesstaat New York nur ein nachgewiesener – oder vorgespiegelter – Ehebruch als Scheidungsgrund, man konnte auch mit einer Vollmacht des Ehepartners nach Mexiko fliegen und sich dort schnell scheiden lassen. Auf jeden Fall brauchte man die Einwilligung des Ehepartners. *Ein* unglücklicher Ehepartner war nicht genug. Und ich habe bereits gesagt, daß ich nicht wußte, *wohin*, kein neues Glück, keine Arbeit in Aussicht hatte. Ich machte weiter wie bisher, wir führten eine seltsame Ehe, die nur noch Fassade war. Ich paßte höllisch auf, Brad nicht zu animieren, mit mir schlafen zu wollen, und von ihm ging so selten einmal die Initiative dazu aus, daß ich mich ihm nicht verweigern konnte. Ich machte die Augen zu und brachte es so schnell wie möglich hinter mich. Ich fühlte mich würdelos, ohne Integrität. Aber ich hatte gelernt, daß Integrität ein Luxus war, den sich nur wenige Frauen leisten können.

Brad kam häufig sehr spät nach Hause. Sein Erfolg als Grundstücksmakler erlaubte ihm, in die politischen Kreise von Nassau

County vorzudringen. Er aß mit unbedeutenderen Vertretern der politischen Fraktionen zu Abend, sprach über «Abschlüsse» und spendete hohe Summen für die republikanischen Kandidaten. (Die Präsidentschaftswahl von 1952 war die erste, bei der ich mitwählen konnte, und Brads Familie war außer sich, daß ich meine Stimme Stevenson gab. Kein Carpenter hatte je die Demokraten gewählt. Von da an behielt ich meine Wahl für mich.)

Wir hatten noch einen Riesenkrach in diesen letzten Jahren, die wir zusammen lebten. Brad wollte sein schönes Haus vorführen und beschloß, eine große Dinnerparty zu geben. Ich brach fast zusammen. Nicht nur, weil ich eine schlechte Köchin war und für so viele Menschen kein Abendessen kochen wollte, sondern weil ich wußte, daß wir gar nicht die erforderliche Aussteuer besaßen, wir verfügten nicht über Silber, Kristall, ein gutes Service, Kerzenleuchter, wie meine Mutter es hatte. Unsere Art zu heiraten hatte uns viele Hochzeitsgeschenke erspart, und wir hatten solche Dinge auch nie angeschafft. Brad sagte, wir könnten es jetzt tun. Ich setzte mich auf die unterste Stufe der breiten, jetzt mit Teppich ausgelegten Treppe, die vom großen Flur unseres (inzwischen schicken) Hauses nach oben führte, und jammerte.

«Das kann ich nicht! Ich kann nicht! Merkst du denn nicht, Brad, daß du mich in eine Rolle zwingst, die ich nicht bin und nicht sein will!»

«Doch», sagte er mit schmalem Mund. «Ich sehe, daß du immer noch ein Kind bist, das sich weigert, erwachsen zu werden. Du denkst, wenn du Shorts und meine alten Hemden anziehst, kein Make-up trägst und wie dreizehn aussiehst, daß dann niemand etwas von dir erwartet.» Er drehte sich um und ging weg, dann fuhr er herum: «Sogar Zöpfe, zum Donnerwetter! Gestern Abend, als ich nach Hause kam, hattest du sogar Zöpfe!»

«Einen Zopf», sagte ich würdevoll.

«Ich habe keine Ehefrau im Haus, sondern ein großes Kind! Vergiß es, vergiß es! Ich werde mich selber darum kümmern!»

Das tat er auch. Er borgte sich alles, was wir brauchten, von seiner Mutter, die entzückt war, daß die Sachen, mit denen ihre Schubladen seit Jahren vollgestopft waren, endlich benutzt wurden. Sie lieh uns eins ihrer vielen Service, die Hälfte ihres Kristalls, die Hälfte ihrer vergilbten Tischwäsche, und die antiken versilberten Platten, die ihrer Großtante Florence gehört hatten. Er heuerte eine

Köchin an und besprach das Menü mit ihr. Er schleppte mich mit drohend hochgezogenen Augenbrauen zu Lord & Taylor in Garden City und kaufte mir ein langes, enges dunkelrotes Abendkleid, goldene Pumps und goldene Ohrringe.

Als ich während der Dinnerparty abends in den Spiegel sah, fand ich, daß ich nett aussah – in dem Kleid wirkte mein magerer Körper mit den kleinen Brüsten geradezu glamourös. Aber ich war mir selber fremd. Ich sah aus wie eine der Anziehpuppen meiner Kindheit – ich hatte mich sogar für den Abend geschminkt. Trotzdem wußte ich nicht, wie sich eine Frau, die so aussieht, zu benehmen hat, und ich hatte fürchterliche Angst.

Wahrscheinlich spielte ich meine Rolle nicht sehr gut, aber Brad machte das wieder wett, er trank und lachte auf eine Art, daß ich nur staunen konnte. Die Männer, die er eingeladen hatte, verhielten sich genauso, und sie fanden mich süß, nannten mich ständig «Schätzchen», und einer tätschelte auch noch meinen Hintern. Ich wollte gerade zuschlagen, aber Brad hielt meinen Arm fest. Mit den Frauen kam ich noch weniger zurecht, sie waren hartgesotten, tranken ebensoviel wie ihre Männer, waren braungebrannt, schlank, elegant (bis auf ein paar wenige, mütterliche Frauen) und unterhielten sich über Tennis, Dienstmädchen und Urlaub an der Biscayne Bay. Ich lehnte mich zurück, kicherte von den zwei Gläsern Wein und dachte, ätsch, meine Guten, wir haben auch Personal – was für diesen Abend ja auch stimmte.

In den paar Jahren, die uns noch verbleiben sollten, hat Brad allerdings nie wieder eine Dinnerparty gegeben. Er blieb immer öfter lange weg, und irgendwann merkte ich, daß eine andere Frau im Spiel war, was ich auf sich beruhen ließ, weil ich dachte, daß sei die Lösung. Es war die Lösung.

1940 wurde Ed befördert. Er war jetzt ein «Berater mit besonderen Aufgaben», spezialisiert auf Theater und Filmtheater, die mit dem Einbau von Klimaanlagen begannen. Die Brooklyn Edison Elektrizitätsgesellschaft hatte noch kein System gefunden, wie dieser Riesenverbrauch an Strom zu berechnen war, und es war Eds Auftrag, ein Verrechnungssystem zu erarbeiten. Sein Gehalt stieg auf 45 Dollar in der Woche. Ein Grund für die Gehaltserhöhung war seine Teilnahme an einem Fernlehrgang an einer Schule für Klimatechnik in Chicago, von 1938–1939. Ed hatte Belle eines Tages erklärt, daß die Klimatechnik eine große Zukunft vor sich habe und sich die Ausgabe für den Fernkurs auszahlen würde. 1941 verdiente er 48 Dollar in der Woche. Und dann kam der Krieg.

Ein gewisser Zynismus, was die Gründe für den Kriegseintritt betraf, drängte sich damals auf: der Krieg bedeutete das Ende der Wirtschaftskrise. Zwei Jahre vorher war das Geld knapp gewesen, die Männer waren arbeitslos, verdingten sich in Notprogrammen oder verkauften, wie sie sagten, Äpfel auf der Straße. Ich habe das nie mit eigenen Augen gesehen. Plötzlich aber wird Geld in die Wirtschaft gepumpt, überschüssiges Geld, denn Waffen sind eine einmalige Ware, sie werden produziert, um zerstört zu werden, ohne störende Haltbarkeitsdauer. Eine Waschmaschine oder ein Auto werden auch mit der Zeit Schrott und müssen nach einigen Jahren ersetzt werden, aber sie haben in der Zwischenzeit bestimmte Dienste geleistet. Bei Rüstungsgütern ist das anders. Sie sind dazu da, vernichtet zu werden.

Jedenfalls wurden Frauen und Männer plötzlich wieder gebraucht und verdienten gut. Ed besuchte für ein halbes Jahr die Stevens War Industries School und fand dann im Frühjahr 1942, auf Belles ständiges Drängen hin, eine neue Stelle bei Control Instruments, als Qualitätsprüfer für elektronische und mechanische Elemente. Sein Anfangsgehalt betrug 56 Dollar die Woche, für ihn ein riesiger Sprung nach vorn. Weil er häufig Überstunden machen mußte, brachte er in manchen Wochen fast 100 Dollar nach Hause. Belle trug das Geld auf die Bank. Sie kaufte damit allerdings einen Kühlschrank, sie sagte, wenn der Krieg länger dauerte, gäbe es vielleicht keine mehr zu kaufen. Und Ed erwarb für 50 Dollar ein Auto, einen langen, flachen Graham-Paige, Modell 1928, ein Luxusauto, das jetzt veraltet war. Unter seinen Händen verwandelte es sich wieder in eine elegante neue Limousine.

Nach der Geburt ihres dritten Kindes hörte Jean auf zu arbeiten, und da sie jetzt zu Hause war, konnte Frances Belle besuchen. Frances blieb meist für vier oder fünf Tage, und obwohl Anastasia ihr so gern für die Zeit ihr Bett überlassen hätte, bestand sie darauf, auf dem Sofa zu schlafen. Wenn sie da war, backte sie Pfirsichkuchen, Apfelkuchen und Schnecken mit Rosinen, Zimt und Nüssen. Sie machte Doughnuts und legte sie auf braunem Papier aus, mit dem sie jede freie Fläche im Haus bedeckte. Sie backte nur Hefekuchen und nahm nie Backpulver.

Manchmal nähte sie für Anastasia und Joy Kostüme oder Mäntel. Anastasia haßte das, weil sie solange stillhalten mußte, während Grandma das Stück an ihr anpaßte und absteckte. Alles wurde aus feinen Wollstoffen genäht, Stoffresten, die Mommy gekauft hatte. Jedes Knopfloch, jedes Revers wurde sorgfältig mit der Hand gestichelt.

Anastasia liebte ihre Grandma und war glücklich, wenn sie zu Besuch kam, empfand aber auch Schuldgefühle, wenn sie da war, weil sie sich mit Grandma nicht unterhalten konnte. Grandma sprach mit Mommy Polnisch und mit den Kindern Englisch. Aber sie konnte sich nicht in das Leben eines Kindes hineinversetzen, und Anastasia hatte keinen Zugang zu Grandmas Leben. Sie saß neben ihrer Großmutter, ganz eng, und Großmutter streichelte sie und sagte «*moja kochanie*», aber nach einiger Zeit wurde Anastasia unruhig, wollte lesen, zeichnen oder Klavier spielen. Sie zwang sich, noch eine Weile sitzen zu bleiben, aber das war langweilig. Außerdem roch Grandma komisch, modrig: als ob alte Menschen, wie alte Häuser, verrotteten und anfingen, nach dumpfiger Fäulnis zu riechen.

Bei einem von Grandmas Besuchen machte Mommy sich Sorgen um sie. Sie sagte zu Frances, daß sie mit Joy zum Arzt müsse, und fragte sie, ob sie nicht mitkommen wolle. Sie gingen jetzt zu einem neuen Arzt. Anastasia wußte nicht, was aus Dr. MacVeaney geworden war, aber der neue Arzt hatte seine Praxis nur acht Ecken weiter. Frances ging mit, und als sie in der Praxis waren, ging Belle zum Arzt hinein und bat ihn, ihre Mutter zu untersuchen. Dann ging sie zu Frances und forderte sie auf, mit ihr ins Sprechzimmer zu gehen.

Frances rührte sich nicht. Sie war schockiert. «Was soll das, Bella!» rief sie. Sie war ihr Lebtag nicht beim Arzt gewesen. Aber Belle bestand darauf, und die alte Dame – sie war einundsechzig – folgte ihr. Der Doktor untersuchte sie und sagte, sie sei alt und rheumatisch. Belle gab ihm zwei Dollar, sie hatte jetzt etwas mehr Geld und konnte es entbehren. Das war alles.

Aber Belle spürte, daß ihre Mutter sterben würde. Und von nun an fuhr sie jedesmal, wenn sie zu Besuch kam, mit ihr mit dem Bus nach Jamaica und bummelte mit ihr durch die Geschäfte. Zum Schluß setzte sie sich mit ihr bei Woolworth an den Tresen, um eine Kleinigkeit zu essen. Sie lud sie zu einem Corned Beef Sandwich oder zu einem geräucherten Schulterstück vom Rind ein. Frances fand das sehr aufregend und lächelte glücklich. Sie hatte noch nie in ihrem Leben in einem Restaurant gegessen. Ein Sandwich am Tresen von Woolworth war der größte Luxus, den sie je gekannt hatte.

Als meine Mutter siebenundsiebzig Jahre alt war, verreiste ich mit ihr und meinem Vater nach Florida. Sie waren schon oft dort gewesen, ich nicht. Aber ich hatte damals etwas Geld von einem Auftrag, und ich flog mit dem Flugzeug hin, mietete ein Auto und buchte Zimmer in einem Hotel in Palm Beach. Es war ein altes, schäbiges Hotel, aber sehr teuer. Ich dachte, daß sie es vielleicht genießen würden, weil sie sonst immer in Motels wohnten. Eines Abends funktionierte der Fahrstuhl nicht, und wir mußten die zwei Stockwerke zu unseren Zimmern hinaufsteigen. Als wir in unserer Etage ankamen, sah ich meine Mutter an. Sie atmete gurrend ein und aus wie eine Taube. Ich sagte: «Mom, geht es dir nicht gut?»

Sie sah mich vielsagend an.

«Warst du beim Arzt?»

Sie schüttelte den Kopf.

«Du mußt zum Arzt.»

«Nein, Anastasia», sagte sie, und Tränen schwangen in ihrer Stimme.

«Warum nicht?» Ich war überrascht. Meine Mutter war ein Dauergast in Arztpraxen, sie ging bei den leisesten Symptomen hin und war für ihren freundlichen Hausarzt, der gleich bei ihnen um die Ecke wohnte, eine Art alte Bekannte.

Sie schüttelte heftig den Kopf. Mein Vater suchte immer noch einen Parkplatz. Ich sah sie an und überlegte.

«Du glaubst, daß du Krebs hast», folgerte ich.

Ihr Gesicht zerfloß vor Tränen.

«Du hast keinen Krebs», versicherte ich ihr. Ich weiß nicht, woher ich die Sicherheit nahm. «Du hast ein Lungenemphysem.»

Abweisend hob sie den Kopf. Mir war klar, daß sie meiner Diagnose widersprechen würde. Es war Krebs. Sie hatte schon mehrere Male vorher eine Krebserkrankung bei sich entdeckt.

«Gehst du zum Arzt? Ein Lungenemphysem ist unheilbar, aber man stirbt nicht gleich daran. Wenn du aufhörst zu rauchen, kannst du noch viele Jahre damit leben.»

Sie wandte sich ab.

«Wenn ich einen Termin für dich mache, gehst du dann hin?»

Sie biß sich auf die Lippen, Tränen in den Augen. Sie nickte. Dann drehte sie sich zu mir um. «Aber ich will es nicht wissen, wenn...»

«Du meinst, wenn es Krebs ist, dann willst du es nicht wissen.»

Sie nickte.

«Gut. Das verspreche ich. Wenn es Krebs sein sollte, werden wir es dir nicht sagen. Aber du wirst zum Arzt gehen?»

Sie nickte. Ich legte meine Hand auf ihren Arm. Sie zog ihn weg und flüchtete, so schnell ihre unsicheren Füße es zuließen, den Flur hinunter in ihr Zimmer. «Laß mich jetzt in Ruhe, bitte. Ich will jetzt meine Ruhe haben!» Sie verschwand gerade in ihrem Zimmer, als mein Vater kam. Er hob die Augenbrauen. «Die Dame hat sich bereits zurückgezogen?»

«Ja. Hast du noch Lust auf einen Spaziergang?» Mein Vater und ich waren abends immer angespannt, wenn wir körperlich nicht ausgelastet waren – meistens saßen wir herum, und wenn wir unterwegs waren, mußten wir mit meiner Mutter sehr langsam gehen. Deshalb unternahmen wir abends weite Spaziergänge, wenn meine Mutter im Bett lag.

«Ja», lächelte er. «Aber erst muß ich sehen, ob mit meiner Lady alles in Ordnung ist.»

Ich folgte ihm in ihr Zimmer. Mutter saß auf einem Sessel am Fenster und rauchte. «Möchtest du einen Drink, Belle?» fragte mein Vater beunruhigt. Sie nickte.

Er holte ein Glas aus dem Bad und goß ihr einen Scotch aus einer Flasche ein, die sie mitgebracht hatten. Dann goß er Wasser hinzu.

«Dad und ich machen einen Spaziergang», sagte ich.

Sie nickte. Sie sah mich nicht an.

Als wir spazieren gingen, erzählte ich meinem Vater von meinem Verdacht und daß ich einen Termin bei einem Facharzt in der Stadt ausmachen würde. Er hörte zu, seufzte, sagte nichts. Dann jammerte er: «Oh, ich hoffe, es ist nichts» und bekam einen Schluckauf.

«Also, ich vermute, daß sie nur ein Lungenemphysem hat, Dad, das ist zwar ernst, aber nicht unmittelbar lebensbedrohlich. Ist dir noch nicht aufgefallen, wie sie atmet, wenn sie läuft? Dieses gurgelnde Geräusch.»

Nein, das war ihm noch nicht aufgefallen. Oder er hatte es verdrängt. Wer weiß? Wir gingen schweigend weiter, begleitet von seinem regelmäßigen Schluckauf, dem einzigen Zeichen, an dem man erkennen konnte, daß mein Vater sich aufregte.

4 Ich sah meinen Kindern beim Spielen zu, beobachtete, wie sie auf Brad zurannten, wenn er nach Hause kam. Sie begrüßten ihn freudig wie junge Hunde, egal, wie er sie behandelte. Er war nicht grausam. Er lächelte und zerzauste Billys Haar, nahm Arden hoch und gab ihr einen Kuß. Billy küßte er nie, und mir schossen immer die Tränen in die Augen, wenn ich Billys Gesicht sah, während Brad Arden hochnahm und küßte. Ich lief hin, hob Billy hoch und küßte ihn auf die Wange. Aber er drehte seinen Kopf weg und wollte zu seinem Vater.

Manchmal sprach ich mit Brad über die Kinder und bat ihn, liebevoller zu ihnen zu sein. Aber er sagte immer, er wolle nicht, daß aus Billy ein Schwächling würde, er müsse gegen mich ansteuern, weil ich mir alle Mühe gäbe, aus ihm eine Tunte zu machen. Diese Logik habe ich nie verstanden, daß Zärtlichkeit bei Männern – nicht aber bei Frauen – zu einer abweichenden Sexualität führen soll. Und daß der Mangel an Zärtlichkeit ihre Männlichkeit sicherstellt. Aber es ist mir nicht gelungen, Brads Vorurteil zu erschüttern.

Ich mußte an meinen eigenen Vater denken, wie sehr ich mich nach seiner Zärtlichkeit gesehnt hatte und wie ich mir sehnsüchtig gewünscht hatte, er wäre anders, als er war. Er hat sich immer bemüht, er bemüht sich noch heute, ein *guter* Mensch zu sein. Aber seine Vorstellung vom Gutsein entspricht der eines Kindes. Er ist meiner Mutter gegenüber sehr zuvorkommend – und inzwischen auch Joy und mir gegenüber. Und in seiner Kindheit hat man ihn gelehrt – anders kann es nicht gewesen sein –, daß es ungezogen ist, selbständig zu sein, sich auf eigene Gedanken und Gefühle oder die eigene Wahrnehmung zu verlassen. Das hat ihn entscheidend geprägt.

Er konnte selbständig *arbeiten*. Er konnte alles reparieren, alles bauen. Als ich elf war, baute er einen zusammenklappbaren Tischtennistisch, den wir im Keller aufbewahrten und bei gutem Wetter im Garten aufstellten. Aber wenn Joy, Mutter oder ich spielten, flogen unsere Bälle über den Tisch und durch den Lattenzaun in die Gärten der Nachbarn, was Mutter störte. Sie dachte, daß die Nachbarn etwas dagegen haben könnten, wenn wir in ihre Gärten gingen, um die Bälle zu suchen. Sie sprach mit Ed, und er erfand einen Rückholer. Ein langer Besenstiel mit einer Blechbüchse an einem Ende und einem Hebel. Wir schoben den Stock durch den Zwischenraum im Lattenzaun, senkten die Büchse über den Ball, betätigten den Hebel, so daß der Ball gefangen war und wir ihn zurück in unseren Garten holen konnten. Eine geniale Erfindung, fanden wir, und wir zeigten sie stolz allen unseren Freundinnen.

Und einmal hat er für mich etwas gebastelt, ohne daß Mutter ihn darum gebeten hätte. Es war Weihnachten, ich war damals zwölf Jahre alt.

Die Wochen vor Weihnachten waren bei uns alle Jahre wieder voller Geheimnistuerei, Geflüster und Aufregung. Joy war fröhlich und voller gespannter Erwartung. Anastasia nicht: Sie wußte, daß auf sie keine Überraschung wartete. Sie würde zu Weihnachten ein Buch bekommen. Wenn sie Glück hatte, zwei oder drei Bücher. Sie hatte das Gefühl, daß das Geflüster und die Geheimnistuerei nur Joy betrafen.

Am Nachmittag vor dem Heiligen Abend drehte Belle den Mädchen die Haare auf Papilloten und schickte sie gegen vier Uhr nachmittags hoch, sie sollten einen Mittagsschlaf machen. Sie lagen dann in ihren Betten und unterhielten sich darüber, was Joy bekommen würde und was es zu essen geben würde. Und jahrelang fragte Joy Anastasia über den Weihnachtsmann aus. Anastasia hatte gleich beim ersten Mal, als sie ihn zu Gesicht bekam, gewußt, wer der Weihnachtsmann in Wirklichkeit war. Damals war sie zwei Jahre alt gewesen. Sie zeigte mit dem Finger auf das vertraute Gesicht unter den roten Wangen, dem Bart und dem Schnurrbart und sagte: «Das ist Onkel Eddie!» Aber man bat sie, das Geheimnis zu hüten und es nicht den kleineren Kindern zu verraten, und sie gehorchte. Joy glaubte an den Weihnachtsmann, bis sie sechs oder sieben war, und jetzt mußten Ingrid und Errie vor der Wahrheit beschützt werden.

Um sieben Uhr erlaubte Mommy ihnen aufzustehen, und sie zogen sich ihre schönsten Kleider an. Mommy kämmte ihre Haare zu Korkenzieherlocken, und dann gingen sie alle zusammen weg, es war schon dunkel. Sie fuhren mit ihrem Auto (wenn sie eins hatten) oder mit dem von Onkel Eddie zu Tante Jean und Onkel Eric. Ihr Baum war immer größer als der von Belle und Ed. Ihr Haus war auch größer. Ingrid und Errie und das neue Baby, Dorothea, waren auch fein herausgeputzt und warteten mit großen leuchtenden Augen. Sie mußten lange warten, weil die Erwachsenen redeten und etwas tranken. Die Kinder spielten, aber nicht viel, weil sie zu aufgeregt waren. Wenn es Mitternacht schlug, sah einer der Erwachsenen – meistens Onkel Wally – aus dem Fenster und rief: «Seht mal, wer da ist. Ich habe ihn eben über die Dächer der Häuser gegenüber fliegen sehen!» Und die kleinen Kinder schrien auf und rannten zum Fenster. Anastasia folgte, weil sie den Anblick nicht versäumen wollte. Dann klingelte es an der Tür, und er kam! Der Weihnachtsmann! Die Kinder kreischten, und er sagte: «Ho, ho, ho.» Anastasia war gespannt, wer es diesmal war, Onkel Eddie, Onkel Eric oder Daddy. Er trug einen riesigen Sack voller Spielsachen. Anastasia wußte, daß von den Spielsachen nichts für sie sein würde.

Der Weihnachtsmann ging ins Wohnzimmer und setzte sich, und die Erwachsenen kicherten und boten ihm etwas zu trinken oder zu essen an. Das war lustig, denn derjenige, wer immer es auch sein mochte, konnte mit dem angeklebten Bart und Schnurrbart nichts essen oder trinken und mußte auch lachen. Und dann verteilte er die Geschenke. Joy bekam immer eine Puppe und manchmal auch einen kleinen Puppenwagen und eine Puppendecke, hin und wieder sogar ein Kleid von Eddie und Martha. Ingrid erhielt immer drei Puppen und noch vieles andere mehr, Errie Baukastensätze, etwas für seine Eisenbahn und jede Menge Spielzeug zum Aufziehen. Auf dem Fußboden des Wohnzimmers häuften sich die Gaben – lauter Spielzeug. Als Anastasia an die Reihe kam, nahm sie schüchtern ihr Geschenk in Empfang. Sie bekam jedesmal ein Buch von Mommy und Daddy. Hin und wieder schenkten ihr Jean und Eric oder Eddie und Martha ebenfalls eins. Aber manchmal hatten Jean und Eric eine Bluse oder ein Kleid für sie, und dann brach sie fast in Tränen aus. Sie warf einen Blick auf den riesigen Berg von Spielsachen, den Ingrid und Errie bekommen hatten, und fragte sich, warum sie nicht wenigstens das bißchen geschenkt bekam, das sie sich wünschte: Bücher. Einmal gelang Eddie eine Überraschung, er schenkte ihr eine vollständige Briefmarkensammlung – zwei Alben, Briefmarken, ein Vergrößerungsglas und Klebestreifen. Er zeigte ihr auch, wie man damit umging. Eddie besaß eine wertvolle Briefmarkensammlung, hatte Mommy erzählt. Ein andermal schenkte Eddie Joy und Anastasia Halsketten aus Steinen, die er selber in den Bergen gefunden und eigenhändig geschliffen und aufgefädelt hatte. Anastasia hätte lieber ein Buch gehabt.

Weihnachten 1941, als Anastasia zwölf Jahre alt war, hatte sie zwei Wünsche. Sie wußte, daß sie ihr nicht beide erfüllen würden, aber sie konnte sich nicht entscheiden, welcher ihr wichtiger war. Das eine war, überraschenderweise, eine Puppe, die sie in Jamaica in einem Schaufenster gesehen hatte, als sie Weihnachtseinkäufe machten. Es war keine Babypuppe, sondern eine, die wie ein Mädchen aussah, und zu der Puppe gehörte ein Schrank mit Bügeln, die Kleider konnte man auch kaufen. Sie hatte ihrer Mutter erklärt: «Ich weiß, daß ich nie gern mit Puppen gespielt habe, aber die gefällt mir. Ich finde den kleinen Schrank mit den Kleiderbügeln niedlich. Vielleicht könnte ich ihr, mit deiner Hilfe, ein paar Kleider nähen. Das ist vielleicht die letzte Gelegenheit, mal mit Puppen zu spielen, ich bin ja schon fast erwachsen. Das ist vielleicht meine erste und einzige Puppe.» Das andere war ein Setzkasten zum Drucken.

In den Wochen vor Weihnachten spürte Anastasia abends immer eine aufgeregte Spannung im Haus. Daddy war noch unten im Keller – das war er sowieso meistens, wenn er zu Hause war –, aber es war ungewöhnlich, daß Mommy darauf achtete, daß sie ja nicht hinunterging. Sie ging nur in den Keller, um ihren Bleistift mit dem Bleistiftanspitzer zu spitzen, den Daddy an der zweiten Kellertreppenstufe angebracht hatte. Aber sobald sie abends in den Keller gehen wollte, wurde geheimnisvoll geraschelt und etwas versteckt. Sie hätte nie erraten, was es war. Das war für sie das schönste Weihnachten von allen und das erste, an dem sie ihre Cousins und Cousinen nicht beneidete.

Sie bekam die Puppe: Sie war etwa dreißig Zentimeter groß und sah aus wie ein neunjähriges Mädchen. Sie trug ein braun-weiß kariertes Kleid, weiße Lackschuhe und eine passende Haube. Aber in dem Schrank, auf den Kleiderbügeln, hingen ein zartrosa Chiffonkleid mit gestickten Rosen am Kragen und ein grauer Samtmantel mit einem echten Pelzkragen und einem dazu passenden Hut, einem Barett mit einem Pompon. Anastasia bestaunte die Puppensachen. Sie erkannte die Stoffe wieder – es war Stoff von den alten Kleidern ihrer Mutter, die in der Abseite standen. Die Kleider waren wunderschön. Sie drehte und wendete sie und betrachtete die vielen winzigen Stiche, die Mommy genäht hatte. Die Kleider wirkten richtiggehend exquisit mit diesen Säumen und Aufschlägen, wie echte Kleider. Sie hatten winzige Perlen als Knöpfe, die in winzige Knopflöcher paßten, alles in feinen Stichen genäht. Und sie wußte, daß Mommy viele, viele Stunden daran gesessen haben mußte, alles für sie. Und außerdem hatte sie genau die gleiche Garderobe für Joy genäht, die die gleiche Puppe geschenkt bekommen hatte, mit dem einzigen Unterschied, daß ihre Puppe ein rosa Kleid trug.

Aber dann reichten sie ihr *noch* ein Päckchen, und als sie es aufmachte, merkte sie, wie ihr Herz aufgeregt zu klopfen begann. Sie bekam einen Druckstempel, Tinte, eine Packung Papier und eine flache Holzkiste, die aussah wie eine Zigarrenkiste mit einem Dekkel, der sich zuhaken ließ. Der Kasten war innen in vierzig Fächer unterteilt, jedes Fach war für einen Buchstaben reserviert. Und sie begriff, daß ihr Vater das Geschenk eigens für sie angefertigt hatte und es seine Idee war, so etwas für sie zu basteln. Sie konnte sich genau vorstellen, wie es dazu gekommen war.

Mommy hatte den Druckkasten gekauft und ihn Daddy abends gezeigt, als die Kinder im Bett lagen. Und er hatte ihn sorgfältig untersucht, so wie er das immer zu machen pflegte. Er nahm die einzelnen Teile in die Hand, um zu sehen, wie sie funktionierten, und befand dann, ob etwas gut oder schlecht gemacht war. Wahrscheinlich hatten die Buchstaben alle zusammen in einer kleinen Tüte gelegen, völlig durcheinander. Und er hatte entsetzt gerufen: «Schrecklich. Damit wird sie nie im Leben drucken können. Sie wird Stunden brauchen, um den einen Buchstaben zu finden, den sie gerade haben will.» Daraufhin hatte er tief geseufzt. Und Mommy hatte ihn fragend angesehen. Er hatte etwas vor sich hingemurmelt, war mit dem ganzen Plunder in den Keller gegangen und hatte nach etwas gesucht, was er als Behälter benutzen könnte. Und dann hatte er in eine Holzkiste die winzig kleinen Fächer eingebaut und zwar so gut, daß die Fächer stabil waren und fest saßen. Er hatte die Buchstaben sortiert und sie in die Fächer gelegt, das allein mußte Stunden gedauert haben. All das hatte er für Anastasia gemacht, ohne Belle etwas davon zu verraten. Das hat Anastasia nie vergessen.

In meiner kindlichen Ichbezogenheit habe ich nie einen Gedanken daran verschwendet, daß die Erwachsenen zu Weihnachten keine Geschenke bekamen. Ich erinnere mich, wie ich einmal zu Weihnachten Großmutter, Mutter und Jean in der Küche half. Mutter und Jean bereiteten das Festessen, das serviert wurde, wenn der Weihnachtsmann gegangen war, und da streckte Jean Mutter ihren Arm hin und sagte: «Sieh mal, was Eric mir geschenkt hat.» Sie trug ein bildschönes silbernes Armband, das mit Perlen besetzt war.

Mutter flüsterte ehrfürchtig: «Oh, wie schön, Jean.» Und da fiel mir auf, daß ich noch nie gesehen hatte, daß mein Vater und meine Mutter sich zu Weihnachten beschenkten. Sie schenkten sich auch nichts zum Geburtstag. Sie bekamen überhaupt niemals Geschenke.

Aber in einem Sommer, ich war vielleicht zehn oder elf, kam ein Hausierer in unser Viertel, der auf dem Rücksitz seines Autos stapelweise Kleider liegen hatte. Er klingelte an jeder Tür, und Mutter ging hinaus und sah sich die Ware an. Wieder im Haus, zeigte sie mir voller Stolz zwei Kleider aus bedruckter Kunstseide, eins hatte ein lila Blümchenmuster, das andere ein braun-orangefarbenes Paisleymuster. Mutter war so stolz, daß ich übertriebene Bewunderung heuchelte, obwohl ich sie bei weitem nicht so schön fand wie die Kleider, die meine Anziehpuppen hatten. Sie hatten drei beziehungsweise zwei Dollar gekostet, soviel ich mich erinnern kann. Es waren die ersten neuen Sachen, die meine sich Mutter sich kaufte, abgesehen von ihrem Strandmantel.

Es gab auch ärmliche Jahre in meiner eigenen Ehe, aber so schlecht ist es uns nie gegangen. Vielleicht, weil die Zeiten damals in den dreißiger Jahren aufgrund der Wirtschaftskrise überhaupt schlechter waren, vielleicht aber auch, weil unsere Ehe nicht lange hielt. Vor allem aber deswegen, weil ich nicht wie meine Mutter war (nicht wie meine Mutter sein *wollte*) und mir deshalb auch nicht zugestand, daß mir Dinge wie Kleidung, Essen, Autos und Möbel wichtig sein könnten. Ich wollte nur meinen Spaß haben und meine Fotos machen. Sonst nichts.

Das redete ich mir ein, und ich glaubte es. Es ist erstaunlich, wie man sich selber so völlig täuschen kann, aber andere nicht. Ich amüsierte mich und die Kinder täglich, war Schwester Lustig, der Clown, lachte, riß Witze. Aber meine Kinder erinnern eine völlig andere Version der Geschichte.

«Du warst immer weg», zischt Arden mich an. «Nur wenn du mit uns gespielt hast nicht, sonst warst du immer irgendwo anders! Du wolltest nicht bei uns sein, du wolltest uns gar nicht haben!»

«Ich habe mir Mühe gegeben», sage ich kurz angebunden. «Wenn du es besser kannst, bitte sehr.» Ich verlasse das Zimmer.

«So ist es richtig, lauf nur weg!» schreit sie mir mit rachsüchtiger Stimme hinterher. «Etwas anderes kannst du gar nicht. FEIGLING!»

Der Feigling hockt in seinem Zimmer und hat die Tür abgeschlossen. Das ist nicht wahr, sage ich lautlos. Ich habe sie gewollt. Ich wollte sie haben. Ich war nur noch nicht reif genug. Es wäre anders gekommen, wenn Brad etwas Verantwortung übernommen hätte. Wenn er sich ein bißchen gefreut hätte. Es war seine Schuld.

Manchmal war Anastasia so erschlagen von all dem Leid in den Geschichten ihrer Mutter, daß sie Belle fragt, ob sie jemals glücklich gewesen sei. Dann wurde Belles Stimme heiterer, und sie erzählte von ihren wunderbaren, schönen Freundinnen, von den herrlichen Zeiten, ihren Museumsbesuchen, der Theatergruppe, der Kunstschule...

Aber dann war immer plötzlich alles zu Ende, und je mehr Anastasia sie ausfragte, um so mehr zog Belle sich zurück, bis Anastasia irgendwann begriff, daß es ihre, Anastasias, Geburt gewesen war, die den guten Zeiten ein Ende gesetzt hatte. Und als ihr das dämmerte, gab sich Belle noch geheimnisvoller. Als die Wahrheit schließlich herauskam, war es unklar, ob Belle sie endlich eingestanden hatte oder ob Anastasia eins und eins zusammengezählt hatte und ihrer Mutter die Wahrheit auf den Kopf zusagte. Anastasia erinnerte sich nicht mehr, wann das gewesen ist, wie alt sie war, als sie dasaß und ihre Mutter ihr schilderte, wie sehr sie sich geschämt und daß sie an eine Abtreibung gedacht hatte, wie sie sich entschlossen hatte, sich für Anastasia zu opfern. Sie erzählte ihr von der tränenreichen schlimmen Zeit, die auf ihre Geburt folgte, der nicht enden wollenden Depression, dem Entschluß, noch ein Kind zu bekommen. Anastasia vermied sorgfältig jeden Gedanken daran, daß sie ein unerwünschtes Kind war. Sie machte sich Belles Sicht zu eigen, als ob sie selber Belle wäre, als sei Belles Interpretation der Ereignisse die einzig mögliche. Daß ihre Mutter sie nicht gewollt, daß sie sich klagend aufgeopfert, ihre Pflicht erfüllt und dem Objekt ihrer Aufopferung ein beträchtliches Maß an Ablehnung entgegengebracht hatte, wurde allein schon durch die Größe ihres Opfers aufgewogen, das total war, und durch die Überlegenheit, mit der es durchgeführt wurde.

«Das habe ich meiner Mutter nie vorgeworfen», sage ich zu Arden. Aber ich habe oft zu ihr gesagt: «Du liebst mich nicht.» Jedoch nie: Du hast mich nicht gewollt.

Ich saß in meinem Zimmer, wischte mir die Tränen aus den

Augen und dachte, daß es gut war, wenn Arden mir solche Sachen sagen konnte, ein gutes Zeichen, das Mädchen wurde erwachsen. Und ich fragte mich: Wollen Frauen überhaupt Kinder? Will irgend jemand auf der Welt auf alles andere verzichten, um sich nur noch um ein quäkendes Baby zu kümmern, das nach Scheiße stinkt, ständig hungrig ist, laut, fordernd? Warum sollte man sich für so etwas freiwillig entscheiden? Und die, die sich freiwillig dafür entscheiden, wissen die, worauf sie sich da einlassen?

Aber gibt es überhaupt einen Unterschied zwischen der Mutterschaft, ob freiwillig oder nicht, und der Ehe? Der Selbstaufgabe für andere? Warum wird das von uns verlangt? Ist das nicht alles mit enormen Schmerzen verbunden? All die Jahre mit Brad, in denen ich mir vorgemacht habe, daß ich fröhlich und guter Dinge sei, während ich tief drinnen wußte, daß ich schon halb tot war, ein Mensch, der nicht mit beiden Beinen fest auf der Erde steht, sondern irgendwo darüber in der Luft hängt, in einem grauen Nebel vergehender Jahre, in denen sich nichts weiterentwickelte, in einem dumpfen Schmerz, dem Ergebnis meiner Bemühung, die bohrende Qual nicht zu spüren. Ein betäubender Schwebezustand, das Gefühl der Unwirklichkeit. Eine Bewegung in Zeitlupe. Lange leere Jahre, die Leere in meinen Augen, die auf meine Kinder abfärbte. Und heute? Die Kinder sind größer geworden. Seit Jahren brauche ich mich nur noch um sie zu kümmern, aber sie sind schlimmer denn je zuvor. Arden geht in einer Weise auf mich los, als wolle sie mich umbringen: Sie versucht, meinen Panzer zu durchdringen. Ich mache ihr keinen Vorwurf. Und meiner Mutter auch nicht. Bis auf eine Ausnahme, ein Ereignis, das auf ein Jahr einschneidender Veränderungen folgte.

Im Herbst 1942 kam Anastasia auf die High School, und sie hatte bereits ein paar Freundschaften geschlossen. Sie ging zum Religionsunterricht, für die Firmung, und wurde Mitglied im Kirchenchor. Belle war froh, daß sie nicht mehr bei den Pfadfindern war: die Ausrüstung, die gekauft werden mußte, war zu teuer, und Anastasia schien sich nicht soviel daraus zu machen. Belle ging wieder arbeiten, ihr war klar, daß sie jetzt anfangen mußte, für Anastasias College zu sparen. Sie hatte nur noch vier Jahre Zeit. Ihr standen nicht viele Möglichkeiten offen, aber sie wußte, daß sie ganz respektabel wirkte, und bewarb sich deshalb um eine Stelle als Verkäuferin. Sie fand eine Anstellung in dem vornehmsten Geschäft von Jamaica, bei Gertz. Sie arbeitete in der schönsten Abteilung, sie verkaufte Hüte. Aber es war anstrengend. Sie mußte ein dunkles Kleid tragen und den ganzen Tag auf hohen Absätzen stehen. Die Verkäuferinnen durften sich nicht setzen, selbst dann nicht, wenn nichts zu tun war, sie mußten geschäftig wirken. Wenn Ed früh Schluß hatte, holte er sie mit dem Auto ab, aber oft mußte sie abends mit dem Bus nach Hause fahren. Abends waren ihre Füße und Knöchel geschwollen vom vielen Stehen, aber sie mußte noch das Abendessen kochen. An ihrem freien Tag machte sie die Wäsche. Sie trug jeden Penny, den sie verdiente, auf die Bank. Aber sie war sehr müde.

Zu Hause herrschte eine bedrückende Atmosphäre. Anastasia begriff nicht, warum sie so unglücklich war. Natürlich war die High School beängstigend, sie war so groß und voll, und die anderen Kinder waren alle viel größer als sie. Aber sie war Mitglied im Schulorchester und spielte Klavier, wenn sie probten, aber wenn sie ein Konzert gaben, spielte sie Cello, weil Mr. Piatti, der Dirigent, dann eine Lehrerin am Klavier brauchte. Er lieh ihr ein Cello und erteilte ihr kostenlosen Unterricht. Ihr gefiel das Cello, aber sie übte nicht genug. Ihre Begeisterung für Musik war etwas abgeflaut. Eines Nachmittags saß sie auf dem Fußboden der Veranda und las die neueste Ausgabe der Zeitschrift *Etüde*, als plötzlich ihr Kopf wie von selbst hochschnellte. Wie ein Faustschlag in den Magen traf sie plötzlich die Erkenntnis, daß die Komponisten allesamt Männer waren. Sie legte die Zeitschrift weg, saß einfach mit hängenden Schultern da und überlegte. Sie wußte, daß es Dinge gab, die Männer machen, und Dinge, die Frauen machen, und daß es Dinge gab, die Frauen nicht machen dürfen. Eine Frau konnte zum Beispiel nicht Priester werden. Ein Mann konnte zwar nicht Nonne werden, aber Mönch, was fast das gleiche war. Frauen und Männer konnten Lehrer werden, aber Direktor wurden nur Männer. Frauen waren Krankenschwestern, Männer waren Ärzte.

Sollte das heißen, daß sie keine Komponistin werden konnte? Das hatte ihr niemand gesagt. Angie war stolz auf sie gewesen, als sie ihre Sonate auf seinem Fest vorgespielt hatte. Jetzt war er aber weg, bei der Armee, und sie hatte einen neuen Lehrer, Harold Grunbacher. Er war nicht so lieb wie Angie, aber auch ein guter Lehrer.

Alle ihre Klavierlehrer waren Männer gewesen. Allerdings hatte Mommy mit ihr im vergangenen Herbst ein Konzert besucht, die Pianistin hieß Ruth Sozlenzinska und war nur etwas älter als sie. Aber Anastasia wollte keine Pianistin werden. Sie wußte, dafür reichte ihr Klavierspiel nicht. Sie wollte Komponistin werden. Aber das war vielleicht unmöglich.

Sie würde etwas anderes werden müssen. Sie trat in den Lateinclub ein, arbeitete bei der Schülerzeitung mit und fand drei neue Freundinnen: Kathy McGowen, Teresa Kelly und Carmela diFalco – die vier Mädchen steckten an den Nachmittagen und den Wochenenden zusammen. Sie hatten kein Geld und keinen Ort, wo sie hingehen konnten. Sie gingen meistens spazieren. Manchmal lud Anastasia sie zu sich nach Hause ein, aber die anderen luden sie nie zu sich ein, bis auf einmal, als Teresas Eltern an einem Sonnabendnachmittag weg waren. Und es war nicht zu übersehen, daß Teresa nervös war, sie durften sich nur in der Küche aufhalten, und als sie ihre Cola getrunken hatten, spülte sie die Gläser und trocknete sie ab. Teresa war ein adoptiertes Kind. Ihre Eltern waren tot. Kathy schwärmte für Frank Sinatra, und sie malten sich oft aus, daß sie, wenn sie Geld hätten, zusammen nach New York zu seiner Show fahren würden. Sie würden draußen vor dem Theater warten, wo «Deine Hitparade» lief, und sehen, wie er aus seiner Limousine stieg. Sie brauchten nur das Geld für den Bus und die U-Bahn. An einem Samstagabend fuhren sie hin und standen in einer riesigen Menschenmenge, lauter Mädchen wie sie selbst, und alle schrien, als Frankie kam, der sich schüchtern und verlegen eine Gasse durch die Menge bahnte. Jede wollte ihn berühren, und manche rissen ihm sogar Löcher in die Jacke, sagte Kathy. Er war jedoch von Männern umgeben, die ihn abschirmten, und Anastasia und ihre Freundinnen standen zu weit hinten und konnten deshalb nicht sehen, ob es jemand schaffte, ihn anzufassen. Aber sie hatten ihn zumindest gesehen.

Die Mädchen setzten sich in den Park und unterhielten sich. Oder sie gingen zu Woolworth, und einmal klauten sie, nur aus Jux – Haarnadeln, Lippenstifte und Nagellack. Hinterher hatte Anastasia solche Gewissensbisse, daß sie ihre Beute Carmela gab. Sie wollte nicht, daß man die gestohlenen Sachen bei ihr fand, auch wenn sie schon weit weg waren und niemand etwas gemerkt hatte.

Manchmal gingen sie zusammen ins Kino, wenn sie Geld hatten.

Nur Carmela durfte nie mit, weil sie abends immer auf ihre kleine Schwester aufpassen mußte. Anastasia hatte den Verdacht, daß ihre Freundinnen zu Hause geschlagen wurden. Da keine darüber sprach, fing sie auch nicht davon an. Aber sie wußte, daß sie Angst vor ihren Eltern hatten.

Wenn Anastasia zu Hause war, las sie. Sie schaute kaum von ihren Büchern auf. Sie wollte nicht in diesem Haus sein, so wenig wahrnehmen wie nur möglich. Sie ging alle Bücher in ihrem Regal durch und versuchte, möglichst alle zu lesen. Aber die meisten waren langweilig. *Die Gedankenwelt des Marc Aurel, Zwei Jahre vor'm Mast, Die Ilias* von Homer. Die Harvard-Klassiker. Daddy hatte sie einem Kollegen abgekauft. Mommy hatte sich sehr darüber geärgert, sie sagte, sie könnten sich so etwas nicht leisten. Daddy sagte, daß der Mann gerade eine Pechsträhne hätte und daß er gedacht habe, Belle würde sich freuen, weil sie doch so viel Wert auf Bildung legte. Aber sie schüttelte nur den Kopf und sagte, es sei nicht zu fassen, wie dumm er manchmal sei, daß er so teure Bücher, das Stück für einen Dollar, auf Abzahlung kaufte, jede Woche einen Dollar, ein Jahr lang. Anastasia war froh, daß sie die Bücher hatten, aber sie hätte sich schon gewünscht, daß sie weniger langweilig gewesen wären.

In dem Bücherregal standen jedoch auch faszinierende Bücher, die von demselben Dachboden stammten wie die Kinderbücher, die Anastasia geerbt hatte. Radcliffe Hall, *Der Quell der Einsamkeit,* Thomas Hardy, *Die Heimkehr*, Thomas Paine, *Untersuchungen über wahre und fabelhafte Theologie*, George Eliot, *Die Mühle am Fluß* und *Die ewige Nymphe.* Anastasia konnte sich nie merken, wer das geschrieben hatte. Aber sie las die Bücher alle von vorn bis hinten, und Paine las sie mehrere Male. Schopenhauer war auch vertreten, mit *Die Welt als Wille und Vorstellung,* aber sie kam nur bis Seite 30. Am besten gefiel ihr Friedrich Nietzsche, *Der Fall Wagner,* sie verstand zwar nicht alles, aber sie las es immer wieder von vorn.

Seit ihrer Firmung im vergangenen Juni ging sie jeden Mittwochabend zusammen mit Mrs. Murphy zum Kirchenchor. Mrs. Murphy war eines Tages stehengeblieben, um mit Mommy zu plaudern, es war ein lauer Sommerabend, und Belle saß draußen auf den Stufen ihres Hauses. Mrs. Murphy erkundigte sich nach dem Kind, das gerade Klavier übte. «Sehr begabt», sagte sie. Sie fragte Anastasia, ob sie nicht Lust hätte, im Chor zu singen. Anastasia hatte Lust. Seitdem kam Mrs. Murphy jeden Mittwochabend nach dem Abendessen vorbei, holte Anastasia ab und brachte sie nach dem Üben wieder zurück.

Mrs. Murphy war die Organistin der Kirche. Sie hatte einen massigen Körper mit dicken Oberarmen und winzigen roten Äderchen auf Nase und Wangen. Sie war eine herzliche Person und redete mit Anastasia wie mit einer Erwachsenen, als ob sie sich für deren Meinung interessierte. Sie hatte sieben Kinder, sagte sie, und sie erzählte Anastasia von ihnen. Das Singen im Chor war seltsam, und Anastasia saß ganz außen am Rand. Ein mickriges Männchen mit einer komischen Frisur machte immer viel Aufhebens um die Wahl der Lieder, denn er wollte immer die Soli übernehmen. Und ein erwachsenes Mädchen, das schon über zwanzig war, sang sämtliche Sopransoli. Die übrigen Chormitglieder waren alt, wie Mrs. Murphy, und ärmlich gekleidet und sehr klatschsüchtig.

Aber Anastasia liebte die Musik. Es war wunderschön, was passierte, wenn diese unscheinbaren Menschen ihre Münder aufmachten und zusammen sangen. Mrs. Murphy dirigierte manchmal, aber meistens ließ sie sie einfach singen. Die Musik war wunderschön und die Choräle auch. *Kyrie eleison, Agnus Dei, Gloria.* Klänge aus einer anderen Welt. Wenn sie sonntags während der Heiligen Messe oben auf der Empore standen und sangen, stellte Anastasia sich vor, sie stünde in einer anderen Kirche, die schlichter und nüchterner war, ohne die scheußlich grellen bunten Glasfenster von St. Mary, ohne den ekligen Monsignore Burke, der die Heilige Messe abhielt. Sie sah sich in einer Kirche mit kahlen weißen Wänden, hohen Fenstern und dieser überwältigenden Musik. Ostern war es besonders schön, wenn die Kirche mit Osterglocken geschmückt war und die Priester schöne weiße, mit Gold und Purpur verzierte Gewänder trugen. Die Musik erhellte jeden dunklen Winkel.

Eines Tages fragte Mrs. Murphy Mommy, ob Anastasia mit ihr am Columbus Day zu dem großen Bankett gehen dürfe, das die Knights of Columbus ausrichteten, und Mommy fragte Anastasia, ob sie hingehen wolle. Sie hatte keine Lust dazu, aber es war ihr peinlich, daß Mommy sie fragte, als Mrs. Murphy daneben stand, deshalb sagte sie ja. Mrs. Murphy sagte, sie hätte zwei Karten, und Mr. Murphy sei – also, er sei indisponiert oder so ähnlich. Anastasia hatte Mr. Murphy nie zu Gesicht bekommen, und sie wunderte sich zwar, warum Mrs. Murphy nicht eins von ihren Kindern mitnahm, aber sie war geschmeichelt, daß sie gefragt worden war.

Mommy sagte ihr, was sie anziehen sollte – das gute Kleid von Ostern –, und half ihr bei ihrer Frisur. Mommy erlaubte Anastasia sogar, etwas von der Brillantine zu nehmen, die sie selber immer benutzte, und ihr Haar glänzte richtig. Dann klingelte Mrs. Murphy an der Haustür, und sie gingen zum Haus der Knights of Columbus am Rockaway Boulevard. Über den Geschäftsräumen befand sich ein riesiger Saal, und als sie eintraten, bekam Anastasia Angst. Hunderte von Leuten waren da, meistens Männer, und alle erwachsen, sie war das einzige Kind. Einige der Erwachsenen waren noch jung, zwischen zwanzig und dreißig, aber die meisten waren so alt wie Mrs. Murphy. Aber alle behandelten sie sehr freundlich, es schien sie nicht zu stören, daß sie noch ein Kind war. Sie setzten sich an einen Tisch, und der Kellner kam und brachte ihr ein Gingerale, und Mrs. Murphy bekam einen Drink, wie ihn Onkel Eric manchmal Mommy und Daddy anbot. Danach wurde das Dinner serviert und Eiscreme. Es wurden Reden gehalten und Lieder gesungen, und eine kleine Band spielte. Anastasia blieb den ganzen Abend am Tisch sitzen, auch dann, als Mrs. Murphy aufstand, um sich mit jemandem am anderen Ende des Saales zu unterhalten. Sie beobachtete und hörte zu.

Alle waren so gut gelaunt. Anastasia hatte so etwas noch nie erlebt. Je später der Abend wurde, desto fröhlicher wurden alle. Jeder schien jeden zu mögen, alle unterhielten sich und lächelten, und es wurde viel gelacht. Jeder kannte Mrs. Murphy, und die Leute kamen zu ihrem Tisch und wechselten auch ein paar Worte mit dem kleinen Mädchen. Aber sie behandelten sie nicht wie ein kleines Mädchen: na ja, sie besuchte ja auch schon die erste Klasse der High School, auch wenn sie erst zwölf war. Mrs. Murphy stellte sie vor: «Das ist Anastasia Dabrowski, sie ist eine talentierte Musikerin. Sie singt jeden Sonntag im Kirchenchor.» Und die Damen lächelten ihr zu und wollten wissen, wie alt sie sei und in welcher Klasse. Sie hoben erstaunt die Brauen, wenn sie antwortete, daß sie die High School besuchte. Aber die Männer sahen sie komisch an, das war sie nicht gewohnt, und machten Mrs. Murphy gegenüber Bemerkungen wie: «Sie hat schöne Haare!» «Eine kleine Herzensbrecherin», und manche sagten: «Was für ein hübsches Mädchen», aber immer nur zu Mrs. Murphy, nie direkt zu ihr.

Anastasia entspannte sich. Der große Saal war hell und laut, voller Menschen, die lachten und sich amüsierten, und alle waren nett zueinander und zu ihr auch. Sie fühlte sich wohl und empfand ein Gemeinschaftsgefühl, als ob sie alle Freunde wären. «Ein hübsches katholisches Mädchen», sagten ein paar Männer anerkennend zu Mrs. Murphy, die strahlend nickte. Anastasia senkte den Blick, weil sie nicht der Meinung war, daß sie eine gute Katholikin war. Sie hatte absolut nichts dabei empfunden, als der Bischof ihr bei der Firmung die Hand auf den Kopf gelegt hatte, und sie wußte nicht, was die Firmung überhaupt bedeutete, denn was hieß das: der Heilige Geist kommt über dich? Mit der heiligen Kommunion war es ihr ganz anders ergangen: Danach war sie von Leidenschaft erfüllt, von Kraft und so etwas wie Erleuchtung. Und außerdem schrieb Thomas Paine ganz anders über Gott, als sie es im Religionsunterricht lernte, und Nietzsche haßte das Christentum.

Dennoch war es verführerisch, wie ein Zauber, und sie fühlte sich wie in Abrahams Schoß. Sie merkte, daß diese Leute ihr anboten, den Schmerz zu heilen, den sie ständig in ihrer Brust verspürte und der nie wegging. Wenn sie weiterhin zu ihnen käme, eine der ihren würde, dann würden sie sie mit ihrer Liebe und Zuneigung einhüllen, sie würde sich geborgen fühlen. Aber was wollten sie dafür haben?

Sie erinnerte sich lebhaft an einen Abend, als sie sich mit Mommy gestritten hatte, sie war zehn. Sie hatte irgend etwas Vorlautes gesagt, und Mommy hatte geschimpft. Aber was sie, Anastasia, gesagt hatte, war richtig, und Mommy weigerte sich lediglich, das zuzugeben, und schimpfte mit ihr, weil sie keine Lust hatte, sich mit ihr auseinanderzusetzen. Anastasia ging ins Verandazimmer, setzte sich auf die Erde und versank in Selbstmitleid. Als Mommy sie zum Abendessen rief, ging sie nicht hin. Sie blieb in dem dunklen Raum sitzen, während die anderen sich an den Tisch setzten und aßen. Sie sah den Lampenschein, hörte das Klimpern der Bestecke und roch das warme Essen. Mommy rief sie noch einmal, aber sie ging nicht hin.

Dann kam Mommy in den Raum, wo Anastasia saß, und streckte ihr die Hand hin.

«Komm, Anastasia, komm essen», drängte sie.

Anastasia war richtig schockiert. Das hatte Mommy ja noch nie gemacht. Wenn sie wütend auf Anastasia war, dann war es immer

Anastasia, die sich entschuldigen mußte. Mommy sprach solange kein Wort mit ihr, tagelang hielt sie das durch, was Anastasia nie konnte, also mußte sie sich entschuldigen. Trotzdem stand Anastasia nicht auf.

«Nein», sagte sie, schüttelte den Kopf und weigerte sich, mit Mommy zu reden. Mommy wußte, daß sie im Unrecht war, deshalb verhielt sie sich so. Das war ihre Art, sich zu entschuldigen. Aber Anastasia wollte, daß sie es ihr sagte, so wie Anastasia sich immer bei ihr entschuldigen mußte. Was Mommy nicht tat. Mommy ging wieder in die Küche. Anastasia blieb sitzen, wo sie war, ihr Magen knurrte vor Hunger, und sie überlegte, ob sie zu Mommy gehen sollte. Sie hätte ihr folgen sollen, sie hätte ihr gehorchen sollen, dann hätte Mommy sie vielleicht lieb. Aber sie wollte nicht.

Sie sehnte sich danach, daß ihre Mutter zurückkäme, aber sie kam nicht. Du wirst geliebt, aber nur dann, wenn du machst, was sie wollen, dachte Anastasia. Du mußt genau dem entsprechen, was sie von dir erwarten. Wenn nicht, dann lieben sie dich auch nicht. Der Preis ist zu hoch.

Schließlich erhob sie sich, ging in die Küche und aß ihr Abendessen, das inzwischen kalt war. Sie saß wortlos am Tisch und sah ihre Mutter nicht an. Das war alles unfair, dachte sie.

Die Menschen hier boten ihr ihre Liebe an, sagten, was sie für ein hübsches, gutes katholisches Mädchen sei. Aber nur, weil sie nicht wußten, wie sie wirklich war. Sie war hübsch angezogen und ordentlich gekämmt, sie dachten, sie sei ein liebes Mädchen. Sie hatten keine Ahnung, daß sie an der Existenz Gottes zweifelte, daß sie eigensinnig, frech, dickköpfig und egoistisch war. Und wenn sie das wüßten, dann würden sie sie nicht mehr leiden können. Dann würden sie sich von ihr abwenden, so wie Mommy sich von ihr abwandte. Sie sollte so sein, wie sie es schön fanden, und nur dann würden sie sie lieben.

Es wurde sehr spät, aber glücklicherweise fuhr sie jemand mit dem Auto nach Hause, so daß Anastasia nur «Vielen Dank» zu sagen brauchte. Mommy war noch wach und wartete auf sie. Sie wollte wissen, wie es gewesen war, aber Anastasia merkte, daß sie sehr müde war und sich mit dem bißchen, das Anastasia ihr erzählte, zufriedengab. Dann konnte Anastasia zu Bett gehen, und sie lag im Dunkeln und dachte über alles nach. Sie verspürte eine klaffende Wunde in der Brust, weil sie wußte, daß sie im Begriff stand, etwas Kostbares aufzugeben, das sie nie mehr bekommen würde, weil sie es nicht haben wollte.

Die Atmosphäre im Haus war schrecklich bedrückend. Mutter weigerte sich, Anastasia morgens zu wecken, weil Anastasia so schwer wach zu bekommen war und immer wieder einschlief, nachdem Mutter sie gerufen hatte. Frühstück machte sie auch nicht mehr. Aber es gab immer irgendwo Kekse, falls Anastasia etwas essen wollte. Meistens war es schon so spät, daß sie ohne zu frühstücken aus dem Haus rannte. Trotzdem verpaßte sie oft den Bus und kam zu spät zur Schule. Das war in der High School allerdings nicht besonders schlimm. Ihr Taschengeld reichte kaum für den täglichen Lunch in der Cafeteria. Wenn sie sich etwas zu essen kaufte, hatte sie nicht mehr genug, um am Wochenende ins Kino zu gehen. Deshalb trank sie mittags oft nur eine Cola. Und wenn sie dann nach Hause kam, sah sie das Frühstücksgeschirr von Mutter und Joy im Abwasch liegen. In der Küche roch es abgestanden, weil die Küchentür den ganzen Tag geschlossen gewesen war. Sie sollte das Geschirr spülen und Klavier üben, statt dessen setzte sie sich hin und aß, stopfte sich eine Scheibe Brot mit Erdnußbutter und Marmelade nach der anderen hinein, oder Schokoladenkuchen, wenn noch ein Stück da war. Sie las beim Essen, verschlang Brote und dicke viktorianische Romane. Sie las alles von Galsworthy, Dickens und Trollope, alles, was in der Schulbibliothek stand. Mutter würde um sechs wieder zu Hause sein, wenn sie mit dem Bus fahren mußte, wenn Vater sie abholte, kamen sie eine Viertelstunde früher. Kurz nach fünf spülte Anastasia flink das schmutzige Geschirr, rannte ins Verandazimmer und setzte sich ans Klavier. Wenn Mommy kam, sagte sie, sie wärte fast fertig mit den anderthalb Stunden, die sie üben sollte, auch wenn sie erst eine halbe Stunde geübt hatte. Aber an manchen Tagen hatte sie richtig Lust, Klavier zu spielen, und dann spielte sie drei Stunden hintereinander.

Mutter sprach sehr wenig, wenn sie nach Hause kam. Manchmal erzählte sie etwas von den Damen, die mit ihr Hüte verkauften, und was sie angehabt hatten. Oder über die Kundinnen oder den stellvertretenden Geschäftsführer. Sie nahm ein paar Zeichnungen von Anastasia mit, um sie dem stellvertretenden Geschäftsführer zu zeigen: Belle überlegte, ob Anastasia nicht Modedesignerin werden könnte. Aber er sagte, sie müsse lernen, aus einer anderen Perspektive zu zeichnen: Bei Modezeichnungen sei der Körper im Verhältnis zum Kopf viel länger, die Proportionen dürften nicht realistisch sein. Als Modedesignerin müsse sie außerdem nähen können. Da die zwei Versuche, ein Kleid zu nähen, die Anastasia in den letzten beiden Grundschulklassen unternommen hatte, wieder aufgetrennt werden mußten und ihre Mutter ihr die Arbeit am Abend, ehe sie abgegeben werden sollte, hatte machen müssen, kam Anastasia zu dem Schluß, daß sie auch diesen Beruf besser nicht ergreifen sollte.

Mutter fragte sie, wie es in der Schule war. Sie hörte Joy zu und erzählte ihnen winzig kleine Bröckchen von ihrem eigenen Tag, aber sie war mit ihren Gedanken ganz woanders, und das spürten sie genau. Am Tisch herrschte Schweigen. Selbst wenn Daddy zu Hause war, was an manchen Wochenenden der Fall war, wurde nicht geredet. Und wenn er abends lange arbeitete, setzte sich Mutter auf die Veranda und rauchte im Dunkeln, wenn Joy und Anastasia im Bett lagen. Das wußte Anastasia. Sie lag in ihrem Bett, und ihr Magen brannte. Sie wußte nicht mehr, was sie noch tun sollte, um ihrer Mutter einen Gefallen zu tun. Es gelang ihr nicht, ihr ein Lächeln oder ein freundliches Wort abzuringen. Anastasia hatte das Gefühl, daß ihre Mutter sie verraten hatte, weil sie die Vertrauensbeziehung abgebrochen hatte, die doch von ihr selbst ausgegangen war. Belle hatte sie verlassen.

Diese neuerliche Depression, in die Belle versank, war wie ein brutaler, wütender Schlag, wie eine Tür, die sie der ganzen Welt vor der Nase zuknallte. Anastasia hatte Bauchschmerzen. Sie hatte Halsschmerzen. Überall in ihrem Körper fühlte sie Klumpen, die sie herauswürgen müßte, wenn sie nicht sterben wollte: im Hals, im Bauch, unter den Armen. Sie war erschöpft, aber sie konnte nicht einschlafen. Sie las im Bett, es war ihr egal, ob ihre Mutter es merkte. Aber nichts konnte den Schmerz betäuben.

Eines Nachts lag sie wieder wach im Bett, sie hatte das Gefühl, explodieren zu müssen, wenn sie nicht etwas unternahm. Sie sprang ohne nachzudenken aus dem Bett und lief barfuß die nackten Treppenstufen hinunter zur Veranda. Ihre Mutter hörte sie nicht. Sie saß als Schattenriß am Fenster, das Ende ihrer Zigarette glühte sekundenlang in der Dunkelheit. Anastasia hörte, wie ihre Mutter den Rauch ausblies.

«Mommy», sagte sie, und Belle drehte sich überrascht um.

«Oh, Anastasia, jetzt hast du mich aber erschreckt! Was ist los?» Ärgerlich.

«Was ist mit dir los? Du redest nicht mehr, du bist immer nur wütend, du bist immer schlecht gelaunt, du sitzt hier jeden Abend im Dunkeln und rauchst. Was hast du? Was ist los mit dir?» Anastasia hörte, wie kalt ihre Stimme klang, ohne jede Wärme, ohne Liebe, nur voller Wut.

Belle kehrte Anastasia den Rücken zu. «Geh ins Bett», sagte sie kalt.

«Nein. Das werde ich nicht! Erst wirst du mir sagen, was mit dir los ist! Du bist so gemein. Du tust so, als ob du gleich sterben würdest, du behandelst uns ganz schrecklich, und du sagst uns nicht, warum!»

Belle stand auf und kam auf Anastasia zu. Eine dunkle Gestalt vor dem Fenster. «Ich habe dir gesagt, du sollst ins Bett gehen.» Eisig.

«Nein!» In Anastasias Stimme schwangen jetzt Tränen. «Du bist grauenhaft! Du bist gemein! Du liebst uns nicht!»

Da hob Belle die Hand und schlug Anastasia, sie drosch auf sie ein, bis Anastasia auf der Erde lag. Sie lag da und schluchzte. Ein Teil von ihr wollte aufstehen und zurückhauen, fest zuschlagen. Aber sie tat es nicht. «Ich hasse dich! Ich hasse dich!» schluchzte sie.

Belle setzte sich wieder in ihren Sessel und zündete sich eine neue Zigarette an. Nach ein paar Minuten stand Anastasia auf und ging wieder ins Bett.

Im Frühling 1943 machte Daddys Firma einen Betriebsausflug: eine Dampferfahrt auf dem Hudson und ein Picknick auf dem Bear Mountain. Belle kaufte geblümten Chintz und nähte für die Mädchen genau gleiche Schürzen und für sich selbst ein Sommerkleid. Die großen Bosse würden auch alle kommen, sagte sie. Ein wichtiges Ereignis.

Sie fuhren nach Manhattan, zu einem Pier an der West Side, wo die Anlegestelle des Dampfers war. Hunderte von Menschen flanierten auf dem Schiff, und manche Männer begrüßten sie, redeten mit Daddy und nannten ihn Mr. Dabrowski. Daraus schloß Anastasia, daß er ihr Boß war, und sie war stolz auf ihn. Dann sagte Daddy: «Belle, ich möchte dich mit einer sehr netten Frau bekannt machen, vielleicht macht es dir Spaß, dich mit ihr zu unterhalten, sie arbeitet in meiner Abteilung. Ich werde sie dir vorstellen.» Anastasia beschlich eine Ahnung. Sie hatte ein schlechtes Gefühl, irgend etwas stimmte nicht. Daddy stieg mit ihnen über eine Gangway ein Deck höher und steuerte auf eine Gruppe von Frauen zu, die zusammen an einem Tisch saßen, so als wüßte er genau, wo sie sitzen würden. Daddy schien nervös und aufgeregt zu sein, was nur ganz natürlich war, weil er Mommy noch nie eine Kollegin vorgestellt hatte. Aber Mommy war wie ein Eisblock, und Anastasia ärgerte sich über sie.

Dann sagte Daddy: «Oh, da ist sie ja», seine Stimme klang glücklich, und er hub gerade an: «Belle, das ist...», als Mommy auf dem Absatz kehrtmachte und wegging. Anastasia war so entsetzt, daß sie regungslos verharrte. Sie sah Daddy an, der Mommy hinterherrannte und ihren Namen rief. Joy sah Anastasia an, und Anastasia nahm sie bei der Hand und ging mit ihr ihren Eltern nach. Mommy blieb stehen, und Daddy redete auf sie ein, aber falls sie etwas sagte, mußte es wie eine Ohrfeige geklungen haben, denn er fuhr erschreckt zurück. Mommy sah zu ihnen hin und sagte: «Kommt, Mädchen.» Joy ließ Anastasias Hand los und rannte zu ihrer Mutter. Daddy stand einfach nur da, und Anastasia ging langsam zu ihm und stellte sich neben ihn.

Für den Rest der Fahrt blieb Mommy mit Joy ein Deck tiefer an der Reling stehen, und Daddy stand an einer Säule, dreißig Meter entfernt, und starrte sie an. Anastasia blieb bei ihrem Vater. Er bemerkte sie kaum. Hin und wieder sagte er zu ihr: «Geh doch zu deiner Mutter, sie ist traurig, daß du nicht bei ihr bist.»

«Nein, ich will bei dir bleiben», sagte sie.

Ihre Gegenwart konnte ihn nicht trösten. Er starrte Belle unentwegt an, die unerreichbar wie in einem Museum, hinter einer Glasscheibe, unberührbar, das Objekt seiner brennenden Begierde war.

Diese Szene – die vielleicht zwei oder drei Stunden lang währte – hat sich mir tief ins Gedächtnis eingegraben. Ich habe vergessen, wie der Tag zu Ende gegangen ist – er muß ja wohl zu Ende gegangen sein. Wir werden sicher Hamburger und Hot dogs gegessen haben und Orangenlimonade getrunken haben, wir werden auf der Toilette gewesen sein, und sie müssen zusammen zum Auto zurückgegangen, eingestiegen und nach Hause gefahren sein. Daran kann ich mich nicht mehr erinnern. Für uns ging dieser Tag auch nicht zu

Ende. Wir tauchten wieder in die graue Spannung ein, in der das Geräusch einer herunterfallenden Gabel alle erschreckte. Wir lebten wieder, wahrscheinlich monatelang, in einem stillen Haus, in dem niemand ein lautes Wort sprach und niemals ein Lachen erklang.

Das war das einzige Mal in meinem Leben, daß ich für meinen Vater Partei ergriffen habe, gegen meine Mutter. Es war das erste Mal in meinem Leben, daß ich meiner Mutter für irgend etwas die Schuld gab. Und das hat mich zweifellos sehr beunruhigt: Ich muß schreckliche Schuldgefühle gehabt haben, denn in jenem Sommer hatte ich einen entsetzlichen Traum, der so lebendig war, daß ich mich heute noch daran erinnern kann. Ich schlief mit dem Kopf am Fußende nahe den Vorhängen, die Nacht war sehr heiß, und ich wollte jeden Luftzug auskosten. Plötzlich wurden die Vorhänge, die unser Zimmer von dem kleinen Flur abteilten, aufgezogen. Eine Gestalt in einem langen weißen Nachthemd stand da, ihre Umrisse hoben sich deutlich gegen den hellen Flur ab. Sie kam auf mich zu, eine bleiche Gestalt ohne Gesicht im Mondlicht, eine Frau mit einem Messer. Sie blieb vor mir stehen und hob den Arm, um mir das Messer ins Herz zu stechen. Ich schrie und schrie. Meine Mutter wurde wach und kam ins Zimmer.

«Was ist los, Anastasia?» Ihre Stimme klang ärgerlich.

«Ich hatte einen schrecklichen Traum, einen Alptraum», jammerte ich. «Eine Frau wollte mich umbringen.»

«Herrgott noch mal», rief sie aus. «Und deshalb weckst du mich? Schlaf weiter!»

Aber ich konnte nicht wieder einschlafen. Ich war zu verstört. Ich wußte, daß die Gestalt meine Mutter gewesen war, aber ich konnte das nicht akzeptieren. Warum sollte ich so von meiner Mutter träumen, meiner guten Mutter, die mir alles gab, die sich für mich geopfert hatte, an die ich deshalb gebunden war, deren Wunsch mein Wunsch, deren Wille mein Wille war.

Doch in meinem Kopf kreisten auch Gedanken, die mit den anderen absolut nichts zu tun hatten, so wie zwei Menschen, die in demselben Raum wohnen, aber sich niemals berühren. Denn ich wußte, warum ich bei meinem Vater geblieben war. Ich habe nicht seinetwegen neben ihm gestanden. Ich verstand, daß er wirklich wollte, daß ich zu ihr ging, weil sie nicht noch wütender auf ihn werden sollte, als sie es ohnehin schon war. Er kannte ihre Eifersucht, ihre besitzergreifende Art ganz genau (Woher? Ein Mann, der gefühlsmäßig mausetot war?). Ich blieb um meiner selbst willen bei ihm. Ich stand neben ihm, weil ich irgendwie begriffen hatte, daß er die Dame auf dem Dampfer liebte, und daß Mommy darüber wütend war.

Es war dumm von ihm, sie dieser Frau vorstellen zu wollen. Damit demütigte er sie. Aber sie demütigte ihn, indem sie sich umdrehte, wegging und ihn zum Bettler machte, ihn zwang, zu erkennen, was in seinem Leben das Wichtigste war. Seine Taktlosigkeit, ihre Rache – all das schien mir zweitrangig und sogar unwichtig. Wichtig war einzig und allein, daß Belle Ed nicht liebte und ihm jeden Abend seines Lebens kühl die Wange hin hielt. Seit ich ein kleines Mädchen war, habe ich das jeden Abend beobachtet, und jeden Abend hat sich mir bei diesem Anblick der Magen umgedreht. Ich wußte, wie ihm zumute war (Woher?).

Er hatte also eine andere gefunden, die ihn liebte: Warum nicht? Mutter konnte nichts dafür, daß sie ihn nicht liebte. Aber sie hatte nicht das Recht, ihm zu verbieten, mit einer anderen Frau glücklich zu werden. Und das Gesicht dieser Frau hatte aufgeleuchtet, als sie Daddy sah, sie lächelte ihn an, auch mit den Augen. Mutter brauchte ihn ja nicht zu lieben, aber sie sollte ihm zugestehen, von einer anderen geliebt zu werden. Fand Anastasia.

Das ist alles schon lange her, und trotzdem scheint es so, als ob die Zeit stillgestanden hätte, als sei dieser Moment niemals vorbeigegangen. In gewisser Weise ist er auch nicht vorbei, jedenfalls nicht für mich. Für sie ist er schon lange vorbei. Vergessen und vergeben, wie man so sagt. Aber für mich nicht. Ich muß über mich selbst lachen, wie mutig ich mich meiner Mutter entgegengestellt habe, wie ich für den Körper eintrat, für Umarmungen, körperliche Nähe und Sexualität. Weil ich jetzt nicht mehr dafür eintrete. Jetzt bin ich wie meine Mutter. Ganz genau wie sie: Ich entziehe mich körperlichen Umarmungen, ich lache beherrscht und ströme kühle Distanz aus. Ich bin wie die Schneekönigin aus dem Märchen. Ich bin steif, und auch Umarmungen machen mich nicht weich. Ich brauche sie nicht mehr, die Nähe.

Oh, ich habe es versucht. Aber ich habe es aufgegeben. Meine Mutter hat nur früher aufgegeben als ich. Ich kenne die Liebe, und ich will sie nicht. Sie tut zu weh.

5 Als er sein Abendessen nicht mehr aß, wußte sie Bescheid. Er hatte immer etwas gegessen, wenn er nach Hause kam, egal, wie spät es war. Sie hatte nie erlebt, daß Ed eine Mahlzeit ausließ. Selbst wenn er um sechs erst ein Sandwich gegessen hatte, machte er sich um Mitternacht, wenn er heimkam, freudig über seinen warmgestellten Teller mit dampfendem Essen her. Deshalb war es einfach lächerlich, wenn er jetzt plötzlich behauptete, er habe keinen Hunger, weil er um sechs noch gevespert hätte. Sie wußte doch, daß ihn das noch nie davon abgehalten hatte, zu Abend zu essen. Die einzig mögliche Erklärung war, daß er bereits ein warmes Abendessen zu sich genommen hatte, und was konnte das schon heißen?

Sie hatte schon länger einen Verdacht gehabt. Er war nicht mehr so... zudringlich. Natürlich war er müde, weil er so lange arbeitete, aber früher hatte das nie viel ausgemacht. Er war trotzdem ständig darauf aus gewesen. Bis vor kurzem. Und ein paarmal hatte sie auch nachgerechnet, was er an Geld nach Hause brachte: fünfundsechzig Dollar die Woche, bei anderthalbfachem Stundenlohn für die Überstunden. Das kam nicht hin, und wenn sie ihn darauf ansprach, zuckte er nur mit den Achseln. Er sagte, vielleicht hätten sie ihm nicht alle Überstunden bezahlt. Erst wurde sie ärgerlich und trug ihm auf, sich zu beschweren, aber schließlich nahm sie es hin. Sie verstummte.

Sie fing an, abends im Dunkeln im Verandazimmer zu sitzen, zu rauchen und auf ihn zu warten. Anastasia war zwölf. Sie sparte an allen Ecken und Enden und kratzte die Pennies zusammen, um etwas Anständiges zum Essen auf den Tisch zu bringen, den Kindern anständige Kleider zu kaufen, das Haus in Ordnung zu halten. Alles lastete auf ihr, einfach alles. Er händigte ihr seine Lohntüte aus, und damit hatte es sich. In all den Jahren hatte er sie nicht ein einziges Mal zum Essen ausgeführt, nicht mal zum Lunch, und jetzt konnte er es sich auf einmal leisten, mit einer anderen auszugehen...

All die kargen Jahre. Oh, wie ich diese Knapserei hasse! Was habe ich nicht alles versucht, um wenigstens etwas von meinen Träumen, meiner Energie in ihn hineinzupumpen, damit er endlich hingeht und etwas aus sich macht, aber nein, er sagt immer nur ja und amen zu allem, anstatt sich auf die Hinterbeine zu stellen. Und ich habe es klaglos hingenommen, immer weiter jeden Dollar gestreckt und gestreckt. Trotzdem ist nie etwas hängengeblieben. Ich schufte mich ab, und er geht fröhlich summend nach draußen und bastelt an seinem Auto herum, werkelt von morgens bis abends. Es macht ihm überhaupt nichts aus. Er ist zufrieden. Er hat alles, was er braucht.

Alles, was er braucht. Was geht eigentlich in ihm vor, daß er denkt, ich merke nichts. Fünf Abende die Woche macht er «Überstunden», und zweimal ißt er nichts. Also geht er zweimal die Woche mit ihr essen. Wie sollte ich das nicht merken? WAS GEHT NUR IN IHM VOR?

Jetzt bin ich also nur noch das Dienstmädchen, das eine Kittelschürze trägt, für ihn kocht, sein Haus sauberhält, ihm seine Hemden, Unterhosen, Schlafanzüge und Taschentücher bügelt, alle seine Sachen wunderschön glattbügelt und sie ihm wie kostbare Stücke in die Kommodenschublade legt. Die immer aufpaßt und ihm sagt, wann er einen neuen Anzug braucht, und einen mit ihm kaufen geht, weil er keinen Geschmack hat.

Keinen Geschmack, nur Appetit.

Aber das könnte ich ja vielleicht noch verstehen, mich damit abfinden. Ich weiß ja, daß wir da verschieden empfinden. Für ihn ist das nun einmal so, er braucht es eben, aber für mich ist es etwas ganz anderes. Schließlich habe ich die Folgen zu spüren bekommen, ich kann es einfach nicht, ohne immer wieder daran denken zu müssen, ohne daß es mich alles wieder überkommt, die Schande, dieses gräßliche Gefühl, wenn der Körper einfach immer dicker und dikker wird, und dann das Baby, das schreit und schreit... und wer hat sich darum gekümmert? Er nicht. Immer war es nur meine Sache, mir auszudenken, wie ich sie satt bekam, während er fröhlich loszog und seine mickrige Arbeit tat und seinen mickrigen Lohn nach Hause brachte und ihn mir übergab, als wären es die Kronjuwelen...

Und überhaupt, wie soll man es denn tun und dabei noch etwas empfinden, wenn man sich die ganze Zeit den Kopf zerbricht, wovon man die Rechnungen bezahlen soll, weil sie einem demnächst Gas und Strom abstellen. Und dann noch Joy, die immer so krank ist und mich mit fieberrotem Gesicht anlächelt und sagt: «Hallo, Mommy», und so schwach ist, daß ich ihr die Hühnersuppe löffelweise füttern muß. Ich dachte wirklich immer, sie würde sterben. Wen die Götter lieben, den lassen sie jung sterben. Aber das kann nicht stimmen, weil mein Vater auch jung gestorben ist.

Ihm liegt überhaupt nichts an seinen Kindern, da ist er wie alle Männer. Er knurrt sie immer nur an, und sie schauen zu ihm hoch, mit blassen, verletzten Gesichtchen. Wenn ich ihn ließe, wäre er genau wie mein Vater. Sie bedeuten ihm nichts. Wenn ich sterben würde, würde er sie vermutlich verwahrlosen oder einfach im Stich lassen. Wahrscheinlich würde er sich eine neue Frau suchen, an etwas anderes würde er gar nicht denken, und sie würde schlecht zu ihnen sein, mein gutes Geschirr benutzen, meine Kristallgläser und mein Silberbesteck und sich rücksichtslos alles unter den Nagel reißen. Er würde es überhaupt nicht bemerken, und es würde ihn auch nicht stören, wenn die Kinder unglücklich wären, Hauptsache, er hat sein warmes Essen und eine Frau im Bett.

Ich wette, er hat sie in ein richtiges Restaurant ausgeführt, mit weißen Tischdecken, kleinen Vasen mit einer Rose darin und einem Ober mit einer zusammengefalteten Serviette über dem Arm. Und einer Speisekarte. Was da wohl drinsteht? Man kann sich aussuchen, was man will, wahrscheinlich ganz viele verschiedene Sachen. Vielleicht haben sie sogar Wein bestellt. Ich wette, er war immer sehr charmant zu ihr, er kann ja sehr charmant zu Frauen sein, er liebt Frauen. Vielleicht konnte man dort auch tanzen, so wie es das früher immer gab. Tanztees, Tanzabende. Wir waren vor vielen Jahren ein- oder zweimal tanzen. Ich habe früher so gern getanzt.

Aber jetzt bin ich alt. Er ist noch jung, er ist anders, ihm setzt das Leben nicht so zu. Warum konnte er denn nicht mit mir ausgehen? Vielleicht würde ich mich dann auch anders fühlen. Warum hat er mir nie sein Geld gegeben und gesagt: «Belle, kauf dir ein neues Kleid und laß uns am Samstag zum Essen ausgehen.» O Gott, wenn er das bloß ein einziges Mal zu mir gesagt hätte. Aber ich bin für ihn ja nur Mutter, Dienstmädchen und Putzfrau. Ich kann es ihm nicht verübeln, daß er sich ein bißchen amüsieren möchte. Ich möchte das selbst gern.

Aber daß er davon ausgeht, ich merke nichts, das kann ich ihm nicht verzeihen. Sieht er denn gar nicht, daß ich es einfach merken muß. Ich frage mich, was es für eine ist. Eine junge. Eine aus seiner Abteilung im Betrieb vermutlich. Eine Sekretärin. Wahrscheinlich hübsch. Sie gibt ihr ganzes Geld für Kleider aus. So wie ich früher. Wie würde es ihr wohl gefallen, für ihn zu putzen und einzukaufen und die Böden zu wischen und die Wäsche zu waschen und das Essen zu kochen? Wie würde sie es finden, ihre Tage damit zuzubringen, zwei Kinder großzuziehen, von denen das eine ständig krank ist. Sie kann das alles gern haben, ich tausche jederzeit mit ihr, sie macht meine Arbeit, und ich übernehme ihren Job, gebe mein Geld für Kleider aus und gehe mit verheirateten Männern essen...

Belle zog tief an ihrer Zigarette und drückte sie dann im Aschenbecher aus. Eine Stimme ließ sie hochfahren. Sie drehte sich rasch um und sah eine helle Gestalt in weißem Nachthemd. Eine bleiche, gesichtslose Erscheinung im Mondlicht. Anastasia rief etwas, rief nach ihr, wollte etwas, immer wollte sie etwas...

Anastasia redete. Sie sagte böse Dinge, zu ihr, ihrer Mutter! Kalte, grausame Dinge! Das Blut pochte in Belles Schläfen. Anastasia sah ganz rot aus. Belle wurde wütend, Mordlust überkam sie. Nach allem, was sie gelitten hatte, nach all ihren Opfern, allem, was sie für diese Kinder getan hatte, kam dieses verwöhnte, selbstsüchtige Gör an und kritisierte sie! Sie hielt sich mit Mühe zurück. Sie wandte sich ab.

«Geh ins Bett», sagte sie, so ruhig sie konnte.

Dieses kaltherzige, egoistische kleine Miststück: Jetzt schrie es auch noch und widersetzte sich! Wie konnte es das wagen! Wo sie, Belle, sich sowieso nur mühsam von Tag zu Tag über die Runden schleppte... Ihr wäre es nie im Traum eingefallen, so mit ihrer Mutter zu sprechen, wie konnte sie es wagen, wie konnte sie...

Belle stand auf, ging auf das Kind zu und gab ihm eine Ohrfeige. Es war hysterisch, einfach hysterisch. Anastasia hörte auf zu reden. Belle ging wieder zu ihrem Stuhl zurück und zündete sich eine Zigarette an. Allein. Allein in ihrer düsteren Einsamkeit, der finsteren Gruft ihres Leidens, ihrer Pein. Sie hatte nie einen Menschen gehabt, und sie würde nie einen haben. Sie waren alle dort draußen, mit ihren eitlen, selbstsüchtigen Wünschen, ihrer Unfähigkeit, sie zu verstehen. Und sie war hier drinnen, im Dunkeln, ihr ganzer Körper war zerschunden von den Krallen wilder Tiere. Diesen Menschen, die sie angeblich liebten, fiel nur ein, ihre Klauen noch tiefer in ihr narbiges Fleisch zu schlagen, sie noch mehr zu zerfleischen und zu zerschinden. Womit hatte sie es nur verdient, daß sie so leiden mußte? Wie sollte sie nur weiterleben?

Im Frühjahr 1943 starb Frances. Sie war nur kurze Zeit krank gewesen, und der Arzt ordnete eine Autopsie an, um die genaue Todesursache bestimmen zu können. Anschließend kam er, sich die Hände abtrocknend, wieder heraus, und sagte lachend zu Eric:

«Die alte Dame hat ganz schön gepichelt, was?»

Eric war perplex. «Sie hat nie einen Tropfen Alkohol angerührt.»

Der Arzt zuckte mit den Achseln. Frances sei an Leberzirrhose gestorben, meinte er.

Belle sagte etwas anderes, aber nur zu sich selbst. Zu Ed und Jean sagte sie nichts. Frances war an Kummer gestorben.

Vielleicht. Wann hatte sie je ein eigenes Leben gelebt? Ihre Kinder hatten ihr etwas «Gutes» getan, indem sie sie in das Haus an der Manse Street verpflanzt hatten, das ja auch ein hübsches Haus gewesen war, aber weit weg von allem, wo sie hätte Polnisch hören oder eine Freundin finden können. Eine vertraute Umgebung hat sie nicht gehabt, dafür waren sie zu oft umgezogen, und um bleibende Freundschaften zu knüpfen, hatte sie immer zu hart gearbeitet. Ihre Angehörigen, die sich bei Michaels Tod von ihr abgewandt hatten, waren tot oder weit weg. Sie widmete sich jetzt ganz ihren Kindern, so wie sie sich früher ihm gewidmet hatte, wurde ihre Sklavin, ihre Dienstmagd, ihr Mädchen für alles. Ein anderes Leben hatte sie nie gekannt.

Dann waren alle Kinder ausgezogen, und sie blieb übrig in einem Haus voller fremder Menschen, bis auf Jean. Sie war eine Art Haushälterin im Haus ihres Schwiegersohnes, eine alte Dienstbotin, die man freundlich behandelte. Für ihre Plackerei bekam sie keinen Lohn, nur Kost und Logis und ein paar Pennies Taschengeld. Sie zog ihre Enkelkinder groß, wie sie ihre Kinder großgezogen hatte, ohne je die Stimme zu erheben oder sich gegen irgend etwas zu wehren. Sie arbeitete, sie verrichtete ihre Dienste. Und sie wurde dafür belohnt: Sie zogen alle in ein großes Haus in Locust Valley, einer Gegend, wo es weder Bürgersteige noch Straßenbahnen, noch Busse gab, und schon gar keine Polen. Sie arbeitete und schlief in ihrem Zimmer, der kleinen Dienstmädchenkammer neben der Küche. Sie lächelte, nickte freundlich, sie kannte ihren Platz.

Sie sagte nichts, als sie in der Zeitung las, daß die Deutschen wieder einmal in Polen einmarschiert waren, aber ein Teil ihres Herzens starb: Sie war im geteilten Polen aufgewachsen, hatte in der

Schule und auf der Straße Deutsch reden müssen. Wußte sie, was ihrem Dorf widerfahren war, daß man alle Menschen dort erschossen und in eine Grube geworfen und mit Kalk überschüttet hatte? Es waren nicht «ihre» Leute gewesen, sie waren Juden und Frances Katholikin. Aber trotzdem. Sie starb im gleichen Jahr, in dem ihr Dorf Zmegrud ausgelöscht worden war.

Hatte sie etwas davon, daß sie entkommen war? Daß sie in einem vornehmen Haus in einer Gegend ohne Bürgersteige, aber mit einem Country Club lebte, ohne fahren zu können, meilenweit von allen öffentlichen Verkehrsmitteln entfernt, nur auf die Mildtätigkeit ihres Schwiegersohnes angewiesen? Niemand sprach mehr Polnisch. Nichts war mehr so wie früher. Sie kannte ihre Enkelkinder kaum, sie waren fremdartige Wesen in diesem fremden Land, dessen Sprache sie zwar sprach, das sie aber trotzdem nicht verstand.

Niemand von der Familie kannte sie. Niemand, außer Belle vielleicht, hatte sie je verstanden. Für sie alle, ihre Freunde, die Leute, die sie bediente und bewirtschaftete, war sie nur eine alte Frau, eine Dienstbotin, eine Fremde in einer alten braunen Strickjacke mit einem Loch im Ärmel. Es war so lang und schwer gewesen, ihr Leben, und was war ihr geblieben? Müdigkeit. Es war Zeit zu sterben.

IX. Kapitel

1 Eine Scheidung vermag einen schneller mit den nackten Tatsachen über die eigene Person zu konfrontieren als jeder andere Verlust. Wenn ein geliebter Mensch stirbt oder krank wird, gibt es fast immer irgend etwas – außerhalb von einem selbst –, dem man die Schuld geben kann. Aber wenn man geschieden wird, sucht man zwangsläufig die Schuld bei sich selbst. Da muß einem gar nicht erst die Gesellschaft sagen, daß man versagt hat, wie es einem unweigerlich passierte, wenn man sich als Frau in den fünfziger Jahren scheiden ließ – man weiß es selbst. Denn schließlich hätte man ja nicht geheiratet, wenn man es nicht gewollt hätte. Wollte man ursprünglich, daß die Ehe eitel Freude werden sollte, und gestaltete sie sich statt dessen als so katastrophal, daß es keine andere Möglichkeit mehr gab, als sie zu beenden, dann hatte man es nicht geschafft. Man hatte dabei versagt, diese Gemeinschaft mit Erfolg aufrechtzuerhalten. Und am Ende ist man nicht tot, sondern lebt weiter, und zwar allein.

Aufgrund des Verhaltens ihres Vaters taten mir meine Kinder meistens so leid, daß ich alle möglichen Unarten, die sie an den Tag legten, übersah und sie einfach nur besänftigte, in den Arm nahm und ihnen sagte, daß sie ganz prima seien. Aber manchmal waren sie das ganz und gar nicht, und sie selbst dachten immer – auch wenn mir das erst Jahre später klar wurde –, daß sie schlecht und böse seien, wenn ihr Vater mit ihnen schimpfte. Als Folge hiervon hielten sie mich für ein bißchen blöde oder für eine Lügnerin, ich erweckte bei ihnen den Eindruck, daß mir ihr Verhalten gleichgültig war. Ich dagegen glaubte, wenn Brad und ich uns nur trennen würden, dann würden auch die Kinder mit der Zeit ruhiger und zufriedener werden: wenn sie nur mit mir zu tun hätten und niemand mehr da wäre, der sie ständig veranlaßte, hysterisch herumzuheulen, würden sie in der harmonischen und liebevollen Atmosphäre, die ich schaffen würde, schon zur Ruhe kommen. Es passierte genau das Gegenteil. Sie wurden launisch und reizbar. Billy brachte Stunden damit zu, in seinem Zimmer Labyrinthe zu konstruieren. Arden verwandelte sich in eine kleine Wilde, die jeden Nachmittag nach der Schule ins Haus gestürmt kam und mich wütend anfunkelte, als hätte ich ihr Leben zerstört, anschließend stürzte sie wieder nach draußen, um mit einer Freundin zu spielen. Da sie auch ihren Freundinnen gegenüber wie ein Ungewitter war, hatte sie oft niemanden zum Spielen, und das war dann am allerschlimmsten.

Und ich, die ich mir jahrelang gesagt hatte, daß ich natürlich malen würde, wenn nur Brad nicht wäre, mußte mir eingestehen, daß ich meine Malerei nie wieder aufnehmen würde, daß ich gar nicht das Zeug zur Malerin hatte. Allenfalls zur Fotografin. Das vor mir selbst zuzugeben, kostete mich ein paar weitgehend durchwachte Nächte, die ich im Dunkeln dasitzend zubrachte, und diese Einsicht war mit Schmerzen verbunden, die mir die Tränen in die Augen trieben. Aber vielleicht konnte man die Fotografie ja auch als eine Kunst auffassen, dachte ich, um mich aufzumuntern. Die Leute fingen an, darüber zu schreiben, als wäre sie eine.

Am härtesten traf mich aber mein eigenes Eingeständnis, daß Brad mit seinen Vorwürfen recht gehabt hatte. Tatsächlich hatte ich die ganze Zeit über versucht, weiter ein Kind zu bleiben. Jetzt, da ich alles selbst bezahlen mußte und kein wöchentliches Haushaltsgeld mehr bekam, mußte ich so wirtschaften, daß ich die Miete, das Telefon, die Autoversicherung und die Stromrechnung bezahlen konnte, und schon bei dem Versuch, mich dazu zu überwinden, hätte ich laut schreien können. Ich hatte immer nur meine Mutter vor Augen und die akribische Sorgfalt, mit der sie Dollar und Fünfzigcentstücke auf die einzelnen Haushaltsposten verteilte. Gräßlich! Wahrhaftig nicht das, was ich mir unter Leben vorstellte! Aber so war es. Ich sagte Brad allerdings nie, daß er recht gehabt hatte. Als unsere Scheidung beschlossene Sache war, sprachen wir so gut wie nicht mehr miteinander.

Brad erwähnte das Thema Scheidung zum ersten Mal im Mai 1958. Er war damals fast 30, ich 28 Jahre alt. Arden war neuneinhalb und Billy gerade acht geworden. Wir waren ziemlich genau zehn Jahre verheiratet. Brad war schon öfters nachts weggeblieben und hatte schon seit Monaten keinen Versuch mehr unternommen, mit mir zu schlafen, so daß mir natürlich schwante, was los war. Nach außen traten wir weiterhin als Paar auf – wir gingen zusammen mit Freunden essen, ins Kino und gelegentlich ins Theater, aber unsere Gespräche waren nur noch rein oberflächlich. Das besagte allerdings nichts, da es ohnehin Brads einzige Gesprächsebene war. Er redete gern über anderer Leute neue Häuser, neue Boote oder Europareisen.

Er bemerkte vielleicht, dieser oder jener habe gesagt, ein bestimmtes Restaurant sei gut und wir müßten unbedingt einmal hingehen. Oder er meinte, ich sollte mir etwas Anständiges zum Anziehen kaufen, und warf mir eine Fünfzigdollarnote hin. Ich erzählte ihm, was im Haushalt wieder im argen lag (je mehr Geräte, desto mehr Scherereien), was die Kinder wieder Drolliges vollbracht hatten, was sie für Noten geschrieben hatten oder was eine meiner Freundinnen oder ihr Mann gemacht hatte: Das war alles. Ich wartete im Grunde nur ab, daß es irgendwann soweit wäre. Ich sah keine Chance, aus dieser Ehe herauszukommen: Ich mußte warten, bis *er* es wollte.

Als er daher an dem betreffenden Abend nach Hause kam und das ganze Essen über ernst war und mich bat, mich nachher noch auf einen Drink mit ihm ins Wohnzimmer zu setzen, räumte ich zuerst noch die Küche auf, duschte und wusch mir die Haare. Soll er ruhig schwitzen, dachte ich. Ich wollte, daß er geradezu darauf brannte, mit mir zu reden, und fest entschlossen wäre. Dann ging ich zu ihm, bewehrt mit einem Whiskey mit Ginger-ale. In Anbetracht unseres gesellschaftlichen Lebens hatte ich mich zwar in der letzten Zeit gezwungen gesehen, Alkohol zu trinken, aber ich war es immer noch nicht gewöhnt.

Als erstes teilte er mir mit, er habe darüber nachgedacht, was ich an dem Abend damals, kurz nach seinem großen Coup mit der Einkaufspassage, zu ihm gesagt hätte und daß wir einfach nicht mehr viel gemeinsam hätten. Außerdem gäbe ich ihm zu verstehen, daß mir nicht mehr sonderlich viel an ihm liege. Aber ich ließ nicht zu, daß er in die Offensive ging, und unterbrach ihn daher:

«Rede doch keinen Blödsinn, Brad, du vögelst in der Gegend herum, stimmt's?»

Es verschlug ihm die Sprache, er stotterte und wurde rot. Er sagte: «Mein Gott!» und stand auf und ging hinaus. Ich fürchtete schon, ich wäre zu weit gegangen. Aber dann hörte ich das Klimpern von Eis aus der Küche, und ich wußte, er machte sich nur einen neuen Drink und schindete Zeit, um sich wieder zu fassen.

Ich fühlte mich währenddessen allerdings wie eine billige, scheinheilige Heuchlerin. Denn wenn ich ihm eines *nicht* vorwarf, dann war es das Herumvögeln. Ich hätte das gleiche getan, wenn ich Lust dazu verspürt hätte. Ich saß da, schlürfte meinen ekelhaften wäßrigen Drink und schüttelte den Kopf über mich selbst.

Ich hatte nämlich bis dahin immer versucht, meine von mir so bezeichnete persönliche Integrität zu wahren – ich hatte mich bemüht, nach außen hin und zu mir selbst ehrlich zu sein. Und manchmal überkam mich sogar ein Anflug von Selbstgerechtigkeit, wenn ich mich mit anderen Frauen verglich. Ich wußte, daß Brad mich einmal wirklich geliebt hatte. Unsere Schwierigkeiten entstammten der Tatsache, daß er für sich eine bestimmte Rolle übernommen hatte und von mir verlangte, in die komplementäre Rolle zu schlüpfen, was ich verweigerte. Ich *war* stur, rebellisch und schwierig. Auch wenn ich mir regelmäßig sagte, daß es mein gutes Recht war, so zu sein und zu leben, wie ich wollte, glaubte ich es doch nur ab und zu. Schließlich dachte keine von den Frauen, die ich kannte, daß sie ein solches Recht besaß. Was immer sie gewesen waren, was immer ihre Männer gewesen waren, als sie geheiratet hatten: Die Männer hatten alle die Rolle eingenommen, für die sich auch Brad entschieden hatte, und ihre Frauen hatten sich brav in die komplementäre Rolle gefügt. Wer war ich, daß gerade ich mich gegen die ganze Welt stellte? Oder zumindest gegen das, was mir wie die ganze Welt erschien.

Brad wollte die Scheidung nicht deshalb, weil er mich nicht mehr liebte oder gern hatte; er sah mich ja nicht einmal, woher sollte er da überhaupt wissen, wer ich war? Er wollte die Scheidung, weil ich nicht die Rolle spielte, die er von seiner Frau erwartete. Er wünschte sich eine Frau, der die gleichen Dinge wichtig waren wie ihm. Die Frauen all seiner Freunde verhielten sich, als seien ihnen die gleichen Dinge wichtig wie ihren Männern, ob es nun tatsächlich so war oder nicht. Und keiner dieser Männer sah seine Frau wirklich als Person, genausowenig wie die Frauen die Männer als Menschen sahen. Sie sahen einander nur als Träger von Rollen.

Ich gab mich nicht viel mit den Frauen von Brads Freunden ab, aber wenn wir alle miteinander essen gingen, konnte ich nicht umhin zu hören, was sie leise miteinander redeten oder sich auch für das Zwischenspiel hinter der Damen-Tür aufsparten, wenn sie sich die Haare kämmten, das Gesicht puderten oder die Hände wuschen. Ich stand dann dort in dem rosa tapezierten, parfümierten, spiegelbestückten, mit Seidenstühlchen vollgestellten Vorraum der Damentoilette, während sie ihre verschiedenen Einzelteile inspizierten, um festzustellen, ob es schon wieder Zeit zum Nachfärben war, das Auftauchen eines Mitessers beklagten oder fast in Tränen ausbrachen, weil sie vergrößerte Poren entdeckten. Ich hörte sie über Harry und Al und Doug und Len herziehen. Manchmal konnte man sich ausrechnen, daß Lydia etwas mit Eileens Mann haben mußte, jedesmal wenn Eileen etwas Häßliches über Harry sagte, schaute Lydia weg. Die Frauen hielten meistenteils zusammen und lachten über die Männer und sagten Dinge wie: «Davon geht die Welt nicht unter.» «Was will man da machen?» und schwatzten vergnügt weiter.

Sie nahmen ihr Leben einfach als selbstverständlich hin. Wenn sie unglücklich waren, dann sagten sie sich, daß es daher kam, daß sie den falschen Mann geheiratet hatten und ihr Leben wunderschön wäre, wenn sie nur einen anderen genommen hätten. Sie beklagten sich über ihre eigenen Männer und flirteten mit allen anderen, und im Laufe der nächsten zehn Jahre kam es innerhalb dieser Gruppe mehrfach zum Partnertausch. Für mich ging es um etwas ganz anderes. Zunächst einmal war unter den anderen Ehemännern kein Mann, der mir wirklich gefallen hätte. Vor allem aber war für mich ganz klar, daß mich unsere Lebensweise als solche unglücklich machte. Mir lag nichts daran, mein Los als Ehefrau eines Mannes gegen das Los der Ehefrau eines anderen einzutauschen. Ich wollte überhaupt niemandes Ehefrau sein. Aber das konnte ich nicht laut sagen. Zum einen war es den anderen Frauen gegenüber beleidigend, und zum zweiten: was zum Teufel sollte ich sonst machen oder sein? Es war nun einmal so, *jemand* mußte waschen und kochen und putzen, und in unserer Welt war es eben so geregelt, daß dieser Jemand die Frauen waren. Selbst wenn ich nicht verheiratet gewesen wäre, hätte ich das alles trotzdem machen müssen. Es gab kein Entkommen. Sich dagegen aufzulehnen, schien deshalb nur lächerlich und sinnlos.

Und trotzdem machte ich Brad für mein Unglück verantwortlich. Anstatt mich ehrlich zu verhalten und ihn zu verlassen, wie es angemessen gewesen wäre. Was mich davon abhielt waren – die Kinder. Wohin ich auch gehen und was ich auch tun würde, die Kinder würden weiter bei mir sein. Ich wollte sie, ich liebte sie, es waren meine, und ich vergötterte sie. Welches Recht hatte ich, Brad etwas vorzuwerfen? Ich saß da und spielte das alte, immer gleiche Spiel: empörte Ehefrau, untreuer Ehemann, weil ich wußte, daß das der einzige Fehler war, dessen er sich bewußt war, die einzige Sünde, die er sich anlastete, das einzige, weswegen er sich schuldig genug fühlte, daß sein schlechtes Gewissen ihn zwingen würde, mich und die Kinder nach der Scheidung anständig zu behandeln, was bedeutete: zu *zahlen*. Er mußte für uns zahlen. Genau wie es in dieser Welt nun einmal so bestimmt war, daß die Frauen für die Hausarbeit zuständig waren, war es ausgeschlossen, daß sie für das Bezahlen zuständig waren.

Und daher saß ich nun ganz pharisäerhaft auf der Couch und spielte meine Rolle, als Brad mit einem Drink, der wie purer Scotch aussah, aus der Küche zurückkam und sich so niederließ, daß wir uns quer durchs Zimmer gegenübersaßen. Er sah mich wütend an. Er versuchte noch einmal, mich in die Defensive zu treiben. Ich hätte schließlich schon lange kein großes Interesse mehr an Sex gezeigt, erklärte er...

Damit ließ ich ihn noch nicht einmal zu Ende kommen. Ich, mit meinem einstigen Ruf in dieser Hinsicht, meiner einstigen (oh Brad!) leidenschaftlichen Glut? Wenn sich hier jemand über unseren Sex beklagen konnte, dann ich, insistierte ich in ärgerlichem Ton. Und er solle sich gefälligst erinnern, wie er mich das letzte Mal behandelt hatte, als ich initiativ geworden war. Er verstummte wieder.

Gut, vielleicht, sagte er schließlich, aber jedenfalls wollte ich keine Ehefrau sein.

«Ich *bin* eine Ehefrau. Wovon zum Teufel redest du?»

Das Ganze ging mir an die Nerven, weil ich selbst verabscheute, was ich da machte. In Wahrheit sprachen wir beide zwei verschiedene Sprachen, er und ich, wobei ich seine verstand und er meine nicht. Und wenn seine Sprache auch für mich absolut nichts aussagte, konnte ich mich ihrer doch als Waffe gegen ihn bedienen. Deshalb hatte ich auch während dieser ganzen Szene das Gefühl, daß ich Oberwasser hatte, obwohl ich wußte, daß er mittlerweile finanziell ganz gut dastand, und mir klar war, daß er keine Lust haben würde, seine Reichtümer mit mir zu teilen, und daß ich es nicht darauf anlegen würde, ihn dazu zu zwingen. Ich hatte während dieser Diskussion ein solches Gefühl der Überlegenheit, des Machtvorsprungs, daß ich hinterher, vielleicht aus Schuldgefühl, alles laufen ließ.

«Jedenfalls bist du nicht die Ehefrau, die ich haben wollte», sagte er, inzwischen schon hitziger.

«Ich bin die Ehefrau, die du haben wolltest», beharrte ich. «Ich bin nicht die, die du heute willst. Aber du bist auch nicht der Ehemann, den ich mir wünsche.»

Er stieß blitzschnell zu. «Also willst du auch, daß wir uns scheiden lassen!»

«Nein», konterte ich flink, «ich will, daß du dich änderst.»

Das waren die hohlsten Worte, die ich an dem Abend von mir gab. Nicht, weil es nicht gestimmt hätte: Wenn ich meinen alten Brad wieder hätte zurückhaben können, wäre ich überglücklich gewesen. Aber ich wußte, der alte Brad war mausetot, als ob das Wesen, das mir hier im Zimmer gegenübersaß, nur ein elektronisch gesteuerter Leichnam wäre. Es bestand absolut keine Chance, daß Brad sich je änderte, es sei denn noch weiter in die Richtung, die ich nicht ertrug.

Er ließ sich auf meine Argumentationsebene locken, in einem Machtkampf ein tödlicher Fehler. «Und ich will, daß *du* dich änderst.»

Ich stand auf. «Dann sind wir wohl an einem toten Punkt», sagte ich gähnend. «Ich gehe jetzt ins Bett.»

Das versetzte ihn in Panik. «Anastasia! Ich will mich von dir scheiden lassen!»

«Du willst wohl wieder heiraten, diese... wie heißt sie doch gleich?»

«Fern», murmelte er. Die Frau, die ihm geholfen hatte, die ganzen Möbel zu kaufen. Nun, *das* hatte sie ja zumindest geschickt eingefädelt. Ich warf einen vielsagenden Blick auf die Sachen um uns herum, und Brad wurde rot.

«Wir haben damals nicht... es hat sich erst später so ergeben.»

«Du meinst, ihr habt nicht miteinander gevögelt, als sie dir geholfen hat, die Möbel für ihr zukünftiges Heim auszusuchen?»

«Kannst du bitte aufhören, dieses Wort zu benutzen?» Er kochte. Er haßte es, wenn ich vögeln sagte.

«Du kannst deine Scheidung haben», sagte ich, und seine Unterkieferpartie entspannte sich. In seinen Augen lag aber weiter Mißtrauen: Er wartete darauf, von mir zu hören, wieviel ich ihm abknöpfen wollte. «Ich will die Kinder und genügend Geld, damit ich angemessen für sie sorgen kann. Ich will ein Auto, mit dem ich sicher fahren kann. Alles andere kannst du behalten.»

Das Mißtrauen in seinen Augen war immer noch da und sollte auch bleiben, bis wir die Trennungsvereinbarungen unterschrieben hatten. Er wußte, ein guter Anwalt könnte mich leicht dazu bringen, den Preis in die Höhe zu treiben.

«Du wirst einen Anwalt brauchen. Ruf Len Watkins an, er versteht sein Geschäft.»

«Hältst du mich für blöd?» Len Watkins war ein Golfpartner von Brad. (Ja, Golf spielte er inzwischen auch. Er war sogar Mitglied im Rockville Country Club geworden, und er setzte langsam einen Bauch an vom vielen Trinken. Er hatte alles, was sein Vater sich für ihn gewünscht hatte, außer der richtigen Frau, und die würde er jetzt auch bald haben. Ich hatte Fern kennengelernt: Sie war eine nette, hübsche Frau ohne Charakter, ohne eigene Werte und mit durchschnittlichen Ansichten. Sie würde alles mitmachen, was Brad von ihr verlangte.)

«Ich finde schon selbst einen Anwalt», verkündete ich kühn, während ich im Geist rasch alle Leute durchging, die wir kannten. In seinem Freundeskreis gab es viele Rechtsanwälte, aber was meine Bekannten anbelangte – tja, Mary Sindonas Mann war Fernfahrer, der Mann von Aline Golder stellte Strickwaren her und der von Delilah Abramowitz war Versicherungsvertreter. Dennoch machte meine Widersetzlichkeit in diesem Punkt Brad überaus nervös. Er war fest davon überzeugt, daß ich ihn in die Pfanne hauen wollte. Er beäugte mich argwöhnisch. Er sprach durch die Zähne. Ich fragte mich, ob er den Leuten wohl auch so gegenübersaß, wenn er seine Immobiliengeschäfte abwickelte. Mein Gott! Zum Fürchten!

«Ich packe mir heute abend noch ein paar Sachen zusammen», sagte er. «Ich wohne in Garden City, bis die ganze Sache über die

Bühne ist. Ich schreibe dir die Adresse und die Telefonnummer auf den Notizblock in der Küche. Aber wenn du mich erreichen willst, ist es einfacher, du rufst tagsüber im Büro an.»

Das stoppte meinen Schwung jäh. Ich starrte ihn mit offenem Mund an. «Du gehst, einfach so?»

«Erzähl mir nur nicht, du willst, daß ich hierbleibe. Ich habe ja gesehen, wie du gebettelt und gefleht hast.»

War es das, was er wollte?

«Und die Kinder?»

Er zuckte mit den Achseln. «Sag ihnen, was du willst. Ich bin sicher, du wirst schon dafür sorgen, daß sie mich hassen, genau wie deine Mutter dafür gesorgt hat, daß du deinen Vater haßt. Du hast ja jede Menge Zeit, das hinzukriegen. Was spielt es da schon für eine Rolle, was du ihnen jetzt erzählst?»

«Willst du damit sagen, daß du das Sorgerecht haben willst?» Ich war erstaunt.

«Kein Richter würde mir das Sorgerecht zusprechen», sagte er bitter.

Ich setzte mich wieder hin. Ich überlegte. Vielleicht war er ja nur deshalb so abweisend zu ihnen, weil er das Gefühl hatte, es waren *meine* Kinder; vielleicht würde er ja liebevoller zu ihnen sein, wenn er wüßte, daß er sie ab und zu einmal ganz für sich haben könnte.

«Vielleicht könnten wir sie uns ja teilen», hob ich an.

«Willst du etwa sagen, du willst auch keine Mutter sein?» brach es aus ihm heraus. «Wie zum Teufel soll ich mich denn um sie kümmern? Schließlich muß ich arbeiten und habe nicht den ganzen Tag Zeit, dauernd Fangen und Blindekuh zu spielen!» Es klang, als spräche er von einer Beschäftigung für Schwachsinnige. Und vielleicht ist es das ja auch.

Ich warf blitzartig das Ruder herum. Ich hatte sie eigentlich gar nicht wirklich mit ihm teilen wollen. Ich hatte es ihm nur angeboten, weil ich wußte, daß *sie* sich sehnlichst wünschten, sich *ihn* mit all den anderen Dingen teilen zu dürfen, die ihm sonst noch wichtig waren. Aber er muß wohl tatsächlich gedacht haben, daß ich die Kinder gar nicht wirklich wollte, daß mir sehr daran gelegen war, sie ab und zu einmal loszuwerden, und daß ich meinte, seine neue Frau sollte sie mir abnehmen, denn er fuhr sehr abwehrend fort:

«Und außerdem hat Fern schon ein eigenes Kind, ein kleines

Mädchen. Sie ist Witwe», setzte er hastig hinzu, damit ich nicht glaubte, sie sei eine gefallene Frau wie ich. «Und wir ... wir möchten gern noch eins zusammen haben.»

Nachdem er mir den Gnadenstoß versetzt hatte, stand er auf. Er ging aus dem Zimmer und machte sich geschäftig daran, Zettel für mich zu schreiben, Sachen zusammenzupacken, Papiere herauszukramen, die er mitnehmen wollte. Ich saß immer noch auf dem gleichen Fleck in der gleichen Haltung, als er im Türbogen unseres schicken, ganz mit Teppichen ausgelegten Wohnzimmers erschien und sagte: «Also dann, wir sehen uns.»

Ich antwortete ihm nicht. Ich wollte ihn keinesfalls merken lassen, daß ich getroffen war, aber das war ich, so tief, daß ich es nicht verbergen konnte. Er wandte sich zum Gehen, und meine ganze Bitterkeit brach sich Bahn.

«Laß dein Auto hier. Ich werde in den nächsten Wochen viel erledigen müssen, und obgleich dir ja sichtlich nichts an deinen Kindern liegt, nehme ich doch an, daß du sie immerhin nicht so sehr haßt, daß du ihnen den Tod auf der Straße wünschst. Du kannst ja mein Auto nehmen.»

Er war entsetzt. Er und meinen Rambler fahren! Aber wenn er auf der emotionalen Ebene das letzte Wort gehabt hatte, hatte ich es auf der ökonomischen: Er hatte ein viel zu schlechtes Gewissen, um sich mit mir darüber zu streiten. Er nahm den Rambler mit. Ich bin fest davon überzeugt, daß er ihn am nächsten Tag verkauft hat. Aber zumindest brauchte ich nicht mehr damit zu fahren. Ich konnte jetzt seinen Cadillac mit den Frachten ruinieren, die ich tagtäglich transportierte: Kinder mit matschigen Schuhen, Lebensmittel, die gelegentlich leckten und ausliefen, Setzlinge aus dem Garten meiner Mutter, scharfkantige und spitze Ausrüstungsgegenstände wie mein Stativ und alles, was mir sonst noch einfiel. Sein Auto richtig schön zuzurichten war die einzige Befriedigung, die diese ganzen Scheidungsvorbereitungen für mich abwarfen. Ich gab ihm das Auto zurück, ich wollte es nicht behalten. Er kaufte mir dafür einen gebrauchten zweitürigen Chevy. Aber es brach ihm schier das Herz, als er es sah. An diesem Auto hing er mehr als ...

Das war es, was mich sprachlos gemacht hatte und immer noch sprachlos machte. Weshalb ich weinen mußte, wenn ich mit den Kindern über unsere bevorstehende Scheidung sprach. Sie folgerten für sich, daß Daddy uns nicht mehr liebhatte, obgleich ich mich bemühte, es als beiderseitige Entscheidung darzustellen. Billy war nicht weiter überrascht: Er wußte, daß Daddy ihn *noch nie* liebgehabt hatte. Aber Arden, die Augenblicke der Zuwendung von ihrem Vater erfahren hatte, kam zu dem Schluß, daß ich diejenige war, die Daddy nicht mehr liebhatte, und es daher meine Schuld war, daß er wegging. Das kam nicht sofort heraus, es dauerte Jahre, bis sie es sagte. Ich weiß letztlich nicht, was es für die Kinder bedeutete, daß Brad sie einfach verließ. Ich weiß nur, was es für mich bedeutete.

Es brach mir das Herz. Es lag nicht daran, daß er mich verließ – wir waren schon vor langer Zeit auseinandergegangen, und wer hätte noch sagen können, wer dabei den ersten Schritt getan hatte? Ich hatte kein Recht, mich deshalb selbst zu bemitleiden, und außerdem sind solche Verletzungen reparabel oder sie werden zumindest mit der Zeit besser. Was mir zusetzte, war sein Verhalten den Kindern gegenüber, er schob sie einfach beiseite, redete locker davon, eine neue Familie zu gründen (mit der er wahrscheinlich genauso umgehen würde), als seien Familien wie Häuser, die man abstoßen, ersetzen, verkaufen oder kaufen konnte.

Ich blieb in jener Nacht noch lange wach, nachdem ich schon die Lichter ausgeknipst, die Türen kontrolliert und den Thermostaten heruntergedreht hatte. Ich legte mir eine alte, zerschlissene Wolldecke um die Knie und hockte in einem Sessel an einem Fenster des Raumes, den ich die Veranda nannte, und rauchte. Aus der Dunkelheit tauchte immer wieder ein bestimmtes Bild vor mir auf – Brad vor vielen Jahren, ehe wir heirateten. Er stand im Licht, dem Scheinwerferlicht, das auf die Gruppe gerichtet war, in der er spielte, und er blies ein Solo. Im Laufe der Jahre war mir diese Seite von Brad völlig entglitten – wie er aussah, wenn er spielte, wie er war, als ich mich in ihn verliebte. Brad spielte das Saxophon, als ob er ein Wechselgespräch mit ihm führte. Sein Gesicht war dabei immer verzerrt, wie im Schmerz, in innerer Qual. Während er die Töne blies, schien er darauf zu lauschen, was das Instrument zu ihm sagte, so als sei *er* das Instrument des Saxophons für die Umsetzung von Schmerz in Schönheit. Sein Gesicht spiegelte mehr Schmerz beim Saxophonspielen als eben, da er seine Kinder verstoßen hatte – und mich auch.

Mit diesem Bild vor Augen gelang es mir, eine Träne oder zwei hervorzuquetschen. Ansonsten fühlte sich mein Herz an, als sei es gefroren. Ich sagte mir, daß ich der Kinder wegen weinte oder vielleicht auch um des Kindes willen, das ich gewesen war. Um mich zu weinen, so wie ich jetzt hier saß, hatte ich keine Veranlassung. Schließlich hatte ich jetzt, was ich wollte, oder etwa nicht?

Es stellte sich heraus, daß Mary Sindonas Schwager Steve Anwalt war; und es stellte sich weiter heraus, daß er mir sympathisch war und ich das Gefühl hatte, ihm vertrauen zu können. Das hätte mich eigentlich automatisch davon abhalten sollen, ihn mit meiner Sache zu betrauen. Er war viel zu nett für einen Anwalt. Aber am Fortgang der Dinge war ich guten Teils selbst schuld. Ich wollte aus tiefstem Herzen nichts von Brads Reichtum. Ich wollte einen angemessenen Teil seines Einkommens, bis die Kinder eines Tages ihr Studium hinter sich hätten, und ein Auto. Das Haus in Rockville Centre wollte ich nicht. Es war für die Kinder und mich zu groß. Sonderbar, wie nur eine Person mehr ein großes Haus rechtfertigen kann. Es war teuer im Unterhalt und alt, so daß ständig Reparaturen anfielen. Und außerdem gefiel es mir gar nicht mehr so gut, seit es herausgeputzt worden war. Und ich wollte auch nicht unbedingt, daß meine Kinder in der Stadt aufwuchsen, wo ich als Jugendliche so gelitten hatte; ich wollte nicht, daß sie zu Snobs heranwüchsen, für die Geld alles war, zu verwöhnten kleinen Vorstadtgören. Dann schon lieber in der Lower East Side groß werden, dachte ich. Wobei ich natürlich noch nie in der Lower East Side gelebt hatte.

Aber ich ging davon aus, daß wir dorthin ziehen würden. Auf jeden Fall nach Manhattan. Brad ging mindestens bis an die Decke, als er das hörte. Er schrie Zeter und Mordio und erklärte, er würde mir das Sorgerecht entziehen lassen. Er drohte mit allem, was ihm nur irgend einfiel, wobei er mit sämtlichen juristischen Fachausdrücken um sich warf, die er kannte. Am Ende tat ich es doch nicht, weil ich – nachdem ich die Wohnungen gesehen hatte, die ich mir von seinen Unterhaltszahlungen hätte leisten können – befand, daß es geradezu ein Verbrechen wäre, meine Kinder in ein solches Umfeld zu verpflanzen. Aber ich beklagte diese Realität: Warum gab es keine zumutbaren Viertel in Großstädten, wo arme Leute wohnen konnten?

Denn ich war jetzt arm. Brad hatte eingewilligt, mir 7500 Dollar im Jahr zu zahlen. Das schien mir eine angemessene Summe. Steve sagte, es sei nicht genug. Aber ich hatte immer noch ein schlechtes Gewissen darüber, wie ich Brad in diese Scheidung hineinmanipuliert hatte, und ich muß außerdem gestehen, daß mir damals sehr viel daran gelegen war, ihm zu demonstrieren, wie sehr ich seine materialistischen Werte verachtete. Daher bestand ich darauf, dieses Angebot anzunehmen.

Ich war also selbst schuld, wenn ich jetzt arm war. Noch Jahre später bekam ich das immer wieder von irgendwelchen Leuten zu hören. Und als dann schließlich die Frauen anfingen, Scheidungen selbst zu initiieren und durchzufechten, hörte ich, daß es einen typisch weiblichen Part bei Scheidungen gab, der darin bestand, sich die Bedingungen vom Mann diktieren zu lassen, sich passiv zu verhalten, sich schuldig und nichtswürdig zu fühlen – die übliche Leier. Jedenfalls waren wir am Ende alle arm, und die ganze Welt war sich einig, daß es unsere eigene Schuld war.

Aber was ich gern wissen möchte: Wieso hat nie jemand gesagt, es war Brads Schuld? Er wußte viel besser als ich, was das Leben kostete. Er hatte mich aus allen finanziellen Dingen herausgehalten und dafür gesorgt, daß ich keine Ahnung davon hatte. Ich wußte noch nicht einmal, wie hoch unsere Stromrechnung war. Also muß ihm doch klargewesen sein, daß das, was er mir anbot, zuwenig war und nie und nimmer ausreichen würde, um zwei Kinder zu ernähren. Wieso sorgte er sich nicht um ihr Wohl? Vielleicht erwartete er ja, daß ich doch noch mit irgendeiner ungeheuerlichen Forderung an ihn herantreten würde, auf die hin er dann noch etwas hätte zulegen können, aber als das nicht passierte, wieso sagte er dann nicht, Stahs, davon kannst du wirklich nicht leben. Ich gebe dir … was auch immer. Selbst angenommen, er war – was sicher zutraf – mir gegenüber verbittert, wieso sorgte er sich dann nicht wenigstens darum, wie die Kinder, seine Kinder, künftig essen, wohnen, sich anziehen und ausgebildet werden sollten?

Ich denke schon, ich hätte vor Gericht mehr herausholen können, aber ich war ganz einfach passiv, genau wie ich es auch Fern überlassen hatte, unser Haus einzurichten. Ich kann nicht erklären, warum. Ich wollte einfach nichts mehr mit alledem zu tun haben, mit Brad und dem ewigen Geld, Geld, Geld, mit dieser ganzen Welt. Ich fand eine Wohnung in Lynbrook für uns. Sie umfaßte das oberste Geschoß eines großen, alten Hauses und bestand aus zwei kleinen Zimmern für die Kinder, einem mittelgroßen für mich, einem

Wohnzimmer, einer Küche und einem winzigen Kämmerchen, das gut als Dunkelkammer zu benutzen war. Ich fand sie wunderbar, sie war genau meine Kragenweite, gerade groß genug für uns, dachte ich. Und Mrs. Nowak, die Witwe, der das Haus gehörte, wohnte unter uns; sie liebte Kinder und wollte gern, daß sie im Garten spielten, und bot mir an, ab und zu auf sie aufzupassen. Was wollte ich mehr? Ich mußte nicht durch ihre Wohnung gehen, um in meine zu gelangen: Die Wohnungstür ging auf einen zentralen Treppenflur hinaus. Mrs. Nowak hatte eine Waschmaschine und einen Trockner in ihrem Keller stehen und bot mir an, diese Geräte zu benutzen. Außerdem war sie Polin, und sie erinnerte mich an meine Großmutter. Ich ging den Umzug frohen Herzens an, nur daß ich keine Möbel besaß, da ich natürlich Ferns Anschaffungen zurückließ. Also hieß es wieder mal auf das zurückgreifen, was es auf den Dachböden der Verwandtschaft zu finden gab, und auf ein paar alte Stücke, die in den oberen Zimmern unseres ehelichen Heims verblieben waren. Aber das war nicht weiter schlimm. Zumindest würde ich jetzt nicht mehr die ganze Zeit ängstlich hinterhersein müssen, daß die Kinder nicht Brads Tischplatten zerkratzten und die Polster seiner Sessel zerschlitzten oder ihr Spielzeug gegen die Holzflächen seiner Sheraton-Imitationen knallten.

Nachdem ich wieder in der alten Gegend wohnte, machte ich mich als erstes auf den Weg zu Jimmy Minettas Laden, aber er war nicht mehr da. An seine Stelle war ein Fotogeschäft getreten, das die Filme zum Entwickeln wegschickte und einen 24-Stunden-Service offerierte. Jimmy? Niemand wußte etwas. Sie meinten, er sei vielleicht nach Manhattan gezogen. Ich ging daraufhin zum *Long Island Herald* und bewarb mich dort als feste Fotografin. Sie bedauerten, aber so etwas könnten sie sich nicht leisten, sie hatten jemanden, der zur Not auch Fotos machen konnte, der aber gleichzeitig als Kriminalreporter fungierte. Ihre Fotos bezogen sie von freien Fotografen oder von AP oder UPI. Ich ging wieder nach Hause.

Da saß ich nun und kaute auf meiner Lippe. Die Wohnung war immer noch ein einziges Chaos, überall standen Kisten mit Büchern und Töpfen und Pfannen, die auszupacken ich noch nicht geschafft hatte. Die Kinder waren quengelig und empfindlich. Ich versuchte, heiter und fröhlich zu sein, aber es half auch nichts. Und diese Zeit war es, die Arden mir Jahre später vorhielt. Sie meinte, ich sei nervös und angespannt gewesen, hätte aber immer versucht, es zu verbergen. Sie sagte, dieses Bemühen hätte sie und Billy dazu getrieben, nervös und angespannt zu sein, da sie meine Gefühle ausagiert hätten. Mag sein. Aber was zum Teufel sollte ich denn machen?

Manchmal, wenn ich abends noch aufblieb, nachdem sie im Bett waren, fing ich an, mich selbst zu bemitleiden, weil es mir so schlecht ging, ohne daß ich das Gefühl hatte, daß es wirklich meine eigene Schuld war. Dann dachte ich oft an Frances' tragische Geschichte und die Depressionen meiner Mutter und die Auswirkungen, die dies alles auf uns hatte, und ich riß mich schleunigst am Riemen. Ich wollte *nicht* so werden wie Frances oder Belle. Nie und nimmer.

2

ICH NAHM IHR übel, daß sie sich so total ihren Leiden hingab. Inwieweit mein Vater ihr Unrecht angetan hatte, darüber konnte man sich in meinen Augen streiten, aber daß sie ein elendes Leben führte, stand für mich außer Frage. Sie war künstlerisch begabt und intelligent, aber dazu verurteilt, ihre gesamten Fähigkeiten auf die Herstellung von Kartoffelbrei und das Stärken von Bettüchern zu verwenden. Ich verachte diese Tätigkeiten nicht, es waren nur einfach keine ausreichenden Möglichkeiten für sie, ihre Talente zu nutzen. Aber genau wie die Mittelschichtsgattinnen von Brads Mittelschichtsfreunden machte sie ihren Mann und nicht ihre Rolle für ihr Unglück verantwortlich. Ich werfe ihr nicht vor, daß sie sich nicht politisch engagiert hat. Das habe ich auch nicht getan, und ich bin immerhin 25 Jahre jünger und gehöre einer anderen Generation an. Aber ihr unausgesprochener Zorn hing bei uns zu Hause in der Luft wie der Geruch von vor Tagen gebratenem Speck: kalt, fettig und muffig. Und zu spüren bekamen ihn natürlich vor allem die Kinder.

Allmählich ließ dieser Zustand dann aber etwas nach. Genau wie wir nicht mitbekommen hatten, wann oder warum er begonnen hatte, erfuhren wir auch nicht, wann oder warum er nachließ. Das ist es ja gerade, was es bedeutet, in unserer sogenannten zivilisierten Gesellschaft Kind zu sein. Man wird behütet und abgeschirmt und in einem warmen, weichen Dunkel belassen, von wo aus man die Kräfte nicht sehen kann, die einen beuteln, einen umwerfen, von dieser oder jener Seite her auf einen niedergehen und einem manchmal einfach den Boden unter den Füßen wegziehen. In sogenannten primitiven Gesellschaften dagegen weiß jeder alles über jeden, weil es kaum eine Privatsphäre gibt. Wenn ein Paar im Hüttendorf sich streitet, dann wissen es alle, und jeder kann die Auseinandersetzung Punkt für Punkt verfolgen und sogar Partei ergreifen. In einem solchen Zusammenhang ist Streiten etwas *Normales,* ein Bestandteil des täglichen Lebens. Und wenn der Streit zu Ende ist, geht das Leben weiter, und auch das ist ganz normal. Anders bei uns, die wir immer strahlende Gesichter aufsetzen und nach außen hin so tun, als käme nie ein wütendes Wort über unsere Lippen: Streit ist etwas Privates, Finsteres und Schlimmes, eine Störung des reibungslosen «zivilisierten» Ablaufs der Dinge. Auseinandersetzungen sind Abweichungen vom Normalen, auch wenn faktisch jeder jeden Tag mit ihnen konfrontiert wird.

Jahre später, als ich schon fast erwachsen war, fragte ich meine Mutter, was eigentlich geschehen war, und sie erklärte voller Ingrimm, daß mein Vater versprochen habe, sein Verhältnis aufzugeben, und es offensichtlich auch getan habe. Er machte weniger Überstunden, und sein Verdienst pendelte sich auf einem annehmbaren Niveau ein. So kam es, daß sie ihm ganz allmählich verzieh oder jedenfalls ein wenig von ihrer lastenden, drückenden Mißgelauntheit verflog. Wirklich verziehen hat sie ihm nie. Noch Jahre, Ewigkeiten später konnte sie voller Bitterkeit sagen: «Was ich ihm einfach nicht verzeihen konnte, war seine Gedankenlosigkeit. Was dachte er sich denn dabei? Und dann... Ach, das Ganze – er – zwang mich einfach, mir einzugestehen, daß ich bei ihm bleiben *mußte,* ganz egal, was er tat. Das war schrecklich für mich. Einfach schrecklich.»

Sie verzieh ihm nicht, aber ganz allmählich wuchs Gras darüber. Da wir das Wann, Wie und Warum der ganzen Sache überhaupt nicht durchschauten, hielt sich unsere Anspannung noch lange. Joy kann sich an diese Vorgänge kaum noch entsinnen – sie war erst neun, zehn. Aber sie erinnert sich genau an die Spannung, das Schweigen und ihr Bemühen, möglichst wenig zu Hause zu sein. Sie war mißtrauisch und ängstlich gegenüber ihren Eltern und wurde zu einem reservierten, unnahbaren Kind. Hinter ihrem jederzeit abrufbaren Lächeln, ihren lustigen Geschichtchen, ihrem munteren Lachen behielt sie ihr Innerstes für sich. Sie ist bis heute so geblieben und litt, wenn sie litt, immer für sich allein. Die einzigen Anzeichen dafür waren ein schrillerer, hysterischer Unterton in ihrer Stimme und ihrem Lachen und, als sie klein war, plötzliche Anfälle von Erbrechen, vor allem freitags morgens, wenn in der Schule abgefragt wurde. Belle begriff zwar, was hinter dem Erbrechen steckte, aber nicht, was es mit der hysterischen Art auf sich hatte, für die sie Joy ihr Leben lang tadelte.

Joy machte ihre Probleme mit sich selbst ab, sogar als Mr. Callahan, ihr Freund, der Mann, der das phantastische Cowboykostüm – Hut, lederne Beinschützer, Stiefel, Hemd, Weste und alles Drum und Dran – für sie gekauft (oder geklaut?) hatte, sie zu mißbrauchen versuchte. Sie war neun und spielte mit den Callahan-Kindern in deren Garten. Als sie nach drinnen ging, weil sie zur Toilette wollte, kam er aus seinem Schlafzimmer – seine Frau war gerade bei der Arbeit – und packte sie. Er zog sie ins Zimmer und keuchte und sagte Sachen zu ihr, die sie nicht verstand, über ihre Augen und was sie für ein kokettes kleines Ding war. Er fing an, den Reißverschluß ihrer Hose aufzuziehen. Sie schrie nicht, sie gab überhaupt keinen lauten Ton von sich. Plötzlich schubste sie ihn weg, und er stand unsicher genug auf den Beinen, um für einen Moment ins Schwanken zu geraten, so daß es ihr gelang, sich ihm zu entwinden und, indem sie gleichzeitig ihren Reißverschluß wieder hochzog, aus dem Haus zu laufen. Sie verschwand aus dem Garten und betrat ihn nie wieder. Sie spielte zwar noch mit den Callahan-Kindern, aber nur in ihrem eigenen Garten. Sie zog das Cowboykostüm nie wieder an, und als Belle sie nach dem Grund fragte, meinte sie nur achselzuckend, es sei zu warm. Sie erzählte niemandem von der ganzen Angelegenheit, bis sie schon über vierzig war und Anastasia mit ihr über ihrer beider Kinderzeit redete und ihr Fragen stellte. Belle erfuhr nie davon. Anastasia war da sehr viel mitteilsamer. Sie kam an einem Sonntagnachmittag im Februar voller Wut und Schrecken nach Hause gestürmt, nachdem sie mit Joy zum Spielplatz gegangen war und dort einem jungen Mann mit dicken Pickeln auf den Wangen begegnet war, der unbedingt gewollt hatte, daß sie auf das Klettergerüst stieg. Er drängte sie so beharrlich, daß sie mißtrauisch wurde und nicht wollte. Sie erklärte ihm, sie ginge jetzt mit Joy zur Rutschbahn, und er meinte achselzuckend, auch gut, wenn sie das lieber wollte, könnte er ihr ein neues Spiel zeigen, das man auf der Rutschbahn spielen konnte. Anastasia war immer noch mißtrauisch: Warum sollte ein großer

Junge wie er mit zwei kleinen Mädchen spielen wollen? Aber er war so beharrlich, daß ihr nichts mehr einfiel, um ihn abzuschütteln. Das neue Spiel, erklärte er, bestand darin, daß er sich hinter sie ans untere Ende der Rutschbahn setzen mußte und Joy nach oben kletterte und rutschte. «Dann rutscht sie aber in uns rein», wandte Anastasia ein.

«Warte nur, du wirst schon sehen, es macht riesigen Spaß», redete er ihr zu.

Zögernd erklärte sie sich bereit, sich vor ihn auf das untere Ende der Rutschbahn zu setzen, während Joy zur Leiter lief und hinaufkletterte. Aber noch ehe Joy auch nur losgerutscht war, war Anastasia wieder aufgesprungen und herumgefahren, und sie schrie den Mann an. «Was machen Sie da! Lassen Sie mich in Ruhe!» Als Joy unten anlangte, packte Anastasia sie beim Arm, und sie rannten den ganzen Weg bis nach Hause und stürzten außer Atem ins Haus.

«Ein Mann hat seine Hände in meine Hose gesteckt!» rief Anastasia, und Belle schickte Ed los, damit er ihn suchte.

«Aber es ist doch besser, wenn ich mitgehe», argumentierte Anastasia. «Er weiß doch gar nicht, welcher es war.»

«Du sagst ja, er war etwa achtzehn und hatte Pickel im Gesicht. Wenn er da ist, wird Daddy ihn finden», meinte Mommy.

Anastasia saß auf der Veranda dicht beim Fenster und hielt gespannt Ausschau nach ihrem Vater. Wozu sollte das Ganze gut sein? fragte sie sich. Was würde Daddy machen, wenn er ihn fände? Und woher sollte er wissen, daß es der Richtige war? Und außerdem würde der Kerl sowieso nicht mehr auf dem Spielplatz herumlungern, nachdem sie abgehauen waren. Das würde er sich nicht trauen.

Ed kam nach etwa einer Stunde zurück, erzählte, wo er überall gewesen war und was er alles gesehen hatte und wie absolut leer er den Spielplatz, das High School-Gelände und die gesamte umliegende Gegend vorgefunden hatte. Belle nickte. Sie schien mit ihm zufrieden, und er schien zufrieden mit sich. Er war froh, daß er ihn nicht gefunden hat, dachte Anastasia, weil er gar nicht gewußt hätte, was er dann hätte machen sollen. Was hätte er wohl gemacht – ihn versprügelt? Der Bursche war genauso groß wie ihr Vater, genauso kräftig von Statur und jünger. Wenn er nun zurückgeschlagen hätte? Aber er war mit sich zufrieden, weil er etwas unternommen hatte, und Mommy fand das auch gut. Warum? Sie wußte, sie sollte sich beschützt und umsorgt fühlen, aber es war nicht so. Sie konnten sie nicht beschützen: Sie konnten ja nicht immerzu bei ihr sein und auf sie aufpassen. Und sie konnten sie nicht davor beschützen, daß sie künftig in jedem Annäherungsversuch eines fremden Mannes einen körperlichen Übergriff wittern würde. Was war nur am Körper von jungen Mädchen, daß Männer ihre Hände da hineinstecken wollten? Es widerte sie an. Sie beschloß, erwachsen zu werden, ohne sich auf Geschlechtlichkeit einzulassen. Bei Nietzsche und Schopenhauer – und das waren unter all den Autoren, die sie gelesen hatte, die beiden Männer, die sie am meisten achtete – war immer nur von Männern die Rede, nicht von Frauen. Bis auf einige ganz wenige Stellen, und dann...! Was sie über Frauen sagten, war schrecklich! Aber Männer waren auch nicht besser, dachte sie. Sie wollte weder das eine noch das andere werden. Sie würde ganz Geist und Intellekt sein, mit einem geschlechtslosen Körper.

Selbst Onkel Wally. Jedesmal, wenn er zu Besuch kam und Freundinnen von ihr anwesend waren, wollte er, daß sie sich auf seinen Schoß setzten. Und einmal sah sie, wie er Terry dabei mit dem einen Arm unter ihrem Kleid gefaßt hielt. Und später fragte sie Terry: «War dir das unangenehm, daß mein Onkel dich so angefaßt hat?» Und Terry wurde rot im Gesicht und sagte: «Ja, schon, aber ich hab nichts sagen wollen, weil es dein Onkel war.» Anastasia sagte: «Ich finde es gräßlich, und ich werde es meiner Mutter erzählen.» Terrys Augen wurden ganz groß. «Das willst du wirklich tun! Ich würde meiner so was nie erzählen, da hätte ich viel zuviel Angst.»

«Warum?»

Aber Terry antwortete nicht. Sie errötete noch mehr und wandte sich ab. Anastasia hatte ihre Freundinnen sehr gern, aber sie wußte, daß ihre Elternhäuser ganz anders waren als ihr eigenes. Eines Abends war sie bei Terry vorbeigegangen, um sie zum Kino abzuholen. Terrys Vater saß im Wohnzimmer und hörte eine Sportübertragung im Radio. Er war groß und massig, mit einem roten Gesicht. Er musterte sie mißtrauisch und fragte Terry haarklein aus, wohin sie gehen und was sie machen wollten. Und während Terry antwortete, klang ihre Stimme ängstlich.

Anastasia erzählte Mommy von der Sache mit Onkel Wally. Mommy sagte: «Keine Sorge, Anastasia, das wird er nicht noch einmal machen.» Und Anastasia glaubte ihr, und tatsächlich kam es nie wieder vor. Er verließ am Tag darauf das Haus, und es sah so aus, als würde er erst einmal für längere Zeit nicht wieder zu Besuch kommen. Ihr machte das nichts aus. Sie fühlte sich nie recht wohl, wenn er da war. Er war ein sonderbarer Mann. Er wollte immer, daß sie für ihn kochen sollte, und versuchte beharrlich, sie dazu zu bewegen.

«Ich kann doch gar nicht kochen!» protestierte sie. «Und ich will auch nicht!»

Aber er bat und drängte sie immer weiter, bis sie es schließlich eines Tages versuchte. Er wollte Spiegeleier, also schlug sie ein Ei auf. Sie ließ es in die Bratpfanne fallen, und als es auf dem Pfannenboden auftraf, ging es kaputt. Er lachte sie aus und spottete darüber. «Man hält das Ei auch nicht einen halben Meter über die Pfanne, Dummchen! Da muß es ja kaputtgehen. Man hält es nur ein paar Zentimeter darüber.»

Sie funkelte ihn wütend an. «Wenn du so genau weißt, wie es geht, dann mach es doch selbst!» sprach sie und marschierte davon.

Aber als er das nächste Mal kam, fing er wieder an. «Eine richtige Frau muß kochen können», warb er.

Da fuhr sie ihn wutentbrannt an: «Ich bin aber keine Frau, ich bin ein Mädchen!»

Sie würde keine Frau werden, *nie und nimmer.*

Es ging ihr nicht aus dem Kopf, was Nietzsche und Schopenhauer über die Frauen sagten. Ihre Mutter war nicht so, wie sie die Frauen hinstellten. Vielleicht verstanden sie ja bei all ihrer Klugheit und all ihrem Wissen nichts von Frauen. Aber wenn Nietzsche über das Christentum sprach, war sie ganz Ohr. Und was er über die Erbärmlichkeit und Sinnlosigkeit des Lebens der meisten Menschen sagte, darüber, daß sie Dinge taten, die sie gar nicht tun wollten, weil sie dachten, sie müßten sie tun: Das leuchtete ihr alles völlig ein.

Sie vertraute ihre Zweifel ihrer Mutter an. «Weißt du, Mommy, alle diese Leute haben ganz verschiedene Vorstellungen von Gott. Und manche von ihnen glauben überhaupt nicht an Gott. Wie denkst du darüber?»

Belle hob die Hand. «Ich weiß nicht, Anastasia. Darüber kann ich mit dir nicht diskutieren. Warum fragst du nicht einen Priester?»

«Er würde doch nur böse werden.»

«Nein, das glaube ich nicht. Er wäre wahrscheinlich froh, mit dir über Glaubensdinge sprechen zu können.»

Anastasia hatte ihre Zweifel, aber als sie das nächste Mal zur Beichte ging, beschloß sie, versuchsweise dem Rat ihrer Mutter zu folgen. Sie sprach das Reuebekenntnis nach und sagte dann: «Mein Vater, ich habe ein paar Bücher gelesen, die mich ins Nachdenken gebracht haben, über den Glauben und über Gott. Ich dachte, ich könnte vielleicht mit Ihnen darüber reden.»

Der Priester, dessen Gesicht hinter dem Gitterwerk der Beichtstuhlöffnung nur schemenhaft erkennbar war, wich ein Stück zurück. Sie kannte ihn nicht: Sie kannte keinen Geistlichen, bis auf Monsignore Burke. Aber die Stimme, die jetzt von der anderen Beichtstuhlhälfte herüberdrang, war noch stärker irisch gefärbt als die des Monsignore und klang alles andere als erfreut.

«Entweder du glaubst oder du machst, daß du aus der Kirche verschwindest!» donnerte sie.

Anastasia klopfte das Herz, und Tränen stiegen ihr in die Augen. Die Stimme, mit der sie sprach, mußte anderswoher kommen als aus ihr selbst, denn es erstaunte sie selbst, sich sagen zu hören: «Wenn das so ist, verschwinde ich aus der Kirche.» Nach diesen Worten konnte sie nur noch aufstehen und den Beichtstuhl verlassen. Auf dem Heimweg fühlte sie sich einsam und verlassen und traurig, aber sie sah keine Möglichkeit, was sie anderes hätte tun können. Am meisten machte ihr zu schaffen, daß sie jetzt nicht mehr guten Gewissens im Kirchenchor mitsingen konnte – auch wenn sicher weder der Priester noch sonst jemand ihr auf die Schliche gekommen wäre.

Tatsächlich war es kein sonderlich schmerzlicher Abschied. Intellektuell befriedigte sie die Religion, so wie sie ihr bisher vermittelt worden war, ohnehin nicht, soviel sie auch auf der sinnlichen Ebene hergeben mochte, mit der Musik, den Blumen, den prächtigen Priestergewändern. Die Frage, ob es einen höheren, göttlichen Sinn des Lebens gab, beschäftigte sie weiter, aber eines schien ihr sicher: Wenn es eine göttliche Macht gab, hätte sie weder mit der katholischen noch mit irgendeiner anderen Kirche zu tun. Und als sie achtzehn war, hatte sie die Idee eines höheren Wesens gänzlich verworfen. Sofern sie danach überhaupt noch so etwas wie einen Glauben hatte, drehte er sich um die Menschen. Aber auf eine bestimmte

Form von Religion berief sie sich nie mehr, und als sie ein katholisches Krankenhaus aufsuchte, um dort Arden zur Welt zu bringen, und die Schwester in der Aufnahme sie nach ihrer Glaubenszugehörigkeit fragte, erklärte sie ihr, sie sei Hindu. Die Schwester ließ sie das Wort buchstabieren.

Belle sah ihre Kinder allmählich selbständiger werden und freute sich darüber. Endlich hatte Anastasia auch ein paar Freundinnen. Joy schien ihre Kränklichkeit überwunden zu haben und kam jetzt in der Schule gut zurecht. Im letzten Quartal war sie sogar ausgezeichnet worden. Aber von einer anderen Seite wurde Belle mit einem ernsthaften Problem konfrontiert. Die Carles wollten ihre beiden Häuser verkaufen und sich für ihren Ruhestand in einer kleinen Wohnung in Jamaica niederlassen. Minnie plagte der Rücken immer mehr, und sie meinte, daß sie das Putzen aufgeben müsse. Da dank des Krieges soviel Geld im Umlauf war, glaubte Mr. Carle, 9000 Dollar für das Haus bekommen zu können. Belle wollte ihr kleines Häuschen nicht verlassen, sie liebte die ruhige Umgebung und den Garten. Aber sie wußte, daß dieser Preis überteuert war, und außerdem hatten sie ohnehin nicht soviel Geld.

Also begann eine erneute sechsmonatige Haussuche. Sie fuhren jeden Sonntag mit dem blitzblank glänzenden alten Wagen die verschiedenen Orte auf Long Island ab. Sie besichtigten Häuser in Huntington, Douglaston, Hempstead, Freeport und Rockville Centre. Und jeden Sonntagabend speisten sie irgendwo in einem hübschen Restaurant. Anastasia begriff zwar weder, warum sie das taten, noch, wieso sie sich plötzlich solchen Luxus leisten konnten, aber sie genoß es. Und Belle, die an diesen Sonntagen besonders darauf achtete, daß die Kinder ordentlich angezogen waren, genoß es ebenfalls.

Und während dieser Zeit der Wohnungssuche fällte Belle den Entschluß, daß sie ihren Namen ändern sollten. Sie und Ed hatten schon oft darüber gesprochen. Es war unfein, polnischer Herkunft zu sein, und ein besonderes Handicap, einen so ausländisch klingenden Namen zu haben. Aber Ed hatte sich immer davor gescheut, seinem Vater Kummer zu bereiten. Dafna war jedoch schon vor ein paar Jahren an einer lange Zeit nicht richtig diagnostizierten Krankheit gestorben, und Stefan, der nach ihrem Tod keinen rechten Lebensmut mehr hatte, war ihr zwei Jahre später nachgefolgt.

Es gab also keinen Hinderungsgrund mehr. Und Belle wollte, daß sie sich in der neuen Nachbarschaft gar nicht erst mit ihrem jetzigen Namen einführten.

«Euer armer Daddy leidet so sehr darunter», erklärte sie Anastasia ihr Vorhaben. «In der Firma rufen sie die Leute immer über den Lautsprecher, und sein Name wird jedesmal falsch ausgesprochen. Sie rufen ihn Dabooski und Dalouski und lauter solche Sachen. Das ärgert ihn sehr.» Belle und Ed brachten viele Abende damit zu, sich einen neuen Namen zu überlegen, und sie einigten sich schließlich auf Stevens, nach Eds Vater Stefan. Das klang englisch, worauf es Belle ankam.

Und im Grunde war sie wirklich eher Engländerin als Polin. Sie bevorzugte schlichte Kleider in gedeckten Farben wie Braun, Schwarz und Erdtönen, kochte nichts Scharfes und schätzte den englischen Wohnstil. Die Frauen, die sie in ihrem Leben am meisten bewunderte, waren bis auf Gertrude Grunbacher sämtlich englischer Abstammung – Ann Gwyn, Mildred Bradshaw und Martha Thacker. Sie schätzte ihre vornehm-dezente Art zu sprechen und ihre Manieren, ihr Bemühen, alles Emotionale zu meiden, ihre persönliche Zurückhaltung. Hätte sie als junges Mädchen mit Menschen zu tun gehabt, die sich betont englisch aufführten, so hätte man meinen können, sie hätte sie sich zum Vorbild erkoren. Als Anastasia sagte, der Name Stevens sei genauso anglophil wie ihre Mutter, freute sich Belle nur.

Aber Name hin, Name her, schon bald nach ihrem Umzug in ihr neues Haus in Rockville Centre, Ende August 1944, war Anastasia klar, daß sie hier nicht bestehen würden. Nicht einmal das schmucke, weiß abgesetzte Haus im Kolonialstil reichte zur Tarnung aus. Wirksame Tarnung erforderte Geld. Nichts konnte über ihr albernes altes Auto hinwegsehen machen. In South Ozone Park hatten sie als reich gegolten, weil sie überhaupt ein Auto besessen hatten, aber in Rockville Centre nahm sich der 1928er Graham-Paige einfach lächerlich aus zwischen all den zwar noch von vor dem Krieg datierenden, aber doch immer noch schnittigen Cadillacs, Oldsmobiles und Buicks. Belle ging kaum je irgendwohin, außer zum Einkaufen oder in die Reinigung, doch Anastasia wurde schon bald von ihren neuen Freundinnen eingeladen. Die Unterschiede waren nicht zu übersehen. Bei den anderen Mädchen zu Hause gab es Dienstmädchen und Gärtner. Die Zimmer waren ganz mit Teppichen ausgelegt, und es gab darin üppige Sofas mit prächtigen kleinen, dazu passenden Sesseln, überall Nippes und Zierat und richtige Eßzimmer mit imitierten Sheratonstühlen. In manchen der Häuser gab es sogar ein kleines Extrazimmer nur für das Telefon; Anastasias Freundinnen hatten Zimmer, die ganz in Weiß möbliert waren, mit Himmelbetten und Frisiertischchen, die ein Röckchen aus dem gleichen Stoff hatten, aus dem auch der Betthimmel war. Die reichsten unter ihnen ließen ihre Kleider, wenn sie sich auszogen, einfach in einem unordentlichen Haufen auf dem Fußboden liegen, und das Dienstmädchen sammelte sie dann wieder auf. Viele hatten eine ganze Sammlung von Stofftieren in einer Ecke ihres Zimmers.

Anastasia entlockte das alles zunächst nur ein verächtliches Naserümpfen: Ich würde alle diese Dinge gar nicht haben wollen, befand sie, aber dann besann sie sich. Du kannst gar nicht wissen, ob du etwas haben willst oder nicht, solange du überhaupt keine Chance hast, es zu bekommen. Erst dann kannst du es wirklich sagen. Und außerdem: nicht alle Mädchen waren so reich, auch wenn die, die es nicht waren, die wohlhabenderen beneideten. Nur die «Schlampen» kümmerten sich nicht darum. Davon gab es an der Schule eine ganze Reihe, und Anastasia freundete sich mit einigen von ihnen an. Die ganze Schule war in verschiedene Gruppen aufgeteilt: Es gab zwei Cliquen, die christliche und die jüdische, und dann noch die «lahmen Enten» und die «Schlampen». Anastasia wußte, daß es ihr bestimmt war, zu den «lahmen Enten» zu gehören. Die neue Schule war gräßlich.

Auf der früheren Schule hatte sie Musikwissenschaft und Harmonielehre belegt, aber an dieser Schule gab es keine solchen Kurse. Damals hatte sie einer Gruppe angehört, die samstags morgens zu den Proben des Symphonieorchesters und in Theaterstücke ging. In ihrem zweiten Jahr auf dieser Schule hatte sie Katherine Cornell in *Antonius und Kleopatra,* Paul Robeson in *Othello* und Maurice Evans in *Hamlet* gesehen. Hier an dieser Schule hatten die reichen Jungen eigene Autos, und die Clique (die christliche) fuhr freitags und samstags abends zu irgendwelchen außerhalb gelegenen Lokalen, wo man sich betrank, um dann zu randalieren oder die Autos zu Schrott zu fahren. Die Mädchen trugen Kaschmirpullover und wurden danach eingestuft, wie viele sie davon besaßen. Und was das Schlimmste war: *alle* taten, als wären sie und ihre Schule etwas Besseres.

Die reichen Mädchen gehörten alle zu einer der beiden Cliquen. Die jüdischen Mädchen trugen etwas schlichtere Kleider als die christlichen und durften ruhig gescheit sein und gute Noten bekommen. Wenn eins von den christlichen Mädchen gut in der Schule war, dann war das eher suspekt, und die Betreffende lief Gefahr, als «lahme Ente» klassifiziert zu werden. In beiden Cliquen gab es ein paar Mädchen, die nicht reich waren, aber sonst irgend etwas Besonderes aufzuweisen hatten – Charme, ein sehr liebes Wesen oder ein überdurchschnittlich gutes Aussehen. Jedes Mädchen, das bei den Jungen beliebt war, konnte in eine der Cliquen aufgenommen werden, mit Ausnahme der «Schlampen»; man *wußte* (woher?), daß die Jungen mit den «Schlampen» ausgingen, aber sie sprachen nie öffentlich mit ihnen und ließen sich mit ihnen nicht bei Schulveranstaltungen sehen. Aber als Anastasia dann die «Schlampen» kennenlernte, fand sie sie am nettesten von allen Mädchen. Sie waren durchweg arm, und viele von ihnen wurden zu Hause mißhandelt. Sie waren in gewisser Weise erwachsener als die anderen Mädchen. Sie wirkten ein bißchen traurig, aber herzlich und großzügig. Eine dieser «Schlampen», ein Mädchen namens Sally, lud Anastasia fast jeden Nachmittag ein, mit ihr nach Hause zu kommen. Sie erschien Anastasia ungeheuer lebenserfahren. Sie wohnte zur falschen Seite der Stadt hin in einem winzigen Haus. Es war nie jemand von ihrer Familie zu Hause, aber Sally schien trotzdem auf Zehenspitzen durch die kleinen schäbigen Zimmer zu schleichen. Sie holte meist zwei Cola aus dem Kühlschrank und nahm Anastasia mit nach oben in ihr Zimmer. Dort saßen sie beide am Dachfenster, der einzigen Lichtquelle, und unterhielten sich. Anastasia hatte dabei allerdings nie etwas mitzuteilen, sie hörte hauptsächlich zu. Sally redete ziemlich zusammenhanglos von allem möglichen. Sie sagte nie viel, sondern deutete immer nur an. Was Anastasia so stumm machte, war das Gefühl, daß irgend etwas Tragisches über Sallys Person oder ihrem Leben schwebte. Nach ein paar Wochen stellte sie ihre Besuche ein. Sally machte ihr keinen Vorwurf und lächelte sie auch danach jedesmal an, wenn sie sie sah.

Während ihrer zwei Jahre auf dieser High School freundete sie sich mit ein paar jungen Leuten aus den verschiedenen Gruppen an, aber sie gehörte nie irgendwo ganz dazu und spürte das stets deutlich. Wo immer sie war und was immer sie tat – ob sie mit einigen «lahmen Enten» ins Kino und danach noch ein Cola trinken ging, ob sie mit einer der «Schlampen» bei sich zu Hause im Garten saß, ob sie einem der Mädchen aus der christlichen Clique beim Babysitten Gesellschaft leistete oder ob sie mit einem der jüdischen Mädchen etwas für die Schulzeitung ausarbeitete – stets hatte sie das Gefühl, nicht dazuzupassen, außerhalb zu stehen und vorsichtig sein zu müssen, um nicht aufzufallen.

In den zwei Jahren, die sie in dieser wenig beglückenden Umgebung zubrachte, entwickelte Anastasia nicht so sehr ihre Persönlichkeit als ihren Stil. Sie war fest entschlossen, sich nicht in die vorgegebenen Kategorien pressen zu lassen, und warf sie alle über den Haufen. Sie hatte kein Geld für Kleider, also zog sie sich schlicht an wie die «lahmen Enten», aber sie trug das Haar in einer wilden Mähne und rauchte in der Mittagspause mit den Jungen auf dem Parkplatz Zigaretten. Das taten nicht einmal die «Schlampen». Sie war gut genug in der Schule, um von der jüdischen Clique anerkannt zu werden, aber sie widersprach im Unterricht ihren Lehrern und legte sich mit ihnen an, sie erzählte allen, sie wolle Malerin werden, und hatte für den armseligen Kunstunterricht nur Verachtung übrig. Sie vertrat in einer Schuljahresabschlußklausur die Ansicht, daß «Rassenmischung» völlig in Ordnung sei, und zeigte stolz das B überall herum, das darunter zu setzen ihre schockierte, entrüstete Lehrerin sich gezwungen gesehen hatte. Sie schloß sich einer von einem Jungen aus ihrer Klasse initiierten Kampagne an, im schwarzen – damals noch «farbig» genannten – Teil der Stadt Untersuchungen durchzuführen, um herauszufinden, warum es auf ihrer High School nur eine einzige schwarze Schülerin gab, die schüchtern und mißtrauisch war und mit niemandem sprach. Wo waren all die anderen schwarzen Jugendlichen? Rockville Centre hatte einen großen Bevölkerungsanteil von Schwarzen, die dorthin gezogen waren, um als Bedienstete in den Häusern der wohlhabenderen Weißen zu arbeiten. Anastasia schrieb eine kleine Geschichte über ihre Kindheit, die in den Schulnachrichten erschien (eine richtige Schulzeitschrift gab es an dieser Schule nicht). Sie schrieb darüber, wie eine schwarze Familie in ihre Straße in South Ozone Park gezogen war. Offenbar hatte die Fürsorge sie dort einquartiert – das Haus hatte lange Zeit leer gestanden. Sie hatten zwei Kinder, und Belle hatte darauf bestanden, daß Anastasia und Joy bei ihnen vorbeischauten und fragten, ob die Kinder herauskommen und mitspielen dürften. Joy war sofort dazu bereit, aber bei der schüchternen Anastasia bedurfte es zuerst einigen Zuredens. Belle erklärte ihnen, daß viele Leute diese Familie wegen ihrer schwarzen Hautfarbe nicht leiden konnten und von den anderen Kindern keins mit den beiden spielen würde. Das überzeugte Anastasia, und die beiden Schwestern zogen los. Eine verhärmte, magere, aber noch relativ junge, hellbraune Frau kam an die Tür und öffnete sie einen Spaltbreit. Die Kinder trugen im Chor ihr Ansinnen vor. Die Frau sagte scharf, ihre Kinder könnten nicht herauskommen und schloß die Tür.

Einen Monat später verschwand die Familie wieder.

Diese scheinbar witzlose Geschichte – Anastasia hatte darin keine bestimmte Aussage verfolgt, nicht über die Angst der Schwarzen vor den Weißen geschrieben – brachte Anastasia an ihrer neuen Schule keine Sympathien ein. Nur Mrs. Sherman, die Englisch unterrichtete und in Anastasias Augen die intelligenteste im ganzen Kollegium war, schien sie zu gefallen. Eins aber vollbrachte die Geschichte: sie zementierte Anastasias Außenseiterstellung.

Belle merkte gar nicht, wie sehr diese neue Umgebung Anastasia zusetzte. Das Kind war die ganze Zeit unterwegs, es hatte Freundinnen, und seine Schulleistungen waren passabel, wenn auch nicht mehr so hervorragend wie vorher. Und Joy schien richtig glücklich: Sie mußte nur ein paar Straßen weit bis zu der hübschen Hewlett-Schule gehen und war dort fast sofort von der Sechstklässerclique aufgenommen worden. Belle selbst war völlig absorbiert von ihren eigenen Sorgen und Plänen.

Um das Haus kaufen zu können, hatten sie sowohl Eds bescheidene Versicherungspolicen als auch die Ausbildungssparverträge der beiden Mädchen verkaufen müssen. Anastasia, die sie vorher gefragt hatten, ob sie einverstanden wäre, hatte bereitwillig zugestimmt. Sie hatte die Gegend, in der sie bis dahin gewohnt hatten, schon immer verabscheut und wollte unbedingt umziehen. Glücklicherweise war der Hausbesitzer, der genauso grundsolide und anständig zu sein schien wie seine Häuser, bereit gewesen, ihnen ein Finanzierungsdarlehen zu geben. Sie brauchten also nur die Zinsen zu zahlen, was ungefähr soviel ergab wie die Miete für das alte Haus. Aber Belle konnte jetzt nicht mehr bei Gertz arbeiten. Das Hin- und Herfahren wäre zu zeitaufwendig gewesen und so teuer, daß es fast ihren ganzen Verdienst verschlungen hätte. Und auf Long Island konnte sie nicht arbeiten, solange sie nicht Auto fahren konnte.

Sie ließ sich von Ed Fahrstunden geben und machte den Führerschein, aber sie fühlte sich am Steuer nie richtig wohl. Sie fuhr langsam und unsicher. Sie fuhr nach Möglichkeit nur im Ort: Genau wie die anderen vorbildlichen Ehefrauen in der Nachbarschaft begleitete sie ihren Mann jeden Morgen zum Bahnhof und fuhr dann das Auto wieder zurück, um ihn abends wieder abzuholen. Sie fuhr zum Supermarkt und zur Reinigung, und gelegentlich wagte sie auch die längere Fahrt nach Hempstead oder Garden City, wo die nächsten größeren Kaufhäuser waren. Vor Überlandfahrten hatte sie schreckliche Angst, und jahrelang unternahm sie gar nicht erst den Versuch.

Sie war sich bewußt, daß sie eigentlich eine neue Arbeit hätte suchen sollen. Sie war begeistert von ihrem hübschen neuen Haus, aber es fehlte an Möbeln. Sie konnte sich noch nicht einmal Vorhänge für alle Fenster leisten. Sie hatte den kleinen Nebenraum, der vom Wohnzimmer abging, zu ihrer «Veranda» erklärt. Er hatte fünf Fenster, so daß er schön hell war, aber von der Größe her ließ er kaum einen anderen Verwendungszweck zu. Er war – nach der Küche – der Ort, wo sie den größten Teil ihrer Zeit zubrachte. Die Leute, die das Haus vor ihnen bewohnt hatten, hatten in der Küche eine hübsche kleine Eßecke zum Frühstücken hinterlassen, und wenn Ed eines Tages Zeit hätte, wollte sie ihn bitten, sie neu zu streichen. So konnte sie den alten Küchentisch und die Stühle ins Eßzimmer stellen. Ed hatte diese Möbel grau gestrichen, und sie hatte einen billigen blaugrauen Teppich dazu angeschafft, aber der Raum wirkte immer noch leer. Deshalb stellte sie Mommas alte Schranknähmaschine, nachdem sie sie von Ed hatte grau streichen lassen, wie ein Büfett an die eine Wand.

Ihr ganzer Stolz war jedoch das Wohnzimmer. Zugegeben, sie hatten keine Tischchen, um sie neben das Sofa zu stellen, ja überhaupt keine Tische, aber sie besaßen das prächtige Queen-Anne-Sofa mit dazu passendem Sessel und den hohen Lehnsessel mit den hölzernen Armlehnen und außerdem den alten, unechten Perserteppich und ihr neues Klavier, ein Baldwin Baby Grand. Als Hal Grunbacher eingezogen wurde, überredete er sie, es zu kaufen. Sie würden seit Kriegsbeginn nicht mehr gebaut, sagte er, und seien zur Zeit billiger. Er würde ihr helfen, eins auszusuchen. Es war ein wunderschönes Klavier, und alle sagten, es hätte einen wundervollen Klang. Und Hals Mutter Gertrude, die ihm das Klavierspielen beigebracht hatte, gab jetzt den Mädchen Unterricht. Sie fuhr dafür den ganzen Weg von Forest Hills bis Rockville Centre und verlangte nur eineinhalb Dollar für die Stunde. Belle wußte, daß Mrs. Grunbacher meinte, Anastasia könnte Pianistin werden, wenn sie nur fleißiger übte. Aber woher sollten sie das Geld nehmen, ihr eine solche Karriere zu ermöglichen? Sie wußte, daß das sehr teuer war. Hal hatte ihnen erklärt, Anastasia hätte das Zeug, Konzertpianistin zu werden, aber sie bräuchte dafür eine besondere Ausbildung, bei der täglich fünf Stunden auf die Musik entfielen. Anastasia hatte gemeint, das wollte sie nicht. Das war schon gut so. Eine Karriere als Konzertpianistin war mühsam. Sie spielte schön, und das würde ihr helfen, einen Mann zum Heiraten zu finden, einen tüchtigen Anwalt oder Arzt, jemanden, der ihr ein anständiges Leben bieten konnte.

Im Wohnzimmer hing auch Sokolowskis Bild in seinem breiten vergoldeten Rahmen an seinem Ehrenplatz über dem Sofa, wie überall, wo Belle je gewohnt hatte. Belle wußte, daß viele der Häuser in der Nachbarschaft nobler waren. Aber sie liebte dieses Haus. Sie war stolz darauf. Sie wünschte, oh, sie wünschte so sehr, Momma hätte es sehen können, Momma hätte sie in diesem Haus sehen können: Mein Haus, Momma. Dann hätte Momma wohl sagen müssen: «Fein, Bella.»

Aber im Obergeschoß gab es keine Teppiche, und die Zimmer waren spärlich möbliert. Sie konnten unmöglich neue Möbel kaufen, solange Belle nicht wieder arbeitete. Eds ganzer Verdienst reichte gerade aus, sogar wenn er Überstunden machte, um die laufenden Rechnungen zu zahlen. Trotzdem widerstrebte es ihr, sich ins Auto zu setzen und nach Hempstead zu den Franklin Shops zu fahren und sich dort um eine Stelle als Verkäuferin zu bewerben. Sie war jetzt vierzig, sie hatte ihr Leben lang gearbeitet, sie war müde. Sie wollte in ihrem hübschen Heim sitzen und hinaus auf die ruhigen Straßen und die Bäume schauen, nicht mehr arbeiten müssen. Sie wollte Gertrude Grunbacher jeden Donnerstag einladen können und sie mit Kaffee und Kuchen bewirten, während sie darauf warteten, daß die Mädchen aus der Schule nach Hause kamen. Sie saß so gern im Garten, diesem hübschen Garten, in dem alten hölzernen Liegestuhl, ein Stündchen am Nachmittag, mit einem Eiskaffee und einer Zigarette. Endlich hatte sie das Haus, von dem sie immer geträumt hatte, sie, die dumme kleine Polska aus dem Armenviertel. Nun wollte sie auch darin wohnen.

Sie wohnten erst zwei Monate in ihrem Haus, als der Brief eintraf. Der gutherzige Erbauer des Hauses, der mit dem Preis heruntergegangen war, damit sie die Barsumme aufbringen konnten, forderte jetzt den gesamten Schuldbetrag ein. Ihnen blieb nichts anderes, als einen regulären Hypothekenkredit von einer Bank aufzunehmen. Das bedeutete aber, daß sie außer den Zinsen auch noch die Tilgungsraten aufbringen mußten. Das war nicht zu schaffen. Sie würden ihr Haus wieder verlieren.

Eine neuerliche Finsternis senkte sich auf ihr häusliches Leben herab. Joy fühlte sich angesichts des deprimierten Zustands ihrer Mutter hilflos und griff auf ihre alte Gewohnheit zurück, sich soviel wie möglich außer Hauses aufzuhalten. Aber Anastasia war inzwischen alt genug, um darüber informiert zu werden, was los war. Sie war ebenfalls entsetzt, nicht weil ihr soviel an dem Haus, der Gegend oder der Schule gelegen gewesen wäre, sondern weil sie wußte, was es für ihre Mutter bedeuten würde, wenn sie das Haus wieder verlieren würde. Sie war bereit, ihr möglichstes zu tun: Sie arbeitete an den Nachmittagen und sonnabends in einem Billigmarkt und teilte ihren Freundinnen mit, daß sie abends als Babysitterin verfügbar war. Aber Anastasia wußte, daß sie ihre Mutter mit ihren Jobs nicht großartig entlasten konnte, da alles, was Belle ihr vorher hatte geben können, 75 Cent Taschengeld die Woche gewesen waren. Immerhin konnte sie jetzt Weihnachtsgeschenke für die ganze Familie kaufen und vielleicht auch noch ein paar Kleider für sich selbst, und sie würde ihre Mutter nicht mehr um Fünfzigcentstücke für das Kino am Samstagabend anbetteln müssen. Belle schien Anastasias Bemühungen gar nicht zu registrieren, und sie dachte in diesem Jahr auch nicht an ihren Geburtstag. Erst an Erntedank merkte sie, daß Anastasia in der Zwischenzeit fünfzehn geworden sein mußte. Aber damit konnte sie sich nicht abgeben, es gab schon zu viele andere Dinge, die sie belasteten.

Sie bekamen ein Darlehen von Erics Versicherungsgesellschaft, aber es war unmöglich, die Abzahlungsraten aufzubringen. Belle jonglierte mit den Rechnungen und bezahlte immer nur kleine Teilbeträge für Strom, Telefon und Öl. Fast jeden Tag trafen drohende Mahnbriefe ein. Belle war gezwungen, kärgliche Mahlzeiten auf den Tisch zu bringen, die die Familie in noch tieferem Schweigen als gewöhnlich verzehrte.

Wenn Belle morgens die Eßzimmerjalousie öffnete und ihr Blick auf das Nachbarhaus fiel, sah sie dort durchs Fenster Haufen von weißem Zeug liegen. Die Haufen wurden größer und wieder kleiner, verschwanden und waren wieder da. Dank ihrer Kindheitserfahrungen hatte sie gleich eine Vorstellung, worum es sich dabei handeln könnte.

Sie hatte die Nachbarin kennengelernt: Ann Gwyn, eine nette Frau. Sie und ihr Mann und ihre beiden Zwillingssöhne waren auch erst kürzlich eingezogen, und ihr Haus war mit dem der Stevens fast identisch, da es derselbe Mann erbaut hatte. Belle versuchte nun, Mrs. Gwyn abzupassen, und als sie das nächste Mal beide draußen Wäsche aufhängten – in dieser Wohngegend hatte man keine Wäscheleine zum Kurbeln, sondern ein schirmförmiges Trockengestell, an dem die Wäsche zwar langsamer trocknete, das aber ordentlicher aussah –, rief sie ihr einen Gruß zu, um dann, sichtlich zu einem Schwätzchen aufgelegt, zu ihr hinüberzugehen.

Ann Gwyn war eine große, hagere Frau mit einem duldsamen Gesichtsausdruck und einer würdevollen Ausstrahlung. Sie hatte eine ernste Art, aber ein herzliches Lächeln. Die beiden Frauen empfanden eine spontane Sympathie füreinander, da sie jede in der anderen auch ohne Worte den eigenen Stolz und das eigene Leiden wiedererkannten. Bei einem Kaffee und einem Hefekuchen vom Bäcker führten sie eine höfliche, leise, verständige und freundliche Unterhaltung miteinander.

Nach einer gewissen Zeit wagte Belle einen Vorstoß. «Ann... ich sehe da manchmal weiße Hauben, ist das richtig?... auf Ihrer Veranda liegen. Stellen Sie die her?»

Ann wurde rot. Ihr Mann war Buchhalter und hatte ein gutes Gehalt, aber er hielt sie kurz. Das sagte sie allerdings nicht. Sie sagte, der Vater ihres Mannes machte Millionengeschäfte mit dem Verkauf von Krankenhaus- und Sanitätsbedarf, Schwesternkleidung, Ärztekitteln, Rollstühlen und dergleichen. Und ihr gab er die Chance, an seinem Reichtum teilzuhaben. Sie nähte Schwesternhäubchen, und er zahlte ihr 10 Cent für das Stück. Er selbst verkaufte sie dann natürlich für 1 Dollar 25, aber sie zu nähen, ging relativ schnell. So konnte sie jede Woche ein paar Dollar verdienen und dabei zu Hause bleiben.

«Auf diese Weise habe ich ein bißchen eigenes Geld», erklärte sie. «Ich kann das eine oder andere für die Jungen kaufen. Charles», sie lachte kurz auf, «na, Sie wissen ja, wie die Männer sind. Er begreift einfach nicht, wie wichtig es für Jungen in dem Alter ist, den richtigen Pullover zum Anziehen zu haben oder ein bißchen Geld in der Tasche. Die High School ist ja für die Kinder keine leichte Zeit, finden Sie nicht?»

«Gewiß», pflichtete Belle ihr mitfühlend bei. Dann fragte sie mit einem nervösen Unterton: «Könnte ich die Hauben vielleicht einmal sehen?»

«Aber natürlich!» Ann strahlte. Sie hatte schon befürchtet, Belle würde auf sie herabsehen, weil sie diese Arbeit tat – weil sie nicht soviel Geld hatte. Aber sie war auch noch nie bei den Stevens drüben gewesen. Sie ging voran in ihr Verandazimmer, durch ein Wohnzimmer, das dem von Belle ziemlich ähnlich war. Belle sah vier Stapel zu je fünfundzwanzig Häubchen: bauschig geraffter Organdy mit einer Rüschenborte eingefaßt. Eine Nähmaschine stand offen da, und auf dem Boden befanden sich große, braune Kartons mit Rüschenborte darin.

«Wie werden sie denn gemacht?»

Ann erklärte es ihr nur zu gern. «Dad bringt mir die Stoffballen und sagt mir, welche Größe er braucht. Ich schneide dann kreisrunde Stücke aus dem Stoff aus, wobei ich diese Pappen hier als Schablonen benutze.» Sie zeigte auf einen Stapel von runden Pappstücken, die mit verschiedenen Größen beschriftet waren. «Dann schneide ich die Rüschenborte entsprechend zu und nähe sie mit der Maschine rings um den Rand herum an. Anschließend wird dann der Organdy gefältelt. Das muß man von Hand machen, und es ist ein bißchen strapaziös für die Finger, weil der Organdy so steif ist. Es geht besser, wenn man lange Nägel hat, aber meine sind so weich, daß sie immer abbrechen.» Sie streckte Belle ihre Hand hin. Der Daumenballen und der Daumen ihrer rechten Hand waren mit winzigen Schnitten übersät. «Der Organdy ist gesteift, und davon werden meine Finger wund. Ein paar Häubchen habe ich schon durch Blutflecken ruiniert. Jetzt klebe ich mir immer Heftpflaster um die Finger, wenn ich daran arbeite. Das hilft. Es ist eigentlich nicht weiter schwer», schloß sie frohgemut.

Belle inspizierte ein Häubchen aus der Nähe und legte es dann langsam wieder hin. Ann sah ihr aufmerksam zu. «Möchten Sie es auch einmal versuchen?» fragte sie leise.

«Oh, *gerne!*»

«Ich bin sicher, Dad würde Ihnen mit Freuden welche in Auftrag geben. Er verkauft jede Woche Hunderte von diesen Häubchen und ist immer auf der Suche nach Frauen, die sie für ihn machen.»

Belle ging in Hochstimmung nach Hause. Sie begann zu kalkulieren. Sie konnte bestimmt zwanzig Stück am Tag schaffen, das ergab zwei Dollar. Vielleicht würde sie auch dreißig oder sogar vierzig fertigbringen. Wenn sie jeden Tag arbeitete, würde das 14 bis 28 Dollar pro Woche bedeuten. Bei Gertz hatte sie nur 18 Dollar die Woche verdient und außerdem auch noch Unkosten gehabt, Fahrgeld, Strümpfe – ein echtes Problem jetzt während des Krieges –, und sie hatte sich zwei anständige schwarze Kleider kaufen müssen. Bei dieser Arbeit würde sie überhaupt keine Unkosten haben.

Ein paar Tage darauf fuhr der alte Mr. Gwyn in seinem Cadillac bei Belle vor und klingelte an der Tür. Er hatte zwei große Kartons bei sich, einen mit Organdy, den anderen mit Rüschenborte. Er nahm dankend an, als Belle ihm eine Tasse Kaffee und ein wenig Gebäck aus der Bäckerei anbot. Er war ein Mann in den Siebzigern, wohlbeleibt, aber mit gepflegten Händen, und er hatte feines weißes Haar und ein zufriedenes Gesicht. Er war zum dritten Mal verheiratet und wohnte in einem prächtigen Haus am Wasser in Long Beach. Er sagte, er habe einen guten Eindruck von Mrs. Stevens und sei sich sicher, sie würde gute Arbeit leisten. Das sei nicht bei allen Frauen, die er beschäftigt hatte, der Fall gewesen. Eine Polakin in Freeport zum Beispiel habe einmal einen ganzen Ballen Organdy durch schlampiges Zuschneiden vergeudet. Mrs. Stevens sei aber eine intelligente Frau, das sehe er sofort, und würde ihre Arbeit gut machen.

Belle wollte vermeiden, daß sich ihre Arbeit herumsprach. Anastasia und Joy brachten oft Freundinnen mit nach Hause, und sie wollte nicht, daß sie sich schämten. Sie brachte daher die Nähmaschine nach oben in ihr Schlafzimmer und richtete sich dort ihre Nähwerkstatt ein. Sie schnitt den Organdy auf dem Teppich zu, wobei sie sorgfältig aufpaßte, daß er nicht staubig wurde. Sie schnitt gleich hundert Häubchen auf einmal zu. Dann nähte sie die Rüschen an. Diese beiden Arbeitsgänge nahmen mehrere Tage in Anspruch. Anschließend machte sie sich an das Fälteln. Das war der zeitaufwendigste Teil.

Sie stand immer um sieben auf, um Ed zum Bahnhof zu bringen.

Wieder zu Hause, nahm sie ihr Frühstück aus Kaffee und Toast zu sich und weckte die Mädchen, die nicht mehr frühstücken wollten. Die Hausarbeit hatte sie um zehn fertig, außer an Waschtagen. Das kleine Radio stand jetzt in ihrem Schlafzimmer, und jeden Vormittag, bis auf den Montag, ging sie nach oben, um Häubchen zu nähen. Ihr Zimmer war hell und luftig, und sie konnte aus dem Fenster auf die Straße hinuntersehen, so daß sie genau mitbekam, wann Mrs. Brand mit ihrem Auto, das fast so alt war wie das von Ed, davonfuhr und Mrs. O'Neill Besuch von ihrer Schwester bekam, und sie konnte beobachten, wie Ann Gwyn auf dem Weg zum Einkaufen langsam vorbeifuhr, fast so nervös hinter dem Steuer wie Belle selbst.

Joy kam jeden Tag zum Mittagessen nach Hause, und um Viertel vor zwölf ging Belle nach unten, um ihr eine Kleinigkeit zu kochen. Sie selbst aß ein wenig Rührei auf Toast, während Joy ihre Mittagsmahlzeit verspeiste und munter plappernd von ihren kleinen Klassenkameradinnen erzählte. Sie war so ein fröhliches Kind, die Kleine, so nichtsahnend, was Belles Probleme anbelangte, so glücklich in ihrer eigenen kleinen Welt. Ihr diese zwanzig Minuten zuzuhören, erfrischte Belle. Dann zog Joy wieder davon, und Belle wusch das Geschirr ab und ging wieder nach oben in ihr Schlafzimmer, ihre Werkstatt. In Abständen, alle paar Wochen, lud sie Ann Gwyn ein, auf ein Täßchen Kaffee herüberzukommen, oder sie trafen sich bei Ann. Sie saßen ein Stündchen am Nachmittag zusammen und unterhielten sich, immer sehr förmlich und höflich. Belle fand, daß Ann eine sehr intelligente Frau war. Und im Frühling lernte sie dann auch ihre Nachbarin auf der anderen Seite ein wenig näher kennen. Mildred Bradshaw war viel älter als Belle und Rektorin einer Schule in der Bronx gewesen. Sie hatte nach ihrer Pensionierung geheiratet, einen Mann, der noch älter war als sie, und führte ein sehr geruhsames Leben. Mildred war ebenfalls sehr gescheit. Belle fühlte sich durch die Freundschaft dieser beiden Frauen geehrt.

Dennoch war ihr Leben eine einzige unablässige Plackerei. Eds Leben auch, aber er arbeitete wenigstens mit anderen Männern zusammen, konnte mit ihnen gemeinsam seinen Kaffee trinken, sich anhören, was sie zu klatschen und zu tratschen hatten und wo sie der Schuh drückte. Sie mußte sich die ganze Zeit selbst antreiben, damit sie zweihundert Hauben in der Woche schaffte und dazu noch den Haushalt, das Einkaufen, Kochen, Waschen und Bügeln, was ja alles immer wieder gemacht werden mußte, jeden Tag, jede Woche. Sie bekam mit, wie Ed sich grummelnd darüber beschwerte, daß Staub auf dem Klavier lag – aber sein Groll galt den Kindern. Natürlich war es eigentlich die Aufgabe der Mädchen, das Klavier abzustauben, aber es widerstrebte ihr, die ganze Zeit hinter ihnen her zu sein. Sie waren jung und wollten mit ihren Freundinnen und Freunden zusammensein. Sie sollten nicht so eine Kindheit haben wie sie. Sie hatte kochen und ein Kleinkind hüten müssen, noch ehe sie zehn Jahre alt gewesen war. Mochten sie ruhig noch eine Weile ihre Freiheit genießen. Es würde schon alles noch früh genug über sie kommen.

Die 20 Dollar die Woche, die sie verdiente, machten es leichter, die Rechnungen zu bezahlen. Außerdem versuchte sie, noch jede Woche einen oder zwei Dollar in einen Umschlag zu stecken, den sie unter der kleinen seitlichen Handschuhschublade der Kommode versteckt hatte und auf dem in ihrer Handschrift stand: «College Anastasia». Aber als sie jetzt wieder eine Dollarnote in ihrem Geheimversteck deponieren wollte, stockte ihr das Herz. Es waren 60 Dollar darin gewesen. Jetzt waren nur noch 30 da. Ed hatte das Geld genommen. Ohne sie auch nur zu fragen. Er hatte es ihr nicht einmal gesagt. Aber sie verstand. Sie würde ihn nicht demütigen, indem sie ihn darauf ansprach. Sie wußte, er hatte es gebraucht, weil er jetzt die Rechnungen bezahlte, nicht sie. Sie spürte, wie eine Woge von Mitleid in ihr aufwallte, als sie sich vorstellte, wie er sich dabei geschämt haben mußte, es einfach so zu nehmen.

Belle dachte nicht mehr daran, neue Möbel zu kaufen. Sie dachte nicht einmal daran, sich eine dieser neuen Waschmaschinen zuzulegen, die man nicht mehr extra mit einem Schlauch füllen und entleeren mußte. Selbst Anastasias Studium schien jetzt ein unerschwinglicher Luxus. Ihre ganzen Bemühungen richteten sich allein darauf, das Haus zu behalten. Und sie *würden* es behalten.

3 Tag um Tag sitzt sie da. Ich komme an ihr vorbei, wenn ich nach der Schule nach oben und wieder hinunter gehe. Das Kaufhaus hat uns nach Weihnachten allen den Laufpaß gegeben. In letzter Zeit geht es ihr wieder schlechter. Sie ist ein dunkler Schatten vor

dem bleichen, grauen Februarlicht, das schon um vier Uhr zu schwinden beginnt. Sie beugt sich über die Arbeit, die sie in den Händen hält und die von ihrer kleinen Lampe beschienen wird, während sie selbst außerhalb des Lichtkegels sitzt. Rings um sie herum türmen sich Berge von weißen Hauben.

Auf dem Frisiertischchen neben ihr liegt ein kleiner Block und ein Bleistift, und vor ein paar Tagen habe ich, als ich einen Blick darauf warf, hastig hingekritzelte Zahlenkolonnen auf dem Papier gesehen. Mir wurde schlagartig klar, womit sie sich während ihrer einsamen Sklavenarbeit beschäftigt: Sie plant und kalkuliert und träumt. Sie bezahlt Rechnungen, sie kauft sich eine Waschmaschine, sie schickt mich aufs College. Sie kauft sich etwas Hübsches zum Anziehen und sieht sich im Geist in die Welt hinausspazieren, wo die Leute sich nach ihr umdrehen und ihr nachschauen – was für eine gutaussehende Frau! Gibt es in ihren Tagträumen auch einen Mann? Einen, der ihr sehr nah ist, oder einen mehr auf Distanz? Träumt sie von Liebesaffären oder nur von Bewunderung?

Ein Gefühl der Traurigkeit über ihr Leben stieg mir die Kehle empor, hart und schmerzhaft wie ein Pfirsichkern, und ich konnte nicht mehr schlucken. Sie wußte nicht, wie sehr sie litt, sie erinnert sich bis heute nur daran, daß sie dankbar war, weil sie einen Weg gefunden hatte, das Haus zu behalten. Also fühlte ich ihr Leiden für sie. Und zugleich machte es mir mein eigenes Leiden bewußt, denn was fing ich schon anderes mit meinem Leben an als zu träumen, genau wie sie? Die ganze Nacht, bis der Morgen dämmerte, lag ich auf meinem einsamen Lager und verlor mich in meinen Phantasien. Die Jungen waren alle verschossen in mich, die Mädchen hatten mich gern, ich war beliebt und perfekt, Chefredakteurin der Schülerzeitung, der Star der Schulaufführung, ich war hübsch und gut angezogen, und die Mädchen kamen zu mir, um mich zu fragen, wo ich meine Röcke kaufte. Eine Welle von Ekel folgte dem Klumpen in meinem Hals, und ich ging in mein Zimmer und setzte mich ans Fenster. Ich zündete mir eine Zigarette an, die ich aus Mutters Zigarettenpaket unten in der Küche stibitzt hatte. Ich starrte hinaus auf die verlassene Straße, die kahlen Bäume, eine Landschaft aus Nichts und Leere in der Februardämmerung. Ich wünschte mir so sehnsüchtig, etwas anders zu tun als nur zu träumen, aber wie? Wenn mir nirgendwo Befriedigung zuteil wurde, wenn ich weder beliebt noch talentiert war und nur schäbige Kleider hatte, immer wieder die gleichen drei Röcke, tagein, tagaus…

Keine Perspektive. Für mich nicht, für sie nicht, für uns alle nicht. Immer nur das schiere Überleben, während die Welt außerhalb dieses Hauses, jenseits dieser Straße strahlend hell schien, voller wunderbarer Dinge, die hinter den Doppelfenstern geschahen.

Auf meinem zweieinhalb Kilometer langen Heimweg von der Schule stellte ich mir oft vor, wie die jetzt schummrig erleuchteten Häuser in hellem Licht erstrahlten, wie darin gefeiert wurde, wie hinter den Glasscheiben Menschen geistreiche Dinge sagten, lachten, fröhlich plauderten, während ich von alldem ausgeschlossen war. Ich hatte nie dergleichen zu Gesicht bekommen, war aber überzeugt davon, daß es sich so abspielte, vielleicht spätabends, wenn ich zu Hause in meinem Zimmer war, auf meinem Bett lag und ein dickes Buch nach dem anderen las, dann meine Lektüre zuklappte, mich hinlegte, die Augen schloß und träumte…

Genau wie sie. In letzter Zeit geht es ihr gar nicht gut. Sofern man bei ihr überhaupt Hochs und Tiefs ausmachen kann. Das ist schwer. Sie ist immer unglücklich. Aber manchmal ist sie noch unglücklicher als sonst. Sie leidet schrecklich, man sieht es ihr an. So als ob sie nicht sterben will, aber auch nicht leben kann und in einem Zwischenstadium dahinvegetiert, jenseits aller Wünsche, ja sogar ihrer eigenen Person entrückt. *Warum ist sie so?*

Was ist denn daran so erstaunlich? Guck dir doch ihr Leben an.

Und trotzdem: Warum nimmt sie es so schwer? Zur Zeit zieht sie sich kaum noch richtig an, sie läuft den ganzen Tag in einer alten Baumwollkittelschürze und Pantoffeln herum, bis es Zeit ist, ihn am Bahnhof abzuholen, und selbst dann zieht sie nur Schuhe an und einen Mantel über. Und an den meisten Abenden macht er Überstunden, und sie holt ihn überhaupt nicht ab. Sie hat Angst, im Dunkeln Auto zu fahren. Er nimmt dann am Bahnhof den Bus und geht das lange, dunkle, kalte Stück von der Haltestelle bis nach Hause zu Fuß. Kein anderer Mann in diesem Viertel tut das. Nur Kinder und Dienstboten fahren hier mit dem Bus. Kein Mann geht zu Fuß von der Haltestelle nach Hause. Ihm scheint es gar nichts auszumachen. Wahrscheinlich fällt ihm noch nicht einmal auf, daß er der einzige ist, und vielleicht würde es ihn auch dann nicht kümmern, wenn es ihm bewußt wäre. Nichts wahrnehmen, nie etwas merken: seine Rettung. Blindheit.

Aber wie sie mit ihm redet! Und er nimmt es einfach hin. Verachtung, geringschätzig hingespuckte Bemerkungen, nur die unvermeidlichsten. Bemerkt er das denn nicht? Er mit seiner ewig eifrigen, zuvorkommenden Art. Es macht mich rasend, ich möchte schreien, ich liege im Bett und trete mit den Füßen gegen die Bettdecke, immer wieder, und weine leise tief in der Kehle, damit niemand es hört. Ich will, daß er etwas *tut,* ich will, daß er endlich aufsteht und etwas *tut!* Wenn er doch nur einen Standpunkt vertreten würde, wäre sie vielleicht anders... Ich weiß, ihr Leben ist schwer, aber ist es denn wirklich tragisch? Das Tragische daran ist die Vergeudung des Lebens, das ewige Träumen, so wie bei mir...

Himmel noch mal, warum sucht sie sich nicht eine Arbeit irgendwo außer Haus! Sie würde mehr verdienen. Gut, sie sagt, sie müßte auch wieder mehr ausgeben für Benzin und Kleider und all solche Dinge, aber zumindest käme sie aus dem Haus, unter Menschen, und vielleicht würde sie sogar einen oder zwei Menschen finden, mit denen sie sich anfreunden könnte. Obwohl sie bei Gertz auch keine einzige Freundschaft geschlossen hat. Und in South Ozone Park auch nicht. Elvira, die immer noch ihre einzige wirkliche Freundin ist, kommt alle drei, vier Monate einmal zum Mittagessen; Mutter fährt zu ihr. Nach Elmhurst. Mit dem Zug. Hat Angst vor dem Autofahren. Hockt immer nur zusammengesunken da wie eine Invalidin, eine Sterbende. Liegt bei geschlossenen Fensterläden in ihrem Zimmer, mit einem Tuch auf den Augen, sagt, sie habe Kopfschmerzen. Tagelang. Schuftet dann abends bis zum Schlafengehen oben vor sich hin, um die verlorene Zeit wieder wettzumachen. Joy ist auf ihrem Zimmer, ich bin beim Babysitten. Geredet wird nicht.

Wie ich mich danach sehne, aus diesem Haus wegzukommen.

Belle fühlte sich besser, nachdem sie Weihnachten hinter sich hatte – so ein erbärmliches Weihnachten für die Mädchen. Es mußte etwas geschehen, sie mußten mehr Geld auftreiben, aber Eds Chef hielt ja große Stücke auf Ed, und vielleicht gab es bald einmal eine kräftige Lohnerhöhung. Was ihr am meisten Sorgen machte, war das Geld für Anastasias College. Es mußte etwas passieren. Ed machte immer noch fast jeden Abend Überstunden, aber er meinte wohl, daß bald weniger los wäre, der Krieg zu Ende und sie keine Torpedoteile mehr bauen würden und es mit den Überstunden dann vorbei wäre. Und was dann? Sie mußten ihm den Lohn erhöhen.

Sie liebte die Zeit am Morgen. Ed stand früh auf, um sechs Uhr, und dann machte er sich sein Frühstück und Kaffee für sie beide. Er weckte sie um halb sieben, und sie zog sich dann eine Kittelschürze, Schuhe und Strümpfe an, um ihn zum Bahnhof zu begleiten, wo er den Zug nach Long Island City um 6.54 Uhr nehmen mußte. Wenn sie wieder heimkam, pflegte sie sich erst einmal hinzusetzen und eine Tasse Kaffee zu trinken, um danach ein paar Orangen für sich und die Mädchen auszupressen. Sie weckte die beiden um halb acht, aber Anastasia kam nie aus den Federn. Die Mädchen frühstückten inzwischen nicht mehr richtig, höchstens noch ein Stückchen Gebäck. Anastasia war immer spät dran und aß fast nie etwas. Aber Belle bestand darauf, daß sie wenigstens Orangensaft tranken.

Nachdem die Mädchen aus dem Haus waren, brachte sie zuerst die Küche in Ordnung, um dann nach oben zu gehen und die Betten zu machen. Die Betten der Mädchen ließ sie liegen, dafür waren sie selbst zuständig, aber natürlich machten sie sie oft genug nicht. Wenn sie Besuch erwartete, bearbeitete sie die Mädchen so lange, bis sie aufräumten. Sonst waren ihre Zimmer ein einziges Chaos, mit Kleidern, die überall herumlagen, und ungemachten Betten. Anastasia brauchte dringend einen Schreibtisch. Die ausklappbare Schreibplatte in ihrem Schrank reichte nicht mehr aus für ihre vielen Bücher und Papiere. Vielleicht nächstes Weihnachten. Aber wohl eher nicht. Dieses Jahr war das Weihnachtsfest für sie alle so mager ausgefallen. Aber daran war nichts zu ändern.

Wenn sie mit dem Haushalt soweit war, ging sie wieder nach unten, wo sie sich einen frischen Kaffee aufgoß und sich in dem stillen Haus erst einmal ein wenig streckte und durch die Scheiben hinaus auf die Vorgärten und die breite Straße schaute. Selbst jetzt, Ende Januar, gab es draußen noch das Grün der Kiefern und Fichten hinten an ihrer Grundstücksgrenze. Und Licht. Die Nachbarhäuser standen auf beiden Seiten ziemlich dicht bei ihrem Haus, aber nach vorn und hinten hinaus war so viel Raum, daß auch ihre Seele sich recken und strecken konnte. Sie liebte ihr Haus. Wenn der Kaffee fertig war, goß sie sich eine Tasse ein, die sie dann zusammen mit ihren Zigaretten mit in das Verandazimmer nahm, ihr Lieblingsaufenthaltsort.

Dieses Haus, dieses Viertel waren sogar noch schöner als das Haus aus braunem Sandstein, das sie vor vielen Jahren aus dem

Straßenbahnfenster gesehen hatte. Sie schaute aus dem großen vorderen Fenster. So hübsche Häuser säumten diese Straße, und den O'Neills gehörte auch noch das Grundstück neben ihrem Haus, so daß dort ein freier Platz blieb, der den ganzen Frühling und Sommer und Herbst über grün war. Es war schon sonderbar, daß die vielen O'Neill-Kinder dort nie spielten und die Eltern dort auch keinen Garten anlegten. Sie überließen das Grundstück einfach sich selbst. Natürlich hatte Mrs. O'Neill alle Hände voll zu tun mit so vielen Kindern, und der Mann... nun ja, er ließ es sich gern gutgehen, das sah man. Sie lugte durch den Vorhang und verfolgte, wie Mrs. Brands Wagen die Ausfahrt verließ. Sie fährt einkaufen. Sie geht schon frühmorgens los. Belle zog es vor, die Einkäufe am späten Nachmittag zu erledigen, wenn sie eine Arbeitspause nötig hatte. Ach ja, hier saß niemand je draußen auf der Vordertreppe wie damals das kleine Mädchen im rosa Kleid. Noch nicht einmal die Kinder. Und auf den Gehwegen ging auch nie jemand, höchstens einmal ein Kind auf dem Heimweg von der Schule. Selbst die Hausangestellten, die in den großen Häusern weiter die Straße hinauf arbeiteten, wurden mit dem Wagen oder dem Taxi abgeholt und nach Hause gefahren. Wenn sie da an die Straßen ihrer Kindheit dachte...

Eine dunkle Gestalt mit einer schweren Ledertasche um die Schulter erschien jetzt auf dem Gehweg, und Belle wurde warm ums Herz. Der Briefträger, immer pünktlich, Schlag neun Uhr, so ein netter Mann. Er steckte die Post durch einen Schlitz in der Tür, so daß sie nicht einmal aufmachen und sich der Kälte aussetzen mußte. Und außerdem hatte ihr Haus einen kleinen Windfang, so daß sie, wenn sie die Wohnzimmertür zumachte, jede Zugluft von der Vordertür her aussperren konnte. Es war ein sehr gut gebautes Haus. Belle stand auf. Sie freute sich immer auf die Post.

Gewöhnlich kamen immer nur Werbedrucksachen und Rechnungen, aber sie las alles mit Interesse durch. Sie bückte sich, um einen Prospekt von Goodyear aufzuheben und einen weiteren vom A&P-Markt – sie waren früh dran diese Woche, gewöhnlich schickten die Lebensmittel-Supermärkte ihre Prospekte erst mittwochs – und ihren Bankauszug. Letzteren nahm sie voller Stolz an sich. Sie hatten ein Girokonto eröffnet. So etwas hatten sie noch nie gehabt. Jahrelang war Belle immer mit dem Bus nach Jamaica hineingefahren und selbst zu der Elektrizitäts- und der Telefongesellschaft hingegangen, um ihre Rechnungen bar zu bezahlen. Aber jetzt kamen immer alle möglichen Rechnungen. Irgendwie gab es ihr ein Gefühl des Reichtums, daß sie jetzt ein Girokonto hatten. Arme Leute hatten kein Girokonto, jedenfalls hatten alle die, die sie gekannt hatte, keins gehabt.

Sie beschloß, sich noch einmal Kaffee nachzuschenken, ehe sie sich niederließ und ihren Schätzen zuwandte. Dann setzte sie sich, um sich zunächst eine Zigarette anzuzünden und ihre Lesebrille aufzusetzen. Den Bankauszug würde sie sich bis zuletzt aufheben. Sie öffnete das Werbeschreiben von Goodyear und studierte es aufmerksam. Es gab verbilligte Reifen. Vielleicht brauchte Ed ja neue Reifen. Sie studierte auch noch den Rest des Faltblatts, aber sonst gab es nichts, was sie brauchen konnte. Sie würde den Prospekt trotzdem aufheben, damit Ed ihn sich ansehen konnte. Er sah auch immer gern die Post durch, und vielleicht brauchte er neue Reifen. Sie legte das Faltblatt auf die Sitzfläche des Sofas ihr gegenüber: Sie hatten auch in diesem Raum keinen Tisch. Als nächstes entfaltete sie den Prospekt von A&P.

Lammkeulen waren diese Woche im Sonderangebot, das Pfund für nur 19 Cent. Sie hatten schon lange keine Lammkeule mehr gegessen. Das Wasser begann ihr im Mund zusammenzulaufen, während sie darüber nachdachte. Sie konnte vielleicht, damit es nicht so teuer war, nur eine halbe Keule kaufen und sie so strecken, daß es trotzdem für zweimal reichte. Sie würde Sauce dazu machen und die Reste darin aufwärmen. Das schmeckte gut. Hackfleisch kostete 15 Cent das Pfund und Huhn ebenso. Vielleicht konnte sie einen Hackbraten machen. Ein – zwei – drei – vier – bestimmt konnte sie aus dem Hackbraten auch zwei Mahlzeiten machen – fünf, wenn sie ein Huhn kaufte. Die beiden restlichen Mahlzeiten – vielleicht einen Abend einfach fleischloses Essen, Rahmspinat und verlorene Eier und Bratkartoffeln. Und dann... Nun ja, sie würde erst einmal abwarten, wie sie mit dem Geld hinkam. Außerdem würden morgen noch mehr Prospekte kommen, und vielleicht gab es ja anderswo noch etwas Günstigeres. Sie legte den A&P-Prospekt sorgsam auf das Sofa.

Zu guter Letzt nahm sie den Bankauszug und schlitzte den Umschlag mit ihrem kräftigen Fingernagel auf. Sie überflog die Buchungen: die Darlehensrate, Gas und Strom, Öl, Telefon, Dr. Hartley, der Zahnarzt, Lord & Taylor... Lord & Taylor? Lord & Taylor

25 Dollar. Ein Irrtum. Sie konnte es sich gar nicht leisten, bei Lord & Taylor einzukaufen, nie ging sie dorthin. Sie wühlte mit zitternden Händen in den Belegen. Da war es. Scheck Nr. 17 Lord & Taylor, 15.12.44. Ausgestellt durch: E. C. Stevens. E. C. Stevens. Das war nicht möglich. E. C. Stevens. Es war so.

Belle legte den Auszug auf dem Fußschemel ab; einige der Belege flatterten zu Boden, aber sie nahm es gar nicht wahr. 15.12.44, Lord & Taylor, 25 Dollar, E. C. Stevens. Sie zog paffend an ihrer Zigarette, aber sie war ausgegangen. Das Paket war leer. Sie stand auf. Sie ging in die Küche, warf die verknautschte Zigarettenpakkung weg und suchte nach einer neuen. Sie fand eine, riß sie auf und zog eine Zigarette heraus. Sie zerbrach ihr unter den Fingern, und die Tränen schossen ihr in die Augen. Sie nahm eine neue Zigarette heraus und zündete sie an. Sie zog den Rauch tief ein. Tiefe Furchen zeichneten sich auf ihrem Gesicht ab, während sie rauchte.

Dann stieg sie müde die Treppe zu ihrem Zimmer hinauf, setzte sich auf ihren Stuhl, nahm sich ein noch unbearbeitetes Häubchen vor und begann es zu fälteln, wobei sie mit hartem Fingerdruck eine Falte nach der anderen kniffte, einmal ganz ringsherum. Sie legte die fertige Haube weg und nahm sich eine neue. Sie würde zehn Stück fälteln und dann ein paar neue Hauben zuschneiden. Sie wechselte immer gern zwischen den einzelnen Arbeitsgängen hin und her, dann war es weniger langweilig. Aber während sie arbeitete, legte sich ihr Gesicht in tiefe, traurige Falten, und ihr Unterkiefer sank herunter. Ed würde an diesem Abend länger arbeiten, hatte er ihr gesagt. Ja, das hatte er ihr gesagt. Sie arbeitete weiter. Die Mädchen kamen herein, aber sie nahm es kaum wahr. Sie hörte, wie sie ihre Begrüßung erwiderte, aber aus weiter Ferne. Das Geld, das sie mit diesem Schwung Hauben verdiente – es würde mehr sein diese Woche, sie würde pausenlos arbeiten und dreihundert Stück schaffen. Sie hatte 40 Dollar unter der Schublade, 30 würden dazukommen: 70 Dollar. Das würde für's erste reichen.

Sie machte schweigend Abendbrot, die Mädchen waren – nun, sie waren immer mit ihren eigenen Sachen beschäftigt, aber sie halfen, das war gut: Anastasia spülte, Joy trocknete ab. Sie konnte nach oben gehen und noch ein paar Hauben machen. Sie legte ein Schweinekotelett und etwas Kartoffelbrei und Bohnen beiseite auf einen großen Kuchenteller, den sie im Ofen warm stellte. Die Apfelsauce stellte sie zurück in den Kühlschrank, er konnte sich selbst davon nehmen, falls er welche wollte. Anastasia wollte babysitten gehen. Joy hatte noch Hausaufgaben zu machen. Sie hörte kaum, was sie sagten. Sie ging wieder nach oben.

Sie hörte ihn heimkommen; es war fast zwölf. Sie hatte aufgehört zu arbeiten und sich ihr Nachthemd und ihren Morgenrock angezogen und war nach unten gegangen, um sich in das Verandazimmer zu setzen. Sie hatte nur das Licht über der Haustür brennenlassen. Er kam herein, lächelnd wie immer: «Hallo, Belle», die übliche Umarmung, aber sie entzog sich ihm, wich seiner Berührung aus. Sie ging mit versteinerter Miene in die Küche und stellte ihm sein Essen hin. Sie fragte ihn, ob er Apfelsauce wolle. Er wollte. Er setzte sich hin und aß; sie ging wieder auf die Veranda und rauchte. Als er fertig gegessen hatte, kam er dazu und setzte sich ihr gegenüber.

«Ich gehe», sagte sie.

Ein Weihnachtsgeschenk. Er hatte ihr ein Weihnachtsgeschenk gekauft. Es ging also weiter, trotz seiner Versprechungen. Nie in den fast sechzehn Jahren, die sie jetzt verheiratet waren, hatte Belle von ihm ein Weihnachtsgeschenk, ein Geburtstagsgeschenk oder irgendein anderes Geschenk bekommen, aber für die andere hatte er etwas gekauft. Und bezahlt hatte er es mit einem Scheck! Wo er doch genau wußte, daß sie die Kontoauszüge kontrollierte! WAS WAR IN IHN GEFAHREN?

Und für sie nie ein Geschenk. Doch, einmal am Valenstinstag, noch ehe sie wußten, daß sie schwanger war, vielleicht auch bevor sie überhaupt schwanger war, hatte er ihr eine Schachtel Pralinen gekauft. Danach nichts mehr.

Dieselbe oder eine neue? War sie mit ihm zu der neuen Firma übergewechselt? Wie hieß sie noch? Irene. Ein hübsches Püppchen. Inzwischen auch schon älter. Immer noch alleinstehend. Wartete sie auf ihn? Sie konnte ihn haben!

Ach, mein Haus! Ach, meine ganzen dummen, lächerlichen Träume! Wozu rackere ich mich überhaupt ab? Ich hocke da oben und schinde mir die Finger blutig mit diesen verdammten Hauben, und er nimmt sich das Geld, um ihr ein Weihnachtsgeschenk zu kaufen! Mir hat er keins gekauft! Und für die Mädchen hat er kaum etwas aufgetrieben! Was ist nur in ihn gefahren?

Weg, weg, weg! Sie mußte weg, mußte gehen, sie alle miteinander sitzenlassen, sie alle, die sich an ihren Schürzenzipfel hängten, ihre Energien aufzehrten, ihre Substanz, und nichts dafür zurückgaben, immer nur nahmen, nahmen, nahmen. Verwöhnt, alle miteinander. Weg hier, mochten sie selbst sehen, wie sie zu Rande kamen, sie hatte die Nase voll, Schluß, sie konnte jetzt gehen und sich Arbeit suchen und eine eigene kleine Wohnung irgendwo, ein neues Leben anfangen. Schluß, aus.

«Ich gehe», sagte sie in den dunklen Raum hinein, und Rauch ringelte sich über ihrem Kopf empor.

«Aber warum denn, Belle?» fragte er, und seine Stimme klang aufrichtig erstaunt.

Sie lag da, und die Dielen drückten durch das Fleisch auf ihre Knochen, bis sie schmerzten. Sie lauschte dem Schweigen und wartete. Ein böser Streit, das merkte sie, auch wenn sie nicht viel hören konnte. Dad, wie er auf sie einsprach. Leise, nur wenige Sätze. Ihr Schweigen. Scheidung. Sie reden von Scheidung.

Anastasia regte ihren Körper ein wenig. Die harten Dielen des Treppenabsatzes knarrten manchmal, und sie wollte nicht, daß ihre Eltern sie bemerkten. Warum nicht? Scheidung, sie reden darüber. Am besten sollte sie hinunterrennen und schreien, sie laut anschreien: «Laßt euch doch scheiden, tut es doch! Tut es doch! Alles, egal was, wenn es nur etwas ändert, alles ist besser als das, was jetzt ist!» Sie dachte darüber nach. Sie würde hinunterlaufen und laut brüllen. Das letzte Mal, als sie so etwas getan hatte, war Mutter sehr böse geworden und hatte sie geschlagen. Es war ihr egal, wenn sie sie schlug. Sie würde es trotzdem tun. Sie konnte nicht hören, was sie sagten. Nur Gemurmel. Das war schon die dritte Nacht. Jedenfalls die dritte Nacht, in der sie etwas mitbekommen hatte. Der Himmel mochte wissen, wie lange es schon so ging. Worum ging es?

Letzte Woche, Mutters Geburtstag, ich hatte seit Weihnachten mein ganzes Geld vom Babysitten gespart, um ihr diese Brieftasche zu kaufen, und sie hat sie kaum angesehen. Es war, als hätte ich ihr überhaupt nichts geschenkt. Sie haßt uns. Früher habe ich immer gedacht, sie liebt Joy, aber das stimmt nicht, sie liebt niemanden, sie haßt uns alle.

Ich werde nicht hinuntergehen. Was würde das schon nützen? Sie sollten sich scheiden lassen. Ich wünschte, ich könnte noch beten, dann würde ich darum beten, daß sie sich scheiden lassen. Vielleicht tun sie es ja. Dann gehen wir hier weg. Dad wird bestimmt eine

Freundin finden, er wird es verkraften. Wir werden in eine Etagenwohnung ziehen, wir werden arm sein, aber vielleicht ist sie dann nicht die ganze Zeit so unglücklich. Ich werde arbeiten. Ich werde abends studieren. Ich werde mich um sie kümmern. Vielleicht kann sie das ja ein bißchen glücklicher machen. Die Spannung wird aufhören. Wir könnten wieder nach Jamaica ziehen, ich käme dann leichter einmal heraus, dort gibt es Busse und Bahnen, o Gott, bitte mach, daß sie sich scheiden lassen, ich halte es nicht mehr aus...

«Ich hatte meinen Koffer schon gepackt», sagte Belle mit undeutlicher, ferner Stimme. «Ich war fix und fertig gerüstet, um wegzugehen. Ich hätte gehen können, ich hätte bestimmt eine Möglichkeit gefunden, mich über Wasser zu halten. Ich war mit vierzig immer noch ganz vorzeigbar. Es war kein Problem, Arbeit und ein Zimmer irgendwo zu finden. Ich hatte 70 Dollar. Ich hatte es nicht nötig, mich so abzurackern, zu Tode zu arbeiten, für nichts und wieder nichts.»

Sie nippte an ihrem Drink, paffte an ihrer Zigarette. Sie sah mich nicht an.

«Aber ich konnte euch Mädchen nicht zurücklassen. Wer hätte sich um euch kümmern sollen? Joy war noch ein Kind, erst elf, und immer noch nicht die robusteste. Daß er sich nicht um euch kümmern würde, war mir klar. Wahrscheinlich wäre er einfach zu ihr gegangen, wo sie auch wohnte, und hätte euch im Stich gelassen. Deshalb mußte ich bleiben.»

Sie stand wackelig auf.

«Was ist? Möchtest du noch etwas zu trinken?» Sie nickte. «Ich hol dir was», sagte ich, während ich nach ihrem Glas griff.

«Ach, bist du so lieb, Anastasia? Danke», sagte sie erleichtert, als hätte ich ihr eine schwere Mühsal erspart. Sie setzte sich wieder hin und wartete, bis ich mit zwei frisch gefüllten Gläsern zurückkam. Wir tranken. Sie schwieg. Ich wußte, sie würde nicht weitersprechen, wenn ich nicht anfing.

«Aber was hast du ihm gegenüber empfunden?»

«Ich kam nicht darüber weg.» Sie nahm einen Schluck und behielt den Scotch eine Weile im Mund. Ich folgte ihrem Beispiel. Ich schluckte erst, nachdem sie geschluckt hatte.

«Er hatte mir ja erzählt, er hätte mit ihr Schluß gemacht, aber in Wirklichkeit... Ich nehme an, als er zu Bunnell wechselte, hat er ihr dort auch eine Stelle organisiert, und sie hat sie angenommen. Vielleicht hat er sich die ganze Zeit immer mit ihr getroffen, ich weiß es nicht. Sie war Sekretärin, für sie war es kein Problem, eine Stelle zu finden ...»

«Was hatte er ihr denn gekauft?»

«Ein Nachthemd.» Ihr Mund verzerrte sich.

«Nachdem du damals dahintergekommen warst, daß er sie zum Essen ausführte, hat er angefangen, mit uns zum Essen auszugehen, erinnerst du dich?»

Sie erinnerte sich nicht.

«Ja, als wir damals auf der Suche nach einem Haus waren. Wir fuhren jeden Sonntag herum und aßen dann in einem netten Restaurant zu Abend.»

Sie zuckte mit den Achseln. «Wird wohl so gewesen sein.»

«Und Weihnachten darauf hat er dir zum ersten Mal etwas geschenkt. Erinnerst du dich daran?»

Neuerliches Achselzucken. «Wenn du es sagst.»

Im Herbst 1945, Anastasia war in ihrem Abschlußjahr an der High School, war ihr Inneres ein einziger emotionaler Wirrwarr, und sie wußte überhaupt nichts mehr. Sie konnte nicht aufs College gehen, aber sie wollte aufs College gehen, sie mußte einen Weg finden, aber sie schaffte es nicht, darüber nachzudenken, überhaupt über irgend etwas nachzudenken. Sie trieb sich mit ihren Freundinnen herum und kam dann nach Hause, um zu essen und abzuwaschen. Danach ging sie entweder wieder weg zum Babysitten oder nach oben in ihr Zimmer, um zu lesen. Wenn sie abends das Licht ausknipste, konnte sie nicht schlafen, und sie träumte vor sich hin. Sie stellte sich vor, daß sie in einem wunderschönen Haus lebte, mit ihren Eltern, die plötzlich wieder glücklich vereint waren, daß sie sich mit intelligenten, attraktiven Jungen traf, die sich auf der Stelle in sie verliebten. Sie hatte Verabredungen mit Jungen von der High School, aber die waren nicht so toll, weder besonders intelligent noch sexy, noch sonderlich amüsant, und sie wollten alle mit ihr herummachen. Sie wollte das nicht.

Sie bekam kaum mit, was um sie herum vorging. Wie ihr Vater immer bis spät abends arbeitete, ihre Mutter gekrümmt über ihren Hauben saß, Joy kam und ging. Die Spannung war nicht mehr ganz so schlimm wie Anfang des Jahres, aber sie war auch nicht verschwunden. Sie hatten sich nicht scheiden lassen. Dad hatte sich weiter mit der Frau getroffen, mit der er eine Liebschaft gehabt hatte, und Mutter hatte es herausbekommen, weil er wollte, daß sie es merkte, genau wie beim letzten Mal. So ein Feigling, er will, daß sie es erfährt, aber er rückt nicht geradewegs damit heraus, sondern richtet es indirekt und untergründig so ein, daß sie ihm auf die Schliche kommen muß. Dann fällt ihr der Schwarze Peter zu, den Streit vom Zaun zu brechen, und er kann schweigen. Und sie schweigt sowieso schon immer. Schweigen. Nichts als Schweigen.

Trotzdem tat es ihr weh, ihre Mutter so leiden zu sehen: Und obgleich sie das Geld, das sie den Sommer über verdient hatte, darauf verwandte, sich ihre notwendige Kleidung selbst zu kaufen, sparte sie doch noch so viel davon, daß sie im Herbst genug hatte, um ihrer Mutter ein wirklich schönes Weihnachtsgeschenk zu kaufen. Sie wollte etwas tun, um sie aufzuheitern. Sie hatte sich zuerst für ein Notizbuch entschieden und ging in das beste Geschäft von Hempstead, zu Franklin Simon, um eines auszuwählen. Sie erstand schließlich eine hübsche, schwarze Wildledertasche mit einem goldenen Bügel, groß genug, daß ihre sämtlichen Brillen, ihre Brieftasche, ihre Schlüssel, ihr Taschentuch und was sie sonst noch hatte, hineinpaßten. Es kostete 25 Dollar, ein wirklich teures Stück. Man bekam eine hübsche Tasche schon für 4 Dollar 95.

Mittlerweile gingen sie Heiligabend nicht mehr zu Jean und Eric, weil dort keine kleinen Kinder mehr im Haus waren, für die Weihnachtsmann gespielt werden mußte. Außerdem glaubte Anastasia, daß Mutter Jean in ihr neues Haus eingeladen hatte und Jean nicht gekommen war und Mutter deswegen böse auf sie war. Aber das waren nur Vermutungen. Sie hatte auch Geschenke für Daddy (einen Gürtel) und für Joy (einen feuerwehrroten Pyjama): Sie wußte, sie würde Kleider bekommen. Sonst würde ihr wahrscheinlich niemand etwas schenken. Von Jean und Eric bekam sie nur etwas, wenn sie sie zu Weihnachten besuchte, und Eddie und Martha kamen seit Grandmas Tod nicht mehr jede Weihnachten von Boston zu ihnen herunter. Dieses Jahr kamen sie nicht. Aber es kümmerte sie nicht weiter, was sie bekam: Sie war so gespannt und aufgeregt wegen der Tasche, die sie für Mommy gekauft hatte. Es war ein richtiges Erwachsenengeschenk, ein schönes Geschenk, eins, das ihr einfach gefallen mußte. Anastasia packte es sorgfältig ein.

Sie warteten mit dem Auspacken der Geschenke, bis sie am Weihnachtstag gefrühstückt und sich alle etwas Hübsches angezogen hatten. Den Baum hatten sie schon am Vorabend geschmückt. Aber als Anastasia sich bückte, um die Geschenke, die sie aus ihrem Versteck nach unten gebracht hatte, unter den Baum zu legen, bemerkte sie ein Paket mit Belles Namen darauf. Sie richtete sich jäh wieder auf: Daddy hatte Mommy ein Geschenk gekauft! Ihr Herz begann etwas schneller als sonst zu schlagen, und ihre Haut färbte sich rosig. Er hatte ihr ein Geschenk gekauft! Vielleicht würde sie ja dieses Jahr richtig glücklich sein! Anastasia stimmte ein freudiges Weihnachtslied an, und Joy fiel kichernd mit ein. Selbst Momma lächelte, als sie auf dem Sofa Platz nahm. Dad saß im Sessel auf der einen Seite des Kamins und Anastasia auf der anderen. Mutter meinte, Anastasia solle den Weihnachtsmann spielen, und sie freute sich sehr. Sie bückte sich und hob ein Geschenk für Joy und Joys Geschenk für Dad auf und übergab beiden ihre Pakete. Joy fand in ihrem einen College-Pullover und stieß einen entzückten Schrei aus. Er war pfirsichfarben. Sie besaß schon einen hellblauen, so daß sie jetzt reich war. Und Dad freute sich über die Socken, die Joy für ihn gekauft hatte – obwohl Mommy ihr, wie Anastasia wußte, das Geld dafür gegeben hatte, weil Joy noch zu klein war, um selbst etwas zu verdienen.

Dann bückte sich Anastasia, um das Geschenk aufzuheben, auf dem «Belle» stand. Es war sehr schwer. Sie ging quer durchs Zimmer und drückte es Mommy in die Hände, mit strahlenden Augen und vor Glück glühendem Gesicht.

«Oh, für mich?» sagte Mommy mit dünner Stimme. «Na so etwas.» Sie setzte ihre Brille auf und begann, das Einwickelpapier abzureißen. Sie hatte es erst halb ab, als sie plötzlich den Karton aufs Sofa schmiß und aufstand. Sie durchquerte das Wohnzimmer und stieg die Treppe hinauf. Sie ging in ihr Zimmer. Sie hörten, wie ihre Tür sich schloß.

Daddy, Joy und Anastasia saßen da, ohne einander anzusehen. Dann stand Daddy seufzend auf, um mit schwerem Schritt die Treppe hinaufzusteigen. Sie hörten ihn oben die Tür öffnen und sagen: «Belle, willst du nicht nach unten kommen, damit wir zusammen die übrigen Geschenke auspacken können?» Sie konnten nicht hören, was sie sagte, aber er schloß die Tür und kam wieder herunter.

«Sie fühlt sich nicht wohl», sagte er, er seufzte tief und schwer.

«Ach, je», seufzte er. Er ging aus dem Zimmer und wanderte durchs Haus und in den Keller.

Anastasia sprang auf, stürzte rasch zum Sofa und riß das restliche Einwickelpapier um Mutters Geschenk auf. Auf dem Karton war eine Aufschrift. Sie lautete: ELEKTRO-BÜGELEISEN.

«Ihr hat er also ein Nachthemd gekauft, und dir hat er im Jahr darauf ein Bügeleisen geschenkt. Du warst fuchsteufelswild.»

«Kann sein, Anastasia, ich weiß es nicht mehr.» Ihre Stimme klang jetzt langsam ärgerlich, und ich wußte, es war Zeit aufzuhören. Aber ich konnte nicht aufhören.

«Das war in dem Jahr, als ich gespart und gespart hatte, um dir die schöne schwarze Wildledertasche schenken zu können. Ich habe 25 Dollar dafür bezahlt», entsann ich mich.

«Tatsächlich? Das hättest du mir sagen müssen. Ich wußte nicht, daß es so eine kostbare Tasche war. Ich habe sie einfach für täglich benutzt.»

Sie öffnete das Geschenk erst spät am Abend. Sie lag den ganzen Tag über in ihrem Bett. Anastasia gab Joy ihr Päckchen zum Auspacken und packte ihre eigenen Geschenke aus – ein Paar Hosen und einen Pullover von Mom und Dad und eine Kunstperlenkette von Joy. Die beiden Schwestern sahen einander hilflos an. Joy ging zum Telefon und rief ein paar von ihren Freundinnen an. Keine konnte kommen, es war ja Weihnachten. Aber sie telefonierte mehrere Stunden. Anastasia sammelte das Geschenkpapier ein und ging nach oben in ihr Zimmer, um sich aufs Bett zu legen und zu lesen. Als das Licht zu schwinden begann, merkte sie, daß es gar kein Mittagessen gegeben hatte und sie hungrig war. Sie stand auf und klopfte bei ihrer Mutter an, aber die hörte sie nicht. Sie lag auf ihrem guten Ohr. Anastasia öffnete die Tür einen Spalt. Ihre Stimme war kühl.

«Soll ich schon anfangen, Essen zu machen?»

Ihre Mutter war ein dunkles Etwas im Bett; die Jalousien waren heruntergelassen, das Zimmer dämmrig. Der Klumpen rührte sich ein wenig. Eine schwache Stimme sagte: «Du kannst schon die Kartoffeln schälen und den Ofen auf 200 Grad stellen. Dann kannst du die Zwiebeln schälen und die Bohnen putzen. Ich komme gleich.»

Anastasia tat grimmig, wie ihr geheißen. Dann marschierte sie wieder nach oben.

«Und was soll ich jetzt machen?»

«Bitte Dad, die Rüben zu schneiden.»

«Dad ist in der Garage und arbeitet am Auto.»

Schweigen. «Ich komme.»

Als Weihnachtsessen gab es dieses Jahr ein Rippenstück, Kartoffelpüree, Zwiebel-Sahnesauce, Rübenpüree, grüne Bohnen mit gebräunten Semmelbröseln und selbsteingekochte Preiselbeeren. Als Nachtisch gab es Apfelkuchen, Cheddarkäse oder Vanilleeis nach Wahl. Für jemanden, der den Geschmack hätte wahrnehmen können, sicher ein köstliches Essen. Niemand sprach während der Mahlzeit, und auch anschließend beim Abräumen und Spülen fiel kein Wort. Als alles fertig war und ihre Mutter auf der dunklen Veranda saß, brachte Anastasia ihr das Geschenk.

«Oh danke, Anastasia», sagte Belle mit schwacher Stimme, wobei sie kaum richtig hinsah. «Das ist sehr hübsch.»

Diese kleine Geschichte hat trotz allem das, was man ein Happy-End nennt. Belle und Ed blieben zusammen. Er verirrte sich, soweit bekannt, nie wieder in andere als die ehelichen Betten. Betten, denn sobald etwas mehr Geld im Haus war, erwarb Belle zwei getrennte Zwillingsbetten, und sie weigerte sich fortan, selbst wenn sie bei anderen Leuten übernachteten, mit Ed in einem Doppelbett zu schlafen. Wenn nur ein Doppelbett vorhanden war, schlief Ed auf der Couch, weil Belle angeblich Schlafprobleme hatte. Und eine ganze Reihe von Jahren hindurch schenkte Ed Belle jedesmal etwas zu Weihnachten. Im Jahr nach dem oben geschilderten Weihnachtsfest bat er Anastasia, ihm dabei zu helfen: Er kenne Belles Geschmack nicht so gut, sagte er, aber sie wüßte, was ihr gefiel. Sie ging mit ihm zum besten Juweliergeschäft in der ganzen Stadt und wählte ein zierliches Silberarmband mit passenden Ohrringen aus. Als Belle am Weihnachtstag ihr Geschenk auspackte, sah sie zu Ed hinüber und sagte mit schneidender Stimme: «Das hast du Anastasia für dich aussuchen lassen.» Im nächsten Jahr versuchte er es allein. Ein Saks-Kaufhaus hatte in Garden City aufgemacht, und er kaufte ihr dort einen wunderschönen Handspiegel, vergoldet und mit einem prächtig verzierten Rahmen. Sie packte ihn aus, nahm ihn in die Hand und sah ihn an und legte ihn wieder hin. «Der hält nicht», sagte sie. «Der Griff wird abbrechen.» Der Spiegel wurde umgetauscht.

Aber dennoch, ihr Happy-End-Liebhaber, sie blieben zusammen. Wiegt das nicht alles auf? Sie wurden gemeinsam alt, sie sind immer noch zusammen. Sie besitzen, wenn sie sich die Mühe machen, sie auszugraben, gemeinsame Erinnerungen, die fast ein ganzes Menschenleben zurückreichen. Ed versucht inzwischen nicht mehr, ihr Geschenke zu kaufen: Schon seit Jahren überreicht er ihr einen Scheck über 100 Dollar, mit ein paar Taschentüchern zusammen eingepackt. Sie schenkt ihm etwas Größeres zum Anziehen – einen Mantel oder einen Anzug –, und sie gehen zusammen einkaufen, gewöhnlich nach Weihnachten, wenn alles herabgesetzt ist. Es ist mittlerweile nicht mehr möglich, einem von beiden etwas Sinnvolles zu schenken: Sie haben alles. Gleich noch ein Happy-End: Immigrantenfamilie schafft es schließlich in der zweiten Generation. Denn sie haben es alle geschafft, meine Eltern und ihre sämtlichen Geschwister. Sie sind alle in die Mittelschicht aufgestiegen, haben ihre Kinder aufs College geschickt, hatten Putzfrauen und in späteren Jahren auch Gärtner. Sie fuhren alle glänzende Autos. Das möchten Sie doch hören, oder? Durch harte Arbeit, Opfer und Einsatz, insbesondere im Verbund mit Intelligenz, kann man oder konnte man zumindest in Amerika immer noch sein Glück machen.

Sie blieben zusammen, und ihre Situation besserte sich. Langsam, aber stetig. Sie haben sich nicht verändert. Ed hat nach wie vor seine besondere Gabe, zufrieden zu sein, sie noch immer die ihre, unglücklich zu sein; er nimmt wie zuvor nicht wahr, was um ihn herum vorgeht, sie nimmt noch stets alles wahr, auch wenn es sie nicht mehr interessiert. Seine Kommodenschubladen sind vollgestopft mit ungetragenen Hemden, Pullovern, Schlafanzügen; ihre mit Taschentüchern, Nachthemden (von denen er ihr kein einziges gekauft hat), Schlüpfern, Büstenhaltern, Strumpfhosen, Strümpfen, Schmuck. Inzwischen seufzt sie, wenn man ihr etwas schenkt: Wo soll ich nur hin damit? Längst vorbei sind die Zeiten, als ein Geschenk, gleich welcher Art, sie noch glücklich machen konnte. *Gab* es überhaupt einmal eine solche Zeit?

Es gab zumindest eine Zeit, in der ich dachte, Geschenke könnten sie glücklich machen, noch ehe ich in der Lage war, ihr überhaupt etwas Richtiges zu schenken. Und es gab Zeiten, das glaube ich wohl, in denen sie sich über Geschenke freute – jedenfalls über manche. Ich habe mich, nachdem ihr schon längst nichts mehr daran lag, noch jahrelang weiter bemüht, die Geschäfte durchkämmt, auf der Suche nach dem haargenau richtigen Was-auch-immer, nach etwas, das ihr ein Lächeln entlocken würde. Und ich tue es, um die Wahrheit zu sagen, immer noch.

Als ob, als ob... ach, ich sitze jetzt hier und weiß inzwischen Dinge, die ich vor Jahren noch nicht wußte, noch nicht einmal, als ich anfing, diese Bestandsaufnahme niederzuschreiben... Denn wir, Joy und ich, für die sie in ihren Augen ihr Leben geopfert hatte, waren keine von ihr getrennten Wesen, an denen sie manchmal ihre Freude haben konnte. Wir waren wie die Brüder, die man immer in Märchen und Mythen findet: Wenn einer der Brüder stirbt, gibt er seine Kraft und Energie an den nächstjüngeren weiter. Dank dieser magischen Übertragung wird der dritte Bruder (es sind immer drei) übermenschlich stark, sobald die beiden älteren im Kampf gefallen sind (sie fallen immer im Kampf). Dieser Mythos ist nur ein weiteres Beispiel für die männliche Vereinnahmung weiblicher Macht – die ganze Geschichte mit den Brüdern ist eine Nachdichtung dessen, was bei der Mutterschaft geschieht. Eine Mutter gebärt eine Tochter, verausgabt sich völlig, um sie durchzubringen. Sie erreicht dieses Ziel, aber sie selbst stirbt jung, verschlissen von der Plackerei; die Tochter hat bessere Möglichkeiten, als die Mutter sie hatte, und wenn sie ihrerseits eine Tochter gebärt, müht sie sich ebenfalls, sie am Leben zu halten, und schafft es auch, und die Enkeltochter findet nun schon ziemlich gute Bedingungen vor. Sie, die Enkeltochter, ist es schließlich, die die Mutterschaft in Frage stellt, die sich überlegt, ob sie sich wirklich in diesen Prozeß einreihen soll, der ihre Großmutter und Mutter vorzeitig ins Grab gebracht hat.

Joy und ich waren für Belle die einzigen Bezugspersonen, um eine eigene Identität aufzubauen. Da sie so vieles aufgegeben hatte, war ihr nichts mehr geblieben, aus dem heraus sie hätte Liebe geben können, und sie sah auch gar nicht ein, wieso etwas wichtig sein sollte, ohne das sie selbst auch überlebt hatte. Und da sie ihre ganze Kindheit und Jugend ohne dieses Etwas zugebracht hatte, konnte sie sich auch nicht an das Bedürfnis danach erinnern und die Symbole, in denen es sich ausdrückte, nicht entschlüsseln. Ihr Nacken sträubte sich dagegen, sich zu einer warmen Brust oder Schulter hinabzubeugen, geradeso als würden all ihre Opfer sinnlos werden, wenn sie nun doch noch – so spät – etwas derart Geringes akzeptierte. Etwas von uns anzunehmen – ein Geschenk, gleich welcher Art – hätte geheißen, den Prozeß umzukehren, die Kraft und Energie durch die Reihe der «Brüder» zurückzuschicken, die Toten wieder zum Leben zu erwecken und – da im Märchen immer alle drei Brüder die gleiche Frau lieben und begehren – zuzulassen, daß sich Konkurrenz und Eifersucht in diesen bislang so unverrückbar feststehenden, vollkommenen Bund drängten.

In meiner Naivität oder, um es beim richtigen Namen zu nennen, meinem bornierten Eigensinn bildete ich mir ein, daß ich alldem entgehen könnte, die Kette der Mütter durchbrechen könnte, mich aus den Klauen eines gespenstischen Schicksals befreien könnte. Die heutige Zeit beflügelt solche Illusionen – es gibt Busse und Züge, Jobs in weit entfernten Städten, Telefone, um über die Entfernung Kontakt zu halten, Wohnungen für alleinstehende Frauen. Ich wollte nicht der Vergangenheit entfliehen, sondern dem Schmerz, und für mich war beides identisch, weil ich damals sechzehn war und die Geschichte meiner Mutter und die ihrer Mutter kannte und die blutige Nabelschnur sah, die uns verband. Ich wetzte meine Zähne, um mich loszubeißen. Ich würde meinen Platz in der Kette der Aufopferung nicht einnehmen, nicht so leben, wie sie gelebt hatten, an meine Kinder – wenn ich überhaupt je welche haben würde – nicht das Vermächtnis leidender Selbstlosigkeit weiterreichen. Ich würde nicht wiederholen, was sie durchgemacht hatten. Vor allem aber würde ich für mich eine neue Persönlichkeit entwerfen, die nicht das ganze Licht und die Luft um sich herum absorbieren und in Düsternis verwandeln würde, ich würde mich nicht zu einem gebeugten, dumpfen Wesen im dämmrigen Zimmer, umgeben von den Zeugnissen der Versklavung, entwickeln.

Da ich für die ganz neue Person, die ich werden wollte, kein Vorbild hatte, orientierte ich mich an dem, was mich an Kultur umgab. Darin spielten zu meiner Zeit Gestalten wie June Allison und Doris Day eine wichtige Rolle. Ich würde fröhlich sein, von einer «gnadenlosen Fröhlichkeit», immer witzig und wohlgemut. Ich würde genau das Gegenteil von meiner Mutter sein: Ich würde mich gar nicht um die Dinge kümmern, die ihr zusetzten, ich würde sinnlich sein, offen, lustig. Und ich würde auch intellektuell und phantasievoll sein, ich würde alle Teile meiner Person ungebrochen lassen.

Entschlossen, wie ich war, verblüffte ich meine Mutter durch meinen Gleichmut angesichts der Tatsache, daß trotz all ihrer jahrelangen Bemühungen kein Geld da war, um mich aufs College zu schicken. Schon während der High School hatte ich begonnen, allabendlich als Babysitter und jeden Sommer als Telefonistin zu arbeiten und jeden Cent, den ich dabei verdiente, auf die hohe Kante zu legen. Ich ging auf ein College ganz in der Nähe, Riston, so daß ich weiter zu Hause wohnen und die Kosten für Unterkunft und Verpflegung sparen konnte. Und sobald ich in Riston war, setzte ich dem studentischen Arbeitsamt solange zu, bis man mir einen Job vermittelte. Damals ging alles noch recht informell zu, und alle zwei Wochen, wenn ich die Früchte meiner Arbeit – 50 Cent pro Stunde – erntete, zahlte ich gleich ein paar Dollar von meinem Schulgeld ab, das insgesamt 250 Dollar pro Semester betrug. Meine Mutter unterstützte mich. Sie gab mir im ersten Jahr im Herbst und Frühling je 100 Dollar, und im folgenden Jahr waren es bereits 250 Dollar, die sie aufbringen konnte. Sie arbeitete viele Stunden zusätzlich, um diesen Betrag zu verdienen, lange Stunden in dem schummerigen Zimmer inmitten der weißen Häubchenstapel. Ihre Finger waren oft blutig und heftpflasterverklebt. Ihr Gesicht war immer blaß und zerknittert. Und obgleich ich ihre Mühen und Opfer zutiefst dankbar, wenn auch wortlos, annahm, wirkten sie gleichzeitig abstoßend auf mich, wich ich mit einer Art Entsetzen davor zurück, wollte ich es nicht sehen, wollte ich nicht darum bitten müssen, wollte ich das Schuldgefühl nicht spüren müssen, das in mir aufwallte wie Anfälle von fliegender Hitze, so oft ich an sie dachte.

Ich verdrängte die Gedanken an meine Mutter. Ich besuchte das College und wurde die wilde Stacey. Mir hat dieser Spitzname nie sonderlich gefallen, aber es war offenbar zuviel verlangt, von Amerikanern zu erwarten, daß sie den Namen Anastasia richtig aussprachen. Das war einer der Gründe, weshalb ich Brad vom ersten Augenblick an liebte, er sprach meinen Namen entweder korrekt aus oder kürzte ihn zu Stahs ab. Doch für die meisten Leute war ich Stacey. Aufgrund meiner Herkunft und meines Verstandes konnte ich nicht als «Schlampe» eingestuft werden, daher bedurfte es für mich einer ganz neuen Kategorie – Bohemienne, Rebellin, Freigeist. Ich rebellierte, wo ich nur konnte: Ich erschien zum Unterricht in Hosen – damals an vielen Unis noch verboten – und einem alten, weißen Hemd meines Vaters über einem Unterhemd aus Baumwolltrikot. Ich wollte mit Mädchen nichts zu tun haben und umgab mich mit Jungen, mit denen ich Bier trinken ging, flachste und mich herumkabbelte. Mager, flink, nervös und scharfzüngig, wie ich war, genoß ich bald einen negativen Ruf, aber zugleich auch Bewunderung; die meisten anderen Studentinnen hatten Angst vor mir, was mir sehr recht war. Ich würde keine Frau werden, das stand für mich fest. Da ich aber eindeutig auch kein Mann war, blieb mir nur die Alternative, mich jenseits aller Geschlechtlichkeit oder zumindest jenseits der Kategorien männlich oder weiblich anzusiedeln. Ich gab mich der Illusion hin, daß auch die anderen mich so sahen. Dieser Irrtum währte allerdings nicht lange: Es ist schwer, den Anspruch zu erheben, jenseits der Geschlechterkategorien zu stehen, wenn man einen dicken, schwangeren Bauch vor sich herträgt.

Stacey machte offenbar eine Art eigenständige Entwicklung durch, denn später in meinem Leben nannten mich die Leute wieder so. Sie wurde zu einem wahrhaft vollendeten Produkt: gebrauchsfertig und hochglanzpoliert. Schon vor mindestens zehn Jahren war sie ausgereift, und seither lebe ich in meinem dunklen kleinen Nebengelaß hinter dem Laden, der sie in Serie verkauft. Ich lebe schon lange wie ein Körper, der von einem Schlitten gefallen ist und von diesem hinterhergeschleift wird, vorwärtsgerissen durch eine Bewegung, die ich selbst initiiert habe, mit der ich aber nicht mehr eins bin. Inzwischen bin ich zu alt und zu müde, um mir noch einmal ein neues Selbst zu fabrizieren, noch einmal eine Person zu entwerfen, die ich gern sein möchte, und mich zu bemühen, sie zu werden. Dazu braucht es ein Maß an Kraft und Energie, das ich nicht mehr besitze. Aber die einzige Alternative besteht darin, daß ich lebendig begraben dahinvegetiere.

Clara sagt, ich sei depressiv. Ich sage, dazu habe ich auch verdammt noch mal allen Grund. Es ist eine ausweglose Sackgasse.

4 WIR ZOGEN GERADE rechtzeitig in die Wohnung nach Lynbrook um, daß die Kinder dort zum Schuljahresanfang eingeschult werden konnten. Die Wohnung wirkte schäbig und kahl, vor allem im Kontrast zu der Möbelausstellung, in der wir vorher gewohnt hatten. Wir waren alle ein bißchen gereizt, trotz des Topfes mit Kohlrouladen, die Mrs. Nowak uns zu unserem ersten Abendessen nach oben schickte. Ich stellte fest, daß ich Gedanken und Mühe auf die Plazierung der Möbel und des Krimskrams verwandte, wie ich es nicht mehr getan hatte, seit Brad und ich unseren ersten kleinen Ein-

Zimmer-Haushalt bezogen hatten – was etwas merkwürdig war angesichts der wenigen Sachen, die wir noch besaßen. Aber diese Dürftigkeit schien mich geradezu zu inspirieren. Ich war noch nie in meinem Leben fähig gewesen, einen Knopf anzunähen (es brauchte immer zwei bis drei Anläufe, bevor er auf der richtigen Seite des jeweiligen Kleidungsstücks saß), nun fand ich mich plötzlich dabei wieder, wie ich Gardinen kürzte und aus alten Vorhängen neue für das Wohnzimmer und mein Schlafzimmer nähte. Ich achtete erstmalig genau darauf, was Lebensmittel kosteten, und machte mir einen Sport daraus, aus nichts und wieder nichts köstliche Mahlzeiten herzustellen – und es gelang mir sogar. Ich tat das alles um der Kinder willen. Sie waren nämlich völlig hinüber. Sie zankten sich pausenlos, brachen wegen jeder Kleinigkeit in Tränen aus und waren mürrisch, verdrossen und genauso penetrant maulig wie ich fröhlich. Ich versuchte, sie nach Kräften aufzuheitern, ein Abenteuer aus der Armut zu machen, aber davon wollten sie nichts wissen. Sie brachten sich fast um, weil sie sich nicht einigen konnten, wessen T-Shirt versehentlich in der Buntwäsche gelandet und jetzt rosa verfärbt war (sie trugen beide die gleiche Größe), oder wem das Fünfcentstück gehörte, das auf dem Fußboden in der Diele vor der Badezimmertür gelegen hatte. Am ärgsten stritten sie sich darüber, wer welches der beiden kleinen Kinderzimmer bekommen sollte. Das eine war ein bißchen heller, aber das andere hatte dafür einen Wandschrank. Es war ein unlösbares Dilemma.

Und dazwischen ich ganz allein. Ich wußte, die Scheidung war meine Schuld, ganz egal, wie sehr ich mich bemühte, mein moralisches Urteil geradezurücken, wegen meiner Gefühle, meines Verhaltens hatten sie jetzt keinen Vater mehr und kein hübsches altes Haus mit einem riesigen Garten voller hoher alter Bäume. Vor allem aber waren sie deswegen aus ihrer vertrauten Schule herausgerissen und in eine neue, fremde verpflanzt worden, wo sie wieder ganz von vorn anfangen mußten, Freundschaften zu schließen und die Einsamkeit und Angst der Anfangsphase durchzustehen. Es war alles meine Schuld. Sie empfanden es so, und im Grunde meines Herzens empfand ich es auch so. Es war meine Aufgabe, ihnen die Situation, so gut ich konnte, zu erleichtern. Ich gab mir alle Mühe; ich setzte mich nach Kräften über die alte Anastasia hinweg. Nun, da ich keine Ehefrau mehr war, wurde ich mit einem Mal häuslich.

Und trotzdem: Ich lernte zwar, mit fester Hand ihr Gezänk zu unterbinden, aber ihr Gefühl der Unzufriedenheit konnte ich nicht beeinflussen. Ich schaffte es, sie zur Ruhe zu bringen, aber glücklicher konnte ich sie nicht machen. Billy kam jeden Nachmittag mit finsterem Gesicht aus der Schule nach Hause und stellte den Fernseher an; wenn ich ihm das Fernsehen am Nachmittag verbot, ging er in sein Zimmer, wo er sich aufs Bett legte und an die Decke starrte. (Ich erinnerte mich, daß ich das immer getan hatte, wenn ich mich ungeliebt und unglücklich fühlte, und ging deshalb zu ihm hinein, um ihn in die Arme zu nehmen, ihn zu fragen, was los war, ihm zu sagen, daß ich ihn liebhatte, und ihm einen Kuß auf die Wange zu geben: Aber der Erfolg war nur, daß er sich abwandte, mir den Rücken zudrehte und meckerte, ich solle weggehen und ihn in Ruhe lassen. Und dann dachte ich daran, wie meine Mutter uns gegeben hatte, was sie nicht gehabt hatte, und wie uns das nicht genug gewesen war: Hier war ich nun bemüht, ihnen zu geben, was ich nicht gehabt hatte, und sie wollten wieder etwas anderes, familiäre Geborgenheit, einen Vater, beliebt sein, was auch immer... und ich spürte, wie sich mein Magen in einem Anfall von Verzweiflung zusammenkrampfte.) Billy blieb gewöhnlich den ganzen Nachmittag auf seinem Bett liegen, bis ich schließlich schimpfte und darauf bestand, daß er seine Hausaufgaben machte. Er machte sie in der Regel, aber erst, wenn ich energisch wurde, und dann beharrte er darauf, daß ich ihn fernsehen ließ. Ich ließ ihn.

Arden kam zunächst auch schon früh wieder nach Hause. Sie marschierte herein, hocherhobenen Hauptes, mit wütendem Blick und einer mürrischen Antwort auf mein fröhlich geflötetes: «Na, wie war's denn heute in der Schule, Schätzchen?» Sie wies selbst Milch und Schokoladenplätzchen von sich. Sie ging in *ihr* Zimmer und knallte die Tür zu (schließlich hatte Billy das hellere Zimmer und Arden das mit dem Wandschrank bezogen), um den ganzen Nachmittag dort zu hocken und zu lesen, was mich ebenfalls an meine eigene Kindheit erinnerte. Ich pflegte bei ihr anzuklopfen, auf ihr Antwortknurren (soweit eine Zehnjährige überhaupt knurren kann) einzutreten, mich aufs Bett zu setzen und nunmehr *sie* zu fragen, was los war. Den Kopf noch immer stolz geradeaus gerichtet, blaffte sie mich dann an: «Das verstehst du ja doch nicht.» «Versuch es doch, ich war auch mal ein Kind», sagte ich lachend, aber mit Lachen war ihr schon gar nicht beizukommen. Ihre Augen schossen Blitze: «Ich habe keine Lust, darüber zu reden!» Und damit hatte es sich.

Dennoch erschien mir die Wohnung doppelt leer, wenn sie in ihren Betten lagen, was seltsam war, da sie ja auch tagsüber kaum anwesend waren. Sie fehlten mir, wenn sie schliefen. Ich nehme an, ich konnte dann die Kinder wieder heraufbeschwören, die sie früher gewesen waren, und mich nach ihnen sehnen. Ich las gewöhnlich oder sah irgendwelche alten Fotos durch, und manchmal baute ich auch meine Dunkelkammerausrüstung auf, um ein paar Ausschnittsvergrößerungen zu machen. Aber das Haus wurde immer stiller und auch immer kälter: Mrs. Nowak ging um zehn zu Bett und drehte dann die Heizung herunter. Irgendwann stand ich schließlich auf, um in die Küche zu gehen und mir einen Whiskey mit Soda einzugießen, kehrte mit dem Glas wieder zurück ins Wohnzimmer, löschte alle Lichter bis auf das eine über dem Schreibtisch und setzte mich ans Fenster (wo ich das wohl gelernt habe?) in einen weichen, alten Sessel, den ich bei Goodwill aufgestöbert hatte, und dachte über alles nach.

Es war niederschmetternd, wie wenig ich für meine Kinder getan hatte. Meine Mutter, die so gut wie kein Geld und so gut wie keine Bildung besaß, war darauf gekommen und hatte es auch fertiggebracht, mit uns in den Prospect-Park-Zoo und den Bronx-Zoo, zum Zirkus Barnum und Bailey und in die Oper zu gehen. Sie überredete meinen Vater, uns zum Floyd Bennett-Flugplatz zu fahren, und bezahlte einen Dollar für jede von uns, damit wir zusammen mit Daddy in einer zweisitzigen kleinen Piper mitfliegen konnten, zuerst ich, dann Joy. Belle selbst blieb unten. Sie nahm mich mit in die Carnegie Hall, damit ich Nelson Eddy singen, und in die Town Hall, damit ich Ruth Sczlenzinska spielen hören konnte. In einem Jahr hatte sie genug gespart, um mit uns eine Woche in die Catskill-Mountains fahren zu können, wo wir in einer kleinen Hütte wohnten, einer Einrichtung, die damals unseren heutigen Motels entsprach. Wir schwammen, so oft es möglich war, im Silver Lake, obwohl es dort total überfüllt war. Die meiste Zeit saßen wir in unserer Hütte, weil es die ganze Woche so ziemlich am Stück regnete. Belle kochte auf einem Kerosinkocher, während Joy und ich auf einem der Betten lagen und Memory spielten und mein Vater an irgend etwas herumreparierte. Sie öffnete Dosen und servierte das Essen. Der Kerosingeruch erfüllte den ganzen winzigen Raum, und mir wurde ganz übel davon. In einem anderen Jahr sorgte sie dafür, daß wir für zwei Tage nach Washington D.C. fuhren, und mein Vater kutschierte uns herum, damit wir die Sehenswürdigkeiten und das Capitol sehen konnten.

Und was hatte ich getan? Seit ungefähr vier Jahren verdiente Brad einen Haufen Geld, aber die einzigen Ausflüge, die ich mit meinen Kindern unternommen hatte, hatten uns zum Rangierbahnhof oder in die Nebenstraßen großer Einkaufspromenaden geführt. Ich war noch nicht einmal mit ihnen im Zoo gewesen, nur Belle und Ed – dazu muß ich allerdings sagen, ich hasse Zoos, ich kann den Anblick von Tieren in Käfigen nicht ertragen. Meine Eltern waren mit ihnen auch in den Zirkus gegangen und hatten von beiden Unternehmungen berichtet, daß die Kinder sich eigentlich für nichts sonderlich interessiert hatten außer dafür, was es an Eßbarem gab. Sie hatten Würstchen, Orangenlimonade und Zuckerwatte haben wollen und auch bekommen. Ich hatte meinen Kindern Klavierunterricht gegeben, aber das war auch alles. Ich ließ sie sonnabends nachmittags mit ihren Freunden und Freundinnen ins Kino gehen, aber erst seit etwa einem Jahr. Wir waren nie mit ihnen in die Ferien gefahren – gut, das hatte an Brad gelegen, er wollte sie nicht die ganze Zeit am Bein haben –, und außerdem hatten wir selbst auch kaum je Urlaub gemacht. Eine Dreitagereise zu den Niagara-Fällen und dann noch einmal eine an den Lake George – das war alles.

Ich war egoistisch und nur mit mir selbst beschäftigt gewesen. Ich war eine schlechte Mutter. Ich war ein Ekel von Mensch. Diese Gedanken führten dazu, daß ich mich in Selbsthaß suhlte, und ich versuchte dann, mich mit anderen Dingen wieder zu trösten. Ich war immer liebevoll zu ihnen gewesen, körperlich und auch sonst; ich hatte ihnen immer zugehört. Ich hatte ihnen ihre Fragen beantwortet. War das nicht auch etwas wert? Ich hatte nicht geseufzt und mich nicht abgewandt; ich hatte sie nicht als lästige Bürde behandelt. Das war doch etwas, oder nicht?

Wenn man sie im Moment betrachtete, hatte man nicht den Eindruck.

Ich konnte mich nicht einmal darauf zurückziehen, Brad die Schuld zu geben, denn meine Mutter hatte alles, was sie für uns getan hatte, ohne nennenswerte Unterstützung durch meinen Vater geschafft. Aber er war zumindest willens gewesen, seine Wochenenden damit zuzubringen, Kinder zum Flugplatz oder in die Slums oder zum Strand zu kutschieren. Brad hatte am Wochenende immer gearbeitet und im Grunde keine Lust gehabt, en famille irgendwo anders hinzufahren als zu seinen oder meinen Eltern.

Alles, was ich an ihnen versäumt hatte, fiel mir nun siedendheiß ein. Und was sollte ich jetzt tun? Das Geld, das Brad uns überwies, reichte kaum für das Nötigste zum Leben. Ich wußte nicht einmal genau, ob ich das Auto würde behalten können, weil ich nichts zurückgelegt hatte, um die Versicherung zu bezahlen, wenn sie im neuen Jahr fällig werden würde. Ich sah keine Möglichkeit, wie ich im Moment etwas zurücklegen sollte. Selbst wenn mir jetzt etwas Tolles einfiel, um meine unglücklichen Kinder aufzuheitern, konnte ich es nicht verwirklichen, weil ich nicht das Geld dazu hatte. An Brad zu appellieren, erschien mir auch nicht sehr sinnvoll. Er hatte doch keine Zeit für sie, mit seiner neuen Frau und wo er gerade das Haus verkaufte und ein neues kaufte, eins mit griechischen Säulen und Rasen davor, der etwas hermachte (und nie benutzt wurde), und ohne richtigen Garten, diesmal in Garden City. Er führte die Kinder einmal in der Woche zum Essen aus, irgendwohin, wo es Hamburger und Pommes frites gab, und danach kamen sie noch gereizter und wortkarger als sonst nach Hause.

Ich mußte etwas unternehmen. Da es mir nicht gelungen war, sie einzeln anzusprechen, würde ich eben mit beiden zusammen reden. Vielleicht würden sie zu zweit eher den Mut haben, den Mund aufzumachen. Ich wartete bis zum Sonntagmorgen, nachdem ich ihnen zuerst ein schönes Frühstück mit frischen Waffeln gemacht hatte (die sie kaum anrührten, warum ich ihnen nicht solche gekauft hatte, die man in den Toaster stecken konnte wie sonst auch, wollten sie wissen). Draußen war es regnerisch, ein kühler, herbstlicher Tag, Anfang Oktober, die Blätter begannen gerade, sich zu färben. Und nun fegten sie der Wind und der Regen von den Bäumen, so daß uns nicht einmal das bißchen Schönheit vergönnt sein würde, das diese Jahreszeit zu bieten hat. Ich goß mir noch eine Tasse Kaffee ein.

«Hört mal, Kinder, ihr seid beide so mißmutig und unzufrieden, seit wir umgezogen sind. Seit Daddy und ich uns haben scheiden lassen. Wollt ihr mir nicht endlich sagen, was euch bedrückt?»

Schweigen. Feindselige Blicke.

«Vermißt ihr das alte Haus? Eure Freunde?»

«Nein, wie kommst du denn darauf?» flötete Billy sarkastisch.

«Es ist doch lustig, wenn man sich in der dritten Klasse wieder lauter neue Freunde suchen muß. Und in einem Zimmer wohnt, wo es keinen richtigen Schrank gibt und fast keinen Platz für Spielsachen.»

«Ich hasse mein Zimmer!» verkündete Arden.

«Es tut mir wirklich leid», sagte ich und meinte es aufrichtig. «Es tut mir leid, daß euch eure Zimmer nicht gefallen und daß ihr euch in einer fremden Schule einleben müßt. Aber ihr werdet ganz bestimmt neue Freunde finden. Es ist nicht leicht, aber ihr werdet euch mit neuen Kindern anfreunden.»

«Ich nicht!» rief Billy. «Ich hasse diese Kinder, alle miteinander.»

«Sie sind alle blöd!» pflichtete ihm Arden bei.

«Sie sind bestimmt nicht alle blöd», sagte ich ruhig.

«Doch, sind sie wohl», sagte Arden kategorisch. «Die Kinder in Rockville Centre sind viel gescheiter, weil viel mehr davon jüdisch sind.»

«Wo habt ihr das denn her?»

Sie meinte achselzuckend: «Das weiß doch jeder.»

Ich wußte, «jeder» hatte vermutlich einen Namen wie Joan oder Eileen, aber ich bohrte nicht weiter nach. «Hier gibt es aber doch auch ein paar jüdische Kinder», gab ich zu bedenken. «Was ist denn mit den Lench-Kindern? Sind die nicht Juden?»

Arden nickte mürrisch: «Kann sein.»

«Und ist nicht in deiner Klasse auch ein ganz gescheites Mädchen – das, das in der einen Arbeit 100 Punkte hatte, als du 99 hattest, neulich in Rechnen?»

«Mathe, Mommy, Mathe!» berichtigte mich Billy mit verächtlicher Stimme.

«Gut, in Mathe.»

Arden zuckte wieder mit den Schultern und zog sie dabei ganz nach vorne, als triebe ich sie immer tiefer in sich selbst hinein. «M-hm.»

«Wie heißt sie noch mal?»

«Joan Tebaldy.»

«Und warst du nicht letzte Woche den einen Tag bei Joyce Lench zum Spielen?»

Sie nickte, noch mehr in die Enge getrieben.

«Siehst du? Du findest schon Freundinnen.»

«Sie hat Freundinnen!» rief Billy aus, ganz rot im Gesicht von der

Anstrengung, seiner Wut Luft zu machen. «*Ich* nicht! Das ist was anderes, mit Mädchen!» Er spuckte das Wort *Mädchen* verächtlich aus. «Die quatschen die ganze Zeit und kichern rum. Blöde Gänse!»

«Mädchen sind umgänglicher als Jungen, in der Regel», sagte ich noch immer ruhig, wobei ich es mir mühsam verkniff zu lächeln. «Aber Jungen freunden sich auch untereinander an, nur langsamer.»

«Er wird sich nie mit jemandem anfreunden!» spuckte Arden zurück, Verachtung mit Verachtung vergeltend. «Dafür hat er viel zuviel Schiß!»

«Habe ich nicht!» Billy war jetzt dunkelrot. «Du...» Er machte Anstalten, sich von seinem Stuhl zu erheben.

«Reg dich ab, Billy!» befahl ich. «Vielleicht hat sie ja gar nicht so unrecht. Vielleicht bist du ja wirklich schüchtern. Aber die meisten Leute wollen gern Freundschaften schließen. Du mußt es nur versuchen. Du mußt mit ihnen reden. Bestimmt wollen sie auch gern mit dir reden.»

«Wollen sie nicht! Wollen sie eben nicht! Ich habe es ja versucht! Was weißt du denn schon?» Tränen kullerten ihm aus den Augen, seine Wangen waren verschmiert. Er sprang von seinem Stuhl auf, wobei dieser umfiel, lief in sein Zimmer und knallte die Tür hinter sich zu.

Arden sah ihm wütend nach. «So ein Baby!» murmelte sie.

«Was fangen wir denn am besten mit deinem Zimmer an, Schätzchen?»

«Es ist scheußlich. Das läßt sich nicht ändern.»

«Wir könnten es vielleicht neu streichen. Oder ein paar Poster aufhängen.»

«Ach, Mommy!» verächtlich und angewidert.

«Weißt du, was wir machen könnten? Wir könnten ja die Wand bemalen, die Längswand neben deinem Bett. Wir könnten ein großes Fenster daraufmalen, durch das man die Sonne hereinscheinen sieht, Bäume und Blumen, oder was du sonst gern möchtest.»

«Das ist doof! Ganz doof!» Sie war jetzt ebenfalls den Tränen nahe.

«Das würde bestimmt Spaß machen!» fuhr ich fröhlich fort. «Wir könnten es zusammen machen, du und ich, und du kannst sagen, was auf dem Bild sein soll. Häuser oder Tiere oder spielende Kinder... was du möchtest!»

«Rangierbahnhöfe und Fabriken! Sowas findest *du* doch schön! Das würdest *du* draufmalen!» Sie sprang jetzt ebenfalls von ihrem Stuhl und lief in *ihr* Zimmer und knallte die Tür zu. Die Wohnung hallte wider von der Stille.

Ich machte mich daran, die Küche aufzuräumen.

Meine Arbeitssuche verlief auch nicht erfolgreicher. Von den Geschäften in Lynbrook suchte nur die Filiale der Reinigungskette Kent für einen Hungerlohn eine Kraft. Ich hätte die Stelle fast angenommen, mich fast darauf eingelassen, meine Tage damit zu verbringen, dreckige Kleidungsstücke auszuhändigen und Geld entgegenzunehmen: für 85 Cent die Stunde – aber die Arbeitszeit war von eins bis fünf, sechs Tage die Woche, ganz unmöglich für mich. (Gerettet!) Schließlich fuhr ich nach Rockville Centre, wo das Verlagshaus des *Long Island Herald* war, und erschmeichelte und erkroch mir dort eine Halbtagsstelle, eine Kombination aus Ablagearbeiten, Empfangssekretärinnenfunktionen und Telefonvermittlung. Ich hatte noch nie am Empfang gearbeitet, gab aber vor, mich damit auszukennen, weil ich mir dachte, es würde nicht weiter schwer zu lernen sein. Die Beherrschung einer Schreibmaschine konnte ich allerdings kaum für mich in Anspruch nehmen, da ich meine Semesterarbeiten immer im Zweifinger-System getippt hatte und obendrein sehr langsam. Mein Gehalt war nur minimal, aber man war willens, mich fünf Tage die Woche von neun bis zwölf arbeiten zu lassen. Das Verlagshaus lag nicht weit von unserer Wohnung entfernt, so daß ich es schaffen konnte, gegen zehn nach zwölf zurück zu sein, dann kamen die Kinder zum Mittagessen von der Schule. Außerdem sagte ich mir, daß ich über diesen Job vielleicht an Aufträge als Fotografin herankommen würde.

Netto blieben mir etwas über acht Dollar die Woche. Ich mußte an meine Mutter und ihre Schwesternhäubchen denken. Vielleicht war sie ja tatsächlich klüger gewesen als ich. Aber immerhin, die acht Dollar waren besser als nichts: Ich konnte davon beispielsweise die Farben bezahlen, die wir brauchten, um Ardens Wand zu bemalen. Sie kam ein paar Tage nach unserem Gespräch aus der Schule nach Hause und fragte mich: «Wann machen wir es denn nun?»

«Wann machen wir was?»

«Mein Zimmer anmalen. Ich möchte die anderen Wände hellrosa und auf dem Wandbild einen blauen Himmel und eine gelbe Sonne.»

«Ach!»

«Du hast es *gesagt.* Du hast gesagt, du würdest es machen!»

«Ich dachte, du hältst nichts von diesem Plan.»

Sie schniefte und zog die Schultern nach vorn, eine Reaktion, die bis heute typisch für Arden ist, wenn sie sich angegriffen fühlt. Durch vorsichtiges Nachfragen fand ich heraus, daß sie irgendwelchen Mädchen gegenüber meinen Vorschlag erwähnt hatte und alle in neiderfüllte Ohs und Ahs ausgebrochen waren und gemeint hatten, sie wünschten, ihre Mütter würden ihnen so etwas erlauben. Sie hatte eigentlich sagen wollen, wie blöd sie meine Idee fand, dann aber aufgrund der Reaktion der anderen befunden, daß sie ja vielleicht doch nicht so übel war. «Sie wollen herkommen und es sich anschauen, also wann kannst du es machen? Heute?»

Wir fingen am Wochenende damit an, brauchten aber einen ganzen Monat. Danach setzte bei uns ein Defilee von zehnjährigen Mädchen ein, die ehrfurchtsvoll das große Fenster auf der Wand neben Ardens Bett bestaunten, mit Aussicht auf Baum und Sonne und weißen Raffgardinen zu beiden Seiten, dazu ein Beagle-Hund (wie der von Joan), eine Katze (wie die von Joyce) und Blumen. Als unser Werk vollendet war, musterte Arden es nachdenklich. «Da fehlt noch was», meinte sie, wobei sie mit dem Finger auf den Horizont rechts im Bild deutete. Sie hatte recht. Der Baum, links im Vordergrund, dominierte.

«Was hättest du denn gern?»

Sie wollte ein paar Fabriken, flache Gebäude mit großen Schornsteinen.

«Warum möchtest du denn gerade so etwas?»

«Du findest das doch schön, du machst doch immer Fotos davon», sagte Arden von oben herab. «Vielleicht ist ja was dran.»

Irgendwann legte sich Ardens Gereiztheit schließlich ein Stück weit, auch wenn sie nicht wieder das umgängliche Kind wurde, das sie einmal gewesen war. Als ich sie fragte, was sie sich zu Weihnachten wünschte, sagte sie, weiße Raffgardinen, so wie die auf dem Wandbild, für ihr Zimmerfenster. Ich ging also mit meiner Mutter los und kaufte weißen Organdy und nähte, jawohl, *nähte* üppige weiße Gardinen auf Mutters Maschine (und mit ihrer Hilfe). Ich strich obendrein das Bücherregal und den Schreibtisch in ihrem Zimmer weiß und nähte eine wogende, weiße Verkleidung für ihren Bettrahmen und kaufte ihr eine rot-weiße Flickendecke. Als das Frühjahrshalbjahr anfing, war es zu einer besonderen Ehre geworden, von Arden Carpenter nach Hause eingeladen zu werden. Und sie sagte oft zu mir: «Weißt du, ich habe letzte Nacht im Bett gelegen und nachgedacht, und da...» Was auch immer. Und dann erzählte ich ihr, wie ich immer auf meinem Bett gelegen hatte, neben den beiden Fenstern, und hinausgeschaut hatte, auf den Mond und die Wolken und die Figuren, die sie bildeten, und die ab und zu hervorlugenden Sterne.

«Ich würde auch gern den Mond und die Sterne sehen können», sann Arden vor sich hin, ohne jeden klagenden Unterton.

«Das könnte ich vielleicht hinkriegen.»

«Das kannst du?» Mommy wurde nun endgültig zur Super-Heldin.

Ich fuhr nach Brooklyn zu einem Künstlerbedarf-Discount und erwarb eine Rolle dicke blaue Transparentfolie. Dann ging ich in ein Eisenwarengeschäft und kaufte zwei seitliche Halter für Klopapierrollen und einen großen Hefter. Bei einer Sägerei erwarb ich einen etwa einen Meter langen hölzernen Rundstab von einem Zoll Durchmesser. Ich heftete die Folie an dem Stab fest, montierte die Klorollenhalter an der Wand und steckte den Rundstab durch ihre Öffnungen. An das Ende der Folie knüpfte ich eine Schnur. Dann fing ich an zu malen.

Es war recht schwierig, weil ich die Folie auf der Rückseite bemalen wollte, es aber genau auf das Wandbild passen mußte. Die Tiere erschienen als dunkle Schatten; ich malte einen Mond, der eben hinter goldrandgesäumten Wolken hervorkam, und ein paar Sterne; rings um die Fabriken tupfte ich ein paar Lichtpunkte. Wenn das Folienrollo heruntergelassen war, erkannte man den Baum und die Blumen nur schemenhaft, genau wie bei richtiger Dunkelheit. Mein Werk war nicht das solideste, obgleich es mich viele, viele Stunden Arbeit gekostet hatte. Es hielt nicht ewig: Er wurde durch das viele Herunterlassen und Aufrollen jeden Tag auch arg strapaziert. Nach zwei Jahren war die Folie zerrissen und zerfranst. Aber das machte nichts. Die Kunst hatte ihren wahren Zweck erfüllt: zu stärken und zu erquicken. Inzwischen war Arden das beliebteste Mädchen in ihrer Klasse.

Mit Billy war es schwieriger. Er war nach wie vor isoliert, mürrisch und verstockt. Ich machte (unermüdlich und fröhlich) immer neue Vorschläge: eine Pfadfindergruppe (Bloß nicht! Todlangweilig!), meine alte Briefmarkensammlung (die ihn tatsächlich ein paar Wochen lang beschäftigte), Basketball (an Mrs. Nowaks Garage war immer noch ein alter Korbreifen befestigt, ein Relikt aus der Jugendzeit ihres Sohnes. Die Idee war gar nicht schlecht, bis der verrostete Reifen nach der einen Seite hin wegsackte. Meine mehrfach geäußerte Bitte, Brad möge doch einen neuen für Billy anbringen, verhallte ungehört). Schließlich schlug ich ihm vor, ein Instrument zu lernen: «Du könntest ja vielleicht im Schulorchester mitspielen.»

Das fruchtete, warum auch immer. Billy sprach mit seinem Mathematiklehrer, der zugleich als Kapellmeister fungierte, und dieser empfing ihn mit offenen Armen und versah ihn mit einem Sousaphon. Einem Sousaphon! Billy bekam jede Woche eine kostenlose Unterrichtsstunde und durfte fast von Anfang an im Orchester mitspielen. Meine Aufgabe bestand darin, mit ihm gemeinsam jeden Donnerstag und Sonnabend das Monster unter Schieben und Drükken auf den Rücksitz meines zweitürigen Wagens zu bugsieren und Billy täglich beim Üben zuzuhören. Ich hatte nicht den Eindruck, daß mein Sohn ein musikalisches Talent war. Aber ich war geduldig. Ich beschwerte mich nie. Und wenn ich auch erleichtert war, als er im nächsten Schuljahr beschloß, auf Trompete umzusteigen, ließ ich es ihn nicht merken. Inzwischen hatte er ein paar Freunde gefunden, und er spielte jetzt jeden Nachmittag vor ihren Garagen Basketball und übte sein Instrument kaum noch.

Falls meine Schilderung den Eindruck erweckt haben sollte, daß sich die Dinge besserten, darf daraus auf keinen Fall geschlossen werden, dies wäre eine stetige Aufwärtsbewegung gewesen. Was Kinder betrifft, hören die Probleme nie auf, sie verändern nur ihre Form. Man weiß nie, was als nächstes auf einen zukommt, und wenn man sich hinreißen läßt, sich in Zufriedenheit zu wiegen, bekommt man mit Sicherheit eins auf die Nase. Ich brauche nur an das erste Weihnachtsfest nach unserer Scheidung zu denken. Wir mußten die Kinderweihnachten aufteilen, wodurch wir drei wiederum auseinandergerissen wurden. Ich hatte sie Heiligabend, an dem traditionell in meiner Familie Weihnachten gefeiert wurde, und Brad holte sie dann am Weihnachtstag zu sich. Der Kinder wegen hatten wir die Bescherung durch den Weihnachtsmann wieder eingeführt, wobei mein Vater diese Rolle übernahm. Wenn Joy zu Weihnachten nach Hause kam, waren ihre Kinder ebenfalls dabei. Bei uns kam der Weihnachtsmann schon um acht, und gegen elf gab es Abendessen. Wir waren nur wenige, viel weniger Menschen als früher, als Eddy, Martha, Wally, Jean und Eric mit ihren Kindern alle bei uns auf den Weihnachtsmann gewartet hatten. Aber die Kinder waren nicht weniger aufgeregt als wir früher.

Meine Kinder liebten Weihnachten. Im Jahr nach meiner Scheidung bekam Arden eine Puppe von Grandma und Grandpa und eine von mir (auf ihren Wunsch) nebst einem Buch. Joy schenkte ihr ein Puppenbettchen (ihr altes war nicht mehr zu gebrauchen). Billy erhielt ein komplettes Cowboykostüm samt Stiefeln und Hut von meinen Eltern und mir zusammen, und Joy hatte eine Pistole mit Halfter für ihn. Alles ganz phantastisch. Ich gebe zu, sie kamen spät ins Bett. Sie waren müde und quengelig, als Brad am nächsten Morgen um sieben draußen hupte – seine Eltern feierten am liebsten schon bei Tagesanbruch Bescherung –, und er war gereizt, weil er erst noch hereinkommen und in der unaufgeräumten Küche Kaffee trinken mußte, bis sie sich angezogen hatten. Er brüllte sie an, weil er mich jetzt nicht mehr anbrüllen durfte (ein Vorteil, wenn man sich scheiden läßt), und sie wurden immer noch quengeliger. Das gebe ich ja alles zu.

Aber daß sie an jenem Abend mit total glasigen Augen, unglaublich empfindlich und reizbar zurückkehrten, daran war nicht allein die Übermüdung schuld. Denke ich. Brad mußte viermal gehen, um das ganze Zeug nach oben zu bringen, das sie bekommen hatten. Als da waren ein Football mit den entsprechenden Schuhen, Hosen und dem Kopfschutz (Billy haßte Football), eine Eisenbahn, ein Baukasten, neue Rollschuhe, mehrere Spiele, ein Punchingball, zwei Paar Hosen für die Schule, zwei Schlafanzüge und zwei Hemden. Das war alles für Billy. Mit Arden und ihrem jammrigen Gezeter erschienen drei weitere Puppen (zwei davon genau die gleichen, die sie schon bekommen hatte), ein Puppenwagen, ein weiteres Puppenbettchen, ein Puppenhochstuhl, ein Koffer voller Puppenkleider, ein Puzzle, Schlittschuhe, ein Rock mit Bluse und passendem Pullover, ein Nachthemd und Pantoffeln. Die Kinder waren unansprechbar, und als ich mir am nächsten Morgen einen Weg durch lauter Spielsachen bahnen mußte, um die Wohnzimmerjalousien hochzuziehen, war ich es ebenfalls. Ach ja, und noch ein Bügelbrett. Für sie. Arden. Aber kein Bügeleisen. Sie jammerte darüber, aber im Grunde konnte sie mit den vielen Sachen sowieso nichts anfangen.

Sie hockten auf dem Fußboden und spielten mit ihren neuen Spielsachen, wobei sie in regelmäßigen Abständen aufeinander einschrien und auf irgendwelchen Dingen herumtrampelten. Billys Plastik-U-Boot (das habe ich ganz vergessen) war schon am ersten Tag entzwei. Es war ihm egal. Er brachte es in die Küche und warf es in den Mülleimer. In unserer Wohnung war gar kein Platz für diese vielen Spielsachen. Ich zweigte heimlich zwei von den Puppen und ein Puppenbett ab, um sie nach Möglichkeit umzutauschen. Dennoch sagte ich lauter lobende Sachen über ihre Geschenke, damit sie diese trotz der Überflutung noch schätzten.

Arden wandte ihr (selbst damals schon) hoheitsvolles Haupt über ihre Schulter und sagte ganz ruhig: «Er denkt, er kann uns kaufen.» Dann versetzte sie dem Puppenwagen einen Tritt: «Ich hasse das ganze Zeug! Alles miteinander!» Und sie stürmte davon in ihr Zimmer. Als ich nach einer Viertelstunde zu ihr hineinsah, schlief sie. Billy schlief zwischen den Zubehörteilen der Eisenbahn ein, die er allein noch nicht richtig aufbauen konnte, und ich hatte noch nicht die Energie gehabt, ihm dabei zu helfen. Es dauerte mehrere Tage, bis sie sich wieder erholt hatten. Inzwischen hatte ich die Eisenbahn aufgebaut, aber Billy hatte das Interesse daran verloren. Das war unser Weihnachten. Und alle folgenden Weihnachten verliefen genauso, bis sie beide groß waren.

Ich saß am Abend des zweiten Weihnachtsfeiertages da und starrte auf das Schlachtfeld. Selbst bei minimaler Beleuchtung sahen die Zimmer aus wie Warenlager. Verschwendung, dachte ich, während ich versuchte, einen Anfall von Neid zu unterdrücken. Hier saß ich, schon wieder bis auf zwei Paar Unterhosen abgebrannt, und um mich herum war der ganze Fußboden voll von überflüssigem Krempel. Ich hatte schon alles weggepackt, was noch zu retten war, ehe es zerknittert und zerknautscht wurde. Aber alles, was ich auf diese Weise herausschlagen konnte, war vermutlich eine Gutschrift für weitere Spielsachen, es sei denn, ich konnte sie in ein Kaufhaus zurückbringen – und mir für die Gutschrift Unterwäsche kaufen. Ich beschloß, es zu probieren, aber das konnte mich nicht trösten.

Ich hatte den Weihnachtstag allein verbracht. Ich hatte beschlossen, zu Hause zu bleiben. Ich saß in der Wohnung und starrte hinaus auf den grauen Winterhimmel, trank Kaffee und ließ meine ganze Misere über mich hereinbrechen. Ich war die ganze Zeit so damit beschäftigt gewesen, fröhlich zu sein und eine gute Mutter abzugeben, daß ich seit Monaten nicht mehr dazu gekommen war, über mich selbst nachzudenken. Was für ein Leben führte ich im Moment? Hatte sich gegenüber meiner Ehe wirklich etwas gebessert? Stumpfsinnige Arbeit, fünf Vormittage die Woche; nachmittags Wäsche waschen, einkaufen, putzen, Dinge erledigen; abends zu Hause hocken, zu Hause hocken, zu Hause hocken, bis mir schier die Decke auf den Kopf fiel. Ein paar von den Männern beim *Herald* flirteten ein bißchen mit mir, aber die meisten von ihnen waren verheiratet, und in diesem Punkt hatte ich immer noch Skrupel. Es gab da zwar einen jüngeren Mann, der Junggeselle war, aber er war extrem häßlich – kein Kinn, vorstehende Augen – und total unreif. Einen der Chefredakteure mochte ich wirklich gern, aber er war schon fünfzig und hatte einen Bierbauch, und was mir an ihm gefiel, war seine Persönlichkeit, nicht sein Körper. Außerdem fragte er mich nie, ob ich mit ihm ausgehen wollte. Die anderen taten es gelegentlich, aber ich lehnte immer so diplomatisch wie möglich ab. Ich sprach von meinen Kindern. Andauernd. Das ist, wie ich festgestellt habe, ein sehr wirksames Männerabschreckungsmittel. Aber es war sowieso nicht Sex, wonach ich mich sehnte. Ich spürte keinerlei Verlangen. Mein Körper war wie abgestorben.

Aber wenn ich schon während meiner Ehe das Gefühl gehabt hatte, als lebender Leichnam durch die Gegend zu laufen, was war ich dann jetzt? Zumindest war ich damals gelegentlich noch aus der Wohnung gekommen, ins Kino oder ins Theater, zum Essen. Ich war abends unter Menschen gewesen. Selbst wenn ich sie nicht mochte, waren sie doch eine Abwechslung gewesen. Selbst mein Haß auf Brad hatte mich von mir selbst abgelenkt. Jetzt waren nur noch die Kinder da, die Kinder, die ganze Zeit nur die Kinder. Mein Horizont schrumpfte auf unseren Dreier-Kreis zusammen. Sie waren alles, womit ich mich beschäftigen, worüber ich nachdenken konnte. Außer mir selbst. Und der letzte Mensch auf dieser Welt, über den ich nachdenken wollte, war ich selbst.

Hoffnungslos, absolut hoffnungslos. Ich fuhr mir immer wieder mit der Hand übers Gesicht. Ich trank so viel Kaffee, daß mir ganz schlecht wurde, und stieg dann auf Whiskey um, bis ich auch davon mehr als genug hatte. Ich aß die ganze Zeit nichts. Ich hatte keine Lust, mir als Weihnachtsessen eine Dose Suppe aufzumachen. Ich war viel zu sehr damit beschäftigt, mich meinem Selbstmitleid hinzugeben. Irgendwann merkte ich plötzlich, daß ich zusammengesunken im Dunkeln in meinem Sessel am Fenster saß. Ich hatte noch nicht einmal Licht angemacht. Ich merkte, wem ich glich. Ich riß mich zusammen, stand auf und schüttelte mich. Ich ging ins Bad und wusch mir das Gesicht. In der Küche knabberte ich ein paar Salzkräcker. Schließlich setzte ich mich an meinen Schreibtisch und öffnete das Aktenschränkchen, das mein Fotoarchiv beherbergte.

Ich hatte an freien Nachmittagen weiter fotografiert, wenn auch immer seltener (Filme sind teuer). Ich beschloß an jenem Tag, von nun an ernsthaft und methodisch mit verschiedenen Apparaten, Objektiven, Filmen, Belichtungszeiten und Perspektiven zu experimentieren. Ich würde über meine Ergebnisse Protokoll führen und mir auf diese Weise das professionelle Fotografieren beibringen. Dank dieses Beschlusses schaffte ich es, mich wenigstens so weit zusammenzureißen, daß ich meine mürrischen Kinder, als sie nach Hause kamen, in die Arme nehmen, ihnen ein Butterbrot vorsetzen und sie liebevoll ins Bett bringen konnte. Er bewahrte mich davor zu heulen. Er hielt mich sogar ein paar Monate lang aufrecht. Aber es war ein aus der Verzweiflung geborener Entschluß, und das war mir sehr wohl klar. Das Fotografieren sollte meine innere Leere ausfüllen. Es war ein Zeitvertreib. Dabei hatte gerade ich früher immer verächtlich darüber gespottet, wenn Frauen stickten, strickten oder häkelten. Zeitvertreib für Leute, die nichts zu tun haben, hatte ich immer abfällig geschnaubt. Genau.

Im April, etwa acht Monate nach meiner eintägigen Reise nach Mexiko zwecks Schnellscheidung, ging ich zu meinem ersten Rendezvous. Körperlich fühlte ich mich immer noch wie abgestorben. Ich wollte keinen Sex, sondern sehnte mich nach dem Zusammensein mit einem anderen Menschen. Ich verzehrte mich, ich dürstete, ich schmachtete nach erwachsener Gesellschaft. Der Mann, mit dem ich mich traf, hatte vor ein paar Jahren beim *Herald* gearbeitet und war jetzt bei der *Daily News*: Nach *Herald*-Maßstäben hatte er es geschafft. Er wohnte in Lynbrook in einem großen alten weißen Haus mit einem herrlichen Garten. Seine Frau war ein paar Monate zuvor an Brustkrebs gestorben, der schöne Garten war verwildert und verkommen, er hatte ein wenig zu trinken begonnen und es sich angewöhnt, seine Zeit mit den alten Kumpels der *Herald*-Redaktion totzuschlagen.

Er war gutaussehend, in den Vierzigern, und man sah ihm den Alkohol noch nicht an. Vielleicht war es ja nur eine vorübergehende Verirrung. An meinem zentralen Arbeitsplatz im Vorzimmer der Nachrichtenredaktion bekam ich sämtlichen Klatsch mit. Inzwischen hatte ich auch schon einen bestimmten Ruf weg: Nur daß ich diesmal die Eiskalte war. Sie nannten mich die Schneekönigin. Trotzdem mochten sie mich, die Jungs in der Nachrichtenredaktion, und ich sie auch. Da ich mit keinem von ihnen ausgehen wollte, hatte auch niemand etwas gegen mich. Ich war ein netter Kerl, ein Kumpel, nur leider frigide. Ich sah Jimmy Hanna ab und zu, wenn er auf der Suche nach Gesellschaft für einen kleinen Flüssigimbiß hereinschneite. Ich weiß nicht, wann er seine Arbeit erledigte – vielleicht hatte er eine Zeitlang Urlaub genommen. Er blieb dann immer bei mir stehen, um ein bißchen mit mir zu plaudern, und trotz seines depressiven Zustands und seiner schlechten Lebensgewohnheiten hatte er immer noch eine aufrechte Haltung und einen straffen Körper, und er trug seinen Hut immer ein wenig schief, was ihm ein keckes Aussehen verlieh. Aber er hatte etwas Trauriges an sich, das mich berührte (o Mutterherz!), er wirkte sanft und sehnsüchtig, und ich muß gestehen, ich fand ihn anziehend.

Eines Vormittags, als ich gerade meinen Schreibtisch aufräumte, um nach Hause zu gehen, blieb er wieder bei mir stehen, wechselte ein paar freundliche Worte mit mir und fragte mich, ob ich am Abend mit ihm essen gehen wollte. Ich sah ihn einen Augenblick lang an und hörte mich dann einwilligen. Ich fuhr fort, ihn anzusehen: Ich übermittelte ihm eine stumme Botschaft. Aber sie kam nicht bei ihm an, denn ein paar Minuten später, als ich bereits meinen Hut aufgesetzt und meinen Mantel angezogen hatte, hörte ich lautes Gewieher aus dem Redaktionsraum. Die ganze Mittagspausenclique kam heraus und klopfte Jimmy auf die Schultern und sah grinsend zu mir hinüber. Ich war so sauer, daß ich ihnen den Rücken kehrte und wortlos hinausging. Ich wollte die Verabredung mit Jimmy schon wieder absagen. Ich rief deshalb sogar ein paarmal im Laufe des Nachmittags bei ihm zu Hause an. Es ging aber niemand an den Apparat, und als der Abend nahte, dachte ich, daß es eigentlich doch sehr nett wäre, zum Essen auszugehen. Ich war schon seit fast einem Jahr in keinem Restaurant mehr gewesen. Deshalb ging ich, statt noch einmal den Versuch zu machen, ihn zu erreichen, hinunter zu Pani Nowak – wie ich sie mittlerweile zu ihrem Entzücken nannte –, um sie zu bitten, ob sie an diesem Abend heraufkommen und den Kindern Gesellschaft leisten könnte.

Sie faltete lächelnd die Hände vor der Brust und bewegte sie vor und zurück – eine Geste, die meine Mutter ebenfalls an sich hatte, eine Art Kreuzung aus Bethaltung und Gymnastik. «Sie gehen aus, was? Gut so! Junge Mädchen wie Sie müssen ausgehen. Sie suchen einen besseren Mann, was?»

Ich wußte, sie meinte es gut, aber es schoß mir dennoch durch den Kopf, daß im Grund kein großer Unterschied bestand zwischen den geilen Unterstellungen der Zeitungsleute und ihren materialistischen: Ehe bedeutet für Frauen wie Pani Nowak in allererster Linie finanzielle Sicherheit.

«Ich gehe aus, ja», lachte ich. «Aber nicht, um einen Mann zu angeln.»

Sie nickte weise. «Ja, ja, ich weiß Bescheid.» Sie glaubte mir kein Wort. «Ich komme, ist doch klar. Wir können uns die Halb-acht-Sendung zusammen anschauen.»

Jimmy hatte gemeint, wir würden ins Arbor Inn gehen. Ich muß gestehen, daß der Reiz der Sache für mich bestimmt zur Hälfte darin gelegen hatte. Das Arbor Inn war zu meiner High School-Zeit ein beliebter Treffpunkt für die Jungen und Mädchen der christlichen Clique gewesen. Ihre Eltern pflegten dort zu essen, sie pflegten dort zu trinken. Ich war nie dort gewesen. Es war ein nettes kleines Lokal, südlich der Merrick-Road, und für mich damals etwas Ähnliches wie das Waldorf für meine Mutter in ihrer Jugend – etwas ganz Schickes und Teures, das viele Nummern zu fein war, als daß ich dort je hinkommen würde.

Er erschien Punkt halb acht. Die Kinder hatten ein wenig früher als sonst gegessen, und die Spuren der Spaghetti aus der Dose, einem ihrer Lieblingsgerichte, waren beseitigt, der übrige frische Salat weggeworfen, das Geschirr abgewaschen. Ich hatte mich feingemacht, mit einem Rock und dazu passender Strickjacke, der besten Aufmachung, die ich besaß. Die Kinder waren unruhig – ein bißchen gespannt angesichts dieser neuen Entwicklung im Leben ihrer Mommy, ein bißchen ablehnend, ein bißchen böse auf mich. Sie bezogen auf dem Wohnzimmerfußboden Posten, vor dem Fernsehgerät, wo sie sich nur herumzudrehen brauchten, um jeden, der durch die Wohnungstür kam, genauestens mustern zu können.

Man wäre nie auf die Idee gekommen, daß Jimmy seine Mittagspausen mit Trinken zubrachte. Er hatte offenbar den Nachmittag darauf verwandt, sich auszuschlafen, denn sein Gesicht war frisch und rosig wie das eines Knaben, und er hielt, während er eintrat, den Hut demütig in der Hand. Seine Augenbrauen wölbten sich in die Höhe, als er mich im Rock sah, und er spitzte den Mund, und einen Augenblick lang dachte ich schon, während mir das Herz gleich ein Stück tiefer sank, er würde pfeifen. Aber er wandte den Kopf in Richtung der Kinder, und seine Brauen wölbten sich noch weiter empor, und sein Mund öffnete sich:

«Was sitzt ihr denn da vor dem Fernseher? Habt ihr denn schon eure Hausaufgaben gemacht?»

Die Kinder starrten ihn nur wortlos an. Sie konnten nicht glauben, daß er wirklich mit ihnen sprach. Ich hatte sie eigentlich an ihre Hausaufgaben erinnern wollen – sie fingen immer um acht Uhr damit an, wenn im Fernsehen das Erwachsenenprogramm begann –, aber ich ließ es. Ich ging zu ihnen hin, bückte mich und gab beiden einen Abschiedskuß.

«Ich komme nicht zu spät wieder», sagte ich laut genug, daß Jimmy es hören konnte. «Seid schön brav, ja?»

«Tschüs, Mom», sagten beide, um sich dann wieder dem Fernsehen zuzuwenden, ohne Jimmy auch nur eines einzigen Wortes zu würdigen. Ich drängte sie auch nicht dazu. Ich stellte ihn den Kindern nicht einmal ausdrücklich vor. Wir gingen zusammen die Treppe hinunter.

«Sie lassen sie einfach allein?» fragte er mißbilligend.

Ich sah ihn nur kühl an und klopfte, als wir unten waren, an Pani Nowaks Tür. Sie steckte den Kopf heraus und sah nicht mich, sondern Jimmy an. Sie musterte ihn eingehend von Kopf bis Fuß.

«Ich gehe jetzt, Pani.»

Sie strahlte mich an. Jimmy hatte die Musterung bestanden. «Ich gehe gleich nach oben.»

Wir verließen das Haus, und Jimmy hakte mich unter, während wir die Stufen zum Gehweg hinuntergingen. Ich hätte ihm am liebsten meinen Ellbogen in die Seite gerammt, aber ich kochte statt dessen nur schweigend vor mich hin. Er öffnete mir die Wagentür und schloß sie wieder, nachdem ich eingestiegen war.

«Na dann!» sagte er mit kerniger Stimme, als wir losfuhren. «Sehen nett aus, die beiden.»

«Hm – hm.»

Er sah zu mir herüber. «Man merkt sofort, daß Sie eine gute Mutter sind.» Das, so nahm ich an, war offenbar seine Form, sich dafür zu entschuldigen, daß er gedacht hatte, ich würde sie einfach allein lassen.

«Haben Sie auch Kinder?»

Er mußte welche haben. Er hatte sich dieses autoritäre Gehabe bestimmt nicht bei der Arbeit angeeignet, nicht in seiner Sparte.

«Ja zwei, prima Kinder, alle beide!» Seine Stimme klang hohl. «Sind aber schon auf dem College, ausgeflogen, das Haus ist leer.» Am Ende dieses Satzes stockte seine Stimme ein wenig.

Dich kenne ich, dachte ich. Unbeherrschter Trinker, meckert ständig an Frau und Kindern herum, erwartet von ihnen, daß sie in allem perfekt sind, ist nie zu Hause und merkt dann, nachdem die Frau tot ist, ganz plötzlich, wie sehr er auf sie angewiesen war. Darüber hatte er vorher nie nachgedacht. Hält sich für einen netten Kerl, einen prima Kumpel, immer lustig, immer zu Scherzen aufgelegt. Ergeht sich jetzt in Selbstmitleid und sucht jemanden, dem er erzählen kann, wie sehr er leidet. Ich fragte mich, wie ich es ein ganzes Essen lang mit einem Menschen an einem Tisch aushalten sollte, den ich so sehr verabscheute wie ihn in diesem Moment. Ich saß schweigend da und rang innerlich mit mir, was ich tun sollte. Schließlich machte ich den Mund auf, und meine Stimme krächzte, als hätte ich sie jahrelang nicht benutzt und als sei sie eingerostet.

«Paß mal auf, Jimmy, ich glaube, es ist besser, wenn du mich wieder nach Hause bringst. Das Ganze war ein Fehler. Ich möchte nicht mit dir essen gehen. Tut mir leid.»

Er schien nicht weiter überrascht. «Tja, scheint so, als ob mit uns von vornherein was schiefgelaufen ist. Ich weiß auch nicht, was.» Er wandte sich mir zu und sah mich mit einem gut Wetter heischenden Unschuldsblick an.

«Ich kann dir genau sagen, was.» Meine Stimme klang plötzlich hitzig. Mir schoß der Gedanke durch den Kopf, daß ich mich schon sehr lange nicht mehr in männlicher Gesellschaft bewegt hatte, daß ich nicht mehr wußte, wie ich mich zu benehmen hatte, und vor allem nicht mehr wußte, was ich wirklich fühlte. Ich spürte, daß ich ihn nicht leiden konnte, aber was jetzt in meiner Stimme schwang, war die nackte Wut. «Du hast als erstes der ganzen Nachrichtenredaktion von unserer Verabredung erzählt, ohne dir den geringsten Gedanken darüber zu machen, was das für mich bedeutet. Ich muß dort arbeiten, tagtäglich! Als nächstes hast du dir angemaßt, meinen Kindern Vorhaltungen zu machen, wozu du absolut keinerlei Recht hast und kein Fremder je das Recht haben wird! Um es wieder auszubügeln, hast du dich dazu verstiegen, darüber zu mutmaßen, wie ich mit meinen Kindern umgehe, wo mir mein Instinkt sicher sagt, daß *du* dich wahrscheinlich um *deine* Kinder in deinem ganzen Leben noch keine einzige Stunde lang gekümmert hast. Reicht das!»

Er fuhr, und sein Mund zuckte. Sein Schweigen stachelte mich nur noch weiter an. Wieso war ich nur so wütend?

«Du spielst dich auf, du bist anmaßend, gedankenlos und egoistisch und suhlst dich in Selbstmitleid, und es war ein Fehler von mir, mich darauf einzulassen, mit dir auszugehen. Ein Irrtum meinerseits. Es tut mir leid.»

Er wandte sich mir mit weit aufgerissenen Augen zu. «Wie hast du mich so schnell durchschaut? Meine Frau hat Jahre gebraucht, ehe sie mir solche Sachen gesagt hat.»

«Du warst jünger, als sie dich kennengelernt hat. Es dauert ein paar Jahre, bis so was richtig zum Vorschein kommt», sagte ich bitter.

Er dachte darüber nach. «Scheint so. Du bist geschieden, nicht wahr? War dein Mann auch so?»

«Jedenfalls ähnlich. Und er hatte einen Haufen Freunde, die so waren wie du. Können wir jetzt bitte umkehren?»

Aber er kehrte nicht um. Wir waren schon fast beim Arbor Inn. Er schlug mit der flachen Hand aufs Lenkrad. «Schau mal. Ich bin ein Dummkopf. Ich habe seit zweiundzwanzig Jahren keine Frau mehr gefragt, ob sie mit mir essen geht, und ich weiß einfach nicht mehr, wie man sich benimmt. Ich verhalte mich anscheinend wie eine Kreuzung zwischen einem pubertären Tölpel und einem anmaßenden Arschloch. Meine Frau hat schon immer gesagt, ich könnte nicht mit Kindern umgehen... Seit sie tot ist, sehe ich sie kaum noch...» Weder erstarb seine Stimme, noch wurde sie weinerlich, keiner der üblichen Tricks. Es schien ihm wirklich leid zu tun. In seiner Stimme schwang echte Betroffenheit. «Ich habe das Gefühl, ich muß ganz neu anfangen, und ich bin wirklich nicht gut darin, aber ich will es lernen, ich will es versuchen. Bitte geh mit mir einfach nur heute zum Essen. Du brauchst mich nie wiederzusehen, wenn du nicht willst, aber setz dich wenigstens dieses eine Mal mit mir hin und sprich mit mir, und du darfst mich auch beschimpfen, soviel du willst. Tust du das?» Er wandte mir ein Jungengesicht zu, mit großen Augen und unverstellten Gefühlen darin.

Wie hätte ich da nein sagen können?

Das Arbor Inn entpuppte sich als ein ganz nettes Steakhaus, eine Nachbarschaftskneipe, wo die Leute sich kannten, mit einer Bar, in der eine Menge los war. Kein bißchen wie das Waldorf, das Waldorf meiner Mutter, meine ich. Aber nett. Wir bestellten beide Steaks. Und Jimmy begann, mir seine Lebensgeschichte zu erzählen: von seinem autoritären Vater und seiner geschundenen Mutter, seiner eigenen Rebellion, seiner Frau, die im Laufe der Jahre als Person immer unsichtbarer wurde, die sich ständig darüber beklagte, daß er nie da war, daß er trank, daß er nicht fähig sei, liebevoll zu seinen Kindern zu sein, und die dann irgendwann aufhörte, sich zu beklagen, und immer mehr in bleiches Leiden versank und schließlich starb. Erst ganz zum Schluß überließ er sich seinen Tränen. Der Abend verlief haargenau so, wie ich befürchtet hatte. Es war sein Geld, und dafür wollte er auch haben, was er brauchte. Ich stocherte in meinem Essen herum und fragte mich, was wohl besser war, allein zu Hause zu sitzen oder das hier? Ich hatte schon die ganze Zeit immer wieder ein paar Äußerungen über mich selbst eingestreut. Ich erwähnte, daß ich ebenfalls aufbegehrt hatte, und machte lachend ein paar Andeutungen darüber, wie ich als junges Mädchen gewesen war. Er überging das alles schnurstracks, hörte es gar nicht. Über seine eigene jugendliche Rebellion sprach er mit tiefem Ernst, offenbar fand er daran überhaupt nichts komisch.

Er sah mich mit seinem rührenden Jungengesicht an und wischte sich mit der Serviette über die Wangen. «Mir war die ganze Zeit überhaupt nicht bewußt, wie sehr ich auf sie angewiesen war. Darauf, daß sie einfach nur da war, mir zuhörte, wenn ich nach Hause kam, egal ob ich nur einfach etwas dahererzählte oder ob ich wütend war, weil dieses Käseblatt, für das ich arbeite, wieder irgendeinen neuen Blödsinn verbrochen hatte... Egal was. Und jetzt fühle ich mich so einsam, daß ich manchmal am liebsten sterben möchte.»

«Du wirst schon jemand anderen finden», sagte ich ruhig. Ich weigerte mich, auch nur einen Hauch von Mitgefühl zu zeigen. Falls ich Mitgefühl verspürte, dann mit seiner verstorbenen Frau.

Seine Miene heiterte sich sofort auf. Vielleicht erwartete er jetzt ein paar Komplimente. «Meinst du?»

«Aber sicher. Männer finden immer wieder eine Frau, die Balsam auf ihre Wunden streicht.»

Er stutzte kurz über diese Bemerkung, über meinen Ton, der kühl und distanziert war, vielleicht dämmerte ihm ja, daß er schon wieder gedankenlos und egoistisch war und sich in Selbstmitleid suhlte... «Bist du schon lange geschieden?»

«Nicht ganz ein Jahr.»

Er grinste lüstern. «So wie du aussiehst, bist du in einem Jahr wieder verheiratet.»

«Nein.»

«Was heißt hier nein? Bestimmt bist du's.»

Ich hatte keine Lust, mit ihm darüber zu diskutieren, was ich von meinem weiblichen Standpunkt aus gegen die Ehe einzuwenden hatte. Ich zuckte daher nur mit den Schultern.

«Schau, ich weiß, es ist schwer mit zwei kleinen Kindern und allem. Aber warte nur ab, irgendein Mann wird sich hoffnungslos in dich verlieben, und dann würde es ihn auch nicht kümmern, wenn du fünf Kinder hättest.»

Da blieb mir dann doch die Luft weg, so daß meine nächsten Worte ziemlich atemlos herauskamen.

«Wo wir gerade von Kindern sprechen, ich muß nach Hause.» Ich sah auf meine Armbanduhr. «Ich habe versprochen, um zehn zurück zu sein. Pani Nowak geht um zehn zu Bett», log ich.

«Heißt sie so? Bami, was ist denn das für ein Name?»

«P-a-n-i», buchstabierte ich. «Das ist Polnisch und heißt Frau.»

«Sie ist Polakin?»

«Sie ist polnischer Herkunft. Genau wie ich.»

«Du kommst aus einer Polakenfamilie? Mit deinem Namen – Carpenter?»

«Meine Großeltern waren *Polen*. Carpenter ist mein angeheirateter Name.»

«Ach, klar, das vergesse ich immer wieder. Du wirkst so jung.»

Ich mußte wohl irgendwie anerkennen, daß er sich bemüht hatte, mir ein Kompliment zu machen, also lachte ich, während ich gleichzeitig meine Serviette als eine Art endgültigen Schlußpunkt neben meine Kaffeetasse legte. «Tja, die beiden Kinder stammen schließlich nicht vom Heiligen Geist.»

Er wieherte. «Du bist mir eine, Stacey, also wirklich! Du bist ein Herzchen!»

Mein Rücken kribbelte. (Was meinte er mit *Herzchen*?)

Ich stand auf.

«Moment, sofort, laß mich eben noch die Rechnung ordern, ja?»

«Ich gehe inzwischen aufs Klo.»

«Hä? Ach so, ‹für Damen›! Verstehe. Ich kümmere mich um die Rechnung.»

Ich hatte ihn um kurz vor zehn aus dem Restaurant losgeeist, aber er fuhr nicht zu mir nach Hause, sondern zu sich. Er hielt vor seinem Haus. «Hier wohne ich. Ganz allein.» Das Haus war riesengroß, es sah aus, als hätte es mindestens zehn Zimmer. «Wie wäre es mit einer kleinen Hausbesichtigung und einem Schlummertrunk? Es ist ganz gemütlich da drin, meine Frau hat es alles sehr hübsch eingerichtet. Ganz amerikanisch.»

«Ein andermal, danke. Ich muß nach Hause.»

Er rutschte zu mir herüber und legte den Arm um mich.

«Nein, Jimmy», ich wand mich los. «Es ist mein voller Ernst. Ich will nach Hause.»

Was dann geschah, konnte ich kaum glauben. Er warf sich auf mich, umschlang mich mit den Armen, preßte seinen Oberkörper gegen meinen und begann mich zu küssen, wobei er immer wieder meinen Mund suchte, wohin ich meinen Kopf auch drehte. Es war im wortwörtlichen Sinne ein zähes Ringen. So etwas hatte ich noch nie erlebt, nicht einmal während meiner High School-Zeit. Ich versuchte, ihn mit den Händen wegzudrücken, meinen Körper unter ihm herauszuwinden, aber ich konnte ja nirgends hin. Sobald es mir gelungen war, mein Gesicht frei zu bekommen, rief ich laut: «HÖR AUF!»

Erschreckt tat er es.

«Bring mich nach Hause! Auf der Stelle! Sonst gehe ich zu Fuß! Und das erzähle ich dann der ganzen Nachrichtenredaktion!»

Er ließ von mir ab und sah mich entsetzt und voller Verachtung an, als fühlte er sich von mir verraten.

«Schon gut, schon gut.» Er startete den Wagen. Es war nur ein guter Kilometer bis zu mir, und in ein paar Minuten waren wir da. Er hielt vor unserem Haus – wobei er den Motor laufen ließ – und sah mich verärgert an. «Wie sollte ich denn wissen, woran ich bin?» fragte er in gekränktem, zornigem Ton. «Du hast dich doch schließlich zum Essen einladen lassen, oder etwa nicht?»

Ich funkelte ihn wütend an und öffnete die Wagentür, stieg aus und schlug sie mit einem lauten Knall zu; fast hätte er mich noch über den Haufen gefahren, als er mit quietschenden Reifen lospreschte. Pubertärer Kerl, dachte ich, ehe ich mich die Treppen zu meiner Wohnung hinaufschleppte. Die Kinder waren im Bett, und Pani döste vor irgendeinem dramatischen Kriminalgeschehen, das in Schwarzweiß über den Bildschirm flimmerte. Ich bezahlte sie und geleitete sie nach unten, wobei es mir in der Seele weh tat, daß ich für diesen Abend auch noch hatte Geld ausgeben müssen. Dann knipste ich die meisten Lichter aus, um mich mit einem Whiskey in meinen weichen gemütlichen alten Armsessel zu setzen und über meine weitere Zukunft nachzudenken.

Ich fragte mich ängstlich, was Jimmy wohl den Jungs in der Nachrichtenredaktion über unseren gemeinsamen Abend erzählen und was sich daraus für mich ergeben würde. Wenn er Gift und Galle gegen mich spuckte, würden sie vielleicht in Zukunft mir gegenüber kalt und mißtrauisch sein. Und da nun einmal ihre Gesellschaft und ihre Freundschaft das einzige waren, das meinen langweiligen Job erträglich machte, würde es schlimm für mich sein, wenn sie sich auf einmal gegen mich kehrten. Ich versuchte, mich in ihn hineinzuversetzen – womit wäre seinen Interessen wohl am besten gedient? Aber es gelang mir nicht. Ich konnte mir nur vorstellen, daß er so tun würde, als wäre es ein toller Abend gewesen, um nicht zugeben zu müssen, daß er abgeblitzt war. Aber was würde er ihnen in puncto Sex erzählen? Ich verfluchte mich dafür, daß ich diese ganze Einladung überhaupt angenommen hatte. «Ich hätte es wissen müssen», murmelte ich immer wieder vor mich hin.

Plötzlich spürte ich eine Luftbewegung, und als ich aufsah, stand Arden in ihrem hellen Nachthemd nur ein kleines Stück von mir entfernt.

«Hallo!»

Sie lächelte und kam zu mir. Ich legte den Arm um sie. «Immer noch wach?»

«Ich konnte nicht einschlafen», erklärte sie ernst, obgleich ich Schlaffalten auf ihrer Wange sehen konnte.

Ich hob sie auf meinen Schoß, und o Wunder, sie ließ es geschehen. Sie schmiegte sich an mich. «Warum denn nicht?»

«Der Mann hat mir nicht gefallen. Er hat mir angst gemacht.»

«Du hast befürchtet, ich würde noch öfter mit ihm ausgehen, und er würde euch immer herumkommandieren», wagte ich eine Interpretation.

Sie drehte ihr warmes, rosiges Gesicht zu mir empor und sah mich an. «Woher weißt du das?»

«Ach, ich habe nur geraten.»

Und, gehst du noch öfter mit ihm aus?»

«Nein. Ich gehe nie wieder mit ihm aus.»

«Versprochen?»

«Versprochen.»

Sie schmiegte ihren Kopf wieder an mich. «Mommy?»

«Hm – hm.» Ich wiegte sie jetzt in den Armen.

«Wirst du denn mit andern Leuten ausgehen?»

Oho. Ich überlegte. Jetzt, in diesem Moment wollte sie, daß ich nein sagte, und wenn ich es tat, würde sie beruhigt sein. Aber sie würde es sich vielleicht merken und dann später denken, ich hätte sie angelogen. Sie war schließlich schon zehn. «Vielleicht. Eines Tages.»

Ihr Körper wurde steif. «Ach.»

«Aber ich werde nie zulassen, daß irgend jemand euch herumkommandiert. Keiner darf das. Nur ich», sagte ich lachend.

«Dann ist ja gut.» Sie lachte. «Wir können uns ja zu einem Doppel-Date verabreden.»

«WAS?»

Sie bekam einen Kicheranfall. «Ja. Bobby Lench hat mich gefragt, ob ich am Sonnabend mit ihm ins Kino gehe. Darf ich?»

Ich war verblüfft. Ich hatte sie immer noch im Jungenhaß-Stadium gewähnt. «Willst du denn? In was für einen Film denn? Abends? Ganz gewiß nicht.»

Sie lachte immer noch. «Nein, doch nicht abends, bist du dumm, am Nachmittag. Und anschließend noch eine Limo trinken oder so was. Vielleicht auch zu McDonald's. Ich will schon. Joyce geht mit Huey Ashe. Und Joan geht mit G. G. McKerrow. Ich will auch hin.»

Ich atmete auf. Ein gesellschaftlicher Anlaß also. «Ja, Schätzchen, du darfst.»

«Wir gehen ‹modern› aus, Mom. Deswegen brauche ich auch Geld. Weißt du, was das heißt, ‹modern› ausgehen?»

Ich nickte. «Wieviel Geld denn?»

«Einen Dollar.»

Sie hatte keine Ahnung, wieviel ein Dollar für mich bedeutete. Ich hatte alles getan, um zu verhindern, daß sie es bemerkte. «Geht in Ordnung.»

Sie sprang von meinem Schoß, sagte zufrieden: «Jetzt kann ich bestimmt schlafen», und spazierte davon. Körperlich war sie noch ein Kind, aber du lieber Himmel, was kam da auf mich zu?

Mein Leben verlief in seinen gewohnten Bahnen, Arden feierte ihren elften Geburtstag im November, das Weihnachtsfest 1959 stand bevor. Ich ging mit niemandem mehr aus, aber an meinem Status bei der Arbeit hatte sich nichts geändert. Ich bekam mit, daß Jimmy Hanna allen erzählt hatte, es sei ein schöner Abend gewesen, ich eine nette Person, die ganz in ihren Kindern aufging, so daß er sich gefühlt hätte, als ob er mit seiner kleinen Schwester aus gewesen wäre. Da ich durchaus wie eine kleine Schwester wirkte, nahmen sie ihm seine Geschichte ab, zumindest ihm gegenüber – und mir. Das war immerhin etwas. Aber Arden, inzwischen in der sechsten Klasse, hatte mittlerweile ihre Tage bekommen und brauchte plötzlich alle möglichen Dinge – Pullover, Geld für Cola, Kino, Modezeitschriften, Schallplatten. Ich konnte nicht zaubern. Ich erklärte ihr, daß ich ihr nur anderthalb Dollar Taschengeld pro Woche geben könnte und daß das in ihrem Alter eigentlich auch reichen müßte. Das Kino am Sonnabend kostete, wie ich herausgefunden hatte, 50 Cent, eine Cola 10 Cent. Somit blieben ihr noch 90 Cent die Woche; sie würde eben sparen müssen, um sich die Sachen kaufen zu können, die sie haben wollte.

«Mommy!» (Dreisilbig.) «Die andern Kinder kriegen alle drei Dollar pro Woche. Das ist ungerecht! Eine Zeitschrift kostet schon allein 75 Cent und eine Schallplatte 85! Wenn ich nachmittags nach der Schule noch eine Cola trinken gehe, habe ich noch genau 40 Cent. Davon kann ich doch nicht leben!»

Ich wandte mich ein wenig beiseite, damit sie mich nicht lachen sah! Davon kann ich doch nicht leben, wie wahr! «Tut mir leid, Arden», wandte ich mich ihr wieder zu, «aber du bist allmählich groß genug, um zu begreifen, daß ich nicht soviel Geld habe. Mehr kann ich nicht aufbringen.»

Sie funkelte mich verständnislos und wütend an. «Daddy hat doch jede Menge Geld. Laß dir doch welches von ihm geben!»

«Ich werde bestimmt nicht zu ihm hingehen und ihn um Geld bitten, Arden.»

«Dann tu *ich* es eben!» Sie machte auf dem Absatz kehrt und stolzierte würdevoll – sie stampfte, stürmte oder stürzte schon lange nicht mehr – in ihr Zimmer.

Billy hatte dabeigestanden und das Ganze beobachtet. «Arden ist ein verwöhntes Gör», gab er seinen Kommentar ab.

«Das ist nur das Alter, in dem sie jetzt ist, Billy. Sie will das gleiche, was die anderen Kinder auch bekommen.»

«Aber kaum jemand kriegt drei Dollar Taschengeld die Woche. Viele Kinder haben fast überhaupt kein Geld.»

Das stimmte, ich wußte es wohl. Aber fast niemand hatte auch einen Vater, der in einer Fast-schon-Villa in Garden City wohnte. Ich drückte Billy an mich. «Tja, mein Schatz, hoffentlich vergißt du das nicht bis nächstes oder übernächstes Jahr.»

«Ich werde nie so wie sie», knurrte er grimmig.

Arden holte sich tatsächlich ihre drei Dollar die Woche von ihrem Vater; er gab sie ihr mittwochs abends, wenn er mit den Kindern essen ging. Ich hatte nichts dagegen, nur leider hatte er in manchen Wochen so schrecklich viel zu tun, daß er nicht mit ihnen essen gehen konnte und das Taschengeld einfach vergaß. Dann mußte ich mir ihr Geschrei und Geheul anhören, ihre bitteren Anklagen, daß niemand sie liebhatte, und zu guter Letzt rückte ich dann die drei Dollar selbst heraus. Das passierte immerhin so oft, daß es mir auf die Nerven ging, und ich erklärte ihr, sie sollte ihn bitten, ihr doch doppeltes Taschengeld zu geben, wenn er meinte, er würde in der nächsten Woche viel zu tun haben. Sie gab es an ihn weiter und sagte, ich wollte es so, und zwar in einer Weise, daß es klang wie eine Order meinerseits. Er stellte sich sofort quer, weigerte sich, ihr überhaupt noch Taschengeld zu geben, und rief mich erbost an. Ich brauchte längere Zeit, um ihn wieder zu besänftigen, ihm alles zu erklären. Ich setzte ihm auseinander, daß das, was er von Arden zu hören bekam, *ihr* Groll darüber war, daß sie nicht an seinem luxuriösen Lebensstil teilhaben durfte, nicht meiner, und daß er einmal darüber nachdenken sollte. Er gab ihr wieder ihr Taschengeld und fing an, ihr außerdem Geschenke zu kaufen – in der Regel Kleider. Er machte sich sogar die Mühe herauszufinden, was sie sich wünschte, und schon recht bald machte sie sich das zunutze, indem sie gezielt Andeutungen fallenließ. Er schenkte auch Billy Sachen, aber Billy pflegte, wenn sie sich gesehen hatten und er nach Hause kam, sein neues Hemd oder was auch immer einfach in irgendeine Schublade zu stopfen und einen Tag lang mit starr zusammengepreßtem Mund herumzulaufen. Arden war da anders. Ein neuer Zug trat an ihr in Erscheinung. Es beunruhigte mich.

Während meines Jahres beim *Herald* legte ich in regelmäßigen Abständen dem Bildredakteur Fotos von mir vor. Ich merkte ihm an, daß es ihm immer sehr unangenehm war, wenn er welche davon ablehnen mußte, und zeigte ihm daher nur solche, von denen ich überzeugt war, daß sie genau die Art Bilder waren, die die Zeitung haben wollte. Sie hatten in den zwölf Monaten, die ich jetzt dort arbeitete, ein halbes Dutzend davon gekauft, für 50 Dollar das Stück. Dieses Geld legte ich für mich persönlich beiseite. Ich bezahlte davon meine Filme, den Entwickler, das Fotopapier. Ich hatte mir ein Weitwinkel-Teleobjektiv zugelegt und mir angewöhnt, damit in die Landschaft hinauszuziehen und ab und zu ein Motiv zu knipsen, von dem ich wußte, daß es das Gefallen des Bildredakteurs finden würde – ein Liebespaar, das im Frühling am Silver Lake in Baldwin entlangspaziert, ein hübsches Mädchen, das sich auf der Wiese im Hempstead State Park sonnt. Billiges Zeug, aber künstlerische Integrität kümmerte mich damals herzlich wenig. Ich brauchte das Geld, um weitermachen zu können mit meinem... ja, was war es? Als meinen Beruf konnte ich es gewiß nicht bezeichnen. Hobby, das traf es wohl. Ein gräßliches Wort.

Ich machte aber auch viele Fotos für mich. Ich befand mich immer noch in einem Experimentierstadium und probierte alle möglichen Perspektiven aus. Der Sunrise Highway wurde gerade verbreitert und zu diesem Zweck aufgerissen, riesige Maschinen parkten überall an den Zufahrtswegen, aber die Arbeiter gingen nach wie vor mit Pickeln und Schaufeln zu Werk. Ich machte eine Serie von Aufnahmen von diesen Männern, von unten nach oben, so daß vor allem ihre Arme und ihre entblößten Oberkörper zur Geltung kamen. Ich arbeitete bei schwachem Licht und verwandte gleichzeitig einen Film für lange Belichtungszeiten, um Tiefe in die Aufnahmen zu bekommen, scharfe Kontraste, die jeden Muskel und jede Sehne an ihren Körpern hervorheben würden. Ich knipste sie als riesige Figuren vor dem Himmel als Hintergrund. Ich glaube, ich dachte dabei an mein eigenes Leben, das trotz aller Mechanisierung so voller mühsamer Plackerei war. Ich war jedoch nicht so naiv, die Schwerarbeit von *Frauen* zu zeigen. Dafür interessierte sich kein Mensch. Niemand glaubte, daß Frauen Schwerarbeit leisteten.

Dem *Herald* gefielen diese Aufnahmen, und eine davon wurde gedruckt, die kompositorisch am besten gelungene: Ein Mann hob gerade seinen Pickel, während der andere sich mit einer Schaufel voll Schutt aufrichtete, und hinter ihnen erstreckte sich ein lieblicher Himmel mit golden gesäumten Wolken. Man sah, wie diese Wolkenränder leuchteten, obgleich es ein Schwarzweißabzug war. Der Gegensatz, den dieses Bild herstellte, war falsch: auf der einen Seite die liebliche Natur, das einfache Leben, und auf der anderen das gigantische Werk der Zivilisation, die Arbeit des Mannes. Aber den zuständigen Redakteuren des *Herald* gefiel das. Und es gefiel offenbar auch noch anderen, denn etwa eine Woche später erhielt ich den Anruf einer Sekretärin, die mir mitteilte, Russ Farrell vom *World*-Fotomagazin wünsche mich zu sprechen.

Sie hätten meine Nummer vom *Herald* bekommen, erklärte Farrell. Mein Bild gefiele ihnen. Ob ich eine Mappe hätte.

«Ja», sagte ich zwischen zwei pochenden Herzschlägen.

Sie würden sie sich gern einmal ansehen.

So unglaublich es klingen mag, sie wollten mich. Ich konnte es auch nicht glauben. Ja, es war wie ein plötzlicher Sprung. Als stünde man unvermittelt an dem Ort, wo man sich immer schon hingewünscht hat, ohne daß man die Bewegung dorthin überhaupt registriert hätte. Als fände man sich mit einem Male leibhaftig in einem Traum wieder, den man bisher nicht einmal zu träumen gewagt hatte. Meine Zukunft war für mich jetzt schon so lange eine graue Leere gewesen, einfach nur das gleiche, immer weiter. Ich hatte mir noch nicht einmal die Phantasie von einem Märchenprinzen geleistet, der mich von der alltäglichen Eintönigkeit und dem

Gefühl der Zeitverschwendung erlösen würde. Ich hatte es mir nie gestattet, das Fotografieren als etwas zu betrachten, woraus ich vielleicht einen richtigen Beruf machen könnte, weil ich keine Möglichkeit sah, solche Gedanken zu realisieren. Genau wie die Inderinnen, denen ich Jahre später begegnete, hielt ich es für besser, über Unmögliches gar nicht erst nachzudenken.

Ich hatte mich bislang auch noch keiner Kategorie zugeordnet – begriff mich weder als Profi noch als Amateurin, weder als eher kommerziell noch als eher künstlerisch orientiert. Ich hatte nur in meinem Fotoarchiv-Schrank ein Schubfach, das schlicht mit K beschriftet war, und da hinein kam alles, was in meinen Augen *Kunst* war – Fotos, bei denen mir das Herz ein wenig stockte, die Aufmerksamkeit weckten, bei denen ich das Gefühl hatte, daß sie irgendeine Art von Wahrheit enthielten. Und den Inhalt dieses Schubfachs durchforstete ich jetzt, bis ich 40 Bilder ausgesucht hatte, die ich vergrößerte oder zusammenstutzte, aufzog und schließlich sorgsam in meiner neuerworbenen Mappe deponierte. Damit zog ich am nächsten Morgen voller Angst, mich könnte unterwegs ein Unfall ereilen, zum Bahnhof von Long Island, wo ich eine Fahrkarte nach New York–Pennsylvania Station erstand.

Immerhin hatte ich noch die Geistesgegenwart besessen, den Termin erst für eine Woche später zu vereinbaren. Das ließ mir Zeit, alle meine Schubfächer durchzukramen und in Ruhe auszuwählen. Ich ließ die ganzen Fotos von den wütenden oder verzweifelten Müttern beiseite und auch die meisten ungewöhnlichen Bilder, bizarre Nahaufnahmen von außergewöhnlichen Objekten, wie etwa einem Stapel Kanalisationsröhren oder einem Eisenbahnrad oder dem Geflecht einer Netzhaut. Babybilder waren von vornherein tabu. Was blieb, war schließlich eine Sammlung von Bildern, die Männer bei der Arbeit und Maschinen zeigten, sowie ein paar prachtvolle Landschaftsaufnahmen. Ich konnte mir schließlich vorstellen, was *World* gefiel. Ich sah das Blatt jede Woche im Besucherwartezimmer des *Herald* liegen. Es war das beste – und das am besten zahlende – Fotomagazin der Welt. Ich muß leider gestehen, daß ich damals noch keinerlei Bewußtsein davon hatte, wie heimliche Zensur funktioniert: Wie man sich, um es in dieser Welt zu etwas zu bringen, am Etablierten orientiert und folglich Dinge fotografiert, die das Establishment sehen will, und anderes meidet. Ich machte mir keine Gedanken darüber, wie uns allen auch außerhalb von Kirche und Schule bestimmte Werte vermittelt werden und wie ich täglich durch die Herrschenden manipuliert wurde. Ich dachte gar nicht weiter nach: Ich war kein politischer Mensch. Diese ganze Art zu denken lernte ich erst sehr viel später, von anderen. Ich dachte noch nicht einmal darüber nach, wieso ich eigentlich so automatisch wußte, welche Fotos ich am besten in meine Mappe aufnahm, oder was hinter den Kriterien steckte, nach denen ich Bilder ausmusterte. Heute erscheint mir das um so bemerkenswerter, als ich doch in meiner Jugend noch das Selbstverständliche in Frage gestellt hatte. Ich hatte die Anastasia, die ich einmal gewesen war, völlig vergessen.

Ich betrat ein kleines Büro mit großen Fenstern in einem riesigen, anonymen Gebäude und wurde dort von Russ Farrell, einem grau-gesichtigen, beleibten Mann mit einem schütteren Haarkranz, und seinen beiden Assistenten, jüngeren, schlankeren und etwas üppiger behaarten Ausgaben seiner selbst, mit freundlichem Handschlag begrüßt. Ich saß auf einer anonymen, schwarzen Ledercouch und starrte auf die gerahmten Fotos, die an den weißen Wänden hingen – spektakuläre Aufnahmen wie etwa die Bombardierung Londons von Margaret Bourke-White –, und verfolgte, wie die drei Männer die Köpfe über einen langen Tisch beugten, auf den sie meine Mappe gelegt hatten. Wortlos schauten sie sich meine Fotos an. Ich glaube, während der ganzen Zeit, die sie meine Arbeiten musterten, bewegte sich an meinem ganzen Körper kein einziger Muskel. Zu hören war erst ganz zum Schluß wieder etwas, ein kurzes, vernehmliches Luftausstoßen aus einem und ein beifälliges Murmeln aus einem anderen Mund.

«Hm-m. Hm-m», sagte Farrell, indem er sich zu mir umwandte. «Hübsche Arbeit. Wie lange machen Sie das schon?»

«Ach, ich habe schon als Kind fotografiert. Professionell arbeite ich jetzt seit etwa zehn Jahren», übertrieb ich.

«Tatsächlich? Und was haben Sie in der Zeit gemacht?»

«Ich habe für eine Tageszeitung gearbeitet und ab und zu ein paar Sachen für eine Lokalzeitschrift gemacht (zwei Fotos für *Long Island*, ein von der lokalen Wirtschaft finanziertes Touristenmagazin, was ich jedoch nicht erwähnte. Für 75 Dollar das Stück), und sonst vor allem Porträts.» (Ich hielt es nicht für notwendig hinzuzufügen, daß es sich dabei um Porträts von kleinen Kindern gehandelt hatte.)

«Hm-m.» Er zog eine Pfeife aus seiner Jackentasche und war zunächst eine ganze Weile damit beschäftigt, sie in Gang zu bringen. Die Assistenten hatten sich mittlerweile in zwei kleineren Sesseln niedergelassen und sahen zu ihm auf. Der eine hielt einen Abzug in der Hand, streckte ihn ein Stück von sich weg und hielt ihn sich dann dicht vor die Nase, wobei er auf dem weißen Fotokarton überall seine fettigen Fingerabdrücke hinterließ. Ich hätte ihn am liebsten angebrüllt, er sollte das Bild wieder hinlegen. Ich war so nervös, ich wollte einfach laut losschreien.

Farrell nahm hinter einem breiten, weißen Schreibtisch Platz und lehnte sich in seinem Drehsessel zurück. Über seinem Kopf hing ein riesiger gerahmter Ansel Adams. Er sah mich nicht auffällig an, aber ich hatte trotzdem das Gefühl, daß er mich eingehend musterte. Ich trug wieder den Rock mit der Strickjacke, Strümpfe und Schuhe mit Absätzen – na ja, mit niedrigen Absätzen, aber immerhin nicht meine üblichen flachen Schuhe. Ich hatte ziemlich viele Gedanken darauf verwandt, wie ich mich wohl am besten präsentierte, und war zu dem Schluß gekommen, daß Hosen nicht angebracht waren. Ich hatte einmal Fotos von Margaret Bourke-White gesehen, auf denen sie selbst bei der *Arbeit* einen Rock trug.

Farrell studierte den Bewerbungsbogen, den ich ausgefüllt hatte, während ich darauf gewartet hatte, zu ihm vorgelassen zu werden.

«Hm. Dreißig. Sie sehen jünger aus.»

Ich lächelte mein nettestes Lächeln. «Vielen Dank.»

«Und immer noch ohne Anhang, hm?»

Er schaute gerade, welches Kästchen ich angekreuzt hatte: Es gab eins für verheiratet und eins für unverheiratet. Genauer gesagt, stand dort: Familienstand (sic!) □ verheiratet □ alleinstehend. Ich hatte alleinstehend angekreuzt. Für geschieden gab es kein Kästchen. Aber mir war klar, was er wissen wollte.

«Ich war verheiratet, aber seit letztem Jahr bin ich geschieden», sagte ich mit einem ganz leichten traurigen Unterton in der Stimme. «Es gab kein Kästchen für geschieden», erklärte ich, um meine Liebe zur Aufrichtigkeit zu demonstrieren.

«Wer für *World* arbeitet, muß ziemlich viel reisen. Das wäre demnach für Sie kein Problem?»

«Überhaupt nicht. Das wäre mir sehr recht.»

Reisen! Reisen! Wo ich doch schon mein Leben lang danach gelechzt hatte, einmal die Türen des Baptisteriums in Florenz zu sehen und den Duomo, die Medici-Bibliothek, die Place de la Concorde, den Louvre und die Sainte-Chapelle und Westminster und Charing Cross und die Inns of Court und Haworth und das englische Seengebiet und die Alpen und Hongkong und Bangkok und und und...

«Nun, in diesem Fall hätten wir Sie gern in unserer Crew. Nicht als Festangestellte, sondern jeweils für einzelne Aufträge. Bezahlt werden Sie nur, wenn Sie arbeiten, aber wir werden schon dafür sorgen, daß Sie zu tun haben.» Dann hielt er mir einen kurzen Vortrag über Honorierung, Tagegelder und Spesen; er redete von speziellen Versandbeuteln zum Einschicken der Filme, über die Zahl der pro Artikel zu benutzenden Filme (so viele!) und die Frage, wann Farbfilm und wann Schwarzweiß. Ich setzte eine aufmerksame Miene auf, aber mein eigener Herzschlag dröhnte mir viel zu laut in den Ohren, als daß ich viel mitbekommen hätte. Ich stand mit aller mir zu Gebote stehenden Ruhe und Gelassenheit auf und versuchte, ihrem Vorbild nacheifernd, meine Stimme so unbewegt wie möglich klingen zu lassen. Ich bemühte mich, mein Gesicht und meine Beine unter Kontrolle zu halten, und fing erst an zu hüpfen und zu tanzen, als ich wieder wohlbehalten in meinem eigenen Wohnzimmer angelangt war.

Ich hüpfte und tanzte auch noch, als ich am nächsten Morgen beim *Herald* erschien. Schließlich kannten wir uns ja inzwischen doch etwas, und ich brauchte mich nicht zusammenzunehmen. Ich stürmte zur Tür hinein und kündigte. Die Jungs waren ein bißchen überrascht und ein bißchen neidisch, aber letztendlich freuten sie sich alle großmütig mit mir. Es hat schon seine Vorteile, das Leben auf der langsamen Spur, unter den Mittelmäßigen und Gescheiterten, und einer dieser Vorteile ist die Kameradschaft. Damals war mir nicht klar, daß es damit nun vorbei sein würde. Sie schleppten mich an meinem letzten Tag – ich gab dem *Herald* noch eine Woche, um Ersatz für mich zu finden, und kam in dieser Zeit jeden Morgen trällernd zur Arbeit – in der Mittagszeit mit zu ihrer Stammkneipe und versuchten, mich abzufüllen. Aber ich mußte ja noch nach Hause fahren und mich um die Kinder kümmern, so daß ich nur in kleinen Schlucken von dem Martini nippte, den sie mir unermüdlich aufdrängten.

Wenn ich auf diese Anastasia zurückblicke, kann ich nur den Kopf schütteln. Ich kann mich gar nicht mehr recht an sie erinnern: an diese Frau, die sich einem solchen Hochgefühl, einer solchen

Aufbruchstimmung, solchen Hoffnungen hingeben konnte, die eine großartige, glänzende, aufregende Zukunft vor sich sah. Und die vor allem keine Ahnung hatte, was dieser Wechsel zu bedeuten hatte, worauf sie sich einließ. Nicht als hätte ich, wäre mir das alles klargewesen, dieses Angebot ausgeschlagen. Das ist eben genau der springende Punkt: Selbst wenn man weiß, was bei einer bestimmten Erfahrung herauskommt, will man sie trotzdem machen.

Mir war klar, daß ich meine Kinder stillschweigend verleugnete, und ich wollte gleichzeitig nicht, daß die beiden von meiner Verleugnung Wind bekamen. Am Morgen, nachdem *World* mich genommen hatte, rief ich einen Telefonannahmedienst an und ließ es so einrichten, daß Anrufe für unsere Nummer dorthin umgelegt wurden; ich stellte die Telefonglocke bei uns zu Hause ab und beantragte ein neues Telefon für uns. Auf diese Weise würden eventuelle Anrufe von *World* bei einer netten, professionell klingenden Stimme landen, die die Nachricht entgegennehmen und sie mir übermitteln würde. Es bestand nicht die Gefahr, daß sich ein Kinderstimmchen meldete, das dann laut «Mommy!» brüllen würde. Es bedeutete zwar eine zusätzliche Ausgabe, aber es mußte sein, sagte ich mir.

Ich sagte mir eine ganze Menge Dinge. Tatsächlich wußte ich weder damals noch weiß ich heute, ob diese ganze Akrobatik wirklich notwendig war. Ich wollte nur einfach nichts riskieren. Hätten sie mich genommen, wenn ich verheiratet gewesen wäre? Wenn sie gewußt hätten, daß ich kleine Kinder hatte? Vielleicht. Hätten sie mich genommen, wenn ich in Hosen zu dem Vorstellungstermin erschienen wäre? Zwanzig Jahre später hörte ich einmal, wie ein paar Männer darüber sprachen, daß sie eine Frau nicht einstellen wollten, weil sie in Hosen zu ihrem Bewerbungstermin gekommen war. Aber das waren andere Männer. Ich weiß es nicht und war mir auch damals nicht sicher. Ich wußte nur, ich hatte das tiefsitzende, unüberhörbare Gefühl, daß Frauen draußen im öffentlichen Leben extrem vorsichtig sein mußten, daß schon die kleinste Kleinigkeit als Anlaß dafür dienen konnte, sie wieder wegzuschicken. Und Kinder zu haben, das ist wahrlich keine Kleinigkeit. Ich hatte Kinder, aber ich hatte ja auch Pani Nowak.

Und ich hatte, auch wenn er damals erst ganz klein war und später noch wachsen sollte, einen heißen, harten, steinernen Knoten aus Schuldgefühl, der in der Nähe meines Bauchnabels saß. Aber ich war viel zu aufgeregt, um davon Notiz zu nehmen.

5 Belle und Ed hatten auf ihrem Weg zum gesicherten Mittelschichtsstatus noch eine weitere schwere Prüfung zu bestehen. Die Rezession, die auf das Ende des Krieges folgte, brachte viele Unternehmen in Schwierigkeiten, und Bunnell war eine dieser Firmen. Im Mai 1949 machte der Betrieb endgültig zu. Ed wurde, wie um die gleiche Zeit viele andere Männer auch, arbeitslos und fand keine neue gleichwertige Beschäftigung.

Arden war gerade sechs Monate alt und hatte schon seit einer Woche einen fiebrigen Infekt. Anastasia fiel in der winzigen Wohnung die Decke auf den Kopf, und sie hatte deshalb Brad gebeten, mittags nach Hause zu kommen, um sie abzuholen und zu ihrer Mutter zu fahren und sie dann am Abend dort wieder einzusammeln. Sie rief nicht erst vorher an. Belle war immer zu Hause. Brad setzte sie vor dem Haus ab und fuhr dann weiter, ohne die lange Leiter zu bemerken, die vorn am Haus lehnte. Oben stand Ed, damit beschäftigt, abblätternde Farbe von der Holzverschalung des oberen Stockwerks abzukratzen. Anastasia schaute zu ihm hinauf, Arden im Arm, umgeben von ihrer umfangreichen Ausrüstung.

«Hallo!»

Er drehte sich um und winkte.

«Wieso bist du denn zu Hause?»

Aber er winkte nur ein zweites Mal und wandte sich dann wieder seiner Arbeit zu. Anastasia klingelte an der Vordertür. Belle öffnete ihr mit tiefen Falten im Gesicht.

«Wie kommt's, daß Dad zu Hause ist?» fragte sie fröhlich (wie immer).

Belle verzog das Gesicht, wandte sich ab und stolzierte ins Wohnzimmer. Anastasia folgte ihr. Belle wandte sich ihr wieder zu, nachdem die Tür geschlossen war. «Er hat seine Arbeit verloren.»

Anastasia wurde blaß. «Sie haben ihn entlassen?» Das konnte doch wohl nicht sein: ihr sorgfältiger, tüchtiger, methodischer Vater entlassen?

Belle antwortete nicht. «Zieh den Mantel aus», seufzte sie. «Möchtest du Tee?»

Erst als sie sehr viel älter war, fand Anastasia heraus, daß ihr Vater nicht gefeuert worden war, sondern daß die Firma bankrott gemacht hatte. Belle sprach nur selten über dieses Ereignis, schien aber immer Ed die Schuld an dem zu geben, was ihm widerfahren war. Ed redete überhaupt nicht darüber. Die schwere, düstere, dicke Decke aus grauer Depression, die in diesem Hause schon so oft über allem gelegen hatte, senkte sich ein weiteres Mal herab.

Welcher andere Mensch außer Ed würde sich am Tag, nachdem er seine Arbeit verloren hatte, daranmachen, das Haus neu zu streichen? Nach einer Woche hatte er sich dann allerdings wieder so weit den Realitäten gestellt, daß er auf Arbeitssuche ging. Es gab nichts, und nach einem Monat nahm er einen Nachtschichtjob bei Republic Aircraft an, am Fließband für zwei Dollar die Stunde, und dazu noch einen Tagesjob, der darin bestand, für 50 Cent die Stunde Staubsauger zu reparieren. Eineinhalb Jahre hielt er diesen Zeitplan durch, fünf Nächte die Woche bei Republic, sechs Tage die Woche bei Hoover, womit er im ganzen 80 Dollar die Woche verdiente, was immer noch nicht ganz reichte, um sie alle drei über die Runden zu bringen. Er beklagte sich nie. Wenn er daheim war, strich er das Haus oder arbeitete am Auto. Belle machte Hauben und brachte es damit mittlerweile auf 25 Dollar die Woche. Joy war im letzten High School-Jahr und Mitglied einer Clique und brauchte unbedingt diesen speziellen Pullover, jenen besonderen Rock. Aber sie äußerte kaum Wünsche, so selten wie irgend möglich. Und Anastasia konnte ihren Eltern auch nicht helfen.

Im November 1950, dem gleichen Monat, in dem Billy geboren wurde, fand Ed eine gute Stelle bei einer Firma, die komplizierte Instrumente, wie unter anderem auch Gyroskope, herstellte, und wo er 100 Dollar die Woche bekam und außerdem noch einen beachtlichen Weihnachtszuschlag. Er war jetzt vierundvierzig. Dort sollte er bleiben, bis er 1971, an seinem fünfundsechzigsten Geburtstag, in den Ruhestand trat. Am Ende dieser Zeit bezog er zwar ein gutes Gehalt, aber seinem Wert entsprach auch dieses noch lange nicht: Die Firma mußte, nachdem er ausgeschieden war, fünf Leute einstellen, um ihn zu ersetzen. Er fing danach sofort an, stundenweise schwarz bei verschiedenen Elektrofirmen zu arbeiten, und gab dies erst auf, als er sechsundsiebzig war und Belle darauf bestand. Inzwischen waren sie aus allen Sorgen heraus; in ihrem Haus sah es genauso aus wie in anderer Leute Häuser, mit Pseudo-Sheraton im Eßzimmer, neuen Teppichen, jeder Menge Tischchen und Nippes; sie fuhren einen Cadillac, der nicht älter als sechs Jahre war. Belle besaß eine Zobelstola und eine Nerzjacke, beide schon ziemlich aus der Mode, und einen Leopardenfellmantel, erst zehn Jahre alt. Sie hatten zwei dreiwöchige Europareisen gemacht und viele Urlaube im inneren Teil des Staates New York und in Maine verbracht. Wer immer sie kennenlernte, sprach von einem reizenden Paar.

Belle machte mehr als zehn Jahre lang Hauben und hörte erst damit auf, nachdem sie sämtliche Kosten im Zusammenhang mit Joyces Hochzeit bezahlt hatte, wozu sie ein Jahr brauchte. Ende 1955 setzte sie sich schließlich zur Ruhe, um sich Beschäftigungen zu widmen, die ihr Freude machten. Zu der Zeit war Ann Gwyn bereits an Brustkrebs gestorben, und binnen zwei Jahren starben auch Gertrude Grunbacher und Mildred Bradshaw. Übrig war nur noch Elvira, die sich griesgrämig dem Altwerden ergeben hatte. Rollo war gestorben, und sie vermißte es, einen Mann um sich zu haben. Sie nahm die Beziehung zu ihrem ehemaligen Freund wieder auf, aber er trank, wie sie sagte, mittlerweile zuviel und schimpfte immer auf «Whitey», als seien alle Weißen seine Feinde, was sie einfach nicht verstehen konnte. *Sie* war doch immer seine Freundin gewesen. Blieben also nur noch Jean und Eric, und die beiden Ehepaare spielten immer noch jeden Samstag abend Bridge und fuhren ein paarmal zusammen in Urlaub. Diese Konstellation war zeit ihres mittlerweile schon so langen Bestehens schwierig gewesen: Eric, der immer große Reden schwang und auf Ed herabsah, Jean, nett, zufrieden und gefällig, Belle stets untergründig verbittert, Ed, der gar nichts sagte. Der Schleier der drückenden Düsternis hob sich während dieser Phase der mittleren Jahre, um sich dann erneut herabzusenken, als Belle endgültig alt zu werden begann. Eric starb, und es gab keine Bridgeabende mehr. Sie waren noch immer zusammen, sie und Ed, ganz allein, wie er es sich immer gewünscht hatte, ohne lästige lärmende Kinder. Ed wurde weicher; er konnte jetzt richtiggehend liebevoll zu seinen erwachsenen Töchtern sein. Es lag jetzt nie mehr Staub auf den mittlerweile zahlreichen Tischchen, kein Radio dudelte mehr, nirgends kullerten leere Colaflaschen herum. Ruhe, Frieden und Ordnung regierten ungestört in dem großen Haus am Wasser, das sie sich errungen hatten, sie beide, zusammen, allein.

1

5

3. Teil

4

2

Komposition in Grau und Schwarz

3

X. Kapitel

1 Sonntag, 12. JANUAR 1960. An Bord.
An Bord. Ein Wort, von dem ich nicht erwartet hätte, daß es irgendwann einfach in meinen Alltag plumpsen würde wie ein Päckchen durch einen Briefschlitz.

Mein Alltag, alle meine Tage: morgens die Kinder zur Schule fahren, dann zurück durch die Vororte, zu einem dreigeschossigen Backsteinhaus und meinem langweiligen Job: Lächeln. Ja, Sir, ich werde nachsehen, ob er da ist. Tut mir leid, Sir, er ist schon weg, lächeln. Ja, Sir, ich werde es ihm gerne ausrichten. Dann die Heimfahrt, der Lunch für die Frau: ein Apfel und ein Joghurt. Zum Supermarkt, die Suche nach Fleisch, das billiger ist als 85 Cent das Pfund, nach frischem Gemüse, das den Kindern schmeckt, mit schmalen Lippen, angespannt; die schweren Tüten auspacken, in die so wenig hineinpaßt, dann die Wäsche: runter in den Keller, mit dem schweren Korb voller riechender Klamotten, darauf warten, daß das Wasser in die Trommel eingelaufen ist, ehe ich das Bleichmittel zufüge, der dunkle Keller macht mich nervös, er ist voller Spinnweben und wird von einer einzigen Birne beleuchtet, die an einem Draht von der Decke baumelt. Ich prüfe, ob alles in Ordnung ist, die Wassertemperatur, das Waschpulver. Wieder die zwei Treppen nach oben, nach einer halben Stunde zurück in den Keller, die Weißwäsche kommt in den Trockner, die dunkle in die Trommel. Die zwei Treppen wieder hoch, in einer halben Stunde geht's noch mal in den Keller… Oh, ich weiß, daß ich kein Recht habe, mich zu beklagen, für meine Mutter ist es viel anstrengender gewesen. Aber wie kommt es, daß die eine Hälfte der Menschheit solche Aufgaben nie erledigen muß, während die andere Hälfte kaum Zeit für irgend etwas anderes hat?

Die Kinder kommen nach Hause, Krach, Unruhe, manchmal Gelächter, häufig Zankereien, schlechte Laune, sogar Tränen. Gefolgt von Anweisungen, Autorität, das macht keinen Spaß, warum muß man sie zu allem zwingen? Zieht euch um, für jeden ist nur ein Stück Geflügelpastete da, eßt Obst, wenn ihr noch hungrig seid, um fünf müßt ihr wieder zu Hause sein, denkt an die Schularbeiten. Noch eine Stunde, bis ich mit dem Abendessen anfangen muß, in dieser Zeit lege ich die saubere und trockene Wäsche zusammen (mehrmals die Treppe runter und wieder rauf), wische Staub, sauge den Teppich im Wohnzimmer, der abgetreten und ausgeblichen ist, einfach häßlich, es ist eklig, ihn saugen zu müssen…

Kochen hasse ich, aber das Abendessen ist eine gute Zeit, die Kinder sind ruhiger, sie essen gern, wir unterhalten uns, scherzen, erzählen, wie der Tag gelaufen ist, hin und wieder planen wir etwas. Wenn wir mit dem Essen fertig sind, beteiligen sich inzwischen alle am Abräumen und Spülen, sie sind jetzt alt genug, das ist nicht schlecht, aber sie haben es immer eilig, das Gerät einzuschalten, den Kasten, diesen Lärm, der mein Leben mit einer künstlichen Welt erfüllt; künstliche Freuden, künstliche Gewalt, künstliche Abenteuer, mein Gott, dieser Geräuschpegel! Um ihm zu entkommen, muß ich mich in mein Zimmer zurückziehen, und dann fühlen sich die Kinder allein gelassen, deshalb setze ich mich für gewöhnlich zu ihnen und versuche, etwas zu lesen. Sie sitzen wie zwei hypnotisierte Roboter auf dem Fußboden und glauben alles, was sie sehen. Diese kleine Kiste bestimmt ihre Träume, formt ihre Phantasien… aber wenn ich es ihnen verbieten wollte, müßte ich einen prinzipiellen moralischen und intellektuellen Standpunkt einnehmen, es würde sie zu Außenseitern machen. Wenn das Programm zu lähmend und abscheulich ist, ziehe ich mich aber doch in mein Zimmer zurück, setze mich an den Tisch und arbeite an meinen Fotos. Kurze Zeit darauf kommt eines der Kinder zu mir und sagt, daß sie für mich auch ein anderes Programm einschalten würden, ob ich mich nicht wieder zu ihnen setzen wolle. Manchmal sage ich dann nein, es wäre alles okay, ich hätte heute nur keine Lust zum Fernsehen, und arbeite weiter, aber ich kann mich nicht konzentrieren, weil ich ein schlechtes Gewissen habe. Ich sehe ihre kleinen bleichen Gesichter vor mir, ihre Traurigkeit, weil ich mich abgesetzt habe. Oder bilde ich mir ihre Traurigkeit nur ein? Brad sagt, ich sei nicht so wichtig für sie, wie ich mir gern vormachen würde. Aber ich muß mich nach meinen Gefühlen richten, oder?

Hin und wieder frage ich mich, wie mein Leben weitergehen wird, wenn die Kinder erwachsen sind und aus dem Haus. Dann werde ich zurückbleiben, nach all den Jahren, in denen ich so wichtig für sie gewesen bin, Jahren, in denen ich das Gefühl hatte, daß jede meiner Gesten, mein Gesichtsausdruck, mein Tonfall sie beeinflußt hat, eine Bedeutung annahm, die ich vielleicht gar nicht beabsichtigt hatte. Wenn ich mich daran erinnere, wie sensibel ich in meiner Kindheit gewesen bin, dann weiß ich, wie wichtig noch jedes Detail für ein Kind sein kann. Nach dieser ganzen langen Zeit, in der ich mich verantwortlich gefühlt habe, werde ich plötzlich nicht mehr wichtig sein, jedenfalls nicht mehr so wichtig. Ich habe keine Angst davor, daß ich mich langweilen könnte, daß ich etwa nicht wüßte, was ich mit mir anfangen sollte, wenn die Kinder aus dem Haus sind – das Leere-Nest-Syndrom, das die Zeitschriften den Frauen heutzutage anhängen wollen. Nein, darüber mache ich mir keine Sorgen. Ich werde endlich mehr Zeit für meine Arbeit haben. Mich beunruhigt etwas anderes: Wenn sie erwachsen sind, werde ich eine bestimmte Verhaltensweise verinnerlicht haben, so wie die Mütter, denen nachgesagt wird, daß sie eigentlich sich selber und nicht ihre Kinder disziplinieren, wenn sie ihnen schon sehr früh beibringen, auf den Topf zu gehen – ich werde dann eine Person sein, die sich achtzehn Jahre lang antrainiert hat, die Bedürfnisse ihrer Lieben zu erkennen und darauf zu reagieren, zu besänftigen, zu trösten, Tränen und Wut abzuwenden und die eigenen Energien in die Familie zu stecken, die Achse zu sein, um die sich alles dreht, der selbstlose Mittelpunkt, durch den alles zusammengehalten wird. Ich werde automatisch funktionieren – wie ich es auch jetzt schon tue –, aber sie werden plötzlich nicht mehr *wollen*, daß ich so reagiere, sie werden finden, daß ich sie wie Babies behandle, und mir genau die Verhaltensweisen vorwerfen, die sie *zur Zeit* von mir verlangen. Frausein ist eine unmögliche Aufgabe, du mußt dich ständig anpassen. Mit der Sexualität verhält es sich genauso: Zuerst sollst du eiskalt sein, keusch und unnahbar, und mit dem Tag der Eheschließung plötzlich vor Leidenschaft brennen. Oh, warum gehen mir bloß diese Gedanken durch den Kopf, das macht mich doch nur sauer.

Mein Alltag: Richtig. Die Schlafenszeit. Aufpassen, daß sie die Zähne putzen und sich waschen, daß das Fenster geöffnet ist und die Decken – je nach höchsteigenem Geschmack – richtig eingeschlagen sind, Küsse, Umarmungen, viel Gekicher jetzt, zärtliche Augenblicke, die Zeit vor dem Einschlafen. Ja. Aber dann bleiben mir nur noch ein paar ungestörte Stunden, in denen ich mich erhole oder mein Archiv auf den neuesten Stand bringe: Am vergangenen Sonnabend habe ich eine Birkengruppe um zehn Uhr vormittags, um zwei Uhr mittags und um halb vier am Nachmittag fotografiert, jeweils mit einer bestimmten Blende und einem bestimmten Objektiv, jedes Negativ wird in eine Plastiktasche geschoben und in einen Ordner abgeheftet und mit den entsprechenden Daten versehen. In eineinhalb Stunden schaffe ich nicht sehr viel, um elf fange ich an zu gähnen, ich bin erschöpft, ich muß mich duschen, mir die Zähne putzen, noch einmal nach den Kindern sehen, die so rosig und warm sind, wenn sie schlafen. Dann krieche ich unter die kalten Laken, der Wecker steht auf sieben Uhr...

Und auf einmal, mitten in meinem geregelten Leben, geschieht etwas, das ich weder erwartet noch erträumt habe: AN BORD! Bis jetzt habe ich nicht gewußt, daß das möglich ist, daß man seine Kinder lieben kann, überhaupt Kinder *haben* kann und gleichzeitig leichten Herzens abhebt, genau wie das Flugzeug, das von der Erde abhebt und eine andere Ebene ansteuert, ein anderes Leben. WUMM!

Dies ist meine erste Reise in einem Flugzeug, abgesehen von der Reise nach Mexiko, wegen der Scheidung, aber da war ich zu betäubt, um irgend etwas wahrzunehmen. Richtig, 1939 bin ich über den Floyd Bennett-Flughafen geflogen, in einer

Piper, mein Vater saß auf dem Sitz neben mir, wir waren beide hingerissen. Für ihn war es auch der erste Flug, und er versuchte, unerschrocken und beschützend zu wirken, damit ich mich sicher fühlte, aber er brauchte mich nicht zu beruhigen, ich hatte keine Angst, ich war selig. Und dies hier ist die erste Eintragung in dem ersten Tagebuch, das ich je geführt habe.

Ich habe meinen Namen auf die erste Seite geschrieben. TAGEBUCH VON STACEY STEVENS. Ein schillernder Name, und nicht echt: Stacey Stevens. Den Leuten von *World* gefällt Anastasia nicht, sie finden den Namen zu fremdartig und wollen nicht, daß ich ihn benutze. Aber in meinen Ohren klingt Stacey Stevens nach Filmstar – nach blonden Locken, roten Lippen, nach einer, die freitags einen auf kleines Mädchen macht, unkompliziert ist, liebes Lächeln, sinnliche Stimme, guter Kumpel, die schließlich den zweiten Hauptdarsteller kriegen wird.

Kapitel eins, Seite eins eines neuen leeren Buches: Stacey geht an Bord, Anastasia fliegt!

Oh, dieser Aufstieg, die Motoren beschleunigen so stark, daß ich glaube, sie müßten gleich explodieren, das Flugzeug rollt immer schneller, die Geschwindigkeit selbst scheint uns emporzutragen, wie Wasser, das kocht und in der Luft verdampft, zu Luft wird. Die Erde kippt weg und entfernt sich immer weiter, die Häuser werden schmaler, wirken wie hingetupft, wie die Häuschen in Bilderbüchern für Kinder. Hier bin ich, unerschrocken, abenteuerlustig, blicke auf die winzige Erde hinab, die tief unten liegt und mir lieb und teuer ist, die Häuser sehen wie lächerliche kleine Verschanzungen aus, die von einer ängstlichen, erdgebundenen Spezies errichtet wurden.

Ich bin hier oben, über der Erde! Wie die Götter, die die Erde und alles Menschenwerk aus der Vogelperspektive betrachten können. Und außerdem haben wir Sitze, die sich nach hinten stellen lassen, mit kleinen hübschen Tischen zum Herunterklappen, auf denen man schreiben kann, und sie schieben einen Wagen durch die Gänge und servieren Drinks!

Es ist ein dünnes Buch mit marmoriertem Deckel – Lavendel, Rosa, Rot; zartlila linierte Seiten, verblichene hellblaue Tinte und meine ausladende Handschrift von damals, noch nicht so lange her, oder? Erst zwanzig Jahre. Zwanzig Jahre. Und ich habe diese Seiten vollgeschrieben, Dutzende auf einmal!

Ich erinnere mich, daß ich in einem Fotolabor in Chelsea war, zum allerersten Mal, um Filme für meinen ersten Auftrag zu kaufen. Gegenüber lag ein Geschäft für Bürobedarf, das es inzwischen schon lange nicht mehr gibt, schmale Gänge, Metallregale, stapelweise Schreibpapier, Aktendeckel, Briefumschläge, alles ganz eingestaubt. Die Dielen knarrten bei jedem Schritt, und ich entdeckte diese Bücher, ich mußte den Staub herunterpusten. Damals war es schwer, hübsche Notizbücher zu finden, und ich kaufte mir spontan eins, ich freute mich, zum ersten Mal in meinem Leben nicht jeden Penny umdrehen zu müssen...

Von dieser Höhe aus kann man nicht viel sehen. Manchmal reißen die Wolken auf, und dann sieht man die Erde, sie hat die Farbe von Ton und wirkt nah, es sei denn, man sieht ein Haus, dann merkt man, wie hoch wir sind, das Haus sieht aus wie ein Punkt. Man merkt der Erde nicht an, daß wir Januar haben. In der Gegend um New York lag Schnee, mit Flecken von dunkler Erde dazwischen. Eine Zeitlang flogen wir durch ein riesiges Wolkental: Wir waren unten, um uns herum die Wolken, wir versanken darin. Wie auf dem Bild in einem Kinderbuch, wo sich niedliche kleine Wichtel in einem Wolkenbett tummeln und vor Freude kreischend in Schlagsahne herumtollen, in Eischnee schweben.

In der Natur kommen die gleichen Formen und Stoffe immer wieder vor, Wolken wie Inseln, der Himmel wie ein Meer. Auch Mozart hat seine Themen immer wieder verwendet, bei sich selbst geklaut. Im Moment sind die Wolken dunstig, weiß und schillern in allen Farben des Regenbogens. Vor uns tiefes Rosa, wir fliegen dem Sonnenuntergang entgegen, hinter uns ist es dunkel, wir fliegen nach Westen, junge Frau.

Ich hoffe, die Leute merken mir nicht an, daß ich weder gelassen noch selbstsicher bin. Auf dem Mittelplatz neben mir sitzt niemand. Ein Mann schläft in dem Sitz zum Gang hin. Hin und wieder schnarcht er. Aber vielleicht beäugt mich ja trotzdem jemand, so wie ich die Leute verstohlen mustere. Eine *World*-Fotografin hat gelassen und selbstsicher zu sein. Ich versuche, mir selbst einzureden, daß ich immerhin nicht ganz unbedeutend bin.

Ich bin froh, daß ich dieses Buch gekauft habe: Es sieht professionell aus, wenn ich Eintragungen mache, *geschäftig*. Ich bin noch nie auf diese Art und Weise geschäftig gewesen – es wird nicht ernst genommen, wenn man damit fertig werden muß, daß die Kinder in der Badewanne sitzen und das Wasser über den Boden verteilen, das Telefon klingelt und der Topf auf dem Herd sich genau in diesem Moment entschließt, überzukochen. Jetzt beschäftige ich mich auf andere Weise, auf bedeutende Weise. In das Buch zu schreiben hilft mir aber auch, vor den anderen zu verstecken, daß ich Angst davor habe, das Flugzeug könnte abstürzen und meine Karriere vorzeitig beenden. Komisch, daß ich vorher nie gemerkt habe, wie selbstsüchtig Phobien sind...

Karriere. Mache ich die jetzt? Achtzig Filme haben sie mir bewilligt, eine Hälfte Schwarzweiß, die andere Farbe. Erwarten sie wirklich von mir, daß ich alles verknipse? Was für eine Verschwendung. Ihnen ist es egal, sie haben soviel Geld, daß sie damit den Kamin beheizen könnten. Wenn wir abstürzen, werden wir verbrennen...

Wir werden nicht abstürzen. Stell dir vor, du wärst auf einem Boot. Die Wolken wiegen das Flugzeug wie die Wellen ein Boot – auf und nieder, auf und nieder. Die Natur ist die Wiederholung des Gleichartigen im Verschiedenen. Im Mittelalter war den Menschen bewußt, daß alles mit allem verbunden ist, verzahnt, daß alles wichtig ist. Darauf kommt es an. Alles ist wichtig. Gott, meine Gedanken rasen, ich komme mir vor, als ob ich unter Drogen stünde, meine Poren sind weit offen und lassen alles durch. Die Welt ist neu, als ob meine Augen gereinigt wurden und ich nun endlich sehen könnte.

In Wahrheit kenne ich die Welt *kaum*: Wo bin ich schon

gewesen? Ich mußte mir die Welt vorstellen oder mir Fotos ansehen. Die Kamera lügt nicht. Aber natürlich lügt sie, wer wüßte das besser als ein Fotograf? Die Einstellung, die Blickrichtung, die Auswahl – die Kamera zeigt, was der Fotograf sagen will, wie bei dem Kinderspiel: Ich sehe was, was du nicht siehst. Ich weiß auch nicht, warum ich dauernd an Kinderkram denken muß...

Zum Beispiel die Inderin auf dem Flughafen. Ich dachte, ich wüßte alles über sie, hatte ich nicht Bücher über Frauen wie sie gelesen, Fotos gesehen? Ich kannte den zierlichen Körperbau, die demütige Haltung. Im Alter wird sie einen Buckel haben, die großen dunklen Augen. Ihre vielen Bündel und die beiden Kinder, eins noch ein Baby. Sie saß in gebückter Haltung, hörte einem Mann zu, wahrscheinlich ihrem Mann, der ihr endlose Anweisungen gab. Sie nickte, zeigte keinerlei Ungeduld. In Wirklichkeit ist er nervös, weil er sie die Reise allein machen läßt, und deshalb schimpft er mit ihr, als wäre sie ein Kind oder schwachsinnig. Dann sieht er auf seine Uhr, steht auf, nimmt den kleinen Jungen hoch, drückt ihn an sich, küßt ihn, stellt ihn wieder hin. Dem Baby schenkt er keine Beachtung. Er geht. Ich beobachte sie mit ihren vielen Bündeln und den kleinen Kindern, ich überlege, ob ich ihr helfen soll, sie braucht Hilfe. Aber als der Flug aufgerufen wird, rafft sie flink alles zusammen, man merkt, daß sie das gewöhnt ist, steht auf, tritt sich nicht auf ihren langen roten Sari, fast rennt sie. Sie stößt die Leute weg, die ihr im Weg stehen, einen ihrer Ellenbogen bekomme ich heftig zu spüren, und steht als erste in der Schlange.

Natürlich soll sie als erste dort stehen, das ist ihr gutes Recht, aber sie hat sich den Weg freigekämpft, sie war bereit, gegen die ganze Welt anzutreten, und ich wette, daß sie sich ihrem Ehemann gegenüber nie so durchsetzen würde. Von weitem betrachtet wirkt sie sehr anmutig, der Sari liegt an ihrem Körper an, so daß er aussieht wie ein «S». Ihre Kleidung unterstreicht die Biegsamkeit, die Sanftheit und Unterwürfigkeit der Frau. Lüge. Sie ist eine Furie mit einem Ring in der Nase. Bedeutet ein Ring in der Nase nicht Unterwerfung? Andererseits ist ein Ring in der Nase nicht viel anders als ein Ring im Ohr, oder? Aber sie ist *auch* demütig.

Ich spüre immer noch, wo sie mich mit ihrem Ellenbogen getroffen hat. Ich wette, daß ich jetzt einen blauen Fleck habe. Ich würde gern mal nachsehen, aber das geht hier nicht.

Ich trinke. Ich trinke eine Bloody Mary, ich habe mir ausgerechnet, daß ich 75 Cent von den Reisekosten, die *World* bezahlt, für einen Drink ausgeben kann. Aber ich bin leicht beschwipst von Alkohol und Aufregung. Und jetzt schieben sie den Wagen mit dem Essen durch die Gänge und servieren den Leuten ein Mahl auf hübschen kleinen Tabletts, die mit einer Folie überzogen sind, es riecht nach Essen. Ist das nicht schön? Es wird einfach gebracht, man braucht nicht zu kochen. Was für ein niedliches kleines Tablett! Wunderbar, einfach genial, oh, wie ich das liebe.

Es ist peinlich, den Beweis dafür in der Hand zu halten, daß man das Essen, das in den Flugzeugen serviert wird, einmal toll gefunden hat. Erinnern kann man sich an dieses Gefühl selbstverständlich nicht mehr. Die ganze Eintragung ist peinlich. Wie naiv ich gewesen bin! Geradezu erniedrigend. Ich kann es nicht glauben, daß ich so naiv vor mich hingeplappert haben soll und von diesem dummen Schnickschnack begeistert war.

Trotzdem klingt dieses junge Ding glücklicher, als ich es jetzt bin. Ich war noch ein junges Ding, auch wenn ich schon dreißig war. Gott, wie albern. Ist das wirklich wahr? Habe ich das Leben als großes Abenteuer angesehen, das der Entdeckung harrte? Wahrscheinlich habe ich die elysischen Felder erwartet. Statt dessen geriet ich in den Sumpf der Verzweiflung. Die Frage ist: Geht das allen so? Oder gibt es Menschen, die das Elysium finden?

Also, es war nicht gerade toll, aber schnell.

Bevor ich wegfuhr, versuchte ich, mir eine gelassene, selbstsichere Ausstrahlung zuzulegen. Als erstes ließ ich mir die Haare abschneiden. Sie reichten mir bis auf den Rücken, und ich flocht sie meistens zu einem einzigen dicken Zopf. Jetzt bedeckt mein Haar gerade die Ohren und schwingt bei jeder schnellen Bewegung des Kopfes mit. Delilah findet es schön und Mutter auch. Aber die Kinder waren entsetzt. Sie sagten, meine langen Haare hätten ihnen gefallen, was sie allerdings nie zu erkennen gegeben hatten, als sie noch lang waren. Für sie sah ich mit dem kurzen Haar wie eine Schwester aus.

Aber sie haben sowieso an allem und jedem herumgemekkert. Sie haben sich noch nicht einmal gefreut, daß ich den Job bekommen habe. Dabei ist es kein richtiger Job, ich gehöre nicht zum festen Stab, ich bin nur freie Mitarbeiterin. Aber, Gott, war ich glücklich, ich konnte kaum an mich halten, es bedeutete so viel für mich. Ich finde nicht die richtigen Worte, ihnen klarzumachen, was es für mich bedeutet, und wenn ich es versuchen würde, könnte es den Anschein erwekken, daß sie mich nicht ausfüllen, daß sie nicht alles sind, was ich im Leben brauche. Was stimmt. Aber Kinder erwarten, daß sie für ihre Mutter der einzige Lebenszweck sind. Ich konnte ihnen nicht eingestehen, daß ich das Gefühl habe, plötzlich als Person anerkannt zu werden, als Mensch, nicht nur als Frau, als Mutter, sprich als ein Nichts und Niemand, eine Null...

Ich kann mich nicht konzentrieren, meine Gedanken weigern sich, irgendwo zu verweilen.

Die Kinder straften mich für mein Glück. Ich stand morgens lächelnd am Bügelbrett und bügelte eine Bluse, die ich anziehen wollte, wenn ich in die Stadt fuhr, und sie standen beide da, lehnten sich gegen die Spüle und starrten mich mit harten Augen an. Als wären sie puritanische Richter, die eine Ehebrecherin verurteilen wollten. Ich überlegte, welche Vorteile für sie dabei herausspringen könnten, und sagte, daß wir jetzt mehr Geld hätten. Das ließ sie völlig kalt.

«Du hast gesagt, du müßtest wegfahren. Wer wird sich um *uns* kümmern?»

«Pani. Ihr liebt doch Pani», flehte ich.

Sie sahen mich mit ausdruckslosen Gesichtern an. Sie wollten mich bestrafen, und ich fühlte mich schuldig genug, um sie gewähren zu lassen.

«Du fährst weg?» fragte Billy fassungslos. «Du willst uns allein lassen?»

«Ihr werdet nicht allein sein. Pani wird bei euch sein.»

«Wird sie hier oben schlafen? Oder unten?»

Darüber hatte ich noch nicht nachgedacht. «Hier oben», sagte ich kurz entschlossen.

Er wandte sich ab, als hätte ich ihn bereits verlassen: ein gebeutelter, trauriger, armer kleiner Junge. Egoistischer Hund trifft es eher. Arden verschränkte die Arme und nahm mich ins Verhör wie ein Ausbilder den Rekruten: Ob Pani wüßte, daß sie jeden Sonnabend am Nachmittag ins Kino gehen und sich hinterher eine Limo kaufen dürfte und daß sie nachmittags ihre Schularbeiten zusammen mit Joyce im Wohnzimmer auf der Erde machen dürfte. Ekelhafte Brut. Kein Gedanke an mich oder daran, was dieser Job für mich bedeutete. *Ihre* Privilegien und Rechte, *ihr* Wohlergehen, nur das zählte. Ungeheuer!

Ich klappte das Bügelbrett zusammen und stellte es weg. Dabei klemmte ich mir den Finger zwischen einem Bein und dem Brett und schrie vor Schmerz auf. Keines meiner Kinder beachtete mich. Diese Mistviecher. Abscheuliche Bälger. Sie führten sich auf, als ob ich *ihnen* etwas Fürchterliches angetan hätte, weil ich mir die Haare abschneiden ließ. Wie müßte ich denn um Himmels willen ihrer Meinung nach aussehen? Mein Gott, ich bin doch erst dreißig! Sie wollen mich am liebsten im Schaukelstuhl sehen, mit einem Tuch über den Schultern und einem Hörgerät am Ohr. Zum Teufel mit ihnen!

Dabei bin ich doch darauf *angewiesen*, daß sie sich mit mir freuen. Ich habe doch nur sie. Ich habe schließlich meine Mutter angerufen, aber nicht in ihrer Gegenwart. Ich wartete, bis sie im Bett lagen. Und meine gute Mommy war genauso aufgeregt wie ich, sie war wirklich stolz auf mich, beeindruckt. Sie hatte mich schon aufgegeben, das wußte ich, und auf einmal hatte ich doch noch etwas erreicht. Ich lächelte, als ich den Telefonhörer auflegte, und ich lächelte auch noch, als ich mich in meinem Bett gegen die Kissen lehnte und anfing, mir meine aufregende Zukunft auszumalen.

Zum Teil mußte ich aber auch lachen, weil meine Mutter zunächst so beklommen und besorgt geklungen hatte, als sie fragte, wer sich um die Kinder kümmern würde, während ich unterwegs sei. Und sobald ich sagte: Pani, sagte sie erleichtert: «O wie *schön*, Anastasia! Das ist ja wunderbar! Sie wohnt gleich bei euch, das ist sehr bequem, sie braucht nicht erst ins Auto zu steigen und hinzufahren, und sie kann nach unten in ihre eigene Wohnung gehen, wann immer sie möchte.»

Ich bin also auch nicht anders als meine Kinder, ich erwarte auch, daß meine Mutter für mich da ist. Am Abend vor meiner Abreise, gestern abend – war es gestern abend? – haben sie eine Party für mich veranstaltet. Sie luden Pani Nowak ein, machten Muffin-Pizza und überreichten mir ein Geschenk. Sie müssen zusammengelegt haben, um es mir kaufen zu können, oder ihr Geld von Weihnachten genommen haben, oder Pani muß ihnen viel dazugegeben haben, nein, das hat sie bestimmt nicht getan, das hätte sie sich gar nicht leisten können. Denn es war teuer. Sie überreichten mir gemeinsam die Schachtel und standen so dicht bei mir, als ich sie öffnete, daß ich kaum meine Arme bewegen konnte. Es war eine Kameratasche aus festem Leder, groß genug, daß mehrere Kameras hineinpaßten und viele Filme und Objektive und sonstiges Zubehör. Ich brauchte nur diese Tasche und mein Stativ zu schleppen. Die Tasche hat einen Schulterriemen, und vollgepackt ist sie so schwer, daß ich reif für eine Schultergelenkentzündung bin. Ich liebe diese Tasche.

Als ich das Geschenk sah, schossen mir die Tränen in die Augen. Und sie umarmten mich. O Gott. Noch nie hat mir jemand so etwas geschenkt, etwas für *mich* selbst, nicht etwas, was ich mir von ihnen gewünscht hatte, sondern ein Geschenk, über das sie sich Gedanken gemacht hatten, ob es mir gefallen würde. Meine guten Kinder. Ich bete sie an. Ich liebe sie, meine süßen kleinen Babys.

Die anderen schlafen oder sehen sich einen Film an. Ich werde aufstehen und mir noch eine Bloody Mary holen. Anastasia, sei vorsichtig!

Meine Babies. Mit rosigen Gesichtern. Vor lauter Aufregung und weil es in der Küche so heiß war, öffneten sie alle paar Minuten die Herdklappe, um nach der Pizza zu sehen. Sie waren so stolz auf sich, daß sie erwachsen waren, mir von ihrem eigenen Geld ein Geschenk gekauft hatten und Essen kochten. Für sie war es eine große Leistung, daß sie die Pizza buken. Das konnte ich mir lebhaft vorstellen. Erst mußten sie sich einigen, was sie kochen wollten. Ich kann mir die verlockenden Vorschläge ausmalen, die Ideen, die wieder verworfen wurden, die Streitereien und wütenden Auseinandersetzungen, bis Arden die Führung übernahm und eine Entscheidung fällte. Dann mußten sie das Rezept heraussuchen und eine Einkaufsliste schreiben, zum Supermarkt gehen und alles finden. Sie mußten Tomatensauce kochen, was sie noch nie gemacht hatten, und die Zutaten auf die winzigen Muffins legen und alles überbacken. Sie haben vergessen, die Muffins zuerst zu toasten, aber das habe ich ihnen nicht gesagt. Unter Billys Fingernägeln klebte bräunliche Tomatensauce, und in Ardens Haar entdeckte ich geschmolzenen Käse. Sie hatten sich mit Leib und Seele ihrer Kocherei gewidmet. Wie lieb von ihnen, wie süß. O Gott, ich hoffe, daß sie jetzt nicht unglücklich sind.

Damals war ich völlig schamlos. Ich hätte für eine Postkartenfirma arbeiten und apfelbäckige Babys in Rosa und Hellblau fotografieren können, blutjunge Madonnenmütter mit seligem Glanz in den Augen. Mütterlein ahnte nicht, daß ihre kleinen Lieblinge sich als, ja, als was entpuppen würden? Als Herzschmerz, als Nervensägen.

Pani Nowak war überglücklich, als ich sie bat, für die Zeit meiner Abwesenheit nach oben zu ziehen und die Kinder zu versorgen. Sie sagte: «O ja, was soll ich kochen? Sie essen meinen gefüllten Kohl gern, nicht? Und Kartoffelsuppe?» Vielleicht findet sie, daß ich ihnen nicht genug zu essen gebe. Und vielleicht ist sie wie meine Mutter und denkt: Liebe geht durch den Magen. Denkt man so in bäuerlichen Gesellschaften?

Sie ist einsam, die arme Seele. Traurig, daß sie allein ist, nachdem sie fünf Kinder großgezogen hat. Sie sagt, das käme daher, daß sie keine Töchter hätte: Söhne müßten ja das Elternhaus verlassen, sie machte ihnen keine Vorwürfe. Eine Tochter hätte ihr auf ihre alten Tage beigestanden, hätte in ihrer Nähe gewohnt, nebenan oder gegenüber. Mrs. D'Antonios Tochter wohnt nur ein paar Ecken von ihrer Mutter entfernt, und die Tochter von Mrs. Schneider wohnt gleich nebenan. Ein Naturgesetz. Sie sagt nie etwas, aber ich sehe ihr an, daß sie sich fragt, warum ich nicht in der Nähe meiner Mutter wohne. Für sie wäre es unbegreiflich, wenn ich ihr erzählte, daß meine Mutter keinen Wert darauf legt, daß ich in ihrer Nähe wohne, daß sie nicht will, daß meine Kinder bei ihr ein und aus gehen, und daß sie sie nicht hüten wollen würde, während ich beim Friseur sitze – wenn ich zum Friseur gehen würde – oder im Supermarkt einkaufe. Ich glaube, daß Joy ihr fehlt, aber Joy ist immer sehr weit weg, alle drei Jahre woanders, ein Problem, das die Heirat mit einem Militär mit sich bringt. Jetzt ist sie auf den Philippinen. Ich besuche Mom einen Nachmittag in der Woche, trinke mit ihr einen Kaffee oder einen Eistee. Sie ist glücklich, wenn ich allein komme, ohne die Kinder. Sie lebt jetzt ihr eigenes Leben, endlich, und das gönne ich ihr. Das würde Pani sowieso nicht verstehen.

Sie stammt aus einer anderen Zeit, einer anderen Kultur. Sie ist eine Heilige, wie meine Großmutter. Frauen wie Pani gibt es nicht mehr. Ein schrecklicher Verlust für die Menschheit. Aber wer will schon noch eine Heilige sein? Trotzdem, heutzutage neigen die Kinder von Müttern wie Pani dazu, an die andere Ecke des Kontinents zu fliehen. Warum, frage ich mich. Alle ihre Söhne leben sehr weit weg. Antoni wohnt in

Ohio, Jan in Detroit, Paul in Kalifornien. Es war sehr schwer, sie davon abzuhalten, Paul anzurufen, als sie erfuhr, daß ich nach Kalifornien fliegen würde. Sie führt *nie* Ferngespräche, das kann sie sich nicht leisten. Paul ist Ingenieur und hat ein gutes Gehalt, sagt sie jedenfalls, aber er ruft sie nur zu Weihnachten und am Muttertag an.

Ihre Söhne rufen sie nie an, wenn sie Geburtstag hat. Seltsam. Sie scheinen gar nicht zu wissen, daß sie einen hat. Möglicherweise denken sie, daß es sie seit Anbeginn der Schöpfung gibt, seit Ewigkeiten. Meine Kinder sind ganz genauso. Sie waren erstaunt, als sie vor einigen Jahren merkten, daß auch ich einen Geburtstag habe, genau wie sie, daß ich tatsächlich *geboren* worden bin. Aber als sie das erst einmal kapiert hatten, waren sie sehr liebevoll. Billy karrte eine große Topfpflanze mit vielen Blättern von Woolworth in seiner kleinen roten Schubkarre nach Hause, und Arden malte eine schöne Karte für mich, eine Mutter mit zwei Kindern.

Im vergangenen Jahr habe ich für Pani eine Geburtstagsparty gegeben. Ich lud ihre beiden Freundinnen ein, keine Polinnen, in unserer Nachbarschaft wohnen keine Polen, außer uns, und ich backte ihr einen Geburtstagskuchen. Ich machte ihn selbst, da ich weiß, was sie von abgepackten Kuchen hält. Er war ein bißchen klitschig und schmeckte nach Backpulver. Pani ist genau wie meine Großmutter und meine Mutter, sie macht nur Hefekuchen. Aber ihr gefiel die Party, sie war glücklich und umarmte mich immer wieder. Wir hatten Luftballons aufgeblasen und tranken süßen Wein.

Sie war fest davon überzeugt, daß Paul tief verletzt sein würde, wenn ich nach Kalifornien fuhr und nicht bei ihm wohnte. Sie sagte, wenn in Polen jemand zu Besuch käme, zu Verwandten oder Freunden eines Verwandten, würde das ganze Dorf zusammenkommen, um den Gast zu begrüßen. Sie würden etwas zum Essen mitbringen, sich hinsetzen, Wodka trinken und über die sprechen, die weggegangen sind, und zu der Musik von Pan Zborowskis Akkordeon tanzen. Ich überlegte, ob sie es wohl immer noch so halten. Wie würde ich mich fühlen, wenn ich dort zu Besuch wäre, ich wünschte, ich könnte es einmal miterleben. Oh, ich habe so viele Sehnsüchte, ich weiß, daß sie sich niemals erfüllen werden...

Eine solche Welt habe ich noch nie kennengelernt, eine Welt, die aus Pani Nowak das gemacht hat, was sie ist. Ich überlege, ob alle Menschen dort so sind wie sie, so freundlich und hilfsbereit, so liebevoll, ein völlig anderer Menschenschlag. Ihr Gesicht zeigt keine Spur von Eigensucht. Wie das Gesicht meiner Großmutter. Wäßrige hellblaue Augen, wie die meiner Großmutter, aber Panis Augen leuchten immer noch hell, sie sind nicht erloschen wie die von Grandma, die sich die Augen ausgeweint hat. Sie verspürt immer noch Lebensmut, sie liebt die Kinder, sie hat wirklich ihre Freude an ihnen, und an mir auch. Sie fordert nichts. Sie ist überglücklich, wenn man ihr die geringste Beachtung schenkt. Sie verbringt einen halben Tag damit, Kohlrouladen für uns zu machen, und als Belohnung will sie nur, daß es uns schmeckt.

Oh, wie dumm ich bin, mir Sorgen zu machen. Natürlich wird es ihnen gutgehen, und ich bin auf dem Weg nach Los Angeles, ich bin noch nie dort gewesen, und ich werde auch diesmal nicht hinkommen, trotzdem, L. A.! Ich muß die Coast Air finden, die hoffentlich nicht zu weit entfernt von dem American Terminal liegt, wird es einen Bus geben, werde ich meilenweit mit meiner schweren Ausrüstung zu Fuß gehen müssen? Ich werde die Stewardess fragen. Mit der Coast Air nach Fresno, dann mit einem kleinen Flugzeug mit einem komisch klingenden Namen in die Sierra Nevada. Die Sierra Nevada! Allein schon der Name ist aufregend! Wie es da wohl sein wird? Ein neues Wasserkraftwerk, ich frage mich, warum *World* dem eine so große Bedeutung beimißt, daß ihnen das eine teure Flugreise wert ist, 80 Rollen Film und 100 Dollar pro Tag für mich... ich frage mich, warum sie ausgerechnet mir diesen Auftrag gegeben haben. Das klingt doch eher nach einer Sache für einen Mann. Woher soll ich wissen, wie man so etwas fotografiert? Ein Wasserkraftwerk. Ich weiß nicht einmal genau, was das ist...

Ich habe sogar ein paar neue Sachen gekauft. Die letzten neuen Klamotten habe ich mir vor Jahren zugelegt, lange ehe es mit Brad und mir... Drei Paar Khakihosen, die ich in der

Männerabteilung erstand, der Verkäufer wurde sichtlich nervös, als er merkte, daß ich sie für mich kaufte, als ob ich die Hosen bei der Anprobe besudeln könnte. Ich mußte unwillkürlich kichern. Dazu eine Khakijacke und Baumwollhemden für Frauen, weil die schicker sind, aber ich wählte eine große Größe, mir gefällt es, wenn ich so aussehe, als hätte ich die Sachen meines Vaters an. Und einen Wollrock und einen Pullover und Wanderstiefel und Mokassins. Ich habe mir auch eine Mütze mit einem Schirm gekauft. In der Männerabteilung. Ich sehe damit aber niedlich aus. Finde ich.

Niedlich! Oh, Anastasia!

Drei Männer musterten mich eingehend, während ich im Terminal saß und auf das Flugzeug wartete. Das ist mir seit Jahren nicht mehr passiert, vielleicht sogar noch nie. Ich habe so früh Kinder bekommen. Wenn du Kinder hast, bist du für Männer unsichtbar. Einer der Typen sah richtig gut aus, wie Dana Andrews, das Urbild eines amerikanischen Mannes, trotzdem...

Vielleicht sollte ich nachgeben und mir etwas Make-up kaufen. Einen unauffälligen Augenbrauenstift, vielleicht einen hellen Lippenstift. Früher habe ich manchmal Make-up getragen, abends, wenn Brad und ich in irgendein schickes Restaurant gingen. Ihm gefiel es nicht, wenn ich mich von den anderen Frauen unterschied, und er ermahnte mich immer wieder, mich schön zu machen. Aber mir gefiel es, wenn meine Haare einfach und glatt herunterfielen, und ich zog mich gern schlicht an. Hohe Absätze kann ich nicht tragen, ich kann damit nicht laufen. Die Frauen seiner Freunde waren immer stark geschminkt und trugen toupierte Frisuren und taillierte Kleider mit Schößchen und wacklige hohe Absätze. Sie sahen prächtig aus. Brad zu Gefallen zog ich meine Augenbrauen etwas nach und legte ein wenig Lippenstift auf. Ob ich diese Sachen wohl noch irgendwo habe? Ich erinnere mich dunkel, daß die Kinder sie einmal an einem regnerischen Tag hervorgekramt und sich damit angemalt hatten. Sie waren damals so niedlich gewesen.

In Wahrheit habe ich es nie versucht – ich habe nie versucht, so zu sein, wie eine Frau sein sollte, so wie die Frauenzeitschriften es mir beibringen wollen, mit Make-up auf dem Gesicht und einer komplizierten Frisur, Strumpfhaltern und hohen Absätzen, einem BH mit Draht, Hüfthalter und wie die Sachen alle heißen. Irgend etwas in meinem Magen revoltierte immer, sobald ich auch nur daran dachte, mich so anzuziehen. ICH NICHT. Ich spürte – daß ich, die, die ich bin, dann sterben würde.

Brad hat sich über mein *Äußeres* geärgert. Aber wieso eigentlich? Ich war weder häßlich noch schmutzig, noch nicht einmal nachlässig. Ich habe mich lediglich nicht herausgeputzt. Reichte diese Tatsache, um eine Ehe zu zerstören? Ich verstehe die Männer nicht. Ich erinnere mich, daß Brads Freund Lou auf einer Party einmal auf mich zukam und mich von oben bis unten abschätzend musterte. Ich ärgerte mich über seinen anmaßenden Blick, aber er ging sogar noch weiter: Er tadelte mich. Er sagte, ich sähe aus wie ein Kind, daß ich ein Kind bleiben und nicht erwachsen werden wolle, ich wolle keine *Frau* sein. Bei der Art, wie der das Wort *Frau* aussprach, drehte sich mir der Magen um, zumal er einen Fettwanst hatte, der ihm über den Hosenbund hing, und ein Gesicht wie ein Meerschweinchen. Ich hätte ihm am liebsten eins in die Fresse gehauen. Das habe ich natürlich nicht getan. Aber ehe er mir sagen konnte, daß *er* aus mir eine Frau machen könnte, zischte ich (ich konnte mich nicht bremsen, es brach einfach aus mir heraus): «Wer möchte schon eine Frau sein, wenn du der Mann dazu wärst?» und stolzierte davon.

Er starrte mich für den Rest des Abends wütend an und muß offenbar herumerzählt haben, daß ich ihn beleidigt hatte, denn es dauerte nicht lange, bis auch seine Frau mich wütend anstarrte. Später fragte Eileen mich, warum ich so ungezogen zu Lou gewesen wäre. Ich erzählte ihr, was vorgefallen war, aber sie schien nicht zu verstehen, warum ich beleidigt war, und sagte, ich sei neurotisch. Und bei der Zeitung war eines Tages Arthur Wurtz, der Kunstredakteur, zu mir gekommen, um mir zu befehlen, Lippenstift zu tragen. «Sie sehen ja wie ein Geist aus!» schrie er und sah mich angeekelt an. Und ich habe es gemacht. *Ich habe es gemacht!*

Es ist wirklich sonderbar, daß Männer glauben, sie hätten ein Recht, das Aussehen einer Frau unverblümt zu kritisieren. Frauen gehen doch auch nicht herum und erzählen den Männern, daß sie zu fett werden oder sich ein Toupee kaufen sollten. Oder? Sie sagen auch nicht, daß sie ein Deodorant benutzen sollten, sie sagen ihnen noch nicht einmal, daß sie ihre Krawatte mit Eigelb bekleckert haben oder ihnen Spinat zwischen den Zähnen hängt. Ich habe noch nicht einmal Brad wegen seines Aussehens kritisiert, obwohl ich mit ihm verheiratet war. Dabei konnte ich seine dreiteiligen Anzüge nicht leiden. Mir hatte er mit langen Haaren und einem bunten Hemd auf der Bühne besser gefallen... und ich hätte es nicht gern gesehen, wenn er sich einen Schnurrbart hätte wachsen lassen, den ich nicht gern geküßt hätte.

Aber vielleicht fehlte mir irgend etwas. Vielleicht war ich neurotisch, wie Eileen gesagt hat. Vielleicht versuchte ich, auf diese Weise herauszukehren, daß ich anders war als andere Frauen. Vielleicht könnte es mir nicht schaden, es mal zu versuchen. Schließlich habe ich jetzt einen Job, den Frauen normalerweise nicht machen – wieviel Fotografinnen gibt es bei *World*? Außer mir keine. Und ich habe keinen Mann, ich muß also niemandem gehorchen, wie Cheryl, deren Mann darauf bestand, daß sie sich die Haare färbte, obwohl sie allergisch gegen das Mittel reagierte. Sie hatte schließlich keine Haare mehr auf dem Kopf und muß eine Perücke tragen.

Vielleicht macht es ja Spaß, Make-up aufzulegen und sich ein bißchen hübscher anzuziehen.

Ich komme mir wie eine Närrin vor, ich bin so aufgeregt, mein Herz klopft, das Blut rast durch meine Adern.

Sie sahen mich *wirklich* an. Ich kam mir – wie hieß das Wort noch? – begehrenswert vor. *Genau*. Ich bin mir noch nie begehrenswert vorgekommen. Ich habe selber Verlangen gespürt, aber das ist etwas anderes. Das Verlangen frißt dich auf, löscht dich aus, du vergißt dich selber völlig, du kannst nur noch an den anderen denken, an den, den du begehrst, du selbst stehst einfach in Flammen.

Aber wenn du *begehrt* wirst – das ist eigentlich auch nicht so angenehm. Sie sahen mich an, und ich war mir meiner selbst sehr bewußt, als ob ich aus Einzelteilen zusammengesetzt wäre, jedes Teil hatte vollkommen zu sein. Beine, Brüste, Schenkel, Hände, Füße, Bauch, Mund, Augen, Haar, Stimme, Haltung, Kleidung – kann man meine Unterhose erkennen, ist ein Fingernagel abgebrochen? Ich wurde beobachtet, jemand beobachtete, wie ich meine Beine hinstellte, ob ich sie rasierte, ob meine Strümpfe rutschten, ob sie eine Laufmasche hatten. Und die Augen, wie sehen die aus? Ist das Weiß von roten Äderchen durchzogen? Die Wimperntusche verschmiert? Und das Haar? Keine weißen Strähnen zwischen dem Gold? Ich kam mir vor wie die Bewohnerin eines besetzten Landes, als ob feindliche Soldaten mich kontrollierten.

Du stehst unter Bewachung, und der kleinste Fehler kann dir eine Fünf oder eine Sechs im Notizbuch irgendeines beliebigen Mannes einbringen. Kann dich in seinen Augen zur Kuh abstempeln, zur Ziege, zu einer Sau, einer Schlampe, einer Nutte, einer Vettel, zu einer nicht begehrenswerten Frau. Du mußt alle deine Fehler korrigieren. Aline hat mir einmal gesagt, daß ich meinen Gang ändern müßte. Geht das denn? Fotomodelle können das, sagt sie. Du mußt üben. Was glaubst du wohl, warum sie diesen Mädchen sagen, sie sollen sich Bücher auf den Kopf legen und gehen üben? Du mußt aufrecht und anmutig gehen und dich dabei leicht in den Hüften wiegen. Mach nicht so große Schritte, nachlässig und wurstig, du gehst wie ein Mann, wie ein Fernfahrer.

Ich verstand nicht, warum ich diese Mühe auf mich nehmen sollte. Früher, in den alten Zeiten, da fühlte ich, daß Brad mich begehrte, in den jungen Jahren, als die Welt uns noch nicht in ihren Klauen hatte. Aber er begehrte mich so, wie ich war. Glaube ich. Weiß ich.

Diese Männer hier im Terminal waren anders. Sie kennen mich nicht, wieso finden sie mich dann begehrenswert? Sie begehren ein Bild, mein Bild, aber nicht mich. Ich habe dagesessen und gespürt, wie sie mich ansahen, und plötzlich erinnerte ich mich an mein Erstaunen beim Anblick von Frauen, die sich bewegten, die gingen, als ob jede ihrer Bewegungen fotografiert würde, als ob sie eine kostbare Ware wären, die bei einer falschen Bewegung, einer spontanen Geste Schaden nehmen könnte. Und zum erstenmal wurde mir klar, was sie fühlen mußten. Und tief im Innern verstand ich, warum ich Frauen immer verachtet habe und nicht so sein wollte wie sie.

O, ich lerne viel, einfach nur, weil ich in diesem Flugzeug sitze, unterwegs bin, in die Welt hinaus gehe, ich habe das Gefühl, daß mir gleich der Kopf platzt.

Immerhin ist es schöner, gesehen zu werden, als unsichtbar zu sein. Außerdem erregt es mich auf eine ganz merkwürdige Weise, es kribbelt in meinem Bauch. Es verleiht mir ein Gefühl der... Macht. Als ob ich etwas hätte, was andere Menschen, Männer zumindest, gern hätten. Und wofür sie einiges geben würden. Und ich habe die Macht, es ihnen zu geben oder es ihnen zu verweigern.

Es ist lange her, daß ich erregt gewesen bin.

Vielleicht geht es ja in Wirklichkeit genau darum, heißt Sexualität für beide Seiten erobern und sich ergeben, ist sie ein taktischer Kampf, bei dem beide Seiten das Gefühl haben, zu siegen. Vielleicht war die Liebe zwischen Brad und mir wirklich nur eine jugendliche Schwärmerei, wie seine Mutter gesagt hat... Ach, das ist alles zu hoch für mich.

Anderes Thema. Russ Farrell sagte, daß sie für gewöhnlich einen Reporter und einen Fotografen zusammen losschicken, damit sie ihr Material aufeinander abstimmen können. Aber der Reporter, den sie für diese Arbeit vorgesehen hatten, war gerade verhindert, deshalb sollte ich allein losziehen, und der Reporter würde mit meinen Kontaktabzügen arbeiten. Ich kann mir keinen Reim darauf machen, schließlich bin ich neu und der Reporter ein alter Hase. Es wird ihm bestimmt nicht gefallen, daß sie mir das Recht zugestehen, auszuwählen, worüber berichtet wird. Meiner Meinung nach wollen sie sich erst überzeugen, daß meine Bilder gut genug sind, ehe sie noch eine weitere Investition auf sich nehmen. Sie trauen mir noch nicht. Aber vielleicht bin ich auch nur paranoid.

Wie auch immer, jedenfalls werde ich dort unten allein arbeiten. Ein Mann namens Mike Bostwick wird mich abholen, er leitet die Abteilung Außenkontakte und Public Relations, er wird für die Dauer meines Aufenthalts mein Führer sein. Ich sehe ihn vor mir: Ende fünfzig, weinrote Nase, sonnengebräunter Hals. Er wird langsam sprechen, mit rollendem «R», langgezogenen Doppelvokalen. «Di-ie Lu-oft i-ist gu-ot, Ma-ada-am.» Ein Mann für Männer. Oh, Anastasia, du mußt schlafen.

13. Januar, Sierra Nevada!
Es ist jetzt nachts, Gott sei Dank. Ich bin in einem schäbigen Motel, etwas Besseres ist in einem Umkreis von 40 Meilen nicht zu haben. Plastikmobiliar und ein scheußlich gemusterter Teppich, der den Dreck versteckt. Aber mit einem schönen großen sauberen Bad und einer Dusche mit viel heißem Wasser.

Es stört mich nicht, daß es eine Bruchbude ist. Ich bin zum erstenmal allein unterwegs, und außerdem zählt die Reise zu den verdammt wenigen Ausnahmen, die ich überhaupt von zu Hause fort gekommen bin. ICH BIN ALLEIN. Keine Kinder, kein Fernsehen, niemand, der das Klo versperrt. Das ist wunderbar, Luxus. Die Freiheit.

Ja, an diese Gefühle kann ich mich erinnern, den Luxus, allein zu sein, die Stille, in der sich der Körper endlich einmal richtig strecken kann. Wann habe ich aufgehört, Reisen als Luxus zu empfinden? Ab wann spürte ich nur noch die Öde – noch ein Metall- und Plastik-Motel, noch ein anonymer Flur mit fünfzig identischen Türen, noch ein geschmacklos eingerichtetes Zimmer mit Aussicht auf einen Parkplatz oder die Betonwand des Nachbarhauses? Das einzige, wofür ich immer dankbar bin, ist das Badezimmer, eine saubere Toilette und eine heiße Dusche. Darauf verstehen wir Amerikaner uns wie James Joyce auf das Schreiben von Romanen. Das können wir. Laßt uns ein Wasserklosett bauen. Du hoffst, daß das Bett nicht zu weich ist, die Kissen nicht verklumpt sind, die Fenster sich öffnen lassen und der Straßenlärm nicht zu laut ist oder die

Klimaanlage funktioniert, wenn die Straße zu laut sein sollte. Inzwischen weißt du, sobald du einen Fuß hineingesetzt hast und die Kameratasche, das Stativ und deinen Rucksack abgestellt hast, wie mies du dich in diesem Raum fühlen wirst, wenn du später, sehr spät abends, wieder zurückkehren wirst, nach dem Fototermin mit den vielen Lampen, sehen, sehen, immer auf dem Sprung, bücken, das Stativ hochheben, die Kameras, jeder Teil deines Körpers angespannt, dann Drinks, Dinner, umgeben von Bewunderern. Wie aufregend es sein muß, als Fotografin für *World* zu arbeiten. Was ist das für ein Gefühl, als einzige Frau dort zu arbeiten? Wie haben sie nur diese wunderbare Wirkung erzielt bei Ihren Fotos von der Ölraffinerie, der Verrazano-Brücke, den griechischen Inseln, der Berliner Mauer...?

Wenn das vorbei ist, umschließt dich mit dem Schließen der Zimmertür auch die Stille. Draußen geht das Leben weiter, aber du kannst es nicht hören, du hast nichts außer diesem Zimmer, das nicht mal häßlich ist, sondern einfach nur nichtssagend. Es gibt keinen Zimmerservice, bei dem du einen letzten Drink bestellen könntest, zur Beruhigung, um dir Gesellschaft zu leisten. Im Zimmer steht ein Fernseher, aber in den meisten Städten ist zu der Zeit, da du in dein Zimmer zurückkommst, längst Sendeschluß. Nächte, in denen die Angst vor der Einsamkeit so groß ist, daß du einen Mann mitnimmst, damit du nicht allein zurückkehren mußt... Nein, Anastasia, keine Ausreden. Du redest wie ein Mann.

Ich bin müde. Nach einem sechsstündigen Flug landete ich in L.A. und mußte zu einem anderen Terminal, wo ich eine kleine Maschine für Pendler nach Fresno bestieg. Dann folgte ein langer Fußmarsch zu einer Turbopropmaschine, mit der ich bis hierher flog. In den Bergen sackte die Maschine ab und zu mehrere hundert Meter ab, mein Magen klebte an der Decke der Kabine. Ich hatte Angst.

Gegen sechs Uhr meiner Zeit kam ich an, hier war es früher Nachmittag. Mike Bostwick holte mich ab, er ist SCHÖN. Groß, muskulös, schlank, blond, schütteres Haar, keine

Glatze. Amerikanisches Grinsen im Gesicht. Seine Augenbrauen kletterten in die Höhe, als er mich erspähte, und blieben dort. Wie die Männer auf dem Terminal in Idlewild. Ich weiß nicht, wie ich mich in einer solchen Situation verhalten soll. Ich hätte am liebsten die Beine oben im Schritt gekreuzt, einen Finger in mein Grübchen gesteckt (wenn ich eins hätte) und mit den Wimpern geklimpert. Ich hätte ihm auch gern eine Ohrfeige verpaßt, weil er so arrogant war und meinen Körper gedankenlos musterte... Aber ich wußte – woher wußte ich das? Ich bin eine unerfahrene Frau. Habe ich das alles immer schon gewußt? Ich wußte, was immer ich machte oder machen wollte, er würde es auf seine Weise auslegen, es würde mir nie gelingen, seine Lesart so zu erschüttern, daß er *mich* zur Kenntnis nehmen müßte.

Also verhielt ich mich wie ein Mann. Ich verbannte jeden Ausdruck aus meinem Gesicht, bis auf ein nichtssagendes Lächeln. Ich ging langsam auf ihn zu, streckte ihm meine Hand hin und schüttelte seine. Ich schrie «hallo», gab mich distanziert und ein bißchen gelangweilt, als hätte ich schon Hunderte solcher Reisen hinter mir. Das fiel mir allerdings leicht, weil ich sehr müde war. Ich hatte nicht mehr die Energie, ihn beeindrucken zu wollen. Er stellte sich auf mein Verhalten ein, änderte seinen Gesichtsausdruck und behandelte mich mit professioneller Routine. Aber hin und wieder sah er mich kurz an, wie um zu prüfen, ob ich immer noch diese glatte Professionalität verbreitete.

Er wollte mich als erstes zu dem Staudamm fahren. Ich war müde: Ich hätte lieber ein Bad genommen, einen Hamburger gegessen und mich schlafen gelegt. Aber ich wollte keine Schwäche zeigen, und es würde mir am nächsten Tag Zeit ersparen, wenn ich heute bereits einen ersten Eindruck des Ganzen bekäme, also willigte ich ein. Wir warfen meine Sachen nach hinten in den Jeep und fuhren eine unglaublich holprige Straße entlang, die um das ganze Objekt führte. Mike spulte statistische Daten ab: Ich hoffe, daß er sie alle irgendwo aufgeschrieben hat und mir eine Pressemappe mitgibt, weil ich das unmöglich alles im Kopf behalten kann. Ich hatte Mühe, mir meinen Abscheu nicht anmerken zu lassen: Die Anlage sah ausgesprochen häßlich aus.

Ganz im Gegensatz zu den Bergen: die Sonne stand tief und färbte den Rand des Himmels orangerot, ihre Strahlen ließen die Berge hinter uns tiefrot aufleuchten, die Berge vor uns waren dunkle Schatten. Die Erde war trocken, sie hatte die Farbe von Ton. Der Jeep wirbelte während der Fahrt eine große Staubwolke auf. Und dort, inmitten dieser unnahbaren Natur, lag es, ein riesiges weißes Ding, eine monströse Badewanne, umgeben von Maschinen, neben denen die Männer, die an ihnen arbeiteten, wie Zwerge wirkten. Mike hielt an, sobald ich mir etwas über das Licht aufschreiben wollte, und er winkte den Männern mit den weißen Helmen zu, die neugierig auf den Jeep starrten, zurückwinkten und sich wieder ihren Plänen, Maschinen und Colaflaschen zuwandten. Mikes Stimme klang ehrfürchtig, wenn er von der Größe des Objekts sprach, den Schwierigkeiten, die alle überwunden wurden. Ich versuchte, es mit seinen Augen zu sehen. Ich wußte, daß *World* genau das wollte.

Plötzlich ging die Sonne unter – sie versank einfach hinter einem Berg und ließ uns in einer rötlichen Dämmerung zurück. Alle schienen damit gerechnet zu haben, sie hatten bereits ihre Werkzeuge zusammengepackt, überall auf dem Gelände wurden Jeeps und Lastwagen gestartet, mit denen die Männer zu den Behelfswohnungen fuhren, in denen sie untergebracht waren. Nur die Bauleitung wohnt in dem Motel, und man würde, sagte Mike, mir zu Ehren heute abend dort ein Dinner veranstalten. Ich mußte Freude heucheln, obwohl meine Augenbrauen mit Lehmstaub verklebt waren und sich mein Mund staubtrocken anfühlte. Ich war seit fünf Uhr morgens auf den Beinen, und nach meiner Zeit war es inzwischen acht Uhr abends. Aber ich nahm ein heißes Bad und legte mich vor dem Essen eine Stunde hin, was mir half, es zu überstehen.

Ich zog mich für das Essen um, das heißt, ich zog mir einen Rock an. Möglicherweise war das ein Fehler. Sie hatten nicht erwartet, daß *World* eine Frau schicken würde, um ihren Staudamm zu fotografieren, und ich glaube, daß sie etwas gekränkt waren. Eine Frau schien die Bedeutung ihres Projekts irgendwie zu schmälern. Und der Rock unterstrich mein Geschlecht. Andererseits waren sie ausgehungert nach weiblicher Gesellschaft und hatten sich in Schale geworfen, Anzug, Krawatte, Brillantine in den Haaren, sie waren zuvorkommend und höflich wie Offiziere der Südstaaten. Nachdem sie jedoch mit mir so heftig geflirtet hatten, wie es der Anstand gerade noch zuließ, wußten sie nicht, worüber sie mit mir reden sollten. Schließlich flirteten die Herren mit den Damen beim Aperitif, und später reden sie dann untereinander. Aber mich mußten sie den ganzen Abend lang unterhalten. Wir waren alle erleichtert, als das Essen vorbei war, und ich weiß, daß sie drei Kreuze machten, als ich mich für meine Müdigkeit entschuldigte und nach dem Kaffee auf mein Zimmer ging und sie mit ihren Drinks unter sich waren.

Frühstück um halb sechs. Um sechs waren Mike und ich mit dem Jeep unterwegs, wir hatten Helme auf und rumpelten über die lehmigen Bergstraßen, die von schweren Lastwagen ausgefahren waren. Ich war froh, daß ich die Gegend bereits gestern abend kennengelernt hatte, weil ich dadurch in der Lage war, Mike zu den Stellen zu dirigieren, die ich mir als besonders bemerkenswert notiert hatte. Ich ging enge Wege und Trampelpfade entlang, schleppte mein Stativ und die Kameras, fuhr die eine Seite des Staudamms in einem behelfsmäßigen Aufzug hoch, stieg auf die Anlagen, kletterte über Geländer, kroch unter Geländern durch und ließ mich oben an der Kante des Staudamms anseilen und hing mit dem Kopf nach unten und fotografierte. Ich wurde immer aufgeregter. Was mir gestern abend als häßlich und uninteressant erschienen war, wirkte, durch das Auge der Kamera gesehen, vielschichtig und herausfordernd, so wie die Farbe plötzlich aufleuchtet, wenn man ein verschwommenes Dia im Projektionsgerät richtig einstellt.

Die Schwierigkeiten, das Objekt zu fotografieren, vermittelten mir ein Gefühl für die aufregenden Probleme, mit denen seine Erbauer konfrontiert waren. Zum Beispiel: Eine Schlucht, durch die sie hindurch mußten, erwies sich als unpassierbar, sie brüteten Tage über einer möglichen Lösung. Schließlich schossen sie mit einem Bogen einen Pfeil hinüber, an dem Pfeil hing eine schwere Stahltrosse. Auf der anderen Seite der Schlucht warteten Männer, und als der Pfeil einschlug, griffen sie die Stahltrosse und befestigten sie an einem schweren Rad, und schon hatten sie einen Flaschenzug, eine Seilbahn. Sie mußten einen Lastwagen über den Feather River schaffen, also installierten sie eine Drahtseilfähre und zogen ihn hinüber. Genial!

Es gab noch mehr Wunder, und noch ehe wir anhielten, um im Schatten des Unterstandes eines Vorarbeiters unseren Lunch einzunehmen – trockenes Schinkensandwich und Bier – teilte ich Mikes Begeisterung. Es fiel mir schwer, nach dem Bier die Augen offenzuhalten. Ich streckte mich für ein kleines Nickerchen auf dem harten Fußboden aus (für mich war es selbstverständlich, daß ich, wenn ich mit den Männern arbeitete, auch mit ihnen trinken mußte), aber als ich aufwachte, war ich wieder voller Energie und neugeborenem Glauben an die Wunderwerke, die die Menschheit zu vollbringen in der Lage ist.

Oh, und die Fotos, die ich schoß! Mythisch! Der Mensch im Kampf gegen die Natur: bloße Muskelkraft und Verstand gegen die endlose, gnadenlose, überwältigende Natur voller Fallen und Listen, wo auf Schritt und Tritt der Tod lauert und die Krönung der Schöpfung daran gehindert wird, Wasser in die Wüste zu tragen. Ich fotografierte die angestrengten Gesichter der Männer, die prüfend hochstarrten, um zu sehen, ob die Drahtseilfähre tatsächlich funktionierte. Ich fotografierte ihre sonnenverbrannten Arme, gespannte Muskeln, die ein Rad mit Hilfe eines Hebels drehten oder entspannte Muskeln beim Anzünden einer Zigarette. Ich fotografierte die Maschinen, neben denen sie wie Zwerge aussahen, die sie aber unter Kontrolle hatten. Ich fotografierte die gigantische Anlage, den Staudamm, aus allen Richtungen und zu den verschiedensten Tageszeiten. Als es Abend wurde, hatte sich der Stausee für mich in ein riesiges Becken mit Weihwasser verwandelt, das in der Sonne leuchtete und die unfruchtbaren Berge zurückdrängte...

Ich war so damit beschäftigt, herumzuspringen und mich zu verrenken, daß ich vergaß, mich professionell und *männlich* zu geben, und am späten Nachmittag kicherten Mike und ich wie zwei High School-Schüler – schließlich war es Mike, der mich am Geländer anseilte und wieder losband, der mir die Hand hinstreckte, um mir von meinen Aussichtspunkten wieder herunterzuhelfen. Und jedesmal, wenn er mich berührte oder festhielt, fühlte ich etwas, das, na ja, das jedenfalls zu der ganzen Aufregung des Tages noch etwas Spezielles hinzufügte. Deshalb war ich nicht überrascht, als er mich in der plötzlich einsetzenden Dämmerung vor dem Motel beiläufig fragte, ob ich hungrig genug sei, um mit ihm noch einmal 30 Meilen in eine kleine Stadt in den Bergen zu fahren, zu einem Restaurant, wo vorzügliche Steaks serviert würden.

Er ist wirklich ein netter Typ. Nur seine Art zu reden stört mich – diese technokratische Sprache, alles muß er so kompliziert wie möglich ausdrücken. Er sagt «Luftfahrzeug» statt Flugzeug, «Personenkraftwagen» statt Auto. Aber ich glaube, er kann nichts dafür, sie reden alle so. Er ist okay. Ich bin immer noch müde von gestern, aber ich wollte nicht zugeben, daß ich nicht so hungrig war wie er, also sagte ich zu. Und außerdem finde ich ihn attraktiv, er erregt mich, wir hatten einen schönen Tag. Nachdem ich geduscht und mir den Lehmstaub aus den Haaren gewaschen hatte, legte ich mich eine Stunde hin, und dann traf ich mich mit ihm in der Hotelhalle auf einen «Kamel-Imbiß», wie er es nannte –, ich trank eine Bloody Mary und er zwei Bourbon Old Fashioned (was solche Männer eben trinken!).

Wir fuhren fast eine Stunde lang auf einer kurvigen Paßstraße bis zu einem Blockhaus mit rotkarierten Tischtüchern und Kerzen, die auf Flaschen steckten. Das Essen war erheblich besser als am Abend vorher. Aber das war mir gar nicht so wichtig. Dort saß ich, die Mutter von zwei Kindern aus Lynbrook, Long Island an einem seltsamen Ort mitten in der Sierra Nevada, mit einem gutaussehenden, aufregenden Mann. Ein Abenteuer!

Auf dem Rückweg hatte ich Angst, daß dieses Abenteuer mein letztes gewesen sein könnte: Mike hatte noch drei weitere Bourbon-Old Fashioned beim Essen getrunken, und obwohl er viel langsamer fuhr als auf der Hinfahrt, schien mir die Straße noch gefährlicher zu sein. Wir fuhren mit offenem Verdeck, und Mike schaute immer wieder zum Himmel und sagte: «Schau dir diesen gottverdammten Himmel an.» Und ich legte den Kopf zurück und starrte hoch. Der Himmel war weit und schwarz, und die Sterne leuchteten so hell, daß wir mitten unter ihnen zu sein schienen – ich fühlte mich mit ihnen als Teil des Universums. Ich hatte das Gefühl, noch nie zuvor Sterne gesehen zu haben. Aber das sagte ich nicht. Ich wollte nicht zeigen, daß ich berührt oder berührbar war.

Die Hotelhalle war leer, als wir zurückkamen. Nicht einmal aus der Bar kamen Geräusche. Ich drehte mich, um Mike die Hand zu schütteln und ihm für das Abendessen zu danken. Er sah mich an und zog mich – heftig – an sich und drückte mich fest an seinen Körper. Zum erstenmal in meinem Leben fand ich es nicht verletzend, daß ein Mann sich mir gegenüber besitzergreifend verhielt. Mein Körper versteifte sich nicht, ich löste mich nicht aus seiner Umarmung. Ich erinnere mich, wie ich mich in einer solchen Situation den Jungen gegenüber – denn damals waren es noch Jungen – stets steif und stachelig wie ein Kaktus verhalten und sie zurückgestoßen hatte. Aber diesmal war es anders, mein *Körper* reagierte anders. Er ließ sich umarmen, lehnte sich an seinen, begehrte ihn. Mein Kopf überließ sich der wohligen Wärme, dem Geruch seines Körpers, dem Rhythmus seines Herzens. Wir standen eine lange Zeit so zusammen. Ich wußte, er wollte, daß ich ihn mit zu mir in mein Zimmer nähme. Aber das tat ich nicht. Ich sagte, ich sei müde, und ging allein den langen Flur hinunter, spürte, wie er mir hinterherblickte, spürte, wie sein Körper ohne meinen fröstelte.

Ich glaube, ich habe mich begehrenswert gefühlt, begehrt und befangen zugleich, aber während ich mich von ihm entfernte und in mein Zimmer ging, stellte ich mir nur vor, was in seinem Kopf vorgehen mochte. Ich stellte mir seine Gefühle vor, seine Gedanken. Ich träumte, welche Phantasien er wohl von mir haben mochte – daß er mich heftig gegen die Wand drückte, den Schlüssel aus meiner Hand nahm, die Tür öffnete und seine drängenden und leidenschaftlichen Küsse mir direkt in die Klitoris fuhren ... Ich weiß nicht, warum ich gegangen bin. Es stimmt, ich bin müde, aber jetzt ist es bereits nach Mitternacht, und ich schreibe immer noch.

16. Januar. Zwei Uhr morgens. An Bord.

Also, am nächsten Abend habe ich es gemacht, und er hat es gemacht, und wir haben es gemacht, und jetzt sitze ich wieder im Flugzeug, vor Erschöpfung ist mir schwindelig, ich habe zuwenig geschlafen, ich bin in den drei Tagen um zehn Jahre gealtert. Und jetzt bin ich wie betäubt. Sie haben irgendwelchen Fusel in Blechbechern ausgeschenkt, ich bin satt, und ich werde jetzt bis zur Ankunft in New York schlafen.

---

2 Ich kann mich an jene Reise kaum noch erinnern. Wenn ich dieses Tagebuch lese, bin ich vor allem erstaunt über meine Erregung, meine Begeisterung, meine Euphorie. Ich kann mich nicht erinnern, überhaupt jemals solche Gefühle gehabt zu haben. Vielleicht war ich berauscht von den neuen Eindrücken, geblendet von dem Gefühl, begehrt zu werden – damals eine neue Erfahrung für mich. Ich wußte noch nicht, daß Frauen sich, wenn Männer ihnen das Gefühl vermitteln, begehrenswert zu sein, in sich selbst verlieben und sich als großartig und unnahbar empfinden, als Personen, die Männer zu unkontrollierter Leidenschaft hinreißen. Oder daß Männer sich, wenn Frauen ihnen vermitteln, daß sie sie bewundern, in sich selbst verlieben und sich selbst als mächtig, weise, allwissend, beherrschend empfinden, sich zweimal so groß gespiegelt sehen in den Augen ihres weiblichen Gegenübers. Was wir Liebe nennen, Leidenschaft, Begehren, spielt sich meistens vor einem Spiegel ab, ist so etwas wie Selbstbefriedigung zu zweit. Mit dreißig war ich noch ein Kind.

Aber es ist gar nicht so dumm, dieses Mädchen, es ist irgendwie süß. Warum habe ich also derartig große Anstrengungen unternommen, es zu begraben? Ich verstecke es unter meiner gegenwärtigen unbeteiligten und selbstsicheren Haltung, hinter der Fassade einer Frau, die nie furchtlos oder verlegen gewesen ist und sich selbst viel zu gut kennt, um sich in sich selbst zu verlieben, und die Männer zu gut kennt, um zu ihnen aufzuschauen. Einiges an dieser Fassade stimmt tatsächlich. Ist es die Realität, die mich alt und müde gemacht hat?

Was mich wirklich aus der Fassung bringt, ist meine bereitwillige Annahme der Botschaft: der Mensch gegen die Natur, Fortschritt, höhere Lebensqualität durch die Technik. Aber auch das, denke ich, ist verständlich. Daß *World* 1960 einem neuen Wasserkraftwerk soviel Bedeutung beimaß (schließlich war es nicht das erste seiner

Art), daß sie mich diese teure Reise machen ließen, verlieh dem Projekt in meinen Augen Größe. Ich wußte damals nicht, daß diese Reisekosten und mein Honorar für *World* ein Klacks waren und sie Material, für das sie fünfmal mehr bezahlt hatten, verworfen hatten und verwerfen würden, wenn es ihnen nicht gefiel. Damals empfand ich ein bezahltes Flugticket, fünf Nächte im Motel plus Essen, Taxifahrten und 80 Rollen Film als eine außerordentliche Ausgabe, als ungeheure Verpflichtung. Außerdem wußte ich, daß die Erfüllung dieses Auftrages über meine Zukunft bei *World* entscheiden würde. Und das muß mich beeinflußt haben, dazu geführt haben, daß ich genau das empfand, was ich empfinden sollte. Ich wurde gekauft. Ich habe mich kaufen lassen.

Das Tagebuch ist der Beweis dafür, die große, flüchtige Handschrift, die seitenlangen, mit Ausrufungszeichen und Unterstreichungen versehenen Beschreibungen von unterirdischen Generatoren, Geysirfeldern, sogar Zeichnungen von Maschinen, versehen mit krakelig hingeworfenen Pfeilen, an denen die Namen einzelner Teile standen. Meine Nervosität äußerte sich als Erregung. In der Schule hatte ich niemals Angst, eine Aufgabe nicht bewältigen zu können, und ich empfand auch auf dieser Reise keine. Aber die Angst trieb unbewußt mein Interesse an, ließ mich in dieser Aufgabe aufgehen.

Und meine Schwärmerei über die geplante große Neubausiedlung, die ein paar Meilen vom Staudamm entfernt angelegt werden sollte! Für mich schien es ein ideales Gemeinwesen, mit kleinen ordentlichen Häusern für die Belegschaft und größeren Häusern für das Management, mit Schulen, Geschäften, einem Swimmingpool und einem Kino. Mein Herz floß über vor Hochachtung für die Männer, die derartiges entwarfen und aufbauten. Ich beneidete die glücklichen Menschen, die darin wohnen sollten, in dieser Gemeinde aus Pappmaché, mit Dreirädern in den Garageneinfahrten und Planschbecken hinter den Häusern.

Es ist erschütternd. Aber woher hätte ich wissen sollen, welche Art von Leben die Menschen in solchen Siedlungen führen würden, diese dumpfe Erstarrung, in der sich der amerikanische Traum erfüllte: Alkohol, Drogen, Fernsehen, um die leeren Herzen, die leeren Sinne zu betäuben... Ich war zu jung, um zu erkennen, daß nur eine Roboterwelt dabei herauskommen kann, wenn Menschen das Leben anderer Menschen verplanen. Das hat niemand gewußt. Man dachte, man täte etwas Gutes.

Seltsamerweise kann ich mich gerade an die Dinge erinnern, die ich nicht niedergeschrieben habe. An die Berge, die sich einfach in die Ewigkeit zu erstrecken schienen, die vielen verschiedenen Farben – Sienna, Purpurrot, tiefdunkles Graubraun, Schwarz. Von der Sonne ausgebleicht oder im Schatten, standen sie schweigend, kahl und erhaben gegen den blauen Himmel, glatt wie eine Schiefertafel, eine unumstößliche Gegebenheit. Doch was damals dort passierte, war ja gerade der Eingriff des Menschen in die Bergwelt. Er veränderte sie und gab das als Fortschritt aus. Vielleicht war es ein Fortschritt. Vielleicht sind diese kleinen Häuser, die die Menschen sich dort kauften, besser als andere. Doch die Häuser, die ganze Anlage, waren häßlich, und ich glaube inzwischen nicht mehr daran, daß etwas Häßliches der Menschheit nützen kann. Mein erster Eindruck erwies sich als der dauerhaftere: eine großartige Landschaft, der man eine riesige weiße Badewanne aus Beton, so groß wie eine ganze Stadt, mitten ins Herz gepflanzt hatte.

Wallace Stevens hat mal über einen Krug in Tennessee geschrieben. Es sei die Kunst, die der bedeutungslosen Natur Bedeutung verleiht. Versicherungsagent. Das muß ja auf einen abfärben, wenn man sein ganzes Leben in einem Versicherungsbüro zubringt. Nun, ich habe mein Leben als Fotografin zugebracht, und ich weiß, daß die Absichten der Menschen sich an ihren Produkten ablesen lassen, sie sind unverwechselbar wie die Fingerabdrücke auf einer Tatwaffe oder der Charakter eines vierzig Jahre alten Gesichts. Dieser Staudamm zeigte selbst in dem unfertigen Zustand, in dem er sich befand, die schweren Faustabdrücke des Eroberers, der behauptet, Wasser in die Wüste zu tragen, in Wirklichkeit aber sein Zeichen in die Körper der Sklaven brennt, die die Eimer weiterreichen. Das Wasser trägt seinen Namen, gebändigtes Wasser, der wahre Triumph, die Unterwerfung der Natur. So massiv, so scheinbar unbezwingbar und einschüchternd wie die Gräber der Pharaonen, die mit riesigen menschlichen Statuen geschmückt sind, hat er sein Gesicht der Wüste eingebrannt.

Ich kann mich auch nicht mehr an Mike, wie-war-er-doch-gleich, erinnern. Er muß der erste Mann gewesen sein, mit dem ich nach Brad geschlafen habe... Er ist weg. Ich kann mich nicht einmal mehr an sein Gesicht erinnern. Egal. Er war nicht wichtig.

Dienstag, der 20. Januar, Lynbrook
Ich habe beschlossen, am Abend auch dann Tagebuch zu führen, wenn ich nicht verreist bin. Es erleichtert mich, es ist wie das abendliche Gespräch mit einem Erwachsenen. Natürlich antworten mir die leeren Seiten nicht. Aber fast, finde ich. Als ob der Akt des Schreibens auf ein Stück Papier die Gegenwart eines anderen beschwört, die kritische, bohrende Stimme eines steinernen Wesens, die sagt: Lügnerin, Lügnerin, die dich zwingt, aufrechter zu sitzen, dich zu berichtigen, die Maske fallen zu lassen...

Die vergangenen Tage waren chaotisch. Ich will versuchen, sie noch einmal zu rekonstruieren.

Freitag, ja, ich kam vormittags um neun Uhr an, New Yorker Zeit. Ich hatte es geschafft, die meiste Zeit des Fluges von L. A. zu schlafen, und fuhr sofort ins Labor. Am Flughafen nahm ich ein Taxi. Es war zwar das Geld von *World*, trotzdem hatte ich ein komisches Gefühl dabei. Vom Labor aus machte ich mich auf den Weg zur U-Bahn, mit hängenden Schultern. Nach meiner Zeit war es sechs Uhr morgens, und meine Ausrüstung schien in der einen Woche viel schwerer geworden zu sein. Mit der schrecklichen Long Island Railroad nach Hause. Gräßlich.

Endlich wieder zu Hause. Die Kinder waren in der Schule, deshalb war es ruhig im Haus, Pani wollte natürlich mit mir reden, aber sie macht es einem sehr leicht, ihr zu entfliehen, ein freundliches Wort genügt. Im Kühlschrank standen Reste von Panis köstlichem Abendessen, und ich stopfte eine kalte Kielbasa in mich rein, die ich in ein Glas mit roter Bete und Meerrettich tunkte. Dann legte ich mich hin und schlief, bis die Kinder nach Hause kamen. Sie waren glücklich, mich wiederzusehen. Sie fragten mich aus, und ich erzählte ihnen von den Flügen, von dem kleinen Tischchen und dem Essen in Aluminiumfolie und den Bergen und dem Pfeil, der über die Schlucht geschossen wurde, und dem Lastwagen, der über den Fluß gezogen wurde, und von meinen brillanten Fotos. An diesem Nachmittag zog es sie noch nicht einmal nach draußen zum Spielen, sie blieben einfach in meiner Nähe. Ihre Neuigkeiten – 98 Punkte im Mathetest (Arden), 95 Punkte im naturwissenschaftlichen Test (Billy), Joan hat einen Hund bekommen, können wir auch einen haben? Mrs. Morton, die Lehrerin der zweiten Klasse, war schwanger und wollte nicht verraten, ob sie sich ein Mädchen oder einen Jungen wünschte – liefen auf die entscheidende Botschaft hinaus, was Pani ihnen alles erlaubt hatte (MERK ES DIR, MOM). Sie durften bis zu den Elf-Uhr-Nachrichten aufbleiben, ihren Nachtisch essen, auch wenn sie vorher nicht die Mohrrüben gegessen hatten, nachts ihre Schuhe im Wohnzimmer liegenlassen, und was sie ihnen nicht erlaubt hatte (UNTERNIMM ETWAS, MOM!): zum Spielen gehen, ohne sich vorher mit ihr bei einem Glas Milch und Chrusciki unterhalten zu haben, an einem wolkigen Morgen ohne Gummischuhe in die Schule zu gehen, während der Woche bei Freunden zu übernachten (sie wissen ganz genau, daß ich ihnen das auch nicht erlaube).

Ich mußte sie ständig anfassen. Ich berührte ihre Schultern, strich ihnen über die Haare, streichelte ihre Wangen, drückte sie an mich. Sie durften so viele Kekse essen, wie sie wollten. Ich brach meine eigenen Regeln. Und sie plapperten drauflos, mit glänzenden Augen und roten, von der Kälte etwas aufgesprungenen Wangen. Ich cremte sie mit Mandelcreme ein. Ich hatte das Gefühl, daß wir uns seit Monaten nicht so nahe gewesen waren – vielleicht überhaupt noch nie – und daß meine Schuldgefühle jeder Grundlage entbehrten. Ich fragte sie, was wir am Wochenende unternehmen wollten. Ich schlug vor, auf dem Silver Lake Schlittschuhlaufen zu gehen und im Hempstead Park Schlitten zu fahren. Ihre Gesichter wurden lang. Genau das hatten sie auch vor, aber mit ihren Freunden. Sie wollten nicht offen aussprechen, daß es ihnen nicht recht wäre, wenn ich mitkäme, aber die Botschaft war unmißverständlich. Ich wurde auf die Mutterrolle verwiesen.

Die Schuldgefühle gewannen wieder die Oberhand. Natürlich kann ich nicht einfach fünf Tage lang wegfahren, sie allein lassen und erwarten, daß sie auf mich warten, bis ich Zeit habe, mit ihnen Eislaufen zu gehen. Ich hatte es nur verdient, daß sie mich am Wochenende allein ließen. Ich rief mir ins Gedächtnis zurück, daß sie die Wochenenden meistens zusammen mit ihren Freunden verbrachten, was gut für sie war und daß ich meistens froh war, wenn sie mich in Ruhe ließen, weil ich dann selber weggehen und fotografieren konnte. Aber ein leises Gefühl der Angst setzte sich plötzlich in mir fest wie die ersten Anzeichen einer Arthritis.

Letztendlich war es gut, daß sie den ganzen Sonnabend über nicht da waren. Lou Gluck, Farrells Assistent, rief gegen zehn Uhr an, um mir zu sagen, daß die Kontaktstreifen an *World* geliefert worden seien und er sie sich angesehen hätte, aber auf die Farbabzüge wartete. Farrell würde sich am Montag bei mir melden. Über die Fotos sagte er nichts. Gefielen sie Lou, oder gefielen sie ihm nicht? Würde *World* mich ebenso schnell wieder fallenlassen, wie sie mich engagiert hatten? Ich war mir selber nicht sicher, wie die Bilder geworden waren. Ich saß auf meinem Bett, den Telefonhörer noch in der Hand, das Freizeichen summte schrill in dem stillen Zimmer.

Ich malte mir Bilder von unscharfen Maschinen aus, streifige Filme, überbelichtet, Berge im Nebel, verzerrte menschliche Gestalten. Ich hatte noch Lous zurückhaltende Stimme im Ohr, in der kaum merkbar Mißbilligung schwang, sogar Verachtung: Blödes Weib, kann noch nicht mal die Kamera ruhig halten. Vor mir sah ich einen Haufen Kontaktstreifen, insgesamt 40 Filme, alle unbrauchbar. Mein Herz klopfte so heftig, als ob der Bogen in der Sierra-Nevada Pfeile von Kalifornien bis hierher schickte. Ich hätte nie mit Mike schlafen dürfen, ich war nicht ausgeschlafen, ich war nicht so fit, wie ich hätte sein können, ich hätte noch mehr aufpassen müssen…

Ich versuchte, mich zusammenzureißen. Zunächst legte ich den Telefonhörer auf. Beim Auspacken mußte ich mich bei jedem getragenen Kleidungsstück, das ich aus der riechenden Tasche zog, erst einmal auf den Boden setzen. Ich keuchte. Vielleicht hatte ich einen Herzanfall.

Innerhalb der nächsten Stunden schaffte ich es, die Wäsche zusammenzusuchen und neben der Treppe auf einen Haufen zu legen. Ich wollte nicht nach unten gehen, wo ich vielleicht Pani treffen würde, die begierig wäre, sich mit mir zu unterhalten. Mein Herz schmerzte vom vielen Klopfen. Ich räumte das Wohnzimmer etwas auf und wusch das Frühstücksgeschirr ab. Dann ließ ich mich auf einen Stuhl fallen und blieb erst einmal sitzen. Ich merkte gar nicht, daß die Kinder nicht zu Hause waren. Als sie schließlich kamen, glücklich und den Bauch voller Limo, die Joyces Mutter ihnen nach dem Eislaufen spendiert hatte, machten sie soviel Krach und waren so aufgedreht, daß sie meine dumpfe Erschöpfung einfach niederwalzten und ich wieder in der Lage war, das Abendessen zuzubereiten und hinterher abzuwaschen.

Den ganzen Sonntagvormittag war ich ein einziges Nervenbündel. Ich konnte mich nicht konzentrieren, es gelang mir noch nicht einmal, die *Times* zu lesen. Ich machte die Wäsche und fing an zu bügeln. Die Kinder waren rodeln. Tim Moroneys Mutter hatte sie hingefahren, und ich sollte sie um vier wieder abholen. Ich stellte das Radio an. Die Hitze des Bügeleisens stieg mir ins Gesicht, und es wurde eine schmalzige Version von «Somebody Loves Me» gespielt. Da fiel mir ein, daß das ja stimmte. In mein armes gebeuteltes Hirn schob sich die Erinnerung an diesen tollen Mann, der mich so hungrig und leidenschaftlich angesehen hatte.

Und wie Wasser, das sich gewaltsam Bahn bricht, strömte die Leidenschaft in mein Herz und schwemmte die Angst hinweg. Die Pfeilwunden verwandelten sich in kleine Wellenkreise der Lust, während ich an Mikes Augen dachte, die meinen Körper liebkosten. Eine rosige Erinnerung an Nähe, Umarmungen, Küsse, mein Körper erinnerte sich und setzte sich gegen meinen Kopf durch. Ich summte das Lied mit. Das Bügeln ging mir schneller von der Hand. Ich hörte wieder, wie er mir bei unserem Abschied verspricht, mich ewig zu lieben, eine Leidenschaft, die nicht nur dreitausend Meilen überbrücken kann, sondern auch den Umstand, daß er (wie ich vermutete) verheiratet ist. (Ich wollte ihn nicht fragen, weil ich nicht den Eindruck erwecken wollte, als sei ich auf der Suche nach einem Ehemann. Und er sagte nichts.) Im Geist sah ich schon verschiedene Szenen vor mir, wie wir uns auf dem Flughafen Idlewild wiedersehen und uns mit der Leidenschaft schicksalhaft Liebender aneinanderklammern würden.

Als ich die Kinder abholte, hatte ich mir die Haare gewaschen und mich umgezogen, ich hatte mich hübscher gemacht als sonst, wenn ich zu Hause war. Ich summte. Ich war nicht ganz da, schwamm in einem romantischen Traum, zu dem unbedingt die ständige Berieselung durch Mantovanis Geigen gehörte, entweder aus dem Radio oder in meinem Kopf. Die Kinder beschwerten sich über die Musik, die aus dem Autoradio kam. Ich sagte, daß wir sonst immer hörten, was sie hören wollten, heute sei ich mal an der Reihe. Sie gaben angeekelte, würgende Geräusche von sich, als der Klang der Violinen anschwoll und wieder abebbte, aber ich ließ mich nicht erweichen. Sie stürzten zum Fernseher, sobald wir zu Hause waren, und ich ließ sie. Ich ging in mein Zimmer, stellte das Radio an und fing an, meine Garderobe Stück für Stück zu überprüfen. Offensichtlich hatte ich nicht ein Kleidungsstück, das ich tragen konnte, wenn ich einen Geliebten vom Flughafen Idlewild abholen wollte.

Ja, also das war am Sonntag. Am Montag wachte ich schon mit vor Angst zusammengeschnürtem Herzen auf, mein romantischer Traum hatte sich ein wenig verflüchtigt. Sofort stellte ich das Radio an, und die Kinder sahen mich an, als ob ich etwas wunderlich geworden wäre. Und dann klingelte um halb zehn das Geschäftstelefon. Ich ließ es dreimal klingeln, ehe ich abhob, doch meine Hände schwitzten so stark, daß mir der Telefonhörer aus der Hand rutschte und auf die nackten Dielen des Schlafzimmers fiel. Russ Farrells Stimme klang steif und formell, und mein Herz bereitete sich darauf vor stillzustehen. Aber er sagte Worte wie *großartig, sensationell.* Er sagte, daß er die Bilder in der Ausgabe vom zwölften März auf sechs Seiten bringen würde *unter Nennung meines Namens als Fotografin!* Das wurde sonst nur den Spitzenleuten zugestanden, den großen Fotografen und Reportern, die schon seit Jahren für *World* arbeiteten. Ich schwebte wie auf Wolken. Ich hörte zu, wie er über die Fotos sprach – welche wir nehmen sollten, wie, welches Format, Farben, Layout –, aber ich sagte nur: «Hm-hm.» Er lud mich zu einer Konferenz ein, auf der die Bilder besprochen werden sollten. Ich mußte mir aufschreiben, was er sagte, weil nichts in meinem Kopf hängenblieb.

Ja, daran erinnere ich mich. Ich erinnere mich auch, wie beeindruckt sie von einem Kunstgriff waren, den ich bei diesem Auftrag angewandt hatte – ich machte eine Nahaufnahme, entfernte mich dann mit der Kamera mehr und mehr von der Person oder dem Objekt, bis ich aus der Totalen fotografierte und dadurch einen größeren Zusammenhang herstellte. Sie waren begeistert, und auch wenn sie von diesen Sequenzen keine für den Artikel druckten, forderten sie mich auf, weiterhin so zu fotografieren. Im Laufe der Jahre druckten sie viele solcher Serien. Mir gefielen sie auch: Aus irgendeinem Grund vermittelten sie mir Zufriedenheit. Ich hatte mein Bestes getan, um mit meinen Bildern die Wahrheit zu zeigen.

Ich schwebte vom Bett in die Küche und stellte das Radio ab, das irgendwelche schmalzigen Melodien dudelte. Ich suchte in allen Schränken nach einer Flasche, ich wollte mir selbst zuprosten, aber außer Apfelsaft konnte ich nichts finden, also trank ich den. Ich wollte jemanden anrufen. Ich rief meine Mutter an, aber sie war nicht zu Hause. Ich versuchte es bei Delilah, aber bei ihr war besetzt. Dann kam ich auf die Idee, Mike anzurufen. Das führte dazu, daß ich alles noch einmal überdachte.

Erstens hatte ich keine Telefonnummer von ihm – ich hatte die Nummer von seinem Büro, aber Mike war möglicherweise unterwegs, um irgendwelche Politiker oder Journalisten herumzuführen. Dann überlegte ich: Warum wollte ich ihn anrufen? Er wußte überhaupt nichts von mir. Ich hatte mir so große Mühe gegeben, selbstbewußt und selbstsicher zu erscheinen, und außerdem hatte ich vor allem einen abgebrühten, unzugänglichen Eindruck machen wollen, er würde also gar nicht verstehen können, wie wichtig die Angelegenheit für mich war.

Ich mußte mich setzen.

Ich zwang mich, mich an unser… was immer es gewesen sein mag, zu erinnern. Daß er sich am nächsten Abend ziemlich betrank (wie am Abend davor), daß er kaum etwas von der Liebe verstand, er konnte nur vögeln, und daß er auf mich und meine Bewegungen und meine geflüsterten Andeutungen überhaupt nicht achtete. Er bestieg mich einfach, als er dachte, ich sei soweit, drang in mich ein, kam und rollte sich runter und schlief ein, seinen Arm auf meinem Bauch.

Ich rutschte unter seinem Arm hervor und ging ins Bad, ließ Wasser in die Wanne laufen und befriedigte mich selbst. Ich ließ ihn eine Stunde schlafen, dann weckte ich ihn und drängte ihn zum Gehen. Ich wollte nicht, daß er morgens aus meinem Zimmer käme. Außerdem wollte ich nicht mit ihm in einem Bett schlafen. Das Laken war inzwischen getrocknet, aber ich legte trotzdem ein Handtuch darüber.

Am nächsten Tag benahm er sich dümmlich, als ob er sich nicht mehr genau erinnern könnte, was passiert war. Er machte jede Menge Witze über Trunkenheit. Er sah mir nicht in die Augen und war den ganzen Tag über fahrig. Als er mich am Abend dieses Tages wieder zurückfuhr, entschuldigte er sich: Er sei müde und hätte noch einen Kater von gestern, er würde nur noch ein Sandwich essen und sich dann hinlegen. Und das machte mich wütend.

Wenn er die Absicht gehabt hätte, noch einmal mit mir zu schlafen, dann hätte ich mich auf jeden Fall geweigert. Warum also war ich wütend? Weil ich wollte, daß er verrückt nach mir wäre, daß er jede Sekunde mit mir zusammen sein wollte, besonders, weil der Mittwochabend mein letzter Abend dort sein würde. Ich wollte, daß er so fühlte, auch wenn ich nicht so fühlte. Ich weiß nicht, als was ich diese Haltung bezeichnen soll, sie war mies. Ich wollte ihm auch eins auswischen, und deshalb nahm ich die Manager beim Wort, die mich fragten, ob ich mit ihnen zu Abend essen und anschließend in der Bar mit ihnen noch etwas trinken wollte. Ich flirtete auf Teufel komm raus, genau wie sie. Gegen Mitternacht duzten wir uns alle.

Am nächsten Tag mußte ich konzentriert arbeiten – es war meine letzte Chance. Ich mußte ganz sicher sein, daß ich mir keine Gelegenheit für eine großartige Aufnahme entgehen ließ. Und bestimmte Aufnahmen wollte ich in einem anderen Licht wiederholen. Mike war aufmerksam und zuvorkommend, viel mehr als vorher, aber ich hatte keine Zeit, mir darüber Gedanken zu machen. Als er sich auf der Landebahn von mir verabschiedete, wo ich in die Turboprop einsteigen mußte, legte er mir die Hände auf die Schultern, sah mir tief in die Augen und flüsterte verliebt: «Stacey, Liebling», als ob wir innigst miteinander vertraut und ein Herz und eine Seele wären. Er gab mir einen flüchtigen Kuß auf die Stirn und sagte, daß er manchmal in New York zu tun hätte und er mich dann anrufen würde, und wir würden auf die Suche nach einem fabelhaften Steak gehen.

So sah die Basis für meinen romantischen Traum aus.

Wie hatte ich es bloß geschafft, mir zwischen Donnerstag und Sonntag einzureden, daß Mike Bostwick der Mann meiner Träume war, den das Schicksal für mich bereit hielt? Noch wichtiger ist die Frage, wie ich mir jemals wieder trauen soll, wenn ich mir einbilde, daß ich in jemand verliebt bin? Was hätte ich gemacht, wenn meine Fotos *World* nicht gefallen hätten, wenn meine «Karriere» gestern morgen geendet hätte? Hätte er dann für den Erfolg herhalten müssen? Hätte ich ihm allabendlich am Telefon etwas vorgeheult, hätte ich keine Mühe gescheut, um seine Telefonnummer herauszufinden, und ihm meine Leidenschaft, meine Sehnsucht gestanden? Hätte ich mich gedemütigt und ihn in Verlegenheit gebracht?

Trotzdem hat mir der romantische Traum geholfen. Mit seiner Hilfe habe ich den Sonntag überstanden. Mit seiner Hilfe glitt ich langsam wieder in die alte Routine von Einkaufen, Abwaschen, Wäschewaschen und Kochen, die mir jetzt noch langweiliger und lästiger vorkommt als sonst. Schließlich bin ich eine Frau, die an die Westküste fliegt, die gigantische Kräne erklimmt, um Staudämme zu fotografieren, die wichtige Leute kennt und leidenschaftliche Liebesaffären hat! Ich bin völlig durcheinander. Ich leide an Wahnvorstellungen, das ist mir zwar bewußt, aber ich kann mich nicht von ihnen befreien. Ich weiß nicht, wem ich mehr mißtrauen soll: meinem Herzen oder meinem Kopf.

3 Juni 1948

Aus mit der Hoffnung. Sie hatte es, das wußte ich genau. Sie hatte etwas Besonderes, etwas, was ich gern gehabt hätte. Was hätte ich nicht dafür gegeben, wenn ich es gehabt hätte. Und sie nutzte es nicht, obwohl sie so jung war. So oft habe ich sie gewarnt, sie kannte mein Leben. Ich habe ihr erzählt, was passieren kann, daß sie heiraten müßte, diese Schande, und dann absolute Leere, das Ende des Lebens. Wir haben in diesem Haus niemals über Sexualität geredet, aber sie war aufgeklärt, sie wußte Bescheid, sie wußte, was mir passiert war. Und trotzdem hat sie es getan.

Belle konnte sich nur vage an sexuelles Verlangen erinnern, so als ob sie versuchen wollte, sich zu erinnern, was ihre Mutter ihr bedeutet hatte, ehe sie alt und senil wurde. Zumindest hatte sie gewartet, bis sie fünfundzwanzig war, es war doch nur verständlich, daß sie... Aber Anastasia war erst achtzehn, zu jung für ein Mädchen, um Verlangen zu spüren. Und das Schlimmste war, daß es in dem gleichen Monat passiert war. Februar. Das Baby würde im gleichen Monat zur Welt kommen wie Anastasia, als ob sich ihr Schicksal in Anastasia wiederholen würde, als ob Anastasia selber nichts dagegen machen konnte, weil es vorherbestimmt war.

Schwanger. Mom, ich bin schwanger. Was sollte man dazu sagen? Ed hätte gern mit ihr geschimpft, aber das erlaubte sie ihm nicht. Wie konnte er es wagen? Wie konnten wir es wagen, wir, die wir beide... Mein Lebtag werde ich diesen Priester in Washington nicht vergessen, der ihn anschrie, daß er ein ekelhafter Wurm sei, ein elender Sünder, ein Werkzeug des Teufels... Das war das einzige Mal, daß ich sah, wie Ed fast in Tränen ausgebrochen wäre. Aus dem Grund gehe ich nicht mehr in die Kirche. Jetzt ist sie also auch verheiratet, sie hat genauso geheiratet wie wir, heimlich, hastig, irgendwo, das Hochzeitsdatum ist vergessen, was macht das schon, man feiert nicht den eigenen Tod. Ihre Klugheit, ihre Intelligenz, ihr Talent, sie hätte so viel aus sich machen können, alle ihre Lehrer waren davon überzeugt, Pianistin, Malerin, Lehrerin... Nicht wie ich, die ich keine Ausbildung hatte, keine Kenntnisse, fast taub, auf einem Auge blind, keinerlei Chancen... Ich habe ihr alles geopfert, mein ganzes Leben. Für nichts und wieder nichts...

Belle sitzt und knifft Hauben. Sie ist vierundvierzig, aber sie sieht älter aus. Sie ist eine vornehme Erscheinung mit ihrem feinen, hellen

Haar und den zarten Gesichtszügen. Sie sieht aus wie eine Lady, nicht wie eine Frau. Das ist ein bedeutsamer Unterschied im Jahr 1948. Aber aus der Nähe gesehen erkennst du schon, daß ihr Gesicht altert, die Augenpartie schlaff wird, siehst du, wo später die schweren Tränensäcke sein werden, daß die Linien um ihren Mund sich als Hunderte von Falten in ihre zarte helle Haut eingraben werden. Ihre langen Fingernägel sind verhornt und gelb, häßlich, findet sie. Sie versteckt sie unter Nagellack, einem undurchsichtigen altmodischen Rosa. Durch das Kniffen der Hauben blättert vorn der Nagellack ab. Aber ihre Hände sind immer noch schön, mit langen, schmalen, anmutigen Fingern. Das Schönste an ihr.

Anastasia hat kein Schamgefühl. Man hätte meinen sollen, sie wäre verzweifelt und beschämt, weil die Leute über sie redeten. Daß sie den Kopf hängenließ und weinte, so wie sie, Belle. Jean hatte mitfühlend geseufzt: «Oh, Belle», als ob Belle es wäre, die in der Klemme saß. Sie schämte sich, es ihnen sagen zu müssen. Jeans Töchter würden nie in solche Schwierigkeiten geraten. Eric erinnerte sie natürlich sofort daran, daß er sie gewarnt hatte, Anastasia aufs College zu schicken. Ed hätte sich durchsetzen und darauf bestehen sollen, daß sie arbeiten ging, ein so widerspenstiges Mädchen wie sie, es war Verschwendung, sie aufs College zu schicken. Mädchen heiraten sowieso, hatte er gesagt. Das ist ihre Bestimmung. In dem Moment hatte sie ihn gehaßt, weil er selbstgerecht und selbstzufrieden dasaß, gepflegt und überlegen. Er sprach über die Bestimmung von Mädchen wie über eine feststehende Tatsache, an der nichts zu rütteln war, über die man nicht nachzudenken brauchte. Und was war mit *seinen* Kindern? Er gab ihnen alles, was mit Geld zu haben war, und sie hätte wetten können, daß er sie auch aufs College schicken würde. Er sieht auf uns herab, meint, für ihn gelten andere Gesetze als für uns. Ed verdient vielleicht nicht soviel Geld wie Eric, aber er würde niemals so etwas sagen.

Mädchen! Und Jungen? Anastasia hatte sich doch nicht allein in diese Situation gebracht. Aber sie schien – wie konnte sie nur – glücklich mit diesem Brad zu sein, einem unzuverlässigen Jungen mit seltsam hellen Augen, die nichts wahrzunehmen schienen. Sie hatte kein Schamgefühl, sie tat so, als wollte sie schwanger sein und ihr Leben im jugendlichen Alter beschließen. Sie gab sogar vor, von diesem bedrückenden kleinen Ein-Zimmer-Apartment unter dem Dach begeistert zu sein. Um zur Treppe zu kommen, muß man durch das Wohnzimmer fremder Leute gehen, schrecklich, sie würde keinen Fuß dort hineinsetzen. Keine Hochzeit, keine Geschenke, nichts, womit man ein Leben beginnen könnte. Sie besaßen noch nicht einmal einen Toaster, und als Belle darauf hinwies, hatte Anastasia nur gelacht und gesagt, man könnte Brot genausogut auf der Gasflamme toasten.

Schrecklich. Ihr Leben wird nur Mühsal und Plage sein. Sie hätte einen Arzt heiraten können, einen berühmten Anwalt, sie ist attraktiv, sie kann gut Klavier spielen. Wenn sie nur nicht... Na, jedenfalls haben sie eine eigene Wohnung, mehr als ich hatte, aber kein Geld. Brad ist noch nicht einmal mit der Schule fertig, das einzige anständige Umstandskleid, das sie besitzt, habe ich ihr gekauft.

Belle hatte Kopfschmerzen. Sie legte die Haube vorsichtig auf den Stapel mit den fertigen Stücken. Zehn, dachte sie, dann zählte sie sie wieder. Ja, zehn. Sie stand auf und ging ins Badezimmer und schluckte zwei Aspirin. Sie vermied es, sich im Spiegel anzusehen. Sie ging zurück ins Schlafzimmer und steckte sich eine Zigarette an. Sie setzte sich auf ihren Arbeitsstuhl, nahm aber keine neue Haube zur Hand.

Nur eine Zigarette. Eine kleine Pause.

Zehn. Und jetzt war es erst zwanzig nach elf. Sie könnte heute vierzig Hauben schaffen, aber wenn sie längere Zeit hintereinander kniffte, wurden ihre Finger wund, trotz der Hornhaut, die ihre Fingerspitzen schützte. Sie würde noch zehn kniffen und dann eine Stunde lang die Rüschen annähen und zwanzig Hauben vorbereiten. Dann konnte sie neue zuschneiden, Größe sechs, an denen sie dann morgen arbeiten könnte. Wenn sie sich daranhielt, konnte sie auf 200 die Woche kommen. Nur daß sie am Donnerstag einen Termin bei der Zahnärztin hatte. Also vielleicht 190. Nicht schlecht. Sie bekam jetzt mehr Stücklohn – wieviel hatte sie dann verdient? Sie konnte nicht im Kopf mit 12,5 multiplizieren. Sie legte die Zigarette in den Aschenbecher und nahm den Stift, der auf dem Toilettentisch lag. 190 × 12, kritzelte sie schnell. 22 Dollar 80. Dann einen halben Cent mal 190, gleich 95 Cent. 23 Dollar 75.

Wie hoch wohl ihr Stundenlohn war? Minimallohn, hatten sie gestern im Radio gesagt. Sie verdiente einen Minimallohn. Wieviel Stunden arbeite ich täglich?

Sie legte den Stift hin. Sie wollte nicht die Stunden nachrechnen. Sie wollte es nicht wissen.

Wenn sie nun schrecklich wenig verdiente und weit unter dem Minimallohn lag? Das wollte sie lieber nicht wissen.

Sie wollte nur den Verdienst sehen, der das Leben leichter machte, bis sich irgend etwas änderte. Für Joy etwas Geld zurücklegen, falls sie aufs College wollte. Was sie vielleicht gar nicht wollte. Sie geht viel aus, ist am liebsten mit ihren Freundinnen zusammen, und vor Prüfungen muß sie sich übergeben, sie lernt nicht gern. Aber hübsch und lustig. Sie hat nicht, was Anastasia hatte. Verschwendet hatte. Joy würde in drei Jahren Geld brauchen, wenn sie nicht auch...

Nein. Sie drückte mit verbittertem Gesicht ihre Zigarette aus. Nein, Anastasia war dazu ausersehen, ihr Schicksal zu wiederholen, nicht Joy.

Juni 1951

Beim Einzug damals hatte Joy die kleinen Wandlampen in ihren Zimmern schön gefunden, zwei in ihrem Zimmer, zwei bei Anastasia, drei bei Mommy und Daddy. Sie waren aus Porzellan, sagte Mutter, mit Blumen bemalt, und die Birnen steckten in kleinen Zylindern aus geschliffenem Glas. Aber jetzt haßt sie sie, weil sie nur wenig Licht spenden und Schatten auf ihr Gesicht werfen, wenn sie es im Spiegel betrachten will, so wie jetzt. Sie lassen ihr Gesicht gelblich wirken, aber sie sieht nicht gelb aus, haben Kitty und Linda ihr versichert. Sie mußten ihr schwören, die Wahrheit zu sagen. Anastasia hatte sich in ihr Zimmer lauter verschiedene Lampen gestellt, vier zusätzliche.

Es sah idiotisch aus, sechs Lampen in einem Zimmer, natürlich waren sie alle klein, zwei auf ihrer Spiegelkommode, zwei auf dem alten grünen Küchentisch aus Metall, den sie als Schreibtisch benutzte. Anastasia haßte die Dunkelheit. Aber Anastasia hatte ihre Lampen alle mitgenommen.

Joy besitzt keinen Schreibtisch, sie macht ihre Schularbeiten jeden Nachmittag bei Linda auf dem Fußboden, unter einer Stehlampe, bei Radiomusik. Alle Mädchen liebten die Stimmen von Dick Haymes, Frank Sinatra und Bing Crosby, und Joy liebte besonders die von Vaughn Monroe. Die besten Sänger waren alles Männer, seltsam. Es wurde behauptet, die besten Köche seien ebenfalls Männer, aber Joy hatte noch nie einen Mann kochen gesehen. Die besten Sportler waren Männer. Auch wenn Kitty, Linda und

Joy ziemlich gut Fußball und Basketball spielten, kam niemand, um ihnen dabei zuzusehen. Sie hatten noch nicht einmal eine richtige Mannschaft. Aber sie waren begeisterte Spielerinnen, Joy liebte das großartige Gefühl in den Beinen, das Hochspringen, das Werfen des Balles, als könnte sie fliegen, es machte sie glücklich...

Sie fragt sich, ob sie im College Sport treiben würden. Auf einem richtigen College wird Sport unterrichtet, aber Joy wird ein Junior-College in Virginia besuchen, die Hilton Academy. Mutter redet etwas herablassend über das College, sie sagt, es sei eher ein Mädchenpensionat. Aber Joy weiß, daß ihre Mutter beeindruckt ist, weil Joy trotz ihrer Noten überhaupt angenommen worden ist und Alice Warren und Eleanor Staples, die beiden reichsten Mädchen aus ihrer Klasse, auch dorthin gehen werden. Joy denkt sich, daß es ihr nur recht sein kann, wenn es wirklich bloß ein Mädchenpensionat sein sollte, sie braucht in erster Linie einen Abschluß. Sie ist jetzt schon in der Achtung der Mutter gestiegen, weil diese sich Joy jetzt in einer schicken Schule mit vielen reichen Mädchen vorstellen kann, eine aufregende Vorstellung, die ihr auch angst macht. Das hätte sie in jungen Jahren auch gern gemacht, aber wahrscheinlich hätte sie sich zu sehr gefürchtet. Joy fühlte sich auch nicht ganz wohl bei dem Gedanken.

Sie versucht, mit Anastasia darüber zu sprechen, sie will wissen, was sie davon hält. Anastasia benimmt sich zur Zeit ziemlich seltsam, sie interessiert sich nur für Babies, die sie fotografiert, noch nicht einmal ihre eigenen Babies, die schleppt sie einfach nur mit. Anastasia scheint Joy für so dumm zu halten, daß es völlig egal ist, was sie macht. Vielleicht ist Anastasia nicht der richtige Ansprechpartner, obwohl Joy immer zu ihr aufgesehen hat. Vielleicht würde Anastasia sie nicht verstehen. Sie hat sich so verändert, aber vielleicht hat sie sich nicht verändert, vielleicht hat Joy sie nur nicht richtig gekannt. Sie sieht immer so unprätentiös aus, ihr langes Haar hat sie hinten zu einem Zopf geflochten, der ihr wie bei einem Kind auf den Rücken baumelt, sie sieht nicht wie eine verheiratete Frau mit zwei Kindern aus, natürlich hat sie kein Geld... aber trotzdem... Anastasia ist es wohl egal, wie sie aussieht, vielleicht ist es ihr auch nicht egal, und sie gibt es nur nicht zu, weil sie sich keine modischen Sachen leisten kann. Denkt Joy.

Für Joy ist das Äußere eines Menschen sehr wichtig. Sie versucht immer zu lächeln, wenn sie in den Spiegel sieht. Sie lächelt sogar jetzt, obwohl ihr nicht nach Lächeln zumute ist, sie würde am liebsten weinen, aber sie weint nicht. Manchmal – schrecklich – sieht sie ihr Gesicht unvermutet im Spiegel, etwa wenn sie sich, nachdem sie ihr Bett gemacht hat, wieder aufrichtet und umdreht, und dann kriecht ihr eine Gänsehaut über den Rücken, die sie mit einem Lächeln verjagt. Aber die paar Sekunden reichen schon aus, um sie zu zwingen, den neuen Pickel auf ihrem Kinn zu registrieren, oder daß ihre rechte Wange von Pickeln übersät ist, und wenn sie keine neuen Pickel hat, dann die anderen Makel, ihre gelbe Haut, ihr rundes Gesicht, ihre leicht abfallenden Schultern, ihren langen Hals, ihre breiten Hüften. Sie haßt ihren Körper, sie haßt ihr Gesicht! Kitty und Linda hassen auch, wie sie aussehen, was sie nicht versteht, Kitty ist hübsch, und Linda hat einen schönen Körper.

Aber alle haben immer gesagt, Joy hätte ein wunderbares Lächeln, daran klammert sie sich, das ist wenigstens etwas. Du kannst hassen, wie du aussiehst, und kannst versuchen, mit Make-up und irgendwelchem Zeug etwas daran zu vertuschen, aber im Grunde kannst du es nicht verändern. Du mußt die Leute dazu bringen, dich trotzdem zu mögen. Also mußt du lächeln. So wie jetzt, ohne Make-up, in dem roten Flanellschlafanzug, den sie auch im Juni trägt, weil ihr immer kalt ist. Das Lächeln funktioniert, sie fühlt sich gleich besser, ihre blauen Augen strahlen sie an, sie lächelt sich herzlich im Spiegel zu, sie grüßt sich wie eine Fremde...

Kitty ist so hübsch mit ihrem goldenen Haar, wie ein Heiligenschein rahmt es ihr zartes kleines herzförmiges Antlitz ein, das nicht so groß und rund ist wie Joys Gesicht. Und Linda ist eine Persönlichkeit, voller Energie, witzig, sie bringt immer alle zum Lachen. Und Penny ist *sehr* klug, Joy würde sie gern Anastasia vorstellen. Anastasia würde Penny mögen, sie würde merken, wie klug Penny ist, auch wenn sie nicht so gute Noten in der Schule hat, darüber ist sie erhaben, sie steht über der Schule und über allem, weil Penny mit ihrer modernen Mutter nach dem Abschluß der Schule nach Europa fahren wird, drei Monate lang, sie werden nach Paris, Rom und London fahren. Penny geht zur Friseurin ihrer Mutter, und eine Kosmetikerin zeigt ihr, wie man sich schminkt. Penny ist wirklich sehr hübsch, aber sie ist ein bißchen zu dick, das kommt daher, daß ihre Mutter ihr erlaubt, jeden Abend Cocktails zu trinken, und ihr, Joy, auch, wenn sie bei ihnen zu Abend ißt. Joys Hals ist jedesmal wie zugeschnürt, sie kann kaum schlucken, wenn sie mit ihnen zusammen in dem Wohnzimmer sitzt, mit der leisen Musik aus dem Hi-Fi-Gerät. Pennys Mutter trägt immer lange Gewänder aus grauer oder pfirsichfarbener Seide oder rotem Brokat, ihre Haare sind genauso blond wie die von Penny, und sie trägt sie hochgesteckt wie ein Filmstar. Pennys Stiefvater gießt Martinis aus einer Glaskaraffe ein, ein sehr vornehmer dritter Ehemann. Penny hat schon viel erlebt. Ihr Vater war Alkoholiker und der zweite Mann auch, er hat ihre Mutter sogar geschlagen, obwohl er ein erfolgreicher Börsenmakler war.

Die anderen Cheerleader haben auch alle etwas Besonderes. Amy mit ihren langen, glatten roten Haaren und Joanie mit ihrem elfenbeinfarbenen Teint, weil sie Italienerin ist und Olivenöl trinkt. Kitty mit ihren blonden Haaren und Linda mit ihrem burschikosen Lachen, sie sehen alle so toll aus, wenn sie vor der Menschenmenge stehen und schreien: «Wir wollen ein S! Wir wollen ein O! Yay! Southside!» In ihren langen weißen Sweatshirts mit den Buchstaben und den kurzen weiten Röcken, den Lederschuhen und den dicken weißen Söckchen, die über die Knöchel gerollt werden. Kitty und Linda behaupten immer, sie sei die hübscheste von ihnen. Aber das sagen sie nur, weil sie ihre Freundinnen sind und sie liebhaben. Joy liebt sie auch, sie wird sie immer lieben.

Joy knipst die Lampe neben dem Spiegel aus und geht zum Bett hinüber. Das Zimmer ist dunkel bis auf das Mondlicht, das durch das Fenster fällt. Anastasia bekam das Zimmer mit der Fensterbank, aber Joy findet ihr Zimmer schöner, weil sie auf den Garten sehen kann. Aber jetzt wünscht sie, sie hätte eine Fensterbank und könnte sich an das Fenster setzen und die dunklen Schatten auf dem hellen Rasen betrachten. Anastasia hat ihr erzählt, daß sie nachts immer auf der Fensterbank gesessen und geraucht und den Rauch aus dem offenen Fenster geblasen hat, damit das Zimmer nicht nach Rauch roch und Mutter nichts merkte. Anastasia schloß lachend, sie hätte «im Bann des Mondes die Säfte des Körpers als den Urstoff der Tragödie gespürt», so redete Anastasia, Anastasia war klug.

Sie glaubt, daß sie noch eine Zigarette in ihrer Tasche hat. Vielleicht sollte sie es mal ausprobieren: Urstoff der Tragödie. Was das wohl sein mochte. Was immer es ist, es hörte sich an, als sei es für sie momentan genau das Richtige. Auf der Suche nach ihrer Tasche tastet sie auf der Kommode herum, kramt in der Tasche, findet eine zerknautschte Packung Luckies. Sie zieht den Schemel, der vor ihrem kleinen Frisiertischchen steht (daneben passen nur noch das Bett und die niedrige breite Kommode in das kleine Zimmer), vor das Fenster und setzt sich drauf. Ihr macht es wirklich nichts aus, daß ihr Zimmer so klein ist. Lindas Zimmer ist viel größer. Auch Kitty hat ein riesengroßes Zimmer, das sie sich allerdings mit ihrer Schwester teilen muß, aber es hat die Größe von anderthalb Zimmern und so etwas wie einen Alkoven, in dem man sitzen kann, und ein eigenes Badezimmer haben sie auch. Doch das schönste Zimmer hat Betty Brower, ihr ganzes Haus ist groß. Joy würde gern in der wohlhabenden Gegend bei Canterbury wohnen, wo lauter große Villen stehen, mit großen Gärten und ausladenden alten Bäumen. Whits Eltern wohnen dort, sie haben sogar zwei Häuser, ihr Anwesen erstreckt sich zu beiden Seiten bis zur Straße. In Bettys Zimmer stehen zwei Betten, so daß eine Freundin bei ihr übernachten kann, und eine große Kommode mit einem Spiegel, eine Frisierkommode, ein Schreibtisch und ein längliches Sitzmöbel, das sie Chaise nennt. In einer Ecke befindet sich ein riesiger Haufen Stofftiere, große und kleine Elefanten, Bären, Pferde, Katzen und Häschen.

Joy preßt ihr Gesicht gegen das Fliegengitter und atmet tief ein, sie versucht, den süßen Duft der Juninacht zu riechen. Aber sie riecht nur den metallischen Geruch des Fliegendrahts. Sie zündet sich eine Zigarette an. Sie hustet ein bißchen. Sie ist keine Raucherin, sie raucht nur, weil ihre Freundinnen rauchen. Ihr fällt ein, daß es in ihrem Zimmer keinen Aschenbecher gibt, deshalb streift sie die Asche auf ihrer Handfläche ab wie die Jungen. Angeblich brennt es nicht, und das stimmt auch, aber man macht sich schmutzig. Sie will nicht wie die Jungen sein, sie will feminin sein. Sie steht auf und wirft die Asche in den Papierkorb. Die Hand wischt sie sich am Bein ihres Pyjamas ab. Das würde ein Junge genauso machen, aber sie ist zu faul, ins Bad zu gehen und sich zu waschen. Sie setzt sich wieder hin und schaut hinaus. Sie atmet tief. Sie wartet darauf, den Urstoff der Tragödie zu spüren.

Anastasia sagt, daß Mutter denkt, Joy sei hübsch und beliebt, Anastasia dagegen intelligent und begabt. Joy kennt diese Einstellung ihrer Mutter. Anastasia zufolge hat Mutter ihr eingeredet, sie sei häßlich, Joy auf der anderen Seite vermittelt, sie sei dumm. Anastasia ist anderer Meinung, sie hält Joy für sehr intelligent und ist wütend auf Mutter. Joy hat das Gefühl, Anastasia ist nur deshalb wütend auf Mutter, weil diese ihr eingeredet hat, sie sei häßlich.

Was Joy passiert ist, läßt sie relativ gleichgültig. Anastasia denkt letztendlich auch, daß Joy dumm ist. Sie mußte nur aus Höflichkeit das Gegenteil behaupten.

Joy wünscht sich, daß Mutter *ihr* sagen würde, daß sie hübsch sei. Dann würde es ihr bessergehen, auch wenn sie es ihr nicht glauben würde. Das würde sie richtig glücklich machen. Aber Mutter hat nie irgend etwas in der Richtung zu Joy gesagt. Und Joy kann sie nicht direkt fragen, es wäre ihr zu peinlich, einfach zu fragen: «Mommy, findest du, daß ich hübsch bin?» Mutter würde daraufhin irgend etwas Schreckliches zu ihr sagen, so wie damals, als Joy von Linda kam. Die beiden gingen in die fünfte Klasse und hatten sich gegenseitig die Haare frisiert. Linda hatte Joy eine Pompadour-Frisur gemacht, wie die großen Mädchen sie trugen, und Joy fand sich sehr schön und konnte sich nicht bremsen. Aufgeregt fragte sie Mutter: «Sieht mein Haar nicht wunderbar aus?» Sie wußte, daß Mutter ihr nie erlauben würde, es so zu tragen, die Frisur war zu erwachsen für sie. Mutter sah sie an, zog ihre Mundwinkel nach unten und sagte, sie sähe ordinär aus. Oder wie damals, als sie mit Anastasia Halma spielte und gewann. Sie schrie auf und erzählte es Mommy und Daddy, und Daddy sagte, sie würde lügen, weil sie gegen Anastasia nicht gewinnen könnte. Oder Mutters Vorhaltungen, als ob Joy irgendwie ganz schrecklich wäre, weil sie so gern mit Cetta spielte, deren Nase ständig lief. Sie sei unkritisch. Ja. Und einmal hatte Mutter Joy angesehen, den Kopf geschüttelt und mit diesem ekelhaften Ton in der Stimme gesagt: «Immer unterwegs, immer weg, du bist genau wie Mrs. Dabrowski!» Joy konnte sich an Mrs. Dabrowski nicht mehr erinnern, aber sie begriff, daß es nicht gut war, ihr ähnlich zu sein.

Trotzdem läßt Joy manchmal eine Bemerkung fallen wie: «Kitty ist sehr hübsch, nicht wahr?» Und dann wartet sie, daß Mutter vielleicht sagt: «Ja, aber du auch», oder irgend etwas in der Richtung. Aber das hat sie noch nie gesagt. Andererseits schreit sie Joy auch nicht an, wenn sie einen Test verhauen hat, so wie Kittys Vater, Kitty weint dann. Das ist so gemein. Kitty kann doch nichts dafür, daß sie nicht so intelligent ist, oder? Wenn du dich darum bemühst, alles zu begreifen, wenn du im Unterricht aufmerksam zuhörst und deine Hausaufgaben machst, dann kannst du nichts dafür, wenn du schlechte Noten bekommst, oder? Mutter schimpft nie mit ihr, aber sie lächelt auch nie. Meistens kommt es ihr so vor, als sei Mutter gar nicht da, als sei das Haus leer, auch wenn irgend jemand das Essen kocht, wäscht und bügelt. Aber dieser Jemand existiert nicht wirklich, er redet nicht. Kitty hat keine Mutter, und Sarah, das Dienstmädchen, erledigt die ganzen Arbeiten. Wenn wir nach der Schule zu Kitty gehen, sitzt Sarah auf ihrem Stuhl in der Küche und stellt uns Cola hin und Kartoffelchips und redet mit uns und lacht.

Aber bei uns kommt es mir leer vor, als ob niemand zu Hause wäre. Mutter ist oben in ihrem Zimmer und knifft diese Hauben, es ist stickig, als ob nie ein Fenster geöffnet würde. Die uralten Essensgerüche hängen in den Vorhängen und an den Tapeten.

Als Anastasia noch hier wohnte, hat Mutter manchmal mit ihr gesprochen. Aber mit mir hat sie nie gesprochen, mit Daddy genausowenig. Wir sind die Außenseiter. Und manchmal versuche ich, mich mit Daddy zu unterhalten, aber er redet nicht mit mir, manchmal schimpft er mich aus, weil ich nach jedem Satz immer «verstehst du?» frage. Ich kann doch nichts dafür. Anastasia hat das früher auch gemacht. Wenn du mit jemandem redest und redest und niemals eine Antwort bekommst, noch nicht einmal ein «Ja» oder ein «Hm», dann kannst du gar nicht anders. Du mußt sie einfach dazu bringen, irgend etwas zu sagen. Also sagst du «verstehst du?», auf daß sie dir endlich antworten. Du kannst noch nicht einmal mit Sicherheit sagen, ob Mutter dir überhaupt zugehört hat, manchmal sieht sie blicklos aus dem Fenster oder einfach ins Leere.

Manchmal hat Mutter gute Laune. Es gibt Abende, wenn Joy nicht babysittet, da fragt Mutter: «Wie wäre es mit einer Partie Halma?» Sie spielen gut. Daddy spielt nicht mit ihnen. Die drei gewinnen abwechselnd, Mutter, Anastasia und Joy. Sie spielen jeweils mit zwei Farben und flitzen mit den Steinen so schnell über das Brett, daß Penny, die ihnen einmal beim Spielen zuschaute, behauptete, daß sie ihren Zügen nicht folgen konnte. Mutter macht es auch Spaß, das Kreuzworträtsel in der Sonntagsausgabe der *Times* zu lösen. Einmal fragte sie Joy, ob sie ihr dabei helfen wolle, wie Anastasia früher, aber Joy konnte es nicht, deshalb fragt Mutter sie jetzt nicht mehr. Sie weiß, daß sie ihre Mutter enttäuscht, und sie wünschte, sie würde sie nicht enttäuschen, aber sie kann nichts dafür. Sie spielt gern Rommé, mit Karten hat sie immer Glück, schon nach wenigen Runden kann sie ablegen, aus diesem Grund spielt Mutter mit ihr nicht mehr Rommé, außer wenn Joy krank ist. Sie ist schon lange nicht mehr krank gewesen, sie ist jetzt wirklich robust.

Aber hin und wieder setzt sich Mutter auf die Veranda und steckt sich eine Zigarette an. Dann hat sie Lust, sich zu unterhalten, und wenn Joy nicht gerade verabredet ist, gießt sie sich eine Coke ein und setzt sich ihrer Mutter gegenüber. Joy weiß, daß sie ihr von ihren Freundinnen erzählen soll und von deren Müttern und Vätern und wie sie leben. Mutter schien sich zu freuen, als Joy ihr erzählte, daß Lindas Haus genauso klein war wie ihr Haus. Daß Mrs. Hale ihre drei Töchter ganz allein durch ihre Arbeit als Buchhalterin ernährte, beeindruckte sie. Sie tat so, als ob sie gern Mrs. Hale wäre, obwohl Mrs. Hale Witwe war. Manchmal wünscht sich Joy auch, Mutter wäre Mrs. Hale. Mrs. Hale ist lustig. Sie lacht und scherzt mit Linda und Mae, obwohl sie viel älter ist als Mommy, sie hat graue Haare. Lindas ältere Schwester, Silvia, ist erwachsen und verheiratet und lebt in Ohio.

Aber am liebsten hört Mutter Geschichten von Pennys Familie, den Swopes, obwohl das nicht Pennys richtiger Name ist. Mr. Swope adoptierte Penny und ihren Bruder, als er ihre Mutter heiratete. Pennys Bruder ist in Princeton, er ist viel älter und beachtet Joy, Linda oder Kitty überhaupt nicht, wenn er zu Hause ist. Er hat ein eigenes Auto, ein rotes Kabrio, aber er ist wirklich eingebildet. Mutter liebt es, wenn ich ihr von Mrs. Swopes und ihrer Garderobe erzähle und daß sie jeden Abend vor dem Essen Cocktails trinken, wie das Mädchen das Essen servierte und was es zum Abendessen gab. Es freut sie, wenn ich ihr erzähle, daß das Essen nicht so gut schmeckte wie bei ihr, obwohl sie ein Mädchen *und* eine Köchin hatten. Bei den McArdles, bei Kitty, schmeckt es auch nicht so gut, die haben natürlich auch nur Sarah. Ihr Essen ist genauso wie bei den Carpenters. Anastasia macht sich immer über das Sonntagsessen bei den Carpenters lustig – eine dünne Scheibe Londoner Siedfleisch, Joy wußte nicht, was Londoner Siedfleisch war, eine gebackene Kartoffel, einen Teelöffel grüne Erbsen aus der Dose und grünen Salat mit einem halben Pfirsich und Mayonnaise. Anastasia sagt, das Essen sei typisch amerikanisch. Joy hat immer noch großen Hunger, wenn sie bei den McArdles gegessen hat. Zu Hause bekommt sie drei Lamm- oder Schweinekoteletts, wenn sie sehr klein sind, sogar fünf. Es gibt jede Menge Gemüse und Kartoffeln und keinen Salat. Aber eigentlich ist es ihr egal. Sie ißt nicht deshalb bei anderen Leuten, weil sie Hunger hat, sondern weil sie gern mit Menschen zusammen ist, die sie mag. Ihrer Mutter erzählt sie, daß das Essen schrecklich schmeckte. Das macht ihre Mutter glücklich, und Joy nutzt gern jede Gelegenheit, Mutter glücklich zu machen.

Joy hat noch nie vorher am Fenster gesessen und geraucht. Mutter macht das, aber unten, im Verandazimmer, tagsüber, aber Joy erinnert sich noch schwach, daß Mutter auch schon unten in der Dunkelheit gesessen hat, ohne Licht anzuknipsen. Joy ist unternehmungslustig. Sie geht gern mit ihren Freundinnen aus. Sie gehen auf den Sportplatz, das müssen sie ja, schließlich sind sie Cheerleader, und ins Kino, und manchmal fahren sie abends in den Autos der Jungen zu einer Bar. Joy trinkt eine Cola mit Rum, und dann bekommt sie Ohrensausen. Wenn sie nicht weggeht oder mit ihren Freundinnen zusammenhockt und lacht und kichert, dann schläft sie. Normalerweise schläft sie ein, sobald sie im Bett liegt. Am nächsten Morgen kann sie sich noch nicht einmal mehr daran erinnern, daß sie sich hingelegt hat. Aber seit zwei Tagen kann sie nicht schlafen. Also hat sie beschlossen, einmal auszuprobieren, was Mutter und Anastasia immer machten. Wenn es ihr gelänge nachzudenken, würde es vielleicht wieder weggehen. Aber nichts ist passiert. Jetzt ist ihr irgendwie komisch zumute, und die Zigarette ist aufgeraucht. Sie steht auf, geht ins Badezimmer und läßt kaltes Wasser über die Kippe laufen, die sie anschließend in den Papierkorb wirft. Sie geht in ihr dunkles Zimmer zurück und fragt sich, was Mutter und Anastasia an ihrer Stelle fühlen würden. Sie kann es sich nicht vorstellen. Sie sind anders als sie. Sie ist anders als sie. Ihnen wäre so etwas nicht passiert, das hätten sie gar nicht zugelassen. Wie immer der Urstoff für eine Tragödie aussehen mochte, sie jedenfalls würde ihn niemals spüren.

4 August 1953

Es war seltsam, wieder hier in diesem winzigen Zimmer zu sitzen, das so schäbig war, mit dem dünnen alten Teppich, den alten weißen Gardinen und der ausgeblichenen indischen Bettdecke. Von ihrem ersten ersparten Geld würde sie das Zimmer renovieren – nachdem sie sich etwas zum Anziehen gekauft hatte. Bei ihrer neuen Stelle mußte sie gut angezogen sein, schließlich hatte sie es mit der Öffentlichkeit zu tun. Und Joy wußte, daß CBS sie zum Teil auch wegen ihres Aussehens als Empfangsdame angestellt hatte. Sie brauchten jemand, der freundlich war und attraktiv aussah. Sie ist selbstbewußter als früher, sie weiß, daß sie einen hübschen Anblick bietet, aber sie würde auf jeden Fall diesen Mannequinkurs besuchen, wo gelehrt wurde, wie man sich frisiert und schminkt und so weiter. Mit etwas mehr Selbstvertrauen könnte sie eines Tages vielleicht sogar Mannequin werden.

Es war aufregend, im Empfang zu sitzen und die Leute, die vorbeigingen, zu beobachten und sich zu fragen, ob es jemand Berühmtes sein mochte. Neulich hatte sie bestimmt Kathryn Grayson gesehen, und Alison, die im Schreibzimmer arbeitete, sagte, daß sie andauernd Stars sehen würde, gerade vor einer Woche hätte sie Jayne Meadows gesehen. Sie wollte sich also hübsch anziehen, sie machte sich einen genauen Plan, zwei gute Wollkleider, ein kleines Schwarzes, falls sie jemanden kennenlernen sollte, der sie ins Theater einlud oder ähnliches, und zwei Kostüme mit verschiedenen Blusen. Die Kleider, die sie in der Schule angehabt hatte, waren für ihren Job nicht ganz geeignet, obwohl sie sie noch eine Weile lang würde tragen müssen.

Außerdem war es ein wunderbares Gefühl, jeden Freitag den Umschlag mit dem Lohn in Empfang zu nehmen. Natürlich behielt sie nur 35 Dollar und 60 Cent übrig, nach Abzug der Steuern und all der anderen Ausgaben, sie bekam nicht soviel, wie sie gedacht hatte. Zu Anfang hatte sie geglaubt, daß man ihr 45 Dollar die Woche auszahlen würde, weil sie von der Höhe der Abzüge keine Ahnung gehabt hatte. Fünf Dollar pro Woche brauchte sie allein für das Fahrgeld. Lunch mußte sie auch essen, und Mutter bestand darauf, daß sie ihr zehn Dollar wöchentlich für das Essen gab. Joy fühlte sich dadurch verletzt, weil sie das Gefühl hatte, als erwachsene, arbeitende Frau nicht mehr zur Familie zu gehören. Dennoch hatte sie beschlossen, zehn Dollar wöchentlich für neue Kleider zu sparen und ihr Zimmer zu renovieren. Am vergangenen Freitag hatte sie mit Alison abends einen Schaufensterbummel gemacht. Oh, das hatte Spaß gemacht, sie hatten bei Schrafft zu Abend gegessen und waren durch die großen Kaufhäuser geschlendert. Bei Macys, Altman und sogar bei Lord & Taylor hatten sie hereingeschaut. Joy hatte ein Kostüm entdeckt, das ihr wirklich sehr gut gefiel, weiche hellblaue Wolle, genau passend zu ihren Augen. Vielleicht würde es bald runtergesetzt werden, 35 Dollar war wirklich viel Geld, aber vielleicht könnte sie ja auch so viel zusammensparen.

Wenn sie sich neue Kleider kaufte, würde es sehr lange dauern, bis sie es sich leisten konnte, ihr Zimmer zu renovieren. Mutter könnte ihr eventuell zu ihrem Geburtstag im Oktober neue Vorhänge nähen und einen Bettüberwurf und eine Umrandung für den Toilettentisch, diese hier war wirklich ausgeblichen und zerschlissen. Sie könnte sie darum bitten, als Anastasia sechzehn wurde, hatte sie ihr Vorhänge und einen Bettüberwurf genäht.

Jetzt war es irgendwie bitter, in diesem Zimmer zu sein. Besonders nachdem sie Pam in Palm Beach besucht hatte, dabei war das nur ihr Sommerhaus. Pams Eltern besaßen noch eins, irgendwo in der Schweiz, in einem komischen Dorf, das mit G anfing und einem S, sie konnte das nicht aussprechen. Und ihr richtiges Haus lag in Connecticut, sie hatte Fotos davon gesehen, es war sogar noch größer als das in Florida. Pam hatte ein Zimmer mit einer eigenen Veranda, mit Sesseln und kleinen Tischchen und sogar einem Radio. Sie hatte einen Fernseher in ihrem Schlafzimmer, das ganz mit Teppich ausgelegt war, und die vielen Fenster, oh, es war phantastisch! Sie war froh, daß ein Mensch wie Pamela sie mochte, obwohl sie so weit über ihr stand. Es war so nett von ihr, Joy einzuladen, sie wußte, daß Joy kein Geld hatte und mochte sie trotzdem. Und Mrs. Johnson war auch immer freundlich zu ihr, selbst Mr. Johnson schien sie zu gefallen, aber der war natürlich fast nie da.

Trotzdem fühlte sie sich mit Kitty und Linda wohler und bevorzugte ihr eigenes Haus, sogar dieses Zimmer. Na ja, sie war sowieso nicht viel hier drin, nur nachts, und sie schlief immer gleich ein, sobald sie im Bett lag. Das übrige Haus sah jetzt besser aus, seit Mutter ein paar Tischchen gekauft hatte, eine neue Eßzimmereinrichtung und Teppiche. Es sah fast wie bei anderen Leuten aus, und das war schön. Es war merkwürdig, daß sie heute nicht müde war. Wenn sie bloß nicht zu Schoelermans gegangen wäre, eine Limonade hätten sie überall trinken können. Es war genauso wie beim letztenmal gewesen, nur daß sie da bei Eckhoffs gewesen waren. Es hörte einfach nicht auf, obwohl es jetzt schon vier Jahre her war, fast vier Jahre. Seit ihrem ersten Sophomore-Jahr im Oktober kannten sie sich. Das war kurz vor ihrem Geburtstag gewesen, 1949, und jetzt war 1953, eine lange Zeit. Aber es war immer noch da, wie ein scharfer Stein, manchmal legte man Pferden einen scharfen Stein unter den Sattel, um sie wild zu machen, wie grausam! Aber genauso bohrte es in ihrem Herzen. Sie wußte, daß sie rot geworden war, das war beschämend, doch sie konnte nichts dagegen machen, sie bekam Herzklopfen, es tat weh, oh, schrecklich weh, es war wie ein Brennen, wie ein Eispickel, der in ihr Herz getrieben wurde. Er schien auch rot geworden zu sein, es ging also nicht nur ihr so, ihm war es auch peinlich, aber er grüßte sie, als ob er sie kaum kennen würde, als ob sie vor fünf Jahren zufällig in der gleichen Klasse gesessen hätten.

Joy erhob sich vom Bett und knipste die kleine Lampe auf ihrer Frisierkommode an. Sie wühlte in ihrer Tasche und fand eine Zigarette und steckte sie an. Sie nahm einen kleinen Aschenbecher aus Porzellan, mit rosa Röschen drauf, und ging damit zum Bett zurück. Die Laken waren verkrumpelt, vielleicht lag es daran. Sie lehnte sich an das harte Kopfende aus Holz, rauchte und schaute aus dem Fenster. Das Mondlicht tauchte den Fußboden und das Fußende des Bettes in ein bleiches Licht. Von ihrem Platz aus konnte sie nur das Dach von Gwyns Garage sehen. Aber sie konnte die Grillen hören und die warme Feuchtigkeit der Nacht spüren.

Duke, sagte er, sei ein teures College. Vielleicht war es nicht so schwer, Whit hatte nie gute Noten gehabt, genau wie sie. Er sah älter aus, sein Gesicht wirkte angestrengter als vor zwei Jahren, als sie ihn zufällig bei Eckhoffs getroffen hatte, vor noch nicht einmal ganz zwei Jahren. Die Jugendlichen hingen immer noch in den gleichen Schuppen herum, bei Eckhoff und Schoelerman, wenn sie Cola trinken wollten oder Milch-Shakes, und im Shamrock oder im Arbor Inn, wenn sie Alkohol trinken wollten. Sie erfuhr, daß Buddy Raft und T. J. einen grauenhaften Unfall hatten, als sie Weihnachten vorigen Jahres aus dem Shamrock kamen, Buddy war tot. Seltsam zu wissen, daß er tot war. Dick, rund, immer blau. Ich glaube, daß er Angst hatte, deswegen hat er sich manchmal so brutal gegeben. Aber zu mir ist er immer nett gewesen, ich glaube, daß er mich gemocht hat. Aber er hat mich nie gefragt, ob ich mit ihm ausgehen wollte. Zum Glück. Es wäre mir peinlich gewesen, nein sagen zu müssen, aber ich hätte es nicht über mich gebracht, mit ihm auszugehen, die Vorstellung, ihn zu küssen, igitt! Aber jetzt ist er tot – traurig. Und Pennys Bruder auch, er hat sich mit seinem Kabrio auf einer Landstraße überschlagen. Pennys Mutter mußte in ein Sanatorium, und Penny wurde in ein vornehmes Internat irgendwo in der Schweiz gesteckt, aber sie ist ausgerissen. Sie hat mir eine Postkarte aus Paris geschrieben. Ob sie da ganz allein ist? Mein Gott, das würde ich mich nicht trauen.

Von Jane Selby habe ich auch einen Brief bekommen. Ich habe gute Freundinnen, ich liebe meine Freundinnen. Jane findet es schrecklich, wieder zu Hause, in Iowa, zu sein, sie will nach New York kommen und mit mir zusammen ein Apartment mieten. Das ist mir nicht ganz geheuer, und Mutter würde es sicher nicht gut finden, aber vielleicht, wer weiß. Ihre Eltern erlauben es ihr nicht, aber sie sagt, sobald sie einundzwanzig ist, im September, nächsten Monat schon, kann sie tun und lassen, was sie will. Genauso hat sie es mir geschrieben: «Wenn ich einundzwanzig bin, kann ich tun und lassen, was ich will.» Sie hat vielleicht Nerven, sie ist toll. Ihr Bruder wird bald in West Point seinen Abschluß machen, einmal bin ich mit ihr hingefahren, Gala-Wochenende. Ohne ihn vorher gesehen zu haben, sollte ich die Begleitung ihres Bruders sein, ein großer Ball am Samstagabend. Am nächsten Tag sind wir geritten, das hat Spaß gemacht. Ich war auf einem Ball, es war schön dort, der Ball, die Uniformen, wie im Kino. Jane war überzeugt, daß er mich mochte, ich auch, aber dann habe ich nichts mehr von ihm gehört. Jane sagte, daß er in Physik durchgefallen sei. Wenn ich ihm schriebe, sollte ich das nicht erwähnen, es wäre ihm peinlich, wenn er wüßte, daß sie es mir erzählt hatte. Sie sagte, er müßte pauken, deshalb könnte er mir nicht schreiben. Aber ich konnte ihm nicht schreiben, wenn er mir nicht schrieb, das mache ich einfach nicht. Schließlich hat er jede Menge Zeit gehabt, mir zu schreiben, die Gala war im April, das ist lange her, sechs Monate fast. Und jetzt ist Sommer, und im Sommer muß man nicht Physik lernen. Ob sie Ferien haben, ich hätte ihn fragen sollen, ich war so nervös, er ist soviel älter als ich. Er war in der Armee, deshalb ist er auch noch auf dem College, obwohl er vierundzwanzig ist. Er hatte sich freiwillig gemeldet, und dann war der Krieg zu Ende, er war richtig enttäuscht, hat Jane erzählt. Aber sie haben ihn nach Korea geschickt, dort wurde gekämpft. Er wurde in West Point angenommen, und er war glücklich. Er hat einen schönen Namen, Justin. Ungewöhnlich.

Ja, er war nett, sie waren alle nett. Doch es ist nicht dasselbe, ich empfinde nichts bei ihnen. Vielleicht wird das immer so sein, vielleicht ist das mein Schicksal, ob es so was gibt? Kitty und Ted sind seit ihrer Schulzeit zusammen, sie wollen heiraten, sobald Ted mit dem Ingenieursstudium in Georgia fertig ist. Beide Familien sind glücklich darüber, sie mögen sich gegenseitig, außerdem ist Kittys Vater auch reich. Nicht so reich wie Whits Familie, aber ziemlich reich, sie haben ein Dienstmädchen und das schöne Haus. Und Linda ist mit John Burton zusammen, sie haben sich im College kennengelernt. Er war schon im letzten Jahr und ist vier Jahre älter als sie. Aber das ist kein großer Altersunterschied, es ist gerade richtig. Weihnachten wollen sie heiraten. Kitty muß noch zwei Jahre warten, aber sie sind jetzt schon so lange zusammen, daß es ihnen vielleicht nicht soviel ausmacht. Bald sind sie beide verheiratet. Wer weiß, vielleicht heiratet Whit auch.

Sie wischte sich ihr nasses Gesicht mit dem Zipfel des Lakens ab, dann schüttelte sie den Kopf, stand auf und ging ins Badezimmer, riß einen langen Streifen Toilettenpapier von der Rolle und putzte sich umständlich die Nase. Sie warf das feuchte Papier in die Toilette und spülte es runter. Aber ihr Mund zitterte, und sie hatte das Gefühl, daß ihr vielleicht schlecht werden würde. Sie beugte sich über das Waschbecken und ließ sich kaltes Wasser in die Hände laufen und trank und wusch sich das Gesicht.

Sie ging wieder in ihr Zimmer, zündete sich keine neue Zigarette an, legte sich in ihr zerwühltes, feuchtes Bett. Das letzte Mal hatten sie sich im Juni getroffen, kurz vor den Prüfungswochen. Sie konnte nicht lernen, sie konnte sich nicht konzentrieren. Deshalb ihre Noten... Seine Schule hatte wahrscheinlich früher Ferien als die staatlichen Schulen. Er sah aus wie immer und doch anders. Sein Gesicht war noch dasselbe, nur daß es nicht mehr leuchtete. Er sagte: «Hi, Joy», aber seine Augen leuchteten nicht auf wie früher, wenn er sie sah. Und sein Körper sah nicht aus, als strebte er zu ihr. Sie selbst mußte ihren Körper zurückhalten, um sich keine Blöße zu geben. Sie wußte es, sie hatte es schon lange gewußt, aber etwas zu wissen ist eine Sache, es zu erleben eine andere. Es direkt zu sehen, zu spüren...

Damals wußte sie nicht, was sie machen sollte. Ihre Freundinnen sprachen dauernd über ihre Freunde, auch wenn sie sich gestritten hatten. Sie erzählte niemandem etwas von Whit, auch nicht, als sie noch ständig zusammen waren. Die Leute redeten über sie, weil sie unzertrennlich waren. Manchmal hielten sie sich an den Händen, aber sie zogen keine Show ab wie andere Jugendliche, wie Betty Brower und Bill Binn, die immer die Arme umeinander gelegt hatten, er mit seinen einsvierundsiebzig und sie mit ihren einsfünfzig.

Alle lachten darüber, aber freundlich, und sie kamen sich wichtig und toll vor und waren es wohl auch. Whit war groß, und sie war klein, nicht so klein wie Betty Brower. Sie waren anders. Sie gingen still nebeneinander her.

Sie waren still und verschwiegen. Sie redeten auch nicht viel miteinander. Manchmal unterhielten sie sich und lachten zusammen, aber meistens sahen sie sich nur an und zitterten wie winzige Härchen in einem schwachen Lufthauch. Whit hatte blaue Augen, genauso blau wie ihre, genau die gleiche Farbe, das sagten alle. Sie sahen die eigenen Augen in den Augen des anderen. «Sie können mit uns machen, was sie wollen», hatte Whit gesagt, «aber sie können uns nicht trennen, ich werde dich nicht vergessen.» Als er in Concord war, schrieb er ihr in den ersten Monaten jede Woche einen Brief. Nach Weihnachten änderte sich das, was war geschehen? Weihnachten kam er nach Hause, zusammen unternahmen sie lange Spaziergänge, alles war wie immer, sogar noch intensiver. Sie versprachen einander, sich immer zu lieben, nichts würde sie trennen können. Er mußte sich aus dem Haus schleichen, mußte lügen, was er haßte, manchmal war er den Tränen nahe. Er sagte, er käme sich wie ein Kleinkind oder wie ein Gefangener vor, so würden sie ihn überwachen. Und Mutter sagte immer höflich «Hallo», als sei sie nicht überrascht, ihn zu sehen, als ob nichts passiert sei. Vielleicht wußte sie tatsächlich nicht, was geschehen war, hatte es nicht mitbekommen, weil es sie nicht interessierte. Das konnte sie nicht verstehen, ihr hätte so etwas nie passieren können, Daddy machte alles, um ihr zu gefallen...

Dann mußte er mit ihnen zum Skifahren gehen, ja, irgendwo in Iowa oder Idaho, und in diesen Ferien traf sie ihn nicht mehr. Er schrieb seltener, und seine Briefe waren anders. Als er ihr im Mai schrieb, daß er im Sommer nach Maine fahren würde und nicht nach Rockville Centre kommen würde, da wußte sie, daß das nicht stimmte, er würde nach Hause kommen, um seine Sommersachen zu packen und seine Schulsachen zu Hause zu lassen. Das war sein letzter Brief.

Sie machte immer einen Umweg, wenn sie in der Gegend, in der er wohnte, irgend etwas zu tun hatte. Sie wollte ihm auf keinen Fall begegnen, er sollte nicht denken, daß sie versuchte, ihm aufzulauern. Wenn sie mit einer ihrer Freundinnen im Auto an seinem Haus vorbeifuhr, blickte sie stur geradeaus, versuchte aber angestrengt, aus den Augenwinkeln einen Blick auf das Haus zu werfen, das immer verlassen aussah. Die Vorhänge waren geschlossen, manchmal sah sie einen Gärtner bei der Arbeit, und einmal sah sie den Cadillac seiner Mutter in der Einfahrt stehen. Aber meistens war nichts zu sehen, das darauf hätte schließen lassen, daß das Haus bewohnt war. Seine Schwester war verheiratet, und Whit war der einzige Sohn, der Kronprinz, in den sie hohe Erwartungen setzten.

Schließlich hatte sie ihn zufällig bei Eckhoff getroffen. Und heute wieder, zwei Jahre später. Vielleicht würden sie sich alle zwei Jahre unerwartet treffen. Aber Eckhoff machte zu, Mr. Eckhoff ging in den Ruhestand, schade, sein Eis war so gut, er war ein großer Mann, sein Kahlkopf sah aus wie ein Ei, er war nett, auch wenn er streng mit den Jugendlichen war. Einmal hatte er Forrest Kelly auf die Straße gesetzt, der hatte es aber verdient, er hatte den Jungen, die an seinem Tisch saßen, löffelweise Milch-Shake ins Gesicht gespritzt. Mr. Eckhoff mußte ab und zu streng sein, weil die Jungen so wild waren. Whit nicht. Er war nie wild oder laut, er war sanft. Er hatte ein leises Lachen, wie fernes Donnergrollen, und war trotzdem ein großartiger Basketballspieler. Er haßte es, Southside verlassen zu müssen, es brach ihm das Herz, er wurde als Sophomore für seine sportlichen Leistungen in der Schule ausgezeichnet und sollte im folgenden Jahr Mannschaftskapitän werden, obwohl er noch so jung war.

Joy stand wieder auf und wühlte in ihrer Tasche nach einem Taschentuch und putzte sich die Nase. Sie sah die verknitterten Betttücher an und überlegte, ob sie das Bett neu machen sollte. Aber sie war zu müde. Die Uhr zeigte zwanzig nach zwei. Sie knipste die Lampe auf der Frisierkommode aus, legte sich wieder hin und machte die Augen zu, aber es half alles nichts.

Ich muß schlafen. Ich muß morgen früh aufstehen. Mit dem Zug um zehn vor acht fahren, Mutter bringt mich zum Bahnhof. Ich fahre gerne mit dem Zug. Ich komme mir so erwachsen vor, zwischen all den Männern und ihren Zeitungen. Morgen werde ich meinen marineblauen Baumwollrock anziehen, den weiten, und die weiße Bluse mit den kurzen Ärmeln, die Mutter heute gebügelt hat, und den breiten blauen Gürtel. Und dazu weiße Pumps, weiße Tasche, weiße Ohrringe. Das wird gut aussehen. Mrs. Hooper kam heute vormittag zu mir und sagte: «Wie hübsch Sie sind, Joy, wie ein Sonnenstrahl!» Und vor einer Woche hat sie gesagt, daß ich sehr gut tippen würde. Trotzdem glaube ich nicht, daß ich ewig bei CBS arbeiten möchte, weil ich dort immer nur am Empfang arbeiten könnte oder als Sekretärin. Der Mannequinkurs wird Spaß machen, und vielleicht ergibt sich daraus etwas. Weil ich vielleicht nie heiraten werde.

Nur weil wir arm waren. Sie hatten solche Angst vor diesem fünfzehnjährigen jungen Mädchen mit Pickeln im Gesicht und aus der falschen Familie, den falschen Kreisen. Sie hatten solche Angst, daß sie es in Kauf nahmen, ihn unglücklich zu machen, sie schickten ihn fort. Aber sie haben gewonnen. Er hat mich vergessen.

Mir war vorher gar nicht aufgefallen, daß wir arm waren. Oder ich habe es gewußt, aber nicht begriffen, daß das schlimm war. Oder wie schlimm das war. Oder war es noch etwas anderes gewesen, etwas, was mit mir zu tun hatte?

Wie er heute dort gestanden hat und seine Rechnung bezahlte, oh, wären wir doch bloß eine halbe Stunde später gekommen, dann wären sie weggewesen, und ich hätte sie nicht sehen müssen. Wer sie wohl ist? Sie ist nicht von hier, sie sah reich aus, vielleicht eine Freundin der Familie. Ach, ich konnte ja nicht wissen, daß er mitten im August an einem Sonntagnachmittag in Rockville Centre auftaucht. Warum sind sie nicht in Maine? Vielleicht glauben sie, daß er jetzt gefestigt ist, daß sie ihn jetzt nicht mehr von hier fernhalten müssen. Und ich mußte ausgerechnet mit Kitty und Linda dort aufkreuzen, noch nicht mal mit einem Jungen, irgendeinem, nein, nicht irgendeinem, sondern einem gutaussehenden. Warum mußte ausgerechnet mir das passieren?

Aber das war noch nicht einmal das Schlimmste, das Schlimmste war, daß es für mich noch genau wie früher war. Ich fühlte mich in die Zeit zurückversetzt, als wir noch in eine Klasse gingen. Damals blieb derjenige, der früher gekommen war, immer an der Tür stehen, bis der andere eintraf. Wir lächelten uns an, die Welt wurde hell, unser Lächeln vertrieb die Finsternis. W. T. C. Whitman IV. unterschrieb er immer, und ich zog ihn damit auf. Er muß in Maine zum Segeln gewesen sein, er ging gern segeln. Ich war noch nie auf einem Segelboot, er wollte mich immer mal mitnehmen, vielleicht segelt er jetzt mit ihr. Sie waren beide braungebrannt, er bronzebraun, helle blaue Augen in dem getönten Gesicht. Er hat immer noch Sommersprossen, er ist nicht mehr ganz so dünn, seine langen Hände sind immer noch schön.

Sie strich sich mit den Händen über Bauch und Schenkel, Whits Hände. Sie hatten nie... Sie hatten zu große Angst gehabt, aber sie hatten sich immer danach gesehnt, immer...

Er hat ihr nie erzählt, was sie gesagt hatten, warum sie ihn wegschickten. Er weinte. Ein paar Sachen hatte er gesagt: sein Vater, seine Mutter, worauf es ankommt, ihre Erwartungen, er als einziger Sohn. Welche Erwartungen, hatte sie gefragt. Er hatte es ihr nie direkt gesagt, aber sie wußte es, sie hatte es herausgehört, auch wenn sie es überhaupt nicht verstehen konnte. Wie kam sie dazu, mit einem Jungen zu gehen, nur weil er reich war? Na ja, vielleicht sind manche Mädchen so, aber sie, Joy, hatte nie darüber nachgedacht. Natürlich gefiel ihr sein Haus, es war so groß, mit einem riesigen Garten und vielen alten Bäumen. Dennoch war sie nur ein- oder zweimal bei ihm gewesen, es war komisch, daß ihre Clique nie dorthin ging. Sie trafen sich lieber bei Kitty oder Linda. Whit war oft zu ihr gekommen, und dann waren sie spazierengegangen. Seine Mutter hatte sie nur ein einziges Mal gesehen, eine blonde Dame in einem Nerzmantel.

In dem Sommer, bevor er fortgeschickt wurde, hatten sie die Zügel etwas gelockert, sie hatten sich keine Sorgen gemacht, weil sie wußten, daß sie die beiden trennen würden. Stundenlang gingen sie Seite an Seite bis zum Hempstead State Park. Er schenkte ihr eine Kette mit einer Perle und sagte, als Unterpfand der Treue. Und sie weinte. Und er weinte. Und sie schworen.

Für immer. Sie setzte sich auf und knipste die kleine Wandlampe über ihrem Bett an. Sie stand auf, zog die unterste Schublade der Kommode auf und nahm eine Schachtel heraus. Sie sah aus wie ein Herz und war aus Satin und roch nach Schokolade. Er hatte sie ihr zum Valentinstag geschenkt, sie waren beide im Sophomore-Jahr gewesen. Sie machte sie auf. Dreiunddreißig Briefe. Sie kannte sie alle auswendig. Hier konnte sie sie nirgends verbrennen. Mit zitternden Händen stellte sie die Schachtel auf die Erde und hockte sich neben sie. Im Haus gab es keinen Ort, wo sie jetzt ein Feuer hätte machen können. Sie mußte bis zum Winter warten, wenn sie den Kamin anmachten. Aber dann würden sie Fragen stellen, würden wissen wollen, was verbrennst du da, warum verbrennst du sie? Die Schachtel war wie ein Messer, ihre Hände waren zerschnitten, sie würde nie darüber hinwegkommen.

Für sie hatte sich nichts geändert. Sie fühlte immer noch dasselbe, und sie konnte immer noch nicht über ihn sprechen, nicht einmal mit Kitty und Linda, obwohl sie Bescheid wußten. Ihre Freundinnen hatten genau neben ihr gestanden, als sie eingetreten und plötzlich stehengeblieben war. Er hatte an der Kasse gelehnt, sie mußten ihr Gesicht gesehen haben. Als er gegangen war, hatte Linda ihren Arm um Joys Schultern gelegt und irgendeinen Witz gemacht, den sie nicht mitbekam. Sie hatten ihre Limonade bezahlt, weil sie den Job bei CBS bekommen hätte. Aber das war schon drei Wochen her. Mittlerweile arbeitete sie dort schon seit einer Woche. Es war in Ordnung, sie wußten es, und sie wußte, daß sie es wußten.

Sie senkte den Kopf, nahm die Hände hoch und zog die dünne Kette über den Kopf und warf sie in die Schachtel. Sofort nahm sie sie wieder hoch, sanft und entschuldigend und versuchte, die Perle zu betrachten. Ihre Augen schwammen, sie konnte nichts sehen. Sie legte sie wieder in die Kiste zurück und heulte auf wie ein Ghul oder ein Geist, und dann fing sie heftig an zu schluchzen. Sie bemühte sich, leise zu sein, obwohl sie wußte, daß Mutter sie nicht hören würde, weil sie auf ihrem guten Ohr schlief, und Daddy schlief tief und fest, und selbst wenn er sie hörte, würde er sich nichts dabei denken, er würde nicht aufstehen. Es war idiotisch, Leute nicht stören zu wollen, die sich sowieso nicht stören ließen.

Juni 1954

So.

Geschafft.

Morgensonne. Sie schimmert grün durch die Blätter und zeigt den Staub auf den Armlehnen der Holzstühle auf der Veranda und dem billigen Flickenteppich. Belle trank in kleinen Schlucken ihren Kaffee und nahm sich eine Zigarette.

Geschafft. Endlich.

Oh, natürlich ist es noch nicht ganz geschafft. Es wird noch ein Jahr dauern, bis ich alle Rechnungen bezahlt habe. Immerhin kann ich jetzt ein Ende absehen. Ich kann planen, darf endlich leben. Ich bin noch nicht zu alt, erst fünfzig. Mein Haar ist noch blond, nur wenig graue Haare dazwischen, und die sieht man kaum. Ich bin nicht dick geworden. Und es war ein Erfolg. Sie sah wunderhübsch aus, richtig hübsch, und sie war glücklich. Glaube ich. Ich war mir nicht sicher, ob sie je heiraten würde, ob sie über diesen Jungen hinwegkommen würde, diesen reichen Jungen, den sie wegschickten, damit er sie nicht mehr sah, wir waren ihnen zu arm, zu sehr Unterschicht. Sie hat es mir nie erzählt. Aber ich habe den Schmerz in ihren Augen gesehen, die Verzweiflung in ihrem Lachen gehört. Sie ist ein seltsames Kind, sie behält ihr Leid für sich, aber sie war zutiefst getroffen. Die Liebe. Kitty und Linda waren ihre Brautjungfern, sie sind beide verheiratet und leben weit weg, am anderen Ende der Staaten, aber sie stehen sich immer noch sehr nah, sie haben sich sehr gern.

Schönes Kleid. Ich wünschte, Anastasia hätte in einem solchen Kleid geheiratet. Ich wünschte, sie hätte überhaupt so geheiratet. Wir hätten es schon geschafft. Das Geld hätte ich mir geliehen. Ich hätte ihr genauso eine Hochzeit ausgerichtet wie Joy. Aber immerhin, man kann nie wissen. Jetzt sind sie erst seit fünf Jahren verheiratet und haben schon ein Haus wie wir. Brad versorgt die Seinen besser als Ed. Es hat vierzig Jahre gedauert, bis ich nach Rockville Centre ziehen konnte. Schöne Gegend für Kinder, große Gärten, hohe alte Bäume, stille Straßen, gute Schulen. Die Kinder können nach draußen gehen, haben ihre Freunde, leben in einer freundlichen Umgebung. Das hat Anastasia nie gekannt und ich auch nicht. Joy schon. Als wir hierherzogen, war sie noch klein, sie hat hier viele Freundinnen gefunden. Joy wird es auch gut haben, er hat West Point abgeschlossen, er wird immer viel Geld verdienen. Ist in Deutschland stationiert, sie werden Personal haben, sagt sie, und in einem schönen alten Haus wohnen. Sie will, daß ich sie besuchen komme, und vielleicht besuche ich sie.

Oh, was habe ich mich immer danach gesehnt zu reisen, ich habe von Europa geträumt, Paris und Rom, den Alpen, und sie ist erst zwanzig Jahre alt und bekommt die Chance. Wenn er Urlaub hat, sagt Justin, wollen sie verreisen. Wohin sie wohl reisen werden? Er ist Offizier, er hat ein Auto. Seine Familie hat Geld. Iowa. Sie haben mich eingeladen, das heißt uns, Ed und mich. Ich glaube nicht, daß ich nach Iowa fahren will, vielleicht sehen sie sowieso auf uns herab.

Aber vielleicht haben sie gar nichts gemerkt. Die Hochzeit war gelungen, sehr teuer, genau wie Joy es sich gewünscht hatte, Trauung in «The Point», mit Schwertern, die über ihren Köpfen gekreuzt wurden. Ziemlich affig und albern, aber wenn man jung ist, findet man das wahrscheinlich toll. Joy legt Wert auf solche Dinge, na, wer weiß, in ihrem Alter wäre ich davon vielleicht auch beeindruckt gewesen. Trotzdem ist sie anders als ich. Ich hatte überhaupt keine Hochzeit, dieser grausame Priester, der Ed angebrüllt hat... Normalerweise bestimmen die Eltern der Braut, wo der Empfang stattfindet. Doch was sollten wir machen, sie wollte es nicht anders, sie wollte dort heiraten. Es ist auch ein schöner Platz, mit den Häusern aus Stein und dem Momument in der Mitte, wie hat Anastasia dazu gesagt, ein starrer Pfeiler mit Kanonenkugeln drumherum, sie hat sich darüber lustig gemacht, irgendeinen Witz gerissen, aber nur Eric hat gelacht, nein, kein Pfeiler, ein Faller oder so etwas Ähnliches. Ich habe es nicht verstanden, ich höre so schlecht, daß ich nichts verstehe. Ständig lachen alle, und ich sitze stockdumm herum. Brad hat sie kalt gemustert, als sie das sagte. Natürlich mußte sie sich lustig machen, weil sie neidisch war, sie hatte keine Hochzeitsfeier, sie tut so, als würde ihr das nichts ausmachen, aber das stimmt nicht. Brad benimmt sich jetzt ganz anders, seit er Geld verdient. Er führt sich als wichtiger Mann auf und ist aufgeblasen. Wie kann man sich nur so stark verändern? Irgend etwas stimmt nicht, vielleicht will sie nicht dauernd mit ihm schlafen, ich kann es ihr nicht verdenken. Aber ihr scheint es völlig egal zu sein, wenn er mit ihr meckert, zum Beispiel, als sie so lange mit Eric getanzt hat. Sie scheint es überhaupt nicht zu merken, sie ist nur mit Fotografieren beschäftigt. Teures Hobby.

Teuer. Zwölfeinhalb pro Person, für hundert Leute, und die Selbys wollten noch mehr einladen, sie wollten es sogar selber zahlen. Aber das habe ich nicht zugelassen, das fand ich beleidigend. Ich kann gar nicht glauben, daß so viele ihrer Freunde von Iowa gekommen wären, es ist sowieso erstaunlich, daß sie angeblich so viele Freunde haben. Und außerdem die Blumen und die Musik und unser Hochzeitsgeschenk. Zum Glück konnte Joy ihr Hochzeitskleid selber bezahlen. Aber mein Kleid hat 50 Dollar gekostet, und der Hut, wunderhübsch, zu schade, daß ich vielleicht nie wieder die Gelegenheit haben werde, ihn aufzusetzen, 18 Dollar 99. Na ja, darüber werde ich mir jetzt nicht den Kopf zerbrechen. Ich werde heute nachmittag alles zusammenrechnen, wahrscheinlich wird es mehr als 1500 gekostet haben. Ich werde zwei Jahre brauchen, bis ich es abbezahlt habe, es sei denn, Ed bekommt wieder eine Gehaltserhöhung, es könnte sein, er verdient jetzt mehr als früher, im vergangenen Jahr hat er zusammen mit der Gratifikation fast 8000 verdient. Vielleicht können wir von seinem Gehalt auch etwas sparen. Aber er muß noch drei Jahre für den Cadillac zahlen, der Kredit läuft drei Jahre. Es mußte eben unbedingt ein Cadillac sein, warum auch nicht, er hat ihn verdient, er arbeitet schwer und wünscht sich sonst nichts...

Sie hat bekommen, was sie wollte, hoffe ich, Rosen und Champagner. Alle ihre Freundinnen sind gekommen, eine Hochzeitsreise auf die Bermudas. Anastasia hat keine Hochzeitsreise gemacht, ich natürlich auch nicht, ich weiß gar nicht, warum sie mir leid tut. *Der Lohn der Sünde*. Was für ein lächerlicher Satz, würde Anastasia sagen, wenn sie mich jetzt gehört hätte, ich weiß auch nicht, warum ich das eben gedacht habe.

Belle drehte ein wenig den Kopf und horchte nach draußen.

Mrs. Brands fährt einkaufen. Sie haben immer dasselbe Auto, seit wir hier wohnen, es ist sehr alt. Wie ihr wohl zumute ist, schämt sie sich, wenn sie sich mit den Nachbarn vergleicht?

Belle sah auf den glänzenden, eleganten, sechs Jahre alten Cadillac, der in ihrer eigenen Einfahrt stand. Dabei zog sie die Mundwinkel leicht nach unten und hob das Kinn.

Wir haben auf der Hochzeit eine gute Figur gemacht, niemand hat etwas gemerkt. Jean sagte, ich wäre die am besten gekleidete Frau gewesen, obwohl diese Leute Geld haben, das sieht man, aber Iowa, na ja. Vielleicht gibt es dort keine erstklassigen Modegeschäfte. Zum Glück war Anastasia die verheiratete Brautführerin, da mußte sie ein schönes Kleid tragen und Pumps. Sie hatte sich sogar die Haare richten lassen, sie sah sehr hübsch aus. Meine Töchter sind beide hübsch. Joy sah schön aus, meine schönen Mädchen.

Jetzt sind sie beide verheiratet. Ich bin sie los.

Joy ist mir nie zur Last gefallen, seit sie das College abgeschlossen hat. Es war natürlich kein richtiges College, man stelle sich vor, die Mädchen lernen dort, wie sie sich zu bewegen haben und wie ein Tisch gedeckt wird. «Nein, Mom, das Silber wird in der Reihenfolge aufgelegt, in der du es benutzen wirst. Du legst die kleine Gabel nur dann ganz nach außen, wenn du zuerst den Salat servierst. Siehst du? So.» Dabei interessiert mich das nicht. Wie lange ich für das Silber gespart habe, Sterlingsilber, schon als das Baby noch in meinem Bauch wuchs und ich Tag und Nacht weinen mußte und wir zu Hause gelebt haben, damit ich sparen konnte... Aber ich bin froh, daß ich es gemacht habe. Ich habe genau gesehen, wie erstaunt die Carpenters waren, als sie das erste Mal zu uns zum Essen kamen. Sie haben wahrscheinlich gedacht, wir hätten nichts, hochnäsig wie sie sind, Mitglieder im Country Club. Falls die Selbys je zu Besuch kommen sollten, wird es seine Wirkung ebenfalls nicht verfehlen. Bis dahin habe ich vielleicht auch eine neue Schlafzimmereinrichtung. Ich bin so froh, daß ich die Eßzimmermöbel im Ausverkauf gekauft habe, die Preise sind schon wieder gestiegen. Jedenfalls haben wir jetzt Möbel, nicht nur den alten Holztisch und die grau angemalte Nähmaschine und die Holzstühle, für die sich Anastasia geschämt hat, wenn ihre High School-Freundinnen zu Besuch kamen. Ich habe es immer gemerkt, auch wenn sie nie etwas gesagt hat. Sie fand es unter ihrer Würde, sich darum zu kümmern, was die anderen dachten, aber sie hat sich trotzdem unwohl dabei gefühlt.

Sie versucht, überlegen zu sein. Sie tut so, als ob sie solche Dinge nicht bemerkt, aber sie bemerkt alles. Als ich zu ihr sagte, die Selbys seien reich, sagte sie, schon möglich, aber sie wären es nicht immer gewesen. Ich war erstaunt. «Woher willst du das wissen?» Und sie zeigte auf Mrs. Selbys Hände. Es stimmt, sie waren rot und geschwollen, schlimmer als meine. Wenn man bedenkt, wie schwer ich mein Lebtag gearbeitet habe, daß ich schon im Alter von neun Jahren gekocht habe auf einem Herd, der mit Holz geheizt werden mußte, daß ich die Wäsche noch auf einem Waschbrett schrubben und mit den Händen auswringen mußte, wie das in den Händen weh getan hat, und die vielen Teller, die ich in meinem Leben gespült habe, auch wenn Ed mir abends dabei geholfen hat, und das Schälen und Schneiden und die heißen Töpfe, es stimmt, meine Hände haben das leidlich gut überstanden. Aber jetzt, wo mich Anastasia darauf hingewiesen hat, frage ich mich, was Mrs. Selby wohl mit ihren Händen gemacht hat... Wahrscheinlich versucht Anastasia nur, mir Selbstvertrauen einzuflößen, das versucht sie immer, sie will mich ändern. Wenn sie wüßte, wie sehr ich sie durchschaue.

Joy ist anders. Ihr ist es egal. Aber sie kann sehr komisch sein. Sie bringt mich mit ihren Geschichten zum Lachen. Sie war mir nie sehr nah, zog ja auch immer mit ihren Freundinnen los. In dem Jahr, in dem sie jetzt zu Hause gewohnt hat, habe ich sie kaum gesehen. Aufregender Job im Zentrum, jeden Tag flott angezogen. Sie hat ihr ganzes Geld für Kleider ausgegeben, wie ich, als ich in ihrem Alter war. Bei CBS bewerben sich bestimmt Tausende junger Mädchen, und wenn sie Joy genommen haben, heißt das, daß sie wirklich etwas Besonderes an sich hat. Sie hat ein wunderschönes Lächeln, immer schon, schon als sie noch ein Baby war, schmolz mein Herz, wenn sie mich angelächelt hat. Sie hatte ihren Spaß, so wie es sein soll. Jetzt ist sie verheiratet. Für den Rest ihres Lebens wird sie verheiratet sein, ich gönne ihr dieses eine schöne Jahr.

Vielleicht doch noch eine Tasse.

Belle stand auf, ging in die Küche und zündete die Flamme unter der Kaffeekanne an. Sie ließ sich schwer auf den hölzernen Küchenstuhl fallen und wartete, daß der Kaffee heiß wurde.

Das Haus ist jetzt leer. Still und friedlich. Niemand mehr da, um den ich mich kümmern muß. Natürlich war Joy nicht laut, überhaupt nicht, sie war ja kaum zu Hause. Und wenn sie da war, dann war sie immer zu einem Lächeln bereit, nicht so mürrisch wie Anastasia. Joy hat mir immer die zehn Dollar gegeben, ich mußte sie nie daran erinnern, und irgendwie ist es ihr sogar gelungen, noch etwas zu sparen. Ich habe gute Töchter. Wie schön, daß Kitty und Linda die Mühe auf sich genommen haben, zu ihrer Hochzeit zu kommen. Sogar Pamela reiste extra aus Paris an. Sie ist so reich, ihr Vater ist Milliardär, sie muß Joy sehr lieben. Joy hat viele wichtige Freundinnen auf diesem College kennengelernt. Man sah Pamela gleich an, daß sie aus reichem Hause stammt. Ihr Haar war ganz weich und hatte eine wunderbare Farbe. Sie war bezaubernd angezogen. Sicherlich ist sie ständig von Dienstboten umgeben und kennt keinerlei Geldsorgen. Sie muß nie geizig sein oder sich dumm vorkommen wie ich. Bei alledem war sie doch sehr nett zu mir, sehr höflich, und als sie und Joy nebeneinander standen, sahen sie fast gleich aus. Natürlich ist Joy nicht ganz so selbstbewußt, hat nicht ganz den gleichen Schliff…

Aber ob sie ihn wirklich liebt? Ach, das ist doch egal. Nach ein paar Jahren ist sowieso alles vorbei. Ich erinnere mich, was ich für Ed gefühlt habe, oh, das ist schon so lange her und überhaupt nicht mehr wichtig. Solange er Geld nach Hause bringt und die Kinder nicht schlägt. Ed war kein guter Vater, aber ich habe ihm nie erlaubt, sie zu schlagen oder sie anzuschreien. Natürlich hat er gegrummelt und in sich hinein gemeckert, wenn er dachte, daß ich es nicht hörte, aber ich habe es gemerkt, ich habe es gemerkt. Immerhin habe ich ihm nicht erlaubt, sich wie mein Vater aufzuführen.

Er scheint ein netter Junge zu sein, ruhig, beständig. Meine

Schwiegersöhne sind beide in Ordnung, Brad ist inzwischen auch ziemlich ruhig und gefestigt. Nächsten Sonntag kommen sie von den Bermudas zurück, sie werden hier wohnen, bis sie eingeschifft werden, hat er eingeschifft gesagt? Was soll ich für sie kochen? Einen Braten, vielleicht Lammbraten mit gebackenen Kartoffeln und grünen Erbsen und noch ein Gemüse, das alle gern essen. Wenn ich doch wüßte, was er gern ißt. Vielleicht lade ich Anastasia, Brad und die Kinder ein, sie wird Joy lange Zeit nicht mehr sehen, drei Jahre werden sie dort bleiben müssen. Ob Joy sich einsam fühlen wird, aber sie findet überall schnell Anschluß, sie ist gesellig, wie Mrs. Dabrowski, sie ist nicht wie ich. Nein, keine grünen Bohnen, das wären dann zwei grüne Gemüse, vielleicht Möhren, so wie ich sie mache, mit Butter und Zucker. Ist das zu langweilig, Erbsen und Möhren? Vielleicht Blumenkohl mit einer Käsesauce, wenn er nicht so teuer ist. Rote Bete. Nein, Brad mag keine Rote Bete, und Arden ekelt sich davor. Dieses lustige Foto, das Anastasia von ihr gemacht hat, Arden im Hochstuhl, wie sie die Rote Bete ausspuckt...

Joy kommt vielleicht eher nach Paris als ich.

Warum auch nicht. Schließlich wollte ich, daß meine Mädchen jede Chance haben sollten. Sie sollten alles bekommen, was ich nicht gehabt habe, und sie haben es geschafft. Das Beste, was ein Mädchen für sich erhoffen kann, ist die Heirat mit einem gutverdienenden Mann. Dann braucht sie sich nicht Tag für Tag wie eine Sklavin abzurackern, so wie ich es immer mußte.

Sie trank den Kaffee aus und stellte die Tasse in die Spüle. Sie sah auf die Uhr. Sie ging ins Eßzimmer und blieb stehen. Es war wirklich ein hübsches Zimmer. Die neue chinesische Tapete war schön, der hellblaue Teppich paßte zu den hellen Blautönen der Kirschblütenzweige. Ihr Eßzimmer. Was Momma wohl gesagt hätte, wenn sie gewußt hätte, daß ich einmal ein solches Zimmer haben würde?

Sie legte die Hand auf ihr Herz. Bisweilen hatte sie das Gefühl, daß ihr schlechtes Herz sich wieder meldete. Manchmal fühlte sie dort einen Schmerz, es war wie eine Wunde, die nicht verheilen wollte, ein Stich, direkt in ihrem Herzen. Aber das war unmöglich, oder? Das hast du sehr gut gemacht, lobte sie sich. Deine Töchter sind beide mit netten Jungen verheiratet, sie haben die Chancen, nach denen du dich immer gesehnt hast, oh, wie sehr du dich danach gesehnt hast! Sie würden ein besseres Leben haben, ihre Kinder würden nichts entbehren müssen. Anastasia hatte es anfangs natürlich sehr schwer gehabt, sie mußte in dieser gräßlichen kleinen Wohnung unterm Dach hausen, und dann dieses winzige Apartment, aber das war jetzt vorbei, sie konnte stolz auf ihre Töchter sein.

Sie bemerkte eine Bewegung auf der Straße und ging zum Eßzimmerfenster. Bei den Lynchs war ein Auto vorgefahren. Sie sah aus dem Fenster, ohne die Gardine zu bewegen. Sie hatte ihre Brille nicht auf und mußte die Augen zusammenkneifen. Ja, das war Rosemary, die jeden Tag ihre Mutter besuchte, welch eine Vorstellung! Die beiden Kinder waren ganz klein, noch richtige Babies, und Rosemary sah aus, als ob sie wieder schwanger wäre. Mrs. Lynch hatte sie jeden Tag am Hals! Eine Freundin von Anastasia hatte sieben Kinder, das war doch gräßlich. Als sie Anastasia das sagte, hatte diese ihr einen merkwürdigen Blick zugeworfen, als ob sie verrückt sei oder so, und gesagt: «Was geht dich das an? Warum regst du dich darüber so auf?» Sie regte sich überhaupt nicht auf, sie fand es nur gräßlich, widerlich. Warum mußte man so viele Kinder in die Welt setzen, wie ein Tier, abscheulich, eins nach dem anderen, immerzu... Anastasia besuchte ihre Freundin auch nicht gern, wie hieß sie noch mal, irgendein irischer oder italienischer Name, Katholikin natürlich. Anastasia wollte nämlich genausowenig ihre Zeit in einem Haus mit sieben Kindern verbringen, was man ihr nicht verdenken konnte.

Nein, zwei reichen. Egal, wie anstrengend es sein mag, sie groß zu ziehen, sie sind aus dem Haus, wenn dir gerade noch etwas Zeit bleibt, an dich selbst zu denken, wenn du noch ein Fünkchen Leben in dir hast. Die arme Mrs. Lynch, früher war sie so hübsch gewesen, jetzt hatte sie keine Schneidezähne mehr. Es war geradezu abstoßend, so ein schönes Haus, und er gibt bestimmt viel Geld aus, um seinen Spaß zu haben, mit seiner roten Nase, aber sie kann es sich nicht leisten, ihre Zähne richten zu lassen. Sie ist noch jung, sie ist jünger als ich, sie ist bestimmt noch nicht einmal achtundvierzig.

Wenn Ed in diesem Jahr eine hohe Weihnachtsgratifikation bekommt und ich mir für die Rückzahlung der Kosten für die Hochzeit eineinhalb Jahre Zeit lassen kann, könnten wir sie vielleicht besuchen. Heidelberg, es soll dort sehr schön sein. Und vielleicht könnten wir auch nach Paris fahren. Wieviel würde so etwas wohl kosten?

Eine vertraute Furcht legte sich um ihr Herz.

Sie blieb mitten auf der Treppe stehen. Nein, im Ernst, wieviel? 2000 Dollar für drei Wochen? Mehr Urlaub bekam Ed nicht. Vielleicht nur 1500. Wenn seine Weihnachtsgratifikation in diesem Jahr 1000 Dollar betragen sollte und sie mehr Hauben als sonst schaffte und jeden Penny sparte... sie konnten jetzt billiger leben, wo sie nur noch zu zweit waren, und sie achtete sowieso auf jeden Penny... Vielleicht könnten wir wirklich im Frühling fahren, dachte sie, und irgend etwas in ihrem Herzen trug sie wie auf Flügeln die Treppe hoch.

Nach Europa!

Sie war im Schlafzimmer angelangt. Es war heiß hier oben, es war ein heißer Tag. Sie ging durch das Zimmer und ließ die Jalousien hinunter, bis sie zwei Drittel des Fensters bedeckten. Sie würde in ihrer Unterwäsche arbeiten. Sie zog sich die Bluse und den Rock aus und setzte sich auf den Arbeitsstuhl an die Nähmaschine. Sie blickte zu dem kleinen Stapel weißer Organdy-Hauben in der Ecke neben Eds Kommode. Sie würde auch gern eine neue Schlafzimmereinrichtung kaufen, aber wenn sie im nächsten Jahr nach Deutschland fuhren, könnte sie Joy besuchen. Wenn sie wußte, wo und wie sie wohnte, würde sie besser an sie denken können, weil sie es dann einfacher hätte, sich alles vorzustellen.

Einen Moment lang blieb sie ganz still sitzen. Ihr Körper wollte in sich zusammensacken, sie war müde, dabei war es erst elf Uhr vormittags. Oh, wenn nur... Sie nahm sich eine Zigarette. Sie machte ein paar Züge und hob den Kopf, um den Rauch auszublasen. Dann zog sie den Stuhl näher an die Maschine heran, legte die Zigarette in den Aschenbecher und knipste die kleine Lampe über ihrer Frisierkommode an. Sie versuchte, ein rundes Organdystück zu greifen, aber der feine Stoff klebte, mehrere Stücke hafteten zusammen, und sie mußte sich die Finger mit Spucke befeuchten, ehe sie eines abteilen konnte. Schließlich legte sie es auf die Maschine, unter die Nadel. Sie griff nach unten, in die Pappschachtel, nach einer langen Rüsche. Sie legte die Rüsche auf den Organdy, beugte den Kopf über die Maschine, stellte den Fuß auf die Pedale und stieß das Schwungrad mit einem heftigen Schubs an. Dann fing sie an zu arbeiten.

5 AUGUST 1957

Rockeville Centre. Draußen.

Kodak 135-Farbfilm, Lichtempfindlichkeit 100 ASA, nachmittags, helles Sonnenlicht, Blende wie aufgeschrieben, 35 mm-Weitwinkel und Leica-Porträtobjektiv.

1. Foto: Aufgenommen aus einer Entfernung von 6,80 Meter, Weitwinkel. Im Vordergrund zwei Leute. Belle Stevens sieht wohlhabend aus und ist modisch gekleidet. Sie trägt ein weißes Trägerkleid mit weitem Rock. Die Rocktaschen sind mit goldenen Münzen bestickt, ebenso der Saum des weichen Wollpullis, der zu dem Kleid gehört, aber jetzt über der Lehne des neu gestrichenen weißen Gartenstuhls hängt, auf dem sie sitzt. Sie trägt Schuhe mit Keilabsätzen aus geflochtenem Leder mit Riemchen. Die Riemchen sind weiß und braun. Belles blondes Haar ist kurz und weich frisiert, es wird von Haarspray gehalten, eine ziemlich neue Erfindung. Aus der Entfernung ist es schwer, Einzelheiten ihres Gesichts zu erkennen, aber Belle lächelt, lehnt sich zurück, hält ein großes Glas mit Eis. Ihr gegenüber sitzt Joy Selby, ihre Tochter, auf einem Gartenstuhl aus Aluminium mit hellgrünem Plastikgeflecht. Joy hat sich vornübergebeugt und redet gerade. Auch sie ist gut gekleidet. Sie hat für diesen Anlaß ein hellblaues Kleid aus feingekämmter Baumwolle gewählt, das wie Satin schimmert. Es hat Spaghettiträger und ein knappes Oberteil mit Plisseefalten und einem winzigen Knopf in der Mitte. Die Taille wird durch einen breiten Gürtel betont, darunter ein weiter Rock. Joy trägt weiße Sandaletten mit hohen Absätzen und eine weiße Ledertasche. Die Tasche lehnt jetzt an einem Stuhlbein im Gras, das auf dem Foto sehr grün aussieht. Ihr Haar ist kurz und blond. Sie sieht toll aus, geradezu blendend, mit ihren weißen, runden Ohrringen, ihrem perfekten Make-up, ihrem offenen Lächeln, wie auf einem Werbefoto für das häusliche Glück der Nachkriegszeit, das man durch den Kauf einer bestimmten Automarke, einer bestimmten Haferflockensorte zum Frühstück, einer Seife oder Toilettenpapier erreichen kann. Joy könnte für alle diese Produkte Modell stehen, sie ist zwar so attraktiv, daß sie fast verführerisch wirkt, aber sie sieht dabei bieder aus, nicht bedrohlich, nicht wie ein Mädchen, das die Familienharmonie gefährden könnte.

Auf dem Foto sind im Hintergrund rechts mehrere Gestalten zu erkennen, einige sind unscharf, weil sie sich bewegten, als das Bild aufgenommen wurde. Billy, sieben Jahre alt, wirft gerade seine Hände hoch und reißt seinen Mund weit auf. Es sieht aus, als ob er in brüllendes Gelächter ausbricht, nachdem er Jonathan, der zwei Jahre alt ist, sanft einen Ball zugeworfen hat und Jonathan sich soweit vorgebeugt hat, um den Ball zu greifen, daß er gleich wie ein Brett umfallen wird. Jonathan wird seinen schönen blauen Anzug ruiniert haben, ein handgestricktes Stück aus Deutschland, mit einem passenden Mantel und einer Mütze, die im Moment oben auf der Kommode in Joys altem Zimmer liegt. Dort stehen auch ein paar Koffer, eine Wiege, eine Babytragetasche und Joys Make-up, Haarspray, Lockenwickler, Haarlotion, Fön, Kamm und Bürste, ihre riesige Flasche mit Joy-Parfum, eine der vielen Flaschen, die sie vor kurzem zoll- und steuerfrei im PX in Heidelberg, Deutschland, gekauft hat. Billy trägt Jeans und ein rot-weiß gestreiftes Polohemd und Turnschuhe. Niemand hat ein Wort darüber verloren, wie er angezogen ist. Seine Schwester ist ähnlich gekleidet.

Von Arden als achtjährigem Mädchen hätte man vielleicht erwartet, daß sie ein Kleid trug und ordentliche weiße Socken und Lackschuhe. Dabei hätte sie sich das Kleid durch ihre derzeitigen Aktivitäten wahrscheinlich schmutzig gemacht, sie liegt auf dem Bauch unter dem Apfelbaum, der noch nicht blüht und etwas Schatten bietet. Sie liest ein Buch. In zehn Jahren wird in diesen Baum bei einem Gewitter der Blitz einschlagen, und er wird zu Feuerholz zersägt werden. Hin und wieder blickt Arden von ihrem Buch auf und spielt mit der kleinen Julie, sechs Monate alt, sie liegt angeschnallt in einer hochgestellten Babytrage, manchmal wacht sie auf und sieht sich blinzelnd um. Sie trägt ein handbesticktes Kleid aus feinstem Leinen, in vorschriftsmäßigem Rosa, das Krägelchen und die Manschetten sind mit Spitze abgesetzt, auch in Deutschland gekauft. Dieses kleine Kunstwerk ist unter dem Kinn des Kindes etwas fleckig geworden, weil ihr ein bißchen von dem Orangensaft aus dem Mund gelaufen ist, den man ihr vor einer Stunde gegeben hat. Ihre Mutter seufzte.

Mehrere Personen, die bei dieser Zusammenkunft ebenfalls anwesend waren, fehlen auf dem Foto. Zunächst die Fotografin, Anastasia Carpenter, die auch unpassend angezogen ist. Sie trägt kurze weiße Shorts und ein Männerhemd, das über der Hüfte geknotet ist, Socken und Turnschuhe. Ihr langes Haar hat sie zu einem dicken

Zopf geflochten, der ihr den Rücken herunterbaumelt, und sie trägt kein Make-up. Ihre Mutter hat sie wortlos mit einem prüfenden Blick begrüßt und ihr die Wange hingehalten. Sie begrüßte Arden und Billie mit demselben prüfenden Blick, aber ihre Kritik richtete sich nicht an die Kinder, sondern an die Mutter, die Fotografin. Deshalb küßt Belle die Kinder und umarmt sie. Sie mögen sie und drücken sie kräftig. Diese Information fehlt auf dem Bild, sie fehlt auf allen Bildern. Sie nagt im Kopf der Fotografin.

Die anderen, die auf dem Foto fehlen, sind Ed Stevens, Wilton Bradley Carpenter und Justin Selby junior. Diese Personen befinden sich im Moment im Haus, in der Küche. Ed bereitet die Drinks zu. Er arbeitet gekonnt und schweigend, er scheint sich zu konzentrieren. Die Art, wie er die Flaschen aufgereiht hat, den Mixer, eine blaue Glasschüssel mit Eiswürfeln und Gläser in verschiedenen Größen und Formen, läßt den Zuschauer vermuten, daß er seine Aufgabe wie eine Maschine erfüllen will – effizient, schnell, praktisch, ohne überflüssige Bewegungen. Und tatsächlich, wenn er erst einmal die Utensilien aufgebaut hat, erledigt er seine Aufgabe in Rekordzeit. Aber er braucht lange, um alles in der richtigen Reihenfolge anzuordnen. Das liegt zu einem nicht unbedeutenden Teil daran – und er flucht verhalten über diesen Umstand –, daß jemand (!) eine nur halbvolle Eisschale in den Kühlschrank zurückgestellt hat. Zweifellos war es nicht er selbst und ganz bestimmt nicht Belle, die weiß, daß die Eiswürfel in seinen Bereich gehören, und nie auf die Idee käme, daran zu rühren, wahrscheinlich aber einer der beiden Erwachsenen, die zur Zeit in diesem Haus zu Besuch sind, höchstwahrscheinlich der männliche Erwachsene, der ruhig den unterdrückten Fluch hören soll, weil er nur einen halben Meter von ihm entfernt steht. Mit lauten, ärgerlichen Bewegungen leert Ed die fünf Eiswürfel, die noch übrig sind, in die blaue Schüssel und füllt die Eisschale wieder mit Wasser und stellt sie in den Kühlschrank. Dann, nach einem hörbaren Seufzer, widmet er sich wieder den Drinks. Die beiden anderen Männer in der Küche reden, aber nicht mit Ed. Und er würdigt sie, nach einer kurzen Begrüßung, keines weiteren Blickes. Sie reden über die neuen Düsenflugzeuge.

2. Foto: Die Männer sind aus dem Haus gekommen und haben sich zu den Frauen gesetzt. Alle, mit Ausnahme der Fotografin, sitzen auf den Aluminiumstühlen oder auf den hölzernen Gartenstühlen, die mit weiß-gelb gestreiften Kissen gepolstert sind. Wir erken-

nen jetzt deutlich, daß sie alle in einer Werbeanzeige für «Unser glückliches Leben in Amerika» erscheinen könnten. Ed trägt hellblaue Sommerhosen und ein hübsches weißes Hemd aus Baumwolle und eine Seidenkrawatte, blau, mit rotem Paisleymuster, ein Weihnachtsgeschenk seiner Tochter Anastasia. Er trägt die Krawatte, obwohl ihm auffallendere, lebendigere Muster und Farben besser gefallen, weil man ihm gesagt hat, seine Tochter hätte einen guten Geschmack. Seine Mokassins sind aus feinem Ziegenleder und entweder ganz neu oder kaum getragen. Seine Socken sind altmodisch, dunkelblau gerippt, glücklicherweise schaut nur eine Winzigkeit von ihnen zwischen Hose und Schuh hervor. Bradley Carpenter trägt beigefarbene Leinenhosen und Hush Puppies in dem gleichen Ton, die zu seinen Socken und seinem leichten kurzärmeligen Hemd mit offenem Kragen passen. Obwohl er Urlaub hat, trägt Justin Selby stolz die Uniform der Armee der Vereinigten Staaten von Amerika, mit den Captain-Streifen auf der Schulter.

Diese Aufnahme konzentriert sich auf die Gruppe der Erwachsenen. Belle beugt sich leicht nach vorn, Brad streckt die Hand aus, um ihr eine Zigarette anzuzünden. Er lächelt sie charmant an, und sie sieht erfreut und zugleich unzufrieden aus. Joys nackter Rücken ist der Kamera zugewandt, ein anmutiger, schlanker Rücken, gebräunt von der mediterranen Sonne. Die Selbys haben eine Woche Ferien in Torremolinos gemacht, kurz vor ihrer Abreise aus Deutschland, gegen Ende der Stationierung von Captain Selby, was nur möglich war, weil ihre drei deutschen Bediensteten, Dienstmädchen, Köchin, Kindermädchen, so zuverlässig und vertrauenswürdig waren – man wird sie schmerzlich vermissen. Justin ist auf dem Bild im Profil zu sehen, sein glattes schwarzes Haar ist ordentlich nach hinten gekämmt, seine Wangen sind glatt und faltenlos wie die einer Statue. Er sieht noch dunkler aus als sonst, auch ihn hat die spanische Sonne gebräunt. Die unscharfe Figur im Hintergrund ist Jonathan, der einen Purzelbaum schlägt.

3. Foto: Noch eine Aufnahme von derselben Gruppe, die offensichtlich gemacht wurde, nachdem die Fotografin denen, die nicht in die Kamera schauten, etwas zugerufen hatte. Belle, Joy und Justin sehen in die Kamera. Joy lächelt herzlich und scheint sich völlig auf ihr Lächeln zu konzentrieren. Justin starrt unbeweglich, fast steinern, in die Kamera, er konzentriert sich und scheint bemüht, jeden Anschein von Leichtfertigkeit vermeiden zu wollen. Belle ist

abgelenkt, sie hat in letzter Minute den Kopf weggedreht, um ihrem Mann etwas zuzurufen, den man kaum erkennen kann. Dieser geht gerade aus dem Bild, um Belles Sonnenbrille aus dem Haus zu holen.

4. Foto: Billy wiehert vor Lachen über Jonathan, der wieder nur unscharf getroffen ist.

5. Foto: Jemand hat es geschafft, daß Jonathan still steht, wahrscheinlich Billy, dessen Hand er festhält. Beide lächeln vor Freude. Jonathans Anzug ist vorn voller grüner und brauner Flecken.

6. Foto: Arden liegt auf dem Bauch, tief versunken, ihre Beine schwingen in der Luft zum Rhythmus des Buches, das sie liest.

7. Foto: Arden ist offensichtlich gerufen worden, denn sie sieht von ihrem Buch auf und in die Kamera. Ihr Gesicht drückt Ärger und Verachtung aus.

8. Foto: Die drei Kinder stehen beieinander. Billy schaut nach unten, er sieht Jonathan ausgesprochen liebevoll an und lächelt. Jonathan hat sich ihm halb zugewandt und sieht zu Billy auf. Neben ihnen, mit nach innen gedrehten Knien, die sich berühren, und nach außen gestellten Füßen, steht Arden, sie ist wütend über die Unterbrechung ihrer Lektüre von Laura Ignalls (ihre Aussprache) Wilders *Unsere kleine Farm.*

9. Foto: Jonathan in einem selten ruhigen Moment. Er sitzt im Gras und sieht benommen aus, er ist vom Dreirad gefallen und hat sich den Kopf gestoßen. Sein Gesicht ist rund und rosig, mit großen blauen Augen, die im Moment leicht verwundert aussehen. Die Kinder sind sehr schön. Auch die älteren Kinder, aber ihre Gesichter sind schon überschattet von der sich andeutenden Pubertät. Billys Gesicht zeigt einen leisen Anflug von Traurigkeit, und in Ardens Gesicht steht die Wut.

10. Foto: Joy redet und gestikuliert, sie lächelt strahlend, ihre Augen sind auf Justin gerichtet, der neben ihr sitzt. Er hört ihr zu, er sitzt aufrecht in seinem Stuhl, als ob es keine Lehne gäbe, sein Gesicht ist ausdruckslos, bis auf die leicht hochgezogenen Mundwinkel, er sieht direkt in die Kamera. Belle sitzt vorgebeugt auf ihrem Stuhl und bemüht sich zu verstehen, was ihre Tochter sagt. Ed blickt in die Ferne.

11.–22. Foto: Julie in verschiedenen Phasen, die Fotos sind im Verlauf von zwei Stunden entstanden. Sie hat ein niedliches rundes rosa Gesicht, große blaue Augen, sie lächelt glücklich. Ein Büschel

Haare guckt unter dem spitzenbesetzten Häubchen aus feinem Leinen hervor. Die Fotos der aufdringlichen Fotografin zeigen sie schlafend, sabbernd, mit einem offenen und einem geschlossenen Auge, mit einem zahnlosen Lächeln und mit ausgestreckten Armen, die sie jemandem entgegenstreckt (ihrem Vater), von dem man nur die Arme sieht, sie kuschelt sich glücklich in die Arme ihres Vaters (der ihr den Kopf zuwendet, man sieht nur seinen Hinterkopf), sie liegt etwas steifer und ungemütlicher in den Armen ihrer Mutter, die in die Kamera lacht. Anschließend sieht man sie in den Armen ihrer Großmutter, die offenbar ihren Bauch kitzelt und deren Gesicht verdeckt ist, aber das Baby lacht laut; auf allen vieren auf einer kleinen weißen Decke auf dem Rasen, sie guckt in die Kamera, mit offenem Mund, großen Augen, erstaunt, neugierig, eine Entdeckerin.

23. Foto: Justin hält für die Kamera eine Karte von Deutschland hoch und zeigt auf die Gegend, wo Heidelberg liegt. Neben ihm stehen Brad und Ed, die beide interessiert die Karte betrachten. Brad hält in der rechten Hand ein Glas, Ed nicht. Justins Gesicht ist auf dieser Aufnahme nicht zu sehen.

24. Foto: Joy überreicht Belle eine Schachtel in geblümtem Geschenkpapier mit einer Schleife.

25. Foto: Belle hat die Schachtel aufgemacht und hält eine große (120 ml) Flasche L'Air du Temps hoch, ihr Lieblingsparfüm. Im Hintergrund Justin, das Gesicht hinter einer Filmkamera, mit der er die Szene festhält. Die Filmkamera und das Parfum haben sie in Heidelberg im PX gekauft. Die Filmkamera wird das Auspacken weiterer Geschenke begleiten. Ed zeigt ein emailliertes Taschenmesser mit einer Nagelfeile, Flaschenöffner, Korkenzieher, Dosenöffner und anderen Werkzeugen, die raffiniert in das Messer eingepaßt sind. Die Filmkamera konzentriert sich auf das Herausklappen jedes dieser Werkzeuge. Sie wird kurz Anastasia festhalten, die mit bemühtem Lächeln eine Flasche Shalimar hochhält, Billy, der ein ähnliches, nur etwas kleineres Taschenmesser wie Ed bekommen hat, und Brad, der einen deutschen Bierseidel präsentiert. Da die Kamera vergessen hat, Ardens Geschenk zu zeigen, ist es unwiederbringlich in Vergessenheit geraten.

26. Foto: Eine Nahaufnahme von Justin mit offenem Mund. Er redet. Er gestikuliert nicht, während er spricht, und verzieht keine Miene. Man weiß nicht, was er sagt.

27. Foto: Ein anderer Fotograf. Dieses und die folgenden wenigen Fotos sind nicht so scharf und so gut in der Komposition wie die vorherigen, aber sie werden trotzdem von allen, die einen Abzug bekommen, geschätzt. Brad, der lächelnd hinter Anastasia steht, die angestrengt wirkt und offenbar nicht in die Kamera lächeln will. Er hat ein Glas in der Hand und prostet der Kamera zu. Sein Gesicht wirkt leicht verzerrt.

28. Foto: Anastasia und Brad mit ihren Kindern. Die Kinder blikken in die Ferne – Ardens einer Fuß steht auf der Ferse, wahrscheinlich klopft sie damit. Billys Gesicht wirkt extrem traurig, seine Augen liegen tief in den Augenhöhlen, sie sehen blicklos aus, das muß an dem Licht liegen. Anastasia hat ihre Hände leicht auf die Schultern der Kinder gelegt, ihr Gesicht wirkt verkrampft und angestrengt, ihre Züge sehen in dem Sonnenlicht hart und dunkel aus. Sie sieht hochmütig aus. Brad steht hinter den Kindern und Anastasia, er ist größer, sie verdecken seinen Bauchansatz, aber nicht seinen zurückweichenden Haaransatz. Er lächelt, aber auch auf diesem Bild wirkt sein Gesicht weich, unfertig, wie ein Kopf aus Ton, von einem Bildhauer, der seine Vorstellungen revidiert hat und jetzt anfängt, sein Werk zu verändern. Man hat das Gefühl, daß er ein Tuch darüber legen sollte, bis er damit fertig ist.

29. Foto: Belle steht in der Mitte, sie lächelt steif. Joy steht zu ihrer Linken, sie lacht in die Kamera. Anastasia steht zu ihrer Rechten, sie hat den Arm um die Schulter ihrer Mutter gelegt und sieht sie zärtlich an.

30. Foto: Die erste Fotografin scheint wieder am Werk zu sein. Das Bild zeigt Joy und Justin, die nebeneinander stehen, Joy mit ihrem breiten Lächeln, Justin braun, geschniegelt und aufrecht, völlig ausdruckslos. Joy schaut kaum merklich zu ihrem Mann hin, als ob sie seine Reaktion sehen wollte. Er sieht direkt in die Kamera.

31. Foto: Joy und Justin mit Jonathan und Julie. Justin hält das Baby im Arm. Sein Profil scheint zu lächeln. Das Baby mit geöffnetem Mund, es schielt. Das Häubchen ist abgenommen, die Haare stehen ihm zu Berge. Joy versucht gerade, sie zu glätten, als das Foto geknipst wird, sie schaut nicht in die Kamera.

32. Foto: Das einzige Foto, das die Kunst der Fotografin offenbart, es muß sofort nach dem 31. Foto gemacht worden sein und zeigt dieselbe Gruppe. Joy blickt wieder in die Kamera und scheint vor Überraschung aufzuschreien. Sie lächelt und protestiert zu-

gleich, sie ist gut gelaunt, sie ist offensichtlich ein Mensch, der sowohl sich selbst als auch seine Umgebung unterhaltsam findet.

33. Foto: Belle und Ed stehen steif, aber lächelnd Seite an Seite. Obwohl die Sonne scheint, hat Belle sich den mit Goldmünzen verzierten Pullover um die Schultern gelegt. Eds Hände sind hinter seinem Rücken verschränkt, die Haltung des Prinzgemahls. Er hält den Kopf so, daß die Sonne sich nicht in seinen Brillengläsern spiegeln und seine Augen in zwei runde silberne Kreise verwandeln kann. Er hat lange herumexperimentiert, bis er diese Haltung beherrschte.

34. und 35. Foto: Beides Gruppenfotos mit Selbstauslöser, auf denen die gesamte Familie zu sehen ist. Auf dem ersten ist Ed am äußersten Rand zu erkennen, er ist dort hingerannt, nachdem er die Kamera auf das Stativ gestellt hat. Es ist Anastasias Kamera und ihr Stativ, aber Ed wollte das Foto machen, deshalb hat sie es ihn arrangieren lassen. Auf diesem Bild wirkt er verkrampft und angestrengt. Er hat fast zwanzig Minuten gebraucht, um Kamera und Stativ aufzustellen und den Selbstauslöser zu betätigen (währenddessen sich die Kinder balgten, das Baby brüllte, Belle vernehmlich stöhnte und sich eine Zigarette anzündete, Brad in die Küche ging, um für sich und Justin einen neuen Drink zu holen, und Anastasia ihre Tochter flüsternd beschwor, die Geduld zu wahren). Das Ganze scheint für Ed ein technisches Wunder zu sein, und er ist nicht ganz überzeugt davon, daß er es meistern wird, obwohl er alles zweimal überprüft hat.

Auf dem Foto, das letztendlich zustande gekommen ist, steht Belle in der Mitte, sie raucht und strahlt überlegene Gewißheit aus. Joy macht (endlich) kein Fotogesicht, sie hat den Blick gesenkt und versucht, Jonathans Haare zu glätten, die sein Gesicht wie ein Heiligenschein einrahmen. Brad scheint auch nicht bemerkt zu haben, daß der Moment endlich gekommen ist. Er sieht nach rechts, er scheint sich über irgend etwas zu ärgern, das wir nicht sehen können, und sich gleichzeitig nicht ärgern zu wollen, was seinen Gesichtsausdruck undeutlich werden läßt. Die Kinder sehen sehr fröhlich aus – ein Zufall, weil Arden, Sekunden ehe der Selbstauslöser klickte, verkündete, daß Ed sich beeilen müßte, sie würde sich sonst in die Hose machen. Diese Bemerkung riß die beiden jüngeren Kinder zu heftigen Lachstürmen hin. Anastasia grinst auch, unabsichtlich, vielleicht kichert sie auch über Ardens Scherz. Das Baby, das in

Joys Armen liegt, sieht unglücklich aus. Nur Justin steht bewegungslos, gelassen und aufrecht da.

Das 35. Foto ist ähnlich, es wurde genauso aufgenommen, aber jetzt waren alle schon darauf vorbereitet. Belle lächelt direkt in die Kamera, doch sie muß wohl an etwas denken, was sie für sich behält, denn ihr Lächeln ist einem sarkastischen Grinsen gewichen. Anastasia lächelt, sie sieht immer verkrampft aus, wenn sie weiß, daß sie fotografiert wird. Joy lächelt glücklich. Ed, der vielleicht weiß, woran Belle denkt, sieht nüchtern und nachdenklich drein und blickt auf den Rasen. Die Kinder sind müde, sie haben sich ins Gras gesetzt und sich untergehakt und lächeln. Arden sitzt in der Mitte, einen Jungen an jeder Seite. Justin ist merkwürdigerweise auf das Foto nicht vorbereitet, sorgenvoll sieht er auf die Kinder hinunter.

Im großen und ganzen zeigen diese Fotografien eine glückliche amerikanische Familie, der es gutgeht. Die goldenen Strahlen der Sonne scheinen durch das grüne Laub der Bäume auf den grünen Rasen, ein grüner Schimmer auf einem grünen Schatten. Joy hat sehr helle Haut, und Justins Haut ist sehr dunkel, aber in der Familie ist keiner *wirklich* schwarz, und sie sehen alle leicht gebräunt aus, Zeichen ihres Lebensstandards, der ihnen Ferien am Meer gestattet, zumindest aber ein nachmittägliches Sitzen oder Sonnenbaden im Garten.

Die Fotografin möchte ebenfalls auf die Namen aufmerksam machen: Stevens, Carpenter, Selby. Die Namen verraten keine Spur von irgendwelchem anderen Blut in ihren Adern als dem von weißen Amerikanern, mutmaßlich englischer Abstammung. Ob blond und blauäugig oder dunkelhaarig mit braunen oder hellbraunen Augen, sie sehen privilegiert aus. Mit Sicherheit gehören sie zur amerikanischen Mittelschicht. Belle wirkt fast aristokratisch, und Anastasias Gesichtsausdruck läßt ihren unpassenden Aufzug völlig nebensächlich erscheinen, sie sieht wie ein Mensch aus, der seine eigenen Maßstäbe setzt. Die Örtlichkeiten sind ebenfalls eindrucksvoll – der grüne Rasen, ein üppiges Blumenbeet, die Bäume. Auf dem Foto ist die Garage nicht zu sehen und auch nicht die Einfahrt, die zeigt, wo der Garten der Nachbarn beginnt. Diese glücklich lächelnden Menschen könnten auf einem kleinen Landsitz an der Nordküste von Long Island wohnen oder in einem reicheren Vorort irgendeiner großen amerikanischen Stadt. Es sind Amerikaner, die es *geschafft* haben.

36. Foto: Die Sozialhistorikerin wird merken, daß dieses Foto etwas später aufgenommen worden ist als die vorhergegangenen. Dafür spricht zunächst, daß alle Erwachsenen auf dem Foto zu sehen sind und sich im Kreis hingesetzt haben, bis auf Anastasia, die älteste Tochter, was darauf schließen läßt, daß sie die Fotografin ist. Ein halbgefülltes Glas steht im Gras, gefährlich dicht an das Bein eines leeren Stuhls gestellt. Außerdem ist dieses Foto unschärfer als die anderen. Die leise Unschärfe und der Mangel an Licht – möglicherweise die Folge einer falschen Blende – bringt uns auf den Gedanken, daß die Fotografin nicht mehr ganz so klar denken konnte wie vorher. Außerdem sehen die Gesichter der Fotografierten (mit einer Ausnahme) belebter und lockerer aus. Und schließlich sind die Notizen, die zu diesem Negativ gehören, kaum zu entziffern. Es hat den Anschein, als wollte die Fotografin den Film abknipsen, egal wie.

Auf dem Bild sehen wir einen flachen Holztisch, gelb, mit blauem Tischtuch, an dem drei Kinder auf einer niedrigen, dazu passenden Bank sitzen und essen. Man kann nicht genau erkennen, *was* sie essen, aber sie scheinen von Papptellern zu essen. Eins der Kinder, ein etwa zweijähriger Junge, hält sein Gesicht der Kamera entgegen, er lächelt verzückt, Kinn und Mund scheinen mit Schokolade verschmiert zu sein. Daneben sitzt ein Mädchen, etwa acht Jahre alt, das die Beine bis zur Bank hochgezogen hat, als ob sie im nächsten Moment etwas wegstoßen wollte, sie prustet vor Lachen, eine Hand liegt über dem Mund, mit der anderen hat sie eine riesige Keule, wahrscheinlich von einer Pute oder einem großen Huhn, fest im Griff. Ein etwa siebenjähriger Junge rollt die Augen in Richtung Tisch, auf dem sich vor ihm ein riesiger dunkelroter Fleck ausbreitet, offenbar verschütteter Traubensaft. Das Baby, das auf anderen Bildern zu sehen war, ist jetzt nicht mehr dabei, es liegt oben in dem heißen kleinen Schlafzimmer in seiner Wiege, mit frischen Windeln und einer Flasche im Mund. Es hat nichts versäumt, denn das ist ein extrem schlechtes Foto, es ist so verwackelt, daß es aussieht, als hätte die Fotografin beim Fotografieren unkontrolliert die Arme bewegt.

Neben dem Tisch mit den Kindern sieht man eine Gruppe von Erwachsenen. Die jüngste erwachsene Frau sitzt auf einer Art Hollywoodschaukel neben dem Mann mit dem unfertigen Gesicht, ihr Kopf ruht auf seiner Schulter. Sie lächelt und hebt ihr Glas und prostet der Fotografin zu. Der Mann mit dem unfertigen Gesicht lächelt unsicher – unentschieden. Sein Gesichtsausdruck kann auf vielfältige Weise interpretiert werden. Er sieht aus, als ob er sich sehr verworfen vorkommt und gleichzeitig stolz darauf ist. Er hat seinen Arm um die Frau gelegt, deren glückliches Lächeln in keinem Zusammenhang mit der Geistesverfassung ihres Gefährten zu stehen scheint. Ein Mann in Uniform sitzt steif auf einem Gartenstuhl aus Aluminium, der rechts neben der Hollywoodschaukel steht, und starrt wütend auf etwas, das sich außerhalb des Bildes befindet. Auf der anderen Seite der Hollywoodschaukel sitzt eine Frau, Anfang Fünfzig, die nicht merkt, daß sie fotografiert wird. In ihrem Blick liegt ungezügelte Panik, als ob ihr plötzlich bewußt geworden wäre, daß sie etwas verloren hat oder daß ihr etwas sehr Wichtiges fehlt. Ihr Mund ist wie zu einem Warnschrei geöffnet, zwischen ihren Augen steht eine besorgte Falte, die Haltung ihres Körpers drückt Angst aus. Sie sieht aus, als ob sie gleich aufspringen wollte. Ein Mann, dessen Gesicht nur im Profil zu sehen ist, beugt sich von seinem Stuhl aus zu ihr, er sieht fünf oder sechs Jahre jünger aus als diese Frau. Er sieht sie besorgt an, seine Besorgnis ist vermischt mit Ärger, sogar mit Wut. Vielleicht ist etwas sehr Kostbares verlorengegangen, und der Mann gibt der Frau die Schuld für diesen Verlust, will ihr aber seinen Ärger nicht zeigen. Oder vielleicht gibt die Frau dem Mann die Schuld für den Verlust, was immer verlorengegangen sein mag. Anhand dieses schlechten Fotos ist es schwer, genau zu sagen, was passiert ist. Es ist unscharf und zu dunkel, obwohl die rechte Seite etwas Gleißendes hat, vermutlich geht gerade die Sonne unter, oder sie ist fast untergegangen, eine große rote Flamme am Horizont, knapp außerhalb des Bildes. Es lodert hell, als würde der Film verbrennen oder sogar – wenn die Sozialhistorikerin ihre professionelle, objektive Betrachtungsweise einen Moment lang aufzugeben bereit wäre – das Bild in Flammen aufgehen, selbst jetzt noch, da ich es in den Händen halte.

XI. Kapitel

1 Meine alten Tagebuchaufzeichnungen kommen mir vor wie ein Schaubild – steile Anstiege, jähe Abfälle, jeweils genau vorausberechenbar: Es geht aufwärts, wenn ich mit einem Fotoauftrag unterwegs bin, abwärts, sobald ich zu Hause bin. Auf Reisen bin ich freudig gespannt und aufgeregt, schreibe ich Dutzende von Seiten, teilweise über ganz abgelegene Themen. Denn oft beschäftigt mich gar nicht so sehr mein Auftrag, was ich fotografieren soll, weswegen ich da bin, wie etwa der Staudamm oder – Jahre später – die Berliner Mauer, als vielmehr die Atmosphäre eines bestimmten Ortes, das Ambiente oder die Menschen, die ich treffe, nicht unbedingt wichtige Leute, einfach nur interessante oder ausgefallene Typen. Ich schreibe lange Absätze über kleinste Details wie die Kritzeleien auf irgendwelchen Statuen in Pittsburgh oder die Bedeutung der Tatsache, daß sich vor dem Baptisterium in Florenz eine Taube auf meiner Schulter niederließ – Gott steckt im Detail, hat einmal jemand gesagt. Ich empöre mich eine ganze Seite lang über einen blutjungen Algerier, der mich in der Metro anzumachen versuchte und mich dann anschrie, ich sei lesbisch, als ich ihn abblitzen ließ.

Meine Berichte über zu Hause verbrachte Tage klingen dagegen eher gequält als aufgekratzt – Seite um Seite ein einziges Lamento über das Verhalten der Kinder und dazwischen detaillierte Schilderungen meiner Versuche, mit der jeweils akuten Krise fertigzuwerden: ein Absatz wie der andere schwer von Müdigkeit und Schicksalsergebenheit. Diese Passagen lesen sich, als hätte ich dem leeren Papier oder mir selbst beweisen wollen, daß ich eine gute Mutter war, auch wenn ich oft nicht zu Hause war. Aber vielleicht wollte ich auch gar nichts beweisen, vielleicht empfand ich die Aufgabe, Mutter zu sein, einfach als schwer und undankbar.

Je weiter die Kinder sich wieder beruhigen und unser Leben sich wieder dem annähert, was man Normalität nennt, je mehr der Alltag einigermaßen glatt und ohne ernstere Nöte über die Bühne geht, desto mehr sinkt die Stimmung, desto kürzer und seltener werden die Einträge, bis sie sich schließlich in einem kurzen gelangweilten Abschnitt ein- bis zweimal die Woche erschöpfen. Ein Beispiel:

Sonnabend, 9. FEBRUAR, Lynbrook
Nichts Aufregendes passiert. Die Kinder sind heute abend beide weg, Arden zu einer Pyjama-Party bei Lily, Billy bei David. Mom bleibt allein zu Hause. Habe den Tag damit verbracht, eine neue, im Bau befindliche Reihenhaussiedlung draußen auf der Insel zu fotografieren. Früher wurde das Gelände für den Kartoffelanbau genutzt. Möglicherweise genau die Felder, über die meine Mutter und Großmutter gehen mußten, um zum Waisenhaus zu gelangen. Irgendwie sind diese Reihenhaussiedlungen schrecklich, obwohl ich nicht genau weiß, was ich eigentlich dagegen habe. Bestimmt haben es die Leute, denen das Land gehörte, jetzt leichter als vorher – fast alles ist leichter als Landwirtschaft. Und was ist an diesen Häusern auszusetzen? Warum bin ich da so snobistisch? Ich hätte selbst nichts gegen eine anständige Küche mit einer Spülmaschine, ein Bügelzimmer, ein Eßzimmer, einen Kamin, ein eigenes kleines Gärtchen, eine Garage für mein Auto einzuwenden. Letzte Woche hat mir jemand eine Delle seitlich ins Auto gefahren, während es vor dem Haus parkte – nicht sehr schlimm, aber ich weiß nicht, wer es war, es muß mitten in der Nacht passiert sein. Ich befürchte, die Reparatur könnte teuer werden und wird womöglich mehr als 100 Dollar kosten. Immerhin habe ich mittlerweile etwas mehr Geld zur Verfügung. Vorläufig steige ich auf der Beifahrerseite ein und aus, da meine Tür nicht mehr aufgeht. Trotz-

dem finde ich diese Reihenhäuser gräßlich und scheußlich. Vielleicht hat es damit zu tun, welche Absichten die Leute verfolgen, die sie bauen. Genau wie bei dem Staudamm.

Wie auch immer, jetzt sitze ich jedenfalls hier, ganz allein und in Ruhe, ohne plärrendes Fernsehgerät, ohne plappernde Kinder, und langweile mich tödlich. Heute abend habe ich an meinen Fotos gearbeitet, aber nach zwei Stunden hat mir das auch gereicht. Vielleicht gehe ich noch ins Kino. Ich bin seit ewigen Zeiten nirgendwo mehr gewesen.

Gott sei Dank habe ich ab Montag wieder einen Auftrag.

Bei meinem nächsten Eintrag am Abend des darauffolgenden Freitags sprudle ich wieder über.

Freitag, 15. FEBRUAR, Lynbrook

Was für eine von vorne bis hinten beschissene Woche! Ich bin total erschöpft und daneben, so wütend, daß ich einen Ausschlag habe, richtiggehend mordlustig, ich möchte am liebsten jemanden beim Hals packen und dann kräftig drehen. Ach, was waren das noch für schöne Zeiten, als man sein Huhn zum Abendessen noch selbst ins Jenseits beförderte! Ich wette, die Bauersfrauen damals konnten sich allein schon durch die Zubereitung der Mahlzeiten sämtlichen Ärger von der Seele schaffen. Ich dagegen muß alles mit mir herumschleppen. Zum Glück bin ich die letzten Tage in New York geblieben, so daß die Kinder mich an diesen vier Abenden nicht ertragen mußten. Aber ich war so sauer, daß ich mir tatsächlich eine Flasche Whiskey gekauft und sie mit auf mein Hotelzimmer genommen habe. Und ich habe sie fast ausgetrunken, jedenfalls so viel, daß es sich nicht mehr gelohnt hat, den Rest mit nach Hause zu nehmen. Ich sehe schrecklich aus, mein Gesicht ist total verquollen, und ich könnte schwören, daß ich fünf Pfund zugenommen habe. Ich werde mir wohl eine Waage zulegen müssen, das einzig Gute ist, daß ich mir die jetzt wenigstens leisten kann. Was für ein toller Job – er ermöglicht es mir, Whiskey zu kaufen, damit ich mich in einen schlafähnlichen Zustand saufen kann, und mir eine Waage anzuschaffen, damit ich den Schaden genau beziffern kann, den mein Körper genommen hat, weil ich vor lauter Aufregung über meinen Job soviel trinken mußte. Gott sei Dank kann ich jetzt wenigstens einen Monat zu Hause bleiben, bevor sie mich wieder losschicken. Russ hat es mir versprochen. Es sei denn, sie wollen mich überhaupt nicht mehr, wenn sie erst mal meine Fotos gesehen haben.

Das Thema lautete New York von der unbekannten Seite. Die Idee fand ich toll. Ich sah mich im Geiste ruhige, von Bäumen gesäumte Straßen in Queens fotografieren und alte Einwandererviertel in Brooklyn, mit chinesischen, italienischen, jüdischen, russischen und syrischen oder armenischen Restaurants und Läden, bunt durcheinander. Ich sah mich mittags irgendwo Pause machen, wo es mit Reis und Nüssen gefüllte Weinblätter gibt und Lamm mit Artischocken in Zitronensauce, hmm, ich habe Hunger! Mein Abendessen bestand heute nur in einem kleinen Rest Hackbraten – Pani hatte mich zum Essen noch nicht zurückerwartet, und die Kinder sind gierige Freßsäcke – und einem bißchen Kartoffelbrei und Erbsen, ein richtig altmodisches Essen, das Momma hätte gekocht haben können, aber es war von allem nur noch ein Eßlöffel übrig... Tja, und entzückende alte Häuser in Harlem, gleich gegenüber dem Park – mit Stuck an den Dekken, wunderschönen Fenstern, Holzvertäfelungen, Kaminen in den Zimmern und Treppenhäusern mit schnitzereiverzierten hölzernen Geländern. Kleine Straßen an den Anlegekais in Brooklyn oder Queens, wo die Masten von Segelbooten in die Luft ragen wie die Speere auf Uccellos Bettstatt für Lorenzo di Medici oder für wen immer sie war, mit Buden, wo man Köder kaufen kann und wo ein alter Mann, ein lebendes Stück Maine oder Gloucester, auf einem Faß sitzt und angelt... Ach ja, ich hatte wohl romantische Klischeevorstellungen, aber ich dachte, es würde bestimmt Spaß machen. Ich bat *World* um ein paar Vorab-Recherchen, und sie schickten mir eine lange Liste mit Anregungen. *World* wollte die Reportage «Die wahre Metropole ohne Maske» nennen, als Erwiderung auf irgendeine Fernsehsendung, in der es vor allem um Mord und Totschlag geht.

Dieses Mal sollte allerdings ein Schriftsteller mit mir zusammenarbeiten, ein bekannter Autor, jedenfalls hat er ein paar bekannte Bücher geschrieben und ist der Liebling der Kritiker, die auf kerniger, männlicher Prosa stehen. Er kommt aus Chicago und steht in dem Ruf, hervorragend über Großstäde und Gestalten aus ihrer Unterwelt schreiben zu können und ein harter, unsentimentaler Bursche zu sein, ähnlich wie Hemingway; er wird allerorten für seinen Realismus gepriesen. Ich habe nie etwas von ihm gelesen, aber ich war total aufgeregt: Ich sollte mit Orson Sonders zusammenarbeiten, und dabei war es doch erst mein zweiter Auftrag!

Ich sollte mich um elf mit ihm in der Oyster Bar in der Pennsylvania Station treffen. Ich wußte, ich würde viele Kilometer zu Fuß gehen, über Absperrungen steigen und auf alles mögliche klettern und dabei die ganze Zeit meine fünfzig Pfund schwere Ausrüstung mitschleppen müssen, also trug ich Hosen, einen Pullover und eine dicke Jacke, außerdem eine Wollmütze, die mir schön die Ohren warm hielt – dieser Februar ist ziemlich kalt. Gegen den Schnee, der immer noch in den Rinnsteinen und vor den Häuserwänden liegt, wappnete ich mich mit dicken Wollsocken und gefütterten Stiefeln.

Ich marschiere also um elf in die Oyster Bar, begleitet von meinem Kamerakoffer und meiner Vorstellung, die ich von diesem Mann habe. Das Lokal ist völlig leer, bis auf eine Gestalt, die an der langen, hochglanzpolierten Mahagonibar steht. Alles glänzt und blitzt, bis auf diesen Menschen, der aussieht, als stünde er schon die ganze Nacht dort. Er ist mittelgroß und untersetzt, mit einem schlaffen, untrainierten Körper und zerknautschten Sachen. Man sieht ihm noch an, daß er einmal gut ausgesehen hat, aber jetzt ist sein Gesicht genauso zerknittert wie seine Kleidung, und er hat sich offensichtlich seit geraumer Zeit nicht mehr rasiert. Ich bleibe unschlüssig stehen: Das kann ja wohl nicht Orson Sonders sein. Er schaut mich mit mürrischer Miene an, sagt aber nichts. Er lehnt an einem Barhocker; seine fleischige Hand umklammert ein Glas Bier.

Ich komme mir in einem solchen Lokal ohnehin schon merkwürdig vor, aber besonders dann, wenn es ganz leer ist und ich allein bin. Ich weiß nicht, was ich tun soll, ich muß auf Sonders warten, aber ich will um diese frühe Stunde nichts Alkoholisches trinken. Mir einen Kaffee zu bestellen ist mir zu peinlich. Ich schlängle mich also möglichst unauffällig zur Bar hin, erklimme einen Hocker und bleibe einfach nur still darauf sitzen, mit Blick in Richtung Tür. Diese Taktik nützt mir allerdings nichts: Der Barkeeper kommt sofort zu mir und fragt mich, was ich möchte. Ich stottere, werde rot, fühle, wie das Blut heiß in meinen Wangen pulsiert, erkläre, daß ich auf jemanden warte und im Moment noch gar nichts möchte, vielen Dank.

Eine Sandpapierstimme läßt mich fast vom Hocker fallen: «Auf wen warten Sie denn?»

Ich wende mich würdevoll um. Was zum Teufel geht ihn das an? «Auf jemanden, mit dem ich verabredet bin», sage ich kühl. Will er mich etwa anmachen, dieser Penner? Untersteh dich, Kerl! (Verdammt, und wenn! Wovor habe ich eigentlich Angst?)

«Was schleppen Sie denn da alles für Zeug mit sich herum?» fährt er fort, von meinem hochmütigen Ton nicht weiter beeindruckt.

«Meine Kameraausrüstung.» Kalt wie ein Eiswürfel in der Hand, stolz wie eine Kaiserin.

«Ihre Kameraausrüstung», äfft er mich mit einer piepsigen Kleinmädchenstimme nach. (Ich spreche nicht so!) «Ihre Kameraausrüstung! Sagen Sie bloß nicht, Sie sind Fotografin!»

Ich drehe mich um und bedenke ihn mit meinem allerunangenehmsten Blick, einem Blick, der besagt, daß ich notfalls nicht vor einem Mord zurückschrecken werde, einem Blick, mit dem ich gewöhnlich Verkäufer, Kellner, Brad und irgendwelche Männer, die mir auf der Straße nachpfeifen oder sonstige Anträge machen, dazu bringen kann, zuerst zu erstarren und dann gequält aufzustöhnen – «Okay, Lady, ist ja gut! Tut mir leid, okay?»

Er legt sein schlaffes Gesicht in seine dicken Pranken, die

Ellbogen auf die Bar gestützt. Er heult auf: «Erzählen Sie mir bloß nicht, Sie arbeiten für *World*! Alles, bloß das nicht! Eine Knipsmaus! Und noch dazu eine kleine Lesbe, und das mir! Nein. Bitte nicht!» Er schluchzt und jammert laut, und ich brauche ein paar Sekunden, um zu merken, daß er nur spielt. Er hämmert mit der Faust auf die Bar und heult: «Nein, nein, nein, nein, nein!»

Der Barkeeper schaut mit einem lüsternen Grinsen zu und guckt dann zu mir herüber, neugierig, wie ich wohl reagiere. Ich weiß nicht, wie ich reagieren soll. Ich fühle nur eine Mischung aus Angst, Entsetzen, Haß und Verlegenheit und bin völlig ratlos. Ich starre hilflos auf diesen lamentierenden Säufer, der immer noch rhythmisch auf die Bar einschlägt, während der Barkeeper sich jetzt rührig auf seine Aufgabe besinnt, einen doppelten Bourbon einschenkt und das leere Bierglas durch ein volles ersetzt. Die schluchzende Jammergestalt hebt den Kopf und kippt sich das Zeug in den Rachen, greift dann nach dem Bier und trinkt mit tiefen Zügen, wobei sich Schaum auf der Oberlippe absetzt. Mich sieht der Kerl dabei überhaupt nicht an. Er legt den Kopf wieder in die Hände.

«Oh, diese kleinen Mädels, mein Gott, wie ich sie hasse, diese kleinen Mädels!» Er hebt den Kopf ein wenig, wie ein Stier, der zum Angriff ansetzt, und sieht mich an. «Kleine Mädels, die immer gleich nach Hause zu ihrer Mommy rennen und greinen: ‹Ich bin vergewaltigt worden! Ich bin vergewaltigt worden!› Wenn schon Weiber, dann lieber eine anständige Nutte!»

Er schluchzt laut auf, kippt das restliche Bier hinunter und starrt mich wütend an. «Aber am allerschlimmsten sind die lesbischen Mannweiber, mein Gott, Mädchen, hat deine Mutter dir nie beigebracht, wie sich eine Frau anzuziehen hat? Oder liegt's an deinem Vater, hat er seine Süße ein bißchen an seinem Hosenladen spielen lassen? Oder versuchst du etwa, diesen Idioten von *World* weiszumachen, daß du ein Mann bist, haben sie dich deshalb genommen? Die müssen ja noch blinder sein, als ich dachte, du lieber Himmel, du trägst ja noch nicht mal Lippenstift!» Diese empörende Tatsache bringt ihn wieder zum Heulen, und er haut auf die Bar, als

Zeichen, daß er einen neuen Drink braucht, der ihm auch prompt serviert wird.

Ich spüre in der Magengegend, tief drinnen, ein angstvolles Zucken. Er ist wahnsinnig vor Frauenhaß. Was soll ich nur machen? Ich muß mit ihm zusammenarbeiten, ich kann diese Sache nicht einfach hinschmeißen. *World* ist ein Laden, wo man sich eins nicht leisten darf, nämlich Scherereien zu machen. Falls es mit Sonders Schwierigkeiten gibt, werden sie automatisch mich dafür verantwortlich machen. Er ist berühmt, ich nicht. Russ verehrt ihn, ich habe es an seiner Stimme gehört, als er mir mitteilte, daß ich das große Glück haben würde, mit ihm zusammenzuarbeiten. Aber ich kann das unmöglich aushalten, diese Beleidigungen...

«Sind Sie Orson Sonders?» frage ich kühl und gelassen.

Er antwortet nicht. Er ist vollauf damit beschäftigt, mich nachzuäffen, mir diese zickige Kleinmädchenstimme unterzuschieben. Ich kann das einfach nicht ertragen, unmöglich, ausgeschlossen. Ich kann diese Beschimpfungen nicht ruhig über mich ergehen lassen wie eine Sklavin, ein Mensch ohne jegliche Rechte, jegliche Würde. Ich kann es nicht.

Aber was soll ich machen?

Ich spreche ihn an: «Ich bin Stacey Stevens und habe den Auftrag, als Fotografin mit Ihnen zusammenzuarbeiten, Mr. Sonders.» Ich spüre, daß meine Stimme ins Zittern gerät, und halte inne. Instinktiv ist mir klar, daß es ein fataler Fehler wäre, diesem Mann gegenüber auch nur das kleinste bißchen Verletzlichkeit zu zeigen. Ich bemühe mich, mich innerlich ganz auf sein empörendes Verhalten zu konzentrieren und nicht auf meine Verletzlichkeit. Schließlich schaffe ich es, genügend Wut zu mobilisieren, daß meine Stimme fest bleibt. «Ich bedaure sehr, daß mein Geschlecht und mein Äußeres Ihnen mißfallen. Aber ich bin Profi, und ich weiß, Sie sind es auch. Deshalb schlage ich vor, daß wir uns an die Arbeit machen. Eins kann ich Ihnen jedenfalls versichern: Für Sie kann es auch nicht unangenehmer sein, mit mir zu arbeiten, als es für mich ist, mit Ihnen zu arbeiten. Wir sind also quitt.»

Er hebt den Kopf und schaut mich mit glasigen, kalten Augen an. «Ach, bist also Profi, natürlich, eine echte Professionelle, was? Aber weit wirst du's da bestimmt nicht bringen,

Mädchen, die Professionellen, die *ich* kenne, sehn alle wie *Frauen* aus!» Er gackert in sich hinein.

Er haut wieder auf die Bar, murmelt etwas zu dem Barkeeper und legt ein paar Scheine vor sich hin. Er zieht sich, indem er sich mit der einen Hand an der Bar festhält, vorsichtig in die Senkrechte und mustert seine Füße. Er strafft sich. Er läßt die Bar los. Er macht einen Schritt. Er schaut mich triumphierend an. «Was ist, kommen Sie mit oder nicht?»

Ich antworte nicht. Er marschiert unsicher auf mich zu. «Ich brauche dringend was zu essen», knurrt er.

Wir gehen hinaus in die Bahnhofshalle und finden einen Imbiß. Er stürzt – mit widerlichen, hastigen, lauten Schlukken – zwei Tassen Kaffee mit je drei Teelöffeln Zucker darin hinunter und verdrückt ein heißes Würstchen mit Senf. «Also dann», sagt er kauend, «die Kehrseite von New York. Werden Sie das denn auch durchstehen können, Frolleinchen? Säufer und Fixer und Nutten? Straßen, wo es so dreckig ist, daß Ihre Beinchen ganz staubig werden, bis obenhin, bis in Ihre schönen, sauberen Schlüpfer hinein, von denen Ihre Mommy immer gesagt hat, daß Sie sie jeden Tag wechseln sollen, falls Ihnen mal was passiert, damit die Leute vom Krankenwagen keine verschmierte Scheiße zu sehen kriegen. Und Kerle mit Springmessern und Knarren, Nutten mit Geschlechtskrankheiten. Verkraften Sie das?»

«Das ist gar nicht unser Thema», sage ich mit kalter Gelassenheit. Ich ziehe meine Liste aus der Tasche.

«Scheiß auf unser Thema!»

«*World* schickt uns zu hübschen oder interessanten oder besonders lebendigen, verborgenen Winkeln, von denen die meisten Leute gar nichts wissen. Hier!» Ich deute mit dem Finger auf die Liste, auf deren Autorität ich mich berufen kann. Er macht sich nicht einmal die Mühe, einen Blick darauf zu werfen.

«Ach ja! Bezaubernde, interessante, lebendige kleine Winkel!» äfft er mich wieder nach, im affektierten Ton eines späten britischen Fräuleins. «Wie reizend!» Er schwenkt den Kopf herum, als wolle er mich auf die Hörner nehmen. «Sie haben mich angeheuert, das Ding zu schreiben, stimmt's? Das heißt, sie wollen das haben, worüber ich schreibe, und das ist die Hölle, dort wo sie am heißesten ist.» Grimmig, verbissen. Ich weiß, es ist sinnlos, mich mit ihm zu streiten. Ich nehme mein Gepäck an mich und mache Anstalten, die reizende Umgebung zu verlassen.

«Was zum Teufel haben Sie vor!»

«Russ Farrell anzurufen», antworte ich, und weg bin ich, bevor er noch etwas sagen kann.

Ich weiß, ich riskiere vielleicht meinen Job. Aber ich *will* mich einfach nicht von diesem Menschen drangsalieren lassen, ich *will* es nicht. Während ich zum Telefon eile, denke ich, daß ich Farrell die Situation ja so darstellen kann, daß er meinen Anruf als legitime Nachfrage und nicht als Beschwerde begreifen wird. Ich flitze, weil es schon fast Mittag ist, und wenn ich auch nicht weiß, wann Farrell mittags essen geht, ist mir doch bekannt, daß er, wenn er erst einmal gegangen ist, stundenlang wegbleibt. Ich erreiche seine Sekretärin: Er sei bei einer Besprechung, erklärt sie mir. Ich fange an, die arme Frau am anderen Ende anzuschreien, brülle «dringend» und «wichtig» in den Hörer, und sie sagt schließlich, sie will versuchen, ihn aus der Besprechung herauszuholen und mich zurückrufen. Mittlerweile ist Sonders an meine Telefonzelle herangeschlendert. Er fummelt sich mit einem Zahnstocher im Mund herum.

Wir stehen beide da und warten. Mir ist zum Heulen, ich will nach Hause und mich ins Bett legen, und statt dessen muß ich die miefige Luft hier drinnen atmen und auf meiner Haut spüren. Es gibt nichts, was ich anschauen könnte außer Sonders, wie er das, was er bei seiner Zahnstocherei zutage fördert, genau inspiziert, und die Scharen von gehetzten, unglücklich aussehenden Menschen, die vorüberhasten. In diesem Moment hasse ich mein Leben, hasse ich meinen Job, hasse ich die ganze Welt.

Das Telefon klingelt: Es ist Russ. Ich erkläre ihm, daß Sonders und ich verschiedener Ansicht darüber sind, worin genau unser Auftrag besteht und wir ein paar genauere Erläuterungen brauchen. Die ganze Zeit, während ich mit Farrell spreche, ist Sonders dabei, mich anzufahren: «Richten Sie ihm aus, ich empfinde es als eine Zumutung, daß man von mir verlangt, mit einer Lesbe zu arbeiten.» Er knurrt irgendwelches Zeug vor sich hin, über meine Dämlichkeit und meine Art, mich anzuziehen, und die Beleidigung, die es darstellt, mit einem solchen Geschöpf zusammenarbeiten zu sollen. Ich halte die Hand über die Sprechmuschel, außer wenn ich gerade rede, und dann halte ich mir den Hörer direkt an den Mund. Mir ist klar, daß es bestimmt fatale Folgen hat, wenn Russ Sonders hört.

Russ redet in Hms und M-hms, wie es seine Art ist. Er klingt unkonzentriert und spricht so leise, daß ich ihn bei dem Lärm der vielen Menschen, der Deckenventilatoren und der Lautsprecheransagen kaum verstehen kann. Heraus kommt schließlich ein Kompromiß. Russ wollte zwar genau die Sorte Artikel, die ich umrissen hatte, aber jetzt will er trotzdem ganz eindeutig lieber, daß Sonders schreibt, wonach ihm der Sinn steht.

Um Viertel vor eins stapfen wir die Treppe hinauf und hinaus an die New Yorker Luft, die auch nicht viel besser ist als die Luft im Bahnhof. Ich habe Hunger, will mir aber lieber die Zunge abbeißen, als es einzugestehen. Sonders grinst selbstzufrieden: Er hat gewonnen, seinen Triumph gehabt. Wir bleiben auf dem Gehweg stehen, während die Menschen im Bogen um uns herumströmen.

«Na denn, wohin jetzt?»

«Wir müssen uns zuerst einmal irgendwo hinsetzen und besprechen, wie wir vorgehen wollen. Wir müssen uns überlegen, wohin wir um welche Tageszeit wollen, welches Licht ich brauche, und versuchen, unseren Zeitplan ein bißchen zu strukturieren, damit wir nicht die nächsten drei Tage ständig kreuz und quer durch die Stadt fahren. Wir müssen uns acht bis neun Orte anhand dieser Liste aussuchen.»

«Gut, einverstanden, geh nur und setz dich irgendwohin, Mädel, und denk dir das alles schön aus in deinem klugen Köpfchen. Aber vergiß nicht, die Nächte gehören mir. Ich bin in einer halben Stunde wieder hier.»

Mir ist klar, er will sich schnell noch einen genehmigen. Ich schaue mich um. Es ist dringend an der Zeit, daß ich etwas zu essen kriege, aber in Sichtweite ist nichts zu entdecken, das einen halbwegs anständigen Eindruck machen würde.

«Nein. Wir suchen jetzt beide ein Restaurant. Ich setze

mich dort hin, und Sie können sich gern noch ein bißchen Alkohol zuführen – womit ich nicht sagen will, daß Sie das nötig hätten – und mich dann in einer halben Stunde wieder abholen.» Ich spreche mit ihm wie eine Mutter mit einem ungezogenen Kind. Er zuckt mit den Schultern.

Ich gehe los, und er folgt mir. Wir marschieren fünf Querstraßen weit, ehe ich ein Restaurant finde, das zu betreten ich willens bin. Und gleich zwei Eingänge weiter ist eine Bar.

«Also dann», blaffe ich ihn an wie ein Feldwebel. «Eine halbe Stunde. Wenn Sie dann nicht da sind, gehe ich ohne Sie, und Sie können an einem der nächsten Tage allein die entsprechenden Orte aufsuchen.»

Er zieht die Augenbrauen in die Höhe, schaut mich taxierend an. Er dreht sich um und schiebt ab.

Ich sehe auf meine Uhr. Es ist ein Uhr, der erste Tag ist halb vorbei. Wir haben noch nicht einmal angefangen. Ich gehe in das Restaurant hinein und bestelle mir ein Sandwich und Kaffee. Ich zittere noch immer und möchte am liebsten weinen. Aber das geht jetzt nicht. Als erstes muß ich allein aus der Liste die Orte heraussuchen, die mir am interessantesten erscheinen, und entscheiden, um welche Tageszeit sie sich wohl am charakteristischsten präsentieren und bei welchem Licht sie sich am besten ausnehmen. Und das alles in dem Wissen, daß er mir eigentlich dabei helfen sollte und mich statt dessen, was immer ich beschließe, verspotten und heruntermachen wird. Ich kann nicht gewinnen.

Ich fühle mich schrecklich mißbraucht. Ich schaue zu der Serviererin hinüber. Ich möchte mich am liebsten bei ihr ausweinen wie bei einer Mama, ihr alles erzählen: daß es wirklich unfair von ihm war, von mir zu erwarten, daß ich mit Pfennigabsätzen und Feinstrümpfen und einer hochtoupierten Frisur erscheine, wenn ich weiß, ich werde lange Fußmärsche machen, herumklettern, mich dauernd bücken und schwere Sachen schleppen müssen. Aber ich sehe, daß sie trotz ihres harten Jobs Strumpfhosen trägt und eine blondierte, toupierte Frisur, und fürchte, sie wird vielleicht nicht auf meiner Seite sein. Immerhin trägt sie keine Pfennigabsätze. Wahrscheinlich hätte ich mich schminken sollen, aber Fotografieren verlangt volle Konzentration, und man kann sich nicht damit beschäftigen, ob die Wimperntusche verläuft oder der Lippenstift noch glänzt. Es ist einfach nicht richtig, einfach nicht fair...

Ich gehe von der Verteidigung zum Angriff über. Soll er *sich* doch einmal anschauen! Zu ihm sagt keiner: Buh, wie siehst du denn aus! Er könnte sonstwas tragen, und niemand würde einen Piep sagen. Aber dann gleich wieder zurück in die Defensive: Es ist unfair! Und überhaupt: Wie kann er es wagen, so mit mir zu reden, einem total fremden Menschen, der ihm überhaupt nichts Böses will, ich bin doch völlig harmlos, ich wollte ihm wahrhaftig nichts tun, ich war sogar ganz gespannt darauf, ihn kennenzulernen...

Während sich all dies in meinem Innern abspielt, sieht ein anderer Teil von mir diesem Konflikt angewidert zu. *Wieso läßt du dich davon überhaupt berühren?* ruft er laut aus. *Wieso glaubst du, dich gegen die Angriffe dieses Kerls verteidigen zu müssen! Wieso mißt du dem, was er über dein Aussehen sagt, auch nur die leiseste Bedeutung bei! Wieso können dich seine Worte und sein Verhalten überhaupt verletzen, er ist ein Saufbold, ein Ekel, ein unreifer Tyrann!*

Aber ich kann ihn nicht einfach als ein versoffenes Ekel abtun.

Er ist ein Mann. Und weil er ein Mann ist, hat er automatisch eine gewisse Autorität. Frauen gegenüber. Mir gegenüber.

WARUM! schreit der andere Teil von mir.

Ich fühle mich wie damals als Kind, wenn meine Mutter mich desinteressiert oder geringschätzig behandelte. Ich möchte am liebsten sterben. Ich habe das Gefühl, daß mir das alles zuviel ist. Ich möchte diesen Auftrag hinschmeißen, zurück nach Lynbrook fahren und mir irgendeinen Bürojob suchen, wo ich ein bißchen mehr verdiene als früher bei der Zeitung, und mich einfach nur den kleiden Freuden des Lebens hingeben. Ich möchte aufs Land ziehen, an ein ruhiges, abgeschiedenes Plätzchen, wo ich die Sonne auf- und untergehen sehen kann, und dort friedlich mit den Kindern leben, meinen Garten bebauen, Landschaftsaufnahmen machen. Und diesen ganzen Kram von Karriere, Erfolg, der großen weiten Welt vergessen.

Ich komme mit dieser Welt nicht zurecht. Ich bin dafür nicht stark genug. Ich hasse mich selbst, fühle mich schwach und weinerlich und als totales Opfer und will mich nicht so fühlen, ich will in der Lage sein, mit allem fertig zu werden, womit ich mich auseinandersetzen muß. Aber ich weiß, die meisten Frauen, vielleicht sogar alle, würden genauso empfinden wie ich. Ich muß wohl endlich anerkennen, daß ich trotz all meiner hehren Vorsätze auch nicht anders bin als andere Frauen.

Mein Essen kommt, und ich knabbere daran, in winzigen Bissen, auf denen ich eine Ewigkeit herumkaue. Es herunterzukriegen fällt mir noch schwerer. Ich trinke drei Gläser Wasser, die Serviererin sieht mich schon sonderbar an. Schließlich wische ich mir den Mund ab, ich kann dieses Zeug einfach nicht aufessen. Ich zücke meine Liste und einen Block. Ich arbeite intensiv, und nach einer halben Stunde bin ich soweit, daß ich den Plan für den ersten Tag festlegen kann. Es sieht aus, als ob wir mehr als die drei anberaumten Tage brauchen werden. Ich nehme mir vor, den Rest unseres Zeitplans am Abend in meinem Hotelzimmer auszuarbeiten. Meine Schultermuskeln schmerzen heftig, es tut mir weh, wenn ich den Kopf drehe.

Ich bezahle mein kaum angebissenes Sandwich und die zwei Tassen Kaffee und lasse noch ein zusätzliches Trinkgeld für das viele Wasser zurück. Mit zusammengekrampftem Magen gehe ich hinaus, auf das Schlimmste gefaßt. Aber er ist da, und wir marschieren gemeinsam zur U-Bahn und machen uns auf nach Queens.

Ich entwickelte in der Zeit, die ich mit Orson Sonders zusammen war, keine Sympathien für ihn, aber ich lernte, mit ihm umzugehen. Ich sprach möglichst kühl und ausschließlich in der Befehlsform. Was mich bei der ganzen Geschichte, abgesehen von meinen Problemen mit mir selbst, am meisten ärgerte, war die Tatsache, daß die Art unseres Umgangs miteinander ausschließlich von ihm diktiert wurde. Ich konnte daran nichts ändern und keinerlei Einfluß darauf nehmen. Ich hatte die Wahl, mich von ihm drangsalieren zu lassen und mich aufzulösen oder mich von ihm drangsalieren zu lassen und zurückzuballern, was ich nicht gern tat, und was nicht in mein Selbstbild paßte. Aber mir blieb keine andere Möglichkeit.

Er zwingt mich – einfach durch seine Art –, eine Person zu sein, die ich nicht leiden kann, ganz egal, für welche Rolle ich mich entscheide. Er begreift Beziehungen zwischen Männern und Frauen und vielleicht sogar zwischen Menschen allgemein ausschließlich als einen Machtkampf. Diese Sichtweise laugt mich aus, denn sie erinnert mich an meine Ehe und das, was zwischen Brad und mir ablief.

Aber ich hielt durch. Ich weiß auch nicht, warum. Ich nahm mir gar nicht vor durchzuhalten, ich tat es einfach, schleppte mich weiter, genau wie meine Mutter sich immer weitergeschleppt hat, wie auch ich mich durch meine Tage schleppte, die Arbeit tat, die getan werden mußte, fühl-los, gedanken-los, egal wie entwürdigend oder langweilig die Aufgabe war. Vielleicht hielt ich deshalb durch, weil ich niemanden hatte, zu dem ich mich flüchten konnte, niemanden, der mich in den Arm genommen hätte, Mitleid mit mir gehabt hätte und mir den Kopf getätschelt hätte und mir gesagt hätte, ich sei gut und Sonders sei böse und ich hätte ganz recht. Oder ich hielt vielleicht deshalb durch, weil ich einfach so gebaut und erzogen bin. Zu einem gewissen Grad war mir bewußt, könnte ich dieses Problem von mir überwinden – den völlig unbegründeten Respekt vor allem Männlichen –, dann wäre auch dieser Job nicht schlechter als irgendein anderer.

Am Montag hörte ich gegen vier mit Fotografieren auf, weil das Licht nicht mehr ausreichte. Wir fuhren gemeinsam zurück ins Pennsylvania Hotel, wo *World* uns einquartiert hatte, weil es so günstig in der Nähe der U-Bahn und der Long Island-Bahnstrecke lag. Sonders marschierte natürlich schnurstracks in Richtung Bar. Ich ging hinauf in mein Zimmer. Wir machten ab, uns um zehn in der Bar zu treffen, «vorher läuft in diesem Puff von einer Stadt sowieso nichts». Ich bestellte mir eine große Kanne Kaffee aufs Zimmer und nahm meine Liste und einen Block hervor. Angesichts dessen, was ich an diesem Nachmittag geschafft hatte, rechnete ich damit, mindestens noch drei Tage zu brauchen. Ich umriß einen groben Arbeitsplan und begann dann, mein Fotopensum für den nächsten Tag detailliert festzulegen.

Ich ließ mir vom Zimmerkellner einen Whiskey und ein Sandwich bringen, und nach drei Stunden hatte ich alles soweit wie möglich vorbereitet. Man kann bei dieser Arbeit nicht alles perfekt vorausplanen – ein sich zufällig ergebendes Motiv, das Wetter, ein ungünstig abgestellter Müllwagen –, die unerwartetsten Umstände können zu Verzögerungen oder neuen Ideen führen. Ich beendete meine Arbeit, duschte und legte mich ein wenig aufs Ohr, nachdem ich dem Empfang Bescheid gegeben hatte, mich um 9 Uhr 30 zu wecken. Ich fragte mich, in welcher Verfassung Sonders wohl bis dahin sein würde.

Tatsächlich war er nüchtern, zum erstenmal in meiner Gegenwart. Vielleicht hatte er gegessen oder geschlafen. Aber er war genauso eklig wie zuvor, ja noch schlimmer, denn jetzt hatte er sich im Griff. Er hatte beschlossen, gleich in der Gegend des Hotels anzufangen, bei der siebten und achten Avenue, wo er jede Spelunke, jede Passage, jeden Treffpunkt kannte. Ich bewunderte seine Ortskenntnis – es mußte ihn einiges gekostet haben, sie zu erwerben, an Zeit wie an Geld, von der Gesundheit seiner Leber ganz zu schweigen.

Ich suchte mir sorgfältig aus, was ich fotografierte, und sondierte immer erst gründlich vor, um kein Filmmaterial auf zweitklassige Motive zu verwenden. Mein Vorgehen machte ihn ungeduldig. Er zeigte dauernd auf irgendein verworfen aussehendes Gesicht und drängte: «Da, die Mutter da drüben, am Flipper.» Ich verstand nicht genau, was «Mutter» bedeuten sollte, aber es war auf jeden Fall abwertend gemeint. Das brachte mich auf die Palme: Ich wußte, daß nahezu jedes Wort der englischen Sprache, das Frauen bezeichnete, eine obszöne Nebenbedeutung hatte, aber mir war noch nicht bekannt gewesen, daß selbst die Mutterschaft in den Schmutz gezogen wurde.

Wir arbeiteten bis zwei Uhr morgens. Zu diesem Zeitpunkt konnte Sonders nur noch torkeln, und ich war trotz meines Schläfchens todmüde. Ich wollte nach Hause, er noch einen letzten Schlummertrunk, und in seiner Verzweiflung lud er mich tatsächlich ein, ihm dabei Gesellschaft zu leisten. Ich sagte, er könne gern noch bleiben, aber ich ginge jetzt ins Bett, und er keifte: «Nu ma raus mit der Sprache, Mädel, schämschich wohl, dich mit mir sehen zu lassen? Willschir wohl kein' ansaufen mi'm alten Penner wie mir, wa?» Er drehte ärgerlich ab in Richtung Bar, die schon geschlossen war, und bestand lautstark darauf, bedient zu werden. Ich packte meinen Kram zusammen und ging, während er noch mit dem Barkeeper herumstritt, der allemal so ein harter Brocken war wie er. Und da stand ich nun auf einer verwahrlosten, gefährlichen Straße, ganz allein, weit und breit kein Taxi in Sicht. Außerdem wäre es sowieso idiotisch gewesen, für die paar Häuserblocks ein Taxi zu nehmen. Ich marschierte angstzitternd zurück zum Hotel, wobei ich meinen Kamerakoffer so umklammert hielt, daß ich ihn notfalls als Waffe benutzen konnte. Ich dachte, daß ich, so widerwärtig dieser Mann mir auch war, doch bei ihm hätte bleiben sollen. Obwohl: Was hätte er mir schon für eine Hilfe sein können? Warum gehe ich automatisch davon aus, daß ich mit einem Mann sicherer bin als ohne?

Ich hatte Sonders gesagt, ich würde am nächsten Morgen um sechs aufbrechen, worauf er meinte: «Das wirst du verdammich nicht», worauf ich wiederum sagte: «Das werd ich verdammich wohl.» Er erklärte mir, er sei jedenfalls nicht so blöd, mitten in der Nacht aufzustehen, und er würde sich die Gegenden, wo ich fotografieren wollte, später ansehen. Ich gab ihm eine Kopie des Arbeitsplans, den ich aufgestellt hatte, warnte ihn aber, daß ich möglicherweise davon abweichen würde, wenn mir irgend etwas Besonderes unterkommen würde. Er meinte: «Mach nur, Mädel. Das kannst du mir ja morgen abend alles verklickern. Wir treffen uns um zehn in der Bar, genau wie heute.»

Ich brach am nächsten Morgen noch vor sechs in einem Mietwagen auf und schoß ein paar großartige Aufnahmen vom Sonnenaufgang über der Flushing Bay, mit Segelbootmasten in der Ferne, vor ein paar kleinen Häusern, die noch am Wasser stehen. Ich fotografierte kleine Sträßchen und rissige Gehwege und alte, windzerzauste Bäume und eine Bank, alles reglos und leer im ersten Morgenlicht. Ich arbeitete mich rings um die Bucht voran, auf der Suche nach malerischen

Fleckchen, die den Rechercheuren entgangen waren. Dann fuhr ich ostwärts, entlang der Little Neck Bay, wobei ich immer wieder ausstieg, ein Stück zu Fuß ging und dabei fotografierte.

Nachdem ich zu Mittag gegessen hatte, fuhr ich westwärts nach Flushing, dann südwestwärts nach Forest Hills, nicht in den Teil, wo ich vor langer Zeit einmal gelebt hatte, sondern in die Gardens und dann wieder ans Wasser, diesmal an der Jamaica Bay. Es war ziemlich spät, das Licht wurde schon weniger, aber ich konnte es mir nicht verkneifen, noch nach South Ozone Park hineinzufahren und unsere alte Straße aufzusuchen. Das Viertel war jetzt von Farbigen bewohnt, die Bäume waren fast alle verschwunden und die Häuser verkommen. Das Haus, in dem wir gewohnt hatten, war mit Teerpappe im Mauerstein-Look verkleidet worden. Der Hortensienbusch fehlte, ebenso die Pappeln, die den hinteren Garten abgegrenzt hatten. Schwarze Knaben schritten mit zornigen Gesichtern durch die leeren Straßen, und ich verriegelte meine Wagentüren. Es waren immer noch nicht mehr Autos zu sehen als in meiner Kindheit – nur ein paar zerbeulte Rostlauben, die in Einfahrten vor sich hin rotteten. Es war trister hier denn je – kein Ort für *World*-Fotos.

Als ich schließlich in Howard Beach ankam – meinem für diesen Nachmittag vorgesehenen Betätigungsfeld –, war ich frustriert und schlechter Laune. Das Licht taugte auch nichts mehr. Ich marschierte an den Strand hinunter, aber dort gab es entweder wirklich nichts Interessantes, oder ich war einfach nicht in der Stimmung, irgend etwas zu sehen. Ich fuhr also wieder in die Stadt zurück und schlief, kaum auf meinem Zimmer angelangt, ein. Ich wachte erst um 8 Uhr 30 wieder auf – ich hatte vergessen, Bescheid zu sagen, daß sie mich wecken sollten – und bestellte mir deshalb wieder einfach nur einen Hamburger über den Zimmerservice.

Sonders wollte diesmal ein paar Treffs in Brooklyn abklappern. Er hatte irgendwo ein Buch über die *Schlägerkönige aus der Amboy Street* in die Finger bekommen, weshalb er mich anwies, uns zur Amboy Street zu kutschieren, einer finsteren Gegend in Greenpoint, Williamsburg, Red Hook oder dergleichen. Die Leute hier waren anders als die vom Vorabend –

jünger und nicht so abgewrackt, nach außen genauso hartgesotten, aber innerlich scheinbar weniger zerrüttet. Leider waren diese Burschen jedoch auf Grund ihres lebendigeren Kerns extrem aggressiv. Sie wurden rasch ausfällig und neigten dazu, so gut wie alles als Beleidigung zu empfinden. Mir wäre wohler gewesen, wenn wir einen Leibwächter zu unserem Schutz gehabt hätten. Aber mein ach so starker männlicher Begleiter, der, wie er selbst behauptete, schon tausendmal grün und blau geschlagen in irgendwelchen finsteren Durchgängen wieder aufgewacht war, hatte für einen – wie er sich galant ausdrückte – Angsthasen wie mich nur Spott und Verachtung übrig.

Ich hielt meine Angst im Zaum, indem ich mich ganz auf meine Arbeit konzentrierte, und in der Tat schoß ich meine besten Aufnahmen in diesen miefigen, finsteren, grotesk beleuchteten Löchern von Kneipen, mitten im Lärm der Musikboxen und der rauhen Unterhaltungen, während Sonders seine Schwarzen Russen oder Rostigen Nägel, oder wie immer das Zeug sich nannte, hinunterkippte. Ich benutzte Farbfilme, um die violetten Schatten auf den Wangen junger, glatter Gesichter einzufangen, das Tiefrot feister Backen und Nacken, die Farbe des Rauchs, der wie ein verschwommener Heiligenschein über den Köpfen schwebte. Ich hatte mein kleines Teleobjektiv dabei, so daß ich Nahaufnahmen machen konnte, ohne daß die Betreffenden es merkten – obgleich wir natürlich von jedem, den ich knipste, eine Veröffentlichungserlaubnis einholen mußten. Aber so erfolgreich die Arbeit auch lief, wollte ich doch nicht länger dort bleiben als unbedingt notwendig. Als Sonders wieder anfing, mich jammernd und schimpfend zu drängen, ihm noch bei einem letzten Schlummertrunk Gesellschaft zu leisten, erklärte ich in einem Ton, der dem unserer Umgebung an Härte nicht nachstand, ich führe jetzt, ob mit ihm oder ohne ihn, und er kam relativ fügsam mit. Er bedachte nicht, daß ich allein gar nicht in der Lage gewesen wäre, wieder zum Hotel zurückzufinden.

Den nächsten Vormittag verbrachte ich auf Staten Island, wo es stellenweise noch richtig ländlich ist. Es wäre der ideale Ort zum Wohnen, wenn nur die Fahrt nicht so lange dauern würde. Ich sah dort sogar Kühe weiden und ein Haus mit einem richtigen Hühnerhof. Ich fuhr unter erheblichen Abweichungen von meiner vorgeplanten Route gemütlich durch die Gegend und kicherte schadenfroh bei der Vorstellung, daß Sonders bestimmt ein paar zusätzliche Tage darauf würde verwenden müssen, die Stellen zu finden, die ich fotografierte.

An diesem Abend wollte Sonders das Village «machen», und wir fuhren per Taxi dorthin. Hier war ein interessanteres Völkchen unterwegs: hauptsächlich homosexuelle Männer und lesbische Frauen, die ganz überwiegend – obwohl es Ausnahmen gab – nicht wie Alkohol- oder Drogensüchtige wirkten, sondern sich offenbar nur gern anders kleideten als die übrige Bevölkerung. Ich schoß ein paar außergewöhnliche Bilder: Frauen im Zwanziger-Jahre-Look mit Turbanen auf den Köpfen, Frauen in Männerkleidern, Männer in Frauenkleidern und mit geschminkten Gesichtern, ausgebrannt wirkende schwarze Jazzmusiker und ein paar stille Typen, die über ihren Gläsern hingen, als tränken sie ihren Pernod im Paris von 1925.

Mir kam der Gedanke, daß viele dieser Leute *Theater spielten* – nicht für uns, vielleicht überhaupt für niemand anderen als für sich selbst. Und dann dachte ich, daß ja die Burschen in der Amboy Street vielleicht auch nur Theater spielten, ein bestimmtes Bild zu verkörpern suchten – und vielleicht auch die Leute auf der siebten und achten Avenue. Aber wenn es so war, gab es dann überhaupt Leute, die *nicht* bestimmte Rollen spielten? Die lebten, wie sie lebten, weil sie so leben wollten, weil es ihnen gefiel? Oder spielten alle Theater, wobei sie sich nur an verschiedenen Rollenbildern orientierten? Spielte *ich* Theater? Und was war mit all den Leuten in Pennsylvania Station, diesen Männern in Anzügen, die alle gleich aussahen? Spielte Sonders Theater? Dieser Gedanke verwirrte mich, weshalb ich ihn wieder fallenließ.

Sonders wollte sich um zwei noch mit ein paar Freunden auf ein paar Drinks treffen, in einem Jazzclub an der Bleecker Street, der bis vier geöffnet hat. Die ersten seiner Kumpels tauchten schon etwa um halb zwei auf, als ich noch fotografierte, und als ich nach Beendigung meiner Arbeit zu ihm ging, um ihm zu sagen, ich führe jetzt nach Hause, saßen schon vier Männer und fünf Frauen bei ihm an einem zerkratzten, wackligen, runden Holztisch. Sonders mußte mich wohl oder übel mit ihnen bekannt machen. Die Männer standen auf, als er sie mir vorstellte. Es waren alles Journalisten, deren Namen ich schon gehört hatte. Einer von ihnen, Mike Boyle, ein dunkler, vierschrötiger Mann mit einem feisten Gesicht, grinste mich breit an. Das war zweifellos das erste Mal, daß Sonders aufging, daß an mir ja vielleicht doch irgend etwas war, was irgend jemand attraktiv finden könnte. Seine Augenbrauen fuhren prompt in die Höhe, und er lud mich ein, Platz zu nehmen. Ich entschuldigte mich – ich sei müde, es sei ein langer Tag gewesen, ich sei seit fünf Uhr auf. Aber Boyle packte mich am Arm, und Sonders, der seinem Freund gegenüber gefällig sein wollte, brummte: «Was'n los, sind dir wohl nich gut genug», und ich fühlte mich gezwungen, mich zu ihnen zu setzen.

Das Gespräch drehte sich um Großstädte und die maßgeblichen Redakteure der großen Zeitungen. Die Männer unterhielten sich untereinander in laut schallend gebrüllten Kürzeln, durchsetzt mit Scherzen. Die Frauen würdigten sie keines Wortes, und mir war auch keine von ihnen vorgestellt worden. Ich sah sie jetzt direkt an, weil ich auf eine Chance wartete, sie anzulächeln und mich ihnen vorzustellen, aber sie wandten ihre ganze Aufmerksamkeit den Männern zu und schauten überhaupt nie in meine Richtung.

«Und der olle Baldy Salvucci, erinnert ihr euch noch an den?» brüllte Sonders gerade. Die Männer lachten laut und wiederholten begeistert: «Na klar, der olle Baldy Salvucci.» Sie unterhielten sich weiter über den ollen Baldy, obgleich mir schleierhaft blieb, was eigentlich so Denkwürdiges an ihm gewesen war. «Baldy war mit fünfzehn schon kahl», fuhr Sonders fort, «kahler als unser Joe hier!» Schallendes Gelächter.

Einer der Männer stand auf, um aufs Klo zu gehen, und ich rückte weiter auf seinen Stuhl, der auf der Frauenseite des Tisches stand. Ich stellte mich den Frauen vor: «Wir sind ja leider nicht miteinander bekannt gemacht worden, mein Name ist Stacey Stevens.» Sie lächelten und nannten mir ihre

Namen, ohne das geringste Zeichen von Verärgerung über das unhöfliche Betragen der Männer. Aber dann wußte ich nicht mehr, was ich sagen sollte. Ich rettete mich in das Thema Arbeit. «Ich fotografiere für *World*, und was machen Sie so?»

Sie waren auch journalistisch tätig – eine schrieb Nachrufe, zwei waren «Kummerkastentanten», eine war für die Gesellschaftsspalte zuständig, und eine hatte zweiunddreißig Jahre als Sekretärin für die *Daily News* gearbeitet und wußte alles über alle. Sie begannen jetzt eine Unterhaltung über die unterschiedlichen Arbeitsbedingungen – konzeptioneller und personeller Art – bei verschiedenen New Yorker Zeitungen. Die Männer setzten ihr munteres Gescherze fort und nahmen überhaupt keine Notiz von uns. Der Mann, dessen Stuhl ich beschlagnahmt hatte, setzte sich erfreut auf meinen Platz – der Tisch zerfiel jetzt in zwei Parteien, vier Männer auf der einen Seite und sechs Frauen auf der anderen. Boyle gab gerade eine Geschichte über eine fünfunddreißigjährige Stewardess zum besten, deren Möse so groß war wie ein Eimer und die immer überall herumgelaufen war und sich darüber beschwert hatte, wie unbefriedigend ihr Liebesleben war, bis sie dann einen riesigen schwarzen Stripper namens Ten-and-a-half kennengelernt hatte. Dieser Beitrag wurde von einem dermaßen schallenden Gelächter begleitet, daß das Gespräch der Frauen völlig unterging und sie alle zu Boyle hinübersahen, wobei sie freundlich lächelten. Als er fertig war, wandte ich mich an meine Nachbarin, die Redaktionssekretärin, die etwa fünfzig war und deren flammend rote Locken wie kleine Fingerchen in die Höhe standen.

«Dieser Kerl ist einfach widerlich», sagte ich leise.

«Ach, ich weiß nicht», sagte sie freundlich, wobei es ihr nichtsdestoweniger gelang, ihre Mißbilligung meiner Worte durchblicken zu lassen. «Er ist ein armer Mensch.»

«Wie können Sie so etwas sagen, wenn dieser Mensch derartige Reden schwingt? Ich nehme an, Sie müssen ständig mit solchen Typen zurechtkommen, aber es ist mir schleierhaft, wie Sie das aushalten.»

Sie sah mich an, als hätte ich soeben eine antisemitische oder anti-schwarze Äußerung getan. «Oh, ich sehe das nicht so. Überhaupt nicht! Ich höre immer nur ihren seelischen Schmerz heraus, ihre Sehnsüchte, ihr Leiden!» Sie lächelte wohlwollend zu den Mistkerlen auf der anderen Seite der hölzernen Tischplatte hinüber.

Und ich dachte: Ja, und wenn die Frauen nicht mitspielen würden, könnten diese Kerle nicht solche Mistkerle sein.

Sonders war mittlerweile endgültig betrunken und konnte den Kopf nicht mehr richtig oben halten. Die anderen Männer waren dichter zusammengerückt und wieherten schon wieder über irgend etwas. Sonders lenkte seinen Blick mühsam zu den Frauen hinüber.

«Was meint ihr, was soll ich machen, wenn dieser dämliche Job vorbei ist? Nach Chicago fliegen oder mi'm Zug fahren?» fragte er laut. Die Frauen hörten auf zu reden. Sie sahen ihn an. Dann sahen sie einander an. Eine fragte ihn, was sein Hauptproblem sei – wenig Geld oder wenig Zeit? Wo genau in Chicago er denn hin wolle? Er grummelte irgend etwas vor sich hin über die verdammten Fluggesellschaften und ihre unverschämten Preise (ich wußte, daß *World* seinen Flug bezahlte). Sie rieten ihm, den Zug zu nehmen, und wandten sich wieder ihrer Unterhaltung zu.

Er nickte, wobei sein Kopf noch nachwackelte, und brüllte dann laut nach einem weiteren Drink in Richtung Kellner. Er wandte sich wieder den Frauen zu.

«Hört ma', was meint ihr, soll ich nach Chicago fliegen oder mi'm Zug fahren?»

Die Frauen hörten wieder auf zu reden, schauten ihn an, hörten ihm zu und gaben ihm Ratschläge. Dann nahmen sie, wie eben schon, ihre Unterhaltung wieder auf.

Dieser Ablauf wiederholte sich mit nur geringfügigen Variationen *sechsmal*. Inzwischen schauten die anderen Männer auf ihre Uhren und erklärten, daß sie gehen müßten, weil sie noch Wichtiges vorhätten. Es zeigte sich, daß die Frauen von ihnen mitgebracht worden waren, denn als ihre Begleiter sich erhoben, standen sie ebenfalls auf. Boyle zog mit der Sekretärin *und* der Nachrufschreiberin ab. Ich versuchte, mir das ganze Trio nackt im Bett vorzustellen, aber dieses Bild war so abstoßend, daß ich es sofort wieder aus meinen Gedanken verbannte.

«Gehen wir», sagte ich zu Sonders.

«Nu' noch ein'», nuschelte er. Er wedelte mit der Hand über meinem Glas herum, als würde das schon ausreichen, es wieder zu füllen.

«Ich gehe jetzt.»

«Wer's besser, Männer oder Frauen? Hm?»

Ich war alarmiert. «Ich dachte immer, wir seien gleich viel wert», sagte ich lehrerinnenhaft. Mein Gehirn arbeitete auf Hochtouren: Worauf wollte er jetzt wieder hinaus?

«Männer!» verkündete er, vor leidenschaftlichem Nachdruck geifernd. «Männer sind besser, und weiß' du warum? Kenne da einen, der ist achtzig und kriegt ihn immer noch hoch, ham meine Freunde mir erzählt, und zwar nicht nur bei seiner Alten, sondern gleich noch bei zwei andern Weibern, Freundinnen von ihr, verstehst du. Sie lachen und klopfen ihm auf den Rücken, wenn er's geschafft hat, ist ja auch was, oder? Aber Frauen kannst du doch mit sechzig vergessen. Alle Männer wollen doch große feste Titten und pralle Ärsche. Egal, ob sie jung und dumm und grün sind. Zugegeben, eine hübsche, weiche, sanfte Fünfunddreißigjährige, die kann man schon mal einer Jungen vorziehen. Ich will ja nicht sagen, daß Jugend alles ist. Aber eine Frau mit sechzig – der hängen doch die Titten und der Bauch, wer will die schon noch? Die ist doch weg vom Fenster. Aber ein Mann mit achtzig, der kann ihn immer noch hochkriegen!»

Ich lehnte mich auf meinem Stuhl zurück. Sonders' Gefuchtel hatte einen Kellner und einen weiteren Drink herbeigezaubert. Ich trank mit großen Schlucken davon. Ich konnte nichts sagen. Der ganze Abend kreiste in meinem Kopf. Ich kam mir vor, als hockte ich in einer Art Hölle, aber alle um mich herum, überhaupt alle auf der Welt, lächelten nur und sagten: »Klar, natürlich. Ganz recht so», wie der Barkeeper an jenem ersten Morgen in der Oyster Bar. Ich nahm einen weiteren Schluck. Ich beugte mich zu Sonders vor.

«Ihr Vergleich ist logisch nicht haltbar», sagte ich mit tödlich ruhiger Stimme. «Sie können nicht unterschiedliche Dinge miteinander vergleichen – die sexuelle Attraktivität älterer Frauen für Männer und die Potenz bei alten Männern. Sie fragen gar nicht danach, ob Frauen achtzigjährige Männer begehren. Sie berücksichtigen nicht, daß Frauen, wenn es männliche Prostituierte gäbe, mit achtzig durchaus auch noch einen draufmachen könnten!»

Er hörte mich gar nicht. Seine Augen schweiften ziellos umher, ohne etwas zu sehen. Dann richteten sie sich wieder auf mich.

«Ich hab drei Mädels, verstehst du, Freundinnen. Zwei davon sind neunzehn, eine ist achtzehn. Gerade richtig schön prall und reif, verstehst du, süße Dinger. Und sie kennen ihren Platz. Wenn mir danach zumute ist, brauche ich sie einfach nur anzurufen, und schon sind sie da, egal ob es Tag oder Nacht ist. Wenn sie grade aus sind, wenn ich anrufe, kommen sie meinetwegen zurück, ach, sie sind einfach süß. Und Nichi, so nenne ich sie, sie ist Japsin, die ist einfach phantastisch, so eine Haut, die ist die beste von allen. Und alle drei kennen mich, verstehst du, und wissen, was sie zu tun haben. Die meiste Zeit krieg ich ihn nämlich nicht hoch, es klappt einfach nicht richtig, verstehst du, und sie sind alle drei einfach toll, vor allem Nichi, und sie kriegen es hin, daß ich mich nie mies fühle deswegen, sondern daß ich mich großartig fühle. Sie wissen einfach, was sie zu tun haben, sie verstehen ihr Geschäft.»

Ich starrte ihn an: Das war der harte Bursche, der starke Mann? Aber natürlich kriegt er keinen hoch, er ist ja ständig besoffen.

Immerhin schämte er sich deshalb nicht. Das war schon etwas. Andererseits war er sturzbetrunken, und wer konnte da entscheiden, ob er sich schämte oder nicht?

Wir verließen zusammen den Club, und ich mußte mit ihm in einem Taxi sitzen und seine stinkende Fahne riechen. Ich befürchtete, daß er jeden Moment mich oder das Taxi vollkotzen würde. Ich drückte ihm eine Liste der Orte in die Hand, wo ich am nächsten Tag fotografieren wollte – im Village und in Harlem. Genauer gesagt, stopfte ich ihm die Liste wie ein Taschentuch in seine äußere Brusttasche, weil ich bezweifelte, daß er sich morgen noch an irgend etwas erinnern würde. Er torkelte davon, um nachzusehen, ob die Hotelbar noch offen hatte, und ich steuerte auf den Aufzug zu. Als er halb durch die Halle war, blieb er stehen, um sich umzudrehen und mir mit einer kläglichen, ängstlichen Stimme nachzurufen: «He, Stevens!»

Es war das erste Mal, seit wir uns kannten, daß er mich wenigstens mit so etwas Ähnlichem wie meinem Namen rief. Gewöhnlich nannte er mich immer nur «Mädel». Ich blieb stehen und drehte mich um.

Er stand in der Halle, in seinem verknautschten Anzug, und die Hosenaufschläge hingen über seine Schuhe herunter. Wahrscheinlich war ihm die Hose unter den Bauch heruntergerutscht, wegen der vielen Flüssigkeit, die er in sich hineingeschüttet hatte. Aus dieser Entfernung und in dieser Beleuchtung wirkte sein graues Gesicht schrumplig, unfertig und verzerrt wie das Gesicht eines unglücklichen Säuglings.

«Soll ich nach Chicago fliegen oder den Zug nehmen?» blökte er.

Jetzt bin ich wieder zu Hause. Ich fühle mich, als hätte ich die letzten vier Tage in einer Kloake verbracht. Und ich weiß noch nicht einmal, ob die Bilder etwas geworden sind. Er lebt ganz in einer selbstgeschaffenen Welt; er ist die Verkörperung des existentialistischen Mannes. Er trägt die Hölle in sich und projiziert sie ständig nach außen, und diese Vision ist so übermächtig, daß sie alles andere auslöscht, keine andere Sichtweise neben sich bestehen läßt. Ich fühle mich schmutzig. Als ich heute nachmittag nach Hause kam, habe ich als erstes gebadet und mir die Zähne geputzt, aber ich werde das Gefühl nicht los, daß das noch nicht reicht. Ich würde mir am liebsten den Mund mit Seife auswaschen. Ich werde gurgeln, mir Salzwasser machen. Ich wünschte, ich könnte meine Seele genauso einfach reinigen.

MITTWOCH, 20. FEBRUAR, Lynbrook
Dieses verdammte Schwein! Dieser miese Scheißkerl! Mein Gott, wie ich diesen Menschen hasse und verabscheue, mein Haß ist so bodenlos, daß ich ihn hübsch langsam massakrieren möchte, ihn nach Eingeborenenart langsam am Spieß rösten! Ich würde nur hämisch grinsen, wenn er brüllt, nur lachen, wenn er stöhnt, und ab und zu würde ich sogar zu ihm hingehen und ihm ein bißchen mit einem glühenden Stock zusetzen.

Der Scheißkerl hat sich meine hervorragende Arbeit auf sein Konto gutgeschrieben, und dieser Idiot von Farrell hat ihm auch noch geglaubt! Es hat sich nämlich herausgestellt, daß die Bilder toll geworden sind, ich hätte ruhig darauf vertrauen können, daß mein Können mich auch dann nicht im Stich läßt, wenn ich aus einer Kloschüssel heraus fotografieren muß. Sie sind gut. Weiches Nachmittagslicht auf einer stillen Reihe schmucker kleiner Häuser mit verschneiten Vorgärten und rechts im Vordergrund ein immergrüner Baum, der das Ganze freundlich auflockert. Eine geschäftige Straßenkreuzung in Brooklyn mit Restaurant- und Ladenschildern in sechs verschiedenen Sprachen, alle auf wenigen Metern, und Passanten aller Art, jeder Hautfarbe, Statur und Größe. Ein verstecktes Plätzchen im Village mit erhalten gebliebenen kleinen georgianischen Häuschen, Schnee am Wegrand, ein Laternenpfahl aus föderalistischen Zeiten. Eine Kollektion herrlicher Häuser in Harlem. Die Innenaufnahmen wollte *World* natürlich nicht – was ich hätte wissen können. (Ich wußte es auch. Ich machte sie trotzdem.) Ich verschwendete fünf Stunden Arbeit darauf, dieses Nebeneinander einzufangen, von Stuck und kirschbaumholzgeschnitzten Treppengeländern und Parkettböden und Menschen, die, hohläugig vor Armut, in Räumen hausen, wo unter dem abgebröckelten Putz die tragende Wandschicht zum Vorschein kommt, die verdreckte Toiletten und Waschbecken benutzen, welche seit einem Jahrhundert unverändert sind. Ich kann diese Bilder noch nicht einmal in meine persönliche Sammlung aufnehmen, da sie *World* gehören und ich sie vorerst auch dann nicht zurückbekomme, wenn sie nicht veröffentlicht werden. Vielleicht werden sie mir die Bilder ja eines Tages geben. Aber sie sollten sie veröffentlichen. Wenn sie schon den Amerikanischen Traum verkaufen wollen, sollten sie auch seinen Preis zeigen.

Aber ein echtes Meisterstück sind die Nachtaufnahmen, damit habe ich ihn wirklich überführt. Natürlich hat er es überhaupt nicht bemerkt, doch ich zeige mit meinen Bildern diese Welt, die er so aufregend und flirrend findet, ich zeige die Zuhälter und die Fixer und die Nutten und die Säufer, und sie sind kein bißchen glänzend oder toll oder gefährlich oder auch nur interessant, sie sind nur leer und elend. Wenn man meine Bilder anguckt, dann tun einem diese Menschen vielleicht leid, aber man möchte bestimmt nicht so sein wie sie, sie haben eine ungesunde Haut und eine ungesunde Farbe und starre angespannte Gesichter, bis auf den einen oder anderen männlichen Schwarzen, der noch so etwas wie einen triumphierenden Blick zustande bringt – und für den ja vielleicht, wer weiß das schon, das Leben auf der Straße tatsächlich mehr zu bieten hat als sein gewöhnliches Los. Ich habe früher selbst oft gedacht, daß ich, wenn ich im neunzehnten Jahrhundert als armes Mädchen auf die Welt gekommen wäre, lieber Prostituierte als Fabrikarbeiterin geworden wäre.

Die meisten Leute, die ich fotografiert habe, sehen jedoch aus, als könnten sie sich nur so lange auf den Füßen halten, wie kein starker Wind aufkommt. Klar, es sind bestimmt hartgesottene Typen, die sich von nichts berühren lassen, aber das unterscheidet sie auch nicht von den Geschäftsleuten und Rechtsanwälten, mit denen Brad sich umgibt. Das einzige, was sie haben, sind ihre exzentrischen Klamotten, aber ich habe durch die äußere Hülle hindurch fotografiert, sie bis aufs Mark entblößt. Jedenfalls war das meine Absicht, mein Gedanke bei der ganzen Sache. Sonst hat niemand gesagt, daß er es so sieht.

Farrell rief mich an, um mir zu sagen, die Fotos seien großartig, aber wir könnten erst ans Layout gehen, wenn Sonders' Manuskript eingetroffen sei. Als Sonders seinen Text dann ablieferte und sie ein paar Drinks zusammen nahmen und Farrell meine Fotos lobte und sagte, die Motive seien einfach brillant gewählt, da behauptete dieser verdammte miese Scheißkerl doch tatsächlich, er habe die Auswahl getroffen, weil ich doch noch so ein junges unerfahrenes Ding sei. Es freue ihn sehr, daß er mir ein wenig habe unter die Arme greifen können. Farrell gab Sonders nicht wörtlich wieder, ich mußte das, was er mir erzählte, erst in Sonders' Sprache übersetzen. Mir fehlten vor Empörung die Worte.

Ich sagte nichts. Ich erklärte ihm nicht, daß dieser verdammte Kerl ein Lügner war, daß in diesen Bildern viele Stunden Arbeit steckten, die ich jeden Tag investiert hatte, während Sonders sich irgendwo herumtrieb und soff oder einfach weg vom Fenster war, daß Sonders an vielen der Orte, wo ich fotografiert hatte, überhaupt nie gewesen war und jedenfalls nichts davon zu Gesicht bekommen hatte, ehe die Schatten viel zu lang geworden waren, ehe menschliche Fußstapfen den frisch gefallenen Schnee entzaubert hatten. ARRRRGH!

Er fand Sonders' Stil einfach anbetungswürdig, so lyrisch, so prall von Assoziationen, so subtil! (So versoffen!) «Sonders drängt seine Person und seine Werte niemals auf; er extrahiert die Atmosphäre eines Ortes, saugt sie in sich hinein, um ein erschütterndes Bild der Kehrseite des Großstadtlebens zu zeichnen.» (Welche Werte? Saugt sie in sich hinein, ist allerdings sehr treffend!) «Genau wie Ernest Hemingway ist er ein Meister des unausgesprochen bleibenden Gefühls, der kaum ausgestalteten Handlung, aber der Gegensatz der stilistischen Mittel könnte kaum krasser sein. Sonders ist ein literarischer Impressionist, der, in meisterlicher Beherrschung des Umgangs mit Licht, lebhafte Farbtupfer nebeneinander setzt, um so seine einfühlsamen, atmosphärisch dichten Porträts zu schaffen. Trotz seiner immer wieder unternommenen Reisen in abseitige, verlorene Welten hat dieser Autor nie das Gespür für die intakten zentralen Bereiche des Lebens verloren. Sonders ist es gelungen, mitten in einer riesigen Metropole kaum bekannte Fleckchen zu entdecken, die das friedliche und zufriedene Leben der ganz normalen Menschen zeigen, der überwiegenden Mehrheit all jener, die in den stillen Winkeln dieser Stadt leben, die sie ausmachen, die wahre Metropole ohne Maske: New York.»

Das stand zwar im Vorwort des Herausgebers, aber ich wußte genau, daß dieser Absatz von Farell stammte, weil er, schon als er am Telefon mit mir sprach, die passenden Phrasen geübt hatte, um sie dann William Carney, dem Chefredakteur, hinaufzuschicken. Dem Gesabber über Sonders folgte ein Satz zu den Fotos: «Die Aufnahmen stammen von einer der vielversprechendsten jungen Nachwuchsfotografinnen, die *World* für sich entdeckte, der hübschen Stacey Stevens.» Sie hatten ein briefmarkengroßes Foto von mir zwischen den Vorworttext eingeschoben.

Es ist kein Wunder, daß niemand auf das Bezug nahm, was ich in meinen Bildern zum Ausdruck gebracht zu haben glaubte, da der Text, der sie begleitete, Sonders' «Meisterwerk», wie die Jungs im Dunstkreis von *World* ihn sicher noch nach Jahren bezeichnen werden, das Leben dieser Menschen auf den Straßen romantisierte und idealisierte, sie zu Poeten einer gefallenen Welt verklärte und die Leute, die in den «stillen Winkeln» daheim waren, als eine Art gehobene Spielart derselben Sache hinstellte. Ich muß zugeben, er ist auf eine sentimentale Art gut gemacht, aber mir ist er zuwider, weil er unehrlich ist.

Dabei bestreite ich nicht einmal, daß wir alle auf irgendeine Weise unserer Lebenswelt entfremdet sind – ein Lieblingswort von Sonders. Viele von uns fühlen sich isoliert und abgeschnitten. Aber Sonders romantisiert diesen Verlust, besingt ihn, anstatt ihn als das miese quälende Gefühl darzustellen, das er ist. Bei ihm spielen die Leute ihr «Liebesspiel mit dem erlösenden Tod», als wäre das auch nur im geringsten bewundernswert. Er verdreht das Elend des Alleinseins, des Abgeschottetseins, des Gefühls der totalen Unwichtigkeit in etwas Heroisches.

Er idealisiert sensible junge Männer (es sind immer Männer, Frauen interessieren ihn nicht), die es nicht schaffen, den Weg in ein Leben innerhalb des eng abgesteckten Bereichs kleinbürgerlicher Wohlanständigkeit zu finden. Mein ganzes Leben war ein einziger Kampf darum, einen Weg zu finden, außerhalb dieses Bereichs zu leben, aber ich kämpfe einfach nur, ohne mein Schicksal zu dramatisieren. Im Grunde ist sein Geschreibe die reine Selbstverherrlichung. Genau wie bei den Beats – guter Name übrigens: Ich bin geschlagen, ich schlage mich, ich bin ein Schlager. Männliches Selbstmitleid und männliche Selbstverherrlichung. Auf der anderen Seite ist es natürlich ein alternatives Bild zu der üblichen Verherrlichung des Mannes als des Bezwingers der Wildnis, der Maschine, zu dem Zeug, mit dem ich immer hausieren gegangen bin. Ich fürchte, ich kann diese Typen nicht verurteilen, ohne mich selbst auch zu verurteilen.

Aber warum müssen sie ein falsches Ideal durch ein gleichermaßen verzerrtes ersetzen?

2 WENN ICH DIESES Tagebuch jetzt durchlese, mehr als zwanzig Jahre nachdem ich es geschrieben habe, fange ich ganz allmählich an zu begreifen, wie ich so geworden bin, wie ich jetzt bin, wie ich letztlich zu meinem Leid gekommen bin. Oh, natürlich, ich war wohl immer schon ein bißchen – wie soll ich es nennen? Neurotisch, würde meine Mutter sagen. Ich glaube, sie denkt, das bedeutet *nervös* in dem Sinn, in dem dieses Wort früher gebraucht wurde – empfindsam, zartbesaitet, besonderer Rücksichten bedürftig. Aber für neurotisch hält sie mich nicht, sie glaubt, daß sie es ist, und sieht in mir die Inkarnation der Gesundheit und Robustheit und einer auf nichts und niemanden angewiesenen Härte im Nehmen. Ich glaube, ich würde einfach sagen, daß ich von Anfang an unglücklich war, zutiefst unglücklich, egal wie fröhlich ich mich gab. Aber mit zunehmendem Alter wurde es schlimmer.

Der Vorfall mit Sonders bewirkte, daß ich verhärtete, genau wie viele Frauen heutzutage in ihrem Beruf so verhärten, daß sie schließlich nur noch aussteigen und nach Vermont ziehen und Kräuter anbauen wollen. Es gab im Verlauf der nächsten Jahre noch viele solcher Vorfälle, und mit jedem legte ich mir eine neue Hornschicht zu – eine Fühllosigkeit nicht anderen, sondern mir selbst gegenüber. Bis ich schließlich soweit war, daß ich mein eigenes Herz nicht mehr weinen hören konnte, daß zuerst mein Körper Schwierigkeiten machen und streiken mußte, ehe ich merkte...

Ach, genug davon.

Im März und April 1960 bekam ich verschiedene kleinere Aufträge, einen davon in Detroit, einen Fotoessay über vorzeitig von der High School abgegangene Jugendliche, der mir vermutlich auf Grund meiner fotografischen Herangehensweise an die New Yorker Straßenszene zugefallen war – die sie also offenbar doch wahrgenommen hatten, auch wenn nie ein Wort darüber fiel. Diesmal wollten sie etwas Bewegendes. Ich war vier Tage unterwegs. Im April schickte mich *World* ans äußerste Ende von Long Island, um dort eine idyllische Fotoserie für einen Bericht über Montauk Point zu machen. Und diese Bilder wiederum brachten sie wahrscheinlich auf die Idee, mir etwas Größeres zu geben – einen Monat Skandinavien, eine ausführliche Fotoreportage im Juni.

Die Kinder waren ganz lieb und brav. Pani verwöhnte sie ein bißchen, ließ ihnen in den meisten Dingen ihren Willen trotz meiner ausdrücklichen Anweisungen, was Hausaufgaben und Schlafensgehzeiten anbelangte. Ich konnte es ihr nicht verübeln, sie war eben eine Babuschka, und Großmütter sind normalerweise nicht dafür zuständig, für Disziplin zu sorgen. Als ich aus Detroit zurückkam, mußte ich die beiden erst wieder zurechtrücken und mich ein bißchen von ihnen anbrüllen lassen, damit sie ihre Wut loswerden konnten, weil ich sie allein gelassen hatte. Das war schon in Ordnung so. Und nach Montauk nahm ich sie mit. Wir fuhren in den Osterferien und wohnten während der vier Tage, die ich dort fotografierte, in einem Motel. Das war gar nicht so leicht, weil ich immer ein Auge auf sie werfen und gleichzeitig fotografieren mußte. Am Ende war ich mit den Nerven ganz schön herunter, und ich beschloß, den Versuch nicht zu wiederholen. Die Zeiten waren vorbei, da ich Mutterschaft und Fotografieren noch hatte kombinieren können.

Aber die Skandinavienreise war eine andere Sache, und der Zwiespalt machte mich ganz krank. Zunächst einmal konnte ich meinen Erfolg überhaupt nicht genießen. Ich weiß, es mag sehr selbstsüchtig klingen, sich darüber zu beschweren, aber ich empfand es wirklich als schlimm, in dieser Zeit, als für mich alles so prächtig voranging, keine Luftsprünge machen, nicht vor Freude um den Maibaum tanzen und keine Jubelfähnchen hissen zu dürfen. Wenn ich meine Freude zeigte, würden die Kinder sie als Freude darüber verstehen, von ihnen wegzukommen. Sie hatten sich daran gewöhnt, daß ich ab und zu vier oder fünf Tage verschwand, aber ein Monat erschien ihnen eine endlose Zeit. Und mir, um die Wahrheit zu sagen, auch. Ich war deshalb gleichzeitig sauer, weil ich mich nicht ganz normal über meinen Erfolg freuen konnte, und voller Schuldgefühle, weil ich das Gefühl hatte, daß ein Monat so weit weg von ihnen zu lang war und daß ich es nicht machen sollte, ich es aber trotzdem wollte.

Da stand ich nun also vor der Entscheidung: Was hatte Vorrang? Ich verhielt mich, wie ich mich seither so oft verhalten habe und wie sich, so nehme ich an, Männer ständig verhalten. Ich faßte es nicht in Worte, ich fühlte es nur: daß die Kinder auch später immer noch da sein würden, der Job aber nicht mehr. Ich nahm, indem ich so dachte, die Kinder nicht nur als selbstverständlich hin – was ohnehin schon eine euphemistische Umschreibung für eine solche Haltung ist –, sondern nahm sie einfach nur als biologisches Faktum, als etwas, das keinerlei gedankliche Aufmerksamkeit und emotionale Zuwendung erforderte. Als besäße man Pflanzen und würde jemanden dafür bezahlen, sie einmal die Woche zu gießen. Selbst Pflanzen gedeihen unter solchen Umständen nicht. Aber auf der anderen Seite hätte ich es den Kindern bitter nachgetragen, wenn ich den Auftrag abgelehnt hätte. Es gab keine Lösung, außer sie mitzunehmen, was nicht ging. Im Juni waren ihre Schuljahresabschlußprüfungen; dank unseres neuen Wohlstands ging Arden jetzt zum Ballettunterricht, und ihre Klasse hatte eine Vorführung; Billy sollte in der Theateraufführung seiner Klasse einen Backenzahn spielen, und die Schule veranstaltete einen besonderen Elternabend, an dem die Arbeitsergebnisse gemeinschaftskundlicher Projekte in der Eingangshalle ausgestellt werden sollten. Und von alldem abgesehen, würde *World* ihnen die Reise nicht bezahlen, sie wußten ja noch nicht einmal, daß ich Kinder hatte.

Aber am allerschlimmsten war, daß Brads neue Frau schwanger war und das Kind im Juli zur Welt kommen sollte.

Ich hatte komischerweise diese ganze Zeit völlig vergessen, bis ich die Einträge in meinem Tagebuch wieder las. Daraus geht deutlich hervor, daß ich Ende April 1960 schon wußte, daß ich nach Skandinavien reisen würde, aber noch nicht den Mut gefunden hatte, es den Kindern zu sagen. Brad fand überhaupt nie den Mut – oder machte sich nie die Mühe –, den Kindern von der Schwangerschaft seiner Frau zu erzählen. Sie hatten es schließlich dem entnommen, was sie sahen, und Fern gefragt, wann das Baby zur Welt kommen würde. Da Brad das Thema nie angesprochen hatte, konnten sie mit ihm nicht darüber reden, und mit Fern taten sie es nicht gern. Ich denke mir, daß sie mißmutig und verstockt waren, wenn sie sich mit Brad trafen, er es aber entweder nicht merkte oder es ihn nicht kümmerte. Zumindest *hoffe* ich, daß sie Brad gegenüber mißmutig und verstockt waren, denn mir gegenüber waren sie es.

Ich bemühte mich, genauso mit ihnen zu reden, wie es die Ratgeberspalten in Zeitungen und Illustrierten immer empfehlen – vernünftig und liebevoll. Aus meinem Tagebuch vom 18. April:

Bei einem Eis in der Küche erzählte ich ihnen so fromme pädagogische Dinge wie: «Als Billy zur Welt kam, hatte ich Arden deshalb nicht weniger lieb, Billy kam einfach nur zu den Menschen, die ich liebhatte, dazu. Und auf der anderen Seite», führte ich sorgsam aus, «habe ich Billy auch nicht weniger lieb, weil ich Arden liebhabe. Ich habe jetzt eben zwei Menschen, die ich liebhabe.» Sie beobachteten mich über ihre Löffel hinweg. «Und für Daddy wird es genauso sein. Wenn das neue Baby da ist, werdet ihr ihm deshalb noch genauso wichtig sein wie jetzt, und es wird lediglich noch jemand da sein, den er ebenfalls liebhat.»

Oh, diese Augen, mit denen sie mich ansahen! Ich fühlte eine solche Pein, als ob mein Herz zwischen großen Felsbrokken zerquetscht würde. Weil man nie weiß, was im Kopf eines Kindes vor sich geht, nicht einmal, wenn es schon so groß ist wie diese beiden. In ihre Augen zu sehen, erinnerte mich daran, wie ich mich, als sie noch Babys gewesen waren, bemüht hatte, ihre Gefühle zu deuten, indem ich versuchte, in ihren Augen zu lesen. Sie hatten damals nichts gesagt, und sie sagten auch jetzt nichts.

Ich nahm noch einen Anlauf. «Daddy war wahrscheinlich zu verlegen, um euch das mit dem Baby zu sagen...»

«Ja, er hatte wohl Angst, wir fragen ihn, wo die kleinen Kinder herkommen», unterbrach mich Arden in einem für eine Elfjährige erschreckend zynischen Ton. Ich erwartete beinahe, daß sie die Beine übereinanderschlagen und sich eine Zigarette anzünden würde. Ich war einen Moment entgeistert, brachte dann aber mein Gesicht wieder unter Kontrolle und fuhr fort:

«Vielleicht. Wahrscheinlich ist es ihm aber überhaupt peinlich. Wißt ihr, er hat sich ja von uns getrennt und hat jetzt eine andere Frau, und deswegen hat er vielleicht ein bißchen ein schlechtes Gewissen...»

Die Löffel ruhten in den Schüsseln. Beide schauten mich gespannt an.

«Aber in gewisser Weise ist das alles nicht seine Schuld, ich meine, wir haben uns beide auseinandergelebt, Daddy und ich, wir hatten schon lange, ehe er anfing, sich mit Fern zu treffen, aufgehört, uns liebzuhaben...»

«Siehst du, dann *kann* man also doch aufhören, jemanden liebzuhaben, den man liebgehabt hat», schloß Arden, nun wieder ganz Kind, mit typisch kindlichem, gekränktem Nachdruck.

«Ja, Erwachsene schon. Aber nicht die eigenen Kinder. Man hört nie auf, die eigenen Kinder zu lieben. Genausowenig, wie man je aufhört, die eigenen Eltern zu lieben.»

«Egal, wie böse sie sind? Egal, wie sie einen behandeln?»

Mir wurde ganz flau. Kam jetzt ein Angriff, weil ich sie allein ließ?

«Nun ja, wißt ihr, manche Eltern sind wirklich schlimm zu ihren Kindern – sie schlagen sie und bestrafen sie wegen Kleinigkeiten, und manche sind sehr streng...»

«So wie du, wenn du unbedingt willst, daß wir um neun ins Bett gehen», schoß Billy dazwischen.

«Nein, anders. Ihr wißt gar nicht, was streng sein heißt!» Warum konnte ich bloß nie etwas geradeaus zu Ende führen, wenn ich mit diesen Kindern redete?

«Klar», gab Billy zu, wobei er in seinem schmelzenden Eis herumrührte, «so wie Mr. McFee, der verhaut immer alle mit seinem Gürtel. Sogar das Baby.»

«Woher weißt du das?»

Er meinte achselzuckend: «Das weiß doch jeder. Er haut einfach immer auf alle los, und sie haben eine Mordsangst vor ihm.»

Arden schaltete sich nachdrücklich ein. «Das stimmt, Mom. Alle Kinder wissen es. Man hört sie manchmal schreien.»

Sie belauerten mich gespannt. Ich merkte, diese Angelegenheit war eine moralische Zwickmühle für sie. Und ohne nachzudenken, platzte ich einfach heraus: «Wie entsetzlich!» Sie wechselten einen raschen Blick; irgendein Knoten hatte sich gelöst.

Während ich diese Passage lese, forsche ich hinter den Worten, wo ich etwas falsch gemacht habe, wie alles gekommen ist. Habe ich meinen Kindern gesagt, daß sie ihren Eltern nicht zu gehorchen brauchten? Fest steht jedenfalls, daß Arden es irgendwann für unnötig befand, mir zu gehorchen. Habe ich meine Autorität selbst untergraben? Aber was sollte ich denn sagen? Irgend etwas daherlügen, von Eltern, die eben strenger sind als andere? Blödsinn!

Und außerdem wird mir beim Lesen dieser Tagebucheinträge über die Episode mit Sonders und die Gespräche und Auseinandersetzungen mit den Kindern klar, daß ich mich selbst ganz allmählich dahin trainiert habe, meine Gefühle nicht zu zeigen, und wie ich mir damit gleichzeitig – weil zurückgehaltene Gefühle etwas sehr Schmerzliches sind – abgewöhnt habe, diese überhaupt wahrzunehmen...

Denn ich weiß, ich weiß genau, daß das Schlimmste an meinem jetzigen Leben nicht mein Verhältnis zu meinen Kindern ist, nicht das, was aus ihnen geworden ist, noch nicht einmal meine Einsamkeit (Ach, du gibst zu, daß du einsam bist, Anastasia?), vielleicht spiegelt sich darin nur das, was tatsächlich das Schlimmste ist – das schwere Herz, das ich mit mir herumschleppe.

«Trotzdem», fuhr ich fort, «kenne ich Leute, deren Eltern wirklich schlimm zu ihnen waren und die sich gar nicht mit ihnen vertrugen und sie, als sie erwachsen waren, auch nicht mehr sehen wollten, aber sie lieben sie immer noch, das ist schon fast tragisch, doch es ist einfach so, die Liebe ist eben da...» Ich bremste mich, das gefährliche Terrain, auf das ich da geriet, behagte mir gar nicht. Ich versuchte, wieder auf meinen Weg zurückzufinden. «Und ich kenne keinen Vater und keine Mutter, die jemals aufgehört hätten, ihr Kind liebzuhaben...»

«Und wenn sie ihr Kind überhaupt nie liebgehabt haben?» fragte Billy mit einem schwachen Stimmchen. Arden sah ihn zärtlich an und wandte sich dann mit wütendem Funkeln mir zu.

«Ich mag jetzt nicht mehr darüber reden! Und ich weiß nicht, warum *du* es unbedingt willst! Macht es dir Spaß, ihn so zu quälen?» Sie stand auf, vergaß ihr Eis, das inzwischen sowieso zum größten Teil geschmolzen war, rauschte in ihr Zimmer und knallte die Tür zu.

«Glaubst du, daß Daddy dich nicht liebhat?»

Billy machte eine Kopfbewegung. Ich konnte nicht erkennen, ob es ja, nein oder vielleicht heißen sollte.

Ich nahm seine Hand. Sie war klebrig und klein und weich. «Daddy hat dich lieb», flüsterte ich. «Ich weiß es. Er weiß nur nicht, wie er es dir zeigen soll, das ist alles.»

«Arden gibt er immer Küsse.»

«Das tut er, weil sie ein Mädchen ist, dir gibt er keine Küsse, weil du ein Junge bist und...» Ich hielt inne. *Darauf* konnte ich mich jetzt wirklich nicht einlassen. Aber ich mußte meinen Satz zu Ende bringen. «Viele Männer denken, daß man Jungen nicht in den Arm nehmen und küssen darf. Das ist zwar dumm, aber...»

Er sah zu mir auf, mit diesen Augen, die meinen so ähnlich sind, nur blauer, grünblau statt grünbraun. «Warum, Mommy?»

O Gott, da tat ich es eben. Ich begann einen Vortrag vom Stapel zu lassen. Ich erzählte ihm davon, wie Orson Sonders mich behandelt hatte, weil er nun einmal dachte, Frauen müßten hochhackige Schuhe und Make-up tragen, und wie Daddys Eltern nicht gewollt hatten, daß er Musiker wurde, weil sie dachten, Männer müßten einen Haufen Geld verdienen und eine ganz bestimmte Art von Leben führen, und wie viele Leute eben überhaupt vorgefaßte Ansichten darüber haben, wie Jungen und Mädchen zu sein haben; ich kam vom einen aufs andere und geriet immer weiter in Gefilde hinein, die ich hätte meiden sollen. Aber wenn ich schon nicht wußte, wann es Zeit war aufzuhören – er wußte es. Er hörte sich soviel an, wie er verkraften konnte, ließ dann müde die Augenlider herabsinken und fragte mich, ob wir zum Karussell in Baldwin gehen könnten. Ich versprach es ihm erleichtert.

Ich fuhr nach Skandinavien. Ich war ein bißchen enttäuscht, daß meine erste Europareise nicht nach Paris, Rom, London oder Florenz führte, aber Skandinavien war ein guter Einstieg, was das Alleinreisen anbelangte – auch damals schon sprachen dort viele Leute Englisch, und da es Sommer war und bis Mitternacht hell, waren die Menschen alle gut gelaunt. Ich brachte einige Zeit in den Hauptstädten zu, fuhr aber auch in die Provinz, die norwegische Fjordküste hinauf und bis nach Tromsø, ganz an der Nordspitze des Landes, nach Jütland in Dänemark und durch Südschweden – von Malmö, wo ich nach einer kurzen Überfahrt von Dänemark aus landete, in die Universitätsstadt Göteborg. Überall lernte ich Leute kennen; ein Mann lud mich ein, nachts im Flugzeug mit in Richtung Nordpol zu fliegen, damit ich das Nordlicht sehen konnte; eine Gruppe Journalisten nahm mich zum Baden auf kleine Inseln mit, wie sie überall vor den Küsten dieser Länder liegen. Ich ging kurz ins Wasser und legte mich dann auf einem Felsen in die Sonne. Ich spazierte durch das alte Schloß von Helsingør und fragte mich, ob Shakespeare hier wohl jemals wirklich gewesen war. Ich wurde in die Oper, ins Theater, ins Ballett, zum Essen eingeladen, und einmal speiste ich sogar im Operakallern, einem der berühmtesten Restaurants der Welt, auf die Rechnung irgendeines Herrn. Ich reiste per Zug, Flugzeug und Schiff und sogar per Pferdewagen.

Ich machte herrliche Aufnahmen. Vom Deck eines die Fjordküste entlangkreuzenden Schiffes schoß ich Panoramafotos mit meinem neuen Teleobjektiv. Das Wasser – opak, silbrig, still – ging nahtlos in den Himmel über, der genau die gleiche Farbe hatte und genauso undurchdringlich war. Ringsherum erhoben sich gewaltige kahle Felsenberge, Stille, die zu Stille sprach. Ich amüsierte mich, ich spielte mit meiner Kamera – knipste die Spiegelung der Berge im Wasser statt der Berge selbst. Ab und zu kamen wir an einem Dorf vorbei, das sich in die Beuge eines Bergarmes schmiegte, mit Häusern aus etwas, das aussah wie vergilbter alter Stuck, sämtlich mit orangefarbenen Dächern; Pflasterstraßen und Masten von Segelbooten, die von dem stillen Fjordwasser, das leise gegen den Pier schwappte, sanft geschaukelt wurden. Der Anblick dieser Boote rührte mich, sie waren schön, aber auch lebensnotwendig, die Menschen konnten jederzeit aus ihren Fenstern schauen und sich vergewissern, daß ihre Versorgungsader noch existierte.

Ich fotografierte Tromsø, einen Vorposten der Zivilisation, mit windstrapazierten Holzhäusern und hölzernen Stegen davor, die es einem ersparen sollten, durch den Schlamm zu waten, der das Hauptmerkmal des Sommers war. (Als ich Jahre später in Sibirien war, wo die Leute das gleiche Problem – Dauerfrost – hatten, aber keine Holzstege, mußte ich an Tromsø denken. Während ich auf der vergeblichen Suche nach Orangen- oder Tomatensaft – irgend etwas Zitrushaltigem, da ich nirgends frisches Obst finden konnte – durch den Schlamm von Irkutsk stapfte, überlegte ich mir, daß die Norweger doch bestimmt nicht schlauer als die Russen waren und es hier doch überall haufenweise Bäume gab. Warum hatten sie dann aber hier keine hölzernen Stege? Ich gelangte zu dem Schluß, daß die Russen ihre ganzen Ressourcen in die Rüstung steckten, um mit uns Schritt zu halten. Aber das war, wie gesagt, später.)

In Tromsø zogen die Leute es selbst im Juni die meiste Zeit vor, sich in geschlossenen Räumen aufzuhalten. Es wehte noch immer ein scharfer Wind, und der Sonne fehlte es an Wärme. In den Cafés brannte stets ein Feuer im Kamin, das einen würzigen Geruch verbreitete, und die Leute stiegen lärmend und lachend die hölzernen Treppen hinauf und ließen sich auf hölzernen Sitzbänken an den Wänden nieder, an langen hölzernen Tischen mit blaukarierten Tischtüchern, und riefen nach Bier. Die Gespräche waren laut und lebhaft, politisch und verständig. Alle Leute schienen sich Sorgen über die allgemeine Weltlage zu machen. Für mich war das ungewohnt, bei uns zu Hause unterhielt man sich nicht über Politik oder Moral.

Ich machte eine ganze Menge Fotos von Volksfesten – Menschen in traditionellen Kostümen, Volkstänzen, blumengeschmückten Pferdewagen – und Stadtlandschaften, obgleich diese großen Städte meines Erachtens für den Winter gebaut waren, vor allem Stockholm, das so massiv grau und steinern wirkt und wo die Häuser zum grauen kalten Fluß hin eine düstere undurchdringliche Front bilden. Ich wählte Schwarzweiß für die Städte, die kopfsteingepflasterten Straßen und die kleinen Bauernhäuser, die ich hie und da völlig von der Welt abgeschnitten auf einer Insel, umgeben von grauen Bergen, fand. Ich fotografierte Menschen – herrliche Gesichter, vor allem die der Alten, Charakterköpfe, wie man sie in Amerika nicht mehr findet. Amerikanische Gesichter sind die Gesichter von gealterten Kindern.

Ich fand überall Freunde, zum Teil natürlich Journalisten und

Fotografen, vorbereitete «Anlaufstellen», aber auch Professoren und Verleger, Ärzte, Anwälte, Funkleute, Freunde meiner «Kontaktadressen». Und viele Studenten, in deren Gesellschaft ich mich am wohlsten fühlte – ich empfand sie als mir altersmäßig am nächsten, obgleich das eigentlich nicht stimmte. Ich erlebte hochoffizielle Essen mit Regierungsmitgliedern, die damit endeten, daß die Leute auf allen vieren herumkrochen, weil sie Scharaden aufführten und Bären spielten; und ich erlebte stille Abende in schlicht möblierten Bauernhäusern, beim Schein einer Kerosinlampe und Aquavit. Die Stille draußen auf dem Land war verblüffend – keine Bäume, in denen sich der Wind hätte fangen können, nur das nackte Haus mit seinen Scheunen und Nebengebäuden, weil dort oben im Norden im Grunde nichts wächst, noch nicht einmal im Juni. Der Wind, das ruhige Wasser, das Atmen von Menschen: das war alles. Ein Knacken irgendwo im Haus hallte wie ein Donnerschlag. Ich lag dann in mein dickes weiches Federbett gekuschelt wie in ein Nest und dachte, daß ich mich an diese Stille gewöhnen könnte, darin vielleicht mich selbst wieder hören würde. Zu Hause schaltete ich immer das Radio an, sobald ich zur Tür herein war.

Aber die Gesichter, die ich in diesen Gegenden sah, mit den tief eingegrabenen charaktervollen Zügen, waren keine Empfehlung für das Leben in der Stille. Vielleicht ist das, was man hört, wenn man sich selbst hören kann, nicht nur erheiternd. Und ich wollte doch so gern heiter und fröhlich sein.

Viele Nächte zog ich mit Freunden bis Tagesanbruch durch die Kneipen. Wir marschierten von Lokal zu Lokal unter den baumgesäumten Straßen der Städte entlang, sangen und machten Witze. Es war so hell wie am frühen Morgen. Wir unterhielten uns ganz unpersönlich, aber ab und zu bekannte dann plötzlich jemand völlig unvermittelt intimste Dinge. Ich bekam Beichten zu hören über eheliche Untreue, Bisexualität, Homosexualität, Impotenz, Inzest… Aber so großes Leiden damit oft einherging, waren dies doch nicht die schmerzlichsten Bekenntnisse. Nein, die schlimmsten Geständnisse, die mir – während der Betreffende mich meist entweder ansah, als könne er in meinem Gesicht sein weiteres Lebensschicksal lesen, oder mich überhaupt nicht ansah – über einen Tisch zugeflüstert wurden, jene Offenbarungen, die jähen Momenten der Einsicht zu entspringen schienen und bei denen Gesicht und Fingerknöchel weiß und die Stimme brüchig wurden, sie lauteten: «Ich hasse meinen Vater!» Oder: «Mein Vater haßt mich.» Hierauf folgten oft Tränen, hilflose untröstliche Verzweiflung. Oder manchmal auch eine wütende Anklagerede gegen Papa.

Damals lernte ich fast nur Männer kennen. Es gab noch kaum Frauen, die mit Journalismus zu tun hatten, die allermeisten waren Hausfrauen und Mütter oder hatten so untergeordnete Jobs, daß ein engerer Kontakt zwischen ihnen und mir, der geachteten Besucherin in professioneller Mission, gar nicht in Frage zu kommen schien, weder für sie noch für mich. Ja, so war ich.

Ich traf auch ein paar Männer, die ihre Mütter haßten oder meinten, daß ihre Mütter sie haßten, aber diese Erkenntnis warf sie nicht um. Wenn Männer ihre Mütter hassen, so können sie durchaus das Gefühl haben, dies sei ganz legitim. Die eigene Mutter zu hassen ist offenbar akzeptabel, den eigenen Vater zu hassen nicht. Der Vaterhaß brach plötzlich aus ihnen heraus wie etwas lange Aufgestautes, etwas, das man lieber auch vor sich selbst verbirgt. Daß sie ihre Väter haßten oder sich von ihren Vätern gehaßt fühlten, war eine verheerende Erkenntnis, die ihnen vielleicht wirklich in eben jener Nacht zum erstenmal gekommen war.

Erst Jahre später, als ich allmählich mehr Frauen kannte, hörte ich ähnliche Äußerungen auch aus ihrem Munde, nur daß es in diesem Fall der *Mutterhaß* war, der die Betroffenen quälte. Außerdem erzählen Frauen ihre Geschichte anders – mit hängendem Gesicht und trauriger Stimme oder mit ausdrucksloser Miene und spröder, brüchiger Stimme. Vor allem scheinen sie von solchen Erkenntnissen nie überrascht zu werden. Sie rezitieren ihr Unglück in schlichten Worten, wie meine Mutter, wenn sie zu sagen pflegte: «Mein Vater starb, als ich neun Jahre alt war», so als erzählten sie altbekannte Geschichten. Manche witzeln auch darüber. Frauen gestehen ihr Leid nicht spät in der Nacht in betrunkenem Zustand, weil eine plötzliche Erkenntnis sie übermannt hat. Sie kommen beiläufig darauf zu sprechen, am Strand, während sie gemütlich auf einem korbgeflochtenen Sofa auf einer sommerlichen Veranda sitzen und hinaus aufs Wasser schauen, oder inmitten der plüschenen Gediegenheit einer Hotelhalle, in einem geblümten Sessel, beim leisen Klimpern von Teetassen und Klaviermusik, die aus der Cocktailbar herüberdringt, den Luxus um sich herum vergessend, überhaupt allem um sich herum entrückt, eingehüllt von Erinnerungen, die ihnen vertraut sind, einem bitteren Wissen, mit dem sie schon immer gelebt haben.

Manchmal endete eine solche feuchtfröhliche Nacht damit, daß ich jemanden mit ins Bett nahm. Gewöhnlich erzeugte der Alkohol ein Maximum an Begierde, gepaart mit einem Minimum an Fähigkeit, diese umzusetzen. Aber es gab durchaus auch eine Reihe schöner Betterlebnisse nach ausgedehnten Essen in knisternder Atmosphäre, mit Männern mit leuchtenden Gesichtern, leuchtenden Augen und dem, was mir als unbezwingbare Leidenschaftlichkeit erschien. Ich genoß es, mit Männern zu schlafen, die mich schwärmerisch anbeteten, die außer sich gerieten, ekstatisch wurden. Ich genoß es, obgleich ich kaum je einen Orgasmus hatte. Das war mir egal: Ich schwelgte in ihrer körperlichen Nähe, fühlte mich mit mir selbst in Einklang, liebte das wogende, flüchtige Gefühl, die Losgelöstheit und Beschwingtheit. Ich wollte die unerschrockene, weltgewandte, dynamische, sexuell attraktive, brillante Fotografin sein, immer obenauf, verständnisvoll und mitfühlend, aber dabei locker und lebenslustig, immer Herrin der Lage: Stacey Stevens, die Rosalind Russell des wirklichen Lebens.

Selbst unangenehme Zwischenfälle – und auf Reisen ereilen einen ständig unangenehme Zwischenfälle – lassen sich in Abenteuer verwandeln. Man verpaßt das Flugzeug – das heißt, man muß entweder eines chartern, oder aber man becirct jemanden, der eines besitzt, und läßt sich von ihm direkt zum gewünschten Zielort fliegen. Wird auf einem Flughafen der Flugbetrieb wegen schlechten Wetters eingestellt – was in Skandinavien oft genug passiert –, kann sich daraus die spanndende Herausforderung ergeben, unter all den Gesichtern nach einem Gefährten Ausschau zu halten, der einem ein gutes Essen offeriert und vielleicht auch noch ein Bett für die Nacht. Nach Autopannen mitten in der Wildnis trampt man mit bis dahin Unbekannten, unterhält sich und erfährt neue Dinge, oder man marschiert gemeinsam kilometerweit durch öde Landstriche. Schließlich stößt man auf einen Bauernhof, klopft an eine fremde Tür, sitzt an einem fremden Tisch und schläft in einem fremden Bett. In solchen Situationen traf ich auf Menschen, die mir unter normalen Umständen nie begegnet wären – ein Paar aus Frankreich, Rucksacktouristen mit dürftigen Englischkenntnissen, die sich mit mir ein Charterflugzeug teilten, sich die Festzeremonie auf dem Schloßgelände ansahen und mich anschließend zum Essen einluden; japanische Geschäftsleute (natürlich sämtlich mit Fotoapparaten über der Schulter und fasziniert von meiner Kameraausrüstung), mit denen ich mich einen Abend lang auf dem Flughafen von Göteborg unterhielt und die mir später ein phantastisches japanisches Teleobjektiv schickten; Menschen aller Art und Altersstufen, mit denen mich zunächst nichts weiter verband als ein gemeinsames Problem. Nicht zuletzt konnte natürlich alles, was mir widerfuhr, eine gute Gelegenheit zum Fotografieren sein, die Chance, ein ganz besonderes Bild zu machen...

Meine Rückkehr war ernüchternd. Ich flog an einem Freitag gegen Mittag in Stockholm ab, fuhr gleich vom Flughafen ins Entwicklungslabor und kam erst nach sechs zu Hause an. Pani sah mich aus dem Taxi steigen und empfing mich an der Tür, die Hände wieder einmal in Gebetshaltung. Ach, es tue ihr ja so leid, sagte sie, sie habe den Kindern Bescheid gesagt, daß ich käme, aber sie hätten etwas vorgehabt und jetzt sei keiner da. Aber sie müßten bald kommen, nein, wie tue ihr das leid, wo sie bestimmt schon so auf mich warteten. Bei ihr habe es leider nicht immer ganz geklappt, daß sie folgten... Es hatte also offensichtlich Probleme gegeben. Sie entschuldigte sich für den Zustand des Hauses – ihre Beine seien so geschwollen von ihrem Rheumatismus (ihr Sammelbegriff für all ihre Beschwerden und Gebrechen) –, sie sei leider nicht in der Lage gewesen, Ordnung zu machen. Sie hob ihren Rock an, um mir ihre blaugeäderten aufgequollenen Beine zu zeigen. Müde, wie ich war, mußte ich in mitleidige Ausrufe ausbrechen und darauf bestehen, daß sie sich hinlegte und ich ihr etwas zu essen hinunterbringen würde. Ach nein, protestierte sie, nein, nein, ich sei doch müde, sie komme schon zurecht, sie habe schon zu Abend gegessen. Sie wolle sich wieder in ihren wunderbaren verstellbaren Fernsehsessel setzen und weitergucken, ich bräuchte mir ihretwegen keine Sorgen zu machen. Das erleichterte mich sehr, ich hatte nicht die mindeste Lust, mir ihretwegen Sorgen zu machen. Ich hatte auch so schon Sorgen genug.

Die Wohnung war ein einziger Saustall – überall lag irgendwelcher Krempel verstreut. Wie unter Schock schritt ich durch das Chaos. Mein Gesicht muß dabei ausgesehen haben wie die Gesichter von Menschen, die man manchmal auf Fotos sieht, wenn sie gerade in ihre Häuser zurückkehren, nachdem der Feind ihr Dorf bombardiert hat. Nur die Küche war vergleichsweise ordentlich, was vermutlich dem Umstand zu verdanken war, daß Pani hier noch gewirkt hatte. In Ardens Zimmer war der Fußboden nicht mehr zu sehen, nur ein Meer von verstreuten Kleidern, Büchern und Spielsachen (auch wenn man dieses Wort bei einer Beinahe-Zwölfjährigen nicht mehr benutzen darf). Bei Billy sah es nicht ganz so schlimm aus, aber auf seinem Schreibtisch und auf seinem Nachttisch stand schmutziges Geschirr, und auf dem Boden kullerten leere Getränkedosen herum.

Ich ging in mein Zimmer. Es war verstaubt, aber ordentlich. Es sah aus, als hätte keines der Kinder während meiner Abwesenheit einen Fuß hineingesetzt – wären da nicht eine Kuhle in der Mitte meines Betts und ein leicht verknautschtes Kissen gewesen. Jemand hatte dort gelegen. Ich spürte einen Kloß in der Kehle. Ich konnte nicht mehr schlucken.

Billy kam um halb sieben nach Hause. Er lächelte, als er mich sah, und umarmte mich, aber er sah blaß und schlecht aus. Ich fragte ihn, wie die Abschlußarbeiten gelaufen waren, ob er schon etwas über seine Noten wüßte, ob er ein toller Zahn gewesen sei, ob sie ihn gelobt hätten, ob er Daddy gesehen hätte, ob das Baby da sei, ob er versucht hätte, in die Little League aufgenommen zu werden? Er antwortete mir, ohne die Zähne auseinanderzubringen – ganz gut, nö, wohl schon, keiner hätte was gesagt, nö, keine Ahnung, ja. Na prima, sagte ich: Und hast du es geschafft? Er wußte es nicht.

Da ich den emotionalen Kraftakt auf mich genommen hatte, Brad zu bitten, sich während meiner Abwesenheit etwas mehr als sonst um sie zu kümmern, verstörte mich Billys diesbezügliche Auskunft. «Du hast ihn nicht gesehen? Warum denn nicht?» Billy zuckte nur mit den Schultern. Er stand schlaff und kraftlos da, und als ich nichts sagte, weil mir die Erschütterung die Sprache verschlug, ging er. Ich sank auf einen Stuhl in der Küche. Ich versuchte mühsam, mich davon abzuhalten, mir einen Drink einzugießen. Da kam Arden hereinstolziert, kühl und reserviert. Sie sagte hallo, als hätten wir uns am Morgen zum letztenmal gesehen und Streit gehabt. Ich versuchte es mit meinen Fragen bei ihr. Sie ließ sich gar nicht erst herab, überhaupt zu antworten. Sie funkelte mich wütend an und machte Anstalten, wieder zu gehen.

«Arden, ich rede mit dir!»

Sie blieb in der Tür stehen und sah mich über die Schulter an. «Na und? Ich habe keine Lust, mit dir zu reden. Du fährst einfach einen ganzen Monat weg und kommst nicht einmal zu meiner Ballettvorführung und hilfst mir nicht, für die Mathearbeit zu lernen und läßt uns hier ganz allein mit einer alten Frau, die für Geld auf uns aufpassen soll, und jetzt willst du mit mir reden. Kein Interesse.»

«Ich mußte doch weg! Mir ist es doch auch schwergefallen! Ich habe euch doch angerufen! Es kostet eine Menge Geld, aus Übersee anzurufen, aber habe ich mein Versprechen vielleicht nicht gehalten? Ich habe am Tag vor der Ballettaufführung mit dir telefoniert und vor der Mathearbeit auch! Ich habe Billy angerufen und ihm Tips für sein Gemeinschaftskundeprojekt gegeben, oder etwa nicht?» Ich war den Tränen nahe.

Sie antwortete nicht. Sie verschwand einfach. Ich goß mir meinen Drink ein. Es wurde immer später, aber ich blieb einfach sitzen. Ich war nicht in der Lage, irgendeinen Gedanken zu fassen. So gegen acht kamen beide in die Küche geschlendert. Arden öffnete die Kühlschranktür und kramte zwischen den Plastikdosen mit Resten herum. In einem Fach lagen eine Packung Hamburger – Pani war so umsichtig gewesen, etwas einzukaufen – und noch irgend etwas, was schnell ging. Aber ich konnte mich nicht aufraffen, ans Kochen zu denken. Billy schob sich zu Arden hinüber und lugte über ihre Schulter. Sie aß – es sah nach einem Rest Kartoffelbrei aus – mit dem Finger aus der Plastikdose.

«Gibt es heute kein Essen?» fragte er mich.

Ich brach in Tränen aus. «Ich kann nicht kochen, wenn ihr nicht mit mir redet!»

Beide Kinder erstarrten. Sie staunten mich an. Ich schluchzte in die vorgehaltenen Hände. Billys Hand berührte meine Schulter, glitt dann langsam um meinen Nacken. Arden stellte den Kartoffelbrei in den Kühlschrank zurück (ohne die Dose wieder zuzumachen) und kam zu mir und nahm meine Hand.

«Wir reden wieder mit dir, Mom», sagte sie. Billys Gesicht lag feucht an meinem.

«Nicht weinen», flüsterte er.

«Kann mir dann bitte jemand erklären, was hier eigentlich vor sich geht?» schniefte ich. «Ich weiß, daß ihr sauer auf mich seid! Aber ich habe euch lieb, und ich brauche meine Arbeit einfach. Ich muß auch ein Eigenleben haben, ich kann nicht anders! Können wir bitte wieder Frieden schließen?»

Wir machten zusammen Abendessen – Cheeseburger mit Brötchen, Dosenmais in Sahnesauce und einen Salat, bestehend aus Eisbergsalat, einer kernigen Tomate und Salatsauce aus der Flasche. Dazu tranken wir alle Cola. (Ich hörte förmlich die Stimme meiner Mutter: «Findest du das die richtige Ernährung für deine Kinder, Anastasia? Kohlenhydrate, Fett, Zucker? Ist dir klar, daß in Amerika sogar noch in der Salatsauce Zucker ist, wenn du sie fertig kaufst?» «Klappe!» brüllte ich innerlich. «Ich kann nun mal nicht mehr tun, als ich kann! Ich weiß, du hättest es sicher irgendwie fertiggebracht, ihnen etwas Richtiges zu kochen, aber dafür hättest du bestimmt nicht mit ihnen geredet! Gib es zu!»)

Die Kinder rückten immer noch nicht recht mit der Sprache heraus. Im Laufe der Zeit begriff ich, daß sie bestimmte Themen lieber meiden wollten. Vor allem wollten sie nicht darüber reden, was mit ihrem Vater gewesen war, und wir sprachen auch später nicht darüber. Außerdem wollten sie mir und vor allem wohl sich selbst nicht eingestehen, wie sehr sie mich brauchten, auch wenn sie sich dessen gar nicht immer bewußt waren. Es war wichtig, daß ich da war, um ihnen einen Gutenachtkuß zu geben, ihnen zu sagen, daß sie ganz wunderbare Kinder waren, mir die tägliche Litanei ihrer Kümmernisse anzuhören.

Ich dachte damals, sie, ich, wir alle sollten keinen Kummer haben. Ging es uns nicht gut? Hatten wir es nicht soviel leichter und angenehmer als unsere Eltern, ich meine, meine Eltern? Welches Recht hatten wir schon, wegen unserer kleinen Wehwehchen unglücklich zu sein? Nur weil sie noch Kinder waren, gestand ich ihnen Kümmernisse zu. Ich strich ihnen über die Stirn, beruhigte sie, morgen früh würde alles schon viel besser aussehen. (Sie können jetzt sicher verstehen, warum Brad mich Schwester Lustig nannte – aber es stimmt, am Morgen sieht *wirklich* alles viel besser aus.) Mir selbst versagte ich dagegen diesen Luxus. Ich – die ich doch verglichen mit allen anderen Frauen das große Los gezogen hatte! – hatte wahrhaftig kein Recht, irgend etwas anderes zu sein als zufrieden.

Dank Clara durchschaue ich das jetzt, schon seit Monaten versucht sie mir klarzumachen, daß jeder Mensch das Recht hat, niedergeschlagen zu sein, zu leiden, sich über sein Leben zu beklagen und sogar zu weinen. So ganz ist es bei mir allerdings immer noch nicht angekommen. Das Recht, über ihr Leben zu weinen, haben für mich nach wie vor nur meine Mutter, meine Großmutter und Menschen, deren Leben genauso leidvoll war wie ihres.

Obwohl ich meinen Kindern zugestand, sich zu beklagen und zu weinen, habe ich ihnen vielleicht gleichzeitig vermittelt, daß sie kindisch und kleinlich waren. War es denn so schrecklich, daß Arden und Billy bei ihren Aufführungen die einzigen gewesen waren, deren Mutter nicht kam, um zu klatschen, sie hinterher in die Arme zu schließen, sie zu loben, vor Stolz zu strahlen? (Ich hätte natürlich dasein sollen. Ich wünschte, ich wäre dagewesen.) Das Leben ist nun mal kein Zuckerschlecken, und sie *hatten* doch eine liebende Mutter, auch wenn sie nicht immer da war. Sie hatten genug zu essen, wohnten in einer anständigen Wohnung und wurden nicht mißhandelt, geschlagen oder auch nur angebrüllt.

Gesagt habe ich: «Ich hatte mit Daddy darüber gesprochen, daß er kommen sollte. Ich hatte ihm gesagt, es wäre wichtig.»

«Er ist aber nicht gekommen.» Er war nicht bei ihren Auftritten gewesen, und er war nur in der ersten Woche nach meiner Abreise mit ihnen essen gegangen. An diesem Abend hatte er ihnen mitgeteilt, daß er eine Zeitlang sehr beschäftigt sein würde, und als sie ihn nach dem Grund gefragt hatten, war er ausgewichen. Arden hatte gesagt: «Weil Fern ein Baby bekommt, stimmt's?» Und er hatte verblüfft und argwöhnisch reagiert.

«Wer hat euch das gesagt!» schnaubte er.

«Unsere Augen», sagte Arden.

Da gestand er es endlich ein. Das Baby solle in einer Woche kommen, und da Fern schon fast dreißig sei, meinten die Ärzte, es könnte schwierig für sie werden. Er wolle die Kinder besuchen, wenn es ginge, aber er könne es nicht versprechen. Danach war Stille. Er hatte während der restlichen Zeit noch nicht einmal angerufen.

«Habt ihr ihn denn angerufen? Habt ihr am Dienstagabend nachgefragt, ob er am Mittwoch mit euch essen gehen würde?»

Zweifaches Kopfschütteln.

«Und danach, habt ihr ihn da angerufen und gefragt, wo er denn gesteckt hat und warum er nicht gekommen ist?»

Zweifaches Kopfschütteln.

«Warum nicht?» schrie ich laut. Ich schrie sonst fast nie, und merkwürdigerweise schienen sie zu begreifen, denn sie ließen sich davon nicht verschrecken.

Es erschütterte mich. Brad hatte mich offenbar dafür bestrafen wollen, daß ich weggefahren war, aber daß er es so brutal an den Kindern ausließ, ging über mein Fassungsvermögen.

Die Tränen standen mir in den Augen, als ich sagte, es täte mir so leid – daß Daddy nicht dagewesen sei, aber vor allem, daß ich nicht dagewesen sei, daß ich einen Augenblick in ihrem Leben versäumt hätte, der nicht wiederkommen würde. Ich glaube nicht, daß sie mich verstanden, aber sie begriffen in jedem Fall, daß ich traurig war. Ich wischte mir die Tränen aus dem Gesicht und räumte das Geschirr ab. Ich schlug vor, noch eine Runde Karten zu spielen. Ich versprach ihnen, daß wir im Sommer zusammen in die Ferien fahren würden, und forderte sie auf, sich schon einmal zu überlegen, wo sie am liebsten hinwollten.

Noch am gleichen Abend, als die Kinder schliefen, rief ich Brad an. Ich schrie ihn an und erklärte ihm, er sei als Vater unfähig. Er sagte, ich sei als Mutter unfähig. Ich warf ihm vor, er sei grausam und hartherzig, er sagte, ich sei es. Ich drohte ihm, er solle zusehen, daß er sich schleunigst um seine Kinder kümmerte, sonst würde ich zum Anwalt gehen und darauf dringen, daß ihm das Besuchsrecht entzogen würde. Er lachte. Er erklärte, kein Besuchsrecht, kein Unterhalt. Daraufhin fing ich wieder an zu weinen: Ich fragte ihn, wie er ihnen so etwas hätte antun können. Er sagte, er habe schon genug am Hals. Er habe eine neugeborene Tochter und eine kranke Frau. Ich sagte, vielleicht wäre es für die Kinder ja wichtig, ihre Halbschwester einmal kennenzulernen und das Gefühl vermittelt zu bekommen, daß er sie trotz des neuen Babys immer noch gern hatte. Der Gedanke schien ihn zu überraschen. Ich nehme an, er hatte nie darüber nachgedacht, wie die ganze Situation aus ihrer Sicht aussah, wie sein Verhalten auf *sie* wirkte. Ich haßte ihn.

Das Schuljahr ging zu Ende, die Kinder bekamen ihre Zeugnisse, und ihre Zensuren waren gut, nur daß Arden in Mathe von 95 auf 70 abgesunken war. Billy kam in die Little League. Und eines Sonntags erschien Brad, um sie abzuholen und mit ihnen zu sich nach Hause zu fahren, damit sie Annette, ihr neues kleines Schwesterchen, kennenlernten. Sie kamen still und blaß zurück, obgleich sie ganz begeistert von dem Baby waren – so winzig, so klitzekleine Fingernägel, so hübsch, so niedlich, so süß, und die ganze Zeit hatte es Billy angelächelt und sich an Ardens Finger geklammert. Über ihren Vater verloren sie kein Wort.

Ich mietete uns für August, wenn die Little-League-Spiele vorbei sein würden, ein kleines Haus auf der Buchtseite von Cape Cod. Langsam und allmählich ging es den Kindern wieder besser. Nur ihre Zimmer waren immer noch ein einziges Chaos. Ich hatte zuerst den Drang verspürt, hineinzustürmen und wie ein Feldmarschall zu einem Großangriff mit Besen und Putzlappen zu blasen, aber mein schlechtes Gewissen oder Liebe hielten mich zurück. Ihre Zimmer blieben in dem desolaten Zustand, bis wir alle sonnenbraun und gestärkt vom Schwimmen, Reiten und Ballspielen zurückkehrten, um uns für den Schulanfang zu rüsten. Da räumten sie dann, ohne daß ich ein Wort sagen mußte, gründlich auf.

3 ICH SPÜRTE JENEN ganzen Sommer hindurch einen nervösen Druck in der Magengegend. Ich wußte, daß ich die Kinder nicht noch einmal so lange allein lassen konnte, aber die besten Fotoaufträge, die wirklich großen Sachen, beinhalteten häufig Reisen von einem Monat, manchmal sogar einem Vierteljahr oder länger. Theoretisch war es möglich, die Kinder mitzunehmen, wenn ich für, sagen wir, vier Monate weg wollte, aber wie sollte ich das den Leuten von *World* erklären, die nicht einmal von ihrer Existenz wußten? Und außerdem hatte ich ja erlebt, wie schwer die Arbeit fiel, wenn sie dabei waren.

Mich haben keine schlimmen Ängste gequält – es war nur einfach so, daß ich manchmal plötzlich bemerkte, wie ich ohne konkreten Anlaß innen auf meiner Lippe herumkaute, oder mir eine absolut harmlose Pizza wie Blei im Magen lag. Ich schreibe hier weder ein Heldenepos noch eine Tragödie. Ich versuche, ein Leben nachzuerzählen, mein Leben, ein Frauenleben – und unser Leben besteht aus kleinen Ereignissen, die uns verschleißen. Was uns prägt, uns zu dem macht, was wir sind, sind nicht große Krisen, sondern die angeblichen Banalitäten des alltäglichen Lebens. Sie lassen uns allmählich zu einer bestimmten Gestalt erstarren. Und wenn diese Gestalt einmal ausgebildet ist – kann man sie dann noch verändern? Das ist für mich zur Zeit die entscheidende Frage. Aber damals noch nicht: Ich war noch nicht geformt, hatte mich noch nicht selbst in ein Korsett gezwängt.

Nach meiner Rückkehr verbrachten wir einen schönen unbeschwerten Sommer, auf den nur ein Problem einen leichten Schatten warf. Ich bemerkte es zum erstenmal an einem Dienstagabend (der Eintrag in meinem Tagebuch ist nicht datiert, nur mit «Dienstag» überschrieben, aber es muß irgendwann im Juli gewesen sein).

Ich hatte zur Abwechslung einmal ein richtig gutes Abendessen gekocht, einen Lammeintopf mit großen Stücken Karotten und gelben Rüben und Kartoffeln und Fleisch von den billigen und meiner Meinung nach besten Stücken vom Lamm, Brust und Nacken. Wir hatten alle zuviel gegessen und saßen redend und scherzend am Tisch herum, als Billy plötzlich eine gemeine Spitze gegen mich losließ und ich daraufhin ausholte, um ihm auf die Finger zu klopfen. Seine Bemerkung war für mich ein Signal, daß er unser altes Spiel wieder spielen wollte. Wir hatten es seit meiner Scheidung nicht mehr gespielt. Indem ich die Hand erhob, nahm ich die Herausforderung an.

Wir sprangen beide auf; Billy schoß um den Tisch herum auf die andere Seite, ich hechtete auf ihn los. Er drehte um, und ich wechselte ebenfalls die Richtung. Hin und her und rundherum ging die Jagd, uns wurde beiden schon schwindlig, und wir fingen an zu keuchen, während wir vor Lachen prusteten. Er flüchtete in Richtung Wohnzimmer, ich wie eine Wilde hinterher. Zwischendurch erwischte ich ihn, und ich fing an, ihn zu kitzeln; er stieß einen markerschütternden Schrei aus, entwand sich meinem Griff, lief zurück in die Küche und stieß dabei Stühle um und mir in den Weg. Wir flitzten an entgegengesetzten Seiten des Tisches hin und her, aber dann gelang es mir, ihn dank einer Finte wieder einzufangen und an den Haaren zu packen. Er stieß wieder einen wilden Schrei aus, entwischte mir und stürzte abermals in Richtung Wohnzimmer davon. Inzwischen konnten wir beide vor Lachen kaum noch rennen. Natürlich hätte Billy jederzeit in sein Zimmer oder ins Bad entkommen und sich einschließen können, aber es ging ja nicht darum, die Jagd zu beenden, sondern darum, sie in die Länge zu ziehen. Dieses Spiel ging immer gleich aus. Ich bekam ihn schließlich zu fassen und bog ihm den Mittelfinger zurück – nicht fest, nicht so, daß es ihm weh tat, aber gerade so weit, daß er einen legitimen Grund hatte zu rufen: «Ich gebe auf! Ich gebe auf!» Und dann konnten wir aufhören, beide mit jagendem Herzen, roten Backen und Bauchschmerzen vor Lachen. Billy pflegte sich keuchend auf den Boden zu werfen, und ich stürzte mich auf einen Stuhl, um erst einmal wieder zu Atem zu kommen.

Billy und ich hatten dieses Spiel gespielt, seit er fünf oder sechs gewesen war. Wir spielten es nur zu Hause, aber manchmal waren meine Eltern oder die Carpenters dabei. Sie reagierten alle unangenehm berührt. Ich glaube, sie empfanden es als inzestuös, aber da sie noch nicht einmal zuließen, daß ihnen dieses Wort auch nur in den Sinn kam, saßen sie einfach stumm dabei, irritiert und ohne zu lachen, und das Ganze war ihnen sichtlich peinlich. Ich wußte, es *war* inzestuös, aber es erschien mir eine harmlose Art und Weise, inzestuösen Impulsen Ausdruck zu verleihen. Es war ein unschuldiges Vergnügen, und außerdem spürte ich, daß Billy mich nur dann dazu aufforderte – das Signal ging immer von ihm aus –, wenn er etwas von mir brauchte.

Arden hatte es nie leiden können, wenn wir uns auf diese derbe Weise amüsierten. Anfangs hatte ich versucht, sie einzubeziehen. Wenn Billy, wie es manchmal vorkam, mir auf den Leib gerückt war, hatte ich geschrien: «Arden! Hilf mir!» Aber sie war nur mit tadelnder Miene am Tisch sitzen geblieben und hatte zu ihrem Vater hinübergesehen. Sie hatte sich damit trösten können, daß er genauso ungehalten und mißmutig dreinsah, wie sie sich fühlte. Diesmal nun war ihr Vater nicht da, und als ich einen Blick zu ihr hinüberwarf, sah sie ganz verloren aus, so allein am Tisch. Ich rief ihr also etwas Animierendes zu, und sie sprang auf und fing an mitzumachen. Darüber war nun wiederum Billy gar nicht glücklich: Das war *sein* Spiel. (Man kann es einfach nie allen recht machen.) Und außerdem war Arden weniger sanft als ich, in ihrem Spiel steckte einiges an Aggression. Sie bekam Billy zu packen und bog ihm den kleinen Finger zurück, aber sie bog zu fest, und er schrie sie mit schmerzverzerrtem Gesicht an: «Hör auf, du Nigger!»

Damit war das Spiel zu Ende. Arden war sauer, weil Billy ein Schimpfwort zu ihr gesagt hatte, aber sie sah, daß ihm die Tränen in den Augen standen, und es tat ihr leid, daß sie ihm weh getan hatte; Billy war sauer, weil sie ihm weh getan hatte, aber er hatte zugleich auch ein schlechtes Gewissen, weil er ein Schimpfwort zu ihr gesagt hatte: Beide brauchten dringend Zuwendung und Trost. Als wir uns alle wieder beruhigt hatten, der Tisch abgeräumt war und ich eine Runde Karten vorgeschlagen hatte und wir gerade das Blatt mischten, fragte ich Billy, warum er Arden so genannt hatte. Er zuckte mit den Schultern.

«Weißt du denn, was dieses Wort bedeutet?»

«Das gleiche wie Itzig», antwortete er prompt.

«Und was bedeutet Itzig?»

Er zuckte wieder mit den Achseln und sah Arden an, die sich nunmehr als Autorität angerufen fühlte und sich bemühte, dieser Rolle gerecht zu werden.

«Das heißt, daß jemand dreckig und gemein ist», erklärte sie in selbstsicherem Ton.

«Wer hat euch das erzählt?» Ich sah, daß mein beharrliches Nachbohren sie ganz nervös machte und ihnen ein schlechtes Gewissen einjagte, ohne daß sie wußten, was sie falsch gemacht hatten. Aber ich konnte es nicht durchgehen lassen. Sie sahen mich an, sie sahen einander an, sie schauten auf den Tisch.

«Ich meine, wo habt ihr diese Wörter her, von anderen Kindern?»

«Nein, von Pani», sagte Billy, wobei er mich voller Unbehagen ansah. Es war ihm unvorstellbar, daß Pani etwas ernstlich Unrechtes tun könnte.

O nein, o nein. Jetzt würde ich mich mit ihr auseinandersetzen müssen. Mist, verdammter.

Ich erzählte ihnen lang und breit, daß Menschen nun einmal verschiedener Abstammung und Hautfarbe seien, daß manche von ihnen aussähen wie Mr. Ferguson, so hellrosa wie die Gladiolen im Garten der Familie Lench, und andere mehr so wie ihr Vater, mit rötlicher Haut, die im Sommer kupferfarben wurde, und wieder andere so wie ich, mehr bläulichweiß wie Grandma Belles frischgewaschene Bettlaken. Es gäbe eben Menschen mit hell-karamellfarbener Haut, die immer sonnengebräunt aussähen, so wie Ardens Freundin Joan Tebaldi, und welche mit einer Farbe wie dunkle Karamellen, so wie Mrs. McCabe, die zu den Lenchs putzen kam, und andere, die noch brauner seien, mehr schokoladenbraun, und solche mit einer Haut wie poliertes Ebenholz. Ich erklärte, daß bei wieder anderen Menschen die Haut so ähnlich aussähe wie Zitronen-Toffees und bei manchen auch so wie unsere Wände hinter den Bildern, wo sie noch sauber waren. Sie lächelten entzückt.

Also fuhr ich fort und erzählte ihnen, daß manche Menschen sich selbst nicht so toll fänden, weil ihre Eltern ihnen nie das Gefühl gegeben hätten, daß sie sie liebten, und daß sie deshalb, weil sie sich selbst nicht richtig leiden könnten, immer versuchen müßten, sich als etwas Besseres hinzustellen. Und daß sie sich dann eben manchmal auf ihre Hautfarbe beriefen, um zu begründen, weshalb sie besser seien als andere, die eine andere Farbe hatten, was aber absolut lächerlich sei. Ich fügte hinzu, daß es sogar Hautfarben gäbe, die sie noch nie gesehen hätten, Blaubraun und glänzendes Dunkelbraun, fast schon richtiges Schwarz, und Hellweiß wie entrahmte Milch. Und daß all diese unterschiedlichen Farben etwas sehr Schönes seien, ein Teil der prächtigen bunten Vielfalt unserer Welt. Und daß ja nicht nur die Hautfarben verschieden seien, sondern auch noch vieles andere an den Menschen – manche hätten glatte Haare, manche ganz gelockte, manche irgend etwas dazwischen, und auch die Haarfarben seien ganz unterschiedlich. Und die Nasen genauso. An diesem Punkt folgte ein kurzes Kicherintermezzo, weil die Kinder mit allen möglichen Beispielen für bemerkenswerte Nasen aufwarteten – darunter meine, die ihres Vaters und ihre eigenen. Ich sagte ihnen auch, daß die Menschen ganz verschiedene Glaubensanschauungen hätten, manche an einen Gott oder an Götter glaubten und diese Götter ganz verschiedene Namen hätten und die Menschen sich sogar manchmal gegenseitig umbrächten, weil sie zu verschiedenen Göttern beteten. Die Kinder starrten mich ungläubig an.

«So was Dummes!» erklärte Billy.

«Ja, wißt ihr, ich denke zwar nicht, daß die Menschen dumm sind, aber sie glauben einfach eine Menge dumme Sachen. Und sie benutzen alle möglichen Schimpfnamen für andere Menschen, mit denen sie diesen zu verstehen geben wollen, daß sie weniger wert sind, weil bei ihnen irgend etwas anders ist, sei es ihre Hautfarbe oder ihre Religion oder auch nur der Ort, wo sie herkommen.»

Ich zählte sämtliche abfälligen Bezeichnungen auf, die mir einfielen, und übersetzte, was damit gemeint war. Ich konnte keinen einzigen Ausdruck finden, der Engländer und somit ihr väterliches Erbe verunglimpft hätte, außer Cockney, das aber mehr klassen- als nationalitätsbezogen war, und WASP, das nicht wirklich abfällig war. Ich endete schließlich mit «dummen Polacken», dem einzigen mir bekannten Schimpfwort für Polen, und erklärte ihnen, daß damit auch sie selbst gemeint wären.

«Das *dumme* finde ich nicht richtig», meinte Arden nachdenklich. «Aber das andere Wort klingt doch gar nicht so schlimm.»

«Kein Wort ist als solches schlimm. Ich meine damit, Wörter selbst können nicht gut oder böse sein.»

«Nicht mal *verdammt* oder *zum Teufel*?»

«Nein. Wörter sind ja nur Laute. Was sie schlimm oder angenehm macht, ist die Bedeutung, die die Menschen diesen Lauten geben. Die sogenannten Schimpfwörter sind deshalb schlecht, weil wir sie benutzen, um anderen weh zu tun.»

«Wem tut es denn weh, wenn ich *verdammt* sage?» Billy hatte in letzter Zeit begonnen zu fluchen.

«Solche Wörter sollen Gott beleidigen.»

«Was heißt Gott?» hakte Arden prompt nach.

Tja, und damit war unser Kartenspiel beendet. Wir saßen um den Küchentisch und redeten, bis es Schlafenszeit für sie war. Ich geriet einmal in Bedrängnis, als Arden plötzlich meinte: «Hat Panis Mutter ihr denn nie gesagt, daß sie sie liebhat? Redet sie deshalb so?» Ansonsten war es ein sehr schöner Abend, aber danach konnte ich vor Magenkneifen nicht schlafen, bis der Morgen dämmerte. Da ich auf keinen Fall noch eine solche Nacht erleben wollte, ging ich hinunter zu Pani, sobald die Kinder zu ihrer Sommerschule aufgebrochen waren, einem Spiel- und Bastelprogramm, das in der Grundschule gleich in der Nähe stattfand. Pani war wie immer entzückt, mich zu sehen, was nur bewirkte, daß ich mich noch bedrückter fühlte.

Sie empfing mich mit ausgebreiteten Armen und rief: «Ah, *kochanie*, kommen Sie, kommen Sie herein!» Sie bot mir selbstgebackenen Hefezopf mit Mandeln an und bereitete mir zu Ehren einen frischen Kaffee, obgleich in der alten, stumpfen Aluminiumkanne auf ihrem Herd immer Kaffee war. Wir saßen in ihrer Frühstücksecke in der Küche auf altmodischen Holzstühlen mit hohen Lehnen, die fast wie Kirchenstühle aussahen. Die Sonne schien durch das nach hinten hinausgehende Fenster auf das ausgeblichene blau-weiß-karierte Tischtuch und beleuchtete ein gutes Wochenkontingent an Krümeln und Flecken. Auf der Fensterbank waren ebenfalls Krümel, weil Pani draußen ein Kistchen für die Vögel stehen hatte, in das sie alle Brotreste gab. Sie tat auch Fettabfälle von Schweinekoteletts oder Huhn hinein, so daß manchmal auch Ameisen auf ihrer Fensterbank krabbelten. Es hielten sich in Panis Garten zwar mehr Vögel auf als irgendwo sonst in der Nachbarschaft, dafür lag aber unter ihrem Fenster auch immer jede Menge Vogeldreck.

Sie erzählte mir den neuesten Klatsch und Tratsch aus der Nachbarschaft, ich berichtete ihr ein bißchen von meiner Skandinavienreise. Dann fing sie an, mir drollige Geschichtchen von den Kindern zu erzählen. Viele ihrer Anekdoten illustrierten vor allem, wie sehr die Kinder sie liebten, aber bei ihr empfand ich das als nicht weiter unangenehm, weil sie die Kinder wirklich gern hatte und sie sie ebenfalls. Ich wurde immer angespannter; ich trank Kaffee und rauchte und hörte dem von Lachen und zärtlicher Zuneigung getragenen Auf und Ab ihrer Stimme zu. Nach drei in Kette gepafften Zigaretten gab ich mir einen Ruck.

«Pani Nowak, die Kinder gebrauchen Wörter, die ich gar nicht gut finde.»

«Oh!» Sie sah mich mit weit aufgerissenen Augen an. Dann schüttelte sie den Kopf. Nein, nein, das war doch nicht möglich, sie waren doch so brave Kinder, sie konnte sich nicht vorstellen, daß sie schlimme Wörter benutzten.

«Gestern abend hat Billy ‹Nigger› gesagt und ‹Itzig›. Haben Sie vielleicht bemerkt, daß irgendwelche Kinder aus der Nachbarschaft diese Wörter gebrauchen?»

Sie schaute mich an. Ich sah förmlich, wie sie mit sich kämpfte. Aber dann faßte sie einen Entschluß. Sie entschied sich für den redlichen Weg. Sie nahm die Schuld auf sich. Nachdem sie den Mund einmal geöffnet hatte, floß ein ganzer Redeschwall aus ihr heraus. Sie hasse Juden. Sie sei Dienstmädchen gewesen, nachdem sie nach Amerika gekommen war, und die reiche jüdische Familie, bei der sie gewesen sei, habe sie wie eine Sklavin behandelt und ihr die Reste von ihren Tellern zu essen gegeben. Da sie Jiddisch verstehe, habe sie mitbekommen, wie sie über die Gojim redeten und besonders über die Polen, sie hätten sie gehaßt und auf sie herabgesehen. Und mit den Farbigen solle man ihr auch vom Hals bleiben: Ihre Schwester habe so ein schönes Haus in Brooklyn besessen, aber dann hätten sich die Nigger in dem Viertel breitgemacht und die ganze Gegend ruiniert. Als ihre Schwester das Haus habe verkaufen müssen, habe sie fast nichts dafür bekommen. Nach den Ausgaben für das Begräbnis ihres Mannes sei nichts mehr übrig gewesen, sie habe zu ihrer Schwiegertochter ziehen müssen, die sie einfach schändlich behandelt habe, und sei nur zwei Jahre darauf gestorben. In richtigen guten, polnischen Wohnvierteln seien die Leute ja klug genug, ihre Häuser nicht an Nigger zu verkaufen – oder an Iren oder Italiener oder Juden oder an irgendwelches andere Volk, das nicht polnisch war. Die Leute seien alle Wilde, Tiere, alle miteinander sollten sie doch dahin zurückgehen, wo sie herkamen.

Für mein Verhalten daraufhin habe ich keine andere Entschuldigung als die, daß ich damals noch sehr viel jünger war.

«Und wir, sollen wir auch wieder zurückgehen?» begann ich ganz ruhig. «Schließlich sind die Farbigen länger hier als wir. Meine Großeltern sind erst in diesem Jahrhundert eingewandert. Und Sie, wann sind Sie herübergekommen, Pani?»

Sie zog die Luft zwischen den Zähnen ein, es klang fast wie ein Pfeifen.

Ich erklärte ihr, wie unlogisch ihre Einstellung war: Natürlich gäbe es jüdische Familien, die hartherzig und ausbeuterisch seien, aber das gleiche gelte doch für alle anderen Bevölkerungsgruppen auch. Hartherzigkeit habe doch nichts mit Judentum zu tun: Mein polnischer Großvater habe immerhin seine eigenen Kinder mißhandelt, und ihr Zbishek, hatte der sie nicht auch immer zum Weinen gebracht, weil er ihre Söhne schlug? Es sei doch schließlich nicht die Schuld der armen Farbigen, die Wuchermieten für ein Haus in einer anständigen Gegend zahlen mußten und es schließlich irgendwann nicht mehr konnten, daß Panis Schwester ihr Leben so elend hatte beschließen müssen. Ich führte die Vernunft ins Feld.

Heute treibt es mir die Schamröte ins Gesicht, wenn ich nur daran denke. Was glaubte ich eigentlich, was ich da tat? Dachte ich etwa, sie bekehren zu können?

Nach einer Weile erkannte ich die Nutzlosigkeit meiner Worte. Ich hatte lediglich erreicht, daß sie sich von mir angegriffen fühlte. Und ich brauchte sie doch. Ich sagte mir, daß das überhaupt keine Rolle spielte: Ein Mensch mit Prinzipien läßt sich nicht durch sein Eigeninteresse davon abhalten, der Wahrheit zum Sieg zu verhelfen. Ich sagte mir, daß es wichtiger war, auf einer gerechten Sicht der Dinge zu beharren, als Rücksichten auf die Gefühle einer bornierten, vorurteilsbefrachteten alten Frau zu nehmen.

Aber ich mußte ihr in die Augen schauen.

Es war geschehen. Ich konnte es nicht mehr rückgängig machen, es nicht wieder wegwischen, sie nicht einfach in die Arme nehmen und ihr sagen, sie sollte ruhig weiter sie selbst sein, und nach oben gehen und den Kindern sagen, sie sollten diese Wörter einfach nicht gebrauchen und damit Schluß.

Ich machte ein teilnahmsvolles Gesicht. «Ich weiß, wie Ihnen zumute ist», sagte ich. Tränen schossen ihr in die Augen. «Aber ich will nicht, daß meine Kinder Wörter benutzen, die andere Menschen in den Schmutz ziehen.»

Sie zog sich zurück. Sie stand auf und fing an, in der Küche herumzugehen und das gespülte Geschirr auf dem Ablaufbord abzutrocknen und wegzuräumen – das tat sie sonst nie, sie ließ die Sachen immer draußen, bis sie wieder gebraucht wurden. Sie drehte die Herdplatte unter der Kaffeekanne ab, was ebenfalls in diesem Hause kaum vorkam, bis sie sich anschickte, zu Bett zu gehen. Im Gehen redete sie vor sich hin, mit einer brüchigen, alten Stimme, ohne mich dabei ein einziges Mal anzusehen. Sie erklärte, Gott selbst, und das sage der Priester höchstpersönlich immer wieder in der Messe, wo ich vielleicht auch ab und zu einmal hingehen sollte, zum Wohl meiner Kinder, wegen deren gottloser Erziehung sie sich ernsthaft Gedanken mache, Gott selbst habe bestimmt, daß nur Katholiken das Seelenheil erlangen könnten und alle anderen verdammt seien. Es könne doch wohl keine Sünde sein, die zu verdammen, die Gott auch verdammt habe. Und außerdem hätte sie Augen im Kopf. Sie murmelte jetzt nur noch. Ich erhob mich mit entschlossener, strenger Miene.

«Pani, ich will nicht, daß Sie solche Wörter in Gegenwart meiner Kinder benutzen.»

Sie hielt inne, drehte sich um und sah mich an. Sie hörte den gebieterischen Ton und erkannte die herrische Pose. Sie beugte den Kopf und zog die Schultern ein: Die Veränderung war subtil, kaum merklich, und doch verwandelte sie sich vor meinen Augen in meine gebrochene Großmutter. Und ich hatte schuld daran.

«Jawohl, Pani», sagte sie. Nie zuvor hatte sie mich so angesprochen.

Ich bedankte mich für den Kuchen und den Kaffee und verabschiedete mich. Ich ging nach oben und setzte mich in meine eigene Frühstücksecke, die im Prinzip genauso aussah wie ihre, nur daß die Krümel auf der Fensterbank und der Futterkasten für die Vögel fehlten. Ich blieb dort lange sitzen und dachte nach. Was hätte ich denn tun *sollen*? Was wäre richtig gewesen? Ich machte mir nicht nur Sorgen, ob sie die Kinder noch hüten würde. Das schien mir in dem Augenblick sogar relativ unwichtig.

Ich hatte sie geliebt, ich liebte sie immer noch, und sie hatte mich und meine Kinder geliebt. Ich kannte sie als netten, lieben Menschen. Mir kam der Gedanke, daß der Preis ihrer Freundlichkeit, ihrer Bereitschaft, alles zu akzeptieren, was wir taten, eben dieser Haß auf alles Fremde war. Damit wir in ihrer moralischen Buchhaltung immer im Haben sein konnten, mußten all jene, die nicht zu ihren Leuten gehörten, grundsätzlich im Soll sein. Sie konnte sie nicht tolerieren, die schwärzlichen, grauen, nicht-ganz-weißen Zwischentöne, die das Entzücken meines Berufsstandes waren. Für einen Fotografen ist Reinweiß ein greller, blendender, leerer Fleck auf dem Bild und schlichtes Schwarz genausowenig zu gebrauchen. Aber ich hatte ihre Einstellung doch schon vorher gekannt. Mir war doch klargewesen, daß die Kinder und ich nur deshalb nie etwas verkehrt machen konnten, weil andere Menschen die Wut abbekamen, die sie manchmal auf uns hatte, daß sie nur deshalb die Menschen, die ihr nahe waren, bedingungslos lieben konnte, weil sie alles Fremde genauso bedingungslos haßte. Nur zu gern hatte ich ihre Liebe angenommen, hatte mich beständig im warmen Bad ihrer kritiklosen Freundlichkeit geaalt. Ich hatte sie als eine Heilige betrachtet. Es hatte mir in den Kram gepaßt.

Warum hatte ich meine eigene, nicht unschuldige Rolle an ihrem bigotten Verhalten nicht erkennen können, ehe ich zu ihr hinuntergestürmt war und ihr nicht nur den Tag verdorben hatte, sondern das ganze Jahr, ihren Lebensabend, ihre Freude an meinen Kindern, an mir? War es das wert gewesen? Hatte ich der Wahrheit oder der Gerechtigkeit damit ein Jota vorangeholfen?

Ich wußte, falls sie die Kinder noch einmal nehmen sollte, würde sie mir gehorchen. Aber sie würde mir nie wieder vertrauen.

Um so überraschter war ich daher, als wir noch im selben Juli nach einem Tag am Strand von Jones Beach (Zach's Beach, wo ich als Kind immer gewesen war, kam nicht in Frage – das Meer war dort zu verschmutzt; ich war immer ein einziges Nervenbündel, weil ich den ganzen Tag am Strand saß und zusehen mußte, wie meine Kinder in der rauhen und gefährlichen Brandung verschwanden, und ich meine Angst doch nicht auf sie übertragen wollte) –, als wir also nachmittags beladen mit Strandliege, Wolldecke, Kühltasche, und schweren, feuchten und sandigen Handtüchern ins Haus polterten und Pani plötzlich übers ganze Gesicht strahlend ihre Tür aufriß. Sie mußte durch ihr Fenster nach uns Ausschau gehalten haben.

«Anastasia! *Kochanie!* Raten Sie mal, wer gekommen ist! Mein Enkelsohn, mein Antoni aus Ohio! Er ist hier, um mich zu besuchen, seine Babuschka!»

Die Hände hatte sie wieder wie zum Gebet ineinandergeschlungen. Sie befand sich in einem Zustand seliger Verzückung.

«Ich habe ihn nicht mehr gesehen, seit er zwölf Jahre alt war, und jetzt ist er da!»

Ich jubelte mit ihr, ich umarmte sie, ich feierte ihren Triumph – ihr Enkelsohn hatte sie nicht vergessen, was bedeutete, daß ihr Sohn vielleicht auch noch an sie dachte.

«Er ist erst vor zwei Stunden angekommen! Ich wußte nicht, daß er kommt, ich hätte beim Einkaufen sein können, zum Kaffee bei Pani D'Antonio! Aber ihm ist das ganz egal!» Sie konnte sich vor Kichern kaum halten. «Er sagt, wenn ich weg bin, wird er solange auf der Eingangstreppe sitzen, bis ich wiederkomme!» Sie lachte und strahlte vor schierer, ungetrübter Wonne, und ich sah, daß mir auf Grund dieses unerwarteten Gottesgeschenks für diesen Tag die Sünde vergeben war, die ich an ihr begangen hatte. Es war einfacher für sie, mir zu verzeihen, genau wie es für mich einfacher gewesen war, in ihr eine Heilige zu sehen, als ihr gütiges Wesen in Frage zu stellen. Wir mußten schließlich buchstäblich unter einem Dach zusammenleben.

«Und kaum ist er da, geht er schon wieder – schwuppdiwupp! – zum Supermarkt! Ich will selbst gehen. Das kann ich doch machen, aber er sagt nein, ich soll nicht die schweren Coca-Cola-Flaschen schleppen. Er ist Amerikaner, er will Coca-Cola!» Sie lachte. Da in Panis Augen die meisten amerikanischen Nahrungsmittel und vor allem die süßen Getränke reines Gift waren, war es ganz offensichtlich, daß sie den Inhalt ihrer Gehirnschubladen wieder einmal hatte neu sortieren müssen. Enkelsöhnchen stand innerhalb des magischen Kreises, folglich waren auch seine Trinkgewohnheiten unantastbar.

«Er ist Student, *kochanie*! Gebildet!» rief sie aus, wobei sie sich im Kreis drehte, als vollführe sie eine Art Tanz. Dann legte sie die Hand auf meinen Arm. «Sie kommen doch nach dem Essen, *kochanie*, nicht wahr? Bringen Sie die Kleinen mit.» Erst jetzt bemerkte sie die Kinder, die dabeistanden und ihrem Freudentaumel lächelnd zusahen. (Ich sah sie nachdrücklich an, während Pani sie in die Arme schloß: Seht ihr, was Kinder einem bedeuten? Sehr ihr, wie sehr Pani ihren Enkelsohn liebt, den sie kaum kennt? Wie könnte es da sein, daß euer Vater euch nicht liebhat?)

«Sie kommen doch, ja?»

Wir bejahten alle nickend und lächelnd und zogen mit all unserem Zubehör nach oben, wobei Billy laut überlegte, ob der große Enkelsohn vielleicht den verrosteten Basketballring vorn an der Garage reparieren und ein paar Bälle mit ihm werfen würde, und Arden darüber nachsann, wie Pani ihn als ihren Enkel hatte erkennen können, wenn sie ihn so lange nicht gesehen hatte. «Wie alt ist er denn, Mommy?»

«Ich weiß nicht. Achtzehn oder neunzehn wahrscheinlich, wenn er auf dem College ist.» Ich hatte nicht das geringste Verlangen danach, stundenlang dazusitzen und mit einem Collegeknaben aus dem mittleren Westen Konversation zu machen, aber ich war dankbar für die Gelegenheit, wieder Frieden zu schließen.

Wir gingen etwa um halb acht hinunter; Pani aß früh zu Abend. Sie trug ihr allerbestes Kleid, aus blumenbedruckter Kunstseide mit einem weißen Spitzenkragen, und ihre Sonntagsschuhe, das glänzendere der beiden Paare schwarzer Schnürhalbschuhe mit leichtem Absatz, die sie besaß. Panis Wohnzimmer – sie nannte es ihren Salon – sah normalerweise immer ein bißchen staubig aus. Auf den altmodischen Möbeln standen Hunderte von Fotos, die größtenteils besondere Ehrenplätze auf Spitzentüchern und Deckchen einnahmen und kaum je mit einem Staubtuch in Berührung kamen. An diesem Abend roch der Raum jedoch frisch, und auf dem Tisch an der Wand stand eine Vase mit Rosen. Pani sah, wie ich die Blumen bemerkte, und machte eine schwungvolle Geste mit dem Arm.

«Mein Antoni! So gut ist er zu mir!»

Antoni betrat das Eßzimmer mit einem schweren Tablett, auf dem sich ein Rum-Babka auf einer Glasschale mit Fuß, Teller und Besteck sowie Panis gute Leinenservietten befanden.

«Oh, NEIN!» rief Pani. Sie stürzte auf ihn zu. «Das sollst du nicht machen. Ein Mann macht das nicht, das ist was für Frauen!»

Sie versuchte, ihm das Tablett zu entreißen, aber er sagte nur lächelnd: «Laß nur, Gramma, ist schon gut», stellte seine Last auf dem Tisch ab, wandte sich uns zu und lächelte.

Er lächelte einfach nur.

Ich stand einfach nur da.

Ich kann immer noch nicht an Toni denken, ohne in Ehrfurcht

vor seiner Schönheit zu erschauern, und ich erinnere mich noch genau, wie ich ihn in jenem Augenblick sah. Er hatte ein breites polnisches Gesicht mit hohen Wangenknochen, und seine Haut war glatt und golden. Sie leuchtete, aber das Licht kam nicht von außen, es kam von innen, aus der Haut selbst, seinen Augen, seinem Lächeln... Ach, dieses Lächeln!

Er trat auf mich zu, um mir die Hand zu geben, und ich konnte sehen, daß seine großen, aber ein ganz klein wenig geschlitzten Augen tiefblau waren. Sein Mund hatte die Form eines Amorbogens, es war genau die Art Mund, die sich die Filmstars der zwanziger Jahre über ihre Lippen zu schminken pflegten, und er hatte den Liebreiz eines Kindermundes.

«Hi. Gramma hat mir schon eine Menge von Ihnen erzählt. Sie sagt, Sie fotografieren für *World*. Das ist ja wirklich eine tolle Sache!»

Ich weiß nur, daß ich auch irgend etwas sagte.

Achtzehn konnte er nicht sein.

Pani machte ihn mit den Kindern bekannt, und er sagte, wir sollten ihn alle Toni nennen, und während wir zum Tisch gingen, fragte Billy ihn, ob er Basketball spiele, und er lachte und sagte, er habe den rostigen Reifen schon bemerkt und er werde einen neuen anbringen, falls er eine Leiter auftreiben könne. Pani bestand prompt darauf, daß er sich nicht übernehmen solle, aber er meinte, ob sie denn keine Leiter hätte, und sie erklärte, Zbishek – das war der Spitzname ihres Mannes gewesen – habe immer eine im Keller gehabt, und vielleicht sei sie ja noch da, aber sie sei inzwischen bestimmt alt und vielleicht morsch und er solle ja vorsichtig sein, daß er nicht abstürze. Und Arden fragte ihn, wie alt er sei, und er sagte zweiundzwanzig, und mein Atem kam wieder, in flachen, raschen Zügen, und sie fragte Pani, wie sie ihn denn wiedererkannt habe. Gleich kamen die Fotos auf den Tisch, und, kurzum, es war keinerlei Problem, die Konversation in Gang zu halten, während wir Kaffee tranken und Kuchen aßen, den ganzen Abend, Stunde um Stunde. Aber alles, was geredet wurde, und sogar das, was ich selbst sagte, floß einfach an mir vorüber wie Wasser im Rinnstein, wenn man den Gehsteig entlanggeht. Das einzige, was ich von meiner erhöhten Warte, eine Handbreit über der Straße, wirklich wahrnehm, war die Art und Weise, wie Toni mich die ganze Zeit ansah – und die Art und Weise, wie ich, so wie es sich anfühlte, ihn ansah.

Als es am nächsten Morgen noch vor neun leicht an meine Wohnungstür klopfte, begann mein Herz plötzlich sonderbar ungleichmäßig zu schlagen, aber mir blieb nicht einmal die Zeit, ins Bad zu flitzen und mir die Haare zu kämmen, da Arden schon die Tür öffnete, um den einzigen Menschen hereinzulassen, der da draußen stehen konnte. Da war es wieder, das Lächeln und das blendende Strahlen, das von seinem Gesicht ausging. Ich war in meiner üblichen Morgenaufmachung – angetan mit einem alten Hemd meines Vaters, das gerade weit genug an mir herunterhing, um meine Unterhosen zu bedecken, und barfuß. Er bemerkte es wohl.

«Ich hoffe, ich habe Sie nicht zu früh gestört.» Um seine Wangen lag ein verdächtiger rosa Schimmer.

«Überhaupt nicht, ich bin schon seit Minuten auf», sagte ich lachend. «Kommen Sie herein. Ein Täßchen Kaffee?»

Er hatte einige Mühe, seinen Blick von dort, wo er haftengeblieben war, zu lösen und meinem Gesicht zuzuwenden. Der rosa Schimmer vertiefte sich. «Oh, nein danke, ich habe schon gefrühstückt.» Billy kam aus dem Bad in den Flur getapert, mit zerzaustem Haar und Schlaf in den Augen. Als er Toni sah, hellte sich seine Miene auf.

«Ich bin nur gekommen, um zu fragen, ob es Ihnen recht ist, wenn ich Billy mit ins Sportgeschäft nehme, um einen neuen Basketballreifen auszusuchen.» Er wandte sich Billy zu. «Wenn du willst, heißt das.»

Nachdem sich der nicht unbeträchtliche Tumult gelegt hatte, der daraus entstand, daß ich darauf beharrte, Billy solle wie sonst auch in seine Sommerschule gehen und könne danach meinetwegen gern mit Toni losziehen (ich ließ mir schließlich nicht von irgendeinem Collegeknaben, der für zwei Wochen zu Besuch war, meinen ganzen Ferientagesplan durcheinanderwerfen), und daß ich ebenfalls darauf bestand, den Reifen selber zu bezahlen (schließlich hatte ein junger Mann, der gerade vom College kam, wohl nicht allzuviel Geld). Nach einem abschließenden Geplauder schloß ich die Tür wieder, und mein Herz fand allmählich zu seinem normalen Rhythmus zurück.

Ich ließ dem Grinsen, das schon die ganze Zeit um meinen Mund gezuckt hatte, freien Lauf und ging in mein Zimmer, damit die Kinder mich nicht sahen. Ich wußte jetzt, was ich wissen wollte.

An jenem Tag verwandte ich besondere Sorgfalt auf meine äußere Erscheinung. Ich entschied mich für ein Paar saubere marineblaue Shorts, in denen ich aussah, als hätte ich Hüften, und zog ein weißes Hemd aus Baumwolltrikot mit einem V-Ausschnitt über den einzigen in meinem Besitz befindlichen Büstenhalter, in dem mein Busen nicht wirkte wie der einer höchstens Zwölfjährigen. Ich bürstete mir einen Klecks Brillantine ins Haar und schminkte mich sorgsam mit den neuen Utensilien, die ich mir gekauft hatte, aber kaum je benutzte – einem dezenten Augenbrauenstift und einem hellrosa Lippenstift.

Ich mußte einkaufen gehen und brach bald auf, nachdem die Kinder zur Sommerschule gegangen waren. Während ich mich noch mit drei schweren Taschen und dem Haustürschlüssel abmühte, flog die Tür auf – ich hatte fast damit gerechnet –, und ein lächelndes Gesicht erschien, das auf einem Körper saß, den näher zu betrachten ich bisher noch nicht gewagt hatte. Vorbereitet, wie ich diesmal war, wußte ich, daß mein Lächeln genauso strahlend war wie seines, und es gelang mir, exakt das richtige Maß an Überraschtheit und Freude zum Ausdruck zu bringen, als er mir anbot, mir mit meinen Lasten behilflich zu sein.

Ich lud ihn nicht noch auf einen Eistee oder Kaffee ein. Einmal am Tag war genug. Er war jung, und ich wollte ihn nicht drängen. Er blieb jedoch, nachdem er die Taschen abgestellt hatte, ein wenig in der Küche stehen und erinnerte mich an seine Verabredung mit Billy. Als die Kinder ein paar Stunden später nach Hause kamen, summte ich immer noch vor mich hin.

Ich sah vom Fenster aus, wie Billy die alte, klapprige Leiter hielt und Toni hinaufstieg, um den alten Reifen zu entfernen. Die Schrauben waren eingerostet und ließen sich anfangs nicht lösen, aber er schien darüber nicht die Geduld zu verlieren. Da die neuen Schrauben einen anderen Durchmesser hatten, mußte er zuerst passende Löcher in die Giebelverkleidung der Garage bohren. Das nahm noch einmal eine ganze Weile in Anspruch, aber als er fertig war, hatte er immer noch Energie genug, um fast eine Stunde lang mit Billy Ball zu werfen. Ich hatte gar nicht gewußt, daß ich ein solches Zensurenbuch in meinem Kopf mit mir herumtrug, und es wurde mir auch jetzt nur deshalb bewußt, weil er darin so gut wegkam.

Im Verlauf der nächsten Woche – wir wollten Anfang August zu unserem Urlaub am Cape aufbrechen – wurde er für meine beiden Kinder zum Idol, da er willens war, sich mit Arden stundenlang hinzusetzen und ausführlich mit ihr über so ernsthafte Dinge zu sprechen wie die Lebensgewohnheiten der Hunde, Katzen, Pferde und Dinosaurier und mit beiden draußen auf der Straße Ball zu spielen, wo damals noch kaum Autos fuhren. Er und ich waren nie längere Zeit allein. Das wäre auch problematisch gewesen, weil Pani ein Techtelmechtel zwischen ihrem unschuldigen Enkel und der geschiedenen, welterfahrenen, mondänen Frau, als die ich im Vergleich zu ihm erschien, gewiß nicht gebilligt hätte. Zumindest ging ich davon aus, und er, wie ich später herausfand, ebenfalls.

An demTag, an dem wir zum Cape aufbrachen, half er uns, das Auto zu packen, und Pani und er winkten uns vom Gehsteig aus nach. Ich war, wie beide Kinder mir empört vorhielten, überaus gereizt. Aber sie waren viel zu aufgeregt angesichts der bevorstehenden Reise – sie waren noch nie weiter weggefahren – und überhaupt zu glücklich, um sich von meiner schlechten Laune ernstlich stören zu lassen. Sie saßen auf dem Rücksitz und schwatzten und stritten sich über die Schreibweise irgendwelcher Wörter, das Scrabble-Brett zwischen sich ausgebreitet. Ich stellte das Radio leise an und ließ meine Gedanken schweifen.

Billys Stimme schreckte mich auf. «Mom, Toni sagt, er will mit uns im Belmont Park rudern gehen, wenn wir wieder da sind, dürfen wir?»

«Ach, ich glaube nicht, daß er noch da ist, wenn wir wieder zurückkommen, Schätzchen.» Ich fragte mich, ob sie wohl die Traurigkeit, die in mir war, aus meiner Stimme heraushörten.

«Doch, ist er», sagte Arden wissend. «Er hat es uns erzählt, er will noch eine Zeitlang dableiben und Pani helfen. Wir haben ihm gesagt, daß wir einen Monat weg sind, aber er hat gemeint, der See wäre im September besonders toll. Dürfen wir?»

Meine Laune besserte sich schlagartig. Ich begann zur Radiomusik zu summen.

4 Toni hatte im Juni sein Examen, Hauptfach Englisch, an der Ohio State-Universität abgelegt. Er wollte Schriftsteller werden. Ich sagte nichts, als er mir das erzählte, weil ich keine guten Erinnerungen mit Leuten verband, die eine künstlerische Karriere anstrebten.

Daher bat ich ihn auch nie, seine Arbeiten sehen zu dürfen, und war erleichtert, daß er von sich aus mit keinem Wort anbot, sie mir zu zeigen. Er war ein hübscher Junge und ein lieber Kerl, aber ich hatte das Gefühl, daß er – zumindest noch und vielleicht überhaupt – kein Schriftsteller war. Ich weiß auch nicht warum. Vielleicht gehe ich davon aus, daß echte Künstler ganz intensive Naturen sind, ein bißchen verrückt oder jedenfalls befremdlich, und Toni war einfach viel zu gesund und zufrieden, um in mein Bild zu passen.

Er war nach New York gekommen, um sich hier im Verlagswesen zu versuchen, und während des Monats unserer Abwesenheit klapperte er tatsächlich jeden Tag alle möglichen Verlage in der City nach einem Job ab. Aber er hatte sein Examen an einer Universität abgelegt, die in New York wenig Ansehen genoß, und er hatte keine Beziehungen. Ich vermutete gleich, daß er wahrscheinlich nicht gewandt oder arrogant genug war, um sich in einer Weise zu verkaufen, die Verlagsleute zu beeindrucken vermochte.

Bei unserer Rückkehr sei er sofort aufgelebt, berichtete mir Pani, die diesen Umstand seiner so rasch gewachsenen Zuneigung zu ihren beiden kleinen *kochanies* zuschrieb. Trotzdem war er beunruhigt – sein Geld war fast aufgebraucht, von seiner Großmutter, die auch so schon wenig genug hatte, konnte er sich nicht aushalten lassen, und zurück nach Ohio wollte er nicht. Schließlich fand er einen Job als Lektor bei einem kleinen, auf Western- und Abenteuerromane spezialisierten Verlagshaus namens Cimarron Press, das Billy immer Cinnamon Press nannte. Nachdem Toni zu arbeiten angefangen hatte, bekamen wir nicht mehr viel von ihm zu sehen. Er ging frühmorgens aus dem Haus und kam etwa um sieben Uhr abends wieder; Pani aß um fünf zu Abend und stellte einen Teller für ihn im Backofen warm. An den Wochenenden konnten wir seine alte Royal-Schreibmaschine sporadisch im hinteren Schlafzimmer des unteren Stockwerks klappern hören.

Manchmal kam er wochenends aus seinem Bau hervorgekrochen, um etwas mit den Kindern und mir zu unternehmen – einen Spaziergang, einen Ausflug in den Park, eine Runde Ballspielen. Wenn er – was nur selten vorkam – meinem Blick begegnete, wirkte er blaß und schwach. Er erinnerte mich an die hilflosen Heldinnen des viktorianischen Romans, die sich inbrünstig danach sehnen, daß der Held sie endlich erlöst, aber es nicht schaffen, ihm das zu sagen. Ich wußte, daß er seinen Job haßte, obgleich er nie etwas dergleichen sagte, sondern nur mit den Schultern zuckte, wenn ich ihn fragte, wie es ihm gehe. Er verdiente nur wenig, aber er brauchte auch nicht viel. Pani lehnte entrüstet ab, als er ihr anbot, ihr eine Miete für sein Zimmer zu bezahlen, und nahm lediglich zehn Dollar Essensgeld die Woche von ihm an. Ein Auto besaß er nicht, und wenn er mit den Kindern einen Ausflug zum Karussell in Baldwin oder nach Belmont machte oder Pani zum Einkaufen fuhr, lieh er sich meins. Was an Spannung zwischen uns gewesen war, wurde jetzt dadurch neutralisiert, daß es ihm so schlecht ging – oder daß er solche Hemmungen hatte. Ich vergaß ihn – nun ja, vielleicht nicht ganz, aber ich packte ihn weg, in ein irritiertes und auch ein wenig verletztes Eckchen meiner Seele, und lebte mein Leben weiter.

Im September erhielt ich zwei kurze Fotoaufträge, beide in den Staaten – eine Fotoserie über eine Bürgerversammlung in einer Kleinstadt in New Hampshire und eine über die Basketballmannschaft der Universität von Cincinnati und ihren Starspieler Oscar Robertson. Bei der Bürgerversammlung konzentrierte ich mich vor allem auf außergewöhnliche Gesichter, beeindruckende Köpfe. Ich arbeitete von der Nahaufnahme zur Totalen hin. Ich hielt zunächst einzelne Leute dabei fest, wie sie protestierten oder herumschrien oder argumentierten oder mit den Fäusten auf die Lehnen der vor ihnen stehenden Stühle einhieben oder vor Lachen brüllten oder applaudierten oder nach der Versammlung mit ihren Nachbarn bei Kaffee und Kuchen freundlich schwatzten, dann ging ich allmählich weiter weg, um das Ganze zu zeigen: Bürgerversammlungen als Tummelplatz für exzentrische Gestalten. Es gab damals in der betreffenden Kleinstadt und auch in der Nähe kein Motel, und ich übernachtete deshalb in einem Privatzimmer. Es befand sich in einem herrlichen, alten, für Neuengland typischen Bauernhaus, das einer sechzigjährigen Witwe gehörte, die kein Blatt vor den Mund nahm und sehr ausgeprägte Ansichten hatte und mich total verblüffte, weil sie in kommunalpolitischen Fragen so gut bewandert war und die Probleme auf eine geradezu zynische Weise durchschaute. Ich stellte sie in den Mittelpunkt meiner Reportage, und Russ und die anderen waren so begeistert von ihr, daß sie den Artikel «Politik selbstgestrickt» nannten. Das war zwar nicht gerade der Titel, den ich gewählt hätte, aber er weckte die gewünschte Aufmerksamkeit.

Der zweite Auftrag war eine noch größere Herausforderung, da

Sportfotografie ein Gebiet war, mit dem ich noch nie zu tun gehabt hatte und mit dem sich Frauen überhaupt verdammt selten beschäftigten. Es war eine reizvolle Aufgabe, diese langbeinigen, langarmigen Burschen dabei einzufangen, wie sie am Korb in die Luft sprangen, im Kreis um die Gegner herumhüpften, um sie abzuschirmen, sich im Laufen den Ball zuspielten und damit losdribbelten. Ich fotografierte sie beim Training, und sie ließen mich mit aufs Feld. Ich wurde ein paarmal fast umgerannt, aber dafür gelang mir eine großartige Aufnahme: Robertson von unten, wie er gerade zum Wurf hochspringt. Er schien darauf drei Meter lang, ein Riese mit gewaltigen Schenkeln und Füßen, jeder Muskel an ihm in Bewegung. *World* setzte das Foto aufs Titelblatt. Was für ein Volltreffer! Auch hierbei bewährte sich die umgekehrte Zoomtechnik, von der Nahaufnahme zur Totalen, hervorragend, da zwar jeder Spieler eine individuelle Persönlichkeit mit einer individuellen Technik war, aber das Team insgesamt so harmonisch zusammenwirkte wie eine Balletttruppe.

Diesmal übernachtete ich in einem Motel, und nach dem Spiel gegen Pennsylvania feierte die ganze Mannschaft in meinem Zimmer die Nacht durch. Zwei von den Jungs schliefen ein, aber das war egal, da ich sowieso nicht zu Bett ging, sondern durchmachte, bis es hell wurde, und dann packte und mit dem Taxi zum Flughafen fuhr. Ich schlief die ganze Rückfahrt über. Die Reise war ein Riesenspaß gewesen.

Als mir bevorstand, Pani zu fragen, ob sie auf die Kinder aufpassen könne, während ich in New Hampshire sein würde, war ich nervös. Ich ging am Nachmittag zu ihr hinunter, als Toni bei der Arbeit war, und statt wie sonst fröhlich zu verkünden, wann ich wegwollte und wohin, fragte ich sie zaghaft, ob sie sich während der vier Tage um die Kinder kümmern könne. Ihre Miene verdüsterte sich, und sie sah mich traurig an. Mir stockte das Herz, mein Gehirn arbeitete fieberhaft: Meine Mutter würde bestimmt bereit sein, sie die vier Tage zu nehmen, aber das würde bedeuten, daß sie sie jeden Morgen die ganze Strecke nach Lynbrook in die Schule fahren und dann nachmittags wieder abholen müßte, und die Kinder würden so weit weg von ihren Freunden unglücklich sein. Ich überlegte, ob Mom wohl willens sein würde, solange in meiner Wohnung zu wohnen. Ich dachte gerade darüber nach, wie ich es ihr am besten beibringen sollte, als Pani sagte: «Ja, Anastasia, das kann ich machen, aber demnächst geht es nicht mehr. Ich bin alt, ich bin zu müde für so große Kinder.»

Ich war erleichtert und bedrückt zugleich. «Natürlich, Pani, danke. Ich werde mich nach jemand anderem umtun. Wenn Sie mir bis dahin helfen könnten, wäre ich Ihnen sehr dankbar.»

Sie nickte knapp und sachlich und wandte sich ab.

Es war also weder vergessen noch vergeben! Aber warum war sie dann so nett zu mir?

Von der Reise zurückgekehrt, machte ich mich auf die Suche, indem ich bei allen möglichen Telefonnummern anrief, die ich von Freunden, vom schwarzen Brett im Supermarkt und aus Zeitungsannoncen hatte. Ich fand eine Witwe, die bereit war, tageweise bei mir zu Hause die Kinder zu hüten. Ich hatte kein gutes Gefühl. Sie klang so etepetete am Telefon, daß ich fürchtete, die Kinder würden sie nicht mögen, und ich sah problematische Monate auf mich zukommen: Schwierigkeiten, überhaupt wegzukommen, ständige Sorge, wenn ich es geschafft hätte, unglückliche Kinder während meiner Abwesenheit und wütende Kinder nach meiner Rückkehr. Ich hoffte, daß sie vielleicht nur am Telefon so steif und gezwungen war und sich in Wirklichkeit als netter entpuppen würde. Aber sie wollte in der Zeit, in der ich sie brauchte, nach Kalifornien zu ihrer Tochter fahren.

Erneut mußte ich einen Bittgang nach unten unternehmen. Ich versicherte Pani, dies sei das letzte Mal, daß ich sie fragte, und was tat sie? Sie bekam ganz feuchte Augen! Ich hätte am liebsten laut gebrüllt und auf die Wand eingehämmert. Was wollte sie denn eigentlich? Ich tat das alles doch nur, weil sie es so gewünscht hatte. Wollte sie, daß ich mich entschuldigte? Das konnte ich nicht. Vielleicht hätte ich ja die ganze Sache einfach übergehen sollen, lediglich die Kinder dazu anhalten sollen, ihre Ausdrucksweise zu überhören, aber nachdem es nun einmal ausgesprochen war, konnte ich nicht zurück, konnte ich nicht einfach sagen, ich sei im Unrecht gewesen. Ich war ja nicht im Unrecht. Aber warum fühlte ich mich dann so?

Ich stapfte wieder die Treppe hinauf und versuchte, mich abzuregen. Ich sagte mir, daß ihr Verhalten vielleicht gar nichts mit unserer Auseinandersetzung zu tun hatte. Vielleicht war sie froh gewesen, auf die Kinder aufpassen zu können, weil ihr das Geld gut zupaß gekommen war und sie einsam gewesen war und es genossen hatte, die Kinder um sich zu haben. Seitdem Toni da war und sie es finanziell ein bißchen leichter hatte – er zahlte nicht nur sein Kostgeld, sondern kaufte darüber hinaus auch noch das eine oder andere für den Haushalt –, konnte sie es sich vielleicht gestatten, ihr Alter und ihre Müdigkeit zu spüren. Vielleicht war sie einfach erschöpft – sie war zwar erst achtundsechzig, aber sie hatte von Kindesbeinen an ein schweres Leben gehabt. Allerdings konnte man bei einer Frau wie Pani nicht darauf hoffen, je herauszubekommen, was wirklich in ihr vorging. Mir kam der Gedanke, daß Pani und Sonders, auch wenn sie noch so verschieden waren, doch etwas gemeinsam hatten: Sie waren beide, jeder auf seine Weise, tyrannisch. Zu beiden war nur eine bestimmte Form von Beziehung möglich; ihre Einstellung und Lebensweise galt ihnen als die einzig mögliche. Und dann fiel mir ein, daß meine Mutter ganz genauso war. Vielleicht traf es auf uns alle zu. Ich beschloß, nicht mehr weiterzudenken.

Auf dem Heimweg vom Bahnhof dachte ich nur an eins: daß ich das einfältige Lächeln auf meinem Gesicht wieder abstellen mußte – ein Lächeln, das ich schon die ganze Zeit seit Cincinnati mit mir herumtrug. Ich war müde, aber auf eine wohlige, friedliche Weise, so wie man sich fühlt, wenn man eine schöne Zeit gehabt hat und Begegnungen mit Leuten, die einen aufgebaut haben. Als ich aus dem Taxi stieg, stand mein Auto nicht vor dem Haus, aber ich nahm an, Toni hätte es genommen, um einkaufen zu fahren oder etwas mit den Kindern zu unternehmen – es war ein Samstagnachmittag.

Ich war deshalb verwirrt, als Toni mir die Haustür öffnete, und noch verwirrter, als ich sein Gesicht sah. Ich dachte sofort, einem meiner Kinder sei etwas zugestoßen.

«Was ist los?» sagte ich atemlos.

Er schüttelte den Kopf. «Nichts. Alles in Ordnung. Den Kindern geht es gut.»

Ich hielt mich am Türrahmen fest, der zu schwanken schien. «Und wo ist mein Auto?»

Was für eine nette Frage zur Begrüßung. Ich konnte nicht klar denken. Warum hatte ich auch in der letzten Nacht soviel getrunken. Der Spaß, den ich dabei gehabt hatte, überhaupt alles, was in der Nacht gewesen war, war wie ausradiert.

Er grinste ein wenig. «Ich habe die Garage ausgeräumt. Ich dachte, es ist doch idiotisch, daß Sie den Wagen immer draußen abstellen, obwohl es eine Garage gibt und sie völlig in Ordnung ist.

Der Krempel war zum großen Teil schon uralt, als mein Großvater ihn angeschleppt hat. Warum kommen Sie nicht erst mal herein?» sagte er lachend, wobei er nach meiner Reisetasche und meinem Kamerakoffer griff.

Ich trat in den kleinen Hausflur. «Also was ist?»

«Gramma ist im Krankenhaus.»

Ich spürte, wie mein Gesicht eiskalt wurde. Pani! Die liebe, gute Pani!

«Ein Schlaganfall. Es ist nicht so schlimm, sie glauben, daß sie sich wieder erholt, es ist die rechte Seite.»

Es muß daran gelegen haben, daß ich so müde war und immer noch Alkohol im Blut hatte, denn ich brach in Tränen aus. Das lieferte – wie mir später auffiel – Toni den idealen Vorwand, mich in die Arme zu nehmen, und hob unsere Beziehung auf eine neue Ebene. Aber ich schwöre, und dabei bleibe ich, daß ich in dem Moment nichts dergleichen im Sinn hatte. (Da bin ich mir fast sicher.)

Die Kinder hatten uns gehört und kamen aus Panis Wohnung gestürmt. Sie fingen ebenfalls an zu weinen und umarmten mich. Wir gingen alle in Panis Wohnzimmer, als sei es unseres, und Toni brachte mir etwas zu trinken (ich sagte ihm nicht, wie wenig dringend ich ausgerechnet einen Drink benötigte). Wir hockten zusammen, bis es Essenszeit war, und sie erzählten mir in allen schrecklichen Einzelheiten, was am Tag zuvor passiert war.

Pani erholte sich tatsächlich, aber sie war nicht mehr die alte und würde es nie wieder sein. Ihre rechte Gesichtshälfte hing ein wenig herab, was ihren vorher so freundlichen mütterlichen Zügen etwas Boshaftes gab. Ihr rechtes Auge stand etwas hervor und besaß fast keine Sehkraft mehr. Und sie konnte monatelang nicht laufen. Sie brauchte ständige Pflege.

Ihre Söhne kamen, um sie im Krankenhaus zu besuchen und zu beschließen, was mit ihr geschehen sollte. Da ich wußte, wie wenig sie sich bisher um sie gekümmert hatten, war ich mir sicher, daß sie sie für den Rest ihres Lebens in ein Pflegeheim stecken, das Haus verkaufen und den Erlös unter sich aufteilen würden. Ich würde ausziehen müssen. Ich hatte inzwischen zwar etwas Geld auf dem Konto, aber ich betrachtete es als eiserne Reserve, weil ich davon ausging, daß meine berufliche Glückssträhne nicht ewig anhalten könnte. Ich dachte, früher oder später würde *World* mich hängenlassen, und dann würde ich das Zurückgelegte brauchen, um mich solange über Wasser zu halten, bis ich eine andere Möglichkeit gefunden hätte, Geld zu verdienen. Und ich wollte nicht wegziehen – meine Kinder fühlten sich hier wohl, hatten Freunde in der Nachbarschaft und würden unter einem neuen Ortswechsel leiden. Aber das war alles zweitrangig.

Ich fürchtete um Pani. Ich ging sie jeden Tag besuchen; ich sprach mit ihr, obgleich sie mich nicht zu hören schien, ich streichelte ihre Hände, ich erzählte ihr ausführlich von den Kindern. Wenn einer ihrer Söhne da war, saß er mit einer Zeitung in der Ecke des Zimmers und bedachte mich mit finsteren Blicken. Ihr Zustand besserte sich. Es war offensichtlich, daß sie gute Chancen hatte, wieder zu genesen, jedenfalls bis zu einem gewissen Grad. Aber nicht, wenn sie in ein Pflegeheim mußte.

Genau das hatte ihre Familie aber, wie ich später herausfand, tatsächlich mit ihr vor. Toni verhinderte es. Er erklärte ihnen – mit Vehemenz, das weiß ich, denn als er mir später davon erzählte, war er immer noch vehement –, was sie ihr alles verdankten, was für ein guter Mensch sie war und wie sehr sie es verdiente, ihr Leben so gut wie irgend möglich zu Ende leben zu können. Sie entgegneten, daß sie auf ständige Pflege angewiesen sein würde, die viel Geld kostete, und daß sie sich das nicht leisten könnten (die Abzahlungsraten für das Auto, die Kinder, deren Studium finanziert werden mußte – einer stotterte noch seinen neuen Swimmingpool ab, sein Bruder hatte zwei Schulkinder, die Zahnspangen brauchten), und außerdem, wie eine vertrauenswürdige Person finden? Sie würden Schecks schicken müssen, und die Pflegerin würde sie dann mit einer Vollmacht einlösen, und woher sollten sie wissen, daß sie sich nicht einen flotten Lenz machte und Momma inzwischen in ihrer eigenen Pisse verrotten ließ? Wer sollte sich ums Haus kümmern, darauf achten, daß das Laub geharkt, der Schnee geschippt, der Öltank gefüllt würde und es nicht durchs Dach regnete?

Toni wußte die Antwort: Er. Konnten sie ihm nicht vertrauen? Er wollte ohnehin schreiben, er haßte seinen Job, er war ihm viel zu stumpfsinnig und ließ ihm keine Zeit für seine eigene Arbeit. Wenn sie ihm monatlich eine feste Summe zahlten, würde er sich um Pani kümmern und Zeit zum Schreiben haben. Ihre Rente würde ausreichen, um das Haus in Schuß zu halten, wenn er selbst mit anpackte. Sie waren entsetzt. Wäre er ein Mädchen oder eine Frau gewesen, hätten sie ihm erleichtert einen minimalen Wechsel ausgesetzt, sich auf den Heimweg gemacht und die ganze Sache vergessen. «Sie wären nach Hause gefahren, hätten sich einen flotten Lenz gemacht und sie in ihrem Dreck verrotten lassen», erklärte Toni mir später voller Bitterkeit.

Aber Toni war ein Mann, der erste Sproß der ganzen Familie, der aufs College gegangen war, und jetzt fiel ihm nichts Besseres ein, was er mit seiner prachtvollen Männlichkeit und seinem Collegeabschluß anfangen wollte? Was in drei Teufels Namen war mit ihm los? War er ein Mann oder war er keiner?

Toni blieb Sieger, aber nicht deshalb, weil sie seine Einstellung akzeptiert hätten. Er setzte sich durch, weil sie nicht noch mehr Scherereien haben wollten. Sie hatten Frauen, die zu Hause auf sie warteten, Jobs oder Geschäfte, die sie nicht länger im Stich lassen konnten. Keiner von ihnen wollte die Zeit aufwenden, einen Platz in einem Pflegeheim zu suchen oder jemanden, der sich um Pani kümmerte – tatsächlich kam einer der Brüder, Louis, eines Abends zu mir herauf, um mich zu fragen, ob *ich* das nicht übernehmen könnte. Ich hätte es natürlich getan, wenn Pani allein gewesen wäre und darauf angewiesen, aber unter diesen Umständen bekam ich eine Stinkwut.

«Ich habe einen Job, Louis! Wenn ihr das jemand schuldig ist, dann Sie und Ihre Brüder!»

Er saß da, eine Bierdose in der Hand, und kaute auf seiner dicken Unterlippe herum. «Na, ein bißchen was sind Sie ihr auch schuldig. Sie haben sie oft genug eingespannt. Zum Kinderhüten.»

«Ich habe sie immer dafür bezahlt.»

»'türlich. Zu marktüblichen Preisen, was?»

Gott, wie ich ihn haßte.

«Ich habe ihr zehn Dollar für jeden Tag gegeben, den ich abwesend war, und für jeden angefangenen Tag das gleiche.»

«Gerade genug für die Essenskosten, würde ich sagen.»

«Ihr Essen habe ich extra bezahlt.»

«Bei uns zu Hause kriegen Babysitter 50 Cent die Stunde, damit sie auf Kinder aufpassen, wenn sie *schlafen*. Klingt mir nicht nach fairer Bezahlung. War schließlich 'ne Menge Arbeit und Verantwortung, rund um die Uhr Kinder zu hüten.»

«*Meine* Kinder schlafen auch manchmal. Jede Nacht zehn Stunden, und fünf Stunden sind sie in der Schule. Das heißt, daß ich Ihrer

Mutter über einen Dollar für jede Stunde bezahlt habe, in der sie wach und nicht versorgt waren. Und außerdem waren sie oft gar nicht zu Hause.»

«Tja, und das ist dann erst recht 'n Kreuz für 'ne olle Frau, stimmt's oder hab ich recht?» Louis' Sprechweise erwuchs keineswegs aus Unbeholfenheit – alle seine Brüder sprachen ganz gewählt bis auf den einen, der bei General Motors in der Nähe von Detroit arbeitete und sich eines gezielt schroffen, «männlichen» Jargons befleißigte. Louis benutzte diese volkstümliche Sprache als taktisches Mittel. Er hatte sie sich wahrscheinlich zugelegt, als er nach Missouri gezogen war, um dort mit Immobilien zu handeln – er wollte wohl auf diese Weise die Tatsache vertuschen, daß er Yankee war. Er war der wohlhabendste der Brüder. «Sich Sorgen machen zu müssen, wo sie wohl stecken, wenn sie nich' da sind.»

Ich stand auf. «Ich finde es empörend, daß Sie versuchen, die Verantwortung für Ihre Mutter auf mich abzuschieben. Ich denke, es ist Ihnen nicht entgangen, daß ich sie gern habe. Das scheint mir mehr, als Sie von sich behaupten können – schließlich haben Sie sich die ganzen Jahre überhaupt nicht um sie gekümmert.»

«Und ich denke, daß wir uns von Ihnen keine Vorträge drüber halten lassen brauchen, was wir zu tun haben, junge Frau. Eine Frau mit Herz würde sich freuen, ein bißchen was von dem zurückzahlen zu können, was sie jemand anderem schuldig ist.»

Jetzt konnte ich mich nicht mehr beherrschen. «Und leider Gottes hat es in Ihrem Leben schon viel zu viele solcher Frauen mit Herz gegeben: Deshalb haben Sie es sich angewöhnt, sich unverschämt zu benehmen! Machen Sie, daß Sie verschwinden!»

Er hievte seinen dicken Bauch aus dem Sessel und erhob sich träge. «Scheint fast so, als wollten Sie mich rauswerfen, junge Frau, aus einem Haus, das mir selbst gehört, jedenfalls zu einem Fünftel», griente er.

«Das ist immer noch meine Wohnung, solange ich einen Mietvertrag habe und meine Miete zahle. Und außerdem ist sie noch nicht tot!» Mein Leben lang hatte ich immer wieder von Leuten gelesen, die «Haare auf den Zähnen» hatten, und nie recht verstanden, was damit gemeint war. Jetzt konnte ich förmlich spüren, wie diese Haare sich sträubten.

Nachdem er gegangen war und ich hinter ihm geräuschvoll die Tür abgeschlossen und die Kette vorgelegt hatte, fiel ich in einen

Sessel. Ich saß da und bemühte mich, meine Nacken- und Schultermuskeln wieder zu entspannen. Ich konnte sie unten streiten hören. Es war ein lautes Gebrüll, das sich ab und zu legte und durch eine einzelne Stimme abgelöst wurde, die immer mehr anschwoll und durch die Fußbodenbretter nach oben drang. Ich wußte, das war Antoni, Tonis Vater, und ich wußte, daß er seinen Sohn mit einem Schwall von Verachtung überschüttete, weil er in seinen Augen ein Schwächling und ein Muttersöhnchen war. Ich konnte verstehen, daß Toni nicht nach Ohio zurückwollte. Das Gegrummel und Gebrülle hielt fast zwei Stunden an. Die Stimmen klangen allmählich ziemlich betrunken. Die Haustür fiel krachend ins Schloß. Ich dachte mir, daß es Toni war, der das Weite gesucht hatte, und lief rasch an mein vorderes Fenster. Da ging er mit gesenktem Kopf, die Hände in den Hosentaschen, mit schnellem Schritt. Wo konnte er schon hingehen? Er tat mir so schrecklich leid, ich hätte am liebsten das Fenster aufgerissen und ihn aufgefordert, heraufzukommen und bei mir in meinem Bett zu schlafen, warm und geborgen.

Und wenn die Kinder es nun auch gehört hatten und verängstigt in ihren Betten lagen? Ich stand auf und schlich auf Zehenspitzen an ihre Zimmertüren, öffnete sie nacheinander einen kleinen Spalt und linste hinein. Sie schienen zu schlafen. Ich flüsterte ihre Namen, nichts rührte sich. Sie schliefen.

Ich goß mir einen Drink ein, eine reine Gewohnheitshandlung, die ich stets vollführe, bevor ich mich hinsetze, um zu DENKEN. Ich fiel wieder in meinen Sessel. Ob Pani es wohl schlimm gefunden hätte, wie ich mit ihrem Sohn umgesprungen war? Ich wußte, sie hätte es auf jeden Fall schlimm gefunden, wie er mit mir umgesprungen war. Wie war es nur möglich, daß diese herzensgute Frau, diese Heilige, dieser freundliche liebe Mensch Söhne wie Louis und seine Brüder hervorgebracht hatte?

Ich wußte, daß ihr Mann sehr bestimmend gewesen war. Ich konnte es an ihrer Stimme hören, wenn sie von ihm sprach, obwohl er schon über zwanzig Jahre tot war, und ich hatte es daran gesehen, wie sie dagestanden hatte, als ich mein Machtwort wegen ihrer Ausdrucksweise gesprochen hatte. Vielleicht, ja wahrscheinlich, war er auch hartherzig und brutal zu seinen Söhnen gewesen. Aber das allein erklärte noch nicht, wie sie zu ihr standen, wie sie mit ihr umgingen.

Ich dachte über Panis Fehler nach. Unaufrichtigkeit, das war wohl der schlimmste: Die ewige Freundlichkeit und das ewige Lächeln, so daß man nie sagen konnte, was in ihr vorging. Aber ich kannte Pani jetzt schon eine ganze Weile, und ich hatte nicht das Gefühl, daß sie innerlich ganz anders war, als sie sich nach außen hin gab. Sie war keine spröde, verbitterte Person, bei der das Lächeln nur aufgesetzt war wie Zuckerguß. Sie war weder berechnend noch kleinlich, noch mißgünstig. Sie war wirklich ein guter Mensch: Der einzig schwerwiegende Fehler, den ich bisher an ihr entdeckt hatte, war ihre Bigotterie. Vielleicht hatte sie ja auch nie etwas auf ihre Söhne kommen lassen, egal was sie taten, und die Schuld immer anderen in die Schuhe geschoben, vor allem solchen anderen, die keine Polen, keine Christen, keine Weißen waren. War das eine hinreichende Erklärung?

Ich machte Schluß mit DENKEN, als mein Glas leer war. Es war immer das gleiche – da ich aus den Irrgärten, die ich selbst um mich aufbaute, nicht mehr herausfand, mußte ich sie irgendwann einfach verdrängen. Aber die Fragen lösten sich nicht in Luft auf, sie moderten vor sich hin wie Spinnweben in einer alten unbenutzten Scheune, dunkle, klebrige, gräßliche, graue Gespinste, die überall auf dem Fußboden herumliegen und alle Winkel überwuchern.

Einer nach dem anderen machten sich die Söhne davon. Drei von ihnen wohnten im Motel, und da das nächste sich in Rockville Centre befand, mußten sie sich obendrein ein Auto mieten. Es reute sie, ihr schönes Geld dafür ausgeben zu müssen. Außerdem war niemand da, der für sie kochte, so daß sie sich entweder selbst verpflegen (ha!) oder im Restaurant essen mußten, was ebenfalls ins Geld ging.

Antoni zog mit Gepolter davon, knallte die Haustür mit seiner schweren Reisetasche zu und stampfte die Treppenstufen zu seinem Taxi hinunter. (Toni bat mich während der ganzen Zeit ihres Aufenthaltes nicht einmal um mein Auto. Und ich bot es ihm auch nicht an.) Paul und Jan blieben noch, um Pani aus dem Krankenhaus zu holen. Toni sagte mir Bescheid, wann sie sie bringen wollten, und mir blieb noch etwas Zeit. Ich lief nach unten und dachte, das wenigstens will ich für sie tun. Pani hatte nicht oft saubergemacht, und die Männer bestimmt kein einziges Mal, und ihr Zimmer, das jetzt für lange Zeit ihr ganzer Lebensraum sein würde, mußte völlig verdreckt sein.

Die Vorhänge waren – womit ich schon gerechnet hatte – in einem zu schlechten Zustand, als daß man sie hätte retten können. Als erstes hängte ich die Dinger ab, was dermaßen staubte, daß ich husten mußte. Ich wickelte sie vorsichtig zusammen und stopfte sie in die Mülltonne. Ich fand einen Mop, band ein altes Tuch darum und entstaubte die Decke, den oberen Teil der Wände und vor allem die Ecken, wo die Spinnweben ebenso dicht hingen wie in meinem Kopf. Ich wuchtete meinen Staubsauger die Treppe hinunter und ließ den Staub von mehreren Jahren aus dem ausgeblichenen Teppich in seinem Bauch verschwinden. Auf allen vieren kroch ich herum und wischte die Holzdielen rings um den Teppich mit einem feuchten Schwamm. Mit einem zitronenölgetränkten Staubtuch fuhr ich über alle Flächen und putzte die Fenster und den Spiegel. Ich prüfte den Zustand des Betts, aber irgend jemand – wahrscheinlich Toni – hatte es frisch bezogen. Dann wischte ich ihren ganzen Nippes mit einem feuchten seifigen Lappen ab. Ich packte die neuen Vorhänge aus, die ich bei Woolworth erstanden hatte, und brachte sie an. Zum Schluß holte ich noch einen Krug mit einem Chrysanthemenstrauß von oben und stellte ihn auf die Kommode gegenüber vom Bett, wo sie ihn sehen konnte. Rasch lief ich wieder nach oben – ich wollte nicht da sein, wenn sie kamen, und hoffte, sie würden nicht merken, was ich getan hatte. Sonst würden sie noch denken, sie hätten mich doch weichgeklopft, ich sei auch eine dieser Frauen mit Herz, die sie herumkriegen konnten, ihre Arbeit für sie zu erledigen.

Ich beobachtete durchs Fenster, wie sie Pani aus dem Wagen holten, es fühlte sich an, als ob meine Wangen bluteten, aber es waren nur Tränen. Sie wirkte so winzig und zerbrechlich in ihrem Rollstuhl wie ein Baby in einem Kinderwagen. Ihr zuvor farblos graubraunes Haar war jetzt fast weiß, und sie hatte den gleichen abgewetzten alten schwarzen Mantel an, den sie jedes Frühjahr und jeden Herbst trug. Unten blieb es eine ganze Zeitlang still, und es roch nach Kaffee. Ich wollte nicht hinuntergehen, ehe sie nicht weg waren.

Endlich fuhren sie ab, und ich ging hinunter und klopfte leicht an die Tür. Toni mußte mich schon erwartet haben, denn er machte sofort auf.

Er gab mir einen Kuß. «Danke, daß Sie Grannys Zimmer saubergemacht haben. Ich wollte es machen, aber meine Onkel hatten es die ganze Zeit okkupiert, bis wir losfahren mußten. Das war sehr lieb von Ihnen.»

«Nicht der Rede wert. Wie geht es ihr?»

«Sie schläft. Sie ist völlig erschöpft. Aber sie hat die Blumen bemerkt. Ich habe ihr gesagt, daß Sie sie ihr hingestellt haben.»

Meine Augen füllten sich mit Tränen. Mein Gott, ich wurde langsam verdammt rührselig bei dieser ganzen Geschichte.

«Möchten Sie sie sehen?»

Er geleitete mich zu ihrem Zimmer und öffnete die Tür, die nur angelehnt gewesen war. «Damit ich sie auf jeden Fall höre», erklärte er.

Eine Fremde mit weißem Haar und sonderbar verzerrtem Gesicht lag dort im Bett, und für eine so kleine Frau wölbte sich die Decke zu einem erstaunlich hohen Hügel. Die Jalousien waren heruntergelassen. Das Zimmer roch nach Seife und nach Blumen. Sie atmete gleichmäßig.

Toni und ich blieben noch eine Weile im Wohnzimmer sitzen, und wir unterhielten uns flüsternd. Er erzählte mir ein wenig von seinen Onkeln und entschuldigte sich dafür, daß Louis mich belästigt hatte. «Ich konnte ihn nicht davon abhalten. Sie geben überhaupt nichts auf das, was ich sage.»

«Das habe ich mir schon gedacht.» Ich trank von dem Kaffee, den er mir eingegossen hatte. «Sie wollen es also wirklich tun – sich selbst um sie kümmern?»

«So gut ich kann. Sie kann jetzt eine Bettpfanne benutzen. Im Moment braucht sie keine Spritzen, nur noch Pillen. Und wenn sie eine Spritze braucht, kommt eine Krankenschwester. Es geht vor allem darum, sie zu füttern, zu waschen und ihr Gesellschaft zu leisten.» Er lächelte ein spitzbübisches Lächeln.

Er wollte sie waschen? Ihre Bettpfanne ausleeren? War er denn auch ein Heiliger? Brr, allein schon der Gedanke... Aber natürlich hätte ich das alles für meine Kinder auch getan, hatte ich es getan, jahrelang, ohne lange nachzudenken... Nun, ich würde sein Haupt nicht mit einem Heiligenschein krönen. Vielleicht war er etwas sonderlich und hatte seinen Spaß an solchen Dingen. Ein schräger Vogel. Vielleicht kannte ihn sein Vater doch besser als ich. Ich stand auf.

«Vielen Dank für den Kaffee. Und wenn Sie das Auto haben möchten, schreien Sie einfach. Und wenn Sie wegmüssen, zum Einkaufen oder so etwas, löse ich Sie gern solange ab.»

«Danke. Mrs. D'Antonio und Mrs. Schneider haben mir das auch schon angeboten. Ich denke, es wird alles prächtig klappen. Sie haben sogar einen Eintopf, einen Schinken und ein paar Kuchen herübergebracht, so daß Gramma meine Kochkünste vorerst erspart bleiben.»

«Fein.» Ja, die Frauen finden sich ein, wenn es etwas zu helfen gibt. «Ich habe oben auf dem Herd einen Topf Hühnersuppe, die ich für sie aufgesetzt habe. Ich bringe sie später herunter.»

«Sie sind alle Heilige», lächelte er.

«Sagen Sie das nicht!» rief ich schrill, und ich erschrak selbst, wie laut meine Stimme war.

Toni gab seinen Job auf und trat unverzüglich sein Amt als Panis Pfleger an. Ganz allmählich besserte sich ihr Zustand. Zuerst blieb sie immer nur ein paar Minuten lang wach, dann fing sie an, sich halbstundenweise aufzusetzen. Toni trug den Fernsehapparat in ihr Zimmer und stellte ihn auf den Schreibschrank, wo sie ihn vom Bett aus sehen konnte. Schließlich war sie immer mehrere Stunden lang wach. Am liebsten schaute sie sich Quizsendungen an. Die Kinder gingen sie jeden Tag besuchen, und an Regentagen blieb meist eins von ihnen bei ihr, um mit ihr Rommé oder Dame zu spielen. Ich besuchte sie ebenfalls jeden Tag, und ihre Freundinnen kamen mehrmals in der Woche.

Aber sie konnte nicht sprechen, und das bereitete ihr großen Kummer. Sie versuchte es, gestikulierte mit der linken Hand und rollte ihr Auge. Aber dann gab sie es immer wieder frustriert auf. Manchmal lief ihr nach diesen Bemühungen eine Träne über die Wange.

Da sie sich etwa um neun Uhr endgültig schlafen legte, hatte Toni abends frei. Und bei mir war es genauso. So geschah es denn ganz automatisch, daß er heraufkam oder ich hinunterging, jeden dritten Abend oder vielleicht auch jeden zweiten, und wir ein, zwei Stündchen zusammensaßen und plauderten. Er kam, so erzählte er mir, mit dem Schreiben gut voran, da er vier bis fünf Stunden täglich darauf verwenden konnte.

Wir redeten miteinander wie Freunde oder besser gesagt wie Freundinnen. Schließlich waren wir in gewisser Weise beide «Frauen» – wir hatten beide vergleichsweise hilflose Wesen zu versorgen, wir spülten Geschirr und wuschen Wäsche, gingen einkaufen und kochten, machten uns Gedanken um andere. Und wir hatten auch noch jeder eine eigene Arbeit, eine schöpferische Tätigkeit, die zwischen uns weiter kein Gesprächsthema abgab, sondern einfach da war, wie eine Art Bestätigung dafür, daß wir jeder auch noch ein eigenes Leben hatten. Diese Kombination aus Nähe und Für-sich-Sein belebte den Strom von Verlangen, der bei unserer ersten Begegnung zwischen uns zu fließen begonnen hatte, wieder neu, aber natürlich waren immer Pani oder die Kinder gleich nebenan, und schon dieses Wissen hemmte uns. Gleichzeitig heizte dieses Unterdrücken unsrer Gefühle die Begierde kräftig an – denn es gibt kein besseres Anregungsmittel als Spannung, als den Reiz des Verbotenen. Immer wieder merkte ich plötzlich vewirrt, wie ich auf seine Hände starrte, während er sprach, oder ich ertappte ihn dabei, wie er auf meinen Mund schaute – ich wußte genau, daß es mein Mund war, den er ansah, nicht mein Gesicht. Aber irgend etwas mußte passieren und uns über unsere Hemmschwelle hinwegtragen.

Ich hatte während dieser Zeit mehrere Fotoaufträge, alle in den Staaten, keiner davon mit mehr als vier Tagen Abwesenheit verbunden. Toni übernahm jedesmal die Kinder und schaffte es, ihre Betreuung ohne weitere Probleme mit der Sorge für Pani zu vereinbaren. Er pendelte zwischen oben und unten hin und her, als seien wir alle eine große Familie in einem zweistöckigen Haus; er schlief unten, damit er Pani hören konnte, falls sie nachts aufwachte, und ließ die Tür zu unserer Wohnung offen. Die Kinder vergötterten ihn. Er ging mit ihnen eher wie ein großer Bruder um denn wie ein erwachsener Aufpasser, er brachte ihnen das Pokerspielen bei, er las Ardens holprige erste Versuche, Gedichte zu schreiben, und kaufte ihr ein paar Taschenbuch-Gedichtbände – Gerard Manley Hopkins, Emily Dickinson, Robert Frost. Er spielte mit ihnen beiden Ball, er spielte mit Billy Schach, sah mit ihm Footballspiele im Fernsehen und unterhielt sich mit ihm über Sport. Er war sanft, und wenn er Autorität walten ließ, tat er es immer im Ton von: «Nun mal los, ihr Lieben, ihr wißt ja, es muß nun einmal sein, ihr seht ja, ich muß schließlich meine Sachen auch machen.»

Mit der Zeit erzählte er mir einiges über seine Eltern. Er haßte seinen Vater, seine herrische, tyrannische Art seinen Kindern und seiner Frau gegenüber. Antoni war ein Mann, der mit der Faust auf den Tisch schlug, ein Pharisäer und ein Geizkragen. Schon zwei

Monate nach Panis Entlassung aus dem Krankenhaus fing er an, sich wegen seines Anteils an dem kleinen Betrag, den die Brüder Toni jeden Monat schickten, fürchterlich anzustellen. Aber das Schlimmste von allem war, daß er trank. Nicht täglich und auch nicht jede Woche einmal – aber wenn er trank, hörte er nicht auf, ehe er sturzbetrunken war, und wenn er dann nach Hause kam, tobte er und verprügelte seine Frau und jedes seiner Kinder, das ihm unter die Augen kam. «Meine beiden älteren Brüder sind von zu Hause weggegangen, sobald es irgend ging. Sie haben das alles am härtesten abgekriegt, weil er noch jünger war und mehr Kraft hatte und sie nur zu zweit waren. Mein ältester Bruder ist mit sechzehn abgehauen – nachdem mein Vater ihm mit der Peitsche zugesetzt hatte. Der zweitälteste hat sich während des Koreakrieges freiwillig gemeldet und ist nie wieder nach Dayton zurückgekommen.»

Seine Mutter liebte er, aber sein Stimme klang dünn und rauh, wenn er von ihr sprach.

«Du kannst sie nicht achten», wagte ich eine Deutung.

«Wie sollte ich?» jammerte die rauhe Stimme. «Sie kuscht, wenn er sie verprügelt, und ihr Körper ist schon in einer regelrechten Demutshaltung erstarrt. Und wenn er auf uns eindrosch, stand sie immer nur dabei und weinte und rang die Hände.»

«Schlägt er seine Kinder jetzt nicht mehr?»

Toni sah mich an. «Kann ich etwas zu trinken haben? Ich meine etwas Richtiges, einen Whiskey. Hast du welchen?»

Seit ich «eine Frau von Welt» war, hatte ich mir angewöhnt, immer eine Flasche Whiskey auf dem Bord stehen zu haben. Ich goß uns beiden einen Drink ein.

Toni lehnte sich wieder in dem alten schäbigen Armsessel zurück, der dem ebenso alten und schäbigen Sofa gegenüber stand. Er trank ein paar Schlucke.

«Ich habe richtig daraufhin trainiert, meinen Vater umzubringen», sagte er.

«Als Junge war ich ziemlich klein für mein Alter. Das Viertel, wo meine Eltern in Dayton wohnen, ist proletarisch, und es geht ziemlich rauh zu, auch wenn es nicht wirklich gefährlich ist. Als ich etwa zehn war, erklärte ich meinem Vater, daß ich Boxen lernen wollte, zur Selbstverteidigung, weil ich so klein sei. Das war das einzige, womit ich ihn je erfreut habe. Er meldete mich beim Sportverein an, und ich fing an zu trainieren. Ich arbeitete jahrelang hart an mir. Ich machte Lauftraining, sprang Seil, ich lernte Judo, und später fing ich dann an mit Gewichtheben, um meine Muskeln zu kräftigen ...»

(*Daher* also diese Arme, dieser Brustkasten!)

«Ich trainierte jeden Nachmittag nach der Schule mehrere Stunden lang. Mein Vater staunte über meinen Eifer. Er redete schon davon, daß ich vielleicht Boxer werden könnte – Bantamgewicht, zu mehr hätte es nie gereicht. Er wußte nicht, warum ich in Wirklichkeit so eifrig war. Ich wollte ein richtiger Supermann werden, damit ich ihn, wenn er das nächste Mal auf Mom losging, aufs Kreuz legen könnte. Ich wußte, daß das natürlich Jahre dauern würde – du hast meinen Dad ja gesehen.»

Antoni wog über zwei Zentner, bei einer Größe von knapp einsfünfundsiebzig. Toni war auch nicht größer.

«Aber letztendlich kam es dann doch anders ...» Er fuhr sich mit der Hand übers Gesicht, «ich habe nicht sie verteidigt, sondern mich selbst. Ich hatte etwas gemacht, was ihm nicht paßte – ich weiß nicht mehr was –, fast alles, was ich tat, paßte ihm nicht. Vielleicht hatte ich es gewagt, meinen Freund Brian in Schutz zu nehmen. Mein Dad haßt alle Menschen, die keine Polen sind – und auch genügend Leute, die es sind –, aber am allermeisten haßt er die Iren, wahrscheinlich deshalb, weil in unserer Gegend so viele wohnen und sie meist schneller vorankamen als die Polen. Jedenfalls hatte ich irgend etwas gesagt, was ihn ärgerte, und er holte aus, um mir eins zu verpassen, und ich reagierte, ohne nachzudenken, ohne richtig zu kapieren, was ich da tat, und packte seinen Arm und bog ihn nach hinten. Es ging so schnell ... Er fiel wie ein Sack vom Stuhl. Damals war ich dreizehn.

Es ist schon seltsam. Auch wenn man seinen Vater noch so sehr haßt, gibt es da doch – wie soll ich sagen – so eine Art archaisches Tabu. Es war schrecklich für mich, ihn so am Boden liegen zu sehen, ich hatte plötzlich entsetzliche Schuldgefühle und Angst, ich dachte, Gott würde jeden Moment einen Blitz vom Himmel herunterschleudern und mich erschlagen. Mein Dad sah meinem Gesicht genau an, was in mir vorging, während er da auf dem Boden hockte und mich anstarrte. Sein Blick war – ich glaube, das einzige Wort, was paßt, ist boshaft. Und ich muß so zu Tode erschrocken ausgesehen haben, daß er genau wußte, daß er mit mir machen konnte, was er wollte.

Er stand ganz langsam auf und löste seinen Gürtel. ‹Ich werde dich lehren, deinen Vater zu schlagen!› sagte er. Ich stand einfach nur da. Ich sagte kein Wort. Meine Mutter sagte auch nichts. Ihr Gesicht war leichenblaß. Sie glaubte wohl, er würde mich umbringen.»

Toni kippte ein paar kräftige Schlucke Whiskey hinunter.

«Er packte mich an den Haaren und schleifte mich die Kellertreppe hinunter und befahl mir, die Hosen herunterzulassen. Dann warf er mich über ein niedriges Tischchen und fing an, mit dem Gürtel auf mich einzudreschen. Ich wehrte mich nicht, ich hatte das Gefühl, daß er das Recht dazu hatte, nach dem, was ich getan hatte. Aber ich schrie auch nicht, und er schlug immer weiter auf mich ein und sagte, er würde so lange weitermachen, bis ich anfangen würde zu schreien, aber ich biß die Zähne zusammen.»

Mir standen die Tränen in den Augen, und ich spürte den Drang, zu ihm hinzugehen und ihn in die Arme zu nehmen, aber ich rührte mich nicht.

«Meine Mutter war mittlerweile auch nach unten gekommen, ich hatte es gar nicht mitgekriegt. Sie geht immer ganz geräuschlos und spricht auch ganz sanft und leise. Aber plötzlich hörte ich mitten in sein Geächze und das Klatschen des Gürtels hinein ihre Stimme, ganz traurig und leise.

‹Du bringst ihn um, Antoni›, sagte sie. Kein Gejammer, keine Tränen. Sein Arm stockte mitten in der Luft. Ich war schon gar nicht mehr richtig da vor Schmerz, aber mein Herz zersprang beinah, und ich dachte, ja, er bringt erst mich um und dann sie, aber er tat es nicht. Er ließ von mir ab und ging nach oben.

Danach war ich eine ganze Zeit lang krank. Ich konnte nicht zur Schule gehen. Aber er hat nie wieder die Hand gegen mich erhoben. Ich weiß nicht warum. Vielleicht dachte er ja, das nächste Mal würde ich keine Skrupel haben, ihn umzubringen. Und als er das nächste Mal auf meinen kleinen Bruder losging, bin ich nur aufgestanden und habe ihn angeschaut, und da hat er es bleibenlassen.

Aber meine Mutter hat er weiter geschlagen. Dagegen konnte ich nichts ausrichten. Er kam immer, wenn er irgendwo gesoffen hatte, spät in der Nacht nach Hause und fing einfach an, auf sie loszudreschen. Ohne jeden Grund. Sie weinte dann ganz leise, damit meine kleinen Geschwister und ich nicht aufwachten und Angst bekamen. Manchmal hörte ich aber doch etwas und lief nach unten. Aber bis dahin hatte er immer schon aufgehört und hing total weggetreten in seinem Sessel. Einmal bin ich zu ihm hingegangen, um ihn aufzuwecken – da war ich etwa sechzehn und so groß wie er und viel stärker, auch wenn er einen halben Zentner mehr wog als ich. Ich wollte ihn wachrütteln und ihm eine reinhauen. Aber meine Mutter ließ mich nicht. Sie hielt mich zurück und weinte und flehte. Da gab ich es auf. Ich wußte, ich würde bald weggehen aufs College, und ich schwor mir, nie wieder einen Fuß in dieses Irrenhaus zu setzen.»

Er wischte sich wieder mit der Hand übers Gesicht, ich konnte sehen, daß es feucht war. Nicht von Tränen, von Schweiß. «In den Sommerferien habe ich mir immer Jobs weit weg von Dayton gesucht – ganz egal was. Einmal habe ich auf einer Ranch gearbeitet – was ziemlich komisch war, weil ich so gut wie nie ein Pferd von nahem gesehen, geschweige denn auf einem gesessen hatte. Und am Fließband habe ich auch gearbeitet, genau wie mein Alter. Aber nicht in Dayton.

Im Herbst ging ich dann aufs College, und ich bin nie wieder zurückgekommen außer in kürzeren Ferien. Und dann war ich auch nicht immer bei ihnen. Ich kann das Haus nicht ausstehen. Ich werde nie dorthin zurückgehen. Sollen sie doch machen, was sie wollen, sie scheinen sich ja offenbar wohl zu fühlen. Verdammtes Irrenhaus!»

Er schlug sich die Hände vors Gesicht und weinte. Ich rührte mich nicht. Auf diese mütterliche Weise wollte ich ihn nicht umarmen. Bald darauf hob er den Kopf, entschuldigte sich, stand auf und ging ins Bad. Er kam mit gewaschenem Gesicht und feuchtglänzenden tiefblickenden Augen wieder heraus und auf mich zu. Ich stand auf und ging ihm ein paar Schritte entgegen, und wir schlossen uns so natürlich und selbstverständlich in die Arme, wie Windenblüten sich schließen, wenn es Abend wird. Dann gingen wir ins Bett.

5

BELLE BESTRICH DEN Kuchen sorgfältig mit der Eischneemasse, bestreute das Ganze leicht mit Hagelzucker und schob ihr Werk wieder in den Ofen. Sie stellte die Eieruhr, setzte sich auf einen Küchenstuhl und zündete sich eine Zigarette an. Sie saß nicht gern in der Küche, aber es dauerte nur ein paar Minuten, bis die Baisermasse leicht braun wurde, und es lohnte sich nicht, zur Veranda zu gehen. Die Baisertorte war für Mr. Campanella, ihren Klavierlehrer. Immer wenn sie ihm einen Kuchen mitbrachte, überschlug er sich vor Begeisterung. Er fiel dann ins Italienische und erklärte, er und seine Frau fänden, daß Mrs. Stevens die besten Kuchen auf der ganzen Welt zauberte.

Sie lächelte ein wenig, während sie daran dachte.

Ihre Klavierstunde war um drei, bis dahin würde der Kuchen abgekühlt sein. Und in der Zwischenzeit hatte sie nichts zu tun: nichts zu tun! Sie würde ihr Stück noch einmal üben, baden, die Nadeln aus dem Haar nehmen und es auskämmen und sich in aller Ruhe zurechtmachen. Sie würde regelrecht Toilette machen, sie, Belle! Ganz wie eine feine Dame. Sie machte sich gern hübsch, wenn sie zu den Campanellas ging, sie waren so kultivierte Menschen. Mrs. Campanella sang an der Met, obwohl sie schon über fünfzig und sehr dick war, und er – oh, er war ja so elegant, und in ihrem Haus standen überall Antiquitäten und Fotos von berühmten Leuten, die sie persönlich kannten, und dann das wundervolle Klavier... Ein Bosen... Bosen soundso.

Wenn sie von der Klavierstunde nach Hause kam, war sie immer ein wenig niedergeschlagen. Sie ließ dann noch einmal alles ganz genau in ihrem Kopf Revue passieren – wie er ausgesehen und gesprochen hatte, wie er sie angesehen hatte, was er über ihr Spiel gesagt hatte. Er war sehr freundlich zu ihr, aber sie wußte, daß sie nicht gut war. Immerhin hatte sie ja jahrelang zugehört, wenn die Mädchen übten. Und jetzt hatte sie schon seit drei Jahren Stunden, und sie konnte immer noch kein einziges von den Stücken spielen, die Anastasia schon nach zwei Jahren beherrscht hatte. Sie war zu alt. Sechsundfünfzig. Die Mädchen hatten mit sieben angefangen. Aber vielleicht wäre sie nie eine gute Klavierspielerin geworden, auch wenn sie schon als Kind begonnen hätte. Irgend etwas fehlte ihr...

Trotzdem war er nett zu ihr. Er wußte, daß sie sich über ihr geringes Talent nichts vormachte. Sie wollte einfach nur ein paar Schlager, die sie gern mochte, richtig gut spielen können. Aber irgendwie schaffte sie es nie, daß die Lieder wie bei ihm einfach unter ihren Fingern daherflossen. Dabei waren sie wirklich nicht schwer. Sie mußte Fingerübungen machen, meinte er, um ihre Hände zu kräftigen. Aber sie übte doch schon jeden Tag ihre Tonleitern und ihre Etüden. Die Arpeggios waren schwieriger.

Anastasia hatte schon seit Jahren nicht mehr geübt, aber manchmal, wenn sie zu Besuch kam, setzte sie sich ans Klavier. Sie konnte es immer noch zum Singen bringen mit ihrem Chopin, den sie so wundervoll spielte, o ja, es war wundervoll, auch wenn sie die Nase rümpfte, sobald Belle das sagte. Sie war nicht zufrieden mit ihrem Spiel, sie hatte keine Ahnung, wie sehr Belle sich wünschte, *sie* könnte dem Klavier solche Töne entlocken, aber nun ja, Anastasia war schon immer das Beste gerade gut genug gewesen...

Anastasia. Belles Mund verzog sich zu einer Grimasse. In zwei Wochen hatte sie Geburtstag, war schon wieder Erntedank. Was sollte sie ihr nur schenken? Ein Buch übers Erwachsenwerden. Sie liebte Zitronenbaisertorte. Belle seufzte. Sie würde ihr wohl eine backen, aber sie hatte keine Lust.

Die Eieruhr rasselte. Sie stand auf, zog einen Kochhandschuh über und holte den Kuchen aus dem Ofen. Perfekt gelungen – die kleinen Tupfer auf der weißen Baisermasse an den Spitzen gerade richtig schön goldbraun. Sie stellte ihn vorsichtig zum Abkühlen auf das Kuchengitter. Dann spülte sie die klebrigen Schüsseln rasch vor, ehe sie diese in die Spülmaschine tat. Sie liebte ihre Spülmaschine. Sie war noch neu. Sie hatten die Küche im vergangenen Jahr ganz neu eingerichtet, mit hübschen Hängeschränken und Unterschränken mit Schubladen, die sich ganz leicht öffnen ließen, und einem neuen Fußboden, einer speziellen Sorte Linoleum – oder vielleicht nannte man das jetzt auch gar nicht mehr Linoleum –, das immer schön glänzend blieb, ohne daß man es wachsen mußte. Das war nur noch ganz selten nötig. Ed machte es zwei- oder dreimal im Jahr. Es war sehr hübsch, mit lauter kleinen Vierecken, die aussahen wie Mah-Jongg-Steine, in verschiedenen Weiß- und Elfenbein- und Cremetönen.

Ed mochte es nicht, wenn sie Töpfe in die Spülmaschine tat, deshalb schrubbte sie sie von Hand und stellte sie dann zum Trocknen auf das Ablaufbord. Dann cremte sie sich die Hände ein. Sie sahen noch ganz gut aus, wenn man bedachte, was sie in den vielen Jahren alles damit gemacht hatte. Sie waren zwar nicht mehr so weiß und schmal wie früher, aber immerhin gar nicht so übel. Mit einem Lächeln im Gesicht ging sie nach oben, um sich ein Bad einzulassen.

Inzwischen gönnte sie sich mehrmals in der Woche ein ausgiebiges gemütliches Bad. Sie besaß sogar verschiedene Sorten Badesalz, die Joy ihr zu ihrem letzten Geburtstag geschickt hatte. Sie lehnte sich zurück und ließ das Wasser um sich herum schwappen, bis es sich wieder beruhigt hatte. Dann regte sie sich, um es wieder in Bewegung zu versetzen. Sobald sie ihren Körper verlagerte, schwappte das Wasser hoch am Wannenrand empor. Es war mehr an ihr dran als früher. Sie achtete auf ihr Gewicht, und die jungen Verkäuferinnen sagten alle, sie habe eine hervorragende Figur für eine Frau ihres Alters, aber sie wäre trotzdem gern wieder so schlank gewesen wie früher, obwohl sie um die Beine und Hüften nie richtig schlank gewesen war. Seitdem sie Golf spielte, waren ihre Beine dünner geworden, Anastasia sagte es auch, sie meinte, Belle hätte schöne Beine. Aber Anastasia würde alles sagen, um ihr eine Freude zu machen. Man konnte ihr nichts glauben, sie versuchte immer, Belle zu irgendwelchen Aktivitäten zu überreden. Und Joy genauso: Ständig bearbeiteten beide Töchter sie, etwas zu unternehmen und unter Menschen zu gehen und im Gemeindehaus der Kirche an der Ecke Bridge zu spielen. Weil sie nicht verstanden, nicht wußten…

Golfspielen war angenehm. Man war an der frischen Luft, in der Sonne, im Grünen und bewegte sich, das war schön. Und die Leute auf dem Golfplatz waren nett, gut gekleidet, nicht elegant natürlich, weil man sich nicht gerade fein herausputzt, um Golfspielen zu gehen, aber es war schön, einen adretten baumwollenen Wickelrock zu tragen und ein leichtes Jerseyoberteil und flache Schuhe mit weichen Sohlen. Man fühlte sich wohl darin, und sie besaß mehrere solcher Kombinationen und drei verschiedene Golfmützen dazu und mehrere hübsche Popelinjacken in Weiß, Hellblau und Gelb, die ebenfalls sehr bequem waren. Sie sah genauso aus wie die anderen Frauen auf dem Platz, und die anderen Paare lächelten und winkten ihnen immer zu. Belle und Ed lächelten und winkten zurück, und manchmal blieben sie sogar stehen, um ein wenig zu plaudern. Mit ein paar Leuten freundeten sie sich schon richtig an, zum Beispiel mit Peggy Helder, das war eine interessante Frau. Sie hatte erst mit fünfzig geheiratet, und danach hatte sie *ihre eigene Wohnung behalten*! Sie wohnte auf der West Side von Manhattan und er auf der East Side. Anastasia hatte gelacht, als Belle ihr davon erzählt hatte, und gemeint: «Das Rezept für eine glückliche Ehe!» Peggy Helders Ehemann war ein wichtiger Mann, er importierte irgendwelche Dinge, Maschinen oder so etwas. Und Peggy hatte ein kleines Haus in Long Beach, deshalb kam sie nach Jones Beach zum Golfspielen. Sie hatte eine erwachsene Tochter, ungefähr in Anastasias Alter. Also mußte sie wohl schon einmal verheiratet gewesen sein...

Ihr Mann hatte nichts dagegen, daß sie jedes Wochenende nach Long Beach fuhr, er war selbst viel unterwegs, und außerdem sahen sie sich sowieso nicht jeden Abend. Peggy fuhr nach der Arbeit in ihre Wohnung in der – wo war es doch gleich? –, eine von den achtziger Straßen jedenfalls, und er fuhr in seine. Ob er sich wohl sein Abendessen selbst kochte oder jeden Abend in ein Restaurant essen ging? Er mußte sehr reich sein. Und Peggy mochte Belle und Ed und hatte sie eines Abends nach dem Golf sogar auf einen Drink zu sich eingeladen. Das Haus in Long Beach war klein, aber es war ja auch nur ein Sommerhaus, und wie viele Leute konnten sich überhaupt zwei Wohnungen leisten?

Peggy war schon oft in Europa gewesen. Belle seufzte und hievte sich unter heftigem Schwappen empor und aus der Wanne. So viele Jahre hatte sie davon geträumt, es in ihrer Phantasie vor sich gesehen! Und es gab wirklich wundervolle Dinge zu sehen, den großen Platz in Brüssel, den Rhein, die Schlösser und Burgen. Aber London hatte ihr nicht gefallen, es war schmutzig und grau, deprimierend, der viele Regen! Und Paris war ein Alptraum an Kälte gewesen. Überhaupt war es alles viel zuviel für sie. Anastasia sagte, es sei auch blödsinnig, dreißig Länder in zwei Wochen zu bereisen, aber sie übertrieb natürlich wie immer, sah die Dinge wieder einmal durch ihre kritische Brille. Sie waren nur in sechs Ländern gewesen, schließlich konnte es ja nicht jeder so machen wie Anastasia, die einfach irgendwohin fuhr und da eine Zeitlang blieb, sie hatte ja beruflich dort zu tun und traf Leute, die sich um sie kümmerten und ihr alles zeigten. Sie konnte sich gar nicht vorstellen, wie schwer es war, allein zu reisen, wenn man keine Fremdsprache konnte. Als Belle und Ed hinübergefahren waren, hatte das Reisebüro alles gebucht und die Bezahlung geregelt und den Transport organisiert. Wie hätten sie ohne die Reiseleitung je etwas sehen sollen? Sie konnten ja die Schilder nicht lesen und den Taxifahrern nicht sagen, wo sie hinwollten.

Aber sie mußte zugeben, diese Gesellschaftsreisen waren sehr anstrengend. Um sechs Uhr aufstehen, um sieben die Koffer fertig gepackt vor der Tür stehen haben, die ewige Warterei in der Hotelhalle, weil der Bus nie vor acht Uhr losfuhr, und dann die vielen, vielen Stunden im Bus, immer nur fahren, fahren, manchmal den ganzen Tag, die Führer, die ständig irgend etwas über den Lautsprecher brabbelten, wovon sie kein Wort verstand, und entweder war eine Bruthitze oder es war kalt. Paris war eisig gewesen, sie hatte keine warme Jacke dabeigehabt und so gelitten. Sogar im Hotel hatte sie gefroren, oh, es war ein schönes Hotel gewesen, alles Dreisternehotels, hatten sie beim Reisebüro gesagt, aber eisig, und dann der Kaffee! Entsetzlich! Sie hatte den Kaffee nicht hinuntergebracht, und die Matratze war hart und klumpig gewesen und die Kopfkissen ebenfalls bretthart. Als sie das zweite Mal hinübergefahren waren, hatte sie ihre eigenen Kopfkissen mitnehmen wollen, aber es war Ed bei aller Mühe nicht gelungen, sie in die Koffer zu quetschen, und es waren nur zwei Gepäckstücke pro Person erlaubt.

Müde war sie gewesen, die ganze Zeit schrecklich müde, vom frühen Aufstehen und den langen Busfahrten. Sie war zu alt für Europa, zu alt zum Reisen. Aber sie hatte es unbedingt sehen wollen. Den Eiffelturm, aber er war überhaupt nicht schön, nicht wirklich, auch wenn sie sich alle Mühe gegeben hatte, es so zu empfinden, sich immer wieder gesagt hatte, der Eiffelturm, der Eiffelturm, ich bin in Paris, es hatte nicht geholfen, sie hatte gefroren. Auch das Essen war gräßlich gewesen, Touristenfraß, hatte Anastasia gesagt. Aber es war einfach ganz normales, langweiliges Essen gewesen, immer nur Fleisch mit Sauce drauf und Pommes frites und zerkochtes Gemüse, noch nicht einmal so gut wie das Essen bei Howard Johnson. Sie rührte es kaum an, Ed aß immer ihr Abendessen und ihr Eis auf, jeden Abend gab es Eis zum Dessert. Sie sah, daß andere Leute in den Restaurants interessant aussehendes Gebäck zum Dessert aßen, aber sie bekamen nie welches. Der Triumphbogen, der war schön gewesen. Sie waren mit dem Fahrstuhl hinaufgefahren, sie hatte nicht die Treppen hinaufsteigen wollen, gar nicht die Kraft dazu gehabt, und dann hatten sie von oben auf die ganze Stadt hinunterschauen können, mit den breiten, baumgesäumten Prachtstraßen, die speichenförmig auseinanderliefen. Das war schön. Und gleich in der Nähe war ein großer Park gewesen, mitten in der Stadt, der Bois de Boulogne, oder so ähnlich, sie hatte es nicht richtig verstehen können, sie hörte so schlecht... Sie stäubte parfümierten Talkumpuder – eine gute Sorte, die fein duftete, Joy hatte ihn ihr zusammen mit dem Badesalz und Kölnischwasser geschickt – auf ihren feuchten Körper und lief barfuß in einem langen, dicken weißen

Frotteebademantel in ihr Schlafzimmer hinüber. Wie schön, einen besonderen Bademantel zu haben, den man anziehen konnte, wenn man naß war. Sie setzte sich an ihr Frisiertischchen und schaute in den Spiegel und ließ den Bademantel von ihren Schultern gleiten. Sie reckte das Kinn ein wenig. Nicht schlecht. Aber auch nicht toll. Sie musterte ihren Körper. Ihre Oberarme waren dick und schlaff.

Als Arden vier oder sogar noch kleiner war, hat sie es schon gesagt. Ich hatte ein ärmelloses Sommerkleid an, ich muß wohl Ende vierzig gewesen sein. Sie hat neben mir gesessen und sich dann zu mir gedreht, meine Arme betrachtet und an dem Fleisch an meinem Unterarm gewackelt und sich mit zufriedener Miene wieder zurückgelehnt und gesagt: «Noch nicht. Aber bald.» Ein ungewöhnliches Kind. So gescheit.

Sie zog die Schublade auf, in der makellos sauber und ordentlich gefaltet und gestapelt ihre Strumpfhaltergürtel und Büstenhalter lagen, und fing an, sich frische Unterwäsche herauszusuchen. In der nächsten Schublade lagen die Schlüpfer und noch eins tiefer die Unterröcke, alles gebügelt und schön zusammengefaltet. Die neue Kommode war ein wunderbares Stück, so geräumig und so hübsch. Sie sah sich um. Sie hatte das Zimmer chinesisch gestaltet, wegen der chinesischen Ornamente und Beschläge auf den Möbeln. Sie hatte einen jadegrünen Teppich gekauft und Vorhänge und eine Tagesdecke aus etwas dunklerem Damast genäht. Ihr bestes Stück war die weiße Kwan-Yin-Lampe, die auf ihrem Frisiertischchen stand, aber es waren noch andere hübsche chinesische Gegenstände in ihrem Zimmer verteilt, Drucke, Schälchen, Aschenbecher. Der Raum war auf eine kühle Weise schön. Man hätte meinen können, daß er einer reichen Frau gehörte. Es kam ihr immer noch sehr zugute, daß sie es ihr Leben lang gewohnt gewesen war, jeden Penny dreimal umzudrehen – sie hatte aus wenig viel gemacht. Jeder, der ihr Haus sah, mußte denken, daß Ed sehr viel mehr verdiente, als es tatsächlich der Fall war.

Sie warf sich einen chinesischen Seidenmorgenrock über, den Ed ihr zu Weihnachten geschenkt hatte, und ging in Anastasias Zimmer. Das einzige Problem an diesem Haus war der Mangel an Schrankraum. Sie benutzte den Wandschrank in Anastasias Zimmer und Ed den in Joys Zimmer, und für seine Jacketts hatte er eine Stange in den unteren Teil des Wäscheschranks in der Diele eingezogen. Aber obwohl sie auch noch den großen Wandschrank in ihrem Schlafzimmer hatten, waren ihre Kleider doch ein bißchen eng zusammengequetscht. Sie öffnete die Schranktür und ging prüfend ihre Kleider und Kostüme durch. Sie wollte für ihre Klavierstunde immer gern hübsch aussehen. Sie wählte ein klassisches dreiteiliges Ensemble aus beigem Wolljersey, die Jacke war mit einer schwarzen Bordüre abgesetzt. Sie würde ihren neuen Kamelhaarmantel anziehen und hohe schwarze Schuhe und eine schwarze Handtasche dazu nehmen. Ja, das war gut.

Sie legte die Kleidungsstücke sorgsam auf Eds Bett und zog den Morgenrock aus. Sie wollte ihn nicht mit Make-up verschmieren. Sie setzte sich auf ihren Frisierhocker, im Unterrock, einem hübschen Unterrock, schlicht, aber ansehnlich, hell pfirsichfarben und seidig glänzend, mit einer winzigen gestickten Blume auf dem Vorderteil, und machte sich daran, die Nadeln aus ihrem Haar zu nehmen und es auszukämmen. Dann legte sie Make-up auf, langsam und sorgfältig, dicht an den Spiegel gebeugt. Sie hatte große Mühe, beim Schminken der Augen genug zu sehen. Es war gräßlich. Ihr Sehvermögen ließ immer mehr nach. Sie mußte schlucken und sich zurücklehnen und gegen die Tränen anblinzeln.

Joys ewiges Reden, sie sollte ausgehen und Leute kennenlernen. Sie hatte ja keine Ahnung. Anastasia wußte mehr, sah mehr, manchmal. Aber was sie jetzt wieder machte! Sie war so stolz gewesen auf Anastasia, darauf, daß sie diesen tollen Job bekommen hatte, in der ganzen Welt herumfliegen konnte, daß World ihre Bilder druckte, daß sie Liebesaffären in exotischen Gegenden der Welt hatte – was für ein aufregendes Leben! Und doch, jedesmal wenn sie Anastasia sah, lief sie in Hosen und einem Männerhemd und ihren schäbigen alten Latschen herum. Aber es war immer lustig, wenn Anastasia bei ihr vorbeikam, während die Kinder in der Schule waren, und sie ein paar Drinks zusammen tranken und Anastasia ihr von ihren Abenteuern erzählte, da mußte Belle immer lachen, alle diese Männergeschichten! Aber dieser jetzt war gar kein richtiger Mann, er war noch ein junger Bursche, und dazu hatte er noch nicht einmal Geld oder auch nur eine richtige Arbeit. Man stelle sich vor, ein Mann, der sein Leben damit zubringt, für eine alte Frau zu sorgen, aber natürlich war es nett von ihm, und für Anastasia war es auch günstig, wo sollte sie sonst die Kinder lassen, wenn sie verreisen mußte, wahrscheinlich hätte sie, Belle, sie nehmen oder vielleicht sogar solange in Anastasias Wohnung wohnen müssen, und immer die vielen Treppen hinauf und hinunter, jeden Tag! Aber mußte sie ihn denn am Sonntag abend zum Essen einladen? Wenn Belle und Ed kamen?

Natürlich freute Belle sich immer, Pani Nowak zu sehen, sie mochte sie gern, sie hatte soviel Ähnlichkeit mit Momma, sogar äußerlich, nicht von den Gesichtszügen her, aber in ihrer ganzen Erscheinung, mit ihrem runden faltigen Gesicht, dem graubraunen Haar, das straff nach hinten zu einem Knoten frisiert war, nur daß Pani Nowak mehr Haare hatte und sie sich ständig aus ihrem Knoten lösten. Die gleiche unförmige Figur, die Baumwollschürzen, die geschnürten schwarzen Schuhe, der abgewetzte alte Mantel.

Belle mußte wieder schlucken. Wenn ich doch Momma nur noch etwas Gutes hätte tun können, ehe sie starb. Ihr einen schönen Mantel schenken. Ich konnte noch nicht einmal den Kindern anständige Kleider kaufen. Diesmal flossen ihre Augen über, und sie zog ein Papiertaschentuch aus der Packung auf ihrem Frisiertischchen und schneuzte sich.

Nie habe ich machen können, was ich gern wollte.

Ach ja, Pani Nowak, die arme Frau, mit so einem entstellten Gesicht, aber wenigstens hat sie ihr Leben noch auskosten können. Länger als meine arme Mutter. Sie ist achtundsechzig, Momma war zweiundsechzig, als sie starb. Ich war noch jung, hatte gar nichts.

Sie ist doch auch noch jung, noch nicht einmal einunddreißig, und sieht aus wie fünfundzwanzig. All die vielen Männer, mit denen sie zu tun hat, lauter wichtige Leute, könnte sie da nicht jemand Besseren finden, einen, der für sie und die Kinder sorgt? Ich frage mich, ob Pani Nowak davon weiß. Sie ist immer noch nicht richtig wiederhergestellt, vielleicht wird sie nie mehr die alte, sie kann nicht sprechen. Sie war immer so glücklich, wenn ich sie zu Thanksgiving eingeladen habe, beim Abschied hat sie immer geweint. Sie wußte es zu schätzen, wenn ein Essen gut gekocht war, aus guten Zutaten, mit frischer süßer Butter, nicht Margarine oder Kokosfett, und guter fetter Sahne. Sie hat jedesmal eine Babka oder einen Strudel mitgebracht, wenn sie zum Essen kam, und das hat immer köstlich geschmeckt, genauso wie bei Momma, ach, hätte ich sie doch nur noch um das Rezept gebeten, ehe... Ich weiß nicht mehr, wie Momma Babka und Strudel gemacht hat. Aber wenigstens kann sie jetzt wieder gehen, auch wenn sie einen Krückstock braucht.

Vielleicht wird das mit dem jungen Burschen ja nicht lange gehen, vielleicht wird Pani Nowak ja wieder gesund. Oh, er wird dieses Leben bestimmt bald satt haben, was kann ein gesunder junger Mann daran schon finden? Es ist doch genauso, als ob man den ganzen Tag ein Baby versorgen muß, und wer halst sich das schon freiwillig auf? Er wird wieder verschwinden, und dann wird Anastasia hoffentlich einen anderen finden, sie sollte wieder heiraten, wie will sie auf die Dauer allein zurechtkommen? Eine Frau braucht einen Mann. Sie könnte doch allemal einen finden, einen, der etwas darstellt, einen Arzt oder einen Rechtsanwalt, sie ist doch attraktiv und intelligent, was ist nur mit ihr los?

Wenigstens hat Joy es richtig gemacht. Justin ist zwar ein bißchen steif, aber er ist jetzt Major, ein hohes Tier, und finanziell gesichert, mit einer dicken Pension, wenn er aus dem Militärdienst ausscheidet und in den Ruhestand tritt, was er in vierzehn Jahren könnte. Und wenigstens sind sie nicht mehr auf den Philippinen, die so furchtbar weit weg sind und so primitiv. Joy hat gesagt, dort gab es ständig irgendwelche kleinen Kriege, und in der Militärsiedlung, wo sie wohnten, flogen ihnen die Kugeln um die Ohren, entsetzlich! Ein Alptraum! Die Kinder, ich hätte das nicht ausgehalten, ich wäre wieder nach Hause geflüchtet. Aber was soll sie machen, sie muß ja nun einmal dort leben, wo ihr Mann stationiert ist. Sie will, daß ich nach Kalifornien komme, vielleicht nächstes Jahr, wenn Ed Urlaub hat. Aber dann könnten wir nicht nach Valeria.

Es ist so hübsch dort, die schönen alten Gebäude, die sauberen und ordentlichen Zimmer, das wundervolle Essen, der kleine Golfplatz mit seinen neun Löchern, gerade richtig für mich, und der See. Die Leute dort sind alle reizend, und sie mögen uns, alle gutbürgerlich, aber nicht reich, Proleten gibt es dort keine, nur nette, ordentliche Leute, wie die Harmons, die haben uns letzte Weihnachten eine Karte geschrieben, sie hätten uns letzten Sommer vermißt, als wir in Europa waren, Griechenland besucht haben, die Inseln, Santorini, o Graus.

Joy und Justin waren in Hongkong, das muß interessant gewesen sein. Justin ist ein guter Ehemann, er verdient gut, trinkt nicht, spielt nicht und läuft nicht anderen Frauen nach. Joy kam mir bei ihrem letzten Besuch ziemlich angespannt vor, noch hysterischer als gewöhnlich. Aber sie hat es natürlich auch schwer mit zwei kleinen Kindern. In Kalifornien wird sie sich sicher wohler fühlen, auch wenn sie dort keine Dienstboten hat, es ist doch sicherer und gesünder. Jonathan ist schon eine Aufgabe, so ein aktiver Bursche, der schon mit anderthalb aufs Hausdach klettert und dann wieder in irgendeiner Röhre steckenbleibt. Immer in Bewegung, der kleine Kerl, aber jetzt ist er im Kindergarten, und Julie ist umgänglich, so ein braves Kind, beide sind sie brave Kinder und die beiden von Anastasia auch, feine Kinder, was habe ich für wundervolle Enkelkinder.

Vielleicht fahre ich doch nach Kalifornien. Es ist so hart, sie nur alle drei Jahre einmal zu sehen, und wenn sie dann kommen, bleiben sie eine Woche bei uns, und Ed wird knurrig, wegen der Kinderwirtschaft, er mag keine kleinen Kinder, die das Haus auf den Kopf stellen. Es wäre schön, wenn sie in unsere Nähe versetzt würden, vielleicht beim nächsten Mal. Ed würde wahrscheinlich mit dem Wagen hinfahren wollen, viel zu weit, ich würde es nicht aushalten, quer durch die Wüste, selbst mit der Klimaanlage im Auto. Dann schon besser fliegen und ein Auto mieten, aber das kostet sicher viel Geld. Mit dem Auto würde es allerdings auch teuer werden – all das viele Benzin, die Übernachtungen im Motel und immerzu im Restaurant essen, so viele Tage lang.

Sie wohnen immer noch in der Kaserne, hat Joy geschrieben, weil sie kein Haus gefunden haben, das ihnen gefällt. Vielleicht ist es doch besser, sie noch nicht nächsten Sommer zu besuchen, womöglich ist sie dann gerade dabei, sich in einem neuen Haus einzurichten. Der Brief liegt unten, in der Veranda.

Ich werde sowieso erst dafür sparen müssen, vielleicht fahre ich übernächstes Jahr hin und nächsten Sommer nach Valeria.

Wenn ich dann noch da bin. Wenn ich bis dahin noch sehen kann. Ihre Augen füllten sich wieder mit Tränen, und sie tupfte sie mit einem Papiertaschentuch ab. Sie stand auf, streifte sich zuerst den Rock, dann das Oberteil über den Kopf und musterte sich im Spiegel. Ihr Haar war ein bißchen unordentlich, aber sie würde es später richten, ehe sie ging. Sie räumte rasch das Zimmer auf und ging nach unten in die Küche, suchte ihre Lesebrille und nahm sie mit in die Veranda. Sie ließ sich graziös nieder und genoß das luxuriöse Geräusch, mit dem ihr Satinunterrock an ihren Nylonstrümpfen entlangglitt, und die weiche Schmiegsamkeit ihres wollenen Rocks. Wie eine Frau aus früheren Zeiten in ihren vielen Röcken, eine vornehme Dame, mit weißen Händen und zarten Füßen, die anmutig durch die Räume wandelt, gerade und aufrecht dasitzt und Tee einschenkt...

Noch eine Zigarette auf der Veranda, dann werde ich üben.

Sie zündet sich die Zigarette an und nimmt sich dann in Muße noch einmal den Brief vor. Ja, in der Kaserne. Wie es da wohl ist? Er ist Major, da kann es ja wohl nicht allzu schlimm sein, bestimmt besser als dieses schreckliche Haus, in dem Anastasia wohnt, mit all den vielen Treppen, den winzigen Zimmern! Sie könnte ja jetzt sicherlich dort wegziehen, sie verdient doch gut, aber sie will nicht weg von diesem Burschen...

Fünf Zimmer, hatte Joy geschrieben. Dort konnten sie bestimmt nicht auch noch wohnen. Sie würden in ein Motel gehen müssen. Aber das war sowieso besser, zwei kleine Kinder, die ständig durch die Wohnung toben, der Krach... Als sie sie in Deutschland besucht hatten, war es schon schlimm genug gewesen, und damals hatten sie nur Jonathan gehabt. Sonst war es schön gewesen, der Schwarzwald, der Rhein, oh, es war herrlich dort, die Burgen oben auf den Bergen, die malerische kleine Stadt, Heidelberg, aber das Gästezimmer in Joys Haus war so vollgepfropft mit Sachen gewesen, und sie hatte mit Ed in einem Doppelbett schlafen müssen, die Decken waren so niedrig gewesen und sie die ganze Zeit so müde...

Immer müde. Immer. Sie war schon immer müde gewesen, und was die früheren Jahre anging, konnte sie es verstehen, da hatte sie schwer gearbeitet, ständig geschuftet, um irgendwie voranzukommen, anständige Lebensbedingungen für die Kinder zu schaffen. Aber jetzt hatte sie Zeit. Sie mußte immer noch einkaufen und putzen und kochen und backen und die Wäsche waschen und bügeln. Aber das war nur noch die Hälfte dessen, was sie früher gemacht hatte. Warum war sie denn jetzt so müde? So völlig ausgepumpt? Da konnte doch etwas nicht stimmen. Der Arzt meinte, er könne nichts finden, sie sei ein klein wenig blutarm, weiter nichts, Vitamine sollte sie nehmen, sie brachte sie nicht herunter, sie blieben ihr im Hals stecken. Aber sie wußte, irgend etwas stimmte nicht. Sie wußte es.

Vielleicht würde sie noch nach Kalifornien kommen, vielleicht aber auch nicht.

XII. Kapitel

1 Wann hatte es angefangen, daß sie sich alt und müde fühlte? Seit dem Schleudertrauma, nach dem Unfall, wann war das gewesen, welcher Unfall? Es gab mehrere. Als der verrückte Autofahrer sie von der Straße abgedrängt hatte? Vielleicht nachdem sie Arthritis bekam? Sie hörte auf, Golf zu spielen. Nein, erst hatte sie die Klavierstunden aufgegeben. Richtig, sie gab den Klavierunterricht auf, als sie auf dem anderen Ohr das Gehör verlor. Sie wurde an den Ohren operiert, die Operation sollte ihr das Gehör zurückgeben. Ist sie ein- oder zweimal operiert worden? Die Operationen halfen nicht, deshalb gab sie den Klavierunterricht auf. Angeblich konnte sie der Musik nun keine Freude mehr abgewinnen. Sie behauptete, das Hörgerät würde den Klang verzerren.

Vielleicht gab es keinen bestimmten Punkt, keinen Anfang, sondern nur eine allmähliche Veränderung, eine schleichende Steigerung der Schmerzen, wie bei einem Knöchel, der seit Jahren schmerzt und plötzlich zu pochen anfängt und Monate später anschwillt. Und dann wachst du eines Morgens auf und merkst, daß du ihn nicht mehr bewegen kannst. Ich kann mich nicht erinnern, daß sie jemals ganz gesund gewesen wäre, aber sie muß kräftig gewesen sein, was hat sie nicht alles gemacht, sich gebückt, geschleppt, geputzt, getragen.

In meiner Kindheit war sie immer müde, und sie hatte Migräne, ich dachte, Migräne sei eine schwere Krankheit. Jeden Morgen putzte sie sich mindestens eine Stunde lang die Nase, hustete sich die Kehle frei und spuckte mehrmals hintereinander Schleim in ein

Papiertuch. Ich ekelte mich davor, als ich noch zu Hause wohnte. Ich habe mich gefragt, warum ein Mensch mit derart hohen Ansprüchen so etwas in aller Öffentlichkeit machte.

Ich fragte es mich, aber ich glaube, ich wußte die Antwort. Diese Darbietung, der hohle, harte Husten, der widerliche Auswurf und dessen Überreste – die vielen zerknüllten Papiertaschentücher in den Taschen ihrer Hauskleider, war ein sichtbares Zeichen ihres Leidens, das einzige, das sie zur Schau stellen konnte. Unter Menstruationsbeschwerden hat sie nie gelitten, oder wenn, dann hat sie sich jedenfalls nie darüber beklagt. Wenn sie Kopfschmerzen hatte, lag sie allein in ihrem abgedunkelten Zimmer, in das wir nicht hinein durften.

Sie hörte auf, Schwesternhauben zu fertigen, als sie Joys Hochzeit abbezahlt hatte, das war 1955. Damals wohnte ich sogar in Rockville Centre, aber ich kann mich nicht erinnern, wann sie damit aufgehört hat, sie sprach nicht darüber. Ich versuche, es mir jetzt vorzustellen: All die langen einsamen Jahre in ihrem Schlafzimmer, Zuschneiden, Nähen, Kniffen: fertig. Was hat sie dabei empfunden? Als sie es dem alten Mr. Gwyn mitteilte – welch eine Befriedigung! Ich muß mich nicht länger für sie abschuften. Nicht, daß sie das gedacht hätte, sie war dankbar, daß er ihr Arbeit gab. Die Nähmaschine zuklappen und in mein altes Zimmer stellen, die Organdyreste und Rüschen einsammeln, einen Haufen, den sie Mr. Gwyn zurückgab, die Stoffreste beseitigen, Scheren, Nadeln, Faden und Fingerhut in eine Kiste wegräumen, sie lagen nun nicht mehr offen herum, die Lampe wieder nach unten in die Veranda stellen, zum letztenmal mit dem Staubsauger im Schlafzimmer die Organdyfusseln wegsaugen. Ein prüfender Blick auf das Schlafzimmer, ihr Schlafzimmer, das nun wieder nur als Schlafzimmer diente und in diesem Moment erstaunlich groß, ordentlich und hell aussah. Frei. Sie war frei. Hat sie sich frei gefühlt, erleichtert, sorgenfrei? Hat ihr Herz vor Erleichterung schneller geklopft? Kamen ihr die Tränen, als sie daran dachte, daß sie nun selber anfangen könnte zu leben? Ich erinnere mich nicht, daß sie auch nur ein Wort darüber verloren hätte.

Sie versuchte, wie eine reiche Dame der Oberschicht zu leben, aber das hatte sie nie gelernt. Feine müßige Damen kannte sie nicht, sie hatte kein Vorbild, woran also sollte sie sich orientieren? An *Vogue*? Frauenzeitschriften hat sie nie gelesen, bis auf die Zeit, als ich ganz klein war, da hat sie sich hin und wieder im Supermarkt eine Ausgabe von *Woman's Day* gekauft, einer Zeitschrift, die nun wirklich nicht für den Müßiggang plädierte. Für Frauenzeitschriften hatte sie nur Verachtung übrig. Sie hat nie viel gelesen, erst als sie älter wurde, als sie, die gute Seele, *Mother Jones* und *The Nation* abonnierte. Sie sprach nie über das, was sie gelesen hatte, mit einer Ausnahme: als die KAL 007 über Sachalin abgeschossen wurde. Da rief sie mich um zehn Uhr abends wütend an und wollte von mir wissen, in was für einem Land wir eigentlich leben, ob ich ihr das erklären könnte, ob ich das verstünde.

An jenem Abend liebte ich sie.

Vielleicht waren es die Unfälle. Sie hatte mehrere, vielleicht drei, vier. Sie war eine unsichere Autofahrerin. Es war kaum zu fassen, daß ein Irrer mit flackerndem Blick mit seinem Auto direkt auf sie zufuhr, von seiner Spur auf ihre überwechselte, so daß sie mit dem Auto auf die Böschung der Straße von Tanglewood, einer kleinen Gemeinde in der Nähe des Hempstead-Sees, ausweichen mußte und an einen Baum prallte. Da sie nur zehn Stundenkilometer gefahren war, hatte das Auto nur eine Beule, aber sie klagte danach über heftige Schulter- und Genickschmerzen. Oder vielleicht war das auch nach einem anderen Unfall.

Damals empfand ich sie bereits als krank. Möglicherweise habe ich sie immer, auch schon als älteres Kind, als Kranke gesehen. Sie schleppte sich vor Müdigkeit gerade so dahin, und ihre Stimme klang oft leblos, nicht weinerlich, aber leise und belegt, als ob ihre Nebenhöhlen und ihre Kehle ständig voller Tränen wären, die sich manchmal herauswagten, aber nie verschwanden. Und dann die Tage, an denen sie, ohne ein Wort zu sprechen, in ihrem Zimmer lag, mit einem Tuch über dem Kopf und bei heruntergelassenen Jalousien, und es bei ihr nach ungemachten Betten und schmutziger Wäsche roch.

Als ich ein eigenes Auto hatte, fuhr ich häufig morgens, wenn die Kinder in der Schule waren, bei ihr vorbei, um eine Tasse Kaffee mit ihr zu trinken. Eines Tages öffnete sie mir die Tür, taumelte zurück, kippte, einer Ohnmacht nahe, fast hintenüber und schrie auf. Ich mußte sie auffangen und festhalten. Ich war sehr erschrocken, aber wie sich dann herausstellte, war sie erkältet, und ihr war schwindelig geworden...

Ich erinnere mich – ich ging aufs College und wohnte noch zu

Hause –, daß sie einmal nicht mehr mit mir redete. Ich fragte sie mehrmals, was denn los sei, aber sie schüttelte nur den Kopf, kniff den Mund zusammen und flüsterte: «Nichts.» Nach ein paar Tagen ging ich auf sie los. Ich sagte, *irgend etwas* sei offenbar doch, da sie nicht redete, und es sei besser, wenn sie es uns sagen würde, als überhaupt nicht mehr mit uns zu reden. Mit tränenerstickter Stimme sagte sie, daß sie zu nichts tauge, daß sie dumm sei, daß ich immer ihr an allem die Schuld geben, immer sie angreifen würde. Daß ich sie nie verstanden hätte und daß niemand wüßte, wie sehr sie leide.

Ich tat, was sie von mir erwartete: Ich entschuldigte mich bei ihr, zeigte ihr mein Mitgefühl und fragte dann wieder, was los sei, diesmal ganz mütterlich und besorgt. Weinend platzte sie mit der Antwort heraus: Sie war bei Dr. Hoxton wegen eines Ausschlags, den sie regelmäßig im Gesicht bekam. Sie beschrieb den Ausschlag, und er fragte, ob der Ausschlag die Form eines Schmetterlings aufwies, was stimmte. Er nickte nur sachlich und besorgt und sagte, daß er mit ihr ein paar Tests machen müßte.

Es gäbe, sagte sie, bestimmte Krebsarten, die sich so bemerkbar machten. Der Arzt dächte, daß es so etwas sein könnte. Sie habe sich Mühe gegeben, nicht darüber zu sprechen, aber sie wüßte, daß sie daran sterben würde. Jahre später würde sie mir ähnliche Botschaften viel ruhiger übermitteln, aber damals, beim erstenmal, war ich entsetzt und versuchte, sie zu trösten. Doch sie war wie immer untröstlich und schrie mich schließlich an: «Hör auf, Anastasia, hör auf! Ich will nicht mehr darüber reden!» Das Thema geriet in Vergessenheit und wurde nie wieder erwähnt. Ich hatte Angst, wieder davon anzufangen, weil ich sie nicht aufregen wollte, oder vielleicht hatte ich vor mir selber Angst. Aber als ein paar Wochen vergangen waren, konnte ich mich nicht mehr beherrschen und fragte sie. Sie schüttelte schweigend den Kopf. Als ich in sie drang, gab sie zu, daß der Test negativ ausgefallen war. Sie sagte mir das in einem Tonfall, der mir den Eindruck vermittelte, daß sie dem Test nicht glaubte und es besser wüßte. Glücklicherweise hatte ich eine optimistische Phase und beschloß, dem Test zu glauben und das Ganze zu vergessen. Ich weiß nicht, wann sie es schließlich vergessen hat.

Ein anderes Mal – wie kam es überhaupt, daß sie darüber sprach? Ich erinnere mich, wie wir in ihrem Schlafzimmer standen, sie zog sich an, weil wir zusammen einkaufen gehen wollten, was ihr immer Spaß machte, sie hatte gute Laune. Aber irgend etwas, was ich gesagt hatte, oder sie, brachte sie dazu, mich anzusehen und zu sagen... O Gott, natürlich. Ich reiste viel und schlief mit irgendwelchen Männern, und ich erzählte ihr von den Männern, die ich kennenlernte, und von den Restaurants, in die sie mich einluden, und dem Spaß, den ich hatte. Sie liebte es, wenn ich ihr solche Geschichten erzählte, und sie saß an ihrem Toilettentisch auf dem Schemel, puderte sich das Gesicht, drehte sich zu mir um und sagte: «Gut. Amüsier dich. Freue dich daran, so lange es noch möglich ist.»

Fragend sah ich sie an.

Sie wandte sich wieder von mir ab. Sie legte die Puderquaste hin. «Ich war letzte Woche beim Arzt.»

Ich wappnete mich.

«Ich hatte da ein Problem. Weil es so weh tut», wimmerte sie.

«Was tut weh?» fragte ich und wollte schon zu ihr stürzen und sie in die Arme nehmen und trösten. Aber für Krebs hatte sie zu gute Laune.

«Sex», flüsterte sie.

Ich starrte sie an.

«Es tut schon seit langem weh. Es tut gemein weh und brennt und wird wund, ich könnte schreien, es ist wie ein Alptraum! Deshalb bin ich zum Arzt gegangen.» In ihrer Stimme schwang jetzt Befriedigung. «Und er hat gesagt, daß es stimmt, daß ich da unten wirklich sehr trocken bin und es *wirklich* weh tut und ich das nicht mehr machen sollte.»

«Kann man denn gar nichts dagegen tun?»

Sie zuckte die Achseln. «Das ist das Alter. Das geht allen Frauen so.»

Entsetzt saß ich da. Würde mir das auch passieren? Und mein armer Vater, der offensichtlich Sex sehr schätzte?

«Und jetzt... schlaft ihr nicht mehr zusammen?»

«Ich kann es nicht mehr.»

Thema beendet.

Jahre später führten wir, ebenfalls in ihrem Schlafzimmer, eine fast identische Unterhaltung, in der sie mir im Flüsterton anvertraute, daß sie erblinden würde. Ich dürfte niemandem etwas verraten, weder Joy noch meinem Vater. Niemand außer mir (warum ich?) dürfe es wissen. Ich ging sofort los und kaufte ihr mehrere Lupen und eine großgedruckte *New York Times Book Review*. Sie reagierte verärgert. «So schlechte Augen hab ich nun auch wieder nicht», erklärte sie. «Noch nicht», fügte sie düster hinzu.

Ich stelle sie wohl als sehr elend dar, doch das stimmt wohl auch: Ich weiß noch, wie schlecht es *uns* ging, Joy und mir, als wir noch zu Hause wohnten. Aber gleichzeitig verstand ich sie, hatte ich Verständnis für sie. Dachte ich jedenfalls. Ich identifizierte mich mit ihrem Leben, ihrem Schmerz, als ob ich selbst betroffen wäre, als ob ich es war, die alles aufgegeben hatte, bevor ich, Anastasia, geboren wurde. Gegen mich selbst ergriff ich ihre Partei, ich war die Last, das Ereignis, das ihr Leben zerstört hatte.

Damals hatte ich den Eindruck, daß Joy ihr gegenüber blind war und überhaupt nicht sah, was bei uns zu Hause vor sich ging. Wir haben niemals über Mutter und Vater gesprochen und auch nicht über uns selbst. Wenn wir uns unterhielten, rissen wir Witze, oder wir erzählten uns Geschichten, die uns oder unsere Freundinnen betrafen. Joy zog immer mit ihren Freundinnen herum, sie lachte ständig. Aber als sie verheiratet war und wegging und wir uns nicht mehr sahen, bis auf die wenigen Tage, alle drei Jahre, die Joy und Justin auf Long Island verbrachten, bevor Justin wieder einmal versetzt wurde, begannen wir eine neue Art Freundschaft. Ob es ihre Abwesenheit war, die unsere Herzen füreinander öffnete, oder ob uns die Kinder eine gemeinsame Basis ermöglichten, die wir vorher nicht hatten, weiß ich nicht. Aber wenn sie auf Long Island war, kam sie immer einen Nachmittag lang zu mir zu Besuch. Die Kinder spielten dann im Garten, und wir saßen bei Kaffee und Kuchen, später tranken wir etwas, und manchmal blieb sie sogar zum Abendessen. Wir erzählten ein bißchen von uns, wie wir lebten, aber da wir uns nie die Wahrheit sagten, war dieses Gesprächsthema sehr begrenzt. Also sprachen wir über Mutter. Sogar damals waren wir ihretwegen unglücklich und machten uns Sorgen um sie. Wir fanden beide, daß sie mehr unter Menschen müßte, aktiver sein, nicht so allein zu Hause sitzen sollte. Joy drängte sie dauernd, wollte sie immer dazu bringen, etwas zu unternehmen, sogar als Mutter bereits in den Siebzigern war. Sie konnte nicht anders, sie war frustriert, daß Mutter nicht gewillt war, ihr Leben positiv zu verändern.

Aber ich hörte damit auf, ich hörte auf damit, weil ich einfach die Hoffnung aufgab. Ich begriff, daß es sinnlos war, sie zu irgend etwas drängen zu wollen, weil sie an einer Krankheit des Herzens litt, die unheilbar war. Mein letzter Vorschlag war eine Therapie, aber Belle lehnte ab. «Ich würde anfangen zu erzählen, und dann würde ich weinen, und dann könnte ich nicht mehr aufhören zu weinen.» Ich glaube, sie befürchtete, wenn sie an ihre Krankheit rührte, würde diese erst recht anfangen, wild zu wuchern, und daß es deshalb das einzig Richtige und Tapfere wäre – nicht daß sie diese Worte denken, geschweige denn aussprechen würde –, alles für sich zu behalten. Sie konnte sich nicht vorstellen, daß ihre Krankheit die ganze Familie unglücklich machte und sie sich möglicherweise besser fühlen würde, wenn sie jemanden hätte, mit dem sie reden könnte. Aber, um die Wahrheit zu sagen, so wie die Psychiater damals waren, vor dem Feminismus, schadeten sie mehr, als daß sie nutzten. Und deshalb bestand ich auch nicht besonders darauf. 1950 oder 1960 unterschied sich die beste Behandlungsmethode für Depressionen nicht sehr von der des siebzehnten Jahrhunderts – schon damals hatte man darüber geschrieben, endlos, eine gewaltige Anatomie der Melancholie, das dickste Buch in englischer Sprache.

Ich gab es auf, ihr gut zuzureden, und versuchte es mit meiner ureigensten Therapie – ich hörte ihr zu, bemühte mich, sie zu verstehen, ich litt mit ihr, und ihr Leid brach mir fast das Herz. Ich begriff, daß es nicht nur unsere Armut war, unter der sie litt und die sie deprimierte, nicht nur ihre nie endende, ermüdende, anstrengende Arbeit, der begrenzte Ehrgeiz meines Vaters, die Sorgen, die sie sich um uns machte, als wir klein waren, sondern daß es noch andere Ursachen gab, die tiefer lagen und weiter zurückreichten. Ich wußte nicht, was es war, weil sie mir noch nicht erzählt hatte, daß meine Großmutter jede Nacht um ihre Waisenkinder weinte. Sie hatte immer nur erzählt, ihre Mutter sei eine Heilige gewesen, der sie es aber nie hatte recht machen können.

Ich kam zu der Überzeugung, daß es ihr, als ihre Lebensumstände härter gewesen waren, besser gegangen war als jetzt, wo sie etwas mehr Muße hatte und etwas mehr Geld. Denn als sie schwer arbeiten mußte und viele Sorgen hatte, konnte sie ihre innerliche Verfassung auf ihre Lebensumstände schieben, aber jetzt hatten sich ihre Lebensumstände verbessert, und sie konnte ihre Müdigkeit und Schwermut nur noch auf eine schleichende, tödliche, noch nicht entdeckte Krankheit ihres Körpers schieben.

Im Laufe der Jahre hatte sie viele Krankheiten gehabt, und einige bildete sie sich nicht nur ein. Sie mußte sich alle sechs Monate die Nebenhöhlen durchspülen lassen – eine schmerzhafte Prozedur, wie sie mir ehrfürchtig, offenbar über die eigene Tapferkeit erstaunt, erklärte. Ihr Gehör ließ nach. Sie saß bei mir, in meinem Wohnzimmer in Rockville, als ich sie zum erstenmal fragte, ob sie sich nicht ein Hörgerät kaufen wollte. Sie stand wortlos auf und ging. Ich hörte nichts mehr von ihr, bis ich schließlich anrief und mich für meine Ungehörigkeit entschuldigte. Mitte der sechziger Jahre wurde sie an den Ohren operiert, was aber nicht half, deshalb mußte sie schließlich doch ein Hörgerät tragen, was sie verabscheute. Trotzdem konnte sie jeweils immer nur eine Stimme hören, das Gerät nützte ihr also nichts, wenn in einem Zimmer viele Menschen sprachen.

Eines weiß ich genau, daß sie nämlich das Golfspielen aufgab, nachdem sie ein Schleudertrauma erlitten hatte. Danach spielte sie noch auf kleinen Bahnen mit neun Löchern, auf Jones Beach und Fire Island. Ich glaube, daß die durch das Schleudertrauma verursachten Schmerzen nach einiger Zeit – sie hat nie eine Nackenstütze getragen – nachließen, aber dann sagte sie, daß ihre arthritischen Beschwerden beim Golfspielen zu stark wären, obwohl sie nie so geschwollene Gelenke und Finger hatte wie Mr. Carpenter in seinen letzten Lebensjahren. Die Kinder erzählten mir, daß er nur noch auf Händen und Knien die Treppe hoch konnte. Sie hörte allerdings erst ganz mit dem Golfspielen auf, als sie das Lungenemphysem bekam. Und ich weiß, daß sie den Musikunterricht aufgab, als sie taub wurde. Sie schloß den Deckel des Klaviers und legte das Notenblatt auf das oberste Regal eines Schrankes, wo sie es nicht mehr sehen konnte: Jeder Verzicht wurde wie ein religiöses Opfer zelebriert.

Das stimmte mich nachdenklich. Tat sie Buße? Und wofür? Vielleicht war ihre Sünde die gleiche wie meine: die Sünde, geboren worden zu sein.

Trotzdem hat sie nie aufgehört, dieses undefinierbare Etwas zu suchen, ein angenehmes Leben, Wohlstand, etwas, worauf sie gewartet, wofür sie gearbeitet hatte, das Eine, das alles rechtfertigen könnte. Denn lautete so nicht die amerikanische Verheißung? Sie und Ed machten in Valeria Urlaub, einem hübschen Landsitz in Peekskill. Sie fuhren nach Europa, sie machten eine Kreuzfahrt mit einem Windjammer, fuhren mit dem Auto in den Süden, durch die Smokies, nach Florida.

Aber es war immer das gleiche – ein Alptraum. Irgend etwas Furchtbares passierte immer, sie war stets unglücklich. Das Essen war schrecklich, überall, ausnahmslos.

Joy und ich mokierten uns darüber, und wenn sie mit Erzählen fertig war, hoben wir resigniert die Schultern. Wir fanden es grausam – da hatte sie jahrelang geschuftet, und jetzt konnte sie sich noch nicht einmal amüsieren. Wir waren wütend auf sie, weil sie so kompromißlos war und sich weigerte, dem Leben irgendwelche schönen Seiten abzugewinnen. Die Leute behaupten, Lebensfreude sei etwas Egoistisches, aber wenn sie etwas Spaß gehabt hätte, wäre es uns in jeder Hinsicht besser gegangen, ihr und uns. Doch hätten wir gewußt, was die Zukunft bringen würde, dann hätten wir es vielleicht geschafft, uns und ihr vor Augen zu halten, was es damals noch an Positivem gab. Schließlich war sie erst Anfang fünfzig, sah gut aus, schlank, gut gekleidet, und manchmal gab sie sich sogar gutgelaunt. Sie veranstaltete Dinnerparties und spielte Bridge und besuchte abends Leute, mit denen sie sich unterhalten oder Karten spielen konnte. Vielleicht waren ihre Reisen allesamt «alptraumhaft», doch sie reisten weiter.

Aber ich, ich hatte ein paar Nägel zu ihrem Sarg beigesteuert. Nicht nur, weil ich geboren worden war, dafür kann ich schließlich nichts, sondern weil ich außerdem eine Reihe unverzeihlicher Fehler begangen habe: Ich habe ihren Fehltritt wiederholt und bin schwanger geworden und mußte heiraten. Dann habe ich mich in dem Moment von meinem Mann scheiden lassen, als er zu Wohlstand kam und mir ein großes schönes Haus kaufte. Einen Nagel konnte ich vorübergend wieder ziehen durch meine Arbeit bei *World*, worauf sie stolz war, und vielleicht vergaß sie darüber sogar die Scheidung. Aber sogar zu dem Zeitpunkt und selbst noch, als ich ein bißchen Geld verdiente, erzählte sie mir, daß sie meinetwegen und wegen der Kinder Alpträume hätte, sie hätte geträumt, wir würden in einem Volkswagenbus hausen. «Du brauchst einen Mann», beharrte sie. Nur ein Mann kann einer Frau, wenn sie erst einmal Kinder hat, Sicherheit garantieren.

Der Nagel wurde wieder eingeschlagen, und einige weitere obendrein, als ich mit Toni anfing.

Toni und ich sind im Oktober 1960 ein Liebespaar geworden, ich wurde bald einunddreißig und kam mir immer noch wie ein Kind vor. Ich war heftig verliebt, und Toni ähnelte den Jungen, mit denen ich meine ersten Erfahrungen gesammelt hatte – er war schüchtern, unerfahren, sehr zärtlich und voll unermüdlicher Leidenschaft, so wie es nur ganz junge Männer sind. Er hatte noch nie zuvor mit jemandem geschlafen und hatte deshalb auch keine vorgefaßten Meinungen, abgesehen davon, daß ihm jemand gesagt hatte, Frauen würden es mögen, wenn man ihnen in die Ohren pustet, und ich mußte ihm erklären – liebevoll natürlich –, daß das nicht stimmte, jedenfalls in meinem Fall nicht. Ich lehrte ihn die Liebe, und er besaß eine natürliche Begabung. Unser Sexualleben war wundervoll und wurde nur durch die Tatsache beeinträchtigt, daß er jede Nacht wollte und ich nicht. Für mich reichte es jede zweite oder dritte Nacht, was er nicht verstehen konnte. Wir zankten uns deswegen. Aber das waren die einzigen Auseinandersetzungen, die wir hatten.

Wenn ich mich jetzt an damals erinnere: Oh, diese Mischung aus stürmischer Leidenschaft und jünglingshafter Zärtlichkeit! Ich sage jünglingshaft, weil ich das nie bei einem älteren Mann gefunden habe, obwohl behauptet wird, daß Männer sich ändern. Aber wie es heute ist, kann ich nicht beurteilen... Wenn es vorbei war, klammerte er sich an mich und gab kleine Schreie von sich wie ein junger Hund, der vor Freude japst, weil er gestreichelt wird... Er ließ mich nicht los, und manchmal schliefen wir so ein, was gefährlich war. Ich wollte auf keinen Fall, daß Pani merkte, was los war. Ich wollte, daß Toni aufstand und wieder nach unten ging und dort schlief, so daß er morgens da wäre, wenn sie aufwachte. Sie wachte jeden Morgen früh auf, vor sechs, und brauchte Hilfe, wenn sie aufstehen und auf die Toilette gehen wollte. Deshalb konnte ich nicht fest einschlafen. Ich mußte daran denken, ihn aufzuwecken und zärtlich wachzustreicheln und ihn dann, während er sich mit hoher leiser Stimme beschwerte, wieder nach unten schicken.

Doch ich glaube, daß sie es gewußt hat. Sie war behindert, aber sie sah mich damals mit kalten Augen an, so kalt, wie sie mich früher nie angesehen hatte. Sie sagte nichts. Was sollte sie machen? Sie war eine hilflose alte Frau, die von uns abhängig war. Deshalb kam ich mir schlecht vor, viel schlechter, als wenn sie kräftig und gesund gewesen wäre. Ich hatte das Gefühl, als ob ich die arme alte Seele mit etwas Unverdaulichem vollstopfen würde, sie mit einer Tatsache zwangsernährte, die sie nie schlucken würde.

Aber die Kinder schienen keinen Verdacht zu schöpfen. Sie vergötterten Toni und akzeptierten ihn als ein Mitglied der Familie, ohne ihn zu fragen, welche Rolle genau er einzunehmen gedächte. Abends aß er meistens mit uns, manchmal kochte ich, manchmal kochte er, und manchmal kochten wir gemeinsam, was die Kinder schön fanden. Sie leisteten uns Gesellschaft und standen uns in der kleinen Küche im Weg. Pani konnte nur ganz wenige Sachen essen, meistens aß sie Suppe und Eintöpfe mit etwas Fleisch und ganz klein geschnittenem Gemüse, und sie aß früh zu Abend. Auch dabei wechselten wir uns ab. Alle paar Tage kochte einer von uns einen Topf mit Suppe oder Eintopf, den wir für Pani in Portionsgrößen einfroren, so daß sie abwechslungsreiches Essen bekam. Wir kochten unten in ihrer Küche, die größer als meine war – und wir hatten immer vier oder fünf verschiedene Gerichte zur Auswahl in ihrem Tiefkühlfach.

An die ersten Monate kann ich mich heute kaum noch erinnern. Sie verschwimmen im goldenen Sonnenlicht, goldenen Herbstblättern, Spaziergängen, verstohlenen Berührungen, Lächeln, den Rufen der Kinder, die vorausrannten, Schätze fanden, es einfach genossen, lebendig zu sein. Wenn ich unterwegs war, wußte ich, daß es den Kindern gutging, daß sie geliebt wurden und glücklich waren und ich ihnen fast nicht fehlte. Ich bezahlte Toni für das Babysitten, trotz seiner Einwände. Er sagte, das Geld, das er von seinem Vater und von seinen Onkeln bekäme, würde ihm reichen, und er kaufte sich weiß Gott wirklich nur Bücher. Ich mußte ihn bei der Hand nehmen, worüber die Kinder kicherten, ihn zwingen, ins Auto zu steigen und ins Zentrum zu fahren, um sich eine neue Jeans zu kaufen.

Dann war es soweit, ich mußte lesen, was Toni geschrieben hatte. Es gelang mir, es solange aufzuschieben, bis ich es lesen konnte, während ich weit weg von zu Hause war, falls es mir nicht gefiel, hatte ich Zeit genug, mir meine Stimme, meinen Gesichtsausdruck, meine Worte zurechtzulegen. Ich wurde nach England und Wales geschickt. Ich war aufgeregt: Es ging um Ruinen aus der prähistorischen Zeit Englands, um Stonehenge und Castlerigg und West Kennet und andere Orte auf den Britischen Inseln. Gerade vor kurzem habe ich gelesen, daß Forscher der Ansicht sind, daß diese Ruinen aus einer Zeit stammen, in der die Frauen im Mittelpunkt der Gesellschaft standen. Aber 1961 war jeder davon überzeugt, daß Männer, und zwar ausschließlich Männer, diese Dinge errichtet hatten, und ich übernahm problemlos diese Sicht. Wenn ich das damals gewußt hätte. Ich hätte sie völlig anders fotografiert – die Demokratie gezeigt, die in den Kreisen zum Ausdruck kam, die Schönheit der Anordnung, die Weisheit der Erbauer, das Wissen, das sie von den Sternen und dem Mond gehabt haben mußten. Statt dessen konzentrierte ich mich darauf zu zeigen, wie imposant sie aussahen, wie beeindruckend, wieviel Anstrengung es gekostet haben mußte, die Steine an diesen Platz zu schaffen und diese Strukturen zu errichten.

Toni gab mir hundert Seiten eines Romans. Ich nahm mir das getippte Manuskript im Flugzeug vor, nachdem das Dinner abgeräumt und es dunkel und ruhig geworden war, die Passagiere schliefen. Ich las es auf dem Rückflug zu Ende und war erleichtert, daß ich viel Lobendes darüber würde sagen können. Der Roman handelte von einem gutaussehenden, klugen, sensiblen jungen Mann, der einem sadistischen Sergeanten im Koreakrieg unterstellt war. Tonis Wissen über diesen Krieg wurde hauptsächlich von den Geschichten gespeist, die sein Bruder ihm erzählt hatte, und aus anderen Romanen, die Darstellung wirkte nicht authentisch. Und der Held war einfach zu positiv gezeichnet. Aber der Sergeant war sehr lebendig. Erinnerte an seinen Daddy. Und ebenfalls lebendig wirkten die langen Passagen, in denen Toni vergaß, sich selbst zu idealisieren, und seinen Helden einfach denken, sehen und fühlen ließ. Für mich war das der Beweis, daß Toni begabt war und gut schreiben konnte, wenn er sich selbst und seine vorgefaßten Meinungen von sich vergaß und einfach nur beobachtete. Oder wenn er über etwas schrieb, das er kannte. Es gefiel mir außerordentlich, daß er begabt war, ich war entzückt. Ich konnte ihn nicht nur loben, sondern ihm vielleicht sogar helfen – wenn ich sehr vorsichtig mit ihm redete.

Ich kam am späten Nachmittag nach Hause – wie üblich war ich zuerst in die City gefahren, um die Filme abzugeben. Als das Taxi vor dem Haus hielt, wurde die Eingangstür aufgerissen, und Toni und die Kinder standen auf der Schwelle. Ich rannte die Treppe hinauf, und wir schrien alle durcheinander und umarmten und küßten uns und gingen ins Haus. Der ganze Flur war mit Luftballons dekoriert! Sie waren auch am Treppengeländer befestigt, und in Panis Wohnzimmer stand ein Geburtstagskuchen mit Kerzen und noch mehr Luftballons, und Pani selber saß auf einem Stuhl und lächelte! Ich hatte meinen Geburtstag völlig vergessen.

Er hatte mir ein Geschenk gekauft – eine knallrosa Nylonbluse, die ich nie anziehen würde, aber es war ein wunderschöner Einfall, und ich tat so, als ob sie mir gefiele. Ich zog sie sofort an, ich dachte, ich könnte sie ihm zuliebe ja wenigstens einmal tragen. Die Kinder musterten die Bluse und dann mich, sagten aber nichts. Sie hatten mir ein Album von Beethovens späten Quartetten gekauft, aber immerhin kannten sie mich auch schon länger als er. Der Kuchen war ein Gemeinschaftswerk der drei, und Arden hatte ihn mit rosa Blumen aus Zuckerguß dekoriert, die, wie sie lachend erklärte, Rosen sein sollten.

Oh, das war ein schönes Jahr.

Ich erklärte Toni mit allergrößter Vorsicht, was ich von seinem Roman hielt. Das Beste sparte ich mir bis zum Schluß auf, und er freute sich, er genoß es, daß ich die Passage lobte, in der der Held seinen Tagträumen auf dem Schießstand nachhing (auch wenn ich nicht glaubte, daß so etwas in Wirklichkeit möglich war), und die Stelle, wo er darüber meditiert, was den Sergeanten zu dem Mann gemacht hatte, der er war. Ich sagte ihm nicht, daß ich fand, der Sergeant würde seinem Vater ähneln. Ich deutete an, daß der Held ruhig etwas menschlicher, weniger gottähnlich sein könnte und daß man merkte, daß er Zeitungsberichte über den Koreakrieg gelesen hatte. Er nahm alles sehr gut auf.

Diese Hürde war genommen, die nächste türmte sich auf: Thanksgiving. Oh, diese Feiertage, die Frohsinn verbreiten sollen!

Brad hatte Anfang des Monats angerufen und erklärt, er erwarte, daß die Kinder zum Thanksgiving Dinner bei seiner Familie sein würden. Ich sagte, ich würde sie fragen, was ich tat.

Schweigen.

«Na, wie denkst du denn darüber?»

«Wie fühlst *du* dich dabei?» (Billy)

Ich stand auf, um mir eine Tasse Kaffee einzuschenken, damit die Kinder die Tränen in meinen Augen nicht sahen. Sentimentale Idiotin!

«Paßt mal auf», ich drehte mich um, weil ich merkte, daß sie sich nicht täuschen ließen. «Ich werde mich schrecklich fühlen. Aber ich möchte, daß ihr euren Vater häufiger seht als zur Zeit. Ihr besucht ihn nur noch selten. Ich weiß, es liegt nicht nur an euch. Aber er *hat* am vergangenen Sonntag angerufen und euch zum Abendessen eingeladen, und du» – ich sah Arden an – «wolltest nicht hingehen. Natürlich möchte ich, daß ihr Thanksgiving bei mir seid. Aber das ist egoistisch, das ist falsch, das sieht so aus, als ob ich euch ganz allein für mich haben wollte.»

«Wir waren letztes Jahr bei ihnen», sagte Billy leise.

«Du willst nicht, daß er wütend auf dich wird und dir die Schuld gibt. Du fürchtest, daß er dir dann kein Geld mehr für uns gibt!»

«Oh, Arden, glaubst du, das ist der Grund, warum ich will, daß ihr euren Vater seht?»

«Warum denn sonst? Wir sind ihm doch egal! Er will doch nur mit uns angeben, bei seinen Freunden oder bei Grandma und Grandpa Carpenter und sich als Vater präsentieren, obwohl er kein Vater ist.»

Ihre Heftigkeit drehte mir den Magen um. Wieviel Wut, wie viele Verletzungen barg mein Kind in seinem Herzen?

«Laß doch, Ard, du weißt doch, Mom möchte, daß wir unseren Vater nicht vergessen.»

«Und warum nicht!» Auf ihrem Gesicht erschienen rote Flecken, ich konnte mich nicht beherrschen, ich stand auf und ging zu ihr und nahm sie in die Arme.

Sie befreite sich. «Laß mich in Ruhe, Mom!» Ich ließ mich wieder auf meinen Stuhl fallen. Ich sah sie an und war entsetzt über meine Hilflosigkeit und ihren Schmerz.

Billy legte seine Hand auf meinen Arm. «Wir werden gehen, Mom», sagte er und starrte Arden wütend an, sie sollte ihm nicht widersprechen. «Wenn du das möchtest, dann gehen wir.»

«Ich möchte es *nicht*», rief ich. «Ich habe nur das Gefühl, daß wir uns so verhalten sollten und müßten.»

«Wieso?» fragte Arden kühl. «Wieso, wenn nicht aus dem Grund, daß er etwas bekommen soll für sein Geld?»

Zwölf, dachte ich. Noch nicht ganz zwölf. In drei Wochen wird sie zwölf.

«Weil du das Gefühl hast, daß du ihm etwas schuldest? Daß er ein *Recht* auf uns hat?»

«Ich habe euch dauernd, er nicht.»

«Er will uns gar nicht.» Wieder diese kühle Stimme.

«Macht, was ihr wollt», seufzte ich. «Aber wenn ihr beschließt, nicht hinzugehen, dann müßt *ihr* anrufen und es ihm sagen. Ich will nicht für etwas angeschrien werden, wofür ich gar nichts kann.»

Billy starrte Arden an. «*Du* mußt ihn anrufen.»

Sie zuckte mit den Achseln. «Okay, ich rufe ihn an», sagte sie mit dieser kalten Stimme. Aber hinter der Kälte hörte ich heraus, daß sie ihn genausowenig anrufen wollte wie ich oder Billy. Ich wußte, sie würde es solange hinausschieben, bis Brad mich wütend anrufen würde.

«Du mußt ihn jetzt anrufen», sagte ich.

«Ich werde ihn morgen anrufen», sagte sie, indem sie aufstand. Ihre Stimme klang scharf.

«Jetzt, Arden.»

Wütend machte sie auf dem Absatz kehrt. «Ich rufe an, wann ich will! Okay?» Das ‹Okay› war als Beschwichtigung gemeint, eine halbherzige Anerkennung meines Status als Mutter. Sie ging in ihr Zimmer, knallte die Tür hinter sich zu und schloß sich ein.

Billy und ich sahen uns an.

«Sie wird ihn nicht anrufen.»

«Ich weiß.»

«Sie würde er nicht anschreien.»

«Nein, aber er würde verletzt klingen und seine Wut unterdrükken und sich wie ein Märtyrer verhalten und mir die Schuld geben, sie würde dann sehr wütend auf ihn werden.»

«In Wirklichkeit haben wir alle Angst vor ihm.»

Traurig starrte ich meinen Sohn an. «Ich glaube, das stimmt.»

«Stimmt das wirklich? Ich meine, wenn wir ihm erlauben, uns zu tyrannisieren, sind wir dann nicht...» Er suchte nach dem richtigen Wort.

«Insgeheim damit einverstanden? Ich glaube ja. Ich bin wohl feige. Aber – ach, ich weiß nicht, Billy, vielleicht mache ich mir etwas vor, aber ich habe das Gefühl, da er nicht viel von mir fordert, und von euch Kindern auch nicht, daß wir ihm vielleicht dieses eine Mal entgegenkommen sollten...»

Er starrte den Fußboden an. Sein kleines Gesicht war sehr traurig für ein Kind seines Alters. Es zerrte an mir.

«Nicht aus Angst», platzte ich heraus, «oder um sein Geschrei zu vermeiden. Er schreit nur, wenn wir seine Gefühle verletzen, und wenn er verletzt ist, zeigt das, daß er euch liebt, und...»

Er nickte. Einträchtig und schweigend saßen wir nebeneinander. Wenn Billy und ich zusammen waren, konnten wir lange Zeit miteinander schweigen und einander sehr nahe sein, so nahe, daß ich manchmal dachte, wir hätten nur einen Kopf zum Denken und ein Herz zum Fühlen. Zu Arden empfand ich keine solche Nähe.

Endlich sagte ich: «Ich habe eine Idee! Sie essen doch das Thanksgiving Dinner immer sehr früh, mittags, machen sie das immer noch so?» Er nickte. «Dann geht ihr eben vormittags hin und bleibt bis fünf oder sechs, und danach kommt ihr nach Hause und eßt mit uns unser Thanksgiving Dinner gegen sieben oder acht Uhr abends.» Mir schwirrte der Kopf, was würde meine Mutter dazu sagen, wenn wir so spät kochten? Bestimmt nichts Gutes.

«Klar», sagte er unsicher.

«Was hast du dagegen?»

«Ich glaube nicht, daß wir soviel essen können.»

Ich lachte laut. «Natürlich könnt ihr das!»

Ich kochte das Thanksgiving Dinner unten. Ich hatte noch nie bei mir Thanksgiving gefeiert, wir waren immer zu Mom gegangen. Aber ich wollte Pani an diesem Freudentag nicht allein lassen, und für sie wäre es einfach zu beschwerlich, das Haus zu verlassen. Mom war zufrieden, daß sie nicht zu kochen brauchte. Aber ich war nervös, eine Pute zu braten! Ich hatte eine 22 Pfund schwere Pute gekauft, die ich fünf Stunden lang im Ofen briet. Mutter sagte, sie müßte tiefgefroren gewesen sein (stimmte), weil sie trocken war. «Und», fügte sie in einem Ton hinzu, der erkennen ließ, daß ich es absichtlich getan hätte, um sie zu ärgern, «die Sauce ist angebrannt!» (Das fand ich nicht, aber ich hatte auch keine Ahnung). Sie brachte mich soweit, daß ich bei Tisch fast in Tränen ausgebrochen wäre. Ich hatte mir solche Mühe gegeben, *sie* zufriedenzustellen – und außer ihr mäkelte niemand.

Sie war immer schnell dabei, meine Kochkünste zu kritisieren – oder mein Aussehen oder irgend etwas, was ihr an mir nicht paßte –, aber an diesem besonderen Tag merkte ich an ihrer Stimme, daß sie wütend auf mich war. Sie hatte sofort gemerkt, daß Toni und ich etwas miteinander hatten, und das gefiel ihr nicht. Toni merkte nichts. Sie behandelte ihn höflich, und ihm war Höflichkeit unter Familienmitgliedern fremd. Es war es gewöhnt, daß die Leute sich anbrüllten und beschimpften, wenn ihnen etwas nicht paßte, Tische umstürzten oder mit Geschirr um sich warfen. Er wußte nicht, daß dich jemand anlächeln kann und dich trotzdem haßt. Er war mein süßes, unschuldiges Baby. Nicht, daß sie ihn gehaßt hätte. Persönlich war er ihr völlig egal. Sie ärgerte sich über mich, daß ich mich mit jemandem so Unpassenden einließ, der weder Geld noch Status hatte, jemandem, den ich nicht heiraten konnte, der nicht für mich sorgen konnte.

Aber er mochte sie, ihm gefielen ihr Grande Dame-Gehabe, ihr schönes Kleid, ihre elegante Frisur, die Art, wie sie ihren Scotch mit Soda in kleinen Schlückchen trank und erwartete, daß sie bedient wurde. Eine Dame wie sie hatte er noch nie gesehen, und er bewunderte sie. Ich bin sicher, daß er sich wünschte, seine Mutter würde auch so respektvoll behandelt werden. Meine Mutter war für ihn wie ein Mensch aus einer besseren Welt, die er bislang nicht gekannt hatte. Seine Stimme überschlug sich vor Entzücken, wenn er mit ihr redete. Er merkte nicht, daß sie kein Wort an ihn richtete. Aber ich merkte es genau.

Doch ich sagte nichts. Ich hatte nicht erwartet, daß sie es gutheißen würde. Und ich wußte, sie würde Haltung bewahren, und wenn er sie nur selten sah, würde er ihre Kälte nicht mitbekommen. Aber als er Weihnachten sein Bankkonto überzog, um ihr einen silbernen Suppenlöffel schenken zu können, mußte ich etwas sagen. Wir waren bei ihr. Toni und ich hatten Pani in Decken eingepackt und sie zum Auto getragen und auf den Vordersitz gesetzt, die Kinder und ich saßen mit den Geschenken, die nicht in den Kofferraum paßten, hinten. Pani war sehr aufgeregt, daß sie zu Besuch ging, und ich war etwas besorgt um sie. Aber sie thronte im Wohnzimmer meiner Mutter, und Toni mußte jetzt zwei Königinnen bedienen – drei, mit mir. Er war überglücklich.

Mutter und ich waren in der Küche und bereiteten den Weihnachtsschmaus vor, der nach der Übergabe der Geschenke serviert werden sollte, und ich flüsterte in ihr gesundes Ohr: «Toni ist süß, nicht?»

Sie wand sich. «Na ja, doch, er ist süß», gab sie äußerst zögernd zu.

«Er hat fast seine ganzen Ersparnisse abgehoben, um für dich diese Kelle zu kaufen», sagte ich. Schließlich wußte ich, was meiner Mutter zu Herzen ging.

Sie hob die Augenbrauen.

«Er betet dich an», fügte ich hinzu, mehr konnte ich nicht tun.

Ihre Augenbrauen blieben oben, sie zuckte die Achseln. «Ich kann mir nicht erklären, warum.» Es war eine Frage.

«Einfach so. Wahrscheinlich bist du ganz anders als seine Mutter.»

«Oh, polnische Männer...!» sagte meine Mutter verächtlich.

Eins muß man ihr lassen. Sie hat die Gabe, in einen Satz, in den Tonfall ihrer Stimme unendlich viel hineinlegen zu können. Alles klang in diesem einen Satz an: die Jahre, in denen sie gesehen hatte, wie Männer ihre Frauen tyrannisierten und schlugen, die Frauen, die sie gesehen hatte, ihre eigene Mutter, in ihren abgerissenen formlosen alten Hauskleidern, mit ihrer gebeugten, devoten Haltung, dem unterwürfigen Lächeln.

«Ja, er haßt seinen Vater», bestätigte ich, «ein schrecklicher Mann.»

Meine Mutter nickte. Und seitdem behandelte sie Toni eine Spur freundlicher.

Als Arden an Scharlach erkrankte, fand ich heraus, daß meine Kinder über Toni und mich Bescheid wußten. Sie wachte gegen Mitternacht auf, ihr war heiß, sie hatte Fieber. Ihr wurde so schlecht, daß sie es nicht mehr bis zum Badezimmer schaffte. Sie schrie, als sie den Brechanfall nicht mehr zurückhalten konnte, und ich sprang, nackt wie ich war, aus dem Bett, warf mir einen Morgenrock über und rannte zu ihr. Toni zog sich seine Jeans an und kam mir hinterher. Das arme Kind schluchzte, sie war beschämt und wütend, daß sie ihr Zimmer besudelt hatte, ich mußte sie trösten und führte sie ins Badezimmer. Billy wurde ebenfalls wach, und Toni zwang ihn, mit ihm zusammen das Erbrochene aufzuwischen.

«Igitt!» jammerte mein verwöhnter Sohn. «Warum muß ich *ihre* Kotze wegwischen?» In diesem *ihre* klangen alle Schattierungen von Geschwisterrivalität.

«Weil sie krank ist und durcheinander und deine Mutter alle Hände voll zu tun hat, ihr zu helfen, und ich deine Hilfe brauche», sagte Toni bestimmt. Billy ging und holte wortlos Papiertücher und ein flüssiges Reinigungsmittel. Mir hätte er nicht so gehorcht!

Sie fühlte sich sehr heiß an, ich hatte große Angst. Ich wusch sie, brachte sie wieder zu Bett und holte eine Schüssel mit warmem Wasser und Franzbranntwein, damit fuhr ich ihr über Gesicht und

Arme. Das machte ich eine Stunde lang, bis sie sich kühler anfühlte. Ich wollte ihr kein Aspirin geben, ehe ich nicht genau wußte, was ihr fehlte.

Die nächsten Tage verliefen chaotisch – die Besuche des Arztes, Medizin, die besorgt, Hühnerbrühe, die gekocht werden mußte, die geschäftige und gedämpfte Atmosphäre eines Haushalts, in dem jemand krank ist. Ich saß stundenlang neben ihr und wusch sie mit einem in Franzbranntwein getauchten Schwamm ab, während sie in Fieberträume versank oder wach war. Billy blieb zu Hause, ich ließ ihn nicht zur Schule gehen, weil es wahrscheinlich war, daß er sich schon angesteckt hatte. Nach ein paar Tagen hatte er es auch ausgebrütet. Aber er fieberte nicht so hoch, und ich mußte mir um ihn nicht so große Sorgen machen.

Ein paar Wochen lang, bis sie wieder mehr oder weniger gesund waren, saßen wir alle im Pyjama oder im Morgenrock im Wohnzimmer und sahen fern. Sie fanden alles langweilig und stritten sich über die winzigste Kleinigkeit. Während Ardens Krankheit mußte Toni nachts unten bleiben. Er kam nachmittags hoch und spielte – zu meiner großen Erleichterung – mit Billy Schach und las Arden Gedichte vor. Mir gab er damit die Möglichkeit, ein paar Stunden lang einkaufen zu gehen oder einfach in meinem Zimmer zu sitzen und zu arbeiten. Und er aß bei uns. Aber er durfte später am Abend nicht wieder hochkommen, ich weiß nicht genau, warum nicht. Aberglaube – wenn ich mich sexuellen Freuden hingab, würden meine Kinder sterben? Oder vielleicht hatte ich auch einfach keine Lust, mit zwei kranken Kindern im Haus. Jedenfalls fragte Arden mich eines Abends, als gerade ein Werbespot lief: «Wieso kommt Toni nachts eigentlich nicht mehr nach oben?»

Auch Billy sah mich fragend an.

Wahrscheinlich bin ich rot geworden. «Was willst du damit sagen?»

Arden warf mir einen altklugen Blick zu. «Ach, Mom, wir wissen doch, daß Toni wiederkommt, wenn wir im Bett liegen.»

«Ja.»

«Oh. Ich habe versucht, euch dieses Wissen zu ersparen.»

Beide lachten. «Uns oder Pani?» zirpte Arden gehässig.

Ich schüttelte den Kopf. «Ihr Kinder seid einfach unmöglich.»

Dann mußten wir alle heftig lachen, vor Erleichterung, glaube ich.

«Warum kann er nicht nach dem Abendessen gleich bei uns bleiben und dann ins Bett gehen, wenn du gehst?» fragte Billy.

«Weil ihr beide gern vor dem Fernseher sitzt und er gern liest.»

«Du liest doch auch in deinem Zimmer.»

«Ja, aber in meinem Zimmer gibt es nur einen komischen Stuhl, und ich lese im Bett. Für zwei ist das zu unbequem.»

Sie schauten einander nachdenklich an. Ich verstand ihren Blick und war erstaunt: Sie wollten so gern, daß Toni seine Abende bei uns oben verbrachte, daß sie überlegten, ihre abendlichen Fernsehstunden aufzugeben. Ich hielt den Atem an.

«Vielleicht könntest du den Fernseher in eins von unseren Zimmern stellen», überlegte Arden.

Ich sah sie einfach nur an.

«Ja, du hast recht, wir müssen aushandeln, in wessen Zimmer.»

«Und die- oder derjenige, bei der das Gerät dann steht, würde anfangen, es als ihres oder seines zu betrachten.»

«Und in unseren Zimmern ist auch zuwenig Platz, Arden.»

«Und was ist mit der Küche?»

«Auf dem Ofen?»

«Mmmm.» Wir überlegten. Ohne Ergebnis.

«Könnte er nicht lesen, während wir fernsehen? Wir würden es auch leise stellen.»

«Es ist nicht einfach, sich dabei zu konzentrieren. Aber ihr könnt ihn ja fragen.»

«Wir sehen nur bis neun Uhr fern. Dann könnt ihr beide lesen.»

«Ich werde ihn fragen», lächelte ich.

Schließlich erreichten die Kinder genau das, was sie wollten. Wir sahen *alle* zusammen bis neun Uhr fern, dann gingen sie schlafen, und wir lasen noch ein paar Stunden. Jeden Abend. Wir waren eine Familie.

Brad kam erst im Frühling dahinter. Mitte März wurde ich nach Algerien geschickt, wo die OAS, die geheime revolutionäre Organisation der algerischen Armee, Frankreich offen den Kampf angesagt hatte. Terroristische Anschläge und Bombenattentate häuften sich, und die Franzosen berieten, was zu tun sei. In einer Phase, als der Kampf (bis auf einige sporadische Guerillaaktionen) ruhte, schickte *World* mich dorthin, um Aufnahmen zu machen, die diese Übergangssituation zeigen sollten, denn sie erwarteten entweder einen Krieg oder die Zusicherung baldiger Unabhängigkeit. Es war ein bedrückender Auftrag, wie sich herausstellen sollte. Mir als Frau wurde der Zutritt zu den männlichen Zentralen der OAS verweigert, und mir blieb schließlich nichts weiter übrig, als französische Gebäude, die von den Rebellen bereits zerstört waren oder wahrscheinlich zerstört werden würden, die Souks und die schönen, dunklen, kopfsteingepflasterten Straßen der algerischen Wohnviertel zu fotografieren. Aber ich knüpfte ein paar wichtige algerische Kontakte.

Ich war zwei Wochen weg, und während dieser Zeit willigte Arden ausnahmsweise einmal ein, mit ihrem Vater zu Abend zu essen – vielleicht, weil ich ihr fehlte, wahrscheinlich aber eher, weil er versprach, mit ihnen in ein Restaurant zu gehen und nicht bei sich zu Hause zu essen, mit Fern und Ferns Tochter und dem Baby. Wenn ich zu Hause war, klingelte Brad normalerweise an der Tür und wartete auf der Veranda, daß die Kinder herunterkamen. Er vermied es, mit mir zusammenzutreffen. Er war böse auf mich. Vielleicht haßte er mich sogar.

Ehe Pani krank wurde, hatte sie Brad immer die Tür geöffnet, und er blieb dann dort stehen und unterhielt sich mit ihr. Seit sie krank war, rannte Billy, bereits fertig angezogen, nach unten und machte ihm auf und rief dann zu Arden hoch, Daddy sei gekommen, und sie solle sich beeilen. Aber diesmal war Billy noch nicht fertig, als er ihm die Tür öffnete, er hatte noch keine Schuhe an und auch noch keinen Mantel. Brad, der wußte, daß ich nicht zu Hause war, folgte ihm nach oben. In unserer Wohnung entdeckte er Toni, der es sich in einem Sessel gemütlich gemacht hatte und mit Billy Schach gespielt hatte. Er vermittelte ganz den Eindruck, bei uns zu Hause zu sein.

Brad schoß ihm einen haßerfüllten Blick zu und blieb dann wortlos, steif und mit wütendem Gesichtsausdruck stehen, bis die Kinder fertig waren. Ich weiß das, weil Toni es mir erzählte: Ich war sehr erstaunt. Sonst war Billy immer sehr nervös, wenn sein Vater sie abholen wollte; lange vor der verabredeten Zeit wusch er sich, zog sich an und drängte Arden, sich endlich fertig zu machen, und steigerte sich in eine hilflos Wut gegen sie hinein.

Ich kam am Donnerstagabend spät zurück, und Toni kam hoch und bestand darauf, mir Nudeln aufzuwärmen. Ich war müde und hätte sie genausogern kalt gegessen. Mit der einen Hand machte er mir einen frischen Salat, die andere hatte er um meine Taille gelegt.

Er schnurrte geradezu vor Glück – ach, nur die Jugend kann so glücklich sein –, daß ich wieder da war. Ich strahlte, ich war glücklich, daß er bei mir war, daß ich wieder zu Hause war, ich wärmte mich an seiner Freude, als ob mein Herz bereits damals erkaltet, verhärtet, versteinert oder was auch immer gewesen wäre und Wärme von außen brauchte, um überhaupt schlagen zu können.

Er stand am Ofen und wendete die Nudeln mit einem Kochlöffel aus Holz und grinste mich an. «Neulich Abend habe ich deinen Exmann gesehen.»

Für mein Herz mag es vielleicht mühsam sein, überhaupt zu schlagen, aber es hat absolut keine Schwierigkeiten, einfach stehenzubleiben. Ich löste mich von ihm und ließ mich auf einen Küchenstuhl fallen.

«Tatsächlich?» Selbst mein Gesichtsausdruck brachte ihn nicht aus dem Gleichgewicht. Er erzählte mir den Vorfall.

«O Gott.» Diese Stimme klang tiefer als meine. Ich erkannte nicht mal, daß es meine eigene war.

Toni stellte den Teller mit den Spaghetti vor mich hin und setzte sich mir gegenüber. «*Mangia*, Baby.»

Aber ich konnte nicht – ich schob das Essen auf dem Teller hin und her, nahm ein paar Bissen in den Mund, kriegte aber nichts hinunter.

«Was ist los?»

«Wir werden von ihm hören. Da bin ich mir sicher.» Mein Körper war steif vor Angst, einer lähmenden Angst, die alles Denken unmöglich macht. Ich hatte das Gefühl, daß mir das Blut aus den Adern gewichen und zu Klumpen geronnen war und mein Gehirn verstopfte. Toni lachte mich aus: Ich sei trotz allem eine Puritanerin geblieben, ein braves Mädchen, egal was ich ihm über meine Collegezeit erzählt hätte, einmal eine Ehefrau, immer eine Ehefrau, überwältigt von Schuldgefühlen, obwohl Brad bereits vor der Scheidung fremdgegangen sei und wiederverheiratet sei und noch ein Kind hätte und seine anderen Kinder kaum beachtete und sich überhaupt keine Gedanken über so etwas machen würde.

Er konnte mich nicht überzeugen. Ich kannte Brad, sagte ich ahnungsvoll.

Aber mehrere Wochen vergingen, ohne daß etwas passierte. Toni war so anständig, das Thema nicht zu erwähnen und sich nicht über mich lustig zu machen. Ich blieb verkrampft und wartete auf den vernichtenden Anruf. Brad rief tatsächlich eines Abends an und verabredete sich mit Billy zum Einkaufen – er wollte ihm eine neue Jacke für das Frühjahr kaufen, aber wir sprachen nicht miteinander. An dem Sonnabend nachmittag kam Billy nach dem Einkaufen nach Hause und sah sehr verstört aus. Er sprach kaum mit mir und blieb den ganzen Abend in seinem Zimmer. Als ich versuchte, mit ihm zu reden, reagierte er ablehnend und trotzig, er wolle lesen, sagte er. Er kam noch nicht mal aus seinem Zimmer, um fernzusehen, und meine Angst wuchs wieder, wie ein Tumor, der kleiner geworden war und plötzlich wieder riesengroß wurde.

Brad rief am Montagmorgen gegen zehn Uhr an. Ich wußte, daß er so früh noch nicht im Büro zu sein brauchte, aber ich wußte auch, daß er genau dort war – hinter verschlossenen Türen, falls die Sekretärin kommen würde.

«Du Sau, du Schlampe, du Hure!» waren seine ersten Worte.

Meine Angst legte sich, und ein Adrenalinstoß durchfuhr mich: Jetzt war das Schlimmste geschehen. Jetzt brauchte ich keine Angst mehr zu haben. Jetzt brauchte ich nur noch wütend und außer mir zu sein.

«Das ist ein obszöner Anruf, ich lege gleich auf und rufe die Polizei an.»

Das ignorierte er. Er ließ alles raus. Meine Sauereien, daß ich rumhurte, daß ich einen jungen Liebhaber im Haus hätte, trotz der Kinder. Er sprach mehrere Minuten lang genüßlich die Worte aus, die alle Männer kennen und heimlich immer mit sich herumschleppen, während sie auf eine Gelegenheit warten, sie anwenden zu dürfen: das umfangreiche Vokabular, mit dem die Widerwärtigkeit der Frauen beschrieben wird. Ich hatte keine Gelegenheit, etwas darauf zu erwidern, aber es demütigte mich, den Hörer zu halten und mir das anhören zu müssen und ihm damit indirekt das Recht zuzubilligen, diese Sprache zu benutzen, also legte ich auf. Er rief sofort wieder an. Ich hob nicht ab. Er versuchte es in der nächsten halben Stunde immer wieder, dann gab er auf. Aber meine Angst war wieder da. Was würde als nächstes kommen?

Als nächstes klingelte es ein paar Stunden später an der Tür. Warum war ich nicht weggegangen? Er stand mit weißem Gesicht vor der Tür, seine Züge traten deutlich hervor, wie bei einer Zeichnung. Die Falten in seinem Gesicht erstaunten mich – er war nur ein Jahr älter als ich, aber er sah aus wie vierzig. Als ich die Tür öffnete, drängte er mich beiseite, rannte nach oben und stürmte suchend durch alle Zimmer, riß die Türen auf und knallte sie wieder zu. Er guckte sogar in alle Schränke. Dann ging er in die Küche und zählte die Teller im Abwasch, es waren vier.

Schreiend rannte ich hinter ihm her. «Wie kannst du es wagen. Was soll das, ich werde die Polizei rufen!» Ich ging zum Telefon, aber er stürzte sich auf mich und hielt meine Hand fest. Es tat weh.

«Du kannst die Polizei gar nicht rufen, ich bezahle die Miete für diese Wohnung, wie du weißt», stieß er zwischen zusammengebissenen Zähnen hervor.

«Du bezahlst Unterhalt für die Kinder, aber keinen Unterhalt für mich! Ich ernähre mich selbst, und ich bin es, die die Miete bezahlt. Es ist meine Wohnung!»

«Das ist sie nicht! Jeder Richter in diesem Land wird mir das Recht zubilligen, hier zu sein. Und jeder Richter in diesem Land wird mir das Sorgerecht für die Kinder übertragen, auf Grund deines Verhaltens. Und ich sage dir, du Schlampe, daß ich dir die Kinder wegnehmen werde. Du bist eine unfähige Mutter, du Hure!»

«Ha! Du nimmst die Kinder, und Fern soll sie versorgen? Das wird ihr gefallen, nicht wahr, oh, die Gute. Wer von uns hat denn die Ehe gebrochen, möchte ich mal wissen. Wenn du dich schon auf die konventionellen Moralbegriffe berufen willst, dann vergiß gefälligst nicht, wer angefangen hat.»

«Ich habe sie nie mit zu uns gebracht. Ich war mit ihr verheiratet, ehe die Kinder sie kennenlernten», zischte er. «Du lebst mit einem jungen Mann zusammen, das ist obszön! Bist du schon so heruntergekommen, daß du dich an Knaben ranschmeißt? Oder hast du endlich einen Gleichaltrigen gefunden!»

Ich hatte mich bis dahin selbst immer etwas unwohl wegen Tonis Alter gefühlt, aber jetzt wurde ich wütend. Schließlich war er nur acht Jahre jünger als ich. Wie viele Männer sind mit Frauen zusammen, die nur halb so alt sind wie sie, oder mit Mädchen, die ihre Enkeltöchter sein könnten? Mir schoß das Blut in den Kopf – was nicht gut ist, weil ich dann nicht mehr denken kann und nur noch fluche.

«Du Scheißkerl. Du blödes Arschloch! Raus aus meiner Wohnung. Sofort!» Ich griff wieder zum Telefonhörer, und als er zupakken wollte, um mich daran zu hindern, stieß ich ihn weg, so heftig ich nur konnte. Er war überrascht und schwankte, und ich schubste ihn in Richtung Tür. Er fing sich wieder und drehte sich zu mir um, aber ich stieß ihn weiter – meine Arme sind kräftig, vom Halten und Schleppen der schweren Kameraausrüstung –, und er fiel nach hinten gegen die Eingangstür und rutschte eine Stufe hinunter. Er bekam Angst, auch wenn er sich schnell wieder fing, und er sagte leise und drohend wie der Schurke im Kino: «Warte nur, du Schlampe. Ich werde dir die Kinder wegnehmen. Jeder Richter in diesem Land wird dich als unfähige Mutter verurteilen. HURE!» Er drehte sich um und stampfte die Treppe hinunter. Er schlug die Eingangstür so heftig zu, daß die Glasscheibe sprang. Als ich das hörte, rannte ich ihm hinterher und riß die Tür auf. Er stieg gerade in sein Auto.

«Ich werde dir eine Rechnung für die Zerstörung fremden Eigentums schicken! Du hast die Scheibe an Panis Eingangstür zerbrochen!»

Er lachte. «Nur zu! Schick alle Rechnungen, die du schicken willst! Von mir siehst du keinen Pfennig mehr!»

Ich stand da, die Tränen stiegen mir hoch, und beobachtete, wie er abfuhr. Ich kam mir völlig besiegt vor. Ich wußte, daß er recht hatte, die Polizei hätte mir nicht geholfen, wenn ich sie gerufen hätte. Sie hätten ihm geglaubt, wenn er behauptet hätte, daß er die Miete zahlte, und vielleicht würde mir ein Richter tatsächlich die Kinder wegnehmen. Und selbst wenn alles eine List sein sollte, damit er keinen Unterhalt mehr zu zahlen brauchte – denn darauf lief es wahrscheinlich hinaus, ich konnte mir nicht vorstellen, daß er die Kinder wirklich *haben* wollte oder daß Fern sich einverstanden erklären würde, sie zu versorgen –, selbst wenn dem genauso war, würde er gewinnen. Denn was konnte ich schon dagegen unternehmen? Wer würde mir helfen?

Ich rannte nach oben und rief Steven Sindona an, der mir gegen Ende meiner Scheidung geholfen hatte. Er war nicht da. Ich rief Edna Lench an, die um die Ecke wohnte und mit einem Anwalt verheiratet war. Als ich ihr erzählte, was passiert war, klang ihre Stimme eisig. Sie sagte, daß sie ihren Mann fragen würde, aber sie hörte sich an, als ob sie mich schneiden würde, wenn sie mich nächstes Mal auf der Straße traf. Ich fluchte über mich selbst, weil Joyce, ihre Tochter, zu Ardens besten Freundinnen gehörte: Würde Edna Joyce verbieten, mit Arden zu spielen?

Ich wollte sterben, ich war nichts wert, ich machte alles falsch.

Ich dachte zuwenig nach, ich respektierte die Regeln zuwenig, nach denen die Welt funktionierte. Und ich hatte so große Angst, daß ich die Situation nicht mehr durchschauen konnte.

Ich saß in der Küche, den Kopf in die Hände gestützt, als ich das leise Klopfen an der Tür hörte, mit dem Toni sich ankündigte. Er kam herein. Ich war verblüfft, daß ich ihn völlig vergessen hatte. Und ich fragte mich – kurz –, warum er nicht schon hochgekommen war, als er hörte, er mußte es gehört haben, wie Brad mit den Türen knallte.

«Was ist passiert?»

Seltsam, daß ich ihm nie böse sein konnte. Ich habe von ihm nie verlangt, daß er sich für mich verantwortlich fühlte. Das ist mir erst vor kurzem klargeworden, und Clara sagt, denk darüber nach, denk darüber nach, warum du dich so verhalten hast. Damals dachte ich, daß die Liebe, die ich verspürte, sobald ich ihn sah, allen Groll aus meinem Herzen auslöschte.

Ich erzählte ihm, was geschehen war. Er setzte sich neben mich und nahm meine Hände in seine.

«Ich hab den Krach hier oben gehört. Ich wollte hochkommen, aber ich wußte nicht, wie du das finden würdest.» Fragend sah er mich an.

«Vielleicht ist es gut, daß du nicht gekommen bist. Es hätte alles nur noch schlimmer gemacht», sagte ich mit einer Überzeugung, die ich in dem Moment auch fühlte. Liebevoll lächelte ich ihn an. «Du hat dich richtig verhalten.» Ich streichelte sein Gesicht.

Auf der Treppe polterte es, und mir stiegen die Tränen in die Augen. Ich drehte mich um, als sie hereinkamen. Mein Herz bummerte heftig, bum, bum, bum, Schmerz, Schmerz, Schmerz, und die Tränen liefen mir die Wangen hinunter. Ich prägte mir jede Linie ihrer Gesichter ein, als ob ich sie nicht genau kennen würde, ihre jungen Körper, ihren Haarwuchs. Versteinert blieben sie an der Türschwelle stehen.

«Was ist los?» flüsterten sie. Toni erzählte es ihnen. Entsetzt fragten sie mich: «Kann er das machen?»

«Ich fürchte, ja. Ich habe mehrere Rechtsanwälte angerufen, aber sie haben noch nicht zurückgerufen.» Ich wischte mir das Gesicht mit einem Geschirrtuch ab, das auf dem Tisch lag, und Billy ging aus der Küche und kam mit Papiertaschentüchern zurück, damit ich mir die Nase putzen konnte.

«Also, wir gehen nicht zu ihm. Ich gehe nicht zu ihm. Sie können mich nicht zwingen, wenn ich nicht will», verkündete Arden.

Billy warf erst ihr einen Blick zu, dann mir, er suchte Bestätigung. Ich verzog das Gesicht. «Sie können dich zwingen», informierte Billy seine Schwester bedrückt.

«Nein, das können sie nicht. Dann renne ich weg!» Ich saß da und bewunderte den Mut meiner Tochter, ihre Energie, ihre Wut, aber dann – wie immer, wenn sie sich aufregte – kehrte sie ihre Wut gegen mich. «Du mußt es ihm verbieten, du mußt etwas unternehmen! Wieso darf er eine Geliebte haben und sogar noch ein Kind und niemand wirft ihm das vor?»

«Weil er verheiratet ist. Dann ist es legal.»

«Na, ihr könnt doch auch heiraten!» Sie sah Toni an.

«Das wollte ich gerade vorschlagen.» Toni grinste mich an.

«Oh!» Ich erhob mich. «Nein! Eine Mußehe im Stil der 60er Jahre?» Die Wahrheit war, daß ich Toni nicht heiraten wollte. *Ich wollte wirklich nicht.* Ich wußte nicht, warum nicht, und ich wollte auch nicht darüber nachdenken.

«Ich werde nie wieder ein Wort mit ihm reden!» erklärte Arden und stolzierte aus der Küche. «Und wenn sie mich zwingen, zu ihm zu ziehen, renne ich weg! Ich werde nicht bei ihnen wohnen!» Sie knallte die Tür zu.

Billy blieb, er war blaß. Sein Mund zuckte. Dann verließ er ebenfalls die Küche. Ich hörte ihn leise die Tür seines Zimmers schließen und das Quietschen der Matratze auf seinem Bett.

«Was hältst du von dem Vorschlag?» Toni lächelte zu mir auf, sein Gesicht strahlte. Ich sah, was er fühlte: Er war mein Retter, mein Ritter auf dem weißen Pferd, und er errettete auch meine Kinder. Die Situation forderte diese Interpretation heraus. Warum empfand ich sie als verkehrt, als falsch? Als Fehler.

«Ich weiß nicht, Toni. Ich muß nachdenken. Laß uns nichts überstürzen. Ich will dich nicht in etwas hineindrängen.» Ihn oder mich?

«Du drängst mich nicht. Ich will es. Ich liebe dich.»

«Ich weiß. Aber...» Ich hob die Hand.

«Und ich liebe die Kinder.»

Ich küßte ihn. «Laß mich nachdenken. Laß mich mit einem Anwalt sprechen. Und jetzt muß ich mit Billy reden.»

«Mit Billy?»

«Irgend etwas bedrückt ihn.»

«Das ist doch nur natürlich...»

«Nein. Etwas anderes. Schlimmeres.»

«Okay.» Er stand auf. «Ich bin unten. Willst du, daß ich heute abend zum Essen raufkomme?»

Ich überlegte. Ich wußte, daß ich es nicht wollte. Aber ich wußte nicht, wie ich es ihm sagen sollte. «Vielleicht ist es besser, wenn ich mit den Kindern allein esse. Wir müssen uns aussprechen.»

Er sah einen kurzen Moment lang traurig aus. «Okay.» Er nahm mich in die Arme, drückte mich, gab mir einen Kuß auf die Wange und ging. Ich ging sofort in Billys Zimmer, klopfte leise an und trat ein. Er lag regungslos auf seinem Bett und starrte an die Decke.

Ich setzte mich auf die Bettkante. «Was ist los, Schätzchen?»

Sein Gesicht war verzerrt. Er sah mich an und gleich wieder weg. Ich spürte, er wollte nicht, daß ich ihn berührte. Ich blieb ruhig bei ihm sitzen und sagte nichts.

Schließlich machte er den Mund auf, seine Stimme klang hohl: «Sonnabend. Als ich mit Dad einkaufen war. Im Auto. Als er mich nach Hause fuhr.» Er brach ab.

Ich begriff. «Hat er dir Fragen gestellt?»

Billy nickte. Sein Mund zitterte.

«Welche denn?»

Er starrte auf die Bettdecke. «Er wollte wissen, ob Toni oft bei uns wäre. Und ob er mit uns essen würde. Und ob du sein Essen bezahlst. Und ob er über Nacht bliebe.»

Sein Körper war verkrampft, als ob er einen elektrischen Schlag bekommen hätte, er sah aus, als ob er zerbräche, wenn ich ihn berührte.

Ich fragte nicht, was er ihm geantwortet hatte.

«Ich wollte nicht... Ich hatte das Gefühl, als ob... aber ich wollte ihn nicht belügen. Er ist mein *Vater*.» Er sah mich an.

«Er ist dein Vater, und er hat dich in eine unmögliche Situation gebracht – er hat dich gezwungen, entweder etwas zu machen, was du als Verrat mir gegenüber empfinden mußtest, oder ihn zu belügen, also ihn zu verraten. Das war sehr gemein von ihm. Er hatte unrecht, nicht du. Du kannst nichts dafür.»

«Nein, Mom, das kann ich wohl. Ich habe ihm nicht die Wahrheit gesagt! Ich habe ihm gesagt, daß Toni meistens mit uns essen würde! Daß manchmal du für das Essen bezahlst und manchmal er. Und ich habe ihm gesagt, ich wüßte nicht, ob Toni über Nacht bliebe. Das war gelogen!»

Er war jetzt aufgestanden, hatte sich vor mir aufgebaut und fuchtelte mit seinen Armen wie ein Roboter. «Ich wußte nicht, was ich tun sollte! Ich wollte ihn nicht anlügen. Aber ich wollte dich nicht in Schwierigkeiten bringen und wußte, daß ich genau das tat! Ich wollte keine Angst mehr vor ihm haben, lügen, weil wir Angst vor ihm haben!»

Ich erhob mich, nahm ihn in die Arme und drückte ihn an mich. Er war steif. «Ich verstehe dich, Liebling, ich verstehe dich wirklich. Das war zuviel für dich, du bist noch zu jung, um mit solchen Situationen fertig zu werden.»

Er sah mir in die Augen. Sein Gesicht war schmerzverzerrt.

«Und du hast lauter seltsame Gefühle dabei, und manche kennst du vielleicht nicht einmal selbst.» Mir fiel ein, daß er an dem besagten Abend so in sein Schachspiel mit Toni vertieft gewesen war, daß er noch nicht fertig war, als sein Vater ihn abholte. Ich wußte nicht genau, was in ihm vorging. Und sicherlich wußte er es auch nicht genau. Vielleicht wollte er, daß sein Vater von Toni erfuhr, vielleicht wollte er ihn eifersüchtig machen. Vielleicht wollte er andeuten, Toni wäre ein besserer Vater als Brad. Aber er konnte unmöglich geahnt haben, welche Folgen sein Verhalten haben würde. Und jetzt, wo er es wußte, konnte wahrscheinlich nichts, was ich sagte, seine Schuldgefühle vermindern.

Ich streichelte seine Wange. «Wir werden es schon schaffen», lächelte ich ihm zu und ließ ihn los. Er blieb einfach stehen, wie er stand, mit steif herunterhängenden Armen. «Versuch dir klarzumachen, daß du auf eine Situation reagieren mußtest, die du nicht verkraften konntest und die auch Erwachsene als zu schwierig empfunden hätten. Glaub mir, Liebling.»

Er nickte. Seine Augen schimmerten feucht. Das war ein gutes Zeichen. Ich küßte ihn, und er schmiegte sich an mich.

Als ich aus seinem Zimmer kam, fing ich sofort an zu telefonieren. Ich wollte vor Büroschluß noch einen der Anwälte erreichen. Aber es dauerte mehrere Tage, bis mich einer von ihnen zurückrief. Ihr mißbilligender Tonfall, ihre völlige Identifikation mit Brad verrieten mir ebensoviel wie ihre zögernd geäußerte Meinung, daß es ein langwieriger Fall sein würde, den Brad möglicherweise gewinnen würde. Alle versicherten, daß sie im Moment viel zu beschäftigt wären, um mich zu vertreten. Ich suchte im Branchentelefonbuch nach einer Rechtsanwältin. Eine fand ich. Es dauerte noch ein paar Tage, bis es mir gelang, sie zu erreichen. Ihre Stimme klang beherrscht und maskulin. Und sie sagte mir, irgendwie klang es verächtlich, daß sie keine Scheidungsfälle bearbeite.

Inzwischen war eine Woche vergangen. Am Montag vormittag kam ein Brief von Lou Regans Kanzlei. Lou hatte Brad bei unserer Scheidung vertreten. Ich ging mit dem Brief in die Küche, goß mir eine Tasse Kaffee ein und setzte mich. In dem Brief stand, daß Brad beantragen wollte, mir das Sorgerecht für die Kinder zu entziehen, wenn ich nicht sofort meine Beziehung zu Antoni Nowak abbräche. Darum ging es also. Er wollte, daß ich mich von Toni trennte. Und er meinte es ernst. Ich saß da, hielt den Brief in meiner Hand und beobachtete, wie meine Hand zitterte. Er mußte mich tatsächlich hassen, sehr viel mehr, als ich gedacht hatte. Er haßte mich so, daß er mir jedes Glück mißgönnte. Denn ich wußte nur allzu genau, daß er die Kinder nicht wollte, und in meinem Hinterkopf lief ein Film ab, der zeigte, wie die Kinder bei ihm leben würden, wie er sie behandeln würde, wie er mit ihnen über mich sprechen würde und was das bei ihnen auslösen würde.

Das konnte ich nicht ertragen, und ich knipste den Projektor aus, die Leinwand wurde dunkel, aber der Film blieb.

Gut. Er hat gewonnen. Ich werde mich von Toni trennen, dachte ich. Ich hatte vorher ohne ihn gelebt, ich würde auch wieder ohne ihn leben können. Aber dann? Toni würde mir fehlen, ich würde leiden. Aber ich könnte und würde es schaffen, um meine Kinder behalten zu können. Aber wenn er erst einmal wußte, daß er mich auf diese Weise tyrannisieren konnte, würde er weitermachen. Bis an mein Lebensende, zumindest aber für die nächsten zehn Jahre, würde ich allein bleiben müssen. Wenn ich mich mit einem anderen Mann einließe, würde er wieder mit demselben Trick ankommen. Immer wieder. Er wußte, daß er mich in der Hand hatte, er wußte, worauf ich reagierte.

Gut, dann würde ich eben nur meine Reisebekanntschaften haben, Liebe auf der Durchreise. Das konnte er nicht verhindern. Bis ich einen Mann kennenlernte, den ich heiraten wollte. Aber ich wollte nicht wieder heiraten. Mein Zögern, Toni zu heiraten, hatte nichts mit Toni zu tun, sondern mit meiner Einstellung zur Ehe.

Aber wenn ich Toni den Laufpaß gab, weil Brad mir drohte, würden meine Kinder mich hassen und verachten, wenn sie ihn verlören. Sie liebten Toni und wollten ihn nicht verlieren. Sie *wollten*, daß ich ihn heiratete. Scheiße, Scheiße, Scheiße, Scheiße.

Ich saß mehrere Stunden lang einfach da und dachte nach. Es gab niemanden, mit dem ich darüber hätte sprechen können. Die Nachbarinnen, mit denen ich befreundet war, waren alle über meine Beziehung zu Toni entsetzt. Sie verurteilten sie, fanden sie schockierend und skandalös. Sogar meine Mutter, von der ich Verständnis erwartet hätte, empfand meine Beziehung zu Toni abstoßend. Ich kam mir völlig allein vor. Nicht nur gesellschaftlich gesehen, auch moralisch. Wie jemand, der einen Flugzeugabsturz in den Anden überlebt hat und sich entscheiden muß, ob er Menschenfleisch ißt, oder wie ein Mensch in einem Konzentrationslager, dem befohlen wird, für die Nazis zu arbeiten, und dem versprochen wird, zur Belohung ein paar Wochen, einen Monat oder länger überleben zu dürfen. Wie ein Mensch, bei dem es nicht mehr um richtig oder falsch geht, sondern einfach um das nackte Überleben. Ich wußte, daß ich nicht heiraten durfte. Ich wollte nicht heiraten. Nie mehr. Das wurde mir erst in diesem Moment richtig bewußt. Ich kam mir vor wie eine Frau, die auf den Strich geht, um ihre Kinder ernähren zu können. Jahre später sah ich im Fernsehen einen Film über Saigon und erfuhr, daß Tausende von Frauen im Vietnamkrieg zu Prostituierten geworden waren. Ich fühlte mich ihnen verwandt.

Diese inneren Vorbehalte wußte ich in mir, als ich Toni am nächsten Tag fragte, ob er nach Hempstead fahren wolle, um die Heiratslizenz zu beantragen.

2

Es war keine romantische Hochzeit, aber unsere Verbindung war es. Alles verlief reibungslos und harmonisch, trotz der Umstände mit der Heiratslizenz, den Gesetzen und Regeln. An Lou Regan schickte ich einen Brief, in dem ich ihm mitteilte, daß ich mit Antoni Nowak verheiratet sei und er und Brad von mir aus tot umfallen könnten. Oh, nicht wörtlich, aber mein Brief war bitter. Weil ich verbittert war. Ich schämte mich meiner Feigheit. Ich schämte mich sowieso schon, weil ich die Kinder vor den Typen von *World* verheimlichte. In mir festigte sich das Gefühl, Frau zu sein bedeute, in ständiger Schuld zu leben.

Brad war schockiert über das, was er heraufbeschworen hatte. Ich glaube, es war ihm nie in den Sinn gekommen, daß Toni bereit sein könnte, eine Frau zu heiraten, die Jahre älter war als er und zwei Kinder hatte. Ich weiß, was er empfand, weil Brad nach dem Brief wieder auftauchte. Er belegte Toni und mich mit Schimpfnamen und zog mein Verhalten in den Dreck. Daß ich es wagte, den Kindern einen Stiefvater zu verpassen, der sich noch nicht mal selber den Hintern abwischen könnte, der selber noch eine Mommy brauchte, der noch nicht mal so viel Geld verdiente, daß er sich Hundefutter zum Essen kaufen könnte, und so weiter.

Ich befahl ihm, mein Haus zu verlassen, und fragte mich, wie oft Menschen wohl immer wieder die gleichen Szenen hinlegen können. Ich war erschöpft. Er hatte mich zu einem Schritt gezwungen, den ich eigentlich hatte vermeiden wollen, und jetzt beschimpfte er mich genau dafür. Er setzte zu einer Tirade über meine Unfähigkeit als Mutter an, meine schamlose Sexualität, meine Weigerung, erwachsen zu werden. Ich wollte ins Bett gehen und mir die Decke über den Kopf ziehen, mich ausweinen und schlafen.

Aber ich tat meine Pflicht. Ich war kalt, hart, abweisend und befahl ihm zu verschwinden. Aber diesmal kam Toni, der Brads Schreien gehört hatte, die Treppe hoch und stellte sich ihm in den Weg. (Die Ehe verändert alles.) Brad hielt den Mund. Er hielt einfach die Klappe. Ich war fassungslos. Dieses Kind, die pure Gegenwart dieses zweiundzwanzigjährigen Jungen, brachte ihn zum Schweigen, was mir nicht gelungen war. Krankhafte männliche Besitzansprüche machen nur vor einem anderen Mann halt. Welch einen Unterschied macht der Besitz eines Penis aus! Dieser Gedanke kam mir damals wahrscheinlich zum erstenmal. Ein Gedanke, der mich dermaßen in Wut brachte, daß ich mich von ihr überwältigen ließ und in dem roten Feuer verbrannte, das in meinem Kopf loderte. Ich war auf Toni ebenso wütend wie auf Brad, was er nicht verstehen konnte, verständlicherweise nicht verstehen konnte.

Mein Verhaltensmuster Toni gegenüber war damit festgeschrieben. Ich versuchte nie, ihm verständlich zu machen, was er nicht verstehen konnte. Ich zwang ihn nie, die Verantwortung in unserer Partnerschaft zu teilen. Er blieb mein knabenhafter Liebhaber, mein Schmuselämmchen. Brad hatte nicht ganz unrecht. Aber Brad war ein Schwein.

Natürlich legte sich meine Wut, Tonis auch, und wir liebten uns wieder genauso leidenschaftlich und unbekümmert wie früher, das Leben ging weiter. Aber in mir hatte sich etwas Entscheidendes verändert, das wußte ich, auch wenn ich nicht ausdrücklich darüber nachdenken wollte. Das Leben spielt sich in den Zwischenräumen ab, die Ereignisse sind nur die sichtbaren Reflexionen tiefverborgener, geheimer Prozesse. So wie der Wahnsinn des Lebens unter der Erdoberfläche weitertobt, auf der anderen Seite des Schweigens, wo die Insekten und Würmer und Schlangen und Samen und Wurzeln und Sauerstoff und Kiesel eine Verbindung eingehen oder sich abstoßen, sich zurückziehen, um sich gegenseitig Platz zu machen, während der Mensch nichts davon wahrnimmt, bis eines Tages dort, wo vorher nichts war, ein Maulwurfshügel ist, ein Ameisenhaufen oder ein Grashalm, der durch die warme, träge, klumpige Erde schießt. Daß ich mich von Brad in eine Ehe hatte zwingen lassen, veränderte mich unwiderruflich. Es war nicht Tonis Schuld. Toni hatte nie schuld. Nur sein Alter war ein Fehler.

Doch das Leben setzte sich durch, die Scham schwand, die Entscheidung schien richtig zu sein. Es galt: Friß oder stirb. Wir schafften es, Pani ohne Verlegenheit mitzuteilen, daß wir geheiratet hatten, schafften es, den ungläubigen Ausdruck zu übersehen, der über ihr Gesicht huschte, als wir es ihr sagten, es gelang uns, ihre Empfindungen nicht zur Kenntnis zu nehmen, uns nicht weiter um sie zu kümmern. *Ich* schaffte es, die Augen zu verschließen. Ich weiß nicht, ob Toni das nötig hatte, ich wußte nicht, was er sah. Die Unschuldigen sind immer blind. Wir waren sogar in der Lage, Pani zwei Wochen lang allein zu lassen, wir baten Mrs. D'Antonio, während dieser Zeit bei ihr zu wohnen, das war nur gerecht, redeten wir uns ein, wir hätten ein Recht auf eine Hochzeitsreise, ein bißchen Urlaub, wir kümmerten uns das ganze Jahr um sie. Wir konnten uns völlig entspannen, ließen es uns gutgehen. Wir lagen nebeneinander am Strand bei Barnstable am Cape, wo ich im August ein kleines Haus an der Bucht gemietet hatte, wir aalten uns auf unseren Liegestühlen in der Sonne, dufteten nach Sonnenmilch und Meersalz, Sand und Senf von unseren Sandwiches, wir lasen, lachten uns an, wenn die Kinder im Wasser kreischten, er goß mir ein Glas Limonade aus der Thermoskanne ein, glücklich, daß ich die

Konzentration unterbrach, mit der er mir aus Robert Lowells «*Life Studies*» vorlas: «Gezähmt von *Miltown* liegen wir auf dem mütterlichen Bett» – ich badete mich in seiner Liebe…

Und später sitzen wir dann, nachdem Toni und die Kinder auf dem Grill das Hühnchen zubereitet haben, während ich lächelnd in der Küche Avocados und Tomaten schnitt und den Salat wusch, gemütlich auf der Veranda und trinken einen Kaffee und hören den Vögeln zu, die mit leidenschaftlichem, lautem und lieblichem Gezwitscher den Sonnenuntergang feiern – ein Konzert, dem wir alle vier schweigende Hochachtung entgegenbringen. Wenn die Vögel dann nach Einbruch der Dunkelheit schweigen und die Grillen das Konzert fortsetzen, erheben wir uns gähnend, strecken uns, sagen mit leiser Stimme: «Zeit zum Abwaschen» und erledigen die Arbeit gemeinsam. Unsere Bewegungen sind leicht, träge und ruhig, selbst das Geschirr fügt sich der Stimmung und klappert nicht, wenn das Porzellan die Spüle berührt oder das Holz der Regale, in die es nach dem Abtrocknen gestellt wird. Danach folgt ein lautstarkes Kartenspiel, das Billy spielend gewinnt, er schützt sein Gesicht vor den Karten, die wir anderen auf ihn werfen. Gelächter, Neckereien, Gutenachtküsse und müde, sonnendurchglühte Gesichter, die an unsere geschmiegt werden, schließlich ein mitternächtlicher Spaziergang zu zweit am Meer. Der Mond geht auf, das Wasser umspielt unsere nackten Füße, und wir gehen Arm in Arm und bleiben stehen, um uns zu küssen. Wir reden kaum, nur ein einziges Mal, einen einzigen unheilvollen Moment, als Toni mich umarmt und in mein Ohr flüstert: «Ich bin so glücklich. So glücklich. Ich bin noch nie so glücklich gewesen. Ich liebe dich. Ich liebe sie. Ich will auch eins.»

Und ich küßte seine Augenlider.

Was sollte ich machen? Ich konnte ein solches Versprechen nicht brechen. Unsinnig, darüber rechten zu wollen, grausam, zu erklären, daß ich in einer solchen Nacht alles versprochen hätte. Blieb nur die Hoffnung, daß ich vielleicht Schwierigkeiten hätte, wieder schwanger zu werden. Hatte ich aber nicht. Es bedurfte nur einiger Monate. Ich wußte, daß ich schwanger war, als meine Periode Mitte Dezember ausblieb, aber ich sagte Toni nichts. Das klingt nach einem Kitschroman aus den dreißiger Jahren, als die Männer nie zu wissen schienen, wann ihre Frauen ihre Tage hatten, aber der Dezember war so hektisch, daß Toni es *nicht* mitbekam. Und ich sagte nichts, weil ich eine aufregende Expedition plante, vielleicht die aufregendste meines Lebens.

Irgend jemand bei *World*, einer der Ressortleiter, hatte Kontakt mit einem Mann, der kubanische Exilanten vertrat, die etwas mit Alpha 66 zu tun hatten, einer revolutionären Gruppierung, die Castro stürzen wollte, der vor einigen Jahren Batista entmachtet hatte. Im April war eine Gruppe kubanischer Exilanten mit Unterstützung der Vereinigten Staaten, der CIA vermutlich, in der Schweinebucht gelandet und innerhalb von drei Tagen aufgerieben worden. Eine Schlappe für den neuen Präsidenten, die ungerecht war, wie ich fand, da doch sein Vorgänger Eisenhower das Unternehmen geplant hatte und der Mann, für den ich gestimmt hatte, dessen Politik nur fortsetzte – aber es stimmt, Kennedy hatte versprochen, keine US-Truppen nach Kuba zu entsenden.

Jedenfalls wurde eine neue Invasion geplant und... also, es war so: Ich saß bei Russ Farrell im Büro, wir waren fast mit der Durchsicht des Layouts von ein paar Fotos fertig, die ich von einer neuen Brücke in Oregon gemacht hatte, als Ron Bulstrode hineinstürzte und herausplatzte: «Wir haben es geschafft! Das State Department ist einverstanden, daß wir über die Invasion von Alpha 66 berichten!» Russ sprang auf, riß jubelnd die Fäuste hoch, wirbelte herum und sah mein Gesicht.

«Oh, nein», sagte er.

«Oh, doch», sagte ich.

«Nein. Das geht nicht. Sie würden nie eine Frau akzeptieren.»

Ich erhob mich. «Wer wäre denn besser! Wer könnte Heldentum überzeugender festhalten?» Es war mir peinlich, mich auf diese Weise anzupreisen, aber in Wahrheit hatte ich seit meiner Jugend davon geträumt, Kriegsberichterstatterin zu werden, seit Margaret Bourke-White mein Idol war. Ein Traum, den ich mir nie wörtlich eingestanden hatte, weil ich wußte, daß er unerfüllbar war. Aber mein Wunschtraum leuchtete mir aus dem Gesicht. Russ sah es und konnte nicht widerstehen. Außerdem wußte er, daß ich recht hatte: Ich glaube, daß die Typen bei *World* ihre Schwierigkeiten damit hatten, daß sie diesen männlichen Auftrag einer Frau übertrugen, aber daß ihnen irgend etwas daran auch gefiel – meine Bilder waren wie Zeugnisse der Verehrung von Frauen für heroische Männer. Aber wenn ich in dem Moment nicht dort gewesen wäre, hätte ich den Auftrag nie bekommen, aber ich war da und bekam ihn.

Ich zerbrach mir den Kopf darüber, wie ich diesen Auftrag zu Hause darstellen sollte. Ich würde die Gefahr herunterspielen, und ich war mir in der Tat gar nicht sicher, ob ich überhaupt in gefährliche Situationen geraten würde. Ich hatte nur eine schwache Vorstellung von dem, was mich erwarten könnte. Ich *hoffte* einfach nur, daß es gefährlich werden würde. Und natürlich mußte ich mich über die Möglichkeit hinwegsetzen, daß ich schwanger sein könnte, sowie über die Tatsache, daß ich Silvester nicht zu Hause sein würde – unserem ersten gemeinsamen Jahreswechsel. Glücklicherweise war Toni nicht sentimental, und er fand die Reise ebenso aufregend wie ich. Also fuhr ich am 27. Dezember, nach dem schönsten Weihnachtsfest, das ich je erlebt hatte, mit meiner Kameratasche und einem Rucksack nach Miami.

Woody Hedgecock war der Kommandeur der Einheit, über die ich berichten sollte. Ich würde ihn im westlichen Teil Miamis treffen, im kubanischen Viertel, weit entfernt vom Meer, in einem Hotel, *La Fonda del Sol*. Das Hotel war eine weiße, stuckverzierte Villa, fünf Stockwerke, einige Fenster der Vorderseite waren mit schmiedeeisernen Balkongittern versehen. Der Rost des geschwungenen Schmiedeeisens hatte auf der Vorderfront des Hauses lange schmutzige Streifen hinterlassen wie Tränenspuren. Die Hotelhalle wirkte genauso schäbig, trotz der Korbstühle mit ihren hohen Lehnen und der Pflanzenkübel. Der Teppich, einst leuchtend bunt, war abgetreten und verblichen, die Ventilatoren an der Decke rührten in der heißen, feuchten Luft herum. Ich konnte nirgendwo eine Menschenseele entdecken und mußte mehrere Male laut «Hallo!» rufen, bis ein kleiner Mann in einem schmutzigen weißen Anzug aus einem Hinterzimmer kam und sich seinen fettigen Mund mit einer Papierserviette abwischte, einer von der dünnen Sorte, die bei Gerichten zum Mitnehmen dazugelegt werden.

Es schien alles haarscharf zu stimmen, sogar die Nachricht, die der Mann mir mit seinen Fettfingern überreichte, als ich mich eingetragen hatte.

«Wo ist das *Mi Tierra*?» fragte ich, nachdem ich sie gelesen hatte. Er erklärte mir den Weg zu einer nahe gelegenen Bar.

Dann führte er mich zu einer breiten Treppe – der Fahrstuhl war außer Betrieb – und zeigte mir mein Zimmer im zweiten Stock, ein kahler, weißgetünchter Raum mit Stockflechten an den Wänden.

Ich stellte meine Sachen ab. Anschließend ging ich ins Bad, weil ich mir Gesicht und Hände waschen wollte, und eine riesige Kakerlake huschte in einen Spalt zwischen Wanne und Fußboden. Das Waschbecken war altmodisch und hatte zwei Hähne. Das Handtuch hatte die Farbe von schmutzigem Wasser. Obwohl niemand außer mir im Zimmer war, versuchte ich, mein zufriedenes Grinsen zu verbergen.

Ich lief die Straße hinunter und fand die Bar – dunkel, Geruch nach Bier, billige Stühle und Tische mit Stahlbeinen in der Mitte und rote Plastikbänke in Nischen an der Wand. Die Wände waren mit bunten Werbeplakaten bepflastert, alle auf Spanisch, und von der Decke hingen Weintrauben, Bananen und Ananas aus Plastik. Es war ein richtiger Schuppen – so etwas hatte ich noch nie vorher gesehen, noch nicht einmal als ich mit Sonders unterwegs gewesen war. Ich sah mich um. Ein alter Mann hockte, über seinen Drink gebeugt, an der Bar, und zwei Männer im Blaumann tranken Bier an einem Tisch. Als ich hereinkam, beäugten sie mich. Ich war unsicher. (Auch das war stimmig.) Ich ging tiefer in den Raum und sah in einer der hinteren Nischen ein paar Männer sitzen. Nervös ging ich näher heran, und einer – ein großer Mann mit dicken roten Armen, einem roten Gesicht und einem roten Bart – schaute mich an und zog eine rote Augenbraue hoch.

«Ich bin auf der Suche nach Woody Hedgecock. Mir wurde gesagt, er sei hier.»

Der rote Mann erhob sich. «Yeah. Ich bin Hedgecock.»

«Ich bin von *World*», sagte ich, ich wußte, welcher Name hier zählte. Ich ging mit ausgestreckter Hand auf ihn zu und hatte meinen professionellen Gesichtsausdruck aufgesetzt. «Stacey Stevens.»

Er übersah meine Hand. Er war entsetzt. «Ein *Mädchen*? Sie haben ein *Mädchen* geschickt?»

«Sie haben einen ihrer besten Fotografen geschickt, Mr. Hedgecock», sagte ich, wobei ich mich auf die Wirkung meiner schönsten, hart-zarten Stimme verließ. «Wollen Sie einen Bericht über Ihr Unternehmen oder nicht?»

Er starrte mich wütend an, setzte sich und bedeutete mir mit einer kurzen Kopfbewegung, mich ihm gegenüber hinzusetzen, was ich tat.

Er sah mir starr in die Augen. «Das ist ein gefährlicher Auftrag, Miss. Zu gefährlich für ein Mädchen.»

«Ich bin kein Mädchen, Hedgecock», sagte ich mit meiner tiefsten Stimme. «Ich bin zweiunddreißig, erfahren und sehr gut. Ich bin schon früher in gefährlichen Situationen gewesen – ich war in Algerien, während der Revolution», log ich. «Entweder ich oder keiner», drohte ich.

Er starrte mich an. Der Mann neben ihm starrte mich an. Der Mann neben mir starrte Woody an.

Woody zog die Augenbrauen hoch. Fragend sah er die anderen Männer an. Die zuckten mit den Schultern. Er zuckte mit den Schultern. «Sie gehen zu Ihrer eigenen Beerdigung», sagte er.

Woody Hedgecock hatte einen Stiernacken und einen stämmigen, muskulösen Körper. Seine Haut war wettergegerbt, gerötet und faltig. Seine hellblauen Augen waren die Augen eines Phantasten oder eines Fanatikers, seine zackigen Reden bestanden hauptsächlich aus Zahlen und Fakten und wurden zwischen kaum geöffneten Lippen hervorgestoßen. Er war schon älter, sah aber immer noch gut aus – sehr sogar. Er entsprach vollkommen meinem Bild eines Söldners.

Er machte eine Kopfbewegung in Richtung Bar, und wie durch ein Wunder erschien der Barkeeper am Tisch. «Was möchten Sie trinken?» Ich sah auf den Tisch. Sie tranken Bier. «Ein Bier», sagte ich.

«Das ist Alex, und das ist Noel.» Wieder nur mit einem angedeuteten Kopfnicken. Ein Mann, der es gewöhnt ist zu befehlen, dachte ich.

«Sie wissen, worum es geht?»

Ich nickte.

Er wandte sich an die anderen.

«Vierzehn Briefe. Das heißt wohl, daß sieben wirklich kommen. Morgen ist der letzte Tag, übermorgen werden wir den Plan machen können. Das spielt keine Rolle – wir brauchen nur fünf, sechs Mann.»

«Wenn sie was taugen», warf Alex ein, der genauso abgehackt sprach.

Woody nickte. «Wir haben Waffen für ein Dutzend – vier BARs, acht M-14er und ein paar Sprengladungen.»

«Und die Bazooka», grinste Noel. Er hatte einen britischen Akzent.

Dann unterhielten sie sich in einer Sprache, die ich nicht kannte, aber ich wußte, daß es um Waffen ging. Sie wünschten sich dringend M-16er und etwas, das sie Mark Twos und Mac Tens nannten, und mehr Sprengsätze, was immer das sein mochte. Sie redeten über

Karabinerhaken und Gürtel und Mörser und Colts (wenigstens wußte ich, daß ein Colt eine Schußwaffe war). Ich hätte zu gern verstanden, wovon sie redeten, aber ich hatte das Gefühl, ich könnte sie nicht unterbrechen und Fragen stellen, ohne mein Gesicht zu verlieren – oder das, was heutzutage «Glaubwürdigkeit» genannt wird. Wahrscheinlich, dachte ich, hätte ein Mann alles verstanden. Es war schon schlimm genug für sie, daß sie sich mit einer Fotograf*in* abfinden mußten, da wollte ich nicht noch meine weibliche «Unwissenheit» zur Schau stellen. Also zog ich nur Block und Stift heraus – ich sollte auch die Reportage schreiben –, um mir Notizen zu machen. Ich dachte, das würde mir die Wichtigkeit verleihen, um ihnen Fragen stellen zu können. Aber als Woody das Notizbuch sah, hörte er schlagartig auf zu reden.

«Was ist das», sagte er kalt. Seine Augen waren Schlitze. Ob er diesen Ausdruck geübt hatte?

«Na, was wohl. Ich schreibe über die Angelegenheit, wie Sie wissen.»

«*Keine* Notizen», befahl er. «Es wird nichts aufgeschrieben! Das Wichtigste werden Sie sich merken müssen und dann später schreiben.»

«Okay», sagte ich irritiert. «Aber es wäre hilfreich, wenn ihr mir ein paar Informationen zukommen ließet.»

Monoton und mit ausdruckslosem Gesicht informierte Woody mich, daß er vor zwei Monaten in der Zeitschrift *Hero* eine Anzeige aufgegeben hätte, um Männer anzuwerben, die helfen wollten, Castro zu stürzen. Auf meine Frage erklärte er mir mit übertriebener Geduld, nein, Castro könne sie nicht über die Anzeige ausfindig machen, denn die Antwortschreiben gingen an ein Postfach in Dallas, bei einem betriebsamen Postamt, wo es sehr schwer sein würde, den «Kontaktmann», der das Fach leerte, ausfindig zu machen. Die Antwortschreiben hätte man sorgfältig überprüft (ich fragte mich wie, aber ich traute mich nicht, etwas zu äußern). Die echt erscheinenden wurden um genauere Angaben gebeten. Zweiundzwanzig Männer hatten geantwortet; neunzehn wurden aufgefordert, weitere Angaben zu schicken. Sechzehn reagierten daraufhin, und aus diesen sechzehn hatte man vierzehn ausgewählt und ihnen geschrieben, sich hier, in dieser Bar, am 28. Dezember zu treffen. Morgen würde man wissen, wer zur Truppe gehörte.

«Aber Sie haben nur Waffen für ein Dutzend.»

«Diese Männer sind Profis wie wir. Sie haben ihre eigenen.»

Ich starrte ihn an. Ein Krieg im Selbstversorgungsprinzip: Bring deine Munition gleich selbst mit!

Woody nahm die unterbrochene Unterhaltung wieder auf. Es schien sich wirklich um einen Selbstversorgungskrieg zu handeln, diese Männer hatten offensichtlich auf den kleinen Inseln vor der Küste Floridas Waffen versteckt, und sie kannten einen Mann, dessen Name oder Deckname Luna war und der ein Boot hatte, das groß genug war, um uns allesamt nach Kuba zu bringen.

Nach mehreren Stunden nickte Woody dem Barkeeper zu. (Ich fragte mich, ob der Mann Woody ständig im Auge behielt, um auch die kleinste seiner Gesten zu erhaschen. Es schien so zu sein. Ich fragte mich, wie Woody es schaffte, soviel Aufmerksamkeit zu bekommen.) Der Mann kam, nannte eine Zahl – auf spanisch –, Woody nickte Alex zu, der ein paar zerknüllte Scheine aus seiner Tasche zog und auf den Tisch warf.

«Okay. Dann wollen wir mal einen Mann mit einem Boot besuchen», sagte Woody und stand auf. Ich erhob mich ebenfalls und stand unschlüssig herum.

«Sie nicht.»

Ich sah ihn an und runzelte die Stirn.

«Sie können es später erfahren. Später», sagte er bestimmt und ging aus der Bar, mit Alex und Noel im Schlepptau.

Ich kam mir vor wie ein Kind, das zu Hause bleiben muß, während die Erwachsenen ins Kino gehen. Aber ich versuchte, meine Würde zusammenzukratzen und ging ihnen hinterher. Sie stiegen gerade in ein rotes Kabrio, das vor der Tür geparkt war – kein geeigneter Wagen für eine geheime Mission, dachte ich. Ich stellte mich neben den Wagen.

«Wie geht's weiter? Wann und wo treffe ich Sie wieder?»

«Sie sind im Hotel? Ich melde mich», sagte Woody knapp und fuhr los.

Ich ging zurück zum Hotel. Das Zimmer war heiß. Die rußfarbenen Nylonvorhänge flatterten, doch der Wind kam aus westlicher Richtung, heiß, feucht und staubig wie die Wildnis Floridas, die sich meilenweit im Westen erstreckte. Ich schloß die Fenster, und ließ die schmierigen, gelblichen Rollos herunter und schaltete den Deckenventilator ein. Ich legte mich aufs Bett. Es war fünf Uhr nachmittags. Zum Abendessen zu früh, und ich war müde, denn ich war um sechs Uhr aufgestanden, um meine Sachen zu packen und mich von den Kindern zu verabschieden und zum Flughafen zu fahren, wo ich um zehn Uhr hatte abfliegen müssen. Ich wollte vor dem Essen noch etwas schlafen, wenn es nicht zu heiß dazu war.

Aber ich kann nicht schlafen. Ich bin beunruhigt, bin mir nicht sicher, weswegen. Mein Körper ist in Aufruhr, weil mich diese völlig ungewohnte Situation aufregt und ängstigt, ich kann meine Gefühle nicht mehr deutlich erkennen. Ich muß Geist und Körper entspannen, um die Quelle dieser Unruhe zu entdecken.

Mir machen diese Widrigkeiten, die Schäbigkeit, Häßlichkeit, der Mangel an Luxus nichts aus. Von mir aus könnte es noch dicker kommen, wirklich hart. Ich möchte die Härte erleben und sehen, wie es ist, wenn man in Gefahr ist, im Krieg, Situationen, von denen ich nur gelesen habe. Ich will spüren, was diese Härte bewirkt und ob ich sie ertragen kann. Es sind also nicht die physischen Unbequemlichkeiten, die mich beunruhigen.

Die Männer. Ja, es hat mit den Männern zu tun, mein Herz schlägt etwas schneller, wenn ich an sie denke. Habe ich Angst vor ihnen? Hoppla!

Ich stehe auf und suche in meinem Rucksack nach meinem Tagebuch und werfe mich wieder aufs Bett. Ich werde schriftlich darüber nachdenken. Ich kann mir beim Schreiben besser über Dinge klarwerden, als wenn ich versuche, darüber nachzudenken oder meine Gefühle zu ergründen. Meine Hände sind klüger als mein Kopf.

Die Männer. Nein, Angst ist es nicht. Nicht genau. Es ist... es ist... Wut. Empörung über die Art, wie sie mich ansehen beziehungsweise nicht ansehen, als sei ich unsichtbar, aber sie sehen einander auch so an, das hat nichts mit mir zu tun, aber... Aber was?

Ich ertrage das nicht. Das ist es. Es ist so haßerfüllt, es ist unmenschlich, unerträglich, und ich werde das nicht zulassen!

Also wirklich, Anastasia.

Und die Art, wie Woody mit mir geredet hat, mich herumkommandiert hat, als ob ich zu seinen bezahlten Helfern gehörte, wie kann er es nur wagen!

Ich lege den Stift beiseite und zünde mir eine Zigarette an. Ich wünschte, ich hätte einen Drink. In diesem Schuppen gibt es natürlich keinen Zimmerservice, und ich habe keine Lust, nach unten zu gehen und mich in diese abstoßende Bar zu setzen, außerdem könnten die Männer dort sein...

Ja, Anastasia, mach weiter.

Ja, die Art, in der Woody mit mir spricht. Er übernimmt mit Leichtigkeit das Kommando, als ob es für ihn nie etwas anderes gegeben hätte. Und das macht dich an, Anastasia, nicht wahr, genau wie die Typen damals auf dem College, die älteren, die immer das Gefühl vermittelten, als wären sie jeder Situation gewachsen. Du möchtest gern glauben, daß dem so wäre, nicht wahr, das hätte dir gefallen, du wärst ausgeflippt, dich jemandem hingeben zu können, der wirklich so mächtig gewesen wäre, wie eine Hingabe an Gott...

Ja, so wie Clark Gable im Kino. Wie er wohl im wirklichen Leben ist, steht bestimmt nicht dauernd über den Dingen, wie in seinen Filmen, mit seinem verhaßten wissenden Lächeln, der einen hochgezogenen Braue, als kenne er den Preis jeden Mannes und die Sehnsucht jeder Frau.

Dieser Auftrag würde auch einen großartigen Filmstoff abgeben. Vielleicht erzähle ich Toni die Story, wenn ich wieder zu Hause bin – die ganze Story, mit all ihren psychologischen und emotionalen Zwischentönen, ihrer Feindseligkeit mir gegenüber, meinen ambivalenten Gefühlen aus Anziehung und Ekel gegenüber Woody. Werde ich ihm das erzählen können? Ich könnte behaupten, ich hätte es mir ausgedacht, und er könnte ein Drehbuch daraus machen. Unerschrockene junge Reporterin (die die Tatsache verbirgt, daß sie gelegentlich den Tränen nahe ist) gewinnt die Herzen harter Söldner (die die Tatsache verbergen, daß sie sie attraktiv und sympathisch finden). Mit Rosalind Russell und Clark Gable in den Hauptrollen. Oder Audrey Hepburn und Gary Cooper. (Oder gibt es diesen Film schon?) Oder – oh, ja! Der schöne, harte, zärtliche Burt Lancaster und ich, Stacey Stevens! Ahh...

Ich schreckte aus einem Alptraum hoch, ich schwitzte, mir war heiß. Die Alpträume, die man während eines Nickerchens träumt, sind viel schrecklicher als die in der Nacht, sie sind so realistisch, meine jedenfalls. Sie spielen immer in der Gegenwart, dort, wo ich mich gerade befinde, im Bett, in einem bestimmten Zimmer, so daß der Traum sich in der Wirklichkeit abzuspielen scheint. Ich schlief (träumte ich) in einem schäbigen Hotelzimmer in Miami, und die Stadt wurde von Männern angegriffen, die Gasmasken trugen und Gewehre mit Bajonetten und die gerade an meiner Tür angelangt waren und im Begriff standen, sie einzuschlagen. In Wirklichkeit aber bummerte jemand an meine Tür. Benommen stand ich auf und wankte zur Tür und hatte Schwierigkeiten, den einfachen, altmodischen Steckschlüssel im Schloß herumzudrehen, um die Tür aufzuschließen.

Woody stand im Flur. Ich mußte blinzeln.

«Essen», verkündete er.

Ich starrte ihn begriffsstutzig an. «Oh.» Ich sah auf die Uhr. Es war neunzehn Uhr dreißig. Mir dämmerte, daß dieses Unternehmen wie eine militärische Übung geplant war: Abendessen um neunzehn Uhr dreißig, Schlafenszeit um elf, Frühstück um sechs Uhr dreißig und so weiter. Ich fühlte mich ertappt. «Ich wußte nicht...», setzte ich an.

Er nickte, drehte sich um und ging. «Wo?» schrie ich ihm hinterher. «In der Bar», sagte er und verschwand.

Ich riß mir die verschwitzten Klamotten vom Leib, rannte ins Bad und stellte mich unter die Dusche und ignorierte die Kakerlake, die schnell aus der Badewanne flüchtete, als ich hineinstieg. Ich zog einen sauberen, wenn auch leicht zerdrückten Wickelrock an, einen Baumwoll-Pulli und Sandalen, fuhr mir mit dem Kamm durch das Haar und rannte nach unten. Mein Herz klopfte. Wie dumm von mir, mich zu verspäten...

Woody saß allein in der Bar, in einer Nische hinter der Empfangshalle. Der Mann vom Empfang stand hinter dem Tresen und flüsterte mit ihm. Er muß einer von ihnen sein, dachte ich. Mein Herz schlug heftig. Ich kam mir vor wie in einem Agentenkrimi. Ich ging auf Woody zu, der sich umdrehte, mir zunickte und das Gespräch mit dem Angestellten fortsetzte. Ich sah mich um. Weder Alex noch Noel waren in dem Raum. Das Restaurant, ein schmierig wirkender dunkler Raum gleich nebenan, war leer, bis auf ein kubanisches Ehepaar mittleren Alters, das an einem Tisch an der Wand saß.

Ich wartete.

Woody bedeutete mir mit einer Kopfbewegung, mich auf einen Barhocker zu setzen. Ich tat es und dachte, daß mir jetzt Gehorsam antrainiert wurde, wie seinen Männern, wie dem Barkeeper im *Mi Tierra*. Er sprach noch immer mit dem Angestellten und gestikulierte dabei mit Glas und Augenbrauen in meine Richtung. «Wodka-Tonic», antwortete ich. Der Angestellte goß den Drink ein, mit tief gesenktem Kopf, um bloß jedes Wort von Woody zu erhaschen. Er stellte das Glas vor mich hin. Die beiden Männer unterhielten sich weiter.

Woody nickte einmal. Der Empfangsangestellte ging weg. Ein alter Kellner kam auf leisen Sohlen herein und wartete am Ende des Tresens. Der Angestellte ging zu ihm und goß zwei kleine Gläser Creme de Menthe ein. Der Kellner stellte sie auf ein Tablett und verließ die Bar. Der Angestellte blieb hinten stehen und starrte die Wand an.

Woody saß jetzt schweigend neben mir.

«Wie ist es mit dem Boot gelaufen?»

«Luna ist ein Idiot», grunzte er.

Ich schaute ihn fragend an.

«Ach, es wird alles in Ordnung gehen, wir werden schon wegkommen. Ist jetzt nur das Warten.»

«Wo sind die anderen?»

«Die müssen etwas für mich erledigen.»

«Ist das jetzt das Dinner oder was?»

Er runzelte die Stirn.

«Ich meine, so wie Sie mich herzitiert haben, habe ich geglaubt, wir würden in der Offiziersmesse speisen und ich hätte den Gong überhört.»

Zum erstenmal lächelte er. «Ist wohl so meine Art, denke ich. Frauen behaupten, ich wäre zu bestimmend. Zu viele Jahre beim Militär.»

«Es ist also eine Einladung zum Abendessen?»

«Dachte, daß ich Ihnen was erzählen sollte.»

Als wir ins Speisezimmer gingen, saßen noch ein paar andere Paare dort, und weitere kamen später hinzu – die Kubaner, wie die Spanier, essen spät. Die fettige Speisekarte sagte schon alles über das Essen – das Fleisch war ungenießbar, und der Salat schwamm in einer süßen Sauce. Aber der Reis und die Bohnen waren gut, davon könnte ich leben, also machte es mir nichts aus. Während wir aßen, redete Woody ununterbrochen, und ich hörte zu.

1941, bei Kriegsausbruch, hatte er sich sofort zu den Marines gemeldet. Er hatte im Zweiten Weltkrieg in Europa gekämpft und im Pazifik. Er liebte die Marines, seine Augen fingen an zu leuchten, sobald er über das «Corps» sprach. Er schwärmte von dem eisernen Training, von der Härte, die von den Männern gefordert wurde. Bevor er in den Pazifik abkommandiert wurde, war er zum Sergeant befördert worden, und während seiner Zeit dort zum Leutnant. Seinen Worten lauschend, dachte ich: Er ist zum Killer erzogen worden, so wie wir Frauen zu Müttern erzogen werden. Nach fünf Jahren, in denen er ausschließlich für den Kampf gelebt, sich auf Kämpfe vorbereitet, auf Kämpfe gewartet hatte, sich nach Kämpfen erholt hatte, Jahren, in denen er wohl zwangsläufig sehr viel gelernt hatte, war er durch und durch Soldat und wahrscheinlich zu nichts anderem mehr zu gebrauchen.

Ich fragte ihn, warum er nach Kriegsende nicht bei den Marines geblieben sei. Er warf mir einen kurzen Blick zu, und ein Hauch von einem Lächeln entstellte seine Züge. «Geld», quetschte er seitlich aus dem Mund heraus.

Diese Grimassen mußte er eingeübt haben.

«Sie werden dafür bezahlt...!» platzte ich erstaunt heraus. Was hatte ich erwartet? Ich preßte die Lippen zusammen. Ich mußte mich wirklich zusammenreißen. Wenn ich verriet, wie unerfahren und naiv ich in Wirklichkeit war, würden diese Typen glatt über mich herfallen.

Aber im Moment schien Woody sich über meine Dummheit zu amüsieren. Er legte einen seiner kräftigen Arme auf den Tisch und lächelte mich wohlwollend und überlegen an.

«Es gibt eben viele Patrioten in unserem Land, Madam», verkündete er stolz, er redete wie ein Regierungssprecher vor der Presse. Dann zwinkerte er.

«Sie meinen, Privatleute spenden Geld für eine Art Krieg gegen jeden, den sie nicht leiden können?» Es hatte keinen Zweck, ihm etwas vormachen zu wollen: Er hatte längst begriffen, daß ich keine Ahnung hatte, ein Wissen, das sein Vergnügen noch steigerte. «Verstößt das nicht gegen das Gesetz? Ich meine, ein Krieg muß doch durch den Kongreß erklärt werden.»

Er lachte. «Krieg? Wer hat hier denn was von Krieg gesagt?» Er hob sein Glas und trank mir zu. «Du bist eine süße Puppe, Stace, aber du solltest diese Reportage nicht machen. Du solltest zu Hause bleiben und Kinder kriegen oder so was. Das wird für dich einen Zacken zu hart werden.»

Ich wollte ihm sagen, daß ich den Krieg kannte, daß ich über den Algerienkrieg berichtet hatte (aber das hatte ich schon gesagt, und außerdem stimmte es nicht ganz) und daß ich einfach nur keine Ahnung von dieser neuen Form der Korruption hatte, diesem Zusammenschluß von Privatleuten zur Führung von Privatkriegen, den die Regierung anscheinend tolerierte. Es mußte so sein: Mein Auftrag war vom State Department genehmigt worden, also hatten sie Woodys Mission ebenfalls genehmigt. Aber mir schien es taktisch klüger, die Klappe zu halten und zuzuhören.

«Erzähl mir etwas über deine Aufträge, Woody. Was macht sie so gefährlich?»

Und er erzählte. Stundenlang. Er hatte Kriege in Ländern geführt, die ich noch nicht einmal dem Namen nach kannte, ohne Punkt und Komma erzählte er mir eine Geschichte nach der anderen: Ich hätte wahrscheinlich Zweifel gehabt, wenn er immer der Held gewesen wäre, aber er erzählte mir auch einige Geschichten, in denen er der Verlierer war, und von seiner Angst. Wenn er von seiner Angst sprach, sagte er: «Ich hätte mir fast in die Hosen geschissen.» Männer sagen häufig solche Sachen. Ich frage mich, ob das nur so eine Redewendung ist oder ob sich Angst bei ihnen wirklich auf diese Art äußert. Ich kenne Angst, aber nicht dieses Gefühl.

Ich hörte zu. Ich versuchte, ihm weder zu glauben noch ihm nicht zu glauben. Ich hörte nicht allein seinen Geschichten zu, die sich nach einer Weile zu wiederholen begannen, sondern ich achtete auf die Art, wie Woody die Welt sah. Für ihn war das Leben ausschließlich eine Machtfrage. Er liebte die Marines und die Vereinigten Staaten von Amerika – nicht aus Prinzip oder weil er gebürtiger Amerikaner war, sondern weil sie für ihn das mächtigste Land der Welt darstellten. Macht war automatisch gut, fast etwas Absolutes. Es gab niemanden auf der Welt, der nicht entweder Macht hatte oder in den Besitz von Macht gelangen wollte, und er war davon fasziniert, Zeuge dieser Machtkämpfe zu sein, zu erfahren, was hinter den Kulissen vor sich ging, wer die Gewinner und Verlierer waren, wer jetzt an der Macht war, wer vor zwei Jahren verloren hatte, wer vor zehn Jahren an der Spitze gewesen und nun ganz unten war. Er genoß es ganz unverkennbar, auf der Seite der Gewinner zu stehen, doch andererseits war es ihm eigentlich auch egal, wer gewann und wer verlor, er wollte vor allem an den Kämpfen teilhaben. Es *amüsierte* ihn. Hinter all der Tapferkeit, dem Heroismus, der Derbheit einiger seiner Geschichten – die ich nun wirklich nicht bezweifelte: Er *hatte* unglaubliche körperliche Entbehrungen durchgemacht, im Dreck gelegen, Ungeziefer gehabt, stundenlang im Blut eines sterbenden Kameraden gehockt und auf Rettung gewartet – hinter all dem war eine Leere, die mich frösteln ließ. Denn wenn du nicht für etwas kämpfst, das dir etwas bedeutet – ich konnte mir nur vorstellen, daß ich für meine Kinder kämpfen würde, mein Heim, mein Recht auf freie Meinungsäußerung –, was hat es dann für einen Sinn, im Dreck und mit Ungeziefer zu leben, womit kann das Blut des sterbenden Gefährten gerechtfertigt werden, aus welchem Grund sollte Woodys Leben heroisch sein? Genauso empfand er es nämlich.

Oh, natürlich weiß ich, daß Regierungen Kriege immer begründen können, sie mit Etiketten versehen, damit sie moralisch vertretbar erscheinen wie die Verpackungen von Whiskeyflaschen, die wie Bücher aussehen, damit man sie sich ordentlich ins Regal stellen kann. Aber wußten die Menschen es nicht besser, wußten die Männer, die kämpften, es nicht besser? Woody kämpfte, weil es ihm Spaß machte. Was muß einer für ein Mensch sein, um an einem solchen Leben Spaß zu haben?

Meine Gedanken hatten mich verstummen lassen – aber ich hätte sowieso nichts zu dieser Unterhaltung beitragen können (meine Erfahrungen beim Gebären würden ihn mit Sicherheit nicht interessieren). Aber er unterhielt sich gut – wie die Jungen im College, mit denen ich meine Freizeit verbrachte und die versessen darauf waren, mich, oder überhaupt irgendein Mädchen, als Publikum zu haben.

Das Essen ging bis spät in die Nacht. Wir tranken Brandy, Woody rauchte eine Zigarre und redete immer weiter. Plötzlich, fast in der Mitte eines Satzes, hörte er auf und verkündete: «Schluß. Zeit fürs Bett.» Einfach so. Befehl.

Er begleitete mich zu meinem Zimmer, tätschelte meinen Kopf, als ob ich ein Kind wäre, und sagte: «Gute Nacht, Kleines», zwinkerte mir zu und marschierte in seiner militärischen Haltung davon. Ich blieb einen Moment lang an der Tür stehen und sah ihm nach, zum Teil bedauerte ich es und zum Teil war ich erleichtert, daß er nicht versucht hatte, mir Avancen zu machen.

Woody hatte mir gesagt, daß er am nächsten Tag bis zwei Uhr zu tun haben würde, der Zeit, zu der die Neuen sich in dem Café einfinden sollten. Deshalb schlief ich lange, trank auf meinem Zimmer einen Kaffee und aß ein Brötchen und verließ dann mit meiner Kamera das Hotel. Ich ging durch die Straßen, blieb im kubanischen Viertel und suchte nach Motiven, die die Atmosphäre der Gegend zeigen würden. Ich fotografierte alte Männer, die in der Sonne saßen, Kinder, die auf der Straße spielten oder sich mit leeren Augen auf den Stufen schäbiger Häuser lümmelten. Frauen waren nicht zu sehen. Wahrscheinlich arbeiteten sie alle, zu Hause, in den Geschäften, in den Fabriken, den schmuddeligen Restaurants. Möglicherweise würden sie erst spät am Tag auftauchen, gegen fünf oder halb sechs Uhr nachmittags, müde, dick, schwere Einkaufsnetze schleppend, voll mit Gemüse, riesigen Büchsen mit Speiseöl, großen Säkken voller Reis. Die wenigen jüngeren Männer, die in engen Hosen mit betonten Ausbuchtungen zwischen den Beinen auf den Bürgersteigen stolzierten, sahen gefährlich aus.

Mittags aß ich in einem Restaurant, wo das Essen genauso schlecht war wie in meinem Hotel, dann ging ich in das Café. Woody, Alex und Noel saßen mit zwei Fremden an zwei zusammengeschobenen Tischen in der Mitte des Raumes. Niemand lächelte mir zu oder begrüßte mich, aber Woody veranlaßte Alex zu rutschen, so daß ich neben ihm Platz nehmen konnte. Weder Alex noch Noel zeigten irgendeine Reaktion.

Woody stellte mir die Neuen vor. Philip und Cyrus. Sie waren Mitte dreißig, beide sehr sonnengebräunt und athletisch und durchtrainiert. Ich sah sie mir genau an, versuchte, mir vorzustellen, warum sie hier waren, was sie beruflich machten. Aber ich spürte, daß Fragen über Persönliches hier tabu waren. Ich hörte zu. Die Männer unterhielten sich mit großer Sachkenntnis über Indochina, den Iran, den Kongo. Sie waren offensichtlich Söldner, Abenteurer, Glücksritter. Aber Philip und Cyrus hatten ein Niveau, das den anderen dreien abging. Ihre Sprache klang, als hätten sie Groton oder Exeter, Princeton oder wenigstens Dartmouth besucht.

Um Viertel nach zwei kamen zwei weitere Männer dazu, Kubaner mittleren Alters, in weißen Anzügen: Clemente und Orlando. Jack, noch ein Amerikaner, folgte ein paar Minuten später, groß, hager, mit Augen, die nie jemanden anzusehen schienen. Drei junge Kubaner tauchten Viertel nach vier auf, und einer – Lope – sagte, daß gleich noch ein Mann namens Ettore kommen würde. Ettore traf um halb sechs ein. Ich fragte mich, ob sie auch so unpünktlich waren, wenn es um einen Angriff ging. Das Herumsitzen machte mich müde, mir war langweilig.

Aus der Unterhaltung schloß ich, daß Clemente und Orlando reich gewesen waren, bis Castro ihr Land enteignet hatte, und daß auch Lope über einigen Besitz verfügt hatte. Sie mögen ihren Reichtum übertrieben dargestellt haben, aber sie hatten jene gewisse Art, die den Reichen zu eigen ist – sie schienen es gewohnt, Autorität zu haben, zu befehlen, anerkannt zu sein. Drei der Kubaner waren dick, alle hatten Schnurrbärte. Sie waren Feuer und Flamme, fast fanatisch. Clemente sagte, es sei ihnen gelungen, etwas von ihrem Geld herauszuschmuggeln, so daß sie sich Waffen kaufen könnten. Orlando hatte seinen Burschen mitgebracht, José, der kurz nach mir selbstbewußt hereingestiefelt war, gefährlich und mißtrauisch aussah und mit der Hand in die Innentasche seines weißen Jacketts griff und eine Packung Zigaretten herauszog, die er Orlando gab. Er war Orlandos Laufbursche, er sah aus wie die jungen Männer auf der Straße – jung, hart, ein Hahn auf der Suche nach einem Hühnerstall, in dem er der Herr ist. Ettore war ein kleiner, dicker, beredter Mann mit warmen braunen Augen, die sich mit Tränen füllten, sobald er von seiner Frau, seinen Kindern, seiner Farm oder Kuba sprach. Seine Familie lebte immer noch in einem Vorort von Havanna und würde uns sicher irgendwie helfen können.

Ich fand die Männer interessant, obwohl ihre Unterhaltung mich langweilte. Es war eine lange kontroverse Diskussion über die Vor- und Nachteile einer ganzen Reihe von Waffen – halbautomatischen Handfeuerwaffen, Gewehren, sogar von Panzern, Flugzeugen und Schnellbooten war die Rede. Sie sprachen, als wollten sie ein ganzes Regiment ausrüsten, und ich fragte mich, wie viele dieser Waffen sie tatsächlich zur Verfügung hatten. Woody äußerte sich kaum, aber wenn er mal etwas sagte, wie eine C-4 sei das Beste (was war eine C-4?), sagten die anderen nichts mehr.

Um sechs löste sich die Versammlung auf, Zeit zum Abendessen. Ich ging wieder auf mein Zimmer, um ein bißchen zu schlafen. Wieder wachte ich auf, weil an meine Tür gebummert wurde, wieder stand Woody da. Diesmal beeilte ich mich nicht, runterzugehen. Wir saßen alle zusammen an einem großen runden Tisch in der Mitte des Raumes. Ein Platz neben Woody war für mich freigehalten worden. Im Raum verstreut saß noch eine Handvoll weiterer Hotelgäste. Die Männer tranken und quatschten.

«Also ich, ich werde die Telefongesellschaft in die Luft jagen und danach den Rundfunksender», sagte Lope.

«Leute, wir müssen Prioritäten setzen», entgegnete Jack grimmig. «Der Rundfunksender ist die Nummer eins. Wir müssen das Polizeirevier einnehmen, die haben jede Menge Waffen. Wir müssen uns in drei Gruppen aufteilen, erst den Radiosender...»

«Was ist mit den Kasernen?» brüllte Orlando.

«Die Stromversorgung ist das Wichtigste», warf Philip entschieden ein.

«Wir müssen an die Wasservorräte kommen! Damit hätten wir sie dann, die Schweine!» schrie Sebastian.

«Nein!» Ettore schlug mit der Faust auf den Tisch. «Nicht das Wasser!» Seine Familie lebte in Havanna.

«Ihr wißt ja, daß Alpha 66 die Zuckerlager mit Chemikalien verseucht hat», stieß Alex zwischen den Zähnen hervor. «Die haben die Wirtschaft der Schweine lahmgelegt. Wir vergiften die Reservoirs, die Wassertanks, dann haben wir sie.»

«Nicht das Wasser», flehte Ettore.

Cyrus lachte. Seine Zähne waren gelb, was ich bei einem Mann mit der Sonnenbräune, dem Körperbau und der Ausstrahlung eines kalifornischen Surfers nicht erwartet hätte. «Sie haben den Scheißkerlen die Schweinepest verabreicht und das Denguefieber...»

Philip nahm den Faden auf, er lachte ebenfalls. «Sie haben tonnenweise verseuchte Moskitos abgeworfen.»

«Was ist mit der Ölpipeline?» wollte Noel wissen.

«Mach doch, was du willst, ich gehe zu den Kasernen», sagte Clemente zu Lope.

«Am Pier D ist Benzin», warf Ettore bedeutungsschwer ein.

«Am allerwichtigsten ist es, daß wir uns nicht verzetteln und gleich richtig zuschlagen», verkündete Jack. «Wir sind nur ein Dutzend...»

«Oh», seufzte Alex sehnsüchtig, «wenn wir doch an die C-4 rankommen könnten!»

Die Unterhaltung brach auseinander und wurde in kleinen, gehässigen Gruppen, zu zweit oder dritt, erbittert weitergeführt.

«Ja, du würdest natürlich die ganze Sprengladung nehmen, auch wenn du nur zwei Stangen brauchst, Typen wie dich kenne ich...»

«Wenn wir Ananas hätten...»

«Könnten wir Saft machen. Hör doch auf.»

«Scheiße, daß wir nur acht von diesen verfluchten BARS haben, die anderen müssen die M-14 nehmen.»

«Aber was ich wirklich in die Finger kriegen möchte, wäre eine MK-2. Glaubt ihr, daß unsere Kontakte...» Woody sah fragend zu Noel hin, der nicht antwortete.

«Ich persönlich hätte gern eine M-60», murmelte Jack.

«Und einige Einundachtzig-Millimeter-Mörser...»

«Für jeden eine Sprengstoff-Ausrüstung, ein halbes Dutzend Bazookas und ein paar M-16er. Damit könnten wir sie ausradieren!»

«Nein, eine Faust! Ein paar Fäuste!»

Ich sah Woody an und flüsterte: «Was zum Teufel ist eine Faust?»

Er verdrehte angewidert die Augen und griff nach einer Papierserviette, zog einen Kugelschreiber raus und kritzelte eine Panzerfaust. Er schob mir die Serviette zu, ich schaute es mir an, er zerknüllte sie in der Hand. Er konzentrierte sich wieder auf die Männer. «Hört mal, wenn wir hier schon einen Einkaufszettel machen, dann will ich ein paar MACs.»

Ich wußte, daß mit MACs keine Hamburger gemeint waren. Ich traute mich nicht, ihn zu fragen, was das nun sei.

Um zehn Uhr dreißig stritten sie sich nicht mehr. «Wir lassen alles hochgehen!» Großes Gelächter. «Alles!»

Für eine sinnvolle Planung waren sie viel zu betrunken – außerdem schien das hier auch nicht der geeignete Ort dafür zu sein. Ich konnte ruhig schlafen gehen. Ich beugte mich zu Woody, um ihn zu fragen, ob wir morgen losfahren würden. Er schüttelte den Kopf. «Ärger mit dem Boot. Vielleicht übermorgen.» Ich verabschiedete mich, doch ich glaube nicht, daß jemand überhaupt mitbekam, daß ich ging. Sie amüsierten sich glänzend.

Bevor ich mich auf mein Zimmer zurückzog, ging ich noch in eine Telefonzelle – in den Zimmern gab es kein Telefon – und rief Toni an. Mit den Kindern redete ich auch. Sie waren noch auf und spielten Scrabble. Sie hatten Ferien. Mein Herz schmerzte, als ich sie zusammen lachen hörte, und ich durfte ihnen nichts erzählen, nur, daß mit mir alles okay sei und wir vorankämen, aber noch hier seien.

Ich ging nach oben. Ich hatte ein schlechtes Gefühl. Ich hatte keine Ahnung, wie derartige Expeditionen organisiert werden müssen, aber ich fand, daß die Männer nicht so laut über ihre Mission reden sollten, vor allem nicht in einem Hotel, das von Kubanern geführt wurde. Aber vielleicht standen sie alle auf derselben Seite. Ihre *Art* darüber zu reden, störte mich auch – wie beim Kaffeeklatsch, wenn Frauen sich über ihre Traumhäuser unterhalten: Wie würde deins aussehen? Eine Geschirrspülmaschine, ein Wäschetrockner, eine verchromte Spüle? Ein Müllschlucker! Diese Burschen wollten eben größere und effektivere Maschinen zum Töten. Aber ihre Chance sie zu bekommen, stand genauso schlecht wie die der meisten Frauen. Soviel war klar. Ob diese Männer wirklich Berufssoldaten waren? Das sollten Profis sein? Sie waren so *dumm!* Ach, ich wußte ja auch nichts von solchen Sachen. Nur aus Filmen. Vielleicht hätte *World* doch einen Mann schicken sollen. Wahrscheinlich würde ein Mann sich damit besser auskennen …

Vielleicht hatte ich dieses schlechte Gefühl, weil ich mir wie eine Verräterin vorkam. Ich bewunderte Castro, der sein Land von Batista befreit hatte, diesem grausamen Diktator. In meinem Herzen mißbilligte ich, was die Männer planten, über die ich berichten sollte. Deshalb fühlte ich mich schuldig, ich kam mir wie ein Eindringling vor, als ob ich ihr Vertrauen mißbrauchte. Dann machte ich mir bewußt, daß ich Fotografin war, unparteiisch, von Berufs wegen hier, und daß es keinen Grund gab, einen Auftrag abzulehnen, mit dem ich inhaltlich nicht übereinstimmte, daß ich trotzdem darüber berichten konnte, aber dennoch …

Irgendwann schlief ich ein.

Am nächsten Nachmittag trafen wir uns wieder alle im *Mi Tierra*. Die meisten Männer trugen Khaki-Hosen und T-Shirts, aber Woody hatte einen frisch gebügelten Safari-Anzug an, und die reichen Kubaner waren in makellosem weißen Leinen erschienen. Wir tranken Bier, und die Männer wiederholten fast wörtlich ihre Unterhaltung vom vergangenen Abend, stritten sich über die verschiedenen Vorteile des Radiosenders, des Reservoirs, der Polizeistation, der Kasernen, der Telefongesellschaft. Anschließend schwärmten sie von ihren Traumwaffen, als zwei Männer hereinkamen, Anzug, Krawatte, gelangweilte Gesichter. Ich dachte, oh, oh, CIA oder FBI, was jetzt?

Die Männer in Anzügen sahen sich um, starrten Woody an, nickten. Er nickte zurück, und sie fragten, ob sie sich zu uns setzen könnten. Viel Getöse und Stühlerücken, weil die Hälfte der Männer aufstehen mußte, um ihnen Platz zu machen. Sie verhielten sich, als befänden sie sich in Gegenwart königlicher Hoheiten. Die Männer in den Anzügen taten so, als ob ihnen das zustünde, und setzten sich neben Woody. Der, der direkt neben ihm saß, sagte etwas mit leiser Stimme zu ihm, so daß ich es nicht verstehen konnte. Woody nickte und umriß mit ebenfalls leiser Stimme seinen Plan: das Boot, die versteckten Waffen, die Landestelle, die Angriffsziele. Ich war überrascht. Ich hatte nicht bemerkt, daß Woody, Alex und Noel – während die anderen schwadronierten – tatsächlich einen Plan *hatten*. Während Woody sprach, sah er hin und wieder Bestätigung oder Ergänzung heischend zu Alex oder Noel, und der Betreffende beugte sich dann leicht vor und fügte etwas hinzu, wenn es nötig war. Ausnahmsweise wurde nur im Flüsterton gesprochen. Die zwei Neuankömmlinge hörten zu und nickten bestätigend.

Ich sah mich um. An einem Ecktisch saß ein alter Mann über seinen Aperitif gebeugt. Er sah harmlos aus, aber was besagte das? Und zwei bullige Typen saßen in einer Nische und malten Pläne auf eine Papierserviette, es sah aus, als ob sie einen Raubüberfall planten. Eine Handvoll Männer stand an der Bar. Ich war sehr aufgeregt, aber die Männer in den Anzügen beachteten die anderen Gäste in dem Raum überhaupt nicht. Wahrscheinlich war ich albern, sagte ich mir, schließlich sind diese Männer erfahrene Leute.

Die Männer in den Anzügen nickten, die Augen gesenkt, mit ausdruckslosen Gesichtern. Als Woody fertig war, tuschelten sie noch ein paar Minuten mit ihm. Ich verstand nur «Alpha 66» und «Dominguez». Ich war aufgeregt. Ich stellte mir vor, daß sie ihm jetzt den Generalplan erläuterten und Woody instruierten. Er nickte weiterhin mit dem Kopf, auch er hatte die Augen gesenkt, sein Gesicht war ebenfalls ausdruckslos. Nach einer Weile standen sie auf. Woody nickte ihnen zu, sie nickten zum Tisch hin und gingen.

In der Nacht fuhren Woody, Alex, Noel und ich mit einem geliehenen Wagen, einem alten verbeulten, rostigen und klapprigen Buick, zu einem stuckverzierten Bungalow, der zwischen ähnlich schäbigen Häusern, von denen die Farbe abblätterte, in einem Außenbezirk der Stadt lag. Zwischen uns herrschte angespanntes Schweigen. Wir fuhren zu einer Verabredung mit einem Überläufer, Dominguez, Castros früherem Verteidigungsminister. Er hatte die Informationen über die Stationierungsorte bestimmter Sachen wie Waffen, Panzer, Flugzeuge, Soldaten. Das war eine wichtige Verabredung, und sie hatten mich mitgenommen!

Alex parkte das Auto eine Straße vom Haus entfernt, und wir gingen die schwach erleuchtete Straße hinunter, bis zur Nummer 27, die völlig im Dunkeln lag. Alex klopfte ein verabredetes Zeichen. Die Tür ging auf, im Flur war es dunkel. Wir konnten nicht erkennen, wer uns geöffnet hatte, aber wir traten ein. Noel schloß leise die Tür hinter sich, dann schlurfte eine kleine dicke Gestalt vor uns her. Sie stieß die Tür zu einem hellerleuchteten Zimmer auf. Das Licht fiel auf eine Gestalt – eine Frau, alt, alterslos, dick, grau. Sie machte eine Geste, wir traten ein.

Das Zimmer war dicht verhangen, so daß kein Licht nach draußen fallen konnte. Es war heiß, stickig und voller Zigarrenqualm. In einem abgewetzten Sessel saß ein Mann in einem leuchtendblauen Bademantel, der von einem Gürtel in der Taille an offen stand. Er winkte uns näher und fragte – auf spanisch –, ob wir etwas trinken wollten. Alex übersetzte für uns. (Woody sprach auch Spanisch, wie ich wußte, aber er war der Kommandeur, nicht der Übersetzer.) Die Männer wollten einen Rum, ich wollte eine Cola. Der Mann gab unsere Bestellung schnarrend an die Frau weiter, die Pantoffeln trug. Nach zehn langen, verqualmten, heißen Minuten, in denen wir schweigend dasaßen, kam sie zurück, mit drei schmierigen Gläsern, die halbvoll mit Rum gefüllt waren, und einem Glas Cola, in dem ein winziges schmelzendes Eisstückchen schwamm.

Wir tranken. Dann fing Woody an. «Exzellenz», sagte er ehrerbietig, «es ist uns eine Ehre, Sie dabei zu wissen.»

Alex übersetzte.

Dominguez nickte, dann begann er zu sprechen. Er redete sehr lange und sehr schnell und mit Leidenschaft, er schlug auf den wackligen Tisch neben sich, daß er schwankte, schlug sich mit der Faust an die Brust und rollte mit den Augen. Seine Ansprache wurde von Alex nur bruchstückhaft übersetzt, weil er wahrscheinlich nicht alles behalten hatte, was gesagt worden war. Seine Exzellenz hatte an die Revolution geglaubt, hatte an Fidel geglaubt, sein Herz hatte für die Revolution geschlagen. Aber jetzt war Fidel zum Verräter geworden: Er ließ Menschen einsperren, er ließ Menschen umbringen, er steckte Menschen in Lager wie die Russen, er enteignete Privatbesitz (auch den von Dominguez) und erließ diktatorische Gesetze. Er hatte die Revolution verraten. Er stürzte das Land ins Verderben.

Über die Wangen des alten Mannes liefen Tränen. Er machte sich nicht die Mühe, sie abzuwischen.

Er, Dominguez, hätte seine Herz, sein Gewissen, seine Seele durchforscht und sei schließlich aus Loyalität gegenüber seiner Heimat desertiert. Er sei inzwischen überzeugt davon, daß der Teufel seine Hand im Spiel habe. Der Teufel habe ihn verführt und würde jetzt Kuba verführen, sein Mutterland, seine geheiligte Erde...

Woodys Gesicht hatte sich verklärt, während Dominguez sprach. Sein Kinn straffte sich, seine Augen leuchteten.

«Exzellenz, Sie geben uns Kraft, wir sind bereit, für Kuba zu sterben, für Eure Sache, für die FREIHEIT!» Dann trank er einen Schluck Rum, nachdem er Dominguez mit seinem Glas zugeprostet hatte – als er es gegen das Licht hielt, sah man, wie schmutzig und streifig es war. Alex und Noel erhoben ebenfalls ihre Gläser, und Seine Exzellenz, der bereits getrunken hatte, stieß mit ihnen an, wobei er etwas Rum über seine nackten Knie verschüttete.

Nun sprach Woody Spanisch. Seine Rede war lang, und aus den Verbeugungen zu Beginn seiner Rede schloß ich, daß er dem Minister seine untertänigsten Dienste anbot. Später stellte er anscheinend Fragen, und Dominguez antwortete, aber dann schien es ein Problem zu geben. Alex mischte sich ein, und die drei Männer sahen sich um, als suchten sie etwas.

Schließlich brüllte der Minister, und alles schwieg, bis die schweigsame Frau zur Tür geschlurft kam und sie öffnete. Wieder befahl er ihr etwas, und nach zehn Minuten kam sie mit einer großen generalstabsmäßigen Karte von Kuba zurück. Die drei Männer ließen sich auf allen vieren auf die Erde nieder. Dominguez piekte Nadeln auf wichtige Punkte der Karte.

Ich gesellte mich nicht zu ihnen. Ich wußte, daß sie eine derartige Einmischung ablehen würden, daß Woody so tun würde, als versuchte ich, Staatsgeheimnisse auszuspionieren. Außerdem kann ich kein Spanisch. Ich sagte mir, daß es meine Aufgabe war, die Atmosphäre genau mitzukriegen, den Minister zu beobachten, zu versuchen, von seinem Gesicht auf seinen Charakter zu schließen. Er hatte ein gutgeschnittenes Gesicht mit tiefen Falten, traurig, ein Hauch von Sinnlichkeit lag darin – aber es ist schwer, ein Gesicht beurteilen zu wollen, wenn man keine gemeinsame Sprache spricht. Ich gähnte. Ich war wahnsinnig müde. Mir wurde auf einmal klar, daß ich mich fürchterlich langweilte. Schon wieder. Wie war das nur möglich? Ich langweilte mich sonst fast nie. Na ja, dachte ich, dieses ewige Warten. Und in dem Zimmer gab es kaum Sauerstoff.

Ich saß da und trank meine lauwarme Cola, mir war schwindlig vor Hitze, und sie redeten weiter, ereiferten sich, schlugen vehement auf bestimmte Stellen der Karte ein, die auf dem Boden lag.

Mir war schlecht. Ich tippte Woody auf die Schulter und sagte ihm, daß ich draußen auf der Treppe auf sie warten würde, ich müßte an die frische Luft. Er sah beunruhigt aus und wandte sich sofort an Alex.

«Frag ihn, ob sie draußen sicher ist!»

Alex fragte. Dominguez zuckte mit den Schultern. Ich stand auf und ging aus dem Zimmer, ich spähte in den langen dunklen Flur, suchte die Frau, aber ich konnte sie nicht finden. In den hinteren Räumen des Hauses war es dunkel. (Saß die Frau im Dunkeln? Warum? Hatte sie irgendwo in einem gemütlichen hinteren Zimmer, in dem alle Vorhänge zugezogen waren, einen Fernseher und Licht? Hoffentlich. War sie seine Schwester, seine Frau, sein Dienstmädchen? Vielleicht war sie nur seine Vermieterin. Ich wußte, daß die Antworten auf diese Fragen niemanden interessierten.)

Ich öffnete die Eingangstür, ging nach draußen und ließ mich auf die Stufen sinken. Ich zündete mir eine Zigarette an und inhalierte tief. Die Sterne leuchteten hell am südlichen Firmament. Ich wartete.

Es war nach Mitternacht, als sie herauskamen, schweigend, erwartungsvoll gespannt, von ihrer Wichtigkeit überzeugt. Schweigend gingen wir zum Auto zurück. Erst nachdem wir das Haus ein gutes Stück hinter uns gelassen hatten, brach es aus Woody heraus: «Klasse! Einfach super! Jetzt sind wir soweit!» Alex und Noel stimmten ihm zu, sie lachten, zündeten sich Zigaretten an, entspannten sich. Woody warf mir einen Blick zu. «Morgen geht's los», stieß er zwischen zusammengebissenen Zähnen hervor. «Halte dich um sechs bereit.»

3

AM MORGEN DES 31. Dezember 1961 saß ich mit meinem Rucksack und meiner Kameratasche in der Hotelhalle und sehnte mich nach einer Tasse Kaffee. Woody, Alex und Noel tauchten auf und verschwanden wieder. Sie mußten telefonieren, schickten Boten los, versuchten, ein Auto aufzutreiben. José schien die Nachricht nicht erhalten zu haben, und Orlandos Auto hatte eine Panne. Um sieben öffnete das Restaurant des Hotels, und ich setzte mich hinein und bestellte mir einen Kaffee. Wir fuhren erst um acht los. Zu elft mußten wir uns samt Gepäck in zwei Autos quetschen, einen Ford Caravan und den klapprigen Buick vom Vorabend. (Was war mit dem roten Kabrio passiert? Wem gehörte der Wagen?) Sebastian und Ettore sollten uns mit einem dritten Auto an einer Tankstelle bei der Straße, die zu den Everglades führte, erwarten. Ein paar Leute aus den beiden Wagen würden dann in Sebastians Auto umsteigen, so daß wir auf der langen Fahrt nach Key West nicht so eng sitzen müßten. Plötzlich fiel mir auf, daß wir dreizehn waren.

Es war ein schöner Tag und eine angenehme Fahrt auf der zweispurigen Schnellstraße zu den Keys. Sand, Himmel, schmale Landzungen, mit Brücken verbunden, die sich über das blaue Wasser spannten, das je nach der Farbe des Himmels und der Wolken blaugrau oder blaugrün schimmerte. Entlang der Straße gab es lediglich ein paar ärmliche Anwesen, die ich allerdings sehr malerisch fand – winzige Hütten am Strand, Wohnwagen mit zerfledderten Markisen, barfüßige Menschen mit Strohhüten, die auf Brücken oder Stegen saßen und angelten. Sonne. Stille.

Am frühen Nachmittag waren wir in Key West. Wir fuhren sofort zum Hafen, wo das Boot ankerte. Es war ein großer Kabinenkreuzer mit sechs Schlafplätzen. Er hieß, der Name war etwas verblaßt, *Argo*. Ein unrasierter Kubaner stand neben dem Boot und rauchte eine Zigarre. Alles kletterte aus den Autos. Woody und Alex gingen zu dem Mann –Luna? – und redeten mit ihm, während Noel sich darum kümmerte, daß unsere Ausrüstung aus den Kofferräumen ausgeladen wurde. Die anderen Männer verschwanden.

Am Landungssteg gab es eine Bar, die gleichzeitig Anglerausrüstung vertrieb. Ich ging hinein, um aus der Sonne zu kommen. Die drei Amerikaner saßen bereits an der Bar und tranken Bier. Lope kam aus einer Tür und zog sich den Reißverschluß zu. Daraus schloß ich, daß er vom Klo kam, und ging selbèr hin. Die Klobrille war naß und voller alter dunkler Flecken, es stank, Fliegen umschwirrten die Kloschüssel und den Fußboden drumherum.

Ich ging zu den anderen an der Bar und bestellte einen Eiskaffee und ein Schinkensandwich. Das Brot war so trocken, daß es sich am Rand hochbog. Das Radio plärrte und erinnerte mich daran, daß heute Silvester war. Ich sehnte mich danach, Toni und die Kinder anzurufen, aber ich traute mich nicht. Man hatte mir ja immer wieder eingehämmert, wie geheim die Mission sei, besonders jetzt, wo wir wirklich an Bord gingen. Ich saß da und versuchte mir vorzustellen, ich würde in den Krieg ziehen, versuchte nachzuvollziehen, was Soldaten in so einem Moment fühlten. Ich rang mir einige wehmütige Gedanken an Toni und die Kinder ab, obwohl ich mir nicht vorstellen konnte, in Gefahr zu sein.

Ich ging nach draußen und schlenderte zu den Booten. Kein Mensch war zu sehen, und einer der Wagen fehlte. Ich stellte meine Kamera auf das Stativ und machte einige Aufnahmen. Ich ging weiter, entfernte mich, so weit es möglich war, von der Szenerie – hinter dem Angelladen stand dichtes Gebüsch – und belichtete noch zwei weitere Filme. Dann ließ ich mich in den Sand fallen, zog mir den Schirm der Mütze über die Augen und schlief ein. Stimmen weckten mich. Noel, Alex und José brachten unser Gepäck an Deck. Es war fast fünf Uhr. Woody tauchte aus der Kabine auf und sprang über die Reling auf den Steg. Sein Hemd, sein Gesicht und seine Arme waren mit dicker schwarzer Schmiere überzogen. Fragend sah ich ihn an.

Er zuckte mit den Achseln. «Probleme mit dem Generator.

Mußte ihn auswechseln, werden nicht mehr hergestellt, mußte einen Ersatz finden. Solche Sachen dauern eben», sagte er beleidigt, als ob ich ihn kritisiert hätte.

Vielleicht hatte ich das, dachte ich. Vielleicht war das meinem Gesicht anzusehen.

Mit den anderen «Sachen» dauerte es dann noch bis sechs, bis wir den Anker lichteten. Ich stand an Deck und beobachtete, wie wir uns langsam vom Land entfernten. Ein Anblick, der mich immer wieder bewegt, der in mir geheimnisvolle und bedrohliche Gefühle auslöst, tragische Gefühle, die ich genieße. Ich atmete tief durch, das Gefühl des Abschieds belebte mich, als plötzlich ein grauenhaftes Knirschen und Ächzen ertönte und das Boot stoppte.

Es dauerte Stunden, bis klar wurde, was geschehen war. Sofort nach dem Knirschen gingen die üblichen Schimpfereien los. Langsam knatterten wir zum Landungssteg zurück. Irgend etwas stimmte nicht mit der Schraube. José zog sich einen Taucheranzug an und tauchte hinunter, um nachzusehen. Offenbar hatten wir ein Korallenriff gerammt. (Wo waren die Seekarten? Wer war der Steuermann?) Das übliche Chaos, sie stritten sich, wo lag der Fehler, was war zu tun, Karten wurden überprüft, der Motor angeworfen, alles wurde noch einmal mit Luna durchgekaut – eine höfliche Umschreibung –, wobei dieser Woody wütend anstarrte, als ob er ihn umbringen wollte. Die Zeit verging. Ich saß zusammen mit Philip und Cyrus an Deck und rauchte, ich hatte den Verdacht, daß sie insgeheim kicherten.

Hinter uns ging die Sonne im Meer unter, ein großer roter Ball, der in den Ozean fällt. Dann war es dunkel. Philip mixte Daiquiris und servierte sie in echten Cocktailgläsern, die er in der Kombüse gefunden hatte. die Kubaner setzten sich zu uns, bis auf José, der immer noch unter dem Boot war. Die Männer wurden langsam sentimental. Plötzlich seufzte Clemente laut auf und schlug sich mit der Faust aufs Knie.

«Ach, Silvester! Silvester! Ich muß anrufen.» Er stand auf. «Wo issn's Telefon?»

Philip zeigte auf das Funktelefon.

Clemente ging in die Kabine und rief jemanden an – seine Frau, nehme ich an. Er redete lange, beklagte sich, lachte, wünschte ihr *feliz año nuevo*. Als er fertig war, stand Sebastian auf und benutzte das Telefon. Einer nach dem anderen trottete hinüber in die Zelle und rief an, alle hatten einen kleinen sitzen von den Daiquiries, der Sonne, der Aufregung.

Ein paar Stunden später kam Woody, ganz sauber (wo er wohl eine Dusche aufgetrieben hatte?), und verkündete, daß wir losfahren würden, ohne die Schiffsschraube zu reparieren. Wir würden nur langsam vorankommen, aber die kubanische Küste sei sowieso nur eine Nachtreise entfernt. Wir müßten noch zweimal anlegen, um die Waffen abzuholen, die Woody versteckt hatte. Eine Reparatur würde uns mehrere Tage kosten, vielleicht sogar eine Woche. Dann entspannte Woody sich mit einen Bacardi und rief *seine Frau* in Houston an. Und was er sagte, *konnte* ich verstehen. Er erzählte ihr alles! Wo wir waren, welche Schwierigkeiten wir hatten, daß wir losfahren würden, sobald José sich gewaschen und angezogen hätte! Und *ich* hatte mich nicht getraut anzurufen!

Wir legten nach Mitternacht ab und fuhren die ganze Nacht. Ich hatte mich in eine Decke gewickelt und schlief an Deck, weil ich den Benzingestank unter Deck nicht vertragen konnte, davon wurde ich seekrank. Gegen Mittag des nächsten Tages entdeckten Philip und Cyrus in großer Entfernung Inseln, sie schrien und winkten, und alle an Bord lebten auf. Ettore, der das Boot nach Woodys Anweisungen steuerte, hatte Schwierigkeiten, die richtige Insel auszumachen. Wir fuhren um sie herum. Woody und Alex wechselten sich mit dem Feldstecher ab, die anderen suchten die Gegend mit bloßen Augen ab, die sie mit den Händen abschirmten. Woody schrie auf: «Da! Da! Diese Schildkrötenform, das ist die richtige!»

Wir ankerten so nahe am Strand wie nur möglich, und Alex und José ließen ein großes Ruderboot zu Wasser. Noel und Orlando wurden angewiesen, auf dem Schiff zu bleiben, José und Alex mußten rudern. Wir anderen kletterten eine Strickleiter hinunter und wurden an Land gerudert.

Es war schwierig, auf den nassen, glitschigen Felsen zu gehen. Man klettert ein paar Schritte hoch, dann rutscht man wieder hinunter. Da ich die schwere Kameratasche trug, hatte ich es besonders schwer, und hin und wieder streckte José die Hand aus, um mir zu helfen. Schließlich erreichten wir Felsen, die trocken waren, sie waren flach und standen eng zusammen, und wir folgten Woody zu einer Stelle, wo die Füße Halt für den restlichen Aufstieg hatten. Die älteren Männer hatten rote Gesichter und keuchten, als wir oben auf dem Plateau angelangt waren, das sich etwa zwei Kilometer weit erstreckte und von dem aus man einige Niederungen mit Büschen sehen konnte, die auf dieser «Insel» wuchsen, die eigentlich nicht mehr war als ein Felsen im Ozean.

Woody und Noel fingen an, sich darüber zu streiten, an welcher Stelle genau sie die Bazookas versteckt hatten. Es war heiß. Die anderen Männer ließen sich auf die aufgeheizten Felsen fallen und reichten die Wasserflasche herum. Ich machte einige Fotos. Wir warteten. Schließlich teilten sie uns ihren Plan mit: Wir wurden in Gruppen eingeteilt, und jeder Trupp sollte eine der Baumgruppen untersuchen, mit der Anweisung, ein Zeichen zu geben, wenn einer die Waffen fand. Ich wurde Sebastians Gruppe zugeteilt. Wir machten uns über die Felsen auf den Weg.

Es dauerte ungefähr zwanzig Minuten, bis wir bei unserer Baumgruppe angelangt waren. Wir bückten uns und suchten unter den Bäumen, wir wußten nicht, wie ein Waffenversteck aussah. Plötzlich hörten wir einen langen, triumphierenden Schrei von Woody, der plötzlich abbrach, als hätte ihm jemand die Kehle durchgeschnitten. Wir rannten alle zu der Stelle, wo der Schrei hergekommen war – einer Baumgruppe, die genau in der Mitte der Insel lag. Woody stand da und hielt eine kleine Kiste hoch.

«Wir sind beklaut worden! Beklaut! Jemand ist hiergewesen und hat sie geklaut!» schrie er. «Die Arschlöcher haben ein Magazin hiergelassen, nur damit wir wissen, daß sie hiergewesen sind!»

Unter den Bäumen war tatsächlich eine aufgewühlte Stelle, wo sichtlich etwas gelegen hatte. Woody brüllte immer wieder: «Genau hier war es. Seht euch das an. Jemand ist uns zuvorgekommen!»

Es wurde gemurrt, geflucht, Staub wurde mit den Füßen hochgewirbelt. Aber die Feindseligkeiten richteten sich nicht nur gegen die Unbekannten, die Woody bestohlen hatten. Ich ließ mich wieder niedersacken – ich war müde – und zündete mir eine Zigarette an. Wer? Fragte ich mich und dachte an die vielen Leute, die unsere Unterhaltungen im *La Fonda del Sol* und im *Mi Tierra* belauscht haben könnten.

Woody erkannte die aufkommende Meuterei in den Gesichtern um ihn herum und erteilte uns schnell seine Befehle. «Wir müssen die andere Insel noch vor ihnen erreichen», sagte er und scheuchte uns zum Boot zurück. Wir kletterten an Bord und legten wieder ab, schlängelten uns zwischen den kleinen, felsigen Inseln hindurch und hatten auch diesmal Mühe, die richtige zu finden. Philip und Cyrus machten in der Kombüse Sandwiches und verteilten sie. Thunfisch mit Mayonnaise. Sie schmeckten gut. Wir hatten heute noch nicht viel gegessen.

Gegen vier Uhr dreißig nachmittags ankerten wir in der Nähe einer kleinen lieblichen Insel mit breitem Sandstrand. Dahinter war Buschland mit Kiefern und Zypressen. Diesmal blieben einige der älteren Männer an Bord, wir anderen ruderten zur Insel und stürmten zu einer hohen Kiefer an der Nordspitze, wo die vier BARs – Browning Automatics – und zwei Säcke mit Dynamit (ich hatte einiges von den Männern aufgeschnappt) versteckt waren. Versteckt gewesen waren. Nur eine verwitterte Zeltbahn war noch da.

Woody ließ sich auf die Hacken sinken und fluchte. Die anderen warfen sich auf die Erde. Ich rauchte.

«Okay, Kriegsrat», verkündete er schließlich. Er sah auf seine Uhr. Es war fast sechs Uhr und der Himmel beinahe ganz dunkel. «Vielleicht sollten wir hier übernachten – das wird bequemer sein als diese Badewanne. Und wir müssen eine Besprechung abhalten, entscheiden, wie es weitergeht.»

Uns allen gefiel der Entschluß, auf der Insel zu kampieren. Wir hatten die Nase voll von den unbequemen, engen Schlafmöglichkeiten. Selbst am Tag war das Boot überfüllt. José, Alex und Noel ruderten zum Schiff zurück und brachten in mehreren Fuhren die Leute und die Ausrüstung – Schlafsäcke und Kochgeschirr – herüber. Woody befahl Philip und Cyrus, Feuerholz zu sammeln und schickte Jack und Ettore aus, um nach Wasser zu suchen, und mich beorderte er, mit ihm zusammen geeignete Plätze für die Schlafsäcke ausfindig zu machen. Als alles erledigt war und das Feuer brannte, ließ er eine Flasche Bourbon kreisen.

«Kriegsrat», verkündete er.

Die Männer waren aufmerksam bei der Sache und ließen sich nur durch die kreisende Flasche unterbrechen, sie versuchten sogar, ihrer Unterhaltung ein höheres Niveau zu verleihen als sonst. Aber die Luft war raus.

«Okay, Leute», sagte Woody, seine Stimme klang ernst und gewichtig. «Wieviel Waffen haben wir dabei?»

Sie hatten sieben Handfeuerwaffen, drei Springfield-Gewehre, hundert Magazine.

Woody versuchte es noch einmal. «Was für Handfeuerwaffen? Besitzt irgend jemand außer mir, Alex und Noel einen Revolver?»

Die meisten hatten eine Smith und Wesson, wie sie bedrückt zugaben.

Langes Schweigen. Wir hatten unser Lager zwischen Bäumen aufgeschlagen und saßen auf Decken über einer dicken Schicht Kiefernnadeln und Eichenblättern. Es roch sauber und grün. Durch die Zweige der Bäume konnten wir den Himmel sehen, der immer noch rot schimmerte. Noch keine Sterne, nur ein bleicher Mond, tief am Horizont. Es war friedlich.

Woody seufzte.

«Los, laßt uns weitermachen. Stevens, du kochst.»

«Was?» Ich rebellierte zum erstenmal auf dieser Expedition, ich wehrte mich. «Ich kann nicht kochen! Ich bin Fotografin, kein Mitglied Ihrer Gruppe, das sie herumkommandieren können!»

Die Kubaner murmelten. «Klar kannst du kochen», lachte Woody. «Du bist doch eine Dame, oder etwa nicht?»

«Na, versuchen Sie's doch mal, meine Liebe», lächelte Noel mich an. «Schlimmer als unser Fraß kann es ja nicht werden.»

Mürrisch und linkisch, was mir peinlich war, stand ich auf und inspizierte die Kochkiste. Sie hatten vier Packungen Spaghetti mitgebracht und zwei große Büchsen mit Tomaten, zwei Dosen Kidney-Beans, zwei Dosen Baked Beans und eine riesige Dose mit Thunfisch. Dann gab es noch Zwiebelpulver, Knoblauchpulver, getrocknete Petersilie, Salz und Pfeffer. Wir waren dreizehn. Es gab einen großen Topf und einen kleineren, keiner von beiden reichte aus, um darin Essen für dreizehn Leute zu kochen. Ich stöhnte.

Ich fühlte mich saumäßig, genau wie die alte Sklavin in Puschen bei seiner Exzellenz – ich kippte zwei Dosen Tomaten in den kleineren Topf, fügte ein paar Gewürze hinzu und setzte den großen Topf mit Wasser auf. Wir tranken weiter. Nach einer halben Stunde kippte ich eine Dose Kidney-Beans und die halbe Dose Thunfisch in die Tomaten. Die Spaghetti kochte ich schubweise, indem ich die gekochten Nudeln mit einem Löffel und einer Gabel herausfischte und so das Kochwasser der ersten Fuhre für die nächste weiterbenutzen konnte. Dann goß ich die Tunke auf sieben Teller und fing mit einer neuen Ladung Sauce an. Nach einer halben Stunde konnte ich den Rest der Typen bedienen, die inzwischen schon ziemlich betrunken waren.

Sie aßen es, verschlangen es. Sie waren bei der zweiten Flasche Bourbon. Es gelang mir, auch ein paar Nudeln hinunterzuwürgen. Ich weigerte mich abzuwaschen.

«Das ist nicht die Aufgabe des Kochs», verkündete ich standhaft, versuchte, einen Rest von Würde zu bewahren. «Ich bin nicht eure Putzfrau. Arbeitsteilung.»

Woody delegierte die Arbeit an Noel. Ich war ihm dankbar, daß er mir ermöglichte, meinen Stolz zu wahren, und stand auf und half Noel. Die meisten Männer waren inzwischen völlig betrunken. Nur Woody und Noel schienen nüchtern zu sein, und vielleicht noch Alex und José – sie sagten nichts, daher konnte ich es nicht feststellen. Jack, Clemente, Orlando und Cyrus redeten über ihre Erfolge, vergangene Heldentaten, über diejenigen, die davongekommen waren und die, die es erwischt hatte.

Ich hörte nicht zu. Ich hatte das alles schon mal gehört. Ich setzte mich hin, lehnte mich an einen Baum, beobachtete den Himmel, der immer dunkler wurde, die Sterne leuchteten auf. Der Himmel war tiefschwarz und voller Sterne, er erinnerte an Samt, auf dem ein Beutel Diamanten ausgeschüttet worden war. Ich gab mir Mühe, diese Schönheit zu genießen.

Als es ganz dunkel war, wurde es kalt. Wir wickelten uns in die Decken ein und wühlten uns tief in die trockenen Blätter. Das Feuer ging langsam aus. Einige Männer schliefen schon, ich konnte sie schnarchen hören, aber nicht mehr sehen. Ich konnte nur die schwache Glut des Feuers erkennen und ihre brennenden Zigaretten, die sich in der Dunkelheit wie Leuchtkäfer bewegten.

Ich rutschte etwas am Baumstamm hinunter und versuchte, die Augen zu schließen. Aber der Himmel machte mich auf eine Weise munter, wie es kein sonniger, heller Himmel je täte. Dann fühlte ich plötzlich, wie sich ein Arm um mich legte. Ich drehte mich um, aber ich hatte schon am Geruch erkannt, daß es Woody war.

«Was ist los, glauben Sie, Sie können sich jetzt alles erlauben, nur weil Sie mich gezwungen haben zu kochen?»

Er lachte und schnupperte an meinem Nacken. «Das hat dich richtig geärgert, Kleines, was?»

Er legte seinen Kopf an meine Brust.

«Laß das, Woody.»

Ich machte mich los. Was, zum Teufel, wollte er von mir? Erwartete er etwa, daß wir uns hier, vor aller Augen, liebten?

Ich sah ihn an. Er hatte sich neben mich an denselben Baum gelehnt und rauchte. Ich konnte sein dunkles, massiges Profil erkennen, die Glut seiner Zigarette.

Das Problem war, daß ein Teil von mir einen Teil von ihm attraktiv fand. Er stieß mich gleichzeitig ab und zog mich an, wenn er kommandierte, seine selbstverständliche Überlegenheit. Einmal, als ich noch mit Brad verheiratet gewesen war, hatte ich geträumt, ich sei Leda, die von dem Schwan überwältigt wurde. Ich war heiß und erregt aufgewacht. Aber der Schwan *war* Zeus, der König des Universums, und ich mußte ihn als Zeus sehen, um sein Verhalten akzeptieren zu können. Woody war nicht Zeus, er war noch nicht einmal überlegen, inzwischen zweifelte ich sogar an seiner Intelligenz.

Wenn ich ihn mir als Liebhaber vorstellte, fiel mir ein phantastischer Italiener ein, den ich in Zürich kennengelernt hatte. Er hatte mich schmachtend und mit viel Leidenschaft und Anbetung verführt und mich dann, im Bett, von hinten angesprungen, zugestoßen und war gekommen, ehe ich noch einen Schrei hatte ausstoßen können. Und wenn Woody ein abstoßender Liebhaber wäre und ich Aversionen gegen ihn hätte, würde er es sofort merken, und dann wäre unsere Beziehung zerstört, auf die ich angewiesen war, um meinen Auftrag zu erfüllen, und das wäre schlecht. Fein: Problem gelöst.

Trotzdem ließ ich es zu, daß er seinen Arm wieder um mich legte. Ich war so entspannt, daß ich mich treiben lassen konnte, bis Ettore auf einmal über ihm erschien und aufgeregt flüsterte: «Woody, Woody, sie kommen zurück!»

Woody sprang auf und griff nach seiner Waffe. Alex weckte bereits die anderen. Sie richteten sich schnell auf, griffen nach den Gewehren, Revolvern, luden die Magazine. Wir blickten alle angestrengt aufs Meer hinaus. Eine Gruppe kleiner Boote näherte sich schnell aus nordöstlicher Richtung der Insel. Unser Boot ankerte im Süden, verborgen hinter einer Biegung des Strandes.

«Himmel!» rief Woody. «Das ist unsere Chance, sie zu erwischen. Und an Waffen zu kommen!» Er schoß vorwärts, von Baum zu Baum, winkte den anderen wild mit den Armen, es ihm gleichzutun. Sie taten es, ein Rudel springender Körper in der dunklen Nacht, raschelnd, grunzend. Die Boote ankerten nahe beim Strand. Einige Männer sprangen heraus und wateten an Land, die Gewehre hoch über den Köpfen.

«Geh zurück zu den Bäumen», zischte Woody mir zu, aber ich

suchte ohne hinzusehen in meiner Kameratasche nach meiner Kamera und dem Blitz. Ich hatte die Nikon mitgenommen, weil ich sie über meinen Kopf halten und hochsehen konnte, wenn ich fotografierte – ich dachte, das könnte von Vorteil sein. Adrenalin schoß durch meinen Körper, meine Hände zitterten, als ich im Dunkeln den Film einlegte und betete, daß ich es schnell genug schaffen würde, um einige Bilder zu bekommen. Ein Überfall! Wir waren noch nicht einmal in der Nähe von Kuba. Wer waren diese Eindringlinge?

«Spart Munition», flüsterte Woody laut. «Wartet, bis sie näher dran sind.»

Aber irgendeiner hatte ihn nicht verstanden oder war kopfscheu geworden, und ein Schuß löste sich, dann mehrere, dann das schnelle Geräusch von Salven eines automatischen Gewehrs. Ich zog mich zur Baumgruppe zurück, bereit, mit *meiner* Waffe zu schießen. Ich stand neben einem Baum und hielt die Kamera so hoch ich nur konnte über meinem Kopf. Ich wollte eine Aufnahme über die Köpfe und Körper hinweg machen und die Umrisse und das Feuer der Eindringlinge einfangen. Es war ein gespenstisches Bild – wie Blitze, die die Dunkelheit durchbohren. Ich fotografierte weiter. Ich hörte etwas in den Baum neben mir klatschen und fühlte ein Stechen, als ob mir jemand in den Arm gestochen hätte. Dann wurde mit einer Maschinenpistole auf die Erde um unser Lager geschossen, und jemand rief: «Hände hoch! Laßt die Waffen fallen.» Der Akzent war unüberhörbar amerikanisch.

«Gebt euch zu erkennen!» kommandierte Woody.

Was für ein Kerl! mußte ich denken. Selbst mit den Händen in der Luft erteilt er noch Befehle. Ich schlich mich vom Baum weg: Es schien so, jedenfalls in der Dunkelheit, als ob alle unsere Männer mit erhobenen Händen einer unbekannten Anzahl von Männern gegenüberstünden, die weitaus besser bewaffnet waren.

«Alpha 66», erwiderte der Feind, und unsere Leute heulten jubelnd auf, hopsten in die Luft und umarmten sich gegenseitig.

Das also war Krieg.

Die Neuankömmlinge waren tatsächlich Alpha 66; sie waren von den Männern in den Anzügen geschickt worden, die an dem Tag im *Mi Tierra* gewesen waren. Außer den zwei Befehlshabern von der CIA waren es alles Kubaner, aber im Gegensatz zu unseren Leuten trainiert. Sie brachten unserer Gruppe Maschinenpistolen, Dynamit und Granaten. Unser Team war überglücklich, sie vollführten Luftsprünge, umarmten die Lieferanten, küßten ihre nagelneuen BARs, ihre «Ananas» und die Sprengladungen, drückten sie an sich, gurrten in der Sprache der Liebe.

Alpha 66 hatte auch Trinkbares mitgebracht, und Noel entfachte wieder das Feuer. Alle setzten sich darum herum, zum Anstoßen, zum Reden und mit der Absicht, sich erneut zu betrinken. Die meisten hatten ihren letzten Rausch in den Stunden vorher ausgeschlafen und brannten darauf, von vorn anzufangen. Jetzt hatten sie einen Grund zum Feiern, die Waffen hatten die Mission gerettet.

Mein Arm schmerzte. Ich dachte, ich hätte ihn mir an einem scharfen Ast gestoßen und es beim konzentrierten Fotografieren nicht gemerkt. Deshalb griff ich diesmal auch zur kreisenden Flasche. Einer der CIA-Leute kam zu mir und setzte sich neben mich. Er gab vor, aus beruflichen Gründen neugierig zu sein, was eine Frau hier zu suchen hatte, aber meine Anwesenheit hatte ihn auch scharf gemacht, ich konnte es aus seiner Stimme heraushören. Dabei sah er mich in dem flackernden, spärlichen Licht gar nicht richtig.

Mein Kopf schmerzte ebenfalls. Nachdem ich ihm erzählt hatte, was ich hier machte, erzählte er mir, daß er in Miami mit Gebrauchtwagen handelte und sein Kollege nebenbei ein bißchen mit Rauschgift dealen würde. Wenn unsere Mission beendet sei, sollte ich doch mal in seinen Laden kommen, und er, sein Freund und ich könnten dann ausgehen, high werden und uns die Stadt ansehen.

Ich hätte am liebsten geweint. Mein Kopf schmerzte, mein Arm tat weh, und etwas Fürchterliches war passiert. Ich wußte nicht was, aber ich wollte hier nicht mehr sein. Ich wollte zu meiner Mommy, ich wollte mein eigenes kühles, sauberes Bett, ich wollte schlafen. Ich nahm noch einen Schluck Scotch. Ich merkte, daß ich ein wenig schwankte. Der CIA-Typ legte seinen Arm um mich, und ich schrie auf. Woody sprang auf und kam zu uns herüber, sein Gesicht – selbst in dem Schummerlicht konnte ich das erkennen – war hart und brutal, er war bereit, sich auf den Typen zu stürzen, als ob, als ob... Dann veränderte sich sein Gesicht, und er hockte sich vor mich hin.

«Was ist los, Kleines?»

«Mein Arm», stöhnte ich.

Ich legte meine Hand auf den Arm. Er war naß. Woody runzelte die Stirn und stieß einen langen Pfiff aus, als er meine Hand sah – sie war blutig. Sanft zog er mich näher zum Licht des Feuers. Mein Oberarm war voller Blut. Er zog meinen zerrissenen Hemdärmel weg – und da war ein tiefer Schnitt zu sehen, wie eine Stichwunde, nur viel gezackter. Auf einmal geriet alles in Bewegung. Noel wusch meinen Arm, Philip trug irgendeine Salbe aus unserem Erste-Hilfe-Kasten auf, Alex drehte Verbandsmaterial zu einer Aderpresse zusammen, jemand zwang mich, Tabletten zu schlucken – nur Aspirin, sagten sie – und noch etwas Scotch hinterher.

Sie wickelten mich in mehrere Decken und halfen mir, mich hinzulegen. Dann tranken und redeten sie wieder, diesmal über mich. Die CIA-Männer nahmen Taschenlampen, und unsere Gruppe versuchte sich zu erinnern, wo ich während der Schießerei gestanden hatte. Ich wollte ihnen sagen, welcher Baum es war, doch meine Stimme war nicht laut genug. Sie leuchteten mit ihren Lampen die Gegend überall dort ab, wo ich gesehen worden war, und gingen dann im Kreis auseinander. Sie fanden einen Baum, dem ein großes Stück Rinde und Holz fehlte, weil er von einer Kugel getroffen worden war. Daraus schlossen sie dann, daß ein scharfer Holzsplitter mit voller Wucht in meinen Arm geschossen war, als die Kugel in den Baum einschlug.

Nachdem sie die Ursache herausgefunden hatten, kamen sie zu mir zurück. Mir war heiß, flau und schwindelig zumute. Sie untersuchten meine Wunde und sagten, sie hätte aufgehört zu bluten und nahmen die Aderpresse ab. Woody legte mir einen Verband an, er machte das sehr vorsichtig, setzte sich neben mich und wiegte mich in seinen Armen. Noel brachte mir eine Blechtasse mit Whisky, und ich trank in kleinen Schlucken. Mein Arm pochte, ich war dankbar für den Whisky. Ich war sogar dankbar für Woodys Arm um mich. Ich lehnte mich an ihn, hörte den Gesprächen der Leute zu. Sie wogen schon wieder den Radiosender gegen die Energieversorgung, gegen die Kasernen ab…

Ich schlief in Woodys Armen ein, und als ich aufwachte, war ich in drei Decken eingewickelt, die mir andere überlassen haben mußten. Ich fühlte mich fiebrig, sagte es ihnen aber nicht. Ich wollte nicht mit den CIA-Leuten zurückgeschickt werden. Ich hatte in meinem Rucksack etwas Aspirin, das ich mit dem Kaffee einnahm, den Noel mir brachte. Ich sagte, es ginge mir gut, viel besser. Wir packten alles zusammen und schleppten uns zu den Booten. Wir verabschiedeten uns von Alpha 66, verstauten unsere Sachen auf der *Argo* und fuhren nach Kuba.

Dort kamen wir am Vormittag des nächsten Tages an – am helllichten Tag. Wir ankerten in einer Bucht, die unbewohnt zu sein schien, und Noel ruderte Ettore an Land. Er hatte seine Frau vom Schiff aus angerufen und sich mit ihr an einer Stelle hinter den Felsen und dem Wald verabredet, der die Bucht säumte. Sie sollte mit einem Wagen kommen und einem Freund in einem anderen Wagen voranfahren: Sie würden die Männer und die Waffen nach Havanna bringen. Die Frage war nur, würde ich sie begleiten?

Ich sah ihn durch einen fiebrigen Nebelschleier losziehen. Ich war überzeugt davon, daß eine Kompanie kubanischer Soldaten zwischen den Bäumen hervorstürzen und uns mit Handgranaten und Gewehrfeuer empfangen würde. Wie konnten die Kubaner nichts von unseren Plänen wissen, die doch in jeder nur möglichen Weise ausposaunt worden waren? Ich machte ein paar Aufnahmen und saß dann im Schatten eines Tuches, im Halbschlaf, ich hatte so große Schmerzen, daß mir der Gedanke, getötet zu werden, nichts ausmachte. Doch nichts geschah. Noel ruderte zum Boot zurück, Alex machte Sandwiches. Wir warteten. Einige der Männer reinigten ihre neuen Waffen, andere dösten an Deck.

Wir warteten bis in die Nacht. Da es mir gutging (wie ich behauptete), wurde von mir erwartet, daß ich das Essen kochte; das gehörte jetzt zu meinen Aufgaben. (Wenn man dem Teufel den kleinen Finger reicht, nimmt er die ganze Hand...) Ich öffnete Dosen mit Corned Beef, erhitzte Kartoffeln und grüne Bohnen, obwohl ich kaum meinen Arm bewegen konnte, er war rot und geschwollen. Wir tranken. Wir schliefen. Wir wachten auf. Wir warteten den ganzen nächsten Morgen. Um elf flog ein Flugzeug ohne Hoheitszeichen über uns hinweg. Jedermann sah hoch, schweigend, bleich. Wir dachten alle, wir würden bombardiert werden. Es kreiste eine Weile über uns und flog dann weg. Wir warteten bis zum Abend.

Inzwischen wußte ich, daß ich in Schwierigkeiten war. Die Schwellung an meinem Arm hatte sich vergrößert, und eine blaue Linie war darauf zu sehen. Ich hatte eine Blutvergiftung. Ich schmierte reichlich Desinfektionssalbe darüber und schluckte alle paar Stunden Aspirin. Ich schlief den ganzen Tag, mit kleinen Unterbrechungen. Mir schoß der Gedanke durch den Kopf, daß ich meinen Arm verlieren könnte. Ich erinnerte mich dunkel, daß Leute an Blutvergiftung gestorben waren. Aber ich konnte im Moment nichts tun.

Am Morgen des dritten Tages erspähte Philip am Strand Ettore, der mit den Armen winkte, er ruderte hin, um ihn zu holen. Er war verzweifelt, sein Gesicht tränenverschmiert. Seine Frau war nicht am Treffpunkt erschienen. Er hatte acht Stunden gewartet und war dann per Anhalter in den Vorort von Havanna gefahren, wo seine Familie wohnte. Seine Frau war verschwunden. Seine Kinder waren verschwunden. Sein *Haus* war verschwunden. Keiner der Nachbarn wußte, was passiert war – das Haus war mitten in der Nacht abgebrannt, sagten sie, niemand hatte seine Frau oder seine Kinder gesehen. Er hockte sich auf eine Kiste, hielt seinen Kopf in beiden Händen und wiegte sich hin und zurück und weinte, als er uns alles erzählte.

«Vielleicht sind sie tot, tot! Wo können sie nur sein?»

Natürlich sind sie tot, du Idiot, dachte ich. Du hast ihr Todesurteil selbst unterzeichnet, indem du sie angerufen hast und ihnen gesagt hast, sie sollten mit einem Wagen kommen, um Waffen abzuholen. Doch gleichzeitig stellte ich mir seine Frau und seine vier Kinder vor, von Kugeln durchlöchert, wie sie an irgendeinem gestrüppbewachsenen Hügel lagen, oder, noch schlimmer, nicht tot, sondern im Gefängnis, wo sie gefoltert wurden. Grauenhafte Bilder drängten sich mir auf, und ich wollte Ettore verprügeln, zu ihm hinübergehen und ihm auf den Kopf schlagen, aus Wut über seine Dummheit. Zugleich wollte ich ihm Mut zusprechen, denn er war so verzweifelt, ich wollte ihn in die Arme nehmen und ihm versichern, sie wären in Sicherheit, gesund und glücklich.

Das war alles zuviel für mich. Ich war krank, mir war schwindelig, ich wollte nach Hause. Sie berieten sich. Ich schlief. Sie kamen zu dem Schluß, wenn Ettores Frau geschnappt worden war, dann hatte Castro sie erwartet. Es gab keinen Ausweg: Die Mission war zum Scheitern verurteilt. Sie beschlossen, nach Miami zurückzukehren, sich neu zu gruppieren und es dann wieder zu versuchen. Als mir Woody das schließlich mitteilte, nickte ich. Ich war zu krank, um zu sprechen, doch ich hatte den Wunsch, ihm deutlich zu machen, daß das der erste intelligente Schachzug sei, auf den er in zwei Wochen gekommen war.

Irgendwann am Nachmittag tuckerten wir aus der Bucht, und als wir ausreichend weit von der kubanischen Küste entfernt waren, telefonierte Woody um Hilfe.

Als es dämmerte, holten uns zwei Wasserflugzeuge der Küstenwache ab, und auf eins davon mußte ich, da ich inzwischen das Bewußtsein verloren hatte. Sie flogen mich in ein Krankenhaus nach Miami. Tagelang schwebte ich im Fieberdelirium. Eines Nachmittags wachte ich auf, und Russ Farrell saß an meinem Bett. Er lächelte. «Großartige Aufnahmen!» sagte er.

Später erzählten sie mir, daß die Küstenwache wegen der Umstände meiner Rettung das State Department benachrichtigt hätte, die einen Beamten schickten, um mich zu «enttarnen». Sie durchsuchten meine Kameratasche und fanden meinen *World*-Ausweis und riefen Russ Farrell an. Russ flog runter, nahm die Filme an sich, die ich aufgenommen hatte, und ließ sie entwickeln. Die Bilder vom Angriff von Alpha 66 waren dramatisch. Der Himmel leuchtete dunkellila bis schwarz hinter den dunklen, klobigen Gestalten, aus denen offenbar in unterschiedlich langen Intervallen Lichtblitze hervorschossen, die daher unterschiedlich groß wirkten. Die Bilder waren nicht informativ – wenn man sie betrachtete, konnte man nicht erkennen, um welche Situation, um was für Männer es sich handelte. Aber dieses Geheimnis erhöhte noch die Aussagekraft der Bilder: Sie waren einfach furchterregend, zeitlos schrecklich, wie die Eindringlinge in Bergmanns Film *Schande*, eine moderne Variante der Schrecken des Krieges.

Als ich wieder genesen war, waren Woody und die anderen schon längst zu neuen Abenteuern aufgebrochen. Der Beamte vom State Department, ein paar Typen von FBI und CIA und Russ (so muß Geheimhaltung aussehen) hatten sich Woodys und Alex' Bericht über das Unternehmen angehört. (Aus irgendeinem Grund wurde Noel nicht aufgeführt, und sein Name wurde nie erwähnt.) Sie hatten folgende Geschichte erzählt: Sie hätten gemerkt, daß sich in der Bucht, in der wir vor Anker gegangen waren, mehrere Kompanien kubanischer Soldaten eingegraben hatten, deshalb hätten sie vorgegeben, Sportangler zu sein. Sie hätten Ettore nachts an Land gesetzt, und es sei ihm gelungen, die Soldaten zu umgehen, sich wegzuschleichen und nach Havanna durchzuschlagen, wo er Kontakt zu seiner Frau hätte aufnehmen wollen, die ihm einen anderen Landeplatz nennen sollte. Doch auch sie war entdeckt worden, sie war verschwunden, die Kinder waren verschwunden, das Haus niedergebrannt und so weiter und so fort.

Das erfuhr ich alles von Russ. «Irgendwer hat gequatscht, was?» flüsterte er dicht zu mir heruntergebeugt, den Mund an meinem Ohr, er bekam beim Sprechen die Zähne nicht auseinander, genau wie Woody. Von Russ erfuhr ich, daß Woodys Frau, die von ihrem ersten Ehemann Millionen geerbt hatte, eine zentrale Rolle in einer rechtsgerichteten Organisation spielte, die seine Operationen finanzierte. Und lachend erzählte er, daß Woody sie beschworen hätte, keine Frau zu gefährlichen Aufträgen zu schicken. Er hätte den Eindruck erweckt, daß es meine Anwesenheit gewesen sei, die das Unternehmen hatte platzen lassen.

«Er sagte», Russ imitierte Woody, indem er noch übertriebener durch die Zähne sprach, «wir waren dreizehn, und der dreizehnte war eine *Frau*. Die Sache war von Anfang an verhext!»

World veröffentlichte die Bilder nie: Die Aufnahmen von der *Argo*, den Inseln, wo die Waffen versteckt sein sollten, die Bucht, in der wir geankert hatten (Fotos, die von der CIA vergrößert und mikroskopisch nach Geschützstellungen abgesucht wurden), hätten ein Sicherheitsrisiko darstellen und zukünftige Expeditionen nach Kuba gefährden können. Ich hätte heulen können. Doch es gab eine Reihe positiver Folgen dieses Auftrags: Meine Arbeit beeindruckte die *World*-Redakteure ebenso wie meine Verwundung und das, was sie meine «Courage» nannten. Russ zitierte noch einmal Woody (ich merkte schon, daß Woody den Grundstock für Geschichten gelegt hatte, die Russ noch die nächsten zehn Jahre erzählen würde): «Diese Kleine – nicht eine Träne hat sie vergossen.» Sie bedachten mich nie wieder mit trivialen Aufgaben, und ich sollte in Zukunft keine Schwierigkeiten mehr haben, einen Auftrag zu bekommen, mochte er auch noch so gefährlich sein.

Wahrscheinlich sollte ich das ganze als fruchtbare Erfahrung werten. *Fruchtbar* ist ein ausreichend neutrales Wort. Es gibt ja auch Kaktusfrüchte, die die Lippen zerstechen, und Beeren, die giftig sind. Das kubanische Erlebnis setzte sich in meinem Bewußtsein fest. Während ich im Krankenhaus in meinen Fieberträumen lag, fielen mir Dinge ein, die ich hätte beachten sollen, was ich aber unterließ, weil ich meinen eigenen Wahrnehmungen nicht traute. Ich *hatte* ihre Unvorsichtigkeit bei der Geheimhaltung der Mission bemerkt. Doch ich hatte an meiner Wahrnehmung gezweifelt, denn

Geheimhaltung schien mir das selbstverständlichste Element bei Jungsspielen zu sein. Sie flüsterten gern, liebten das Gefühl der Exklusivität, genossen es, etwas zu wissen, was andere nicht wußten. Würden sie nicht das Gebot der Geheimhaltung beachten, auch wenn es um weniger als ein geheimes Kommandounternehmen ging? Also hatte ich daraus geschlossen, daß diese Geheimhaltung unwichtig sein mußte und in Spionagefilmen nur der Spannung halber eine so große Rolle spielte.

Doch es gab noch mehr, das ich gespürt und verdrängt hatte. Zum Beispiel die Art, in der Woody mir seine Geschichte erzählt hatte. Mir kam es so vor, als hätte er sie schon einmal erzählt, und zwar einer Frau. Er hatte sie perfekt im Griff, erzählte routiniert wie ein Unterhaltungskünstler, wie eine Rede, die er häufiger halten mußte. Ich konnte mir vorstellen, wie Woody mit seiner Frau und einem Cocktail in seinem Haus auf der Terrasse neben dem Swimmingpool saß und ihr dieselben Geschichten in haargenau demselben Tonfall erzählte und ihr das Gefühl gab, zu einer aufregenden Geheimorganisation zu gehören, ihre persönliche Armee zu kommandieren und ihre eigene Außenpolitik direkt unter den Augen der Wähler und der Regierung zu betreiben. Ich konnte geradezu spüren, wie ihr das gefiel. Sie brauchte nur daran zu glauben, daß ihr Schwan Zeus war.

Und dann die anderen: Ich hatte gehört, wie Philip – verächtlich – gesagt hatte, daß Jack in den Spielcasinos von Havanna der große Mann gewesen war, bevor Castro ihm seine Existenzgrundlage entzogen hatte, und daß er nur bei der Gruppe war, um sich seinen alten Lebensunterhalt wieder zu beschaffen. Allerdings verachtete Philip nicht Jacks Motivation, sondern seinen Amateurstatus als Soldat. Philip und Cyrus behaupteten von sich, sie seien Söldner, sie würden überall und für jeden kämpfen, verkündeten sie lachend. Aber auch sie waren Amateure, sonst hätten sie durchschauen müssen, daß die ganze Expedition lächerlich war und keiner wußte, was er tat. Oder vielleicht bemerkten sie es, und es war ihnen egal: Abenteuer stimulierte die Erotik ihres Zusammenlebens.

Ich erinnerte mich auch daran, wie gut Alex und Noel und auch Woody zu mir gewesen waren, als ich verletzt war. Zwei von ihnen – wer? – hatten mir ihre Decken gegeben. Und Woody hatte mich in der Nacht in den Armen gehalten, bis ich eingeschlafen war. Ich hatte aber auch nicht vergessen, daß er vorher versucht hatte, mich zu umarmen, und daß ich gedacht hatte, er versuchte, mich zu verführen. Als ich in dem Krankenhausbett lag und darüber nachdachte, wurde mir klar, daß Woody überhaupt nicht darauf aus gewesen war, mit mir zu schlafen. Wenn er das gewollt hätte, hätte er es schon in Miami versuchen können. Er wollte, daß die anderen Männer *glauben sollten*, daß er eine Affäre mit mir hätte und ich daher für sie tabu sei und ihm gehörte. Dann fiel mir ein, daß Woodys «Schutz» die Männer dazu zwang, mich anständig zu behandeln. Wahrscheinlich wußte er das, und das könnte auch ein Grund für sein Verhalten gewesen sein.

Nein. Woody konnte es doch egal sein, was mit mir geschah.

Dann fing ich an, darüber nachzudenken, was mir hätte passieren können, wenn Woody mich nicht als «seine» markiert hätte. Zwölf verrückte Männer und ich. Sie hätten mich niemals als eine der ihren akzeptiert, so wie ich mir das damals bei meinen Collegefreunden eingeredet hatte.

Der Gedanke daran, was alles hätte passieren können, jagte mir Angst ein, und ich war froh, daß ich mir das nicht eingestanden hatte, als wir unterwegs gewesen waren. Mein Gott.

Ich hatte noch mehr Illusionen verloren. Mein Held, Castro, hatte es vorgezogen, eine Frau und ihre Kinder zu verhaften, zu foltern, vielleicht zu töten, statt ein paar Kugeln zu verschwenden und das Leben seiner Leute wegen eines Häufleins verrückter Eindringlinge zu riskieren. Ökonomisch gesehen war das vernünftig. Aber ich fand es schrecklich. In späteren Jahren verurteilte ich Castro, mit seinen Lagern und seinen Verordnungen, als einen weiteren Diktator, obwohl das Batista in keiner Weise entlastete.

In späteren Jahren fotografierte ich echte Kriege, Kriege, die das Ergebnis, das *Erblühen*, könnte man sagen, tief eingepflanzter Samen darstellten – Kriege, die wie Schreie der Verzweiflung ganzer Völker waren. Aber es war mir nie wieder möglich, daran zu glauben, daß Kriege irgendeinem guten menschlichen Zweck dienen könnten. In jedem Krieg sah ich vor allem Absurdität, Stupidität, Illusion: ein lächerliches Schauspiel kleiner Jungen, die Krieg spielen. Ich habe die Eindrücke nie vergessen, die ich auf meiner Fahrt nach Kuba gesammelt habe. Krieg war eine vermeidbare Dummheit, die daher rührte, daß Männer wie kleine Jungen waren, die Spiele spielen wollten, in denen sie sich einbilden konnten, Männer zu sein, und vorgeben konnten, es ginge ihnen um mehr als nur sich selbst und das Bild, das sie von sich haben wollten. Ich habe nie vergessen, was ich empfand, als Woody mir seine Abenteuer erzählte, ein Gefühl, das ich damals noch nicht benennen konnte. Grauen. Einfach nur Grauen. Nicht die Faszination des Schreckens, nichts Großartiges, Dämonisches, Böses: nein.

Da war nur Leere, eine grauenhafte Leere, die allem zugrunde lag. Weil alles egal war. Es war egal, wer gewann, wer verlor, wer oben war und wer unten – nur das Spiel zählte. Und die Tatsache, daß echte Menschen getroffen wurden, daß echtes Blut an ihrem erhobenen Arm herunterlief, wenn sie über dem Körper eines toten Kindes weinten, daß echtes Leben vernichtet wurde, das solche Dinge einschloß wie Gemüse einkaufen, Kinderhände abwaschen, einem Kind über den Kopf streicheln und mit dem Ehepartner streiten, die Tatsache, daß dieses Spiel, das unaufhaltsam über Städte, Länder und offenbar über die ganze verfluchte Welt ging, alles zerstörte, diese Tatsache schien unwichtig zu sein.

Unsere ganze Expedition war ein einziger Witz. Nur ich war verwundet worden – und auch das nur durch Zufall. Ettores Frau und die Kinder waren die einzigen, die dabei getötet wurden. Die CIA mußte gewußt haben, wie inkompetent die Gruppe war, doch das war unwesentlich, sie würde alles unterstützen und fördern, was Castro Ärger bereitete. Und die Männer selbst, mit Ausnahme von Ettore, würden den Vorfall schnell in eine Abenteuergeschichte verwandeln und ihrem Repertoire einverleiben.

Ich enthielt mich fortan politischer Meinungsäußerung. Ich kapselte mich ab. Ich wurde eine liberale Mittelstandsfrau, eine Frau, die sagte, Recht und Unrecht seien relativ, und ein Urteil sei nur möglich, wenn man die dazugehörenden Personen und das Umfeld der Situation genau kenne. Da man selten soviel weiß, war eine Beurteilung grundsätzlich unmöglich. Das war eine moralisch unangreifbare Haltung, die mich außerdem nichts kostete.

Toni und den Kindern erzählte ich einen Teil der Wahrheit – ich machte aus der ganzen Sache einen Witz, einen Sturm im Wasserglas. Ich ließ die Schießerei aus und spielte meine Verletzung herunter, sagte, ich wäre auf einen scharfen Stein gefallen und hätte mich geschnitten und nicht auf die Wunde geachtet, die sich dann infiziert hätte, so daß es zu einer Blutvergiftung gekommen sei. Ein paar Wochen lang sangen die Kinder einen Spottvers: «Mommy ist ein tolpatschiger Clown, zog in den Krieg und hat sich den Arm angehaun!» Aber dann vergaßen sie auch das.

Die Ärzte retteten meinen Arm.

4

DAS IST ALLES lange her. Die Geschichten sind nicht nur zwanzig Jahre alt, sie stammen aus einem anderen Leben. Oder vielleicht *war* das mein Leben, bevor ich starb, vor Jahren. Vor tausend Jahren, sogar noch vor hundert Jahren, wäre ich nicht älter als vierzig geworden, wenn ich überhaupt so lange gelebt hätte; wenigen Männern gelang das und noch weniger Frauen – Frauen arbeiteten schwer und hatten weniger zu essen als Männer, und ihr Essen war auch weniger nahrhaft, und sie starben im Kindbett. Vielleicht sind die Jahre über vierzig ein Bonus, eine Belohnung der Natur für Frauen, die so lange ausgehalten haben. Die meisten Männer über vierzig sind verschrumpelt, grau und müde; Frauen nicht. Ihre Kinder – wenn sie welche haben – sind erwachsen, und sie sind in ihrem Beruf – wenn sie einen haben – ein gutes Stück vorangekommen, und sie haben ihre Freundinnen und sind noch voller Lebenskraft.

Aber wenn ich mich als Beispiel nehme, wobei ich sagen kann, daß es vielen anderen Frauen, die ich kenne, ähnlich geht: Wir sind allein, wir haben nur unsere Arbeit. Es gibt keine Männer für uns, auf uns wartet keine Liebesgeschichte. Und ich stelle mir vor, daß die Natur uns diese zusätzlichen Jahre gegeben hat, damit wir sie zum Wohl anderer nutzen sollen, weil sie in ihrer Weisheit erkannt hat, daß irgend jemand etwas für die Welt tun muß, die die Männer nach ihrem Bild geformt haben – hart, steril, mechanisch.

Das versuche ich jetzt: etwas für andere zu tun. Für mich selbst kann ich nichts tun, weil es nichts gibt, was ich haben will. Clara sagt, in Wahrheit will ich nichts haben, weil ich nicht glaube, daß ich das, was ich gern hätte, auch bekommen kann, obwohl ich tatsächlich nur die Hand auszustrecken bräuchte. Sie geht mir manchmal wirklich auf die Nerven.

Wann immer ich nicht mit einem Auftrag unterwegs bin, sitze ich hier Stunde um Stunde und schreibe diesen Bericht über meine Mutter. Dieses Zimmer ist das Beste an meinem Appartement. Von meinem Fenster aus kann ich über die ganze Stadt sehen. Der Blick geht über Dächer und den langen offenen Tunnel der sechsundachtzigsten Straße, die in einem schimmernden Dreieck endet, dem Hudson River, und auf ein Stück geschundenen, verhangenen, leeren Großstadthimmel. Ich bin allein. Es macht mir nichts aus, allein zu sein, ich bin gern allein. Wenn ich sagen sollte, wen ich gern bei mir hätte, würde mir kein Name einfallen. Ich habe nach niemandem Sehnsucht, nach nichts.

Ich habe wenig Quellenmaterial: meine Tagebücher, die ich nur unregelmäßig geführt habe, einen Stapel gelber Umschläge, die mit Familienfotos vollgestopft sind, Bilder, die ich nicht eingeordnet und beschriftet und nicht in Alben eingeklebt habe. Ich blättere Haushaltsbücher durch, die ich damals führte, um meine täglichen Ausgaben zu überblicken. Sie sind die einzige Hilfe, wenn ich mich erinnern will, wo ich gewesen bin, wenn ich das Tagebuch nicht führte. Und es gibt ein paar Briefe. Das ist alles. Das und mein Gehirn, in dem die Vergangenheit gespeichert ist, mein Gedächtnis und das der Kinder, nur daß sie viel vergessen haben, es ist erstaunlich, wieviel sie vergessen haben. Oh, ich glaube, daß ich auch vergessen habe.

Dennoch kann ich mich an manches ganz genau erinnern. Ich erinnere mich lebhaft an meinen ersten Gedanken nach meiner Rückkehr von der Kubareise, daß ich ja vielleicht schwanger war – was ich während der Dauer des Unternehmens erfolgreich vergessen hatte. Ich wußte nicht, ob ich meine Periode gehabt hatte, als ich bewußtlos gewesen war, deshalb sprach ich erst mit Toni darüber und ließ einen Schwangerschaftstest machen, als ich im Februar keine hatte. Der Test war positiv. Toni war überglücklich, die Kinder waren begeistert. Ich versuchte, ebenfalls erfreut zu sein, aber ich machte mir große Sorgen. Wie sollte ich das bei *World* erklären?

Das Baby mußte – nach meiner Berechnung – im August zur Welt kommen, also erzählte ich Russ, ich wollte an einem Buch arbeiten und müßte von Juni bis Ende September Urlaub nehmen. Er war nicht sauer – er schien vielmehr beeindruckt; er war erfreut, ihn mir geben zu können, sagte er, ich hätte ihn nach meiner «Prüfung» verdient. Er bezahlte mich für die Kubareise, für die Zeit im Krankenhaus und gab mir eine Zulage. Ich war tief gerührt. Es war das erstemal, daß ich irgendein Zeichen von Freundlichkeit an ihm wahrnahm. Mit diesem Geld und dem, was ich gespart hatte, konnten wir ein paar Monate auskommen, auch wenn ich nicht arbeitete.

Und dann – ich war dankbar, daß ich meinen Arm und mein Leben behalten hatte, war zufrieden, sogar mit der Schwangerschaft – passierte etwas, das mich an das alte Sprichwort erinnerte, wer hat, dem wird gegeben. Russ Farrell kannte viele Leute im Verlagswesen; seine Lieblingsbeschäftigung war Klatschen. Bei seinen vielen mittäglichen Restaurantbesuchen erwähnte er, daß ich an einem Buch arbeiten wollte, von dem er allerdings noch keine Details kenne. Die Geschichte kursierte weiter, und niemand wußte, ob und mit wem ich bereits einen Vertrag abgeschlossen hatte. Das weckte die Neugier, und gegen Ende April hatte ich vier Telefonanrufe erhalten, in denen mir ein Vorschuß für einen Bildband angeboten wurde. Die Vorschüsse waren gering: Es ging auch nicht ums Geld. Es ging um die Rechtfertigung meines Rückzugs. Ich schloß einen Vertrag mit Focus Inc. ab, dem zur damaligen Zeit berühmtesten Verlag für Fotobände, über ein Buch mit dem Titel *Macht*. Dann lehnte ich mich zurück, um meine Schwangerschaft entspannt zu genießen, und achtete nur darauf, nicht zuviel zuzunehmen.

Mitte August 1962 wurde mein drittes Kind, mein Baby, meine kleine Franny, geboren; und Anfang September rief *World* an. Sie flehten mich an, meinen Urlaub abzubrechen und nach Algerien zu fliegen und über die Wahlen zu berichten. Ich konnte nicht ablehnen: Sie hatten mich schon früher dorthin geschickt, damit ich das Land kennenlernte, Kontakte knüpfte und einen fundierten Einblick in die Situation bekam. Sie wollten einen heroischen Bericht über das Ergebnis des Unabhängigkeitskampfes. Ich erzählte ihnen nicht, daß ich keine heroischen Neigungen mehr verspürte. Ich war fasziniert von dem, was dort geschah, ganz unabhängig vom Heroismus.

Toni hatte sich gleich von Anfang an viel um Franny gekümmert, Billy und Arden halfen ihm dabei. Ich stillte sie noch nicht einmal, weil ich wußte, daß ich wieder zur Arbeit zurück mußte und das Theater vermeiden wollte, daß das Abstillen mit sich bringt. Es ging mir gut. Meine Figur war nach Frannys Geburt sofort wieder wie früher, mein Arm hatte seine Kraft zurückerlangt, nachdem ich den Sommer über geschwommen war, und mein Buch war fertig.

Gut vier Wochen nach dem Erscheinen von Frances Nowak, so benannt nach unseren beiden Großmüttern, Tonis und meiner, flog ich nach Algerien, wie üblich mit meinem Rucksack und meiner

Kameratasche und mit dem absolut sicheren Gefühl, daß sie die beste Pflege erhalten würde und noch mehr Liebe, daß mein Buch gut war und meine Familie glücklich. Ich fühlte mich ganz oben.

Oder nicht? Vielleicht habe ich mir das nur eingeredet. Vielleicht machte ich mir Sorgen, hatte ich Schuldgefühle, weil ich das Baby allein ließ. Vielleicht beunruhigte mich Tonis Verzweiflung bei der Vorstellung, *allein* für das Baby sorgen zu müssen.

«Aber ich habe doch noch nie ein Baby versorgt! Ich weiß doch gar nicht, was ich machen soll, wenn du nicht da bist und es mir sagst!»

«Du wirst es lernen! Ich mußte es auch lernen, das schaffst du schon.»

«Aber du bist eine Frau!»

«Was zum Teufel hat das damit zu tun? Ich hatte auch nie vorher ein Baby versorgt.»

«Aber du hast anderen Frauen dabei zugesehen... deinen Cousinen oder irgendwem.»

«Habe ich nicht. Ich habe es gelernt. Ich habe Dr. Spock gelesen. Ich habe meine fünf Sinne benutzt. Mich eingefühlt. Fehler gemacht.»

Er stöhnte. «Und wenn ich nun einen Fehler mache!»

«Ich habe mal den Kaltwasserhahn zuerst abgedreht, als ich Arden badete. Das heiße Wasser hat ihr fast den Rücken verbrüht.»

Er hielt den Kopf zwischen den Händen. «Oh», stöhnte er.

«Aber nur fast, es war nicht so schlimm. Ich meine, das Wasser tat ihr weh, aber ihr ist nichts passiert. Sie hat nur geweint.

Und als Billy klein war, habe ich ihn einmal in Großmutter Carpenters Bett gelegt, er sollte Mittagsschlaf halten, und er wachte auf und ging an die Pillen, die sie in ihrem Nachttisch aufbewahrte. Er saß auf dem Teppich, als ich hereinkam, lauter Pillen, um sich herum, und er kaute und plapperte und grinste glücklich, als er mich sah. Ich wußte nicht, was und wieviel er davon geschluckt hatte.»

Toni heulte nun zum Schein, mit dem Kopf auf der Tischplatte.

«Ich habe ihm ein Brechmittel eingeflößt. Er mußte sich stundenlang übergeben.»

Toni heulte lauter.

«Toni.»

Er hob den Kopf.

«Du wirst es schaffen. Du mußt nur aufmerksam sein.» Er blickte skeptisch. Ich nahm sein Gesicht in meine Hände. «Liebling, Liebe ist Aufmerksamkeit. *Aufmerksamkeit*. Gib sie ihr. Ihr wird es blendend gehen. In zehn Tagen bin ich wieder da.»

Vielleicht habe ich mir also die ganze Zeit meiner Abwesenheit über Sorgen gemacht. Dabei hätte ich es mir gutgehen lassen können: Es waren glückliche Jahre. Warum habe ich das damals nicht erkannt? Ich lasse mich immer von Kleinigkeiten ärgern, von den Sorgen, die jeden Tag, jede Woche füllen können, wenn man es ihnen gestattet. Ich habe es versäumt, mich einfach zurückzulehnen und die Gesamterfahrung zu genießen. Ich denke immer, erst wenn diese oder jene Sache in Ordnung gebracht ist, dieses Problem gelöst und jenes geklärt ist, *dann* erst kann ich mich zurücklehnen und mich ausruhen, die Luft genießen, den Duft der Rosen. Als ob das Leben ein Kleidungsstück wäre, bei dem auch die kleinste Falte ausgebügelt werden muß, das makellos und glatt sein muß, ehe man es anziehen kann. Dabei kann nie etwas perfekt sein.

Ja, ich hatte große Schuldgefühle, weil ich das Neugeborene allein ließ, auch wenn es nur für zehn Tage war; und in meinem tiefsten Inneren war etwas, das sie nicht allein lassen wollte, das diese winzigen klammernden Fingerchen vermißte, das quäkende Geschrei, das mich mitten in der Nacht aufweckte, dieses plötzliche Lächeln, das aus dem Nichts kam und mein Herz schweben ließ, als sei es auf einmal leichter als Luft. Ich sehnte mich nach ihrem Geruch, dem Babygeruch nach Milch, Puder und Pipi und frischer junger Haut.

Ich sehnte mich auch nach dem Duft der Rosen. Im Frühling vor Frannys Geburt hatte Toni hinten Teile des Gartens umgegraben und einen Blumengarten angelegt. Er hatte Fliederbüsche und Narzissen, Tulpen, Rosensträucher und ein paar einjährige Sorten gepflanzt. In diesem Jahr blühten nur die Rosen, und er und die Kinder schnitten welche und brachten Pani Rosensträuße. Ihr ging es etwas besser – sie konnte an einem Stock umhergehen und ohne Hilfe essen. Obwohl sie nicht sprechen konnte, verstand sie das meiste von dem, was um sie herum vor sich ging. Als ich aus dem Krankenhaus mit Franny in meinen Armen zurückkam, hielt ich sie Pani hin, und Tränen flossen über ihre armen alten Wangen mit den tiefen Furchen darin. Ich fragte mich, ob ihre Tränen immer denselben Weg genommen und die Falten eingegraben hatten. Wir wagten es nicht, sie das Baby allein halten zu lassen, aber Toni drückte das winzige Wesen an Panis Körper und hielt ihre Arme darunter, so daß sie das Gefühl hatte, es zu halten. Sie strahlte es an. Wir sagten ihr, wir würden das Baby Frances nach ihr und meiner Großmutter nennen, und sie umarmte mich. Vielleicht hatte sie mir vergeben, daß ich sie ausgeschimpft hatte, daß ich Toni geheiratet hatte.

Belle hatte mir nicht vergeben. Sie sagte nicht viel, aber ihr Gesichtsausdruck sprach Bände. Doch welche Mutter würde da anders reagieren? Würde die Tatsache gutheißen, daß ihre Tochter ein drittes Kind bekam, zu einem Zeitpunkt, wo ihre ersten beiden Kinder fast erwachsen waren, und dazu noch von einem Mann, der acht Jahre jünger war und sich nicht einmal selbst ernähren konnte, von einer Frau ganz zu schweigen? Sie sagte nichts. Sie zog sich einfach von mir zurück, behandelte mich formell wie eine Bekannte. Sie verhielt sich korrekt: Sie besuchte mich einmal im Krankenhaus und einmal zu Hause, brachte eine Babybadewanne als Geschenk – die alte war verrottet. Sie rief an und lud uns jeden Monat oder alle sechs Wochen zum Essen ein. Im nächsten Jahr entfernte sich sich noch weiter von mir – sie zog um.

Wahrscheinlich ist die Vorstellung zu egozentrisch, daß sie wegzog, weil ich ein Baby hatte. Sie hatte schon lange den Wunsch gehabt wegzuziehen, und sie und Ed hatten sich neue Häuser angesehen. Sie wollte am Wasser leben. Doch neue Häuser waren teuer, und Ed würde in zehn Jahren in Rente gehen. Sie machten sich Sorgen, daß sie es sich nicht leisten könnten, hohe Hypotheken abzuzahlen. So blieben sie erst mal, wo sie waren.

Im Sommer fuhren sie nach Valeria, einem Ferienzentrum in Peekskill, nur für Familien mit einem Einkommen unter zehntausend im Jahr. Sie spielten Golf und machten Spaziergänge oder Ausflüge mit dem Auto und aßen drei große Mahlzeiten am Tag und unterhielten sich mit anderen Leuten, die wie sie waren, friedliche Mittelstandsbürger mit geringem Einkommen. In Valeria gab es auch einen See, Ruderboote und Kanus. Ed hatte schon immer gern Kanufahrten unternommen. Während ihrer Flitterwochen waren sie mit einem Kanu den Hudson River hochgepaddelt. Mit dem Alter und einem Hauch von Arthritis wurde Belle nervös bei der Vorstellung, in ein Kanu einsteigen zu müssen – doch bei einem Aufenthalt willigte sie ein mitzufahren.

Sie zog sich für den Kanuausflug genauso an, wie sie sich immer anzog – Seidenstrümpfe, hohe Hacken, frisch gebügelte Sachen, ein modisches Baumwollkleid mit einem herzförmigen Ausschnitt und einem weiten Rock. Ed war ebenfalls gut angezogen, leichte Wollhose und ein frisch gebügeltes Freizeithemd. (Belle bestand immer darauf, daß Ed ein Reisebügeleisen einpackte, wenn sie wegfuhren.) Aber er trug immerhin Stoffschuhe mit Gummisohlen. Er stieg zuerst in das Kanu und hielt sich am Geländer des Landungssteges fest, um das Boot im Gleichgewicht zu halten. Sie trug ihre Handtasche und die Kamera, die er ihr gegeben hatte, als er in das Boot stieg. Sie hatte beides über einen Arm gehängt, hielt sich mit dem anderen Arm am Geländer des Steges fest und streckte unsicher ein bestrumpftes Bein aus. Er schrie besorgt und ärgerlich auf: «Nicht da, in der Mitte!» Und sie blickte erschrocken hoch und verlagerte ihr ganzes Gewicht dorthin, wo sie gerade den Fuß aufsetzen wollte. Das Kanu rutschte weg, und sie schrie, und beide fielen ins Wasser, samt Handtasche und Kamera.

Nach ihrer Rückkehr erzählte sie die Geschichte mit gekränktem Ton. Anastasia lachte. Belle preßte die Lippen zusammen und beschloß im stillen, ihr nie wieder etwas zu erzählen. Anastasia sah das Gesicht ihrer Mutter.

«Aber das *ist* komisch, Mom. Mußtet ihr nicht lachen, als ihr reingeplumpst seid?» Fragend betrachtete sie das verschlossene Gesicht ihrer Mutter. «Ich meine, es war doch nicht *gefährlich*, Mom.»

Belle, das Gesicht immer noch steif vor Ärger, schluchzte fast: «Wir waren klitschnaß! Alle, die vorbeikamen, lachten! Lachten uns aus! Das war demütigend!»

«Vielleicht haben sie auch verständnisvoll gelacht. Jeder weiß doch, wie schnell man mit einem Kanu kentern kann. Vielleicht ist es ihnen auch schon einmal passiert», beharrte Anastasia, und sie haßte den Tonfall ihrer Stimme: geduldig, tolerant, predigend.

«Ich war so gedemütigt. Ich bin noch nie so schrecklich gedemütigt worden. Und Daddys Kamera war ruiniert. Ich werde nie wieder mit ihm in ein Kanu steigen. Wenn er mich nicht so angebrüllt hätte, dann wäre ich auch nicht hineingefallen. Er wußte, daß ich Angst hatte! Warum mußte er mich dann auch noch anschreien?»

«Na ja, er hätte dich nicht anschreien dürfen», versuchte Anastasia zu beschwichtigen, «aber er war vielleicht selbst nervös.»

Belle starrte sie wütend an. Verrat.

«Er schreit immer!» rief sie und war den Tränen nahe. «Er hätte nicht schreien dürfen. Oh, diese Demütigung. Nie wieder steige ich in ein Kanu», schloß sie kummervoll und beleidigt, als hätte er sie der einzigen Freude beraubt, die sie noch hatte.

Als nächstes verlor sie Valeria: Eds letzte Gehaltserhöhung hatte sie über die Einkommensgrenze gehoben. Sie fingen an zu reisen – sie fuhren an die Küste von Maine, durch die Blue Ridge Mountains, erforschten die Poconos. Als Ed dann drei Wochen Ferien bekam, machten sie immer Winterurlaub in Florida, wobei sie beide Küsten erkundeten. Belle mochte die verschlafenen schäbigen Dörfer im Westen, kleine niedrige, verschalte Holzhäuser auf einer winzigen Landzunge, die in einen Fluß hineinragte, unter schattigen Bäumen. Sie wogen die Preise ab, und vielleicht gaben sie sogar vor, eins kaufen zu wollen, aber zwei Häuser konnten sie sich nicht leisten. Obwohl sie einen wohlhabenden Eindruck machten, hatte Ed immer noch kein hohes Einkommen. Sie konnten sich den Komfort leisten, weil sie so sparsam waren.

Im Frühling nahm Belle einen Job an. Sie hatte niemandem erzählt, daß sie arbeiten wollte oder einen Job suchte, sie verkündete einfach, daß sie eine Anstellung gefunden hatte.

«Wunderbar!» rief Anastasia. «Wo?»

In Rockwell Centre gab es eine Firma, die Noten verpackte und verschickte. In dem großen, hellen Raum der Firma saßen ein Dutzend Frauen auf hohen Stühlen, von acht bis vier, fünf Tage in der Woche, und falteten für einen Mindestlohn die Notenblätter und tüteten sie ein.

«Oh», sagte Anastasia. «Das gefällt dir?» Ungläubig.

«Ich *liebe* es», strahlte Belle. «Die Frauen sind so herzlich! Wir haben soviel Spaß. Sie wissen, daß ich etwas schwerhörig bin, und reden einfach lauter, und sie lachen immerzu.»

Anastasia versuchte, sich das vorzustellen: Ihre Mutter in den teuren Sachen, Schuhe, Tasche und Handschuhe, alles aufeinander abgestimmt, fährt mit ihrem vier Jahre alten, aber neu aussehenden Cadillac vor, parkt vor der Firma, tritt ein, legt ihren Mantel oder ihre Jacke ab, bindet sich eine Schürze um und setzt sich auf ihren Stuhl. Wie begrüßten sie die Frauen, wie verhielt sie sich ihnen gegenüber, diesen armen Frauen, die dick waren oder sehr dünn, mit grauem, nach hinten in einem Knoten zusammengesteckten Haar oder mit einer krausen Dauerwelle, in ihren Arbeitskitteln aus

Baumwolle und in Hausschuhen, einige ohne Schneidezähne, andere, die kein Englisch konnten? Sie muß beliebt gewesen sein, sonst hätte es ihr dort nicht so gefallen. Und wenn sie beliebt war, hieß das, daß sie nicht auf feine Dame machte. Und sie fühlte sich bei ihnen immerhin so gut aufgehoben, daß sie ihnen gegenüber ihre Gehörschwäche eingestanden hatte.

Sie war wieder zu Hause, in der Tretmühle, wieder bei den Frauen, die sie in ihrer Jugend gekannt hatte, bei den Frauen, die sie verstand und vor denen sie keine Angst hatte. Trotz der äußeren Fassade, die sie sich zugelegt hatte und die auf Mittelschicht hinwies – hübsches Haus in einem teuren Vorort, gute Kleidung, gepflegte Haare und gepflegte Haut, lackierte Fingernägel, der Cadillac –, hatte sich in ihrem Kopf nichts verändert, sie war immer noch das große, ungelenke, schüchterne Arbeitermädchen.

Immer wenn Anastasia sie besuchte, erzählte sie von «ihren Damen».

«So dünn, und sie arbeitet so schwer, und der Junge! Jetzt ist er im Krankenhaus, vielleicht nehmen sie ihm das Bein ab. Und Josephine hat so schwer für ihn gearbeitet, er ist ihr ein und alles! Aber er mußte unbedingt ein Motorrad haben! Es bricht ihr das Herz. Jungen sind so wild, ich bin richtig dankbar, daß ich nie einen Sohn hatte...»

«Sophie spricht nicht viel über ihren Mann – also ich glaube, daß er trinkt. Das sagt sie zwar nicht, aber er ist nie zu Hause, und er ist Pole – du weißt ja. Sie hat ein liebes Gesicht, sie erinnert mich an meine Mutter, sie hat hinten einen Knoten, genau wie Momma, natürlich war Momma nie so fett, jedenfalls nicht, solange sie gearbeitet hat. Aber Sophie lächelt immer und nickt mit dem Kopf, sie ist sehr nett. Momma war auch freundlich zu den Frauen, mit denen sie arbeitete. Obwohl sie es schwer hat, versucht sie, soviel zu verdienen, wie sie kann, um alle ihre Jungen aufs College schicken zu können. Sie versteckt ihr Geld, die anderen ziehen sie deswegen auf, aber es bleibt ihr wohl nichts anderes übrig, denke ich...»

«Schrecklich, sie hat kaum noch Zähne im Mund, sie kümmert sich nicht um ihre Zähne, weil sie alles Geld für ihre Tochter spart, die hat wirklich Talent, Katie hat Fotos von ihr mitgebracht, sie sieht sehr hübsch aus in ihrem Stepkostüm. Zwölf Jahre alt. Sie braucht Ballettschuhe und Kostüme, und dann natürlich der Unterricht. Katie hat es schwer, ihr Mann trinkt und wettet auf Pferde, sie hat nur die Tochter, sie redet ständig von ihr...»

Die Frauen waren genau wie die, die sie in South Ozone Park gekannt hatte, die Frauen, die sie immer gekannt hatte und die ihr vertraut waren. Ob sie auch Fotos von ihren Töchtern zeigte? Prahlte sie mit der berühmten *World*-Fotografin und mit der anderen, die gut verheiratet war und auf den Philippinen lebte und von sieben Hausdienern bedient wurde? Wurde sie von den anderen beneidet, weil ihre Kinder erwachsen waren und sie sich um sie keine Sorgen mehr zu machen brauchte? Weil ihre Kinder in *Sicherheit* waren: Das wollten alle Frauen, ich konnte es verstehen, ich fühlte ebenso. Dabei ist es absurd: Als ob der Besitz eines Partners, eines Jobs, einer Wohnung, eigener Kinder, sie auf irgendeine Weise über eine Gefahrenzone hinausschieben könnte, ihnen für immer Schutz gewähren könnte, sie wappnen könnte gegen die eigene Verletzlichkeit. Als ob du deine Kinder je aus der Gefahrenzone bringen könntest.

Gelegentlich wurde Belle von einer «ihrer Damen» eingeladen, sie zu Hause zu besuchen. Keine ekligen Bemerkungen über mageres Essen, dünne Sandwichfüllungen, gekauften Kuchen oder schlechten Geschmack, der an den Möbeln abzulesen war. Obwohl sie in armen, schäbigen Wohnungen gelebt haben müssen, aber vielleicht war das Essen gut und reichlich – die Armen sind freigebig mit Essen, die Mittelschicht ist es nicht. Diese Frauen gehörten für Belle in eine andere Kategorie, sie beurteilte sie nach anderen Maßstäben als die Mittelschichtsfrauen. Auch das verstand ich: Diese Frauen heuchelten nicht.

Dann kündigte sie.

«Aber warum?»

«Dad und ich wollen in diesem Sommer nach Europa fahren, und sie wollten mir keine drei Wochen freigeben. Ich habe erst im März angefangen, sie sagten, daß ich im Oktober eine Woche bekommen könnte. Da habe ich gekündigt. Man kann nicht arbeiten und Ferien machen, wann man will. Wie du weißt, wollen wir im Winter wieder nach Florida fahren. Deshalb.» Sie legte die Hände auf den Tisch.

«Die Frauen werden dir fehlen.»

Sie nickte. Aber sie erwähnte sie nie wieder.

In dem Sommer bereisten sie in drei Wochen sechs europäische

Länder inklusive einer Kreuzfahrt durch die Ägäis. Belle freute sich darüber, daß die gebuchte Reise sie dazu berechtigte, auf dem Schiff eine luxuriöse Doppelkabine zu beanspruchen. Doch eines Nachts klappte unglücklicherweise das Bullauge auf, und Salzwasser spritzte herein und durchnäßte ihre Kleider, alle ihre Sachen, und jagte beiden einen Schreck ein... Belle schwor, sie würde nie wieder auf ein Schiff gehen.

Das Schiff fuhr Santorini an, wo die Touristen auf Eseln einen Berg hinaufreiten konnten. Belle hatte Angst davor, auf einem Esel zu reiten. Sie zog es nicht einmal in Erwägung, sie schüttelte heftig den Kopf. «Nein!» Ed erbot sich, bei ihr zu bleiben, doch sie drängte ihn mitzugehen, und er freute sich darüber; er lachte, als er aufstieg, mit um den Hals gehängter Kamera. Sie konnte sehen, daß er auch ein bißchen Angst hatte.

Belle setzte sich auf eine Steinmauer und beobachtete, wie sich die Karawane höher und höher durch die steilen Felskurven wand und schließlich nicht mehr zu sehen war. Es war kurz nach zehn. Es war heiß. Wie lange würden sie wohl weg sein? Eine Stunde nach oben, eine Stunde zurück? Sie würden zum Mittagessen zurück sein. Sie saß da und blickte sich um. Der mit Büschen bewachsene Hang des Berges, die Steinmauer, in der Ferne einige weiße Häuser mit roten Ziegeldächern. Und in der anderen Richtung eine Straße mit Cafés und Geschäften.

Er hatte unbedingt mitreiten wollen, war unbekümmert auf das Vieh geklettert, er verschwendete keinen Gedanken daran, was sie in der Zwischenzeit machen würde, wo sie hingehen konnte, um aus dieser schrecklichen Sonne zu kommen. Sie war froh, daß sie daran gedacht hatte, ihre Golfmütze aufzusetzen. Wie spät es wohl war? Sie hätte ihre Uhr tragen sollen. Aber sie haßte Uhren. Eine Stunde mußte wohl vorbei sein. Sie würden bald zurückkommen.

Stunden schienen vergangen zu sein. Sie weinte fast vor Durst. *Sie* hatten Trinkflaschen mitgenommen, sie hatte es gesehen. Sie würden wahrscheinlich zum Trinken unterwegs anhalten. Und oben natürlich auch. Und wenn der Aufstieg nun zwei Stunden dauerte! Und wenn sie nun oben zu Mittag aßen! Warum, warum, warum hatte sie Ed beschworen mitzureiten? Warum hatte er es gemacht? Warum hatte er nicht an sie gedacht? Sie hätte am liebsten geweint. Sehnsüchtig blickte sie in Richtung Hauptstraße, wo es Cafés gab. Sie sahen so hübsch aus mit ihren gestreiften Markisen, den grünen

Stühlen und Tischen. Dort gab es vielleicht etwas zu trinken, Orangensaft, Limonade, Kaffee, oh, wie brennend gern würde sie jetzt eine schöne eiskalte Limonade trinken! Es war nicht weit weg. Sie überlegte, ob sie nicht hingehen sollte, aber ihre Beine fühlten sich wacklig an, sie fühlte sich schwach, sie war sich nicht sicher, ob sie so weit laufen konnte. Ihr war heiß, und sie war wütend. Sie konnte schließlich kein Griechisch, und sie fürchtete sich davor, eine griechische Straße hinunterzugehen und sich in ein griechisches Café zu setzen. Wie sollte sie bestellen? Angenommen, man würde sie etwas fragen? Sie würde es nicht hören können. Sie konnte ihnen nicht erklären, daß sie schwerhörig war. Sie könnten sie demütigen, sie beleidigen.

Stunde um Stunde verging. Die Sonne hatte den Zenith überschritten. Es war Nachmittag. Belle knurrte der Magen, sie hatte Hunger. Es mußte schon ein Uhr mittags sein, und sie hatte seit dem Frühstück keinen Happen gegessen, und da hatte sie nur einen Orangensaft und ein winzig kleines Brötchen mit Butter und einen Kaffee zu sich genommen. Sie wollte weinen. Einfach so abzuhauen und sie hier hilflos sitzen zu lassen, er wußte, daß sie hilflos war, schrecklich, schrecklich, wie konnte er ihr das nur antun. Sie biß sich auf die Lippen, um nicht loszuweinen. Daß er so... *egoistisch* sein konnte! So gedankenlos! Er hatte ihr noch nicht einmal griechisches Geld dagelassen. Sie hätte sich gar nichts kaufen können, selbst wenn sie es versucht hätte! Er hatte sich noch nicht einmal erkundigt, wo die Toiletten waren. Und wenn sie nun müßte! Die Sonne brannte, ihr war schwindlig, sie fühlte sich schwach. Wenn sie jetzt ohnmächtig werden würde... Wenn sie zusammenklappte, dann würde man sie nach Hause fliegen, und sie würde nie Istanbul sehen, das ganze Geld umsonst ausgegeben, was für eine Verschwendung!

Die Szenerie flimmerte und drehte sich vor ihren Augen. Sie hätte sich gern auf der Mauer ausgestreckt, aber das war ihr zu peinlich, dauernd kamen Touristen vorbeispaziert, sie kamen aus den Läden mit Paketen, Souflaki-Spießen, Eiscremetüten! Hilflos und handlungsunfähig sah sie ihnen hinterher.

Jetzt konnte sie Punkte erkennen. Das war vielleicht die Karawane, die vom Berg zurückkam. Sie konnte die Punkte nicht mit den Augen verfolgen, sie flimmerten in der Sonne. In ihren Augen waren kleine dunkle Explosionen. Sie wurde blind! Sie sah weg. Sie wollte sterben.

Aber als sie das nächste Mal hochblickte, sah sie die Karawane zurückkehren. Sie preßte die Lippen zusammen. *Er* hatte Spaß gehabt. Mittag war lange vorbei. *Er* hatte Mittag gegessen: Sie war sterbenshungrig, sie hatte nichts gehabt. Die Punkte wurden immer größer: Sie konnte den Reiseleiter mit seinem breitkrempigen Hut und dem farbigen Hutband erkennen. Ed konnte sie nicht ausmachen.

Dann drehte sie sich aus irgendeinem Grund um, und da stand Ed neben ihr, mit geöffneten Armen und breitem Lächeln.

«Hallo, Belle!» rief er und drückte ihr einen Kuß auf die Wange. Er war fröhlich, er hatte seinen Spaß gehabt.

Sie konnte ihn nicht ansehen. «Wie spät ist es?»

Er sah auf die Uhr. «Vier, Belle. Zwanzig Minuten nach vier.» Er sah sie an. «Ich wußte nicht, daß wir so lange brauchen würden. Dann wäre ich nicht mitgeritten. Hast du zu Mittag gegessen?»

«Natürlich nicht! Wie denn! Ich wußte nicht wo, und ich kann kein Griechisch! Ich habe kein Geld, du hast mir keins dagelassen! Sechs Stunden warst du weg! Sechs Stunden!»

Er verzog das Gesicht. «Ich habe auch nur ein Sandwich gegessen, Belle», sagte er, als ob ihn das freisprechen würde. «Wir müssen zusehen, daß du etwas zu essen bekommst, was würdest du gern haben, ein bißchen Fisch?»

«Oh, Eddie», schrie sie beleidigt, angeekelt und verzweifelt. «Jetzt ist es zu spät! Es ist vier Uhr!» Sie kreischte, und Ed sah sich verstohlen um, er war verlegen. «Wir haben Plätze für die erste Runde Abendessen, sechs Uhr, jetzt ist es zu spät für das Mittagessen!»

«Vielleicht sollten wir dir nur einen kleinen Imbiß zur Überbrükkung besorgen, Belle», schlug er vor. «Komm, ich helfe dir.» Er schlang den Arm um ihre Taille, als wollte er sie von der Mauer heben.

Er half ihr auf die Füße, und sie trippelte unsicher neben ihm her, hing sich bei ihm ein. Sie setzten sich sehr langsam in Richtung Hauptstraße in Bewegung. Der Reiseleiter kam auf sie zugerannt.

«Wir müssen um fünf alle wieder auf dem Schiff sein, wenn Sie etwas einkaufen wollen, dann jetzt.» Er breitete die Arme aus, um auf die Geschäfte zu zeigen, winkte ihnen zu und ging weiter. Belle, deren Schwerhörigkeit immer schlimmer war, wenn sie sich aufregte, sah Ed fragend an. Er beugte sich zu ihr und bellte in ihr Ohr:

«Er hat gefragt, ob wir noch etwas einkaufen wollen! Wir müssen um fünf wieder zum Schiff zurück.»

«Du brauchst nicht so zu brüllen!»

«Ich wollte doch nur, daß du etwas hörst, manchmal hörst du doch nicht!» verteidigte er sich. «Was willst du machen?» Ärger schlich sich in seine Stimme. Er blieb auf dem Gehweg stehen.

Ihre Stimme kam wie ein Aufschrei, weinerlich, hilflos, ein Wimmern. «Mir ist alles egal! Mir ist heiß, ich bin erschöpft, ich will nach Hause!» Sie haßte sich selbst. Warum war sie nur so? Warum mußte das Leben so furchtbar sein, warum war alles ein solcher Alptraum? Ed sah sich wieder um, um sich zu vergewissern, daß niemand sie hörte oder beobachtete. «Ich möchte zurück aufs Schiff», sagte sie leise, mit der Würde des Martyriums.

Hilfsbereit nahm Ed ihren Arm und stützte sie, als ob sie krank sei, und führte sie zum Landungssteg. «Ich hole dir nur schnell etwas Kaltes zu Trinken», sagte er und ließ sie erneut stehen. Sie rief ihm hinterher, er solle nicht weggehen, aber er war schon verschwunden, und sie wandte ihr leidendes Gesicht dem Meer zu, saß zusammengefallen auf der Bank, ein Monument des Duldens. Nie wieder würde sie zulassen, daß Ed allein, ohne sie, irgendwo hinging, nie wieder! Oh, was für ein schrecklicher Tag. Schrecklich.

«Schrecklich, ein Alptraum», erzählte sie Anastasia. «Ich fahre nie wieder nach Europa.»

Sie langweilte sich. Sie hatte ihre Gegend satt, in der sie keine Freundinnen mehr hatte. Ann Gwyn war gestorben. Belle hatte sich mit Mr. Gwyns zweiter Frau angefreundet, auch eine intelligente und kultivierte Frau, die sich der Zwillinge annahm, als wären es ihre eigenen, und die, genau wie Ann, unter ihrem Mann litt, der wahrscheinlich nicht nur in Gelddingen kleinlich war. Doch dann starb der alte Gwyn, Charles wurde reich, und sie zogen in ein großes Haus an der North Shore. Die Bradshaws waren nach St. Petersburg in Florida gezogen. Ein paar Jahre lang schickten sie Postkarten und Weihnachtsgrüße und im Januar Kisten mit Apfelsinen. Dann kam nichts mehr. Belle nahm an, daß sie gestorben waren. In die Häuser nebenan zogen neue Leute ein.

«So jung, Anastasia, und schon solche Häuser, so schöne Häuser. Ich glaube nicht, daß sie älter als dreißig sind. Es sind Juden. Der Vater von der einen, dieser Mrs. Halpern, muß in der Textilbranche arbeiten. Mindestens einmal in der Woche fährt er mit seinem riesigen Cadillac vor, und dann steigt er mit drei oder vier nagelneuen Kleidern in Plastiktüten aus. Kannst du dir das vorstellen? Ohne einen Finger krumm zu machen, bekommt sie so viele Kleider! Jede Woche! Sie zieht sich vier- bis fünfmal am Tag um. Das weiß ich, weil ich sie dauernd sehe. Morgens führt sie den Hund aus und fährt die Kinder zur Schule, da trägt sie ein Kleid. Gegen zehn geht sie einkaufen, da trägt sie etwas anderes. Dann kommt sie zurück, und wenn sie Mittagessen geht oder nach dem Mittagessen, trägt sie wieder etwas anderes. Wenn sie dann nachmittags gegen fünf den Hund ausführt, hat sie schon wieder etwas anderes an! Und abends gehen sie aus – oft. Ich bin sicher, daß sie dann wieder etwas anderes anzieht. Kannst du dir das vorstellen?»

Wenn sie über diese Nachbarn sprach, schwang etwas Spitzes in ihrer Stimme, das ich niemals vorher gehört hatte.

«Gräßliche Leute! Die Kinder benutzen unseren Vorgarten als Spielplatz. Dad war draußen und hat mit den Kindern geschimpft, aber sie haben ihn gar nicht beachtet. Auf meine Bitte hin hat er sich bei ihren Eltern beschwert, aber die Kinder rennen *weiter* immer hin und her. Alle meine Blumen haben sie zertrampelt – die Petunien, die Zinnien, die Ringelblumen –, ich habe so geschuftet, als ich sie gepflanzt habe, und diese Kinder haben sie einfach zertrampelt.»

Die Halperns und ihre Freunde auf der anderen Seite, die Allens, sprachen nicht mit den Stevens. «Ich schätze, wir sind ihnen nicht gut genug, arme kleine Christen mit einem sechs Jahre alten Wagen!»

Ed errichtete einen hohen Holzzaun hinter den Nadelbäumen an der Einfahrt. Das hielt die Kinder fern.

Eines Nachmittags, im Winter, fuhr Anastasia, als sie unterwegs war, um die Kinder vom Schlittschuhlaufen abzuholen, bei Belle vorbei. Sie fand ihre Mutter verzweifelt vor. «Ich fühle mich so schlecht», stöhnte Belle.

Sie setzen sich mit einem Scotch mit Wasser auf die Veranda. Die Straße war öde, kahle Zweige unter einem verhangenen grauen Himmel.

«Ich sitze immer hier», fing Belle an, ihre Augen sahen feucht aus, »und sehe hinaus. Mrs. Brand fährt einkaufen und kommt zurück, sie fährt immer noch den Plymouth, sie muß es schwer haben, seit ihr Mann gestorben ist. Ab und zu schaut Margery mit dem Baby vorbei. Manchmal kommt sie sonntags mit ihrem Mann, wahrscheinlich zum Essen. Mrs. O'Neill hat dauernd Besuch, ihre Töchter mit den Kindern, lauter Blondschöpfe auf dem Rücksitz des Wagens, die müssen jedes Jahr ein Kind kriegen. Sie hat praktisch keinen einzigen Zahn mehr im Mund, aber Mr. O'Neill ist nie zu Hause, er versäuft das Geld mit seinen Kumpanen.

Die anderen kenne ich alle nicht, die Wilsons sind weggezogen, die Peakes auch. Nur diese Halperns und Allens, und die reden nicht mit uns. Ich fühle mich eingekesselt...» Ihre Stimme hob sich.

«Diese Mrs. Halpern, so jung und hat schon so ein schönes Haus, kannst du das glauben, Anastasia? Sie hat sogar ein Mädchen, das es sauberhält, zweimal die Woche, eine Farbige, sie kommt und geht per Taxi. Und ihre Kleider, oh, ihre Kleider! Und ihr Hund, sie hat einen kleinen Hund, der sieht aus wie eine Ratte und kläfft die ganze Zeit, und sie führt ihn dreimal am Tag aus, sie geht mit ihm den Gehsteig auf und ab, und dann, wenn er sein Geschäft erledigen muß, führt sie ihn hierher, an die Bordsteinkante genau vor *unserem* Haus! Wo *wir* reintreten können!»

Anastasias Gesichtsausdruck folgte Belles Geschichte, zeigte Trauer, Mitleid, Wut...

«Heute morgen hat sie es wieder gemacht! Jeden Morgen beobachte ich sie dabei! Und ich wollte nach draußen rennen, ich hätte es fast gemacht, Anastasia, ich wollte sie anschreien. ‹Judenpack! Laßt eure dreckige Hundescheiße auf eurem eigenen Grund und Boden!› Oh, Anastasia, kannst du dir das vorstellen?»

Der feuchte Glanz ihrer Augen verstärkte sich.

«Aber du hast es nicht gemacht», sagte Anastasia sehr ruhig.

«Nein.» Die Tränen flossen über, und Belle wischte sie sich mit einem Papiertaschentuch ab. «Aber beinahe. Ich wollte es. Vielleicht mache ich es morgen!» fügte sie hinzu, wie ein störrisches, schmollendes Kind. Aber dann fing sie wieder an zu weinen. «Kannst du dir das vorstellen, Anastasia?»

Anastasia beugte sich vor und ergriff die schlaffe, kalte Hand ihrer Mutter. «Heute abend schickst du Dad rüber, der sagt ihnen Bescheid. Du hast es nicht gemacht, das ist das Wichtigste. Wir haben alle Vorurteile, Mom. Ich bin sicher, die Halperns machen schlechte Witze über Gojim, jeden überkommen solche Gefühle. Das Wichtigste ist, daß du es nicht getan hast.»

Anastasia haßte den Tonfall ihrer eigenen Stimme, wenn sie ihrer Mutter solche Predigten hielt. Belle haßte ihn auch. Doch diesmal reagierte sie nicht darauf, sondern starrte ausdruckslos vor sich hin. Und an dem Wochenende begannen Belle und Ed, ernsthaft nach einem neuen Haus zu suchen.

So war es also in Wirklichkeit nicht Anastasias Schwangerschaft, die Belle aus Nassau County nach Suffolk fliehen ließ. Es ist einfach ein eingefahrenes Denkmuster Anastasias, daß sie glaubt, sie sei an allem Leid ihrer Mutter schuld. Man muß wohl annehmen, daß diese Sichtweise sie befriedigt, sonst würde sie sie ja aufgeben.

Monate verstrichen, bis sie ein Haus fanden, das sie mochten, und noch weitere Monate vergingen, ehe sie einzogen. Das Haus lag weit draußen auf der Insel, in Brightwaters, an einem kleinen See. Sie zogen im Juni nach Frannys Geburt um, und die folgenden Jahre war Belle damit beschäftigt, das Haus einzurichten, Sachen zu kaufen, das Haus mit wenig Geld zu möblieren. Auslegeware mußte gekauft werden, Vorhänge mußten umgenäht werden, damit sie an die neuen Fenster paßten, sie brauchten neue Möbel für den «Familienraum», den sie früher nicht gehabt hatten, und schmiedeeiserne Möbel für einen großen Wintergarten, der nach hinten heraus zum See ging, endlich eine echte Veranda, wo Belle jeden Nachmittag sitzen konnte, um die Tiere zu beobachten, die Vögel, das Laub im Wechsel der Jahreszeiten. Anastasia redete sich ein, ihre Mutter sei nun endlich in Sicherheit.

5 Überbleibsel, gefunden in einer Schachtel.

20. Oktober 1963

Liebe Anastasia – oder sollte ich Stacey schreiben – ha!

Vielen Dank für den Silberlöffel und die Gabel, die Du Jennifer geschickt hast. Sie sind ganz süß! Ich liebe die kleinen Tiere auf den Griffen. Sie kann sie noch nicht benutzen, aber bald – hoffe ich. Es ist gar nicht so schwierig, denn wir haben eine wundervolle Hilfe für die Kleine, sie spricht zwar nicht Englisch, aber sie liebt Babies.

Aber hier ist es dauernd so heiß und feucht, daß ich es dem Baby nicht verdenken kann, daß es viel weint, es hat Hitzepickel.

Ja, ich bin extra für ihre Geburt nach Kalifornien geflogen. Unsere Klinik auf dem Stützpunkt ist sehr gut, aber sie sind nicht auf Gynäkologie spezialisiert, hah! Und ich dachte, ich würde mich in einem amerikanischen Krankenhaus wohler fühlen, und die Armee hat den Flug bezahlt. Justin flog am Tag, als das Baby geboren wurde, rüber und half mir bei der Rückreise, es ging also alles ganz gut. Auf diese Weise waren die Kinder nur ein paar Tage allein, und wir haben dieses Kindermädchen, und die Haushälterin spricht Englisch, und meine Freundin Annette kam jeden Tag, um sich zu vergewissern, daß alles in Ordnung ist.

Die Kinder sind prima. Jonathan ist im Herbst in die dritte Klasse gekommen, Julie ist jetzt in der zweiten, und sie sind sehr fleißig, machen Projekte in Sozialkunde, und Julie macht bei einer Schulaufführung mit, sie spielt einen Zahn. Es macht Spaß, ihr Kostüm zu nähen! Die Amerikanische Schule hier ist ganz phantastisch, sie haben tolle Lehrerinnen, die Ehefrauen von den Offizieren, die hier stationiert sind. Das ist günstig, weil sie zu unserem Freundeskreis gehören, hier kennt jeder jeden.

Was macht Dein neues Baby? Frances. Es ist schön, daß du sie nach Grandma benannt hast. Mutter wird sich gefreut haben. Ich kann mich an Grandma kaum noch erinnern. Läuft sie schon? Es wird Spaß machen, zu Weihnachten zwei Babies bewundern zu können, die Kinder lieben Weihnachten, als Kind habe ich Weihnachten auch geliebt. Ich freue mich darauf. Mein erstes Weihnachten zu Hause, seit ich verheiratet bin. Ich werde froh sein, wenn ich hier weg bin, obwohl wir als nächstes in Panama stationiert sein werden, was wohl auch nicht viel besser ist. Nicht, daß es hier schlecht wäre, die Armee ist wirklich großartig, wie Justin immer sagt: Die Armee kümmert sich um ihre Leute. Wir haben den PX und den Offiziersklub und eine erstklassige medizinische Versorgung und billiges Personal. Justin liebt seinen Beruf, er liebt die Armee. Aber es ist ständig heiß und feucht, und es gibt so viele Insekten, und außerhalb dieser Enklave kann man nichts machen, man kann eigentlich nirgendwohin gehen, und so wird es nach einiger Zeit ziemlich langweilig, dauernd dieselben Leute zu treffen und dieselben Sachen zu machen. Aber mein Tennisspiel profitiert sehr davon.

Ich glaube, das neue Haus von Mom und Dad ist wirklich schön. Ich brenne darauf, es zu sehen. Allerdings wird es merkwürdig sein, nicht wie sonst nach Rockville Centre zu fahren. Wir werden am 1. Dezember nach Kalifornien fliegen, dann nach Iowa, wo wir für ein paar Wochen die Selbys besuchen werden, und dann nach Long Island. Mit drei Kindern und ihrem ganzen Kram ist das sehr umständlich, wie Du Dir denken kannst, all das Packen und Schleppen, aber es wird toll werden, und wir werden uns amüsieren.

Mit Liebe,
Joy

P.S. Mutter schrieb mir, du hättest ein Buch veröffentlicht, Bilder der Macht. Was soll das bedeuten? Jedenfalls, meinen Glückwunsch! Vielleicht kann ich es mir ansehen, wenn ich nach Hause komme.

Eine Einladung zur Heiligen Messe. Ein Bild von Jesus am Kreuz.

Richtig, Pani. Auf der Karte steht: Frances Novak, 12. Januar 1964. Sie war erst einundsiebzig, als sie starb. Sie werden nicht alt, die Alten, ich frage mich, warum nicht. Man sollte meinen, daß sie lange leben könnten – sie haben keine Berufe, die Magengeschwüre oder Herzinfarkte hervorrufen. Natürlich haben sie alle jahrelang schwer gearbeitet, waren so lange arm, haben wahrscheinlich von trocken Brot und Kaffee gelebt. Pani hat auch in so einer schäbigen Textilfabrik gearbeitet, jahrelang, genau wie Grandma. Sie haben das Haus in Lynbrook erst gekauft, als sie fünfzig war und ihre Söhne erwachsen. Sie hat die Jungen in einer engen Wohnung an der Hochbahn großgezogen, drei Zimmer, Bedford-Stuyvesant. Sie hat den ganzen Tag in der Näherei gearbeitet und dann abends zu Hause: Einkaufen, Kochen, Putzen, Waschen, Bügeln, die Kinder, der Mann. Sie schafften es, das Haus zu finanzieren, weil sie die Wohnung oben vermieten konnten, eine gute Geldanlage, hatte Zbigniew gesagt. Sehr klug – er lebte nur noch fünf Jahre. Er hinterließ ihr eine Lebensversicherungspolice über 1000 Dollar und das Haus. Mit dem Geld der Versicherung wurde sein Begräbnis bezahlt, sie lebte von der Sozialrente und der Miete.

Ich frage mich, wie sie über ihr Leben dachte. Die Alten sagen nie was. Sie benehmen sich, als hätten sie nicht das Recht, über ihr

Leben nachzudenken. Ihre einzige Sorge ist das Überleben, das ihrer Kinder und ihr eigenes. Andere Wünsche gestatten sie sich nicht. Hätte ich mich doch mehr mit ihr unterhalten. Früher habe ich oft mit ihr geredet, aber nach allem, was ich getan hatte, war sie mir gegenüber nicht mehr offen. Das konnte ich verstehen.

Sie hinterließ das Haus ihren Söhnen. Es war egal, wie sie sie behandelt hatten. Für die Alten zählt einzig das Blut. Sie kamen nach Long Island, um sie zu begraben, und boten das Haus sofort zum Verkauf an. Es war absehbar, daß es nicht viel bringen würde und nach dem Abzug der Steuern und der Provision für den Makler und der Teilung der Summe durch fünf nur ein paar tausend Dollar auf jeden entfallen würden, aber sie gierten nach dem Geld, das konnte man sehen. Zu Toni sagten sie, es sei an der Zeit, daß er rauskäme und sich eine für einen Mann angemessene Arbeit suchte.

Am Tag ihrer Beerdigung schneite es nicht, aber der Himmel sah nach Schnee aus, schwer und grau, wie ein Sack steinhart gefrorener Tränen. Sie legten sie neben ihren Mann, auf einem alten und ungepflegten Friedhof in Brooklyn, auf dem es kaum Bäume gab. Nur ganz weit hinten konnte man einige kahle braune Stecken erkennen, die an Bäume erinnerten. Meilenweit erstreckten sich alte Marmorsteine, schief und grau tüpfelten sie die hartgefrorene Erde, und viele eintönige graue Kreuze, manche standen schief. Wir weinten. Wir konnten gar nicht aufhören zu weinen, wir vier – Franny hatte ich bei einer Nachbarin gelassen. Die Söhne waren auch schwer und grau. Ich denke, daß sie auch weinen wollten, es aber nicht mehr konnten. So wie ich es jetzt nicht mehr kann.

Ich lud sie allesamt zu einem kalten Buffet in Panis Wohnung ein. Nacheinander kamen sie herein, grau und schwer, und sahen sich um, als wollten sie den Wert von Panis armseligen Besitztümern abschätzen. Ich konnte sehen, wie sie sich im Kopf Notizen machten – wer darauf bestehen würde, die alte silberne Zuckerdose zu bekommen, wer das Porzellan, wer die alten dünnen und verbogenen silbernen Bestecke, die vielleicht inzwischen schon als Antiquitäten galten. Mit mir redeten sie kaum, nicht einmal Tonis Mutter, auch nicht, nachdem sie Franny gesehen hatte. Sie tranken zwei Liter von unserem Wodka und schlangen das Essen hinunter. Ich arbeitete in der Küche oder servierte oder setzte mich zu Mrs. D'Antonio und Mrs. Schneider, Panis Freundinnen, die seufzten und mich streichelten und sich die Wangen abwischten.

Und ich dachte: Das sind ihre Kinder! Aber wir sind diejenigen, die sie geliebt haben. Wie viele Opfer hatte sie für sie gebracht, wieviel Herzeleid hatten sie ihr zugefügt! Wofür! Dachte ich, wofür! Ich wurde wütend, ich wollte sie aus meinem Haus werfen. Aber es war ihr Haus. Es waren Panis Freundinnen, nicht die Nowaks, die Toni und mir halfen, wieder sauberzumachen, die Reste des Essens einzupacken, das Geschirr abzuwaschen und abzutrocknen. Dann umarmten sie uns und die Kinder und gingen. Die Söhne saßen noch immer im Wohnzimmer und tranken. Ihre Frauen, noch dicker, aber nicht so grau wie ihre Männer, unterhielten sich leise und unzusammenhängend, sie tranken Kaffee. Ich ging in meine eigene Wohnung, der Mietvertrag lief bis Ende Juni, hier wohnte ich, sie konnten mich weder rausschmeißen noch mir auf die Pelle rücken. Ich überließ es Toni, sich mit seiner Familie auseinanderzusetzen. Ich sagte ihnen nicht mal Auf Wiedersehen.

Ein gelber Umschlag mit Fotos von einem Haus an einer alten, von Kastanienbäumen gesäumten Straße.

Ja, das war unser Haus. Ich habe die Aufnahmen gemacht, als wir das Haus gerade gekauft hatten, wir waren noch nicht eingezogen. Es hatte vier Schlafzimmer, ein großes, zwei mittelgroße und ein kleines für Franny, eine Garage, einen ausgebauten Keller mit Wasseranschluß – Wasser! –, den ich in eine Dunkelkammer umwandeln konnte, und einen kleinen Raum neben der Küche, der den früheren Besitzern als Nähzimmer gedient hatte und den Toni als Arbeitszimmer zum Schreiben nutzen konnte. Es stand auf einem 900 Quadratmeter großen Grundstück, das ist viel für die Gegend, und hatte einen wunderbaren Garten. Wir kauften es. Das heißt, ich kaufte es. Ich bezahlte es und ließ es auf meinen Namen eintragen. Ich weiß nicht, wie Toni das fand. Gesagt hat er nichts.

Wir zogen Ende Juni um, als mein Mietvertrag auslief. Panis Haus blieb leer zurück, es war noch nicht verkauft – die Brüder wollten einen hohen Preis erzielen. Ich war etwas traurig, daß ich Panis Haus einsam und leer zurücklassen mußte, freute mich aber, wenn ich daran dachte, daß die Brüder nun auf einem Besitz saßen, der ihnen nichts einbrachte und der schnell verfallen würde, wenn sie nicht kommen und sich darum kümmern würden. Zum Teufel mit der Tugend, ich liebe die Rache! Natürlich haben sie prompt Toni angerufen und ihn gebeten, sich um das Haus zu kümmern.

Ich hatte das vorausgesehen und Toni gesagt, er solle ihnen mitteilen, daß er schreiben müßte und es nur gegen Bezahlung machen würde. Das hat er ihnen natürlich nicht gesagt.

Wir hatten Spaß in dem neuen Haus. Wir investierten etwas Zeit und Geld und machten es uns schön gemütlich. Aber Toni war unruhig. Er war frustriert, weil immer noch nichts von ihm gedruckt worden war, und vielleicht hatte er es satt, Hausmann zu spielen. Er fing an, mich zu drängeln, ihm einen Sportwagen zu kaufen. Ich kaufte einen neuen Wagen – wir brauchten einen. Aber ich kaufte einen Caravan, in dem wir alle Platz hatten.

Er war ein wundervoller Vater für Franny. Er nahm sie überall hin mit. Er beschwerte sich darüber, daß er fett würde, weil er nur zu Hause war, also drängte ich ihn, Sport zu treiben, Tennis vielleicht, und das machte er auch, er nahm Stunden auf den Privatplätzen in Rockeville Centre, während Franny in ihrem Babysitz saß, mit Windeln und Sonnenhut, und zusah. Ich habe bei keinem meiner Kinder ein Reinlichkeitstraining betrieben, und wir machten das auch mit Franny nicht. Sie lief in Windeln herum, bis sie drei war und es sich selbst beibrachte.

In regelmäßigen Abständen bekam Toni seine Depressionen, und dann redete er davon, vielleicht doch einen Job anzunehmen. «Ich werde älter und nichts passiert. Vielleicht sollte ich einfach aufgeben. Wieder in einem Verlag arbeiten. Etwas Geld verdienen. Es ist obszön, wenn ein Mann in meinem Alter den ganzen Nachmittag auf dem Spielplatz rumsitzt.»

Ich drängte ihn, es weiter zu versuchen. Ich sagte ihm, er hätte Talent, eines Tages würde er etwas Wunderbares schreiben.

Ich meinte es ehrlich. Aber gleichzeitig hatte ich Angst davor, daß er sich eine Arbeit suchte und mir Franny anhängen würde. Ich hatte sie *seinetwegen* bekommen: Er hatte mir versprochen, daß er sich um das Kind kümmern würde. Aber das Erinnerungsvermögen ist kurz, und ich hatte mir sein Versprechen nicht schriftlich geben lassen. Ich fand, ich hatte meinen Teil für die Zukunft der Menschheit getan, ich hatte meine beiden Kinder aufgezogen. Das reichte. Schluß, aus.

Ein Perlenarmband, afrikanisch, aus Kenia.

Ja, daran erinnere ich mich. Ich kaufte es einer Frau ab, die den ganzen Tag an einer Tankstelle (eine Seltenheit in Kenia) stand und auf Touristen wartete. Ich kaufte der Frau ihre ganze Ware ab und verschenkte sie, als ich wieder zu Hause war, aber mein Armband habe ich nie getragen. Ich habe es vergessen.

Das waren erfolgreiche Jahre für mich. Ich war begeistert. Ich fotografierte alles, was man sich nur erträumen konnte – Berge und Urwälder, Stauseen und Wüsten, die gewundenen, kopfsteingepflasterten Straßen alter Städten, die Boulevards neuer Städte, Weiß in Weiß im Himalaya, Grün in Grün in den Regenwäldern von Hawaii, Puerto Rico, Antigua, Schwarz und Weiß in Dutzenden von Städten. Ich fotografierte Menschen aus aller Welt: einen Mann in der mexikanischen Sonne, der verlassen neben einem Eisenbahngleis sitzt, vornübergebeugt, den breitkrempigen Strohhut tief über die Augen gezogen; eine zum Skelett abgemagerte indische Mutter, die mit leeren Augen vor sich hin starrt, während ein zweijähriges Kind an ihrer dünnen hängenden Brust saugt; einen uralten Japaner, der im Rinnstein einer Straße sitzt und mit einem kleinen Kind auf seinem Schoß spielt; klobige Frauen in Sibirien, mit roten Kopftüchern, die den Reisenden im Zug Papiertüten mit Himbeeren anbieten; runzlige, verhutzelte Chinesinnen, die die Straßen mit Strohbesen fegen. Einige Bilder wurden *World*-Titelbilder, aber meine größte Freude war das *Sehen* – und immer wieder der Versuch, das einzufangen, was das innere Auge erblickte.

Ich reiste überallhin und erlebte viele Abenteuer. Ich reiste mit dem Flugzeug, im Zug, mit dem Auto und einmal, als ich in Algier zum Schauplatz einer Autobombenexplosion mußte, mit dem Motorrad. Ich bin mit Straßenbahnen, Seilbahnen, Segelbooten und Motorbooten gefahren, schwebte in einem Heißluftballon über die Masai Mara und fotografierte den Schatten, den wir auf die rostfarbene Erde warfen. In Kanada fuhr ich mit dem Kanu bis zu einem Camp, das ich fotografieren wollte, in Indien bin ich auf einem Elefanten einen Berg hoch geritten, und vor den Toren Pekings ließ ich mich in einen Heuwagen fallen, in das weiche Heu, zusammen mit zwei müden Kindern, die seit dem Morgengrauen Heu gemacht hatten. Ich fotografierte den nachmittäglichen Regenbogen bei den Viktoriawasserfällen von einem zweisitzigen Flugzeug aus, saß in einem leise laufenden Motorboot, dessen Geräusch durch das Klikken meiner Kamera interpunktiert wurde, überwältigt von den Bergen, die sich zu beiden Seiten des Navua auf Fidschi auftürmen, mein Herz labte sich an der Stille, den Blumen, die sich den Berghang hochrankten, während eine Gruppe von kupferfarbenen Frauen, in ihren farbenfrohen Wickelkleidern wie große Blumen, Wäsche auf den Steinen an einer Biegung des Flusses wusch. Und hinter dieser Flußbiegung spielten Jungen im Wasser. Sie hatten Augen wie kein westliches Kind – lebendig, fröhlich, freundlich, furchtlos.

Ich fotografierte ein Rudel Löwen, das in der Sonne auf einem riesigen Felsen in der Serengeti schlief; eine Giraffe, die ihren Kopf über hohes Laub gleich neben mir streckte; den See im Ngorongoro-Krater, der im Sonnenlicht flimmerte, rosa vor Flamingos. Ich verbrachte Stunden mit dem Fotografieren einer großen Affenfamilie, deren Mitglieder in den Zweigen eines indischen Feigenbaumes hin und her hüpften, aufgeregt schnatterten und sich gegenseitig lausten. Die Affenbabies klammerten sich an ihre Mütter, wurden von ihnen festgehalten und gestreichelt.

In Griechenland fotografierte ich weiße Dörfer, die sich an Berghänge schmiegten, Häuser, von der Sonne gebleicht, mit roten Ziegeldächern; in Spanien Dörfer aus Lehmhäusern mit den gleichen roten Ziegeldächern, eng zusammengedrängt, ihre Rückseite dem heißen, trockenen Wind zugekehrt. Immer und überall Häuser, die sich zusammendrängten wie die Affen, zum Schutz, zur Sicherheit, zur Gemeinschaft. Ich fotografierte alte Dörfer in Irland, England, Wales, Deutschland, niedrige Katen mit Strohdächern, manche mit Fachwerk und Butzenscheiben. Und auch in diesen Gegenden fanden sich ansteigende Straßen mit einfachen, eng zusammenstehenden Häusern, eine Einheit, alle gleich, doch jedes in einer anderen Farbe gestrichen, helle Rottöne, Gelbtöne, Limonengrün, Aquamarin, die leuchtende Farbigkeit im Widerspruch zu ihrer sonstigen Schlichtheit. Und in Samoa entdeckte ich die ruhige, einladende Leere unter hölzernen Wohnflächen mit Säulen, die ein Strohdach trugen, zwischen Hibiskussträuchern und Bananenstauden der blaue Himmel, das blaugrüne Wasser, das durch das offene Haus zu sehen ist, das Haus als Gefäß für die Schönheit der Umgebung. Doch manchmal gab es einen Fernsehapparat auf dem Fußboden. Und ich sah die Blockhäuser in Sibirien, jedes mit einem eingezäunten Garten, in dem breitgesichtige Sonnenblumen strahlten.

Alles ist schön, erfüllt meine Augen mit dem schmerzlichen Bedürfnis, zu *sehen, sehen*. Selbst im Häßlichen und Entstellten findet sich noch die Schönheit der Vielfalt, der Reichtum der Unterschiedlichkeit: Die Ein-Zimmer-Schuppen mit Wellblechdach in Addis Abeba, die fast übereinander standen (wie weiß man, welcher der eigene ist?), abgeteilt nur durch enge schlammige Gassen, die nach Urin stinken. Die Siedlungen wachsen, erstrecken sich kilometerweit in die Stadt hinein; große, schlanke, schöne Äthiopier wohnen dort und gehen barfuß zur Bushaltestelle, zur Arbeit, wenn sie das Glück haben, eine zu haben. Alte Männer sitzen nackt auf der Straße – niemand dreht sich nach ihnen um, sie wollen nicht schockieren, sie besitzen keine Kleider. Und die halbnackten Jungen auf dem Marktplatz, verwaist, verlassen, von Bettelei lebend, helle klare Augen einst geliebter Kinder, erbetteln Pfennige, verkaufen Streichhölzer, Plastiktüten, alles was du willst, Augen voller Gewißheit, daß erneut Liebe kommen wird. Einem will ich Geld geben, etwa zwölf ist er, dessen zerlumpte Jeans in der Taille mit einer Sicherheitsnadel zusammengehalten wird. Er ist barfuß und ohne Hemd, seine Augen treffen wie vertraut auf meine, ich *bin* seine Mutter, vor Zeiten verloren. Mein Begleiter, ein Äthiopier, der für eine vom Staat kontrollierte Zeitung arbeitet, sagt, mach's nicht. Die anderen Kinder werden ihn verprügeln, um es ihm wegzuschnappen. Ich möchte ihn mit nach Hause nehmen, dieses Kind. Der Reporter zuckt mit den Achseln. «Das ist nicht möglich.»

Hütten und schlammige Straßen auch in Mexico City. Aber hier gibt es ein paar Bäume, ein ausgeschlachtetes Auto steht schräg auf der Fahrrinne, das Verhungern sieht anders aus. Ist sogar das relativ? Aber hier kannst du nicht atmen, die Luft und das Wasser sind verseucht, giftig. Ich fotografiere Coalicue, die Schmutzesserin, die entthronte Mutter der Azteken in ihrem Rock aus Schlangen, majestätisch und häßlich dominiert sie das anthropologische Museum, die Stadt, sie lebt immer noch. Und wunderschön häßliche sexuelle Plastiken auf einem Kinderspielplatz in Stockholm, Penisse, die sich in Vaginen wühlen, eine Mine ausgraben, die Hölle aufwühlen. Und ein großes Kreuz mit einem blutenden Christus aus Elfenbein an einer leeren Landstraße in der Normandie.

Überall traf ich Männer. Ich packte immer mein Diaphragma ein. Ich dachte nicht einmal groß darüber nach, versuchte auch nicht, es vor Toni zu verbergen, es war einfach natürlich, normal, es mitzunehmen. Ah, ich hatte wundervolle Zeiten an wunderbaren Orten – auf einer Lichtung in den Alpen über Genf, wo das Gras mit Edelweiß gesprenkelt war. Oder am Rand des Wassers an einem seltsam verlassenen Teich im Wald; aus dem Hotel kommend, am Canale Grande, nicht imstande, mich loszureißen – deshalb noch für eine Tasse Kaffee am späten Abend auf der Piazza San Marco sitzend. Schöne Jungen, Männer. Ich erinnere mich, wie ich mit einem schönen blauäugigen Iren namens Shane im Schilf am Lissadell See schlief. Ich hatte noch nie draußen an einem Strand gevögelt, und mein Körper genoß den Sand, die Sonne, das Schilf, das uns umgab und raschelte. Dann dieser hübsche Pole, der Adam hieß und mich in Warschau mit in die Wohnung seiner Mutter nahm und eine Schlafcouch aufklappte und sie mit makellos weißer, spitzenbesetzter Bettwäsche bezog, samt Steppdecke, auf die er mich wie ein Baby bettete; und ein süßer blonder Hotelangestellter in London, der so tat, als sei er zynisch und abgebrüht, aber an meiner Brust wie ein Baby war.

Und der rotbärtige gemütliche Deutsche, der mich in ein verräuchertes Restaurant mit Balken an der Decke in der Altstadt von Frankfurt einlud, wo er sich mit Rippchen und Sauerkraut und viel Bier traktierte, der im Bett dann Whiskey kippte und beim Vögeln lachte; und ein zarter blonder französischer Knabe, der mit mir schlief, als schüfe er ein Kunstwerk, und der den ekstatischsten Orgasmus hatte, den ich jemals miterlebte.

Natürlich verlief nicht alles nur erfreulich. Shane, ein Puritaner, ohne es zu wissen, flehte mich an, ihm wenigstens bis zum nächsten Tag treu zu bleiben, wenn wir uns wiedersehen würden. Ich lachte. Dachte er, ich vögelte pünktlich jede Stunde? Oder daß ich nicht wußte, daß er verheiratet war? Und der venezianische Handelsschiffsmatrose, der im Moment des Höhepunkts schrie: «Du bist Jungfrau, ich weiß es, es ist das erste Mal für dich, schöne Stacey!» Und ein Grieche mittleren Alters mit freundlichem Gesicht, auch ein Reporter, der um mich warb, indem er mich von Restaurant zu Restaurant schleppte, alle voller Männer, nirgendwo eine Frau. (Die Männer aßen in den Restaurants allein, angeblich weil sie unverheiratet waren, da sie, wie er früher, ihre Jugend damit zugebracht hätten, Geld für die Aussteuer ihrer Schwestern zu verdienen. Da ich aber Hunderte von Frauen – und nur Frauen – abends durch die Straßen von Athen eilen sah, zum Markt, zum Einkaufen, glaubte ich ihm nicht.) Als wir schließlich im Bett waren, legte er sich gleich auf mich und schüttelte meinen Körper, während er seinen Penis hart gegen mich stieß, mehrmals. Seine Stöße waren hart, sein Penis nicht. Irgendwann zitterte er. Das war's. Ich fragte mich, ob er den Dreh vergessen hatte oder ihn nie beherrscht hatte.

Ich erinnere mich an einen Typ in Florenz, gut aussehend, Mitte dreißig, der plötzlich auf dem Gehweg neben mir ging und sagte: «Wie fanden Sie das Bargello? Und Dantes Haus, ist das nicht wundervoll? Aber am meisten hat Ihnen Santa Maria Novella gefallen, nicht? Da sind Sie am längsten geblieben.»

Erstaunt drehte ich mich um. Ja, ich würde mit ihm einen Kaffee trinken, ich war neugierig. Ich frage ihn aus. Er war mir seit elf Uhr gefolgt.

«Wie können Sie einem Beruf nachgehen und den ganzen Tag lang Frauen hinterherrennen?» Er trug einen guten Anzug, er war nicht arm.

Er zuckte mit den Schultern. «Ich arbeite für eine Versicherungsgesellschaft.»

Das erklärte nichts, fand ich, und ich fragte ihn weiter aus, aber er tat meine Fragen mit einem Achselzucken ab. «Ich habe die großen Kameras gesehen und wußte, Sie sind eine wichtige Person. Ich gehe nur den Wichtigen nach.» Er erzählte mir, die florentinischen Männer hätten eine Skala von Eins bis Zehn, nach der sie Frauen bewerten, die sie ficken – natürlich benutzte er nicht dieses obszöne Wort –, und daß ich eine Eins sei.

«Amerikanerinnen sind Eins?»

«Amerikanerinnen sind Zwei. Wichtige schöne Frauen sind Eins. Äthiopierinnen sind Zehn.»

«Warum das?»

Er spreizte die Hände. «Sie sind fett und häßlich.»

«Äthiopierinnen sind wunderschön», widersprach ich.

«Sie sind leicht zu haben.»

«Äthiopierinnen sind also leicht zu kriegen und Amerikanerinnen schwer?» Ich konnte das nicht glauben, nach dem, was ich über die beiden Länder wußte.

«Skandinavierinnen sind auch leicht zu haben. Aber sie sind schön, deshalb zählen sie Vier. Manchmal Fünf. Deutsche und Französinnen sind Fünf oder Sechs, das kommt darauf an. Und Engländerinnen sind Drei.»

«Es scheint weniger damit zu tun zu haben, wie schwer oder

leicht eine zu kriegen ist, als mit der Hautfarbe», meinte ich. «Haben die Italiener ein Vorurteil gegen dunkle Haut? Sie sind doch selbst dunkel. Und was ist mit den italienischen Frauen?»

«Oh!» Er war entsetzt. «Keine Italienerinnen. Die haben Brüder, Väter...!»

Ein zerknittertes Flugticket nach Saigon.

O Gott, Grant. Ja.

Damals waren Toni und ich schon eine Weile verheiratet, zwei oder drei Jahre, glaube ich. Unser Zusammenleben war friedlich, wir und die Kinder, wir waren glücklich. Und dann Grant... wann bin ich ihm das erste Mal begegnet? In irgendeiner Stadt, unfreundlich, protzig, hohe Gebäude mit riesigen Neonreklamen, ja, in Berlin, Westberlin. Er hieß Grant Michaels, und er war Reporter bei *Worldview*, einem Nachrichtenmagazin, einer *World*-Tochter. Wir waren beide in Berlin, um über Kennedys Besuch zu berichten, also muß es wohl im Juni 1963 gewesen sein. Unsere Wege kreuzten sich ein paarmal, wir saßen an denselben Tischen, mit anderen Reportern und Fotografen und Berliner Journalisten, aßen oder tranken, und unsere Blicke trafen sich in elektrisierender Weise, aber wir redeten nie miteinander. Ich mochte sein Gesicht. Er war in den Vierzigern, und jedes Lebensjahr stand ihm im Gesicht geschrieben, es hatte tiefe Falten, aber ich sah keine Verdrießlichkeit oder Besorgnis, nur Verständnis und Trauer. Er war groß, und er ging, als hätte er keine Beziehung zu seinem Körper, aber er war dreimal verheiratet gewesen, erzählte mir ein Kollege.

1965 traf ich ihn in Saigon wieder, nachdem Johnson die schweren Bombenangriffe auf den Norden befohlen hatte. Die Militärs untersagten mir – soweit ich weiß auch den anderen Journalisten –, bei Bombenangriffen oder anderen Angriffen mitzufliegen, und so saßen die meisten Reporter den ganzen Tag in dem sehr amerikanischen Hotel, tranken, klatschten, warteten auf die offiziellen Meldungen, die offiziellen Fotos, die wir als Nachrichten nach Hause schickten. Wir kannten uns also alle. Ich verbrachte meine Zeit damit, durch die Stadt zu spazieren und Fotos von gewöhnlichen Menschen zu machen, keine Sensationsfotos, aber äußerst deprimierend – das Fehlen junger Vietnamesen; die überdeutliche militärische «Präsenz» der Amerikaner; Hunderte von verstümmelten Körpern; die jungen Mädchen, äußerlich unversehrt, aber mit verstümmelter Seele, denn es gab für sie nur eine Möglichkeit, Geld zu verdienen; die Atmosphäre von Korruption und Krankheit...

Eines Nachmittags – ich fühlte mich ganz besonders schuldbewußt und elend, weil ich ein paar sensationelle Bilder von einem Café gemacht hatte, das von einer Fahrradbombe getroffen worden war, die fertigen Bilder sollten einen Unterarm zeigen, der im Rauch der Explosion fortflog – kehrte ich früh zum Hotel zurück, entschlossen, mich zu betrinken. Ich ging in mein Zimmer hoch und duschte mich und zog frische Kleider an, doch nichts half, ich fühlte mich schmutzig, ich hatte einen schlechten Geschmack im Mund. Ich schritt hinunter in die Bar, begrüßte die Stammgäste, und ein Kopf drehte sich um, es war Grant. Ich ging auf ihn zu, als wäre er ein Magnet und ich ein Eisenkörnchen. Er zog den Barhocker neben sich dichter zu sich heran, seine Augen immer im Blickkontakt mit meinen.

Ich bestellte einen Bourbon.

«Ich werde mich heute betrinken», vertraute ich ihm an.

Er sagte nichts. Er sah mich einfach an, als wüßte er bereits alles, was ich ihm erzählen würde, als ob ihm genauso das Herz darüber zerbräche.

Ich erzählte es ihm, es strömte aus mir heraus – die Plötzlichkeit des Knalls, bei dem mein gesamter Körper, jeder einzelne Nerv, auch das Blut, hochgeschreckt waren, wutgeladen über diesen Angriff auf meine Sinne, dann die Schreie, die in mein Bewußtsein drangen, vor allem das Schreien einer bestimmten Person, es hörte nicht auf, war es die Person, deren Arm ich hinaus in den Rinnstein hatte fliegen sehen? Das Chaos, die Sirenen, die Menschenmenge, die Gier in einigen Gesichtern der Zuschauer, diese Leute, die etwas Sensationelles brauchten, um etwas zu fühlen...

Und der Schlimmste von allen war ich selbst, meine eigene Reaktion, das sofortige Hochnehmen der Kamera zum Auge, das Einstellen der Blende, der Belichtung, das Klicken, Klicken. Humanität? Wo war meine? Stürzte ich hin, um zu helfen, zu heilen, zu trösten? Sie schossen mit ihren Waffen, ich mit meiner: Wo war der Unterschied zwischen uns? Ich war eine Komplizin in dieser fürchterlichen Welt, in der ich lebte.

Die Tränen stürzten mir aus den Augen. Ich versuchte, sie zu verbergen. Ich hatte diese Journalisten satt, lauter Männer, und alle waren sie abgebrüht. Sie verachteten Gefühle, ganz besonders Tränen, ganz besonders bei einer Frau. Wenn ein Mann weinte, war es dramatisch, Zeichen eines großen Augenblicks; wenn eine Frau weinte, war das einfach gewöhnlich, zu erwarten, genau als ob man zu Hause wäre. Grant schlug vor, wir sollten in einem kleinen Lokal zu Abend essen, wo wenig Ausländer sich hinwagten, denn es lag in einem Vorort der Stadt und die Speisekarte war nur auf Vietnamesisch geschrieben. Ich war sofort einverstanden.

Er hatte ein Auto. Er sei schon wochenlang hier, sagte er, aber außerhalb von Saigon. Er sei schon früher hier gewesen, viele Male, er hätte Verbindungen, konnte manchmal bei einer militärischen Aktion mitgehen, mehr könne er nicht sagen... Er erzählte mir nur über eine Operation, bei der er letzte Woche gewesen war. Das Bombardement war vorüber, die Flugzeuge mußten abziehen, die Flak des Feindes schoß sich auf sie ein, und das Flugzeug hatte noch eine Bombe und mußte sie loswerden. Der Pilot meckerte darüber, aber warf sie nicht ab, obwohl sie über eine Reihe verdorrter Hügel flogen. Er wartete. Und dann sah er, tief unter sich, einen kleinen alten Mann mit einem Eselskarren, der mit Kisten vollbeladen war, wahrscheinlich ein Flüchtling, und rief Grant zu: «Kiek mal, Mann, willste mal'n richtigen Volltreffer sehen?» Er gab dem Bomberschützen ein Zeichen, und der warf sie ab, plop, genau auf den kleinen alten Mann, dessen Schrei nicht zu hören war, von dem kein Arm mehr erkennbar war, der in einer Staubwolke explodierte, verschwand, die gesamte Straße so leer und verlassen hinterließ, wie sie vorher gewesen war. Jetzt standen auch in *seinen* Augen Tränen, und meine Hand schob sich über seine, die auf dem Tisch lag. Wir stießen mit den Gläsern an und tranken und tranken.

Ich glaube, wir haben etwas gegessen. Ich glaube, das Essen war gut. Doch nach diesem aufregenden Tag und der Erregung durch seine Gegenwart wäre ich selbst ohne die drei oder vier Drinks, die ich runterkippte, benebelt gewesen. Wir fuhren zum Hotel zurück und gingen ins Bett und schliefen sofort ein, einer in den Armen des anderen.

Für den Rest meiner Zeit in Saigon verbrachten Grant und ich unsere Abende gemeinsam. Wir redeten miteinander, hielten unsere Hände, sahen uns in die Augen. Wir schliefen zusammen, doch seine Distanz zu seinem Körper und die Traurigkeit, die ihm anhaftete wie Körpergeruch, beeinflußte seinen Geschlechtstrieb. Er konnte lange Zeit zärtlich sein, aber er kam, sobald er in mich eingedrungen war, und wenn er gekommen war, dann war es vorbei, dann konnte ich sehen, wo ich blieb. Immerhin gab er mir das Gefühl, geliebt zu werden. Sexualität beinhaltet sovieles...

Er stammte aus einer griechischen Familie, die unter den Nazis gelitten hatte, dann im Bürgerkrieg, und schließlich resigniert hatte und emigriert war. Grant studierte, als der Krieg ausbrach, seine Familie war noch in Griechenland. Er trat sofort in die Air Force ein, ging zur OCS, wurde Pilot. Deshalb dachten einige der Offiziere von der Air Force, er wäre einer von ihnen, er käme aus dem richtigen Stall, um bei Bombeneinsätzen die Erlaubnis zum Mitfliegen zu bekommen. Die anderen Journalisten, denen das nicht erlaubt wurde, betrachteten ihn mit Neid oder Bewunderung, doch wenn er da war, behandelten sie ihn alle mit Respekt. Er hatte zwei Ehefrauen gehabt, nicht drei, aber ehe er starb, sollte er noch eine dritte haben. Jetzt ist er tot. Ich habe es vor zwei Jahren in der *Times* gelesen. Sein Herz. Das hätte ich vorhersagen können.

Denn Grant war wie ich, sein Herz schmerzte. Mein Herz begann auch in regelmäßigen Abständen, weh zu tun, wer weiß schon, weshalb? Ich bestehe darauf, das war eine glückliche Zeit für mich. Ich hatte ein erfülltes und zufriedenes Familienleben. Ich liebte Toni, mein Beruf war wirklich aufregend, ich war erfolgreich, wie ich es nie zuvor oder nachher gewesen bin. Ich glaube wirklich, daß es die beste Zeit meines Lebens war. *Meines* Lebens. Das Leben anderer Menschen war nicht so glücklich. Das Leben war grausam, und ich konnte meine Augen nicht abwenden – ich lebte, um zu *sehen*.

Nach meinem ersten Zusammensein mit Grant träumte ich einen ungewöhnlichen Traum über Polen. Ich ging über frisch gepflügte Felder, braune Furchen zogen sich in die Ferne und endeten in einer Unmenge von grünem Laub, das mein Blickfeld umschloß wie ein Rahmen ein Bild. Die Luft duftete nach dem sauren Geruch frisch gepflügter Erde, und ich wußte, das ist Polen, ich habe immer gewußt, daß es so aussehen mußte, und zu der Zeit war ich noch nie in Polen gewesen.

Ich ging glücklich dahin, ich war voller Freude, sogar noch bevor ich einen primitiv gezimmerten hölzernen Gemüsestand ein paar hundert Meter weiter zu meiner Linken entdeckte. Er bestand aus einem schmalen Dach über einer Holzplanke, und davor noch einer Planke mit Platz genug dazwischen, daß sie dort stehen konnte – es war Grandmas Gemüsestand, das wußte ich. Oh, Grandma! Ich war überglücklich, sie wiederzuhaben. Ich fing an zu laufen und rief dabei: «Grandma, Grandma!» Ich konnte jetzt sehen, daß große Töpfe – mit Suppe, das wußte ich – auf Brennern auf der hinteren Tischplanke köchelten. Grandma arbeitete, aber nicht zu schwer, diese Arbeit machte ihr Spaß, sie schnitt Gemüse für die Suppe. Sie hörte mein Rufen und sah auf und kam hinter der Planke hervor, um mich zu begrüßen, meine Großmutter, klein und unförmig, in einem Hauskleid ohne Gürtel. Sie schloß mich in die Arme, ich schloß sie in die Arme. Ich war atemlos vom Laufen, mir war warm vor Glück. «Grandma, rate mal, was los ist? Ich heirate!»

«Ah! Ah!» Sie küßte mich viele Male, drückte mich an sich, konnte mich nicht gehen lassen, sie war so glücklich. «Das müssen wir Papa erzählen!» sagte sie und rief nach ihm mit erhobener Stimme. Wir starrten beide über die braunen Felder zu den Bäumen. Eine kleine Gestalt erschien, lief auf uns zu. Sie wurde größer und größer, und dann stand mein Großvater bei uns, ein kleiner brauner Mann, lächelnd, glücklich. «Papa, unsere Anastasia wird heiraten!» rief Grandma. Und er umarmte uns beide, es war Ekstase, es war Seligkeit, es war die Rückkehr nach Hause.

Ich erwachte glücklich und strahlte den ganzen Vormittag, während ich mich darauf vorbereitete, von Hawaii abzureisen, wo ich eine Nacht geschlafen hatte, um die Reise von Saigon nach New York zu unterbrechen. Dank des Traums trug ich das Grauen von Vietnam nicht mit mir nach Hause.

Ich habe Grant eine lange Zeit nicht wiedergesehen. Er rief mich an, als er nach New York zurückkam, über das offizielle Telefon, das niemand außer mir abheben durfte, aber ich konnte ihn nicht in der Stadt treffen, das war unmöglich. Er klang enttäuscht, doch ich wollte ihm nicht die Wahrheit über mein Leben erzählen. Ich hatte zu große Angst, daß sich das herumsprechen würde. Ich sagte nur, ich hätte zuviel zu tun. Das verstand er natürlich nicht. Als wir uns das nächste Mal über den Weg liefen, in London, im Herbst 1964, verhielt er sich sehr distanziert. Er sollte dort einen ausführlichen Bericht über die neue Wilson-Regierung schreiben; ich war auf dem Weg nach Sambia, um die Feiern zur Unabhängigkeitserklärung zu fotografieren. Er war schon seit einer Weile da und würde noch länger bleiben. Ich hatte bei der Hin- und Rückreise je eine Nacht Aufenthalt. Wir wohnten beide im *Mor-*

row House, wo alle Leute von *World* übernachteten, und trafen uns durch Zufall, der eine verließ den Fahrstuhl, der andere wollte rein.

Er errötete, erbleichte dann, als er mich sah, und wir unterhielten uns für einen Moment, das übliche, aufgeregte «Wie geht es dir, das ist ja lange her, wir müssen uns mal zusammensetzen.» Dann drehte er sich um und ging weg, kühl und unverbindlich. Doch ich schob meinen Arm unter seinen und ging mit ihm durch die Hotelhalle, neckte ihn, um ihn aus seiner Verstimmtheit zu reißen.

«Sei doch nicht so sauer», drängte ich. «Ich habe ein Privatleben, über das ich nicht sprechen kann. Ich kann dich in New York nicht sehen. Aber wir könnten doch wunderschöne Tage miteinander verbringen, wenn wir uns an exotischen Orten treffen, meinst du nicht auch?»

Wider Willen mußte er lachen, und dann winselte er fast: «Es ist – es ist nicht so leicht, Stacey. Ich möchte mehr...»

Ich nickte. Männer neigen dazu, heiraten zu wollen. «Irgendwann kriegst du wahrscheinlich mehr», sagte ich. «Aber in der Zwischenzeit, könnten wir da nicht Freunde sein?»

Er sah mich leidend an, und auf einmal wurde mir klar, daß er sich in mich verliebt hatte, daß ihn unsere Trennung schmerzte. Abrupt blieb ich stehen. Ich ließ seinen Arm los. «Oh!» schrie ich leise auf und rührte mich nicht. Ich weiß nicht, was er dachte, als er mein betroffenes Gesicht sah, doch er trat näher, lächelte und sagte: «Bestimmt können wir das, bestimmt! Hast du heute abend Zeit?»

Das war der eigentliche Anfang unserer Beziehung. Wir liebten einander aus der Entfernung, und wenn wir zusammen waren, führten wir tiefe, leidenschaftliche Gespräche, machten liebevollen Sex und teilten ein gemeinsames Wissen über die Arbeit, unsere Ansichten über das, was in der Welt passierte. Ausgeklammert blieb die Vertrautheit auf einer alltäglichen Ebene, wir sprachen nicht über Probleme mit der Ölheizung, den geplatzten Scheck, den letzten Aufstand der Kinder. Und das war großartig. Es war befreiend. Mehrere Jahre lang sahen wir uns regelmäßig, wir trafen uns in Manila, Paris, Ottawa, Perth, mehrere Male in London und auch an anderen Orten, an die ich mich nicht mehr erinnern kann. Manchmal bemühten wir uns sogar, an den gleichen Orten einen Auftrag zu bekommen.

Ein paar Nächte nach unserer Wiederbegegnung hatte ich in Sambia den Yeats-Traum, so nenne ich ihn. Wahrscheinlich war er durch das Schauspiel der Feiern in Lusaka beeinflußt, die Farben, die Federn und Wimpel. Und es war eine glückliche Zeit. Ich setzte große Hoffnungen in die neuen afrikanischen Nationen...

Ich lief mit zwei Männern durch einen großen Park, tiefgrüner Rasen, durch den sorgfältig gepflegte Wege führten, in der Ferne lag ein Wald. Wir schritten Arm in Arm, ich in der Mitte. Ein Mann war älter als ich, der andere jünger. Wir fühlten uns wohl, wir gingen zur Eröffnung eines Zentrums für Kunst, und wir waren alle drei Künstler – unsere Arbeiten würden ausgestellt, aufgeführt, gelesen werden. Während wir durch den niedrigen Zaun einbogen, der die Ausstellung abgrenzte, näherte sich uns ein Mann mit engen schwarzen Hosen, einem kurzen gebauschten Umhang und einem breitkrempigen Hut mit langer Feder, von der Art, wie ihn die Kavaliere des siebzehnten Jahrhunderts getragen haben. Er trug ein aufgeschlagenes Buch, aus dem er mit leiser Stimme vorlas. Als er uns – mich – sah, blieb er stehen. Weder verbeugte er sich, noch nahm er seinen Hut ab. Er starrte mich gebieterisch an. Er blickte in sein Buch und las laut:

«Denn der Tod ist nicht das Ende des Lebens, sondern Teil davon, eine der Transformationen der Natur, wenn wir uns unseren Weg durch ihre Zyklen bahnen. Der Tod beseelt das Leben. Er ist nicht, wie *dein* Dichter sagt, lediglich die Mutter der Schönheit; er ist die Mutter des Lebens selbst, denn wie könnten wir ohne den Tod das Leben begreifen? Nur so können wir das Leben verstehen, es langsam kosten, jeden Geschmack und jede Nuance schmecken, Erfahrung trinken. Der Tod und das Leben bedingen einander wie Ordnung und Chaos, kein Konzept ist ohne das andere möglich. Daher sollte keine Furcht vor dem Tod bestehen, der allgegenwärtiger Teil des Lebens ist. Heißt ihn in euren Armen willkommen, er ist nur Frieden: Denn du ruhst in der Natur wie ein Herzschlag.»

Das schien mir sehr bedeutungsvoll zu sein, und ich hauchte: «Oh, danke, Mr. Yeats» – ich wußte, es war William Butler Yeats. Er nickte entschieden, schloß sein Buch und ging davon. Meine Gefährten und ich gingen weiter, mit jener Leichtigkeit des Herzens, die einer ästhetischen Befreiung folgt, und betraten das erste Gebäude zu unserer Rechten. Es war ganz aus Glas, das hohe Dach, die Wände. Durch das Glas konnten wir ein verschwommenes Grün erkennen – die Bäume, die rund um das Gebäude standen. Das Sonnenlicht schimmerte auf dem Boden, hell und kühl zugleich. Wir liefen schnurstracks zu William Hull, meinem Englisch-Lehrer auf dem College, dem Dichter, der auf einer Leiter stand und Glasscheiben anmalte. Unter ihm, parallel aufgereiht und in einem Winkel von fünfundvierzig Grad zu den Seitenwänden, standen Glasscheiben, alle bemalt mit Pinselstrichen wie von Rouault, in leuchtend kräftigen Farben, so daß sie wie getöntes Glas wirkten, aber mit fließenderen, freieren Formen. Die Glasscheiben ließen die Strahlen der Sonne, die durch das Glasdach fiel, wie Regenbogen leuchten. Der Raum glitzerte wie ein Edelstein, leuchtete im Licht. Ich war sprachlos ob dieser Schönheit. Ich wußte, ich war zu Hause, war nach Hause gekommen. William lächelte, meine Gefährten umarmten mich, ich umarmte sie, lächelte. Wir waren von Seligkeit umschlossen.

Ja.

Ein Umschlag mit Fotos, datiert vom August 1967. Zwölf Vergrößerungen nach Kodachrome-Dias, aufgenommen an der Old Hodge's Road auf Long Island. Vier Bilder: unterschiedliche Ansichten eines etwa 1930 gebauten Hauses, das etwas heruntergekommen ist, helles gelbes Holz mit abblätternden weißen Umrandungen, Spaliere (abblätternde Farbe) mit Kletterrosen (unbeschnitten), ein verdächtig aussehender dunkler Fleck auf dem Dach. Acht zeigen einen Garten. Die zwei aus großer Entfernung aufgenommenen Bilder verdeutlichen die ungewöhnliche Größe des Grundstücks in einem Vorortsbezirk. Auch der Garten ist verwildert, doch voller Pfingstrosen, Malven, Clematis und Fingerhut, Rittersporn und niedrigen, zartroten Blumen wie Heidekraut, die ursprünglich als Umrandungen für Blumenbeete gedacht waren. Ein Beet ist von Unkraut gesäubert und gepflegt, ein langes Rechteck mit Rosen in den Farben Gelb, Pfirsich und Lachsrosa.

Einige der Gartenaufnahmen zeigen die Gestalt einer Frau, hübsch, schlank, mit dunkelblondem Haar, Anfang Dreißig. Sie steht wie ein Mannequin neben den Rosensträuchern, trägt weiße Baumwollshorts und einen quergestreiften blau-weißen Baumwollpulli und weiße Sandalen. Sie hat schöne Beine.

«Wunderschön! Alles ist wunderschön!» sprudelte es wohl zum fünfzehnten Mal aus Anastasia heraus.

Joy lächelte erfreut. «Ich liebe es! Ich habe es vom ersten Augenblick an geliebt! Ich fand es gleich toll! Es muß natürlich renoviert werden, aber ich finde es ganz toll!» Sie drückte die Schwingtür zur Küche auf.

Gedämpftes Nachmittagslicht von zwei Fenstern über dem flekkigen Spülbecken aus Steingut fiel nicht nur auf dieses, sondern auch auf die sauber geschrubbte Anrichte aus Holz, verlieh den altmodischen Möbeln sanfte Konturen, den offenen Holzregalen, die zwei Wände einnahmen und anheimelnd mit Geschirr, Dosen, Cornflakespackungen und Reis gefüllt waren. Der Fußboden war mit altem rissigen Linoleum bedeckt. Auf dem Fensterbrett standen zwei kleine Grünpflanzen, sie gediehen gut.

«Was für ein schöner Raum.»

«Ja, den liebe ich! Wir lieben ihn alle! Morgens, wenn wir frühstücken, ist es hier ganz hell.» Joy zeigte auf eine kahle Wand, die im rechten Winkel von der Spüle abging. «Und hier», sagte sie, «möchte ich einen Durchbruch machen und eine Tür einsetzen und eine Terrasse draußen anlegen. Ist das nicht toll? Im Sommer könnten wir dann morgens draußen frühstücken und in den Garten sehen.»

«Das wird bestimmt schön werden, wunderschön. Wovon willst du das bezahlen?»

Joy lächelte glücklich. «Wollen wir Kaffee oder Tee trinken? Auf den Philippinen habe ich mir angewöhnt, Tee zu trinken.»

«Gern Tee.» Anastasia setzte sich auf einen Küchenstuhl aus Holz, der leuchtend blau und gelb angestrichen war, einer von mehreren zusammenpassenden, die antik wirkten. Sie sah ihrer Schwester zu, wie sie den Tee kochte.

«Ich bin so froh, daß du kommen konntest», sagte Joy herzlich. «Es ist lange her, daß wir einen ganzen Nachmittag für uns allein hatten und miteinander reden konnten.»

«Jahre.»

«Wir haben viel nachzuholen!» Jede Äußerung von Joy klang wie eine Ankündigung, laut, absolut, so als ob sie durch diese Sätze bereits eine Realität zu schaffen versuchte, von der sie befürchtete, daß sie gar nicht bestand. «An Jennys Geburtstag konnten wir uns überhaupt nicht unterhalten.»

«Gegen die Papiertrompeten und das Geräusch platzender Luftballons konnten wir jedenfalls nicht ankommen», lachte Anastasia. «Ganz zu schweigen von den kreischenden Kindern.»

«Und wie sie gekreischt haben. Aber ich bin froh, daß ich es gemacht habe. Jenny ist so verwirrt. Sie war ein halbes Jahr alt, als wir die Philippinen verließen, dann waren wir drei Jahre in Panama, in Kalifornien haben wir auf dem Stützpunkt gewohnt, sie ist es nicht gewöhnt, mit anderen Kindern zu spielen, sie hat immer wie in einem Elfenbeinturm gelebt, ihr ist es schwergefallen, sich umzugewöhnen, sehr schwer.»

«Das Haus ist schön, aber... ich verstehe das nicht. Hat sie dir irgend etwas erzählt?» Beißt sich auf die Unterlippe. «Nein.» «Was da wohl passiert ist. Glaubst du, daß Justin sie verlassen hat?» «Warum fragst du sie nicht, Mom?» Abwehr. «Oh, das könnte ich nicht.»

«Ich wußte ganz genau, daß ich in dieser Stadt leben wollte. Ich *liebe* diese Stadt, sie ist so schön und ländlich. Ich bin so gern hier! Ich wollte, daß Jenny andere Kinder kennenlernt. Allerdings gibt es offenbar nicht allzu viele Kinder ihres Alters in der Nachbarschaft, aber sie wird Kinder in der Schule kennenlernen, wenn sie erst mal zur Schule geht.»

Die offizielle Version der Geschichte lautet: Die Kinder sind durch den ständigen Ortswechsel überfordert, sie brauchen ein stabiles, festes Heim, Nachbarn, Freunde, amerikanische Freunde. Aber warum hier, warum nicht in Texas, wo Justin ist? Natürlich nimmt ihr jeder die Geschichte ab, weil die Leute aus dem Osten der Vereinigten Staaten sowieso denken, daß ein Leben in Texas wie eine Verbannung in die Hölle sein muß. Aber gilt das auch, wenn der Ehemann dort wohnt? Sie hat ihn verlassen, das steht fest. «Du hast wirklich ein sehr hübsches Haus gefunden.»

Joy drehte sich um, ihr Gesicht strahlte. «Ja, nicht wahr?»

Und wird Justin hier auch wohnen? Und wenn nicht, könntest du es dir dann leisten? Es muß renoviert werden. Wovon willst du das bezahlen?

«Laß uns im Wohnzimmer Tee trinken», schlug sie unbeschwert vor, als kündigte sie eine Party an. Sie stellte Tassen, Untertassen und die Teekanne auf ein Tablett. Sie öffnete den Kühlschrank. «Ich habe einen Rührkuchen und *ein* Stück Apfelkuchen.» Sie ließ ihr lautes, hartes, forciertes Lachen hören.

«Für mich nur Tee», sagte Anastasia leise, fühlte, daß jede Bemerkung, die sie machte, dem Optimismus ihrer Schwester einen Dämpfer aufsetzte.

«Du auch? Ich glaube, ich mag auch keine süßen Sachen mehr. Mutter geht's genauso. Das ist komisch! Die drei Frauen in der Familie mögen keine süßen Sachen! Und alle Männer mögen sie! Daddy schwärmt für Eiscreme, und Justin stopft sich mit Schokolade voll. Billy und Jonathan essen alles, solange es nur süß ist!» Lachen.

Anastasia lächelte gezwungen.

Überall in den vor Schmutz dunklen Wänden zeigten sich Risse, die Decken blätterten ab. Im Flur im ersten Stock war ein dunkler Fleck an der Decke. Joy war Anastasias Blick gefolgt und hatte mit steifen Lippen gesagt: «Ja, ich muß das Dach reparieren lassen. Ich hatte noch keine Zeit, mich darum zu kümmern.» Andererseits strömte überall Licht durch die großen Fenster, Licht und Andeutungen des üppigen wilden Gartens dahinter, grün und aromatisch.

Anastasia blieb an einem Fenster im Wohnzimmer stehen. «Du kannst die Malven sogar hier drinnen riechen!»

Das Zimmer spiegelte Joys Reisen: Da standen zwei niedrige messingverzierte koreanische Truhen, ein chinesischer Teppich lag zwischen den beiden Sofas vor dem Kamin, es gab chinesische Vasen und an den Wänden Schriftrollen und Tuschezeichnungen. Chinesische? Wahrscheinlich aus Hongkong. Und Hummel-Figuren aus Deutschland auf einem geschnitzten Regal und im Flur eine deutsche Standuhr, deren stetiges unerbittliches Ticken die geschwungene breite Treppe hinaufdrang.

«Ja, wir waren mehrere Male in Hongkong, wenn wir vier oder fünf Tage Urlaub hatten», sagte Joy. «Es ist da ganz toll! Das Peninsula-Hotel! Hmmm! Köstlich! Am Tag der Ankunft kommen sie mit einem großen Korb voller wunderbarer Seifen in dein Zimmer, und du kannst dir eine auswählen. Sie sind alle so hübsch verpackt. Man traut sich gar nicht, sie auszupacken.» Lachen.

Das Tablett mit dem Tee wurde auf einen großen runden Messingtisch abgesetzt. Joy, die Beine elegant über den Knöcheln gekreuzt, schenkte ein.

«Erzähl, welche Kriegsbeute hast du aus Panama mitgebracht?» Achtung: Neid in der Stimme.

«Sie haben da wunderschönes Leinen, Anastasia. Sie machen es aus Reisstoff. Ich werde es dir später zeigen. Bestickte Tischdecken, Servietten... na ja, du kennst das ja. Ich habe Mutter zu Weihnachten eine Tischdecke geschenkt!»

«Oh, ja. Die war phantastisch!»

«Oh, und die hier!» Sie schwenkte ihre Serviette in der Luft.

«Ja. Die sind mir schon aufgefallen. Sind die auch aus Panama? Wunderschön.»

Tee trinken. Starker rauchiger Lapsang-Souchong. Schweigen.

«Und wie geht es den Kindern?»

«Sie sind prima. Sie gewöhnen sich gut ein. Jonathan ist in die Jugendgruppe des Sportvereins eingetreten, er ist der Star der Mannschaft! Er ist begeistert! Julie ist nicht so kontaktfreudig, aber sie hat im letzten Halbjahr eine Freundin gefunden. Sie besucht sie fast täglich mit dem Fahrrad, und sie telefonieren miteinander, sie sind unzertrennlich. Ich nenne sie die siamesischen Zwillinge.» Lachen, lang anhaltendes Lachen. «Ihr geht es also ganz gut.» Joy wischte sich die Lachtränen aus den Augen. «Nur Jenny hat es schwer, aber nur zwei Straßen weiter wohnen zwei Kinder ihres Alters, es wird ihr also auch noch gutgehen.»

Die Begeisterung, der Nachdruck: sie gibt als Wirklichkeit aus, was sie sich wünscht.

Vorsichtig stellte Anastasia die zarte Porzellantasse ab. Vorsichtig – ihre Stimme klang beiläufig, entsprannt – fragte sie: «Und kann Justin herkommen, um sich das Haus anzusehen?»

Joy stellte ihre Tasse ebenfalls ab und wischte sich den Mund mit der spitzenbesetzten Serviette ab. «Er steckt mitten in einem großen Projekt, sehr geheim, irgendwelche neuen Flugzeuge, die getestet werden. Er ist verantwortlich für sämtliche Testpiloten, eine wichtige Aufgabe. Er hat viel zu tun», schloß sie mit einem besonders hellen Lachen.

«Und wie lebt er dort unten?»

«Oh, er wohnt auf dem Stützpunkt, sie haben Wohnungen für alleinstehende Offiziere, ich meine für Offiziere ohne Ehefrauen, ich meine, wenn die Ehefrauen woanders sind oder wenn sie nicht verheiratet sind. Sie essen in der Offiziersmesse, wirklich gutes Essen, sie können jeden Tag Steak bestellen. Ihre Zimmer werden saubergemacht, ihre Wäsche wird gewaschen, die Armee sorgt für ihre Leute, besonders für ihre Offiziere. Er merkt gar nicht, daß ich weg bin!» Anhaltendes Lachen, sehr hell.

Und die Kinder? Wohnungen für alleinstehende Offiziere. Ist das der Grund, warum sie ihn nicht besuchen? Letzte Weihnachten ist er nicht gekommen, na ja, seine Stationierung endete nicht vor Ende des Jahres, aber sicher hätten sie ihm doch die letzte Dezemberwoche Urlaub gegeben. Joy ist allein mit den Kindern gekommen. Sie will nicht, daß ich ihr Fragen über ihn stelle.

Joy platzte heraus: «Und wie geht's Arden? Ist sie aufgeregt, weil sie zurück zum College muß?»

«Oh, sehr.» Versuch, etwas Positives zu sagen. «Sie hat einen Job in einem Schnellrestaurant bekommen und ihr ganzes Geld für neue Klamotten ausgegeben. Vier Paar Jeans und fünfundzwanzig Oberteile!» lachte Anastasia.

Joy kreischte vor Lachen. «Sind das nicht Herzchen?» Sie wischte sich die Augen. «Ist sie noch auf Cornell?»

«Ja, sie will Dichterin werden. Sie ist begabt. Aber du kannst dir nicht mit Gedichten deinen Lebensunterhalt verdienen.»

«Na ja, früher hat dir vielleicht auch irgend jemand erzählt, daß man vom Fotografieren nicht leben kann, und sieh dich jetzt an!»

Anastasia lächelte trocken, nickte. «Mit dem einen Unterschied, daß ich mir nie vorgestellt habe, meinen Lebensunterhalt als Fotografin zu verdienen.»

«Aber du wolltest doch gar nichts anderes machen, und du *hättest* auch nichts anderes gemacht.»

Anastasia sah Joy an. «Das stimmt.» Gut erkannt. Seit wann war Joy so scharfsinnig?

«Und Billy ist jetzt Senior?»

Anastasia nickte. «Ab Herbst ist er Senior. Und Franny geht» – sie wechselte in einen kindlichen Tonfall über – «in den Kindergarten.» Daraufhin lachten beide, gemeinsam. Warum lache ich? Ja, einfach der Gedanke an sie, so niedlich, wie sie dich von unten ansieht, mit diesen Augen, so ernst, so erfüllt von eigener Wichtigkeit. «Sie nimmt sich selbst ungeheuer wichtig», fuhr Anastasia fort. «Sie denkt, sie ist jetzt erwachsen, weil sie wie ihre große Schwester und ihr großer Bruder in die Schule geht, sie hat ein Federmäppchen und ein Schreibheft, ungeachtet der Tatsache, daß sie dort Anziehpuppen ausschneiden wird.»

Wieder lachten die Schwestern gemeinsam.

Das Thema Billy sicher umschifft.

«Und Toni geht's gut?» Joy schenkte ihnen neuen Tee ein und gab aus einem schönen kleinen Zinnkessel, der auf einem Stövchen mit einer Kerze stand, heißes Wasser zu dem starken Aufguß hinzu.

Wo hatte sie *das* her?

Anastasia nickte, trank einen Schluck Tee. «Er ist etwas frustriert. Nach all den Jahren hat er nur vier Kurzgeschichten in kleinen Zeitschriften, die nichts zahlen, veröffentlicht. Er denkt daran, seinen Stil zu verändern.»

Seinen Stil zu verändern: Seidene Oberhemden und Martinis vor dem Abendessen.

«Und der Roman, den er schreiben wollte? Über die Armee oder so was? Ich erinnere mich, er stellte Justin Fragen, als wir das letzte Mal Weihnachten zu Hause waren... wann war das, 1963? Hat er den je beendet?»

«Er hat die Arbeit daran abgebrochen, klugerweise, glaube ich.»

Joy war enttäuscht. Über die Tatsache? Oder darüber, daß eine Ehefrau ihren Mann kritisierte?

«Er wußte einfach nicht genug über das Leben beim Militär, den Krieg, all das. Er hat einen neuen angefangen, über einen Jungen, der in einer Stadt wie Dayton, Ohio, aufwächst, in einer polnischen Familie.» Anastasia grinste. «Überhaupt nicht autobiographisch, natürlich. Aber mir gefällt es, ich finde es phantastisch. Sein Stil *ist* anders als bei seinem ersten Roman – knapp, einfach, keine dramatischen Effekte, es gibt eine Kontinuität der Zeit, eher eine Abfolge von Vignetten, die verknüpft sind, jede für sich ist stark, wahr, voller Kraft, treffend.»

Joy nickte, ihr Lächeln wirkte festgefroren, ihre Augen glänzten feucht. Genug davon.

«Und erzähl mir, was du gemacht hast! Bist du gereist?» Joys Stimme klang angespannt, sie betonte jedes Wort, als redete sie mit einem Kind, das sie über die erste Klasse ausfragen wollte. Warum wohl? «Wo bist du zuletzt gewesen?»

«Oh, also – letzte Woche war ich in Nigeria...»

«Nigeria! Wo ist das denn?»

«Afrika. Dort ist gerade Krieg.»

«Ach, du lieber Gott! Hast du etwas davon mitbekommen?»

Warum klang ihre Stimme, als ob sie eine Rolle in einem Theaterstück deklamierte?

«Ja, natürlich. Ich wurde ja hingeschickt, um den Krieg zu fotografieren!» Warum klingt meine Stimme so ungeduldig, so ärgerlich?

«Ist das nicht gefährlich?»

«Ein bißchen. Aber sie sind nicht besonders an Amerikanern interessiert, sie bekämpfen sich gegenseitig, Christen und Moslems, es ist furchtbar, es führt zu solcher Hungersnot, vielleicht hast du meine Fotos von den Biafra-Kindern gesehen.»

«Oh! Genau! Nigeria ist also dasselbe wie Biafra?»

Themawechsel! Themawechsel, aber wie, vorsichtig...

«Also diese Kinder... es ist schauerlich. Schrecklich! Oh, mein Herz hat mir so weh getan, als ich die Bilder gesehen habe. Ich hätte die kleinen Babies am liebsten in die Arme genommen und Milch in sie reingeschüttet, zu schrecklich...»

«Ja.» Schluß. Themawechsel. Stell die Teetasse ab. Gähne. Streck dich. Sieh aus dem Fenster. «Wie schön der Garten von hier aussieht.»

Joy sah hinaus, lächelte. «Ja.»

Vergiß die Eifersucht. Vergiß die Wut. Konzentrier dich auf sie. «Es muß ein angenehmes Gefühl für dich sein, endlich, nach all den Jahren, nun dein eigenes Heim zu haben. Einen Ort, den du dir selbst ausgesucht hast, ein Haus, das du nach deinen Wünschen gestalten kannst.»

Joy schossen die Tränen in die Augen. Sie preßte die Lippen zusammen. Sie nickte.

«Wie hat Mutter das Haus gefallen?»

«Ach... du kennst doch Mutter.»

Anastasia grinste. Joy auch.

«Sie mochte das Haus, sie war begeistert von dem Garten, aber sie meinte, das sei alles zuviel für mich. Und sie *verabscheute* die Küche!» Joy lachte. «Rate mal, was ihr am meisten mißfiel?»

Anastasia dachte an den altmodischen Spülstein und den Herd, das rissige Linoleum, den Kühlschrank ohne Abtauautomatik. «Die Holzregale und Schränke», riet sie. «Genau was mir an der Küche am besten gefällt.»

«Richtig! Ich liebe sie auch! Warum, meinst du, haßt sie die so?»

«Weil», sagte Anastasia mit Bestimmtheit, «die Holzeinrichtung sie an die Wohnungen ihrer Kindheit erinnert. Sie hatten keine Spüle, keinen Herd oder Kühlschrank und Linoleum, sie hatten gußeiserne Wannen und riesige Eisenöfen. Und sie hatten Regale und Anrichten aus Holz, blankgescheuert von Generationen von Frauen.»

«Aber warum gefällt ihr das dann nicht?» fragte Joy erstaunt.

«Ich meine, sie müßten ihr doch vertraut vorkommen. Und sie sind so schön.»

Anastasia sah ihre Schwester an. Kannte sie denn ihrer beider Mutter wirklich so schlecht? «Sie haßt die Jahre ihrer Kindheit, und deshalb haßt sie alles, was sie daran erinnern könnte. Sie haßt antike Möbel – sie sieht nur, daß sie alt sind.» *Sie* haßte ihren eigenen Tonfall, überlegen, herablassend. Warum klang ihre Stimme so?

«Oh!» Joy stieß langsam die Luft aus. «Deshalb verabscheute sie den Küchentisch und die Stühle! Sie sind alt, antik, aus Mexiko, Justin und ich haben sie gekauft, als wir mal nach Acapulco geflogen sind, weil er eine Woche Urlaub hatte. Wir haben ein Auto gemietet und sind durch die Gegend gefahren, und ich habe sie in einem kleinen Restaurant gesehen und mich sofort in sie verguckt, und Justin hat mit dem Besitzer gehandelt, und wir kauften sie!» Lautes, anhaltendes Lachen. «Ich finde sie schön. Aber sie hat zu mir gesagt, ich sollte sie auf den Müll werfen, sie wären alt und häßlich.»

Anastasia hielt den Atem an. «Oh, *das tut mir leid*, Joy. Sie kann so grausam sein. Sie sind sehr schön», sagte sie ernsthaft. Warum fühlte sie sich für das Benehmen ihrer Mutter verantwortlich?

Na, das hörte sich doch so an, als ob sie und Justin noch zusammen wären, weder nach der Bitterkeit einer verlassenen Ehefrau, für die Mutter sie hielt, noch nach einer Frau, die ihren Mann verlassen hatte, so wie Anastasia sie einschätzte.

Joys Gesicht war leicht verzogen – Wut, Kummer? Sie sah auf ihre dünnen Hände hinunter, die sie ineinander verknotet hatte. Anastasia sah ebenfalls diese Hände an. Sie waren verkrampft, weiß vor Spannung. O Gott.

«Sie versucht einfach immer, mich – ach, ich weiß nicht – als ob alles an mir schlecht sei, als ob ...» Sie blickte zu ihrer Schwester hoch. «Und dich lobt sie ständig, sie gibt geradezu mit dir an, wirklich.»

«Oh, Joy!» rief Anastasia. «Du weißt doch, wie mein Haus aussieht!»

«Es geht nicht um dein Haus. Es geht um deinen Beruf, dein Buch, die berühmten Leute, die du kennenlernst ...»

«Mich kritisiert sie auch. Dauernd. Mein Haus, mein Geld, daß ich nicht in einem repräsentativeren Haus wohne, meine Möbel, daß ich mir keine moderneren Möbel kaufe. Meine Kleidung. Meine Kochkünste.» Anastasia grinste.

Joy sah sie an. «Ich weiß.»

Sie weiß es. Also beschwert sich Mutter bei ihr über mich, und bei mir über sie. Ja. Aber wir beide wissen noch etwas, etwas, über das wir nicht sprechen werden. Was immer sie geben kann, wird sie mir geben, nicht Joy. Oh, Joy! Ihre Hände liegen so weiß und verkrampft in ihrem Schoß, lange Nägel, die sich in ihr Fleisch eingraben, genau wie Mutters Hände. Und Ardens! Ardens!

«Sie sagt, daß mich die Renovierung des Hauses 20000 Dollar kosten würde!» Joy explodierte vor Lachen. «Kannst du dir das vorstellen?» Lachen, laut, verkrampft, gekünstelt, Tränen auf den Wangen. War Lachen ihre Art zu weinen?

Es *würde* soviel kosten. Aber Anastasia lachte, als ob es eine lächerliche Behauptung wäre.

«Oh, mein Gott!» Joy wischte sich die Augen. «Aber sie war wirklich wunderbar, als ich hier eingezogen bin. Sie und Daddy sind gekommen und haben mir geholfen, die Sachen hinzustellen und alles einzuräumen. Und sie hat mir Jenny für ein paar Tage abgenommen, bis ich hier etwas Ordnung geschaffen hatte. Und sie nimmt sie mir ab, wann immer ich sie darum bitte. Sie ist wirklich großartig! Jenny ist jetzt bei ihr. Ich gehe heute abend zum Essen zu ihr, wenn die Kinder vom Schwimmen zurückkommen, und hole Jenny ab.»

Erleichtert ließ Anastasia sich in ihren Sessel zurückfallen. «Das ist prima.»

«Aber ich mache mir solche Sorgen um sie. Ihr geht es so schlecht. Ich glaube, sie langweilt sich einfach, ich sage ihr ständig, sie soll unter Leute gehen, sich Freundinnen suchen. Ich habe es ihr schon so oft gesagt, daß es mir schon selbst zum Hals raushängt! Ich habe mir geschworen, nichts mehr zu sagen, und dann, wenn ich sie das nächste Mal sehe, entfährt es mir einfach, Mom, du mußt unter Leute kommen.»

«Ich weiß», seufzte Anastasia. «Jetzt hat sie die Klavierstunden aufgegeben.»

«Ja», seufzte Joy. «Sie erzählt es in einem Ton, als ob jemand gestorben wäre.» Strahlend richtete sie sich auf. «Wie wär's mit einem Drink? Es ist fast fünf Uhr!»

«Gern.»

Die beiden Frauen erhoben sich und trugen das Teegeschirr in die Küche zurück. Anastasia setzte sich auf einen Küchenstuhl und sah zu, wie Joy die Drinks mixte, während sie sich über ihre bedauernswerte Mutter unterhielten, ihr Lieblingsthema, die Person, die sie auseinandergerissen hatte, die Person, die sie miteinander verband, das einzige auf der Welt, an dem sie merkten, daß sie Schwestern waren.

XIII. Kapitel

1 *Das Akzidens ist auf zweifache Weise: notwendig... und nicht notwendig... Mag auch die Privation ein akzidentelles Prinzip sein, so folgt doch daraus nicht, daß sie nicht notwendig ist für die Entstehung, weil die Materie niemals der Privation entbehrt:*
denn sofern sie eine bestimmte Form annimmt, fehlt es ihr an einer anderen.

Thomas von Aquin: *De principiis naturae*, II

Dieses Zitat ist meine wichtigste Stütze im Leben. Ich habe es auf ein postkartengroßes Stück Karton getippt und über meinem Schreibtisch aufgehängt. Ich lese es jeden Tag. Es gibt mir Halt und innere Ruhe und bewahrt mich davor umzufallen. Arden bemerkte es eines Tages – vor vielen Jahren – und fragte mich, was es bedeuten solle. Sie konnte die abstrakte Ausdrucksweise nicht verstehen. Ich verdeutlichte es ihr auf scherzhafte Weise, indem ich ihr erklärte, daß eine Karotte, insofern als sie eine Karotte ist, kein Sellerie sein kann. Die Karotte mag sich noch so inbrünstig wünschen, ein Sellerie zu sein, sie mag vor Trauer über ihr einsames Einzeldasein dahinwelken und sich danach sehnen, eng an ihre Artgenossen geschmiegt zu leben, wie es die Selleriestangen tun: Sie mag sich danach verzehren, über der Erde am Licht zu wachsen und zarte hellgrüne Blätter zu treiben, aber das wird nie passieren. Sie wird immer dunkelgrüne gefiederte Blätter haben und ihr Leben in der warmen, dunklen Erde zubringen, in Dunkelheit und Einsamkeit. Sie wird immer nur haben, was sie hat, sein, was sie ist. Bis an ihr Ende.

Ich erklärte ihr nicht, was es für mich bedeutete. Ich bemühe mich immer, mir vor Augen zu führen, daß ich eine Menge habe. Und daß ich mich damit aussöhnen muß, daß ich habe, was ich habe, und bin, was ich bin, und nichts anderes, bis an mein Ende. Denn was eine bestimmte Form hat, dem fehlt es an anderen.

Aber es fällt mir schwer. Es ist einfach schwer, zu leben, zu atmen und zu fühlen und dabei zu wissen, daß dein Herz tot ist, zwangsläufig, weil du bist, was du bist, und daß du es nicht wiederbeleben kannst.

Clara sagt: «Du bist genau wie deine Mutter. Du siehst keine Alternative. Du machst alles dicht und setzt dich hin und weinst, statt die Tür aufzumachen und hinauszuschauen.»

«Wohin? Worauf?» kontere ich. «Und außerdem», ärgerlich, stolz, «weine ich nie.»

Wenn ich hier sitze und diese staubigen Kartons durchkrame, die alte Fotos, Briefe, Erinnerungsstücke aller Art enthalten – die Klassenfotos der Kinder, eine Urkunde über die Verleihung des Lyrikpreises der Linden Street School für die fünfte Klasse an Arden Carpenter, einen Zeitungsausschnitt, der aufgehoben wurde, weil... Weshalb? Tonis und meine Heiratsurkunde, zwei vergilbte Zeugnisblätter für William Carpenter, zweite und dritte Klasse – und wenn ich dann Rückschau halte, angeregt durch diese Fragmente, die für jeden anderen Menschen nur bedeutungsloser Papiermüll wären, dann erinnere ich mich an schöne Jahre, an glückliche Zeiten. Ich komme nicht dahinter, wann und wodurch sich alles geändert hat. Ich nehme an, es schlug nicht plötzlich um, sondern zerrann ganz allmählich, genauso allmählich, wie meine Mutter in den Zustand hinübergeglitten ist, in dem sie sich jetzt befindet. Es ist unmöglich, den Anfang vom Ende zu datieren: Wann war das erste Mal, daß Arden mir gegenüber patzig und wütend wurde und ich ihr in die Augen blickte und schieren Haß darin sah? Daß ich merkte, daß Billy kaum noch zu Hause war und fast seine ganze Freizeit bei Brad zubrachte? Daß mir auffiel, daß Toni – doch, ja, das weiß ich noch.

Es ging uns finanziell gut genug, daß wir uns eine Frau leisten konnten, die ins Haus kam und putzte, die Wäsche wusch, bügelte und aufräumte – ein ewig hoffnungsloses Unterfangen bei uns. Es erleichterte mich sehr, diese Arbeiten jemandem für Geld zu übertragen. Ich haßte es, sie selbst zu tun, aber ich hatte auch ein schlechtes Gewissen, wenn Toni soviel Hausarbeit machte. Ich weiß nicht, ob ich auch so empfunden hätte, wenn er eine Frau gewesen wäre und ich ein Mann.

Einmal mußte Mrs. Landors früher gehen, warum, weiß ich nicht mehr, irgendein Termin, und sie hatte keine Zeit mehr, die gebügelte Wäsche wegzuräumen. Also tat ich es. Ich bin keine gute Hausfrau, aber ich liebe gebügelte Wäsche, weshalb es eine ganze Menge davon gab, Schlafanzüge, Tischtücher, T-Shirts, Blusen und Hemden, die auf Bügeln hingen. Ich erinnere mich, daß ich an dem Tag sehr guter Laune war, ich summte zu einer Schallplatte, «He's My Man», von Billie Holiday, während ich von einem Zimmer zum andern ging und saubere, frisch gebügelte Wäschestücke in Schränken und Kommodenschubladen verstaute. Um Ardens Schubladen machte ich einen Bogen, weil es darin immer aussah wie Kraut und Rüben, ich legte ihre Sachen einfach auf ihr Bett (nachdem ich dieses gemacht hatte) und ging in unser Zimmer, an Tonis Kommode, um ein paar T-Shirts wegzuräumen, und dort lagen sie in der untersten Schublade, aufeinandergestapelt, schimmernd und luxuriös: drei seidene Hemden.

Heutzutage wäre daran vielleicht weiter nichts Schockierendes, aber damals konnte man noch ein anständiges weißes Männerhemd im Sonderangebot für 2.95 Dollar kaufen, während seidene Hemden 75 Dollar kosteten. Und Toni ging nie groß aus – wir verbrachten gelegentlich mal einen Abend mit Nachbarn oder auf einer Party, aber er ging ja weder zur Arbeit noch zu Geschäftsessen oder Cocktailparties oder irgendwelchen anderen gesellschaftlichen Anlässen, für die eine formellere Garderobe vonnöten gewesen wäre. Wozu also diese Hemden? Und woher hatte er sie? Ich lief nach unten an meinen Schreibtisch und zog die Bankbelege der letzten paar Monate heraus. Ich bezahlte alle Rechnungen, aber ich prüfte die Beträge nie weiter nach. Und da war es: Lord & Taylor, drei seidene Hemden, 225 Dollar, zuzüglich Mehrwertsteuer.

Ich war entsetzt. Aber ich wußte nicht, was ich tun sollte. Toni und ich redeten nie über Geld. Wir hatten ein gemeinsames Girokonto, auf das ich regelmäßig eine gewisse Summe einzahlte. Wenn er Geld brauchte, löste er einen Scheck ein, und er trug auch die wenigen Kreditkarten, die wir besaßen – damals bestritt man noch nicht alles per Kreditkarte – mit sich herum, weil er den größten Teil unserer Einkäufe erledigte. Ich hatte nie zu Toni gesagt, du darfst nur soundsoviel ausgeben oder nur dies und das kaufen, aber jenes nicht. Wie konnte ich da jetzt auf einmal zu ihm sagen… Aber ich sagte es, kaum daß er das Zimmer betreten hatte:

«Warum in aller Welt kaufst du dir seidene Hemden!»

Er sah mich an, mit einem Blick, wie er ihn noch nie zuvor gehabt hatte – schwer zu beschreiben, ganz *distanziert*, als würde er mich gar nicht kennen. Er war blaß.

«Was hast du in meinen Schubladen herumzuschnüffeln?» lautete seine Antwort.

«*Schnüffeln!* Was heißt hier *schnüffeln*! Ich habe dir deine verdammte Wäsche eingeräumt, du Scheißkerl!»

Er drehte sich um und ging hinaus. In die Küche. Ich wie eine Furie hinter ihm her. «Toni! Ich habe dich etwas gefragt!» Er wandte sich wieder von mir ab und ging zurück ins Wohnzimmer, wo er sich aufs Sofa setzte und anfing, lässig in einer Zeitschrift zu blättern, als sei er völlig ungerührt. Aber sein Körper war angespannt, ich sah, daß er sprungbereit war. Er war schon öfters plötzlich aufgesprungen, wenn wir uns gestritten hatten, um ein Glas an die Wand zu schmettern oder eine Vase herunterzufegen.

Ich setzte mich ihm gegenüber in einen Sessel. Er zündete sich eine Zigarette an. Ich zündete mir eine Zigarette an. «Toni», begann ich vergleichsweise ruhig, «natürlich kannst du kaufen, was du willst. Du weißt ja, wieviel Geld wir haben. Aber brauchst du wirklich seidene Hemden? Für 75 Dollar das Stück? Wo wir immer noch Ardens Kieferorthopäden bezahlen müssen? Warum?»

«Weiß ich das?»

Ich starrte ihn an.

«Weiß ich wirklich, wieviel Geld wir haben?»

Mein Gesicht fing an zu glühen.

«Oder hortest du heimlich Geld auf irgendwelchen Konten, die auf deinen Namen laufen, und Papiere, von denen du mir nie ein Sterbenswörtchen erzählt hast?»

«Du warst an meinem Schreibtisch!»

«Das war reiner Zufall. Genau wie mit meinen Schubladen. Ich habe die Rechnung gesucht, die der verdammte Kieferorthopäde geschickt hat, er hat angerufen, er war sauer, er hat behauptet, wir schuldeten ihm noch 400 Dollar. Und dabei habe ich den ganzen Kram gefunden – Kontoauszüge, Wertpapieraufstellungen, alles über *World* an dich adressiert, damit ich nichts davon mitkriege.»

Ich sank tiefer in meinen Sessel.

«Ich habe damals kein Wort gesagt, als du dieses Haus auf deinen Namen gekauft hast. Oder als du die Lebensversicherung zugunsten der Kinder abgeschlossen hast. Das hat mir alles noch irgendwo eingeleuchtet. Und ich hätte nicht einmal etwas dagegen gehabt, daß du Bankkonten auf deinen Namen besitzt oder meinetwegen Wertpapiere... Ich meine, irgendwo ist das nur logisch, du verdienst schließlich das Geld, und ich bin nicht deine Ehefrau, obwohl ich die Arbeit einer Ehefrau mache... Ich hätte mich bestimmt damit arrangiert, wenn du mir davon erzählt hättest. Aber das hast du nicht getan.»

«Nein», gab ich kläglich zu.

«Warum nicht?»

Ich spürte, daß mein Gesicht total verhärtet war. «Ach, ich weiß nicht.» Ich wußte es wohl. Aber ich konnte es nicht sagen. Wie hätte ich denn sagen können: Du bist einfach kein gleichwertiger Partner, du trägst nicht die Hälfte der Verantwortung. Für alles bin ich zuständig. Und deshalb will ich auch die Kontrolle haben. Ich redete um den heißen Brei herum. «Weißt du... du bist noch so jung... du bist ein Mann. Wir haben unter dem Druck der Umstände geheiratet... Ich habe wohl nie recht daran geglaubt, daß unsere Ehe halten würde, mich nie wirklich verheiratet gefühlt...»

Sein angespannter Körper schnellte empor, und sein Gesicht war kalkweiß. «Schleppst du deshalb dein Diaphragma ständig mit dir herum, wenn du irgendwo hingehst?»

Ich saß wie tot da. Nach einer Weile stand er auf. Ich hörte ihn in der Küche herumfuhrwerken. Er kam wieder zurück, mit einem Drink, der aussah wie purer Wild Turkey. Er setzte sich wieder und trank mit großen Schlucken.

«Ich habe in den letzten Monaten eine Menge nachgedacht», hob er an.

«Wie lange brütest du denn bereits darauf herum?» fauchte ich. Ich konnte den Gedanken nicht ertragen, daß er schon die ganze

Zeit mir gegenüber so empfunden hatte, daß er alles gewußt und mich gehaßt hatte und trotzdem mit mir geschlafen hatte...

Er hob die Augenbrauen. «Ach, jetzt bin *ich* auch noch der Böse?»

Ich stand nun meinerseits auf, ging in die Küche und machte mir meinen eigenen gottverdammten Drink. Ich plumpste wieder in meinen Sessel. Ich hatte es satt. «Paß mal auf. Du bist sauer auf mich, und das ist dein gutes Recht. Aber ich habe keine Lust, mit dir Katz und Maus zu spielen. Es tut mir leid, wenn dich das mit dem Geld getroffen hat, aber es *ist* nun einmal mein Geld, ich habe es verdient, und ich spare oder investiere, wie ich es für richtig halte! Du hast die ganze Zeit in der Gegend herumgetönt, du wolltest einen Sportwagen! Wer weiß, was dir noch eingefallen wäre, wenn du gewußt hättest, daß Geld da ist! Ich habe einen unsicheren Beruf. Ich weiß nicht, wie lange es mit diesem Job gutgeht.»

«Quatsch! Die sind doch begeistert von dir. Das ist also der Eindruck, den du von mir hast? Weißt du, mir liegt nichts daran, mit einer Frau verheiratet zu sein, die glaubt, daß mein hübsches Köpfchen zu hohl ist, als daß ich mit Geld umgehen könnte, als daß man mir in Gelddingen vertrauen könnte! Dem man besser nur ein bißchen Taschengeld gibt, für Essen und Kleidung und Benzin und was man sonst noch so braucht!»

«Du kaufst dir deine Kleidung nicht vom wöchentlichen Haushaltsgeld! Du überweist von unserem Konto!»

«Und was ist mit meiner Arbeit? Früher hast du mich dafür bezahlt, daß ich auf deine Kinder aufgepaßt habe, aber seit wir verheiratet sind, tust du es nicht mehr. Als Ehefrau hat man gratis zu arbeiten, was?»

«*Meine* Kinder?» brüllte ich. «Du kannst dir Geld holen, so oft du willst, was soll der Quatsch mit dem Taschengeld, was weiß ich, ob du nicht die ganzen Jahre mehr Geld abgehoben hast, als du brauchst, und welches beiseite gelegt hast, auf dein Konto! Du hattest schließlich ein Konto, als wir geheiratet haben, und ich habe dich nie danach gefragt, ich wollte nie wissen, was du besitzt!»

«Da hast du verdammt recht. Hab ich. Ich habe Geld auf die hohe Kante gelegt. Alles, was am Ende der Woche noch übrig war. Die ganzen Jahre über. Wie eine richtige Hausfrau.»

«Du Schlitzohr!» Dann mußte ich lachen. «Wieviel besitzt du denn?» fragte ich, mir die Augen wischend.

«Nicht soviel wie du.» Er grinste. «Aber immerhin 1200 Dollar.»

«Oh, du Schlitzohr», stöhnte ich, immer noch lachend.

Wir saßen uns einen Moment lang gegenüber und lächelten uns an, bis ihm wieder einfiel, was ihm noch zu schaffen machte. «Also, wie viele waren es? – Liebhaber, meine ich. Bumst du überall herum, wo du hingehst? Bist du eine richtige kleine Nutte?»

«Untersteh dich, mir mit Beleidigungen zu kommen, Antoni Nowak, das lasse ich mir nicht gefallen! Ich tue, was ich will, ich lebe, wie ich will, so wie es mir gefällt! Ich habe nie versucht, mich für etwas auszugeben, was ich nicht bin!»

«Und damit ist alles in Ordnung?»

«Toni, kontrolliere ich dich jemals? Verlange ich etwa, daß du mir Rechenschaft darüber ablegst, was du mit deiner Zeit anfängst? Du könntest mit allen Frauen im ganzen Viertel Affären gehabt haben.»

«Du vergißt die Kinder», schnappte er. «*Deine* Kinder. Es sind nämlich sehr wohl *deine* Kinder. Nicht meine.»

Das saß. «Du liebst sie aber doch!» flennte ich, dann putzte ich mir die Nase.

«Ganz egal, ob ich sie liebe oder nicht, Kinder sind nun mal, was Seitensprünge anbelangt, das wirksamste Hindernis, das die Menschheit je erfunden hat. Nur deshalb können die ganzen Männer doch einfach weggehen und anderswo schamlos herumbumsen – weil sie genau wissen, daß ihre Frauen das nicht können, weil immer und ewig die Kinder da sind!»

Ich linste über mein Taschentuch hinweg. «Klingt, als hätte es dich verdammt gejuckt.»

«Egal, ob ich wollte oder nicht, ich habe es nicht getan. Kann es gar nicht. Hätte es nie gekonnt. Selbst wenn ich gewollt hätte. Aber ich *wollte* es nicht, verdammt noch mal!» Jetzt war seine Nase zu, seine Stimme belegt. «Ich liebe dich, ich habe dich so sehr geliebt, daß ich an keine andere Frau auch nur gedacht habe, keine hat mich so gereizt wie du.»

Schweigen.

Ich dachte an Grant. Ich liebte ihn, ich konnte die Vorstellung nicht ertragen, ihn aufzugeben. Ich wollte auch meine spontanen sexuellen Episoden nicht streichen. Sie waren mir *wichtig*. Ich konnte das nicht erklären. Es widersprach so völlig den allgemeinen

Moralvorschriften für Frauen und besonders für verheiratete Frauen... Und doch wußte ich, daß ich nicht nur das Gefühl gehabt hätte, man hätte mir etwas weggenommen, wenn ich davon gelassen hätte, sondern daß ich zu einem grauen verdorrten Etwas dahingewelkt wäre, daß ich abgestorben wäre. «Es tut mir wirklich leid», sagte ich.

Er seufzte und zündete sich noch eine Zigarette an. «Ich weiß nicht, was ich machen soll.» Er sah mir in die Augen. «Ich nehme an, es wäre sinnlos, von dir zu verlangen, daß du es bleibenläßt.»

«Ich könnte es versuchen. Aber wenn ich es nicht durchhalten würde, hätte ich Schuldgefühle, und ich wäre wütend auf dich. Und würde ich es durchhalten, dann würde ich dich dafür hassen. Das würde ich mit Sicherheit. Ich weiß nicht, ob ich dir das je verzeihen könnte.» Ich schneuzte mich wieder.

«Wir könnten vielleicht so tun, als führten wir eine dieser offenen Ehen, wo beide Teile machen, was sie wollen», bot er an.

Mein Herz tat einen Hüpfer: eine Lösung? «Was meinst du mit *so tun*?»

Jetzt sprang er wirklich auf, sein kleiner muskulöser Körper schnellte vor wie eine Faust, und er fuhr mit dem Arm über das Kaffeetischchen vor ihm und fegte alles, was darauf stand, mit lautem Getöse zu Boden. «*So tun* deshalb, weil es bei dir so sein wird und bei mir nicht! *So tun*, weil ich es erstens nicht will und zweitens gar nicht kann, weil ich die Kinder am Hals habe!»

«*Meine* Kinder sind kaum noch zu Hause. Das einzige Kind, das da ist, ist *deins*. Das Kind, das du unbedingt wolltest. Von dem du geschworen hast, daß du dich darum kümmern wirst. Schieb das bloß nicht mir in die Schuhe!»

Er fiel aufs Sofa zurück. Er war fix und fertig. Ich stand auf und ging zu ihm hinüber. Sein Gesicht zu sehen schmerzte mich. Ich setzte mich neben ihn, legte ihm die Hände auf die Wangen, küßte ihn auf die Stirn.

«Ach, Toni, es tut mir leid, daß ich so bin. Es tut mir leid, daß ich dir weh tue. Ich liebe dich doch.»

Er fing an zu weinen. «Wenn ich daran denke, wie du dich vor sieben Jahren verhalten hast, wie eifersüchtig du warst, wie besitzergreifend. Ich dachte, ich wäre alles für dich!»

Ich rückte jäh von ihm ab. «Eifersüchtig! Besitzergreifend! Ich? Wovon sprichst du?»

«Erinnerst du dich nicht mehr an den Abend, als Drew Linden bei uns war? Deine Freundin, die mit diesem angeberischen Arschloch von Mann, Courtney. Sie sind kurz danach weggezogen. Du hast gesagt, sie würde mir Honig um den Mund schmieren und ich würde ihn fressen. Erinnerst du dich nicht mehr? Du hast geweint und gesagt, wenn ich mich mit ihr einließe, würdest du es nicht überleben. Verdammt, kannst du dich daran nicht mal mehr *erinnern?*»

Es war mir entfallen. Jetzt erinnerte ich mich wieder. Vage. «Ich habe geweint? Ich habe gesagt, du sollst dich nicht mit ihr einlassen?» Diesen Teil hatte ich vergessen. Ich erinnerte mich, wie sie sich den ganzen Abend lang schöne Augen gemacht hatten und wie sie unterm Tisch mit ihm gefußelt hatte, ich erinnerte mich, wie widerwärtig ich das gefunden hatte. Aber sonst an nichts.

«Oh, Anastasia», jammerte Toni.

Wir versöhnten uns wieder. Ich weiß nicht wie, nicht mit Worten, es waren unsere Körper, die es auffingen, die sich unabhängig von unserem Willen immer noch aneinanderklammerten. Und außerdem, denke ich inzwischen, gab es für Toni gar keinen Ausweg. Er liebte Franny und hing an ihr und konnte sich nicht vorstellen, sie zu verlassen, aber was sollte er machen, wie hätte er gehen und sie mitnehmen können? Er konnte sich nicht rühren. Und sein Roman war fast fertig, und er war ganz ausgezeichnet, daß wußte er, und es wäre sehr schwer für ihn gewesen, ihn zu beenden, wenn er sich einen Job hätte suchen müssen, der ihn von mir unabhängig gemacht hätte. Er war haargenau in der Situation einer verheirateten Frau mit Kindern. Und ich, Gott helfe mir, war in der Position des Mannes.

Ich fuhr Mutter besuchen. Toni war für einige Tage in Dayton, weil sein Vater einen Herzinfarkt gehabt hatte. Ich hatte gerade nichts zu tun, und die Kinder hatten Ferien, und so packte ich uns an einem schönen Sommermorgen alle ins Auto und fuhr hinaus nach Suffolk, um dort ein paar Tage zu verbringen. Ich sah meine Mutter nur selten, und die Kinder waren gern dort, es war nicht weit zum Strand, und sie konnten Krocket auf dem Rasen spielen und Grandmas Kochkünste genießen. Mutter und ich saßen dann abends immer lange auf und redeten.

Ich fragte sie über ihr Leben aus, immer wieder von vorn, ließ mir die Geschichten erzählen, die ich schon so oft gehört hatte: Wie ihr Vater mit dem Rahmspinat geworfen hatte, wie sie gekocht hatte und es gekonnt hatte, ohne es je gelernt zu haben, wie sie in der Kartonagenfabrik gearbeitet hatte, wie sie an ihrem ersten Schultag wieder nach Hause geschickt worden war, weil sie kein Englisch gekonnt hatte. Diese Geschichten erzählte sie spät nachts, wenn wir beide schon etwas getrunken hatten und sie bereit war, sich noch einmal dahin zu begeben, wo diese Geschichten vergraben lagen, dorthin, wo die Tränen waren.

Am frühen Abend pflegte sie dagegen mich auszufragen, und ich erzählte ihr dann haarklein von meinem Leben. Besonders begierig war sie nach Geschichten über mein «gesellschaftliches Leben». Sie wollte von meinen Reisen hören, von Komplimenten, die man mir gemacht hatte, von allen Dingen, die sich im entferntesten als Erfolg werten ließen, und von den Männern in meinem Leben, insbesondere von Grant. Nach Grant fragte sie jedesmal und immer in sehr positivem Ton. Ich merkte deutlich, daß sie hoffte, ich würde mich von Toni scheiden lassen und Grant heiraten – er war älter und hatte einen angesehenen Beruf, und sie dachte, daß er sicher auch Geld hätte, jedenfalls bestimmt mehr als Toni.

Eines Abends – ich war schon eine Zeitlang da – sahen wir die Abendnachrichten im Fernsehen, und ein Beitrag drehte sich um Elizabeth Taylor: Sie heiratete gerade ihren Ehemann Nummer soundsoviel, ich weiß nicht mehr welchen, und ich sagte: «Ich frage mich wirklich, warum sie sie alle heiratet. Sie muß eine romantische Natur sein, offenbar glaubt sie an die Ehe.»

«Sie lebt wie ein Mann», urteilte Mutter.

«Was meinst du damit?»

Sie zuckte mit den Schultern. «Wie ein Mann eben. Männer geben sich auch nicht mit einer Frau zufrieden, sie wollen immer noch mehr, mehr, mehr. Sie wollen immer noch eine und noch eine.» Sie wandte sich mir zu. «Genau wie du. Du lebst wie ein Mann.»

Ich hatte mir oft Vorwürfe über mein Verhalten gemacht, aber als sie das sagte, war mir schlagartig alles klar. Ich war einfach so konstruiert wie ein Mann. Ich konnte nicht gegen meinen Sexualtrieb an, er war mir angeboren. Und genau wie die Männer fühlte ich mich durch das häusliche Einerlei erstickt und erdrückt. Ich wollte Freiheit, totale Freiheit. Vielleicht ging es ja allen Menschen so,

Frauen wie Männern. Vielleicht ging es ja nicht darum, daß ich wie ein Mann war, sondern daß nur Männer ihre Wünsche ausleben durften. Ich sah meine Mutter an.

«Und du, hättest du gern so gelebt?»

Sie zuckte mit den Schultern. «Woher soll ich das wissen? Ich habe immer wie eine Frau gelebt.»

«Und warum bin ich dann anders als du?»

«Ach du!» Sie machte eine Geste, als ob sie mir einen Klaps geben wollte.

«Ja?» Ich war amüsiert.

«Du», seufzte sie, «du hast immer schon alles gewollt.»

«Und was ist mit dir? Hättest du denn selbst auch gern so gelebt?»

Sie legte den Kopf schief, zog die Augenbrauen ein klein wenig schräg; war da nicht für einen Sekundenbruchteil ein Anflug von Blitzen in ihren Augen? «Ach, ich weiß nicht, Anastasia», sagte sie mit einer Stimme, die mich warnte, daß ich weit genug gegangen war – noch einen Schritt und ich bekäme das verärgerte «Ach, Anastasia!» zu hören, das ich so gut kannte. Sie würde aufstehen und zu Bett gehen und mich auf meinen Fragen sitzenlassen. Ich ließ das Thema fallen.

Während der Heimfahrt am nächsten Tag versuchte ich die ganze Zeit mir vorzustellen, was sie wohl für ein Mensch gewesen wäre, wenn sie sich sexuell hätte frei ausleben können – und wie es wohl gewesen wäre, so eine Mutter zu haben. Ich kam schließlich zu dem Schluß, daß es gut für sie gewesen wäre, aber nicht für uns. In solchen Situationen finde ich das Walten der Natur immer erstaunlich: Warum hatte sie uns mit so viel sexueller Begierde ausgestattet, wenn unsere Kinder darunter litten? *Litten* unsere Kinder denn darunter? Ich hatte mir noch nie Gedanken darüber gemacht, wie sich mein Verhalten wohl auf meine Kinder auswirkte, da sie gar nichts davon wußten, nie etwas davon mitbekommen hatten.

Meine Probleme mit Billy begannen irgendwann während seiner letzten beiden High School-Jahre – 1967/68. Billy war fleißig in der Schule, und das mußte er auch, weil er Medizin studieren wollte: Er brauchte gute Zensuren in Mathematik, Physik, organischer Chemie, Fächern, die Arbeit verlangten. Er hatte wenig Freunde. Ein paarmal in der Woche kam ein Klassenkamerad, der bei uns in der

Nähe wohnte, nach der Schule noch mit, und sie spielten eine Weile Basketball an unserem Reifen, und manchmal gingen sie am Freitagabend zusammen ins Kino. Aber Billy zog nie mit einer Clique herum wie andere Jungen, und er hatte keine Verabredungen mit Mädchen. Ich war ein wenig besorgt deshalb, erinnerte mich aber, daß ich selbst in der High School auch schüchtern und asexuell gewesen war, und redete mir deshalb zu, abzuwarten und mir keine Gedanken zu machen.

Unser Verhältnis war immer noch sehr eng, wenn auch nicht mehr so eng wie früher. Billy war von Anfang an mein Kind gewesen. Vielleicht einfach zwangsweise. Brad hatte mit seiner Tochter viel mehr Geduld als mit seinem Sohn, und wenn er liebevoll oder zum Spielen aufgelegt war, dann nur mit Arden. Seine Eltern hatten sich immer eine Tochter gewünscht und keine bekommen – also überschütteten sie Arden mit Zuwendung, zumindest als sie klein war. Und meine Mutter schien überhaupt nur Mädchen *wahrzunehmen*, Jungen existierten für sie gar nicht. Niemand schien sich um den armen Billy zu kümmern, und ich versuchte, das wieder wettzumachen, indem ich ihn öfter hochnahm, auf dem Schoß hielt und mit ihm schmuste, als ich es mit Arden tat. Ich bemühte mich, ihm das Gefühl zu geben, daß er genauso geliebt wurde wie sie. Oder zumindest dachte ich das.

O Gott.

Auf jeden Fall *gehörte* er mir, *hing* er auf eine ganz besondere Weise an mir. Er wollte immer mit, wohin ich auch ging: Ein Gang zum Supermarkt mit mir war für ihn ein freudiges Ereignis, und wenn wir zusammen unterwegs waren, bestand zwischen uns eine Nähe, die sich schwer beschreiben läßt – als wären wir buchstäblich ein Herz und eine Seele, als entspräche alles, was ich sagte oder tat, seinem innigsten Wunsch.

Das änderte sich, als er in die Pubertät kam, als seine Stimme brach und tiefer wurde. Er war schon immer ein schlechter Verlierer beim Schach gewesen, aber jetzt spielte er es auf eine verbissene Weise, fast als haßte er Toni, den er im Jahr zuvor noch geliebt hatte. Er begleitete mich nach wie vor zum Supermarkt oder in andere Geschäfte und ging mit mir essen, wenn Toni gerade völlig in seine Arbeit versunken war. Aber wenn wir jetzt zusammen waren, hatten sein Gesicht und sein Körper etwas Angespanntes, Befangenes. Ich spürte, daß er mich gern berühren wollte, wie er es als Kind getan hatte, meine Hand halten, seinen Kopf an meinen Körper lehnen, meine Taille mit den Armen umschlingen – und daß er sich bremste. Ich vermißte die Unbefangenheit und Unschuld von früher, mein Baby, meinen süßen kleinen Jungen, meinen Liebling, aber ich wußte, es war richtig, sogar notwendig, daß er ein Stück von mir abrückte. Ich drängte ihn obendrein – und im Rückblick könnte ich mich dafür ohrfeigen –, sich zu bemühen, seinen Vater besser kennenzulernen. Lange Zeit schien er kein weiteres Interesse an seinem Vater zu haben. Er sah Brad nach wie vor jede oder jede zweite Woche, gewöhnlich zum Essen, mit oder ohne Arden, am Dienstagabend. (Dienstags abends war das Fernsehprogramm immer schlecht, sagten die Kinder. Und vielleicht fand Brad das ja auch.)

Es muß gegen Ende seines Junior-Jahres gewesen sein, als er mir erzählte, sein Vater habe ihm einen Ferienjob für den Sommer angeboten. Im Immobiliengeschäft sei im Frühling und Sommer Hochsaison, und deshalb würden Leute gebraucht. Billy könne ja bei den Büroarbeiten aushelfen, habe Brad gemeint, und die Anrufe entgegennehmen, wenn alle unterwegs seien. Dabei könne er einiges über die Branche lernen.

«Und wofür soll das gut sein?» fuhr ich dazwischen. «Du willst schließlich Arzt werden und nicht Immobilienmakler!»

Mein Ton ließ irgend etwas in seinem Inneren in sich zusammenschnurren, das sah ich an seinem Gesicht. «Das Medizinstudium ist teuer, Mom. Ich möchte einfach ein bißchen Geld verdienen», murmelte er.

Trotzdem, ich konnte es nicht kommentarlos unterstützen. Es paßte mir nicht, ich wollte es nicht. Aber ich hatte keinen besseren Vorschlag auf Lager. Also gab ich knurrend meine Einwilligung, und den ganzen Sommer über bekam ich Billy kaum zu Gesicht. Er wurde goldbraun vom morgendlichen Golfspiel mit seinem Vater – Brad kaufte ihm sogar eigene Schläger. Er versucht, ihn zu seinem Ebenbild zu formen, genau wie sein Vater es mit ihm gemacht hat, dachte ich, und alles in mir begehrte dagegen auf. Natürlich wollte Brad, daß er Medizin studierte, das wußte ich, er war mächtig stolz darauf, daß sein Sohn Arzt werden wollte. Das war damals der Traum aller Eltern, obwohl ich keinen plausiblen Grund dafür weiß, außer das Ärzte einen Haufen Geld verdienten. Ich wurde einfach das Gefühl nicht los, daß Brad versuchte, ihn... einer Art

Gehirnwäsche zu unterziehen ... von mir abzunabeln, ihn umzuerziehen, zu einem ... einem *Republikaner*.

Brad hatte für Billy ein Sparkonto eröffnet, und eines Tages zeigte mir mein Sohn sein Sparbuch – er hatte fast alles, was er den Sommer über verdient hatte, eingezahlt und besaß nunmehr beinahe 1000 Dollar.

«So viel hast du verdient? Bezahlt er dich in Goldbarren?»

«Ach, Mom.» Er ließ die Schultern hängen. Ich trat hinter ihn und schlang meine Arme um seine Taille. Ich schmiegte meinen Kopf an seinen Rücken. «Kümmere dich nicht weiter um mich, mein Schatz. Ich bin bloß eifersüchtig.» Er drehte sich um und legte die Arme um mich. Er zog mich an sich. «Das brauchst du nicht, Mom.»

«Ich sehe wohl Gespenster. Ich habe die ganze Zeit das Gefühl, daß er versucht, dich zu seinem Ebenbild zu machen, und ich will nicht, daß das passiert.»

«Das wird nicht passieren, Mom», sagte er ruhig, aber mit so viel Überzeugung, daß ich es einfach glauben mußte. «Er ist mein *Vater*, Mom. Ich will nicht so werden wie er, ich sehe ja, wie er ist. Aber ich liebe ihn.»

Ich schloß die Augen. Hatte ich das nicht immer gewollt? Daß sie ihren Vater so sehen sollten, wie er war, und ihn doch gleichzeitig lieben? Warum war ich dann so von Eifersucht zerfressen? Eifersüchtig und besitzergreifend, hatte Toni gesagt. Damals hatte ich das gar nicht auf mich beziehen können.

Ich sah Billy ins Gesicht; er hatte Tränen in den Augen, sein Ausdruck war so zärtlich und liebevoll, als seien wir ein Liebespaar. Ich war betroffen. Konnte es sein, daß ich im Begriff stand, zu einer jener eifersüchtigen und besitzergreifenden Mütter zu werden, die sich auf ewig an ihre Söhne klammern, die darin eine Befriedigung finden, die ihnen kein anderer Mann je zu geben vermochte? Ich lächelte ihn an und ließ ihn los. Er war danach heiterer und fröhlicher, aber die Wochen gingen ins Land, und er war nie zu Hause – nicht genug damit, daß er Golf spielte, er fuhr jetzt auch ein- bis zweimal die Woche mit Brad und seiner Familie in «den Club» zum Essen (Brads Country Club, der für Arden und mich den Gipfel des Angebertums darstellte, weshalb wir nicht müde wurden, Billy damit aufzuziehen). Und als schließlich die Schule wieder anfing und ich dachte, jetzt würde Schluß damit sein, ging es immer weiter, und er verbrachte sämtliche Wochenenden damit, für seinen Vater zu arbeiten.

In mir kochte und brodelte es. Ich wurde von dem Ärger, der in mir wühlte, richtiggehend magenkrank, und es kann sein, daß man mir meine Stimmung anmerkte. Jedenfalls fühlte sich Billy in meiner Gegenwart unbehaglich, das spürte ich. Ich führte dieses Unbehagen darauf zurück, daß er ein schlechtes Gewissen hatte, nicht deshalb, weil er sich von mir entfernte, sondern wegen des Motivs, aus dem heraus er es tat. Ich dachte nämlich, daß er es gezielt darauf anlegte, seinen Vater dahin zu bringen, ihm das lange Studium zu finanzieren, das vor ihm lag, und daß er sich deshalb bei ihm lieb Kind machte.

Ich bemerkte, daß sich auch sein Verhältnis zu Toni geändert hatte – er war ihm gegenüber jetzt sehr distanziert, fast feindselig. Allerdings waren bei Billy feindselige Gefühle so gut verdeckt, daß sie sich nicht so sehr in offener Wut äußerten, sondern vielmehr in Zurückgezogenheit, In-sich-Gekehrtheit und Niedergeschlagenheit. Dennoch waren sie spürbar. Ich schob das alles darauf, daß Brad mir meinen Sohn entfremdete, mein Kind, das ich allein großgezogen hatte, ohne jeden emotionalen Beistand und kaum finanzieller Unterstützung von seiner Seite. Meine Verbitterung schlug sich auf meinem Gesicht und in meiner Stimme nieder. Da hatte ich nun die ganze Arbeit geleistet, und jetzt, da Billy fast erwachsen war, nahm Brad ihn mir weg – und Billy ließ es geschehen.

In Wirklichkeit vollzog sich das alles jedoch ganz allmählich, und es war weit weniger schmerzhaft, als es jetzt klingt, weil ich damals noch nicht wußte, daß ich dabei war, ihn zu verlieren: Wenn man nicht weiß, daß die Krankheit, die man hat, tödlich ist, leidet man weniger. Außerdem beschäftigten mich gleichzeitig auch noch andere Dinge, wie etwa Ardens neue Haltung mir gegenüber. Diese Veränderung setzte sogar noch früher ein als Billys treulose Abwendung, wahrscheinlich schon in ihrem Sophomore-Jahr, aber ich nahm sie nicht so deutlich wahr. Zunächst bemerkte ich nur vereinzelte kurze Aufwallungen von Rebellion, die ich bei einem Mädchen ihres Alters für ganz normal hielt – sie war schon immer temperamentvoll und hitzköpfig gewesen. Dann wurden diese Anwandlungen häufiger, und schließlich waren wir an einem Punkt angelangt, an dem alles, was ich sagte, von ihr als Kampfansage aufgefaßt wurde. Ja, wenn ich jetzt darüber nachdenke, sehe ich, daß unsere Schwierigkeiten schon viel früher begonnen haben, in jener Zeit, die ich noch vor einer Minute so einfältig als die «glücklichen Jahre» bezeichnet habe: Oh, Schwester Lustig!

Zunächst war es nur pubertäre Rebellion. Sie begann, Jeans in die Schule anzuziehen, obgleich das nicht erlaubt war. Sie wurde nach Hause geschickt. Sie beteiligte sich an einem Schülerstreik gegen die Bekleidungsvorschriften. Der Streik hatte Erfolg, ein für damalige Zeiten überraschender Sieg und ein erstes Vorzeichen der kommenden liberalen Ära. Es dauerte noch eine ganze Weile, bis sie aufhörte, ihre schmutzigen Sachen in den Wäschekorb zu stecken und darauf bestand, immer wieder dieselben dreckstarrenden Jeans anzuziehen. Lange Zeit ließ sie ihr Zimmer zwar völlig verkommen, aber auf meinen Druck hin räumte sie es auf. Sie hinterließ überall im Haus Dreck und Unordnung und war nur durch fortgesetzte Meckerei dazu zu bewegen, sich am Putzen zu beteiligen oder ihre eigenen leeren Getränkedosen in den Müll zu werfen. Dann weigerte sie sich irgendwann völlig, ihr Zimmer sauberzumachen oder irgend etwas im Haushalt mit anzupacken. Nicht einmal Toni, den sie vergötterte, konnte sie dazu bewegen, abzuwaschen oder ein paar Blätter zusammenzuharken oder ihre dreckige Unterwäsche in die Waschmaschine zu stopfen. Und dabei waren meine Kinder von klein auf zur Mithilfe erzogen worden.

«Findest du nicht, daß Arden in letzter Zeit ziemlich schwierig ist?» fragte ich Toni eines Abends. Wir lagen schon im Bett und tranken noch einen Schlummertrunk. Ich saß, mehrere Kissen im Rücken, ans Kopfteil gelehnt, er lag quer über das untere Bettende und streichelte meine Füße. «Und dir gegenüber verhält sie sich auch merkwürdig. Heute abend hat sie sich dir mitten auf den Schoß gesetzt. Du warst richtig verlegen.»

Tonis Blick war wach und zugleich ein wenig abwesend, als dachte er noch über etwas anderes nach.

Ich setzte mich alarmiert auf. «Was ist los?» Aber in dem Moment, in dem ich fragte, wußte ich es schon. Es hatte sich in Hunderten winziger Vorzeichen angekündigt. Ich sank zurück, offenbar mit ziemlich hängendem Gesicht, denn er sah mich mitfühlend an und sagte: «Liebling, das geht bestimmt vorbei.»

«Was macht sie, wenn ich nicht da bin?»

Er wand sich. «Weißt du, es ist, als ob... als ob sie versucht, deine Stelle einzunehmen, wenn du nicht da bist... Sie macht Sachen, die normalerweise du tust, zum Beispiel den Salat zubereiten, oder sie trocknet ab, wenn ich spüle.»

Ich setzte mich empört wieder auf. «Willst du damit sagen, sie *hilft*, wenn ich nicht da bin!»

Er lachte. «Jedenfalls tut sie mehr als sonst.»

Ich zog eine finstere Miene. «Und was ist mit diesem Auf-den-Schoß-Setzen?»

«Nein», er runzelte die Stirn, «da läuft überhaupt nichts. Sie... nun ja, sie flirtet schon irgendwie mit mir... aber nett und harmlos, da ist nichts dabei. Sie hat sich noch nie zuvor auf meinen Schoß gesetzt. Sie umarmt mich, aber das hat sie schon immer gemacht. Das ist es nicht. Aber sonst – ich glaube, sie schwänzt die Schule. Sie macht anscheinend nie Hausaufgaben. Sie räumt ihr Zimmer nicht auf. Und manchmal...» Er sah mich schuldbewußt an, «manchmal kommt sie nicht zur ausgemachten Zeit nach Hause.»

«Nachts?»

«Tags und nachts. Weißt du, sie sollte eigentlich nachmittags nach Hause kommen, wenn sie einen Termin beim Kieferorthopäden hat, aber manchmal vergißt sie es einfach. Natürlich kann man das verstehen, sie geht zum Hockeyspielen, und danach trinken sie alle noch irgendwo eine Cola. Aber manchmal – du bist ja am Wochenende nicht oft weg, aber wenn du weg bist, dann sage ich ihr immer, sie soll um eins wieder zurück sein. So wie ihr es abgemacht habt. Doch manchmal kommt sie erst nach drei.»

«Und was machst du dann?»

Er zuckte mit den Schultern. «Was soll ich schon machen. Ich mache ihr Vorhaltungen. Aber sie grinst mich nur an. Ab und zu hängt sie sich an mich und bettelt mich an: ‹Sag Mom nichts, Toni.› Und dann habe ich dir nie etwas gesagt.»

«Aber warum in aller Welt?»

Er rollte sich herum und sprang auf. Er liebte es, seine Muskeln zu gebrauchen. «Ich weiß nicht.» Er ging an seinen Schreibtisch, suchte seine Zigaretten und zündete sich eine an. «Es ist schließlich schwierig, weißt du, ich bin in einer komischen Position. Ich fühle mich oft, als wären wir... wir vier, die Kinder und ich... Verschwörer oder so was. Als gehörte ich zu ihnen und nicht zu dir.»

«Alle gegen mich. Du bist nicht ihr Vater, sondern ihr großer Bruder.»

Er sah mich betroffen an. «Mit Franny ist es anders. Ich schimpfe mit ihr, und ich bestrafe sie auch. Das ist zwar nicht oft nötig, aber wenn… so wie das eine Mal, als sie die Wohnzimmertapete mit Lippenstift bemalt hat.»

Ich überlegte. Mir war klar, daß er von mir die Erlaubnis wollte, als Vater aufzutreten – meine Kinder zur Ordnung rufen und bestrafen zu dürfen wie sein eigenes. Bei der Vorstellung spürte ich einen Klumpen in der Kehle. Ich brachte nichts heraus. Warum? fragte ich mich, während ich da im Bett saß und ihn ansah, diesen hübschen Jungen – nun ja, inzwischen wohl Mann, er war sechsundzwanzig –, den ich doch liebte und der uns liebte. Und dennoch…

Ich stöhnte: «O Gott, Toni, was soll ich machen?»

«Ich finde, du solltest ihr ab und zu den Hintern versohlen.»

«WAS?»

«So hat mein Vater das Problem gelöst. Wir hatten alle Angst vor ihm, damit hat er uns an der Kandare gehalten. Wir waren eine wilde Horde zu Hause, vier Jungen, wir haben meine Mutter zur Verzweiflung getrieben. Aber wenn mein Vater in der Nähe war, sind wir strammgestanden.»

«Ich kann es nicht fassen, daß ausgerechnet du so redest! Dich hat überhaupt nichts an der Kandare gehalten, dich und deine Brüder, ihr habt doch ständig in irgendwelchen Problemen gesteckt, wahrscheinlich gerade aus Rebellion gegen seine brutale Erziehung! Und du haßt ihn bis heute! Und außerdem kannst du nicht *anfangen*, ein Kind mit fünfzehn plötzlich zu schlagen, was meinst du, was dabei herauskäme, das ist einfach absurd und blödsinnig, ich begreife nicht, daß ausgerechnet du…»

Er zuckte mit den Schultern. «Ich weiß keine andere Möglichkeit.»

Ich dachte einen Moment nach. «Ich bin so froh, daß sie dich gern hat. Vor allem weil sie Brad so haßt. Sie braucht doch wenigstens einen Mann, den sie mag und zu dem sie aufschauen kann. Ich will nicht, daß du ein großer böser Wolf wirst, ein Vater… Aber ich mache mir solche Sorgen um sie.»

Er setzte sich auf und wandte sich von mir ab.

«Was ist?» Ich saß wieder senkrecht. «Was hast du?»

Er legte den Kopf in die Hände. «An… ach zum Teufel, ich weiß auch nicht.» Er stand auf und machte Anstalten, aus dem Zimmer zu gehen. An der Tür drehte er sich um. «Willst du auch noch etwas zu trinken?»

«Nein. Ich bin völlig erledigt, ich will nur noch austrinken und dann schlafen.»

Ich hörte das leise Geräusch seiner bestrumpften Füße auf der Treppe – wie jugendlich und schwungvoll sein Schritt doch war – und betrachtete meine Fingernägel und dachte darüber nach, daß sie es nötig hatten, wieder einmal gebürstet zu werden. Plötzlich wußte ich, was er mir hatte beibringen wollen. Ich sagte daher, um ihm weitere Qualen zu ersparen, sobald er ins Zimmer trat:

«Du willst doch sagen, daß du glaubst, sie bumst irgendwo herum, stimmt's?»

Er blieb stehen, wie vom Donner gerührt, und starrte mich an. «Du weißt es?»

«Nein. Ich habe nur eins und eins zusammengezählt.»

Sein ganzer Körper war angespannt. «Ich habe sie nie erwischt...»

«Erwischt? Ach so, natürlich... Warum glaubst du, daß sie es tut?»

Er sah mich die ganze Zeit an, als wartete er darauf, daß ich auffahren und irgend jemandem an die Kehle springen würde. Es wirkte fast wie Schuldbewußtsein. Aber mir war klar, daß er Angst vor meiner Reaktion hatte, weil er daran dachte, wie sein Vater in einer solchen Situation reagiert hätte.

«Setz dich, Toni, ich explodiere schon nicht!»

Er entspannte sich und ließ sich wieder auf dem Bett nieder. Er zuckte mit den Achseln. Er kippte einen großen Schluck Whiskey hinunter. Er trinkt zuviel, dachte ich. Endlich antwortete er: «Ich sehe doch, wie sie aussieht, wenn sie nachts nach Hause kommt, zum Beispiel freitags, wenn sie mit irgendwelchen Freunden ins Kino gegangen ist und dann so gegen zwei wieder hier auftaucht. Sie ist dann so... Weißt du, ihre Augen sind ganz groß und glänzen... Sie wirkt so... sinnlich.»

«Du glaubst doch nicht, daß sie Drogen nimmt!»

«Nein, nein!» Von ganzem Herzen. «Nein, Liebling, das nicht.»

Ich war wirklich am Ende. Ich hatte einen Viertagetrip nach Kalifornien hinter mir, und die Zeitverschiebung steckte mir noch in den Knochen. Nach der Ankunft war ich sofort in die *World*-Redaktion gefahren. «Tja», ich lehnte mich wieder in die Kissen zurück und stellte mein noch nicht ganz leeres Glas auf den Nachttisch, «dann werde ich wohl mit ihr reden müssen.»

Ich knipste mein Licht aus. Es war noch früh, noch nicht elf, und Toni ging noch einmal nach unten, um die Nachrichten zu sehen. Ich war erschöpft, aber ich konnte nicht einschlafen. Ich dachte die ganze Zeit, daß ich es einfach nicht allein schaffte, daß ich einen Partner brauchte, daß Arden einen Vater brauchte. Ich wäre nie auf die Idee gekommen, daß Toni dieser Vater sein könnte. Er kümmerte sich zwar um die Kinder, wenn ich nicht da war, aber ich sah ihn nie als ihren Stiefvater an, als jemanden, der wirklich für sie *Verantwortung* trug, der die Last mit mir teilte, die Sorgen, den ständigen Zwang zu handeln – die ganzen Gedanken um sie, für sie. Ich sah ihn nie so, und ich ließ es nie zu, daß er sich selbst so sah: Er kümmerte sich um sie, aber sie waren *meine* Kinder. Ich *erlaubte* ihm nicht, sie zurechtzuweisen, und das war nicht fair, weil er auf sie aufpaßte und sie versorgte.

Aber was sollte ich machen? Wie konnte ich ihm vertrauen, daß er wußte, was gut für sie war, ihm das Recht einräumen, mit ihnen zu schimpfen, sie zu bestrafen? Wie konnte ich jemandem vertrauen, der selbst noch so jung war? Ach, das war es nicht allein – Brad hatte ich auch nicht vertraut, und er war alt genug gewesen, um ihr Vater zu sein, er *war* ihr Vater und brauchte deshalb meine Erlaubnis nicht. Vielleicht traute ich überhaupt keinem Mann die Fähigkeit zu, Kinder zu erziehen. Aber hatte sich mein Mißtrauen nicht als berechtigt erwiesen? Hatte Toni nicht eben erst verkündet, ein widerspenstiges Kind brauche eine Tracht Prügel? Und ich kannte eine Menge Männer, ich war dabeigewesen, wenn sie über ihre Kinder redeten, ich hatte die Härte in ihrer Stimme gehört, die rauhen Worte, mit denen sie sich brüsteten, daß *sie* Mittel und Wege wüßten, Kinder im Zaum zu halten. Ich kannte genügend Männer, die erheblich älter waren als Toni und genau das gleiche gesagt hatten wie er. *Brad* hätte es durchaus auch sagen können.

In Wahrheit hielt ich Männer generell für unfähig, Kinder zu erziehen. Das war eine Überzeugung, die ich schon mit der Muttermilch eingesogen hatte: Meine Mutter hatte diese Einstellung auch gehabt. Auf der einen Seite habe ich immer gedacht, daß es sehr bequem für die Männer ist, so schlecht mit Kindern umgehen zu können, und daß sie sich vielleicht sogar unfähiger stellen, als sie sind, damit die Frauen sie wegschicken und die ganze Angelegenheit lieber selbst erledigen. Die Männer können aus dem Haus gehen und Golf spielen oder Poker oder was immer ihnen Spaß macht.

Sie können sich amüsieren oder Geld verdienen, während die Frauen die Dreckarbeit machen und die wirklich heiklen Probleme am Hals haben, so wie ich jetzt. Auf der anderen Seite glaube ich aber, wobei mir das sonderbarerweise bis jetzt nie richtig klargewesen ist, daß Frauen *tatsächlich* alle die nötigen Eigenschaften, um Kinder großzuziehen – Selbstlosigkeit, Verständnis, Einfühlsamkeit, Sensibilität, Phantasie –, in höherem Maße besitzen und es deshalb im Grunde ganz gut ist, wenn Männer sich aus der Sache heraushalten. Ich wollte nicht so denken. Es war mir zuwider, so zu denken. Ich wollte nicht, daß es so war. Aber wenn ich mich in der Welt umsah, in der ich mich damals, 1964, bewegte, dann schien es wirklich so zu sein.

Schließlich schlief ich doch ein, und ich wurde nicht einmal wach, als Toni ins Bett kam. Der nächste Tag war ein Samstag, die Kinder waren zu Hause. Billy wollte mit Brad zu einem Baseballspiel im Shea-Stadion gehen, und ich bat Toni, mit Franny über Mittag in den Vergnügungspark zu fahren und dort zu essen. Arden war sauer. Sie war immer sauer, wenn Billy irgend etwas mit seinem Vater unternahm. Sie strafte alles mit verächtlichem Schnauben, was Billy streifte oder anfaßte – die Möbel, das Frühstück, die *Luft*. Er stürzte hastig aus dem Haus, um ihr zu entkommen. Ich erklärte Arden, sie solle ihr Zimmer aufräumen.

Sie zögerte und murrte, knallte Sachen durch die Gegend und tobte. Sie war für den Nachmittag mit ihrer Clique verabredet, um ins Kino zu gehen. Ich blieb dabei, daß sie das Haus nicht verlassen würde, bevor ihr Zimmer nicht aufgeräumt war. Es war erst elf und noch viel Zeit, bis der Film anfing. Ich sagte, ich würde ihr helfen, was sie ein wenig besänftigte – immerhin soweit, daß sie ins Zimmer geschlendert kam, als ich sie rief, und sich hinter mir aufbaute und mir zuschaute, wie ich ihre Sachen vom Fußboden aufsammelte. Sie tat keinen Handgriff ohne mein ausdrückliches Kommando.

«Heb den Strumpf da drüben auf.»

«Da liegt zerknittertes Papier unter der Kommode. Heb es auf und wirf es – nein, Arden, *schmeiß* es nicht, *steck* es in den Papierkorb.»

«Mach dich mal an den Kleiderhaufen da in der Ecke. Nimm die Sachen einzeln in die Hand und schüttle sie aus. Lege alles, was gewaschen werden muß, auf den Haufen hier – *diesen* hier, Arden, schaust du mal her? Was gereinigt werden muß, legst du hier auf den Hocker, so, siehst du, ordentlich, damit ich es nicht erst auseinanderklauben muß, ehe ich es in die Reinigung bringe. Nein, ausbreiten und zusammenlegen, nicht auf einen Haufen knüllen. Wenn etwas sauber, aber zerknittert ist, dann leg es auf einen Extrahaufen. Das kannst du dann morgen bügeln.» Diese Anweisung war für meine Tochter mit ihrem IQ von über 150 unzumutbar kompliziert, und sie warf mir einen angewiderten Blick zu.

Sie zischte durch die Zähne: «So werde ich nie fertig. Das dauert ja den ganzen Tag! Ich will heute nachmittag weg! Ich bin verabredet!»

«Du kannst ja auch gehen. Sobald dieses Zimmer aufgeräumt ist.»

Ich hatte gehofft, über den Konflikt würde sich eine harmonische Situation zwischen uns herstellen – wie es sechs Monate früher noch durchaus hätte geschehen können, als sie zwar schon genauso schlampig gewesen war, aber noch nicht beschlossen hatte, mich zu hassen. Ich hatte damit gerechnet, daß sie kichernd Vergleiche zwischen ihren Stinksocken und denen von Billy anstellen oder mir am Ende einer langen, märtyrerhaft vorgetragenen Schilderung ihrer Garderobenmisere das Versprechen aus der Nase ziehen würde, ihr ein Paar neue Stiefel zu kaufen. Dann hätten wir uns, nachdem das gute Verhältnis zwischen uns wiederhergestellt gewesen wäre, gemütlich auf das frisch gemachte Bett lümmeln können, und ich hätte die Gelegenheit gehabt, mit ihr zu reden, über Jungen, Sex und Empfängnisverhütung. Das war mein Plan gewesen.

Aber dazu kam es nicht. Sie arbeitete widerwillig mit, wütend, mit weißem, verbissenem Gesicht, warf die Sachen in die Schubladen, hängte sie so nachlässig auf die Bügel, daß sie sofort wieder herunterfielen, und fauchte mich dann wütend an, wenn ich sie darauf hinwies, daß die eben erst aufgehängte Bluse schon wieder auf dem Boden lag. Als ich schließlich irgendwann auf ein Paar drekkige Socken zeigte, die in ihren Halbschuhen steckten, stapfte sie zum Schrank, riß wutentbrannt die Socken heraus, schmiß sie auf den Haufen für dreckige Wäsche und stemmte die Hände in die Hüften. «Wenn ich den Film verpasse, verzeihe ich dir das nie.»

«Es liegt bei dir, ob du ihn verpaßt oder nicht, Arden. Nicht an mir.»

Sie fing an zu schreien, sie brüllte, es sei sehr wohl *ich*, die sie zwang, diesen Kram heute und jetzt zu machen, *ich* hinderte sie daran zu gehen, und deshalb sei es meine Schuld, wenn sie den Film verpaßte. Sie sagte nicht – damals noch nicht –, daß sie auf jeden Fall ins Kino gehen würde, ob es mir paßte oder nicht. Sie fragte mich nicht spöttisch, wie ich sie daran zu hindern gedenke. Ob ich sie etwa mit Gewalt zurückhalten wolle. Und wie ich das anstellen wolle, wo sie inzwischen stärker war als ich, weil sie Hockey spielte. Nein, das sagte sie damals noch nicht, das kam erst später – ein Jahr darauf? Sechs Monate?

Die Ordnung, die ich von ihr verlangen konnte, hatte Grenzen. Ihre Schubladen gingen mich nichts an – jedenfalls sah sie das so und ich im Grunde auch. Obgleich sie die Sachen einfach hineinfeuerte, dauerte es Stunden, bis alles getan war – die Kleider sortiert und weggeräumt, die Möbel abgestaubt, der Boden gemoppt und gesaugt, das Bett frisch bezogen, der verschüttete Talkumpuder und die Wimperntusche von der Glasplatte des Toilettentischchens gewischt. Es waren Stunden eisigen Schweigens, abgesehen von meinem Gedrängel – ohne das nichts lief – und ihren hin und wieder hervorgepreßten Flüchen. Schließlich quetschte sie durch die Zähne: «Kann ich jetzt bitte gehen? Ich bin schon eine halbe Stunde zu spät dran.»

«Der Film fängt um zwei an», schnaubte ich. «Es ist erst halb zwei.»

«Wir wollten vorher etwas essen gehen! Außerdem bin ich total dreckig, ich muß noch duschen und mich umziehen.»

Ich ließ sie gehen. Sie polterte noch eine Weile herum, während sie sich wusch und fertig machte. Ich ging in die Küche und ließ mich erschöpft vor einer Tasse Kaffee nieder. Nachdem sie türknallend und mit einem gebrüllten «Ich gehe!» verschwunden war, ohne ein Tschüs, ohne Kuß – schleppte ich mich nach oben, wo ich einen Blick in ihr Zimmer warf. Dreckige Kleider lagen auf dem Fußboden verstreut, und auf dem Frisiertischchen waren frische Mascara-Flecken.

Zum Abendessen kam sie nicht nach Hause. Sie rief an. Die andern wollten alle noch Pizza essen, ich hätte doch nichts dagegen, wenn sie mitginge? Ihr Ton besagte, daß es ein Verbrechen wäre, es ihr abzuschlagen, und ich hatte auch gar nicht den Drang, aber... «Um Mitternacht bist du zu Hause, Arden», sprach ich ein mütterliches Machtwort.

Sie war um Mitternacht nicht zu Hause. Und auch um eins nicht. Um zwei meinte Toni, er wolle sich ins Auto setzen und sämtliche Pizzerien in der Gegend abfahren. Ich schüttelte den Kopf. Ich sagte ihm, er solle zu Bett gehen. Er blieb mit mir auf. Um zwei Uhr vierzig wurde die Haustür geöffnet.

«Ich glaube, es ist besser, wenn ich allein mit ihr rede», flüsterte ich Toni zu. Er nickte, gab mir einen Kuß und ging hinaus in die Diele, wo er mit ihr zusammenprallte.

«Du bist tatsächlich noch nach Hause gekommen?» hörte ich ihn sagen.

«Ich muß ja. Ich kann ja nirgends anders hin!» Ich konnte sie nicht sehen, aber ich sah sie genau vor mir, wie sie ihn wütend anblitzte. Er ging die Treppe hinauf. Sie wollte ihm folgen. Er drehte sich zu ihr um. «Erstens: Schließ die Tür ab. Zweitens: Deine Mutter wartet in der Küche auf dich.»

Sie schloß die Tür ab. Sie stampfte durch den Flur und stürmte in die Küche. «Was ist?»

Ich saß am Küchentisch und trank Tee und tat, als läse ich die Zeitung. Ich sah zögernd auf. Ich wußte nicht, wie ich mich verhalten sollte. Toben und brüllen? Verständnisvoll sein? Wie ging man am besten mit so einem Kind um? Ich beschloß, von mir zu sprechen: «Arden, ist dir eigentlich klar, daß Toni und ich uns wahnsinnige Sorgen um dich gemacht haben? Du solltest um zwölf zu Hause sein, und jetzt ist es fast drei.»

«Ich kann nichts dafür. Jill ist es schlechtgeworden, und Len hat sie früher nach Hause gebracht. Ich mußte warten, bis die andern gehen wollten, und denen machen ihre Eltern nicht solche blödsinnigen Vorschriften. Dann haben sie erst noch Doris und Binky zu Hause abgesetzt, so daß ich erst jetzt hier sein konnte.» (Unwirsch.)

«Es gibt eine Erfindung namens Telefon.»

«Ich hatte nach der Pizza und dem Kino kein Geld mehr übrig.» (Impliziter Vorwurf: zuwenig Taschengeld.)

«Du hast doch Freunde, die dir mal zehn Cent borgen können», sagte ich ärgerlich.

«Auf die Idee bin ich nicht gekommen.» (Bein vorgestellt, Hand in die Hüfte gestemmt, Mund wutverzogen, Geduld am Ende.)

«Arden, willst du denn, daß wir uns die ganze Zeit ärgern und dauernd streiten? Ich will es nicht. Ich habe keine Lust, so zu leben. Wenn dir etwas nicht paßt, warum kannst du es mir dann nicht sagen, statt dich wie ein unmündiges kleines Kind aufzuführen?»

Wenn ihr der Geduldsfaden riß, dann schlagartig. Welches Knöpfchen hatte ich jetzt gedrückt? Sie schrie plötzlich los, unzusammenhängend und weinerlich: «Es gibt eine Menge Dinge, die mir nicht passen! Was hätte ich denn davon, mit *dir* darüber zu reden? Wir sind dir doch ganz egal! Du gehst weg, wann immer du Lust hast, und kommst zurück, wann du Lust hast! Warum kann ich das nicht auch? Ich bin *nicht* unmündig! *Du* bist es doch, die mich als Kind behandelt, mit deinen blödsinnigen Vorschriften und Reglementierungen, du benimmst dich, als wäre ich acht, du tust es aus Gemeinheit, du haßt mich, du haßt uns beide, du bist viel schlimmer als Daddy!»

Nach diesen Worten stürzte sie aus der Küche, die Treppe hinauf und in ihr Zimmer und krönte das Ganze mit dem obligatorischen Türknallen.

Aber auch diesmal glätteten sich die Wogen wieder. Eine oder zwei Wochen später und auch noch ein halbes Jahr darauf kam es durchaus vor, daß sie sich am Sonnabendmorgen am Fußende meines Betts herumlümmelte, mir beim Kaffeetrinken zusah und mich scherzhaft neckte oder sich an mich schmiegte, wenn ich im Bett saß – ich habe die unausrottbare Angewohnheit, im Bett zu arbeiten – und meine Spesen zusammenrechnete oder irgendwelche hingeworfenen Notizen über Blenden und Belichtungszeiten von Zetteln in meine regulären Notizbücher übertrug. Toni war gewöhnlich unten und schrieb, er schrieb zu der Zeit ständig und verließ sein Arbeitszimmer so gut wie nie, höchstens um zu pinkeln oder sich neuen Kaffee zu holen.

Es war später Vormittag: Sanftes Licht fiel durch die Bäume vor meinem Schlafzimmerfenster herein, und es war still und friedlich. Zu hören waren nur das Gezwitscher der Vögel und Billy und Jonas, die draußen in der Einfahrt um die Wette Körbe warfen; ich hörte, wie der Ball gegen das Rückbrett des Reifens klatschte, wie die Jungen sich irgendwelche Punktzahlen zuriefen, wie der Ball vom Beton des Garagengiebels zurückprallte, dann wieder das Federn des Rückbretts und den Zuruf, immer von neuem, wie Brandungswellen.

Arden schwatzte und kicherte, eine traute gemütliche Szene, beglückend... Meine Tochter vertraute sich mir an (die Jungen finden alle Binky toll und Jill auch, aber mich... meinst du, an mir ist irgendwas komisch, weil ich immer das Gefühl habe, daß sie mich nicht so gut finden, und manchmal bin ich richtig eifersüchtig auf Jill, und dann kann ich mich selbst nicht leiden, weil sie doch meine beste Freundin ist und ich nicht eifersüchtig auf sie sein will, weil ich sie doch gern habe, findest du, ich bin häßlich, unscheinbar, hübsch, *wirklich* hübsch, wirklich? Und es macht mich ganz sauer, daß sie so beliebt ist und ich nicht, aber ich will nicht sauer auf sie sein, ich finde es gräßlich, eifersüchtig zu sein, warum bin ich es bloß, bin ich so gräßlich, sind andere Leute denn auch eifersüchtig, glaubst du, sie ist eifersüchtig auf mich, meinst du, sie hat deshalb neulich zu mir gesagt, das hat mich nämlich wirklich gekränkt, warum ist das so, und was kann man, was kann ich, was machen Erwachsene dagegen?).

In solchen Phasen gelang es mir gelegentlich, sie dazu zu bewegen, einen Teller abzutrocknen oder ihr Zimmer zumindest ein bißchen aufzuräumen, und sie ging jeden Tag zur Schule und machte sogar ab und zu Hausaufgaben. Dann ging ich irgendwann weg, und wenn ich wiederkam, war sie ganz fürchterlich. Ich konnte es nicht verstehen, weil sie doch schon fast sechzehn war, und man hätte meinen sollen, sie hätte sich inzwischen daran gewöhnt, daß ich ab und zu verreiste. Warum benahm sie sich so, was war mit ihr los?

Ich fragte sie. Sie wehrte achselzuckend ab, bestritt, daß es ihr etwas ausmachte, wenn ich verreiste – sie werfe mir das nur an den Kopf, wenn sie wegen anderer Sachen sauer sei. Sie leugnete, daß sie sich unmöglich benahm, wenn ich weggewesen war, bestritt, überhaupt in irgendeiner Weise schwierig zu sein. Sie stritt lediglich nie ab, daß sie in Toni verliebt war. Sie erzählte es mir eines Abends kurz nach ihrem sechzehnten Geburtstag. Billy machte in seinem Zimmer Hausaufgaben, Toni arbeitete, und sie fragte mich, ob wir ein bißchen reden könnten, und stellte den Fernseher aus. Wir gossen uns Cola ein und nahmen unsere Gläser mit nach oben in mein Zimmer und setzten uns aufs Bett. Sie fing an, von ihrer Geburtstagsparty zu sprechen, wer was gesagt und getan hatte und wie sie sich gefühlt hatte und was ich glaubte, was das bedeutete.

Ich lenkte, was nicht weiter schwer war, das Gespräch behutsam auf ihr Verhältnis zu Jungen im allgemeinen und Toni im besonderen und das Thema Sexualität. Arden schilderte mir Jills Beziehung zu Len und Carey. Ich hörte aufmerksam zu und sagte dann: «Das klingt, als wolltest du sagen, daß Jill mit Len schläft.»

Meine Direktheit raubte ihr einen Augenblick lang den Atem. Sie versuchte, in meinem Gesicht zu lesen. «Und wenn? Was ist schon dabei? Das tun doch viele in meinem Alter. Weißt du, seit deiner Jugend hat sich einiges geändert, Mom.»

«Aber Arden, ihr wißt doch alle noch gar nicht richtig, was ihr da tut.»

Angewiderter Blick. «Ach, Mom! Wir wissen alles.»

«Tatsächlich? Das ist ja erstaunlich. Ich glaube nicht mal, daß ich alles weiß.»

«Wirklich? Was weißt du denn nicht?»

Ich sah sie einfach nur an, und wir brachen beide in hysterisches Gegacker aus.

«Ihr meint also, ihr seid alt genug und wißt genug. Aber dann möchte ich wissen, warum du das Thema so angesprochen hast, warum du mich fragst, wie ich darüber denke? Ich glaube nicht, daß du dir deiner selbst so sicher bist. Und noch eins möchte ich wissen: Wer von euch weiß denn über Empfängnisverhütung Bescheid?»

Sie zuckte mit den Schultern. «Jill nimmt die Pille. Ihre Mutter ist mit ihr zum Arzt gegangen und hat sie ihr verschreiben lassen. Und Blinky hat ein Diaphragma. Ihre Mutter will nicht, daß sie die Pille nimmt, solange sie noch so jung ist. Aber», Arden dämpfte ihre Stimme, ihr Ton klang jetzt halb ehrfurchtsvoll, halb schockiert, «Gloria Caron, ein Mädchen an unserer Schule, das du nicht kennst, hatte letztes Jahr eine Abtreibung.»

«Und was ist mit dir?»

«Na ja», sie kratzte einen Mückenstich an ihrem Bein auf, «ich hab es mal probiert. Mit Len. Einmal, als er und Binky sich gestritten hatten und nicht mehr miteinander sprachen und er deswegen total deprimiert war und mich angebettelt hat. Ich habe ihm gesagt, ich hätte Angst, Binky würde sauer auf mich sein, aber er meinte, es würde ihr nichts ausmachen. Sie war aber doch sauer auf mich. Sie hat zwei Wochen nicht mit mir geredet, bis ich sie mir irgendwann geschnappt habe und zu ihr gesagt habe, wir müßten mal miteinander reden, und das haben wir dann auch getan. Wir sind eine Limo trinken gegangen, und ich habe ihr erzählt, wie das alles gekommen ist, und ihr gesagt, ich wollte ihr Len nicht wegnehmen, sie sei mir viel wichtiger als Len. Sie hat geweint und gesagt, sie fände es blöd von sich, daß sie sauer auf mich war statt auf Len, und ihr sei klar, wie beschissen das sei, und sie wollte sich Mühe geben, nicht mehr sauer auf mich zu sein, und danach waren wir wieder Freundinnen. Außerdem war es sowieso nicht so toll», schloß sie.

«Das ist aber schade.»

«Was ist schade?» Mißtrauisch.

«Daß es nicht toll war. Ich hätte mir gewünscht, daß dein erstes sexuelles Erlebnis schön für dich gewesen wäre.»

Skeptisch. «Kann es das sein?»

«Es kann. Aber es muß alles stimmen.»

«Was heißt das?»

«Das heißt jedenfalls *nicht*, daß du irgendeinen Jungen machen läßt, damit er nicht so deprimiert wegen seiner Freundin ist. Oder um ihm einen Gefallen zu tun.» Sie hörte auf, sich zu kratzen. «Du mußt es wirklich wollen, es dir wünschen und Vertrauen zu dem Jungen haben, mit dem du zusammen bist, und wissen, daß du nicht schwanger wirst.»

Sie dachte darüber nach. «M-hm.»

«Ehrlich gesagt, finde ich, daß du noch ein bißchen zu jung dafür bist, von Sex wirklich etwas zu haben.»

Hochaufgerichtet, mit wütend blitzenden Augen: «Mommy! Das stimmt nicht! Die anderen Mädchen tun es alle!»

«Ich bezweifle, daß sie es *alle* tun. Und selbst wenn, heißt das noch lange nicht, daß sie auch etwas davon haben. Ich weiß nicht, ob es wirklich so ist, aber ich habe das Gefühl, daß sich sexuelles Verlangen bei Frauen später entwickelt als bei Männern. Ich wette, die meisten Mädchen machen es, um den Jungen einen Gefallen zu tun.»

«Hmmm.»

Ich hatte sie. Es war schwierig, ihr Interesse zu fesseln und ihr Vertrauen zu gewinnen, und es war keineswegs sicher, daß es weiter gutgehen würde, aber ich versuchte es, indem ich bei der Wahrheit blieb. Es gelang mir, sie – wenn auch nicht auf so direkte Weise – davon zu überzeugen, daß es besser war, wenn sie sich erst dann auf Sex einließ, wenn sie es wirklich selbst von ganzem Herzen *wollte*. Und es gelang mir, ihr das Versprechen abzunehmen, daß sie es mich wissen lassen würde, wenn sie mit jemandem zusammen wäre, den sie so sehr begehren würde, daß sie gern mit ihm schlafen wollte, damit wir zusammen zum Arzt gehen und ihr ein Diaphragma anpassen lassen könnten. Es hatte sich tatsächlich vieles geändert, selbst junge Mädchen konnten jetzt ein Diaphragma bekommen. In meiner Jugend hatte man dafür verheiratet sein müssen.

Nach und nach lenkte ich auf das Thema Toni über. Sie war jetzt entspannt, wieder ganz mein kleines Mädchen, das quer über meinen Beinen lag und an seinem Haar herumzwirbelte.

«Ja. Das stimmt. Ich habe ihn gern. Und er ist so süß. Es geht mir oft durch den Kopf. Und weißt du was?» Sie setzte sich auf und lächelte mich mit erstaunter Miene an, «ich glaube, ich würde es auch schaffen, ich könnte ihn kriegen, wenn ich wollte. Ich glaube, daß er mich auch liebt und daß er gern würde!» Das verzückte Lächeln eines kleinen Mädchens, das eines Tages bemerkt, daß es attraktiv ist, dachte ich. Ich wollte nicht darüber nachdenken, was ich selbst bei alldem empfand.

«Da hast du bestimmt recht. Er liebt dich wirklich», sagte ich lächelnd.

«Aber», sie sank wieder zurück, «dann sage ich mir, wenn wir es machen würden, würde ich die ganze Zeit nur daran denken, wen er besser findet, dich oder mich, und das würde mich wahnsinnig machen.»

«Das ist eine sehr weise Einsicht», sagte ich, jeder Zoll ganz Mutter. «Genau das würde passieren, und das wäre nicht schön für dich, es würde dich unsicher machen.» Kein Wort darüber, wie es für mich wäre oder für Toni und ob er unter solchen Umständen überhaupt können oder wollen würde, obgleich ich den Verdacht hatte, er würde, wenn ich ihm die stillschweigende Erlaubnis gäbe. Kein Wunder, daß er nicht das Bedürfnis hatte, in der Weltgeschichte herumzubumsen, er war ja schon zu Hause mit erotischen Reizen voll ausgelastet. Arden war sehr schön.

Wir standen es durch, und von da an flirtete Arden nicht mehr so heftig mit Toni. Jedenfalls hatte ich das Gefühl. Wir standen es in dem Sinn durch, daß wir weiter zusammenlebten, daß wir aufstanden und zu Bett gingen, an die Badezimmertür hämmerten, zusammen aßen, redeten, abräumten. Aber die Qualität all dessen änderte sich, die Art, wie sich unser Leben anfühlte, seine Farbe. Da nichts Dramatisches passierte, redeten wir uns ein – oder vielleicht gilt das auch nur für mich –, daß alles in Ordnung war. Und doch: Jenseits meiner bewußten Gedanken, meiner bewußten Wahrnehmung, zogen die Geschehnisse so schwer an mir die Bleigewichte; es ist nicht nur die Zeit, die die Gesichtsmuskeln erschlaffen läßt und das Fleisch innen am Oberarm. Es ist nicht nur das Alter, das uns langsamer gehen läßt, das uns beugt, das uns müde aussehen läßt.

Wir überstanden es. Im Herbst 1966, nach einem höllischen Jahr – ständige Abwesenheit bis spät in die Nacht, Marihuana, ungenügende Zensuren, die sich auf den letzten Drücker noch besserten –, ging Arden aufs College. Für mich war es ein Wunder, daß Cornell sie mit ihren Noten aufgenommen hatte, aber sie hatte einen hohen IQ und sehr gute Ergebnisse im Einstufungstest. Zu der Zeit versagten viele Jugendliche in der Schule, das Drogenproblem griff immer weiter um sich, und außerdem wollte sie Dichterin werden, und vielleicht legten sie deshalb nicht so strenge Maßstäbe an sie an wie etwa an naturwissenschaftlich ausgerichtete Bewerber. Ehe das College anfing, hatten wir eine glückliche Zeit: Ich kaufte ihr Kleider, ich half ihr packen, ich fuhr sie nach Ithaca.

Trotzdem atmete ich auf, als sie weg war. Auch die guten Phasen zwischen uns waren dadurch vergiftet, daß ich nie wußte, was sie in Rage bringen würde, keinen Moment vergaß, daß sie jederzeit außer sich geraten konnte, und ich war deshalb immer angespannt. Es ist schwer, mit jemandem zu leben, der einen haßt. Aber nach ein, zwei Monaten sagte ich mir, daß das ganze Problem darin bestanden hatte, daß sie Abstand brauchte, um ihr eigenes Leben leben zu können, und ihr das College diesen Abstand ermöglichte. In Zukunft würde alles bestens sein, dachte ich: Sie rief mich regelmäßig an, klang fröhlich, glücklich, liebevoll. Und als sie zu Thanksgiving und zu Weihnachten nach Hause kam, war sie voller Freude und sehr lieb zu uns – ein paar Tage lang. Dann ließ es jäh nach, als ob sie um eine Ecke böge und plötzlich an einem garstigen finsteren Ort landete oder über eine Klippe stürzte. Sie fing an, mit Worten um sich zu schlagen und sich in eine brütende Wut hineinzusteigern, in der sie dann jede an sie gerichtete Bemerkung, jedes Vorhaben, das sie einbezog, jede Erwähnung ihrer Person, aber auch jede Nichterwähnung, jeden Plan, der sie nicht einbezog, als Affront, als Bedrohung, als gegen sie geschleuderten tödlichen Pfeil empfand. Sie zog sich in den äußersten Winkel eines Sessels zurück und schoß ihrerseits aus ihren Augen Giftpfeile auf uns alle und besonders auf mich. Dieser Zustand hielt mehrere Tage an und endete nicht, ehe sie wieder abfahren mußte.

Im Frühjahr '67 besuchte ich sie. Sie übernachtete bei mir im Motel, und wir saßen bis spät in die Nacht hinein auf und redeten und lachten. Sie hatte sich selbst ein Diaphragma besorgt und inzwischen viele Male Sex gehabt, jedesmal weil sie es gewollt hatte, erklärte sie. Aber dann war immer irgend etwas passiert, sie wußte nicht was, das den Reiz hatte verfliegen lassen. Sie hielt es im Durchschnitt mit jedem Jungen zwei Wochen aus. Ich bemühte mich, das zu verstehen. Ich erinnerte mich, wie groß mein Hunger nach Sex mit achtzehn gewesen war, wie fest ich davon überzeugt gewesen war, daß Liebe und Verlangen frei und ungebremst ausgelebt werden sollten. Und doch hatte ich das Gefühl, daß etwas nicht stimmte. Ich war zu der Zeit ihr gegenüber jedoch völlig eingeschüchtert, ich hatte Angst, ein kritisches Wort zu sagen, weil ich immer befürchtete, eine ihrer finsteren Anwandlungen auszulösen. Damals war mir das nicht bewußt, ich hätte es nicht klar ausdrükken können. Ich war immer noch in der Phase meines Lebens, in der mein Denken rein praktisch ausgerichtet war – was tun, wenn... Ich nahm mich selbst nie unter die Lupe, ich versuchte einfach nur, mit den jeweiligen Situationen fertig zu werden.

In dem Sommer kam sie nicht nach Hause. Sie hatte einen neuen jungen Mann kennengelernt, Bill, und am Ende ihres ersten Collegejahres zog sie mit ihm in eine Kommune draußen auf dem Land. Sie lebten auf einem kleinen Bauernhof, ohne Strom und fließendes Wasser und ohne richtiges Klo. Es wohnten noch acht weitere Leute dort, ein Teil davon im Haupthaus, einzelne Paare in kleineren Nebengebäuden. Sie machten Musik, schrieben Gedichte und zogen Gemüse. Sie hielten Ziegen, eine Kuh und ein Pferd, aßen nur pflanzliche Nahrung, Käse und Brot, rauchten Marihuana und nahmen an Anti-Kriegsdemonstrationen teil. Sie schrieb mir lange, glühende, weltanschauliche Briefe, denen manchmal noch ein Gedicht beilag. Sie beschäftigte sich mit Wildpflanzen und entwickelte sich nach und nach zu einer Expertin für die Herstellung von Kräutertränken und das Trocknen von Pflanzen und verdiente sich ein bißchen Taschengeld durch den Verkauf von Trockenblumensträußen und Kräutertees auf einem kleinen Raseneckchen in Ithaca.

Ich hatte gehofft, Billy würde mehr zu Hause sein, nachdem Arden weg war. Arden und er hatten sich in der letzten Zeit nicht gut vertragen. Aber dem war nicht so. Ich machte mir weiter keine Gedanken deswegen. Ich war sehr beansprucht durch meine berufliche Karriere, mit der es in jenen Jahren spektakulär aufwärtsging, und ich war offen gesagt dankbar für die Ruhe, den Freiraum. Muttersein ist eine Tätigkeit, die einen unablässig in Anspruch nimmt – man ist ständig den Stimmen, Bedürfnissen, Tränen, Argumenten, Forderungen anderer ausgesetzt und hat keinen oder so gut wie keinen Raum für sich. Jetzt, wo Arden weg und Billy am Wochenende meistens außer Haus war, hatte ich ein gewisses Maß an Platz und Ruhe. Nur Franny war noch da. Toni lebte in jenen Jahren auch sehr zurückgezogen vor sich hin, er verbrachte die meiste Zeit in seinem kleinen Zimmer bei der Küche, wo er tippte, ausstrich, Blätter zerriß und wieder tippte. Billy kümmerte sich viel um Franny, die er anbetete. Er brachte ihr bei, Dreirad zu fahren und die Uhr zu lesen, und oft las er ihr auch vor. Franny vermißte Arden, die viel mit ihr spazierengegangen war und sich mit ihr über die Bäume und Blumen unterhalten hatte und über die Häuser und die Leute und Liedchen darüber gedichtet hatte. Aber sie war ein zufriedenes Kind – sie hatte vier Mütter gehabt, und jetzt hatte sie immer noch drei.

Arden kam am Ende des Sommers für ein paar Wochen nach Hause. Sie brachte einen jungen Mann namens Mike mit und erwartete von mir, daß ich sie beide in ihrem Zimmer schlafen ließ. Ich erklärte, Mike WERAUCHIMMERDASWAR müßte auf der Bettcouch in Tonis Arbeitszimmer übernachten. Darüber war Toni sauer, weil der Knabe sich nicht wusch, im Bett Pot rauchte und Tonis ganzes Arbeitszimmer verstänkerte und außerdem nie vor elf aufstand, so daß Toni nicht arbeiten konnte. Also erklärte ich dem jungen Mann, er müsse fortan auf der Couch im Wohnzimmer schlafen, und obwohl er sich spät nachts heimlich in Ardens Zimmer schlich (was ich wußte, wovon ich aber so tat, als wüßte ich es nicht, weil mich das Mutterdasein diese Art Doppelmoral inzwischen gelehrt hatte), war sie wütend darüber, wie ich ihn behandelte, und sie sprach nicht mit mir. Ach, es war ein Graus. Sie fuhren in seiner zerbeulten Kiste wieder davon, ohne daß Arden und ich ein Wort miteinander wechselten. Und als sie mich dann einen Monat später frohgemut, lieb und freundlich anrief, hatte sie mit Mike Schluß gemacht, sie war jetzt mit einem Knaben namens David zusammen und hatte die Sache längst vergessen…

Ich hatte mich resigniert damit abgefunden, daß Billy nie mehr zu Hause und statt dessen bei Brad war. Ich konnte nicht mehr mit ihm darüber reden, weil ich ihn inzwischen dafür verachtete. Ich kam nicht über die Tatsache hinweg, daß mein kleiner Prinz sich in einen Frosch verwandelt hatte. Das mir! So einen Sohn zu haben! Er sollte ja von mir aus ruhig Medizin studieren und Arzt werden, wenn er das wollte. Aber was mich abstieß, war seine Schleimigkeit. Wie war es gekommen, daß so ein netter Junge sich zu einem glitschigen, schmierigen, schleimigen, berechnenden Arschkriecher entwickelt hatte? Warum hatte sich mein süßes, temperamentvolles kleines Mädchen so total gegen mich gewandt, daß ich nichts mehr sagen oder tun konnte, ohne ihren Zorn auf mich zu ziehen? Genau wie alle Mütter, die ich kenne, kam ich zu dem Schluß, daß das alles an irgend etwas lag, was ich getan hatte – oder nicht getan hatte. Erfüllt von Zorn und schlechtem Gewissen zog ich mich weiter in mein Schneckenhaus zurück.

Das Jahr 1968 kam, der Beginn – wie ich heute weiß – einer Zeit, in der häusliche Konflikte nur Teil all der schrecklichen Dinge schienen, die in der Welt geschahen. Als erlebten wir alle ein Erdbeben von so gewaltigen Ausmaßen, daß es die ganze Erdkugel erschütterte und nicht nur Häuser einstürzen und Bergflanken einbrechen ließ, sondern die gesamten Lebensformen umwälzte. Ich hing nicht so sehr an den herkömmlichen Lebensformen, daß ich für ihre Erhaltung gekämpft hätte, aber auf der anderen Seite kannten wir doch nur diese Art zu leben, und niemand wußte, was wir an ihre Stelle setzen sollten.

Im Herbst folgte Billy Arden nach Cornell. Auch am Ende dieser Sommerferien war sie für ein paar Wochen nach Hause gekommen, diesmal klugerweise allein. Ich fuhr sie beide hinauf nach Ithaca, wobei ich die ganze Zeit vergeblich versuchte, das giftige Gezänk abzustellen, das immer wieder zwischen den beiden ausbrach. Zuerst ging es darum, wessen Gepäck mehr Platz wegnahm, und damit war der Ton für die weitere Unterhaltung vorgegeben:

Billy: «Arden hat zuviel Krempel, für meine Sachen ist gar kein Platz mehr, dabei hat sie doch schon jede Menge Zeug dort, und ich fahre zum erstenmal hin! Das ist ungerecht!»

Arden: «Erstens habe ich gar nicht soviel dort, und zweitens brauche ich alles, was ich dabei habe. Er ist derjenige, der lauter überflüssigen Mist mitgenommen hat!»

Billy: «Ach ja, die Gitarre brauchst du natürlich dringend!»

Arden: «Und du brauchst natürlich diese ganze Stereoanlage! Eine Gitarre ist wenigstens ein Musikinstrument, etwas Kreatives, aber eine Stereoanlage ist nichts weiter als ein Tribut an das bürgerliche Konsumdenken.»

«Ach ja?» schrie Billy. «Und was ist mit dem Teppich, den du dabeihast, *Mommys* Teppich, den du einfach aus Mommys Zimmer abgeschleppt hast!»

Arden fuhr daraufhin alle Stacheln aus und brüllte, daß der Fußboden ihrer Hütte kalt sei und Billy wohl wolle, daß sie sich eine Lungenentzündung holen solle (das gleiche Argument, das sie in ruhigerem Ton vorgebracht hatte, um mich dazu zu bewegen, ihr den Teppich zu überlassen). Es gab eine längere Debatte darüber, wo wir zum Essen anhalten sollten, und Arden schmollte und trat in den Hungerstreik, weil es uns nicht gelungen war, ein vegetarisches Restaurant zu finden. Danach sprach keiner mehr ein Wort. Arden saß wütend paffend auf dem Rücksitz, ebenso sauer auf mich wie auf Billy. Billy und ich wechselten uns am Steuer ab und fuhren schweigend.

Wir wollten Arden zuerst absetzen, bei ihrer Kommune, und dort noch Tee trinken und Kuchen essen. Ihren Anweisungen folgend bog ich an einer Stelle, die durch keinerlei Wegweiser markiert war, von der Hauptstraße ab auf einen schmalen steinigen Feldweg, den wir steil bergan entlangholperten. Nachdem wir uns mehrere Kilometer emporgewunden hatten, landeten wir auf einem grünen, rings von Bergen umgebenen Plateau, wo vier oder fünf alte Holzhäuser planlos zwischen Bäumen verteilt standen. Es war wunderschön hier oben, ich konnte verstehen, warum es Arden so gut gefiel. Es gab eine Koppel für das Pferd und eine weitere eingezäunte Weide für die Ziegen, und auf einem sonnigen, durch einen hohen Zaun gegen Eindringlinge geschützten Stückchen Land wuchsen Mais, Kartoffeln, Kohl, Salat, Tomaten und grüne Bohnen.

Als wir ausstiegen, kamen ein paar junge Leute aus dem Haus geschlendert. Sie begrüßten Arden ohne große Begeisterung, mit Ausnahme von David, der herausgestürmt kam und auf sie zulief und sie umarmte. Die anderen standen da und starrten Billy und mir entgegen. Wir sahen sie an und wichen beide – ich konnte fühlen, was er fühlte – innerlich zurück. Es waren nicht die bärtigen Gesichter der Männer, nicht die zum Teil schäbigen und schmutzstarrenden Sachen, die sie anhatten, nicht die langen verfilzten Haare der Frauen, nicht ihre langen gemusterten Röcke, ihre Kopftücher, ihre ungeschminkten Gesichter, nicht die Tatsache, daß diese Aufmachung irgendwie etwas Unterwürfiges suggerierte – nein. Es war die Art und Weise, wie sie dastanden, wie sie uns ansahen, ablehnend und argwöhnisch, als glaubten sie, wir seien gekommen, um sie zu vernichten oder zumindest zu beschimpfen. Sie verkörperten allesamt die gleiche Paranoia, die Arden überkam, wenn sie in ihrer finsteren Stimmung war. War das demnach ein Generationsmerkmal? Oder hatten sich einfach nur ein paar Paranoiker gesucht und gefunden? War Arden psychisch krank?

Wir blieben nicht lange. Arden schien nicht weiter enttäuscht darüber, daß wir beschlossen, doch nicht zum Tee zu bleiben. Sie gab keinem von uns einen Abschiedskuß. Als wir den Feldweg wieder hinunterfuhren, Billy und ich, wechselten wir einen vielsagenden Blick. Wir hatten beide einen Schreck bekommen, und als wir wieder auf der Hauptstraße waren, fingen wir deshalb an zu albern, zu witzeln und zu kichern wie früher. Wir fuhren direkt zum Campus, und ich half ihm, sich in seinem Zimmer einzurichten – Vorhänge anzubringen, sein Bett zu machen, Bilder aufzuhängen. Als wir uns mit einem Kuß voneinander verabschiedeten, hielten wir einander fest umklammert. Die ganze Rückfahrt über fühlte sich mein Herz tot an.

Billy verhielt sich auf dem College genau wie auf der High School: Er war ruhig, fleißig und hatte nur wenige Freunde. Arden wollte mit ihrem Bruder nichts zu tun haben. Keiner von beiden sagte mir etwas davon, aber ich hörte es an Billys Stimme, wenn wir am Telefon auf Arden zu sprechen kamen, und auch an ihrem Ton, wenn sie mich, was (mittlerweile) selten vorkam, anrief – ich konnte sie nicht anrufen, die Kommune hatte kein Telefon. Sie ignorierte ihn, sie lud ihn nicht ein einziges Mal ein, zu ihr herauszukommen – was er auch gar nicht gewollt hätte. Und da ihre Fakultäten in unterschiedlichen Gebäuden untergebracht waren, trafen sie sich auch so gut wie nie auf dem Campus. Das schmerzte mich. Und ihn auch.

Zwei Wochen vor Weihnachten wurde Toni einunddreißig, und ich gab eine Geburtstagsparty für ihn, lud ein paar Freunde aus der Nachbarschaft ein, servierte ein gutes Essen und Champagner. Er war den ganzen Abend über distanziert und geistesabwesend, und nachdem wir wieder Ordnung geschaffen hatten, erklärte er mir, er wolle noch ein bißchen arbeiten. Ich konnte mir nicht vorstellen, wie er nach sechs Gläsern Champagner noch in der Lage sein konnte zu arbeiten, aber ich ging zu Bett. Als ich um drei Uhr aufwachte und er immer noch nicht da war, stand ich auf und ging nach unten. Es war kalt im Haus; die Luft hing kühl und schwer in den Räumen und stank nach Essen, Rauch, verschütteten Getränken. Es war stockfinster, und ich stolperte über einen Sessel, als ich ins Wohnzimmer trat. Toni saß zusammengesunken in der einen Ecke des Sofas und rauchte.

Ich ging zu ihm, setzte mich neben ihn und legte den Arm um ihn. Er legte seine Hand auf meine, die über seiner Schulter hing. Wir schwiegen. Wir blieben eine ganze Weile so sitzen.

«Es war eine schöne Geburtstagsparty. Es war sehr lieb von dir, das alles für mich zu tun«, sagte er. «Das ist es nicht.»

«Ich weiß», sagte ich. Wir saßen weiter da.

«Jetzt wirst du sowieso nichts mehr lösen. Komm mit ins Bett», sagte ich. Er stand wortlos auf und folgte mir.

Er hatte seinen Roman vor über einem Jahr beendet. Er war gut, ich fand ihn gut, *sehr* gut sogar, und er auch, soweit er seine eigene Arbeit beurteilen konnte. Er hielt ihn wahrscheinlich sogar für ein Meisterwerk. Und wer weiß? Vielleicht war er das ja auch. Ich hatte unter meinen Journalistenfreunden nach geeigneten Agenten herumgefragt, und Toni hatte das Werk schließlich einem gewissen Jay Waxman geschickt, der in dem Ruf stand, einen ausgezeichneten literarischen Geschmack zu besitzen. Jay war begeistert gewesen, aber seitdem wanderte das Manuskript von Verlag zu Verlag. Als Jay es angenommen hatte, war Toni in Hochstimmung gewesen – Jays Enthusiasmus heizte seinen eigenen noch an: Er ging sicher davon aus, daß es nur eine Sache von Monaten sein würde, bis sein Buch veröffentlicht und begeistert aufgenommen würde. Aber der Roman wanderte von einem Schreibtisch zum nächsten. Toni saß da und wartete, daß das Telefon klingelte, und allmählich verlor er den Mut. Eines Tages war er es leid, er stand auf, ging in sein Arbeitszimmer und schloß die Tür hinter sich. Von da an ging er jeden Tag brav in sein Arbeitszimmer, man hörte ihn kurze Zeit wütend auf die Schreibmaschine einhacken, dann war drückende Stille. Drei Stunden später kam er dann plötzlich herausgestürmt, wütend über irgendein Geräusch (die Leerung der Mülltonnen, eine Nachbarin, die an die Hintertür geklopft hatte), das ihn daran hinderte, sich zu konzentrieren. Er blieb meist eine Stunde oder länger mürrisch und unansprechbar.

Nachdem das ein paar Wochen so gegangen war, gab er seine weiteren Schreibversuche auf und verbrachte fortan seine Tage damit, im Wohnzimmer «Abenteuer»- und Westernhefte zu lesen, die er sich packenweise kaufte. Recherchen, dachte ich. Verzweiflung. Bald darauf verschwand er wieder in seinem Arbeitszimmer, wo er eifrig auf der lauten alten Royal-Reiseschreibmaschine dahinklapperte, die er schon seit seiner Collegezeit besaß. Er erzählte mir, er arbeite an kürzeren Geschichten, schien aber nicht besonders glücklich dabei und bot mir auch nicht an, mir etwas davon zu zeigen. Schließlich fragte ich ihn, was er denn schreibe.

«Schund», sagte er bitter. «Wenn ich meinen Roman nicht an den Mann bringen kann, bringe ich eben Schund an den Mann. Auch egal.»

Aber er schien seinen «Schund» genausowenig an den Mann bringen zu können.

Drei Tage nach seinem einunddreißigsten Geburtstag, drei Tage nach seiner Krisennacht (Waren es Selbstmordgedanken gewesen? Hatte er darüber nachgedacht, sich umzubringen, oder nur darüber, mich zu verlassen?) wurde Tonis Roman von einem New Yorker Verlag angenommen. Und während er darüber noch ganz aus dem Häuschen war, bekam er einen Anruf von *He-Man*, einer der Adressen, denen er seine Stories geschickt hatte: Was er machte, gefiel ihnen, sie wollten die Geschichte, die sie von ihm bekommen hatten, veröffentlichen und gern noch mehr sehen.

Er schwebte. Er sah sich geradewegs durch das Tor zum großen Ruhm marschieren. Wenn ich andeutete, daß ein bestimmtes Maß an äußerem Erfolg einen noch nicht unbedingt zu einem anderen Menschen machte (Das hatte es bei mir doch auch nicht getan. Oder?), sah er mich an, als hätte ich sie nicht alle. Er begann, regelmäßig in die Stadt zu fahren – zum Lunch mit seinem Verleger, in einem East Side Restaurant, zum Lunch mit Jay, in einem East Side Restaurant, zum Lunch mit den Herausgebern von *He-Man*. Jay schickte seine Stories jetzt an Filmagenten, und das war für ihn überhaupt das Alleraufregendste. Er schwang große Reden, was er sich alles von dem Geld kaufen würde, das ihm ins Haus stand. Die

Geschichten – von denen er fünf in drei Monaten verkauft hatte – brachten ihm pro Stück mehr ein als der Roman, der ihn fünf Jahre seines jungen Lebens gekostet hatte. Ich las nur eine davon. Er schnappte mir die Seiten, kaum daß ich sie zu Ende gelesen hatte, wieder weg, noch ehe ich die Gelegenheit gehabt hatte, ein Wort dazu zu sagen. Er knurrte: «Du findest, das ist Mist, stimmt's? Na und? Die Leute wollen solches Zeug! Meinst du vielleicht, was du machst, ist die wahre Kunst?»

Oh, Toni.

Dennoch, er war in Hochstimmung, er las die Anmerkungen des Lektors zu seinem Roman, überarbeitete ihn selbst noch einmal und wartete dann gespannt auf die Kritiken. Ich wußte, er wanderte im Haus herum und verfaßte im Geist Rezensionen, und was immer die Rezensenten tatsächlich sagen würden, es würde ihn enttäuschen.

Das Buch erschien Anfang September 1969. Es war mir gewidmet. «Für Anastasia», stand da, «sine qua non». Es wurde mehrfach besprochen, knapp, aber sehr positiv. Es wurden 2500 Exemplare verkauft. «Wenigstens habe ich die lumpigen 1000 Dollar Vorschuß wieder hereingespielt, die sie mir gegeben haben», murmelte er mit einer neuen schroffen Stimme. Er schickte seinen Eltern und Geschwistern Exemplare, aber ich kann mir vorstellen, daß sie das offenkundige Porträt ihrer selbst wohl eher kränkte, und nur seine Mutter schrieb ihm einen lobenden Brief – sie hatte den Roman ganz offensichtlich nicht gelesen.

Ein paar Wochen später wollte Paramount eine Option auf eine seiner Abenteuerstories. Ironischerweise war es die Geschichte meiner Kubareise, in beträchtlich abgewandelter Form. Die Heldin war eine beherzte, aber naive Reporterin, die es mit einem dummdreisten, korrupten Kerl zu tun hat, der eine Horde schießwütiger bornierter Exilkubaner befehligt. Sie landen auf Kuba und geraten dort ernstlich in die Klemme. Ein gewitzter CIA-Agent, der das Kommandounternehmen verfolgt hat, kommt ihnen mit einer Gruppe von Alpha 66-Männern zu Hilfe, denen es gelingt, die meisten Mitglieder des Trupps und das Mädchen zu retten. Der CIA-Mann kriegt schließlich das Mädchen, muß es aber natürlich sofort wieder verlassen, um neuen Abenteuern entgegenzuziehen. Der korrupte Anführer fällt den Kubanern in die Hände und wird seinem Schicksal überlassen.

Sie waren begeistert. Sie meinten, es sei eine gelungene Mischung aus Humor (die trotteligen Exilkubaner), Spannung (die Landung), Gefühl (das Mädchen) und Ironie – da das ganze Unternehmen sinnlos war und nichts bewirkte. Ironie war zu der Zeit gerade in der Filmbranche angesagt. Sie meinten, es würde ein großartiger Film. Und das wurde es auch. Sie zahlten ihm 10000 Dollar für die Option über ein Jahr und garantierten ihm weitere 50000, wenn der Film gedreht würde. Von da an brachte er jeden Tag Stunden damit zu, mit Jay am Telefon über «Geschäfte» zu sprechen. Das Geld für die Option steckte er in einen roten Corvette. Er trug seine Seidenhemden zu den geschäftlichen Essensverabredungen und kaufte sich einen Anzug bei J. Press.

2 FEBRUAR 1970. Entlang der Gartenzäune und Bordsteinkanten liegen noch die schmutzigen Überbleibsel des letzten Schneefalls als harschige schmelzresistente Haufen. Eisstreifen ädern die Vorstadtstraßen, lassen tonnenschwere Fahrzeuge schlingern und schliddern. Manche Äste der Bäume rings um das Haus mit dem großen Garten an der Old Hodge's Road in Huntington sind noch mit Eis behangen: es glitzert in der Sonne wie gefrorene Tränen.

Ein sechs Jahre alter Ford Kombi kommt langsam um die Ecke gebogen, vorsichtig die Eisschienen entlangmanövrierend. Er hält vor dem Haus mit dem großen Garten, und eine Frau steigt aus, in Hosen, Skianorak und hohen pelzgefütterten Stiefeln. Sie beugt sich in den Fond des Wagens und zieht eine große Einkaufstasche heraus, die offensichtlich Kleider enthält. Sie müht sich mit der Tasche ab, schleppt sie den vereisten Gartenweg zur Haustür entlang, wobei sie mehrfach ausgleitet. Sie läutet, und die Tür wird geöffnet.

Die Frau, die sie einläßt, begrüßt sie mit leiser Stimme, herzlich, aber gedämpft, in dem Ton, in dem man gewöhnlich nach einem Trauerfall spricht.

Die Besucherin antwortet in ähnlichem Ton und stellt die Tasche ab.

Die beiden Frauen küssen sich flüchtig und umarmen sich, bleiben eine lange Minute so stehen und tätscheln einander den Rükken. Sie bemerken beide, daß die sonst ihren Umgang bestimmende Gezwungenheit heute nicht da ist.

«Komm herein. Leg ab. Ich habe mich so gefreut, daß du angerufen hast.»

«Schön, dich zu sehen.» Die Besucherin zieht Jacke und Handschuhe aus. Die Gastgeberin nimmt ihr die Jacke ab und hängt sie in eine kleine Garderobennische bei der Tür.

«Das letzte Mal ist lange her! Weihnachten, oder nicht?»

«Ja.»

Die Besucherin greift nach der Einkaufstasche. «Ich habe ein paar Sachen mitgebracht. Franny schießt zur Zeit nur so in die Länge – sie braucht von Kopf bis Fuß alles neu! Ich habe die ausgewachsenen Kleider durchgesehen und mir gedacht, die hier kann Jenny vielleicht tragen.» Sie deutet auf die Tasche. «Sie sind noch gut, nur zu klein. Jenny sind sie aber wahrscheinlich trotzdem zu groß», meint sie entschuldigend.

Die Gastgeberin mustert die Tasche, als stelle sie eine Überschlagsrechnung an. «Laß mal sehen. Komm doch herein!»

Die Besucherin zieht ihre Stiefel aus. In dicken Wollsocken tappt sie, die Tasche schleppend, hinter der anderen Frau her ins Wohnzimmer. Die beiden Frauen setzen sich dicht nebeneinander aufs Sofa, die Besucherin zieht ein Kleidungsstück nach dem anderen aus der Tasche und breitet es zur Begutachtung aus.

«Oh! Wie toll! Oh, das hier kann sie jetzt schon anziehen! Oh, das da ist ja phantastisch, das wird ihr gefallen! Die Kinder lieben im Moment diese dicken Pullover. Wahrscheinlich wird sie ihn sofort tragen wollen, aber vorläufig ertrinkt sie noch darin. Nächstes Jahr!»

Die Besucherin hört die Angestrengtheit in der Stimme der anderen, das Bemühen, fröhlich und erfreut zu klingen.

Die Gastgeberin lächelt, legt die Sachen wieder zusammen und stapelt sie auf einen Sessel. «Und nun? Einen Kaffee? Oder einen Drink?»

«Kaffee wäre schön.»

Jetzt ist etwas Gespanntes zwischen ihnen.

«Ich hoffe, es ist dir recht, daß ich die Sachen mitgebracht habe», sagt die Besucherin entschuldigend, während die beiden Frauen in die Küche gehen. «Sie waren einfach zu gut zum Wegwerfen, und ich dachte, Jenny gefallen sie vielleicht...»

«Sie wird begeistert sein!» antwortet die Gastgeberin, aber ihre Stimme ist laut, und es schwingt etwas Schrilles darin. «Na?» hebt sie an, während sie Wasser aus dem Hahn in den Kessel laufen läßt. «Was hast du in der Zwischenzeit so gemacht?»

Die Besucherin, die jetzt auf einem hohen Hocker neben der Spüle sitzt, sagt achselzuckend: «Immer das gleiche.» Sie zündet sich eine Zigarette an. Sie ist blaß, ihre Augen sind geschminkt, aber sie trägt keinen Lippenstift; ihr kurzes Haar hängt schlaff und glanzlos um ihren Kopf – es könnte eine Wäsche vertragen. «Und du?»

«Wie immer.» Die Gastgeberin zieht eine Schublade auf und fischt ein fast leeres Päckchen Zigaretten heraus. Sie zündet sich eine an. Die Arme vor der Brust verschränkt, die Ellbogen mit den Händen haltend, als fröre sie, die Zigarette dabei zwischen zwei Finger geklemmt, geht sie quer durch die Küche, um sich auf einem hölzernen Küchenstuhl niederzulassen. «Ich habe heute frei – Lehrerkonferenz. Ansonsten der übliche Kram.»

Die beiden Frauen sehen einander an. Die Gastgeberin trägt kein Make-up, und ihr Haar ist streng nach hinten zurückgenommen und festgesteckt. Ihr Gesicht wirkt müde und erschöpft; sie trägt ausgebeulte Wollstoffhosen und einen genoppten Orlonpullover.

«Und was macht Toni?» fragt die Gastgeberin mit ihrer lauten Stimme. «Klappt alles in Hollywood?» Sie findet offenbar, daß diese Bemerkung so nicht stehenbleiben kann, denn noch ehe die andere antworten kann, sprudelt sie laut heraus: «Ich finde das einfach prima! Ein Filmdrehbuch! Das ist doch eine tolle Sache! Einfach phantastisch!»

Die Besucherin lächelt ein wenig, als hätte sie noch etwas verstanden, das unausgesprochen geblieben ist. «Für ihn ist es das auch.»

Die Gastgeberin lehnt sich auf ihrem Stuhl zurück. Ihre Stimme wird jetzt weicher, aber es klingt noch immer ein bemühter Ton darin. «Für dich nicht?»

Die Besucherin schüttelt den Kopf.

«Warum nicht, Anastasia?» fragt die Gastgeberin jetzt ganz ruhig.

Der Kessel pfeift, und die Gastgeberin will aufstehen. Anastasia bedeutet ihr mit einer Handbewegung, sitzen zu bleiben, und dreht das Gas ab. Sie gießt kochendes Wasser in den Kaffeefilter. Mit dem Rücken zur anderen sagt sie: «Er hat mich mit Franny sitzengelassen. Als es darum ging, ob ich noch ein Kind bekommen soll, hat er versprochen, daß er es großzieht. Aber jetzt ist er weggegangen und hat sie dagelassen.»

Die Gastgeberin richtet sich jäh auf. «Du hättest doch wohl nicht gewollt, daß er sie mitnimmt!»

«Nein.»

Die Gastgeberin sinkt wieder zurück, ihre Haltung hat jetzt etwas Abgeschlafftes. «Hm. Verstehe.» Sie stößt eine Rauchwolke aus. Die Spannung im Raum läßt nach. «Aber wenigstens kannst du es dir leisten, jemanden zu bezahlen, der sich um sie kümmert.»

«Ja. Aber für sie ist das schlimm. Weißt du, Arden und Billy sind weg, und Toni ist auch weg. Wenn ich weggehe, ist sie ganz allein mit einer fremden Frau. Sie ist in einem richtigen Schockzustand, sie hat jede Nacht Alpträume.»

«Oh! Ach! Vielleicht... nein, zu uns kann sie ja nicht, sie muß ja in die Schule... aber vielleicht... du hättest doch das nötige Geld... du könntest doch umziehen, dir ein Haus hier in der Nähe kaufen, und wenn du wegmußt, könnte Franny solange bei uns wohnen. Hier sind immer Kinder, es ist immer etwas los, sie würde sich mehr wie in einer Familie fühlen. Ich meine, sie würde in einer Familie *sein*!»

«Joy, das ist sehr lieb von dir. Wirklich. Aber du hast doch so schon alle Hände voll zu tun.»

Joys Kopf reckt sich auf ihrem Hals. «Es geht schon», sagt sie steif. «Es muß eben jeder mit anpacken.»

Anastasia hört den Ärger in ihrer Stimme. Sie sagt sich, daß er nicht gegen sie gerichtet ist. Sie geht in die Offensive gegen diesen Ton. «Oh, das ist ja prima!» Mit warmer Stimme, lächelnd. «Helfen deine Kinder wirklich mit? Meine waren dazu nie so recht bereit.»

«Sie müssen», schnappt Joy. «Sie müssen einfach! Ich kann nicht alles machen. Das schaffe ich einfach nicht!»

Die Besucherin überhört den Ärger und fährt freundlich interessiert fort: «Was machen sie denn? Das beeindruckt mich wirklich.»

«Der Kaffee ist fertig.» Joy geht zum Herd hinüber, nimmt den Filter von der Glaskanne und gießt Kaffee in zwei bereitstehende Tassen. «Möchtest du nach drinnen gehen?»

«Nein, laß uns hier bleiben. Ich liebe Küchen.»

«Ich auch.»

Sie tragen ihre Tassen zum Tisch und setzen sich hin. Anastasia steht wieder auf.

«Was fehlt?»

«Milch.» Sie öffnet die Kühlschranktür.

«Oh!» Joys Lippen werden schmal. «Es ist, glaube ich, keine mehr da. Wir haben sie heute morgen aufgebraucht. Ich wollte noch welche holen gehen, aber... ich habe es vergessen.»

Anastasia setzt sich wieder hin.

«Tut mir leid.» Joy studiert ihr Gesicht. «Kannst du ihn auch schwarz trinken?»

«Klar! Macht nichts. Ich trinke ihn oft schwarz.» Ihre Stimme klingt angespannt.

«Kuchen oder so etwas habe ich auch nicht», sagt Joy kläglich.

«Du weißt doch, daß ich darauf nicht scharf bin.»

«Ich war so dankbar, daß ich heute diesen freien Tag hatte, um mich an meine Semesterarbeit zu setzen. Solche größeren Sachen sind für mich immer sehr schwierig. Normalerweise arbeite ich wochenends daran, aber dann muß ich gleichzeitig noch einkaufen und irgendwelche Kleider aus der Reinigung abholen und Sachen für die Kinder besorgen... Du weißt ja, wie das ist... Deshalb habe ich mich heute morgen gleich an den Eßzimmertisch gesetzt und mir meine Bücher vorgenommen, und da ist es mir einfach entfallen...»

«Aber Joy, natürlich verstehe ich das. Du brauchst dich nicht zu entschuldigen. Vielleicht wäre es besser gewesen, wenn ich heute nicht gekommen wäre. Dann hättest du mal einen Tag Ruhe und Frieden zum Arbeiten gehabt.»

«Wann sollten wir uns denn sonst sehen? Ich bin froh, daß du gekommen bist.» Joy schlürft von ihrem Kaffee und lehnt sich auf ihrem Stuhl zurück. Sie lockert die bisher zur Faust geballte linke Hand. Sie ist ganz weiß. Joy versucht, ihre Schwester anzulächeln, aber ihr Mund ist ganz steif. Sie räuspert sich, versucht, die Härte in ihrer Stimme loszuwerden. «Toni wird aber doch nicht allzu lange weg sein. Es dauert doch nicht ewig, ein Drehbuch zu schreiben, oder? Wie lange wollte er denn bleiben?»

Anastasia sagt achselzuckend: «Weiß nicht. Sechs Monate, ein Jahr.»

«Und wie lange ist er schon weg?»

«Seit Oktober – etwas über drei Monate.»

«Dann kann es ja nicht mehr so lange dauern.» Ihre Stimme gibt die empfangene Wärme zurück.

Anastasia lächelt. «Erzähl mir ein bißchen von deinen Prachtkindern.»

Joy lächelt ebenfalls. «Sie sind wirklich liebe Kinder. Weißt du, wir haben die Regelung, daß Jonathan die Wäsche macht, die Klos putzt und abwechselnd mit Julie spült und abtrocknet. Julie saugt die unteren Räume und wischt Staub und putzt die Küche. Für alles andere bin ich zuständig. Jenny – na ja, sie soll ihr Zimmer sauberhalten und den Tisch decken», sagt Joy lachend. «Ihre Zimmer sollen sie alle selbst saubermachen...»

«Und das tun sie auch?» fragt Anastasia erstaunt.

«Das müssen sie wohl, wenn sie saubere Kleider und ein sauberes Haus haben wollen!» Scharf. Dann milder: «Ach, natürlich sind sie nachlässig, ich muß sie immer daran erinnern. Aber sie machen es gut, bis auf ihre eigenen Zimmer. Sie wissen, daß wir alle zusammenhalten müssen...»

«Wie sieht denn dein Tagesplan aus?»

«Das willst du doch nicht wirklich wissen.»

«Doch.»

«Wirklich?»

Anastasia nickt.

Joy schildert ihren Tag, als lese sie aus einem Handbuch für alleinerziehende Eltern vor: Aufstehen um 5 Uhr 30, Kaffee machen, Frühstückstisch decken, während der Kaffee durchläuft, eine Tasse Kaffee mit nach oben nehmen, duschen, Bett machen, anziehen, Haare auf elektrische Lockenwickler drehen, Gesicht zurechtmachen, Kinder wecken, Frühstück für die Kinder machen – Orangensaft aus Konzentrat, Haferflocken oder Muffins, ein Muffin für sich selbst mit Margarine bestreichen und essen und dabei Brote mit Erdnußbutter und Gelee oder mit Wurst fertigmachen und sich mit den Fragen, Streitereien, Beschwerden der Kinder befassen, sie an ihre Haushaltspflichten für den jeweiligen Tag erinnern, nach oben gehen, Jenny beim Anziehen helfen, darauf achten, daß sie ihre Bücher, ihre Hausaufgaben, ihr Pausenbrot dabeihat, Kopftuch binden, Mantel und Stiefel anziehen, Jenny in den Schneeanzug stecken, sie zur Haltestelle bringen, wieder nach Hause gehen. (Variante bei Schneewetter: Auto anlassen, Heizung und Scheibenheizung anstellen, Motor laufenlassen.) Wieder ins

Haus gehen, Mantel und Stiefel ausziehen, versuchen, Julie und Jonathan davon abzubringen, sich weiter zu streiten, dafür sorgen, daß sie ihre Pausenbrote dabeihaben, sie an Zahnarzt- oder Arzttermine erinnern (je nachdem), sie mit einem Kuß verabschieden, nach oben laufen, Lockenwickler aus den Haaren nehmen, Kopftuch über die unausgekämmten Haare binden, nach unten gehen, Küchentisch abräumen, Krümel wegwischen, Geschirr in die Spüle stellen und Wasser darüberlaufen lassen, Heizplatte unter dem Kaffee abstellen, letzten Schluck Kaffee austrinken, Tasse in die Spüle stellen, Wasser hineinlaufen lassen, Mantel, Stiefel, Handschuhe anziehen, Bücher, Papiere, eigenes Pausenbrot einpacken, aus dem Haus gehen, Tür abschließen. (Variante bei sehr kaltem Schneewetter: Windschutzscheibe freikratzen.) Die über sieben Kilometer zum Institut fahren, Parkplatz suchen. (Andere Variante, Krisenfall: Auto springt nicht an. Prozedur in diesem Fall zu kompliziert, um hier wiedergegeben zu werden. Siehe Anmerkungen.)

Anastasia seufzt. Erst 7 Uhr 45.

«Weiter», sagt sie.

«Willst du's wirklich hören?»

«Ja.»

Schule betreten, Kolleginnen im Büro begrüßen, Toilette für weibliches Personal aufsuchen, Kopftuch ausziehen, Haare frisieren, Make-up auffrischen. Ins Büro zurückgehen, Kaffee machen oder welchen eingießen (die Bürokräfte haben eine eigene Kaffeemaschine), Zigarette anzünden, kurzen Schwatz mit Kolleginnen halten, in die Startlöcher gehen, um pünktlich um acht mit der Arbeit anzufangen.

Von 8 Uhr bis 12 Uhr tippen, Papiere ablegen, Telefon bedienen, zum Direktor hineingehen und Diktat aufnehmen, wofür er immer sie kommen läßt, weil sie es am schnellsten und akkuratesten erledigt, Kaffee machen und dem Direktor hineinbringen. Weitertippen. Von 12 Uhr bis 12 Uhr 45 Mittagspause. Essen im Personalaufenthaltsraum, dazu aus dem Büro mitgebrachten Kaffee trinken, dabei lernen, französische Verben, Generäle und wichtige Schlachten während des amerikanischen Unabhängigkeitskrieges oder die Namen der einzelnen Bestandteile von Pantoffeltierchen und Amöben. Kurzer munterer Schwatz mit Kolleginnen. Von 12 Uhr 45 bis 3 Uhr – in Wirklichkeit allerdings eher 3 Uhr 10 – wieder tippen, Diktat aufnehmen, Papiere ablegen. Mantel, Kopftuch,

Stiefel anziehen, zum Auto gehen. (Variante bei Schneewetter: Schnee vom Auto fegen, Motor und Scheibenheizung laufen lassen.) In einem Höllentempo die acht Kilometer bis zur Kreuzung Mill Lane und Hobart Street zurückfahren. Drei Möglichkeiten: 1. Kein Schulbus oder Kind in Sicht. Motor abstellen, seufzen, warten. 2. Schulbus nicht in Sicht, aber Kind. Motor abstellen, aus dem Auto springen, sich darauf einstellen, verzweifelte Sechsjährige wieder zu beruhigen. 3. Schulbus in Sicht, aber Kind nicht. Aus dem Auto steigen und zur Bushaltestelle gehen, kleines Mädchen, wenn es aussteigt, bei der Hand nehmen und mit ihm zum Auto gehen. (Variante 1: Mindestens einmal in der Woche fünf Kilometer zum Supermarkt fahren. Aus dem Auto steigen, Supermarkt betreten, mitnehmen: eine Packung Hamburger oder Würstchen, Salat, Milch, Margarine, Brot, Kekse, Vorratskäufe, soweit nötig. Einkäufe BEZAHLEN [dieser Akt wird nicht erwähnt, ist aber Sprecherin wie Zuhörerin nur zu deutlich präsent]. Variante 2: Gelegentlich Kind fast zehn Kilometer zur nächsten Stadt zum Arzt fahren, mit hineingehen, Kind beim An- und Ausziehen helfen, mit dem Arzt reden, Doktor per Scheck BEZAHLEN, wieder gehen. Variante 3: Siehe 2, nur daß es sich um eine Zahnarztpraxis handelt. In diesem Fall im Wartezimmer sitzen und in einem Schulbuch lesen, sofortiges BEZAHLEN nicht nötig.)

Fünf Kilometer zum Haus an der Old Hodge's Road fahren, aus dem Auto steigen, (gegebenenfalls) Einkäufe aus Kofferraum wuchten, darauf achten, daß Kind Bücher und sonstiges Zubehör mitnimmt (Variante bei Schneewetter: vor sich hin murmeln, daß unbedingt daran gedacht werden muß, Gehweg zu streuen), ins Haus gehen, Mantel und Schuhe ausziehen, Kind dabei helfen, Mantel und Schuhe auszuziehen, Kind Kekse und Milch hinstellen. Mit Kind am Tisch sitzen, Kind fragen, wie Tag war. LÄCHELN.

Kind erlauben, zu Freundin spielen zu gehen, Kind nach oben schicken, damit es sich umzieht. Schulbücher auf Eßzimmertisch ausbreiten, Hausaufgaben machen. Zur Verfügung stehende Zeit: von gar keiner (schlimmstenfalls) bis zu eineinhalb Stunden (bestenfalls), je nach Heimfahrvariante (siehe oben). Irgendwann in dieser Zeit Auftauchen der beiden anderen Kinder. Zeitpunkt des Auftauchens variiert stark, ebenso mitgebrachte Laune. Manchmal Bücher-in-die-Ecke-Pfeffern, Türenknallen, Gebrüll; an anderen Tagen lächelnde Gesichter, gutwillige Hilfsangebote. Irgendwann in dieser Phase jedoch unweigerlich Aufkommen von Streit zwischen mindestens zwei Kindern oder Mutter und einem Kind.

Zwei Abende die Woche: Um 5 Uhr 15 anfangen, Abendessen zu machen. Da dieses um 5 Uhr 45 auf dem Tisch stehen muß, Kocherei immer eilig, Mahlzeiten einfach. Günstigstenfalls: Reste. Kleines Kind kommt um 5 Uhr 30 nach Hause, setzt sich mit Mutter zum Essen. Ältere Kinder gesellen sich dazu oder auch nicht. Wenn nicht, müssen sie sich selbst etwas zu essen machen oder aufwärmen, was da ist. Essen hinunterschlingen. Tisch abräumen, Geschirr in die Spüle stellen, großes Kind anbrüllen, weil Frühstücksgeschirr noch nicht gespült. Um 6 Uhr 05 anfangen, Vorbereitungen fürs Weggehen zu treffen: Kleinem Kind auftragen, seine Hausaufgaben zu machen, älteren Kindern Anweisungen zurufen, rasch auf die Toilette gehen, Lippenstift erneuern, Haare kämmen, Mantel, Stiefel, Handschuhe anziehen, Bücher in Leinentasche pakken, kleinem Kind Kuß geben, um 6 Uhr 15 *aus dem Haus gehen.* Dreißig Kilometer zum nächsten College fahren, auf Riesenparkplatz parken, halben Kilometer zum Klassenzimmer gehen, eintreten, Mantel ausziehen, hinsetzen, kurzen Schwatz mit Bekannten halten, es klingelt, Lehrer erscheint, Unterricht beginnt. Nervös in der Klasse sitzen, unsicher, ob französische Verben, Generäle, Schlachten, Eigenschaften der Einzeller noch richtig im Kopf, hochgradig nervös, wenn Lehrer schriftlich abfragt, erfreut, nein, zutiefst erleichtert, wenn Testbogen mit Punktzahl über 85 zurück. Um 8 Uhr 20 wieder Klingeln: Mantel und Handschuhe anziehen, dreihundert Meter weiter zu anderem Gebäude marschieren, hineingehen, Klassenzimmer betreten, wie oben.

9 Uhr 50 Gebäude mit Mitstudenten verlassen, aber nicht stehenbleiben und mit ihnen schwatzen. Mehr als halben Kilometer zum Auto zurückgehen, einsteigen. (Variante bei Schneewetter: zuerst Windschutzscheibe freikratzen.) Dreißig Kilometer zum Haus an der Old Hodge's Road zurückfahren. Aus dem Auto steigen, Auto abschließen, ins Haus gehen. Beten, daß alles in Ordnung ist: kein Streit, Schularbeiten gemacht, Haushaltspflichten erledigt. Kinder gut gelaunt. Fall, daß Gebete erhört werden, relativ selten. Meistens noch irgendwelche Probleme zu lösen. Nicht mehr fähig zu LÄCHELN. Sobald wie möglich ausziehen, Kleider über Stuhl werfen, ins Bett fallen, SCHLAFEN.

Drei Abende die Woche: Wie oben, nur etwas mehr Zeit zum

Kochen, dann nach dem Essen Bücher mit nach oben ins Schlafzimmer nehmen, wo Fernsehgeplärre nur gedämpft zu hören ist, und dort Hausaufgaben machen. Viele Unterbrechungen durch irgendwelche Kinder, eine lange, um kleines Kind ins Bad und ins Bett zu stecken.

Am Wochenende: Aufstehen, aus reiner Gewohnheit, um 6 Uhr oder 6 Uhr 30. Dafür aber den Luxus einer schönen Tasse Kaffee am Tisch und dazu manchmal eine Zigarette. Ruhe und Muße. Möglichkeit, Zeit frei einzuteilen, nur durch ständige Anwesenheit von Kindern beeinträchtigt, die (immer) Krach machen, (oft) Ringkämpfe vollführen, nörgeln, weinen, wüten.

Fixgrößen: Bank – Geld holen, Großeinkauf, Braten zubereiten, damit für die Woche Reste bleiben, Kleider in die Reinigung bringen, Kleider wieder abholen, Kinder an alle möglichen Orte fahren, Hausaufgaben, Hausaufgaben, Hausaufgaben.

Variablen: Einkaufen gehen, weil Kinder Kleidung oder Schulsachen benötigen, einkaufen, weil Geburtstags-, Weihnachts- oder sonstige Geschenke anstehen, Arzt- oder Zahnarzttermine, Krisen innerhalb der Familie (Kind hat Unfall, muß ins Krankenhaus, Kind wird krank, muß gepflegt werden, Mutter wird krank, was gesamten Haushalt ins Chaos stürzt, Auto streikt: vergleiche Anmerkungen) oder außerhalb (Freundin ruft an, in Tränen aufgelöst, muß getröstet werden; Freundin wird krank, braucht Hilfe; Freund oder Freundin ruft nach langer Zeit wieder einmal an, was lange Unterhaltung am Telefon bedeutet). Ferner: Unerwarteter Besuch von Freunden oder Verwandten, Parties oder Essenseinladungen am Samstagabend, bei anderen, nie eigene.

«Wie war das mit dem Drink», sagt Anastasia. Sie denkt, spricht es aber nicht aus: Ihr Leben ist schlimmer, als Mutters Leben war.

Sie sind ins Wohnzimmer umgezogen und sitzen jetzt auf einem kleinen Sofa für zwei, einander zugewandt. Joy ist nicht mehr so angespannt, die Müdigkeit um ihre Augen hat sich etwas gegeben. Anastasia ist offener und herzlicher. Sie kann jetzt einfach fragen, ohne daß es nach Urteilen oder Ausforschen klingt: «Was ist mit Justin, Joy, was ist mit euch los?»

Und Joy kann, ohne spröde oder ärgerlich zu werden, antworten: «Ach Gott, ich weiß nicht, An.»

Anastasia sieht sie ein paar Minuten lang an. «Steht es sehr schlimm?» fragt sie schließlich.

Joy seufzt. «Ganz schön schlimm.» Ihr Kopf richtet sich auf. «Ich will nicht, daß Mutter davon erfährt.»

«Warum nicht?»

Joys Mund verhärtet sich. «Ich weiß nicht! Ich weiß selbst nicht warum, ich will es einfach nicht!» Ihre Augen glänzen.

«Zum Teil weiß sie es schon...»

Joys Augen flackern erschreckt. «Wieso, was hat sie gesagt?»

«Ach... nicht viel. Sie hat nur vorgefühlt, ob ich etwas weiß.» Aus Anastasias Ton ist Vorsicht herauszuhören, sie wägt genau ab, was sie sagt. «Nur, daß du ihr so müde vorkommst, daß sie es merkwürdig findet, daß Justin Weihnachten schon so bald wieder nach Texas zurückgefahren ist, daß sie sich Sorgen macht.»

«Ich will nicht, daß sie es erfährt!»

«Ich sage ihr nichts.»

«Versprochen?»

«Versprochen.»

Joy sieht sich suchend um, entdeckt nur eine zerknautschte Camel-Packung. «Kann ich eine Zigarette von dir schnorren?»

Anastasia gibt ihr eine, sie zündet sie nervös an. Sie bläst den Rauch aus und fängt an, sich an der Hand zu kratzen. Ihr Daumen ist ganz rot und wund. «Es war die Wahrheit, was ich überall erzählt habe, als ich wieder nach Long Island zurückgekommen bin – ich wollte wirklich, daß die Kinder ein richtiges Heim haben sollten, endlich eine feste Bleibe nach all diesen Jahren ständiger Umzieherei... Und ich wollte einfach nicht in Texas leben. Ich kenne keine Menschenseele in Texas, ich wollte wieder näher bei meiner Familie sein, bei meinen alten Freundinnen, obwohl mir nicht mehr allzu viele davon geblieben sind... Aber ich sehe Kitty immer noch gelegentlich und Penny Dyckman – du erinnerst dich bestimmt noch an sie, Penny Swopes -, sie wohnt nicht weit von hier, in Old Westbury... Und Justin wollte ja auch nur für drei Jahre nach Texas.

Ich habe immer wieder davon angefangen, er konnte es nicht mehr hören, schließlich hat er gesagt, gut, wie du willst, aber er wollte, daß ich nach Washington ziehen sollte. Er denkt, er wird irgendwann dort einen Posten kriegen. Er hat so eine Ahnung, daß er eines Tages in einer der oberen Etagen im Pentagon landen wird... Aber in Washington kenne ich auch niemand außer ein paar Offiziersfrauen, die ich in Deutschland oder auf den Philippinen kennengelernt habe und deren Männer jetzt dort sind. Ich kann sie nicht leiden. Ich will mich nicht mit ihnen abgeben müssen, ich *hasse* sie, ich *hasse* die Armee!» Ihre Augen füllen sich mit Tränen.

«Er weiß immer noch nicht sicher, ob es klappt, es kann noch Monate dauern, bis er etwas erfährt. Aber jedenfalls kamen wir überein, daß ich hierherziehen sollte und er, sooft er könnte, herkommen wollte, und falls er nach Washington versetzt würde, wollte er zwischen hier und dort pendeln, man kann gut hin- und herfahren oder -fliegen, das ist kein Problem, und ich fand einfach, es war an der Zeit, daß mal etwas so lief, wie ich es wollte, weil ich schließlich fünfzehn Jahre immer nur herumgezogen bin und die Kinder durch die Weltgeschichte geschleift habe und ich das einfach *satt* habe! Satt bis oben hin!» Wieder steigen ihr die Tränen in die Augen, und sie zieht tief an ihrer Zigarette, lehnt den Kopf ans Sofapolster.

«Vielleicht ist das ja falsch von mir. Justins Mutter, Amy – du weißt ja, wie gern ich sie habe...» Wieder werden ihre Augen feucht. «Es ist sicher schlimm, das so zu sagen, aber ich habe sie mehr geliebt als meine eigene Mutter. Na ja, in gewisser Weise. Sie war immer so nett zu mir. Jedenfalls muß er ihr irgend etwas erzählt haben, weil sie letzten Monat plötzlich hier aufkreuzte, sie sagte, sie wollte im Januar gern raus aus Iowa», Joy lacht jetzt, «aber in Wirklichkeit ist sie hergekommen, um mich zu belehren, was ich als gute Ehefrau zu tun habe. Sie hat die ganze Zeit davon geredet – du weißt schon, daß man als Ehefrau vieles verkraften muß, daß es einfach dazugehört, Teil des Jobs ist. Sie selbst ist ja wirklich ein unanfechtbarer Mensch, bewundernswert... Na ja, und daß Offiziersfrauen einen ganz besonderen Einsatz bringen müssen und all dieses Zeug, ich kann es nicht mehr hören. Es ist mir piepegal, ich muß irgendwo noch ein eigenes Leben haben oder ich werde wahnsinnig! Diese Frauen, diese ganzen Offiziersfrauen, die tun doch nichts anderes als Karten spielen und saufen, saufen und noch mal saufen, die Hälfte von ihnen sind Alkoholikerinnen, und das ist nur verständlich, sie können nie irgend etwas Eigenes anfangen, kaum sind sie irgendwo einigermaßen drin, zack! verpflanzt man sie auf die andere Seite der Erde. Ich konnte das einfach nicht mehr aushalten!» Joy starrt geradeaus.

«Das kann ich dir voll und ganz nachfühlen, Joy.»

Joy wendet den Blick langsam zu ihrer Schwester hin.

«Hör mal, du weißt doch, daß ich das verstehe. Ich würde es schon nicht aushalten, hauptberuflich Ehefrau zu sein, auch wenn ich *nicht* dauernd umziehen müßte.»

Joy lacht schrill und gequält. «Das stimmt allerdings!» Sie schlürft die letzten Tropfen aus ihrem Glas. «Vielleicht bin ich ja schwach oder egoistisch oder sonst was. Vielleicht mangelt es mir ja an Charakter. Aber weißt du, das ist mir inzwischen auch egal, ich halte dieses Leben einfach nicht mehr...»

«Ich verstehe dich gut. Und jetzt ist Justin sauer?»

«Sauer!» Sie lehnt sich ermattet zurück. «Er tobt! Du weißt doch, er war zu Weihnachten hier...»

«Ja. Da wirkte er auch seltsam.»

«Ja, da war er wütend – weil ich ohne ihn hierhergezogen bin. Aber weißt du, er ist so ungerecht. *Er* ist immer monatelang weg. Wenn ich in Texas geblieben wäre, dann wäre er Weihnachten auch nicht dagewesen – letztes Jahr meine ich –, weil er in geheimer Mission unterwegs war, ich glaube, im Iran, weil er mir, als er wieder zurück war, diese Vase da als Weihnachtsgeschenk geschickt hat», Joy deutet mit einer Kopfbewegung auf eine prachtvolle persische Vase, die auf einer der koreanischen Truhen steht, «und als er dann hierherkam, haben wir uns gestritten, und er sagte irgend etwas über die Moslemfrauen und wie die zu spuren hätten, und es klang, als wüßte er, wovon er sprach, als hätte er es erlebt...

Na, jedenfalls sollten die Kinder im Sommer hinfahren und die Ferien bei ihm verbringen, aber er hatte keinen Platz, um sie unterzubringen. So haben wir schließlich beschlossen, daß er Weihnachten darauf wieder herkommen sollte, das heißt also letzte Weihnachten.

Und ich weiß nicht, was... vielleicht kam es daher, daß er sauer auf mich war... oder vielleicht lag es daran... weißt du, überall, wo wir sonst gewohnt haben, war alles seins, für ihn, wegen ihm... weißt du, Militärquartiere, direkt auf dem Militärgelände. Wir waren von Militär umgeben, alles war Militär... deshalb war alles, wo wir vorher wohnten, das Haus, die Umgebung, irgendwie sein Terrain...

Aber dieses Haus war nicht seins. Ist nicht seins. Es ist *meins*. Ich meine, er hat es zwar bezahlt, aber von meinem *Gefühl* her ist es mein Haus. Ich habe es gekauft, ich habe es eingerichtet... und diesmal nicht nach *seinen* Bedürfnissen und Wünschen. Er war ja gar nicht hier. Also habe ich es für *uns* eingerichtet, die Kinder und mich, so daß wir uns darin wohl fühlen, daß es uns gefällt. Und als er letzte Weihnachten durch die Tür hereintrat, paßte er überhaupt nicht in sein Haus. Er war einfach fehl am Platz. Jedenfalls empfand ich das so. Ich konnte nicht dagegen an, das war einfach mein Gefühl. Er *wirkte* total unpassend, und er benahm sich total unpassend. Die Art, wie er ging, weißt du, ich konnte mir nicht helfen, er sah so lächerlich aus, wie ein Roboter... So geht kein normaler Mensch. Auf einem Stützpunkt merkt man das gar nicht, alle gehen so, aber in einem normalen Haus wirkt es merkwürdig. Ist dir schon mal aufgefallen, wie Justin geht? Findest du seinen Gang nicht auch merkwürdig?» fragt Joy, Unterstützung heischend.

Anastasia versucht, ein möglichst ausdrucksloses Gesicht zu machen. Ein Streit ist noch keine Trennung, eine Trennung ist noch keine Scheidung. «Na ja», weicht sie aus, «er ist eben Soldat, das sieht man natürlich...»

«Und dann die Art, wie er sprach. Ich war es nicht mehr gewöhnt, ihn reden zu hören. Er spricht nicht, er bellt Befehle, kommandiert die Kinder und mich herum. Als wären wir seine Untergebenen. Mir wurde davon ganz flau und schwindlig. Ich konnte ihn nicht anschauen, nicht mit ihm reden, ich fühlte mich die ganze Zeit nur schwach und benommen. Ich konnte nichts essen. Ich hatte ganz vergessen, wie sich die Mahlzeiten abspielten, das Schweigen, weil er nie zuließ, daß die Kinder bei Tisch redeten, also herrschte beim Essen Stille, eine Stille, in der man nichts hörte als sein Kauen... Oh, ich konnte sein Kauen nicht ertragen, knurps, knurps, so *gründlich*, ein paarmal bin ich sogar aufgestanden und nach oben gelaufen, ich konnte einfach nicht mehr sitzen bleiben...» Ihre Hände liegen neben ihr auf der Couch, fest zusammengeballt und weiß.

«Das hat er natürlich auch gemerkt, daß etwas nicht stimmt. Na ja», spottet sie, «das war ja auch ziemlich offensichtlich! Ich konnte auch nicht mehr mit ihm in einem Bett schlafen, ich sagte, es läge an seinem Schnarchen, und ging zu Jenny ins Zimmer und schlief bei ihr, dicht an sie gekuschelt... da war er natürlich wütend. Ich wußte einfach nicht, was ich sagen sollte. Ich meine, ich wollte doch nicht, daß meine Ehe in die Brüche ging! Aber was sollte ich machen? Ich wollte keine geschiedene Frau sein, das ist für mich… oh, tut mir leid, An, aber Scheidung empfinde ich immer noch als etwas Schreckliches.»

«Als Brad und ich uns scheiden ließen, warst du entsetzt.»

«Ja, das war ich wohl.» Zögernd. «Ich schätze, ich war dir damals wirklich nicht gerade eine Hilfe. Aber ich konnte es einfach nicht verstehen. Brad war doch so ein netter Kerl.»

«Aus deiner Sicht. Er mochte dich gern. Er hat ständig mit dir geflirtet.»

Joy sträubt ihr Fell. «Davon habe ich nichts gemerkt, ich weiß nur, daß er immer sehr nett zu mir war. Aber natürlich ist mir klar, daß man Menschen auf die Entfernung nicht wirklich beurteilen kann, daß man nicht weiß, wie sie zu ihren Frauen und Kindern sind…» Sie bewegt die Hände, kratzt wieder die eine mit der anderen. Ihr roter Daumen wird noch röter. «Aber ich *konnte* nicht mehr, ich *konnte* nicht weiter mit ihm zusammenleben. Es ging nicht. Alles an ihm war mir unerträglich. Seine Art zu reden, seine abgehackten Sätze, die ständigen Zahlen, er sprach die ganze Zeit immer nur über irgendwelche Zahlen… Er kam mir vor wie ein Roboter, im Bett hatte ich das Gefühl, ich schlafe mit einem Roboter mit beweglichen Teilen…»

Anastasia steht auf und greift über das Cocktailtischchen nach dem Glas ihrer Schwester, hebt fragend eine Augenbraue. Joy steht ebenfalls auf und nickt. Die beiden Schwestern setzen sich in Richtung Küche in Bewegung, wobei Joy weiterredet.

«Im Grunde will ich… aber das ist unmöglich, das weiß ich selbst, deshalb konnte ich von mir aus nichts sagen oder tun, ich konnte einfach nichts vorschlagen, weil es nur eine Lösung gibt, die ich wirklich will, und die wäre, weiter mit ihm verheiratet zu bleiben, aber nicht mit ihm zusammenzuleben. Sicher zu sein, daß er weiter für uns sorgt, aber ihn nie sehen zu müssen.» Sie bricht in schallendes Gelächter aus. «Verrückt, was?»

Sie kommen in der Küche an, Joy holt Eis aus dem Gefrierfach und macht sich daran, zwei neue Drinks zuzubereiten. Anastasia sitzt auf dem Hocker.

Sie seufzt. «Die ganze Zeit machst du dir entweder selbst Vorwürfe oder verteidigst dich. Als wäre es deine Aufgabe, dich in allem anzupassen – und das ist ja wohl auch die Erwartung an Frauen. In Wahrheit ist das Problem doch ganz simpel. Du willst nicht mehr mit Justin zusammenleben, du findest ihn als Mann und als Vater unerträglich. Aber du weißt, daß Männer nach einer Scheidung nicht mehr bereit sind, finanziell für ihre Kinder zu sorgen, und du weißt, daß *du* es nicht schaffst, und das lähmt dich. Du weißt nicht, was tun. Wenn du allein wärst und keine Kinder hättest, für die du sorgen müßtest, wärst du längst weg.»

Joy starrt Anastasia an. «Was willst du damit sagen?» Sie reicht Anastasia ein Glas, nimmt ein paar Schluck von ihrem eigenen Drink. Sie lehnt sich gegen die Spüle.

«Denk mal darüber nach. Denk mal nur an dich. Du bist zwar im Moment in keiner besonders guten Verfassung, du bist fix und fertig, aber du siehst immer noch phantastisch aus. Wenn du allein wärst, würdest du schleunigst in die Stadt fahren, dir einen gutbezahlten Job als Chefsekretärin und eine hübsche kleine Wohnung suchen, dir ein paar tolle Klamotten kaufen und dich amüsieren. Du findest doch, wo du gehst und stehst, Freunde, und wahrscheinlich würdest du sogar einen anderen Mann kennenlernen.»

Joy schließt die Augen. «So habe ich mir das noch nie überlegt, was ich machen würde, wenn ich keine Kinder hätte!» Sie denkt einen Moment lang nach, dann schüttelt sie sich, schüttelt sie die Gedanken ab. «Ach, was nützt es denn, mich das zu fragen? Ich kann es mir überhaupt nicht vorstellen. Ich *habe* nun einmal Kinder.»

Anastasia sitzt schweigend da, starrt die Spüle an.

Joy steht auf. «Laß uns aus dieser verdammten Küche verschwinden! Ich *hasse* diese gottverdammte Küche!» Sie gehen wieder ins Wohnzimmer, lassen sich aufs Sofa sinken, zünden sich Zigaretten an.

«Und wie ging es weiter?»

Joy holt tief Luft. «Warte mal. Laß mich überlegen. Es ist so schwer, alles der Reihenfolge nach zu erzählen. Wo war ich stehengeblieben? Ach ja, ich wollte also nicht mehr mit ihm schlafen, und er war wütend, und ich konnte immer nur weinen, weil ich ihm nicht sagen konnte, was in mir vorging... Ich weiß nicht, ob du das verstehst...» Sie sieht kurz auf, und Anastasia nickt.

«Ich sagte nur, ich sei durcheinander und bräuchte Zeit zum Nachdenken, ich wüßte nicht...» Sie runzelt die Stirn, überlegt. «Weißt du, die *Kinder* hatten auch total vergessen, wie er war! Es gefiel ihnen nicht, wie er mit ihnen redete – wie er sie anblaffte –

und daß sie bei Tisch nicht reden durften, bei mir hatten sie es immer gedurft, sie fanden, er spinnt. Warum sollten sie nicht reden? Deshalb verhielten sie sich ihm gegenüber auch anders als früher. Sie sahen ihn die ganze Zeit an, als wäre er ein *Feind*.

Und irgendwann muß er dann wohl kapiert haben, vielleicht hat er es schließlich gespürt, bemerkt, wie sie ihn ansahen, wie ich ihn ansah. Normalerweise nimmt er so etwas überhaupt nicht wahr, weil wir alle für ihn so eine Art Untergebene sind, und ob seine Leute ihn mögen oder nicht, ist ihm egal, solange sie nur gehorchen. Aber irgendwann mußte ihm ja auffallen, daß ich nicht mehr mit ihm schlafen wollte und daß die Kinder ihn immer wieder vergaßen und bei Tisch plötzlich anfingen, sich zu unterhalten...

Er hatte zehn Tage Urlaub, aber am Tag nach Weihnachten ist er wieder gefahren. Er hätte noch fünf Tage bleiben können, aber er packte einfach seine Sachen und fuhr nach Iowa.»

«Ach *deshalb* hat Amy dich letzten Monat heimgesucht! Was hast du ihr denn erzählt? Ich meine, was war der letzte Stand, wie hat sie die Situation gesehen, als sie wieder abgefahren ist?»

Joy starrt ins Leere. «Ich weiß nicht genau. Sie hat die ganze Zeit geredet, und ich habe zugehört. Ich habe ihr nicht groß widersprochen und ihr nur erklärt, die Kinder brauchten endlich ein Heim, eine gewisse Stabilität und Kontinuität. Ich habe ihr ein bißchen erzählt, wie sie durch unser Leben geworden waren...»

«Und wie *waren* sie geworden?»

Joy bekommt einen angespannten Zug um den Mund. «Ach, ich weiß auch nicht. Irgendwie so kribblig und nervös, sie haben sich dauernd gestritten. Klar, sie tun es immer noch, ich schätze, das ist bei allen Kindern so, aber in den letzten Jahren hat es sich irgendwie... es hat so etwas... ich weiß auch nicht... Hysterisches. Sie sind immer noch so», setzt sie hinzu, den Blick starr ins Leere gerichtet, mit angespanntem, in tiefe Falten gezogenem Gesicht.

«Kinder sind oft so, wenn die Eltern sich nicht mehr vertragen, wenn es zur Trennung kommt, wenn um sie herum alles auseinanderbricht», sagt Anastasia im Expertenton. «Meine waren auch so. Es hat ein paar Jahre gedauert, bis sie sich nach der Scheidung wieder gefangen hatten.»

«Ja? Und weißt du, Jenny bricht wegen jeder Kleinigkeit in Tränen aus...»

«Franny auch, seit Toni weg ist.»

«Und auch sonst... Probleme in der Schule... alle diese Sachen. Probleme mit anderen Kindern.»

Anastasia murmelt ein paar mitfühlende Worte, schweigt dann wieder.

«Ich dachte, daß es von der vielen Umzieherei kommt oder daß es an Justin liegt, der Art, wie er sie behandelt hat, wie er war. Wie er ist. Aber du meinst ja, unsere Trennung ist schuld», schließt Joy in kaltem Ton.

Ärger zuckt über Anastasias Gesicht. «Nein.» Ärger schwingt auch in ihrer Stimme. «Das habe ich nicht gesagt. Ich denke, daß alle diese Dinge dazu beitragen, alles, was für Kinder eine gewisse Instabilität bedeutet, du kannst nichts dagegen tun, Joy. Du bist nicht *schuld*, kapier das doch mal! In den meisten Familien gibt es irgendwann Probleme, Brüche, Krisen irgendwelcher Art. Kinder müssen einfach lernen, damit umzugehen, genau wie wir.»

«Meinst du?» Ihre Fäuste lockern sich. «Macht es dir etwas aus, wenn ich mir noch eine Zigarette nehme?»

Anastasia wirft das Zigarettenpäckchen über den Tisch auf Joys Schoß. «Bedien dich.»

«Ich sollte nicht soviel rauchen. Meistens rauche ich aber nur zwei oder drei am Tag und an manchen Tagen überhaupt nicht. Morgen werde ich sicher keine einzige Zigarette rauchen. Aber dann kann ich wieder an einem Abend ein ganzes Päckchen wegqualmen. Ich hoffe, es sind nicht deine letzten.»

«Ich habe noch ein Päckchen. Du hast Glück, daß du nicht so süchtig bist wie ich.»

Joys Gesicht entspannt sich ein wenig. «Ja, da habe ich Glück.» Sie zündet sich die Zigarette an, bläst den Rauch aus, ihre Gesichtszüge lockern sich noch ein bißchen mehr, so daß die Falten sich glätten. Sie lehnt sich gemütlich zurück, als sei das Nikotin eine augenblicklich wirksame Entspannungsdroge. «Also, ich weiß wirklich nicht, was Amy gedacht hat. Sie ist eine tolle Frau, weißt du, aber sie... na ja, sie vergöttert Justin – er ist ihr einziger Sohn. Und Jane ist so weit weg, sie lebt schon seit Jahren in London. Ich weiß nicht, wie sie ihn sieht – wahrscheinlich noch immer so, wie er früher war, als ihren kleinen Justin, verstehst du. Sie war sehr lieb zu mir, zum Abschied hat sie mich umarmt und geküßt. Aber wahrscheinlich hat sie gemerkt, daß ich nicht bereit war, meine Haltung zu ändern.

Jedenfalls schrieb mir Justin einen Brief, in dem stand, er wolle sich scheiden lassen, er habe keine Lust, den Rest seines Lebens in irgendwelchen Offiziersquartieren zuzubringen, er lege keinen Wert darauf, eine frigide Frau zu haben und Kinder, die ihn behandeln, als sei er ein Ungeheuer, weil ich sie gegen ihn aufgehetzt hätte, lauter solche Dinge. Schrecklich! Und dann meinte er, weil ich doch jetzt arbeite und nicht mehr zu Hause bin, wie sich das für eine gute Mutter gehört, würde er nicht mehr für uns zahlen, wenn wir nicht alle wieder zusammenlebten. Ich hätte einen Monat Zeit, es mir zu überlegen.»

Sie drückt ihre Zigarette aus, zündet sich eine neue an.

«Es ist einfach lachhaft! Weißt du, wieviel ich verdiene? 3800 Dollar im Jahr, was kann man damit schon anfangen? Das reicht noch nicht einmal für unser Essen, und mit den Abzügen ist es noch weniger!»

Anastasia platzt ärgerlich heraus: «Mein Gott! Und warum suchst du dir nicht einen vernünftigen Job in der City? Als Sekretärin kannst du dort viel mehr verdienen!»

«Ach, Anastasia! Dann wäre ich von sieben Uhr morgens bis sieben Uhr abends weg. Ich bräuchte Sachen zum Anziehen, und dann das ganze Fahrgeld... Ich kann die Kinder nicht so lange allein lassen, und außerdem bliebe mir letzten Endes wahrscheinlich auch nicht viel mehr Geld!» Joy beruhigt sich ein bißchen. «Es wird sich ja irgendwann ändern. In zwei Jahren mache ich Examen, weil sie mir die Hilton Academy anrechnen werden, und dann kann ich unterrichten. Als Lehrerin bekomme ich 7000 Dollar Anfangsgehalt. Deshalb nehme ich ja diese ganze Plackerei auf mich.»

Anastasia verzieht das Gesicht. «Es ist wirklich eine Ironie. Er macht dir Vorwürfe, weil du arbeitest und weil er findet, daß sich das für eine Mutter nicht gehört, und du rackerst dich hier für einen Hungerlohn ab, nur damit du eine gute Mutter *sein* kannst! Sie kriegen dich immer, so rum oder so rum. Das war doch für Frauen immer schon so!»

Joy starrt auf ihre roten Daumen. «Meine Hände sind voller Ausschlag», murmelt sie. «Die Nerven wahrscheinlich.»

Anastasia macht eine winkende Handbewegung, Joy wirft ihr das Zigarettenpäckchen zurück. Sie zündet sich eine Zigarette an. «Hast du ihm auf seinen Brief geantwortet?»

«Ja, ich habe ihm geschrieben, daß ich verstehen kann, wie ihm zumute ist, daß ich aber nicht willens bin, die Kinder noch einmal zu verpflanzen. Und daß ich in die Scheidung einwillige, wenn er unbedingt will, daß er aber für seine Kinder weiter Unterhalt leisten müsse. Und daß ich nie versucht habe, die Kinder gegen ihn aufzuhetzen. Du weißt ja, An, ich habe nie ein schlechtes Wort über Justin gesagt! Nie, ganz egal, was war. Selbst wenn er Jonny wegen irgendeiner Kleinigkeit gleich verhauen hat, obwohl er noch ganz klein war, erst vier oder fünf, habe ich vor den Kindern kein Wort gesagt. Ich habe immer zu ihm gehalten!»

«Das stimmt.» Und wie du dich zusammengerissen hast: Verkniffen warst du, gereizt.

«Und seither habe ich nichts mehr gehört. Ich habe auch erst letzte Woche geschrieben. Ich weiß nicht, was jetzt wird. Aber am Ersten hat er mir nicht den üblichen Scheck geschickt – nur ein paar hundert Dollar. Allerdings hat er mir auch vorher schon nicht so viel geschickt, wie wir vereinbart hatten. Er sagt, er braucht selbst mehr zum Leben, als er dachte – also zum Teufel mit uns. Seit ich das Haus gekauft habe, sind wir ziemlich knapp dran. *Erzähl bloß Mutter nichts davon!* Deshalb habe ich diesen Job angenommen. Und weil ich mir gedacht habe, daß es mit ihm bestimmt nicht besser wird, habe ich das Studium angefangen – ich kann schließlich nicht ewig für so ein mickriges Gehalt arbeiten. Aber diesen Monat konnte ich die Hypothekenrate nicht bezahlen. Ich habe es ihm geschrieben – schließlich ist es sein Geld, das in diesem Haus steckt, das will er doch wohl nicht verlieren? Aber ich habe nichts von ihm gehört.»

«Vielleicht wäre es ja an der Zeit, daß du dir einen Anwalt nimmst.»

«Ach, Anastasia, wovon soll ich den denn bezahlen?»

Um Anastasias Mund liegt jetzt ein grimmiger Zug. «Ich weiß. Herrgott noch mal! Immer die gleiche verdammte Geschichte! Das einzige, wozu sie letztlich gut sind.»

«Was?»

«Das ist es doch, was Mutter denkt, auch wenn sie es nie offen sagt. Daß Männer letztlich nur dazu nütze sind, Geld heranzuschaffen. Daß das ihre ganze Funktion ist, nachdem sie uns geschwängert haben.»

Joy hebt den Kopf, lacht. «Stimmt. Das denkt sie wirklich!» Sie wischt sich die Augen, seufzt, faltet die Hände auf dem Schoß. «Ich hoffe, daß sie damit nicht recht hat», sagt sie leise.

«Sie denkt zwar so, aber praktisch ist es bei ihr nicht so. Dad ist für sie mehr als nur ein Geldesel.»

«Stimmt.» Joy runzelt die Stirn. «Im Moment wäre ich allerdings, glaube ich, mit einem Geldesel schon ganz zufrieden.»

Das Geräusch eines Schlüssels, der im Schloß der Vordertür gedreht wird, schreckt sie auf. Die Tür öffnet sich, beide Frauen schauen beunruhigt hin. Herein kommt Jonathan, rot und verquollen im Gesicht. Er wirft einen Blick ins Wohnzimmer, sieht seine Mutter und seine Tante, wendet sich ab und will die Treppe hinaufsteigen.

«Jonathan! Was ist los? Warum bist du schon so früh wieder da?» ruft Joy ihm hinterher.

Eine erstickte Stimme entfernt sich die Treppe hinauf. «Sie haben mich heimgeschickt. Ich bin vom Unterricht ausgeschlossen!»

Joy steht auf, weiß im Gesicht. Anastasia steht ebenfalls auf, tritt neben Joy, legt ihr die Hand auf den Arm. «Warte. Reg dich nicht auf. Wahrscheinlich ist es halb so wild. Arden ist schon öfters vom Unterricht ausgeschlossen worden, nur für ein paar Tage, weil sie Krach mit einem Lehrer hatte oder oft zu spät gekommen ist, sie wollen vielleicht nur, daß er sich entschuldigt, wahrscheinlich ist es gar nichts Ernstes.»

Joy wendet der Schwester ihr blutleeres Gesicht zu. Sie stöhnt leise. «Das ist egal. Es ist wieder ein Problem, und ich bin einfach so schrecklich müde, ich kann nicht noch mehr verkraften. Ich begreife nicht, wie ich in diesen ganzen Schlamassel hineingeraten bin. Wie ist das nur gekommen, Anastasia?»

«Weil du die Kinder nicht im Stich lassen wolltest», sagt Anastasia bitter.

3

FRAUEN: IMMER DAS gleiche Lied, wir nehmen Rücksicht auf die Kinder oder kommen auf irgendeine Weise dahin, daß wir die Verantwortung für sie tragen, nolens volens, weil wir sie nicht verlassen wollen. Wir bringen es nicht fertig, sie im Stich zu lassen. Das kommt so selten vor, daß, wenn es passiert, die Zeitungen darüber berichten.

Ich selbst mache da keine Ausnahme, die ich auf meinem Bett

liege und mich frage, warum in aller Welt ich jemals geheiratet habe, und von meinen Kindern freundlich belehrt werde, daß ich sie sonst nicht hätte.

Ich habe spöttisch reagiert, aber das war nur Sarkasmus. Ich hänge an ihnen, ich würde nicht ohne sie leben wollen. Heute wie damals: Es ist immer noch da, diese ... wie soll ich es nennen? Nicht Liebe. Mehr als Liebe und zugleich etwas, das auch Haß einschließt. Mein Herz ist durch eine Art unzerreißbare Nabelschnur an sie gebunden. Diese Nabelschnur ist narbig, so weit gedehnt, daß sie ganz dünn ist, es ist viel auf ihr herumgehackt worden, aber sie zerreißt nicht, sie ist stabiler als das, was sie verbindet, so haltbar, daß sie mir eher das Herz zerreißen wird, als selbst zu reißen.

Da waren wir nun, wir zwei, die Töchter meiner Mutter, die noch nicht wußte, daß sie sich unserer schämen würde (denn das sollte kommen: «Was habe ich bloß gemacht, daß meine beiden Töchter geschieden sind? Niemand anders in der Familie hat geschiedene Kinder. Hat das irgend etwas mit mir zu tun?»). Wir waren schon verbittert genug, auch ehe wir erfuhren, daß Joy nur noch wenige Monate in ihrem geliebten Haus blieben: Justin weigerte sich, die Unterhaltskosten dafür zu tragen, und sie mußte es verkaufen, die einzige Prämie wieder hergeben, die sie sich für – wie lange war es gewesen? – fünfzehn, sechzehn Jahre Ehe ertrotzt hatte.

Da mußte sie es ihrer Mutter sagen. Aber Belle ist weit davon entfernt, sie zu verurteilen, die Augenbrauen in die Höhe zu ziehen, mit Fragen in sie zu dringen: Sie und Ed schließen Joy fest in ihre Mitte, als seien wir eine Familie von Selleries und nicht von Karotten, rücken dicht an sie heran, um sie aufrecht zu halten, um ihre Kinder aufrecht zu halten, geben ihr Geld (alles, was sie erübrigen können), nehmen ihr die Kinder ab und helfen ihr beim Umzug in eine kleine Etagenwohnung – Belle wäscht und trocknet das ganze Geschirr ab und verstaut es in den wenigen Schrankfächern der winzigen Küche («Na, wenigstens haben diese Schränke Türen, Joy»), Ed bringt Vorhangstangen an, hängt Bilder auf und rückt Sessel von einer Seite des Wohnzimmers auf die andere, während Joy, bemüht, den alten Traum auf die Maße einer eingeschrumpften Wirklichkeit zurechtzustutzen, mit angespanntem Gesicht und verkrampfter Stimme erklärt: «Jedenfalls wird der Haushalt jetzt nicht mehr soviel Arbeit machen», und alles verkauft, was sie an Wertgegenständen besitzt. Binnen weniger Monate sind wir beide nach außen hin erkennbar und offiziell männerlose alleinerziehende Frauen.

Schon damals, im Februar, wußte ich über Toni Bescheid.

Toni wird nicht zurückkommen, egal was er sagt oder denkt. Ich nehme an, er redet sich selbst ein, daß er zurückkommen wird, weil er sonst seine Selbstachtung verlieren würde. Er will kein schlechter Mensch sein, sich nicht als schlechter Mensch fühlen müssen. Er amüsiert sich und läßt es nicht zu, daß sein Vergnügen durch Selbstverachtung getrübt wird. Toni ist in Hollywood und schreibt ein Drehbuch, verdient Aberhunderte von Dollar pro Woche, fährt in seinem roten Corvette durch die Gegend, wohnt in einem gemieteten Haus am Strand von Malibu, er ist ringsum obenauf, selbst seine Familie spricht jetzt wieder mit ihm, plötzlich sind sie alle stolz auf ihn.

Der Kummer hat uns einander nähergebracht, Joy und mich. Eines Tages stellt sie mir endlich *ihre* Frage, will sie wirklich eine Antwort: «Wie lange, hast du gesagt, dauert diese Drehbuchschreiberei? Er ist jetzt schon ewig lange weg.»

Also sage ich es ihr. Die Wahrheit. Zum erstenmal in unserem Leben sagen wir einander die Wahrheit. Wird es so bleiben?

Ich erzähle ihr von dem Tag, als Jay anrief und Toni mitteilte, Paramount wolle den Film jetzt machen und bäte ihn, das Drehbuch zu schreiben. Ich war gerade von einem längeren Auftrag zurückgekommen und wusch meine Wäsche. Ich hörte das Telefon klingeln, und als ich aus dem Keller nach oben kam, stand Toni in der Küche, mit dem Rücken zu mir, und starrte aus dem Fenster. Ich fragte, wer angerufen hätte. Er drehte sich um, das Licht fiel hinter ihm durchs Fenster. Sein Haar war ein Flammenkranz, seine Augen loderten. Ich hatte ihn nur ein einziges Mal so gesehen, bei unserer ersten Umarmung in der Nacht, in der wir uns das erste Mal geliebt hatten: leuchtend und rotgolden, starr, aus Angst, die kleinste Bewegung könnte den Traum zerplatzen lassen.

Er sprach fast flüsternd, um nur ja die Luft nicht zu erschüttern. Er erzählte es mir. Und im gleichen Augenblick wußte ich alles, sah ich es alles vor mir.

Oder ließen mich meine Befürchtungen dafür sorgen, daß es wirklich so kam?

Drehbuch. Hollywood. Geld. Ruhm.

Ich trat nicht sofort auf ihn zu, um ihn zu umarmen, weil ich spürte, wie wichtig es für ihn in diesem Moment war, unberührbar zu sein. Ich wartete, bis ich zu Ende gestaunt, gejubelt und gratuliert hatte, ehe ich ihn in die Arme nahm. Aber er war gar nicht da. Er entzog sich mir. Ich hielt seinen Körper in den Armen, aber er existierte für sich, Toni war irgendwo anders. Auch wenn er mich eine Sekunde später ebenfalls an sich drückte, es versuchte, sich Mühe gab, dazusein – ich merkte es.

Wie lange? wollte ich wissen. Ich fragte mit zittriger Stimme, er sollte nicht merken, wovor ich Angst hatte. Es war nicht die Trennung von ihm, die ich fürchtete: er hatte sich schon lange von mir entfernt. Ich hatte schreckliche Angst, ich könnte Franny verlieren. Aber das wollte ich ihm nicht zeigen, ich wollte ihm seinen Höhenflug nicht verderben, indem ich ihn spüren ließ, daß ich nicht schrecklich darunter leiden würde, wenn er wegging, und ich wollte ihm nicht noch mehr Waffen an die Hand geben, als er ohnehin schon besaß. Schließlich hegt jedes Herz Rachegelüste, und ich wußte, daß er mir meine Seitensprünge nie verziehen hatte. Meine Schuldgefühle waren schon Waffe genug gegen mich.

Ein paar Monate, meinte er. Nicht lange. Und er würde so viel Geld verdienen, daß wir gut jemanden dafür bezahlen könnten, sich um Franny zu kümmern, wenn ich verreisen müßte.

Ich wandte mich ab, damit er mein Gesicht nicht sehen konnte. Ich tat so, als suchte ich meine Zigaretten, und ich hätte sie auch gern gehabt, aber ich konnte nichts sehen, weil ich einen Tränenschleier vor den Augen hatte. Er hatte mir die Frage beantwortet, die zu stellen ich mich nicht getraut hatte: *Er wollte sie nicht mitnehmen*. Meine kleine Nachzüglerin, diese Last, dieses Kind, das ich nicht wie die anderen ausschließlich selbst aufgezogen hatte, dieses fast schon ungewollte junge Leben: Ich hätte es nicht überstanden, sie zu verlieren.

Ich rief mit eifriger Begeisterung: «Du mußt mir alles ganz genau erzählen! Ich muß nur mal eben, bin sofort wieder da!» Ich lief ins Bad, putzte mir die Nase und wusch mir das Gesicht mit kaltem Wasser, um mich wieder zu beruhigen. Er wollte sie nicht mitnehmen. Ich würde sie nicht verlieren.

Als ich wieder herauskam, goß er gerade Champagner in zwei Gläser, grinsend und hochzufrieden mit sich. Er war wieder er selbst, und ich konnte ihn jetzt spontaner und herzlicher umarmen und er mich auch, und wir konnten wie zwei Kinder vergnügt albern und kichern. Wir saßen einander in der Eßecke gegenüber, zwei Menschen, die sich lieben oder zumindest von der Erinnerung ihrer Liebe zehren, die zwischen ihnen war. Wir machten Pläne und spannen Hoffnungen und brachen dazwischen immer wieder in Gratulationen und Selbstgratulationen und all die überschwenglichen Äußerungen jubelnder Hochstimmung aus und lächelten uns an, bis wir schließlich in ermattetes Schweigen fielen und uns nur noch quer über den Tisch bei den Händen hielten. In der einsetzenden Stille sah ich uns wie ein Foto vor mir, die Fensteröffnung als Umrahmung, das durch die Büsche grünlich getönte Nachmittagslicht, die Sonne, die Lichtkränze um unsere Köpfe bildete, die weichen Farben, die in goldenes Gelb und Rot getauchten Bäume draußen im Garten, ein festgehaltener flüchtiger Augenblick, was passiert auf diesem Bild? Eine geheimnisvolle, undeutbare, undurchdringliche Szene.

Ich freute mich für ihn. Es war der richtige Weg für ihn, die richtige Zukunft, auch wenn mir das bislang noch nicht klargewesen war. Jetzt konnte ich spüren, daß er sich genau das schon immer gewünscht hatte. Und warum auch nicht? Die strenge Hingabe an die Kunst und nichts als die Kunst ist eine Folgeerscheinung. Sie erwächst aus der Erkenntnis, daß die Fähigkeit, Kunst zu schaffen, alles ist, was einem im Leben gegeben sein wird. Daß die Hoffnung auf öffentlichen Beifall und Anerkennung, die Hoffnung, daß die Welt begierig auf das lauern wird, was man ihr zu geben hat, sich für einen selbst nie erfüllen wird. Daß man in den Augen der Menschen, zehn oder vielleicht hundert Personen ausgenommen, ein Versager ist. Wer würde nicht alles wollen, wenn es sich anbietet?

Das kleine, wunderschön eindringliche Buch über seine Jugendzeit hatte ihn soviel gekostet und ihm wenig mehr eingetragen als die Befriedigung des Schreibens selbst. Und ich dachte: Steig von deinem hohen Roß, Anastasia. Du weißt doch inzwischen, was du in der Schule nie gelernt hast, daß Kunst das ist, was satt macht, was nährt: Kunst ist Nahrung. Das viel zu stark gesüßte oder gewürzte Zeug, das die meisten populären Kulturerzeugnisse darstellen, macht die Gesellschaft krank, blutarm und stumpf, aber die saftlosen Delikateßhäppchen, die die anmaßenden Snobs produzieren, nähren überhaupt nicht, sind genauso papiertrocken wie Hostien, die als Fleisch und Blut ausgegeben werden. Vielleicht würde Tonis Story ja einen hervorragenden Film abgeben, vielleicht war sie ja auf ihre Art Kunst.

Und vielleicht trug er auch einfach nicht noch so ein Buch in sich wie das, das er geschrieben hatte. Was gab es schon über die letzten neun Jahre seines Lebens zu schreiben, was nicht als Witz aufgenommen werden würde? Das Tagebuch eines Hausmannes, nach Art der Anekdoten aus dem Hausfrauenleben, die Tragikkomödie des Alltags, geschildert im selbstveräppelnden humorigen Ton derer, die sich ihrer eigenen Bedeutungslosigkeit bewußt sind? Konnte er Pathos darein investieren, Panis letzte Jahre zu beschreiben? Oder sein Bemühen, die Kinder eines anderen Menschen lieben zu lernen? Die Erfahrung, endlich ein eigenes Kind zu haben? Was es bedeutet, ständig für Kinder zu sorgen, Tag für Tag für Tag, die Kosten, die Entschädigungen, die Empfindungen, die man hat, wenn ein Kind mitten in der Nacht zu schreien anfängt, oder jenes andere Gefühl, das einen überkommt, wenn es den ganzen Nachmittag in Intervallen gebrüllt hat? Angst, Zorn und bedingungslose Liebe sind zwar der Stoff, aus dem Tragödien sind, aber wie sollte der Ärmste ein großes tragisches Werk schreiben, in dem kein Prinz und kein König, kein Schwert und keine Pistole, kein Schloß und kein Palast vorkamen, sondern nur eine Figur mit einer vorgebundenen Schürze und einer Windel über der Schulter, nur die banalsten aller Schauplätze, die Küche und das Kinderzimmer?

Es war wirklich kein Leben für einen Mann gewesen, diese Existenz, die er die letzten neun Jahre geführt hatte.

Das waren meine Gedanken, während ich in jener Nacht im dunklen Wohnzimmer saß und Toni den tiefen Schlaf derer schlief, die zu tief ins Glas gesehen haben. Morgen wird er einen ordentlichen Kater haben: Sekt. Ich dachte vor mich hin – und stutzte plötzlich. Wenn es kein Leben für einen Mann war, wieso war es dann für eine Frau eine akzeptable Existenz? Alle Welt glaubte das, sogar die Frauen selbst. Ich allerdings nicht, mir war es schon immer ein Greuel gewesen. Ich hatte versucht, diesem Schicksal zu entgehen, indem ich mich an den Hecken und Zäunen entlanggedrückt und durch die Kanalisationsröhren gezwängt hatte, nur um abseits der großen Straße durchzukommen. Aber mein Verhalten war auf verrückte Weise widersprüchlich, weil ich es zum Teil auch gern wollte. Aber war das nicht mit allem so? Ich liebte meine Arbeit und mein Berufsleben, ich genoß es, weg von zu Hause zu sein, zu reisen, zu fotografieren, Leute kennenzulernen, Gelage zu veranstalten, ins Bett zu gehen, mit wem ich wollte, kurzum, «wie ein Mann» zu leben. Aber es widerte mich oft an – die Strapazen des ewigen Reisens, die Anonymität der meisten Hotels, der Zwang, sich immer wieder selbst aufziehen zu müssen wie ein mechanisches Spielzeug, um neue Leute zu treffen, Konversation zu machen, Eindruck zu schinden, sich munter zu geben, wenn einem einfach nur nach Ruhe zumute war. Richtig zur Ruhe kommt man auf Reisen nie, nicht einmal wenn man schläft. Das geht nur zu Hause, mit den Kindern, mit Toni, die beruhigende Eintönigkeit des Immerwiederkehrenden.

Vielleicht war es ja überhaupt kein Leben für niemanden, nur im einen oder nur im anderen festzustecken. Und Toni verdiente diese Chance, jedwede Chance. Und doch: An dem Tag versteinerte ein Stück meines Herzens, noch während ich ihm gratulierte und er sich selbst gratulierte und wir feierten und er lachte und Sekt nachgoß. Als ob ich einen Schlaganfall erlitten hätte und ein Teil von mir nichts mehr fühlte, sich nicht mehr bewegen ließ.

Ich verstand einfach nicht, wie er sich so unbeschwert davonmachen konnte. *Wie schaffte er das bloß?*

Ich verlor kein Wort darüber, ich sorgte dafür, daß mein Gesicht nichts von diesen Gedanken verriet, ich fragte nicht und stellte nichts in Frage. Denn sonst, dachte ich, würde er womöglich ein schlechtes Gewissen bekommen und doch noch beschließen, sie mitzunehmen. Und das würde ich nicht überleben.

Aber *wie schaffte er das bloß*?

Ich hatte es nicht wirklich gewollt, ein Kind, das zwölf Jahre jünger sein würde als mein letztes, noch einmal ein Baby, wo die anderen Kinder endlich fast groß waren. Ich hatte sie nicht ganz aus eigenen freien Stücken bekommen, sondern als Liebesgeste Toni gegenüber. Für Toni.

Sie war sein Kind. Aber er konnte sie einfach verlassen.

Wie schaffte er das bloß?

Ich weiß, wie er das Problem äußerlich löste – indem er behauptete, er ginge nur für ein paar Monate weg und würde Ostern wieder zurück sein, vielleicht sogar schon Weihnachten, wenn alles klappte. Aber er mußte doch wissen, daß er log, oder? Er sprach sogar mit mir darüber, erklärte mir, daß er zunächst daran gedacht habe, Franny mitzunehmen, sich aber dagegen entschieden habe.

Sie war gerade in die Schule gekommen – er selbst hatte sie an diesem aufregenden ersten Schultag hinbegleitet. In Kalifornien würde er sich auf die schnelle etwas zum Wohnen suchen müssen, vielleicht einfach nur ein kleines Apartment oder sogar etwas in Untermiete, das wäre kein richtiges Zuhause für sie. Und außerdem würde er den ganzen Tag weg sein, in den Studios, und sie würde bei fremden Menschen bleiben müssen und einsam sein und sich ängstigen, und sie würde ihre Geschwister vermissen, ihre Mutter. Das wäre nicht gut für sie. Ich war ganz seiner Meinung. Aber ich wunderte mich trotzdem, wie er das ertragen konnte, den Schmerz, den unsäglichen Schmerz dieses schlimmsten aller Verluste... Und, noch unerträglicher, das Wissen um ihren Schmerz... Wie schaffte er es bloß, seine Koffer zu packen, sein Auto vollzuladen und wegzufahren und sie zurückzulassen? Sie sah ihm nach, bleich, wie unter Schock, ihr ganzer kleiner sechsjähriger Körper steif vor Entsetzen, während sie auf dem Bürgersteig stand und hektisch weiterwinkte, nachdem sein Wagen schon um die Ecke entschwunden war. Ich wußte, er würde nie mehr zurückkommen: Wußte sie es? Wußte er es?

Und so ist es geschehen. Toni verstaute seinen J. Press-Anzug, seine Seidenhemden, ein Paar neue italienische Schuhe und eine neue Brooks Brothers-Kombination aus Blazer und Hosen und die besten Stücke seiner übrigen Garderobe hinten in seinem Corvette: Er wollte mit dem Wagen nach Kalifornien fahren, um unterwegs etwas von Amerika zu sehen. Er betonte ausdrücklich, daß er seine alte mechanische Royal daließ, als bürge diese Tatsache dafür, daß er vorhatte, wieder zurückzukommen. Er nahm einen dicken Umschlag voller Fotos mit, von uns allen, aber hauptsächlich von Franny. Ich war mir sicher, auch wenn er nichts davon sagte, daß er unterwegs in Dayton, Ohio, haltmachen würde, um den Corvette vorzuführen und vielleicht auch seine neue Garderobe. Er fuhr Ende Oktober, als die Großen eigentlich im College hätten sein müssen, aber sie kamen beide für zwei Tage nach Hause, um ihm auf Wiedersehen zu sagen und ihn ein letztes Mal zu umarmen. Beim Abschied weinte Arden, und selbst Billy hatte Tränen in den Augen, aber Toni versicherte ihnen im Brustton der Überzeugung, es sei ja nur für ein paar Monate, und ehe sie richtig gemerkt hätten, daß er weg war, würde er schon wieder zurück sein. Sie entschieden sich, ihm zu glauben oder zumindest so zu tun, als glaubten sie ihm, und da sie an Trennungen gewöhnt waren, trauerten sie nicht weiter, im Gegensatz zu Franny, die noch nie erlebt hatte, daß ihr Vater nicht da war. Arden und Billy fuhren wieder ins College zurück, und am Abend schlich Franny traurig in einem verwaisten Haus nach oben in ihr Bett.

Als ich an jenem Oktoberabend, einen Monat vor meinem vierzigsten Geburtstag, im kalten Wohnzimmer saß, rauchte und an längst vergangene Zeiten denken mußte, da ich oft so gesessen hatte, während Brad den Schlaf der Gerechten, der Ignoranten oder der Besoffenen schlief, fragte ich mich: Was soll ich tun? Was soll ich mit Franny machen? Ich wollte mich nicht freiwillig von ihr trennen. Aber nun mußte ich mich unfreiwilligermaßen um sie kümmern.

Ich war mir gar nicht sicher, ob ich wollte, daß Toni zurückkam. Selbstverständlich liebte ich ihn – zwischen uns bestand eine liebevolle, auf wechselseitiges Akzeptieren gegründete Nähe, die uns beide wärmte. Doch ich hatte sein Vertrauen in mich enttäuscht, und er war zwar geblieben, hatte sich aber von mir zurückgezogen – ich hatte spüren können, wie es ihn drängte wegzukommen. Ich glaubte nicht, daß er an meiner Zuneigung zweifelte, ganz egal, wie ich mein Sexualleben gestaltete. Ich glaubte nicht einmal, daß ihn meine sexuellen Gepflogenheiten wirklich gestört haben. Was ihm zu schaffen machte, war das Gefühl, ein richtiger Mann, ein Mann, der so war, wie Männer zu sein haben, würde sich so etwas von seiner Frau nicht bieten lassen. Deshalb fühlte er sich in meiner Nähe entwürdigt, entmännlicht. Und das, wo er sich ohnehin schon unmännlich genug vorkam.

Wir leben nun einmal in einer Welt, die von Männern etwas anderes verlangt, als Kinder großzuziehen, eine Frau zu lieben und in einem kleinen Kämmerchen feinsinnige zarte Prosa zu verfassen. Als er diesen Weg einschlug, war er noch ein Knabe, für den diese Rebellion gegen die Welt der Männer etwas Erregendes war: Er fühlte sich stark dabei. Aber ganz egal, was wir selbst denken oder fühlen, wir können uns dem Urteil der Welt, in der wir leben, nicht entziehen. Und in der Art, wie die Welt über uns urteilt, beginnen wir, ob wir wollen oder nicht, uns selbst und einander zu beurteilen. Die Welt, in der wir leben, kriegt uns alle klein. Sie hat Brad kleingekriegt und Toni und über die beiden auch mich.

Für Toni war es Zeit aufzubrechen. Hätte er es nicht getan, hätte sich die Verachtung, die er sich selbst gegenüber empfand, auch auf mich ausgeweitet, und er hätte mich als diejenige gehaßt, die ihn einsperrte. Und mit der Zeit hätte ich – oder tat ich es schon? – ihn dafür verachtet, daß er das Gefühl hinnahm, ein Versager zu sein, ohne etwas dagegen zu tun.

Wie ich so dasaß, im Kalten, eine Decke um die Schultern, erschien es mir sonderbar, daß keiner von uns die Möglichkeit angesprochen hatte, unsere Beziehung trotz der Entfernung weiterzuführen – er in Kalifornien und ich in New York –, indem wir uns ab und zu wechselseitig besuchten. Genausowenig hatten wir erwogen, ob ich nicht nach Kalifornien ziehen könnte. Nein. Unsere Beziehung hatte den Endpunkt ihres organischen Wachstums überschritten und mußte sich auflösen. Es stand mir nicht zu, mit ihm zu hadern, was immer er tat, ich hatte dieses Recht verwirkt. Er war jung und hatte jetzt keine Kinder mehr am Hals, er würde eine neue Frau finden – eine Frau brauchte er – und sich ein neues Leben aufbauen.

Mein vierzigster Geburtstag kam und verging. Toni rief an und schickte Blumen. Billy rief am nächsten Tag an – er hatte es vergessen, weil er so in Druck gewesen war wegen einer Chemieklausur. Arden rief eine Woche später an und sagte, sie danke mir für den Pullover, aber sie feiere ihren Geburtstag nicht mehr, sie verzichte auf solche bürgerlichen Rituale. Über meinen Geburtstag verlor sie kein Wort.

Ich fiel, ohne es zu merken, immer mehr in einen Zustand dauernder Verletztheit. Toni hatte am Abend seines Abfahrttages angerufen (aus Dayton, auch noch auf meine Rechnung, der Bastard!), dann vier Tage später aus irgendeinem Ort in Indiana, zwei Tage darauf aus Wyoming und noch einmal zwei Tage später aus einem Hotel in Los Angeles. Eine Woche verging, ehe er sich wieder meldete, um zu verkünden, er habe eine Wohnung gefunden. Danach rief er jede Woche an, immer am Sonntagabend. Ich werde nie den ersten Sonntag vergessen, an dem kein Anruf kam. Ich ließ Franny bis spät in die Nacht aufbleiben – sie war so beunruhigt, so fest davon überzeugt, ihm wäre etwas Schreckliches zugestoßen, daß sie nicht schlafen gehen wollte. Ich versuchte, ihn in seiner Wohnung zu erreichen, aber es nahm niemand ab. Ich nahm Franny auf den Schoß und schaltete den Fernseher ein, um sie abzulenken. Gegen elf schlief sie endlich ein, schwer an mich gelehnt, feucht, vor Sorge schweißgebadet.

Franny gewöhnte sich an, in meinem Bett zu schlafen. Ich hatte nicht die Kraft, es abzustellen, aber ich machte mir Sorgen, was passieren würde, wenn ich wieder verreisen mußte. Ich gab Anzeigen auf und sprach mit den Frauen, die sich meldeten – es meldeten sich ausschließlich Frauen –, aber keine schien mir geeignet. Franny saß an mich gekuschelt auf dem Sofa, wenn die Kandidatinnen vorsprachen, und ich konnte spüren, wie sie sich anspannte oder zurückzog. Ich vertraute ihren Reaktionen. Die Frauen waren alle entweder puritanisch, verbiestert, schlampig, kleinlich oder unzuverlässig. Mir war beklommen zumute.

Russ rief mich an, um mich aufzufordern, nach Belfast zu fliegen und eine Fotoreportage über Bernadette Devlin zu machen. Ich hatte immer noch niemanden gefunden, der in meiner Abwesenheit den Haushalt führen würde. Ich bat schließlich meine Mutter, es für dieses eine Mal zu übernehmen. Sie kam. Sie und mein Vater wohnten eine Woche lang in meinem Haus: Er ging wie gewöhnlich zur Arbeit, und sie kümmerte sich um Franny. Mutter erschien mir sehr zufrieden, als ich zurückkam, und vorübergehend sah ich schon einen Silberstreif am Horizont. Aber sooft ich in den Tagen nach meiner Rückkehr mit ihr sprach, erzählte sie mir, wie müde sie die Woche mit einer Sechsjährigen gemacht habe, und ich wußte, auf sie konnte ich nicht hoffen, auch wenn es sie glücklich machte, Franny um sich zu haben. Ich suchte weiter nach einer bezahlten Kraft und fand schließlich eine nette zuverlässige Frau, Mrs. Czepiel (wieder eine Polin! Es war wirklich verblüffend).

Franny rührte mein Herz zutiefst. Sie war so tapfer, so lieb. Sie entschuldigte sich immer, wenn ich wach geworden war, weil sie im Traum geschrien hatte. Sie war blaß und schien sich nur durch Willenskraft auf den Beinen zu halten. Sie hatte immerhin in zwei Jahren drei Menschen verloren – ihren Vater, ihren Bruder und ihre Schwester. Sie wurde immer in sich gekehrter und stiller. Sie hatte keine Freundinnen. Sie saß zu Hause und las oder spielte Klavier. Sie hatte Klavierunterricht. Wenn ich für mehr als drei Tage weg war, kam meine Mutter einen Nachmittag zu ihr herüber, um sie dann zum Abendessen und die Nacht über zu sich zu holen und am Morgen in die Schule zu fahren. Franny war immer sehr brav, wenn sie bei Grandma Belle war – ein wahrer Engel.

Sie sprach von Tag zu Tag seltener von Toni. Manchmal schrieb er ihr oder mir. Aber um Nähe und Vertrautheit zu erhalten, bedarf es des ständigen Kontakts (Was macht dein Schnupfen? Hast du die

Pillen ausprobiert? Dann hast du also überhaupt nicht geschlafen? Warum legst du dich nicht ein bißchen hin, während ich abwasche? War der Mann für die Waschmaschine da? Hat er sie repariert? Was wollte er dafür haben? So eine Frechheit! Wie ist Franny bei ihrem Vortrag zurechtgekommen? War sie mit sich zufrieden? Und was hat die Lehrerin gesagt? Und die anderen Kinder? Hat es ihnen gefallen? Waren sie gut? War es lustig? Oh, Belle hat ein neues Sofa? Welche Farbe? Wie sieht es aus? Ist es schön? Ja, ich war beim Zahnarzt, ich brauche eine Porzellanfüllung, zwei bis drei Behandlungssitzungen, 500 Dollar, aber es muß sein. Weißt du, ich habe heute beim Einkaufen eine Halskette gesehen, ziemlich breit und golden, natürlich nicht aus echtem Gold, mehr so eine Art Kollier, und da habe ich an dich gedacht, weil sie irgendwie zu dir paßt, aber du trägst ja nie Halsketten. Trotzdem habe ich gedacht, vielleicht …).

Es dauerte nicht lange, bis wir den Draht zueinander verloren hatten. Nachdem das einmal passiert war, gab es nicht mehr viel zu erzählen, wir hatten keinen Bezug mehr zu dem, was der andere erlebte, und nur noch herausragende Ereignisse, Triumphe oder Katastrophen waren der Erwähnung wert. Er hatte eine Reihe Erfolge zu melden, ich ebenfalls. Franny berichtete ihm über ein Jahr lang gewissenhaft von den großen Geschehnissen in ihrem Leben: dem A in einer Klassenarbeit, einem goldenen Sternchen unter ihrem Testbogen, einer anerkennenden Bemerkung ihrer Lehrerin, ihrer Geburtstagsfeier und den vielen Geschenken, die sie bekommen hatte (von Toni eine Puppe mit einem eigenen Koffer und einem Kleiderschrank), ihrem Auftritt bei der Schulaufführung (sie spielte einen Zahn), ihrer Versetzung in die zweite Klasse, der Meisterschaft im Kraulen, die sie während der Sommerferien im Tages-Ferienlager erworben hatte, dem Schulbeginn nach den Ferien, den neuen Anziehsachen für die Schule, dem A in einer Klassenarbeit, einem goldenen Sternchen unter einem Testbogen …, bis sie schließlich aufgab. Es war zu frustrierend: So oft, wenn sie gebettelt hatte, ihn anrufen zu dürfen, war er nicht zu Hause, und wenn er da war, fiel ihm nichts weiter ein, als immer nur dieselben Worte zu wiederholen, PRIMA, FRANNY, TOLL, SCHÄTZCHEN.

Ich fotografierte Kornfelder in Kansas, eine Brücke in Seattle, den australischen Busch, Unruhen in Gdansk, zwei große Friedensmärsche und das Gefängnis von Attica nach dem Massaker. Arden machte ihren Collegeabschluß, und Franny und ich fuhren zu der Abschlußfeier. Wir übernachteten im Motel, nicht in der Kommune. Arden wollte dort bleiben, mit Jacob, ihrem derzeitigen Freund. Sie wollte Gedichte schreiben und Trockenblumengestecke verkaufen. Sie war distanziert und schroff zu mir – besser gesagt, zu uns beiden. Franny weinte auf der Rückfahrt: sie hatte sich so darauf gefreut, ihre geliebte ältere Schwester zu sehen. Weder Arden noch Billy fuhren mit uns: er blieb in Ithaca, um dort irgendwelche Sommerkurse zu besuchen. Ich fragte mich einen Moment lang, wie mein Leben jetzt wohl ausgesehen hätte, wenn Franny nicht dagewesen wäre. Ich ließ das Bild einer hübschen kleinen Wohnung in Manhattan, eines bequemen Lebens ohne Verpflichtungen, ohne irgendwelche Dinge, die es zu verbergen galt, flüchtig in meinem Kopf aufblitzen und dann wieder verblassen. Ich hatte Franny: Und ich würde sie nicht hergeben. Sie war mein kleiner Liebling.

Ich ging immer noch mit Männern ins Bett, wenn ich unterwegs war, aber nicht mehr so oft und mit weniger Spaß. Es war nicht mehr das gleiche. Früher war mir der außerplanmäßige Sex als ein Überfließen und Überschäumen, als Abenteuer erschienen, jetzt lag immer ein Schatten darauf, schwang etwas Schmerzliches darin, etwas Dringliches, Suchendes, Bedürftiges, Verzweifeltes. Ich betrachtete jeden Mann, der mir begegnete, nicht unter dem Blickwinkel der Lust, sondern im Hinblick auf – oh, nicht die Ehe, aber etwas Dauerhafteres, etwas, das Vertrautheit zulassen würde. Ich wollte nicht so empfinden und mied es immer mehr, überhaupt noch irgendwelche Männer anzuschauen. Ich fühlte mich alt, verlassen, ungewollt.

Toni ging es indessen glänzend. Er hatte ein Jahr gebraucht, um ein Drehbuch vorzulegen, das ihnen gefiel, aber jetzt waren die Produzenten dabei, geeignete Drehorte ausfindig zu machen, sich um die Regie zu kümmern, die Besetzung zu diskutieren, es war alles aufregend, es gefiel ihm in Hollywood, wir könnten ihn doch vielleicht alle einmal besuchen oder vielleicht auch Franny allein, sobald er Zeit für sie hätte, vielleicht im nächsten Jahr, wenn er nicht mehr soviel zu tun haben würde, wenn sich alles etwas gesetzt hätte. Ich sagte ihm, ich wollte gern, daß er Weihnachten nach Hause käme. Er sagte, er würde kommen, wenn es ginge, aber sie seien gerade mittendrin in all diesen wichtigen Sachen. Ich sagte, er *müsse* kommen. Er kam. Ich hatte das Gefühl, wenn ich ihm gesagt hätte, er müsse endgültig wieder heimkommen, hätte er das auch getan. Ich sagte es nicht.

Er blieb eine Woche. Franny war ganz aus dem Häuschen vor Freude. Arden war diesmal zu Weihnachten auch nach Hause gekommen, mit Jacob (da Mutter sich mittlerweile resigniert fügte, was «wilden» Sex anbelangte). Arden merkte, daß es zwischen Toni und mir aus war, und flirtete hemmungslos mit ihm, was Jacob veranlaßte, sich in einen Drogennebel zurückzuziehen. Ich überhörte, wie sie Pläne schmiedete, hinüberzufliegen und ihn zu besuchen. Billy, der ebenfalls verstand, was los war, sprach kaum ein Wort mit Toni. Ich war in einer zutiefst düsteren Stimmung, warum, weiß ich nicht.

Ich erklärte Toni, daß ich das Haus verkaufen und in die Stadt ziehen wolle. Es sei sinnlos, es nur für Franny und mich zu behalten. Es habe viel zu viele Zimmer, und der Garten sei mir auch zu groß. Er sagte, es sei doch mein Haus: ich könne damit machen, was ich wolle. Er sagte es ohne jede Bitterkeit. Ich fragte ihn, ob ihm klar sei, daß Franny, wenn ich in die Stadt zöge, auf eine Privatschule gehen müsse, und ich erwartete, daß er die Kosten dafür übernähme. Ich weiß nicht, warum ich das sagte. Ich hatte selbst genug Geld. Aber er hatte bisher nur sporadisch Schecks für Frannys Unterhalt und Betreuung geschickt. Ich glaube, ich verlangte um ihretwillen, daß er etwas für sie tat. Etwas, wovon ich ihr erzählen konnte, was sie begreifen würde. Denke ich.

Er meinte aber ohnehin nur achselzuckend: Wenn es denn sein müßte, würde er es bezahlen. Er erhob keinerlei Protest. Er hatte jegliches Verantwortungsgefühl ihr gegenüber an mich abgetreten. Ich hatte erwartet, daß er sagen würde, er wolle auf keinen Fall, daß sein Kind in den stickigen, dreckigen Straßenschluchten New Yorks aufwuchs, so wie Brad vor vielen hunderttausend Jahren, aber nichts dergleichen geschah. Ein schlechtes Gewissen konnte ich auf den ersten Blick erkennen: darin war ich schließlich Expertin. Ich fragte ihn, ob er wolle, daß wir uns scheiden lassen sollten. Er wurde blaß. Er sagte, er liebe mich, aber er habe nun einmal jetzt seine Chance und wolle sie nutzen, und das könne er nur in Kalifornien. Er wisse genau, daß ich nicht dorthin ziehen würde. Er fragte mich, ob ich wolle, daß wir uns scheiden ließen. Ich zuckte mit den Schultern.

An einem der Abende blieben wir lange auf und tranken Whiskey, und er erzählte mir von den Frauen, mit denen er drüben zu tun gehabt hatte. Es seien eine ganze Reihe gewesen, im Moment allerdings gebe es nur Gail und Pauline. Aber er fühle sich so unerfahren, er brauche Rat, den Rat einer Frau: Was ich dachte, warum Gail sich so verhielt, was wohl dahinterstecke? Wieso Pauline ihn so behandelt hatte? Ob andere Männer manchmal auch Probleme hätten. Ich wüßte schon… Was ich meinte, was er machen solle? Ich sagte ihm, was ich sagen konnte. Vor allem hörte ich zu. Ich wußte, daß er noch etwas anderes wollte als Rat – er wollte ein bißchen prahlen, vor mir angeben. Ich ließ ihn: er hatte es verdient, er durfte.

Wir kamen überaus höflich überein, uns einvernehmlich scheiden zu lassen, sobald einer von uns die Trennung wollte. Als er wieder abfuhr, diesmal mit dem Taxi, küßten wir uns herzlich, wie Bruder und Schwester. Franny war diesmal weniger angespannt und schmiegte sich an mich. Aber als er weg war, weinte sie lange. Diesmal wußte sie, er würde nicht wiederkommen.

«Die reinste Heilige!» höhnte Clara.

«Das bin ich auch, in der Beziehung», sagte ich gelassen. «Es ist kein Kunststück, eine Heilige zu sein, wenn man nichts will.»

«Oh, Baby», rief Clara mitleidig aus (und bei diesem Wort zog ich mich zusammen wie eine Miesmuschel), «kapierst du denn nicht? Du wolltest die Kontrolle nicht aufgeben. Du wolltest ihm nicht zeigen, wie wichtig er dir war! Du hättest dir lieber die Zunge abgebissen, als ihm durch irgend etwas zu verraten, wie eifersüchtig du warst!» Sie sprach mit Inbrunst, beugte sich nach vorn, berührte meine Hand.

Ich zog meine Hand weg. «Eifersüchtig, ich? Eifersucht liegt mir absolut nicht. Ich war nicht das kleinste bißchen eifersüchtig. Warum auch? Ich war doch froh, daß er andere Frauen hatte, es entlastete mich von meinen Schuldgefühlen.»

«Und Arden?»

Ich spürte, wie mein Mund schmal wurde. «Arden? Ach so. Nun ja, ich dachte mir, wenn sie wirklich hinfliegen und sich mit ihm einlassen würde – daß sie es bereuen würde. Daß sie schon merken würde, daß es nichts bringt, mit Mommys Liebhabern zu vögeln.»

«Mein ist die Rache, spricht der Herr», sagte Clara lachend. «O nein, du bist nicht eifersüchtig.»

«Was ist denn daran Rache? Für mich ist das nur gesunder Menschenverstand.»

«Nun paß mal auf, was immer du warst und wie immer du dich verhalten hast, du hast ihn geliebt, und er hat dich geliebt – irgendwann einmal. Und du hast jahrelang an ihn geglaubt, an sein Talent, an das, was in ihm steckte, und du hast ihn unterstützt, emotional, finanziell...»

«Ja. Aber er hat sich doch um meine Kinder gekümmert, für mich gesorgt... Es war doch nur angenehm für mich, von einer Reise nach Hause kommen zu können und von allen freudig empfangen zu werden und von Toni ein schönes Essen vorgesetzt zu kriegen...» Ich seufzte. «In meinen Augen war es ein fairer Handel.»

«Und selbst wenn! Du hast ihn geliebt, und du hast ihn ermutigt, und du *hast* ihn unterstützt, und in dem Moment, in dem er Erfolg hat, läßt er dich sitzen. Das ist doch ein alter Schuh.»

«Nicht der Schuh, den *du* darin siehst! Es ist nicht das typische Mann-Frau-Ding, Clara! Toni war bei uns die Hausfrau und Mutter!»

«Eine Hausfrau und Mutter, die dich Knall auf Fall mit einem kleinen Kind sitzenläßt, einem Kind, das er gewollt hat, das du bekommen hast, weil er dich flehentlich darum gebeten, dich dazu gedrängt hat. Weil er versprochen hat, sich verantwortlich darum zu kümmern!»

«Hmmm.» Dieser Teil der Sache wurmte mich tatsächlich.

«Und er verläßt dich ausgerechnet kurz vor deinem Geburtstag. Deinem vierzigsten! Einem so einschneidenden, um nicht zu sagen traumatischen Ereignis. Du hast an seinem dreißigsten Geburtstag eine Party für ihn gegeben und dann noch einmal eine, als er einunddreißig wurde. Und er konnte nicht noch einen Monat dableiben?»

«Es ging nicht und Punkt. Sie riefen ihn an, er solle sofort kommen, er sagte zu. Zehn Tage später war er weg.»

«Und das hat dich nicht verletzt?»

«Clara!» Ich wurde langsam ärgerlich. «Ich habe dir doch gesagt, er mußte weg von uns, es war dringend an der Zeit. Er mußte hinaus in die Welt und endlich so sein wie andere Männer. Und außerdem hatte ich schließlich dauernd mit anderen Männern gevögelt, und er wußte das. Welches Recht hätte ich da gehabt, mich zu beschweren? Warum sollte er nicht auch die Möglichkeit haben, sich sexuell frei zu bewegen?»

«Ich sage ja gar nicht, daß er das nicht sollte!» Clara erhitzte sich allmählich ebenfalls. «Ich sage doch nur, daß er dir weh getan hat! Er mag ja durchaus seine Gründe gehabt haben, sich so zu verhalten, und vielleicht sogar ein gewisses Recht – ich sage nur, daß es dich getroffen hat. Du erzählst mir die ganze Zeit, daß du überhaupt nichts dabei gefühlt hast, und ich sage, du hast wohl etwas gefühlt, und du beharrst darauf, daß du nichts gefühlt hast, weil du kein Recht dazu hattest! Du bist einfach unmöglich!»

«Dann geh doch!» explodierte ich, indem ich aufstand und auf die Jagd nach unsichtbaren Feinden in meinem großen, hellen, schlichten Wohnzimmer ging. «Wer hat dich denn gebeten, dich einzumischen! Meinst du vielleicht, ich brauche dich? Was habe ich für ein Interesse daran, mir das anzuhören?»

Sie stand ebenfalls auf. «Ich werde nicht gehen! Ich gehe auf gar keinen Fall, ehe ich dich nicht dazu gebracht habe, auf die Stimme der Vernunft zu hören!»

«Auf *dich* zu hören, willst du sagen! Du bist ja wohl kaum die Stimme der Vernunft! Ein Mensch, der löffelweise Erdnußbutter aus dem Glas zum Frühstück ißt und Kräcker im Bett? Ein Mensch, der mitten in New York City Fahrrad fährt und die ganzen Lastwagenabgase einatmet? Ein Mensch, der sein Leben darauf verwendet, nicht genug Geld zum Leben zu verdienen? Du willst vernünftig sein?»

Sie fing an zu lachen und ich ebenfalls. «Ach, Anastasia...» Sie kam mit ausgestreckter Hand auf mich zu.

Ich wandte mich ab und ging in Richtung Küche. «Ich brauche dringend noch einen Schluck Selters», sagte ich. Sie ließ sich auf das alte abgewetzte Sofa sinken und seufzte. Von der Küche aus hörte ich sie brüllen: «Du zerfließt vor Mitleid mit Franny, weil sie in nur zwei Jahren ihre Schwester, ihren Bruder und ihren Vater verloren hat, aber die Tatsache, daß du in der gleichen Zeit Tochter, Sohn und Mann verloren hast, ist für dich überhaupt nicht der Rede wert!»

Ich hielt inne, die Hand am Griff der Kühlschranktür. Eine Erinnerung war eben in mir hochgestiegen, so kalt wie der Kühlschrank, klamm und metallen. Umzug. Ich war dabei, aus dem alten Haus auszuziehen, unserem Haus, Tonis und meinem, und packte die Sachen aus dem Medizinschränkchen in einen Karton und griff nach einer Flasche, Tonis Rasierwasser. Es war ein einfaches After-shave, aber er mochte es, und obwohl die Kinder ihm edlere Marken zu Weihnachten geschenkt hatten, benutzte er weiter dieses billige Zeug. Ich setzte an, es in den Mülleimer zu werfen, weil ich dachte, was soll dieses popelige Rasierwasser noch länger in meinem Medizinschrank herumstehen, aber es wollte sich nicht aus meiner Hand lösen, und plötzlich hing ich heulend über dem Waschbecken... Ich liebte seine Liebe zu diesem Rasierwasser, ich liebte es, weil er es liebte. Ich weinte, bis keine Tränen mehr in mir waren.

«Du leugnest in einem fort deine eigenen Gefühle. Deswegen kommst du dir so leblos vor!»

Ich ging wieder ins Wohnzimmer zurück, mit meinem Mineralwasser und einer Schale Konfekt. Ich drückte ihr die Schale in die Hand. Ich setzte mich hin. «Leblosigkeit erwächst aus Leiden. Und Leiden erwächst aus den Sachen, die einem passieren. Und die Sachen, die passieren, *passieren* eben, und vielleicht sind sie sogar unausweichlich. Auf jeden Fall kann man nichts daran ändern. Man muß sein Schicksal akzeptieren. Und wenn dieses Schicksal Leblosigkeit heißt oder Karottigkeit, dann muß man eben das akzeptieren.»

«Ach, Anastasia!» stieß Clara klagend aus, wobei sie die Konfektschale von sich wegschob. Dann aufblickend: «Karottigkeit?»

4

IM JUNI 1971 ging *World* ein. Und damit zugleich meine Welt und die vieler anderer. Mehrere hundert Leute standen auf der Straße, Dutzende von Fotografen, die an einen hohen Lebensstandard gewöhnt waren, hatten keine Arbeit mehr. Da ich mich von Firmenpolitik und geschäftlichen Entwicklungen immer ferngehalten hatte, war mir nicht bewußt gewesen, daß es schlecht um die Zeitschrift stand. Der Bankrott war ein absoluter Schock für mich.

Ich ging nach Hause – was damals bedeutete, in meine helle, luftige, ziemlich heruntergekommene Zwei-Zimmer-Wohnung auf der Upper West Side, mit Blick auf die Dächer und an klaren Tagen ein fingernagelgroßes metallisch glitzerndes Stück Fluß – und brach in einem Sessel zusammen. Ich hatte mit Russ in einem Bistro in der Nähe der Redaktion zu Mittag gegessen, und dabei hatte er mir erzählt, daß die Zeitschrift Ende des Monats eingestellt würde. Schluß mit den Aufträgen.

Wochenlang klingelte pausenlos mein Telefon – andere Fotografen und Journalisten, die keine Arbeit mehr hatten, die nicht wußten, wo sie welche hernehmen sollten, und mich fragten, was ich jetzt unternahm. Ich unternahm nicht viel. Da ich immer ziemlich einfach gelebt hatte, war ich nicht so verzweifelt wie manche von ihnen. Ich hatte genug Geld auf der Bank, um über die nächsten sechs Monate zu kommen, und so viel in Papieren angelegt, daß die Dividenden für die absehbare Zukunft die Miete für meine Wohnung deckten. Ich mußte zwar wieder Arbeit finden, aber ich war noch nicht in Bedrängnis. Was mich umwarf, war der Schock – die Tatsache, daß es so unwiderruflich vorbei war. Es gab kein vergleichbares Fotomagazin. Das plötzliche, unerwartete Ende des Lebens, das ich so liebte, des Herumziehens durch die ganze Welt mit meinem Ränzlein auf dem Rücken...

Ich hatte nur noch Franny, auf die ich mich stützen konnte. Aber in Wahrheit hätte es wohl auch keinen großen Unterschied gemacht (oder?), wenn ich ein engeres Verhältnis zu meinen Kindern gehabt hätte, wenn sie Teil meines täglichen Lebens gewesen wären. Denn wenn man seine Identität auf die Arbeit gründet und diese Arbeit verliert, können andere Menschen diesen Verlust nicht wiedergutmachen, nicht einmal die eigene Familie, nicht einmal Menschen, die man liebt. Trotzdem versuchte ich, sie zu erreichen. Ich rief Toni an, aber er war nicht da. Er war wochenlang unerreichbar. Ich hätte es über die Filmgesellschaft versuchen können, aber ich tat es nicht.

Arden konnte ich telefonisch nicht erreichen, also schrieb ich ihr, und eine Woche darauf rief sie mich an. Das mit *World* täte ihr leid, aber ich würde es schon schaffen, würde sicher etwas finden, ich sei ja so stark und selbständig und würde schon zurechtkommen, ganz bestimmt. Sie habe eine große Neuigkeit, sie und Jacob wollten heiraten, und ob ich ihr bei der Planung der Hochzeit helfen könne. Wo sollte sie stattfinden? Die Kommune war ein bißchen sehr abgelegen, oder? Was ich dazu meinte.

Ich raffte zusammen, was noch an Kraft in mir war, und schlug vor, die Hochzeit bei Grandma und Grandpa draußen auf Long Island zu feiern. Dort gäbe es einen großen Rasen, das Wasser, es sei so schön dort, wir könnten ein Zelt aufstellen und vielleicht sogar Ruderboote mieten. Oooooh, das wäre phantastisch, ob ich mithelfen könne, alles zu organisieren, ob sie für die Vorbereitungen kommen und den nächsten Monat über bei mir wohnen könne. Und ob ich bitte Grandma fragen könne, ob sie einverstanden seien. Ich sagte, ich wüßte, daß sie einverstanden seien, aber ich würde sie selbstverständlich anrufen. Prima: Was ich meinte, was das Ganze kosten würde. Sie und Jacob hätten nur 350 Dollar auf der Bank, und jetzt, wo ich arbeitslos sei... Ob ich glaubte, daß Daddy die Kosten übernehmen würde. Das, sagte ich fest, müßte sie selbst mit ihm klären.

Nach diesem Telefongespräch – das spätabends stattfand – schleppte ich mich ins Bett. Ich lag da und konnte weder schlafen noch denken und fühlte mich so allein wie noch nie in meinem ganzen Leben. Gegen elf stand ich auf und wählte Billys Nummer. Ihn hatte ich noch nicht angerufen. Ich weiß nicht warum. Ich hatte es immer wieder hinausgeschoben. Ich hatte keine Bedenken, ihn so spät noch anzurufen, da ich wußte, er saß immer bis nach Mitternacht über seinen Büchern, selbst während der Sommerkurse. Aber ich erwischte ihn dummerweise in einem schlechten Moment – er mußte sich auf eine Klausur in organischer Chemie vorbereiten und war gestresst. Ich erzählte ihm deshalb nicht, was passiert war, sondern erklärte, ich hätte ihm nur kurz guten Tag sagen wollen, und beendete das Gespräch rasch wieder. Er klang sehr nervös, und ich bat ihn anzurufen und mich wissen zu lassen, wie die Klausur gelaufen war. Er rief nicht an.

Die nächste Zeit wirbelte ich: Ich rief bei Fotoagenturen, Werbeagenturen, Reisemagazinen, ja selbst Koch- und Modezeitschriften an, ich traf mich mit allen möglichen Leuten zum Mittagessen, zum Abendessen, auf einen Drink, zum Kaffee, arm, wie ich war, fing ich an zuzunehmen. Ich zog hier und da einen kleinen Auftrag an Land, gerade genug, um über die Runden zu kommen, während ich weiterwirbelte. Es war sehr anstrengend, und nirgendwo gab es eine feste Anstellung. Viele Tage erledigte ich irgend etwas zu Hause. Mein Schreibtisch war nie so ordentlich gewesen. Ich sichtete, archivierte und katalogisierte alle möglichen Sachen, die jahrelang in irgendwelchen Mappen herumgelegen hatten. Nachdem ich Ordnung in meine Arbeits-Fotos gebracht hatte, machte ich mich an die Hunderte von Familienfotos. Und dann gab es noch diverse Kartons mit Erinnerungsstücken, altem Krempel, jenen bunten Überbleibseln vergangener Zeiten, von denen man sich nie trennen kann. Ich machte mich daran, auch diese Sachen zu sortieren.

In dieser Zeit fing ich an, Aufzeichnungen zu machen. Ich hatte in meiner Anfangszeit als Fotografin Tagebuch geführt, aber nach ein paar Jahren waren meine Notizen zu reinen Ausgabenaufstellungen zusammengeschrumpft. Was ich jetzt zu Papier brachte, war etwas anderes. Es waren Aufzeichnungen über... was? Eine Aneinanderreihung von Gedanken. Einzelne Passagen, oft zusammenhanglos, ohne erkennbare Reihenfolge... ein Fotoalbum mit beliebig zusammengestellten Bildern...

Franny war neun, in meiner Familie ein offenbar traumatisches Alter für Töchter. Meine Mutter war neun, als ihr Vater starb, als ich neun war, verliebte ich mich in meinen Vater, und meine Mutter lockte mich von ihm weg, indem sie mir ihre Geschichten erzählte, mich zu ihrer Vertrauten machte, ihn mit eben diesen Geschichten für mich auslöschte. Und Arden war neun, als Brad und ich uns scheiden ließen.

Franny – oh, Franny war eine tapfere kleine Seele, sie versuchte mich zu trösten. Sie war – genau wie ich – mit neun schon sehr erwachsen, aber ich mußte daran denken, wie ich in diesem Alter das Kind, das ich gewesen war, versteckt hatte. Ich versuchte, mein möglichstes zu tun, damit sie Kind sein konnte. Das fiel ihr nicht leicht. Und ich war auch nicht fähig, einigermaßen durchgängig die Mommy zu sein, so daß sie das Baby hätte sein können. Ich hatte nicht die Kraft. Ich war eine lebende Leiche. Eins jedenfalls weiß ich über das krankhafte Leiden – es kreist nur um sich selbst.

Franny war reif genug, daß ich ihr einiges Urteilsvermögen zutrauen konnte, als es darum ging, eine neue Frau anzustellen, nachdem wir nach Manhattan gezogen waren und Mrs. Czepiel verloren hatten. Gemeinsam fanden wir die perfekte Kraft – Alaia Registrando aus Grenada. Sie war ein bißchen nachlässig, was den Haushalt anbelangte (genau wie ich), aber sie hatte einen breiten Schoß, ein warmes Lachen und ein umgängliches Wesen. Und sie war zuverlässig. Sie gefunden zu haben war wie ein Geschenk, so wie Pani, damals vor vielen Jahren. Ich konnte mich entspannen, mich in der Gewißheit ausruhen, daß sie ihre Sache gut machen würde. Wie würde es um die Welt bestellt sein, fragte ich mich, wenn alle Frauen so wären wie ich und es keine Alaias oder Panis mehr gäbe.

Franny ging auf eine Privatschule, nur wenige Straßen von unserer Wohnung entfernt. Toni zahlte. Er konnte es sich leisten – er war inzwischen in Hollywood ein gefragter Mann –, sein Film war ein

Renner. Ich fragte mich oft, wie er da drüben wohl auftrat. Er konnte doch nicht der Toni geblieben sein, den ich kannte, zartfühlend, behutsam und lieb, und in dem Laden überlebt haben – oder? Er rief mich an, nachdem er von der Sache mit *World* erfahren hatte, und versicherte mir sein Beileid sowie seine Überzeugung, daß mir das nichts anhaben könne, daß ich wie immer auf die Füße fallen würde. Das gleiche, was alle sagten. Aber dann ging er darüber hinaus: Er sagte mit einem prahlerischen Klang in der Stimme, wenn ich Hilfe nötig hätte, brauchte ich es ihn nur wissen zu lassen. Nicht das Angebot kränkte mich, sondern der Ton. Ich entgegnete so kühl und hoheitsvoll, wie ich irgend konnte, ich hätte ja eigene Sparkonten und Papiere und brauchte seine Hilfe nicht, vielen Dank, wobei in *meiner* Stimme eine gewisse Selbstgerechtigkeit schwang. Da siehst du es! Ich habe es dir doch gesagt, begreifst du jetzt, wie vorausschauend es von mir war, mein Geld anzulegen und dir nichts davon zu sagen? Es ist alles genauso gekommen, wie ich es damals befürchtet habe: Du hast mich verlassen, noch dazu mit einem Kind, für das ich aufkommen muß, dem Kind, von dem du geschworen hast, daß du dich immer darum kümmern wirst, und jetzt bin ich auch noch arbeitslos. Dann biß ich mir auf die Zunge. Soviel hatte ich nun auch wieder nicht – und ich hatte eine Hand zurückgewiesen, die ich eines Tages vielleicht noch schmerzlich vermissen würde. Aber ich hätte es sowieso nicht gekonnt – Geld von einem Prahlhans anzunehmen. Nicht einmal dann, wenn er vor dem Gesetz immer noch mein Mann war. Niemals. Ich beendete das Gespräch und ging in die Küche, um mir Tee zu machen. Meine Hände zitterten. Ich predigte mir, was alle anderen mir sagten – daß ich es schon schaffen würde, daß ich es überstehen würde.

Ich stand in meiner Küche und sah durchs Fenster auf die Rückwand eines anderen Apartmenthauses und schlürfte meinen Tee. Plötzlich überkam mich der Gedanke, daß ich ein sonderbarer Mensch war und schon mein Leben lang gewesen war. Dinge, die anderen gewichtig, ja sogar absolut erschienen, waren für mich etwas ganz und gar Unwirkliches. Zum Beispiel die in unserer Kultur gültigen Vorschriften im Hinblick auf Sexualität oder die Regeln der Institution Ehe oder die für das Mutter-Kind-Verhältnis. Ich wußte nicht, ob diese Regeln irgendwo schriftlich niedergelegt waren, ob es einen Kodex gab, aber auf jeden Fall waren sie für die meisten Menschen bindend und mächtig. Ich dagegen hatte immer

Mühe, mir in Erinnerung zu rufen, daß es mir eigentlich nicht zukam, frei mit meinen Gefühlen und meinen sexuellen Wünschen umzugehen. Verheiratetsein oder Nichtverheiratetsein war in meinen Augen eine Frage des Empfindens. Von meinem Empfinden her war ich nur einmal verheiratet gewesen, und Toni war inzwischen in keiner Weise *mehr* mein Mann als Brad, auch wenn ein Stück Papier das behauptete. Ich fragte mich, ob meine Probleme vielleicht daher gekommen waren, daß ich die Regeln ignoriert hatte.

Grant rief öfters an. Er hatte noch einen Job, und als ich in die Stadt gezogen war und ihn zu mir in die Wohnung kommen ließ, um mich abzuholen, begriff er, daß ich, in welcher Weise auch immer ich vorher gebunden gewesen sein mochte, es auf jeden Fall jetzt nicht mehr war. Wir gingen essen, ein paarmal ins Theater. Er sprach vom Heiraten. Aber... ach, ich weiß auch nicht... meine Gefühle ihm gegenüber waren nicht mehr die alten, oder vielleicht stimmt das auch nicht, vielleicht waren meine Gefühle mir selbst gegenüber nicht mehr die alten. Tatsache war, daß er als Liebhaber ein Genuß war – mir gefielen seine überirdische Sensibilität, seine beredte Niedergeschlagenheit, seine Weltentrücktheit. Auf unseren Reisen hörte ich ihn für mein Leben gerne über die Welt reden, als sei er ein Mondbewohner, der von fern auf einen psychotischen Planeten hinunterblickt. Seine Ansichten schienen nur zu richtig. Es stand tatsächlich ringsum schlecht um uns. Die Welt schien ein Spiegel seiner inneren Verfassung, seine Depressionen berechtigt – die Attentate, der Krieg, My Lai. Grant wurde nach My Lai geschickt, um darüber zu berichten. Natürlich gab es dort nichts – ein bißchen Schutt, Dreck, Wind. Genau wie in Theresienstadt, wo ich fotografierte, kaum in der Lage, mehr durch den Sucher zu sehen als meine eigenen feuchten Wimpern: ein paar Barackenskelette und das weite, braune, flache Gelände, der Wind... Kein gleißendes Schwert hoch am Himmel als Zeugnis dafür, daß Gott gesehen hatte und nicht vergessen würde. Kein Gott, kein Erinnern. Das wurde mir in seiner ganzen Tragweite klar, als meine eigene Welt in Trümmer ging. Ich konnte mich nicht einmal an das junge Mädchen erinnern, das ich gewesen war, das Mädchen, das aus meinen frühen Tagebüchern sprach, voller Enthusiasmus und Energie, fest davon überzeugt, daß ihr Land und seine Regierung nur das Beste wollten, daß Glück zu dem zählte, was man vom Leben erwarten konnte.

Aber wenn Grant mit seiner versponnen empfindsamen Art auch einen wundervollen Liebhaber abgab – natürlich nicht so sehr im Bett –, wäre er als Ehemann einfach unmöglich gewesen. Wer hätte schon Tag für Tag diese depressive Art aushalten können? Mit dem gleichen resignierten Achselzucken, mit dem er auf My Lai reagierte, würde er auch eine kaputte Waschmaschine bedenken, ein weinendes Kind, mich, wenn ich an meinen Kindern verzweifelte... Außerdem lag mir überhaupt nichts daran, wieder zu heiraten. Warum sollte ich? Was hätte ich davon gehabt, was ich so nicht hatte? Nur finanzielle Sicherheit, und deshalb zu heiraten, kam für mich nicht in Frage. Es waren keine Prinzipien, die dem im Wege standen, es war mein Herz.

Also traf ich ihn weiterhin gelegentlich, und manchmal gingen wir zusammen ins Bett, aber ich empfand nichts dabei. Nach und nach ließ ich den Kontakt einschlafen. Ein Jahr darauf heiratete er, ganz plötzlich, eine Frau, die er gerade erst kennengelernt hatte. Es war mir egal. Ich fühlte nichts.

Mein Leben bestand aus rührigem Bemühen, gelegentlichen kleinen Aufträgen, Alaia und Franny. Franny dachte sich ständig gemeinsame Unternehmungen aus. Sie brütete über der Zeitung, auf der Suche nach einem Ballett, einem Film oder einem Theaterstück, zu dem sie Lust hatte und ich zu bewegen war. Sie schlug Spaziergänge vor und Fahrradtouren, einen Zoobesuch. Ich habe Zoos schon immer gehaßt. Ich sah in ihr die gleiche Verzweiflung wachsen, die ich als Kind empfunden hatte und noch als junge Frau und die ich, wenn ich ehrlich war, noch immer empfand, wenn ich versuchte, meine Mutter dahin zu bewegen, ihre so zäh gehütete Schwermut, ihre Hoffnungslosigkeit fahrenzulassen. Und gleichzeitig fühlte ich mich genau wie meine Mutter untröstlich. Ich begriff unsere Untröstbarkeit – meine, ihre, die ihrer Mutter – als die natürliche Folge von vierzig Jahren Frauenleben. Sie war unausweichlich. Die einzig mögliche Wahl bestand darin, sie zu fühlen oder nicht zu fühlen, sie sich einzugestehen oder nicht einzugestehen.

Dennoch wollte ich diese Gefühle nicht auch noch Franny einpflanzen, und deshalb gab ich vor, es sei ihr gelungen, mich aufzuheitern. Ihre Bemühungen erreichten mich so weit, wie mich überhaupt irgend etwas erreichen konnte. Sie mußte längst gemerkt haben – und heute weiß ich, daß sie es wußte –, daß nichts an den kalten, harten Kern aus Leid in meinem Innern zu rühren vermochte, aber sie versuchte es immer wieder, und ich war lieb zu ihr, streichelte ihre liebreizenden neunjährigen Wangen, dieses Gesicht, das voller Sehnsucht war... Aber die Welt taumelte unablässig auf ihr Ende zu, und ich sackte mit jedem Tag dem meinen ein Stück weiter entgegen.

«Du machst es dir leicht.» Clara stößt wie ein Raubvogel auf mich herunter. «Schiebst deine Depression der Welt in die Schuhe. Warum probierst du es nicht mal mit deiner Mutter?»

«Clara, bitte», sage ich, indem ich meine Gabel weglege. «Wenn du jetzt wieder damit anfängst, werde ich unverzüglich aufstehen und dieses Lokal verlassen.»

Tränen treten ihr in die Augen. «Ich versuche doch nur, dich zu retten!»

«Soll ich Jesus zu dir sagen oder Adonai?»

Sie wurde blaß, schwierig.

«Entschuldige.»

Sie sah mich an, aus feuchten Augen. «Ich liebe dich», sagte sie.

Wir haben überlebt. Allesamt. Es waren harte Jahre. Joy verlor alles, Justin machte schließlich seine Drohung wahr und beantragte die Scheidung wegen böswilligen Verlassens. Er versuchte, sie zu bestrafen, indem er für die Kinder sowenig Unterhalt wie möglich zahlte. Endlich mal etwas Neues! Ist es da ein Wunder, daß so viele Frauen glauben, wir müßten uns für die Jungfräulichkeit bis zur Ehe und das Verbot der Abtreibung einsetzen, um die Männer zu zwingen, uns zu heiraten und Unterhalt für ihre Kinder zu leisten? Aber es ist mir einfach unverständlich und eines der größten Rätsel auf dieser Welt, warum Männer ihren Kindern gegenüber so gleichgültig sind. Allerdings sind mir Männer, so viele ich auch kennengelernt habe – gut kennengelernt habe, denn beim Bettgeflüster wird manches offenbart –, ohnehin ein Rätsel. Wie können sie Befriedigung aus den Spielen ziehen, die sie spielen? Wie kann es ihnen Freude machen, brutal zu sein, aggressiv und völlig isoliert?

Zugegeben, ich bin jetzt auch isoliert. Genau wie ein Mann habe ich immer nur in meine Karriere investiert, und als sie geplatzt ist, habe ich alles verloren. Ich habe wie ein Mann gelebt, und ich nehme an, ich werde auch wie einer sterben.

Jedenfalls schickte Justin Joy 200 Dollar im Monat für drei Kinder, wobei er ihr als Alternative anbot, die Kinder zu sich zu nehmen.

«Guck ihn dir doch an, und dann sag mir, ob irgendein Mensch, der halbwegs bei klarem Verstand ist, hilflose Kinder in seine Hände geben würde! Er würde sie zu Robotern erziehen, genau wie er einer ist!» tobte sie.

Wir sahen uns oft, seit ich in die Stadt gezogen war, und wir wurden Freundinnen. So etwas Ähnliches jedenfalls. Ich glaube, daß ich damals niemandem eine gute Freundin war, weder ihr noch Mutter, noch meinen Freundinnen aus unserer alten Nachbarschaft, obgleich ich sie alle, nachdem *World* nicht mehr existierte, regelmäßig sah. Ich wußte, was bei ihnen los war, erzählte ihnen, was in meinem Leben passierte, sofern überhaupt etwas passierte. Aber manchmal antwortete ich, wenn mich jemand anrief und fragte, wie das Leben so sei, einfach nur: Welches Leben? Und doch lebte ich, muß ich irgend etwas erlebt haben.

Joy zog in eine Apartmentanlage in Huntington – die Mieten waren dort ziemlich hoch, aber sie wollte ihren Kindern unbedingt das Gefühl von Stabilität vermitteln. Ich weiß nicht, wie sie über diese Jahre gekommen ist. Mom und Dad halfen ihr, und sie hatte mittlerweile auch Freunde und Freundinnen, die ebenfalls für sie taten, was sie konnten. Sie schaffte den Collegeabschluß erst 1973. Außerdem hatte sie auch Probleme mit den Kindern – die High School war von Drogen überschwemmt, und Jonathan hatte welche genommen, zumindest Marihuana und Meskalin. Jenny war schlecht in der Schule. Joys Lachen klang immer bemühter. Aber sie lachte wenigstens noch. Das war schon mehr, als ich zustande brachte.

Und meine Mutter – was war denn eigentlich in dieser Zeit der Anlaß? War es damals, daß sie mir erklärte, sie würde langsam blind? Daß ihre Arthritis schlimmer wurde? Daß sie die Gicht bekam und eine strenge Diät einhalten mußte, was das einzige ihr noch verbliebene Vergnügen jäh beschnitt? Sie war unglücklich, versank immer mehr in ihrem Unglück. Sie klagte und jammerte. Ich hörte dem nur von fern zu, als läge zwischen uns ein tosendes Meer, als hörte ich sie über eine Transatlantikverbindung mit rhythmischen, atmosphärischen Störungen, als würde ein Leitungskabel von der Strömung auf dem Meeresgrund hin- und hergeschwemmt.

Mein Leben endete, als ich vierzig war. Oh, ich habe auch danach noch geatmet und Kaffee getrunken und lieber Eintopf als Steak gegessen. Ich hatte manchmal sogar Wünsche – ein neues Paar Safarihosen mit vielen Taschen, ein ordentliches Paar Laufschuhe. Einmal, als ich total abgebrannt war, erstand ich ein wunderhübsches kleines samtenes Abendtäschchen in einem Antiquitätengeschäft. Ich brauchte es nicht, hatte gar keine Verwendung dafür, und außerdem war es sowieso zu klein, doch ich kaufte es trotzdem, mußte es einfach kaufen. Aber das Wünschen war in mir nur noch eine schwache Regung, das leise Weinen eines kranken Babys, ein Wimmern, leicht zu überhören, leicht zu ersticken. Es war eine Erinnerung, eine Gewohnheit.

Nachts pflegte ich lange aufzubleiben – wozu schlafen? Es gab nichts, wofür ich morgens aufstehen mußte – und mich zu bemühen, mich an die leidenschaftlichen Gefühle in meinem Leben zu erinnern. Aber ich konnte mich immer nur an die bloßen Ereignisse erinnern, nicht an meine Gefühle dabei – zum Beispiel mein leidenschaftliches Bestreben, meine Kinder zu bewahren, sie vor Brads Boshaftigkeit zu bewahren, ich erinnerte mich, daß ich sie als bedroht empfand, erinnerte mich, daß ich dachte, ich müßte sie in die Arme nehmen und sie an einen sicheren warmen Ort bringen, wo sie Liebe und Geborgenheit hatten... Ich erinnerte mich, daß ich in jungen Jahren Neid empfunden hatte, wenn ich hörte, daß irgend jemand ins Ausland reiste, zum Theater gegangen war oder eine Fotoausstellung hatte. Am schwersten fiel es mir, mich an das Gefühl der Liebe zu erinnern, die sichere Überzeugung, geliebt zu werden, und das Davongetragenwerden durch leidenschaftliches Verlangen. Ich entsann mich des Glühens in meinem Schoß, des pulsierenden Stromes in meine Schenkel hinein und aufwärts zu meinen Brüsten, des Gedankens, daß ich, wenn ich diesen Menschen da vor mir nicht bekam (o Wonne!), sterben würde. Aber ich bekam diese Gefühle selbst nicht mehr zu fassen – den Klammergriff des Neids, das unaushaltbare heiße Pochen der Begierde, das hungrige, gierige, verschlingende Habenwollen –, sie entwichen auf die gleiche quälende Weise wie Traumerlebnisse am nächsten Morgen. Ich wußte lediglich etwas *über* sie, so wie man etwas über die Landwirtschaft und Industrie eines Landes weiß, das man im Zuge einer langen Reise für vierundzwanzig Stunden besucht hat.

Oh, ich stellte durchaus Forderungen: Ich bestand darauf, daß Franny, wenn ich weg war, abends ein richtiges Essen bekam, kein

Schnellgericht, und daß das Fotolabor meine Kontaktstreifen rechtzeitig fertig hatte und daß die Taxifahrer sich wirklich an die genannte Strecke hielten. Ich vollzog mechanische Bewegungen und Handlungen: saß an irgendwelchen Tischen mit Bekannten, mit meinen Eltern, meiner Schwester und machte Konversation. Wenn ich einen Mann traf, der von mir angezogen schien, musterte ich ihn wie früher, versuchte ich, eine Reaktion zustande zu bringen, mein Blut in Fluß zu pumpen, damit es in meine Lenden strömte und hin zu meinem Herzen und meinen Ohren, mich hinwegschwemme, ihn zu mir schwemme. Es nützte nichts, und die wenigen Male, die ich den äußeren Akt der Liebe vollzog, fühlte ich mich am Ende genauso leer und trocken wie am Anfang, an der Schwelle zu einer endgültigen großen Leere, in die ich starrte. Die männliche Sexualität erschien mir falsch und heuchlerisch. Der Grund, weshalb Männer so unersättlich waren, weshalb sie eine Frau nach der anderen wollten, lag darin, daß sie immer wieder die gleichen Bewegungen vollziehen mußten, um sich zu beweisen, daß sie noch lebendig waren. Ihre Lust, ihr Verlangen, ihre Gier – das alles hatte wenig mit den Frauen zu tun, die sie begehrten, hatte nichts mit mir zu tun, nie etwas mit mir zu tun gehabt. Ich war nur ein geeignetes Medium. Die Begierde hatte immer nur mit ihnen selbst zu tun.

Aber wenn das stimmte, was war dann mit mir? Mit all meinen leidenschaftlichen Empfindungen, all den schweißfeuchten Umarmungen und Umklammerungen und Explosionen aus Liebe, der ganzen Spannung und Sehnsucht und dem immer länger aufschießenden wunderschönen, schmerzhaften Sproß des Verlangens, der aus meinem Schoß wuchs, Wurzeln zu meinen Füßen schickte und Seitentriebe in alle Winkel meines Oberkörpers, eine Blume, die sich mit ihrem Duft anbot, damit sie gepflückt würde... Sollten das alles nur verzweifelte Bemühungen gewesen sein, mir wieder und wieder und wieder zu beweisen, daß ich noch lebendig, da, hier war, daß ich atmete, daß mein Herz schlug...

Nur die Liebe war anders. Aber Liebe gehörte nicht zu dem, was mir vom Leben zugedacht war. Ich verdiente sie nicht. Ich schaffte es nicht, sie festzuhalten, wenn ich ihr begegnete. Ich hatte beruflichen Erfolg – ich hatte beruflichen Erfolg gehabt –, und mehr war mir nicht vergönnt. Ich hatte als Mutter versagt, als Ehefrau versagt, als Geliebte versagt, weil ich eine Karotte war und kein Sellerie, eine Egoistin, ehrgeizig, stur, immer nur darauf aus, meinen

Kopf durchzusetzen, meinen Willen zu behaupten, meine Vorstellungen, meine Wünsche...

Jetzt war von alldem nichts mehr übrig. Die johlenden, grölenden nächtlichen Streifzüge, die feuchtfröhlichen Gelage, das ganze pulsierende Sehnen nach fremden Männern und das Hinsinken auf fremde Matratzen, das alles war von mir abgefallen wie Spinnweben im Wind, nichts war an mir hängengeblieben, ich brause viel zu schnell durchs Leben, als daß etwas an mir hängenbleiben könnte.

Geblieben ist mir nur die Arbeit und meine Freude daran. Wenn ich arbeite, bin ich voller Schwung und Energie, weiß ich, was ich will, und erreiche es auch. Ich danke jedweder Macht, der dieser Dank zukommt, für meine Arbeit. Wenn ich nicht arbeite, bin ich müde, langweile ich mich, vollziehe ich nur mechanische Handlungen und Bewegungen. Ich wünsche mir oft zu sterben. Ich wache im bleichen, schwachen Morgenlicht auf und liege da und versuche mit all meiner Willenskraft, meine Augen offen zu halten. Franny ist schon in der Schule, und Alaia hat mir meinen Kaffee auf einem Tablett hineingebracht. Ich raffe mich auf, mich hinzusetzen, und sehe auf die Uhr. Ich will nicht aufstehen. Es ist Zeit zum Aufstehen, aber wofür? Was hält der Tag draußen für mich bereit, das diese Anstrengung wert wäre?

Ich stehe schließlich doch auf und vollziehe all die nötigen Bewegungen und Handlungen, um der Welt zu beweisen, daß ich noch lebe. Und nachts falle ich dann wieder ins Bett und liege wach, wenn ich nicht genug getrunken oder mich körperlich nicht genügend betätigt habe, und tauche in das schwarze Loch hinunter, das mein Herz ist, tauche immer tiefer, schon benommen, und hoffe, daß es diesmal für immer ist, daß ich nicht noch einmal auftauche und ein weiterer Morgen vor mir liegt, eine weitere Nacht.

Ich kann nicht weinen. Ich denke an Arden und Billy und habe dann das Gefühl, daß ich einen Schwamm anstelle eines Herzens in mir trage, einen Schwamm, der zusammengedrückt wird, immer fester, so fest, daß er nur noch so groß ist wie eine Murmel und genauso kalt und hart und steinern, und der Schmerz, den das verursacht, ist unerträglich, unerträglich. Warum tun wir es nur, frage ich mich. Warum bekommen wir Kinder, geben wir ihnen soviel... Auch wenn meine wahrscheinlich sagen würden, ich hätte ihnen gar nicht soviel gegeben, nicht genug. Aber ich, ich selbst habe das Gefühl, ich habe ihnen alles gegeben, mich völlig ausgequetscht, mein Schwammherz mit all meiner Sorge und Anteilnahme und Zuwendung immer wieder bis auf den letzten Tropfen ausgepreßt, um sie zu glücklichen, tüchtigen Menschen zu machen. Aber sie haben mich verschlungen und sind trotzdem noch hungrig, sie haben nie genug Mutter gekriegt, man kriegt nie genug Mutter, weiß ich das nicht selbst? Und sie verzeihen es mir nicht und stehen unversöhnlich da und vernichten mich mit wütenden Blicken. Und ich kann nicht weinen.

Ich möchte sterben. Ich habe Brad verloren, aber das war vor langer, langer Zeit, und ich habe Toni verloren, aber daran war ich selbst beteiligt. Und ich habe *World* verloren, aber dieser Verlust war ersetzbar. Das alles war schlimm, aber *sie* zu verlieren, auf diese Weise, meine Babies, die aus meinem Leib hervorgegangen sind, die ich buchstäblich mit meinem Fleisch und Blut genährt habe, nicht in symbolischer Gestalt als Wein und Hostien, sondern ganz leibhaftig, und die auch später noch davon gezehrt haben oder zumindest von meinem Herzen und meiner Seele und meinem Denken und meinem Schweiß – wie konnte das passieren, wie läßt sich das erklären?

Warum sind wir immer weiter dazu bereit? Warum hat Frances die Kinder nicht im Waisenhaus gelassen und sich irgendwo ein neues Leben für sich allein aufgebaut? Sie war doch erst zweiunddreißig, fleißig, geschickt und zuverlässig, nett, hübsch und attraktiv. Sie verdiente sich ihren Lebensunterhalt selbst, sie hätte sich einen neuen, besseren Mann suchen können oder die Männer einfach vergessen und sich selbst ein angenehmes Leben schaffen können. Warum? Warum ist Belle bei Ed geblieben, als er ihr deutlich gezeigt hatte, daß er mehr wollte als nur sie, als er sie zwingen wollte, die bittere Pille zu schlucken, daß sie ihn brauchte? Warum hat sie ihn und damit auch uns nicht verlassen? Warum ist sie nicht gegangen und hat ein eigenes Leben aufgebaut, eine berufliche Karriere? Sie war attraktiv, klug und tüchtig. Warum? Und wir, die nächste Generation, warum wiederholten wir diese alte Geschichte? Warum lebte Joy genauso ärmlich wie Mutter und Grandma? Warum nahm sie es auf sich, mit dem Essen zu knausern, in beengten Verhältnissen zu leben, vorn und hinten zu knapsen und in alten Kleidern herumzulaufen, um ihre Kinder zu behalten, nur ja ihre Kinder zu behalten. Warum schickte sie ihre Kinder nicht einfach zu Justin, und damit basta?

Seit Generationen – seit Jahrhunderten – seit Jahrtausenden opfern Frauen ihr Leben dafür auf, ihre Kinder zu schützen, und wir haben diese Tradition fortgesetzt. Sanft, leidend und seufzend, ehrlich, wütend und brüllend, weich, hart und kleinlich, wie auch immer – Frauen haben ihr eigenes Leben, jede Hoffnung auf ein eigenes Leben dafür geopfert, die Kinder großzuziehen, den Kindern bessere Möglichkeiten zu schaffen, die Kinder vor Schaden zu bewahren. Aber die Kinder wenden sich, sobald sie können, *gegen sie*: Die Mutter war eine Märtyrerin, eine hysterische Furie, ein berechnendes Aas. Sie war nicht, was sie hätte sein sollen. Die Bitterkeit, mit der die Kinder auf die Mutter blicken, endet nicht, nicht bei mir, nicht bei euch, bei niemandem.

Warum kann ich meine Kinder, die mich verlassen haben, nicht auch verlassen? Warum kann ich nicht das richtige Messer finden, um sie mir aus dem Herzen zu schneiden? Oder einen Trank, der sie immer weiter wegrücken läßt, so wie Brad und Toni weit weggerückt sind, bis sie in die Erinnerung eingehen, nur noch zwei Bilder unter vielen in meinem Album sind? Warum halte ich, wo ich kaum Platz habe, immer noch einen Platz für sie frei? Biete ich ihnen, die mein Haus verschmäht haben, Obdach? Warum liegen sie unverdaut und brennend ganz oben in meinem Magen? Wie kann ich sie so sehr lieben, sie, die mich hassen?

Ich will nicht lieben, ich will nicht fühlen. Es gibt einen Ort jenseits von Leid und Lust, und den will ich finden, habe ich vielleicht schon gefunden. Mein Mund wird immer schmaler, meine Wangen werden immer schlaffer, mein Kinn hängt traurig herab. Ich bekomme das alte Gesicht meiner Mutter noch früher als sie. Schon jetzt ist mein Haar grauer als ihres. Vielleicht werde ich ja auch vor ihr sterben. Das wäre eine Gnade.

XIV. Kapitel

21. November 1977. Heute werde ich achtundvierzig. Ich habe gerade dieses Tagebuch aufgeschlagen – zum ersten Mal seit über einem Jahr –, und als ich las, was da auf der ersten Seite stand, lief mir ein Schauer über den Rücken: «Ich habe das Gefühl, wenn dieser Band voll ist, werde ich sterben.» Das Buch – mit leuchtendrotem Einband und schwarzledernen Ecken, woher habe ich es? – ist fast voll. Wann habe ich das geschrieben? Der Eintrag ist nicht datiert. Warum habe ich es geschrieben? Ich bin normalerweise nicht abergläubisch, aber diese Prophezeiung beunruhigt mich. Vielleicht deshalb, weil der Tod der Heldin ein klassischer Ausgang für ein Buch ist – wenn es nicht mit einer Heirat endet. Und doch sitze ich jetzt hier, schreibe weiter und fülle unter Anspannung stetig die letzten leeren Seiten.

Auf meinem Bord stehen sieben Tagebücher. Das erste ist nicht datiert, ich habe ein schlechtes Gedächtnis für Jahreszahlen, aber ich glaube, es war 1972, daß ich mit der Aufzeichnung dieser Fragmente anfing. Fragmente wovon? Ich glaube, es sind Gefühlsfragmente, auch wenn ich damals davon überzeugt war, daß ich keine Gefühle mehr hatte. Es muß so um die Zeit gewesen sein, als Billy sein Medizinstudium begann: im Herbst '72. Nachdem mein Vater in den Ruhestand getreten war – wann war das? –, '71. Arden heiratete im August 1971, eine herrliche Hochzeit auf dem großen Rasen des Hauses meiner Eltern draußen in Suffolk, mit einem grün-weißgestreiften Zelt und Ruderbooten auf dem See.

Brad war gekommen, massiger, rotnackiger, mit aufgedunsenem, rötlich angelaufenem Gesicht, und er biß sich auf die Lippe – ich kannte diese Miene, sie bedeutete, daß er sich beherrschte, die Wut und die Trauer über das, was ich ihm angetan hatte, unterdrückte. Aber er hatte seine Frau neben sich, und ich war allein: Was das bedeutete, darüber dachte er nicht nach. Schließlich hat er doch das Leben gekriegt, das er sich gewünscht hat, genau wie ich. Was wir jetzt haben, ist das Ergebnis unserer Wünsche, und das ist immer schmerzhaft. *Weil die Materie niemals der Privation entbehrt: denn sofern sie eine bestimmte Form annimmt, fehlt es ihr an einer anderen.*

Ich führe mein Tagebuch nicht regelmäßig, manchmal vergehen Monate, ohne daß ich es öffne, aber dann kommt ein Tag, der sich dafür anbietet – vielleicht scheint hinter dem üblichen Blaßgrau des Himmels ein Fleckchen Blau hervor, oder es ist ein besonders trüber Tag, an dem ich nicht fotografieren kann –, und ich setze mich an meinen Schreibtisch und schreibe eine Stunde oder zwei, wobei ich oft zu dem eingesperrten Stück Himmel emporschaue. Ich würde gern von hier wegziehen, irgendwohin, wo der Himmel weit und endlos und tief ist und man bei Nacht die Sterne sehen kann, aber ich muß hierbleiben, weil ich hier Arbeit finden kann.

Ich mache überwiegend Werbefotos, ich habe genügend Aufträge, um über die Runden zu kommen. Ich lebe nach wie vor sehr einfach, so daß ich es mir leisten kann, Frannys Schulgeld zu bezahlen, das ziemlich hoch ist. Toni geht es derzeit in Hollywood nicht so gut, er sagt, er ist fast pleite. Wohingegen wir von drei, vier Aufträgen ein Jahr lang leben können. Letztes Jahr habe ich eine Bohrinsel für Werbeanzeigen einer Ölgesellschaft fotografiert und damit genug Geld für sechs Monate verdient. Das war auch gut so, weil ich sechs Monate lang keinen neuen Auftrag bekam. Der große Vorteil dieser moderaten Armut liegt darin, daß ich Zeit genug habe, für mich selbst zu arbeiten.

Die Leute assoziieren meinen Namen – sofern ihn überhaupt jemand erinnert – immer noch mit Aufnahmen über heroische, gigantische Themen der Unterwerfung der Natur durch den Menschen. Mir ist dabei gar nicht wohl, ich fühle mich wie eine getarnte Agentin, eine Hochstaplerin, weil ich die Menschen überhaupt nicht mehr heroisch finde. Die meisten Werke von Menschenhand kommen mir kläglich oder absurd vor; nur das Schöne – in welcher Form auch immer – erscheint mir noch bewundernswürdig. Grandiose Bauten oder Anlagen zu fotografieren mutet mich an wie Prostitution, wie Brotarbeit. Ich erledige es zufriedenstellend, ich habe genügend Erfahrung, um den Kunden das zu bringen, was sie wollen. Aber ich verabscheue es, und ich verabscheue mich selbst dafür, daß ich es mache. Ich tue es nur in dem Maß, wie ich es muß, um zu überleben.

Ich fotografiere, wie immer schon, auch jetzt noch für mich selbst, und dabei sind es die persönlichen, alltäglichen Dinge, aus denen jedes Leben gewoben ist, die mich interessieren. Ich gehe nach Harlem, in die Bronx oder nach Little Italy, ich suche nach Orten, wo die Frauen noch immer die Wäsche vor den Fenstern zum Trocknen aufhängen, wo Kinder auf der Straße spielen oder großäugig und mit leeren Gesichtern auf den Treppenstufen heruntergekommener Sandsteinhäuser sitzen, wo die Jugendlichen beiderlei Geschlechts sich knallig aufputzen wie tropische Vögel und sich auf den Bürgersteigen zur Schau stellen. Ich fotografiere Metzgerläden, wo im Schaufenster das Fleisch an Haken hängt, und kunstvoll geschichtetes Gemüse auf den Auslagen von Lebensmittelläden. Solche Stände sind in Manhattan von Tag zu Tag schwerer zu finden. Aus den Vorstädten sind sie ganz verschwunden.

Ich fahre nach Coney Island und fotografiere alte Menschen, die an kalten sonnigen Tagen auf Bänken sitzen – ich liebe es, festzuhalten, wie zwei alte Frauen mit der ganzen krassen Expressivität des Alters auf ihren Gesichtern und in ihren Gesten miteinander tratschen. Ich nehme die Fähre nach Staten Island und knipse Menschen auf dem Heimweg von der Arbeit. Besonders gern fotografiere ich unbemerkt Leute mit Kindern – wie sie mit ihnen reden, mit ihnen spielen, sie ignorieren, sie trösten, mit ihnen schimpfen, ihnen drohen. Dann habe ich das Gefühl, den Geist der Zeit dingfest zu machen.

Ich denke jetzt mehr nach. Ich habe die Muße und die Ungestörtheit dazu. Nur Franny platzt ab und zu dazwischen und erinnert mich daran, daß ich mich nicht in Einzelhaft befinde. Alaia haben wir nicht mehr, leider. Ich konnte sie mir nicht mehr leisten, als ich Frannys Schulgeld übernahm. Und mit vierzehn brauchte Franny nicht mehr unbedingt eine Person von Alaias herausragenden Qualitäten. Aber wir waren beide todunglücklich, als wir uns von ihr trennen mußten, und ab und zu schaut sie immer noch bei uns vorbei. Wenn ich jetzt einen Auftrag außerhalb habe, wohnt Franny solange bei ihrer Freundin Jillian, deren Eltern sich freuen, wenn sie kommt.

Ich habe heute eigentlich gar nichts zu berichten, ich weiß nicht, warum ich dieses Buch aufgeschlagen habe. Vielleicht weil heute mein Geburtstag ist: wieder einer. Franny führt mich zur Feier des Tages, sofern man von einer Feier sprechen kann, zum Abendessen aus. Sie ist ein Goldschatz, wie immer. Sie hängt sehr an mir, ich hänge sehr an ihr. In meinem Kopf, in meinem Herzen ist eine große Leere. Das einzige, was mir einfällt, sind Fakten, so wie man sie in einem Rundbrief aufzählt, den man hektographiert und den Weihnachtskarten an Verwandte und alte Freunde beilegt.

Liebe/r ... (von Hand auszufüllen)

Billy hat das College mit Erfolg abgeschlossen und studiert jetzt Medizin in Harvard. Wir sind sehr stolz auf ihn.

Arden ist mit Jacob verheiratet. Sie leben auf ihrer Farm (künstlerisch-sozialer Freiraum) in der Nähe von Ithaca. Arden hat zwei Kinder, beides Jungen, Jeremy und Jeffrey, inzwischen drei Jahre beziehungsweise ein Jahr alt. Sie erwartet im nächsten Monat ihr drittes Kind. Die Kleinen sind goldig. Wir sind sehr stolz auf sie und die Kinder.

Joy hat ebenfalls das College beendet und eine Stelle gefunden, die ihr sehr gefällt: als Geschäftsführerin bei einer Versicherungsgesellschaft in Huntington, was mehr einbringt als der Lehrberuf. Ihre Kinder haben sich alle prächtig entwikkelt. Jonathan hat ein Footballstipendium an der Ohio State Universität erhalten und möchte Trainer werden. Julie hat ein Stipendium in Stony Brook, wo sie im Hauptfach Psychologie belegt hat. Jennifer ist jetzt vierzehn und Cheerleader, genau wie ihre Mutter! Wir sind sehr stolz auf sie alle.

Belle und Ed leben immer noch in Brightwaters und sind nach wie vor sehr aktiv. Wir sind stolz darauf, daß sie schon so lange leben.

Franny ist fünfzehn und in ihrem Sophomore-Jahr auf einer Privatschule. Sie ist eine begeisterte Basketballspielerin und bringt hervorragende Noten nach Hause. Wir sind sehr stolz auf sie, auch wenn sie eine wilde Anhängerin der Rolling Stones ist.

Mir geht es auch gut. Ich habe gerade im Auftrag eines Wirtschaftsmagazins in Kalifornien ein Werk fotografiert, das einem rasant aufstrebenden neuen Industriesektor angehört: der Computerbranche. Es war interessant und *sehr* einträglich. Wir sind sehr stolz auf mich.

Wir sind stolz, berichten zu können, daß es uns allen prächtig geht. Es steht alles zum besten. (Könnt ihr das von euch auch behaupten? Seid ihr nicht neidisch?) Ein frohes Christfest!

Mit lieben Grüßen...

Das klingt wunderbar. Ich bin selbst beeindruckt. Es klingt wie ein Happy-End. Anscheinend kann man alles, ganz egal was, zu einem Happy-End bringen, einfach indem man bestimmte Dinge wegläßt. Zum Beispiel die Tatsache, daß Billy und Anastasia sich kaum sehen, was Anastasia großen Kummer bereitet, und daß das gleiche auch für Arden und Anastasia gilt, nur daß der Kummer darüber noch größer ist, weil sie sich, wenn sie sich sehen, streiten, und zwar manchmal sehr heftig. Und dann die Tatsache, daß Jacob so extrem ätherisch ist, substanzlos ist das richtige Wort. Er schaut Anastasia nicht in die Augen, niemals, und auch anderen kaum. Er geht nicht, er schwebt, sein Körper scheint mit dünnem, lockerem Draht an seinem Kopf befestigt. Wenn er spricht, dann nur mit Arden, die seine Worte der Außenwelt übersetzt. Und man läßt weg, wie Joy sich quält und müht, ihre Probleme mit Jonathan (Drogen) und Julie (Feindseligkeit ihrer Mutter gegenüber, trotzige Verstocktheit) und Jennifer (Gefühl, außen zu stehen, schüchterne Zurückgezogenheit).

Und außerdem muß man noch aufpassen, daß man das Buch rechtzeitig abschließt, ehe neue schreckliche Dinge passieren. Ich glaube, ich werde dieses hier jetzt beenden. Das scheint mir der richtige Moment.

1. DEZEMBER 1977. Ich habe ein neues Tagebuch begonnen: Nummer acht. Ich habe beschlossen, lieber nicht das Risiko einzugehen, das andere bis zum Ende vollzuschreiben. Außerdem ist es nur angemessen, ein neues Buch anzufangen, da mir offenbar noch einmal eine neue Chance zuteil geworden ist. Es passierte letzten Monat, genau gesagt an meinem Geburtstag. Ich bekam einen Anruf von einer feministischen Zeitschrift namens *Woman*. Sie wollten, daß ich nach Houston fliege, um den dort stattfindenden Frauenkongreß zu fotografieren. Da sie mich erst so spät anriefen, dachte ich, ich sei ihre zweite oder dritte Wahl, und ich erwog zuerst, meinen Stolz zu wahren und abzulehnen. Aber ich fühlte mich so elend und dachte, es würde mir vielleicht gut tun, aus meinen vier Wänden herauszukommen, und zur Abwechslung einmal etwas zu fotografieren, was nichts mit Maschinen zu tun hatte. Und schließlich bin ich, auch wenn ich keiner Organisation angehöre, im Herzen ganz gewiß Feministin. Also sagte ich zu.

Es war ein spektakuläres Ereignis. Zum Teil war es ein Krieg mit allem Drum und Dran, strategischer Planung, Bündnissen und immer wieder wechselnden Fronten. Zuerst kämpfte A gegen B, dann räumte A besiegt das Feld, und die Schlacht tobte jetzt zuerst zwischen B und C, dann zwischen BC und D, während X schon hinter dem nächsten Hügel darauf lauerte, alle miteinander niederzumetzeln. Für Männer sind solche Dinge wahrscheinlich ein alter Hut, aber Frauen sind nicht daran gewöhnt. Teilweise war es aber auch eine religiöse Zeremonie.

Es fing nicht gut an. In dem Hotel, wo die meisten Frauen Zimmer gebucht hatten, fand unmittelbar zuvor ein Kongreß von Möbelfabrikanten statt, alles Männer natürlich. Als sie hörten, wer sie ablösen sollte, beschlossen sie zu Hunderten, ihre Zimmer noch einen Tag länger zu behalten. Als die Frauen ankamen, gab es daher nicht genügend freie Zimmer. Das Hotel wollte die Möbelfabrikanten nicht verprellen, weil sie vielleicht noch einmal wiederkommen würden, die Frauen dagegen bestimmt nicht. Also war man den Männern gegenüber großzügig. Als Folge davon wanden sich zwei Tage lang riesige Schlangen von Frauen durch die Empfangshalle, während sich das dazugehörige Gepäck in der Mitte türmte.

Das Durcheinander wurde noch dadurch verschlimmert, daß viele dieser Frauen noch nie weit gereist waren und sich überhaupt nicht auskannten. Sie waren von ihren heimischen Frauenorganisationen als Delegierte entsandt worden, und ihre Reisekosten wurden aus öffentlichen Mitteln finanziert. Viele von ihnen waren arm, schwarz, alt, behindert und/oder besaßen keine Kreditkarten. KEINE KREDITKARTEN! Wie sie es sich denn vorstellten, ohne Kreditkarte in einem Hotel zu übernachten, stöhnten die Leute am Empfang. Die Frauen wollten bar bezahlen. Das war ein unerhörtes Ansinnen, es warf das ganze System aus dem Gleis und kostete Stunden.

Die meisten Frauen kamen unter. Nur einige wenige schliefen in der Hotelhalle, auf dem kalten Marmorfußboden, zwischen ihrem Gepäck. Die übrigen teilten sich Zimmer mit Freundinnen oder Fremden oder fuhren per Taxi in irgendwelche schäbigen Motels auf der anderen Seite der Stadt. Kein Zimmer, das nicht überfüllt war, in dem nicht Frauen klaglos auf dem Fußboden übernachteten. Alle blieben bis spät in die Nacht hinein auf und tranken Wein und redeten und lachten miteinander. Am nächsten Tag waren die Frauen trotz ihrer Müdigkeit unglaublich aufgekratzt und energiegeladen – stolz auf ihre Improvisationsfähigkeit, fröhlich wegen des Erlebnisses der Solidarität und der nächtlichen Gespräche –, und daran konnte nicht einmal die Tatsache etwas ändern, daß die meisten von ihnen abermals in endlosen Schlangen in der Empfangshalle anstehen mußten. Sie wurden nicht wütend, sie arrangierten sich.

«Typisch», sagte Clara trocken.

Beobachtung am Rande: Stehe im Lift, eingezwängt zwischen Möbelfabrikanten und ihren Gattinnen – die Männer mit Namensschildchen am Revers. Tom Brokaw steigt zu. Die Männer erkennen ihn.

«Hallo, Tom Brokaw, nett Sie zu sehen.»
«Ja, wir sehen Sie immer im Fernsehen.»
Er nickt freundlich.
«Sind Sie wegen dieser Horde wildgewordener Weiber hier?»
«Ich berichte über den Frauenkongreß, falls sie das meinen.»
«Ach, Sie armer Mensch!» Wieherndes Gelächter.
«Ich kann Ihr Bedauern nicht nachvollziehen, ich finde das Ganze faszinierend», sagt er steif, um in der nächsten Etage auszusteigen.
Schweigen.
Was geht in ihren Köpfen vor?

Und es ist faszinierend. Tausende von Frauen aus allen Teilen der Staaten, Frauen jeden Alters, jeder Hautfarbe, jeder Größe und Statur, Frauen aus allen sozialen Schichten in einem so demokratischen Geist versammelt, wie ich ihn noch nie in einer großen Gruppe erlebt habe. Sie wimmeln durcheinander, tun sich zusammen, reden, lachen, debattieren über die einzelnen Punkte des Papiers, über das abgestimmt werden soll, einer Resolution, die Antwort auf die ewig alte Frage gibt: *Was wollen Frauen?* Sie werden sie an Präsident Carter schicken, um ihm zu helfen, eine bessere Politik zu machen, es soll eine öffentliche Resolution sein, damit jeder, der wirklich wissen will, was Frauen wollen, nur nachzulesen braucht. Die Frauen sind fest davon überzeugt, daß das, was sie hier tun, wichtig ist, daß es die Regierungspolitik der nächsten zehn Jahre prägen wird. Sie treffen sich in Arbeitsgruppen, sie argumentieren, debattieren, weinen, schreien, bekämpfen einander, fallen sich in die Arme. Sie versammeln sich in dem großen Saal, ganz still vor Ehrfurcht, weil sie hier selbst am demokratischen Prozeß teilhaben. Es bewegt mich sehr, sie zu sehen. Sie sind so voller Energie, so voller Zuversicht.

Die beiden umstrittensten Punkte sind Abtreibung und Lesbischsein. Die Rechte hat gute Karten, weil sie beizeiten begonnen hat, lokale Gruppen aufzubauen, damit möglichst viele Delegationen mit strenggläubigen Frauen besetzt werden konnten – Mormoninnen und solchen Katholikinnen und

Protestantinnen, bei denen man sicher sein durfte, daß sie gegen derartige Forderungen stimmen würden. Viele Delegierte wollen diese Punkte unter den Tisch fallenlassen, weil sie eine Spaltung fürchten, eine fatale Sprengung der gesamten Versammlung, andere werfen ihnen Feigheit und Verrat an den eigenen Interessen vor. Die Gefühle brodeln, wallen auf, kochen über. Für die Delegierten ist es ein Kampf zwischen Leben und Tod, Gut und Böse.

Die antifeministischen Kräfte haben sich auf der anderen Seite der Stadt formiert, im Astrodome, wo Phyllis Schlafly als Marionette der Männer agiert. Ein Mann nach dem anderen – Politiker der unteren Ränge, Offiziere, bekehrte Homosexuelle – marschiert aufs Podium, um lautstark gegen Sex, Abtreibung, Sex, Homosexualität, Sex und den Teufel zu Felde zu ziehen. Ganze Familien haben die verschiedenen Glaubensgemeinschaften per Bus herangekarrt, aus dem gesamten Südwesten, dem Westen bis hinauf nach Utah, dem Osten bis hin nach Georgia. Sie füllen das Astrodome, stehen auf und trampeln und brechen in wildes Beifallsgeschrei aus. Ich finde es beängstigend, als Frau allein unter ihnen zu sein, ich spüre ihre Blicke, wo habe ich meinen Mann, meine Kinder? Warum trage ich eine Kamera über der Schulter? Ich habe Angst, daß sie mich lynchen. Ich versuche, mir einen Weg hinaus zu bahnen, langsam, nur keine plötzlichen Bewegungen oder heftigen Gesten. Aber noch während ich, langsam und tief atmend,, unbehelligt die letzte Treppe hinuntergehe, höre ich ihre grimmige Inbrunst. Hier werden keine positiven Saiten angeschlagen, keine Forderungskataloge für die Zukunft erstellt, hier ist alles beherrscht von Schreckensvisionen, dem Wissen um die Machenschaften des Antichrist. Was Leben ausmacht, welches die positiven Güter sind, wird nicht thematisiert, vielleicht braucht es nicht ausgesprochen zu werden, vielleicht wissen sie es alle, denn sie erheben sich zu Tausenden von ihren Plätzen und brüllen ihre Schlachtrufe gegen das Teufelspack drüben auf der anderen Seite der Stadt.

Wieder im Coliseum. Die Abstimmung hat begonnen. Es ist jetzt schwer, die Ruhe im Saal noch einigermaßen aufrechtzuerhalten. Zwischenrufe, endlich zur Sache zu kommen, dazwischen das Hämmern der Diskussionsleiterin, Bitten um Ruhe, eine Versammlungsvorsitzende, die nicht reagiert, wenn sie als «Madame Chairman» angesprochen wird, und darauf besteht, «Chairwoman» genannt zu werden. Frauen stellen sich bei den Mikrophonen an, um für oder gegen die einzelnen Punkte zu plädieren.

Die Abtreibungsfrage ist als Problem entschärft worden, indem man sie umbenannt hat, damit sie nicht als erstes auf der alphabetisch geordneten Liste der Resolutionspunkte erscheint und die Versammlung gleich zu Beginn der Abstimmung sprengt. Sie firmiert jetzt unter der Bezeichnung «Freie Entscheidung über die Fortpflanzung». Der Punkt wird angenommen, der Saal explodiert, alles schaut sich gespannt um, wer wohl gehen wird.

Tatsächlich erheben sich Scharen von Frauen, um den Raum zu verlassen, wie viele sind es? Wird die Versammlung platzen? Es dauert zwanzig Minuten, bis die Situation sich wieder beruhigt hat. Etwa hundert Frauen sind ausgezogen, eine Handvoll gemessen an diesem Auditorium, neuer Jubel, leise Seufzer der Erleichterung.

Der nächste Stolperstein ist der Punkt «Sexuelle Präferenz – Lesbischsein». Es wird so still im Saal, wie es bei einer solchen Menschenmenge überhaupt nur möglich ist. Die Debatte beginnt. Betty Friedan, die sich bei früheren Gelegenheiten gegen die Aufnahme dieses Punktes in ein gemeinsames Programm gewandt hat, weil sie befürchtete, die breite Masse der Frauen dadurch zu verlieren, erhebt sich und spricht dafür. Der Tumult läßt sich nicht eindämmen, er hält immer weiter an, die Vorsitzende ist machtlos, Frauen springen auf die Sitze, pfeifen auf den Fingern. Die Teilresolution wird angenommen, und Tausende von Luftballons steigen auf, Tausende von Stimmen brechen in Jubel aus, diesmal geht niemand, die Versammlung als Ganze hat sich entschieden, mutig zu sein, Diffamierungen zu riskieren, alle Frauen zu unterstützen, selbst jene Verräterinnen am System, die keine Männer begehren.

Ich bin sehr emsig. Ich habe heute nachmittag fünfzig Filme verknipst. Ich würde gern über dem ganzen Geschehen stehen. Ich weiß, wie die Männer, die ich kenne, die ganze Sache sehen würden, ich weiß, wie sie denken: Sie bewundern Männer mit Macht und übernehmen deren Denkweise. Das nennen sie dann realistisch sein. Ich wäre ja gern realistisch, was in diesem Fall bedeuten würde, die Naivität und Einfalt dieser Frauen verächtlich abzutun. Aber ich kann nicht. Irgend etwas blockiert mein «vernünftiges Denken», etwas Seltsames geht in mir vor. Es fühlt sich an, als ob sich ein Ungeborenes in meiner Gebärmutter umdreht, mir ist schwindlig, aber ich versuche, meine Hände ruhig zu halten, meinen Blick zu konzentrieren. Ich kehre erschöpft in mein Hotel zurück, esse allein auf meinem Zimmer ein Sandwich, lege mich hin, noch immer benommen. Ich spüre einen heftigen Schmerz im Unterleib, wie von einem Baby, das hinausdrängt.

Ich denke an meine Anfänge als Fotografin und an die Hunderte von Bildern, die ich damals gemacht habe, von Babies und ihren Müttern, von Frauen, die in der Mutterschaft gefangen waren, die in der Falle saßen, verwirrt, für immer auf das Streckbett ihrer ambivalenten Gefühle – der Liebe und des Grolls – gebunden. Ich erinnere mich, wie kühl ich dabei zu Werk gegangen bin, mit dem Blick einer Außenstehenden, so als gehörte ich nicht zu ihnen, steckte ich nicht in der gleichen Schlinge. Als sei ich *objektiv*.

Und auch vorher schon, als ich noch unverheiratet gewesen war, ein junges Mädchen. Ich hatte keine Frau sein wollen, nein, bloß nicht. Zum einen wußte ich, wie die Männer die Frauen sahen, wie sie über sie redeten, daß sie sie verachteten, sie ausnahmen. Aber vor allem kein Frauenleben führen. Und ich bemühte mich nach Kräften, Törin, die ich war, als könnten wir unseren Körper verleugnen, als gäbe es für eine Frau, die sich zu Männern hingezogen fühlt, ein Entkommen. Selbst Frauen, die es nicht zu Männern hinzieht, kommen nicht davon – wenn du eine Frau bist, wirst du auch als Frau behandelt. Letztlich lebte ich doch das Leben einer Frau, egal, was Mutter sagte.

Ich wollte keine Frau sein, weil ich nicht so ein Leben führen wollte wie sie. Selbst schon als Kind wußte ich, daß Frauen automatisch ein solches Leben bevorstand, daß sie keinerlei Wahl hatten. Wie alt war ich damals? Als ich mir entschlossen schwor, daß es bei mir anders sein *würde*, daß ich nicht so leben würde wie sie. Ich hatte zu genau mitbekommen, wie meine Mutter sich endlos abplagte, wie öde ihre Tage waren, wie unerfüllt ein Leben bleiben mußte, das nur aus den Sorgen und Pflichten bestand, die ihr Dasein ausmachten, Tag für Tag für Tag. Selbst ihre kleinen Befriedigungen – für wenige Dollar gute Mahlzeiten für die Kinder und Ed herauszuschinden oder einen guten Stoff als Rest billig zu erstehen, um den Mädchen daraus neue Kleider für den ersten Schultag oder Mäntel zu Ostern zu nähen, oder monatelang fünf- und zehnpenceweise das Geld zusammenzusparen, um eine Woche in die Catskills fahren zu können (wo es dann regnet), oder zu Weihnachten kleine Geschenke für die Kinder zu haben – oh, die Freude der armen Bauersfrau über die vom Mund abgesparte halbe Tasse Milch, das zusätzliche Ei, die schon fast den Geburtstagskuchen für ihr Kind ergeben, das ganze Bangen und Knappen, die ständige Plackerei, die mühselige Handarbeit, das ewige Planen und Vorausdenken und rührende Mühen –, wenn ich daran denke, möchte ich immer noch am liebsten schreien, irgend etwas an die Wand werfen: Es ist einfach unerträglich!

Ich springe auf und sause zum Klo. Ich habe Durchfall. Mein Kopf tut weh. Ich schleppe mich ausgelaugt zum Bett zurück und falle auf die kratzige Tagesdecke.

O Gott, es zerreißt mir schier das Herz, an sie zu denken, über sie nachzudenken. Mir vorzustellen, daß sie einen Verstand hatte, der etwas anderes brauchte, einen Körper mit dem Bedürfnis nach... irgend etwas. Wie sie den Schmerz von etwas Lebendigem in sich gelitten hat, das wächst wie Gras und Tag für Tag niedergehalten werden muß. Ich weiß, wie das ist. Mir ging es auch so, in der ersten Zeit, als ich verheiratet war, als die Kinder noch klein waren. Es erzeugt dauernde Müdigkeit, ständig winzig kleine Keime von Impulsen und Wünschen zurückzudämmen, das eigene Gesicht und die eigenen Gesten unter Kontrolle zu halten, damit nichts davon durchbricht, damit man selbst nichts davon merkt.

Ich wollte diesem Schicksal entgehen, aber es ist mir nicht gelungen. Ich habe nur nicht so lange darunter gelitten wie meine Mutter. Mommy. Oh, Mommy, trotz meiner Ausrutscher bin ich stets auf die Füße gefallen, und am Ende bin ich entkommen. Aber wohin? Ich habe zehn Jahre meines Lebens in einer Männerwelt zugebracht, nur Männer kennengelernt, nur mit Männern gesprochen, nur mit Männern zu tun gehabt. Die einzigen Frauen, denen ich begegnet bin, waren Sekretärinnen und Freundinnen der Männer. Es war eine erlebnisreiche Zeit, ich habe die Welt gesehen, ich habe gelernt, mich darin zu bewegen. Ich habe gelernt, mich in jeder Situation zu beherrschen – nicht zu weinen, Ärger nie hitzig, sondern nur kalt zum Ausdruck zu bringen, nie zu zeigen, daß mich etwas verletzte, mich gar nicht mehr verletzt zu fühlen und schließlich überhaupt nichts mehr zu fühlen. Ich habe gelernt, mit den Orson Sonders', den Woody Hedgecocks, den Russ Farrells dieser Welt umzugehen, denen gegenüber auch nur die kleinste Gefühlsregung zu verraten ein fataler Fehler wäre. Ich habe meine Gefühle so völlig niedergezwungen, daß sie verschwunden sind und ich sie selbst nicht mehr aufspüren kann.

Ich habe gelernt, in diesem System prächtig zu funktionieren. Mir wäre es nicht passiert, dumm und verwirrt dazustehen und mich demütigen und beleidigen lassen zu müssen, wie die Frauen, die die ganze Nacht in der Hotelhalle angestanden haben, die einfach abgewiesen wurden. Diese Gewißheit hat mich entschieden und unbeugsam gemacht, und das bereue ich nicht. Aber sie hat auch bewirkt, daß ich leer und ausgebrannt und einsam bin.

Ich habe mir mein Vergnügen – Wärme, Nähe und Spaß – geholt, wo ich es finden konnte. Auch das bereue ich nicht, aber es hat seinen Preis gehabt. All diese – wie viele? – unzähligen Männer, manche lieb, manche sexy, manche lustig, aber manche auch Dornen in meiner Seele, so wie dieser eine junge Bursche, Michael, merkwürdig, daß ich seinen Namen noch weiß, den ich in einer Kleinstadt im Innern des Staates New York kennenlernte, als ich am Eriesee für eine Reportage über Umweltverschmutzung fotografierte. Er flirtete den ganzen Abend mit mir und meinte dann, nachdem wir miteinander geschlafen hatten: «Woher weißt du eigentlich, daß ich nicht morgen hingehe und diese Sache mit dir überall herumerzähle?»

«Was?»

«Könnte doch sein. Ich meine, das ist doch ein tolles Ding

für mich, mit der berühmten Stacey Stevens zu bumsen. Woher weißt du, daß ich das nicht an die große Glocke hänge?»

Ich sah ihn ungläubig an. Was bildete er sich eigentlich ein? «Das wirst du nicht tun», sagte ich. Was wollte er mir damit sagen? Daß er nicht mit mir geschlafen hatte, weil er mich begehrte, sondern um einen Sieg verbuchen zu können? Wollte er sagen, daß er mich haßte? Daß er Frauen haßte? Daß er Frauen haßte, die sich leicht herumkriegen ließen? Was war er für einer? Ach, es war mir egal, was er für einer war, aber nicht egal war es mir, daß er mich mit einem Problem zurückließ, denn beim nächsten Mal, als ein fremder Mann mit mir flirtete, und auch noch beim übernächsten Mal und auch noch danach fragte ich mich: *Tut er das, weil er mich begehrt? Oder will er nur später damit angeben?*

Und dann der Mann, den ich auf einen Drink zu mir einlud, es war nicht spät, ich wollte noch nicht zu Bett gehen, ich war aufgekratzt, weil ich den ganzen Tag fotografiert hatte, wo war das? Ich glaube, in Bologna. In meinem Hotel gab es keine Bar. Ich schenkte ihm einen Drink ein, und während wir uns unterhielten, wurde mir klar, daß er mir nicht sympathisch war, und ich sagte, ich sei müde, und bat ihn zu gehen, aber er wollte nicht. Er sagte, meine Einladung auf einen Drink sei gleichbedeutend mit der Aufforderung, mit mir ins Bett zu gehen, und er ließe sich solche Schwanzfopperei nicht bieten. Er war einsneunzig groß und wog über zwei Zentner. Er stand drohend da, den Kopf gesenkt, wie ein angriffsbereites Tier. Ich zog das Register kalte Verachtung und herrschte ihn an, bis er schließlich ging, aber die Erinnerung an dieses Erlebnis ließ mich nicht mehr los.

Oder jener Schweizer, Vertreter der Geschäftsleitung einer Firma, deren Werksanlagen ich fotografierte, ein reservierter junger Mann, der mir bei unserem Kennenlernen überaus steif und formell begegnete und der dann nach dem Essen, leicht beschwipst, mit seinem Englisch ins Holpern kam und auf charmante Weise Deutsch und Englisch durcheinanderwarf und immer lustiger wurde, so daß ich ihn schließlich mit zu mir nahm. Nachdem wir uns geliebt hatten, setzte er sich plötzlich steif im Bett auf und verkündete in perfektem Englisch, er sei verheiratet und erwarte von mir, daß ich ihm keine Scherereien mache. Oder jener reizende Norweger, der am nächsten Tag davonstürzte, um mir ein Schmuckstück zu kaufen, als ob ich einen Lohn für meine Liebesdienste erwartete.

Die Kosten fielen immer mehr ins Gewicht. Spontaner Sex war so lange gut und schön, bis sich eines Tages der Aufwand nicht mehr lohnte, weil ich nur noch einen Blick auf einen Mann zu werfen brauchte, um zu wissen, welche Art von Verletzung er mir zufügen würde.

Ich hatte meinen Beruf nicht immer obenan gestellt, ich hatte meine Kinder nicht, wie es Männer tun, ignoriert und dabei von ihnen erwartet, daß sie mich liebten. Nein, das hatte ich nicht getan. Aber hatte es etwas genützt? Die ganze Sorge um die Kinder, die Schuldgefühle, wenn ich sie allein ließ, die Sehnsucht nach ihnen, die Einstellung, daß sie mir genausoviel bedeuteten wie mein Beruf, das alles hatte nur bewirkt, daß ich noch rascher gealtert war. Und sie hatten sich sowieso gegen mich gewandt. Außer Franny – bislang.

Nichts war mir erspart geblieben.

Und nun war ich mitten unter all diesen Frauen. Die Männer, die ich kannte, würden über sie spotten, verächtlich lachen über ihre Weltfremdheit, ihre Illusionen. Ich hatte sie sogar schon *Männer* lächerlich machen hören, die Hoffnungen hatten und äußerten, und Frauen gegenüber ließen sie ihren Spottgelüsten ohnehin freien Lauf – «Anwesende natürlich ausgenommen», mit einem lachenden Kopfnicken in meine Richtung. Sie empfanden mich nicht als Frau, sondern als ihresgleichen. Und ich ebenfalls.

Wie ich so auf dem klumpigen Hotelkopfkissen lag und auf die sorgsam so-neutral-wie-möglich gehaltenen Tapeten und Vorhänge starrte, die ich trotzdem als Beleidigung empfand, verkehrte sich mein ganzes Innenleben um 180 Grad. So als hätte ich von Kindheit an das Leben durch ein Fernglas betrachtet und soeben entdeckt, daß es zwei Möglichkeiten gab hindurchzusehen: von oben und von unten – und daß der Unterschied nicht unbeträchtlich war. Plötzlich erschienen mir die Dinge, die die Tage meiner Mutter ausgefüllt hatten, der Braten, die Zitronenbaisertorte, das gesmokte rosa Seidenkleid, das sie mir genäht hatte, als ich elf war, genauso wichtig, ja noch wichtiger als all die Dämme und Wasserkraftwerke, die Bohrinseln, die Autobahnen, die Artikel, die Fotos, die Magazine, um die sich jene andere Welt drehte, die Welt, der ich angehörte. Und daß sie genauso heroisch, ja, noch heroischer gewesen war als die Männer, die Autos und Flugzeuge bauten, Straßen pflasterten, aufeinander schossen, Bomben abwarfen. Was machten sie denn, und was kostete es sie? Der höchste Tribut, der diesen Männern abverlangt wurde, war ihr Leben, niemals jener noch viel höhere Preis, den sie bezahlt hatte – die tägliche Aufopferung, die langsame Folter, Tag für Tag für Tag, die harte Tour.

Aber selbst von den Opfern abgesehen – ich habe Opfermut noch nie für etwas Verehrenswertes gehalten, ich wollte mich noch nie opfern, ich wollte *leben*, alles erleben, und das habe ich auch getan, jedenfalls alles, worauf es mir wirklich ankam. Nein, wir sollten Menschen nicht nach der Größe ihres Opfers beurteilen, sondern danach, was sie geben, was sie zum Überleben des riesigen komplizierten Organismus beisteuern, den unsere Welt darstellt, und was ihr Beitrag wert ist. Und so gesehen gab es gar keine Frage: Für Kinder zu sorgen und sie allen Widrigkeiten zum Trotz großzuziehen ist zu jeder Zeit und in jeder Gesellschaft mehr wert als Bolzen in Autoteile zu jagen oder Atomwaffen zu erfinden oder auch Fotos für eine Zeitschrift zu machen.

Oh, ich weiß, die Welt würde mich für verrückt erklären, wenn sie mich hören könnte. Aber ich habe, seit ich wieder aus Houston zurück bin, die ganze Zeit darüber nachgedacht. Hier sitze ich, mittlerweile fast fünfzig, und blicke auf meine Vergangenheit zurück und fühle mich dabei, als beschäftigte ich mich mit der Biographie eines Menschen, der längst tot ist, und bin doch nicht in der Lage zu sagen, da und da habe ich etwas falsch gemacht, das war mein Fehler. Ich habe nicht das Gefühl, daß ich Fehler gemacht habe: Aber wenn ich keine gemacht habe, wieso bin ich dann zu dem lebenden Leichnam geworden, der ich bin? Ich bin zufrieden mit dem, was ich gehabt habe und wie ich gelebt habe, schließlich muß man hierbei meine Ausgangsposition mitbedenken. Und diese Ausgangsposition war falsch. Weil man mich gelehrt hat, daß das Leben in zwei mögliche Wege unterteilt war, der eine für Frauen, der andere für Männer. Und daß ich, wenn ich eine außergewöhnliche Frau war, die Männerrolle einzunehmen hätte. Und das war ich, und das konnte ich, und das tat ich. Veni, vidi, vici.

Aber irgendwie mußte ich, obwohl ich außergewöhnlich war und die Männerrolle ausfüllen konnte, dennoch Frau sein. Und selbst wenn ich keine Kinder bekommen hätte, so hätte ich doch Frau sein müssen, denn wie viele Männer sind schon bereit, für eine Frau die Hausfrauenrolle zu übernehmen? Ich mußte Hausfrau sein, in jedem Haushalt muß jemand diesen Part ausfüllen, und obgleich ich ein paar Jahre lang einen Mann hatte, der sich diese Rolle mit mir teilte, blieb ich es doch gleichzeitig. Und wenn ich als Hausfrau fungierte, tat ich es immer mit Verdruß. Ich hatte das Gefühl, niedere Arbeiten zu verrichten, das verdammte Wäschewaschen, das langweilige Einkaufen, die öde Kocherei. Ich war viel zu intelligent und zu begabt für solchen Kram. Das war nicht die Aufgabe, die ich mir ausgesucht hatte, sie wurde mir einfach zugewiesen.

Doch die Begegnung mit diesen Frauen in Houston hat meine Einstellung zu all diesen Dingen verändert. Vielleicht war es aber auch nicht nur die Begegnung mit diesen Frauen. Es hat Jahre gedauert, aber jetzt, da es nur noch Franny und mich gibt, genieße ich es, mit ihr zusammen Abendessen zu kochen. Ich will zwar nicht behaupten, daß ich nähen könnte, aber ab und zu kommt es vor, daß ich ihr einen Knopf annähe oder eine Bluse bügle. Das ist auch nicht öder, als meine sämtlichen Objektive zu putzen. Franny und ich ziehen Kräuter in Blumenkästen. Es gefällt uns, sie wachsen zu sehen. Es hat mich fünfzig Jahre gekostet, um dahinterzukommen, daß Hausarbeit, Frauenarbeit, Spaß machen kann und ihre eigene Würde hat. Als Kind konnte ich das nicht sehen, weil meine Mutter keinen Spaß daran hatte. Und meine Mutter hatte keinen Spaß daran, weil sie es nicht aus freier Entscheidung tat.

Das ist das Geheimnis. Männer suchen sich aus, was sie tun, oder haben zumindest das Gefühl, daß sie es sich aussuchen. Sicherlich machen viele Männerberufe überhaupt keinen Spaß. Aber was ich gemacht habe, was ich mache, das macht Spaß, ist herrlich. Wie kommt es dann aber, daß es mich in einen Leichnam verwandelt hat? So nennt mich Clara: Stacey, die lebende Leiche.

Diese Frauen waren keine Leichen. Sie waren durch und durch lebendig, die kleinen dicken Frauen in Sweatshirts, die schlanken Asiatinnen in Brokat und Seide, die langbeinigen jungen Frauen in Hemden und Jeans, die Mittelschichtfrauen in den Vierzigern mit Dauerwelle und adrettem Wollkostüm und halbhohen Schuhen, die lautstark die freie Entscheidung für die Fortpflanzung forderten und Unterstützung für mißhandelte Ehefrauen, die sechzigjährigen Frauen im Rollstuhl mit Baseballmützen auf den Köpfen und riesengroßen Ansteckern daran, auf denen JA ZUR FRAUENLIEBE! stand – sie alle hatten keine Angst davor, für naiv gehalten zu werden, bangten nicht um ihr Image, hatten keine Bedenken, anderen gegenüber ihre Gefühle zu zeigen. Traumtänzerinnen, die glaubten, daß das, was sie da taten, Carter oder zukünftige Präsidenten in irgendeiner Weise beeinflussen würde, Idealistinnen, die glaubten, daß die Welt des Glücks und der Harmonie, die ihnen vorschwebte, realisierbar sei, Törinnen, die vor Liebe und Energie und Hoffnung überschäumten. Ich liebte sie.

Ich wünschte, ich könnte wie sie sein. Weil es besser war, mit den Frauen gemeinsam aufzustehen und zu jubeln, hoffnungsvoll zu sein und an das Gute im Menschen und die Nächstenliebe zu glauben, als mit den Jungs an der Bar zu hängen oder muntere Scherze beim Golf zu wechseln, mit nichts im Herzen als der Resignation derer, die das Spiel längst durchschaut haben, die es nicht ertragen können, die nichts daran ändern können die es nicht mehr mit ansehen können und nicht wegsehen können und sich dabei edel und selbstgerecht an ihrem Zynismus weiden. Besser eine Närrin Gottes sein, was immer Gott sein mag – wir selbst vielleicht, die Zukunft, die Kinder...

Besser, ja. Aber wie soll ich mich jetzt noch verändern? Ich bin schon so alt.

2. DEZEMBER 1977. Die Frauen bei *Woman* hatten mit meinen Houston-Fotos Schwierigkeiten, deshalb haben sie mich gebeten, zu ihnen zu kommen, damit wir darüber reden können. Ich bin heute dort gewesen. Welch ein Unterschied zu *World*! *World* nahm fast das ganze Gebäude ein: Fünfzehn Etagen, alle identisch, kilometerlange Flure mit Hunderten von Türen, die zu ordentlich nebeneinander aufgereihten anonymen Bürozellen führten, alle Fußböden und Wände im gleichen Grau, so daß man nie sicher sein konnte, wo man war. Diese Zeitschrift ist in einem Loft untergebracht, das mehr oder minder willkürlich in kleine Büros aufgeteilt wurde, alle unterschiedlich in der Form und alle mit drei oder vier Schreibtischen total vollgepfropft. Bei *World* konnte man den Status eines Mitarbeiters an seinem Büro ablesen, daran, wie groß es war, ob es ein Fenster hatte oder nicht, ob es ein Eckzimmer war – ein besonderes Privileg. Bei *Woman* sitzen im größten Büro die vier Sekretärinnen, die mehr Platz brauchen als die Redakteurinnen, weil sie noch eine Wandbreit Aktenschränke und die einzige große elektrische Schreibmaschine bei sich stehen haben.

Ich wand mich, den Anweisungen folgend, durch diesen Irrgarten bis zum Büro der Chefredakteurin, einem chaotischen kleinen Gelaß mit zwei Schreibtischen und einem Aktenschrank darin, wo eine Frau auf einer altmodischen Maschine tippte. Ich sagte hallo und stellte mich vor, sie drehte sich um, lächelte mich breit an, sprang auf und schüttelte mir die Hand: «Oh, ich war ja so begeistert von deinen Fotos!» Sie heißt Lu Marcus, ist in den Fünfzigern, ein wenig untersetzt, ein wenig ergraut, ein bißchen schlampig, aber sie hat leuchtend klare, intelligente graue Augen.

Sie steckte den Kopf aus der Tür und schrie: «Margot!» Mir bedeutete sie mit einem Wink, auf dem anderen Stuhl Platz zu nehmen, während sie oben auf dem Aktenschrank herumangelte und schließlich eine Mappe mit Kontaktabzügen zum Vorschein brachte. Sie setzte sich wieder und sagte, indem sie sich zu mir vorbeugte, noch einmal:

«Wir sind begeistert von deinen Fotos. Sie haben so etwas Menschliches, Mitfühlendes. Und sie sind einfach hervorragend in der Komposition!»

Ich mußte automatisch an mein erstes Vorstellungsgespräch bei *World* denken, an meine verschüchterte Ehrfurcht, an das beiläufig geknurrte Lob, das allenfalls höfliche Lächeln, das mir von Russ und Lou zuteil geworden war. Worte wie Menschlichkeit und Mitgefühl hatte man dort kaum je zu hören bekommen, und es war nie darum gegangen, ein netter Mensch zu sein, sondern das Gebot hatte gelautet, Eindruck zu machen. Jetzt, in dieser so andersartigen Atmosphäre, versuchte ich, mich wie ein menschliches Wesen zu benehmen, mich erfreut über das Lob zu zeigen, emotional zu reagieren. Aber der *World*-Umgangsstil steckt mir viel zu tief in den Knochen. Ich lächelte, zu mehr reichte es nicht.

«Aber...» sie hielt inne und sah mich eindringlich an, «mit manchen Aufnahmen haben einige der Redakteurinnen Probleme.» Sie setzte sich eine Brille auf und musterte die Kontaktabzüge. «Mit dieser hier zum Beispiel», sagte sie, indem sie mit dem Finger auf ein Bild deutete. «Und mit der und mit dieser hier.» Sie pickte etwa ein Dutzend Fotos heraus. Ein paar zeigten Frauen bei wütenden Redebeiträgen, auf einigen war die eine oder andere der Diskussionsleiterinnen auf dem Podium mit grimmigem, verbissenem Gesicht zu sehen, und mehrere zeigten ein kleines Grüppchen prominenter weiblicher Figuren des öffentlichen Lebens im privaten Gespräch, mit harten, finsteren Gesichtern, die denen von Männern in nichts nachstanden. Auf vier Bildern waren Frauen, die beim Gehen liebevoll die Arme umeinandergelegt hatten.

Ich war verwirrt. Ich begriff natürlich, warum ihnen diese Bilder nicht paßten. Aber warum wollten sie mit mir Rücksprache halten? Die Bilder gehörten ihnen, und sie konnten doch, wie es alle Zeitschriften tun, damit machen, was sie wollten. Bei *World* hatten sie sich nie beschwert, wenn ich ihnen Bilder von Männern in albernen Posen gebracht hatte: Sie hatten sie einfach nicht veröffentlicht. Ich hatte oft Männer mit wütenden oder vor Anstrengung verzerrten oder auch harten und brutalen Gesichtern fotografiert – solche Aufnahmen waren bei *World* immer sehr gefragt gewesen. Das einzige, was ihnen nicht gepaßt hatte, waren Bilder, auf denen Männer in irgendeiner Weise lächerlich wirkten. Ich sah Lu fragend an.

Eine große, schlanke junge Frau mit orientalischen Augen

und pechschwarzem Haar betrat das Büro. Lu stellte sie mir vor – Margot Wong, eine der Herausgeberinnen. Sie schlängelte sich an uns vorbei und hockte sich auf Lus Schreibtisch. Sie ließ ihre dunklen Augen kühl auf mir ruhen, und mir wurde schlagartig klar, was hier ablief – es gab innerhalb der Redaktion Differenzen wegen meiner Fotos.

«Ich habe Stacey gerade erzählt, daß einige von uns mit manchen ihrer Fotos Probleme haben», sagte Lu.

Margot nickte. «Insgesamt sind die Bilder wirklich hervorragend – in ihrer Sparte besser als alles, was wir je gesehen haben.» Sie hatte eine hohe, zarte Stimme und eine Intonation, die fast ein Singsang war, so als sei sie mit einer orientalischen Sprache aufgewachsen. Ihre Wortwahl und Aussprache waren außergewöhnlich korrekt.

«Ich möchte, daß du uns richtig verstehst. Grundsätzlich sind wir keineswegs dagegen, die volle Bandbreite von Emotionen bei Frauen zu zeigen. Aber bei diesem Artikel scheint es uns wichtig, die Wut und den Haß der Eagle Forum-Frauen» – sie deutete auf die Kontaktabzüge von der Astrodome-Veranstaltung – «der Harmonie und der guten Stimmung bei der Frauenkonferenz gegenüberzustellen. Andererseits möchten wir nicht deine Intentionen sabotieren, indem wir dir unsere eigenen Vorstellungen aufzwingen.»

WAS? Ich konnte nicht glauben, was ich da hörte. Eine Zeitschrift, die einer Fotografin nicht ihre Vorstellungen aufzwingen wollte? Das war ja noch nie dagewesen! Sie sahen mich beide gespannt an. Ich war mir nicht sicher, was von mir erwartet wurde.

«Die Fotos sind euer Eigentum. Ihr könnt damit machen, was ihr wollt», sagte ich, selbst überrascht, wie kühl meine Stimme klang.

«Ja.» Lu beugte sich noch weiter zu mir. «Aber wir hätten – ich hätte gern gewußt, was du dir gedacht hast, als du diese Bilder gemacht hast.»

Plötzlich war ich voller Wut und legte los. Die ganze Zeit, während ich redete, fragte ich mich, was bloß in mich gefahren war. Da hatte ich es mir jahrelang schweigend gefallen lassen, daß *World* aus meinen Bildern die herauspickte, die dem Image von Amerika, von Männlichkeit entsprachen, das zu verkaufen, zu pflegen, zu erschaffen ihre Mission war. Ich hatte nie ein Wort gesagt, mich nie beschwert, es einfach hingenommen. Und jetzt *fragten* mich diese Frauen hier, was ich wollte, gaben sie mir eine Chance, über meine Vorstellungen zu sprechen, und ich regte mich auf. Warum?

«Ich habe die Frauen bei diesem Kongreß bewundert, ich fand sie einfach toll! Und das Allertollste an ihnen war ihre Vielfalt. Wenn man zu einer Versammlung von Männern geht, ganz egal, was für einer, dann sehen die Teilnehmer alle gleich aus, und sie verhalten sich auch alle gleich: Jede Gruppe von Männern ist ein geschlossener Club, egal ob sie Fernfahrer sind oder Harvard-Juristen. Aber unter diesen Frauen war alles vertreten, jede Hautfarbe, jede Größe, jede Statur, jedes Alter, man konnte alle nur denkbaren Verhaltensweisen beobachten und alle Emotionen, und das wollte ich festhalten. Und das habe ich festgehalten!»

Ich spürte, wie mein Gesicht glühte, als ich mich Margot Wong zuwandte. «Daß ihr die Eagle Forum-Frauen wütend und haßerfüllt darstellen wollt, ist in Ordnung. Sie waren es, und meine Bilder zeigen das auch. Aber was den Kongreß angeht, kann ich euch sagen, daß es dort keineswegs immer nur harmonisch und friedlich zuging. Es hat bei dieser Versammlung sehr ernsthafte Auseinandersetzungen gegeben. Und gerade weil es solche ernsthaften Auseinandersetzungen gegeben hat, war die Einmütigkeit am Ende so überwältigend und großartig. Zwischen manchen der Frauen dort sind tatsächlich niederste Machtspielchen abgelaufen. Das zu leugnen ist genauso schlimm, wie wenn *World* oder sonst jemand Amerika als ein Land hinstellt, in dem alle gesund und glücklich sind, bis auf ein paar Pechvögel, denen unverzüglich geholfen werden wird! Es ist eine Lüge, genau wie die Lügen, die Männer verbreiten.

Und eure Leserinnen merken genau, wenn ihr lügt! Sie wissen doch, wie es in Wirklichkeit aussieht! Ich würde euch gern einmal die Bilder zeigen, die ich in meiner Anfangszeit als Fotografin gemacht habe, alle von Frauen mit kleinen Kindern. Holdes, strahlendes Mutterglück? Ha! Die Realität ist wesentlich vielschichtiger und härter und weniger hübsch anzuschauen», schraubte ich mich langsam wieder herunter.

Dann stand ich auf und griff nach meiner Handtasche. «Wenn ihr die Wahrheit über Frauen in dieser Weise zensiert, könnt ihr auch gleich so etwas wie *Lady's Day* oder *Godey's Lady's Book* herausgeben. Ihr tut den Frauen keinen Gefallen, wenn ihr ihnen ein falsches Bild ihrer selbst vorführt. Damit sind sie doch sowieso schon immer gefüttert worden. Ich dachte, ihr wolltet ganz bewußt etwas anderes machen.» Meine Stimme klang jetzt müde. «Aber macht, was ihr wollt. Die Bilder gehören euch.» Ich wandte mich zum Gehen, aber Lu legte eine Hand auf meinen Arm, und ich sah sie an: Sie schaute gespannt auf Margot, die stirnrunzelnd auf den Boden starrte. Offensichtlich war diese Auseinandersetzung zwischen ihnen auch schon gelaufen.

Margot sah Lu an. «Wir haben nun einmal so viele Feinde», sagte sie beschwörend. «Wenn wir ihnen Munition liefern, indem wir uns selbst von anderen als unseren besten Seiten zeigen, schaufeln wir uns unser eigenes Grab.»

«Aber wenn wir das gleiche machen wie sie, dann sind wir auch kein Stück besser!» argumentierte Lu genauso beschwörend zurück.

Margots Kopf fuhr hoch, «Wir haben die besseren *Ziele*! Die Welt, die wir schaffen wollen, ist besser!»

«Wir können keine bessere Welt schaffen, wenn wir sie auf Täuschung gründen», konterte Lu unbeirrt.

«Und wir können überhaupt nichts schaffen – wir haben so schon genug gegen uns –, wenn wir die Frauen nicht für uns gewinnen! Und wir verlieren sie, wenn wir ihnen Bilder von zornigen, unglücklichen, harten und grimmigen Frauen vorsetzen. Oder Bilder von Lesben!»

«Sprecht ihr schon wieder von mir», sagte eine strenge Stimme von der Tür her. Ich drehte mich um. Eine hochgewachsene, schmale Frau in den Vierzigern mit großen Augen stand an den Türrahmen gelehnt, in Jeans und einer alten Lederjacke. Lu grinste, stand auf und umarmte sie.

«Du hast uns gerade noch gefehlt.»

Margot stöhnte und legte den Kopf in die Hand.

Lu sagte zu mir: «Das ist Clara Traumer, die *Outsiders* macht. Warum gehen wir nicht alle zusammen eine Kleinigkeit essen? Wir können ja dabei weiterdiskutieren.»

Clara Traumer gibt eine kleine feministische Zeitung heraus, deren Name auf Virginia Woolfs These zurückgeht, daß Frauen als solche eine Gesellschaft von Außenseitern darstellen. Da sie aus der Männerwelt ausgeschlossen sind, können sie sie von außen sehen und haben sie, wie Clara meinte, andere Werte als Männer. Sie sind Außenseiterinnen in dieser Welt.

«Aha», lachte ich, «jetzt verstehe ich endlich.»

«Du hast dich immer schon so gefühlt, was?» sagte Lu lächelnd.

«Wie wir alle», sagte Margot mit ihrer hohen, zarten Stimme.

Bei einem solchen Namen ist es begreiflich, daß Claras Zeitung keine hohe Auflage hat: Niemand sieht sich gern selbst als Außenseiter. Es ist ein kleines schmales Heftchen, das einmal im Monat erscheint und sich ernsthaft bemüht, feministische Theorie zu erarbeiten.

«Sie tut, was wir nicht können», sang Margot.

Lu behandelte Clara mit großer Achtung und Bewunderung. Margot schien sie zu bewundern und gleichzeitig etwas gegen sie zu haben. Es war offensichtlich, daß Lu sich von Clara Unterstützung erhoffte, und sie wurde ihr auch zuteil. Ich fand es ein bißchen unfair, eine Außenstehende als Sekundantin in die Auseinandersetzung hineinzuziehen. Margot beschwerte sich zwar nicht darüber, setzte aber ein trotzig entschlossenes Gesicht auf: Sie würde nicht nachgeben. Ich fühlte mich unbehaglich und wäre am liebsten gegangen, aber ich war auch fasziniert von dieser Clara, weil sie so eine ungewöhnliche Person war. Und Clara war es denn auch, die eine Lösung fand.

«Paßt mal auf, ihr habt doch ohnehin nur Platz für sechs, sieben Bilder, stimmt's? Dann bringt doch ruhig, was Margot will, Friede, Freude, Eierkuchen und so weiter. Aber Lu, du kennst doch Alison Tate, oder? Sie ist immer auf der Suche nach neuen Sachen. Warum veranstaltet ihr nicht gemeinsam mit ihr eine Ausstellung? Ihr könnt euch das doch leisten. ‹Stacey Stevens: Die Frauen in Houston›. Und zwar alle – Eagle Forum-Frauen, die Frauen beim Kongreß, das ganze Spektrum an Emotionen, die ganze bunte Vielfalt. Ihr findet die Fotos doch offenbar toll.»

«In meinen Augen sind sie einfach großartig», sagte Lu. «Ich finde, sie zeigen Frauen, wie sie wirklich sind, auf eine Weise, wie es noch nie mit Fotos dokumentiert worden ist.»

Clara wandte sich an mich. «Wäre das für dich eine befriedigende Lösung?»

Ich kehrte die Handflächen nach oben. «Ich habe hier keine Stimme.»

«Wart's ab», meinte sie flapsig, um sich dann an Margot zu wenden: «Was hältst du davon?»

Margot bedachte sie mit einem strahlenden Lächeln. «Ich finde, du bist einfach genial.»

Ich interessierte mich immerhin genug für *Outsiders* – und Clara –, um nach dem Essen dreißig Häuserblocks weit zu marschieren, auf der Suche nach einem Zeitschriftenladen, der das Heft führte. Ich mußte dafür bis zu *Womanbooks* an der zweiundneunzigsten Straße gehen. Dort hatten sie sowohl ein paar alte Nummern als auch die neuste Ausgabe vorrätig, und ich kaufte alles, was ich kriegen konnte. Dann ging ich nach Hause, bereitete mir einen Drink, machte es mir auf dem Sofa gemütlich und begann zu lesen.

Mich überkam wieder genau das gleiche Gefühl wie in Houston. Ich fand mich gezwungen, meine gesamte Sichtweise zu revidieren, so wichtige, grundlegende Dinge neu zu überdenken, wie mein Bild von Frauen und Männern und dem Leben überhaupt. Claras Blatt setzte sich mit Fragen auseinander, die andere Zeitschriften einfach ausklammern, mit unbequemen Fragen, wie etwa nach den Gründen, weshalb manche Frauen partout keine Feministinnen sein wollen, oder den Pros *und* Contras im Hinblick auf Sozialismus oder Separatismus. Ich fand einen mutigen Aufsatz über die Vorurteile weißer Feministinnen gegen schwarze Frauen und in einer anderen Nummer eine ganze Serie kurzer Artikel, in denen farbige Frauen ihren Vorurteilen gegenüber anderen farbigen Frauen nachgingen. An einer Stelle kam selbst rechtes Gedankengut zur Sprache. Die Zeitschrift ist für alles offen, auch wenn Clara es nicht ist, wie sie lachend bei Tisch erklärte.

«Ich gebe mich ja sogar mit denen hier ab», sagte sie mit

einer Kopfbewegung zu Lu und Margot hin, «diesen kommerziell erfolgreichen Insiderinnen.»

Lu ha-ha-te. «Hast du unseren letzten Leitartikel gelesen?»

«Habt ihr meinen gelesen?» konterte Clara, und alle lachten.

Outsiders, erklärte Clara, balanciert ständig am Rande des Bankrotts dahin, vor dem es bislang aber durch knausrige Spenden irgendwelcher Einrichtungen mit einer außergewöhnlich hohen Toleranzschwelle knapp bewahrt werden konnte. «Wir setzen uns überall in die Nesseln, weil wir früher oder später etwas drucken, was den jeweiligen Leuten nicht paßt. Wir hätten schon Probleme genug, wenn wir eine geradlinige linke Position vertreten würden, aber wir verderben es uns sogar mit der Linken.»

Alle am Tisch schienen dies sehr erheiternd zu finden. Mir erschien es überhaupt nicht lustig. Ich konnte es mir gut vorstellen: Wie viele Mitarbeiterinnen mochte sie haben? Zwei? Drei? Die Arbeit in dunklen, engen Räumen jeden Abend bis spät in die Nacht, Kaffee aus dreckigen, angeschlagenen Tassen, Joghurt zum Mittagessen und zum Abendessen womöglich auch, Tage, die damit draufgehen, die Straßen in der City nach Zeitschriftenhändlern abzuklappern, die bereit sind, das Blatt auszulegen, das Hin und Her mit der Druckerei wegen überfälliger Rechnungen. Und das alles für eine Zeitschrift, die so unbekannt war, daß ich noch nicht einmal davon gehört hatte. Und dabei im fünften Stock wohnen, ohne Lift, in einem finsteren kleinen Loch, mit einem schrankgroßen Bad, und allabendlich erschöpft ins Bett fallen, zu müde, um auch nur noch die Post durchzusehen. Kein Leben außerhalb der Zeitschrift, nichts anderes...

Und was hatte ich?

Ich nahm den Telefonhörer auf und rief Clara Traumer an, um ihr einfach nur zu sagen, wie sehr ich sie bewunderte.

7. Dezember 1977. Ich kann nie 7. Dezember schreiben, ohne dabei an 1941 zu denken. Es war ein Sonntag, und wir besuchten Bekannte von Mommy, die früher ein Lebensmittelgeschäft betrieben hatten, inzwischen aber auf einen Bauernhof gezogen waren. Auf der Hinfahrt sagte Mommy:

«Jetzt arbeiten sie neunzehn Stunden täglich auf dem Land statt in der Stadt.» Wir blieben zu ihrem Sonntagsessen – sechsundzwanzig Personen an einem langen, auf Böcken ruhenden Tisch, mit Schüsseln voll dampfendem Kartoffelbrei, weißen Rüben in Sahnesauce, Karotten, Erbsen, Füllung (die nicht so gut war wie die, die Mommy machte), Sauce und Huhn, vielen gebratenen Hühnern, ich hatte noch nie so viele Hühner auf einmal auf einem Tisch gesehen. Es sah alles köstlich aus, aber nichts davon schmeckte so gut wie bei Mommy, es war fettig und klumpig.

Auf dem Heimweg fuhren wir noch bei Jean und Eric vorbei, und sie öffneten uns die Tür gemeinsam. Sonst kam immer nur Jean an die Tür, aber diesmal stürzten sie uns beide entgegen, und ihre Münder waren rund wie Os und ihre Augen auch. «Wir haben Krieg!» verkündete Eric, und seine Stimme war – sie klang, als ob er Angst hätte, und ich begriff zum erstenmal, daß Erwachsene auch Angst hatten und daß nicht einmal sie wußten, was jetzt werden würde, daß sie beunruhigt und bedrückt waren, selbst Eric, der immer alles wußte und so groß und stark war und Mommy und Daddy einschüchterte... Für diese niederträchtige Tat wird dieser Tag immer in Erinnerung bleiben, sagte Präsident Roosevelt, nach dem Angriff von Pearl Harbour, und ich glaubte ihm.

Gestern aß ich mit Clara in einem billigen kleinen indischen Restaurant im Village zu Abend. Sie ist wirklich eine außergewöhnliche Frau! Ich fand es spannend, mit ihr zu reden, sie hat zu allem etwas Originelles zu sagen. Sie ließ einen brillanten Vortrag darüber vom Stapel, daß alle unsere Probleme mit dem sinkenden Grundwasserspiegel nur aus der allgemeinen Verbreitung des Klos mit Wasserspülung resultieren, und noch einen weiteren, in dem sie schlüssig nachwies, daß alle großen Film- und anderen Medienstars androgyne Wesen waren und sind. Und sie schien sich für mich zu interessieren, ihre Augen blitzten mich an, und sie fragte mich alle möglichen Dinge über mein Privatleben, was einem in New York kaum je passiert.

Sie erzählte auch von sich selbst. Sie ist lesbisch, ist es immer schon gewesen. Sie ist allein und, wenn sie je Zeit dazu hat, einsam. Sie stammt aus einer wohlhabenden Familie, hat etwas Geld geerbt und es alles in die Gründung von *Outsiders* gesteckt. Aber sie weiß nicht, wie lange sie die Zeitschrift noch über Wasser halten kann, die letzten fünf Jahre waren ein einziger Kampf, und die Quellen, aus denen ihr Unterstützung zuteil wurde, versiegen allmählich. Dennoch ist sie voller Spannung, Mut, Hoffnung und Enthusiasmus. Es macht mich schon ganz müde, ihr nur zuzuhören. Durch sie wird mir schmerzlich bewußt, daß ich nichts von alldem habe.

10. DEZEMBER 1977. Lu rief gestern an. Sie kümmert sich um die Ausstellung in der Alison Tate Galerie. Aber außerdem wollte sie mich fragen, ob ich bereit sei, eine Fotodokumentation über amerikanische Frauen zu machen, die sie in Essayform als Serie über sechs Monate bringen wollen. Ich sollte, meinte sie, mit dem Bus kreuz und quer durchs Land fahren und überall anhalten, wohin mich die Inspiration führt, und das Ganze sechs Wochen lang. Sie könnten nicht viel zahlen, aber immerhin genug – sie hätten Förderungsmittel für dieses Projekt bekommen. Sie wollten Bauersfrauen und Fabrikarbeiterinnen zeigen, Managerinnen und Studentinnen, arme Frauen, reiche Frauen, berufstätige und nicht berufstätige Mittelschichtfrauen, Großstadtfrauen, die allein eine Familie ernähren, Wanderarbeiterinnen, verarmte Asylanten. Sie dächten, daß hinter der äußeren Vielfalt ähnliche Anliegen und Interessen lägen, grundlegende Gemeinsamkeiten aller Frauen, die in einem Aufsatz herausgearbeitet werden sollen.

Ich sagte, ich würde es mir überlegen. Dann machte ich eine große Schüssel Salade Niçoise, stülpte einen Plastikdeckel darauf, nahm sie mit und kaufte ein Baguette und eine Flasche Wein und setzte mich in die U-Bahn ins Zentrum zur Lafayette Street, wo die Redaktion von *Outsiders* liegt. Sie ist klein, aber hell, im vierten Stock eines alten Fabrikgebäudes gelegen, und wie ich erwartet hatte, war Clara dort, allein, bei der Arbeit.

«Pause!» verkündete ich, als sie mir leicht perplex die Tür öffnete. Aber sie war hocherfreut, und wir aßen aus der Schüssel – ich hatte zwar an Gabeln gedacht, nicht aber an Teller – und tranken Wein und redeten. Ich erzählte ihr von der geplanten Serie.

Sie meinte achselzuckend: «Die Idee ist gut, aber herauskommen werden doch nur Halbwahrheiten.» Sie interpunktiert ihre Worte durch Bewegungen ihrer breiten schwarzen Augenbrauen, die fast zusammenstoßen, die sich heben und senken und wölben, fragend, mißbilligend, entzückt.

«Wie meinst du das?»

Sie legt ihre Gabel hin. «Ganz einfach, arme Frauen und Arbeiterinnen werden vielleicht bereit sein, einer Reporterin gegenüber laut zu sagen, daß sie Sorgen wegen der Kinder oder wegen des Geldes haben, und Mittelschichtsfrauen werden vielleicht erklären, daß es schwer für sie ist, Beruf und Familie unter einen Hut zu bringen, oder daß sie nicht wissen, ob sie zugunsten der Familie ihren Job aufgeben sollen oder umgekehrt. Aber keine dieser Frauen, nicht eine einzige, wird über das sprechen, was wirklich die grundlegende Gemeinsamkeit aller Frauen ist, keine wird sagen, daß das Hauptproblem die Männer sind. Und in Wahrheit sind es eben die Männer – der Mann, der nicht arbeitet, der säuft, der sie sitzengelassen hat, der sich weigert, die tägliche Verantwortung mitzutragen, für das Kind, für die Kinderbetreuung, der ihr ihren beruflichen Erfolg verübelt, ihre Unabhängigkeit, und wenn das nicht, dann die Tatsache, daß sie es nicht schafft, einen Freund zu finden, einen Ehemann zu finden, einen Ehemann zu halten...» Sie nahm ihre Gabel wieder auf und fuchtelte damit herum. «Denk an meine Worte», sagte sie.

Oder einen zu finden, den sie will, dachte ich.

14. Dezember 1977. Ich habe mich entschlossen, diese Foto-Geschichte trotzdem zu machen. Der Auftrag ist einfach viel zu interessant, um ihn sausen zu lassen. Danach können sie von mir aus damit machen, was sie wollen: Ich mache, was ich will. Obwohl Claras Bedenken richtig sind: Du fotografierst Sachen nach bestem Wissen und Gewissen, und anschließend landen sie in der Ausschußmappe irgendeines Redakteurs oder einer Redakteurin. Oder in einer deiner eigenen Mappen. Was nützen sie dort? Keiner sieht sie. Was du sagen wolltest, wird nirgends gehört.

Stimmt. So ist es. Aber ich muß überleben. Und überleben heißt Aufträge annehmen und Geld verdienen, auch wenn meine Arbeit zensiert wird, aber es bedeutet auch, die Fotos, die sie ausmustern werden, trotzdem zu machen. Es sich nicht zu verkneifen hinzugucken. Nicht den Blick abzuwenden. Ich werde, wie schon vor vielen Jahren, Fotos nur für mich selbst machen. Nur um sie zu machen.

Was zum Teufel soll ich sonst machen?

16. DEZEMBER 1977. Ich habe einen tollen Plan. Ich werde am Tag nach Weihnachten losfahren – ich muß Weihnachten mit Mutter verbringen – und Franny mitnehmen. Sie hat den ganzen Januar über keine Schule, so daß sie fünf Wochen mit mir herumreisen kann, dann wird sie zurückfahren und für die letzte Woche bei Jillian wohnen. Auf diese Weise verpaßt sie eine Silvesterparty, aber sie ist so aufgeregt bei der Aussicht, einen Blick in die Hinterhöfe der Staaten zu tun, daß es ihr nichts ausmacht. Ich werde nichts versäumen.

Sie hat sich von mir eine Kamera zu Weihnachten gewünscht. Ich habe ihr eine einfache Canon gekauft. Bei dem Gedanken, mit ihr zusammen auf diese Reise zu gehen, lebe ich richtig auf, so als würde ich es vielleicht doch einmal schaffen, eine gute Mutter zu sein. Ich bin selbst fast schon aufgeregt. Ich bin froh, daß ich das alles so gut organisiert habe.

7. JANUAR 1978. Portland. Wir haben in Los Angeles Station gemacht, um Toni zu besuchen. Er mag sich ja vielleicht völlig pleite fühlen, aber er wohnt in einem wunderschönen kleinen Strandhaus in Malibu und fährt einen roten Porsche. Er hat sich sehr verändert – er ist natürlich älter geworden –, er ist jetzt vierzig und spricht diese Tatsache unablässig an, als wäre sie ein schrecklicher Schlag, von dem niemand ahnt, was es bedeutet. Nach dem dritten oder vierten Mal sagte ich: «Ja, Toni, ich weiß, wie es sich anfühlt, vierzig zu sein und niemanden zu haben, du hast mich schließlich einen Monat vor meinem vierzigsten Geburtstag verlassen.» Von da an kam er uns nicht mehr mit seinem Alter.

Aber es ist noch mehr als nur das Alter. Er hat feine Fältchen um Mund und Augen – die Art Falten, wie sie alternde Schauspieler, Ballettänzer und Dressmen bekommen, Männer, die oft lächeln, wenn ihnen gar nicht danach zumute ist, die sich Mühe geben müssen, eine Fassade aufzusetzen, weil sie noch nicht völlig den Zugang zu ihren Gefühlen verloren haben. Er umarmte mich und drückte Franny lange und fest an sich, aber bereits nach einer Stunde saß er mit einem Glas in der Hand da und beklagte sich über seine finanzielle Situation. Ich hatte ihm vorher geschrieben und angefragt, ob wir ihn besuchen könnten, weil ich wußte, daß Franny sich sehr darüber freuen würde, und er hatte zurückgefragt, ob sie ein paar Tage bei ihm bleiben könnte, während ich Nordkalifornien, Oregon und Washington abklappern würde.

Ich habe sie mit einem ausgesprochen unwohlen Gefühl zurückgelassen. Ich hoffe, er nimmt sich ein bißchen Zeit für sie, unternimmt etwas mit ihr. Ich traue ihm nicht.

15. Januar 1978. Laredo. Mein Gott, ist das eine Hitze! Wir haben den Tag damit zugebracht, auf einem staubigen, ausgedörrten Farmgelände in der sengenden Sonne herumzustehen, es muß dort draußen bestimmt 45 Grad gehabt haben. Aber die Aufnahmen werden sicher gut, dieses beeindrukkende Gesicht der Frau – zornig , vom physischen Schmerz verzerrt, aber stark, nicht ausgelaugt.

Franny macht mir Sorgen. Sie ist so schweigsam, seit ich sie wieder abgeholt habe. Toni war an dem Tag, als ich kam, nicht da, er war in die Studios gefahren. Die Art, in der sie seine Tür hinter sich zumachte, verschloß und den Schlüssel unter einen Stein schob, erinnerte mit den mechanischen Bewegungen an ein Ritual. Sie bewegte sich steif und aufrecht wie ein Kind, das sein totes Lieblingstier begräbt. Ihr Mund war ganz dünn und starr, und in manchen Momenten ist er es auch jetzt noch. Aber sie sagt nichts, wenn ich sie frage: Alles war bestens, ist bestens, meint sie.

In dieser Woche werden wir nach Osten fahren, nach Louisiana, Georgia und Florida. Ich spendiere Mom und Dad von dem Geld, das mir dieser Auftrag einbringt, eine Reise nach Florida, eigentlich als Geburtstagsgeschenk für Mom – sie fliegen herunter, und wir treffen uns alle für fünf Tage in Palm Beach. Ich werde Palm Beach als Ausgangsbasis für ein paar Streifzüge in die ärmeren Gegenden rings um die Everglades nutzen. Dann fahren sie hinüber zur Westküste, und wir fliegen nach Hause. Ich bringe Franny bei Jillian unter, sehe zu, daß sie Hefte und Schreibzeug und sonstiges für die Schule hat, und fahre dann mit dem Bus durch Neuengland, um meine Arbeit abzuschließen. Ach, ich bin so froh, daß das alles so wunderbar klappt.

10. März 1978. Brightwaters. Mutter ist krank. Sie hat ein Emphysem. Daher die Probleme, die sie schon die ganze Zeit gehabt hat, beim Gehen, Golfspielen, Treppensteigen. Sie bekommt nicht richtig Luft.

Ich habe es gemerkt, als wir in Florida waren. Es war strapaziös, mit ihr zusammenzusein – sie geht so langsam, man muß ihr immer ins Auto helfen und wieder heraus und beim Treppensteigen. Für Franny mit ihrem kindlichen Bewegungsdrang war das besonders schwer, aber sie ist so ein braves Kind, sie stützte ihre «Gramma», sie sprach mit leiser, sanfter Stimme in das Ohr, auf dem sie besser hört. Mom ist erst vierundsiebzig, aber sie sieht aus wie eine Greisin und bewegt sich auch so. Dad dagegen hüpft und springt noch immer wie ein junger Bursche.

Ich machte mit ihr einen Termin bei meiner Ärztin für die Woche nach ihrer Rückkehr und ging mit ihr hin. Aber ich hatte vorher schon mit Mina ein Gespräch unter vier Augen. Minas spontane Diagnose war ein Lungenemphysem, aber sie machte noch weitere Untersuchungen, und gestern sind die Ergebnisse gekommen. Kein Krebs. Ich bin daraufhin hierher gefahren, um mit ihnen zu «feiern». Ich habe Mom gesagt, daß sie allen Grund hat, erleichtert zu sein, daß sie nur das Rauchen aufzugeben braucht und daß es ihr dann schon besser gehen wird. Aber sie will das Rauchen nicht aufgeben. Fast hat es den Anschein, sie würde lieber sterben als nicht mehr zu rauchen. Ich kann das verstehen, ich bin genauso süchtig. Sie ist sehr deprimiert. Sie sitzt im Schaukelstuhl und schaut hinaus auf den Rasen, den See. Manchmal ruft sie mich zu sich, und ich eile zu ihr und denke, sie will plaudern oder Halma spielen oder Rommé, was auch immer. Aber sie will nicht reden. Sie will nur einen Zug von meiner Zigarette.

Heute ist Daddys Geburstag, und ich habe sie beide zum

Essen ausgeführt. Heute vormittag haben wir ein Geschenk für Dad gekauft – es ist schwer, etwas für ihn zu finden, er hat alles, was er braucht oder möchte. Ich frage ihn also, was er sich wünscht.

«Nur daß es Belle wieder besser geht, sonst nichts», sagt er mit gramzerfurchter Stirn.

1. APRIL 1978. Es ist soweit! Meine erste Ausstellung läuft! Meine Bilder hängen in einer hellen, geräumigen Galerie, wunderschön gerahmt, es sieht phantastisch aus, die Kinder waren alle zur Eröffnung da und Mom und Dad auch, es gab Champagner, es war... Nein. Es war kein netter Abend. Es hätte einer sein sollen. Was ist mit mir los?

Also zum einen haben mir die Kritiken zugesetzt. Sie strotzten nur so von Haß und Empörung. Als hätte keiner der Kritiker je zuvor eine wütende, grimmige Frau gesehen, als sei es Erregung öffentlichen Ärgernisses, Frauen in solchen Posen zu zeigen. Oh, natürlich gab es auch Lob, wurde die Ausstellung insgesamt als überaus eindrucksvoll bezeichnet. Ich verstehe langsam, warum ich meine Mutter-Kind-Fotos all die Jahre hindurch in einem großen Umschlag versteckt habe. Ich wußte, wie der Hase läuft.

2. MAI 1978. Alison hat drei Viertel meiner Fotos verkauft. Das ist ein spektakulärer Erfolg, sagt sie. Wir machen halbehalbe, aber sie verlangt so viel dafür, daß ich auch so langsam einen Hauch von Reichtum erlange. Und einen Hauch von Berühmtheit. Mom ist sehr stolz auf mich, sie hat die beiden Bilder, die ich ihr geschenkt habe, an prominenter Stelle in ihrem Flur aufgehängt.

4. JUNI 1978. Die ersten Fotos der Frauen-Serie sind in der Juninummer von *Woman* erschienen, die Mitte Mai herauskam. Die Serie läuft weiter bis November, und im Dezember bringen sie dann noch einen langen zusammenfassenden Essay. Die Bilder sind sehr gut, auch wenn der Begleittext, genau wie Clara vorhergesagt hat, die Tatsachen verschleiert. Seltsam, dieser Feminismus, der immer beschönigt. Kann man sich eine sozialistische Gruppierung vorstellen, die leug-

net, daß das Hauptproblem die Kapitalisten sind? Männer haben noch nie gezögert, die Frauen für ihre Probleme verantwortlich zu machen. Aber die Männer selbst sind irgendwie unantastbar. Ich habe versucht, das Lu gegenüber anzusprechen, aber es war ihr sichtlich unangenehm, und sie wechselte das Thema.

Clara ist an dieser Serie sehr interessiert. Sie will einen Kommentar dazu bringen, einen Artikel, der sich damit befaßt, wie und warum Frauen die Tatsache verschleiern, daß ihr größtes Problem die Männer sind. Sie will, daß ich ihn schreibe. Ich will nicht. Kann nicht. Welche Probleme ich auch immer mit Männern gehabt haben mag, mein Hauptproblem sind nicht die Männer, sondern die Tatsache, daß ich selbst einer von ihnen geworden bin, unfähig, Emotionen zu zeigen, unfähig, überhaupt welche zu empfinden, starr nach außen abgeriegelt wie ein hermetisch verschlossener Tank, der sofort zu explodieren droht, wenn man an das Sicherheitsventil rührt. Clara sagt, ich hätte eine Menge unter Männern gelitten, und meine Weigerung, mir das einzugestehen, sei nur ein weiteres Beispiel dafür, wie mein Kopf mir vorschreibt, was ich fühlen darf, und ignoriert, was ich wirklich fühle.

«Du scheinst zu glauben, daß du dich einfach nicht beklagen darfst, daß du immer alles im Griff haben mußt – oder wenigstens den Eindruck erwecken mußt. Du sagst, du hast dich geweigert, eine Ehefrau zu sein, und deshalb ist es kein Wunder, daß Brad sich von dir scheiden ließ, aber verdammt noch mal, es mußte dir doch weh tun, daß er sich so veränderte, daß er ein Mensch wurde, den du nicht mochtest und der dich nicht mochte! Er ist dir schon lange vor seiner Affäre *untreu geworden*: Sein Vater war der Verführer! Warum gibst du das nicht zu? Und Toni hat dir das Herz gebrochen, indem er dich einfach so verlassen hat, unmittelbar vor deinem vierzigsten Geburtstag, mein Gott, wie kann man so etwas machen! Und außerdem hat er Arden verführt! Was für ein Benehmen! Einfach skandalös! Und wie macht dir Frannys Verstörtheit zu schaffen, seitdem sie bei Toni war! Das hat dir doch auch sehr zugesetzt.»

Er hat Arden nicht verführt. Wenn überhaupt, dann hat

sie versucht, ihn zu verführen. Sie ist zu ihm geflogen – sie hat mir davon erzählt –, sie wollte tatsächlich ein Verhältnis mit ihm anfangen, nachdem er mich verlassen hatte.»

Claras Augenbraue hob sich.

Ich sagte achselzuckend: «Nein, sie hat es nicht getan. Sie meinte, nachdem zwischen ihm und mir nichts mehr war, fand sie ihn gar nicht mehr so attraktiv. Sie sagte, er bedeutete für sie plötzlich gar nichts mehr. Ich habe zu ihr gesagt, sie sollte einmal darüber nachdenken, was das über ihre Gefühle mir gegenüber aussagt. Sie warf mir nur einen vernichtenden Blick zu und stürmte aus dem Zimmer.»

«Dieses Kind ist wirklich ein Brocken», sagte Clara.

«Das ist meine Schuld», sagte ich.

Sie seufzte.

«Und was ist mit Franny?» Diese Frau gibt einfach nie auf.

Sie sprach überhaupt nicht von ihm, solange wir unterwegs waren. Einfach eine Freude, dieses Kind! Überall, wo wir waren, knipste sie munter an meiner Seite oder sonst irgendwo vor sich hin, lauter Aufnahmen von Örtlichkeiten. Solche Szenerien faszinieren sie viel mehr als Menschen, selbst Haupt- und Durchgangsstraßen, die überall gleich sind: Hunderte von Hamburger- und Pizzabuden, Gebrauchtwagenhändlern, Stereogeschäften und Leuchtreklamen. Mietskasernen, halb verfallene Bauernhäuser, die Straßen kleinerer Städte haben für sie etwas Fesselndes. Sie kam mit fünfzig verknipsten Filmen nach Hause und ließ sich von mir zeigen, wie man entwickelt. Es sind ein paar sehr hübsche Aufnahmen darunter, und sie besitzt jetzt eine Art Reisetagebuch, einmal quer durch die Staaten. Sie hat vor, kurze Kommentare zu den Bildern zu schreiben – die ironisch entweder die dargestellten Szenen selbst oder aber die Wertmaßstäbe und Vorurteile Jugendlicher aufs Korn nehmen – und das Ganze einem Verlag unter dem Titel *Junge Augen sehen Amerika* anzubieten. Ich staune nur so über sie! Aber kann es sein, daß sie zu früh zu erwachsen ist?

Nach unserer Rückkehr ging ich mit meiner Mutter zur Ärztin. Sie bescheinigte ihr die Diagnose Emphysem. Am nächsten Abend saß ich wie üblich mit Franny zu Hause und fühlte mich recht niedergeschlagen. Franny merkte es und schlug vor, uns einfach per Telefon eine Pizza zum Abendessen kommen zu lassen, und das taten wir auch. Irgendwann beim Essen sah sie mich an und fragte mich, was mit mir sei.

Mein Hals zog sich zu. «Ich habe das Gefühl, daß meine Mutter nie gelebt hat und daß sie jetzt stirbt.»

«Aber sie hat doch gelebt, Mom», widersprach Franny. «Ich meine, sie hat doch die ganzen Jahre über dich gehabt und Joy und Grandpa. Und sie hat das hübsche Haus.»

«Das ist aber nicht das, was sie sich vom Leben erhofft hat. Sie wollte – ach, sie hatte ihre Träume.»

Franny sah mich verdutzt an. «Aber wenn es nicht das war, was sie wollte, warum hat sie es dann so gemacht? Warum hat sie nicht etwas anderes gemacht?»

«Das Leben läßt uns nicht immer die Möglichkeit, frei zu wählen, Franny», sagte ich mit meiner bitteren, monotonen Stimme.

Sie betrachtete mich ein Weilchen. Dann fragte sie mit dünnem Stimmchen: «Glaubst du auch, daß du keine Wahlmöglichkeit hattest?»

«Gott, nein! Ich habe mir alles selbst ausgesucht!»

«Warum bist du dann immer so sauer?»

«Sauer? Wütend? Hältst du mich dafür?»

Sie schrumpfte in sich zusammen. Sie hörte auf zu kauen. Schweigend nickte sie.

«Mache ich wirklich den Eindruck, sauer zu sein?»

Sie schaffte es, ihr Essen herunterzuschlucken. «Ja.»

Ich sah sie verblüfft an. «Franny, hast du das Gefühl, daß ich sauer auf *dich* bin?»

«Manchmal schon. Ich bin mir nie ganz sicher.»

Oh, mein Gott. *Mommy, bist du böse auf mich? Habe ich etwas verkehrt gemacht? Mommy, warum bist du immer böse? Du bist immer böse, Mommy! Warum!*

«Mommy?» Frannys Stimme zitterte und brachte mich wieder zu mir. Ich saß vornübergebeugt da, die Ellbogen auf den Tisch gestützt, den Kopf in die Hände gebettet. Ich hob den Kopf.

«Ja, mein Schatz. Ich bin noch da. Es ist nur ein ziemlicher Schock. Ich wußte nicht, daß ich ärgerlich wirke.»

«Na ja, vielleicht nicht richtig ärgerlich. Eher... angespannt... als wäre in dir ganz viel zusammengeballt, das jederzeit explodieren kann. Als würdest du nach etwas *suchen*, über das du wütend werden kannst. Und außerdem, ich meine, alles, was du sagst, ist immer so... so schlimm, so... ich weiß nicht.» Sie war jetzt ganz rot im Gesicht und schob ihren Teller weg.

«Negativ?» schlug ich vor.

«Ja, genau. Negativ. So wie Gramma. Wenn sie ein Problem hat und dir davon erzählt und du sagst, warum machst du nicht das oder das, und sie hat auf alles eine Antwort, und nichts hilft. Sie weigert sich einfach, es zu lösen. Als ob sie *möchte*, daß das Problem unlösbar ist, weißt du, was ich meine?»

Jetzt war es an mir zu nicken.

«So wie an dem einen Tag in Florida», Franny hatte jetzt wieder Boden unter den Füßen und redete sicherer. Das Thema war jetzt nicht mehr ich. Sie nahm sich noch ein Stück Pizza und zog den Teller wieder zu sich heran. «Sie hat gesagt, sie wollte einen schönen Brunch machen und die ganze Familie einladen, aber es sei ihr zuviel Arbeit. Darauf hast du gesagt, sie sollte doch ein paar fertige Sachen machen, Kohlsalat und Kartoffelsalat aus dem Feinkostgeschäft, kalten Braten und so etwas. Daraufhin hat sie gesagt, solches Essen käme in ihrem Haus nicht auf den Tisch, sie fände es gräßlich. Also hast du gemeint, na gut, dann vielleicht einen Schinken, das macht keine Mühe, und dazu überbackene Makkaroni, die kann man schon am Tag vorher richten. Aber sie schüttelte nur den Kopf, sie wollte unbedingt Baked Beans servieren, selbstgemachte Baked Beans, und die würden eine Menge Arbeit machen. Du hast gesagt, dann mach sie doch schon ein paar Tage vorher. Da ist sie richtig sauer auf dich geworden und hat dich angefahren: ‹Ach Anastasia, ich weiß, wie man ein Essen plant! Außerdem ist es gar nicht das Kochen, wovor ich mich fürchte, sondern das Aufräumen hinterher.› Und du hast diesmal ganz vorsichtig gesagt: ‹Warum nimmst du dir nicht jemanden, der dir dabei hilft?› Und sie hat gesagt: ‹Wen denn?› Und du hast gesagt, schau doch im Telefonbuch nach, da gibt es Servicefirmen, die Leute zum Servieren und Saubermachen vermitteln. Daraufhin hat sie ärgerlich abgewunken und gesagt: ‹Ach, solche Leute nützen mir doch nichts, denen müßte ich doch erst alles zeigen, das wäre nur noch mehr Arbeit als allein.› Da hast du den Mund gehalten.» Franny gluckste vor Lachen.

Ich mußte auch lachen. «Was glaubst du, was sie wirklich wollte?»

«Sie wollte, daß du kommst und ihr hilfst.»

«Genau das habe ich auch gedacht.» Ich stand vom Tisch auf, ging in die Küche und goß mir einen Kaffee ein. Wieder im Wohnzimmer, ließ ich mich in einen bequemen Sessel fallen.

«Aber du wolltest nicht», sagte Franny mit einem durchtriebenen Grinsen.

«Nein. Das habe ich schon oft getan. Tausendmal.»

«Ich weiß.»

«Ich habe keine Lust mehr, ihr zweites Ich zu sein.»

Franny sah jetzt gekränkt aus. «Ich wollte dich nicht angreifen, Mom.»

«Ich *weiß*!» Aber ich hatte den Klang meiner Stimme auch gehört. «Ist es das, was du meinst? Mit sauer?»

«Genau.»

Ich dachte nach. Ich fühlte mich nicht sauer, ich fühlte mich traurig. Aber warum kam es dann so heraus?

«Ich fühle mich nicht sauer», sagte ich. «Ich fühle mich traurig.»

«Aber wieso denn?»

Man kann einem Kind doch nicht sagen, daß jede Entscheidung immer auch schmerzlich ist, oder? Man kann ihm doch nicht so etwas beibringen und es damit hinaus ins Leben schicken. Man kann einer Fünfzehnjährigen doch nicht erklären, daß die unausweichliche Erkenntnis jedes Menschen früher oder später lautet, allein zu sein. Ich bemühte mich also, so etwas wie ein Lachen zustande zu bringen. «Ich glaube, meine Traurigkeit ist ererbt.»

«Von deiner Mutter?»

Ich nickte.

«Du hast doch, was du willst, oder nicht?» sagte sie beschwörend. Sie stand auf und kam zu mir herüber und setzte sich auf den Fußschemel vor meinem Sessel. Sie beugte sich vor. «Oder nicht?» Sie wollte – sie mußte, es war wichtig für sie – glauben können, daß das Leben schön sein kann, daß es Happy-Ends gibt. «Du hast deine Arbeit, und die liebst du doch. Und jetzt verdienst du auch wieder eine Menge Geld. Und du hast Arden und Billy und mich.»

«Ja, mein Liebes, ich habe dich», sagte ich, indem ich mich vorbeugte, sie an mich heranzog, sie fest in die Arme schloß. Aber wie lange noch, dachte ich. Ich hatte es nicht zugelassen, Franny gegenüber das zu empfinden, was ich bei den anderen Kindern empfunden hatte, daß sie mir gehörte, ein Teil von mir war, daß wir für immer miteinander verbunden waren. Ich hatte sie immer wie eine kostbare Leihgabe behandelt. In Abständen pflegte ich sie anzusehen und mich zu fragen, wann es wohl anfangen würde, die Abwendung, der Haß...

«Franny», ich drückte sie fest an mich, «es tut mir wirklich leid, wenn ich sauer wirke. Ich nehme an, wenn ich so wirke, muß ich es auch sein, aber ich habe überhaupt nichts davon gemerkt... Manchmal bin ich so blind. Ich habe dich so lieb, ich bin fast nie böse auf dich.»

«Außer wenn ich mein Zimmer nicht saubermache oder nicht rechtzeitig nach Hause komme», lächelte sie.

«Na ja – das ist ja kein wirklicher Ärger.»

«Ich weiß», sagte sie nachsichtig.

Sie hockte auf dem Fußboden vor mir. Ich saß vornübergebeugt und hielt sie in den Armen. Sie ließ die Arme sinken und lehnte den Kopf an meine Brust und sagte: «Ich bin traurig wegen Daddy.»

Ich streichelte ihre Stirn. «Wegen Daddy, Schätzchen?»

Sie nickte. «Er wirkt so... so verloren. Als ob er ständig hinter irgend etwas herläuft, was er nie kriegt. Oder vielleicht kriegt er es ja, aber dann ist es doch nicht das, was er gedacht hat, was es sein würde. Er ist immer enttäuscht. Er hat mir von der Frau erzählt, die er nach eurer Scheidung geheiratet hat, wie hieß sie noch, Lydia? Und seine Stimme wurde dabei ganz ... ganz heiser, als ob ... Er hat sich selbst so leid getan. Du sprichst nie in diesem Ton von Brad oder ihm. Außerdem beklagt er sich dauernd, daß er kein Geld hat, aber er hat doch das tolle Haus und eine Menge teure Kleider und den Porsche, und er ißt in den schicksten Restaurants ...» Sie setzte sich jäh auf. «Oh, habe ich dir erzählt, daß er mit mir im Brown Derby war?»

Sie berichtete mir – für einen Augenblick wieder ganz Kind – begeistert von diesem einschneidenden Ereignis, um sich dann zu recken und aufzustehen. «Ich denke, ich mache mich mal daran, die Texte zu meinen Fotos zu schreiben.»

Ich sah sie lächelnd an. «Du hast es schon schwer. Ein verlorener Vater und eine ärgerliche Mutter.»

«Ja-ha», stimmte sie mir gähnend zu. «Aber jeder hat sein Päckchen zu tragen. Verglichen mit meinen Freundinnen habe ich es ganz gut. Jedenfalls finden sie das.»

«Du hast mit ihnen darüber geredet?»

«Klar. Wir reden immer darüber, wie es bei uns zu Hause ist.» Sie drehte sich jäh um. «Das macht dir doch nichts aus, oder?»

«Nein, das macht mir nichts aus. Das ist gut so. Ich wünschte, wir hätten das auch getan, als ich jung war», sagte ich. Sie verschwand, ich blieb sitzen und hörte wie den leisen Klang eines Windglockenspiels die Stimme meiner Mutter: «Ich wünschte, ich hätte so mit meiner Mutter reden können.»

Ich erinnerte mich, wie ich jeden Nachmittag angespannt und mit verkrampftem Magen von der Schule nach Hause gegangen war, weil ich nie gewußt hatte, in welcher Stimmung Mommy mich empfangen würde, ob sie ärgerlich sein würde oder nicht ... Ging es Franny genauso?

O Gott.

Was ist nur mit mir los?

Ich dachte doch, ich hätte mich inzwischen mit meinem Schicksal abgefunden. Und schließlich geht es mir auch gut. Ich *habe* doch Franny, und sie ist gesund und lieb und eine Freude, und inzwischen brauche ich mir nicht einmal mehr Sorgen wegen des Geldes zu machen. Seit der Ausstellung und der Serie in *Woman* kann ich mich vor Angeboten kaum retten, lauter Sachen, wie ich sie gern mache. Mir wird mehr angetragen, als ich annehmen kann, und ich kann Spitzenhonorare verlangen. Ich verdiene inzwischen dreimal soviel wie bei *World*. Ich bin jetzt wirklich das, was man erfolgreich nennt, ich habe *Geld*, genug, um Mom den Nerzmantel zu kaufen, den ich ihr immer schon schenken wollte – zu spät. Es gibt nichts mehr, was sie sich wünscht. Das Geld liegt ungenutzt herum. Ich sollte einen Teil davon ausgeben. Vielleicht diese Wohnung hier in Schuß bringen. Aber ich habe nicht die Energie.

Das Schuljahr ist fast vorbei. Ich muß mir überlegen, was ich tun will, wie das Leben weitergehen soll. Ich habe einen Auftrag in Kalifornien: Ich soll eine Computerfirma für einen Investmentprospekt fotografieren. Eine langweilige Sache, aber ein Haufen Geld, fünfmal soviel wie ich mit der *Woman*-Serie verdient habe, Frauensachen bringen nie Geld, Frauen haben kein Geld. Dieser Auftrag hat Zeit, ich kann ihn vielleicht noch bis zum Ende des Monats hinausschieben, wenn die Schule vorbei ist, und Franny mitnehmen, die Kontaktabzüge schicken und weiter nach Mexiko fahren. Das würde ihr bestimmt gefallen. Yucatán, Pyramiden im Dschungel, türkisblaues Wasser. Das wäre doch schön für sie. Und wer weiß? Vielleicht macht es mir ja auch ein bißchen Spaß.

30. AUGUST 1978. Habe einen Abend mit Joy verbracht. War draußen auf Long Island, um Mutter zu besuchen, die stinksauer auf das Leben und alle Menschen in ihrer Umgebung ist, sich aber so freut, wenn ich sie besuche, daß ich Schuldgefühle habe, weil ich es so selten tue. Es ist aber so deprimierend, dort zu sein. Sie halten sämtliche Türen und Fenster fest geschlossen, die Klimaanlage läuft, aber es gibt überhaupt keine Luft im Haus. Sie ziehen die Jalousien und Vorhänge zu, sobald es anfängt, dunkel zu werden, verrammeln alles. Sie geistern beide schweigend durch das stickige Haus, eingeschlossen wie zwei alte Schildkröten in ihren dunklen Panzergefängnissen, die der Welt und all ihren Gefahren weiszumachen versuchen, daß sie aus Stein sind.

Mutters Tagesablauf: Sie steht so etwa um acht auf, schlurft in die Küche, wo Daddy schon für sie Kaffee gemacht und Orangensaft ausgepreßt hat. Sie sitzt zusammengesunken auf ihrem Stuhl, schlürft ihren Saft, nimmt gnädig eine Scheibe Toast, die sie in kleine Brocken bricht, als sei ihr das ganze Stück viel zuviel. Sie bestreicht jedes Stückchen einzeln mit Butter, gibt ein wenig Marmelade darauf und mümmelt es langsam. Ihre Zähne machen ihr zu schaffen, sie hat ständig Probleme mit ihrem Gebiß. Trotzdem ißt sie die Stücke fast alle auf.

Nach dem Frühstück hilft sie Dad, die Küche aufzuräumen, sie holt das Gemüse heraus, das sie zum Abendessen geplant hat, putzt oder schält es und gibt es in einen Topf mit kaltem Wasser. Dann verschwindet sie ohne ein Wort. Sie legt sich wieder hin. Sie steht etwa um elf auf, geht in die Küche und schält Kartoffeln oder putzt ein zweites Gemüse fürs Abendessen und kippt, was sie fertig hat, in einen weiteren Topf mit kaltem Wasser.

Dann zieht sie sich an, falls das Wetter einigermaßen gut ist, Dad und sie gehen aus, um eine Kleinigkeit zu essen und ein bißchen einzukaufen. Jede Anschaffung benötigt einen Tag für sich. Sie gehen vielleicht heute neue Batterien für ihr Hörgerät besorgen, um dann morgen zu dem Verkaufsstand bei den Bauern in Smithtown zu fahren und ein bißchen Gemüse zu kaufen und übermorgen den ganzen Weg bis Ronkonkoma auf sich zu nehmen, wo es bei einem polnischen Metzger hausgemachte Kielbasa gibt. Ganz selten fahren sie nach Nassau hinein, nach Five Towns, wo sie ein Geschäft kennen, das elegante Kleidung verbilligt verkauft. Von Kleiderkäufen kommt sie immer schlechtgelaunt und den Tränen nahe zurück, weil ihr nichts mehr richtig paßt, nichts mehr gut an ihr aussieht.

Wenn es regnet, kalt ist oder schneit, zieht sie sich an und macht selbst ein Mittagessen für sie beide – Rühreier, Käsetoast, Thunfisch. Dann geht sie auf die Veranda und sitzt dort. Sie schaut hinaus und tut gar nichts, stundenlang. Manchmal nimmt sie sich aber auch etwas vor – einen Topf Suppe auf die langwierige, bedachtsame, traditionelle Art kochen oder Kohlrouladen machen, zum Abendessen und zum Einfrieren in kleinen Plastikdosen, in die gerade die richtige Portion für sie beide hineinpaßt. Sie essen nur noch wenig.

Aber wenn sie von einem ihrer Ausflüge zurückkommen oder wenn sie gekocht hat oder selbst wenn sie gar nichts gemacht hat, ist sie gegen vier so erschöpft, daß sie sich hinlegt. Sie schläft eine Stunde oder zwei, steht dann auf und trinkt, während sie das Abendessen fertig macht, einen stark verdünnten Scotch. Sie essen von Tabletts im Fernsehzimmer, während sie die Nachrichten sehen. Ed räumt ab und macht die Küche sauber, und sie hilft ihm dabei. Sie setzt sich noch einmal für ein Stündchen oder zwei vor den Fernseher und geht dann endgültig zu Bett. Mit dem Rauchen hat sie aufgehört.

Dad beschäftigt sich nach Kräften. Er arbeitet nicht mehr außer Haus, weil sie Angst davor hat, allein zu bleiben. Er geht nicht mehr ohne sie weg. Wenn sie schläft, findet er immer etwas zu tun, Ritzen, die abgedichtet, Beschläge, die poliert, Büsche, die beschnitten werden müssen. Er ist nervös und rastlos, er versucht zu lesen, blättert aber nur in den Sachen herum und schläft manchmal im Schaukelstuhl ein. Er wartet darauf, daß sie wieder aufsteht, und ist erleichtert, wenn sie es tut, aber es ändert nichts. Sie sprechen wenig miteinander, aber seine Augen dürsten nach ihr. Er denkt nur an sie, nur an sie.

Ich versuchte, sie aufzumuntern. Ich schwatzte einen ganzen Abend lang, und sie schaffte es, bis nach Mitternacht aufzubleiben, war ganz lebhaft und neugierig. Am nächsten Vormittag zeigte Franny ihr ihre Fotos. Am Nachmittag spielten wir ein paar Stunden lang Halma, und am Abend führte ich sie beide zum Essen aus. Sie beklagt sich über kein Restaurant, egal wie schlecht es ist, wenn sie es selbst ausgesucht hat. Nachdem wir wieder zurück waren, bat sie mich, ihr dabei zu helfen, den richtigen Platz für ein paar Fotos zu finden, die ich ihr hatte rahmen lassen. Sie war den ganzen Nachmittag über zurückgezogen und verdrossen gewesen und war selbst beim Abendessen kaum aufgelebt. Wir sprachen verschiedene Möglichkeiten durch und entschlossen uns für das Fernsehzimmer. Dad wurde ausgeschickt, Maßband, Hammer und Nägel zu holen, tat es freudig, sah sie eifrig bemüht an. «Wo willst du sie haben, Belle?» fragte er in jenem liebevollen, werbenden Ton, der sie so zuverlässig in Rage bringt. «Ach, ich weiß nicht, Ed!» schnappte sie, und ich sprang auf und zeigte mit dem Finger die Höhe an. Wir brachten das ganze Ritual hinter uns – zurücktreten, so? Zu hoch? Ein bißchen weiter nach rechts? Schließlich waren wir so weit, daß Dad die Höhe markieren konnte. Dann maß er sorgfältig die Wandmitte aus. Er tut alles sehr gründlich. Er ist ungeheuer genau. Er leistet einwandfreie Arbeit. Aber Mom war müde oder gelangweilt oder ungeduldig oder was auch immer, und sie seufzte gereizt: «Nun mach schon, Ed, du sollst ja keinen Kronleuchter aufhängen!» Und er nuschelte hastig und entschuldigend: «Aber ich muß es doch schließlich zentrieren, ich kann es doch nicht einfach irgendwo hinhängen!» Er murmelte noch weiter, verteidigte sich leise. Er bemühte sich, schnell zu machen, und als er den Nagel einschlagen wollte, rutschte er ihm aus den Fingern und fiel zu Boden, rollte davon, und es entfuhr ihm: «Verflixt und zugenäht, verdammter Nagel, verdammter, Sch- Sch-!»

Schöne Bescherung. Ich stand auf und ging zu ihm hin, legte den Arm um seinen Rücken und sagte ganz ruhig: «Macht nichts, Dad, wir finden ihn schon wieder.» Ich bückte mich mit ihm, um den winzigen Nagel zu suchen, und streichelte ihn dabei die ganze Zeit mit einer Hand. In seinen Augen standen Tränen.

Inzwischen war ich selbst erschöpft – weil es so schmerzte, beide in dieser Verfassung zu sehen. Ich hatte nichts mehr zu geben. Ich konnte nicht mehr. Am nächsten Tag fuhr ich zu Joy. Ich bin schon seit Jahren nicht mehr mit ihr allein gewesen, und wir hatten eine Menge aufzuholen – wie wir beide feststellten, als wir uns so wildentschlossen fröhlich wie eh und je begrüßten. Sie ist zu Hause, hat Urlaub.

Sie wohnt immer noch in der Etagenwohnung, die sehr nett geworden ist: Sie hat inzwischen einiges an Zeit hineinstekken können. Nach ihrem Collegeabschluß fand sie einen besserbezahlten Job, auch in der Nähe, so daß sie nicht so lange von den Kindern wegmußte, die zwar schon fast mit der Schule fertig waren, aber, wie sie meinte, ihre Anwesenheit immer noch brauchten. Es sah ganz so aus, als ob es problematisch werden würde, die Kinder aufs College zu schicken: Justin weigerte sich, ihr Studium mit zu finanzieren, verdiente aber andererseits zuviel, als daß sie für eine Beihilfe hätten in Frage kommen können. Sie wären wahrscheinlich nicht aufs College gegangen, wenn Joy nicht so entschlossen darauf gedrungen hätte. Sie gesteht offen ein, daß sie ihre Kinder angetrieben hat, damit sie sich Stipendien verdienten.

«Es ist mir ganz egal, ob es schädlich ist, Kinder unter Leistungsdruck zu setzen! Sie mußten es schaffen, sie mußten ganz einfach! Ich habe ihnen gesagt, wollt ihr euer Leben lang in einer Autowerkstatt schuften oder Serviererin sein? Wenn nicht, dann ARBEITET!»

Wie ist es nur möglich, daß ihre Kinder sie immer noch so gern haben?

Sie wurden beide an guten Colleges angenommen, bekamen Stipendien, aber dennoch waren die Kosten zu hoch für Joys Fraueneinkommen. Sie wandte sich an Amy, die ihr, so oft sie konnte, einen Scheck schickte. Das fiel Amy nicht leicht, ihr Mann war seit Jahren im Ruhestand, und obgleich es ihnen finanziell gut ging, war James Selby als echter Vater seines Sohnes ein unglaublicher Geizkragen.

Vor Jahren pflegten Joy und ich spätabends, wenn wir schon ein bißchen beschwipst und albern waren, wilde Phantasien darüber zu spinnen, daß James das Zeitliche segnete. Er würde sterben und Amy seinen stattlichen Besitz hinterlassen; sie würde zusehen, daß sie aus Iowa herauskam, und sich amüsieren. Wir erfanden verschiedene Versionen des herrlichen Lebens, das Amy als Witwe führen würde – wir ließen sie im Orient Rikscha fahren, in Alaska Holz fällen, den Winter in Monaco verbringen und sich in einen Fürsten verlieben. Aber es war Amy, die zuerst starb, im Jahr 1976, an Bauchspeicheldrüsenkrebs, ein qualvolles Ende. Im Jahr darauf heiratete James wieder, eine Frau in den Vierzigern – er ging auf die Achtzig zu –, die zweifelsohne alles erben wird.

«Das Leben ist scheißungerecht, An», sagte Joy mit finsterem Gesicht.

Ihre Ausdrucksweise schockierte mich. Joy hatte nie so geredet.

Sie hatte erst einen Monat später von Amys Tod erfahren, durch einen Brief, den James sich schließlich abgerungen hatte.

«Justin, dieser Hund, hätte den Kindern doch wohl wenigstens mitteilen können, daß ihre Großmutter tot war, oder?» Ihr Gesicht war hager und gezeichnet. Sie wurde allmählich grau. Nun ja, immerhin war sie vierundvierzig. Ich war zu einem Mondgesicht aufgegangen, Joy zu einem verkohlten, unter Strom stehenden Gerippe zusammengeschnurrt. «Aber ich hätte sowieso nicht das Geld gehabt, zur Beerdigung hinzufliegen, und außerdem wäre Justin dort gewesen...» Sie fischte nach einer Zigarette, warf dann plötzlich das Päckchen von sich. «Verdammt noch mal! Warum kann ich es nicht bleibenlassen? Wenn ich Mutter sehe... oh!» Sie legte die Hände neben sich auf den Sessel. Sie waren fest zu Fäusten geballt. Ihre Stimme klang verschleimt. «Weißt du, Amy ist vor ein paar Jahren einmal hier gewesen.»

«Ja, ich erinnere mich.»

«Ich habe dir davon erzählt? Habe ich dir auch erzählt, was sie gesagt hat?»

«In groben Zügen. So etwa, daß eine Ehefrau standhaft und stark zu sein hat und immer zu ihrem Mann halten muß, egal, wie er sich benimmt. Pflichterfüllung, Hingabe und so weiter.»

«Ja.» Sie sann vor sich hin und sah dann auf, für einen Augenblick wieder mit dem glatten Gesicht eines Kindes, die alte Joy. Dann war der Augenblick vorüber – ein altgewordenes Kindergesicht sah mich an. «An, glaubst du, daß sie recht hatte? Ich denke viel darüber nach, ich frage es mich immer wieder.»

«Nein, natürlich nicht! Sie war ein guter Mensch, man konnte ihr Wesen an ihrem Gesicht ablesen, und ein lieber Mensch, ich erinnere mich genau an sie, obwohl ich sie nur einmal gesehen habe, bei eurer Hochzeit. Aber ihre ganze Einstellung – gut, sie war so erzogen, es war ihre Überzeugung, aber ich finde das einfach unsinnig. Ich meine, wieso geht man davon aus, daß Frauen ihr eigenes Leben zu opfern haben – daß sie *nicht* sagen sollen, was sie denken, sich *nicht* für das einsetzen sollen, was sie wollen und für richtig halten – warum? Wie kommt man dazu, von ihnen zu erwarten, daß sie ihre Männer bei allem unterstützen, was auch immer diese tun? Das ist doch eine Form von Sklaverei.»

«Sie hat ihre Familie zusammengehalten.» Sie hob die Hand, um sich die Nase mit einem Papiertaschentuch abzuwischen, und senkte sie dann mechanisch wieder, eine schlichte Frau aus dem Volk, die sich an die handfesten Dinge hält. Tonlose, belegte Stimme, die Faust fest um ein zerknülltes Papiertaschentuch geschlossen.

«Klar, so kann man es sehen. Es stimmt, daß ihr Mann sie nicht verlassen hat und ihr Sohn sie Weihnachten immer noch anruft. Aber wer weiß, was James die ganzen Jahre hindurch getrieben hat, sie mag ja pflichtbewußt und ergeben gewesen sein, aber nach dem, was du sagst, hat er sie nicht gerade gut behandelt, und in jedem Fall hat er ziemlich schnell wieder geheiratet. Aber vor allem frage ich mich, wie er wohl zu ihr gewesen ist, als sie krank war, als sie im Sterben lag...

Und du kannst es auch umgekehrt sehen, nämlich so, daß ihre Unterwürfigkeit ihrem Mann überhaupt erst die Möglichkeit gegeben hat, der Schuft zu bleiben, der er ist, und vielleicht sogar noch ein schlimmerer Schuft zu werden. Außerdem hat ihr Sohn dadurch ein Beispiel vor Augen gehabt, dem nicht nachzueifern er offenbar keinen Grund gesehen hat. Und schließlich und endlich hast du deine Familie auch zusammengehalten.»

«Aber um welchen Preis. Ich möchte dir lieber nicht erzählen, wie mein Leben in den letzten zehn Jahren ausgesehen hat. Weißt du», sie lachte kurz und hart auf, «es ist wirklich allerliebst. Da bin ich fünfzehn Jahre mit Justin verheiratet und die ganze Zeit über nervlich ein Wrack. Ich hatte überall Ausschlag, am ganzen Körper, einen kaputten Magen, vor lauter Anspannung, ich war einfach in einem absolut elenden Zustand, heute durchschaue ich das... Also verlasse ich ihn. Toll! Und was passiert? Ich mache die nächsten zehn Jahre lang die Hölle durch, nichts als Sorgen, wegen der Kinder, wegen des Geldes, darüber, wie es bloß weitergehen soll. *Ob* es überhaupt weitergeht! Das einzig Gute an diesen letzten zehn Jahren war, daß Justin darin nicht vorkam.

Ich bin jetzt vierundvierzig, und ich weiß überhaupt nichts. Ich weiß nicht, was richtig und was falsch ist, was klug und was dumm ist. Ich habe das Gefühl, total im dunkeln zu tappen. Wessen Leben war denn schlimmer, Amys oder meins?

Weißt du, sie hat etwas gesagt – ich habe das nie vergessen –, sie hat nämlich zu mir gesagt: ‹Joy, mein liebes Kind, diese Welt gehört den Männern. Wir Frauen sind hier nur geduldet. Es ist ungeheuer wichtig, daß du dir das klarmachst. Wenn ich dir dringend nahelege, deine Pflicht als Ehefrau zu erfüllen, dann nicht, weil ich glaube, daß es richtig ist, sondern daß es notwendig ist. Nur so wird dich Justin respektieren, ganz egal, wie er ist oder was er tut. Du hast ein Recht darauf, und das weiß er. Und wenn er dann versuchen sollte, dich zu verlassen oder dir den Unterhalt zu verweigern, wirst du das Gesetz auf deiner Seite haben. Wenn du aber Justin verläßt – verstehst du, er ist mein Sohn, und ich liebe ihn, aber er ist seinem Vater sehr ähnlich, und ich weiß... ich weiß, an der Stelle schlug ihre Stimme um, und sie war so würdevoll, so beherrscht, daß es mich richtig erschüttert hat: ‹Ich habe versucht, ihn anders zu erziehen, er war so ein lieber kleiner Junge, aber ich weiß nicht, was dann passiert ist, es muß wohl in der Natur des Mannes liegen...›

Sie unterbrach sich, um sich die Nase zu putzen und sich zu räuspern, sie hatte ein spitzengesäumtes Taschentuch, daran erinnere ich mich noch genau, das war so umwerfend für mich, ich besitze überhaupt kein Taschentuch. Es war gebleicht und gebügelt und alles! So war sie, das war ihr Leben...»

«Genau wie Mutter.»

«Selbst Mutter bleicht ihre Taschentücher nicht mehr. Sie wäscht sie und bügelt sie, aber sie bleicht sie nicht.»

Ich lachte. «Stimmt.»

«Jedenfalls, nach einer Weile sprach sie weiter, sie sagte: ‹Ich weiß nicht genau, was er tun wird, aber ich bin mir sicher, er wird dich büßen lassen. Wie, kann ich deshalb nicht sagen, weil ich so ein Risiko nie eingegangen bin. Aber meine Schreckensvorstellung, mein Alptraum – seid ihr, du und die Kinder, mittellos, obdachlos und verzweifelt.›

Ich weinte inzwischen, und sie kam zu mir und legte den Arm um mich. ‹Ich hoffe, daß es nicht dazu kommen wird. Ich liebe dich, und ich liebe meine Enkelkinder›, und jetzt kamen ihr wieder die Tränen. ‹Und ich habe das sichere Gefühl, daß mir nicht gestattet sein wird, sie oft zu sehen, wenn du und Justin – wenn ihr keinen Weg findet. Aber wenn es nicht möglich ist›, und inzwischen weinte sie, ‹dann laß es mich wissen. Schreib mir. Ich bekomme die Post morgens immer zuerst in die Finger, selbst wenn James zu Hause ist. Ich kann euch in bescheidenem Maß helfen, und ich werde es tun. Ich habe einen kleinen Notgroschen. Du magst mich vielleicht immer für absolut unterwürfig gehalten haben...›»

Joy unterbrach sich. «Kannst du dich noch erinnern, wie er bei Tisch immer mit den Fingern geschnippt hat, wenn er etwas wollte?»

Ich schüttelte den Kopf. «Das habe ich nie mitgekriegt.»

«Das hat er getan. Absolut unterwürfig!» Sie schüttelte den Kopf, als wollte sie einen Floh aus ihrem Ohr schütteln. «Nun ja, sie sagte, dem sei nicht so. Sie hätte ihre eigene Methode, sich zu wehren. Obwohl er so knausrig sei, hätte sie es immer geschafft, wöchentlich ein paar Dollar auf ein Sparkonto einzuzahlen, und zwar schon seit dreißig Jahren. Das Sparbuch hätte sie früher immer bei ihren Binden versteckt, weil sie gewußt hätte, daß er da bestimmt nicht drangehen würde.»

Wir kicherten beide.

«Aber nach den Wechseljahren sei es ein echtes Problem gewesen, ein Versteck zu finden!»

Wir prusteten beide laut heraus.

Joy lachte lange und schrill, ein Lachen, das ins Hysterische umkippte. Tränen traten ihr in die Augen, Lachtränen.

Schließlich faßte sie sich und fuhr fort: «Jedenfalls hat sie gesagt: ‹Ich besitze also etwas Geld, meine Liebe, und ich möchte es dir und den Kindern zukommen lassen. Versprich mir, daß du es mich wissen läßt, wenn du es brauchst. Versprich mir das!› Ich versprach es ihr. Ich war total in Tränen aufgelöst, wir hielten uns fest umklammert. Es kam mir vor, als wären wir Verschwörerinnen oder so etwas, ich hatte das Gefühl, daß wir uns auch im Jahr 1600 oder 1000 oder in irgendeiner anderen früheren Zeit hätten befinden können, daß es unter Frauen immer schon so gewesen war, daß wir nur etwas wiederholten, was schon millionenmal passiert war... daß es immer so bleiben wird, daß sich daran nie etwas ändert.»

«Und hast du es getan? Hast du sie um Hilfe gebeten?»

Noch tiefere Mattigkeit breitete sich über ihr verwüstetes Gesicht. «Ich mußte. Ich wollte nicht. Aber es ging nicht anders.»

Amy hatte ihr geholfen, genau wie Mutter und Dad geholfen hatten, und Joys Kinder waren aufs College gegangen. Aber Amy war gestorben, ehe sie ihr Studium beendet hatten.

«Inzwischen hatten die Kinder selbst Tritt gefaßt. Sie *wußten*, was Sache war. Sie arbeiteten in den Ferien und nebenher und schafften es, sich selbst durchzubeißen.»

Amys Testament hatte die Verfügung enthalten, daß ihre Ersparnisse an ihre Enkelkinder fallen sollten, aber bei ihrem Tod war nichts mehr auf dem Sparkonto gewesen. James seinerseits hatte keinerlei Unterstützung angeboten. Er verhielt sich, als seien es nicht seine Enkel. Justin hatte inzwischen wieder geheiratet und ein Baby.

«Das Geld war ihre Absicherung – für den Fall, daß James sie verlassen oder den größten Teil seines Geldes Justin vererben würde», flüsterte Joy, «und sie hat alles hergegeben, um mir zu helfen.»

«Eines Tages», sie schneuzte sich jetzt die Nase, «habe ich zu den Kindern gesagt, werden wir hinfahren und auf den Friedhof gehen und uns gebührend von ihr verabschieden. Wir werden ihr Rosen aufs Grab legen...»

Wieder mehrfaches Schneuzen und Räuspern. «Sie hat die Kinder mehr geliebt als Justin! Darüber komme ich einfach nicht hinweg!»

Ich sagte nachdenklich: «Das Entscheidende ist doch: Du hast es geschafft herauszukommen, Amy nicht. Du hast fünfundzwanzig Jahre lang die Hölle gehabt, sie ihr ganzes Eheleben lang. In anderer Form.»

«Das stimmt wohl.» Es klang nicht überzeugt. Sie war aufgestanden und goß uns Kaffee nach. Sie kleckerte, ihre Hand zitterte. «Mom und Dad waren auch ganz prima zu mir. Einfach toll. Ich hätte es mir gar nicht besser wünschen können. Es hat mich irgendwie... mit allem versöhnt.»

«Versöhnt?»

Sie zuckte mit den Schultern. «Es hat mir das Gefühl gegeben, daß ihr doch etwas an mir liegt. Daß sie mich vielleicht sogar liebt. Weißt du, ich hatte nie das Gefühl, daß Mutter mich sonderlich gern hat. Ich war wie Daddy. Es gab Mutter und dich, dann kamen Daddy und ich, wir beide standen immer draußen.»

«Ja.» Ich konnte nicht lügen. «Mutter ist nicht besonders groß darin, überhaupt irgend jemanden zu lieben. Sie hat selbst nie Liebe erfahren – nein, das stimmt nicht, ich weiß, daß Grandma sie geliebt hat, ich erinnere mich genau, wie sie sie immer angesehen hat –, aber irgend etwas hat sie nie gehabt, wahrscheinlich so etwas wie emotionale Zuwendung. Und deshalb konnte sie uns das auch nicht geben. Wie bei den Rattenbabies, die nicht trockengeleckt werden, kennst du die Geschichte?»

Sie kannte sie nicht.

«Es ist so: Wenn Ratten Junge werfen, dann lecken sie sie als allererstes sauber. Nun hat man aber Experimente gemacht und den Rattenmüttern die Jungen weggenommen, ehe sie die Gelegenheit hatten, sie sauberzulecken...»

«Wie grausam!»

«Und wenn die jungen Ratten Weibchen sind und wieder Junge kriegen, dann lecken sie sie auch nicht sauber. So früh schon wird dieses Verhalten geprägt! Aber ich glaube sowieso, daß man nicht geben kann, was man nicht selbst erfahren hat.»

«Ich habe es nicht bekommen und trotzdem gegeben.»

Ich starrte sie an. Sie hatte recht. «Aber du hattest Probleme damit. Erinnerst du dich, wie du mich vor vielen Jahren, nach Julies Geburt einmal gefragt hast, ob ich je Angst hätte, ich würde meine Kinder nicht lieben? Und wie ich gesagt habe, nein, ich hätte Angst, sie würden mich nicht lieben?»

Sie lachte. «Aber das war bevor Jenny da war.» Sie streckte den Arm aus, und ich gab ihr eine Zigarette. Sie lehnte sich zurück und steckte sie an. Ihr Gesicht war ruhig und friedlich, sie lächelte. «Meine Kinder waren einfach wundervoll! Ich wußte nicht, wie ich sie lieben sollte. Ich war immer so unsicher, so als müßte mir jemand Anweisungen geben oder als müßte ich in einem Buch nachlesen, was ich zu tun hatte, wie Muttersein geht, weil sich spontan bei mir nichts einstellte. Aber als Jenny dann da war, da haben meine Kinder – weißt du, sie waren in den Sommerferien oft bei Amy, und sie hat sie geliebt... Da haben sie es wohl gelernt. Jedenfalls haben die Kinder Jenny einfach drauflosgeliebt, sie in den Armen gehalten und mit ihr geschäkert und mit ihr gespielt und sie richtig gern gehabt, und ich habe sie beobachtet... Und sie hat sie wiedergeliebt, du meine Güte, wie ihre Augen aufleuchteten, wenn sie aus der Schule kamen! Und so habe ich es gelernt, von meinen Kindern. Gott sei Dank habe ich noch ein drittes Kind bekommen, sonst hätte ich nie erfahren...»

Meine Stimme klang schwach. «Ich war zu eifersüchtig auf dich, um dich so zu lieben, als du klein warst.»

«Ja, das glaube ich wohl!» sagte sie zornig. «Wenn man bedenkt, wie Mutter ist. Sie spielt uns immer gegeneinander aus – lobt dich mir gegenüber und umgekehrt. Und Dad hat sie auch völlig unter der Fuchtel. Weißt du, eine Zeitlang ist er häufig hierhergekommen, um irgendwelche Sachen für mich in Ordnung zu bringen, damit er etwas zu tun hatte, verstehst du, er langweilt sich ja so. Und sie kam dann auch mit, aber sie konnte es einfach nicht ertragen. Er war so glücklich, und ich war natürlich sehr nett zu ihm, habe immer jede Menge Trara um ihn gemacht, und schließlich macht er alles auch vorbildlich...»

«Ja.» Als ich neun Jahre alt war, verliebte ich mich in meinen Vater...

Schweigend saßen wir da.

«Mutter liebt dich», sagte ich schließlich.

«Ich weiß. Sie schafft es nur immer, daß ich mich wie ein Stück Dreck fühle. Jedesmal.»

«Also, ich weiß nicht, ob dir das ein Trost ist – ob es in dem Fall überhaupt einen Trost gibt –, aber was sie mir gibt, hat auch seinen Preis. Es ist eine ständige Zwickmühle: Sie will, daß ich Sachen für sie mache, für sie da bin, aber sobald ich mich um sie kümmere, sobald ich öfters hinfahre und ein paar Tage bleibe, behandelt sie mich genauso zickig, wie sie Dad behandelt. Und was ich auch tue, es ist nie genug, sie läßt mich spüren, daß es nicht ausreicht, daß es nichts nützt. Und das macht mich fix und fertig, die Art, wie sie mich anschaut, dieser Blick, der sagt: Glaubst du etwa, das könnte irgend etwas besser machen? Na ja, du kennst das ja.»

«Und ob. Wie mit dem Kleid, das du ihr zum Geburtstag geschenkt hast. Es ist einfach himmlisch! Was war es noch für ein Modell? Feracci oder so ähnlich?»

«Lucca Ferelli. Sicher, mir war klar, daß es sehr elegant ist, aber ich dachte, dann hat sie etwas Festliches für Weihnachten oder für andere besondere Gelegenheiten, und ich wußte vom Schnitt her, daß es ihr passen würde.»

Joy verzog den Mund. «Es war wunderschön. Und weißt du noch, was sie gesagt hat? Ich glaube: ‹Was soll ich damit anfangen?› oder etwas in der Art.»

Ich nickte. «Sie hat gesagt: ‹Was soll ich denn damit?› Als wäre es ein Stück Scheiße. Dann hat sie mein Gesicht gesehen und gefragt: ‹Wann soll ich das jemals anziehen?›»

Joy seufzte.

«Aber die ganze Zeit fordert sie mich auf ihre wortlose Art auf, irgend etwas für sie zu tun, ihr zu helfen... Und ich will ja, ich würde ja, wenn ich nur könnte. Aber sie ist einfach untröstlich. Ich liebe sie, das weißt du. Du liebst sie ja auch. Wir alle lieben sie. Von ganzem Herzen. Sie weiß nicht, was sie uns antut. Sie denkt, daß sie uns völlig gleichgültig ist, sie geht fest davon aus, daß sie uns nichts bedeutet. Und deshalb läßt sie uns immer spüren, daß es ihr egal ist, ob wir lieb zu ihr sind oder nicht... Und es berührt sie auch nicht – es ändert nichts an ihrem Leiden, ihrer Untröstlichkeit... Sie liegt mir so kalt und drückend auf dem Herzen wie ein Grabstein.»

«Mir auch», sagte Joy ruhig.

Aber zieht es Joy auch, wenn sie nachts im Bett liegt, in einen bodenlosen, finsteren Strudel von Schmerz hinunter, immer weiter hinunter? Liegt sie dann auch da, nur mit dem Wunsch, irgendwohin zu gelangen, wo nichts mehr von Bedeutung ist, wo sie tief und ruhig schlafen kann und nie mehr aufzuwachen braucht? Verbringt sie ihre Nächte damit, den Wunsch zu sterben niederzukämpfen, und ihre Tage damit, ihn zu ignorieren? Stürzt sie hinunter in das schwarze Loch, fühlt sie den Schmerz, diesen unglaublichen Schmerz, der sticht und wühlt und jedes einzelne Organ durchbohrt. Zuerst das Herz. Dann breitet er sich durch den ganzen Körper aus, strömt in die Arme und Beine, durchzuckt das Geschlecht, diese jähen Schübe von Schmerz, von Alleinsein, von Wiedererkennen, Wiederfinden, weil es ein von Kindheit an vertrauter Schmerz ist, das einzig Verläßliche auf dieser Welt...

Ich finde es unfair, daß man, wenn man keine Lust mehr empfinden kann, immer noch weiter unter Schmerzen leidet.

Vielleicht kennt sie das alles. Vielleicht sollte ich sie fragen. Nein. Sie kennt es nicht. Nein. Nein.

20. OKTOBER. Mit Clara zu Abend gegessen. Ziemlich durcheinander. Habe zuviel getrunken. Sie auch. Sie will eine Liebesbeziehung zu mir. Sie liebt mich, sagt sie. Ich kann nicht mehr lieben, in mir ist einfach keine Liebe mehr. Das habe ich ihr auch gesagt, hatte es ihr vorher schon gesagt. Sie meint, ich bin krank und will nichts dagegen tun. Ich kann nur mit den Achseln zucken..Was kann ich schon tun?

Aber es schmerzt mich zuzusehen, wie sie sich quält, wegen etwas, wovon sie meint, daß ich es ihr mit Leichtigkeit geben könnte. Aber das kann ich nicht einfach so. Wie kann ich ihr Verlangen entgegenbringen, das ich gar nicht fühle? Soll ich mich auf halbe Sachen einlassen, ihr versprechen, mein Leben mit ihr zu teilen, wenn ich doch strikt darauf bedacht bin zu tun, was ich will, und zwar dann, wenn ich es will?

Ich liebe Clara auf meine Weise. Aber was immer ich heute empfinde, geht nicht tief, so wie es früher war, ehe – als ich jung war, als ich in Brad verliebt war, als ich anfing, mich von Brad zu ent-lieben, als ich mich in Toni verliebte. Damals waren meine Gefühle überwältigend, nichts hatte daneben Bestand, sie waren ein einziger Wirbelwind, ein Tornado. Heute sind meine Gefühle Vögel, die pfeilschnell über die Wasseroberfläche dahinschießen, ohne jemals einzutauchen, und verblassen und sich in dem grauen Himmel verlieren.

Das einzig tiefe Gefühl, das ich noch kenne, ist Schmerz.

Sie sagt: «Du willst zuerst sterben. Vor deiner Mutter.»

Mutter: Ein Splitter im Herzen, der sich nicht entfernen läßt. Ich kann nicht an sie denken, ohne daß es schmerzt. Ich mache mir Gedanken, was ich tun kann, was ich ihr geben kann. Ich fahre zu ihr hinaus und bringe ihr meine Gaben. Sie nimmt sie entgegen, mit dem immergleichen verbissenen Lächeln, das sagt, wieso bildest du dir ein, damit das Loch stopfen zu können? Liebe. Das Schwerste auf der Welt, kein Wunder, daß die Philosophen dagegen sind. Viel schwerer als Haß, Zorn, Aggression. Im Vergleich zu Liebe ist das alles nur ein Klacks.

Aber es liegt nicht nur an Mutter. Die Kinder bereiten mir genausoviel Schmerz. Mit Ausnahme von Franny. Billy hat letztes Jahr sein Medizinstudium abgeschlossen, und ich dachte, er würde seine Internenzeit in New York ableisten. Er hat einen guten Abschluß gemacht und bestimmt Wahlmöglichkeiten gehabt. Aber er ging ans Massachusetts General Hospital, ich sehe ihn in den letzten Jahren nur noch zu Weihnachten und ein paar Tage im Sommer. Er wird nie wieder nach Hause zurückkommen. Was mir fehlt, ist gar nicht so sehr ihre körperliche Gegenwart, sondern ihre Anwesenheit in mir, in meinem Leben. Zu Hause ist dort, wo man mit dem Herzen ist, und ihre Herzen sind nicht bei mir.

29. Dezember 1978. Billy war da! Er hatte über Weihnachten fünf Tage frei und kam mich besuchen! Heute morgen ist er gefahren. Er mußte mittags wieder im Krankenhaus sein.

Ich hatte ihn nicht erwartet. Er hat Heiligabend mit uns verbracht, draußen bei Mutter. Da sie gern Weihnachten bei sich feiert, ihr die Vorbereitungen aber zuviel sind, habe ich es genauso gehalten wie in den letzten Jahren: Ich bin schon ein paar Tage vorher mit Franny zu ihr gefahren, und wir haben mit ihrer Hilfe die Kocherei erledigt. Das paßt ihr zwar auch nicht so recht – sie gibt das Kommando in ihrer eigenen Küche nicht gern aus der Hand –, aber es ist ihr immer noch lieber, als den ganzen weiten Weg bis in die Stadt zu fahren und bei mir zu übernachten, in meinem Zimmer, im Doppelbett mit Dad. Also bietet sich diese Lösung als Kompromiß an. Aber Mutter mag keine Kompromisse und war die ganze Zeit knurrig, weil ich ihren Backofen eingedreckt hatte.

Billy kam am Abend vor Heiligabend heraus nach Long Island. Oh, er ist so schön, groß und schlank und hat ein liebes Gesicht. Wir spielten den Abend über Bridge, und er neckte Mutter so lange, bis sie ihre schlechte Laune vergaß.

Am nächsten Tag machten Franny und er eine lange Fahrradtour. Sie kamen mit roten Backen und leuchtenden Augen zurück, und er machte Kakao für sie beide. Er ist so ein lieber Junge. Ich war selbst ganz zerzaust und rot im Gesicht vom Kochen, und er sagte, ich solle mich hinsetzen, und machte selbst die Sauce für das Ragout aus Meeresfrüchten zu Ende. Ja, inzwischen haben sich meine Kochkünste gesteigert, heiße Würstchen sind nicht mehr das einzige, was ich zustande bringe.

Heiligabend war ganz nett, auch wenn ich, wie üblich, schrecklich darunter litt, daß Arden fehlte. Aber Billy war so reizend, daß darüber sogar mein Arden-Weh fast schon erträglicher wurde. Am nächsten Tag fuhr er mit dem Zug zu den Carpenters, und wir besuchten Joy. Dann fuhren wir wieder nach Hause, und ich war etwa um Mitternacht zurück. Ich rechnete nicht damit, Billy noch einmal zu sehen, ich dachte, er würde sich von den Carpenters direkt zum Flughafen La Guardia und zurück nach Boston aufmachen. Aber um ein Uhr morgens ging der Türsummer, und der Portier meinte, ein gewisser William Carpenter sei unten. Mein Herz hatte keinen solchen Sprung mehr getan, seit... ich weiß nicht, wann. Vielleicht seit mir klargeworden war, daß Toni mich liebte.

«*Schicken Sie Ihn herauf!*» rief ich und ging zur Tür, um ihm zu öffnen. Dann kam mir der Gedanke, daß ich vielleicht besser zurückhaltend sein und nicht zuviel Gefühl zeigen sollte: Meine große Freude könnte ihn in Verlegenheit bringen. Ich atmete ein paarmal tief durch, bevor ich die Wohnungstür öffnete. Er lächelte glücklich, als er mich sah, es war ganz wie früher, als noch nichts die Liebe zwischen uns überschattet hatte.

Er trat ein, locker und leger, mit seinem Rucksack über der Schulter. «Hatte noch ein paar freie Tage und dachte mir, ich verbringe sie hier», erklärte er. «Schaue mir ein bißchen die Stadt an.» Wollte er mir gleich zu verstehen geben, daß er nicht meinetwegen hier war?

«Aber klar doch, prima Idee!» Ich konnte mich nicht bremsen. «Ich freue mich so, daß du da bist», sagte ich und fiel ihm um den Hals.

Franny war schon im Bett gewesen, hatte aber etwas gehört und kam jetzt in ihrem Schlafanzug aus ihrem Zimmer gestürmt und sprang mit ausgebreiteten Armen und Beinen auf ihn. Er fing sie auf und hielt sie mit dem Arm um die Taille. Sie hing wie ein Affe an ihm, und sie drehten sich ein paarmal im Kreis.

«Was hast du bloß gegessen, Steine?» sagte Billy lachend und setzte sie ab, rot im Gesicht und außer Puste. «Du wirst allmählich zu schwer für so was.»

Franny zog aus Spaß einen Schmollmund. «Mommy!» jammerte sie, «ich will nicht dick werden. Ich will nicht groß werden! Tu was dagegen, Mommy!»

«Tja, was soll ich da sagen? Du könntest vielleicht eine Diät machen.» Sie *war* ein bißchen pummelig.

«Auf meine Eisbecher mit Schlagsahne und heißer Karamelsauce verzichten? Niemals!» verkündete sie großspurig, während sie sich wie eine Fünfjährige in einen Armsessel schmiß. «He Billy, hast du vor, länger zu bleiben?»

Er sagte ja und setzte sich auf den Boden ihr gegenüber, den Rücken an einen Sessel gelehnt. Ich setzte mich aufs Sofa. Die Kinder redeten und witzelten, wir unterhielten uns alle miteinander, ohne irgend etwas Bedeutsames zu sagen, plauderten einfach. Ich sonnte mich in seiner Gegenwart, es war völlig egal, was wir redeten. Sooft ich ihn ansah, machte mein Herz leise Ping – ich weiß nicht, als was ich es bezeichnen soll, Freude, Schmerz, Verzückung? Es war in jedem Fall Liebe, was immer es noch beinhaltet haben mag. Der ganze Raum erschien mir golden, sepiafarben, wie alte Zeitungsseiten, erfüllt von einem sanften, warmen Licht, das vom Körper dieses Jungen ausging – Mannes, besser gesagt. Er ist achtundzwanzig.

Franny wollte nicht ins Bett gehen und schlief schließlich irgendwann in ihrem Sessel ein. Billy und ich redeten weiter, ich erzählte ihm von der Frauenkonferenz in Houston, und die plötzliche Stille in der einen Ecke des Zimmers fiel uns zunächst überhaupt nicht auf. Als wir sie bemerkten, schauten wir erst zum Sessel hinüber, dann einander an und lächelten.

«Soll ich sie ins Bett tragen, so wie ich es immer gemacht habe, als sie klein war?» fragte Billy lachend.

«Als sie klein war?»

«Ja. Weißt du nicht mehr, wie wir immer die halbe Nacht dagesessen sind und geredet haben, wenn du von deinen Reisen nach Hause kamst? Wie Toni dir Abendbrot gemacht hat und du gegessen hast und uns von deinen Abenteuern erzählt hast und es jedesmal Mitternacht wurde, aber Franny einfach nicht schlafen gehen wollte? Meistens ist sie dann auf deinem Schoß eingeschlafen, den Daumen im Mund. Und ich habe sie dann nach oben ins Bett getragen.»

Das hatte ich tatsächlich vergessen. Es fiel mir schmerzlich wieder ein. Glückliche Zeiten. Für mich jedenfalls schienen es glückliche Zeiten gewesen zu sein.

«Ja, ich erinnere mich», sagte ich lächelnd, aber ich spürte, wie mein Mund zitterte. «Inzwischen ist sie aber doch ein paar Jahre älter und einige Pfund schwerer geworden. Ich werde sie lieber wecken.»

Ich versuchte es, aber sie reagierte nicht, die kleine Schauspielerin! Sie kniff die Augen fest zusammen und rührte sich nicht. Schließlich mußten Billy und ich sie hochheben und – er am Kopf, ich an den Füßen – hinüber in ihr Zimmer tragen, wo wir sie dreimal hin- und herschwangen und dann mit Schwung auf ihr Bett warfen. Sie kreischte und prustete und hielt Billy fest und wollte ihn nicht gehen lassen.

Ich gab ihr einen Gutenachtkuß und ging hinaus, damit sie ihren Bruder noch ein bißchen für sich allein hatte. Als Billy wieder ins Wohnzimmer kam, fragte er mich, ob ich einen Drink wolle, und ging uns welche eingießen. Es war, als wäre Toni wieder da, der alte Toni, ein hübscher junger Mann, der Drinks zubereitet und wie ein Erwachsener redet. Ein Erwachsener ist.

Er ließ sich im Sessel neben dem Sofa nieder und fragte mich, wie es mir sonst ergangen sei, von der Konferenz abgesehen.

«Gut!» log ich strahlend. «Und wie steht es bei dir?»

Er wurde ein bißchen rot. «Ich habe mich verliebt.» Sie hieß Livvy, er hatte sie im Krankenhaus kennengelernt, wo sie im selben Ausbildungsprogramm waren, sie war so alt wie er, hatte langes dunkles Haar, das sie tagsüber aufgesteckt trug und nur nachts offen ließ... Seine Augen bekamen einen glänzenden Schimmer.

«Verstehe», sagte ich, sorgsam bemüht, nicht zu lächeln. Sein Gesicht sprach Bände.

«Sie ist toll.» Er nahm ein Foto heraus, um es mir zu zeigen.

«Sie ist wunderschön.» Sie war es. «Ich freue mich sehr für dich, mein Herz.» Ich hatte schon befürchtet, er würde sich das nie zugestehen, das Erlebnis des Verliebtseins. Er war so verschlossen, so zurückhaltend, so steif innerlich.

«Es ist also etwas Ernstes.»

Er zuckte mit den Achseln. «Na ja, ernst schon...»

«Aber heiraten kommt für euch noch nicht in Frage?»

«Genau.» Er nippte an seinem Glas. «Wir haben beide noch zwei Jahre vor uns, na ja, anderthalb. Und es ist nicht absehbar, wo wir danach landen. Wir sind im gleichen Ausbildungsprogramm und können weiß Gott wo Jobs kriegen.»

«Aber dabei habt ihr doch auch ein Wort mitzureden.»

«Schon», räumte er ein. «Aber in der Tropenmedizin nimmt man gewöhnlich, was sich einem anbietet.»

«Tropenmedizin! Ich wußte gar nicht, daß du darauf spezialisiert bist! Ich dachte immer, du hättest innere Medizin machen wollen!»

«Habe ich auch. Mache ich auch. Ich will nur ein Jahr anhängen, um mich speziell mit den Infektionskrankheiten der Dritten Welt zu beschäftigen... Du weißt schon, Bilharziose, Malaria, Gelbfieber und solche Sachen.»

Ich sank zurück. «Billy!» hauchte ich. «Oh, Billy!» Er war kein schleimiger Kriecher, kein berechnender glitschiger Frosch, kein nur auf sein eigenes Fortkommen bedachter kaltherziger, golfspielender, vorstädtischer Geldschneider im weißen Kittel! Er war der Sohn, den ich mir immer gewünscht hatte.

«Was ist denn?»

«Nichts. Ich meine, ich bin tief bewegt. Dann wirst du also nach Afrika oder Asien gehen?»

«Vielleicht auch nach Süd- oder Mittelamerika. Wo immer sich etwas anbietet.»

«Ich bin sehr stolz auf dich, mein Herz.» Ich streckte ihm die Arme entgegen, er rückte weiter vor und ließ sich von mir umarmen, drückte mich an sich. «Ich bin ja so stolz», flüsterte ich. Ich konnte kaum sprechen.

«Das freut mich, Mom, aber... das hatte ich immer schon vor. Ich meine, es dürfte dich eigentlich nicht so überraschen.»

«Ich hatte keine Ahnung. Ich kann mich nicht erinnern, daß du je etwas davon gesagt hättest.»

Er sah mich ärgerlich an. «Ich habe es dir gesagt.»

«Wann?»

«Schon vor Jahren. Du hast nur nie zugehört, wenn ich mit dir geredet habe.»

Ich war sprachlos. Sollte es wirklich möglich sein, daß ich so etwas nicht gehört hätte, mich nicht daran erinnern würde? «Tut mir leid.»

Er zuckte mit den Achseln. «Ich habe nie groß darüber geredet, wenn Arden dabei war, weil ich nicht wollte, daß Daddy davon erfährt.»

Ich ließ ihn los. «Weil er dir dann vielleicht dein Studium nicht bezahlt hätte?»

Er setzte sich auf und sah mich mit großen Augen an. «Was? Wieso? Natürlich hätte er gezahlt, was auch immer ich machen wollte... Du hast ja schöne Vorstellungen von mir. Das klingt ja, als hieltest du mich für einen richtigen Schleimer.»

Was sollte ich sagen?

Er funkelte mich wütend an, seine Stimme klang gereizt. «Du weißt doch, daß Dad gern selbst Arzt geworden wäre. Er war überglücklich, daß ich Medizin studieren wollte. Aber na ja, du weißt ja, wie Dad ist. Er hatte schon einen Platz ausgesucht, wo er mir eine Praxis bauen wollte, und redete andauernd von all den Patienten, die er mir verschaffen würde, seine ganzen Freunde, all diese angejahrten Typen, die kurz vor dem Exitus stehen. Ich wollte das nicht, aber ich wollte ihn auch nicht aufregen, ehe es nicht wirklich feststand. Weil ich mir nämlich nicht sicher war, ob es ich schaffen würde oder es immer noch wollen würde, wenn ich erst älter wäre. Aber jetzt bin ich älter, und ich will immer noch. Ich bin mir ganz sicher, daß ich keine Lust habe, nach Long Island zu gehen und in einem Ranchhaus zu leben und lauter wohlhabende Weiße zu behandeln, die ihr Leben lang zuviel gefressen und gesoffen haben – natürlich weiß ich, daß diese Leute auch ernsthaft krank werden, ich will das gar nicht herunterspielen. Aber ich möchte nicht so ein Leben führen, jede Woche einmal mit den gleichen Typen Golf spielen, so wie Dad, mich jeden Samstagabend mit den gleichen Leuten im Country Club treffen und all das. Ich könnte das nicht aushalten. Livvy denkt genauso. Vielleicht können wir es ja schaffen, gemeinsam irgendwohin zu gehen...» Ein verträumtes Lächeln trat auf sein Gesicht, sein Blick richtete sich auf irgendein inneres Bild.

Ich lehnte am Rückpolster des Sofas, bequem, gemütlich, entspannt. Mein Körper fühlte sich an wie plötzlich von irgendeiner Form von Gelenk- und Muskelsteife genesen.

«Ich wußte nicht, daß dein Vater gern Arzt geworden wäre. Ich dachte immer, er wollte Saxophonist werden. Aber warum sollte Arden nichts von deinen Plänen wissen?»

«Ach, ich glaube, das waren einfach nur dumme Befürchtungen von mir. Du weißt doch, wie sie damals war. Wir kamen nicht besonders miteinander aus. Ich dachte, wenn sie es wüßte, würde sie es vielleicht Dad gegenüber ausplappern, wenn sie eine Wut auf mich hätte oder so was. Ich weiß, das war blöd von mir, das hätte sie nie getan, ganz egal, wie wütend sie auf mich war. Aber ich hatte das Gefühl, daß es besser war, wenn ich meine Pläne für mich behielt.»

«Aber Arden war doch schon weg. Ich meine, als du mit dem Medizinstudium angefangen hast, war sie doch schon verheiratet und in ihrer Kommune und so gut wie nie zu Hause. Du wolltest *mir* nichts davon sagen», schlußfolgerte ich, triumphierend, weil ich doch recht gehabt hatte.

«Ich *habe* es dir gesagt!»

«Billy, wenn du mir davon erzählt hast, dann höchstens ganz beiläufig, als eine von vielen Ideen, die dir durch den Kopf gingen. Obgleich ich mich überhaupt nicht erinnern kann, daß du es jemals angesprochen hättest.»

Seine Gesichtsmuskeln zuckten, er zog die Stirn in Falten. Er brachte seinen Mund unter Kontrolle. «Ich habe es auch nicht besonders nachdrücklich gesagt. Weißt du... ich hatte das Gefühl, daß du nicht so gut auf mich zu sprechen warst. Ich weiß, ich war auch nicht so toll... ich meine, ich war irgendwie ganz schön wütend damals... aber wenn die eigene

Mutter gegen einen ist... das... das ist... und ich war mir auch nicht wirklich sicher, daß ich es machen wollte. Ich wollte nicht zu dir rennen und dir etwas erzählen, wovon ich wußte, daß es dir gefallen würde, so als wollte ich mich bei dir einschmeicheln, dich dazu bewegen, daß du mich magst.»

«Dich bei mir einschmeicheln! Warum hättest du mir nicht etwas erzählen sollen, worüber ich mich gefreut hätte? Wie konntest du nur denken, daß ich dich nicht gern hatte!» rief ich aus, indem ich nach seinen Händen griff. «Billy, es hat mir so weh getan, daß ich das Gefühl hatte, du wendest dich von mir ab! Du warst nie zu Hause, du warst ständig bei Daddy.»

«Du *hast* mich nicht gern gehabt, Mom», sagte er ruhig. «Du warst stinksauer auf mich, weil ich öfter mit Dad zusammen war – obwohl du mir selbst gesagt hast, ich sollte ihn häufiger sehen.»

«Ich *war* sauer, da hast du recht», besann ich mich. «Ich hatte das Gefühl, daß du dich bei Daddy lieb Kind machst, damit...» Ich hielt gerade noch rechtzeitig inne.

«Damit... was»

«Ach! Wahrscheinlich damit er dir helfen würde», gestand ich mit glühendem Gesicht.

Er dachte kurz nach. «Du meinst, damit er mein Studium bezahlen würde. Das hast du ja vorhin schon angedeutet.» Er war ganz ruhig. «Es stimmt, du hast tatsächlich keine besonders hohe Meinung von mir gehabt.» Er machte Anstalten aufzustehen. Wollte er gehen? O Gott! Wie konnte ich ihn nur halten?

Ich erhob meine Stimme. «Was hätte ich denn sonst denken sollen? Die ganze Zeit bist du immer zu Hause, wir haben ein gutes Verhältnis, alles ist bestens, und plötzlich fängst du an, dich praktisch nur noch bei deinem Vater aufzuhalten! Was hättest du denn gedacht, wenn Arden sich so verhalten hätte? Sei ehrlich!»

«Ich hätte vielleicht gedacht, sie tut es, weil sie es nicht mehr aushält, mit dir und Toni zusammenzusein. Sie war damals ziemlich verknallt in Toni.» Der kalte Zorn sprach aus ihm, aber er setzte sich wieder hin.

«Ich weiß.» Ich hielt inne. «Was...?» Ich brach wieder ab.

«Toni war schließlich auch nicht viel älter als ich. Es war

ganz schön schwer, euch die ganze Zeit zusehen zu müssen. Ich war einfach nicht gern zu Hause. Schon gar nicht, nachdem Arden weg war. Ihr wart immer so... vereint... Ich wollte nicht aus der Haut fahren, ihm nicht sagen, daß er ein widerliches Schwein war. Ich wollte dir keinen Kummer machen.» Jetzt stand er wieder auf und ging – aber nur bis in die Küche, um den Wein zu holen. Er füllte unsere Gläser nach.

Als er wieder da war, platzte ich heraus: «Ich dachte, du hättest Toni gern! Und außerdem war er kein Schwein! Wie kommst du darauf?»

Er lehnte sich in seinem Sessel zurück, die langen Beine in Oberschenkelhöhe übereinandergeschlagen. Er hielt die Hand vor den Augen, so daß ich ihn nicht sehen konnte. «Ich hatte ihn gern, als wir klein waren. Dann hat sich irgend etwas verändert. Ich weiß nicht was, alles war plötzlich anders. Vielleicht warst du einfach offener in puncto... weil wir eben schon größer waren. Ich weiß, daß er kein Schwein war. Irgendwo wußte ich das auch damals schon.»

Mein Gott.

«Warum hast du nie mit mir darüber geredet, mir nichts davon gesagt?»

Er zuckte mit den Schultern. «Ich konnte nicht, ich war zu wütend. Und außerdem, was hätte ich denn sagen sollen? Du sollst deinen Mann nicht lieben? Ich meine, schließlich *war* er dein Mann, auch wenn man nie das Gefühl hatte. Und dann war er weg, und du warst total am Ende, er hatte dir anscheinend das Herz gebrochen, es war schwer, mit dir zu reden. Und außerdem war ich inzwischen selbst von zu Hause weg.»

Und jetzt, da er verliebt war, da das Verlangen Teil seines täglichen Hungers und die Befriedigung Teil seines täglichen Brots war, konnte er verstehen, wie es für Toni und mich gewesen war, konnte er verzeihen. Aber warum hatte *ich* nichts davon gemerkt? Ich, die ich so stolz bin auf meine Sensibilität, auf mein Wahrnehmungsvermögen? Wo zum Teufel war ich gewesen?

«Ich mache mir selbst Vorwürfe. Ich hätte es merken müssen», murmelte ich. «Ich hätte versuchen müssen, mit dir darüber zu reden.» Und du hast es nicht getan, weil du viel zu beschäftigt damit warst, ihn einen schleimigen Frosch zu schimpfen, der sich bei seinem Vater lieb Kind macht. Kein Vertrauen, Anastasia!

«Na ja, vielleicht. Ich bin mir nicht sicher, ob das etwas geholfen hätte – damals. Weißt du, manchmal muß man einfach abwarten, bis sich die Dinge von selbst verändern. Ich sehe das in der Medizin so oft. Wir können noch soviel machen und uns noch so klug vorkommen, aber im Grunde geht es bei jeder ärztlichen Behandlung auch darum, abzuwarten und zu schauen, wie der Patient selbst, sein Körper, seine Psyche damit umgehen, wie er auf das Problem reagiert.»

«Oder sie.»

«Was?»

«Sind nicht auch ein paar von euren Patienten Frauen?»

«Stimmt», sagte er lachend. «Das Medizinstudium trimmt einen, so zu reden.»

«Das glaube ich wohl. Aber sieh bitte zu, daß du dich wieder ent-trimmst.»

«Wenn Livvy dich hören würde, was meinst du, wie die mich jetzt angucken würde!» lachte er.

«Ausgezeichnet! Wir werden uns verstehen!»

«Glaubst du? Ich hatte mir schon überlegt...» Er beäugte mich prüfend. Ja, er war eifersüchtig gewesen auf meine Beziehung und dachte, ich würde eifersüchtig auf seine sein. Aber ich war es nicht. Überhaupt nicht. Oder? «Livvy ist über Weihnachten bei ihrer Familie. Sie wohnen in der Nähe von Boston. Aber wir haben beide noch drei Tage frei, und ich habe überlegt...»

Ich dachte einen Moment darüber nach. «Ihr könnt mein Zimmer haben, und ich schlafe solange auf dem Sofa.»

«Nein! Nein, Mom! Das will ich nicht. Aber du hast doch einen Futon, oder nicht? Darauf können wir doch hier im Wohnzimmer schlafen.»

«Einverstanden. Ruf sie an.»

Er sah auf seine Armbanduhr. «Jetzt ist es schon zu spät. Ich rufe sie morgen früh an. Das ist prima, Mom, danke.»

«Oh, Schatz», sagte ich, «es ist mir wirklich und wahrhaftig ein Vergnügen.»

Er rief an, und sie kam, und sie ist prima, und ich mag sie. Ich bin *nicht* eifersüchtig! Oder falls doch, bin ich es jedenfalls nicht so sehr, daß daraus irgendwelche Probleme für mich, für ihn oder für sie erwachsen würden. Franny konnte sie auch gut leiden, und als wir alle hier um den Eßtisch saßen, fühlte es sich wieder an wie eine richtige Familie. Was für ein wundervolles Weihnachten. Nur Arden fehlte.

Ich habe meinen Sohn wieder, wenn ich mir auch nicht sicher bin, daß ich das verdiene. Vielleicht wird es nicht lange anhalten. Es ging alles so einfach. Aber das liegt an dem, was er inzwischen erlebt hat – wir konnten uns erst wieder versöhnen, nachdem er sich verliebt hatte. Doch vielleicht ist es nur vorübergehend. Ach, lieber Himmel, laß es nicht so sein!

Ich vergaß, ihm zu sagen, daß Toni mir *nicht* das Herz gebrochen hat. Ich will nicht, daß er das denkt. Ich muß es ihm sagen, wenn ich ihn das nächste Mal sehe.

4. Mai 1979. Mom geht es sehr schlecht. Sie war zum Osteressen hier – Ostern hat für uns eigentlich weiter keine Bedeutung, wir feiern es nur ihretwegen, und sie feiert es, weil ihre Mutter es gefeiert hat. Ich hatte beschlossen, das Essen hier zu machen und sie zu bitten, die Fahrt auf sich zu nehmen, weil sie Weihnachten so vergrätzt darüber war, daß ich ihren Backofen versaut hatte. Ich kann nicht kochen, ohne irgendwelche Spuren in der Küche zu hinterlassen. Sie kann es auch nicht, warum stellt sie sich dann so an?

Sie kamen gegen zwei Uhr am Ostersonntag hier an, und sie zog sich sofort in mein Zimmer zurück, um sich hinzulegen. Sie stand um vier wieder auf, als es Drinks und ein paar Appetithäppchen gab. Sie hielt bis nach dem Essen durch, lag aber um halb neun schon wieder im Bett und stand nicht noch einmal auf. War sie so müde, oder war sie einfach nur wütend, weil sie hierherfahren mußten? Man weiß bei ihr nie. Sie ist immer so müde. Ich wollte am Montag mit ihr einkaufen gehen – es gibt hier ein Geschäft, das modische Kleider in besonderen Größen verkauft, und ich dachte, sie hätten vielleicht ein paar hübsche Kostüme, die ihr passen könnten. Ich dachte, das würde sie freuen. Aber sie war zu müde. Sie fuhren gleich nach dem Frühstück ab.

24. JUNI 1979. Clara, Franny und ich werden diesen Sommer zusammen verreisen, nach Italien. Clara hat eigentlich nicht das Geld, aber sie kriegt den Flug verbilligt, und wir werden in günstigen Pensionen übernachten, alle in einem Zimmer, so daß sie es schon schaffen wird. Ich werde die Mietwagenkosten übernehmen, ich müßte sie auch bezahlen, wenn sie nicht dabei wäre. Sie will die Reise nutzen, um europäische Feministinnen zu interviewen, und ich habe einen Fotoauftrag, politisch aktive Frauen in Italien und vor allem in Mailand. Wir werden von Rom aus nordwärts fahren. Ich bin richtiggehend aufgeregt. Vielleicht werden wir ja Spaß haben.

15. SEPTEMBER 1979. Joy hat einen neuen Freund und wird ihn heiraten. Ich war Sonnabend bei Mutter, und sie hat es mir erzählt. Wir saßen im Fernsehzimmer, die Elf-Uhr-Nachrichten waren vorbei, aber sie stand noch nicht auf, um zu Bett zu gehen, sondern wartete, daß ich den Anfang zu unserem üblichen Abendschwatz machte. Ich bemühte mich also, mir irgendwelche Dinge einfallen zu lassen, die ich ihr erzählen konnte, aber sie hört mir sowieso nicht mehr zu, egal, was ich sage. Ich kann ihr stundenlang von etwas erzählen – nehmen wir an, ich berichte ihr Neuigkeiten von Arden, und zehn Minuten später fragt sie mich, was Arden macht. Nachdem ich all mein Pulver verschossen habe, frage ich sie, was es Neues gibt – dabei muß ich ihr die Würmer einzeln aus der Nase ziehen. Wie geht es Elvira? Und Jean? Sie antwortet kurz und knapp und angewidert, egal, um wen es geht. An dem Abend saß Dad neben Mutter auf dem kleinen Zweiersofa, den Arm hinter ihr um die Lehne gelegt, zärtlich, beschützend, ohne sie zu berühren.

«Was macht Joy?» frage ich.

«Oh, sie hat einen Freund.»

«Tatsächlich!»

Sie zog eine Grimasse. «Ich denke, sie wird ihn heiraten. Du weißt ja, sie schlägt nach den Dabrowskis, sie braucht einen Mann. Sie ist nicht so wie wir.»

Nicht so wie *wir*: unabhängig, allein. Und was macht dieser Männerarm da auf deiner Rückenlehne?

Und doch verstehe ich, was sie sagen will – auch wenn es mir gegen den Strich geht, daß sie es sagt. Den Preis dieser hochgelobten Unabhängigkeit zahlt in dieser Familie nur eine Person, und das bin ich. Ich bin diejenige, die allein ist. Wie kann sie es wagen, so zu reden!

Aber andererseits, was macht Joy denn da? Jetzt, wo sie endlich unabhängig ist, verbandelt sie sich wieder mit jemandem. Jonathan arbeitet als Trainerassistent an einem kleinen College im Mittleren Westen, Julie ist auf dem Weg zu ihrem Doktor in Philosophie, Jennifer fast mit der High School fertig. Sie haben es ganz allein geschafft, mit Jobs und Stipendien und ein klein wenig Unterstützung durch Amy. Sie sind für Joy keine Belastung mehr. Warum also?

Ich habe ihn am Sonntag kennengelernt – Joy hatte die ganze Familie zum Brunch eingeladen. Er scheint ganz in Ordnung. Sogar nett. Er ist Witwer, und ihm gehört die Versicherungsagentur, wo sie die letzten Jahre gearbeitet hat. Sie scheint im siebten Himmel, aber sie fügt sich ihm die ganze Zeit in allem, genau wie sie es Justin gegenüber getan hat.

Warum?

19. Oktober 1979. Habe mit Clara gebrochen. Es war einfach zuviel, schon lange. Italien hat das Faß zum Überlaufen gebracht, obwohl wir uns wegen Franny zusammengerissen haben und einigermaßen höflich geblieben sind. Ständig diese Streitereien, es war hoffnungslos. Wir mußten die ganze Zeit in den billigsten Restaurants essen, weil ihre Mittel mehr nicht zuließen, obwohl ich ihr anbot, sie einzuladen. Und als mir die kärglichen Pensionen auf die Nerven zu gehen begannen – ich mich nach einem bequemen Zimmer mit Bad und ein bißchen Luxus sehnte –, wollte sie partout nicht in ein anständiges Hotel gehen, obgleich ich bereit war zu zahlen. Sie hätte ihren Stolz, meinte sie.

Und außerdem hatten wir zwar gesagt, daß wir unterwegs beide arbeiten wollten, aber für sie hieß das, sie würde arbeiten und ich würde in ihrer Nähe herumhängen. Sie wollte sich mit den Feministinnen von Mailand treffen, und das war prima für mich, da ich sie fotografieren wollte. Aber wir fuhren unter anderem auch nach Mailand, um La Cena zu sehen, solange man es noch kann, und die Brera und die Poldi Pezzoli, um in die Scala zu gehen und in die Galleria. Aber Kunst interessiert sie ungefähr so viel wie mich Bergsteigen! Sie will nur herumsitzen und mit diesen Frauen reden – sie spricht Italienisch und ist fasziniert von ihnen. Aber ich kann *kein* Italienisch, und ich wollte etwas sehen! Gut, sage ich, meinetwegen, wenn es dir so lieber ist, gehen wir eben ohne dich in die Museen. Dann ist sie gekränkt! In Florenz war es genau das gleiche. Sie hat keinen Fuß in die Uffizien gesetzt! Ich konnte es einfach nicht fassen!

Das Problem an Beziehungen sind die ständigen Kompromisse. Und ich bin stets diejenige, die die Kompromisse macht. Ich habe es schon immer getan, es ist meine Natur, ich kann meine Interessen nicht durchsetzen, wenn ich jemanden liebe. Am Ende gebe ich mich selbst total auf. Das ist unerträglich!

Und als Krönung des Ganzen stellt sie mir auch noch ein Ultimatum! Sie hätte geduldig gewartet, aber jetzt sei es soweit: Wir müßten uns jetzt endlich auf eine Liebesbeziehung einlassen. Wie soll ich eine Liebesbeziehung eingehen, wenn alles Verlangen in mir verdorrt ist, wenn es mir schon schwer genug fällt, mich einen ganzen Abend lang zu unterhalten. So eine Anstrengung. Alles strengt mich total an. Die Reise hat mich fix und fertig gemacht, ich war die ganze Zeit über stinkwütend.

Nur wenn wir zu zweit sind, Clara und ich, dann fängt der Zauber an zu wirken. Dann passiert etwas... was?... etwas, das mit der Art zu tun hat, wie sie mich bearbeitet, darauf besteht, daß ich ausspreche, was ich fühle, nicht lockerläßt, bis ich es tue, und danach fühle ich mich besser, ein Stück geheilt. Sie pfeift auf meinen Erfolg, auf mein Renommee. Ihr geht es um eine Person irgendwo in mir drinnen, die sie liebt, ein weiches, verletztes, verängstigtes Wesen, das sie zutage zu fördern versucht. Ich kenne diese Person nicht, will sie auch gar nicht kennenlernen. Trotzdem fühle ich mich anders, wenn ich mit Clara zusammengewesen bin, so wie man sich im Bauch fühlt, nachdem man Kartoffelbrei gegessen hat, warm und friedlich und satt.

Aber sobald noch andere Leute dabei sind, fühle ich mich von ihr unter Druck gesetzt, will sie mich für sich allein haben. Es sei denn, sie trifft irgendeine wichtige Feministin, jemanden, von dem sie profitieren kann. Sie will, daß wir zusammenleben. Wie soll das gehen, wenn wir uns über nichts einigen können? Wenn wir so verschieden leben? Ich bin zu alt, um mich zu ändern, und sie auch. In unserem Alter sind Kompromisse unmöglich. Wir können unser jeweiliges Leben nicht mehr mit einem anderen vereinigen.

Und damit hat es sich.

Clara sagt, ich sei krank, depressiv. Ich weiß nicht, was sie sich einbildet, wer sie ist, daß sie sich anmaßt, an mir herumzudiagnostizieren. Was ist sie denn dann, sie, die sie wie eine ewige Studentin lebt und auf ihrer randständigen Existenz beharrt, aber gleichzeitig sauer ist, daß sie eine Randfigur ist! Genug, habe ich gesagt, dann bin ich eben krank, aber laß mich in Ruhe! Ich bin müde, ich bin alt, ich bin fast fünfzig, laß mich! Sie sagt, in meinem Herzen ist deshalb kein Platz für Kompromisse, weil ich in mein eigenes Leiden verliebt bin, mich ihm mit Haut und Haaren verschrieben habe und mir gar keine Energie für irgendeine andere Art von Liebe bleibt. Sie meint, ich trage meine Mutter in meinem Herzen mit mir herum wie in einem Schrein und wehre mich eifersüchtig, noch irgend jemand anderen hineinzulassen außer meinen Kindern, die auch von ihrem Blut sind. Ich glaube, sie reagiert so empfindlich auf das Thema Mutter, weil sie ihre eigene Mutter gehaßt hat. Ich stehe *nicht* unter dem Einfluß meiner Mutter. Das war vielleicht so, als ich jung war, aber jetzt, heute, 1979 – mein Gott, ich werde nächsten Monat fünfzig Jahre alt. Ich sehe Mutter kaum noch, und wenn, dann geht sie mir auf die Nerven. In erster Linie habe ich ihr gegenüber ein schlechtes Gewissen. Wovon redet Clara?

Ich bin wie ich bin, weil ich ein hartes Leben hinter mir habe und immer schon viel zu sensibel war und zu oft verletzt worden bin und einfach nicht mehr kann. Und es macht mir überhaupt nichts aus, allein zu sein, ich mag es sogar gerne. *Sie* mag ja jemanden brauchen, aber ich doch nicht. Ich bin all die Jahre allein gewesen, im Grunde immer, auch wenn ich mit jemandem zusammen war. Ich kann mich jetzt nicht einfach ändern. Ich will es auch gar nicht. Ich genieße es, allein zu sein, machen zu können, was ich will, wann ich es will, niemanden um Erlaubnis bitten zu müssen, keine Kompromisse machen zu müssen.

Deprimiert, daß ich nicht lache! Was sollte ich denn sonst sein? Ich, die ich es ausbaden muß, eine Großmutter gehabt zu haben, die am Kummer gestorben ist, und eine Mutter, die nicht daran gestorben ist. Ich vereine sie beide in meiner Person, eine lebende Inkarnation des Leidens, eine Salzsäule, ein untröstliches, unzerstörbares Monument des Schmerzes, ein Stein wie Niobe, zu hart für Tränen.

Als ich aufstand, um zu gehen – wir hatten in ihrer Wohnung zu Abend gegessen –, fing sie an zu weinen. Ich konnte sie den ganzen Weg die vier Treppen hinunter hören.

DI. Ich verstehe nicht, wie sie mich wollen kann, obwohl ich so bin, wie ich bin.

MI. Komisch, wie ich mich daran gewöhnt habe, jeden Tag mit Clara zu telefonieren. Ganz egal, wieviel sie zu tun hatte, sie hat sich immer Zeit genommen, mir zuzuhören, mit mir zu reden. Wir haben über Banalitäten gesprochen, wie wir geschlafen und was wir gegessen hatten. Wenn wir etwas gegessen hatten – Clara vergißt es manchmal vor lauter Hektik. Wir haben uns erzählt, mit wem wir den Tag über geredet und was wir gearbeitet hatten, und Probleme besprochen – da und da habe ich Schmerzen, glaubst du, ich sollte zum Arzt gehen? Franny führt sich so merkwürdig auf, kannst du dir denken, was sie hat? Das ist schon das dritte Mal, daß diese Autorin ihr Manuskript zu spät bringt, aber sie ist gut, meinst du, ich sollte auf ihre Mitarbeit verzichten oder einfach nur mit dem Abgabetermin mogeln? Was glaubst du, wie ich am besten mit diesem Kerl bei Majormedia umgehen soll? Er ist ein solches Machoschwein, aber ich will mir ihre Gunst nicht verscherzen, sie geben mir immer interessante Aufträge. Was meinst du?

Ich sage: «Ich habe die letzte Nacht schlecht geschlafen.» In Wirklichkeit schlafe ich jede Nacht schlecht, schon seit Jahren, vielleicht sogar schon immer. Sie sagt: «Du Arme.» Ihre Stimme streichelt meine Seele.

Streichelte.

Habe Clara gestern abend angerufen. Sie sagte, sie wolle mich nicht sehen. Zu schmerzlich, hat sie gemeint. Ich war unnahbar und kalt zu ihr. Sie hat geweint.

10. NOVEMBER 1979. So ein wunderbarer Auftrag, und *ich* habe ihn bekommen! Ich fahre für drei Wochen nach Frankreich und fotografiere Simone de Beauvoir, Marguerite Duras, Nathalie Sarraute und andere berühmte Frauen für die Zeitschrift *Style* – es soll eine ausführliche Fotoreportage über französische Schriftstellerinnen werden. Wenn das kein Sprung vorwärts auf der Karriereleiter ist! Es wird mir jede Menge Prestige bringen, und außerdem zahlt *Style* im Unterschied zu *Woman* Spitzenhonorare. Ich traf zufällig Maggie Dunne auf der Straße und erzählte ihr davon: sie kriegt sonst immer die schicken Aufträge, aber diesmal nicht, und ich kann nur sagen, sie wurde ganz schön grün im Gesicht.

Vielleicht werde ich mir für die Reise einen neuen Pelzmantel zulegen, warum nicht, leisten kann ich es mir. Paris kann im November ganz schön rauh sein. Einmal etwas richtig Elegantes, Imposantes, warum nicht?

Es wird mir guttun rauszukommen. Franny kann solange bei Jillian wohnen.

FEBRUAR. Auf dem Weg der Besserung. Rekonvaleszent – seit kurz nach Weihnachten. Wurde gleich nach Frankreich krank. In Frankreich. Muscheln. Durchfall – Flüssigkeitsverlust, Schmerzen in Armen und Beinen, hohes Fieber. War nicht aus dem Haus. Konnte mich kaum rühren. Zu schwach zum Gehen. Keiner wußte, was es war. Nicht mal Billy. Er ist von Boston hergeflogen, hat mich untersucht und mit Mina geredet – über die ganzen Laborbefunde. Ein Rätsel. Dann Fieber wieder weg – aufgestanden, versucht zu funktionieren.

Ging nicht. Konnte keinen Finger für Weihnachten rühren. Mutter war so sauer darüber, daß sie Heiligabend nicht herkam. Erstes Weihnachten meines Lebens ohne sie. Hat nicht abgesagt – sich einfach in letzter Sekunde «nicht wohl gefühlt». Aber Joy nebst Mann und Kindern kam – und Billy und Livvy. Und *Arden* mit Kindern. Keine Ahnung, wo sie alle untergekommen sind. Alle haben mit angefaßt – große Hilfe –, hätte es nicht geschafft. Schwindlig. Schwach.

Danach Lungenentzündung. Mina hat mich hierher geschickt, kannte Internisten. Sie sagte, tu nichts als in der Sonne sitzen. Würde ja nichts drauf geben, kann aber nichts machen. Nicht mal meine Kamera heben.

Zu müde, um weiterzuschreiben.

FEB. Denke, der dritte. Weiß nie, welcher Tag ist. Sitze auf der Terrasse. Haus ist gemietet. Schaue auf den Golf von Mexiko. Heute blaugrün und ruhig, Himmel hellblau. Schön. Hier seit – einem Monat? – immer kühl und bewölkt – einziges Grau – Wasser – Himmel. Wetter heute Wohltat: Sonne – Wärme – Farbe.

MO. Fühle mich heute ein klein wenig stärker. Will versuchen, jeden Tag ein bißchen zu schreiben.

Bin ich eine dieser Frauen, die Schwäche als Mittel benutzen, um ihre Kinder zu halten? Frage mich das, weil Arden hier ist – sie kam auf den Brief hin, den Franny ihr vor Weihnachten schrieb, um mich zu pflegen. Ich wußte von nichts, hatte es nicht darauf angelegt. Bekam sowieso nicht viel mit. Sie kam mit den Kindern. Sie und Franny haben das Festessen an Heiligabend gemacht. Muß sie fragen, wo alle übernachtet haben. Sie bestand darauf, mit mir nach Florida zu kommen.

Es ist schön, sie hier zu haben, es wärmt mein Herz.

DI. In einem Motel! Die armen Kinder mußten ihr Geld dafür ausgeben, über Weihnachten im Motel zu übernachten. Fühle mich richtig mies.

Wir haben ein wundervolles Haus hier, direkt am Wasser, mit vier Schlafzimmern – je eines bewohnen Arden und ich, die Jungen teilen sich eins, und Sarah hat das kleinste für sich allein. Sie ist so süß. Doch ich mache mir Sorgen: Jeremy müßte längst in die Schule gehen. Arden will es nicht. Sie sagt, die Schule verdirbt die Kinder, zerstört ihre Kreativität. Sie will ihn, so lange sie kann, zu Hause behalten. Aber er muß auch lernen, mit anderen Kindern zurechtzukommen. Er hat doch Geschwister, meint sie. Jeden Nachmittag, wenn Sarah ihr Mittagsschläfchen macht, sitzt sie mit den Jungen hier im Gemeinschaftszimmer oder wie sie dazu sagen. Sie stellt eine Tafel auf und bringt ihnen Schreiben und Zählen bei. Lesen können sie schon. Nach dem Unterricht lesen sie gemeinsam, immer abwechselnd.

Es ist gut, daß sie hier ist. Gut für mich. Aber auch für sie. Sie sieht überanstrengt aus. Sie ist blaß und viel zu dünn und ausgelaugt, drei kleine Kinder sind ja auch viel, sie wirkt älter als einunddreißig. Wenn die Sonne noch eine Weile scheint, wird sie vielleicht ein bißchen Farbe kriegen.

FREITAG. Habe ein paar Tage nichts geschrieben, war wieder zu zermatscht.

Heute morgen kam ein Brief von Franny, hat mich aufgeheitert. Sie ist so ein Schatz. Arme Kleine, muß sich doch komisch fühlen, die ganze Zeit bei Jillian zu wohnen, auch wenn die Murrays sie gern mögen. Gibt sich aber solche Mühe, fröhlich zu erscheinen. Vielleicht *ist* sie sogar fröhlich. Habe immer gedacht, ich würde fröhlich wirken, war aber nicht so. Wütend, sagen sie, alle miteinander. Habe niemandem etwas vormachen können außer mir selbst. Hielt mich immer für Schwester Lustig und war in Wirklichkeit Medea. Früher war ich Schwester Lustig.

Wetter heute grau.

SONNABEND. Gerade gemerkt, daß ich Mutters Geburtstag vergessen habe. Meinen eigenen auch. Fünfzig. Bin fünfzig geworden und habe es kaum mitgekriegt. Hat mir irgend jemand Glück gewünscht? War ich zu Hause? Franny hat mir bestimmt gratuliert. Hat Billy angerufen? Keine Ahnung, war zu krank.

MONTAG. Weiß nicht, wie ich Mutter das mit dem Geburtstag erklären soll, ohne ihr zu erzählen, wie krank ich gewesen bin. Will ihr nicht die Wahrheit sagen, sie macht sich immer solche Sorgen um mich, ist selbst krank genug. Jedenfalls nicht heute.

DIENSTAG. Wahrscheinlich ist sie gekränkt, fühlt sich allein gelassen. Sie denkt sowieso immer schon, daß niemandem etwas an ihr liegt. Erinnere mich an Abend bei ihnen, vergangenen Herbst, unmittelbar nachdem Clara und ich... Sitzen nach den Nachrichten im Fernsehzimmer, ich versuche, ein Gespräch in Gang zu bringen.

«Was machen deine Bekannten?» frage ich.

Grimasse, tragische Miene. «Mich besucht doch niemand.»

Ich weiß, wie sie zu mir ist, und ich weiß, daß sie Joy und ihren Kindern gegenüber genauso ist, Joy hat es mir erzählt. Ich sage: «Weißt du, Mutter, wenn dich Leute besuchen kommen, dann benimmst du dich immer, als hättest du überhaupt kein Interesse an ihnen. Du hörst ihnen gar nicht zu. Vielleicht kommen sie deshalb nicht mehr, weil du immer so tust, als seien sie dir völlig egal.»

«Wenn du die Wahrheit wissen willst, das *sind* sie mir auch!» sagt sie wütend, und ihr Gesicht wird ganz rot.

«Ich weiß», sage ich traurig, willens, sie zu akzeptieren, was immer, wie immer sie ist, ihr das ausschließliche Kreisen um sich selbst nachzusehen.

Genauso fühle ich mich ja auch, wenn ich in einem schwarzen Loch hocke, aber guckt mich an, meine Kinder sind alle gekommen. Sie lieben mich doch. Ich bin nicht völlig allein, es stimmt nicht, man sieht es doch. Aber warum habe ich dann immer weiter das Gefühl?

MITTWOCH. Das gleiche gilt auch für sie: Es stimmt nicht. Warum empfindet sie es dann so? Warum beharrt sie darauf, daß es so ist? Weil es ihr tiefstes, innerstes Gefühl ist, das, was sie gefühlt hat, als sie zu ihrer jetzigen Gestalt erstarrt ist, als ich neun Jahre alt war starb mein Vater meine Mutter hat mir nie die Haare frisiert, das ist ihre innere Wahrheit bis heute, und nichts, was seither passiert ist, hat daran rühren können. Ihr Leid ist das einzige, dem sie vertraut, ihr kostbarster Schatz, ihre Wahrheit; es ist die Perle, in die sie ihr Elend verwandelt hat, das einzige, was sie besitzt, das einzige, was unbestreitbar ihr gehört.

Aber uns gegenüber ist es hart und grausam, uns, die wir sie lieben, die wir uns immer wieder bemüht haben. Und egozentrisch, ganz unglaublich egozentrisch, weil nichts anderes für sie existiert außer ihr selbst. Es ist schlimm, egoistisch und hartherzig, und trotzdem verstehe ich es, ich bin genau wie sie, verwandle mich immer mehr in sie, klammere mich an *meine* kostbare Untröstbarkeit. Meine Mutter *hat* mein Haar frisiert: Ich erinnere mich nur zu gut, wie sie mich geziept hat, daß mir die Tränen das Gesicht herunterliefen. Es fühlte sich an wie Haß. Ihr Leben war nicht meins. Aber ich habe ihres in mich aufgesogen, es zu meinem gemacht, versucht, ihr diese Bürde abzunehmen. Ich habe ihr damit nicht geholfen, nur mich selbst zerstört. Ein einziger Witz, mein ganzes Strampeln, all diese Jahre, um nicht so zu sein wie sie, nicht ihr Leben zu leben.

Mein ganzes Ringen gleicht dem vergeblichen Zappeln eines Wurms, der längst am Haken hängt.

DONNERSTAG. Ich habe es endlich geschafft, ich habe sie angerufen. Ich bin mir selbst zuwider. Die reine Feigheit! Da rede ich mir ein, ich wollte sie nicht anrufen, weil sie sich aufregen würde, wenn sie hören würde, daß ich krank bin. Moglerin, Traumtänzerin. Wo ich in Wahrheit nur Angst hatte, sie würde mir weh tun, weil es sie überhaupt nicht kümmert, daß ich krank bin. «Ach ja? So ein Pech.» Distanziert, kühl, desinteressiert. Sie hat mir nicht geglaubt, daß ich zu krank war, um an ihren Geburtstag zu denken. Wieso weiß ich bloß immer besser, was sie fühlt, als was ich fühle? Ich sehe sie voller Selbstmitleid in ihrem Schaukelstuhl sitzen und hinaus aufs Wasser starren und ihr Leiden unablässig wiederkäuen. Ihr Leiden: mein Leiden. Sie entscheidet sich ständig aufs neue dafür. Clara sagt, genau das tue ich auch. Wie kann ich mich anders entscheiden?

Sie hat gesagt, sie kommen nach Florida, morgen, mit dem Auto. Ich habe sie eingeladen.

Arden sagt, heute ist Valentinstag.

Sa. Ich versuche die ganze Zeit, dagegen anzukämpfen – gegen das schwarze Loch. Durch das Selbstmitleid hindurch mich zu fragen, welchen Anteil ich selbst an allem habe. Ich weiß nicht, warum ich immer das gleiche wähle, aber vielleicht kann ich dahinterkommen, *wie* ich es tue. Ob das wohl reicht, um damit aufhören zu können?

Heute nachmittag habe ich mit Arden und den Kindern einen Strandspaziergang gemacht. Unter dem grauen Himmel schrien die Möwen. Die Kinder liefen weit vor uns hin und her und sammelten Muscheln und begleiteten ihre Funde mit lauten Rufen. Ein Foto. Auch wenn man die Schreie und Rufe, die ganze Klangkulisse nicht im Bild festhalten kann, sondern aus dem Foto heraushören muß. Bei einem guten Foto kann man das.

Arden hielt mich untergehakt.

Ich fühle mich wie ein Mensch, der lebensbedrohlich krank war, dem Tod zwar fürs erste entronnen, aber immer noch auf der Kippe, in der Gefahr eines Rückfalls. Aber so krank war ich doch gar nicht, oder? Wenn ich aufwache, fühle ich mich wie eine invalide Greisin, mein Kopf ist schwer, ich kann ihn kaum heben. Ich schaue hinaus auf den Tag, er ist weit weg, ein zurückweichender Himmel, Grau. Ich stehe auf wie eine alte Frau und schleiche ins Bad. Ich gehe hinaus in die Welt, und sie kommt mir so fremd vor, ich habe sie so lange nicht gesehen. Ich muß wieder neu laufen lernen, sprechen, denken. Ich muß mein Denken von sich selbst befreien. Ich fühle mich in meinem eigenen Denken eingesperrt. Gefangen im immer gleichen.

Sonntag. Arden kocht Hühnersuppe für mich. Sie macht jede Woche phantastische Suppen für mich – aus Huhn, Truthahn, Ochsenschwanz, wenn sie welchen bekommt, was hier unten schwierig ist. Hier gibt es nur lauter WASP-Essen, alles fein säuberlich filetiert und präpariert, ohne Knochen, ohne Fett, ohne Geschmack, genau das Zeug, das die Carpenters immer gegessen haben. In einem anderen Leben. Letzte Woche hat Arden eine köstliche Lammbrühe mit Gerste und Gemüse gemacht. Es ist, als ob ich noch einmal Kind wäre – wenn wir krank waren, hat Mutter immer Hühnersuppe,

Rindfleischsuppe und Lammeintopf gemacht. Den Lammeintopf läßt Arden weg. Ich glaube, sie hat recht.

MONTAG. Mom und Dad sind da. Sie sind direkt hierhergefahren und gestern abend angekommen. Mom ist immer noch müde von der Fahrt, sie hält gerade ein Mittagsschläfchen, Dad macht mit Arden und den Jungen einen Strandspaziergang, was er sich nur erlaubt, weil ich hier bin, weil jemand da ist, falls sie etwas braucht. Sie sieht zur Zeit gut aus, ganz phantastisch. Ihr Haar ist sehr schön – es ist nicht weiß geworden, sondern silbrig, und gleichzeitig ist es immer noch golden, beides gemischt. Kurz und weich und füllig. Sie hat eine gesunde Farbe, und sie sieht hübsch aus.

Sie haßt ihr Äußeres. Ich kann das verstehen. Es ist schrecklich, alt zu werden. Dad sieht natürlich wie immer großartig aus, mit seinem vollen weißen Haarschopf und seinem jungen Gesicht und seiner hervorragenden Figur. Aber sie – oh, arme Mom. Trotz aller Schwäche bin ich, als ich ihr Auto vorfahren sah, rasch hinausgelaufen, um ihr die Stufen hinaufzuhelfen.

MI. Weg sind sie.

FR. Die ganze verdammte Woche über nichts als ein schwarzes Loch. Heute hat Arden gesgt, das passiert jedesmal, wenn du deine Mutter siehst.

Kann es sein, daß das stimmt?

SONNTAG. Seit sie weiß, daß sie ein Emphysem hat, ist Mutter noch intensiver mit irgend etwas Dunklem, Wühlendem in ihrem Inneren beschäftig. So als wäre überhaupt nichts anderes mehr der Betrachtung wert als der Tod. Ihr Blick richtet sich nicht mehr auf die Außenwelt, sie schaut nur noch nach innen und sieht ausschließlich Jammer und Elend. Alles um sie herum schmerzt sie wie einen Menschen, der schreckliche Verbrennungen erlitten hat, dessen Haut so empfindlich ist, daß jede Berührung eine Qual ist, der es nicht einmal mehr ertragen kann, wenn die Luft über ihn wegstreicht.

Selbst der Kinderlärm war eine Pein für sie, sie stellte andauernd ihr Hörgerät ab. Sie war entzückt von Sarah, aber sie schaffte es nicht, sich mit ihr zu beschäftigen, mit ihr zu reden, mit ihr zu spielen. Sie mag Arden – hat sie immer schon gemocht, Arden beeindruckt sie irgendwie. Zum Beispiel hat es ihr imponiert, daß Arden ihre Kinder selbst unterrichtet. Sie hat sich sogar eine ganze Stunde dazugesetzt und zugeschaut.

Sie wollte, daß ich ein paar Ausflüge mit ihnen machen sollte. Sie langweilt sich. Sie will meine Gesellschaft. Sie konnte offenbar nicht begreifen, daß ich krank war und immer noch nicht wieder ganz gesund bin. Aber vielleicht hat sie es begriffen und ärgert sich darüber – ärgert sich über mich, weil ich krank bin. Wir fuhren zusammen ins Naturschutzgebiet, für mich allemal Ausflug genug. Sie war wütend, weil ich nicht mit ihnen nach Palm Beach fahren wollte, nicht einmal für ein paar Tage. Sie sagte, sie sei froh, daß Arden hier sei und sich um mich kümmern könne, und weg waren sie. Sie kann kranke Leute schwer ertragen.

Es ist hart für mich, das zu verkraften. Aber ich denke, ich werde es lernen müssen, ich, ihr Lieblingskind. In Wahrheit registriert sie mich überhaupt nicht. Sie weiß gar nicht, wer ich bin. Und ich, die ich sie so sehr liebe, muß akzeptieren, daß sie mich nicht liebt. In ihrem Herzen ist kein Platz für mich, es sei denn, ich bin stark und erfolgreich. Sie kann es nicht ertragen, wenn ich bedürftig bin – wonach auch immer. Wahrscheinlich deshalb, weil sie bei sich selbst Bedürftigkeit irgendwelcher Art auch nicht zulassen kann. Sie behandelt mich genauso, wie sie sich selbst behandelt. Wie ihre Mutter sie behandelt hat. Es ist zum Weinen.

MONTAG, 25.2. Clara hat gestern abend angerufen. Sie wußte nicht, daß ich krank war. Sie hat gestern Franny auf der Straße getroffen und davon erfahren. Sie klang sehr besorgt. Mit der Zeitschrift läuft es schlecht, und sie ist total pleite, aber sie will sich ins Flugzeug setzen und herkommen, morgen schon.

Morgen!

DONNERSTAG. Ich kann immer noch nicht wieder Auto fahren, traue es mir nicht zu, weil mir ab und zu noch schwindlig wird, deshalb mußte Arden die ganze weite Strecke bis nach Fort Myers fahren, um Clara am Flughafen abzuholen. Besonders gern hat sie es nicht getan. Oh, was für ein Gefühl, Clara zu sehen! Noch immer die gleichen riesengroßen Augen mit soviel Sehnsucht darin, das gleiche beherrschte Auftreten, ein einziger lebender Widerspruch. Genau wie ich, meint sie.

Als sie das sagte, spazierten wir gerade am Strand entlang, die Arme umeinandergelegt. Ich konnte gar nicht anders, als meinen Arm um sie zu legen, meine Hand auf ihren warmen Körper. Aber sie ist mir gegenüber mißtrauisch und auf der Hut, ich sehe es an ihren Augen. Was denn sonst? wollte sie wissen. Ich flüsterte ihr ins Ohr: Ich liebe dich.

Aber nachdem sie heute morgen wieder abgefahren war, dachte ich: Angenommen, ich lasse mich darauf ein, sie zu lieben, ganz, rückhaltlos, so wie sie es will. Und angenommen, sie verändert sich auch, so wie Brad, wie Toni? Angenommen, sie verläßt mich? Wie sollte ich das überstehen, das würde ich nicht überstehen, nicht noch einmal. Nein.

FREITAG, 29. FEBRUAR. Ein Schaltjahr! Wir haben 1980. Das ist mir eben erst eingefallen. Ich wußte zwar, daß ein neues Jahr begonnen hatte, aber irgendwie habe ich es mir bis jetzt gar nicht klargemacht. Es ist wunderschön hier heute nachmittag. Riesige weiße Wattewolken, scharfrandig vor dem tiefblauen Himmel, in der Nähe der Sonne goldgesäumt, als hätte sie jemand mit goldener Tinte umfahren, massig, träge, reflektierend, in der Bewegung ihre Form verändernd, so wie Pusteblumen ihre Fallschirmchen immer weiter öffnen, bis sie davonfliegen, leicht, schwebend, wie wenn man sich in einem Schwimmbecken rücklings aufs Wasser legt. Keine Reibung, kein Widerstand. Treiben lassen. Hingabe an etwas, das nur wie Auflösung aussieht, in Wahrheit aber Wandlung ist.

Es gibt eine Form der Beschäftigung mit sich selbst, die einen anderen Menschen gegenüber einfühlsamer macht. Egoismus, Selbstsucht, diese Wörter gehören ersatzlos gestrichen. Alles, was ich darüber als Kind gelernt habe, war Lüge. Was Mutter fühlt, was ich selbst fühle, wenn ich in dem schwarzen Loch stecke, das ist zwar völlig selbstzentriert, aber dabei geht es keinesfalls um ein Selbst, sondern nur um das Nichtvorhandensein eines Selbst, das Nichtvorhandensein von Liebe, das völlige Eintauchen in das verzehrende Gefühl, allein und verlassen zu sein. Und dieses Nichtvorhandensein des eigenen Selbst führt zur Bestrafung anderer: Das weiß ich, das spüre ich.

Wenn man dagegen anfängt nachzudenken, wenn man es schafft, wenn man es zulassen kann, darüber nachzudenken, wie man ist und was man tut, was man will und was einem gefällt oder nicht gefällt – dann nehmen die anderen Menschen plötzlich Farbe an, bekommen sie auf einen Schlag Schärfe und Tiefe wie ein Film, wenn man den Projektor richtig einstellt.

Clara hat mir die Augen dafür geöffnet. Sie mußte wieder zurückfliegen, sie konnte nur eineinhalb Tage bleiben, aber wir saßen auf dem großen Felsen unten am Strand und hielten uns an der Hand und redeten und sahen uns an. Ich weiß nicht, wie ich es geschafft habe, sie wieder gehen zu lassen...

Ihre Stimme ist Balsam für meine Seele, ihre Augen wecken in mir das Verlangen, die Arme nach ihr auszustrecken und sie für immer festzuhalten. Warum fällt es mir nur so schwer, ihr das zu sagen?

Aber warum muß ich ihr das sagen? Ich habe es Brad auch nie gesagt und Toni auch nicht. Sie wußten es, sie konnten es fühlen. Sie kann es nicht fühlen. Nicht ihre Schuld: Was kann man schon groß fühlen, wenn man es mit einem Menschen zu tun hat, der tot ist.

Halbtot ist.

Arden war stinksauer, solange Clara hier war – ganz die alte ungezogene Arden, das halbwüchsige Mädchen. Und plötzlich sah ich sie auch auf eine ganz neue Weise, begriff ich etwas über sie, was mir bisher nie aufgefallen war. Sie war so wütend, weil sie mich mit jemandem teilen mußte, sie war eifersüchtig auf das, was zwischen mir und Clara passierte, sie konnte es spüren. Aber wenn sie eifersüchtig ist, dann haßt sie mich nicht. Die ganze Zeit, in der ich geglaubt hatte, sie würde mich hassen, hatte sie in Wirklichkeit eifersüchtig um meine Zuwendung gerungen.

Jahrelang hatte ich, so oft ich Arden ansah, einen Stich im Herzen gespürt, den ich für Schmerz hielt – aber war es nicht in Wahrheit Selbstmitleid? –, wegen meines Gefühls des Verlustes, dem Loch, das sie in mir hinterlassen hatte, ihrer Entfernung von mir. Aber mein eigenes Leiden hat sie von mir ferngehalten, war eine Strafe. Das alles ist mir gestern nacht klargeworden, nachdem Clara abgefahren war. Ich konnte nicht schlafen, und heute hatte ich ein langes Gespräch mit Arden. Wir gingen mit den Kindern zum Einkaufen, und ich habe uns alle zum Mittagessen ausgeführt, arme Arden, sie hat die ganze Zeit jeden Tag drei Mahlzeiten zubereitet, das ist einfach zuviel. Ich habe mir ein Päckchen Zigaretten gekauft, ich weiß, daß ich es sein lassen sollte, aber ich rauche nun einmal so gern. Und als wir wieder zurück waren und Arden mit ihrem Unterricht fertig war und die Kinder an ihren «Hausaufgaben» saßen (die sie immer gewissenhaft machen), kam sie nach draußen, um sich ein bißchen zu mir zu setzen. Sie war immer noch schlecht gelaunt, aber ich beachtete es nicht und plauderte ganz harmlos mit ihr über ihre Unterrichtsstunden, das Wetter, das Gedicht, an dem sie gerade arbeitet. Nach einer Weile besserte sich ihre Laune, und die Schärfe wich aus ihrer Stimme.

Als ich das merkte, sagte ich: «Das war alles sehr anstrengend für dich, Arden, dich die ganze Zeit um die Kinder und mich zu kümmern, die tägliche Kocherei, die Wäsche, der Unterricht. Du sollst wissen, daß ich das zu schätzen weiß und dir sehr dankbar dafür bin. Ich kann dir gar nicht sagen wie sehr!»

Dabei traten mir die Tränen in die Augen. Tränen: Ich war ja so dankbar. Es war wie damals, als ich zum erstenmal meine Tage bekommen hatte – ich war schon so alt gewesen, viel älter als die anderen Mädchen, vierzehn, fast fünfzehn, und manche meiner Klassenkameradinnen hatten bereits mit neun zu menstruieren begonnen, und ich war so dankbar gewesen, als der Fluß endlich einsetzte und mich zu dem machte, was ich sein sollte, mich normal machte, zu einem richtigen Menschen. Ich hatte seit Jahren keine Tränen mehr in den Augen gehabt.

Sie lachte. «Ach, weißt du, hier gibt es eine Waschmaschine, einen Trockner und eine Spülmaschine. Man muß auch nicht alle paar Tage die Lampen nachfüllen, und das Wasser kommt heiß aus dem Hahn. Die Läden sind nur ein paar Kilometer weit weg, und wir haben ein Auto, das jedesmal anspringt. Das ist der schiere Luxus, Mom!»

Es brach aus mir heraus: «Ach, Arden, es hat mir im Herzen weh getan, als ich bei euch auf der Farm war und dich gesehen habe, wie du die Wäsche gewaschen hast, wie du erst Wasser holen und in dem großen Zinnzuber auf dem Holzherd heiß machen und dann die ganzen Sachen auf dem Waschbrett schrubben mußtest! Du Ärmste!»

Mutter am Waschzuber, Mutter am Herd, Mutter, wie sie hinausrennt, um die Laken von der Leine zu holen, wenn ein Gewitter aufzieht. Mutter, wie sie bis spät in die Nacht hinein näht – Frühlingsmäntel für uns, Spielanzüge, Puppenkleider für meine erste und einzige Puppe.

Sie lachte wieder. «Ja, aber das hat mir nichts ausgemacht. Ich habe gern dort gelebt.»

Sie hat nicht meine Erinnerungen.

Sie lachte immer noch. «Ich war wirklich gern dort», beschloß sie das Gespräch.

War.

1. März. Mutter ist krank. Dad hat gestern abend angerufen. Sie fühlte sich ein paar Tage, nachdem sie uns verlassen hatten, nicht wohl und bestand darauf, daß sie zurück nach Hause fuhren. Die ganze lange Fahrt für eine gute Woche Aufenthalt! Sie hat eine böse Grippe, sie meint, sie hat sich bei mir angesteckt. Ist denn das die Möglichkeit?

2. März. Sie löst bei mir ein ganz bestimmtes Gefühl aus, und ich lasse es auch noch zu: Wenn Mommy mich nicht liebt, ist jede andere Liebe wertlos. Himmel noch mal.

Dabei liebt sie mich. Auf ihre Weise. Auf die einzige Weise, die sie kennt. So wie ihre arme Mutter sie geliebt hat. All die vielen Generationen von Müttern, ängstlich bemüht, ärgerlich ihren Töchtern gegenüber, bang um ihr Überleben besorgt, wohl wissend, wie ihr Leben aussehen wird, wenn sie sie durchbringen. Mein Gott.

3. MÄRZ. Bin heute richtig gelaufen, sogar mit den Kindern den Strand entlang gerannt. Konnte meine Kamera tragen! Habe Bilder von ihnen gemacht!

Heute nachmittag waren sie so müde vom Toben am Strand, daß sie alle ein Mittagsschläfchen gemacht haben und Arden sich ein Weilchen zu mir setzen konnte. Ihre Haare sind lang und formlos, sie hängen ihr ins Gesicht. Sie hat zwar inzwischen ein bißchen Farbe, aber sie ist immer noch sehr dünn, und sie sitzt ständig ganz eingefallen da. Ihre Kleider – alles diese langen, altbackenen, schlichten und tristen Sachen – sind durch die Bank verblichen und verschlissen. Es tut mir weh, sie anzuschauen: Meine stolze, temperamentvolle, schöne Tochter sieht aus wie ein schmuddeliges Aschenputtel. Sie wirkte so schwach und erschöpft, daß ich Hemmungen hatte, direkt auf sie loszugehen, aber ich konnte nicht länger schweigen. Also tat ich es: Ich fragte sie, warum sie mir so lange entglitten war.

Sie sagte: «Ich wollte mich schützen.» Mit dünner, harter Stimme.

«Vor mir?»

Sie warf mir einen blitzenden Blick zu. «Was glaubst du denn, vor wem?»

«Arden, das verstehe ich nicht.»

«Ach nein!» Sie warf den Kopf in den Nacken, und einen Moment lang bot sich mir ein schwacher Abglanz dessen, was sie einmal gewesen war. «Du bist so blind! Du siehst nichts! Auch nicht, wie du immer Billy vorgezogen hast, der liebe Billy vorne, der liebe Billy hinten...» Sie wandte sich brüsk ab.

«Arden, das glaube ich nicht.»

Ihr Kopf schwang wieder zurück. «Du kannst es ruhig glauben! Alles, was er tat, war toll, großartig, alles, was ich tat, war verkehrt. Ich war immer die Böse, die Schwierige!»

Ich dachte einen Moment lang nach. «Aber das warst du doch auch.»

«Oh!» Sie drückte ihre Zigarette aus und stand auf. «Es hat keinen Sinn, mit dir zu reden!» Sie stürmte los, in Richtung der Schiebetür zum Wohnzimmer.

«Arden, bitte setz dich hin. Halte einmal im Leben einer

Auseinandersetzung stand. Solange ich mich erinnern kann, rennst du im Zweifelsfall aus dem Zimmer. Könntest du dich bitte hinsetzen und den Mund aufmachen und mir mehr darüber sagen? Weil –» fuhr ich fort, während sie sich widerstrebend und ärgerlich hinsetzte, «ich weiß, daß da etwas zwischen Billy und mir ist, was wir, du und ich, so nicht haben – eine bestimmte Art von Nähe. Ich habe immer geglaubt, daß du das mit deinem Vater hattest...»

«Davon habe ich aber viel gehabt!»

«Du warst immer zu wütend auf ihn. Wahrscheinlich, weil er genau das geleugnet hat, diese Nähe.»

Tränen traten ihr in die Augen, und ich schwieg. Sie saß da und sah auf den Golf hinaus. Ein paar Tränen liefen ihr über die Wangen. Sie wischte sie mit der Hand weg wie ein Kind (was mir schier das Herz zerriß). Sie schneuzte sich die Nase, und ich sprach weiter.

«Aber das ist Chemie oder Biologie oder wer weiß was, vielleicht ist es einfach sexuell. Vielleicht hatte Freud ja recht. Aber es stimmt nicht, daß ich Billy mehr liebe als dich. Das hat nie gestimmt.»

Ihr Mund verzerrte sich.

«Du hast es mir ganz schön schwer gemacht. Vielleicht erinnerst du dich nicht mehr daran. Du warst eifersüchtig auf Toni wegen meiner Beziehung zu ihm...» (Und ich hatte immer gedacht, es sei Eifersucht auf mich gewesen, wegen Toni.)

«Der Scheißkerl!»

«Und vielleicht bin ich mit alldem nicht gut umgegangen. Ich wußte es einfach nicht besser. Aber es hat mir das Herz gebrochen, dich zu verlieren. Das habe ich nie gewollt...»

Sie sprang plötzlich auf. «Möchtest du noch ein Glas Wein?»

Ich nickte, und sie ging nach drinnen. Sie kam mit zwei Gläsern Wein wieder heraus, stellte ihres jedoch auf den Tisch und fing an, auf der Terrasse auf und ab zu gehen, wobei sie hinaus aufs Wasser, auf den Wald um uns herum und wieder aufs Wasser starrte. Sie drehte sich um, die Hände hinter sich auf die Brüstung gelegt, und sah mich aus kalten Augen an.

«Ich bin hierhergekommen, um mich um dich zu kümmern.»

«Arden! Das weiß ich! Und du weißt, wie dankbar ich dir dafür bin!»

Sie ignorierte, was ich sagte. «Ich habe Jake gesagt, ich müßte es einfach tun, du wärst meine Mutter, und du bräuchtest mich und all dieses Zeug. Ich weiß nicht, ob er es geglaubt hat, aber er hat es akzeptiert.» Sie leckte sich über die Lippen. Sie sahen trocken und aufgesprungen aus. Sie griff nach ihrem Glas und trank. «Aber das ist nicht der einzige Grund, weshalb ich hier bin. Ich meine, ich wollte dir wirklich helfen. Aber ich hatte nicht das Gefühl, dir irgend etwas schuldig zu sein. Du hast mir so gut wie überhaupt nicht geholfen, als die Kinder geboren wurden...»

Oh, diese bittere Stimme. Ich bemühte mich, nicht zu schreien. «Ich habe versucht, dir zu helfen! Ich bin gekommen, als du Jeremy bekommen hattest. Es war sehr schwer für mich, Arden, zusehen zu müssen, wie du dich abgestrampelt hast, einen Säugling zu versorgen ohne heißes Wasser, überhaupt ohne fließendes Wasser, Himmel noch mal, an einem Ort, wo man zum Pinkeln jedesmal bei eisigem Wetter zum Klohäuschen hinaus mußte –» Ich trank von meinem Wein, bemüht, meine Stimme, mein Gesicht unter Kontrolle zu halten, aber ich wußte, daß sie merkte, wie wütend ich war, sie hatte immer gewußt, was ich fühlte. «Und dann das Essen bei euch, immer Rüben, Kohl, Karotten, Kartoffeln, Linsen, jeden Abend... Aber trotzdem wäre ich dageblieben, so lange du gewollt hättest, daß ich bleibe, wenn ich es hätte aushalten können, mit den ganzen anderen Leuten, der Art, wie sie mich behandelten, wie sie mich ansahen! Ich habe mich gefühlt, als wäre ich eine Weiße unter lauter Schwarzen oder eine Nazifrau unter lauter Juden – aber das war ich doch nicht, ich wußte nicht, was ich euch angetan hatte, aber ich wußte, daß ich verhaßt war!» Meine Stimme war inzwischen schrill geworden, mein Gesicht heiß, ich konnte nicht dagegen an.

Sie sah mich die ganze Zeit unverwandt an und senkte dann den Blick. «Keine Bange, falls ich noch ein Kind kriegen sollte, kannst du mir helfen, ohne dir Gedanken über heißes Wasser machen zu müssen.» Ihre Stimme klang sarkastisch.

«Jacob will aus der Kommune wegziehen, er ist jetzt ein richtiger fertiger Anwalt und will in der Stadt leben. Um genau zu sein, in der Großstadt.»

«New York?» Ich konnte nicht dagegen an: Ich jubelte innerlich.

Sie nickte. Sie trank wieder von ihrem Wein. Sie ging auf und ab.

«Ich bin mir nicht sicher, ob ich mitgehen werde.»

Ach so.

«Doch ich weiß nicht, wie ich leben soll, wenn ich es nicht tue!» Ihre Stimme war voller Wut, ihr Gesicht zornverzerrt. Sie stieß ein paarmal den Atem heftig aus und setzte sich dann auf die Bank entlang der Terrassenbrüstung, ein Stück von mir entfernt. «Ich kann uns nicht mit Trockenblumen und Gedichten ernähren», sagte sie bitter.

«Würde Jacob denn nicht für seine Kinder zahlen?»

Sie zuckte mit den Schultern. «Das solltest du dir eigentlich selbst beantworten können. Was hat Daddy schließlich zu unserem Unterhalt beigetragen? Und was ist mit diesem Scheißkerl von Toni? Jacob ist sauer, er will, daß ich mitkomme, er versteht überhaupt nicht, warum ich nicht möchte. Wir sollen alle in einem hübschen modernen Schuhschachtelhäuschen in der Stadt leben, genau wie all die anderen etablierten Leute. Ich erkenne ihn überhaupt nicht mehr wieder. Was würde er wohl für uns tun und wie lange? Ich habe nicht das Gefühl, daß ich mich darauf verlassen kann.»

«Aber worum geht es denn eigentlich, Liebes? Willst du in der Kommune bleiben? Oder willst du von Jacob weg?»

Ihr grauer Blick war nicht mehr so hart, nur noch kühl. «Tja. Das ist ja das Problem: Ich weiß es nicht.»

Ich dachte an ihr Leben dort draußen. Es war schwer. Die einzige Heizung war der Kamin, und deshalb mußte ständig Holz gehackt werden, die Frauen waren dafür ebenso zuständig wie die Männer. Die Frauen verrichteten die meiste Küchenarbeit. Ardens Hände, früher so lang und elegant, waren jetzt dick und rot und schrundig. Seit ihrer Ankunft in Florida waren sie etwas weniger zerschunden. Kein heißes Wasser zum Baden, zum Spülen, zum Wäschewaschen. Die vegetarische Ernährung bedeutete stundenlanges Hacken und

Schnipseln. Sie buken ihr Brot selbst, machten eigenen Käse aus Ziegenmilch. Sie mußte die Babywindeln in einem großen schweren Topf auskochen. Zumindest brauchte sie nicht zu bügeln – ein Bügeleisen besaßen sie nicht. Wenigstens etwas, das ihr erspart blieb. Im Winter war es dort oben eiskalt, im Sommer heiß. Aber das Leben dort gefiel ihr. Das durfte ich nicht vergessen.

«Ich glaube an die Art, wie wir leben», sagte sie schließlich. «An das Prinzip: Auf dem Land und vom Land zu leben, ohne all das künstliche Zeug, ohne den ganzen Kommerz und Konsum und Materialismus, ohne die ständige Jagd nach dem riesigen Erfolg und der großen Chance und dem neuesten Trend... Ich möchte dort bleiben...» Ihre Augen wurden wieder feucht.

Ich wartete.

«Aber es hat sich alles geändert. Die Leute – klar, natürlich hat es Wechsel gegeben, das ist ganz unvermeidlich in einer Kommune. Aber so wie es jetzt ist, stinkt es mir! Ich hasse es!» Sie stand auf und begann wieder auf und ab zu gehen, wobei sie ihre Hand über die hölzerne Brüstung gleiten ließ. Ich wollte sie warnen, tu das nicht, Arden, du wirst dir einen Splitter holen – aber ich schloß den Mund wieder und wartete.

«Es ist alles so schwer, und ich weiß auch nicht warum, aber die meiste Arbeit bleibt letztlich an den Frauen hängen, ich meine, wir helfen auch mit beim Pflügen und beim Säen und den anderen schweren Arbeiten. Als wir letztes Jahr eine der Hütten reparieren mußten, sind wir alle mit Hämmern und Nägeln auf die Leitern gestiegen und haben zugepackt. Aber wenn es um die Kinder geht oder die Wäsche oder das Kochen oder das Geschirrspülen, lassen uns die Männer sitzen... Ich muß dauernd schuften! Es war alles in Ordnung, bis die Kinder da waren. Und auch nach Jeremys Geburt ging es noch gut, es waren drei andere Frauen da, und Jacob hat mitgeholfen. Aber nachdem er sein Jurastudium angefangen hatte, konnte man ihn vergessen. Und dann sind die Frauen ausgezogen, und die neuen sind anders...»

Sie ließ sich auf die hölzerne Bank fallen, ihr Oberkörper sank in sich zusammen, das Haar hing ihr schlaff und fettig ins Gesicht. «Die Schulbehörde ist auch hinter uns her, und da haben wir natürlich keine Chance, ich werde die Jungen im Herbst in die Schule schicken müssen. Das ist ein absoluter Horror – ich muß sie jeden Morgen um halb sieben den ganzen Berg hinunter bis zur großen Straße fahren, wo der Bus hält – und sie dann jeden Nachmittag wieder abholen. Du weißt ja, wie die Strecke ist. Das wird mich jeden Tag Stunden kosten, und auf der Farm gibt es niemanden mehr, der bereit ist, mir dabei zu helfen, außer...»

«Außer?»

«Ach, da ist so ein Typ.» Sie schnippte ihren Zigarettenstummel heftig hinaus in den Sand. Sie sammelte sich und wandte sich wieder zu mir. «Philip. Ein Neuer. Er ist sehr attraktiv, und er... na ja, er mag mich. Ich könnte bleiben. Mit ihm. Aber er ist noch so schrecklich jung.» Sie sah mich erwartungsvoll an. Ihr Gesicht war um Jahre gealtert.

Ich sah ruhig und stet zurück. Sie schaute weg.

«Ich weiß nicht, was ich machen soll.» Sie stieß diese Worte ungerichtet hervor, in den Wind.

«Hör zu», sagte ich fest, «ich weiß jedenfalls, was du als erstes tun solltest.» Ihr Kopf fuhr herum. «Laß dir die Haare schneiden.»

DIENSTAG. Hätte ich Arden vor zehn Jahren gesagt, sie solle zum Frisör gehen, hätte sie mich angeschrien, daß ich immer nur an ihr herummeckere, aber diesmal hat sie gelächelt. Heute waren wir zusammen in der Stadt, und sie hat sich die Haare kurz schneiden lassen und sieht jetzt Jahre jünger und viel besser aus! Deshalb ging es ihr wahrscheinlich auch besser, und als ich sagte, ich wolle ihr ein paar hübsche Sachen im Florida-Look kaufen, blaffte sie mich nicht an, ich wolle eine bourgeoise Spießerin aus ihr machen, sondern wir gingen ganz friedlich und fröhlich in ein paar hübsche Geschäfte und kauften ihr Hosen, Shorts, Oberteile und ein paar Röcke und Schuhe – sie sieht großartig aus! Ich hielt allerdings auch an mich und ging nicht so weit, ihr vorzuschlagen, ihre indischen Fummel gleich in den Müll zu werfen...

Aber ich ging trotzdem weiter. Ich muß immer meine Grenzen ausloten. Wir waren zusammen zu Mittag essen, in einem hübschen kleinen Restaurant mit Hängepflanzen und Fenstern hinaus zum Wasser. Dort schnitt ich ein möglicherweise heikles Thema an.

«Ich habe noch einmal über das nachgedacht, was du gestern gesagt hast, daß du gern in der Kommune bleiben möchtest, weil du das Prinzip gut findest. Und ich kann es verstehen. Aber – na ja, weißt du, *Prinzipien* – ich habe festgestellt, daß die Leute, die solche Prinzipien vertreten, in der Regel nicht die sind, die dann auch die Arbeit machen müssen. Ich habe auch einen Haufen kluge Sachen gelesen, gegen den ganzen Kommerz und Konsumterror und die fehlgeleiteten Bedürfnisse der Menschen nach Waschmaschinen und Kühlschränken – und die Autoren sind immer Männer. Ich meine – es ist ja auch schön zuzugucken, wie Frauen ihre Wäsche am Fluß oder am Dorfbrunnen waschen –, aber ist es auch so schön, das zu machen? Ob du nach Griechenland gehst, in die Türkei oder nach Indien, es sind immer die Frauen, die die meiste Arbeit machen, in der Landwirtschaft und im Haus. Ich würde solche Ideen sehr viel höher achten, wenn die Männer, die sie verfechten, selbst die Wäsche waschen würden oder das Wasser holen oder jeden Tag zu Fuß zum Markt gehen. Es ist leicht, Prinzipien zu haben, wenn man die Arbeit nicht machen muß.»

Sie sah mich an. Sie dachte über meine Worte nach. Das hatte Arden nicht mehr getan, seit sie elf war. Seit... Toni...

Wir fuhren wieder nach Hause. Sie erteilte den Jungen ihren Unterricht und kam dann für ein nachmittägliches Gläschen Wein zu mir auf die Terrasse. Wir saßen ein Weilchen schweigend da und sahen zu, wie der große rote Sonnenball tiefer sank. Dann wandte sie sich mir zu. «Hast du viele Männer geliebt?»

«Das kommt ganz darauf an, was du unter lieben verstehst. Ich habe eine Menge Männer für den Augenblick geliebt, vielleicht sogar für einen Monat oder zwei. Aber Liebe länger aufrechtzuerhalten ist mir nur einige wenige Male gelungen.»

«Bei Daddy und Toni und bei wem noch?»

«Einem Mann namens Grant. Du hast ihn nie kennengelernt. Ein Reporter.»

Ihre Augenbrauen wölbten sich in die Höhe. «Du hast Sachen nebenbei gehabt?»

«Ja, das habe ich, Arden.»

Sie lächelte. «Da bin ich aber froh.»

«Ich auch. Ich würde es sehr bedauern, wenn ich es nicht getan hätte.»

«Das Problem ist, daß es nicht reicht.» Sie sah mich an. «Liebe. Als ihr euch habt scheiden lassen, du und Daddy, konnte ich es überhaupt nicht verstehen, ich dachte, Liebe, wahre Liebe, würde immer und ewig halten. Und als Toni weggegangen ist – da habe ich *ihm* die Schuld gegeben, nicht dir. Er hat sich von Hollywood einwickeln lassen, von dem ganzen beschissenen Glitzer, dem Geld, einfach widerlich...»

«Das ist nicht fair. Das wird ihm nicht gerecht. Toni hat getan, was er tun mußte, wenn er sich nicht selbst verachten wollte. Und außerdem wußte er, daß ich andere Männer hatte. Ihm vorzuwerfen, daß er mich verlassen hat, ist genauso verdreht, wie mir vorzuwerfen, daß Daddy sich mit Fern eingelassen hat. Du stellst immer alles auf den Kopf.»

«Oh, Mom, bei eurer Scheidung, Daddys und deiner, war ich noch ein Kind, natürlich habe ich dir die Schuld dafür gegeben, daß Daddy weggegangen ist. Und außerdem, was soll dieses Arme-betrogene-Ehefrau-Getue? Du warst doch nicht unglücklich, als Daddy sich mit Fern eingelassen hat.»

Ich grinste. «Du hast mich durchschaut.»

«Glaubst du vielleicht, er nicht? Was meinst du denn, warum er dich immer überall schlecht macht? Er wird dir nie verzeihen, daß du ihn ausgetrickst hast.»

«Jetzt paß mal auf, Arden, alles brauche ich mir nun auch wieder nicht anzuziehen! Ich war in dieser Ehe nicht glücklich, und ich wußte, wenn ich ihn verlassen würde, dann würde er nicht für euren Unterhalt aufkommen. Ich habe mich einfach nur geweigert, die Frau zu sein, die er wollte oder von der er glaubte, daß er sie wollte. Ich habe gewartet und die Dinge ihren Lauf nehmen lassen. Verdammt, ich bin doch nicht allmächtig!»

Sie lachte. «Schon gut, schon gut! Entschuldige. Aber du bist meine Mutter, und Mütter sind für Kinder immer allmächtig, oder etwa nicht?»

«Und Toni tust du auch Unrecht. Er mußte weg von uns, von mir. Er mußte sich weiterentwickeln.»

«Quatsch. Er hätte sich auch mit uns weiterentwickeln können.»

«Das glaube ich nicht. Unsere Beziehung war zu starr festgelegt – ich war zu festgelegt –, ich mache mir deshalb keinen Vorwurf, ich war einfach nur so: dominant. Er hatte keinen Platz, sich zu entwickeln.»

Sie dachte nach. «Du meinst, ich muß meine moralischen Kategorien ändern?»

«Vielleicht nicht deine moralischen Kategorien, aber dein Urteil über Menschen. Wenn du anderen gegenüber nicht großzügiger bist, wie kannst du dir dann selbst etwas zugestehen?»

Sie schaute aufs Wasser hinaus. «Als ich klein war, habe ich dich vergöttert. Ich wollte genauso werden wie du. Und als ihr euch dann habt scheiden lassen, du und Daddy, habe ich beschlossen, nie so eine Frau und Mutter zu werden wie du, eine, die nie kochen wollte, die nie wollte, was Daddy wollte, die immer nur lustige Sachen gemacht hat – das war zwar schön, als wir klein waren, aber es war auch beängstigend, so als hätten wir eine Schwester und keine Mutter. Und als ich größer war – ich weiß auch nicht –, da bin ich total ausgerastet oder die Welt ist übergeschnappt. Ich fand immer nur alles an dir falsch, ich fand dich tyrannisch. Und ich war sauer auf dich, weil du immer weg warst...»

«Ich war vielleicht eine Woche im Monat weg!» protestierte ich. «Bis auf einige wenige längere Reisen!»

Sie dachte darüber nach. «Stimmt wohl. Ich habe es nicht so empfunden.» Sie zündete sich eine Zigarette an und drehte sich zu mir um. «Ich wollte meine Kinder nie hinter irgend etwas anderem zurückstellen. *Sie* sollten mein Leben sein. Aber Herrgott!...»

Ich schwieg gespannt.

Sie wandte sich wieder ab. «Es reicht anscheinend einfach nicht», flüsterte sie. «Nicht einmal sie.»

«Ohne Arbeit daneben nicht», sagte ich ruhig.

«Aber Arbeit reicht doch auch nicht. Wenn man arbeitet, will man Erfolg haben. Mein Gott, was sind wir nur für Geschöpfe! Wir wollen alles!»

Du willst immer alles, Anastasia!

«Warum auch nicht? Was ist denn so schlimm daran, alles an sich ausleben zu wollen, alle Seiten zu verwirklichen, die man hat?»

«Es erscheint mir so... so egoistisch!» sagte sie schaudernd. «Vor allem, wenn man an all die Menschen auf der Welt denkt, die gar nichts haben...»

«Wenn du bereit bist», sagte ich scharf, «dein Leben darauf zu verwenden, Leuten zu helfen, die gar nichts haben, dann tu es. Wenn du es nicht bist, dann laß es!»

«Dazwischen gibt es nichts?»

Ich zuckte mit den Schultern. «Doch, natürlich. Geld an entsprechende Stellen schicken. Verschwendung vermeiden. Nicht selbstzufrieden werden.»

«Wahrscheinlich hast du recht», seufzte sie. «Also gut, ich will alles. Und zu alldem, was ich will, gehört auch Erfolg. Und den habe ich eben nicht.» Sie beugte sich vor, als krümmte sie sich vor Schmerzen, und schaute zwischen ihren Beinen hinunter auf den Boden. «Ich glaube, daß ich wirklich gut bin. Inzwischen. Ich glaube, daß ich mein Handwerk jetzt beherrsche. Ich veröffentliche eine ganze Menge Sachen.» Sie hob den Kopf. «Was denkst du?»

Ich nickte. «Die Gedichte, die du mir in den letzten Jahren geschickt hast, waren gut...»

«Aber?» Scharf.

«Gut», wiederholte ich mit mehr Nachdruck.

«Was ist damit?»

Sie will es so genau wissen, dachte ich. Alles, selbst das Schlimmste. Genau wie ich. Aber Arden ist nicht wie ich. Oder vielleicht doch. «Sie sind gut, Arden. Ich finde nur, sie kommen aus einem sicheren geschützten Eckchen... aus einem Garten mit einer hohen Mauer.»

Sie lehnte sich zurück ans Geländer.

«Schau, du solltest nicht ausgerechnet mich fragen. Viele Dichter schreiben so – selbstzufrieden. Nimm nur den späten Auden. Viele Dichter verkünden moralische Lektionen, die uns angeblich die Natur lehrt, wie man die Leidenschaften zügelt und sich in die Notwendigkeiten fügt und lernt, mit der Depression zu leben. Das ist alles völlig akzeptabel, ich mag es nur nicht. Und respektiere es auch nicht sonderlich.»

In der Stille, die darauf folgte, hörte ich meine eigenen Worte nachklingen. Wenn ich mich einmal gehenlasse, dann ganz. Hätte ich meine Worte doch nur zurücknehmen können...

«Ich glaube, die Kinder sind wach. Ich sollte besser reingehen.» Und das tat sie auch.

Verdammt. Und es lief gerade so gut zwischen uns.

6. MÄRZ. 2 Uhr morgens: Vor ein paar Minuten hat Arden an meine Schlafzimmertür geklopft. Ich schrieb gerade in mein Tagebuch. Ich habe es zugeklappt und unter meine Bettdecke gesteckt, mir ein Buch genommen und es aufgeschlagen und herein gerufen.

Sie hatte im Bett gelegen, war ganz zersaust und verquollen. Vielleicht hatte sie geweint.

«Mom?» Ihre Stimme klang haargenau wie damals, als sie zwölf oder dreizehn war, eine Kleinmädchenstimme, kläglich. «Ich weiß, daß sie dich wie ein Stück Dreck behandelt haben, Mom, die Typen auf der Farm. Es tut mir leid. Wirklich. Es hatte nichts mit dir zu tun, es kommt daher, daß sie einfach so waren... so sind.»

«Sie?»

«Du meinst, ich war genauso? Stimmt vielleicht. Wir waren gemein. Ich weiß nicht, warum. Es war die Zeit. Es schien richtig damals. Aber es tut mir leid.»

Ich streckte die Arme aus, und sie kam zu mir. Sie hockte sich auf meine Bettkante, und wir hielten uns mehrere lange Minuten schweigend umarmt.

«Geh jetzt schlafen», flüsterte ich und küßte sie aufs Ohr.

Das erste Mal, daß Arden sich bei mir entschuldigt hat, seit sie zwölf war. Und noch dazu, nachdem ich sie verletzt hatte. Sollte es möglich sein, daß wir streiten und uns wieder versöhnen können? Dann können wir eine ehrliche Beziehung haben.

7. MÄRZ. Bin jeden Morgen spazierengegangen, zum Naturschutzgebiet. Habe Stativ und Kamera aufgebaut und gewartet – auf die Schlangenhalsvögel, die Alligatoren, die Reiher, die Riesenschildkröten. Das macht mir solche Freude. Es ist

so rein: Tiere leben ohne moralisches Streben, daher ohne das Gefühl der Verderbtheit. Für Tiere ist Schmerz immer nur körperlich. Oder ist das alles eine Projektion, ein Trugbild?

8. MÄRZ. Ich fühle mich genesen, ich fühle mich stark. Ich kann mehrere Kilometer durch das Naturschutzgebiet wandern und dabei meinen Kamerakoffer tragen. Ich glaube, es werden tolle Fotos herauskommen. Ich habe sie noch nicht entwickelt. Vielleicht bin ich ja geheilt. Wenigstens zu einem gewissen Grad. Das schwarze Loch kommt immer noch ab und zu. In manchen Nächten falle ich hinein – oder besser, es blitzt in meinem Kopf auf, die Vorstellung, alles loszulassen, die Vorstellung vom Tod als Ruhe und Frieden und Ende des Schmerzes, als *Freiheit*...

10. MÄRZ. Arden kam gestern wieder spätabends zu mir ins Zimmer – diesmal mit einem Tablett mit einer Flasche Brandy und zwei Gläsern darauf.

«Kannst du das mittlerweile wieder vertragen?»

Wie hätte ich da nein sagen könne, ganz egal, wie ich mich fühlte? Auch wenn Brandy meinen Magen immer in Aufruhr versetzt. Es war erst kurz nach elf. Ich saß im Bett und las. Ich klopfte einladend auf den Matratzenrand neben mir, aber sie setzte sich auf den Stuhl und rückte damit ein Stück vor, so daß wir einander gut sehen konnten.

«Ich habe noch einmal darüber nachgedacht», hob sie an. «Ich glaube, ich muß weg von der Farm. Es sind nur noch fünf Leute da, außer Jake und mir und den Kindern. Die Zeiten ändern sich eben.» Sie grinste. «Es ist nicht das Richtige für mich, auch wenn ich immer noch meine, daß es die richtige Art zu leben ist. Es ist zu mühsam. Und vielleicht ist das Leben dort draußen ja auch von irgendeinem Punkt an zu abgeschieden für die Kinder.

Und Philip... Er ist ein lieber Kerl, ich finde ihn sehr anziehend, und ich hätte nichts dagegen, mit ihm ins Bett zu gehen. Aber darauf kann ich mein Leben nicht gründen, jetzt nicht mehr. Früher habe ich das gemacht – ich bin ursprünglich vor allem wegen eines Mannes in die Kommune gezogen. Aber jetzt habe ich die Kinder und muß verantwortlicher denken.

Philip ist zwar lieb und nett, aber wer weiß, wie er sich entpuppen würde, wenn wir eine Liebesbeziehung hätten, es sind schließlich nicht *seine* Kinder, und er ist noch so jung, erst zweiundzwanzig...

Aber ich weiß nicht genau, wie ich zu Jacob stehe. Fändest du es moralisch falsch von mir, wenn ich mit ihm ginge und es ausprobieren würde, obwohl ich weiß, daß ich nicht mehr das gleiche für ihn empfinde wie früher? Obwohl ich weiß, daß ich ihn wahrscheinlich nicht mehr liebe?

Ich kann es einfach nicht alles so genau klären...» Ihre Stimme verlor sich. Sie hatte so entschieden begonnen, so sicher, so logisch.

Ich lehnte mich in meine Kissen zurück. «Arden, ich habe keine klaren moralischen Grundsätze. Ich weiß nur eins: Es ist unmoralisch, gegen dich selbst zu handeln. Wenn du etwas tust, wobei du dich schlecht fühlst – korrupt oder schmutzig oder opportunistisch –, dann ist es falsch. Ich fürchte, das hilft dir auch nicht allzuviel.»

Sie sah verwirrt drein.

«Was empfindest du denn bei dem Gedanken, mit Jacob in die Stadt zu ziehen?»

Sie zündete sich eine Zigarette an. «Ich weiß nicht.» Sie trank einen Schluck von ihrem Brandy. Sie weiß es wohl, dachte ich.

«Ich habe Jacob nicht mehr gern», sagte sie schließlich. «Ich mochte ihn immer weniger, seit er wieder angefangen hat zu studieren. Sein Jura. Das hat ihn irgendwie verändert.»

«Was bedeutet es für dich, mit ihm zusammenzuleben?»

Sie verzog das Gesicht.

«Und die Kinder?»

Sie runzelte die Stirn. «Die Kinder lieben ihn. Das ist das Problem.»

«Und wie ist er zu ihnen?»

«Er ist gut zu ihnen. Wenn er da ist. In New York – na ja, ich stelle mir vor, daß er nicht viel Zeit haben wird.»

«Weiß er, wie es in dir aussieht?»

«Ich weiß nicht.» Piepsige, schwache Stimme.

Das klang nach dem Ende einer Ehe. Aber wer weiß? Manche Leute finden wieder zueinander. Das ist nicht gerade etwas, worin ich sehr bewandert bin. Aber mit meinen Kindern bin ich doch auch dabei, mich zu versöhnen, oder nicht?

«Ich dachte immer, Liebe, die nicht aus Stärke erwächst, sei Feigheit. Leute, die sich in ihren Beziehungen aus wechselseitiger Abhängigkeit aneinanderklammern, fand ich immer schwach, erbärmlich. Ich dachte, wahre Liebe zwischen erwachsenen Menschen bestünde darin, daß man sein eigenes Leben fest in der Hand hat und aus einem Gefühl der Stärke heraus Energie und Zärtlichkeit geben kann. Und ich glaube, ein Teil von mir hat immer das Gefühl gehabt, daß jede Form von Bedürftigkeit, von Abhängigkeit etwas Verächtliches ist. Bloß keine Kompromisse. Sich bloß nicht einem anderen Menschen ausliefern...»

Arden saß kerzengerade auf ihrem Stuhl. Keine eingefallenen Schultern.

«Ich dachte immer, Freiheit bestünde darin, daß man unabhängig ist, niemanden braucht, seine Arbeit hat und verdammt noch mal das tut, was man will.» Ich trank von meinem Brandy. «Und das war für mich das wahrhaft heroische Leben, das man – oder frau – anzustreben hatte. Und wenn man dabei schließlich allein endete, dann sollte es wohl so sein. Denn mit Menschen zusammenzusein, führte zu Kompromissen, Nachgeben, Abhängigkeit. Für die Zweisamkeit gibt man auf, was man ursprünglich wollte. Und das war für mich zweitklassig. So habe ich immer gedacht. Bis vor kurzem», meine Stimme schlug um.

«Na ja», ich brachte ein gequältes Lachen zustande, «ich bin eben ein Kind der fünfziger Jahre. Aber heute...»

«...da du alt und weise bist», sagte Arden lachend, und ich lachte mit.

«Genau. Heute glaube ich, daß niemand emotional autark ist. Man kann höchstens so tun, und wenn man sich erfolgreich genug bemüht, so zu tun, wird man irgendwann krank – psychisch oder körperlich.»

Arden sah mich mit hochgezogenen Augenbrauen an. «War das bei dir der Grund?»

Ich nickte.

«Und wenn man bedürftig ist, dann macht man Kompromisse, man muß Kompromisse machen, um mit einem anderen Menschen auszukommen, und wenn man den anderen braucht, tut man es auch. Auch wenn es manchen Menschen... mir... schwerfällt, Kompromisse zu machen, weil ich mich dabei irgendwie... korrumpiert fühle, schwach. Ich bin mir nie sicher, ob ich zuviel aufgebe oder nicht genug.»

Sie starrte mich an. «Und was soll ich jetzt machen?»

«Ach, Liebes», seufzte ich, «ich kann dir nur sagen, was ich weiß.»

Ich bin Ardens Mutter. Sie wird mich immer so in Erinnerung haben, wie ich meine Mutter in Erinnerung habe. Meine Mutter beendet ihr Leben in einer Weise, die uns allen suggeriert, daß wir ihr gegenüber versagt haben. Sie ist wütend auf uns, weil ihr Leben zu Ende geht, weil sie nie das Leben gelebt hat, das sie leben wollte. Das ist uns gegenüber nicht fair. Ich will es besser machen. Wenn ich kann. Um Ardens willen, um Billys willen, um Frannys willen, weil ich sie liebe, liebe, liebe...

15. MÄRZ 1980. Ich habe mein Tagebuch in letzter Zeit vernachlässigt. Aber es ist so viel passiert. Jacob hat angerufen und Arden nach Hause beordert. Das hat die Sache entschieden, fürchte ich. Sie geht zurück, aber mit gezückten Waffen, und sie sieht aus wie eine Göttin, braungebrannt und mit sonnengebleichten Haaren und stark... Sie hat ein bißchen zugenommen, und ihr Körper sackt nicht mehr in sich zusammen. Er wird sie nicht wiedererkennen.

Ich werde sie und die Kinder zum Flughafen fahren, selbst aber noch eine Woche oder zwei hierbleiben. Es wird öde sein ohne sie. Ich habe mich daran gewöhnt, mit meiner wundervollen Tochter zusammenzusein.

20. MÄRZ. Clara ist hergekommen, völlig fertig: *Outsiders* ist bankrott. Sie ist am Boden zerstört. Sie sagt: «Wenn es einem sehr schlecht geht, dann geht man zu der Person, die man liebt, egal, ob sie einen wiederliebt.» Sie ist sehr rührend, sie ist wie ein Kind in ihrem Schmerz, jedesmal wenn ich sie anfasse oder etwas Nettes für sie tue, schmiegt sie sich an mich wie ein Baby.

Mir geht langsam auf, was da zwischen uns ist: Wir *bemut-*

tern einander. Ich weiß nicht, ob Frauen immer so zueinander sind, aber wir sind es. Deshalb hat sie wahrscheinlich auch ständig auf mir herumgehackt wegen meiner Mutter. Sie wollte mir damit sagen, ich könnte auch anderswo mütterliche Zuwendung – und zwar bessere – finden, wenn ich nur hinschauen, die Hand ausstrecken würde.

Sie ist im Moment viel zu verstört, um sexuelle Wünsche zu haben, so daß ich in dem Punkt bislang vor keine Entscheidung gestellt war. Wir sprechen über mögliche Zukunftsperspektiven. Vielleicht werden wir zusammen eine neue Zeitschrift gründen, eine, die Fotos und belletristische Texte und Gedichte und Theorie bringt. Vielleicht wäre das ja auch etwas für Arden. Aber ich fürchte, dazu würde es mehr Geld brauchen, als ich habe.

Clara und ich werden noch ein paar Wochen hierbleiben und versuchen, zu einer Entscheidung zu kommen, was wir tun wollen.

Es ist April, die Straßen der Stadt sind kalt. Der Wind pfeift durch die alten undichten Fenster von Claras Wohnung. Sie hat Plastikplanen vor die Fenster genagelt, aber der Wind ist so stark, daß er das Plastik aufbläht, es wölbt sich, scheint lebendig.

Anastasia und Clara haben es sich in Decken gewickelt auf dem Sofa gemütlich gemacht. Anastasia ereifert sich. Sie erzählt Clara gerade, daß Arden und Jacob einen schlimmen Streit hatten, woraufhin er davonrauschte und sie in der Kommune sitzenließ, «ohne Auto, Clara! Kannst du dir vorstellen, was das heißt, ohne Auto dort oben zu hocken! Natürlich hat sie sich daraufhin doch mit Philip eingelassen, verstehst du, da saßen sie beide und fanden sich gegenseitig anziehend... Ich kann es ihr nicht verübeln. Ich weiß, wie ohnmächtig Prinzipien sind, wenn es um Begierde geht.»

«Ach! Ich dachte, du wüßtest mehr darüber, wie ohnmächtig Begierde ist, wenn es um Prinzipien geht.»

Anastasia boxt Clara leicht gegen den Arm. Clara lächelt und steht auf und holt die Weinflasche. Sie treffen sich heute abend bei Clara, weil Anastasias Wohnung voll ist: Arden, Jeremy, Jeffrey, Sarah und

Franny sind dort. Arden hat die Kommune verlassen und ist nach New York gekommen, mit den drei Kindern und achtzehn Koffern, Taschen, Bündeln und Kartons, die ihre gesamte weltliche Habe enthalten. Sie muß bei Anastasia wohnen, sie kann nirgends anders hin.

«Und was will sie jetzt machen? Sie kann doch nicht ewig bei dir bleiben.»

«Was soll sie denn machen? Mit Gedichten verdient man kein Geld. Sie könnte vielleicht als Serviererin arbeiten. Aber was wird dann mit den Kindern?»

«Sie kann doch nicht bei dir in dieser kleinen Wohnung bleiben.»

«Clara – ich habe Arden gesagt, ich könnte irgendwo eine große Dachetage kaufen, die könnten wir dann aufteilen und alle zusammen dort wohnen.»

«Nein!» Clara dreht sich heftig um. «Was ist mit uns, Anastasia! Du hast mir versprochen, dir zu überlegen, wie es mit uns werden soll! Du hast es versprochen! Wie sollen wir beide da noch zusammensein? Sie kann mich nicht ausstehen!»

«Clara, sie ist mein Kind!»

Clara zieht sich von Anastasia zurück und steckt sich eine Zigarette an.

«Aber sie hat sowieso abgelehnt.»

Clara wendet sich zu ihr. «Sie hat *was*?» Ungläubig.

«Sie war sehr ernst und nachdenklich. Sie hat sich bedankt und gesagt, das sei eine phantastische Idee und würde all ihre Probleme lösen. Aber sie hat gemeint – also, sie hat den Arm ausgestreckt und ihre Hand auf meine gelegt und gesagt: ‹Danke, Mom. Von ganzem Herzen. Aber weißt du, unsere Probleme – die zwischen dir und mir und dir und Billy – sind vor allem daraus erwachsen, daß unsere Beziehung zu eng war, daß wir zuviel zusammen waren. Ich will nicht, daß es wieder so wird.›

‹Zu eng?› rief ich, ‹ich dachte, sie war nicht eng genug!›

Sie schüttelte den Kopf. ‹Nein, Mom. Die ganzen Jahre damals. Vor Toni aber auch noch, als Toni schon ... und sogar schon, als wir noch mit Daddy zusammengelebt haben ... immer standen wir drei gegen die ganze übrige Welt, wir drei zusammen.›

‹Ich hatte es so gewollt! Ich wollte immer das Gefühl schaffen, daß wir als Familie zusammengehörten!›

‹Ich weiß. Aber das war nicht gut. Ach, doch, in mancherlei Hinsicht war es gut. Und ich weiß, daß du es lieb gemeint hast. Aber wir waren einfach zu sehr miteinander verflochten, zu eng aneinander *gebunden.*›

Ich fing an zu weinen. Arden guckte an die Decke. Sie tätschelte mir die Schulter, sie gab mir Taschentücher, sie sagte: ‹Nun komm, Mom.›

‹Schon gut›, schniefte ich. Dann entfuhr mir mehr wütend als pathetisch: ‹Ich wollte euch doch nur beschützen! Vor eurem Vater, seinen Ausbrüchen! Seinem Zorn! Und vor Sorgen, ihr habt nie gewußt, wie arm wir waren, wie schwer das alles für mich war! Ich wollte, daß ihr euch beide geborgen fühlen solltet, geliebt, mir nahe. Ich wollte nicht, daß ihr so leiden solltet, wie ich als Kind gelitten habe, unter der distanzierten Beziehung meiner Mutter zu uns, ihrem Zorn! ...› Ich weinte weiter.

Da kam Franny aus der Schule heim. Sie ließ ihre Bücher auf einen Stuhl fallen und lief zu mir. Sie schoß einen wütenden Blick auf ihre Schwester ab, rief ‹Arden!› und legte die Arme um mich.

‹Was ist, Mommy, liebste Mommy? Wein doch nicht.›

Und da fing ich an zu lachen und Arden auch. Franny war ganz gekränkt und verwirrt und funkelte uns beide wütend an, wir nahmen sie beide gleichzeitig in die Arme. Ich sagte zu ihnen beiden: ‹Da seht ihr's! Ich habe ein Monster freigesetzt. Kaum habe ich meine Gefühle wieder, fange ich an zu brüllen!›»

Anastasia lacht.

Clara sieht unglücklich drein. «Es verletzt mich, daß deine Kinder für dich immer zuerst kommen, vor mir. Wenn es um sie geht, bin ich noch nicht einmal zweite Wahl.»

«Clara», jammert Anastasia, «was soll ich denn machen?»

Sie haben die Idee aufgegeben, eine Zeitschrift zu gründen. Es überstieg ihre Möglichkeiten, und Clara, die Expertin im Geldbeschaffen, fand einfach niemanden, der bereit war, sie zu unterstützen. Was sie hingegen gefunden hat, ist ein Job, der darin besteht, für eine Gruppe ausländischer Verlage nach feministischen Büchern Ausschau zu halten. Sie bekommt von jedem der Verlage ein kleines Gehalt – was ihr, genügsam, wie sie ist, zum Leben ausreicht – und dazu eine Provision für die Bücher, die sie nehmen. Und außerdem kann sie auf diese Weise alles lesen, was sie interessiert. Sie ist ein bißchen deprimiert, aber nicht verzweifelt; fürs erste ist sie sogar ganz zufrieden. Anastasia wird bald wieder eine Ausstellung haben: Die erste war so erfolgreich, daß Alison Tate die Fotos sehen wollte, die Anastasia all die Jahre über für sich selbst gemacht hat. Sie hat beschlossen, diese Fotos in einer zweiten Ausstellung zu zeigen. Anastasia freut sich, aber sie möchte gern etwas für ihre Freundin tun. Anastasia meint, Clara sollte ein Buch über feministische Theorie schreiben. Clara seufzt, nickt. Das würde sowieso kein Geld bringen, sagt sie. Dann seufzt sie wieder, sie sagt: Eines Tages. Anastasia streichelt ihr den Kopf.

17. April 1980. Alles wird besteuert. Man kriegt nichts, ohne daß man es sofort versteuern muß. Grrr. Nichts. Nicht einmal die verdammte Luft zum Atmen. Das habe ich auch zu Clara gesagt. Ja, ich will sie, ich will eine Beziehung trotz unserer Meinungsverschiedenheiten. Aber was ist mit meinen Kindern? Endlich habe ich sie zurück, sind wir uns zum erstenmal seit vielen Jahren wieder nahe, und das will ich nicht aufs Spiel setzen.

Aber dann habe ich gedacht: Das wäre ein erpreßtes Zugeständnis. Wenn ich meine Liebe zu Clara verleugne, wenn ich sie aufgebe, damit Arden nicht eifersüchtig wird – und wer weiß? vielleicht auch Franny, sie sind so daran gewöhnt, mich ganz für sich allein zu haben... Jedenfalls, wenn ich das tue, werde ich mich nie wieder auf irgend jemanden einlassen können, es hieße, einem Druck nachzugeben, der eigentlich nicht einsichtig ist. Schließlich hat Arden selbst einen Ehemann, und eines Tages wird auch Franny...

Es ist genau wie damals, als Brad mich durch Drohungen dazu bringen wollte, Toni aufzugeben.

Clara und ich könnten ja eine heimliche Liebesbeziehung haben.

Nein, Arden würde es merken, schon wenn sie uns das erste Mal zusammen sähe. Und außerdem wäre das feige.

Nein.

Es ist Mai, ein schöner Monat in New York. Die Bäume haben einen Grünschimmer und weiche Konturen. Der Central Park erinnert von hier aus an einen blaßgrünen See. Die Leute gehen beschwingt die Gehwege der West Side entlang, mit offenen, vorn auseinandergewehten Jacken, und der Wind, der in Böen vom Fluß den Riverside Drive entlangkommt, hat die Schärfe des Winters verloren.

Anastasia ist gerade aus China zurückgekehrt, wo sie im Auftrag eines Verlegers unterwegs war, der Geld genug hat, um alles zu machen, was er möchte – und das war in diesem Fall ein Buch über Frauen in China. Sie war sechs Wochen weg, es war herrlich, ihr Kopf ist voll von Bildern, von Reisfeldern und Bergen, einer Welt in den Farben der Erde – golden und sepiafarben und ganz blaßblau. Von winzigen Gestalten mit Sonnenschirmen, die langsam durch die Reisfelder schreiten, wo sie mit den Füßen das Unkraut ausziehen, uralten Häusern aus Lehm mit roten Ziegeldächern, die die Zeit zu Sienna hat nachdunkeln lassen. Garten voller Sonnenblumen, einem Entendeich, Kindern, die Wasserbüffel führen.

Auf dem Rückweg hat sie in Frankreich Zwischenstation gemacht, wo ihr ein Preis für ihre Fotos von französischen Schriftstellerinnen verliehen wurde und alle sie als prominenten Ehrengast behandelt haben. Das hat sie sehr genossen.

Sie sagt zu Clara: «Das Altsein gefällt mir gut.»

«Du bist nicht alt.»

«Na, ich danke. Die Arthritis zwackt in meinen Daumen, ich kann meinen Kamerakoffer nicht mehr so weit tragen wie früher, mein Gehör läßt allmählich nach, und ohne Brille kann ich das Telefonbuch nicht mehr lesen. Ich wiege zwanzig Pfund mehr als ich sollte, und ich werde ganz bestimmt nicht jünger.»

Clara legt die Hand auf Anastasias Gesicht und streichelt es. «Du bist viel schöner als in deinen jungen Jahren. Ich habe, während du weg warst, in deinen Fotoalben gestöbert. Es ist die Wahrheit.»

«Na ja.» Anastasia versucht zu verbergen, daß sie erfreut ist. «Aber das meine ich nicht. Ich meine – als ich jung war – diese ganzen Jahre damals – hatte ich immer fürchterliche Angst. Nicht vor irgend etwas Bestimmtem, nur vor meiner eigenen Unwissenheit. Ich hatte immer das Gefühl, überhaupt nichts zu kapieren, nicht zu wissen, wie die Welt funktioniert, warum die Leute sagen, was sie sagen, und tun, was sie tun, wie ich mich verhalten sollte, was passieren würde, wenn ich irgendwelche Risiken einging oder nicht einging, ob ich es schaffen könnte – von meiner Person her gesehen, meine ich –, mein Leben wirklich zu leben, oder ob ich es höchstens schaffen würde, es durchzustehen.

Aber jetzt ... es ist zwar immer noch alles ungewiß, alles im Fluß... aber ich habe das Gefühl, daß ich verstehe, warum Sachen passieren, warum Leute sich so verhalten, wie sie es tun, jedenfalls bis zu einem gewissen Grad. Ich habe das Gefühl zu verstehen. Das ist herrlich, es ist so beruhigend. Ich kenne meine Möglichkeiten und meine Grenzen, und ich bin damit zufrieden.»

Clara zieht eine Augenbraue in die Höhe: «Hast du in letzter Zeit deine Mutter gesehen?»

Anastasia lächelt: Das ist eine rhetorische Frage. Beide wissen genau, was die andere an den einzelnen Tagen macht. Es vergeht kein Tag, ohne daß sie miteinander sprechen, und wenn auch nur ein paar Minuten. «Du weißt doch, daß ich dort war», sagt Anastasia grinsend. Anastasia besucht ihre Mutter immer sofort, wenn sie von einer langen Reise zurückkommt. Jedesmal.

«Ich habe schon auf die Reaktion gewartet», sagt Clara scherzhaft, lächelnd. Sie ist bemüht, Anastasia nicht wütend zu machen.

«Ich bin von ihr nach Hause gefahren und habe vierzigmal gegen die Wand gehauen. Dann habe ich ganz normal weitergemacht.»

«Das glaube ich dir nicht.»

«Wir haben miteinander geredet. Übers Altwerden.» Sie wendet sich Clara zu. «Merkst du, wie sentimental ich in letzter Zeit bin? Das ist alles deine Schuld.»

«Besser, es kommt raus, als es bleibt drinnen», sagt Clara knapp.

«Ich habe ihr gesagt, daß ich von den beiden Lebensstadien Jugend und Alter das Alter vorziehe. Sie hat gemeint: ‹Heute ist ja alles besser als in meiner Kindheit – oh, dieses Nicht-Wissen, das war schrecklich!› Aber das Alter mag sie auch nicht. Ich sagte: ‹Du hast es doch gut, du wirst geliebt, du hast alles, du hast es schön hier.› Sie hat sich mit ärgerlichem Gesicht von mir abgewandt. Ich habe gefragt: ‹Was ist, Mom?›

‹Ach, Anastasia, wie kannst du das fragen?›

Sie sah mich nicht an, sie nahm überhaupt nichts wahr. Ihr Gesicht war eine einzige tragische Miene, faltig und eingesunken, ihre Augen genau wie die meiner Großmutter trauerverhangen. ‹Ich habe mich das selbst auch immer gefragt, warum bin ich so deprimiert? Andere Frauen haben viel weniger als ich. Alle Frauen haben ein elendes Leben, mir geht es noch besser als den meisten anderen. Aber…› Sie wandte sich mir zu, ‹da ist so eine riesige Leere in mir. Weil ich nichts zustande gebracht habe…›

Es brach mir schier das Herz», sagt Anastasia mit belegter Stimme.

«Sie hätte ja etwas tun können!» sagt Clara scharf. Clara kann resignierte Verzweiflung nicht ertragen. «Sie hatte doch noch viele Jahre, nachdem ihr alle erwachsen wart! Sie hätte doch wieder anfangen können zu zeichnen, zu malen, was auch immer!»

Anastasia schaut Clara an. Clara versteht nicht, daß fünfzig Jahre Training in Selbstaufopferung sich nicht einfach ablegen lassen wie ein verschlissener Mantel. Clara hat keine Kinder, wird nie Kinder haben. Anastasia legt ihre Hand auf Claras Hand. Sie begreift, daß Claras Härte aus Schmerz erwächst.

Sie sitzen bei einem Drink in Anastasias Wohnung. Sie sprechen darüber, ob sie zusammenziehen sollen. Sie haben inzwischen eine Liebesbeziehung, aber Clara will mehr Nähe. Franny ist die Vorstellung gar nicht recht, und Franny wohnt noch hier. Franny ist schon im Bett.

Im nächsten Monat ist Frannys Schulabschlußfeier, und nachdem sie und ihre Mutter sich im letzten September damit abgemüht haben, Collegebewerbungen auszufüllen, erklärt sie jetzt, sie will nicht aufs College, sie will bei ihrer Mutter in New York bleiben, sie will Fotografin werden und bei ihrer Mutter in die Lehre gehen.

«Aber ich werde darauf bestehen. Sie ist in Oberlin angenommen worden, und das ist ein gutes College für sie. Sie kann ja ihre Kamera mitnehmen und dort Fotografie studieren. Ich will nicht noch einmal den gleichen Fehler machen wie mit den anderen.»

«Gut!»

«Aber weißt du was? Jetzt geht es bei ihr los! Sie brüllt und tobt. Franny! Sie sagt, ich habe sie nie gewollt, sie fühlt sich wie ein Eindringling auf dieser Welt, und das ist meine Schuld, sie sagt, ich habe sie ihre ganze Kindheit hindurch allein gelassen, und jetzt bin ich ihr schuldig, daß ich da bin!»

«Sie kriegt nie genug von dir», seufzt Clara.

«Mutter kriegt man nie genug.»

«Ich habe von meiner genug gehabt. Schon vor Jahren!» sagt Clara lachend.

Die Junitage in New York sind golden und strahlend, die Leute gehen summend durch die Straßen, die Jacken über der Schulter oder um die Taille gebunden. Anastasia ist sehr beschäftigt. Mit Festvorbereitungen. Zuerst soll es eine Party zur Feier von Frannys Schulabschluß geben, in ihrer Wohnung. Gewünscht werden Pizza und Eis.

Und Billy wird bald mit seiner Internenzeit fertig sein und Livvy heiraten. Sie wollen ihre Hochzeitsreise nach Somalia machen. Alle lachen darüber, obwohl Somalia eigentlich gar nicht zum Lachen ist. Aber die beiden freuen sich und sind glücklich.

Anastasia schwirrt der Kopf. Sie denkt darüber nach, wie viele Pizzas benötigt werden und was sie Billy und Livvy zur Hochzeit schenken soll und wie die Fotos bei der neuen Ausstellung am besten gehängt werden sollen. Sie überlegt, ob sie wirklich, wie Alison Tate gern möchte, diese ganzen alten Fotos von Müttern und Babies herauskramen soll für eine Ausstellung im nächsten Jahr. Sie sind alt, aus den fünfziger Jahren, gerade richtig, sagt Alison, eine Aussage über die Zeit damals.

Nach Anastasia waren die fünfziger Jahre nicht soviel anders als jetzt die achtziger. Man braucht doch nur an die arme Arden zu denken, die zu Jacob zurückgehen mußte, weil sie nicht wußte, was sie sonst machen sollte. Sie fühlt sich schlecht dabei, unehrlich. Und er vielleicht auch. Sie geben sich Mühe, aber ihre Beziehung ist sehr gespannt, das zeigt sich an den Kindern, an dem Theater, das Jeffrey macht. Wir können sie einfach nicht beschützen, vor nichts.

Anastasia denkt, ich kann doch Clara nicht sagen, sie soll bei mir einziehen, kaum daß Franny aus dem Haus geht, da muß sie sich doch mißbraucht fühlen. Vielleicht sollte ich in eine größere Wohnung ziehen, aber die sind alle so teuer, und jetzt, wo dieses Haus in genossenschaftliches Eigentum umgewandelt wird, habe ich die Chance, diese Wohnung billig zu kaufen...

Anastasia weiß nicht, was sie machen soll.

Im Juli nimmt sich Anastasia ihr Tagebuch wieder vor. Sie schreibt:

Frannys Schulabschlußparty war ein Riesenerfolg, und sie ist mit Jillian losgezogen, um in einem Touristenort in Maine in einem Restaurant zu servieren, jedem, der es schafft, diese beiden Kichererbsen zum Arbeiten zu bringen, meine Hochachtung. Sie ist immer noch eine Gackernudel, ein kleines Mädchen, trotz der Schulzeit in New York. Das freut mich.

Billy und Livvy hatten eine wunderschöne Hochzeit, ihre Eltern sind überhaupt nicht protzig, wie ich befürchtet hatte. Einfach reizend, die zwei, so strahlend, alle beide. Sind auf dem Weg nach Somalia zuerst nach Capri gefahren, fünf Tage Luxus, ehe der Mangel, die Not über ihnen zusammenschlagen, die Verzweiflung sie erwartet. Aber sie werden nicht verzweifeln, weil sie das Gefühl haben werden, etwas tun zu können, nicht hilflos zu sein.

Die Ausstellung war wieder ein großer Erfolg, auch diesmal den Kritikern zum Trotz. Sie zetern: Warum fotografiert diese Frau nur Frauen? Wo ich zehn Jahre lang für *World* nur Männer fotografiert habe, ohne daß sich irgend jemand darüber beschwert hat. Aber sie geben nicht zu, was sie wirklich stört. Es liegt nicht daran, daß ich Frauen fotografiere, sondern an der Art, wie ich Frauen zeige: chinesische Frauen, die die Straße fegen, Arbeiterinnen in einer Korsettfabrik in Queens, griechische Frauen, die Lasten schleppen, indische Frauen, die auf dem Feld arbeiten, Frauen, die in Pennsylvania Station Toiletten reinigen. Die Kritiker mögen Ausstellungen mit Bildern von Frauen, wenn sie von Richard Avedon sind: Inszenierungen des Unmöglichen, Frauen, die ihre Körperlichkeit transzendieren: steife schwarze Bohnenstangen mit einem verschwommenen weißen Etwas als Gesicht, erstarrte Schlagsahne im leeren Raum, mit großen schwarzen verschwommenen Flecken als Augen, Frauen, die es nicht gibt, denn selbst die Fotomodelle sehen in Wirklichkeit nicht so aus, sie bestehen aus Fleisch und Blut und Muskeln und Knochen, und wenn sie sich bewegen, rutscht ihnen die Bluse aus dem Rock, und wenn sie lachen, zerläuft ihre Wimperntusche, und sie können auf diesen Absätzen gar nicht laufen, ohne zu stolpern.

Meine Frauen sind dagegen geradezu vulgär, nicht vulgär

genug, um grotesk zu sein (was wieder in Ordnung wäre), sondern nur gerade so viel, daß sie real wirken. Und wahrscheinlich würde es sie gar nicht so sehr stören, wenn ich mich auf Frauen in der Türkei, in Griechenland oder in Indien beschränkt hätte – was ihnen gegen den Strich geht, sind die amerikanischen Frauen.

Und doch – irgendwelchen Leuten müssen sie gefallen, meine Bilder, weil sie sich gut verkaufen.

Undatierter Eintrag: Mutter gießt sich ein Glas Wasser ein und trinkt eine halbe Stunde lang in kleinen Schlucken davon. Dann stellt sie es in den Kühlschrank. Ich frage sie, warum sie das tut. «Warum soll ich es verschwenden?» fragt sie, erstaunt über meine Frage.

Franny öffnet eine Limobüchse, nimmt ein paar Schlucke und läßt sie auf der Arbeitsplatte in der Küche stehen. Wenn ich sie nicht ausgieße, wird sie dort tagelang stehenbleiben, zusammen mit all den übrigen Büchsen, die sie in der Zwischenzeit geöffnet hat. Ich sage ihr, sie sollte einmal Billy und Livvy in Somalia besuchen. Sie versteht nicht, was ich meine.

Wie kann eine Frau mit einer solchen Mutter eine solche Tochter haben?

Es ist November 1981. Anastasia packt. Sie soll im Auftrag der UNICEF in den Nahen und Mittleren Osten fahren. Sie ist aufgeregt. Sie sieht sich schon mit dem Schiff den Nil hinunterfahren, über holprige Sandpisten zu staubigen kleinen Dörfern in Marokko, Ägypten, Algerien fahren. Sie möchte gern Isfahan sehen, sie hat schon immer davon geträumt, ehrfürchtig staundend vor den uralten Ornamenten zu stehen, den Mosaiken, den Türmen, die sich wie ein Wunder mitten in der Wüste aus dem Sand erheben. Aber Amerikaner können nicht mehr in den Iran fahren. Und Frauen können nicht ohne Begleitschutz den Irak besuchen, so daß sie auch Bagdad nicht sehen wird. Eines Tages, sagt sie sich.

Aber sie wird die gebeugten braunen Gestalten der Bauern sehen, die wie schon seit Jahrhunderten ihre Karren ziehen, und Frauen, die am Straßenrand gehen, tief verschleiert wie Gespenster und doch stolz, mit einer Haltung, die in krassem Widerspruch zu ihrer Stellung steht. Sie wird diese Frauen fotografieren, mit ihnen reden, vielleicht sogar ihre Gesichter aufnehmen können. Sie denkt: Gesicht und Körper sagen alles über uns. Was muß das für ein Staat sein, der nicht zuläßt, daß die Gesichter und Körper der Frauen reden? Ich will sie reden lassen.

Sie giert richtig danach, nach dem Neuen, Fremden, nach Dingen, die sie erst sehen lernen muß. Sie freut sich darauf, wieder unterwegs zu sein, den Wind im Gesicht zu spüren, von der Wüstensonne ausgedörrt zu werden, erschöpft in einem staubigen Hotel einfach umzufallen oder in einen Schlafsack zu kriechen, unter Palmen, wo der Geruch von Kamelmist in der Luft liegt und das Quieken und Grunzen der Tiere durch die schwarze Stille dringt, Nacht, wie es sie da, wo sie lebt, nie gibt.

Sie nimmt ihr Tagebuch in die Hand und überlegt, ob sie es mitnehmen soll. Ihr Gepäck ist ohnehin schon zu schwer, um sich noch bequem tragen zu lassen. Sie schaut auf ihre Armbanduhr: Es ist nach Mitternacht. Sie ist fast fertig, den Rest kann sie morgen erledigen. Sie nimmt sich einen Stift vom Schreibtisch und setzt sich auf ihr Bett. Sie hebt die Beine auf die Matratze, wobei sie kurz zusammenzuckt – ein arthritisches Ziepen –, und lehnt sich zurück. Sie öffnet das Tagebuch und schreibt.

Ich ziehe wieder los. Ein phantastischer Auftrag! Drei Monate Naher und Mittlerer Osten, Thema Frauen, Frauen und Kinder. Für UNICEF. Seltsam – ich habe den Auftrag vor allem auf Grund meiner letzten Ausstellung bekommen. Bei dem allgemeinen Aufschrei, den sie hervorgerufen hat, hatte ich mir gar keine großen Hoffnungen gemacht. Feministinnen, Nicht-Feministinnen, Anti-Feministinnen, Männer wie Frauen alle einig in der empörten Reaktion: So sind Frauen *nicht*, so ist Mutterschaft *nicht*! Mütter hassen ihre kleinen Babies nicht, sind nicht wütend auf sie! Mütter sind nicht eifersüchtig, wenn der Vater sich seinem Kind zuwendet! Und trotzdem kommen Tausende von Menschen, um die Ausstellung zu sehen, und viele von ihnen haben Bilder gekauft. Und diesen Auftrag habe ich anschließend bekommen.

Trotzdem ist mein Magen ein einziger Klumpen. Clara ist sauer, daß ich weggehe. Es *ist* eine lange Zeit. Ich habe gesagt, komm doch mit. Darauf sagt sie, wie soll ich denn? Ich muß doch arbeiten. Ich habe gesagt, du kannst von meinem Geld leben, Clara – für alle Zukunft. Sie sagt, das kann sie nicht. Sie sagt, diese ganze Reiserei hält sie nicht aus, und ich soll mich nicht wundern, wenn sie nicht auf mich wartet, wenn ich zurückkomme.

Der Gedanke bringt mich um.

Ich kann nicht nicht gehen.

Clara sagt, letzten Endes bleibt meine Mutter doch noch Siegerin: Ich wähle das Alleinsein, so wie sie es von mir will, weil ich dann ganz und gar ihr gehöre. Ich weiß nicht. Stimmt das? Ich war vor zwei Tagen bei Mutter, blieb über Nacht draußen bei ihnen. Sie war traurig, diesmal keine Spur von Zorn. Ich habe ihr ein paar Alben mitgebracht mit Fotos von meinen wichtigsten Arbeiten. Sie war sehr beeindruckt von diesem Auftrag. Sie begreift nicht, daß ich nicht darauf aus bin, sie zu beeindrucken, daß es mir bei dieser Reise, überhaupt beim Reisen, nicht darum geht, daß es *beeindruckend* ist – nur darum, daß es interessant ist. Das Leben, das ich mir immer gewünscht habe.

Sie kennt mich nicht.

Aber ich kenne sie. Während ich weg bin, wird sie in ihrem Schaukelstuhl sitzen und hinausschauen zu den Vögeln, die ihre Welt bevölkern – den Spatzen und Rotkehlchen, Kardinälen, Blauhähern, Enten, Gänsen, Schwänen, Möwen. Ab und zu wird sie eins der Alben hervornehmen, die ich ihr mitgebracht habe – vielleicht das, auf dem 1958 steht –, und den knarzenden Ledereinband öffnen und auf eins der plastiküberzogenen Fotos starren.

Das erste Bild ist das Porträt eines Paares, Ehemann und Ehefrau, in den Fünfzigern. Sie wird es genau studieren. Sie wird die Falten auf beiden Seiten des hängenden Mundes der Frau sehen und den harten leeren Blick in den Augen des

Mannes. Sie wird erkennen, daß die blondierte Hochfrisur der Frau und der gutgeschnittene Anzug des Mannes zu dem verschnörkelten Goldrahmenspiegel und dem nachgemachten Konsolentischchen im Stil des achtzehnten Jahrhunderts hinter ihnen passen. Sie wird begreifen, daß die gezierte Beinstellung der Frau und der unzusammenhängende Eindruck, den Kopf und Hals des Mannes mit dessen extrem sinnlichen Körper machen, Teil des Preises sind, des Preises für den prächtigen Spiegel, das Tischchen und die orientalische Vase darauf, die man kaum sieht, für das große helle Zimmer, das sich im Spiegel spiegelt. Das alles ist klar, ohne daß sie darüber nachdenkt, es in Worte faßt. Sie akzeptiert den Preis, weil sie findet, daß es ihn gelohnt hat, aber sie seufzt, während sie umblättert.

Vom nächsten Bild wird sie rasch den Blick abwenden, weil sie es nicht ertragen kann. Es ist ein Porträt von ihr. Sie sitzt steif da, die Fesseln übereinandergeschlagen, das Haar in Wellen festgesprüht, ein steifes Lippenstiftlächeln auf dem gepuderten Gesicht. Wenn sie dieses Bild anschaut, sieht sie darauf keinen Goldrahmenspiegel, kein imitiertes Konsolentischchen und keine Falten auf ihrem Gesicht. Sie schaut lieber nach draußen zu den Vögeln.

Die Vögel versteht sie auch, zumindest kennt sie ihre Gewohnheiten, was ihrer Meinung nach das Höchstmaß an Verstehen ist, das man anderen Lebewesen gegenüber erreichen kann, ja, sogar Menschen gegenüber, die sich immer einreden wollen, daß Sprache die Stille durchbricht. Sie dagegen, die sie in die Stille eingeschlossen ist, glaubt, daß Sprache ein Teil der Stille ist und daß es immer Trug ist, wenn sie sie durchbricht. Während die Art, wie ein Mann seinen Kaffee schlürft oder eine Frau mit langen knallroten Fingernägeln durch die Luft fuchtelt, nicht trügt, ebensowenig wie das Schlagen eines Vogelflügels im Aufwind. Für sie sind Worte, Lächeln und Umgangsformen nur Teil eines Nebelvorhangs, hinter dem man sich selbst vor anderen versteckt, sich selbst vor sich selbst versteckt – Geräusche, die die Leere verbergen, Geschnatter, das hysterisch und vergebens die Leere zu füllen sucht. Alleinsein ist das einzige, was wirklich existiert. Ihr Hörgerät ist abgeschaltet.

Sie nimmt das Fernglas auf, um die Vögel zu beobachten. Sie hat weder jemals Tennyson gelesen noch Literaturstudenten über die blutroten Klauen und Zähne der Natur witzeln hören. Aber sie hat die Nachbarskatze mit einem blutigen Vogel im Maul gesehen, sie hat den Möwen dabei zugeschaut, wie sie herabschießen und einen Fisch aus dem schlierigen Wasser ziehen. Sie mag die Möwen nicht sonderlich, sie haßt die Katze, aber sie nimmt sie hin. Es war schon immer ihre Überzeugung, daß das Leben eine Sache ökonomischer Gesetze ist. Deshalb wundert es sie, daß sie jetzt, wo sie doch alles hat, was sie sich je gewünscht hat, so deprimiert ist.

Aber sie hängt dem nicht weiter nach. Warum sollte sie nicht deprimiert sein, sterbenskrank, wie sie ist? Sie zieht es vor, der Entenmutter zuzusehen, die jeden Tag würdevoll über den Rasen promeniert, ihre zwölf Kleinen im Schlepptau. Manchmal muß Momma Ente (wie meine Mutter sie nennt) eins ihrer Jungen aus dem Maschendrahtzaun des Nachbargrundstücks befreien. Dann wird sie ganz aufgeregt, sie schlägt mit den Flügeln, stochert und stößt mit dem Schnabel. Und immer dann quakt der Entenvater – meine Mutter ist sicher, daß es der Entenvater ist – laut vom See her, daß sie kommen soll, weil es ihn eifersüchtig macht, daß sie mit den Jungen beschäftigt ist. Vielleicht verwechselt sie ihn ja mit ihrem eigenen Mann, meinem Vater, der seufzt, daß es selbst für ihre tauben Ohren fast so laut wie ein Quaken klingt, wenn sie noch mit ihrer Tochter sitzen und reden will, auf eine letzte Zigarette, einen letzten Drink.

Mein Vater mag die Gänse nicht, weil sie seinen Rasen verdrecken. Aber sie mag die Gänse. Sie scharen sich auf dem Wasser gleich hinter ihrem Haus zusammen und betteln um Futter. Sie hebt immer Brot und Fettreste für sie auf. Und an schönen Tagen bittet sie Ed, ihr zu helfen, und dann stützt er sie, und sie gehen hinaus ans Wasser, wobei Ed die Plastiktüte mit dem Futter trägt. Sie greift hinein, nimmt ein paar Brokken und schleudert sie hinaus aufs Wasser. Sie haßt die gierigen Vögel, die sich immer ganz nach vorne drängeln. Sie ist überzeugt, daß es alles Männchen sind. Ihr tun die kleineren Gänse leid, die weiter hinten herumpaddeln und sich nicht näher trauen. Sie ist sich sicher, daß das Weibchen sind. Sie wirft das Brot mit aller Kraft so weit wie möglich. Aber ihr Arm ist schwach und untrainiert im Werfen, und meistens schnappen sich die vordersten Vögel die dicksten Brocken. Sie macht verärgert auf dem Absatz kehrt und begibt sich zum Haus zurück, allein, der Zorn verleiht ihr die Kraft, ohne Hilfe zu gehen. Daß das Leben eine Sache ökonomischer Gesetze ist, macht seine Regeln nicht angenehmer. Sie gönnt ja den Rotkehlchen und Spatzen ihre Würmer, aber um den toten Chrysippusfalter in ihrem Brokkolibeet hat sie getrauert.

«Wirf es weit hinaus! Zu den kleinen da hinten!» weist sie Ed an.

Sie legt das Fernglas wieder weg, es ist zu schwer, als daß sie es lang oben halten könnte. Sie wendet sich wieder dem Album auf ihrem Schoß zu, blättert darin herum, ohne sich die Bilder wirklich anzusehen. Sie stößt auf ein Foto von einem vorstädtischen Haus im Ranchstil, das ein bißchen Ähnlichkeit mit dem hat, in dem sie jetzt wohnt. Es ist ein großes Haus mit ordentlich gestutzten Büschen und gepflegtem Rasen. Es wirkt verlassen: Die Jalousien sind ordentlich auf die Hälfte heruntergelassen, aber man sieht nichts außer einem glänzenden 58er Buick, der in der Einfahrt steht. Sie begreift nicht, warum ich dieses Foto gemacht habe, was es in dem Album soll.

Aber das nächste Bild entlockt ihr einen überraschten Ausruf. Es ist die Straße in Williamsburg, wo sie als Kind gewohnt hat. Sie ist auch 1958 noch genauso ärmlich und chaotisch wie 1914, aber sonst gibt es dort kaum noch etwas, was ihr vertraut ist. Trotzdem erkennt sie sie wieder. Ihr wird ganz seltsam im Magen. Sie studiert das Foto lange. Dann schließt sie das Album wieder.

Sie lehnt sich in ihrem Schaukelstuhl zurück und schließt halb die Augen. Sie ist müde. Es ist nicht gut, wenn sie jetzt einschläft, sie hat schon einen zweistündigen Mittagsschlaf hinter sich. Sie gähnt. Sie greift auf das kleine Tischchen neben ihr und zündet sich die zweite Hälfte der Zigarette an, die sie am Morgen nach dem Frühstück geteilt hat. Sie zieht den Rauch tief ein, zum erstenmal seit Stunden befriedigt. Sie schaut hinaus auf den See. Sie denkt nicht weiter nach über Williamsburg, über die Vergangenheit, über ihr Leben. Sie denkt nicht nach über ihren Mann, ihre Kinder, ihre Enkel, die Gegenwart. Sie denkt nicht über die Zukunft nach, weil sie glaubt, daß sie keine mehr hat. Sie taucht nicht hinab in den tiefen Brunnen aus finsterer Wut, der gleich hinter den weichen Falten ihres Gesichts liegt. Sie denkt nicht: Meine Mutter hat mir nie die Haare frisiert.

Ich bin es, die das denken wird, ich, die ich etliche tausend Kilometer weit weg unter den Sternen liege, die durch die Palmwedel herabglitzern, den Geruch von Kamelmist und Wüstenblumen in der Nase und sie im Kopf.

Nein: Sie denkt an Anastasia. Sie sieht sie bei einem prächtigen Galaempfang, wo sie mit dem Schah zusammentrifft, auf ihn zugeht, durch ein Spalier von Männern in prunkvollen Uniformen, mit goldenen Schnüren und Tressen, seidenen Hemden und schwarzen Anzügen mit Rosetten am Revers. Anastasia schreitet in einer langen Robe dahin, mit langem blondem, wallendem Haar, jung und geschmeidig. Sie ist wunderschön, wie eine Prinzessin, mit ihren schlanken Beinen und Händen, ihrem glänzenden Haar, und sie bewegt sich anmutig und erhaben durch diese Scharen von Fürsten und Königen. Ihre Haltung, ihr leises Lächeln verkünden, daß sie unnahbar ist: ungeheuer begehrenswert, aber voller Verachtung, unabhängig, autark. Sie nähert sich dem Thron, fällt aber nicht auf die Knie. Der Schah verleiht ihr den Preis für die beste Fotografin der Welt. Belles Herz platzt fast vor Stolz.

Wenn ich zurückkehre, wird sie mich vielleicht nach diesem Empfang fragen. Sie wird es überhaupt nicht verstehen, wenn ich sie verwirrt anschaue. Sie wird es nicht begreifen, wenn ich sage, der Schah ist längst vertrieben, tot, und ich bin fünfzig, grau, dicklich, müde, zurück von einem Fotoauftrag über Frauen. Sie wird mir nicht glauben. Schließlich hat sie es doch gesehen. Noch wenn sie hundertzehn ist, wird sie ihren Enkelkindern dieses Bild schildern, Anastasia in einer langen weißen Robe, wie sie mit verächtlich vorgeschobener Unterlippe an den Staatsoberhäuptern von fünfzig Nationen vorbeischreitet.

Die Vision verblaßt wieder. Sie vergißt sie. Sie reiht sich ein unter all die übrigen Visionen dieser Art, die sie von der

Anastasia gehabt hat, die sie kennt. Ihre Zigarettenhälfte ist bis auf einen kleinen Stummel heruntergebrannt. Sie drückt sie aus. Sie sitzt da. Sie denkt, daß sie irgend etwas tun sollte, aber sie ist zu müde, und außerdem, was soll sie denn tun? Sie schaut hinaus auf den Rasen, die Vögel, das Wasser mit den Lichtpfützen darauf. Sie schaukelt ein bißchen. Es zieht von irgendwoher, sie spürt es im Nacken. Wo ist Eddy? Er muß etwas gegen diese Zugluft unternehmen.

Sie legt die Hände exakt gekreuzt in den Schoß und lächelt ein steifes Lächeln, ein In-Gesellschaft-Lächeln, obwohl sie allein ist. Den Vögeln kann ihre freundliche Herablassung nicht gelten, sie weiß, daß sie sie nicht sehen. Vielleicht gilt sie ihrem Spiegelbild in der Fensterscheibe. Sie schenkt sich selbst ein bedachtsam aufgesetztes Lächeln. Diese Erscheinung, denkt sie, entbehrt nicht einer gewissen Würde.

Als ich mich das letzte Mal, gestern, von ihr verabschiedete, hielt ich sie lange in den Armen, küßte sie auf die Schläfe. Sie sah mich an. Sie sagte: «Ich werde nie vergessen, wie lieb du zu mir warst.»

Das ist mehr, als sie mir je gegeben hat. Es ist das Äußerste, was ich erwarten kann. Es muß genügen.

Fotonachweise

1. Teil
1. Photograph by Jacob A. Riis. Jacob A. Riis Collection. Museum of the City of New York.
2. From *Bricks & Brownstone* by Charles Lockwood. Used with permission.
3. Culver Pictures.
4., 5. Author's collection.
6. Photograph by Jacob A. Riis. Jacob A. Riis Collection. Museum of the City of New York.
7. International Museum of Photography at George Eastman House. Photograph by Lewis Hine.

2. Teil
1. © Bob Adelman / Magnum Photos.
2., 3., 4. Author's collection.
5. © Wayne Miller / Magnum Photos.
6. Author's collection.

3. Teil
1. © Bettye Lane.
2. James Whistler. *Arrangement in Black and Gray: The Artist's Mother*, 1871. The Louvre, Paris. Lauros-Giraudon / Art Resource.
3. © Irene Bayer / Monkmeyer Press.
4. © Bettye Lane.
5. Author's collection.

Marilyn French

Frauen

Roman
Deutsch von Barbara Duden, Monika Schmid
und Gesine Strempel
rororo 4954

«Marilyn French hat einen
Superroman geschrieben...
Kein feministisches Besserwisserwerk –
im Gegenteil...»

Karin Reschke, Konkret

«Es ist viel über Frauen und
Frauenbewegungen geschrieben worden.
Von Männern und Frauen. Engagiertes,
Pamphletisches, Ewig-Gestriges – Einsichtiges
und Uneinsichtiges. Kein Buch jedoch
läßt die Lebens-, Erfahrungs- und Empfindungswelt
von Frauen so sinnlich faßbar nachvollziehen,
macht in diesem Nachvollzug so
betroffen wie Marilyn Frenchs Roman ‹Frauen›.»

Westermanns Monatshefte

«Lassen Sie sich durch den Umfang des
Buches nicht abschrecken:
So bald wird nicht mehr so Wichtiges
geschrieben werden.»

Irene Kabanyi, Volksstimme

Marilyn French

Das blutende Herz

Roman
Deutsch von Cornelia Holfelder-v. d. Tann
und Gesine Strempel
450 Seiten. Gebunden und als rororo 5279

Ein Liebesroman, der ins Herz zielt und trifft. Erzählt wird die Geschichte von Dolores und Victor, wobei es neben viel Liebe auch um die Machtverhältnisse zwischen Frau und Mann geht.

«Der Roman ist spannend zu lesen, weil er sehr gescheit ist. Die Autorin ist überdurchschnittlich begabt. Sie kennt die Abgründe der menschlichen Seele. Sie kann diese Abgründe hervorkehren und sie minuziös darstellen. Das ist meisterhaft.»

Anna Altenhöfer-Mons,
Deutsche Tagespost/Würzburg

Simone de Beauvoir

Das andere Geschlecht

Sitte und Sexus der Frau

Deutsch von Eva Rechel-Mertens und Fritz Montfort

rororo sachbuch 6621

Simone de Beauvoir gehört zu den wichtigsten Vertretern des französischen Existentialismus; mit ihren radikalen Thesen zur weiblichen Selbstverwirklichung avanciert sie zur Theoretikerin der neuen Frauenbewegung: Ihr Buch «Das andere Geschlecht», das bereits 1949 erschien und in dem sie die historisch-sozialen Ursachen des Mythos von der naturgegebenen weiblichen Minderwertigkeit aufdeckte, ist heute ein Klassiker moderner emanzipatorischer Literatur.